中国古代文论选编

（上卷）

主编 黄霖 蒋凡
编著 杨明 刘明今 邬国平 羊列荣 周兴陆

復旦大學出版社

弁　言

1909 年，唐文治先生编《古人论文大义》，初创了“文论选”的格局，以后陆续出版了一些“文论选”著作，如我校陈子展先生于 1935 年汇编的《复旦大学中国文学批评讲义》中也含有《文论录要》。至 1964 年，我校郭绍虞先生主编的《中国历代文论选》三卷本问世；1979 年，又修订、增补为四卷本出版。这两套书，曾经作为高等学校中国文学批评史课的主干教材而被广泛使用，为中国文学批评史学科的建设，为当代继承和发扬中华民族传统的文论精神，起过重大作用，功不可没。

但是，时代在不断发展，新的材料不断被发现，新的认识又不断产生，新的教学模式也不断形成，于是我们在 2008 年根据求新、求精的精神编选了《中国历代文论选新编》，另定了篇目，重作了注释与说明，并对体例也作了调整，又增加了“作者简介”部分，除了介绍作者的生平概况之外，还简要地指出该批评家一生主要的文论观点，使读者更好地理解选文。当时，我们同时出版了四卷本与一卷精选本。时过十余年，现从高校教学的实际情况来看，四卷本似太繁，精选本又太简，故折中两者，并对注释作了更加简约、明白的处理，编成两卷，以求这套教材更能适应当前教学的需要。

这次修订，先秦两汉及宋代部分，由羊列荣先生编著；魏晋六朝至隋唐五代，由杨明先生编著；金元部分由刘明今先生编著；明代及清代部分，由邬国平先生编著；近代部分由周兴陆先生编著。

我们这支队伍的人员都是在郭绍虞先生一手创建的复旦大学中国语言文学研究所中国文学批评史研究室工作。有些曾经当年亲聆过郭先生的教诲，甚至直接参加过四卷本的编写；多数人员长期在郭先生及王运熙先生领导下从事中国古代文论的教学与研究工作，从而在这方面有一定的积累。今天能完成这部教材的修订工作，离不开前辈为我们打下的基础，离不开前辈对我们的教导。无论时代如何变迁，我们都将永远对郭先生怀着深深的敬意。同时，也深切地怀念为复旦大学的中国文学批评史事业作出过重要贡献的朱东润、刘大杰、赵景深、陈子展诸先生，衷心感谢王运熙、顾易生先生对我们的教导。

我们的水平毕竟有限，这次新编工作中难免有疏漏和错误之处，热切地期盼着有关专家和教学第一线的教师、学生以及广大读者提出批评和建议，以期将这套教材在教学实践中修订得更好。

黄　霖　蒋　凡

凡　例

一、选录原则。本编所选，乃中国古代文学理论批评史上有一定代表意义或重要影响者，形式不拘。

考虑到不同时代对于不同文体的“文学”的认识不同，所选的尺度一般也与之相适应，往往是前宽后严。

所选文字过长，或有与文论无关者，均予节录。凡经节录的选文，均于题下注明。

一、全书编次。本编所选内容，从先秦至近代。共分两卷，上卷从先秦两汉至隋唐五代；下卷为两宋、金元、明、清、近代部分。

每卷以人系文，以时为序，先后排列。

一、编选体例。先列“作者简介”，略说作者生平及主要的文学观点。次为正文，后作注释，再加说明。

一、正文依据。本编所选录的正文，多选择善本，或依据通行本（包括今人整理本），于篇末均注明出处。个别文字据他本校改者，在注释中加以说明。

异体字一律改正，通假字一般不改。避讳字也一般不改，唯人名及容易引起歧义者，一般加方括号予以改正，必要时在注释中予以说明。明显错字，均作径改。

一、注释文字。所选各篇，一律加注。所注文字，力求准确、简要、明了。凡有歧义者，一般以一说为主；必要时，并存他说，以供参考。

一、篇末说明。所选各篇，均附“说明”。每篇说明文字多寡不一，有话则长，无话则短，主旨在于介绍、评析该篇的主要内容及在文学批评史上的意义，必要时联系该作者其他有关文字，乃至批评史上相关的言论，加以阐释。联缀各篇说明，略可窥见整个中国文学批评史的概貌。

凡　例

目　录

上卷

周易(节选) / 3
尚书・尧典(节录) / 6
诗经(选录) / 9
左传(节选) / 12
老子(节录) / 17
论语(节录) / 20
墨子(节录) / 24
孟子(节录) / 28
庄子(节录) / 32
九章・惜诵(节选)　屈原 / 39
礼记・乐记(节选) / 41
荀子(节选)　荀况 / 48
韩非子(节录)　韩非 / 57
毛诗序(节选) / 60
史记・太史公自序(节选)　司马迁 / 64
史记・屈原列传(节选)　司马迁 / 70
法言(节录)　扬雄 / 72
论衡・超奇(节选)　王充 / 79
论衡・自纪(节选)　王充 / 86

汉书·艺文志(诗赋略论)　班固 / 95
离骚序　班固 / 97
楚辞章句序　王逸 / 99

典论·论文　曹丕 / 107
与吴质书(节录)　曹丕 / 112
与杨德祖书　曹植 / 115
三都赋序　左思 / 120
文赋　陆机 / 123
文章流别论　挚虞 / 139
抱朴子·钧世　葛洪 / 150
狱中与诸甥侄书(节录)　范晔 / 155
宋书·谢灵运传论　沈约 / 158
文心雕龙·原道　刘勰 / 164
文心雕龙·辨骚　刘勰 / 171
文心雕龙·明诗　刘勰 / 177
文心雕龙·神思　刘勰 / 184
文心雕龙·体性　刘勰 / 190
文心雕龙·风骨　刘勰 / 196
文心雕龙·通变　刘勰 / 201
文心雕龙·情采　刘勰 / 205
文心雕龙·丽辞　刘勰 / 211
文心雕龙·比兴　刘勰 / 216
文心雕龙·夸饰　刘勰 / 223
文心雕龙·时序　刘勰 / 228
文心雕龙·物色　刘勰 / 240
文心雕龙·知音　刘勰 / 246
诗品(选录)　钟嵘 / 251
雕虫论　裴子野 / 274
南齐书·文学传论　萧子显 / 278

文选序　萧统 / 285
陶渊明集序(节录)　萧统 / 292
与湘东王书　萧纲 / 296
金楼子・立言(节录)　萧绎 / 301
颜氏家训・文章(节录)　颜之推 / 305

上隋文帝书　李谔 / 319
中说(选录)　王通 / 322
隋书・文学传序　魏徵 / 326
古今诗人秀句序　元兢 / 331
修竹篇序　陈子昂 / 336
右拾遗陈子昂文集序　卢藏用 / 339
史通・言语(节录)　刘知幾 / 343
史通・叙事(节录)　刘知幾 / 349
十七势(节录)　王昌龄 / 359
论文意(节录)　王昌龄 / 364
古风二首　李白 / 368
河岳英灵集(选录)　殷璠 / 371
戏为六绝句　杜甫 / 379
同元使君春陵行并序(节录)　杜甫 / 382
箧中集序　元结 / 385
送刘太真诗序(节录)　萧颖士 / 387
检校尚书吏部员外郎赵郡李公中集序(节录)　独孤及 / 389
诗式(选录)　皎然 / 392
醉说　权德舆 / 411
寄李翺书　裴度 / 414
答李翊书　韩愈 / 419
送孟东野序　韩愈 / 422
荆潭唱和诗序　韩愈 / 425
荐士(节录)　韩愈 / 427

董氏武陵集纪(节录)　刘禹锡 / 430
与元九书　白居易 / 433
新乐府序　白居易 / 446
寄唐生　白居易 / 448
答韦中立论师道书　柳宗元 / 450
与吕道州温论《非国语》书　柳宗元 / 454
读韩愈所著《毛颖传》后题　柳宗元 / 457
答朱载言书　李翱 / 460
答李生第一书　皇甫湜 / 465
答李生第二书　皇甫湜 / 468
叙诗寄乐天书　元稹 / 472
乐府古题序　元稹 / 479
上令狐相公诗启　元稹 / 481
唐故工部员外郎杜君墓系铭并序(节录)　元稹 / 484
文章论　李德裕 / 487
答庄充书　杜牧 / 490
李贺集序　杜牧 / 492
上崔华州书　李商隐 / 494
与王霖秀才书　孙樵 / 496
与友人论文书　孙樵 / 499
文薮序　皮日休 / 501
正乐府序　皮日休 / 504
与李生论诗书　司空图 / 505
与极浦书　司空图 / 509
与王驾评诗书(节录)　司空图 / 511
题柳柳州集后　司空图 / 513
诗品(选录)　司空图 / 515
禅月集序　吴融 / 518
旧唐书·文苑传序　刘昫 / 522
旧唐书·元稹白居易传(论赞)　刘昫 / 525
花间集序　欧阳炯 / 530

先秦两汉

周易（节选）

作者简介

今传《周易》包括《易经》和《易传》两部分。《周易》六十四卦，原为卜筮之书，汉时立为经，故称《易经》。《易传》十篇，是解释《易经》的，又称“十翼”。关于《周易》的作者，众说纷纭。今人多认为《易经》大约成书于殷周之际，出于众手，而形成过程久远。《易传》作于春秋战国时期，作者也非一人。《周易》的经和传产生于两个不同的文化时代，所反映的观念既相联系又有差异，但在汉儒将经传合编之后，它已作为一个整体影响着后世思想文化的发展，故本书并加论述。注本有王弼《周易注》、孔颖达《周易正义》等。

《乾·文言》[1]：君子进德修业[2]。忠信，所以进德也；修辞立其诚[3]，所以居业也[4]。

《坤·象》[5]：“黄裳元吉”[6]，文在中也[7]。

《文言》：君子黄中通理[8]，正位居体[9]，美在其中，而畅于四支[10]，发于事业[11]。美之至也！

《贲·象》[12]：“白贲无咎[13]”，上得志也[14]。

《家人·象》[15]：风自火出[16]，家人；君子以言有物而行有恒[17]。

《艮》六五[18]：艮其辅[19]，言有序，悔亡[20]。

《象》：“艮其辅”，以中正也[21]。

《涣·象》[22]：风行水上[23]，涣。

《系辞上》[24]：圣人有以见天下之赜[25]，而拟诸其形容[26]，象其物宜[27]，是故谓之象[28]。

子曰：书不尽言[29]，言不尽意[30]。然则圣人之意其不可见乎？子曰：圣人立象以尽意[31]，设卦以尽情伪[32]，系辞焉以尽其言[33]，变而通之以尽利[34]，鼓之舞之以尽神[35]。

《系辞下》：古者包牺氏之王天下也[36]，仰则观象于天[37]，俯则观法于地[38]，观鸟兽之文，与地之宜[39]，近取诸身，远取诸物[40]，于是始作八卦，以通神明之德，以类万物之情[41]。

开而当名辨物[42]，正言断辞[43]，则备矣。其称名也小，其取类也大[44]，其旨远，其辞文[45]，其言曲而中[46]，其事肆而隐[47]。

阮元刻《十三经注疏》本《周易正义》

注释

[1]《乾・文言》：乾，《周易》第一卦，六爻为阳。文言，文，饰。《文言》即文饰《乾》《坤》二卦之言。

[2] 进德修业：增进美德，建立功业。

[3] 修辞立其诚：辞，指政令。修治政令以确立诚信，后引申为作文以诚实为本的意思。

[4] 居业：保有功业。

[5]《坤・象》：坤，《周易》第二卦，六爻为阴。《象》，用以解释卦象和爻象的象征意义。

[6] 黄裳元吉：坤卦六五爻辞。黄，居五色之中，为中道之象；裳，指下面的裙服，为阴柔谦下之象。元吉，至大之吉。

[7] 文在中：文，文静阴柔之德，喻“坤”德。中，中位。六五是阴爻居阳位，比喻以柔顺之德行中正之道。

[8] 君子黄中通理：君子的品德如黄色之中正，并且通晓事理。

[9] 正位居体：居中得正为正位，处上体之中为居体。

[10] 畅于四支：支，同“肢”。畅通于四肢，即内含美质而贯通于行为的意思。

[11] 发于事业：将美德发挥在事业之中。

[12]《贲・象》：贲，《周易》第二十二卦，下离上艮，象征文饰。

[13] 白贲无咎：贲卦上九爻辞。白贲，以素色文饰。

[14] 上得志：上，指上九。得志，谓上九终能成就文饰之功。这里包含文饰之道至极则归于素朴的意思。

[15]《家人》：《周易》第三十七卦，下离上巽，象征家庭。

[16] 风自火出：下离为火、上巽为风，下卦为内、上卦为外，所以家人卦有内火外

风之象。这里比喻正家为风化之本。

[17] 言有物而行有恒：日常言语必须切合事实，居家行事贞固而不多变。君子观察风火之象而懂得家庭之道虽修于近而小，影响则远而大，所以言不可虚、行不可妄。

[18]《艮》六五：艮，《周易》第五十二卦，象征“止”。六五，第五爻为阴。

[19] 艮其辅：比喻言说有所节制。辅，上牙床骨，借指口。六五之位，相当于人体之口，所以取以为喻。

[20] 言有序，悔亡：凡言说有条理而合乎中道，就不会有所悔恨。

[21] 中正：六五处上卦的中位，能居中守正，象征守持中道才能使言说有所节制。

[22]《涣》：《周易》第五十九卦，下坎上巽，象征涣散。

[23] 风行水上：下坎象水，上巽象风，为风行于水上而自然成文之象。后人常用来说明文章的自然风格。

[24]《系辞》：阐说经文的专论，主要揭示天道“易”理、解释卦象意义等，有上下两篇。

[25] 赜：幽深难见，指神妙深邃的道理。

[26] 拟诸其形容：将道理比拟为具体的形象。

[27] 象其物宜：用形象来象征事物的特征及其变化规则。

[28] 谓之象：象，卦象。是说《易》是用具体形象来表达道理的，所以有“象”之名。

[29] 书不尽言：书面文字无法传录所有的口头言语。

[30] 言不尽意：言语难以充分地传达意义。

[31] 立象以尽意：创立《易》象来充分表达意义。

[32] 设卦以尽情伪：创设《易》卦来明白地揭示事物的本质和假象。

[33] 系辞焉以尽其言：将文辞系属于卦爻之下，来满足表达的需要。

[34] 变而通之以尽利：会通卦爻的各种变化，来施利于万物。

[35] 鼓之舞之以尽神：旧说《易》理能鼓动天下，来充分展现其神妙。

[36] 包牺氏：即伏羲氏。

[37] 观象于天：观察天象。象，日月星辰之属。

[38] 观法于地：观察自然界的规律。

[39] 地之宜：不同地方适宜于事物存在的特点。

[40] 近取诸身，远取诸物：近处就取象于自身，远处就取象于各类事物。

[41] 类万物之情：分辨和归纳事物的本质。

[42] 开而当名辨物：陈述卦爻之义，能与名相称，辨别事物。

[43] 正言断辞：语言正确，卦爻辞明断。

[44] “其称名也小”二句：《易》所称名物虽然细小，然而所比喻的事类却十分广大。此说明《易》托象明义、因小喻大的特征。

[45] 其旨远，其辞文：旨意深远，言辞讲究文饰。

[46] 其言曲而中：行文曲折多变而无不切中事理。

[47] 其事肆而隐：所载之事浅显易懂，所含义理却幽微深奥。肆，显露。

说明

《周易》为传统文论提供了丰富的思想资源。比如《家人卦》中的“言有物”和《艮卦》中的“言有序”这两句话，可以引申出相应的文学观念，即充实之内容与有序之形式的相互统一。清代桐城派就是用这两句来概括其基本观点的。《贲卦》象征文饰。此卦刚柔交错而成文，或阴阳相应，或阴阳相比，包含了不同性质事物之间相反相成的文饰观念，是《系辞下》所说的“物相杂，故曰文”的思想的体现。《杂卦传》说：“《贲》，无色也。”这一卦还表现了尚质素的倾向，如初九“舍车”而不尚华饰，六四“白马”以素白为美，上九“白贲”，可谓饰终而归于无饰。这又与道家返璞归真的美学思想相通。《涣卦》有风行水上自然成文之象，隐含了文学创作的自然原则。宋代的苏洵就十分推崇“涣”之道。《大有·象》之“刚健而文明”、《大畜·象》之“刚健笃实”，实际上构成了风骨论的基本内涵。

《易传》对《易经》进行了思想上的延伸，并加以更为清晰的阐释，所以对后世的影响也更为直接。“修辞立诚”成为写作与情感之关系的基本表述，“称名小”“取类大”通于诗歌的“比兴”之义，而“言不尽意”之说，经过魏晋玄学的言意之辨，与《庄子》的“得意忘言”思想相融合，形成了注重言外之意的审美取向。《易传》所揭示的“立象尽意”的方法，影响了文论家对于诗歌艺术特征的理解。

尚书·尧典(节录)

作者简介

《尚书》是中国古代现存最早的一部文献总集，主要是帝王的诏命以及帝王对臣下的训诫。先秦时也称《书》,因列于儒家经典,所以又称《书经》。自汉代开始,有今古文之别。伏生所授二十九篇为《今文尚书》。相传汉景帝时发现于孔子故宅壁中的《尚书》,较今文多十六篇,为《古文尚书》。一般认为今传《古文尚书》以及孔安国《传》系伪作,其中以清代阎若璩考辨最为详尽。《尧典》为《尚书》第一篇,《古文尚书》把"慎徽五典"以下文字析出,另加二十八字作为《舜典》。

帝曰[1]:"夔[2]!命女典乐[3],教胄子[4]:直而温[5],宽而栗[6],刚而无虐[7],简而无傲[8]。诗言志[9],歌永言[10],声依永[11],律和声[12],八音克谐[13],无相夺伦[14],神人以和[15]。"夔曰:"於!予击石拊石[16],百兽率舞[17]。"

中华书局点校本孙星衍《尚书今古文注疏》卷一

注释

[1] 帝:指舜。

[2] 夔:相传尧舜时掌管音乐文化的大臣。

[3] 命女典乐:女,通"汝"。典,掌管。

[4] 胄子:今文家训为稚子,通指子弟。古文家训为嫡长子。

[5] 直而温:耿直而温和。

[6] 宽而栗:宽,宽弘。栗,庄严,一说"栗"有辨别义,是宽厚而明辨的意思,亦通。

[7] 刚而无虐:谓刚毅而不暴虐。

[8] 简而无傲:简易但不傲慢。

[9] 志:情意。

[10] 歌永言:永,延长。延长诗语的声调就是"歌"。

[11] 声依永:声调的高低与歌咏相配合。声,五声,即宫商角徵羽。依,有辅助的意思。

[12] 律和声:按照音律来调和歌声。律,十二音律。

[13] 八音克谐:用乐器配合,达到和谐。八音,指金、石、土、革、丝、木、匏、竹八种乐器。

[14] 无相夺伦:互相协和而不乱其次序。夺,差误。伦,乐声的次序。

[15] 神人以和：神与人通过诗乐而达成和谐的关系。古时祭祀重要的神都要用乐舞。

[16] 於！予击石拊石：於(wū)，叹词，有赞美之意。石，石磬。拊，轻击。

[17] 百兽率舞：旧说百兽感于乐，相率而舞，形容诗乐的感化作用。

说明

《尚书》记载了被儒家尊为“圣人”的帝王的许多重要思想，其中与文学直接相关的是“诗言志”之说，当属远古留下的观念。《国语·鲁语下》说：“诗所以合意，歌所以咏诗也。”“意”与“志”义近，可与《尧典》帝舜之语参证。《左传·襄公二十七年》赵文子说：“诗以言志。”《庄子·天下》篇说：“诗以道志。”《荀子·儒效》篇也说：“诗言是其志也。”可见，在先秦“诗言志”是一个非常普遍的观点。

在早期诗乐舞合一的艺术形态中，音乐具有更强的抒情功能，诗的抒情性是突显不出来的，所以“志”并不主要指人的情感。《孔子诗论》中有“诗亡离志，乐亡离情”的说法，“志”“情”对举，说明它们是有区别的。语言传达意志，乐声表现情感，舞蹈展示仪容，它们在诗乐舞合一的艺术形态中有不同的功能。汉初《诗大序》开始重视诗的抒情性，并与教化功能相结合；诗的这种特性在魏晋得到独立的确认，与教化的关系有所疏远。这是“诗言志”的观念在后世的发展。

就帝舜所表达的“诗言志”观念本身而言，内容是多方面的。他命夔以诗乐“教胄子”，培养其敦厚的品德，说明“诗言志”观念跟诗教是分不开的。所以儒家对诗歌基本特征的认知，也离不开教化论。在宗法社会中，神人关系乃是最高的宗法关系，所以“神人以和”其实也是一种社会功能。当“诗言志”观念贯彻于礼仪活动中，形成诸侯卿大夫之间“赋诗言志”的风气，其实也是神人关系降格于人事的层面，而“神人以和”就转变为孔子说的“可以群”了。另外，“诗言志”还与周王朝“采诗”以观民风的制度有关，表现出一种实际性的政治功能。采诗观志，即通过地方诗歌来考察民间政治意向以及社会道德状况，就是孔子说的“可以观”。人们对于诗歌特征与功能的认知，是在“诗言志”观念下展开的。它注重主体意志的表现，注重社会政治作用，都在为传统诗学的发展确立方向。因此郑玄《诗谱序》说：“诗道放于此。”近人朱自清《诗言志辨序》乃称之为中国诗学的“开山的纲领”。

诗经（选录）

作者简介

《诗经》是中国最早的诗歌总集，编集周初至春秋中叶五百余年间的作品。先秦时称《诗》，又举其整数名《诗三百》或《三百篇》。汉代列于儒家经典，故称《诗经》。分《风》《雅》《颂》三部分。大概地说，《风》是采集于地方并经整理的民间歌谣，《雅》是王畿乐歌，《颂》为宗庙祭祀乐歌。汉代传《诗》者有鲁、齐、韩、毛四家，前三家属今文经学，先立于官学；毛诗属古文经学，东汉以后逐渐流行，传于今。其余三家在魏晋以后先后亡佚。

纠纠葛屦，可以履霜[1]？掺掺女手[2]，可以缝裳[3]？要之襋之，好人服之[4]。好人提提，宛然左辟，佩其象揥[5]。维是褊心，是以为刺[6]。

（《魏风·葛屦》）

心之忧矣，我歌且谣[7]。

（《魏风·园有桃》）

墓门有梅，有鸮萃止[8]。夫也不良，歌以讯之[9]。

（《陈风·墓门》）

家父作诵，以究王讻[10]，式讹尔心，以畜万邦[11]。

（《小雅·节南山》）

为鬼为蜮，则不可得[12]。有靦面目，视人罔极[13]。作此好歌，以极反侧[14]。

（《小雅·何人斯》）

彼谮人者，谁适与谋[15]？取彼谮人，投畀豺虎[16]。豺虎不食，投畀有北。有北不受，投畀有昊[17]。杨园之道，猗于亩丘[18]。寺人孟子[19]，作为此诗。凡百君子，敬而听之[20]。

（《小雅·巷伯》）

匪鹑匪鸢，翰飞戾天[21]。匪鳣匪鲔，潜逃于渊[22]。山有蕨薇，隰有杞桋[23]。君子作歌，维以告哀。

（《小雅·四月》）

君子之车，既庶且多。君子之马，既闲且驰。矢诗不多，维以遂歌[24]。

（《大雅·卷阿》）

申伯之德，柔惠且直[25]。揉此万邦[26]，闻于四国[27]。吉甫作诵[28]，其诗孔硕[29]，其风肆好[30]，以赠申伯。

（《大雅·崧高》）

仲山甫徂齐[31]，式遄其归[32]。吉甫作诵，穆如清风[33]。仲山甫永怀，以慰其心[34]。

（《大雅·烝民》）

阮元刻《十三经注疏》本《毛诗正义》

注释

[1]“纠纠葛屦”二句：说缝裳女穿着用缠结的葛藤做的鞋子，踏踩在寒霜之上。葛屦是夏天穿的鞋。

[2]掺掺：《韩诗》作“纤纤”，形容双手柔弱纤细。

[3]裳：下裙。这里泛指衣服。

[4]“要之襋之”二句：缝裳女做好了衣裳，让贵妇人穿上它。要，衣服的腰身；襋(jí)，衣领。这里都作动词，意思是提着腰身和衣领。好人，美人，这里意含讥讽。

[5]“好人提提”三句：贵妇人一副满不在乎的神态，扭转腰身，只顾着佩戴她的簪子。提提，安详的样子。左辟，“辟”同“避”；朝左转过身去。象揥(tì)，象牙簪子。

[6]“维是褊心”二句：因为这个女人气量狭小，所以作这首诗讽刺她。褊心，心胸狭窄。

[7]“我歌且谣”：有乐调配唱的称为“歌”，无乐调配唱的称为“谣”。这里指歌唱。

[8]“墓门有梅”二句：墓门，墓道之门。梅，《楚辞》王逸注引作“棘”。棘，酸枣树，多刺。鸮，猫头鹰，其声恶。萃，聚集。止，语尾助词。“棘”和“鸮”暗指恶人。

［9］“夫也不良”二句：“夫也不良”，那个人心地不善良，所以作诗歌告诫他。讯，通“谇”，告诫。

［10］“家父作诵”二句：家父作了一首讽谏诗，控诉周王的罪恶。家父，诗人的名字。诵，诗歌。讻，通作“凶”，恶。

［11］“式讹尔心”二句：希望能感化周王的心，安抚四方各国。式，发语词。讹，同“吪”，化，感化。畜，安抚。

［12］“为鬼为蜮”二句：鬼和蜮都是看不到的。蜮，传说中能含沙射影使人生病的短狐。

［13］“有靦面目”二句：俨然有人的模样，做事却没有准则。视，同“示”。极，准则。

［14］“作此好歌”二句：作这首善意的诗歌，来深究你反复无常的品行。反侧，不正直。

［15］“彼谮人者”二句：那个谗害他人的人，谁是他的主谋？适，作主。

［16］投畀：投，丢弃；畀(bì)，给予。

［17］“有北不受”二句：北方之地也不容他的话，那就让老天去惩罚他。有，名词词头。

［18］“杨园之道”二句：去杨园的路要经过亩丘。杨园，园名。猗，越过。亩丘，丘名。

［19］寺人孟子：寺人，阉人、宦官。孟子，寺人的名字。诗题“巷伯”盖即其官名。

［20］敬而听之：怀戒惧之心来听这首诗歌。敬，同“儆”，戒惧。

［21］“匪鹑匪鸢”二句：雕和老鹰高高地飞在天上。匪，彼。鹑，雕。鸢，鹰。翰，高。戾，至。这里比喻贪残之人处于高位。

［22］“匪鳣匪鲔”二句：大鱼纷纷逃到深渊。鳣，鲤鱼。鲔，鲟鱼。这里暗示那些大鱼也不如的小老百姓无处逃避祸害。

［23］“山有蕨薇”二句：山可以长野菜，低湿处可以长杞桋。比喻百姓得不到养育，还不如草木。蕨、薇，野菜名。隰，低湿的地方。杞，枸杞。桋，赤楝。

［24］“矢诗不多”二句：陈献的诗很多，希望乐官立即谱成歌曲。矢，陈献。不多，毛传：“不多，多也。”

［25］“申伯之德”二句：申伯的品德和顺而正直。申伯，姜姓诸侯，周宣王的母舅。

［26］揉：安抚。

［27］四国：四方。

［28］吉甫：尹吉甫，周宣王卿士。

［29］其诗孔硕：诗歌非常弘美。孔，非常。硕，大。

[30] 其风肆好：声调十分动听。肆，极。
[31] 仲山甫徂齐：仲山甫，周宣王的大臣。徂，往。宣王派仲山甫筑城于齐，尹吉甫作此诗赠别。
[32] 式遄其归：希望早日归来。式，语气词。遄，快速。
[33] 穆如清风：和美的诗歌就像清风一样。比喻诗歌可以安慰人心。
[34] “仲山甫永怀”二句：望仲山甫永记此诗，让心情得到宽慰。

说明

汉儒根据《诗》的不同内容，将其主题分为“美”和“刺”。车马隆盛，贤才荟萃，于是公卿献诗赞美。申伯品德嘉美，回到封地的时候，尹吉甫写了一首诗称颂他。这就是“美”。郑玄《诗谱序》说：“论功颂德，所以将顺其美。”其实表达日常生活中的欢乐，对美好人事的赞美和祝愿，也是“美”。“刺”是讽刺、讽谏。缝衣姑娘不满于贵妇人的“褊心”，所以作诗讥讽她。国运衰微，君主无德，民不聊生，于是忧国忧民的卿士指斥上位者的罪过，同情百姓的不幸。郑玄说：“刺过讥失，所以匡救其恶。”但现实有种种的不幸，人人都有各自的祈求，凡所讥刺，不必皆为政事而发。《春秋公羊传·宣公十五年》何休《解诂》说：“男女有所怨恨，相从而歌。饥者歌其食，劳者歌其事。”小民的哀伤，卿士的愤懑，情事不同，却都是感物而怨，不平而刺。

不论是颂扬之“美”，还是怨愤之“刺”，《三百篇》的诗人们都是以自己最真实的情感，来感悟诗歌的本质。他们有着对于诗性的最朴素的理解，虽未及于理论的高度，却也少了知性的隔阂，使诗性直接呈现于情感中，成为最本源的诗学。经典化之后，它的本源性不免有所流失。比如按照汉儒的解释，“美刺”乃偏重于政教的意义。与此同时，这一最本源的诗学，对历代诗人的影响也变得更为深远。

左传（节选）

作者简介

《左传》为《春秋左氏传》简称，旧说为左丘明所作。左丘明，生平不详。《史记·十二诸侯年表第二》说他与孔子同时，鲁国人。《汉书·艺文志》著录《左氏传》三十卷，称他为鲁太史。据近人考证，《左传》当成书于战国初期，上距鲁哀公不远。汉时《左传》与《公羊传》《谷梁传》并称“春秋三传”，同为阐释《春秋》经义之著。后两种属今文经学，《左传》为古文经学。《左传》记述春秋时代各国政治、军事、外交等重大历史事件，叙事生动，对后世传记文学有重要影响。重要注本有晋杜预《春秋左氏经传集解》及唐孔颖达《春秋左传正义》等。

大上有立德[1]，其次有立功，其次有立言，虽久不废，此之谓不朽。

（襄公二十四年）

吴公子札来聘[2]……请观于周乐[3]。使工为之歌《周南》《召南》[4]，曰：“美哉！始基之矣，犹未也[5]，然勤而不怨矣[6]。”为之歌《邶》《鄘》《卫》[7]，曰：“美哉渊乎[8]！忧而不困者也[9]。吾闻卫康叔、武公之德如是[10]，是其《卫风》乎[11]！”为之歌《王》[12]，曰：“美哉！思而不惧[13]，其周之东乎[14]！”为之歌《郑》[15]，曰：“美哉！其细已甚[16]，民弗堪也。是其先亡乎[17]！”为之歌《齐》，曰：“美哉，泱泱乎[18]！大风也哉！表东海者[19]，其大公乎[20]！国未可量也[21]。”为之歌《豳》，曰：“美哉，荡乎[22]！乐而不淫，其周公之东乎[23]！”为之歌《秦》，曰：“此之谓夏声[24]。夫能夏则大[25]，大之至也，其周之旧乎[26]！”为之歌《魏》，曰：“美哉，沨沨乎[27]！大而婉[28]，险而易行[29]，以德辅此，则明主也。”为之歌《唐》，曰：“思深哉！其有陶唐氏之遗民乎[30]！不然，何其忧之远也[31]？非令德之后，谁能若是？”为之歌《陈》，曰：“国无主[32]，其能久乎[33]！”自《郐》以下无讥焉[34]。为之歌《小雅》，曰：“美哉！思而不贰，怨而不言[35]，其周德之衰乎[36]？犹有先王之遗民焉。”为之歌《大雅》，曰：“广哉，熙熙乎[37]！曲而有直体[38]，其文王之德乎！”为之歌《颂》，曰：“至矣哉！直而不倨，曲而不屈[39]；迩而不偪，远而不携[40]；迁而不淫，复而不厌[41]；哀而不愁，乐而不荒[42]；用而不匮，广而不宣[43]；施而不费，取而不贪[44]；处而不底，行而不流[45]。五声和，八风平[46]。节有度，守有序[47]，盛德之所同也[48]。”见舞《象箾》《南籥》者[49]，曰：“美哉！犹有憾[50]。”见舞《大武》者[51]，曰：“美哉！周之盛也，其若此乎！”见舞《韶濩》者[52]，曰：“圣人之弘也，而犹有惭德[53]，圣人之难也。”见舞《大夏》者[54]，曰：“美哉！勤而不德[55]，非禹，其谁能修之[56]？”见舞《韶箾》

者[57]，曰："德至矣哉，大矣！如天之无不帱也[58]，如地之无不载也。虽甚盛德[59]，其蔑以加于此矣[60]，观止矣[61]。若有他乐，吾不敢请已。"

（襄公二十九年）

阮元刻《十三经注疏》本《春秋左传正义》

注释

[1] 大上有立德：最高的不朽是立德。大，同"太"。这是穆叔的话。穆叔，叔孙豹，鲁国卿，谥"穆"。

[2] 吴公子札来聘：吴公子季札，吴王寿梦少子，封于延陵，又称延陵季子。聘，指天子与诸侯或诸侯之间派使者访问。

[3] 观于周乐：观，观乐。古时于所聘之国有请观之礼。周王赐鲁国天子之乐，所以季札访问时请观之。

[4] 使工为之歌《周南》《召南》：工，乐工。《周南》《召南》是《国风》最开始的两部分诗篇。

[5] "始基之矣"二句：王业开始奠定基础，但未有天下。

[6] 勤而不怨：百姓虽然劳累但无怨言。

[7]《邶》《鄘》《卫》：三国之风诗，在二《南》以下。这三部分在春秋时是一组诗，汉代三家《诗》犹归为一卷。邶、鄘、卫三国又称"三监"。

[8] 渊：深。指卫康叔、武公德化深远。

[9] 忧而不困：卫国百姓虽遭忧患，但还不困苦。康叔时管蔡叛乱，武公时幽王为犬戎所杀，天下不宁，所以有"忧"，后管蔡、犬戎都被平定，而百姓又有康、武之德的感化，所以"不困"。

[10] 卫康叔、武公之德如是：卫康叔，周公弟，初食采邑于康，管蔡之乱被平之后，徙封于卫。武公，康叔九世孙，在位时修康叔之政，曾出兵佐周平戎。

[11] 其《卫风》乎：周公平定管蔡叛乱之后，三监并入卫国，所以《邶风》《鄘风》也都可以称为《卫风》。

[12]《王》：《王风》，在《卫风》之后。平王东迁洛邑，周室衰微，位同列国，所以王畿之乐列于《风》。

[13] 思而不惧：因周室衰落而忧伤，但先王遗风还在，所以"不惧"。

[14] 周之东：《王风》为平王东迁之后的乐诗。

[15]《郑》:《郑风》,在《王风》之后。幽王时,桓公被犬戎所杀,武公继位,迁于今河南新郑一带。

[16] 其细已甚:风格过于细弱。

[17] 是其先亡:其国祚大概不能长久吧。此为臆测语,其实郑国近一百七十年后才被韩国所灭。

[18] 泱泱:汪汪洋洋,指乐声气势宏大。

[19] 表东海:为东海诸国之表率。齐国通商工之业,便鱼盐之利,百姓前来归附,成为东方大国。

[20] 大公:即姜太公,辅佐武王得天下,受封于齐。

[21] 未可量:国祚不可以限量。

[22] 荡:乐声广大。

[23] 周公之东:《豳风》为周公东征时的乐诗。周公遭管蔡之变,东征三年,向成王陈述后稷先公不敢荒淫以成王业之事,故季札称《豳风》“乐而不淫”。

[24] 夏声:中原音乐。秦部原处西犬丘(今甘肃天水)一带,秦仲时始有车马礼乐,脱去戎狄之声而融入中原文化。

[25] 能夏则大:秦仲接受中原礼乐,开始变得强大起来。

[26] 其周之旧:指西周旧地尽归于秦。秦仲之孙襄公佐平王东迁有功,封为诸侯,其领地扩大到西周王畿和豳地。

[27] 沨沨(fēng):悠扬婉转。

[28] 婉:指《魏风》虽然刺诗较多,但言辞委婉。

[29] 险而易行:魏君贤明,能以德治国,其地虽然陋隘,而政令风教行之不难。

[30] 陶唐氏之遗民:唐人是尧的后代。相传尧本封于陶,后迁于唐。下文说“令德之后”,“令德”也是指尧而言。

[31] 忧之远:忧思深远,即“思深”的意思。前面“其”字据阮元《校勘记》补。

[32] 国无主:国家无德教之主。指陈国乐声放荡,无所畏忌。

[33] 其能久乎:国祚不可长。陈国六十五年后被楚国所灭。

[34] 自《郐》以下无讥:《郐》,即《桧风》,下为《曹风》,郐、曹均为小国,所以季札不予讥评。

[35]“思而不贰”二句:忧伤而无背叛之心,哀怨但不加直斥。

[36] 周德之衰:《小雅》多为厉、宣、幽时代的乐诗,当时政教尤衰,周室大坏。

[37] 熙熙:乐声广大。

[38] 曲而有直体:乐声抑扬婉转而归于正。直体,指风格端直。

[39]“直而不倨”二句：诗乐刚正而不倨傲，委曲但不屈折。

[40]“迩而不偪”二句：与君主亲近但谦退不逼切，居远却忠贞无二心。偪，同“逼”。携，离心。

[41]“迁而不淫”二句：乐声富于变化但不邪乱，反复往来而不厌倦。

[42]“哀而不愁”二句：悲哀而不愁苦，欢乐却不过度。荒，放纵无所节制。

[43]“用而不匮”二句：其德弘大用之不竭，其心宽广而不自显。用，行其德。宣，炫耀。

[44]“施而不费”二句：施惠于民而不滥用财物，有所索取但不贪婪无度。指诗歌所反映的政治。

[45]“处而不底”二句：乐声止顿时却不底滞，流畅时也不流荡。

[46]“五声和”二句：指乐曲谐和。八风，八方之风，借指乐曲。

[47]“节有度”二句：节奏合乎律度，音声相续有次序。守，乐音相持续。

[48]盛德之所同：《周》颂文武，《鲁》颂僖公，《商》颂成汤，都是赞美君王之盛德的。

[49]《象箾》《南籥》：旧传都是歌颂文王的乐舞。箾，同“箫”。籥，乐器，像笛子。

[50]犹有憾：指文王尚未及伐纣而致太平。

[51]《大武》：反映武王平定天下的乐舞。旧说周公所作，当时功成治定，所以说“周之盛”。

[52]《韶濩》：殷汤时代的乐舞，又名《大濩》。

[53]犹有惭德：汤伐桀而得天下，因以臣犯君而不能尽善。

[54]《大夏》：夏禹时代的乐舞。

[55]勤而不德：大禹勤劳天下以治水土，而不自以为德。

[56]修之：谓创作《大夏》。

[57]《韶箾》：虞舜时代的乐舞，又名《大韶》。《尚书·益稷》称《箫韶》。

[58]帱(dào)：覆盖。

[59]虽甚盛德：虽，同“唯”，句首助词。

[60]蔑以加：无以复加。

[61]观止：所观莫过于此。孔子也说《韶》“尽善尽美”。

说明

《左传》重在记事，但也记录了那个时代的思想观念。穆叔的“三不朽”之说，反映了一种朴素的价值观。相对于事功与德行，“立言”居后，但同为“不朽”之业，说明春秋时代“言”的重要性已经得到确认。可以说“三不朽”是传统士人价值取向的经典概括。

观乐之礼，有观者对于乐诗的评议，即“乐语”。俗乐无“语”，“语”是雅乐的一个重要特点，是最早的文艺批评。季札通过对乐诗风格与内容的辨析，指出相应的政治民风的盛衰状况，这种审音知政的评论方式，反映了《乐记》所说的“声音之道与政通”的观念。他的思想是与儒家相通的，从中可以看到孔子之前儒家文艺思想的形成过程。

老子（节录）

作者简介

老子，生平不可考。《史记》说他是春秋末期楚国苦县厉乡曲仁里（今河南鹿邑县东）人，姓李，名耳，字聃，曾为周王朝守藏室之史，周衰，去而隐，不知所终。所著《老子》，或称《道德经》，是道家第一部经典著作。他主张“无为”“虚静”，提出了矛盾现象相反相成的朴素辩证观，反对人的主观性以及知识心智，对现实政治、道德观念等持强烈的批评态度。文辞精炼，多成格言，历代注本繁多，有“注者三千余家”之说，其中以王弼注本影响最大。

天下皆知美之为美，斯恶已[1]；皆知善之为善，斯不善已。故有无相生，难易相成，长短相较，高下相倾[2]，音声相和[3]，前后相随。

（二章）

五色令人目盲[4]，五音令人耳聋[5]，五味令人口爽[6]，驰骋畋猎令人心发狂，难得之货令人行妨[7]。

（十二章）

希言自然[8]。

（二十三章）

人法地，地法天，天法道，道法自然[9]。

（二十五章）

乐与饵，过客止[10]。道之出口，淡乎其无味[11]。

（三十五章）

大音希声[12]，大象无形[13]，道隐无名[14]。

（四十一章）

大直若屈，大巧若拙，大辩若讷[15]。

（四十五章）

知者不言，言者不知[16]。

（五十六章）

人多伎巧，奇物滋起[17]。

（五十七章）

为无为，事无事，味无味[18]。

（六十三章）

信言不美，美言不信[19]。善者不辩，辩者不善[20]。知者不博，博者不知[21]。

（八十一章）

清光绪浙江书局重刻明华亭张子象本王弼注《老子道德经》

注释

[1]“天下皆知”二句：美对立于丑而为美，是人人皆知的，但美也同时为丑。这里说明美与丑相互对立，并且相互转化、相互依存。恶，丑。

[2]高下相倾：高和低是相对而存在的，比如山与谷，无山之高无以见谷之低，反过来说也一样。“有”和“无”、“难”和“易”、“长”和“短”都是这种关系。“倾”一本作“盈”，相盈，互为充满，引申为相互补充的意思。

[3]音声相和：“音”和“声”必须相互依存。单出为“声”，是没有连续性的点；“声”相和而成“音”，是有连续性的线。没有“声”不能有“音”，而“声”一发出来就已有连续性而为“音”，所以“声”也存在于“音”。

[4]五色令人目盲：目观五色，但迷恋五色就会败坏人的视觉。五色，青赤黄白黑。

[5]五音令人耳聋：耳听音乐，但沉溺音乐就会败坏人的听觉。

[6]五味令人口爽：舌感食味，但耽好食味就会败坏人的味觉。五味，酸苦甘辛

咸。口爽，味觉差失。

[7] 难得之货令人行妨：珍贵的货物会导致人与人的相互伤害。妨，害。

[8] 希言自然：君主无为而治，百姓就会循守其自然本性。言，指声教法令。

[9] 道法自然：法，效法。自然，自然而然的意思。这里说道体本身就是自然，并非“道”之外别有一“自然”。

[10] “乐与饵”二句：动听的音乐和美味的佳肴让路人驻足。

[11] “道之出口”二句：道体深远广大，发而为言，也是淡然无味，不像乐与饵那样感悦人心。

[12] 大音希声：极致之“音”惚恍窈渺，分辨不出“声”，比喻道体深远混沌、不可析分。大，有终极的意思。

[13] 大象无形：终极之“象”看不到具体的形态，比喻道体超越物象。

[14] 道隐无名：道体幽微，不可命名。

[15] “大直若屈”三句：刚直之极如同弯曲，灵巧之极如同笨拙，善辩之极如同口讷。

[16] “知者不言”二句：智者不好言说，好言说者没有智慧。

[17] “人多伎巧”二句：人多智巧之心，就会产生奇邪之物。伎巧，智巧、机诈。

[18] “为无为”三句：有所为却无所作为，有所事却无所事事，有所味却恬淡无味。

[19] “信言不美”二句：信实之言贵质朴，所以不美；甘美之言多文饰，所以不诚。道家认为体道要去文饰。

[20] “善者不辩”二句：德善之人不逞口舌，好争辩者其心不善。道家认为体道要“忘言”。

[21] “知者不博”二句：有智慧者不求知识渊博，渊博者没有智慧。道家认为体道要“绝学”。

说明

道家创始于老子，以“道”立说而得名。其所谓“道”，是宇宙的本源和本体，虽然世界上的一切事物皆因之而生而化，但它无目的，无意志，无形态，不能求诸感知和经验，不能以言说表述它的本质。

在表述道体时，语言失去了它的表意功能，也是对道体的遮蔽，在“言”和“意”之间存在着根本的矛盾。所以凡是借助于言语的，比如声教法令、争辩等，老子认为都不符合“道法自然”的精神。庄子发扬其说，把“言”“意”之辨的观念深深地挚入传统思想的发展进程中。在诗学领域，钟嵘的“文已尽而意有余”、《二十四诗品》的“不着一字，尽得风流”以及严羽的“言有尽而意无穷”，都是这种观念的体现。

老子对于“无”的发现，以及对于“无”与“有”的关系的辩证思考，直接影响了文艺家的审美趣味及其对作品的艺术处理。画家运虚笔，留空白，诗家求象外之韵，从笔所不追的“无”的世界中体味空灵意趣，正是对老子哲学的妙悟。

“自然”是宇宙世界的最高法则。所以去文饰，去机巧，返璞归真，成为老子所指引的价值取向和本性归宿。最简朴的言说最真实，最高的技巧是无技巧，就是那些以“天然去雕饰”为美学精神的诗人与文论家的依据。老子的辩证哲学，凡其所能触及的思想领域，都无不受其深刻的影响。

论语（节录）

作者简介

孔子，名丘，字仲尼。鲁国陬邑（今山东曲阜东南）人。儒家学派创始人，先秦诸子私人讲学论政、从事著述的开风气人物。《论语》主要是孔子的学生或再传的学生关于孔子言行的记录，反映了初期儒家思想体系的基本面貌。西汉有今文《鲁论》《齐论》以及《古论》，今本《论语》为东汉郑玄混合诸本而成。

子曰：巧言令色，鲜矣仁[1]！

（《学而》）

子贡曰：贫而无谄，富而无骄，何如？子曰：可也，未若贫而乐，富而好礼者也。子贡曰：《诗》云“如切如磋，如琢如磨[2]”，其斯之谓与？子曰：赐也，始可与言《诗》已矣，告诸往而知来者。

（《学而》）

子曰：《诗三百》，一言以蔽之曰：思无邪[3]。

（《为政》）

子夏问曰:“巧笑倩兮,美目盼兮,素以为绚兮[4]。”何谓也？子曰：绘事后素[5]。曰：礼后乎？子曰：起予者商也[6],始可与言《诗》已矣。

(《八佾》)

子曰：《关雎》乐而不淫,哀而不伤。

(《八佾》)

子谓《韶》,尽美矣,又尽善也[7]。谓《武》,尽美矣,未尽善也[8]。

(《八佾》)

子曰：质胜文则野[9],文胜质则史[10]。文质彬彬,然后君子[11]。

(《雍也》)

子不语怪、力、乱、神。

(《述而》)

子曰：诵《诗》三百,授之以政,不达[12];使于四方,不能专对[13];虽多,亦奚以为?

(《子路》)

子曰：有德者必有言,有言者不必有德。

(《宪问》)

颜渊问为邦[14]。子曰：行夏之时,乘殷之辂,服周之冕[15],乐则《韶》舞[16]。放郑声[17],远佞人。郑声淫,佞人殆[18]。

(《卫灵公》)

子曰：辞达而已矣。

(《卫灵公》)

鲤趋而过庭[19]。曰：学诗乎？对曰：未也。不学诗,无以言[20]。鲤退而学诗。

(《季氏》)

子曰：小子何莫学夫诗[21]？诗可以兴[22],可以观[23],可以群[24],可以怨[25]。迩之事父,远之事君[26],多识于鸟兽草木之名。

(《阳货》)

子谓伯鱼曰：女为《周南》《召南》矣乎[27]？人而不为《周南》《召南》,其犹正墙面而立也与[28]?

(《阳货》)

子曰：恶紫之夺朱也[29]，恶郑声之乱雅乐也，恶利口之覆邦家者[30]。

（《阳货》）

阮元刻《十三经注疏》本《论语注疏》

注释

[1]“巧言令色”二句：巧于言说，善于文饰，是缺少仁德的表现。

[2]“如切如磋”二句：《诗·卫风·淇奥》诗句。子贡引申为道德精进的意思。

[3]思无邪：语见《诗·鲁颂·駉》。思，本是语气助词，这里引申为思想、意思之“思”。

[4]“巧笑倩兮”三句：前二句见于《诗·卫风·硕人》，后一句为逸诗。或以为《鲁诗》有此句。巧，美好。倩，笑容美好的样子。盼，眼睛黑白分明。素，指用素粉打扮。绚，文采。

[5]绘事后素：绘画先上好各种颜色，然后用白色分布其间。比喻人有美质，最后要用礼来完成品德。

[6]起：启发。

[7]尽美矣，又尽善也：《大韶》乐声完美，内容完善。旧传《大韶》为舜乐，舜以揖逊绍尧致治，所以孔子以为“尽善”。

[8]尽美矣，未尽善也：《大武》表现武王伐纣而得天下之事。武王以武力反纣而治，故孔子以为“未尽善”。

[9]质胜文则野：顺其自然本性而外在仪态有所不足，则其人粗野。质，内质。文，外饰。

[10]文胜质则史：流于外表修饰而内在品性有所不足，则其人轻浮。史，原指祝史或掌书策的史官，讲究文辞修饰，这里引申为过于注重修饰而浮夸之意。

[11]“文质彬彬”二句：君子人格是内在品性与外在仪态的统一。彬彬，指事物相杂而适均。

[12]不达：不能通达于政事。

[13]“使于四方”二句：使者受君命聘于邻国，在宾主对答时，不能赋诗应对。使者自主随机应答，谓之“专对”。

[14]问为邦：询问治理国家的方法。

[15]“行夏之时”三句：推行夏代历法，乘坐较为朴质的商代大车，头戴有文饰的

周代礼帽。

[16]《韶》舞：《大韶》，代指雅乐。

[17] 放郑声：禁绝郑声。郑声，指流行于郑国地区的民间新乐，代指与雅乐相对的俗乐。

[18] 殆：危险。

[19] 鲤趋而过庭：鲤，孔子的儿子，字伯鱼。趋，依礼，在尊者前当碎步疾行表示敬意。

[20] “不学诗”二句：孔子语。古时士大夫会见有赋诗言志之礼，所以孔子以“无以言”告诫孔鲤。

[21] 小子何莫学夫诗：小子，弟子。何莫，何不。

[22] 兴：感发情志。

[23] 观：考察社会风情和政治状况。

[24] 群：协调人与人的关系。

[25] 怨：批评、讽刺上政。

[26] “迩之事父”二句：家庭内可以侍奉父亲，朝廷上可以侍奉君王。迩，近。这里指《诗》的宗法伦理教育功能。

[27] 女：汝。为：学。

[28] 正墙面而立：正对着墙而站立。正，向。朱熹注：“言即其至近之地，而一物无所见，一步不可行。”

[29] 恶紫之夺朱也：憎恨杂色扰乱正色。古人以青赤白黑黄五色为正，则赤朱为正，红紫属于间色，非正色。这里指杂色乱礼，下句言俗乐乱雅。

[30] 恶利口之覆邦家：憎恨善为巧言的人败坏邦国。覆，倾败。

说明

在诸子各派中，儒家最重视礼乐文化。孔子赞美周代的“郁郁”之“文”，以振兴礼乐文化为己任。他认为礼乐之“文”（雅文化）关系着人性的正邪、社会的兴衰，所以立为“四教”之一。今天所说的文学，即属于礼乐之“文”的范畴，因此它在孔子以及后世儒家的思想体系中具有重要的地位，同时它始终处于与礼教（意识形态）和礼乐制度（上层建筑）不可分离的关系之中。

孔子以《诗》为教，继承的是宗周宗法礼乐制度中的教育传统。他强调诵《诗》能达政、能专对，不学无以言，是基于《诗》在礼乐制中的功能而提出来的。

这个功能，孔子概括为“兴”“观”“群”“怨”四个方面。从孔子与子贡、子夏的对话中可以看到，《诗》之所“兴”，实为宗法道德范畴的主体情志。孔子重视道德意志的自觉性和自发性，所以他说“兴于诗”，即以情感教育为人格培养的起点。《诗》“可以观”，在于它反映了政治得失、道德盛衰的真实状况；“可以群”，在于它有助于宗法伦理关系的调和；“可以怨”，又在于“下以风刺上”是王政纠错最重要的方式。四个方面都包含着宗法意义，所以孔子说《诗》可以用来“事父”“事君”，“父”和“君”是宗法伦理的纲。

俗乐的兴起，在儒家看来不只是一个文艺现象，更主要的是一个政治意识形态问题。孔子“恶郑声之乱雅乐”而提出要“放郑声”，这不是审美趣味上的取舍，而是因为“郑声”动摇了礼乐制的根基。晚年孔子致力于正雅乐，欲使“《雅》《颂》各得其所”，就是要修复被俗乐所破坏了的作为宗法政体之意识形态的礼乐之“文”。

孔子以“思无邪”之《诗》为教，正雅声，黜郑卫，以及致力于“文质彬彬”的君子人格的培养，倡导“乐而不淫，哀而不伤”的中和之美，都有明确的文化与政治的指向。由于诗乐原本就是礼乐制度中的一个重要部分，其与政治的关联性，远非后来的文学可比，所以孔子站在礼乐文化的高度来理解文学的精神和功能，必然超越后世文学的实际位置。积极地说，在儒家思想的影响下，文学被赋予超越美学的丰富的人文精神，文学家当担起超越写作行为的社会文化责任；消极地说，功能的扩展会相对地消解文学的独立性，因而约束它的自我生长。

墨子（节录）

作者简介

《墨子》一书，是墨子及其后学的著述。墨子，名翟，鲁国（一说宋国）人，生卒年不详，略后于孔子。初学儒术，后创为墨家一派。其基本思想是强调“兼爱”，即平等对待一切人；主张“非攻”，即反对战争；以自苦为极，崇尚“节用”“节葬”；还提出了用人唯贤的“尚贤”观和遵从所谓“天志”的“尚同”论。墨儒二家同为当时之显学。墨翟之后，派系分衍，相谓“别墨”，秦汉以降，乃式微。清代始有学者为之作注，以孙诒让《墨子间诂》为著。近代有吴毓江《墨子校注》。

子墨子言曰："仁之事者[1]，必务求兴天下之利，除天下之害，将以为法乎天下，利人乎即为，不利人乎即止。且夫仁者之为天下度也[2]，非为其目之所美，耳之所乐，口之所甘[3]，身体之所安，以此亏夺民衣食之财[4]，仁者弗为也。"是故子墨子之所以非乐者，非以大钟、鸣鼓、琴瑟、竽笙之声以为不乐也，非以刻镂华文章之色以为不美也[5]，非以犓豢煎炙之味以为不甘也[6]，非以高台厚榭邃野之居以为不安也[7]。虽身知其安也，口知其甘也，目知其美也，耳知其乐也；然上考之不中圣王之事[8]，下度之不中万民之利。是故子墨子曰：为乐非也。

（《非乐上》）

子墨子言曰："必立仪[9]。言而毋仪，譬犹运钧之上，而立朝夕者也[10]；是非利害之辨，不可得而明知也。故言必有三表[11]。"何谓三表？子墨子言曰："有本之者[12]，有原之者[13]，有用之者。于何本之？上本之于古者圣王之事；于何原之？下原察百姓耳目之实；于何用之？废以为刑政[14]，观其中国家百姓人民之利。此所谓言有三表也。"

（《非命上》）

夫辩者，将以明是非之分，审治乱之纪[15]，明同异之处[16]，察名实之理[17]，处利害[18]，决嫌疑[19]。焉摹略万物之然[20]，论求群言之比，以名举实[21]，以辞抒意[22]，以说出故[23]。……辟也者，举也物而以明之也[24]。侔也者，比辞而俱行也[25]。援也者[26]，曰：子然，我奚独不可以然也。推也者[27]，以其所不取之，同于其所取者，予之也[28]。是犹谓也者同也，吾岂谓也者异也[29]。……故言多方，殊类异故，则不可偏观也[30]。

（《小取》）

《诸子集成》本孙诒让《墨子间诂》

注释

[1] 仁之事者：疑作"仁者之事"。

[2] 度：谋划。

[3] 甘：美味。

[4] 亏夺：减损、剥夺。

[5] 刻镂华文章：一本无“华”字，一说“华”下脱“饰”字。刻镂，雕刻。文章，指绘画。

[6] 犓豢煎炙：牛羊等食草动物为犓，犬豕等食谷动物为豢。炙，烤肉。

[7] 厚榭邃野：厚榭，厚，大；筑于台上之屋为榭。邃野，深广之宇；野，即“宇”字。

[8] 中：符合。

[9] 立仪：确立标准。仪，表，指标准、法则。

[10] “言而毋仪”三句：没有标准的言论是不可信的，就像立在运钧之上的表没有定准。运钧，运，运转；钧，用于制陶器的转轮。朝夕，指测日影以定方向的表。

[11] 三表：判断言论是非的三个标准。

[12] 本：言论产生的来源。

[13] 原：言论产生的原因。

[14] 废：通“发”，实施。

[15] 审治乱之纪：审，审查，详细推究；纪，纪由，原因。

[16] 同异：事物的相同性与差异性。“同异”是先秦名辩学说的一个重要论题。墨家倾向于“离同异”之说，即主张事物差异的绝对性。

[17] 名实：名称及其所指的事物对象。

[18] 处：辨察审度。

[19] 决嫌疑：判断疑惑之事。

[20] 焉摹略万物之然：焉，乃，于是。摹略，探索搜求。然，宜。

[21] 举：指称。

[22] 以辞抒意：用命题来表达认识。辞，相当于命题。

[23] 以说出故：用推理来明确命题成立的原因。说，墨家逻辑学的名词，指推理。故，原因或理由。

[24] “辟也者”二句：譬喻就是借用彼物事来说明此物事。辟，同“譬”。也物，“也”同“他”，即他物。

[25] “侔也者”二句：比较两个命题，如果陈述的内容相同，则确定它们为同一命题，这就是“侔”。侔，齐等，指命题的同一性。“辟”和“侔”是对已知内容的

确认，不能产生新知识。

[26] 援：援例法，指根据已知之事物，推知未知之事物。下文说"子然"即已知的内容，"我奚独不可以然"是推知的内容。这种推理可以产生新的知识。

[27] 推：类推，相当于归纳法，如下文所解释。"推"的方法取例较多，相对于只取一例的"援"，所获得的新知识要更可靠一些。

[28] "以其所不取"三句：如果未取事物与所取事物属于同一类，则可以作出彼此相同的判断。予，判断。

[29] "是犹谓也者"二句：如果未取事物同于所取事物，就不能作出相异的判断。也者，他者。这是进一步说明只要没有发现与所取事物不同的事例，类推的结论就可以承认。

[30] "故言多方"三句：辩说的方法很多，各有不同的类别和原委，所以不可以蔽于一曲。方，方法，技巧。

说明

墨家是春秋战国时代的一大学派，其创始人墨子宣称无等级的爱，反对攻战侵伐和一切浪费财力的行为，客观上反映了战乱中平民的愿望，因此具有较为广泛的社会基础，在当时成为儒家的主要反对派。

对于礼乐制，墨子持批判的立场。他认为礼乐活动既损耗百姓的财力，又浪费劳动力，而且当政者也因此荒废对国家的治理，所以提出了"非乐"的主张，反对当政者从事奢侈的音乐活动。这种立场是与平民的现实利益相一致的。儒家继承礼乐文化，被墨子斥为"繁饰礼乐以淫人"(《非儒》)，是导致"丧天下"的"四政"之一(《公孟》)。两大显学所以产生文学观的冲突，在于儒家肯定诗乐，是着眼于精神的层面；墨家否定诗乐，是着眼于物质的层面。墨子消极地看待人类的精神活动，体现了小生产者功利主义价值观的褊狭性，但是他能超越士大夫的立场进行社会与文化批判，在历史上是不多见的，这也是墨家思想没有被后来的主流文化所接受的原因。

墨家"尚质""尚用"，反对文饰，但非常重视论辩的逻辑性。其论辩学说，提出了"三表"准则和"辟""侔""援""推"等一系列逻辑方法，对于古典逻辑学有相当大的建设性的贡献，也是对文学修辞艺术的总结。就《墨子》一书而言，文采或有所不足，然而有些篇章，成功运用了多种辩论的手法，思路清晰而严密，议论透彻而形象，足以为议论性文体的典范。

孟子（节录）

作者简介

《孟子》，主要由孟子撰述，并有弟子参与其事。书中记录了孟子与时人的争辩及其平时的言论。孟子，名轲，一说字子舆，邹（今山东邹城东南）人。相传曾受业于孔子之孙子思（孔伋）的门人。后招收门徒，历游齐、鲁、滕、梁等国，终不见用，退而著书。孟子是战国中期儒家重要代表人物，其心性论主张"性善"，政治学说则强调王道与"仁政"，提出了"民为贵，社稷次之，君为轻"的观点，具有朴素的民本主义倾向。子思与孟子之学合称思孟学派，对宋代理学产生深刻影响。《汉书·艺文志》著录《孟子》十一篇，东汉赵岐《孟子章句》仅注七篇。事迹略见《史记》卷七十四《孟子荀卿列传》。

他日，见于王曰[1]："王尝语庄子以好乐[2]，有诸[3]？"王变乎色[4]，曰："寡人非能好先王之乐也，直好世俗之乐耳。"曰："王之好乐甚，则齐其庶几乎[5]！今之乐犹古之乐也[6]。"曰："可得闻与？"曰："独乐乐，与人乐乐，孰乐[7]？"曰："不若与人。"曰："与少乐乐，与众乐乐，孰乐？"曰："不若与众。""臣请为王言乐。今王鼓乐于此，百姓闻王钟鼓之声，管籥之音[8]，举疾首蹙頞而相告曰[9]：'吾王之好鼓乐，夫何使我至于此极也[10]？父子不相见，兄弟妻子离散。'今王田猎于此，百姓闻王车马之音，见羽旄之美[11]，举疾首蹙頞而相告曰：'吾王之好田猎，夫何使我至于此极也？父子不相见，兄弟妻子离散。'此无他，不与民同乐也。今王鼓乐于此，百姓闻王钟鼓之声，管籥之音，举欣欣然有喜色而相告曰：'吾王庶几无疾病与，何以能鼓乐也？'今王田猎于此，百姓闻王车马之音，见羽旄之美，举欣欣然有喜色而相告曰：'吾王庶几无疾病与，何以能田猎也？'此无他，与民同乐也。今王与百姓同乐，则王矣。"

（《梁惠王下》）

"敢问夫子恶乎长[12]？"曰："我知言，我善养吾浩然之气[13]。""敢问何谓浩然之气？”曰：“难言也。其为气也，至大至刚，以直养而无害[14]，则塞于天地之间[15]。其为气也，配义与道[16]；无是，馁也[17]。是集义所生者[18]，非义袭而取之也[19]。行有不慊于心[20]，则馁矣。……”“何谓知言？”曰：“诐辞知其所蔽[21]，淫辞知其所陷[22]，邪辞知其所离[23]，遁辞知其所穷[24]。”

（《公孙丑上》）

咸丘蒙曰[25]：“舜之不臣尧，则吾既得闻命矣[26]。《诗》云：‘普天之下，莫非王土，率土之滨，莫非王臣[27]。’而舜既为天子矣，敢问瞽瞍之非臣，如何[28]？”曰：“是诗也，非是之谓也；劳于王事而不得养父母也。曰：‘此莫非王事，我独贤劳也[29]。’故说《诗》者不以文害辞[30]，不以辞害志[31]；以意逆志，是为得之[32]。如以辞而已矣，《云汉》之诗曰：‘周余黎民，靡有孑遗[33]。’信斯言也，是周无遗民也。”

（《万章上》）

孟子谓万章曰[34]：“一乡之善士，斯友一乡之善士；一国之善士，斯友一国之善士；天下之善士，斯友天下之善士。以友天下之善士为未足，又尚论古之人[35]。颂其诗[36]，读其书，不知其人，可乎？是以论其世也，是尚友也[37]。”

（《万章下》）

阮元刻《十三经注疏》本《孟子注疏》

注释

[1] 见于王：孟子被齐宣王接见。
[2] 庄子：庄暴，齐国大臣。
[3] 有诸：有这回事。
[4] 变乎色：变了脸色，指羞愧。
[5] 庶几：差不多，指齐国几乎大治了。
[6] 今之乐犹古之乐：今之乐，指流行俗乐。古之乐，指先王之乐。
[7] “独乐乐”三句：一个人独听音乐快乐，与别人一起听音乐快乐，哪一种更快乐呢？前一“乐”为音乐之“乐”，后一“乐”为快乐之“乐”。

[8] 管籥：古代吹奏乐器。

[9] 举疾首蹙頞：都感到头痛而直皱眉头。举，全都。疾首，头痛。蹙頞，愁苦的样子。蹙，皱；頞，鼻梁。

[10] 至于此极：到这般穷困不堪的地步。极，穷。

[11] 羽旄之美：指打猎队伍的仪仗之美。羽旄，旌旗。

[12] 敢问夫子恶乎长：恶乎长，擅长什么，这是公孙丑问孟子的话。公孙丑，孟子弟子，齐人。

[13] 浩然之气：指由仁义善性扩充而产生的人格气质。浩然，盛大流行的样子。

[14] 直养而无害：用仁义去蓄养心性，不做非义的事去损害它。

[15] 塞：充盈。

[16] 配义与道：浩然之气与仁义与天道无不相合。

[17] "无是"二句：如果没有浩然之气，人就会失去精神力量。馁，饥乏无力，这里指缺少道德勇气。

[18] 是集义所生者：浩然之气乃由内在德性的蓄养所产生。集，积蓄。

[19] 非义袭而取之：并非是道义由外加于己而接受它。孟子认为"义"并不是外在的伦理准则，而是内在于本性的。

[20] 行有不慊于心：做了非义之事，心里就会觉得不安。慊，满足，快意。

[21] 诐辞：偏颇的言辞。蔽：限于一隅而不能看到全体。

[22] 淫辞：过分的言辞。陷：溺于执念。

[23] 邪辞：悖于正道的言辞。离：背离。

[24] 遁辞：躲闪的言辞。穷：理穷。

[25] 咸丘蒙：孟子弟子，鲁国人。

[26] 既得闻命：已经听到教诲了。命，教诲。上文咸丘蒙问孟子，舜作天子时尧是否作为臣去朝拜他。孟子回答说，舜在尧活着时未作天子，只是代为摄政，所以尧也没有作臣。

[27] "普天之下"四句：遍天下都是天子的土地，四海之内都是天子的臣民。《诗·小雅·北山》诗句。

[28] "舜既为天子"三句：天子既然以天下所有人为臣民，那么瞽瞍为什么又不是舜的臣民呢？瞽瞍，舜的父亲。

[29] "此莫非王事"二句：国土大、臣民多，所以天子为王事劳累。贤劳，劬劳；贤，劳累。这是孟子对《诗·小雅·北山》诗句的理解。

[30] 以文害辞：拘于个别的字而曲解一句的意思。文，字；辞，句。

[31] 以辞害志：因为一句话而曲解诗人的本意。

[32] “以意逆志”二句：要结合自己的体会，去推求诗人的本意。逆，迎接，引申为考求的意思。

[33] “周余黎民”二句：宣王时大旱，周人没有一个活下来的。《诗·大雅·云汉》诗句。靡，无。孑遗，剩余。

[34] 万章：孟子的学生，齐国人。

[35] 尚论古之人：追论古代的人物。尚，同“上”。

[36] 颂：同“诵”。

[37] 尚友：上与古人为友。

说明

孟子认为人的本心有“仁”“义”“礼”“智”这些善性，所以人心有相通之理，而且每个人都可以成为尧舜。这种平等人性观，是孟子仁政思想的理论基础。人心相通，所以在趣味取向上可以“同耆”于味、“同听”于声、“同美”于色（《告子上》）。趣味的趋同，是利益一致化的表现，贯彻于政治，就是“仁政”，所以“仁政”的施行，必然表现为“与民同乐”。齐宣王喜爱世俗之乐，孟子并没有从雅俗之辨的角度去批评他，他关注的是王之“乐”能否与民趋同。儒家对于“世俗之乐”与“先王之乐”是有严格区分的，孔子要“放郑声”，子夏批评魏文侯“听郑卫之音则不知倦”（《礼记·乐记》），所以雅俗之辨，乃是儒家通义，但是孟子却说“今之乐犹古之乐”，说明他的政治学说已经超越了礼乐宗法制度。

人同此心，却有品格差异，所以孟子认为善性的蓄养与扩充尤为关键。这就是“养气”说。“养气”是德性自觉与完善的过程，达成圆满的道德感而呈现于外，就是“浩然之气”。这是一种人格的“充实”之“美”（《尽心下》）。《孟子》之文，往往有恢宏充沛之势，即此充盈之“气”灌注于言辞者，韩愈称之为“闳中肆外”。所以道德主体的“养气”，也通于写作主体，孟子的“养气”说是开以“气”论文的先声。

品格有异，其言不同。通过一个人的言辞，就可以判断其内在的品质。凡“诐”“淫”“邪”“遁”之言，都是内在道德未能圆满的体现。这就是孟子所说的“知言”。如果只是从品格差别性上说，“知言”也可以说是对言辞个性化的辨析，性质与文学批评是相近的。如果从言语与人格的关系上说，那么“文如其人”的观念，是完全可以追溯到孟子的。

孟子更为直接的文学见解，是“以意逆志”之说。《诗》的语言表达是具有修饰性的，所以“言”与“意”并不直接相通。孟子提出不要拘泥于文辞的表面意义，才能领会诗人的本意，这是比较深刻的观点。但他自己对《诗》的解读，也没有解决如何从“意”求“志”的问题。孟子还提出要“知人论世”，实际上为理解古人之“志”提供了外在的条件。王国维认为：“由其世以知其人，由其人以逆其志，则古诗虽有不能解者寡矣。”（《玉溪生诗年谱会笺序》）把“知人论世”和“以意逆志”结合起来，就可以解释作品的意义了。这当然是正确的，但“知人论世”在经学上的表现，往往是把《诗》放在政治背景下加以解读，从毛公到郑玄，必曰某某所作，必曰所美刺者某某，将一部《诗》诠释为王道盛衰之史，终不免让现代学者怀疑这样“知人论世”能否考求诗人之“志”。

庄子（节录）

作者简介

庄子，名周，战国时代宋国蒙城（今河南商丘东北）人。曾做过当地的漆园吏，后厌恶政治而终身不仕，乃招收门徒，著书立说。《庄子》为庄子及其后学的著作。庄子继承老子学说，以“道”为其哲学的最高范畴，对世界的认识具有相对主义和反知性的倾向；崇尚自然的人性和自由的精神，对现实社会的政治秩序和道德观念持强烈的批判态度。《汉书·艺文志》著录五十二篇，今传本为晋郭象注本三十三篇，内篇七、外篇十五、杂篇十一。

物固有所然，物固有所可；无物不然，无物不可[1]。故为是举莛与楹[2]，厉与西施[3]，恢恑憰怪[4]，道通为一[5]。其分也，成也[6]；其成也，毁也[7]。凡物无成与毁，复通为一[8]。

（《齐物论》）

昔者庄周梦为胡蝶，栩栩然胡蝶也[9]，自喻适志与[10]！不知周也。俄然觉，则蘧蘧然周也[11]。不知周之梦为胡蝶与，胡蝶之梦为周与？周与胡蝶，则必有分矣。此之谓物化[12]。

（《齐物论》）

世之所贵道者，书也[13]，书不过语，语有贵也。语之所贵者，意也，意有所随。意之所随者，不可以言传也[14]，而世因贵言传书[15]。世虽贵之，我犹不足贵也，为其贵非其贵也[16]。故视而可见者，形与色也；听而可闻者，名与声也。悲夫！世人以形色名声，为足以得彼之情[17]。夫形色名声，果不足以得彼之情，则知者不言，言者不知[18]，而世岂识之哉？

桓公读书于堂上[19]。轮扁斫轮于堂下[20]，释椎凿而上[21]，问桓公曰："敢问公之所读者何言邪？"公曰："圣人之言也。"曰："圣人在乎？"公曰："已死矣。"曰："然则君之所读者，古人之糟魄已夫！"桓公曰："寡人读书，轮人安得议乎？有说则可[22]，无说则死！"轮扁曰："臣也，以臣之事观之[23]。斫轮，徐则甘而不固[24]，疾则苦而不入[25]。不徐不疾，得之于手而应于心，口不能言，有数存焉于其间[26]。臣不能以喻臣之子[27]，臣之子亦不能受之于臣，是以行年七十而老斫轮。古之人与其不可传也死矣[28]，然则君之所读者，古人之糟魄已夫！"

（《天道》）

梓庆削木为鐻[29]，鐻成，见者惊犹鬼神。鲁侯见而问焉，曰："子何术以为焉？"对曰："臣工人，何术之有！虽然，有一焉。臣将为鐻，未尝敢以耗气也，必齐以静心[30]。齐三日，而不敢怀庆赏爵禄[31]；齐五日，不敢怀非誉巧拙[32]；齐七日，辄然忘吾有四枝形体也[33]。当是时也，无公朝[34]，其巧专而外骨消[35]；然后入山林，观天性[36]；形躯至矣[37]，然后成见鐻[38]，然后加手焉[39]；不然则已，则以天合天[40]，器之所以疑神者，其是与[41]！"

（《达生》）

宋元君将画图[42]，众史皆至[43]，受揖而立[44]，舐笔与墨，在外者半。有一史后至者，儃儃然不趋[45]，受揖不立，因之舍[46]。公使人视之，则解衣般礴赢[47]。君曰："可矣，是真画者也。"

（《田子方》）

荃者所以在鱼，得鱼而忘荃[48]；蹄者所以在兔[49]，得兔而忘蹄；言者所以在意，得意而忘言。吾安得夫忘言之人而与之言哉[50]！

（《外物》）

寓言十九[51]，重言十七[52]，卮言日出[53]，和以天倪[54]。

(《寓言》)

真者，精诚之至也[55]。不精不诚，不能动人。故强哭者虽悲不哀，强怒者虽严不威，强亲者虽笑不和。真悲无声而哀，真怒未发而威，真亲未笑而和。真在内者，神动于外，是所以贵真也。……礼者，世俗之所为也；真者，所以受于天也，自然不可易也。故圣人法天贵真，不拘于俗[56]。

(《渔父》)

古之道术有在于是者[57]，庄周闻其风而悦之。以谬悠之说[58]，荒唐之言[59]，无端崖之辞[60]，时恣纵而不傥[61]，不以觭见之也[62]。以天下为沉浊[63]，不可与庄语[64]，以卮言为曼衍[65]，以重言为真[66]，以寓言为广[67]。独与天地精神往来，而不敖倪于万物[68]，不谴是非，以与世俗处[69]。其书虽瑰玮[70]，而连犿无伤也[71]。其辞虽参差[72]，而諔诡可观[73]。彼其充实，不可以已[74]。

(《天下》)

中华书局点校本郭庆藩《庄子集释》

注释

[1]“物固有所然”四句：任何事物都有其所以为此事物的道理，也都有根据自身的存在而做出选择的理由。物各有其性，是“所以然”；各有地宜，是“有所可”。

[2]莛与楹：莛，草茎；楹，木柱。此喻事物小大之别。

[3]厉与西施：厉，同“疠”，麻风病，借指丑陋之人。西施，古代美女。此喻事物美丑之别。

[4]恢恑憰怪：世界之物往往奇诡怪异。四字皆为怪异之意。

[5]道通为一：事物开始时都是相通而本于“一”。道，通“首”。道家以“一”为本源。

[6]“其分也”二句：此物之分即彼物之成，所以事物的分解同时也就是生成。

[7]“其成也”二句：此物之成即彼物之毁，所以事物的生成同时也就是毁灭。

[8]“凡物无成与毁”二句：事物是没有绝对的生成或毁灭的，最终都是复归于

“一”。“一”即道，在道的层面上，事物是齐等的。

[9] 栩栩然：形容蝴蝶翩翩飞舞的样子。

[10] 自喻适志：喻，同“愉”。适志，舒适。

[11] 蘧蘧然：惊觉的样子。

[12] 物化：由此物转化为彼物。庄子常常称死亡为“物化”，但“物化”本义，是万物之间的转化，这是自然规律。

[13] “世之所贵道者”二句：书以载道，所以为世人所贵重。

[14] “意之所随者”二句：意表达于言，但其中有不能用语言表达出来的内容。庄子认为意有可以传达的，有不可以传达的。无法传达的，主要是对道的体认。

[15] 世因贵言传书：世人因贵重言说而传诵其书。

[16] 贵非其贵：世人所贵重的其实并不值得贵重。真正贵重的内容是不能传达的，所以言不足贵，而世人以为贵。

[17] “世人以形色名声”句：世人以为从看得见的形色与听得见的名声中就可以认识到事象的本质。情，实质。

[18] “知者不言”二句：形色名声不足以表现事物的本质，所以体道者不言说，言说者未尝体道。语见《老子》五十六章。

[19] 桓公：齐桓公。这里是托诸寓言以立说。

[20] 轮扁斫轮：轮扁，制作车轮的工匠，名扁。斫轮，斫木制轮。

[21] 释椎凿而上：放下椎子和凿子走上堂。

[22] 有说则可：能说出道理就不予追究。

[23] 臣之事：指轮扁所从事的斫轮。

[24] 徐则甘而不固：轮孔太大的话，车辐就容易脱落而不牢固。徐，宽。甘，松滑。

[25] 疾则苦而不入：轮孔太小的话，车辐就滞涩装不进去。疾，紧。苦，滞涩。

[26] 数：道理。

[27] 喻：使明白。

[28] “古之人”句：对道的体认存乎圣人之心，圣人既然已死，那么他对于道的体认也就不复存在了。

[29] 梓庆削木为鐻：梓庆，制木器的工匠，名庆。鐻，古代乐器，夹置钟旁，以木削制而成。

[30] 齐以静心：通过斋戒使心宁静。齐，同“斋”。

[31] “齐三日”二句：斋戒三日之后，可以忘掉各种功利欲念。庆赏，赏赐。爵禄，爵位和俸禄。这是“忘利”之境。

[32] “齐五日”二句：斋戒五日之后，可以忘掉毁誉和对于巧拙与否的计较心。非誉，毁谤和称赞。这是“忘名”之境。

[33] “齐七日”二句：斋戒七日之后，忽然就忘掉自己的存在了。辄然，忽然。四枝，四肢。这是“忘我”之境。

[34] 无公朝：不知有朝廷。这是“忘物”之境。

[35] 其巧专而外骨消：巧心凝聚于制作而不受外界干扰。骨，同“滑”，乱的意思。

[36] 观天性：观察树木的天然质性。

[37] 形躯至：树木形态有最适宜于制鐻的。

[38] 成见鐻：眼前宛然呈现一个完成的鐻。

[39] 加手：开始制作。

[40] 以天合天：以我之自然本心，契合树木之自然本质。没有人为干预的谓之“天”。

[41] “器之所以”二句：所制之鐻所以让人惊疑以为神工，正是这个原因。其是与，一本“其”下有“由”字，当据补。

[42] 宋元君：宋元公，春秋时宋之国君，名佐，谥号元。

[43] 史：画师。

[44] 受揖而立：受命作揖站在一边。

[45] 儃儃然不趋：安闲而不趋行。儃儃(tǎn)，安闲缓慢的样子。趋，碎步疾行以示敬意。

[46] 因之舍：随着就回到住处。

[47] 解衣般礴赢：脱下衣服裸体箕坐。般礴，犹箕坐，即两腿向前伸直岔开而坐。赢，即“裸”。

[48] 荃：同“筌”，捕鱼竹具。

[49] 蹄：兔网，捕兔的工具。

[50] 忘言之人：指体道者。道体不可言传，故体道者“忘言”。

[51] 寓言十九：十居其九寄托于他人的言说。寓言，借他人之言，与现在所说的“寓言”意思不同。

[52] 重言十七：十居其七是借重于长者或先贤的言论。

[53] 卮言日出：无心之言频出。卮，盛酒器。言说非机心所发，无所滞执，随说

随扫，如卮器随满随倾，所以称为“卮言”。

[54] 和以天倪：凡所言说，一切是非差异都用天道加以调和。和，调和统一。倪，分际。以道来分别事物就是没有分别，事物的分际就是没有分际，万物本质上是一个相接相续的整体，无端倪可执，无是非可辨，这就是“天倪”。

[55] “真者”二句：本心纯粹一无杂念，挚诚毫不作伪，这就是“真”。

[56] “法天贵真”二句：效法自然之道，以真为贵，而不必拘泥于世俗的礼节规范。

[57] 古之道术有在于是者：古时有以“道”为宗旨的学说。道术，学术。是，指“道”。

[58] 谬悠：虚空悠远貌。

[59] 荒唐：漫无边际貌。

[60] 无端崖：思绪不定，无所约束。

[61] 时恣纵而不傥：其辞时而放纵恣肆，无所偏执。傥，偏颇。

[62] 不以觭见之：言说不以一端自见。觭，借为“奇”，单一。

[63] 沉浊：污浊。

[64] 庄语：严正的言说。既认为天下是混浊的，也就不必讲庄重的话。

[65] 以卮言为曼衍：卮言出于无心，所以散漫流衍，随机而作。

[66] 以重言为真：重言借重于先贤，所以真实可信。

[67] 以寓言为广：寓言托于他人，所以能推衍道理。

[68] 不敖倪于万物：破除自我而与万物平等对待，所以能不傲视万物。敖倪，即傲睨，傲慢卑视。

[69] “不谴是非”二句：不执于是非，所以能够和光同尘。

[70] 瑰玮：奇伟。

[71] 连犿无伤：言说宛转而不伤害道理。连犿，宛转貌。

[72] 参差：其辞变化多端，虚实不定。

[73] 諔诡：奇异。

[74] “彼其充实”二句：其辞妙理充实，不可穷尽。已，止。

说明

庄子是老子之后最重要的道家代表人物。他对礼乐之“文”的态度，是主张“灭文章，散五采，胶离朱之目”（《胠箧》），反对文饰，以为“朴素而天下莫能与之争美”(《天道》),这跟老子的思想是相同的。有些思想则是继承中有所发展,比如美丑的相对性,老子认为二者相互转化、相互依存,是对立统一的,而庄子是从“齐物”的角度,来看待事物的差异性。人和物有各自的主体性,因此有各自的价值标准,此为美则彼未必不为丑;如果消除主体性,“和以天倪”,则万物归于整体性的存在,而美与丑也通而为一。对于“言”“意”之间的矛盾,庄子用轮扁斫轮的故事来阐明老子“知者不言”的内涵,又在此基础上提出要“得意忘言”,通过对语言的超越来领会意义。会意者“忘言”,而言说者则发诸无心,是为“卮言”。“卮言”是“忘言”之言,同样也是不落言筌,不涉理路。庄子积极地寻求超越语言的言说方式和释义方式,与后代的诗学不难相通。可以说,《庄子》其书,成就了诗家所谓“言有尽而意无穷”的言说之道,表现出其他诸子之书所不具的诗性,而庄子也比其他诸子更具诗人的气质。

庄子比老子更注重个体精神的超越。“无为”不仅仅只是政治上的主张,也是精神自由的境界。源于经验主体的道德意识、知性判断和价值取向,形成“有为”的主体,使个体处于自缚状态。庄子谓之“人”。传统礼乐制中的斋戒,通过散斋与致斋的方式完成自洁,而庄子发明新义,为“心斋”“坐忘”之说,以此终止主体性,如梓庆“齐以静心”,不再约束于“庆赏爵禄”“非誉巧拙”的执念,即从自缚状态中解脱出来,回归于虚静空明的本然状态,与“道”合一。庄子谓之“天”,与“人”相对。“以天和天”,是个体与对象各以其自然本性相遇合,是“器之所以疑神”的原因。在“人”的层面上,再高明的制作也是“技”。“以天和天”的制作,才能“进乎技”,才是真正的“大巧”。所以消除“有为”主体性,恰恰是至精至诚的本真自我的呈现。真性所发,有最强的感染力;真性所为,有最高的创造力。在后代的文学创作和理论总结中,不难发现庄子这一思想的深远的影响力。

庄子提出了许多富有美学内涵的观点。比如庄周梦蝶的“物化”,本意是说明主体自失状态下事物界分的消除。庄周与蝶各为主体,是相分,但不以庄周为主体,则不知其梦为蝶;不以蝶为主体,则不知其觉为周。周与蝶无以界分,是为“物化”。从“齐物”的意义上说,大化流行是不可相分的“一”。真正的“物化”,是丧我丧物,然而又有随物俱化的愉悦。这与“嗒然忘其身”(苏轼语)的艺术创作和审美体验,可谓神形妙契。

《天下》篇总结了庄子一派的独特的言说风格,指出它的特点是具有丰富的想象性、不拘于史实的虚构性,有着磅礴浩瀚的壮思逸兴和自由奔放的浪漫气质,还有瑰丽奇伟的文辞。这是很到位的文学评论。《庄子》的文学性,确实“晚周诸子,莫能先焉”(鲁迅)。

九章·惜诵（节选）

〔战国〕屈　原

作者简介

屈原，名平，字原。出身楚王同姓贵族，曾任左徒、三闾大夫等官职。在政治上主张举用贤能，修明法度，联齐抗秦。楚怀王时一度甚得信任，后因上官大夫谗害而被疏远。顷襄王当政，重用子兰，对秦妥协，屈原遂不得用，长期被流放于沅湘一带。楚亡，自沉汨罗江。《惜诵》为《九章》第一篇。王逸认为《九章》是屈原放于江南时所作，朱熹则以为系后人所辑，不一定出于一时。《汉书·艺文志》著录屈原作品二十五篇，其中《招魂》等数篇或以为非原所作。重要注本有东汉王逸《楚辞章句》，宋洪兴祖《楚辞补注》、朱熹《楚辞集注》等。《史记》卷八十四有传。

惜诵以致愍兮[1]，发愤以杼情[2]。所作忠而言之兮，指苍天以为正[3]。令五帝以析中兮，戒六神与向服[4]。俾山川以备御兮，命咎繇使听直[5]。竭忠诚以事君兮，反离群而赘疣[6]。忘儇媚以背众兮[7]，待明君其知之。言与行其可迹兮，情与貌其不变[8]。……纷逢尤以离谤兮，謇不可释[9]。情沉抑而不达兮，又蔽而莫之白[10]。心郁邑余侘傺兮，又莫察余之中情[11]。固烦言不可结诒兮，愿陈志而无路[12]。退静默而莫余知兮，进号呼又莫吾闻[13]。申侘傺之烦惑兮，中闷瞀之忳忳[14]。

《四部丛刊》影印明翻宋本《楚辞》

注释

[1] 惜诵以致愍：痛惜自己因进谏而遇罚，致使内心悲伤。愍，悲忧。

[2] 发愤以杼情：为排解内心的愤懑，作此诗抒发情怀。杼，同“抒”。

[3] “所作忠而言之兮”二句：所言无不由衷而发，苍天可以作证。忠，出于心中。正，公正的评论。“作”一本作“非”，也通。

[4]“令五帝以枂中兮”二句：让五帝来裁决，请六神来对质。枂(xī)中，即折中，根据公正的原则作出决断。戒，告请。向服，对证事实。

[5]“俾山川以备御兮”二句：请山川之神备列来听我表明心志，又请皋陶听取我所说的是否忠直。御，侍候。咎繇，即皋陶，传说虞舜时的司法官。听直，听取言论的曲直。

[6]“竭忠诚以事君兮”二句：自己竭尽忠诚去服侍君王，反而被群臣排斥而视同赘瘤。赘疣，附赘之肿瘤，喻多余无用之物。

[7]忘儇媚以背众：修行正直而不为佞媚之事，却违忤众人。儇媚，巧佞谄媚。

[8]“言与行其可迹兮”二句：言行一致，心迹可表；内外无异，始终不渝。

[9]“纷逢尤以离谤兮”二句：罪尤和诽谤纷纷加于己身，乃至无法开脱了。尤，罪过。离，遭受。謇，语助词，多用于句首。

[10]“情沉抑而不达兮”二句：情志压抑胸中而不能上达于君，又为奸邪所壅蔽而得不到表白。沉抑，抑郁。

[11]“心郁邑余侘傺兮”二句：我心忧愁，怅然若失，没有人了解我此时的内心感受。郁邑，即郁悒，忧愁貌。侘傺，失志貌。

[12]“固烦言不可结诒兮”二句：积思日久，其言纷乱，无法结言相赠，欲陈己心却终究无处诉说。固，久。烦言，纷乱无绪之言。结，指结言，用言辞订约。诒，遗赠。

[13]“退静默而莫余知兮”二句：退而默然不语，没有人能了解我；进而呐喊疾呼，同样也没有人会听我的声音。

[14]“申侘傺之烦惑兮”二句：因失意而困惑不已，内心烦乱充满忧愁。申，一再。烦惑，烦乱困惑。中，内心。闷瞀，心烦意乱。忳忳，忧愁貌。

说明

“发愤以杼情”是屈原的基本文学观。《悲回风》说：“介眇志之所惑兮，窃赋诗之所明。”谓耿介之志不得用于世，所以赋诗以自明。《惜诵》说：“愿陈志而无路。”《思美人》说：“申旦以舒中情兮，志沉菀而莫达。”大抵都是“发愤以杼情”的意思。

“发愤”首先是气充盈于心而发之于外的意思。《思美人》中写道：“窃快在中心兮，扬厥凭而不竢。芳与泽其杂糅兮，羌芳华自中出。纷郁郁其远承兮，满内而外扬。”(朱熹注：“乐其所得于中者，以舒愤懑而无待于外，则其芬芳自从中出，初不借美于外物也。")"满内而外扬",引申开来说,则是内心充满情感而后有自然的表现,略似于《乐记》说的"情深而文明"。"发愤"而作,精诚由中,"謇不可释",才有刘勰所说的"为情而造文"。

但屈原的"发愤",源于诗人"竭忠诚以事君"的主观意志与"反离群而赘疣"的现实境遇之间的冲突。其内心所荡,是一种悲情。郁结胸臆的愁意、缠绵低徊的思绪以及渺茫纷乱的绝望,是其诗篇中反复回荡的旋律。其惊艳的辞藻,莫非强烈的濊郁之情的自然绽放。

"发愤"而抒情,一方面是诗人的一种精神自白,作为心灵的慰藉,就像《悲回风》写的"聊逍遥以自恃",《抽思》写的"道思作颂,聊以自救兮"(王逸注:"道思者,中道作颂以舒怫郁之念,救伤怀之思也。"),所以这种情感总是具有强烈的个体意识。另一方面,因为"发愤",对于现实就必有一种批判性,所以"纷逢尤以离谤",成为屈原诗篇的主题。而且哀而伤,怨而怒,愤然发之,未必限制于"温柔敦厚"的儒家教义,屈原也就成了"狂狷之士"。然而,屈原的心灵跨越了千百年而为历代诗人所共鸣,这表明"发愤"的精神并没有因为儒家的批评而削弱其强大的感召力和深远的影响力。

屈原无意于诗学原理的发明,"发愤以杼情"原本不是一个诗学观点,而是他的整个精神历程凝聚而成的诗句,是以其生命整体为内涵的。跟《三百篇》的"美刺"一样,是一种本源性的诗学。

礼记·乐记(节选)

作者简介

《乐记》为先秦儒家论乐之作。作者非一人,部分文字出自《公孙尼子》,但《晋书·音乐志》引沈约说,以为公孙尼所撰,则非是。汉荀子作《乐论》,多取其文。武帝时河间献王刘德召集毛生等儒士杂采《周礼》及先秦诸子论乐文字编撰《乐记》,与此不同。今传《乐记》为刘向所整理,后收入《小戴礼记》。据孔颖达疏引刘向《别录》,共有二十三章,今存十一章。《史记·乐书》亦录《乐记》十一章,编次略异,疑为褚少孙据古本补入。《乐记》注见历代《礼记》各注本,以郑玄注、孔颖达疏《礼记正义》为最著。

凡音之起，由人心生也。人心之动，物使之然也。感于物而动，故形于声。声相应，故生变；变成方，谓之音[1]；比音而乐之[2]，及干戚羽旄[3]，谓之乐。

乐者，音之所由生也；其本在人心之感于物也。是故其哀心感者，其声噍以杀[4]。其乐心感者，其声啴以缓[5]。其喜心感者，其声发以散[6]。其怒心感者，其声粗以厉[7]。其敬心感者，其声直以廉[8]。其爱心感者，其声和以柔。六者非性也，感于物而后动[9]。是故先王慎所以感之者。故礼以道其志[10]，乐以和其声[11]，政以一其行[12]，刑以防其奸。礼乐刑政，其极一也，所以同民心而出治道也[13]。

凡音者，生人心者也。情动于中，故形于声。声成文，谓之音。是故治世之音安以乐，其政和。乱世之音怨以怒，其政乖。亡国之音哀以思[14]，其民困。声音之道，与政通矣。……

郑卫之音，乱世之音也，比于慢矣。桑间濮上之音[15]，亡国之音也，其政散，其民流，诬上行私而不可止也[16]。

凡音者，生于人心者也。乐者，通伦理者也。是故知声而不知音者，禽兽是也；知音而不知乐者，众庶是也。唯君子为能知乐。是故审声以知音，审音以知乐，审乐以知政，而治道备矣。是故不知声者不可与言音，不知音者不可与言乐。知乐则几于礼矣[17]。礼乐皆得，谓之有德[18]。德者，得也。

是故乐之隆，非极音也[19]。食飨之礼[20]，非致味也[21]。《清庙》之瑟[22]，朱弦而疏越[23]，壹倡而三叹[24]，有遗音者矣[25]。大飨之礼，尚玄酒而俎腥鱼[26]，大羹不和，有遗味者矣。是故先王之制礼乐也，非以极口腹耳目之欲也，将以教民平好恶而反人道之正也[27]。

人生而静，天之性也；感于物而动，性之欲也[28]。物至知知[29]，然后好恶形焉。好恶无节于内，知诱于外[30]，不能反躬，天理灭矣[31]。夫物之感人无穷，而人之好恶无节，则是物至而人化物也[32]。人化物也者，灭天理而穷人欲者也。

（《乐本》）

乐者为同，礼者为异[33]。同则相亲，异则相敬。乐胜则流，礼胜则离[34]。合情饰貌者，礼乐之事也[35]。礼义立，则贵贱等矣。乐文同[36]，则上下和矣。好恶著，则贤不肖别矣。

（《乐论》）

夫民有血气心知之性，而无哀乐喜怒之常[37]，应感起物而动，然后心术形焉[38]。是故志微噍杀之音作[39]，而民思忧。啴谐、慢易、繁文、简节之音作[40]，而民康乐。粗厉、猛起、奋末、广贲之音作[41]，而民刚毅。廉直、劲正、庄诚之音作，而民肃敬。宽裕、肉好、顺成、和动之音作[42]，而民慈爱。流辟、邪散、狄成、涤滥之音作[43]，而民淫乱。是故先王本之情性，稽之度数[44]，制之礼义，合生气之和[45]，道五常之行[46]，使之阳而不散，阴而不密，刚气不怒，柔气不慑[47]，四畅交于中而发作于外，皆安其位而不相夺也[48]。然后立之学等[49]，广其节奏，省其文采[50]，以绳德厚[51]。律小大之称，比终始之序[52]，以象事行[53]。使亲疏、贵贱、长幼、男女之理，皆形见于乐，故曰："乐观其深矣。"

（《乐言》）

乐者乐也。君子乐得其道，小人乐得其欲。以道制欲，则乐而不乱；以欲忘道，则惑而不乐。是故君子反情以和其志，广乐以成其教[54]，乐行而民乡方[55]，可以观德矣。德者性之端也，乐者德之华也[56]。金石丝竹，乐之器也。诗言其志也，歌咏其声也，舞动其容也。三者本于心，然后乐器从之。是故情深而文明，气盛而化神，和顺积中而英华发外，唯乐不可以为伪。

（《乐象》）

今夫古乐，进旅退旅[57]，和正以广[58]。弦匏笙簧，会守拊鼓[59]，始奏以文，复乱以武[60]，治乱以相，讯疾以雅[61]。君子于是语[62]，于是道古[63]，修身及家，平均天下。此古乐之发也。今夫新乐，进俯退俯[64]，奸声以滥，溺而不止；及优侏儒[65]，獶杂子女[66]，不知父子[67]。乐终不可以语，不可以道古。此新乐之发也。

（《魏文侯》）

阮元刻《十三经注疏》本《礼记正义》

注释

［1］“变成方”二句：五声相和成体，称为“音”。单出为“声”，比合为“音”。方，五声变化成体的意思。

［2］比音而乐之：音节相偕成曲，用乐器伴奏。乐，乐器，此作动词。

［3］干戚羽旄：干，盾；戚，斧；为武舞所执。羽，雉尾；旄，旄牛尾；为文舞所执。

［4］噍以杀：乐音衰微不振。噍，通“憔”，衰竭貌。杀，衰微。

［5］啴以缓：乐音宽舒不迫。啴，舒缓貌。

［6］发以散：乐音发散悠扬，悠扬而舒畅。

［7］粗以厉：乐音粗猛凌厉。

［8］直以廉：乐音端直明快。

［9］“六者非性也”二句：哀乐喜怒敬爱都是感于物而生，所以是情不是性。人心未感物之前为性，感物则动而为情。

［10］礼以道其志：礼用来引导情志。

［11］乐以和其声：音乐用来谐和五声。《说苑·修文》篇作“乐以和其性”。

［12］政以一其行：政令用来统一行为。

［13］同民心而出治道：礼乐刑政四者都是先王用来同人心以达成大治之道的。

［14］思：悲伤。

［15］桑间濮上之音：桑间，古时以桑林之社为男女相奔之所，此指淫奔之乐诗。濮上之音，相传纣王使乐师延作靡靡之音，及商亡，延自沉于濮水。春秋时卫国乐师涓过此地，夜闻其声，写下并献奏于晋平公，师旷以为“亡国之音”而止之。

［16］“其政散”三句：上政杂乱无序，下民流荡放纵，欺骗上司各行私欲，无法终止。

［17］几于礼：差不多通于礼了。

［18］“礼乐皆得”二句：知乐而通于礼，所以听乐可以同时修礼，礼乐皆修，就是有德之人。

［19］极音：极尽音声之美。

［20］食飨之礼：祭祀宗庙之礼。

［21］致味：极尽味道之美。

［22］《清庙》之瑟：《清庙》，祀文王之诗，歌则用瑟协奏。诗见《周颂》。

[23] 朱弦而疏越：用熟丝作弦，疏通底部的孔，使声音变浊。

[24] 壹倡而三叹：一人倡，三人和。倡，通“唱”。这是说明《清庙》唱和之礼很简单。

[25] 遗音：余音。遗，余而未尽，一说是遗忘的意思。

[26] 尚玄酒而俎腥鱼：隆盛的祭礼以清水和生鱼为贵。俎，放置牲体的礼器。

[27] 平好恶：使人知好恶。

[28] 性之欲：欲，《史记·乐书》作“颂”，是。二字形近致误。“颂”是“容”的本字，容貌的意思，引申为形见。性体不可见，感物而动为情，情有所显现，所以说是“性之颂”。后人皆据“欲”字为解。

[29] 物至知知：外物及于耳目，于是心智有所感知。前“知”同“智”，是感知之体。后“知”是感知功能。

[30] “好恶无节”二句：内心好恶之情无所节制，感知又不断地为外物所引诱。

[31] “不能反躬”二句：既为物欲所惑，就不能返回本心，于是心中先天禀赋之理也就不存在了。宋代理学家所说的“天理”源于此，但内涵不同。

[32] 物至而人化物：外物前来感触，人心为物欲所化，是为“化物”。

[33] “乐者为同”二句：乐能合同人心，礼能分别尊卑。异，相区别。

[34] “乐胜则流”二句：乐超过礼，人就会太亲近而放肆，失尊卑之敬。礼超过乐，人就会太敬畏而疏远，无上下之亲。

[35] “合情饰貌者”二句：内则合同情感，外则修饰行为，这就是礼乐的功能。

[36] 乐文：乐章。

[37] 无哀乐喜怒之常：指人的情感变化无常。

[38] 心术：术，由；心由情而出，所以心之所由即情感。

[39] 志微：志意衰微。一说“志”也是衰微的意思。《汉书·礼乐志》作“纤微”。

[40] 啴谐：宽绰和谐。慢易：迟缓平易。繁文：丰富多彩的音调。简节：简明的节奏。

[41] 猛起：强有力的发音。奋末：高亢的收音。广贲：广阔而激奋；贲，同“愤”。

[42] 肉好：玉器的边曰“肉”，中间的孔曰“好”，借指乐音圆润。顺成：顺畅圆满。和动：谐和生动。

[43] 流辟：放纵乖僻。邪散：邪淫乖散。狄成：轻佻浮躁（据王引之说）。涤滥：急促放荡。

[44] 稽之度数：考求审定音调的律数。

[45] 合生气之和：调合人所禀赋的阴阳二气，使之和谐。

[46] 道五常之行：引导人的德行。五常，即仁、义、礼、智、圣(信)。
[47] “使之阳而不散”四句：使气质为阳的不至于流散，为阴的不至于闭塞，为刚的不至于暴怒，为柔的不至于怯懦。
[48] “四畅交于中”二句：阴阳刚柔四种气质各自和谐地畅通于心中，表现于行为，使人安于名分而不相冲突。
[49] 立之学等：建设学校以乐为教，订立学习阶段使进学有序。
[50] “广其节奏”二句：不断增益音乐学习的内容，深入考察声调变化的规则。
[51] 以绳德厚：用以度量人的仁厚之德。德厚，犹言“仁厚”(据王引之说)。
[52] “律小大之称”二句：铨度五声使之清浊合律，调合五声使之终始有序。律，通“类”，品别。
[53] 以象事行：用来象征君臣民事物。声以浊为尊、清为卑，所以宫声最浊象君，依次商声象臣，角声象民，徵声象事，羽声最清象物。事行，指各种事物和人伦关系。
[54] 广乐以成其教：推广雅乐从而实现教化的目的。
[55] 乐行而民乡方：雅乐普行于天下，而百姓都能归顺正道。乡，趋向。方，法度。
[56] “德者性之端也”二句：德是性的迹象，乐是德的文饰。端，端绪。
[57] 进旅退旅：舞队的进退都整齐不乱。旅，一起，共同。
[58] 和正以广：乐音平和端正而广大。
[59] “弦匏笙簧”二句：各种乐器在击拊击鼓之后合奏。弦，指琴瑟，在堂上，以拊为节。匏，笙竽一类的乐器；笙簧，即笙；都在堂下，以鼓为节。守，待。拊，一种用软皮装着糠的乐器。
[60] “始奏以文”二句：乐舞以击鼓开始，击铙结束。文，指鼓。武，指铙。乱，乐的卒章。一说乐始升歌《清庙》，彰显文德；乐终则合舞《大武》，象征武功。
[61] “治乱以相”二句：乐终合舞，歌乐并作，则击拊为令；舞者迅疾之时，则舂雅来控制节奏。相，即拊。雅，古乐器，状如漆桶，中有椎。讯，犹“治”。
[62] 语：合语。按观乐之礼，乐终则观乐者有所评说，阐明其教化之义。
[63] 道古：言说古事以讽喻今政。
[64] 进俯退俯：舞队进退都曲身而杂乱，说明没有仪容。俯，曲。
[65] 及优侏儒：舞队中有俳优有短小之人。
[66] 獶杂子女：舞戏之时，男女间杂无别，就像猴子一样。獶(náo)，同“猱”，猕猴。
[67] 不知父子：没有父子尊卑之礼。

说明

孔子之后，儒家流别甚多。《乐记》不是一派的文字，所以不能把它的思想内容看作是一个整体。但仍然有一个基本宗旨，即强调礼乐合一与音乐的教化功能。《荀子·乐论》从《乐记》中采录了大段文字，也还是保持了这一主题。

《乐记》把礼乐统一看作是王治的基础，指出音乐与政治相通，这是宗法礼乐制度中礼乐功能的具体反映。《乐记》所论述的不是一般意义上的音乐，而是雅乐。在以祭祀文化为核心的礼乐制度中，雅乐并不仅仅是一种艺术，而是宗法秩序的表征。宗法秩序基于人与人之间的两种基本关系，即“亲亲”与“尊尊”。雅乐代表“亲亲”之义，正礼代表“尊尊”之义，二者构成了宗法意识形态的基本内涵。这就是《乐记》所主张的礼乐合一的本质。

《乐记》从不同的角度论证礼乐合一的必然性。首先，乐本原于人心，是人与人情感交流的重要方式，所以具有合同情感的作用。但情感由心物相感而生，不具有自我节制的能力，不免趋于“人化物”的恶，所以由人心生的音乐必须与礼相结合，才能有效地发挥“善民心”“移风易俗”的社会功能。所谓雅乐，本身就是与礼合一的音乐，所以它蕴涵着宗法伦理的意义，“通伦理”而“可以语”，所谓“乐观其深”，也就在此。其次，礼乐有两个层面的意义，一是指礼乐之文，即形而下的礼乐；一是指礼乐之道，即形而上的礼乐。在形而上的层面上，礼乐代表的是天地自然的两种基本精神，即“和”与“序”，一主阳一主阴，阴阳不可分离，“和”与“序”也不是天地自然两种独立的特征，所以合一性其实是礼乐的本源关系。《乐记》在此建构了一个基于阴阳思想的二元天人体系，阴阳、鬼神、生成、和序、仁义、爱敬等一一对应，而礼乐上通阴阳鬼神，下合仁义、爱敬。这种二元观是宗法意识形态的反映，是“亲亲”“尊尊”之义的体系化。由于它是依托礼乐制、以礼乐为中心而建构起来的，在“礼崩乐坏”之后，礼乐的制度功能实际上已极大衰退，而后世儒学的思想也不以礼乐为中心，所以这个二元体系实际上并没有被后世所接受。但宋代理学贯通天道与心性的特点，倒是与它相近。

礼乐合一是教化论的前提。礼乐的具体的教化方式是不同的，致乐治心，致礼治身，一主内一主外。“文质彬彬”的君子人格，是内外的统一，所以教化必然是内外统一，也就是礼乐合一。《乐记》的教化论，又以感物论为基础。感物论不只是阐明乐的本原，也揭示了乐与人心的本质关系。乐由心生，所以情有哀乐，则声有噍杀、啴缓；反之，心也由乐生，声有廉直、宽裕，则情有敬爱。心由乐生，所以乐能治心。《乐记》强调作乐与乐教之权均在“圣人”，在于“圣人”是唯一能够通达礼乐之本质从而使之合一，并且推行礼乐合一之道的主体。这种教化论是与以王权为中心的政体相一致的。宗法制度下的雅文化，依王权而推行，也服务于王权。

宗法意识形态以“亲亲”“尊尊”之义为其基本内涵，雅乐正礼则共同承担起将此宗法之义上下贯通的作用，所以作为与礼合一的雅乐，属于体制文化范畴。它以国子为舞者，进退齐一有序，乐声和正有节，象征了宗法秩序，表现了宗法之义，所以“可以语”。与此相反，不能与礼合一的俗乐，并不具有实践宗法之义的作用，因此它属于非体制文化。它进退不正，男女相杂，不能表现宗法之义，所以“不可以语”。《乐记》的雅俗之辨，既着眼于艺术形态上的差异，更强调意识形态上的对立。春秋时代，雅文化瓦解，儒家认为这是非体制之俗乐冲击的结果，而雅文化的重建也必须禁黜俗乐，所以才有孔子的“放郑声”之说。雅俗对立的观念，就在这个背景下产生。这是传统文艺雅俗观的起源。

荀子（节选）

〔战国〕荀　况

作者简介

荀子，名况，又称荀卿或孙卿。赵国人，生卒年不详。史载荀子年五十始游学于齐，三度任稷下祭酒。继赴楚国，春申君任为兰陵（今山东枣庄）令。春申君被杀后，荀子废居兰陵，著述数万言而卒。荀子是战国末期重要儒学家，主“性恶”说，重视礼法，强调政治功用与道德教化作用。汉唐之后，荀子未得列次于孔孟道统。《汉书・艺文志》著录《孙卿子》三十三篇，今本《荀子》为刘向所校定，凡三十二篇。有杨倞注本、王先谦《荀子集解》。《史记》卷七十四有传。

学恶乎始？恶乎终？曰：其数则始乎诵经，终乎读《礼》[1]；其义则始乎为士[2]，终乎为圣人。……《礼》之敬文也[3]，《乐》之中和也，《诗》《书》之博也[4]，《春秋》之微也[5]，在天地之间者毕矣[6]。

（《劝学》）

凡言不合先王，不顺礼义，谓之奸言；虽辩[7]，君子不听。法先王，顺礼义，党学者[8]，然而不好言，不乐言，则必非诚士也[9]。故君子之于言也[10]，志好之，行安之，乐言之。故君子必辩。凡人莫不好言其所善，而君子为甚。故赠人以言，重于金石珠玉；观人以言[11]，美于黼黻文章[12]；听人以言[13]，乐于钟鼓琴瑟。故君子之于言无厌[14]。鄙夫反是，好其实，不恤其文[15]，是以终身不免埤污佣俗[16]。

（《非相》）

有小人之辩者，有士君子之辩者，有圣人之辩者。不先虑，不早谋，发之而当，成文而类[17]，居错迁徙，应变不穷[18]，是圣人之辩者也。先虑之，早谋之，斯须之言而足听[19]，文而致实[20]，博而党正[21]，是士君子之辩者也。听其言则辞辩而无统[22]，用其身则多诈而无功，上不足以顺明王，下不足以和齐百姓；然而口舌之均[23]，噡唯则节[24]，足以为奇伟偃却之属[25]。夫是之谓奸人之雄[26]。圣王起，所以先诛也，然后盗贼次之。盗贼得变[27]，此不得变也。

（《非相》）

圣人也者，道之管也[28]。天下之道管是矣[29]，百王之道一是矣，故《诗》《书》《礼》《乐》之道归是矣[30]。《诗》言是，其志也；《书》言是，其事也；《礼》言是，其行也；《乐》言是，其和也；《春秋》言是，其微也。故《风》之所以为不逐者，取是以节之也[31]；《小雅》之所以为《小雅》者，取是而文之也[32]；《大雅》之所以为《大雅》者，取是而光之也[33]；《颂》之所以为至者[34]，取是而通之也。天下之道毕是矣。

（《儒效》）

凡言议期命[35]，是非以圣王为师。

（《正论》）

夫乐者，乐也，人情之所必不免也，故人不能无乐。乐则必发于声音，形于动静[36]；而人之道，声音动静，性术之变尽是矣[37]。故人不能不乐，乐则不能无形，形而不为道[38]，则不能无乱。先王恶其乱也，故制《雅》《颂》之声以道之，使其声足以乐而不流[39]，使其文足以辨而不諰[40]，使其曲直、繁省、廉肉、节奏足以感动人之善心[41]，使夫邪污之气无由得接焉。是先王立乐之方也[42]，而墨子非之[43]，奈何！

故乐在宗庙之中，君臣上下同听之，则莫不和敬；闺门之内，父子兄弟同听之，则莫不和亲；乡里族长之中[44]，长少同听之，则莫不和顺。故乐者审一以定和者也[45]，比物以饰节者也[46]，合奏以成文者也[47]，足以率一道[48]，足以治万变。是先王立乐之术也，而墨子非之，奈何！

故听其雅颂之声，而志意得广焉[49]；执其干戚，习其俯仰屈伸，而容貌得庄焉[50]；行其缀兆[51]，要其节奏[52]，行列得正焉，进退得齐焉。故乐者，出所以征诛也，入所以揖让也。征诛揖让，其义一也[53]。出所以征诛则莫不听从；入所以揖让，则莫不从服。故乐者天下之大齐也，中和之纪也[54]，人情之所必不免也。是先王立乐之术也，而墨子非之，奈何！

且乐者，先王之所以饰喜也[55]；军旅铁钺者，先王之所以饰怒也[56]。先王喜怒皆得其齐焉[57]。是故喜而天下和之，怒而暴乱畏之。先王之道，礼乐正其盛者也[58]，而墨子非之。

故曰：墨子之于道也，犹瞽之于白黑也，犹聋之于清浊也，犹欲之楚而北求之也。

夫声乐之入人也深[59]，其化人也速，故先王谨为之文。乐中平则民和而不流，乐肃庄则民齐而不乱。民和齐则兵劲城固，敌国不敢婴也[60]。如是则百姓莫不安其处，乐其乡，以至足其上矣。然后名声于是白，光辉于是大，四海之民莫不愿得以为师[61]。是王者之始也。乐姚冶以险[62]，则民流僈鄙贱矣[63]。流僈则乱，鄙贱则争。乱争则兵弱城犯，敌国危之。如是则百姓不安其处，不乐其乡，不足其上矣。故礼乐废而邪音起者，危削侮辱之本也[64]。故先王贵礼乐而贱邪音。其在《序官》也[65]，曰："修宪命，审诛赏[66]，禁淫声，以时顺修[67]，使夷俗邪音不敢乱雅，太师之事也[68]。"

墨子曰："乐者，圣王之所非也，而儒者为之，过也。"君子以为不然。乐者，圣人之所乐也，而可以善民心，其感人深，其移风易俗，故先王导之以礼乐而民和睦。夫民有好恶之情而无喜怒之应[69]，则乱。先王恶其乱也，故修其行，正其乐，而天下顺焉。故齐衰之服[70]，哭泣之声，使人之心悲；带甲婴䩞[71]，歌于行伍，使人之心伤[72]；姚冶之容，郑卫之音，使人之心淫；绅端章甫[73]，舞《韶》歌《武》，使人之心庄。故君子耳不听淫声，目不视女色，口不出恶言，此三者，君子慎之。

（《乐论》）

今圣王没，天下乱，奸言起，君子无执以临之[74]，无刑以禁之，故辨说也。实不喻然后命，命不喻然后期，期不喻然后说，说不喻然后辨[75]。故期、命、辨、说也者，用之大文也，而王业之始也。名闻而实喻，名之用也。累而成文，名之丽也。用丽俱得，谓之知名[76]。名也者，所以期累实也[77]。辞也者，兼异实之名以论一意也[78]。辨说也者，不异实名以喻动静之道也[79]。期命也者，辨说之用也[80]。辨说也者，心之象道也[81]。心也者，道之工宰也[82]。道也者，治之经理也[83]。心合于道，说合于心，辞合于说，正名而期[84]，质请而喻[85]，辨异而不过[86]，推类而不悖[87]；听则合文[88]，辨则尽故[89]。以正道而辨奸，犹引绳以持曲直[90]，是故邪说不能乱，百家无所窜[91]。有兼听之明，而无奋矜之容[92]；有兼覆之厚[93]，而无伐德之色[94]。说行则天下正，说不行则白道而冥穷[95]，是圣人之辨说也。《诗》曰："颙颙卬卬，如珪如璋，令闻令望，岂弟君子，四方为纲[96]。"此之谓也。

（《正名》）

君子之言，涉然而精[97]，俛然而类[98]，差差然而齐[99]。彼正其名，当其辞[100]，以务白其志义者也[101]。彼名辞也者，志义之使也，足以相通则舍之矣[102]；苟之，奸也[103]。故名足以指实，辞足以见极[104]，则舍之矣；外是者谓之讱[105]，是君子之所弃，而愚者拾以为己宝。故愚者之言，芴然而粗[106]，啧然而不类[107]，誻誻然而沸[108]。彼诱其名，眩其辞[109]，而无深于其志义者也。故穷藉而无极[110]，甚劳而无功，贪而无名[111]。故知者之言也，虑之易知也，行之易安也，持之易立也；成则必得其所好，而不遇其所恶焉[112]。而愚者反是。《诗》曰："为鬼为蜮，则不可得；有靦面目，视人罔极。作此好歌，以极反侧[113]。"此之谓也。

（《正名》）

中华书局版王先谦《荀子集解》

注释

［1］"其数则始乎诵经"二句：为学之道，从读五经开始，最后读《礼》。数，同"术"。

按荀子重礼，所以读五经的次序以《礼》为终，并非《礼》在五经之外。

[2] 义：意义。荀子分士、君子、圣人三等，所以学习的目的首先成为士，最后成为圣。

[3]《礼》之敬文：敬，指周旋揖让的仪容；文，指车服等级的标志。

[4]《诗》《书》之博：《诗》《书》博记历史、地理、风俗及鸟兽草木之名，内容丰富。

[5]《春秋》之微：《春秋》约言记事，而褒贬之义寓于其中。微，微言大义。

[6] 毕：完备。

[7] 辩：善于言说、辩论。

[8] 党：使晓悟。《方言》："党、晓、哲，知也。楚谓之党。"

[9] 诚士：至诚好善之士。

[10] 君子之于言：言，疑"善"字，涉上下文而误（王先谦《荀子集解》引王引之说）。下三"之"字皆指"善"而言。

[11] 观人以言：示人以善言。一说"观"本作"劝"，以善言劝导人的意思。

[12] 黼黻文章：古代礼服上绘绣的文采。

[13] 听人以言：使人听其善言。

[14] 无厌：不厌倦。

[15]"好其实"二句：重实质而不知文饰。不恤，不顾。荀子称其为"鄙夫"，犹孔子所言"质胜文则野"。

[16] 埤污佣俗：卑微庸俗。埤，同"卑"；佣，同"庸"。

[17]"发之而当"二句：发而为言辞则当于理，成而为文则合乎法。类，法。

[18]"居错迁徙"二句：行止变化，都能应变无碍。居，通"举"。举错，行止。迁徙，改变。

[19] 斯须之言：片刻之语。

[20] 文而致实：有文饰而又信实。致实，质实；致，通"质"。

[21] 博而党正：内容广博而正直。党，通"谠"，直言。

[22] 无统：无纲纪。

[23] 口舌之均：辨说流畅。之，犹"则"。均，调均。

[24] 噡唯则节：无论言之多少都能有节度。噡，同"詹"，多言。唯，少言。

[25] 奇伟偃却之属：奇异不凡之徒。偃却，偃蹇，高耸的样子。

[26] 奸人之雄：指以学说枭乱天下的诸子。

[27] 变：改过自新。

[28] 道之管：道，指人类社会的道义准则和公理，具体说就是儒家的圣贤之道。管，枢要。

[29] 是：指儒家学说。

[30]《诗》《书》《礼》《乐》之道："之"下原本无"道"字，此据刘台拱说增补。

[31] "故《风》之所以为不逐者"二句：《国风》不随荒暴之君而流荡的原因，是遵循了圣人之儒道而加以节制。逐，流荡。

[32] 文：修饰。

[33] 光：通"广"。

[34] 至：盛德之极。

[35] 期命：命，名，指概念。期，指用几个名连贯起来以期会其意，相当于判断或命题。

[36] 动静：指舞蹈。

[37] "而人之道"三句：人之常伦，以及声文舞容与心性之变，都表现在音乐里了。性术之变，指音乐所感发的性情的变化。

[38] 形而不为道：谓人之情得到表现却缺少引导和规范。道，同"导"。

[39] 流：淫滥放荡。

[40] 文足以辨而不諰：乐音能够和谐有序而不停滞。文，声相和为文，即乐音。辨，条理清楚。諰，同"息"，止。《礼记·乐记》作"论而不息"，《史记·乐书》作"纶而不息"，意皆相近。

[41] 曲直：指声音或迂回或放直。繁省：指声音或纷繁或简约。廉肉：指乐声或明快或圆润。

[42] 方：道，原则。

[43] 墨子非之：墨子作《非乐》，否认音乐的作用。荀子作《乐论》驳之。

[44] 族长：地方基层单位，百家为"族"，二百五十家为"长"。

[45] 审一以定和：审察中声，使五声上下相生，无不和谐。中声有五，而宫声为其始，其余四声者皆由此而生，所以"审中声"即审宫声，宫声定则五声皆和，这就是"审一"。

[46] 比物以饰节：用乐器相配，来修饰乐音节奏。物，指乐器。

[47] 合奏以成文：会和节奏而成乐章。五声相和为"文"，指曲调。上句说"饰节"，这句说"合奏"，"节""奏"都是泛指乐声行止变化，不必上下分开解释。

[48] 率一道：遵行同一正道。一道，指儒家之道。

[49] 志意得广：雅乐之声可以使胸襟变得宽广。

[50] 容貌得庄：雅乐之舞可以使仪容变得庄重。

[51] 行其缀兆：行进于舞蹈场地。缀是定舞位的标志，兆是舞队行进的区域。

［52］要其节奏：会合于乐音的节奏变化。
［53］“征诛揖让”二句：讨伐叛乱，宾主相会，都用礼乐，使之有序而齐心，所以说“义一”。
［54］“乐者天下之大齐也”二句：乐可以使天下大同，为中和之道的统纪。
［55］乐者先王之所以饰喜：先王喜于天下之治，所以作乐以为文饰。
［56］军旅铁钺者先王之所以饰怒：先王怒于天下有暴乱者，所以制礼以为文饰。军旅铁钺，指军礼，兼乐而言。
［57］喜怒皆得其齐：喜怒之心无不正。齐，正。
［58］“先王之道”二句：先王之道在于用礼乐，所以礼乐为盛。
［59］夫声乐之入人也深：音乐能深刻地打动人心。
［60］婴：同“撄”，触犯。
［61］师：长，指君。
［62］姚冶以险：姚冶，轻薄妖美。险，邪。
［63］流僈：放纵轻慢。
［64］危削侮辱：国家衰微而受欺辱。
［65］《序官》：《周礼》将太宰、司徒、宗伯等所属官职总叙于每篇之首，称为“叙官”，“叙”“序”通。《序官》之文另见《荀子・王制》篇，当有所本。
［66］“修宪命”二句：修订法令，明察赏罚。《王制》“诛赏”作“诗商”，“诗商”即“诗章”，于义为长。
［67］以时顺修：及时地进行整理修订。
［68］太师：乐官之长。
［69］应：指导之礼乐。
［70］齐衰(zī cuī)之服：古代丧服有五等，斩衰为最重，齐衰次之，这里泛指丧服。
［71］带甲婴軸：披着战甲，戴着头盔。婴，戴。軸，同“胄”。
［72］伤：通“壮”，雄壮。
［73］绅端章甫：指穿戴礼服。绅，束腰大带，一端下垂。端，周代礼服。章甫，商代礼帽。
［74］执：通“势”，权势。
［75］“实不喻然后命”四句：实物不能直陈，所以要命名；命名不足以说明事物的特征，所以有判断；判断不足以阐明道理，所以有论说；论说还不足以定论，就要进行争辩。命，命名。期，判断。
［76］“用丽俱得”二句：用名正确地指称实物，再将不同的名连结起来作出正确

的判断，这就是“知名”。丽，同“俪”，配合。

[77]“名也者”二句：名是用来连结成一个判断的。累实，即累名。累，连结。

[78]“辞也者”二句：辞是将不同实体的名连结起来表述一个意思。“名”是一个词，“辞”是一句话，相当于判断或命题，也就是“期”或“期命”。

[79]“辨说也者”二句：辨说是为了不使名实相互错乱，然后可以阐明世界运动变化的道理。不异实名，即名实相副。

[80]“期命也者”二句：判断或命题为辨说所运用。

[81]“辨说也者”二句：辨说是为了使思想归依正道。象道，追随正道。“象”通“像”，有随从的意思。

[82]工宰：主宰。

[83]“道也者”二句：道是治国的常理。经理，常规条理。

[84]正名而期：名不失实，然后进行正确判断。

[85]质请而喻：以事实为根据，然后说明道理。质，根本，用作动词。请，通“情”，实情。

[86]辨异而不过：辨析事物的差别而没有过错。

[87]推类而不悖：对同类的事物进行推理，而不相矛盾。

[88]听则合文：听人辩说时，要合于礼法。即下文所说“无奋矜之容”。

[89]辨则尽故：与人争辩时，要详尽阐述自己的依据。

[90]持：制约。

[91]百家无所窜：百家之说不能隐其奸邪。窜，隐匿。

[92]奋矜：傲慢自是。

[93]有兼覆之厚：有兼容并包的宽厚之怀。

[94]伐德：夸耀自己的德行。

[95]说不行则白道而冥穷：如果学说不能通行，则通晓道理，也只能幽隐其身。白道，明道。穷，通“躬”；冥穷，不能通显。

[96]“颙颙卬卬”五句：和乐的君子，温雅谦恭，志气高朗，如同珪璋，有着好名声，是四方的典范。见《诗·大雅·卷阿》，借以说明圣人辨说无奋矜伐德之色。

[97]涉然而精：浅显而严密。

[98]俛然而类：平易而有法。俛，同“俯”；俛然，平易近人的样子。类，指合乎事理法度。

[99]差差然而齐：论列是非交错不整，而终归齐一。

[100]当：正确运用。

[101] 务白其志义：致力于表明思想。
[102] “彼名辞”三句：概念和判断只是表达思想的媒介，只要能充分沟通思想就可以了。通，沟通。舍，止。
[103] 苟之奸也：不得理而苟辨曲说，那是奸邪之论。
[104] 见极：体现中正的准则。
[105] 讱：难，指故作艰涩之辞。
[106] 芴然而粗：隐晦而粗疏。芴(hū)然，芴，通“忽”，闪烁其词的样子。与“涉然而精”相对。
[107] 啧然而不类：咄咄逼人而不合事理。啧然，争吵不休的样子。与“俛然而类”相对。
[108] 誻誻然而沸：喋喋不休而相互抵牾。誻誻然，多言的样子。沸，通“拂”，悖逆。与“差差然而齐”相对。
[109] “诱其名”二句：炫惑其概念和论断。
[110] 穷藉而无极：竭力依借于那些炫惑人的概念和论断，而没有准则。
[111] 贪而无名：贪于立名而不得名的本质。
[112] “成则必得其所好”二句：智者之言，说出来就让人喜欢，而没有讨厌它的人。
[113] “为鬼为蜮”六句：鬼怪不可见，而小人之面目，虽可见却做事没有原则，所以作此歌来探究其反复颠倒的品性。此数句见《诗·小雅·何人斯》，借以说明只要观其辨说，就清楚知道智与愚的区别。

说明

孟子主张“仁义”，是内在的善性；荀子主张“礼义”，是外在的规范。孟子以本性为善，所以主内；荀子以本性为不善，所以主外。荀子认为本性的自然趋向是恶，必须“化性起伪”，即变化本性的趋势，才能导向善。礼在“化性起伪”上的作用最为重要，所以荀子的思想是以礼为中心的，他教人读五经而终于《礼》，说明《礼》在其思想中有着特殊的经典地位。同时他又继承了儒家重视乐教的传统，认为乐在引导人心向善的方面具有不同于礼的作用。礼的作用在于外在的制约，它使人心有所节制，并遵守名分，区别上下。乐的作用则在于引导，乐由心生，能直接深刻地影响人心，同时使人心相通而合同。先王用乐来引导人心，使之和而不流，“血气平和”，进而教化天下，则“移风易俗”，人心齐同，这是王治的基础，所以荀子认为乐是“王者之始”。墨子看不到乐的这种作用而非之，被荀子讥为瞽不知白黑，聋不辨清浊。但乐要发挥引导作用,又必须与礼结合,与淫声邪乐严格区别开来。荀子的礼乐合一的思想及其严于雅俗之辨的立场,也是对《乐记》的继承。《乐论》与《乐记》的主要差别在于,《乐论》将音乐的形成过程表述为:心—声—音—乐;而《乐记》则以物感为起点。从心性论上说,主张非性恶论的儒者,需要通过心物交感的过程来解释恶的生成,但荀子不需要这样做,所以感物论对他的思想体系来说也就不重要了。《乐记》讲“合生气之和”“反情以和其志”“德者性之端,乐者德之华”“和顺积中而英华发外”,都表现出性善论的倾向,这些都是未见于《乐论》的。所以荀子作《乐论》,对于《乐记》的取舍,是有自己明确的学术立场的。

荀子身处战国之末,百家争鸣的学术格局已经延续了很长的时间,如何在此格局中,确立儒家的地位,成为荀子所面临的时代问题。他对于辩论在道统传承上的意义有着充分的认识,所以提出“君子必辨”,这跟孔子说“我于辞命则不能也”(《孟子·公孙丑上》)已大不相同。所以他吸收了墨家的逻辑学,积极致力于语言的逻辑与修辞的探讨,并明确修辞与义理的关系,以此区别于其他学派的论辩。他认为儒家的言说辩论,最重要的是以圣人之道为法则。凡外于此者,皆为奸言邪说。天下之道明于圣人,圣人之道见于五经,“道”“圣”“经”三者统一。言说以圣人之道为准则,即以五经为宗。这就是宗经主义的思想。宗经的主张,建立了一种具有权威主义性质的价值判断标准,表达了荀子终结思想多元化的诸子时代的愿望,反映了他在学派纷争时代对于意识形态一元化的学术格局的构思。宗经主义思想为汉代“独尊儒术”之格局的完成,提供了直接的理论依据,并一直维系着儒学在传统文化中的主导地位,而它对传统学术与文学观念所带来的消极影响,也一直延续到近代。

韩非子(节录)

〔战国〕韩　非

作者简介

韩非(约前280—前233),韩国(今河南、山西一带)人,战国后期法家思想家。相传曾与李斯同师事荀子。公元前234年使秦,被秦王扣留,后为李斯等所陷害,自杀狱中。韩非综合商鞅的法治、申不害的术治以及慎到的势治等思想,提出了以“法”为中心的“法”“术”“势”三者合一的治国学说。其论文学,以功利为重。《汉书·艺文志》著录《韩非子》五十五篇，今传本篇数与之同。重要注本有王先慎《韩非子集解》、梁启雄《韩子浅解》、陈奇猷《韩非子集释》及《新校注》等。《史记》卷六十三有传。

礼为情貌者也[1]，文为质饰者也。夫君子取情而去貌，好质而恶饰。夫恃貌而论情者，其情恶也；须饰而论质者，其质衰也[2]。何以论之？和氏之璧，不饰以五采；隋侯之珠，不饰以银黄[3]。其质至美，物不足以饰之。夫物之待饰而后行者，其质不美也。

（《解老》）

夫言行者，以功用为之的彀者也[4]。夫砥砺杀矢而以妄发，其端未尝不中秋毫也；然而不可谓善射者，无常仪的也[5]。设五寸之的，引十步之远[6]，非羿、逢蒙不能必中者[7]，有常也[8]。故有常则羿、逢蒙以五寸的为巧，无常则以妄发之中秋毫为拙。今听言观行，不以功用为之的彀，言虽至察，行虽至坚，则妄发之说也。

（《问辩》）

儒以文乱法，侠以武犯禁，而人主兼礼之，此所以乱也。夫离法者罪，而诸先生以文学取[9]；犯禁者诛，而群侠以私剑养。故法之所非，君之所取；吏之所诛，上之所养也。法趣上下四相反也，而无所定，虽有十黄帝不能治也[10]。故行仁义者非所誉，誉之则害功；工文学者非所用[11]，用之则乱法。……今人主之于言也，说其辩而不求其当焉[12]；其用于行也，美其声而不责其功焉[13]。是以天下之众，其谈言者务为辩而不周于用[14]，故举先王言仁义者盈廷，而政不免于乱；行身者竞于为高而不合于功，故智士退处岩穴、归禄不受[15]，而兵不免于弱。

（《五蠹》）

中华书局版王先慎《韩非子集解》

注释

［1］貌：容饰。

［2］“夫恃貌而论情者”四句：通过外表谈论人的感情，则感情不免于虚伪，故曰

"恶";通过文饰讨论事物的实质,则实质必有所遮掩,故曰"衰"。恃、须,皆为依凭之义。

[3]"隋侯之珠"二句：旧传隋侯救一大蛇,蛇衔大珠回报,因名隋侯之珠。银黄,指白银与黄金。

[4]的彀：目标。

[5]"夫砥砺杀矢"四句：只要把箭磨得锋利,即使是胡乱发射,其尖端也总是会射中某物的细小之处的;然而这不能叫做善于射箭,因为没有一个固定的目标。砥砺,在磨石上磨。杀矢,用于打猎的箭。仪的,目标。

[6]"设五寸之的"二句：战国时代1尺大约为23厘米,则5寸约合11.5厘米,8尺为1步,10步约合18.4米。

[7]非羿、逢蒙不能必中：羿,夏代诸侯有穷国之君,善射。逢蒙,学射于羿。

[8]有常：有固定的目标。

[9]诸先生以文学取：儒者因习诵《诗》《书》而为君主所用。先生,指习《诗》《书》者。

[10]"法趣上下"三句：谓背离法令的,人主却加以重用;下吏欲诛杀的,人主却畜养起来;这四方面不能统一,所以天下就难以治理了。四相反,指"法"与"趣"相反、"上"与"下"相反。法,指上句所说"法之所非"。趣,同"取",指"君之所取"。上,指"上之所养"。下,指"吏之所诛"。

[11]工文学：按旧本无"工"字,王先慎据别本增补。一说当补"习"字。

[12]说其辩而不求其当：说,同"悦"。当,指合乎用。

[13]美其声而不责其功：声,名声。责,求。

[14]谈言者：主要指纵横家。按《五蠹》有"其言谈者必轨于法"一语,则"谈言"似当作"言谈"。

[15]归禄不受：辞官而不受俸禄。

说明

法家是产生于战国时代的重要思想流派,主张加强君权专制,厉行法治,奖励耕战,以竞胜于当时列国的兼并。它对重视道德礼乐的儒家提出了严厉的批评。在秦国推行变法的商鞅,力斥儒家的仁义观念,厌弃《诗》《书》这些礼乐文化的典籍,视之为破坏农战、导致国家"必贫至削"的虱子害虫(《商君书·靳令》)。韩非子对传统礼乐文化及"文学"的基本态度是与商鞅一致的。他在具有纲领性意义的《五蠹》这篇文章中,承商鞅"六虱"之说,提出"五蠹"之论,列在五种乱法害国者之首的是“文学之士”。当其时，群雄相争，法家主张以富国强兵为要务，自有时势所趋、事有缓急的缘故，而且也并非是要绝对地否定文化和文学。商鞅提出要“以言去言”(《靳令》)，要求“起居饮食所歌谣者，战也”(《赏刑》)，即以反映农战内容的文艺取代儒家的诗书礼乐。韩非子也同样认为著述文辞必当有现实的功用，排斥不以功用为“的彀”的学说和写作。在“文”“质”之间，他只重视“质”，轻视外在的文饰。他曾用“买椟还珠”的寓言，来说明“以文害用”的道理(《外储说左上》)。

《韩非子》一书议论透彻，未尝不“辩”，未尝无“文”。《难言》一文，也可见出韩非对于说辞的手法和风格，还是有所探究的。但他对于“文学”的态度是否定的。他所贬斥的，虽然主要是礼乐典籍和儒墨学说，然而横扫所及，却是传统文化以及百家学说，当然也包括文学在内。当这种主张一旦诉诸现实权力，就对文化和文学产生了实际性的破坏力。韩非虽无“燔诗书”之实，然而其废“文学”、斥儒墨之说，“与李斯之焚无异也”(宋王应麟《困学纪闻》卷十)。

毛诗序(节选)

作者简介

汉人传《诗》有四家，鲁、齐、韩三家属今文学派，均立于学官；赵人毛苌所传为《毛诗》，属古文学派，未立学官，但在汉末取代三家而独传于世，三家则先后失传。《毛诗》各篇皆有序，主要介绍作品的写作背景和旨意。《国风》首篇《关雎》小序之后有一段较长文字，后人称为《诗大序》。关于《毛诗序》的作者，据张西堂《诗经六论》，有十六种不同的说法。现代学者大都主张《毛诗序》非一时一人之作，大约完成于西汉中期以前的儒者之手。

《关雎》，后妃之德也[1]，风之始也[2]，所以风天下而正夫妇也。故用之乡人焉[3]，用之邦国焉[4]。

风，风也，教也[5]；风以动之，教以化之。

诗者，志之所之也[6]。在心为志，发言为诗。情动于中而形于言，言之不足故嗟叹之，嗟叹之不足故永歌之[7]，永歌之不足，不知手之舞之，足之蹈之也。

情发于声，声成文谓之音。治世之音安以乐，其政和；乱世之音怨以怒，其政乖[8]；亡国之音哀以思[9]，其民困。故正得失，动天地，感鬼神，莫近于诗[10]。先王以是经夫妇[11]，成孝敬，厚人伦，美教化，移风俗。

故诗有六义焉[12]：一曰风[13]，二曰赋[14]，三曰比[15]，四曰兴[16]，五曰雅[17]，六曰颂[18]。上以风化下，下以风刺上，主文而谲谏[19]，言之者无罪，闻之者足以戒，故曰风。至于王道衰，礼义废，政教失，国异政，家殊俗，而变风、变雅作矣[20]。国史明乎得失之迹[21]，伤人伦之废，哀刑政之苛，吟咏情性，以风其上，达于事变而怀其旧俗者也。故变风发乎情，止乎礼义。发乎情，民之性也；止乎礼义，先王之泽也[22]。是以一国之事，系一人之本，谓之风[23]；言天下之事，形四方之风，谓之雅[24]。雅者，正也[25]，言王政之所由废兴也。政有大小，故有小雅焉，有大雅焉。颂者，美盛德之形容，以其成功告于神明者也[26]。是谓四始[27]，诗之至也[28]。

然则《关雎》《麟趾》之化[29]，王者之风，故系之周公[30]。南，言化自北而南也[31]。《鹊巢》《驺虞》之德[32]，诸侯之风也，先王之所以教，故系之召公[33]。《周南》《召南》，正始之道，王化之基[34]。是以《关雎》乐得淑女，以配君子，忧在进贤[35]，不淫其色；哀窈窕，思贤才，而无伤善之心焉[36]。是《关雎》之义也。

阮元刻《十三经注疏》本《毛诗正义》卷一

注释

[1] 后妃之德：后妃，天子之妻，旧说指周文王妃太姒。后妃性行和谐，贞专化下，寤寐求贤，是“后妃之德”也。

[2] 风之始：有二义，一是指《关雎》为十五国风之首。二是指为文王教化之始。

[3] 用之乡人：乡大夫用《关雎》教化百姓。周时以一万二千五百户为一乡，每乡以卿一人掌其政教禁令，是为乡大夫。乡大夫行乡饮酒礼和乡射礼时，以《关雎》和乐。

[4] 用之邦国：诸侯用《关雎》教化其臣。邦国，诸侯国。诸侯行燕礼饮宴其臣子及宾客时，也以《关雎》和乐。首句至“用之邦国焉”为《关雎》小序，以下

为大序。

[5] 风也教也：风是感化，主情；教是教化，主义。

[6] 志之所之：志，情志、怀抱。之，出。

[7] 永歌：引声长歌。永，延长。

[8] 乖：乖戾，反常。

[9] 思：悲伤。

[10] 莫近于诗：没有超过诗的。

[11] 经夫妇：规范夫妇之道。经，常道，此作动词。

[12] 六义：《周礼·春官·大师》有“六诗”说，内容相同。通常解释是以“风雅颂”为诗体，“赋比兴”为诗法。但依此说，难以解释“六义”或“六诗”的顺序。近世章太炎认为“六诗”指六种诗体（《六诗说》），也是臆测之说。

[13] 风：一般解释指国风，王畿之外的地方乐歌。

[14] 赋：指铺陈直叙的手法。

[15] 比：相当于现在所说的比喻。

[16] 兴：起的意思，兼有发端与隐喻的作用。

[17] 雅：王畿之乐，包括周王朝公卿士大夫的诗歌。

[18] 颂：祭祀宗庙的诗歌。

[19] 主文而谲谏：主于文饰而不直讽。文，本义指和谐的曲调。古时君王听政，凡献诗有所讽谏，都由乐师作曲，使诗与乐相和，是为“主文”。后来指讽谏之辞须加以修饰。谲，委婉而不切直。

[20] 变风、变雅：指西周中衰以后的诗篇。变，指时世由盛而衰，纲纪大坏。旧说《邶风》以下为“变风”，《六月》以后小雅和《民劳》以后大雅为“变雅”。

[21] 国史：王室的史官，掌采诗。

[22] 先王之泽：虽然政教已坏，但先王的教化影响还在，所以诗人能以礼义节制情感。

[23] “是以一国之事”三句：诗的创作以一人之情为本，但反映一个国家的事，称作“风”。一国，指诸侯国。

[24] “言天下之事”三句：反映天下之事、四方风情的称为“雅”。“风”写一国之事，“雅”写天下之事，此其不同。

[25] 雅者正也：“正”有二义，一通“政”，认为“雅”是写王政兴衰的。下文说政有大小，所以分为“小雅”“大雅”。二是雅正之“正”，认为“雅”是言天子政教以齐正天下。

[26]“颂者”三句：赞美君王盛德，将其功业告知神明的歌舞，称为“颂”。

[27]四始：指国风、小雅、大雅、颂。《史记·孔子世家》认为“四始”指风雅颂分别以《关雎》《鹿鸣》《文王》《清庙》为始。这是《鲁诗》说。

[28]诗之至也：诗理尽于此。

[29]《麟趾》：即《麟之趾》，《国风·周南》的最后一篇。小序称《麟之趾》呼应《关雎》，认为自《关雎》开始王化行于天下，即使是衰世的公子也信厚知礼。

[30]系之周公：周公摄政当国，制礼作乐，天下大治，所以王者以周公为代表。王者以周公为圣，所以《周南》言王者之事，系于周公之名而称为“周南”。

[31]南言化自北而南：周始于北方的岐周，拓至南方的江汉之域，所以说王道化行是从北向南的。这是解释《周南》之“南”的意义。

[32]《鹊巢》《驺虞》之德：《国风·召南》首篇为《鹊巢》，末篇为《驺虞》。小序称《驺虞》是《鹊巢》之应，认为《鹊巢》言化行的开始，至《驺虞》言国君披文王之化，仁德如驺虞，可见王道初成。

[33]系之召公：名奭，与周公一起辅佐武王灭商，成王时任太保。诸侯以召公为贤，所以《召南》写诸侯之事，系于召公之名而称为“召南”。

[34]“《周南》《召南》”三句：《周南》《召南》都是体现正始之道和教化基础的作品。正始，使治理初始归于正道。

[35]忧：原文作“爱”，据《校勘记》改。

[36]伤善：伤害善道。

说明

《诗大序》系统阐述了《诗经》的特征、分类及其与政教的关系，是先秦儒家诗论的总结。

比较《大序》与《乐记》，可以明显地看到其诗学对先秦乐论的继承。它的抒情论既延承了传统的“诗言志”说，同时又指出诗歌“情动于中而形于言”的特征，“志”和“情”开始统一起来。它对于诗歌抒情性的表述，正是从乐论直接转移过来的，所以带着明显的乐论色彩。《大序》的抒情论与魏晋时代的抒情论都渊源于《乐记》，但魏晋抒情论往往是通过感物论来确认诗歌抒情性的，其与政教的关系相对疏远，而《大序》的抒情论与教化论紧密地结合在一起。它认为“风以动之”和“教以化之”是同时完成的诗歌功能，并且由于诗源于情，情又关乎政，政治状况与诗歌情感的特征是相互反映的。所以抒情论也是《大序》诗政相通论的理论基础。而诗政相通，正是序作者解读《三百篇》的重要理论依据。序作者认为《关雎》与《麟趾》呼应，体现“王者之风”，《鹊巢》与《驺虞》呼应，体现“诸侯之风”，这是将《诗三百》看作政治教化的隐喻系统。

诗歌不仅仅与政相通，它本身就具有直接的政治功能。上政达乎下、下情闻于上是对王政的基本要求，所谓“上以风化下，下以风刺上”，正是将诗歌视为王政与民情之间的重要通道。从礼的角度看，由下而上的讽谏，关乎尊卑之别，所以《大序》必然要强调诗与礼的统一。它说“主文而谲谏”，并非指本来意义上的诗乐相和，而是强调讽谏的修饰性，通过修饰使之委婉含蓄，使“下以风刺上”合乎尊卑之礼。诗礼合一的原则，在抒情上表现为“发乎情止乎礼义”，这其实是儒家对于诗歌的普遍要求，而《大序》所以在论及“变风”时提出来，是因为“变风”是衰世之诗，“乱世之音怨以怒”，当礼道陵替之时，遵循哀而不伤、怨而不怒的诗礼合一的原则显得尤为重要。“风”“教”统一，讽谏“主文”，抒情“止乎礼义”，都可以归结于诗礼合一的原则。而《乐记》的理论精神，正是礼乐合一。可以说，从抒情论、教化论、诗政相通论到诗礼合一论，《大序》的诗学理论，是通过对先秦乐论的系统借鉴而完成的。它的意义也在于，从乐论中分化出独立的诗学来，因此也可以说，《大序》是独立之诗学的开端。

从学术史来看，《毛诗序》既属于经学，也属于文论。它既是诗经学的理论基础，也是文论思想的生发点。比如“变风变雅”之说，在诗经学上涉及的是作品主题与王道盛衰之关系，在文论上则揭示了文章风格的时代特征。刘勰《文心雕龙·时序》说“时运交移，质文代变”，认为建安文学的“梗概而多气”，“良由世积乱离，风衰俗怨”，可以说是受了“变风”之说的影响。对于“六义”，《大序》只解释“风”“雅”“颂”，这是经学家的眼光，而钟嵘更关注“赋”“比”“兴”，将此“三义”的统一视为诗歌创作的艺术要求。《毛诗序》的意义，在不同的领域是有所差别的。当然，也可以说，《毛诗序》位居经学与文论二者之间，那么经学与诗学的关系，从一开始就已经建立起来了。

史记·太史公自序（节选）

〔汉〕司马迁

作者简介

司马迁（前 145—?），字子长，夏阳（今陕西韩城南）人。西汉历史学家。其父司马谈为汉武帝前期的太史令。元丰三年(前108年)迁继任父职。天汉二年(前99年),因"李陵之祸"下狱,次年受腐刑。出狱后任中书令,完成《史记》一百三十卷(后有数篇散佚,由褚少孙等补撰),不久辞世。《史记》开创中国纪传体通史的体例,是古代史学和文学的经典之作。其他著述大都亡佚。《汉书》卷六十二有传。

太史公曰:"先人有言:'自周公卒五百岁而有孔子。孔子卒后至于今五百岁,有能绍明世,正《易传》,继《春秋》,本《诗》《书》《礼》《乐》之际?'意在斯乎[1]!意在斯乎!小子何敢让焉[2]。"

上大夫壶遂曰[3]:"昔孔子何为而作《春秋》哉?"

太史公曰:"余闻董生曰[4]:'周道衰废,孔子为鲁司寇[5],诸侯害之,大夫壅之[6]。孔子知言之不用,道之不行也,是非二百四十二年之中[7],以为天下仪表,贬天子,退诸侯,讨大夫,以达王事而已矣。'子曰:'我欲载之空言[8],不如见之于行事之深切著明也[9]。'夫《春秋》,上明三王之道,下辨人事之纪,别嫌疑,明是非,定犹豫,善善恶恶,贤贤贱不肖,存亡国,继绝世,补敝起废,王道之大者也。《易》著天地阴阳四时五行,故长于变;《礼》经纪人伦,故长于行;《书》记先王之事,故长于政;《诗》记山川溪谷禽兽草木牝牡雌雄,故长于风[10];《乐》乐所以立,故长于和;《春秋》辩是非,故长于治人。是故《礼》以节人,《乐》以发和,《书》以道事,《诗》以达意,《易》以道化[11],《春秋》以道义。拨乱世,反之正,莫近于《春秋》。《春秋》文成数万,其指数千[12]。万物之散聚,皆在《春秋》。《春秋》之中,弑君三十六,亡国五十二,诸侯奔走不得保其社稷者不可胜数。察其所以,皆失其本已[13]。故《易》曰'失之豪厘,差以千里[14]'。故曰'臣弑君,子弑父,非一旦一夕之故也,其渐久矣[15]'。故有国者不可以不知《春秋》,前有谗而弗见,后有贼而不知。为人臣者不可以不知《春秋》,守经事而不知其宜,遭变事而不知其权[16]。为人君父而不通于《春秋》之义者,必蒙首恶之名。为人臣子而不通于《春秋》之义者,必陷篡弑之诛,死罪之名。其实皆以为善,为之不知其义,被之空言而不敢辞[17]。夫不通礼义之旨,至于君不君,臣不臣,父不父,子不子。夫君不君则犯[18],臣不臣则诛,父不父则无道,子不子则不孝。此四行者，天下之大过也。以天下之大过予之，则受而弗敢辞。故《春秋》者，礼义之大宗也。夫礼禁未然之前[19]，法施已然之后；法之所为用者易见，而礼之所为禁者难知。”

壶遂曰：“孔子之时，上无明君，下不得任用，故作《春秋》，垂空文以断礼义，当一王之法[20]。今夫子上遇明天子，下得守职，万事既具，咸各序其宜，夫子所论，欲以何明？”

太史公曰：“唯唯，否否[21]，不然。余闻之先人曰：‘伏羲至纯厚，作《易》八卦。尧舜之盛，《尚书》载之，礼乐作焉。汤武之隆，诗人歌之。《春秋》采善贬恶，推三代之德，褒周室，非独刺讥而已也。’汉兴以来，至明天子，获符瑞[22]，封禅[23]，改正朔[24]，易服色[25]，受命于穆清[26]，泽流罔极，海外殊俗，重译款塞[27]，请来献见者，不可胜道。臣下百官力诵圣德，犹不能宣尽其意。且士贤能而不用，有国者之耻；主上明圣而德不布闻[28]，有司之过也。且余尝掌其官，废明圣盛德不载，灭功臣世家贤大夫之业不述，堕先人所言，罪莫大焉。余所谓述故事，整齐其世传，非所谓作也，而君比之于《春秋》，谬矣。”

于是论次其文。七年而太史公遭李陵之祸[29]，幽于缧绁[30]。乃喟然而叹曰：“是余之罪也夫！是余之罪也夫！身毁不用矣。”退而深惟曰[31]：“夫《诗》《书》隐约者，欲遂其志之思也[32]。昔西伯拘羑里，演《周易》[33]；孔子厄陈蔡，作《春秋》[34]；屈原放逐，著《离骚》；左丘失明，厥有《国语》[35]；孙子膑脚，而论兵法[36]；不韦迁蜀，世传《吕览》[37]；韩非囚秦，《说难》《孤愤》[38]；《诗》三百篇，大抵贤圣发愤之所为作也。此人皆意有所郁结，不得通其道也，故述往事，思来者。”于是卒述陶唐以来，至于麟止[39]，自黄帝始[40]。

中华书局版二十四史《史记》卷一百三十

注释

[1] 意在斯：用意正在这里。这里指完成父亲遗愿，继孔子作史。

[2] 小子何敢让：小子，司马迁谦称自己。让，推辞。

[3] 壶遂：汉武帝时任詹事之职，上大夫为其官阶。太初元年（前 104 年）奉旨

与司马迁一起制定新历(即太初历)。二人对话,当在其时。

[4] 董生:即董仲舒。生,先生。司马迁曾从他受学。

[5] 孔子为鲁司寇:鲁定公八年(前502年)孔子为鲁国中都宰,一年后任司空,再迁大司寇。定公十四年由大司寇行摄相事。

[6] “诸侯害之”二句:齐国闻孔子为政,送八十美女与鲁,执政上卿季桓子受之,请鲁君为周道游,往观终日,怠于政事。孔子为此离职出走。害,害怕。壅,蒙蔽。

[7] 是非二百四十二年之中:指孔子作《春秋》褒贬得失。《春秋》起鲁隐公元年(前722年),讫鲁哀公十四年(前481年),共二百四十二年。

[8] 载之空言:指直称褒贬之义。

[9] 见之于行事:指通过史事传述,寄寓褒贬之义。

[10] 风:感化。

[11] 道化:阐明天地变化之理。

[12] “《春秋》文成数万”二句:《春秋》指《公羊春秋》,合经传凡四万余字。指,条例;“数千”言其繁多,如三科、九旨、五始、七等、六辅等。董仲舒为今文学家,治《公羊春秋》。

[13] “察其所以”二句:推究《春秋》所载弑君亡国等事发生的原因,无不是失去仁义的根本。已,矣。

[14] 失之豪厘,差以千里:豪,通“毫”。此语未见于《周易》经传,但他书多载之,大概是易家之别说。

[15] “臣弑君”四句:语见《易·坤卦·文言》,文字稍有节略。

[16] “守经事而不知其宜”二句:不知《春秋》,则固守常规却不明事理,遇到变故却不能应变。

[17] “其实皆以为善”三句:本心虽善,因不明事理而行事,则仍不免要被载诸《春秋》而不敢辞其罪咎。《春秋》只以文字褒贬,而不能有实际的惩罚,所以说是“空文”。

[18] 君不君则犯:如果君王不像君王,就会被臣下所冒犯。

[19] 礼禁未然之前:礼节制人的行为,使之不犯过,所以说“未然”。

[20] 当一王之法:《春秋》循礼义断是非,抵得上一代之王的政令。

[21] 唯唯否否:带有怀疑口气的应答语。

[22] 符瑞:祥瑞征兆。史载汉武帝元狩元年(前122年)冬十月行幸雍,获白麟,作《白麟之歌》。

[23] 封禅：指帝王在名山上举行盛大祀典，告成功于天地。元封二年（前 109 年）四月，武帝至梁父礼祠地主，登封泰山。

[24] 改正朔：指改订历法。正朔是正月一日，夏朝以寅月为正，商朝以丑月为正，周朝以子月为正，汉武帝改从夏制。

[25] 易服色：指朝廷所规定的车马祭牲的颜色。服，指所乘车马。汉初从水德，以黑色为正。文帝时改从土德，以黄色为正。武帝时仍用黄。

[26] 穆清：指天。

[27] 重译款塞：翻译语言，相互沟通，边远的人们过关塞前来服从。款，扣；塞，边塞。

[28] 布闻：广泛传播。

[29] 遭李陵之祸：天汉二年（前 99 年）李陵出征匈奴，兵败而降。武帝欲诛其族，司马迁上书陈述己见，触怒武帝而下狱，次年受腐刑。司马迁作《史记》始于太初元年（前 104 年），到受腐刑相隔七年。

[30] 缧绁：拘系犯人的绳索，借指牢狱。

[31] 深惟：深思。

[32] "夫《诗》《书》隐约者"二句：古圣贤之书辞义隐微，都是为了表达其怀抱的。这里《诗》《书》是泛指。

[33] "西伯拘羑里"二句：文王被殷纣拘于羑里，于是把《易》八卦重为六十四卦。西伯：周文王姬昌。羑里，古城名，在今河南汤阴。

[34] "孔子厄陈蔡"二句：鲁哀公四年，孔子将聘于楚，为陈蔡二国所忌，将他围困于郊野，直到楚军前来迎接，始得免。厄，困。《世家》说孔子作《春秋》是在鲁哀公十四年。

[35] "左丘失明"二句：旧说《国语》为春秋时鲁太史左丘明所作。左氏失明著书之事不详。

[36] "孙子膑脚"二句：孙子，即孙膑，战国时齐人。曾与庞涓同学兵法。涓为魏国将军，嫉其才，刖其足，所以世人以"膑"称之。后膑为齐威王军师，在马陵杀涓。著有《兵书》，《汉志》著录八十九篇。

[37] "不韦迁蜀"二句：吕不韦，秦庄襄王、秦王政时丞相。始皇九年被黜免，与家属流蜀途中，被迫服毒自尽。《吕览》，即《吕氏春秋》，成书于秦王政在位时，与迁蜀之事无关。

[38] "韩非囚秦"二句：史载秦王发兵攻打韩国，韩非受命使秦，因李斯毁谤，被囚禁，自杀狱中。韩非作《说难》《孤愤》二文当在入秦之前。

[39] “述陶唐以来”三句：所述内容，上起陶唐，下至汉武帝。陶唐，帝尧号陶唐氏。麟止，止，双关语，与“趾”通；又有终止义，指记事之终。公元前122年武帝郊雍，获麒麟，乃铸金作麟趾形，改元元狩。《史记》记事终于此，有效法孔子作《春秋》绝笔于获麟之意。

[40] 自黄帝始：《史记・五帝本纪》以黄帝为首。上文称“述陶唐”，是因为《尚书》记帝王事始于尧，司马迁以为雅正。百家言黄帝事则非雅训，故不称。

说明

《太史公自序》是《史记》的序文，内容涉及司马迁的史学观和写作观。

司马迁深受董仲舒“公羊学”的影响，指出孔子作《春秋》，“上明三王之道，下辨人事之纪”，是在史事中明辨是非，寄寓褒贬，发挥“补敝起废”的作用。在《报任安书》中，他说自己撰史，是为了“究天人之际，通古今之变”。史家不能止于记言记事，更重要的是在历史叙述中体现人伦道义，揭示历史兴衰演变的原因和本质。史学是事实与义理的统一，史家的道德倾向和理性思考又是在历史叙述中表现出来的，所以司马迁引用孔子的话说：“载之空言，不如见之于行事之深切著明也。”也就是说，结合于具体叙述的义理，能够得到“深切著明”的表达，这是史学的特点。司马迁的史学观，不仅仅是其创作《史记》这一经典的理论基础，其于文学创作也具有深刻的启发意义。

“李陵之祸”带给司马迁巨大的精神耻辱，使他在继承《春秋》精神的同时，又从生命价值的层面去理解史学写作的意义。对他来说，“立言不朽”固然是生存的理由，但“发愤著书”却是生命的升华。他觉得古圣贤都是在“不得通其道”的境遇中才有伟大的创作的，那么《史记》的创作，也成为他从“李陵之祸”通向圣贤精神的必由之路。“发愤著书”之说，显示了写作原动力的本源，更重要的是，它为后来那些遭遇坎坷人生的写作者，带去强大的精神力量。从屈原的“发愤以杼情”到司马迁的“发愤著书”，指明了一条不同于儒家所说的“温柔敦厚”的创作道路。汉桓谭说：“贾谊不左迁失志，则文采不发。……扬雄不贫，则不能作《玄》《言》。”（《新论・求辅》）梁代刘勰有“蚌病成珠”之喻（《文心雕龙・才略》），唐代韩愈有“不平则鸣”之说（《送孟东野序》），宋代欧阳修又有“穷而后工”之论（《梅圣俞诗集序》），而明代李贽则称《水浒》为“发愤之所作”（《忠义水浒传序》）。这是一条源远流长的“发愤”史。

史记·屈原列传(节选)

〔汉〕司马迁

屈平疾王听之不聪也[1],谗谄之蔽明也,邪曲之害公也,方正之不容也,故忧愁幽思而作《离骚》。"离骚"者,犹离忧也[2]。夫天者,人之始也;父母者,人之本也。人穷则反本,故劳苦倦极[3],未尝不呼天也;疾痛惨怛,未尝不呼父母也。屈平正道直行,竭忠尽智,以事其君,谗人间之,可谓穷矣。信而见疑,忠而被谤,能无怨乎?屈平之作《离骚》,盖自怨生也。《国风》好色而不淫,《小雅》怨诽而不乱。若《离骚》者,可谓兼之矣。上称帝喾[4],下道齐桓[5],中述汤武[6],以刺世事。明道德之广崇,治乱之条贯,靡不毕见。其文约,其辞微,其志洁,其行廉。其称文小而其指极大,举类迩而见义远。其志洁,故其称物芳;其行廉,故死而不容自疏[7]。濯淖污泥之中[8],蝉蜕于浊秽[9],以浮游尘埃之外[10],不获世之滋垢[11],皭然泥而不滓者也[12]。推此志也,虽与日月争光可也。

中华书局版二十四史《史记》卷八十四

注释

[1] 王:楚怀王。

[2] 离忧:遭受忧患。离,通"罹",遭遇。这是汉人的解释。

[3] 倦极:极,疲困。

[4] 上称帝喾:《离骚》有"凤皇既受诒兮,恐高辛之先我"之语。帝喾,即高辛氏。

[5] 下道齐桓:《离骚》有"宁戚之讴歌兮,齐桓闻以该辅"之语。齐桓公为春秋五霸之首。

[6] 中述汤武:《离骚》有"汤禹俨而祗敬""汤禹严而求合兮"之语。这里"汤武"指成汤。

[7] 不容自疏：不愿自己疏远于楚王。疏，即传中“王怒而疏屈平”之“疏”。
[8] 濯淖污泥之中：陷身于污泥中。濯淖，浸渍，指身处浊世。
[9] 蝉蜕于浊秽：在丑恶的环境中能洁身自好。
[10] 浮游尘埃之外：高蹈于世俗。
[11] 不获世之滋垢：不沾染世俗的污浊。获，玷污。滋，通“兹”，黑。
[12] 皭然泥而不滓：一身清白，染而不黑。泥，通“涅”，染黑。滓，通“缁”，黑色。

说明

屈原有着不平凡的人生经历，他的《离骚》是继《诗经》之后最重要的文学作品，而且以他的作品为代表的楚辞，对于汉代辞赋的影响非常大。所以，评价屈原的道德人格及《离骚》的艺术特征，成为汉代文学批评的一个中心论题。

汉武帝建元二年（前 139 年），也就是“罢黜百家”的前六年，刘安撰写《离骚传》，对屈原及其作品作出了很高的评价。他第一次把《诗》与《离骚》联系起来，参照《诗》的特点来评价《离骚》。这已经接近宗经的标准。但“骚兼风雅”之说，是把《诗》《骚》放在一个平面上加以比较的，这就与宗经的标准又有些距离了。刘安评价《离骚》“其文约，其辞微”“其称文小而其指极大，举类迩而见义远”等，借鉴了《系辞》评论《易经》的话语，是出于儒家的学说，但他所赞赏的屈原的出污泥而不染的人格精神，又带有道家的色彩。刘安的观点，反映了儒学主导地位确立前夕的文学观念的双重性。在这里宗经主义已经有所表现，但还不是基本的批评准则。司马迁经历了汉武朝从提倡黄老刑名百家之学到独尊儒术的思想政策的整个折变过程，而刘安的观点正体现了这个历史时期的特点，所以很容易为司马迁所接受。司马迁被班固批评说“是非颇谬于圣人”（《汉书·司马迁传赞》），他的学术思想也确实表现出了不同于儒学的一面。

但司马迁并非是照搬刘安的观点。他说“屈平之作《离骚》，盖自怨生也”，是从屈原的人生经历中得出的结论，与屈原自己所说的“发愤以杼情”的创作精神相契合，同时也出于史学家的历史认知。屈原由“穷”而“怨”，既是个人的生命际遇，更是古圣贤的精神共性。在《太史公自序》中，司马迁把这种精神概括为“发愤著书”。如果他对屈原之“怨”的体认跟自己极其不幸的人生经历也有关的话，那么他写屈原的传，读《离骚》的文，就必定会有更多精神上的共鸣。

法言(节录)

〔汉〕扬　雄

作者简介

扬雄(前53—18),字子云,蜀郡成都人。汉成帝时为给事黄门郎,王莽时以耆老转为大夫。早年好辞赋,后期则反对辞赋流于丽辞藻绘的风格。其思想继承儒学,主张宗经,仿《论语》作《法言》,仿《周易》作《太玄》。明代张溥辑《汉魏六朝百三名家集》有《扬侍郎集》一卷,清代严可均辑《全汉文》收其赋箴四卷。《汉书》卷八十七有传。

或问:“吾子少而好赋[1]?”曰:“然。童子雕虫篆刻[2]。”俄而曰:“壮夫不为也。”或曰:“赋可以讽乎?”曰:“讽乎! 讽则已;不已,吾恐不免于劝也[3]。”或曰:“雾縠之组丽[4]。”曰:“女工之蠹矣[5]。”

(《吾子》)

或问:“景差、唐勒、宋玉、枚乘之赋也[6],益乎?”曰:“必也淫[7]。”“淫则奈何?”曰:“诗人之赋丽以则[8],辞人之赋丽以淫。如孔子之门用赋也,则贾谊升堂,相如入室矣;如其不用何[9]?”

(《吾子》)

或问“苍蝇、红紫”。曰:“明视[10]。”问“郑卫之似”[11]。曰:“聪听[12]。”或曰:“朱、旷不世[13],如之何?”曰:“亦精之而已矣[14]。”

(《吾子》)

或问:“交五声、十二律也[15],或雅或郑,何也?”曰:“中正则雅,多哇则郑[16]。”

(《吾子》)

或曰:“女有色,书亦有色乎?”曰:“有。女恶华丹之乱窈窕也[17],书恶淫辞之淈法度也[18]。”

(《吾子》)

或问："屈原智乎？"曰："如玉如莹，爰变丹青[19]。如其智！如其智[20]！"

（《吾子》）

或问："君子尚辞乎？"曰："君子事之为尚[21]。事胜辞则伉[22]，辞胜事则赋[23]，事辞称则经[24]。足言足容，德之藻矣[25]。"

（《吾子》）

或问："公孙龙诡辞数万以为法[26]，法与？"曰："断木为棋，梡革为鞠[27]，亦皆有法焉。不合乎先王之法者，君子不法也。观书者，譬诸观山及水，升东岳而知众山之峛崺也[28]，况介丘乎[29]？浮沧海而知江河之恶沱也[30]，况枯泽乎？舍舟航而济乎渎者，末矣[31]；舍五经而济乎道者，末矣。弃常珍而嗜乎异馔者，恶睹其识味也？委大圣而好乎诸子者[32]，恶睹其识道也？山岠之蹊，不可胜由矣；向墙之户，不可胜入矣[33]。"曰："恶由入？"曰："孔氏。孔氏者，户也[34]。"曰："子户乎[35]？"曰："户哉！户哉！吾独有不户者矣[36]？"

（《吾子》）

"敢问质。"曰："羊质而虎皮，见草而说[37]，见豺而战[38]，忘其皮之虎矣。圣人虎别，其文炳也[39]；君子豹别，其文蔚也[40]；辩人狸别，其文萃也[41]。狸变则豹，豹变则虎[42]。好书而不要诸仲尼，书肆也[43]；好说而不要诸仲尼，说铃也[44]。君子言也无择，听也无淫[45]。择则乱，淫则辟[46]。述正道而稍邪哆者有矣，未有述邪哆而稍正也[47]。孔子之道，其较且易也[48]。"

（《吾子》）

或曰："人各是其所是，而非其所非，将谁使正之？"曰："万物纷错则悬诸天[49]，众言淆乱则折诸圣[50]。"或曰："恶睹乎圣而折诸？"曰："在则人，亡则书，其统一也[51]。"

（《吾子》）

言不能达其心，书不能达其言，难矣哉[52]！惟圣人得言之解[53]，得书之体[54]，白日以照之，江河以涤之，灏灏乎其莫之御也[55]！面相之，辞相适[56]，捈中心之所欲[57]，通诸人之嚍嚍者[58]，莫如言。弥纶天下之事[59]，记久明远，著古昔之㖧㖧，传千里之忞忞者，莫如书[60]。故言，心声也；书，心画也。声画形，君子小人见矣。声画者，君子小人之所以动情乎？圣人之辞浑浑若川。顺则便，逆则否者，其惟川乎[61]！

（《问神》）

或曰："淮南、太史公者[62]，其多知与？曷其杂也！"曰："杂乎杂！人病以多知为杂，惟圣人为不杂[63]。书不经[64]，非书也；言不经，非言也。言、书不经，多多赘矣[65]。"

（《问神》）

或问："五经有辩乎？"曰："惟五经为辩[66]：说天者莫辩乎《易》，说事者莫辩乎《书》[67]，说体者莫辩乎《礼》[68]，说志者莫辩乎《诗》，说理者莫辩乎《春秋》[69]。舍斯，辩亦小矣。"

（《寡见》）

或曰："良玉不雕，美言不文[70]，何谓也？"曰："玉不雕，玙璠不作器[71]；言不文，典谟不作经[72]。"

（《寡见》）

或曰："仲尼之术，周而不泰[73]，大而不小，用之犹牛鼠也[74]。"曰："仲尼之道，犹四渎也[75]，经营中国[76]，终入大海[77]。它人之道者[78]，西北之流也，纲纪夷、貉[79]，或入于沱，或沦于汉[80]。淮南说之用，不如太史公之用也。太史公，圣人将有取焉；淮南，鲜取焉尔。必也，儒乎！乍出乍入[81]，淮南也；文丽用寡，长卿也[82]；多爱不忍[83]，子长也。仲尼多爱，爱义也；子长多爱，爱奇也。"

（《君子》）

《四部丛刊》影宋本《扬子法言》

注释

［1］吾子少而好赋：史传扬雄年轻时推崇司马相如，常模拟其赋进行创作。

［2］童子雕虫篆刻：作赋不过是少年人所习之事。虫，虫书；刻，刻符。属于"秦书八体"，汉代要求学童掌握。

［3］劝：劝诱。

［4］雾縠之组丽：雾縠，薄雾般的轻纱。组丽，华丽。此以雾縠之美喻辞赋之文

工巧美好。

[5] 女工之蠹：精美之縠对女工是有害的。此喻辞赋惑乱圣人经典。女工，指女子所做的纺织刺绣等事。

[6] 景差：生平不可考，其赋无传。《楚辞章句》说《大招》一篇或以为景差所作。唐勒：生平不可考，《汉书·艺文志》著录其赋四篇，今均已佚。宋玉：与唐勒、景差同时，《汉书·艺文志》著录其赋十六篇，大都亡佚，今传其可靠者，有《九辩》《风赋》《高唐赋》《神女赋》《登徒子好色赋》等。枚乘：字叔，汉代辞赋家，《汉书·艺文志》著录其赋九篇，今存《七发》，开汉大赋之先河。

[7] 淫：侈滥过度。

[8] 诗人之赋丽以则：则，合乎法度。《诗》有六义，赋为其一，"诗人之赋"即指此。

[9] "如孔子之门用赋"四句：孔门如果也以赋为教，那么贾谊、司马相如都可以登堂入室了，可是孔门不用赋，说明它无益于儒教。升堂、入室，借用《论语·先进》篇语。

[10] 明视：指辨明正色与间色。苍蝇能污杂黑白，为汉人的说法。红紫，指杂色。

[11] 郑卫之似：郑卫之声一类的俗乐。似，类。

[12] 聪听：指审听乐声以别雅俗。

[13] 朱、旷不世：朱、旷，即离朱、师旷。离朱，传说中的明目者。师旷，春秋时晋国乐师。不世，非凡。

[14] 精之而已矣：朱、旷所以被认为不凡，也只是因为他们或者精于辨正色，或者精于知正音。

[15] 交：调和。

[16] 多哇：邪淫。多，同"哆"(chǐ)，邪。哇，也是邪的意思。

[17] 华丹之乱窈窕：化妆粉饰破坏了美好的姿容。华丹，指女子化妆。华，铅华，女子化妆用的铅粉。丹，口脂。窈窕，美好的样子。

[18] 淈(gǔ)：扰乱。

[19] "如玉如莹"二句：屈原的品质如同玉色，而不像丹青久而变色。爰，"奚"字之误(汪荣宝说)。

[20] "如其智"二句：语仿《论语·宪问》："如其仁！如其仁！"表示深许之意。

[21] 君子事之为尚：君子所贵者在事实，不在辞采。事，事实。

[22] 事胜辞则伉：重事实轻辞采，就会失之朴直。伉，质直。

[23] 辞胜事则赋：重辞采轻事实，就像辞赋那样浮华。赋，辞赋，这里取“辞人之赋丽以淫”之义。

[24] 事辞称则经：事实与辞采相称，才合乎正道。按原本“事”字重，据别本删去。

[25] “足言足容”二句：其辞文而足以为言，其事实而足以为用，这就是有德之言。容，用。

[26] 公孙龙诡辞数万：公孙龙诡辩之辞，有数万之多。公孙龙，战国时赵人，属名家，为坚白异同之说，《汉书·艺文志》著录《公孙龙子》十四篇，今存六篇。

[27] 梡革为鞠：梡，通“垸”；垸革，把兽皮制成丸球(孙诒让说)。鞠，蹴鞠。

[28] 岃嵻：也作“逦迤”，指山势旁行延绵。

[29] 介丘：孤丘，与“众山”相对。

[30] 恶沱：同“洿涂”，水浑浊不流动的样子。

[31] “舍舟航”二句：不用船只而渡河，无有此事。渎，大河。末，无。

[32] 委大圣：委，弃；大圣，指孔子。

[33] “山岖之蹊”四句：山坡小蹊难以通行，朝墙的门无法进入。比喻诸子学说不通于正道。山岖之蹊，山坡小路。岖，同“径”。由，通过。

[34] 孔氏者，户也：孔氏之学才是通向正道的门径。

[35] 子户乎：以孔子为门户吗？此“户”作动词。

[36] 吾独有不户者矣：我难道是不以孔子为门户的吗？独，犹“宁”。矣，犹“乎”。

[37] 说：悦。

[38] 战：颤抖。

[39] “圣人虎别”二句：圣人就像虎的斑纹，文采彪炳。语本《易·革》九五《象》。别，通“辨”，古“斑”字，指斑纹。

[40] “君子豹别”二句：君子就像豹的斑纹，文采蔚蔚。语本《易·革》上六《象》。

[41] “辩人狸别”二句：善辩之人就像狸的斑纹，文采萃聚。狸，貔，豹属(汪荣宝说)。按：“炳”“蔚”“萃”，皆指文采华美者，以“炳”为盛，“蔚”次之，“萃”又次之。

[42] “狸变则豹”二句：貔为豹属，故可以变为豹；豹似虎，故可以变为虎。文相近而质不同者不可以变，如羊不可为虎，所以邪佞小人不可以为君子；质相近而文不同者可以变，所以善辩之人勉而行之则可以为君子，君子进德不息则可以接近圣人。

[43] “好书而不要诸仲尼”二句：爱好读书而不求孔子之道，只是卖书的商人而已。要，求。书肆，书店，这里指卖书商。

[44] “好说而不要诸仲尼”二句：爱好言说而不求孔子之道，只是小声的铃铛而已。琐屑之说犹如铃声小而杂，故以“说铃”为喻。

[45] “言也无择”二句：君子不为有害之说，不听淫荡之音。择，通“殬”(dù)，败坏。

[46] 辟：同“僻”，邪僻。

[47] “述正道而稍邪哆”二句：论说正道或许有稍入于邪的，却不会有论说邪道而稍归于正的。哆，邪。

[48] 较且易：明显而平易。

[49] 万物纷错则悬诸天：万象纷杂错陈，则观之天文以正其方位。悬，正。

[50] 众言淆乱则折诸圣：诸子学说纷然淆乱，则以圣人之道为判断准则。折，折中；折诸圣，取正于圣人。

[51] “在则人”三句：圣人在世则求之于人，既殁则求之于书，标准是一样的。书，五经。统，统纪，准则。

[52] “言不能达其心”三句：言说不能传其旨意，著书不能达其言说，是很难成为君子的。难矣哉，终无成功的意思。

[53] 得言之解：所言都能切中关键。解(xiè)，关节或骨骼相接处，这里指言说的要旨。

[54] 得书之体：所著无不合乎正体。

[55] “白日以照之”三句：圣人其言其书，如日月经天，足以明照四方；如江河浩荡，足以洗濯浊恶；其伟大，莫之与敌。灏灏，同“皜皜”，浩瀚盛大的样子。

[56] “面相之”二句：谓交往时面色相对，辞气相接。之、适，往。

[57] 捈(shū)：抒发。

[58] 嚍嚍(jìn)：犹愤愤。

[59] 弥纶天下之事：指书能涵盖天下所有的事。

[60] “著古昔之㖧㖧”三句：凡古之未见、远之未知的事物，只有书能够说明传达。㖧㖧(hūn)，目所不见。忞忞(wěn)，心所未知。

[61] “顺则便”三句：大江浩浩之水，顺之则有利，逆之则有害。比喻圣人言说不可以违。

[62] 淮南：淮南王刘安，著有《淮南子》。太史公：司马迁。

[63] 惟圣人为不杂：圣人多知而以道贯之，所以为不杂。

[64] 不经：不合常道。
[65] 多多赘矣：越多越有害。赘，附肉，比喻有害无用之物。
[66] 惟五经为辩：只有五经能明辨道理。扬雄以明大道而辩为辩之大者，明小道而辩是辩之小者，则善辩莫如圣。
[67] 事：政事。
[68] 体：体统，指礼。
[69] 理：义。
[70] 美言不文：善言不必文饰。道家有此说。
[71] "玉不雕"二句：美玉不经过雕琢，不能用作礼器。玙璠，美玉。器，指圭璧，祭祀或朝聘时所用的玉制礼器。
[72] "言不文"二句：言说不经过文饰，不能成为经典。典谟，泛指五经之文。
[73] "周而不泰"二句：孔子学说虽完备却不能通达于当世，博大却不能施用于小事。泰，通。
[74] 用之犹牛鼠：若将孔子之学用于日常生活，就像用牛去捕鼠，身体很大却没有用。
[75] 四渎：指长江、黄河、淮河、济河。
[76] 经营中国：指四渎流贯中原。比喻孔子之学可以致远。
[77] 终入大海：比喻孔子之学通向大道。
[78] 它人之道：指诸子百家学说。
[79] 纲纪夷、貉：纲纪，犹言"经营"。夷、貉，指荒蛮地区。东方曰夷，北方曰貉。这里比喻诸子学说不明大道，而偏于一隅。
[80] "或入于沱"二句：沱、汉，均为长江支流。比喻诸子之说非正宗之学，不可以致远。
[81] 乍出乍入：与正道相出入。
[82] 文丽用寡：文辞华美而无大用。班固评司马相如语(《汉书·叙传》)。长卿，司马相如。
[83] 不忍：指司马迁不忍于取舍。《史记》于滑稽、日者、货殖、游侠等九流之伎，都叙而录之，所以下文说"爱奇"。

说明

扬雄早年以辞赋名世并由此踏入仕途，然而后来他对辞赋的态度发生了很大的转变。《法言》一书大约作于晚年，扬雄在书中质疑辞赋的讽谏意义，认为辞赋铺采摛文，“曲终而奏雅”，终究是“不免于劝”的。

扬雄强调经世致用的文学观念，悔其少作，弃辞赋而不为，跟他的学术转向有关。汉代儒学逐渐定于一尊，扬雄“自比于孟子”（《法言·吾子》），以发扬孔孟之学为己任，继荀子之后，高举宗经主义的大旗。他没有否定诸子之学，但很明确地指出，只有孔子之学才是正途，只有圣人之书才足以明大道。“书不经非书，言不经非言”，总之著书立说，一依儒道。而五经也不只是义理经典，同样又是文章经典。“惟五经为辩”，以五经为“得言之解，得书之体”，是“言”与“心”的统一；“事辞称则经”，以五经为“足言足容”，是“文”与“质”的统一。扬雄开始将宗经主义确立为文学批评的准则，批评辞家之赋“丽以淫”，批评相如“文丽用寡”，批评太史公“爱奇”，甚至认为圣人之思玄远深奥，故其辞“不得已”而艰深。他仿《易》而作《太玄》，仿《语》而作《法言》，也无不写得奇崛奥衍。其“文必艰深”之说，是以宗经为立场，首开拟古之途。

他对屈原的评价，也由于宗经的立场而开始区别于刘安、司马迁。扬雄赞赏屈原之质“如玉如莹”，但也认为“君子得时则大行，不得时则龙蛇”，自沉并非明哲（《汉书·扬雄传》）。他肯定《离骚》的文学地位，有“体同诗雅”之说（刘勰《文心雕龙·辨骚》篇引），又以“赋莫深于《离骚》”而有模拟之作，但又批评屈原之辞“过以浮”（《文选·谢灵运传论》李善注引《法言》）。他对屈原的批评，既出于作为辞赋家的审美趣味，也基于宗经的学术立场，是两方面的交集。这在汉代屈原的评论中是比较有代表性的。班固对司马迁和屈原的评价，一部分是接受了扬雄的意见。王充、王逸等人的文论思想，也受到扬雄的影响。在两汉文学批评的发展中，扬雄实为关键的人物。因此朱东润《中国文学批评史大纲》作出“谓东汉文论全出于扬雄可也”的论断。

论衡·超奇（节选）

〔后汉〕王　充

作者简介

王充（27—约97），字仲任，会稽上虞（今浙江绍兴上虞区）人。少孤，后游京师，受业太学，曾师事班彪。先后做过本县、郡的小官，晚年官至扬州治中。章和二年(88 年)自免还家，闭门著述。其思想以儒学为主，兼取百家，强烈批评谶纬学说。著有《论衡》传于世。《后汉书》卷四十九有传。

通书千篇以上，万卷以下，弘畅雅闲，审定文读[1]，而以教授为人师者，通人也。杼其义旨，损益其文句，而以上书奏记，或兴论立说，结连篇章者，文人、鸿儒也。好学勤力，博闻强识，世间多有；著书表文，论说古今，万不耐一[2]。然则著书表文，博通所能用之者也。入山见木，长短无所不知；入野见草，大小无所不识。然而不能伐木以作室屋，采草以和方药，此知草木所不能用也。夫通人览见广博，不能掇以论说，此为匿生书主人[3]。孔子所谓“诵《诗》三百，授之以政不达”者也，与彼草木不能伐采，一实也。孔子得《史记》以作《春秋》[4]，及其立义创意，褒贬赏诛，不复因《史记》者，眇思自出于胸中也[5]。凡贵通者，贵其能用之也，即徒诵读，读诗讽术[6]，虽千篇以上，鹦鹉能言之类也。衍传书之意，出膏腴之辞，非俶傥之才[7]，不能任也。夫通览者，世间比有；著文者，历世希然[8]。近世刘子政父子、杨子云、桓君山[9]，其犹文、武、周公，并出一时也；其余直有，往往而然，譬珠玉不可多得，以其珍也。

故夫能说一经者为儒生，博览古今者为通人，采掇传书以上书奏记者为文人，能精思著文连结篇章者为鸿儒。故儒生过俗人，通人胜儒生，文人逾通人，鸿儒超文人。故夫鸿儒，所谓超而又超者也。以超之奇，退与儒生相料[10]，文轩之比于敝车[11]，锦绣之方于缊袍也[12]，其相过，远矣。如与俗人相料，太山之巅墆[13]，长狄之项跖[14]，不足以喻。故夫丘山以土石为体，其有铜铁，山之奇也。铜铁既奇，或出金玉。然鸿儒，世之金玉也，奇而又奇矣。奇而又奇，才相超乘，皆有品差。

儒生说名于儒门，过俗人远也。或不能说一经，教诲后生。或带徒聚众，说论洞溢[15]，称为经明[16]。或不能成牍，治一说。或能陈得失，奏便宜[17]，言应经传[18]，文如星月。其高第若谷子云、唐子高者[19]，说书于牍奏之上，不能连结篇章。或抽列古今[20]，纪著行事，若司马子长、刘子政之徒，累积篇第，文以万数，其过子云、子高远矣，然而因成纪前[21]，无胸中之造。若夫陆贾、董仲舒，论说世事，由意而出，不假取于外，然而浅露易见，观读之者，犹曰传记[22]。阳成子长作《乐经》[23]，杨子云作《太玄经》，造于助思[24]，极窅冥之深[25]，非庶几之才[26]，不能成也。孔子作《春秋》，二子作两经，所谓卓尔蹈孔子之迹，鸿茂参贰圣之才者也[27]。

王公问于桓君山以杨子云[28]。君山对曰："汉兴以来，未有此人。"君山差才[29]，可谓得高下之实矣。采玉者心羡于玉[30]，钻龟者知神于龟[31]。能差众儒之才，累其高下，贤于所累[32]。又作《新论》[33]，论世间事，辩照然否，虚妄之言，伪饰之辞，莫不证定。彼子长、子云说论之徒[34]，君山为甲。自君山以来，皆为鸿眇之才，故有嘉令之文。笔能著文，则心能谋论，文由胸中而出，心以文为表。观见其文，奇伟俶傥，可谓得论也。由此言之，繁文之人[35]，人之杰也。

有根株于下，有荣叶于上；有实核于内，有皮壳于外。文墨辞说，士之荣叶、皮壳也。实诚在胸臆，文墨著竹帛，外内表里，自相副称。意奋而笔纵，故文见而实露也。人之有文也，犹禽之有毛也。毛有五色，皆生于体。苟有文无实，是则五色之禽，毛妄生也。选士以射，心平体正，执弓矢审固，然后射中[36]。论说之出，犹弓矢之发也；论之应理，犹矢之中的。夫射以矢中效巧，论以文墨验奇。奇巧俱发于心，其实一也。

文有深指巨略，君臣治术，身不得行，口不能绌[37]，表著情心，以明己之必能为之也。孔子作《春秋》，以示王意。然则孔子之《春秋》，素王之业也[38]；诸子之传书[39]，素相之事也[40]。观《春秋》以见王意，读诸子以睹相指。故曰：陈平割肉，丞相之端见[41]；叔孙敖决期思，令君之兆著[42]。观读传书之文，治道政务，非徒割肉决水之占也。足不强则迹不远，锋不铦则割不深[43]。连结篇章，必大才智鸿懿之俊也[44]。

或曰：著书之人，博览多闻，学问习熟，则能推类兴文[45]。文由外而兴，未必实才学文相副也[46]。且浅意于华叶之言[47]，无根核之深，不见大道体要，故立功者希。安危之际，文人不与，无能建功之验，徒能笔说之效也。

曰：此不然。周世著书之人，皆权谋之臣；汉世直言之士，皆通览之吏，岂谓文非华叶之生，根核推之也[48]？心思为谋，集扎为文[49]，情见于辞，意验于言。商鞅相秦，致功于霸，作《耕战》之书[50]。虞卿为赵，决计定说，行退作《春秋》之思[51]。《春秋》之思，起城中之议[52]；《耕战》之书，秦堂上之计也[53]。陆贾消吕氏之谋，与《新语》同一意[54]。桓君山易晁错之策，与《新论》共一思[55]。观谷永之陈说，唐林之宜言[56]，刘向之切议，以知为本，笔墨之文，将而送之[57]，岂徒雕文饰辞，苟为华叶之言哉？精诚由中，故其文语感动人深。是故鲁连飞书，燕将自杀[58]；邹阳上疏，梁孝开牢[59]。书疏文义，夺于肝心[60]，非徒博览者所能造，习熟者所能为也。

中华书局版黄晖《论衡校释》卷十三

注释

[1] 读：句读。
[2] 万不耐一：万人之中难得其一。耐，通“能”。
[3] 匿生书主人：义不详，疑有衍误。
[4]《史记》：指《鲁史记》。
[5] 眇思：妙思。眇，通“妙”。
[6] 讽术：讽，诵；术，指著述。
[7] 俶傥：卓异貌。
[8] 希然：希，同“稀”。
[9] 刘子政父子：即刘向（字子政）、刘歆。杨子云：扬雄字子云。桓君山：桓谭字君山。
[10] 料：衡量。
[11] 文轩：华美的车子。
[12] 缊袍：以乱麻为絮的袍子。
[13] 太山之巅墆：泰山的山顶和山脚。墆（dì），底部。
[14] 长狄之项跖：长狄的头和脚。长狄，传说中的巨人。项，颈的后部，借指头部；跖，足。
[15] 洞溢：透彻充分。
[16] 经明：指精通经学的人。

[17] 便宜：指有利国家、合乎时宜之事。

[18] 应：符合。

[19] 谷子云：谷永字子云，博学经书，屡上疏言得失。官至大司农。《汉书》卷八十五有传。唐子高：唐林字子高，以明经饬行名世，仕王莽，历公卿位，数上疏直谏。《汉书》卷七十二有传。

[20] 抽列古今：讽读古今之书，累列古今事迹。抽，通“籀”，诵读。列，逨列。

[21] 因成纪前：依凭成事，纪著旧迹。

[22] 传记：经书的注释。

[23] 阳成子长：名衡，蜀郡人，曾任谏议大夫。《论衡·对作》作阳城子张，即补《史记》之阳城衡。其作《乐经》之事不详。

[24] 助思：助，当作“眇”，形近而误。

[25] 窅冥：深远貌。

[26] 庶几之才：按《易·系辞下》：“颜氏之子，其殆庶几乎？”颜回以贤著称，后因以“庶几”借指贤者。

[27] 参贰：并列。

[28] 王公：即王莽。王莽问扬雄事，见桓谭《新论》。

[29] 差才：品第人才。

[30] 心羡于玉：心里希望得到玉石。一说“羡”释为“长”，长于玉，擅长于辨别玉石的意思。

[31] 钻龟者知神于龟：占卜的人其心智精通于占决龟兆。钻龟，指占卜。

[32] “累其高下”二句：品第人才之高低的人，其贤才又高于被品第的人。累，序累，分别高下排列。

[33]《新论》：桓谭撰。据《后汉书》本传，共二十九篇。南宋时已佚，有孙冯翼辑本。

[34] 说论之徒：黄晖《校释》“说论”作“论说”。此依旧本。

[35] 繁文之人：指著述丰富的人。

[36] “选士以射”四句：古时用射礼选士，射者心里平静，身体端正，对准目标稳稳开弓，然后才能射中。说见《礼记·射义》。审，准确地辨别目标。固，稳健地开弓。

[37] 口不能绁：口不能言说。绁，当作“泄”，形声相近而误。

[38] 素王之业：指孔子著《春秋》以当一王之法。孔子有王者之德而未居王位，汉今文家因称孔子为“素王”，素，空，无王位之实。

[39] 传书：指《春秋》三《传》。

[40] 素相之事：三《传》阐明《春秋》之义，如相臣辅佐君王。素相，有相之业而未居相位者。杜预《春秋左传序》称左丘明为“素臣”，其意相近。

[41] “陈平割肉”二句：陈平为里中社祭宰，分肉公平，以此见其可以为宰相。事见《史记》本传。

[42] “叔孙敖决期思”二句：叔孙敖，当作“孙叔敖”，传写误倒。孙叔敖开决期思之水，灌溉田野，以此见其可以为令尹。期思，即期思陂，古代淮水流域的水利工程。令君，“君”当作“尹”，令尹，春秋战国时楚国执政官，相当于宰相。

[43] 铦：锋利。

[44] 鸿懿之俊：有盛美之德的俊才。

[45] 推类兴文：由渊博的知识比类推究而进行著述。这是说著述之事并非是基于实际的才干。

[46] 实才学文相副：实际才能与学识文才相称。学，或作“与”。

[47] 浅意于华叶之言：以华丽文辞表现内容肤浅的言说。

[48] “岂谓文非华叶之生”二句：哪里可以说鸿儒之文只是本于实质于内而没有文饰于外呢？此明“外”与“内”相副之理。

[49] 集扎为文：指连结篇章。扎，当作“札”，古时书写用的小薄木片。

[50]《耕战》：《商君书》篇名。今传《商君书》无此篇，盖已佚失。一说即《农战》。

[51] “虞卿为赵”三句：虞卿，游说之士，为赵上卿。《史记》有传。决计定说，指出谋划策。虞卿离开赵国后，上采《春秋》，下观近世，著为《虞氏春秋》一书。《汉书·艺文志》著录《虞氏春秋》十五篇。

[52] “《春秋》之思”二句：虞卿著《春秋》之意，同于其进谏赵王不要以六城送秦国的主张。起，一本作“赵”，是。此“春秋之思”四字据孙诒让说补。

[53] “《耕战》之书”二句：商鞅著《耕战》之书，即其在秦国朝廷上为孝公谋划的计策。

[54] “陆贾消吕氏之谋”二句：陆贾为右丞相陈平出策诛诸吕，跟他著《新语》的旨意一致。汉高祖时，陆贾粗述秦亡汉兴之故，著《新语》十二篇。

[55] “桓君山易晁错之策”二句：桓谭上疏汉光武帝评议晁错之政，跟他著《新论》的思想相同。

[56] 宜言：当作“直言”。

[57] 将而送之：有助于传达。将，助。

[58] “鲁连飞书”二句：鲁连，即鲁仲连，齐人。聊城被燕将攻占，仲连作书，射入城中，燕将见书泣三日，自知归燕降国俱不可，最后自杀。

[59] “邹阳上疏”二句：邹阳，齐人，游于梁。邹阳被人谗害下狱，于是上书梁孝王，孝王释放他并待为上客。

[60] 夺于肝心：夺，疑为“奋”字形讹，奋，动。肝心，内心。

说明

王充在《超奇》篇中主要讨论如何品第士人之才的问题。他将士人分为儒生、通人、文人和鸿儒四等。最下为“儒生”，能精通一经，但精而不博。其次为“通人”，能通书千卷却不知运用。再次为“文人”，能损益经书文句运用于“上书奏记”，但缺少著述的才能。最上为“鸿儒”，是“著书之人”。鸿儒又分三等。司马迁、刘向虽然“累计篇第，文以万数”，但“无胸中之造”，能著书而不能立说，所以不如“由意而出，不假取于外”而论说世事的陆贾、董仲舒。陆、董虽有著述，但思想浅露，所以其著作也只是“传记”而已。鸿儒之最上者，不仅能独抒己意，而且具有深刻的思想，就像扬雄、桓谭那样的人。概而言之，最高的是思想的创造能力，其次是写作能力，复次为知识的运用能力，再次为知识的接受能力。这是一种知识论的品鉴标准。

鸿儒往往不见用于世，但其著述，足以经世致用。可见王充所说的“用”，并不限于知识者的“实才”而言。王充强调知识者的经世精神，是对汉儒皓首穷经而无以致用的学风的直接批评。最上之鸿儒，其创造精神与经世精神是统一的。而所谓超奇之士，尤在其“眇思自出于胸中”的自立精神，如屈原卓然不俗，所以在唐勒、宋玉之上。

“实诚在胸臆，文墨著竹帛”，是王充最重要的学术观与文学观。在最高的层面上，“实诚”必然是思想独创与经世致用的统一，“实”所以能致用，独创所以能“诚”。但王充提出“实诚”的标准，主要是针对当时学术与文学的“虚妄显于真，实诚乱于伪”(《对作》)的风气。经验事实是王充思想的一个重要出发点，凡所认知，必须“事有验证，以效实然”(《知实》)，这就是“实诚”，反之则为“虚妄”。以“实诚”为标准，王充在学术上反对谶纬之说，斥之为“虚妄之言”，因为它不能验证于经验事实。在文学上，他反对“事增其实”的夸张手法，也是因为它不符合经验事实(《艺增》)。他还反对“实诚”不足的文饰，像辞赋之篇，当属于“伪饰之辞”。“荣叶”必“有根株于下”，才是他所肯定的，这就是“实诚”于内，“文墨”于外,“外内表里,自相副称”,达到内质与外文的统一。这是继承了儒家“文质彬彬”的观点。

论衡·自纪(节选)

〔后汉〕王　充

充书形露易观[1]。或曰:“口辩者其言深,笔敏者其文沉[2]。案经艺之文,贤圣之言,鸿重优雅[3],难卒晓睹。世读之者,训古乃下[4]。盖贤圣之材鸿,故其文语与俗不通。玉隐石间,珠匿鱼腹,非玉工珠师,莫能采得。宝物以隐闭不见,实语亦宜深沉难测。《讥俗》之书[5],欲悟俗人,故形露其指,为分别之文[6]。《论衡》之书,何为复然?岂材有浅极,不能为深覆[7]?何文之察,与彼经艺殊轨辙也?”

答曰:玉隐石间,珠匿鱼腹,故为深覆。及玉色剖于石心,珠光出于鱼腹,其犹隐乎?吾文未集于简札之上,藏于胸臆之中,犹玉隐珠匿也;及出荴露[8],犹玉剖珠出乎!烂若天文之照,顺若地理之晓,嫌疑隐微,尽可名处[9],且名白,事自定也[10]。《论衡》者,论之平也[11]。口则务在明言,笔则务在露文。高士之文雅,言无不可晓,指无不可睹。观读之者,晓然若盲之开目,聆然若聋之通耳。三年盲子,卒见父母,不察察相识[12],安肯说喜?道畔巨树,堑边长沟,所居昭察[13],人莫不知。使树不巨而隐,沟不长而匿,以斯示人,尧、舜犹惑。人面色部七十有余,颊肌明洁,五色分别,隐微忧喜,皆可得察,占射之者[14],十不失一。使面黝而黑丑,垢重袭而覆部[15],占射之者,十而失九。夫文由语也[16],或浅露分别,或深迂优雅,孰为辩者[17]?故口言以明志,言恐灭遗,故著之文字。文字与言同趋,何为犹当隐闭指意[18]?狱当嫌辜[19],卿决疑事,浑沌难晓,与彼分明可知,孰为良吏?夫口论以分明为公,笔辩以荴露为通,吏文以昭察为良。深覆典雅[20],指意难睹,唯赋颂耳!经传之文,贤圣之语,古今言殊,四方谈异也[21]。当言事时,非务难知,使指闭隐也[22]。后人不晓,世相离远,此名曰语异,不名曰材鸿。

浅文读之难晓，名曰不巧[23]，不名曰知明。秦始皇读韩非之书，叹曰："犹独不得此人同时[24]。"其文可晓，故其事可思。如深鸿优雅，须师乃学，投之于地，何叹之有？夫笔著者[25]，欲其易晓而难为，不贵难知而易造；口论务解分而可听[26]，不务深迂而难睹。孟子相贤，以眸子明了者[27]；察文，以义可晓。

充书违诡于俗[28]。或难曰："文贵夫顺合众心，不违人意，百人读之莫谴[29]，千人闻之莫怪。故管子曰：'言室满室，言堂满堂[30]。'今殆说不与世同，故文剌于俗[31]，不合于众。"

答曰：论贵是而不务华，事尚然而不高合[32]。论说辩然否，安得不谲常心[33]、逆俗耳？众心非而不从，故丧黜其伪，而存定其真[34]。如当从众顺人心者，循旧守雅[35]，讽习而已，何辩之有？孔子侍坐于鲁哀公，公赐桃与黍，孔子先食黍而啖桃，可谓得食序矣[36]，然左右皆掩口而笑，贯俗之日久也[37]。今吾实犹孔子之序食也，俗人违之，犹左右之掩口也。善雅歌，于郑为人悲[38]；礼舞，于赵为不好[39]。尧、舜之典，伍伯不肯观[40]；孔、墨之籍，季孟不肯读[41]。宁危之计[42]，黜于闾巷；拨世之言，訾于品俗[43]。有美味于斯，俗人不嗜，狄牙甘食[44]。有宝玉于是，俗人投之，卞和佩服[45]。孰是孰非？可信者谁？礼俗相背，何事不然[46]？鲁文逆祀，畔者三人[47]。盖独是之语[48]，高士不舍，俗夫不好；惑众之书，贤者欣颂，愚者逃顿[49]。

充书不能纯美。或曰："口无择言，笔无择文[50]。文必丽以好，言必辩以巧。言了于耳，则事味于心[51]；文察于目，则篇留于手。故辩言无不听，丽文无不写。今新书既在论譬，说俗为戾[52]，又不美好，于观不快。盖师旷调音，曲无不悲；狄牙和膳，肴无澹味。然则通人造书，文无瑕秽。《吕氏》《淮南》悬于市门[53]，观读之者，无訾一言。今无二书之美，文虽众盛，犹多谴毁。"

答曰：夫养实者不育华，调行者不饰辞[54]。丰草多华英[55]，茂林多枯枝。为文欲显白其为[56]，安能令文而无谴毁？救火拯溺，义不得好；辩论是非，言不得巧。入泽随龟[57]，不暇调足；深渊捕蛟，不暇定手。言奸辞简，指趋妙远[58]；语甘文峭，务意浅小[59]。稻谷千钟[60]，糠皮太半；阅钱满亿，穿决出万[61]。大羹必有澹味[62]，至宝必有瑕秽，大简必有大好[63]，良工必有不巧。然则辩言必有所屈，通文犹有所黜[64]。言金由贵家起[65]，文粪自贱室出[66]，《淮南》《吕氏》之无累害[67]，所由出者，家富官贵也。夫贵故得悬于市，富故有千金副[68]。观读之者，惶恐畏忌，虽见乖不合，焉敢谴一字[69]？

充书既成，或稽合于古，不类前人[70]。或曰："谓之饰文偶辞[71]，或径或迂，或屈或舒[72]。谓之论道，实事委琐，文给甘酸[73]，谐于经不验，集于传不合[74]，稽之子长不当，内之子云不入[75]。文不与前相似，安得名佳好，称工巧？"

答曰：饰貌以强类者失形，调辞以务似者失情[76]。百夫之子，不同父母，殊类而生，不必相似，各以所禀，自为佳好。文必有与合然后称善，是则代匠斫不伤手[77]，然后称工巧也。文士之务，各有所从，或调辞以巧文，或辩伪以实事。必谋虑有合，文辞相袭，是则五帝不异事，三王不殊业也。美色不同面，皆佳于目；悲音不共声，皆快于耳。酒醴异气，饮之皆醉；百谷殊味，食之皆饱。谓文当与前合，是谓舜眉当复八采，禹目当复重瞳[78]。

充书文重[79]。或曰："文贵约而指通，言尚省而趋明。辩士之言要而达，文人之辞寡而章[80]。今所作新书，出万言，繁不省，则读者不能尽；篇非一，则传者不能领[81]。被躁人之名[82]，以多为不善。语约易言，文重难得。玉少石多，多者不为珍；龙少鱼众，少者固为神。"

答曰：有是言也。盖寡言无多，而华文无寡[83]。为世用者，百篇无害；不为用者，一章无补。如皆为用，则多者为上，少者为下。累积千金，比于一百，孰为富者？盖文多胜寡，财富愈贫[84]。世无一卷，吾有百篇；人无一字，吾有万言，孰者为贤？今不曰所言非，而云泰多；不曰世不好善，而云不能领，斯盖吾书所以不得省也。夫宅舍多，土地不得小；户口众，簿籍不得少。今失实之事多，华虚之语众，指实定宜，辩争之言，安得约径[85]？韩非之书，一条无异[86]，篇以十第[87]，文以万数。夫形大，衣不得褊[88]；事众，文不得褊。事众文饶，水大鱼多。帝都谷多，王市肩磨。书虽文重，所论百种。按古太公望，近董仲舒，传作书篇百有余[89]，吾书亦才出百[90]，而云泰多，盖谓所以出者微[91]，观读之者不能不谴呵也。河水沛沛，比夫众川，孰者为大？虫茧重厚，称其出丝，孰为多者？

充仕数不耦[92]，而徒著书自纪。或戏曰[93]："所贵鸿材者，仕宦耦合[94]，身容说纳[95]，事得功立，故为高也。今吾子涉世落魄，仕数黜斥，材未练于事，力未尽于职，故徒幽思属文，著记美言，何补于身？众多欲以何趋乎？"

答曰：材鸿莫过孔子。孔子才不容，斥逐，伐树，接淅，见围削迹，困饿陈、蔡，门徒菜色[96]。今吾材不逮孔子，不偶之厄，未与之等，偏可轻乎？且达者未必知，穷者未必愚。遇者则得，不遇失之。故夫命厚禄善，庸人尊显；命薄禄恶，奇俊落魄。必以偶合称材量德，则夫专城食土者[97]，材贤孔、墨。身贵而名贱，则居洁而行墨[98]，食千钟之禄，无一长之德，乃可戏也[99]。若夫德高而名白[100]，官卑而禄泊，非才能之过，未足以为累也。士愿与宪共庐，不慕与赐同衡[101]；乐与夷俱旅，不贪与蹠比迹[102]。高士所贵，不与俗均，故其名称不与世同。身与草木俱朽，声与日月并彰，行与孔子比穷，文与杨雄为双，吾荣之。身通而知困，官大而德细，于彼为荣，于我为累。偶合容说[103]，身尊体佚，百载之后，与物俱殁，名不流于一嗣，文不遗于一札，官虽倾仓[104]，文德不丰，非吾所臧[105]。德汪濊而渊懿[106]，知滂沛而盈溢[107]，笔泷漉而雨集[108]，言溶潏而泉出[109]；富材羡知[110]，贵行尊志，体列于一世，名传于千载，乃吾所谓异也[111]。

中华书局版黄晖《论衡校释》卷三十

注释

[1] 形露：指文章的表达浅露明白。
[2] 笔敏者其文沉：敏，敏锐；沉，深刻。
[3] 鸿重：博大精深。
[4] "世读之者"二句：世人阅读古贤圣之书，需借于训诂，才得以继续下去。
[5]《讥俗》之书：即《讥俗节义》十二篇。其书已佚。
[6] 分别之文：分析事理的文章。

[7] 深覆：犹深藏，这里指文义隐微。旧本无“深”字，黄晖本补。

[8] 扶露：敷陈显露。扶，敷散。一说“扶”疑为“形”字之误。

[9] “嫌疑隐微”二句：凡事理有疑惑难辨的，或隐晦细微的，都得以正名辨定。处，确定的意思。

[10] 名白，事自定：名既明白，则事理自然确定。

[11] 论之平：对于各种言说的权衡评判。

[12] “卒见父母”二句：突然见到父母，并不能很清楚地认出来。卒，同“猝”。察察，清楚。

[13] 昭察：明白显著。

[14] 占射：占算推测，指相面之术，根据人的五种气色等推断吉凶。

[15] 垢重袭而覆部：脸上为层层污垢所覆盖。覆部，覆盖。“部”通“蔀”。

[16] 文由语也：文字源自口语。

[17] “或浅露分别”三句：或浅露分明，或隐微典雅，哪一种称得上善辩呢？辩，说理明白清晰。

[18] 隐闭指意：隐含旨意而不显露。

[19] 狱当嫌辜：狱官裁断嫌疑或罪行。当，决罪。辜，罪。

[20] 深覆典雅：深奥隐晦，用古事而不通俗。

[21] “经传之文”四句：经传的文字和圣贤的话语之所以难懂，是因为古今的言语不相同，各地的方言不统一。

[22] 使指闭隐：指，旨意；闭隐，即“隐闭”。黄晖《校释》“指”下补“意”字。按：字不必增，指与指意同义。

[23] 不巧：不能巧于为文。

[24] 犹：疑涉“独”字衍。

[25] 笔著：著作。

[26] 解分：解析分辨。

[27] “孟子相贤”二句：眸子，目瞳子。孟子认为眼眸明亮的人心胸中正，否则不正。说见《孟子·离娄上》。

[28] 违诡：违反背离。

[29] 谴：责备。

[30] “言室满室”二句：语见《管子·牧民篇》。大意是说，言及堂室之事，则满堂室的人都感到满意。

[31] 剌：乖违背离。

[32] 事尚然而不高合：事理以正确为贵，而不以合流俗为高。

[33] 谲：违背。

[34] “众心非而不从”三句：众人的意见有不正确的，则不可盲从，要摈弃其虚伪，保存审定其真实。

[35] 守雅：犹言守旧。

[36] 得食序：指孔子先食黍后食桃，符合礼的贵贱之序。依礼，黍为贵，用于祭祀；桃为贱，祭祀不用。

[37] 贯俗之日久：习惯于此习俗已久。贯，同“惯”。《韩非子·外储说左下》载其事。

[38] “善雅歌”二句：“为人悲”当作“为不悲”，“人”是“不”的坏字。郑声淫，而郑人习郑声，所以不觉得雅乐为悲美。

[39] “礼舞”二句：赵国是俗乐流行之地，赵人习俗乐，所以不喜欢礼舞。礼舞即雅乐。

[40] 伍伯：五人为伍，五人之长为伯，这里指流俗之人。

[41] 季孟：泛指俗人。

[42] “宁危之计”二句：国家安危的大计，里巷之人漠不关心。

[43] “拨世之言”二句：治理国家的言论，低俗之人必加抵触。拨，治理。訾，诋毁。

[44] “有美味于斯”三句：有美味在此，俗人不喜欢，而狄牙却以为甘美之食。狄牙，即易牙，善烹调。

[45] 卞和佩服：卞和，即和氏，楚人。相传卞和得玉璞于楚山，玉工皆以为石。佩服，佩带。

[46] 何事不然：“事”一本作“世”，于义较长。

[47] “鲁文逆祀”二句：鲁文公祭祖先近后远，不合礼义，而反对的人只有三人。这里说明知礼的人很少。“三人”旧作“五人”，字之形讹。

[48] 独是之语：为少数人所赞同的言说。

[49] “惑众之书”三句：世俗之人所不解的著作，贤人欣然诵读，而愚者却退避三舍。惑众，使众人感到困惑。逃顿，即逃遁。

[50] 择：通“殬”，败坏。

[51] 味：体会。

[52] 说俗为戾：不能取悦众人。说，悦。戾，相反。

[53]《吕氏》《淮南》悬于市门：《吕氏春秋》写成后，吕不韦宣布凡能增损一字者，奖赏千金。《淮南》悬于市门之事，古有此说，但未见于史书。

[54] 调行者不饰辞：修养德行的人不去修饰文辞。

[55] 丰草多华英：黄晖说“华英”当作“落英”，与“丰草”正反成义，下文“茂林多枯枝”句法与其相同，都是比喻华实不能相兼。

[56] 为文欲显白其为：文章写作要阐明其写作的目的。一说“为”当作“伪”，“白”训为明辨。

[57] 随：逐，即追捕之意。

[58] “言奸辞简”二句：文辞简约，则旨意深远。奸，疑字有误。趋，同“趣”，指趣，旨意。妙，通“眇”。

[59] “语甘文峭”二句：文辞美好挺秀，内容必定是浅薄琐细。“务意浅小”疑当作“意务浅小”。

[60] 稻谷：“稻”当作“舀”，舀谷，舂谷。

[61] “阅钱满亿”二句：钱数到上亿，残缺的不下一万。阅，数。穿决，缺损破裂。

[62] 大羹：不调和五味的肉汁。

[63] 大好：“大”疑当作“不”，不好，不为世人喜好。

[64] 通文：内容通博的文章。

[65] 言金：指一字千金的文章。

[66] 文粪：指类同粪土的文章。

[67] 无累害：无过错。黄晖《校释》作“不无累害”，恐未允。这里说因为出于富贵之家，所以大家都不言其过，实含讥刺之意。

[68] 千金副：字值千金的意思。副，相称。

[69] “观读之者”四句：观读的人因畏忌贵者的权势，即使有异议，也是不敢说有一字之误。

[70] “或稽合于古”二句：若将此书考校于古人，则有所不类。或，为假设辞，同“若”。

[71] 偶辞：当作“调辞”，“调”通“雕”，雕辞，修饰文辞的意思。

[72] “或径或迂”二句：或率直不含蓄，或迂折不直捷；或屈曲不自然，或伸舒以尽意。

[73] 文给甘酸：给，捷，指善辩。甘酸，义不详，疑字有误。

[74] “谐于经不验”二句：与经传放在一起比较，内容都不相合。谐，偶。

[75] “稽之子长不当”二句：放在司马迁和扬雄的著作中，都显得不相称。子长，司马迁字。内，同“纳”。子云，扬雄字。

[76] “饰貌以强类者失形”二句：修饰外貌强合于他人则失去自己的样子，雕饰

文辞必与他人相似则失去自己的本质。

[77] 代匠斫不伤手：替代工匠做木工而不会伤到手。此反用《老子》意，只在说明作文与自己禀赋相合才能出巧。

[78] “舜眉当复八采”二句：如果文必求合，就如同舜的眉毛也当像尧那样有八采，禹的眼睛像舜那样有双瞳。古说尧眉八采，舜目重瞳。

[79] 文重：文辞繁复。

[80] 文人之辞寡而章：文人，指著书立说者。寡，精要不烦；章，文义明白。

[81] 领：领会。

[82] 被躁人之名：蒙受轻狂浮躁者的名声。

[83] “寡言无多”二句：简约之言不必繁复，华美之文不为简要。

[84] 财富愈贫：财多者胜于财少者。愈，胜过。

[85] 约径：简单。

[86] 一条无异：指《韩非子》都是阐明同一家学说思想的。

[87] 篇以十第：第，编次。今传《韩非子》共五十五篇。

[88] 褊：衣服狭小。

[89] “按古太公望”三句：《汉书・艺文志》著录《太公》二百三十七篇，《董仲舒》一百二十三篇。

[90] 吾书亦才出百：出百，超过一百。《论衡》今存八十五篇，似当有佚文。

[91] 所以出者微：指作者身份低微。王充出身寒门。

[92] 仕数不耦：耦，同“遇”。据《后汉书》本传，王充早年为郡功曹，因意见不合辞去；晚年扬州刺史董勤辟为从事，转治中，自免还家。同郡谢夷吾上书举荐，肃宗诏征，病不行。

[93] 戏：本作“亏(虧)”，“戲(戏)”“虧”形近而讹(孙诒让说)。

[94] 耦合：遇合，适逢机遇而显达的意思。下文“偶合”义同。

[95] 身容说纳：容身于朝廷，意见为君王所采纳。

[96] “孔子才不容”数句：斥逐，指孔子治鲁，被鲁公排斥之事。伐树，指孔子在宋国与弟子习礼大树下，宋司马桓魋拔其树之事。接淅，指孔子去齐，不及炊而行之事。“接淅”当作“滰淅”，淘米。见围，指孔子经过匡地，被匡人误以为阳虎而囚拘五日之事。削迹，不被任用。困饿陈、蔡，指孔子被陈、蔡二国围困于郊野而几乎绝食之事。菜色，面如菜色，指挨饿。

[97] 专城食土：专城，掌管一城之政，即担任州牧太守之职。食土，享受封邑赋税。

［98］则居洁而行墨：居于洁净之处而品行却不干净。则，疑涉上文“贱”字衍。
［99］戏：嘲笑。
［100］名白：名声显赫。
［101］“士愿与宪共庐”二句：士人宁愿像原宪一样住在蓬户中，也不羡慕子贡乘轩车而行。这是说君子不以富为贵。
［102］“乐与夷俱旅”二句：士人乐于像伯夷那样隐于首阳山，也不贪求像盗跖那样横行天下。这是说君子以守德为贵。
［103］偶合容说：逢迎而取悦于上。
［104］倾仓：喻官职之高。仓，指官粮。
［105］臧：善。
［106］德汪濊而渊懿：道德深厚而美好。汪濊，深广貌。
［107］知滂沛而盈溢：才智丰盛而充盈。滂沛，盛大貌。
［108］笔泷漉而雨集：下笔通畅如雨水一样密急。泷漉（lóng lù），淋漓，形容文思畅达。
［109］言溶瀉而泉出：语言流畅如泉涌。溶瀉（kū），水盛涌出之貌。
［110］羡：丰富。
［111］异：非凡之人。

说明

《自纪》为《论衡》的总序，王充以设问辩驳的方式阐明文章写作的基本精神。

第一，主张言文统一。因古今之变而使言文相分，是必然的趋势。但是在汉代却产生了崇古的观念，而形成“深覆典雅，指意难睹”的文风，像扬雄那样提出“文必艰深”之说，在王充看来是不知“古今言殊，四方谈异”的语言演变规则。经典艰深，但最初也是言文统一的。“口则务在明言，笔则务在露文”，这是写作的本意，所以文辞必以“易晓”为佳而不以“难知”为贵。古今之异不是评价的标准，所以“徇今不顾古”（《程材》）也是王充所反对的。他针对汉代过度典雅化的文风，倡导“文字与言同趋”，不仅在当时为异说，在后世亦属难得之见。

第二，反对媚俗与拟古倾向。“疾俗情”是王充的写作立场，所以他不认为“违诡于俗”是不正当的，就像尧舜之典，孔孟之籍，未尝为“俗夫”所好，相反，著书立说正是要批判世俗的意见，“丧黜其伪而存定其真”。同样，“循旧守雅”不足取，以“文当与前合”为标准，与“舜眉当复八采，禹目当复重瞳”一样荒谬。王充认为“不类前人”是各人禀赋差异的自然体现，而拟古则失去了作者自己的思想个性。批判崇古趣味，强调个性独立，是开了反拟古主义文学观的先声。

第三，反对以“纯美”或简约为文章批评的标准。王充承认自己的著作“不能纯美”，但是文章的价值并不在文辞自身的特征，而在于是否有“用”。“为世用者百篇无害，不为用者一章无补”，经世致用是王充的基本价值观，这跟他的士人品第标准是一致的，同时也是对汉代辞赋的靡丽文风的批判。

王充还以“行与孔子比穷，文与扬雄为双”为荣，表达了自己不为仕途不遇所累而致力于著书立说的远大志向。这是一种高尚的文人品质。

汉书·艺文志（诗赋略论）

〔后汉〕班　固

作者简介

班固（32—92），字孟坚，扶风安陵（今陕西咸阳）人。班彪续司马迁《史记》作《后传》数十篇，未成而卒。班固继承父业，续作《汉书》，被告私修国史而入狱，其弟超上书陈其意，得免，任兰台令史。永元元年（89年），以中护军之职随大将军窦宪出征匈奴。后窦宪以专权被诛，班固受牵连，死于狱中。著《汉书》一百卷，为中国第一部断代史。曾奉诏记录白虎观会议并整理《白虎通义》。另有诗赋文章数十篇，明张溥辑有《班兰台集》一卷。传附《后汉书》卷四十《班彪传》。

《传》曰：“不歌而诵谓之赋，登高能赋，可以为大夫[1]。”言感物造耑[2]，材知深美，可与图事，故可以为列大夫也。古者诸侯卿大夫交接邻国，以微言相感[3]，当揖让之时，必称诗以谕其志[4]，盖以别贤不肖而观盛衰焉。故孔子曰“不学诗，无以言”也[5]。

春秋之后，周道寖坏，聘问歌咏不行于列国，学诗之士逸在布衣，而贤人失志之赋作矣。大儒孙卿及楚臣屈原[6]，离谗忧国，皆作赋以风[7]，咸有恻隐古诗之义[8]。其后，宋玉、唐勒；汉兴，枚乘、司马相如，下及扬子云，竞为侈丽闳衍之词[9]，没其风谕之义。是以扬子悔之，曰：

“诗人之赋丽以则，辞人之赋丽以淫。如孔氏之门人用赋也，则贾谊登堂，相如入室矣，如其不用何[10]！”

自孝武立乐府而采歌谣[11]，于是有代赵之讴[12]，秦楚之风，皆感于哀乐，缘事而发，亦可以观风俗，知薄厚云。序诗赋为五种[13]。

中华书局版二十四史《汉书》卷三十

注释

［1］“不歌而诵”三句：“不歌而诵”句未见毛传。刘勰《文心雕龙·诠赋》以为刘向语。“登高能赋”二句见《诗·鄘风·定之方中》传。长咏其声为歌，以声节之为诵。登高，登堂。登高能赋，即士大夫聘问交往之时赋诗言志。

［2］感物造耑：感于物而后产生创作的思绪。耑，古“端”字，心绪。

［3］微言：指列国大夫赋诗言志，而不直接表达自己的观点。

［4］称诗以谕其志：称，述；谕，告知。

［5］“不学诗”二句：语见《论语·季氏》。

［6］孙卿：荀子。

［7］风：讽谏。

［8］恻隐古诗：凭借古诗。恻，或通“侧”，倾侧。盖辞赋别为一体，所以说“侧”。隐，依凭。

［9］侈丽闳衍：靡丽繁富。

［10］“诗人之赋”数句：语见扬雄《法言·吾子》。

［11］乐府：汉代掌管音乐的机关，兼采民歌配以乐曲。惠帝时置乐府令，武帝时定郊祀礼，立乐府。

［12］代赵之讴：指各地歌谣。代，古国名，在今山西、河北北部一带。赵，在河北邯郸一带。

［13］序诗赋为五种：《艺文志》依次著录屈原赋、陆贾赋、孙卿赋、杂赋和歌诗五种，凡一百零六家一千三百一十八篇。

说明

西汉末，刘向、刘歆父子校理秘阁典籍，刘歆总群书而奏《七略》，分类编目，其中“诗赋略”可说是最早的文学书目。班固撰《汉书·艺文志》,即以《七略》为蓝本而“删其要”(《艺文志总叙》),按六艺、诸子、诗赋、兵书、数术、方技等分类,每类书目后面均有概述,可能也是在刘歆原文的基础上增益而成。

《略论》把诗赋归为一类,说明汉人对于二者的文体共性有所认识,隐含了一个以诗歌与辞赋为外延的“文学”概念。这是以诗赋同源的观念为基础的。班固《两都赋序》指出:“或曰:‘赋者,古诗之流也。’”可知诗赋同源是当时的一个共识。辞赋源于诗,荀子和屈原能“恻隐古诗”而“作赋以风”,“风谕之义”是诗赋的文体共性。这是从儒家对于诗的认知延伸出来的观点,由此形成了辞赋批评的标准。《略论》认为屈原以后的辞人“竞为侈丽闳衍之词”,背离古诗精神,他们的创作也就失去了价值。这是将辞赋置于诗教的标准下进行批评。这里所说的“古诗”,是《诗经》。诗赋同源观,就是以《诗经》为文学发展之源,其本质是宗经主义的一元论历史观。《略论》评论汉乐府诗,强调其“观风俗,知薄厚”的政教的功能,同样是以《诗经》为源。

《略论》指出乐府诗“感于哀乐,缘事而发”,是符合民歌特点的,也不出儒家对于风诗的认知。《略论》的文学观从思想流别上看完全属于儒学的范畴,反映了汉代“独尊儒术”的意识形态特征。

离骚序

〔后汉〕班　固

昔在孝武,博览古文,淮南王安叙《离骚传》[1],以《国风》好色而不淫,《小雅》怨诽而不乱,若《离骚》者,可谓兼之。蝉蜕浊秽之中,浮游尘埃之外,皭然泥而不滓,推此志,虽与日月争光可也。斯论似过其真。又说五子以失家巷[2],谓五子胥也[3]。及至羿、浇、少康、二姚、有娀佚女,皆各以所识,有所增损,然犹未得其正也。故博采经书传记本文,以为之解。

且君子道穷,命矣,故潜龙不见是而无闷[4]。《关雎》哀周道而不伤[5],蘧瑗持可怀之智[6],宁武保如愚之性[7],咸以全命避害,不受世患,故《大雅》曰:“既明且哲,以保其身[8]。”斯为贵矣。今若屈原,露才扬己,竞乎危国群小之间[9],以离谗贼[10]。然责数怀王[11],怨恶椒兰[12],愁神苦思,强非其人[13],忿怼不容[14],沉江而死,亦贬絜狂狷景行之士[15]。多称昆仑冥婚宓妃虚无之语[16]，皆非法度之政、经义所载[17]。谓之兼《诗》风雅，而与日月争光，过矣！然其文弘博丽雅，为辞赋宗，后世莫不斟酌其英华，则象其从容[18]。自宋玉、唐勒、景差之徒，汉兴，枚乘、司马相如、刘向、扬雄，骋极文辞，好而悲之，自谓不能及也。虽非明智之器，可谓妙才者也。

《四部丛刊》影明翻宋本《楚辞》卷一

注释

[1]《离骚传》：刘安奉武帝旨撰写，今已佚。

[2] 五子以失家巷：《离骚》有"五子用失乎家巷"诗句，言五子内讧之事。五子，太康弟，即五观。一说是太康昆弟五人。

[3] 五子胥：即伍子胥。

[4] 潜龙不见是而无闷：龙德未成，虽然不为世所称道，也不苦闷。《易·乾》初九："潜龙勿用。"《文言》："遁世无闷，不见是而无闷。"即此所本。

[5]《关雎》哀周道而不伤：《论语·八佾》孔子说《关雎》"哀而不伤"。

[6] 蘧瑗持可怀之智：蘧瑗，字伯玉，春秋卫国大夫。卫国几经战乱内讧，蘧伯玉辅佐三代国君，敬上知非，传说他年逾百岁而终。

[7] 宁武保如愚之性：宁武，名俞，谥"武"，春秋卫国大夫。成公无道，而宁武子能卒保其身。《论语·公冶长》孔子称他"邦无道则愚"。

[8]"既明且哲"二句：见《诗·大雅·烝民》，意思是既明晓善恶，又辨知是非，所以能择安去危，保全其身。

[9] 竞：争逐。

[10] 离谗贼：受到诽谤中伤。离，遭遇。

[11] 责数：责备数落。

[12] 椒兰：指楚大夫子椒和怀王少弟司马子兰。

[13] 强非其人：极力斥责群小。

[14] 忿怼不容：怨恨在心，而不容于小人。

[15] 贬絜狂狷景行之士：贬絜，"絜"通"洁(潔)"，贬洁，贬损自身的高洁。狂狷，言行不合中行之道。景行，指德行高尚。

[16] 多称昆仑冥婚宓妃虚无之语：昆仑，《离骚》有"邅吾道夫昆仑兮"句。冥婚宓

妃，指《离骚》所写求婚宓妃之事。宓妃，伏羲的女儿，溺于洛水，化为洛神。

[17] 政：同“正”。

[18] 则象其从容：则象，效法。从容，言行，这里指《离骚》的形式风格。

说明

汉代是确立儒学主导地位的时代，也是以辞赋为主体文学的时代。屈原是辞赋家不祧之宗，所以对屈原其人及作品的评价，成为汉代文学批评的一个重要主题，同时也是宗经主义批判的一次重要实践。在儒学独尊地位尚未完全确立之前，刘安称美屈原高洁的人格，赞赏《骚》兼风雅，不完全合乎儒学的标准。班固认为“斯论似过其真”，是基于严格的宗经主义标准而提出的观点。

班固的屈原批评，跟刘安一样也是分为两个方面。首先是关于屈原的人格。班固肯定屈原是一个具有高尚品格的“景行之士”，但没有把屈原抬到“与日月争光”的高度，因为按儒家的标准，他的人格并非完美。身处乱世，与小人相争，沉江而死，这是不能明哲保身；露才扬己，忿怼不容，这是不合中行之道；责数怀王，力斥群小，这是有失敦厚之旨。这比扬雄批评屈原未能“不得时则龙蛇”更进了一步。其次，对于《离骚》的批评，班固主要指出一点，即作品中有许多“虚无之语”，未见于经书，是不合法度的，所以不足以“兼《诗》风雅”。但是对于《离骚》的艺术成就和地位，班固还是给予高度的评价。

班固的屈原批评，体现了宗经主义文学观的狭隘性，既不能包容儒家标准之外的道德人格，也不能理解经书所缺乏的艺术想象。在诸子时代，儒家提出自己的道德与艺术的标准，有利于文化的多元化发展。但在儒学成为意识形态之后，坚持这种标准，只能推动文化思想的一元化。

楚辞章句序

〔后汉〕王　逸

作者简介

王逸，生卒年不详，字叔师，南郡宜城（今湖北宜城南）人。后汉安帝元初中，举上计吏，任校书郎。顺帝时为侍中。所著《楚辞章句》为今存最早《楚辞》注本，多存古训，为历代所重。其诗文多已佚失，明张溥辑有《王叔师集》一卷。严可均《全后汉文》也辑有王逸的佚文。传见《后汉书》卷八十《文苑列传》。

昔者孔子睿圣明哲，天生不群，定经术，删《诗》《书》，正《礼》《乐》，制作《春秋》，以为后王法。门人三千，罔不昭达[1]。临终之日，则大义乖而微言绝[2]。

其后周室衰微，战国并争，道德陵迟，谲诈萌生，于是杨、墨、邹、孟、孙、韩之徒，各以所知著造传记，或以述古，或以明世。而屈原履忠被谮，忧悲愁思，独依诗人之义，而作《离骚》，上以讽谏，下以自慰。遭时闇乱，不见省纳[3]，不胜愤懑，遂复作《九歌》以下凡二十五篇。楚人高其行义，玮其文采[4]，以相教传。

至于孝武帝，恢廓道训[5]，使淮南王安作《离骚经章句》[6]，则大义粲然。后世雄俊，莫不瞻慕，舒肆妙虑，缵述其词[7]。逮至刘向典校经书，分为十六卷[8]。孝章即位，深弘道艺，而班固、贾逵复以所见改易前疑，各作《离骚经章句》[9]。其余十五卷，阙而不说。又以壮为状[10]，义多乖异，事不要括。今臣复以所识所知，稽之旧章，合之经传，作十六卷章句[11]。虽未能究其微妙，然大指之趣略可见矣。

且人臣之义，以忠正为高，以伏节为贤[12]。故有危言以存国，杀身以成仁。是以伍子胥不恨于浮江[13]，比干不悔于剖心[14]，然后忠立而行成，荣显而名著。若夫怀道以迷国[15]，详愚而不言[16]，颠则不能扶，危则不能安[17]，婉娩以顺上，逡巡以避患[18]，虽保黄耇[19]，终寿百年，盖志士之所耻，愚夫之所贱也。

今若屈原，膺忠贞之质，体清洁之性，直若砥矢[20]，言若丹青[21]，进不隐其谋，退不顾其命，此诚绝世之行，俊彦之英也。而班固谓之露才扬己，竞于群小之中，怨恨怀王，讥刺椒、兰，苟欲求进，强非其人，不见容纳，忿恚自沉[22]，是亏其高明，而损其清洁者也。昔伯夷、叔齐让国守分，不食周粟，遂饿而死，岂可复谓有求于世而怨望哉？且诗人怨主刺上曰："呜呼小子，未知臧否。匪面命之，言提其耳[23]。"风谏之语，于斯为切。然仲尼论之，以为大雅[24]。引此比彼，屈原之词，优游婉顺，宁以其君不智之故，欲提携其耳乎？而论者以为露才扬己，怨刺其上，强非其人，殆失厥中矣。

夫《离骚》之文，依托五经以立义焉。“帝高阳之苗裔”，则“厥初生民，时惟姜嫄”也[25]。“纫秋兰以为佩”，则“将翱将翔，佩玉琼琚”也[26]。“夕揽洲之宿莽”，则《易》“潜龙勿用”也[27]。“驷玉虬而乘鷖”，则“时乘六龙以御天”也[28]。“就重华而陈词”，则《尚书》咎繇之谋谟也[29]。登昆仑而涉流沙[30]，则《禹贡》之敷土也[31]。故智弥盛者其言博，才益多者其识远。屈原之词，诚博远矣。自终没以来，名儒博达之士，著造词赋，莫不拟则其仪表，祖式其模范[32]，取其要妙，窃其华藻[33]。所谓金相玉质，百世无匹，名垂罔极，永不刊灭者矣。

《四部丛刊》影明翻宋本《楚辞》卷一

注释

[1] 昭达：明白通晓。这里指孔子门人能领会六经的微言大义。

[2] “临终之日”二句：孔子及其弟子去世，世人乃不知微言大义。

[3] 省纳：省察采纳。

[4] 玮：称美。

[5] 恢廓道训：弘扬儒家之道。

[6] 《离骚经章句》：即《离骚传》。

[7] “舒肆妙虑”二句：抒写妙思，继承《离骚》。舒肆，铺陈。缵述，传述。西汉有拟《骚》之风。

[8] “刘向典校经书”二句：典校，主持校勘典籍。经书，指《楚辞》。刘向首次将《楚辞》辑录成书，分十六卷。王逸又增入班固《离骚序》《离骚赞序》二篇及自己创作的《九思》，编成《楚辞章句》。

[9] “班固、贾逵复以所见”二句：贾逵，字景伯，后汉经学家，著有《左氏传解诂》《国语解诂》等。班固与贾逵所著《章句》，今均已亡佚。

[10] 以壮为状：把“壮”误作“状”，指班、贾注本的文字讹误。

[11] 十六卷章句：《楚辞章句》有十七卷，此不包括第十七卷《九思》的注文。据洪兴祖说，注文可能为王逸子延寿所作。

[12] 伏节：殉节。

[13] 伍子胥不恨于浮江：史载吴王夫差欲伐齐，子胥谏阻，不听，而轻信太宰嚭谤言，赐子胥自刭，并取其尸首置于马革，浮之江中。

[14] 比干不悔于剖心：史载纣王淫乱，比干强谏，纣怒曰：吾闻圣人心有七窍。乃剖比干，观其心。

[15] 怀道以迷国：有才能而不效力于国家。语出《论语・阳货》。

[16] 详愚而不言：详，同“佯”，假装。言，指进谏。

[17] “颠则不能扶”二句：国将倾覆而不去扶持，处危难而不去安定。语本《论语・季氏》。

[18] “婉娩以顺上”二句：谄媚以迎合君王，畏缩以逃避祸害。逡巡，退却。

[19] 黄耇：指年寿。黄，黄发。耇，老。

[20] 直若砥矢：品德刚直好像箭矢。砥，磨石，比喻公平；矢，箭，比喻正直。语本《诗・小雅・大东》。

[21] 丹青：色艳而不易泯，比喻其言忠信。

[22] “班固谓之露才扬己”数句：见班固《离骚序》。

[23] “呜呼小子”四句：语见《诗・大雅・抑》。毛序：“《抑》，卫武公刺厉王。”小子，指厉王。臧否，善恶。“匪面命之”二句，意思是说，不但要当面教训你，还要提着你的耳朵让你注意听。按：“面”原本作“而”，此据原诗改。

[24] “仲尼论之”二句：孔子删定《三百篇》，列《抑》于大雅。这说明孔子对诗人的直切讽谏是肯定的。

[25] “厥初生民”二句：《诗・大雅・生民》诗句。姜嫄，周人始祖后稷的母亲。王逸认为屈原写其所出，与《诗》写周人之所出，并无不同。

[26] “将翱将翔”二句：《诗・郑风・有女同车》诗句。琼琚，佩玉名。王逸认为屈原佩带秋兰，同于《诗》写佩带琼琚。

[27] 潜龙勿用：《易・乾卦》初九爻辞。龙德性阳刚，初九之阳在下，故曰“潜龙”。初生之阳，位卑力微，故诫以“勿用”。王逸认为屈原写香草经冬未死，与《易》写龙德初生勿用，意思相通。

[28] 时乘六龙以御天：《易・乾卦》彖辞。御天，飞于天。乾卦六阳，故曰“六龙”。王逸认为《离骚》与《易》都写有飞龙在天之象。

[29] 咎繇之谋谟：咎繇，即皋陶。谋谟，策划谋略。王逸认为屈原向舜陈词明志，相当于《尚书・皋陶谟》所载皋陶在舜帝前陈述其谋。

[30] 登昆仑而涉流沙：由《离骚》“邅吾道夫昆仑兮”及“忽吾行此流沙兮”二句合成。

[31]《禹贡》之敷土：敷土，分地为九州。王逸认为《离骚》中“昆仑”“流沙”之名，也见于《尚书·禹贡》。

[32]“拟则其仪表”二句：后来辞人以《离骚》为文章典范，加以效法。拟则、祖式，都是效法的意思。

[33]窃：袭用。这里不含贬义。

说明

在如何评价屈原及其作品的问题上，刘安首先提出《骚》兼风雅之说，班固认为《离骚》未得“法度之政”，批评刘安的观点，而王逸回护刘安，对班固提出反批评。这是汉代屈赋评价的基本过程。

王逸对于儒家道德标准的诠释不同于班固。班固认为屈原不能明哲保身，王逸认为“以忠正为高，以伏节为贤”才是儒家所倡导的人格精神，而屈原自沉，正体现其杀身成仁的崇高人格。班固认为屈原责数怀王，不合敦厚之旨，但王逸认为屈原是继承了儒家的直谏精神，也完全合乎诗教之旨的。他举《诗·大雅·抑》为例，证明孔子并没有反对直切激烈的“怨主刺上”。屈原作《离骚》，不仅依据“诗人之义”而“上以讽谏，下以自慰”，而且作品中的“虚无之语”，也不像班固所说的那样非“经义所载”。在《离骚经序》中，王逸还指出《离骚》“依《诗》取兴，引类譬喻”，在艺术上也是继承了《诗经》的。总之，屈原的文学精神就是“依托五经以立义”。

王逸与班固的结论是相反的，但标准是一致的，都是“依经立论”。比如王逸认为《离骚》诗意相通于五经，兴象也以《诗》为依据，这也是《艺文志》所表达的诗赋同源的观念。后来刘勰在坚持宗经主义立场时还能看到屈原“自铸伟辞”(《辨骚》)的一面，而班固与王逸更集中地关注屈赋与经典的异同问题。他们的分歧，是在屈赋与儒学的比较中，一个看到异，一个看到同。因为班固所看到的异，屈原和《离骚》不能在儒学意识形态中得到崇高的评价。因为王逸所看到的同，《离骚》可以名正言顺地成为“经”。从异到同的变化，是屈原及其作品为儒学意识形态所同化的过程。

以“依托五经以立义”为说，王逸化解了屈赋与儒学意识形态的冲突，为屈原在以儒学为意识形态的时代确立了崇高的地位，在这点上他功不可没。但旧注家“处处把美人香草都解作忠君忧国的话”(胡适语)，影响到后人对屈赋的独立意义的理解，这一点“依托”之说恐怕是难辞其咎的。

魏晋六朝

典论·论文

〔魏〕曹　丕

作者简介

曹丕(187—226),字子桓,沛国谯(今安徽亳州)人,曹操次子。汉献帝建安十六年(211 年),为五官中郎将、副丞相,二十二年,立为魏太子。二十五年,曹操卒,袭位为魏王、丞相,同年代汉,称帝,国号魏。在位七年,谥文帝。爱好文学,建安后期与陈琳、王粲等游处,在文学史上传为佳话。诗文兼擅,尤长于乐府诗歌,所作《燕歌行》二首在七言诗发展历史上占有重要地位。又著《典论》一书,系作于为太子时。称帝后曾以绢素抄写送与孙权,又以纸抄写送与张昭,明帝时还刻石立于庙门之外,可见其重视。全书已佚,严可均《全三国文》辑其佚文为一卷。其中《论文》一篇,从评论当世文人的角度出发,亦论及文体、文学批评的态度以及文章的作用与地位等重要问题,虽仅是引其端绪,却具有开创性的意义,故被视为文学批评史上的重要文献。今传《魏文帝集》系后人所辑。《三国志·魏志》卷二有传。

文人相轻,自古而然。傅毅之于班固[1],伯仲之间耳,而固小之[2],与弟超书曰[3]:"武仲以能属文为兰台令史[4],下笔不能自休[5]。"夫人善于自见,而文非一体,鲜能备善,是以各以所长,相轻所短。里语曰:"家有敝帚,享之千金[6]。"斯不自见之患也。今之文人,鲁国孔融文举,广陵陈琳孔璋,山阳王粲仲宣,北海徐幹伟长,陈留阮瑀元瑜,汝南应玚德琏,东平刘桢公幹。斯七子者[7],于学无所遗[8],于辞无所假[9],咸以自骋骥騄于千里[10],仰齐足而并驰[11]。以此相服,亦良难矣。盖君子审己以度人,故能免于斯累,而作《论文》。

王粲长于辞赋,徐幹时有齐气[12],然粲之匹也。如粲之《初征》《登楼》《槐赋》《征思》,幹之《玄猿》《漏卮》《圆扇》《橘赋》,虽张、蔡不过也[13]。然于他文,未能称是。琳、瑀之章表书记,今之隽也。应玚和而不壮，刘桢壮而不密。孔融体气高妙[14]，有过人者，然不能持论，理不胜辞，至于杂以嘲戏。及其所善，杨、班俦也[15]。

常人贵远贱近，向声背实，又患暗于自见，谓己为贤。

夫文本同而末异[16]。盖奏议宜雅，书论宜理[17]，铭诔尚实[18]，诗赋欲丽。此四科不同，故能之者偏也。唯通才能备其体。

文以气为主。气之清浊有体[19]，不可力强而致。譬诸音乐，曲度虽均，节奏同检[20]，至于引气不齐[21]，巧拙有素，虽在父兄，不能以移子弟[22]。

盖文章，经国之大业[23]，不朽之盛事[24]。年寿有时而尽，荣乐止乎其身，二者必至之常期，未若文章之无穷。是以古之作者，寄身于翰墨，见意于篇籍，不假良史之辞，不托飞驰之势，而声名自传于后。故西伯幽而演《易》[25]，周旦显而制《礼》[26]，不以隐约而弗务[27]，不以康乐而加思[28]。夫然则古人贱尺璧而重寸阴，惧乎时之过已[29]。而人多不强力，贫贱则慑于饥寒，富贵则流于逸乐，遂营目前之务，而遗千载之功，日月逝于上，体貌衰于下，忽然与万物迁化[30]，斯志士之大痛也。

融等已逝，唯幹著论[31]，成一家言。

《四部丛刊》影宋本六臣注《文选》卷五十二

注释

［1］傅毅：生卒年不详，字武仲，扶风茂陵（今陕西兴平）人，东汉文学家。章帝时，以能文迁兰台令史，拜郎中，与班固、贾逵一同校书。后又与班固同在大将军窦宪府中任职。约卒于和帝永元初年。《后汉书》卷八十上《文苑列传》有传。

［2］小：轻视。

［3］超：班超，字仲升，班彪次子。

［4］属文：写作文章。属（zhǔ），连缀。文，指文字。兰台：汉时中央政府收藏图籍处。

［5］“下笔”句：言作文不能自我检束，冗长散漫。休，止。

［6］“里语曰”三句：享（hēng），即“亨”。享、亨，古代为同一字。亨，通，通有

同、相连比义。《文选》李周翰注:"言家有敝破之帚,自以为宝重者,乃通比于千金。"

[7]"斯七子"句:后世建安七子之称即由此而来。其中孔融因反对曹操被杀,余六人皆为曹氏效力。孔融有传见《后汉书》卷七十,王粲有传见《三国志·魏志》卷二十一,徐幹等五人附见《王粲传》。

[8]"于学"句:言无所不学,知识广博。遗,余留。

[9]"于辞"句:言作文皆自出心裁。假,借。

[10]"咸以自"句:"以自"《三国志·魏志·王粲传》注作"自以"。以,通"已"。骥騄,良马。

[11]"仰齐足"句:仰,凭恃。齐足,谓驾车之马匹足力齐同,则车行疾速。一说:齐通"齌",齌,疾也(见《蒋礼鸿集》第六卷所收《三国志词语辑录》)。

[12]齐气:《文选》李善注:"言齐俗文体舒缓,而徐幹亦有斯累。"按:齐地人民性舒缓,此种说法早已有之。性舒缓则文章风格亦舒缓。

[13]张、蔡:张衡、蔡邕,皆东汉著名赋家。

[14]体气:指人内在的性质而言。《论衡·无形》:"体气与形骸相抱。"体气、形骸,内外相对。

[15]杨班:谓杨雄(即扬雄)、班固,汉代著名文学家。

[16]"夫文本同"句:谓文章本原虽同,但在发展过程中形成各种体裁。

[17]书论:指论说性著述,包括成部子书和单篇论文。《论衡·对作》:"书论之造,汉家尤多。阳成子张作《乐》,扬子云造《玄》……不述而作,材疑圣人。"桓范《世要论·序作》:"夫著作书论者,乃欲阐弘大道,述明圣教,推演事义,尽极情类,记是贬非,以为法式。……岂徒转相仿效,名作书论,浮辞谈说而无损益哉!"

[18]"铭诔"句:铭,文体名,原铭刻于器物或石上,故名。其内容或称述功德,或表示规诫,此指前者。诔,文体名,用于述死者德行。东汉碑铭之作甚为盛行,多溢美失实,故曹丕强调"尚实"。

[19]"气之"句:谓人禀气有清浊,故才性有昏明,为文即有高下。汉魏六朝人论气质、才性,每以清者为美,浊者为下。《春秋繁露·天地之行》:"一国之君……其官人上士,高清明而下重浊,若身之贵目而贱足也。"《论衡·本性》:"心清而眸子瞭,心浊而眸子眊。人生目辄眊瞭,眊瞭禀之于天,不同气也。"郦炎诗:"贤愚岂常类,禀性在清浊。"袁准《才性论》:"物何故美?清气之所生也。物何故恶?浊气之所施也。"干宝《搜神记》:"天有五气,万物

化成。木清则仁，火清则礼，金清则义，水清则智，土清则思。五气尽纯，圣德备也。木浊则弱，火浊则淫，金浊则暴，水浊则贪，土浊则顽。五气尽浊，民之下也。”葛洪《抱朴子·辞义》：“夫才有清浊，思有修短，虽并属文，参差万品。”径以清浊释文才之高下。孔颖达《礼记正义序》：“夫人上资六气，下乘四序，赋清浊以醇醨，感阴阳而迁变。”又《中庸正义》：“但感五行，在人为五常。得其清气备者则为圣人，得其浊气简者则为愚人。降圣以下，愚人以上，所禀或多或少，不可言一，故分为九等。”孔氏虽是初唐人，但所言多反映南北朝经师之说。综上诸例，可知曹丕言气之清浊，系指作者才气高下而言。一说，清浊意近于刚柔，刚近于清，柔近于浊。

[20] 检：法度。

[21] 引气：犹言运行其气，指吹奏、歌唱言。

[22] “虽在父兄”二句：《文选》李善注：“桓子《新论》曰：唯人心之所独晓，父不能以禅子，兄不能以教弟也。”

[23] 经国：治国。

[24] “不朽”句：《左传·襄公二十四年》：“大上有立德，其次有立功，其次有立言。虽久不废，此之谓不朽。”曹丕以写作文章属于立言，故云。

[25] 西伯：西方诸侯之长，指周文王。幽：在下位，穷困。此指文王被殷纣王拘囚而言。演，推演。西伯演《易》，一说推演八卦为六十四卦，见《史记·周本纪》；一说制卦下之辞，见《左传·昭公二年》《正义》引郑众、贾逵、郑玄等说。

[26] 旦：周公名旦，武王弟。显，显赫，指武王克殷后周公受封于鲁及辅成王摄政等事。制《礼》：古文学家以为《仪礼》《周礼》皆周公摄政时所作。

[27] 隐约：穷困。

[28] “不以”句：谓并非因处境安乐方才加意于文章。加思，增加思虑。按：此连上句，谓圣人无论处境穷困抑或康乐，其制作、思虑始终如一。

[29] “古人”二句：《淮南子·原道》：“故圣人不贵尺之璧，而重寸之阴，时难得而易失也。”已，通“矣”。

[30] 迁化：变化。

[31] “唯幹”句：指徐幹著《中论》。

说明

《典论·论文》在文学批评史上占有重要地位。在此之前，专篇文学论文如

《诗大序》、班固《离骚序》和《两都赋序》、王逸《楚辞章句序》等，或就一部书、一篇文章立论，或就一种文体立论，而《典论·论文》则论及许多作家和多种文体，还论述了文章的作用和地位以及文学批评应有的态度等。它是建安时期写作风气蓬勃发展的产物，是文学发展进入“自觉时代”的理论反响。

《典论·论文》的内容可概括为以下几个方面：

首先是论作家。《典论·论文》对当时作者孔融等人一一加以评论。东汉以来，人物评论之风盛行。在文章的重要性日益为人们所认识、写作才能日益被重视的时代，作家评论自然而然地成为人物评论中的一项内容。《典论·论文》论作者时，以简括的语言指出其作品给读者的总体感受，指出其独特的风貌。所谓“徐幹时有齐气”“孔融体气高妙”中的“气”“体气”，就是指此种总体特点而言。气，类似于今日所谓风格。曹丕认为作品的“气”乃是作者的气质、个性特点的反映。他认为文章的总体风貌、成就高下都由作者所禀受的气所决定，所以说“文以气为主”。“气之清浊有体”，是说作者禀气有清浊，故而才性有昏明，所作文章也就有高下。在我国文学批评史上源远流长的文气说，就是由曹丕的作家论发其端绪的。而曹丕之论，其实又是先秦汉代关于气的哲学思想以及人物评论中引入气的概念的自然延伸。

其次，《典论·论文》对各种文体应有的特点进行了概括。曹丕认为除了通才之外，一般作者的才能有所偏至，不可能适应各种文体的需要，因为各种文体有其不同的特点和要求。在曹丕以前，人们在长期的写作实践中，已经对个别文体的特点作过一些概括，《典论·论文》则第一次综合性地加以说明。文体论也是我国古代文论中的一项重要内容，人们对于文体的总体风貌、写作要求甚为重视，曹丕的概括已经反映了这一点。

再次，《典论·论文》论及文学批评问题。曹丕指出，作者各有短长，往往以己之长轻人所短，却缺乏自知之明。又指出常人总是“贵远贱近，向声背实”。这些的确都是文学批评中常见的现象。

最后，《典论·论文》论及文章的价值和作用，称之为“经国之大业，不朽之盛事”。评价如此之高，的确是前所未有。但应注意所谓“文章”，并不等于今日所谓“文学”，而是指一切用文字写下来的东西，或指运用文辞进行写作这件事。“文章”包括富于审美性质的辞赋、诗歌等，也包括实用性的、学术性的作品。曹丕说“经国之大业”，是着眼于在封建国家政治、社会生活中具有重要作用的实用性、学术性著述而言的。“不朽之盛事”则除此之外还包括了诗赋美文，包括并无政教意义的一般抒情咏物之作。曹丕对此类作品的写作投入了很大热情，同时也非常重视此类作品的写作。这是文学批评中的新现象，反映了儒家传统束缚的某种松弛，是文学自觉性的表现。他在《与王朗书》中说："生有七尺之形，死唯一棺之土，唯立德扬名，可以不朽，其次莫如著篇籍。……故论撰所著《典论》、诗、赋，盖百余篇。"这体现了他凭借文章以不朽的强烈愿望，而"篇籍"是包括诗赋在内的。数百年后，唐初孔颖达在解释立言不朽时说："老、庄、荀、孟、管、晏、杨、墨、孙、吴之徒制作子书，屈原、宋玉、贾逵、扬雄、马迁、班固以后，撰集史传及制作文章，使后世学习，皆是立言者也。"(《春秋左传注疏》襄公二十四年《正义》)他将诗赋美文也包括在内。孔颖达承魏晋南北朝之后，在注释儒家经典时也流露出"文学自觉"的影响，而《典论·论文》乃是此种"自觉"的早期的表现。

与吴质书(节录)

〔魏〕曹　丕

二月三日丕白[1]，岁月易得，别来行复四年[2]。三年不见，《东山》犹叹其远[3]，况乃过之[4]，思何可支！虽书疏往返，未足解其劳结。昔年疾疫，亲故多离其灾，徐、陈、应、刘，一时俱逝[5]，痛可言邪！昔日游处，行则连舆，止则接席，何曾须臾相失。每至觞酌流行，丝竹并奏，酒酣耳热，仰而赋诗。当此之时，忽然不自知乐也，谓百年己分，可长共相保[6]。何图数年之间，零落略尽，言之伤心。顷撰其遗文[7]，都为一集[8]。观其姓名，已为鬼录，追思昔游，犹在心目，而此诸子，化为粪壤，可复道哉！观古今文人，类不护细行[9]，鲜皆能以名节自立。而伟长独怀文抱质[10]，恬淡寡欲，有箕山之志[11]，可谓彬彬君子者矣[12]。著《中论》二十篇[13]，成一家之言，辞义典雅，足传于后。此子为不朽矣。德琏常斐然有述作之意，其才学足以著书[14]，美志不遂，良可痛惜。间者历览诸子之文[15]，对之抆泪[16]。既痛逝者，行自念也[17]。孔璋章表殊健[18]，微为繁富。公幹有逸气，但未遒耳[19]。其五言诗之善者，妙绝时人。元瑜书记翩翩，致足乐也[20]。仲宣独自善于辞赋[21]，惜其体弱，不足起其文[22]。至于所善，古人无以远过。昔伯牙绝弦于钟期[23]，仲尼覆醢于子路[24]，痛知音之难遇，伤门人之莫逮。诸子但为未及古人，亦一时之俊也。今之存者已不逮矣；后生可畏，来者难诬[25]，恐吾与足下不及见也。……

《四部丛刊》影宋本六臣注《文选》卷四十二

注释

［1］“二月”句：据《三国志》卷二十一裴松之注引《魏略》，时为建安二十三年（218年）。

［2］行：且，将。

［3］“三年”二句：《诗经・豳风・东山》：“我徂东山，慆慆不归。”又云：“自我不见，于今三年。”

［4］况乃：原作“况及”，据中华书局影胡刻本《文选》《三国志・王粲传》注改。

［5］“昔年”四句：《后汉书・孝献帝纪》：建安二十二年（217年），“是岁大疫”。《三国志》卷二十一：“幹、琳、玚、桢，（建安）二十二年卒。”离，遭遇。徐、陈、应、刘：即徐幹、陈琳、应玚、刘桢。

［6］“百年”二句：《文选》吕延济注：“百年之欢，是己分之有，可长相保也。”百年，谓人之一生。分（fèn），应有的量、界限。

［7］撰：编定。

［8］都：集聚。

［9］类：大多。

［10］伟长：徐幹（170—217），字伟长，北海剧（今山东昌乐西）人。为曹操司空军谋祭酒掾属、五官将文学。怀文抱质：文，指其擅长写作，文采表现于世。质，指其道德高尚，恬淡寡欲。

［11］箕山之志：隐居不仕的志向。箕山，在今河南登封东南。相传为尧时贤人许由隐居处。

［12］彬彬君子：《论语・雍也》：“文质彬彬，然后君子。”《论语集解》引包咸曰：“彬彬，文质相半之貌。”

［13］《中论》：徐幹所著子书，属儒家类。

［14］“德琏”二句：应玚（？—217），字德琏，汝南南顿（今河南项城西）人。曹操辟为丞相掾属，转平原侯（曹植）庶子，后为五官将（曹丕）文学。斐然，有文采貌。述作，《礼记・乐记》：“作者之谓圣，述者之谓明。”作指创制，述指阐说解释。书，指学术性著作。

［15］间者：近日，近来。

[16] 抆(wěn)：拭。

[17] 行：且。

[18] “孔璋”句：陈琳(？—217)，字孔璋，广陵射阳(今江苏宝应东北)人。东汉末为何进主簿。避乱至冀州，袁绍使典文章。后为曹操司空军谋祭酒，管记室，徙门下督。曹操军国书檄，多为陈琳、阮瑀所作。

[19] “公幹”二句：刘桢(？—217)，字公幹，东平宁阳(今属山东)人。为曹操丞相掾属。逸气，言其作品有超越庸常的风貌。遒，尽善尽美。

[20] “元瑜”二句：阮瑀(？—212)，字元瑜，陈留尉氏(今属河南)人。少时受学于蔡邕。为曹操司空军谋祭酒，管记室，徙仓曹掾属。翩翩，形容文采优美。致，至，极。

[21] 仲宣：王粲(177—217)，字仲宣，山阳高平(今山东微山西北)人。少有才名，为蔡邕所赏识。汉末长安动乱，乃南依荆州牧刘表，不得志。刘表卒，劝表子琮降曹。为曹操丞相掾属，后拜侍中。随军征吴，道病卒。

[22] “惜其”二句：谓可惜王粲文章风力较弱，不能与其文采相称。《文选》李善注：“气弱谓之体弱也。”体，指气质性格而言，见之于文章则为风格，与“气”意近。曹操《请追赠郭嘉表》：“体通性达。”薛综《让选曹尚书表荐顾谭》：“谭心精体密。”华覈《表荐陆祎》：“祎体质方刚。”张揖《上广雅表》：“臣揖体质蒙蔽。”其体、体质均就资质性气言。曹丕此处指王粲文章之风貌。按刘勰《文心雕龙·风骨》云：“若丰藻克赡，风骨不飞，则振采失鲜，负声无力。”又云：“采乏风骨，则雉窜文囿。”诗文须有风力，方能使其文采飞扬。钟嵘《诗品》评王粲诗云“文秀而质羸”，即体弱不足起其文之意。

[23] “伯牙”句：《吕氏春秋·本味》：“钟子期死，伯牙破琴绝弦，终身不复鼓琴，以为世无足复为鼓琴者。”

[24] “仲尼”句：《礼记·檀弓上》：“孔子哭子路于中庭。……既哭，进使者而问故。使者曰：醢之矣。遂命覆醢。”郑玄注：“覆，弃之，不忍食。”醢(hǎi)，肉酱。按：卫国内乱，子路死之，被剁成肉酱。孔子闻而悲之，故不忍食醢。

[25] “后生”二句：《论语·子罕》：“后生可畏，焉知来者之不如今也。”

说明

曹丕《与吴质书》对当时著名文人加以评论，与他的《典论·论文》一样，是文学批评史上的重要文献。吴质，字季重，以才学通博，为曹丕、曹植所礼爱。建安末为朝歌长、元城令。曹丕争立为太子,吴质曾为之献策。

在这篇书信中,曹丕对刘桢、王粲的评论仍是从其作品的总体风貌着眼。说王粲"体弱,不足起其文","体"的含义与"气"相近,在人则指其内在的气质、性格,在文则指其总体风貌。这里是说王粲的创作力度不够,与其纷披的文采不甚相称。此种将风力与文采并论、认为二者应该达到某种均衡的观点,值得注意。后来刘勰主张风骨与文采并重,钟嵘主张"干之以风力,润之以丹采"(《诗品序》),都与曹丕的观点有联系。

书中称赞陈琳"章表殊健",又称阮瑀"书记翩翩,致足乐也"。这表明章表书记等应用性文体,在曹丕眼中,也是可以给读者带来审美的愉悦的。重视实用性文章并以审美的态度加以欣赏,这是我国文学批评中一个历史悠久的传统。早在西汉时期,汉武帝封立三王的策文,已被人们称道,说是"文辞烂然,甚可观也"(《史记·三王世家》)。东汉初年隗嚣的宾客、掾史多博学能文者,故其所上奏章写得很好,"当世士大夫皆讽诵之"(《后汉书·隗嚣传》)。那也体现了一种欣赏的态度。

《与吴质书》称赞徐幹《中论》"成一家之言,辞义典雅,足传于后",又为应玚有述作之志而不遂感到痛惜。这都体现了对于写作子书的重视。汉代子书写作的风气颇盛。扬雄仿《易》而作《太玄》,仿《论语》而作《法言》,此后作者蜂起。如桓谭《新论》、王充《论衡》、崔寔《政论》、应劭《风俗通》、荀悦《申鉴》、徐幹《中论》、仲长统《昌言》、王符《潜夫论》等,都是其中著名作品,曹丕本人的《典论》,也是此种风气的产物。当时人认为能作子书,表明其才学宏富,足以不朽。王充便说"能精思著文、连结篇章者为鸿儒","故夫鸿儒,所谓超而又超者也"(《论衡·超奇》)。不过,王充重功利,轻审美,因而在重视子书的同时,对辞赋等美文表示轻视。而曹丕则对抒情体物的诗赋等作品也很重视,认为写得好的话同样可以留传不朽。这也是"文学自觉"的一种反映。

与杨德祖书

〔魏〕曹　植

作者简介

曹植(192—232),字子建。曹丕之弟。封陈王,谥"思"。世称陈思王。少聪慧好学，善作文，颇有政治抱负。曹丕、曹叡在位时，他备受猜忌，郁郁而终。曹植作品代表了建安文学的最高成就，后世评价很高。钟嵘《诗品》称其诗“骨气奇高，词采华茂”，列于上品。其论文称“雅好慷慨”（《前录序》），即主张作文应直抒胸臆，意气激荡。这是在批评史上第一次明确地表达了对强烈情感的爱好，具有重要意义和鲜明的时代特色。原有集，已佚，后人编有《曹子建集》。《三国志·魏书》卷十九有传。

植白，数日不见，思子为劳，想同之也。

仆少小好为文章，迄至于今二十有五年矣。然今世作者，可略而言也。昔仲宣独步于汉南[1]，孔璋鹰扬于河朔[2]，伟长擅名于青土[3]，公幹振藻于海隅[4]，德琏发迹于此魏[5]，足下高视于上京[6]。当此之时，人人自谓握灵蛇之珠，家家自谓抱荆山之玉[7]。吾王于是设天网以该之，顿八纮以掩之[8]，今悉集兹国矣[9]。然此数子，犹复不能飞騫绝迹[10]，一举千里也。以孔璋之才，不闲于辞赋[11]，而多自谓能与司马长卿同风。譬画虎不成反为狗者也[12]。前有书嘲之，反作论盛道仆赞其文。夫钟期不失听[13]，于今称之；吾亦不能妄叹者，畏后世之嗤余也。

世人著述，不能无病。仆常好人讥弹其文[14]，有不善，应时改定[15]。昔丁敬礼尝作小文[16]，使仆润饰之。仆自以才不过若人[17]，辞不为也。敬礼谓仆：“卿何所疑难？文之佳恶，吾自得之，后世谁相知定吾文者邪?”吾常叹此达言，以为美谈。昔尼父之文辞，与人通流；至于制《春秋》，游、夏之徒乃不能措一辞[18]。过此而言不病者，吾未之见也[19]。

盖有南威之容，乃可以论于淑媛[20]；有龙渊之利[21]，乃可以议于断割。刘季绪才不能逮于作者[22]，而好诋诃文章，掎摭利病[23]。昔田巴毁五帝，罪三王，呰五霸于稷下，一旦而服千人；鲁连一说，使终身杜口[24]。刘生之辩，未若田氏，今之仲连，求之不难，可无叹息乎！

人各有好尚。兰茝荪蕙之芳，众人所好，而海畔有逐臭之夫[25]。《咸池》《六茎》之发，众人所共乐，而墨翟有非之之论[26]。岂可同哉！

今往仆少小所著辞赋一通相与。夫街谈巷说，必有可采；击辕之歌，有应风雅[27]。匹夫之思，未易轻弃也。辞赋小道，固未足以揄扬大义，彰示来世也。昔杨子云先朝执戟之臣耳[28]，犹称壮夫不为也[29]。吾虽薄德，位为蕃侯，犹庶几戮力上国，流惠下民，建永世之业，流金石之功，岂徒以翰墨为勋绩，辞赋为君子哉！若吾志未果，吾道不行，则将采庶官之实录，辩时俗之得失，定仁义之衷[30]，成一家之言[31]。虽未能藏之于名山，将以传之于同好。此要之皓首[32]，岂今日之论乎？其言之不惭，恃惠子之知我也[33]。明早相迎，书不尽怀。曹植白。

《四部丛刊》影宋本六臣注《文选》卷四十二

注释

[1]“仲宣”句：东汉末年王粲因长安扰乱，乃南下依荆州刺史刘表。当时荆州治所为襄阳（今属湖北），在汉水南。王粲有宅在襄阳。

[2]“孔璋”句：汉末陈琳曾避难于冀州，为袁绍掌文章书记之事。冀州在河北。鹰扬：《诗经·大雅·大明》：“时维鹰扬。”毛传：“如鹰之飞扬也。”

[3]“伟长”句：徐幹居北海郡，属青州，故称“青土”。

[4]“公幹”句：刘桢为东平郡宁阳（今属山东）人，其地邻近古之齐国。海隅，古代齐地大薮译名。《尔雅·释地》：“齐有海隅。”此乃泛指今山东半岛海畔广阔地区。藻，文采。

[5]“德琏”句：应玚为汝南南顿人，其地邻近汉末建安时政治中心许县。当时曹操挟持汉献帝，以许县为京都，建安十八年（213年），封曹操为魏公，二十一年，进爵魏王，故此处以魏指称许都一带。

[6]上京：帝都，此指许都（今河南许昌东）。

[7]“人人”二句：灵蛇之珠，指隋侯珠。荆山之玉，指和氏璧。《淮南子·览冥》：“隋侯之珠，和氏之璧。”高诱注：“隋侯，汉东之国，姬姓诸侯也。隋侯见大蛇伤断，以药傅之。后蛇于江中衔大珠以报之，因曰隋侯之珠，盖明月珠也。楚人卞和得美玉璞于荆山之下，以献武王，王以示玉人，玉人以为石，刖其左足。文王即位，复献之，以为石，刖其右足。抱璞不释而泣血。及成王即位，又献之。……遂剖视之，果得美玉。以为璧，盖纯白夜光。”

[8]“吾王”二句：吾王，指曹操。天网，弥天之网。该，包容，包括。顿，整。纮，

指网之纲绳。八纮，极言其网之广大。掩，取。

[9] 兹国：指许都。

[10] 骞(xiān)：飞。

[11] 闲：熟练。

[12] "譬画虎"句：马援《诫兄子严敦书》："效季良不得，陷为天下轻薄子，所谓画虎不成反类狗者也。"

[13] "钟期"句：《吕氏春秋・本味》："伯牙鼓琴，钟子期听之。方鼓琴而志在太山，钟子期曰：'善哉乎鼓琴，巍巍乎若太山。'少选之间而志在流水，钟子期又曰：'善哉乎鼓琴，汤汤乎若流水。'钟子期死，伯牙破琴绝弦，终身不复鼓琴，以为世无足复为鼓琴者。"不失听，不误听。

[14] 讥弹：批评指责。

[15] 应时改定：随时改正。定，修改。

[16] 丁敬礼：丁廙，字敬礼。沛郡(治相县，今安徽濉溪西北)人。建安中为黄门侍郎，与曹植亲善。曹丕即魏王位，与其兄仪并被杀。

[17] 若人：此人，指丁廙。

[18] "昔尼父"四句：《文选》李善注引《史记》："孔子文辞，有可与共者；至于《春秋》，子游、子夏之徒不能赞一辞。"尼父，孔子名丘，字仲尼。通流，共行。此指共同商讨写作。

[19] "过此"二句：意谓唯有孔子作《春秋》，不可更改；一般作者的文章均有可修治使之趋于完美之处。

[20] "盖有"二句：南威，古代美女名。淑，善。媛，美女。

[21] 龙渊：利剑名。

[22] 刘季绪：刘修，字季绪，刘表之子。

[23] 掎摭：指摘。

[24] "昔田巴"六句：《文选》李善注引《鲁连子》："齐之辩者曰田巴，辩于狙丘，而议于稷下，毁五帝，罪三王，一日而服千人。有徐劫弟子曰鲁连，谓劫曰：臣愿当田子，使不敢复说。"稷下，稷门之下。齐都临淄城有门名稷，当时学者多聚于其处。呰，通"訾"，诋毁。

[25] "海畔"句：《吕氏春秋・遇合》："人有大臭者，其亲戚兄弟妻妾知识无能与居者，自苦而居海上。海上人有说其臭者，昼夜随之而弗能去。"

[26] "《咸池》"三句：《咸池》，相传为黄帝所作乐名，尧增修而用之。《六茎》，颛顼乐名。《墨子》有《非乐》篇。

[27] “夫街谈”四句：言平民百姓之所作，亦有可取之处，即下文“匹夫之思，未易轻弃”之意，乃曹植自谦语。击辕之歌，《文选》李善注引崔骃曰：“窃作颂一篇，以当野人击辕之歌。”

[28] 杨子云：杨雄，西汉学者、赋家，字子云。“杨”字今通行写作“扬”。扬雄曾为郎官，汉代凡郎官皆轮值执戟宿卫诸殿门。

[29] 壮夫不为：扬雄早年工于辞赋，后悔其少作，其《法言・吾子》称为“童子雕虫篆刻”，“壮夫不为也”。

[30] 仁义之衷：犹言仁义之标准。衷，同“中”，指准则。

[31] “成一家”句：司马迁《报任安书》自称著书“凡百三十篇，亦欲以究天人之际，通古今之变，成一家之言”。又言“著此书藏之名山，传之其人”。

[32] “此要之”句：“此”字原作“非”，据《三国志・魏志・陈思王传》注所引改。要（yāo），求。

[33] “其言”二句：惠子，惠施，战国时学者，常与庄周辩论。惠子死，庄周云：“吾无以为质矣，吾无与言之矣。”（见《庄子・徐无鬼》）

说明

曹植的这封书信作于他二十五岁时，即建安二十一年（216 年），他将自己的作品赠与杨修，同时写此信谈论关于文章写作与批评的看法。

信中强调批评、切磋的重要。所引丁廙“文之佳恶，吾自得之，后世谁相知定吾文者邪”的话，意思是说文章流传于后世，读者的评价不论是好是坏，都将归之于作者，不会影响到批评、修改者的声名，因此润饰者即使改坏了也没有关系，无须为难顾虑。这就反映了当时人对于借文章以垂世的强烈关心。而曹植不愿润饰他人的文章，正是由于担心自己的不足将暴露于读者面前。他不肯对不好的作品（如陈琳的辞赋）妄加赞叹，也是害怕后世嗤笑自己的鉴赏、批评能力。凡此都透露出其对文学事业的重视。

信中又从作家的立场谈论批评之难，认为“才不能逮于作者”，便没有资格议论指摘。这未免过于绝对。写作与批评，既有互相联系的一面，也有互相区别的一面。批评者的思维活动有不同于创作构思的特点。不过，具有创作能力，谙知其中甘苦的人，进行批评时确实较易中肯。

曹植对于文学创作、批评都是很重视的。曹丕说文章是“不朽之盛事”（《典论・论文》），这种想法在曹植这封信中也时时流露。可是信的最后却又引扬雄的话，说辞赋是“小道”，“壮夫不为”，说自己的大志在于政治上建功立业，或至少是从事于学术著作的撰述，“成一家之言”。这表现出受传统观点影响的某些偏颇，但其实曹植是并不轻视辞赋等文学创作的，他只是强调自己具有政治方面的大志与才能，具有这方面的强烈要求，不甘心仅以文学名世而已。鲁迅解释道：“这里有两个原因，第一，子建的文章做得好，一个人大概总是不满意自己所做而羡慕他人所为的，他的文章已经做得好，于是他便敢说文章是小道；第二，子建活动的目标是在于政治方面，政治方面不甚得志，遂说文章是无用了。”（《魏晋风度及文章与药及酒之关系》）确实如此，此信正是在寄自己的辞赋作品与杨修时所写，信中明言“匹夫（曹植自谦）之思，未易轻弃”。这一行为本身就表明了对文学事业的喜好与关心。杨修也深知此点，故回信中批评扬雄所说为“过言”（错误的言论），并说：“若乃不忘经国之大美，流千载之英声，铭功景钟，书名竹帛，斯自雅量素所蓄也，岂与文章相妨害哉？”（《答临淄侯笺》）既称颂曹植的政治抱负，又指出创作与其抱负并无妨害。杨修的话表面上是在反驳曹植关于“辞赋小道”的议论，其实却正是符合曹植心意的。

三都赋序

〔晋〕左　思

作者简介

左思（生卒年不详），字太冲，齐国临淄（今属山东）人。晋武帝时为秘书郎。晋惠帝时，皇室内讧，京师大乱，乃避居冀州，数岁，以疾卒。其作品以《咏史》《招隐》等诗及《三都赋》最为著名。钟嵘《诗品》称其诗有“风力”，置于上品。其论赋批评汉代作品虚浮不实，主张“依其本”“本其实”。虽不无合理之处，但也显示出对于文学创作的夸张、虚构不够理解。原有集，已佚，后人编有《左太冲集》。《晋书》卷九十二有传。

盖《诗》有六义焉[1]，其二曰赋。杨雄曰：“诗人之赋丽以则[2]。”班固曰：“赋者，古诗之流也[3]。”先王采焉，以观土风[4]。见“绿竹猗猗”，则知卫地淇澳之产[5]；见“在其版屋”，则知秦野西戎之宅[6]。故能居然而辨八方[7]。然相如赋上林，而引卢橘夏熟[8]；杨雄赋甘泉，而陈玉树青葱[9]；班固赋西都，而叹以出比目[10]；张衡赋西京，而述以游海若[11]。假称珍怪，以为润色。若斯之类，匪啻于兹[12]。考之果木，则生非其壤；校之神物，则出非其所。于辞则易为藻饰，于义则虚而无征。且夫玉卮无当，虽宝非用[13]；侈言无验，虽丽非经[14]。而论者莫不诋讦其研精[15]，作者大氐举为宪章[16]。积习生常，有自来矣。

余既思摹《二京》而赋《三都》，其山川城邑，则稽之地图；鸟兽草木，则验之方志；风谣歌舞，各附其俗；魁梧长者[17]，莫非其旧。何则？发言为诗者，咏其所志也[18]；升高能赋者[19]，颂其所见也。美物者贵依其本，赞事者宜本其实。匪本匪实，览者奚信？且夫任土作贡，《虞书》所著[20]；辨物居方，《周易》所慎[21]。聊举其一隅，摄其体统，归诸诂训焉[22]。

《四部丛刊》影宋本六臣注《文选》卷四

注释

[1] 六义：犹言六个事项。《毛诗大序》：“故诗有六义焉：一曰风，二曰赋，三曰比，四曰兴，五曰雅，六曰颂。”

[2] “诗人”句：见扬雄《法言·吾子》。

[3] 赋者，古诗之流：见班固《两都赋序》。

[4] “先王”二句：《礼记·王制》：“(天子)命大师陈诗，以观民风。”郑玄注：“陈诗，谓采其诗而视之。”

[5] “见‘绿竹猗猗’”二句：《诗经·卫风·淇澳》：“瞻彼淇澳，绿竹猗猗。”淇，水名，在今河南北部，古为黄河支流。澳(yù)，水边弯曲处。绿，菉草，一名王刍。竹，萹竹，草名，又名萹蓄。一说，绿竹为一物，草名，其茎叶似竹，青绿色。(见三国陆机《毛诗草木鸟兽虫鱼疏》)猗猗，美盛貌。

[6] “见‘在其版屋’”二句：《诗经·秦风·小戎》：“在其版屋。”毛传：“西戎版屋。”《汉书·地理志》：“天水、陇西，山多林木，民以板为室屋……故《秦诗》曰‘在其板屋’。”版屋即板屋。

[7] 居然：安然。

[8]“然相如”二句：司马相如《天子游猎赋》言上林苑中多异方珍奇，有“卢橘夏熟”之句。卢橘为南方果物，皮色青黑。卢，黑色。

[9]“杨雄”二句：扬雄《甘泉赋》：“翠玉树之青葱兮。”《汉书》本传颜师古注云：“玉树者，武帝所作，集众宝为之，用供神也，非谓自然生之。而左思不晓其意，以为非本土所出，盖失之矣。”

[10]“班固”二句：班固《西都赋》言垂钓于昆明池，有“揄文竿，出比目”之句。《尔雅·释地》：“东方有比目鱼焉，不比不行，其名谓之鲽。”

[11]“张衡”二句：张衡《西京赋》言太液池，有“海若游于玄渚”之句。海若，海神。

[12]匪啻于兹：不止于此。

[13]“且夫玉卮”二句：《韩非子·外储说右上》：“虽有乎千金之玉卮，至贵而无当，漏，不可盛水。”当（dāng），器物的底。

[14]“侈言”二句：侈，大。非经，不合常理。

[15]“而论者”句：诋讦（dǐ jié），攻击指责。按：此句费解。姚鼐以为“不”字衍文，吴汝纶云“莫不”疑是“莫敢”之误。（见高步瀛《文选李注义疏》卷四）盖谓诸赋家所作，皆殚精竭虑为之，故虽有不当，而无人施以攻讦。日本国藏《文选集注》引《音决》：“诋，丁礼反。许，如字；或为讦居谒反者，非也。”又引陆善经曰：“论者莫有诋毁攻讦其事，遂共许为研精。”又云：“今案：《钞》、陆善经本无‘不’字。”合而推之，是唐初人所见本有作“论者莫诋，许其研精”者。若然，则文从而字顺。

[16]大氐：即“大抵”，大概，大多。宪章：效法的榜样。

[17]魁梧：壮大貌，引申为雄杰出众意。

[18]“发言”二句：《毛诗序》：“诗者，志之所之也。在心为志，发言为诗。”

[19]升高能赋：《诗经·鄘风·定之方中》毛传：“君子能此九者，可谓有德音，可以为大夫。”其中之一为“升高能赋”。

[20]“且夫任土”二句：《尚书·虞夏书·禹贡序》：“禹别九州，随山浚川，任土作贡。”《文选集注》引綦毋邃注：“定其肥饶之所生而著九州贡赋之法也。”

[21]“辨物”二句：《周易·未济·象》曰：“君子以慎辨物居方。”王弼注：“令物各当其所也。”

[22]“聊举”三句：意谓序中姑举其一端，以总摄《三都赋》之全体，皆归之于旧说，并非臆造之言。诂训，《说文》：“诂，训故言也。”段玉裁注：“说释故言以教人，是之谓诂。”又云：“取故言为传，是亦诂也。”

说明

汉末魏晋时抒情咏物的小赋大量产生，而铺张排比的大赋仍然很受重视。左思作《三都赋》成，洛阳为之纸贵。其《三都赋序》也是晋人赋论中的重要作品。

在这篇序中，左思引经据典，强调赋中所用材料应该征实。述事翔实，方能真实地反映各地的风物和习俗。他自诩《三都赋》的写作能“依其本”“本其实”，所写地理、物产、风习、人物，都言必有据。他将赋视为能给读者以丰富可靠知识的博物类作品。此种视文学作品为博物书的观点，由来已久。孔子已说《诗》可以“多识于鸟兽草木之名”(《论语·阳货》)。汉宣帝引其语论赋，说辞赋有“鸟兽草木多闻之观”(《汉书·王褒传》)。汉大赋列举山川草木风物之盛，有似类书，确给人类似博物书的印象。汉赋已极尽富丽宏伟之能事，左思企图超越前人，便在材料翔实方面下许多工夫，并在序中竭力宣扬此种主张。

《三都赋序》批评汉代著名赋家司马相如、扬雄、班固、张衡的作品“虚而无征”，其实他所指摘者有的是文学的夸张想象之辞，本不应以合乎事实与否论之。即使《三都赋》中也有此类语句。如《蜀都赋》说“娉江妃，与神游”，“感鲟鱼，动阳侯”，《吴都赋》说“巨鳌赑屃，首冠灵山；大鹏缤翻，翼若垂天”，也都运用神话传说，与左思所指摘的，至多是五十步百步之差罢了。以征实的眼光看待文学作品，在我国文学批评中也可谓“有自来矣”，那样做往往表现出对作家运用夸张手法和神话传说的不理解，显得迂腐，而且常会自相矛盾。左思的赋论便是一例。后来刘勰《文心雕龙》标举“事信而不诞”，批评屈赋诡异谲怪，也是这种观念的体现。

文　赋

〔晋〕陆　机

作者简介

陆机(261—303)，字士衡，吴郡吴县(今江苏苏州)人。祖父陆逊为三国吴丞相，父陆抗为吴大司马。二十岁时吴亡，乃与弟云退居华亭家中，闭门读书，约有十年。晋惠帝即位之初，应辟赴洛阳，与弟云以文才倾动一时，著名文人张华乃言“伐吴之役，利获二俊”(《晋书·陆机传》)。曾任太子洗马、吴王郎中令、著作郎、平原内史等职。西晋末年，在皇室内讧中，与陆云同时被谗杀。陆机诗文情感强烈，辞藻富丽，代表了西晋文学发展的新趋向，在晋代、南北朝以至唐代都享有崇高的声誉。钟嵘《诗品》称其诗“才高词赡，举体华美”，置于上品。宋以后贬抑者渐多，但其大家地位仍为论者所公认。所作《文赋》是我国文学批评史上第一篇较完整而系统地论创作的文章。它从审美的角度对创作兴感、构思、技巧等方面都作了较细致的论述，对创作的甘苦表现出充分的体认。凡此都体现了对文学创作自身特殊规律的重视，这正是文学进入自觉时代的反映，对于后世的文论具有深远的影响。原有集，已佚，宋人辑有《陆士衡集》。《晋书》卷五十四有传。

余每观才士之所作，窃有以得其用心。夫放言遣辞[1]，良多变矣。妍蚩好恶，可得而言。每自属文，尤见其情。恒患意不称物，文不逮意。盖非知之难，能之难也。故作《文赋》以述先士之盛藻[2]，因论作文之利害所由，他日殆可谓曲尽其妙[3]。至于操斧伐柯，虽取则不远[4]，若夫随手之变[5]，良难以辞逐[6]。盖所能言者，具于此云尔[7]。

伫中区以玄览[8]，颐情志于典坟[9]。遵四时以叹逝[10]，瞻万物而思纷。悲落叶于劲秋，喜柔条于芳春。心懔懔以怀霜，志眇眇而临云[11]。咏世德之骏烈[12]，诵先民之清芬[13]。游文章之林府[14]，嘉丽藻之彬彬[15]。慨投篇而援笔，聊宣之乎斯文[16]。

其始也，皆收视反听[17]，耽思傍讯[18]。精骛八极[19]，心游万仞[20]。其致也[21]，情曈昽而弥鲜[22]，物昭晰而互进[23]。倾群言之沥液[24]，漱六艺之芳润[25]。浮天渊以安流，濯下泉而潜浸[26]。于是沉辞怫悦[27]，若游鱼衔钩而出重渊之深；浮藻联翩，若翰鸟缨缴而坠曾云之峻[28]。收百世之阙文[29]，采千载之遗韵[30]。谢朝华于已披[31]，启夕秀于未振[32]。观古今于须臾，抚四海于一瞬[33]。

然后选义按部，考辞就班[34]。抱景者咸叩，怀响者毕弹[35]。或因枝以振叶，或沿波而讨源[36]。或本隐以之显[37]，或求易而得难。或虎变而兽扰，或龙见而鸟澜[38]。或妥帖而易施，或岨峿而不安[39]。罄澄心以凝思，眇众虑而为言[40]。笼天地于形内[41]，挫万物于笔端[42]。始踯躅于燥吻[43]，终流离于濡翰[44]。理扶质以立干，文垂条而结繁[45]。信情貌之不差，故每变而在颜。思涉乐其必笑，方言哀而已叹[46]。或操觚以率尔，或含毫而邈然[47]。

伊兹事之可乐，固圣贤之所钦[48]。课虚无以责有，叩寂寞而求音[49]。函绵邈于尺素，吐滂沛乎寸心[50]。言恢之而弥广[51]，思按之而愈深[52]。播芳蕤之馥馥[53]，发青条之森森[54]。粲风飞而猋竖，郁云起乎翰林[55]。

体有万殊，物无一量[56]。纷纭挥霍，形难为状[57]。辞程才以效伎，意司契而为匠[58]。在有无而僶俛[59]，当浅深而不让[60]。虽离方而遁圆，期穷形而尽相[61]。故夫夸目者尚奢[62]，惬心者贵当[63]，言穷者无隘[64]，论达者唯旷[65]。诗缘情而绮靡[66]，赋体物而浏亮[67]。碑披文以相质[68]，诔缠绵而悽怆[69]。铭博约而温润[70]，箴顿挫而清壮[71]。颂优游以彬蔚[72]，论精微而朗畅。奏平彻以闲雅[73]，说炜烨而谲诳[74]。虽区分之在兹，亦禁邪而制放。要辞达而理举，故无取乎冗长[75]。

其为物也多姿，其为体也屡迁[76]。其会意也尚巧[77]，其遣言也贵妍。暨音声之迭代，若五色之相宣[78]。虽逝止之无常，固崎锜而难便[79]。苟达变而识次[80]，犹开流以纳泉。如失机而后会，恒操末以续颠[81]。谬玄黄之秩序[82]，故淟涊而不鲜[83]。

或仰偪于先条，或俯侵于后章[84]。或辞害而理比，或言顺而义妨[85]。离之则双美，合之则两伤。考殿最于锱铢[86]，定去留于毫芒。苟铨衡之所裁[87]，固应绳其必当[88]。

或文繁理富，而意不指適[89]。极无两致，尽不可益[90]。立片言而居要[91]，乃一篇之警策[92]。虽众辞之有条[93]，必待兹而效绩[94]。亮功多而累寡[95]，故取足而不易[96]。

或藻思绮合[97]，清丽芊眠[98]。炳若缛绣[99]，凄若繁弦[100]。必所拟之不殊[101]，乃暗合乎曩篇[102]，虽杼轴于予怀[103]，怵他人之我先[104]。苟伤廉而愆义[105]，亦虽爱而必捐[106]。

或苕发颖竖，离众绝致[107]。形不可逐，响难为系[108]。块孤立而特峙[109]，非常音之所纬[110]。心牢落而无偶[111]，意徘徊而不能揥[112]。石韫玉而山晖，水怀珠而川媚[113]。彼榛楛之勿翦，亦蒙荣于集翠[114]。缀《下里》于《白雪》，吾亦济夫所伟[115]。

或托言于短韵[116]，对穷迹而孤兴[117]。俯寂寞而无友，仰寥廓而莫承。譬偏弦之独张[118]，含清唱而靡应[119]。

或寄辞于瘁音，言徒靡而弗华[120]。混妍蚩而成体，累良质而为瑕。象下管之偏疾[121]，故虽应而不和[122]。

或遗理以存异，徒寻虚而逐微[123]。言寡情而鲜爱，辞浮漂而不归[124]。犹弦幺而徽急，故虽和而不悲[125]。

或奔放以谐合，务嘈囋而妖冶[126]。徒悦目而偶俗，固声高而曲下。寤《防露》与《桑间》[127]，又虽悲而不雅[128]。

或清虚以婉约[129]，每除烦而去滥[130]。阙大羹之遗味，同朱弦之清泛[131]。虽一唱而三叹[132]，固既雅而不艳[133]。

若夫丰约之裁，俯仰之形，因宜适变，曲有微情[134]。或言拙而喻巧[135]，或理朴而辞轻[136]。或袭故而弥新，或沿浊而更清[137]。或览之而必察，或研之而后精[138]。譬犹舞者赴节以投袂[139]，歌者应弦而遣声。是盖轮扁所不得言[140]，亦非华说之所能精[141]。

普辞条与文律[142]，良予膺之所服[143]。练世情之常尤[144]，识前修之所淑[145]。虽浚发于巧心[146]，或受嗤于拙目[147]。彼琼敷与玉藻，若中原之有菽[148]。同橐籥之罔穷，与天地乎并育[149]。虽纷蔼于此世[150]，嗟不盈于予掬[151]。患挈瓶之屡空[152]，病昌言之难属[153]。故踸踔于短韵[154]，放庸音以足曲。恒遗恨以终篇，岂怀盈而自足[155]。惧蒙尘于叩缶，顾取笑乎鸣玉[156]。

若夫应感之会，通塞之纪[157]，来不可遏，去不可止[158]，藏若景灭，行犹响起[159]。方天机之骏利[160]，夫何纷而不理。思风发于胸臆，言泉流于唇齿。纷葳蕤以馺遝[161]，唯毫素之所拟[162]。文徽徽以溢目，音泠泠而盈耳[163]。及其六情底滞[164]，志往神留。兀若枯木[165]，豁若涸流。揽营魂以探赜，顿精爽而自求[166]。理翳翳而愈伏，思轧轧其若抽[167]。是故或竭情而多悔，或率意而寡尤[168]。虽兹物之在我，非余力之所勠[169]。故时抚空怀而自惋，吾未识夫开塞之所由也[170]。

伊兹文之为用，固众理之所因[171]。恢万里使无阂，通亿载而为津[172]。俯贻则于来叶，仰观象乎古人[173]。济文武于将坠[174]，宣风声于不泯[175]。涂无远而不弥[176]，理无微而不纶[177]。配沾润于云雨，象变化乎鬼神[178]。被金石而德广[179]，流管弦而日新[180]。

《四部丛刊》影宋本六臣注《文选》卷十七

注释

[1] 放言：布置、安放言辞。

[2] 盛藻：盛多的辞藻，犹言美文。

[3] "他日"句：他日，异日。可谓，可以。陆机自云异日或可提高写作能力，尽文章之妙处。

[4] "至于"二句：《诗经·豳风·伐柯》："伐柯伐柯，其则不远。"柯，斧柄。则，法。意谓伐木为柯，可比视手中柯之长短大小，其法式不在远。此处似言作此《文赋》以论为文之用心，即可就近体会眼下作赋之情状以述之。

[5] 随手之变：指临文之际随机应变的细微精妙处。

[6] 逐：李善注本《文选》作"逮"。

[7] "盖所"二句：言本赋所论，只是大略而已。《庄子·秋水》："可以言论者，物之粗也；可以意致者，物之精也；言之所不能论、意之所不能察致者，不期精粗焉。"云尔，语末助词，带有指示、引人注意的语气。

[8] 伫：久立。中区：即区中，人世间。玄览：深远地观照。《老子》十章："涤除玄览。"张衡《东京赋》："睿哲玄览，都兹洛宫。"

[9] 颐：养，犹言陶冶。典坟：相传三皇五帝之书称三坟五典，此泛指古代文籍。

[10] 叹逝：《论语·子罕》："子在川上曰：逝者如斯夫，不舍昼夜！"陆机有《叹逝赋》。以下四句承"伫中区"句，言作者因景物变迁而兴感。

[11] "心懔懔"二句：懔懔，敬畏严肃貌。眇眇，高远貌。二句兼缩上下文，描写观物、读书时情志肃然高远之状。

[12] 世德：先世之有德者。骏：大。烈：功业。

[13] 先民：原作"先人"，据唐陆柬之书陆机《文赋》及《文镜秘府论》改。

[14] 林府：森林和府库，喻文章众多。

[15]“彬彬”句：言文辞之美丽与质朴参合得当，华丽而不过分。以上四句承“颐情志”句，言作者因阅读书籍、玩赏文章而兴感。

[16]“慨投篇”二句：篇，承上文言，指正在阅读的书籍文章。斯文，此文，泛指文章。《论语·子罕》：“文王既没，文不在兹乎？天之将丧斯文也，后死者不能与于斯文也；天之未丧斯文也，匡人其如予何？”“文”泛指文教。班固《答宾戏》：“故密尔自娱于斯文。”“斯文”泛指著述文章。陆机此处亦泛指文章，并非就《文赋》言。自“伫中区”句至此为第一段，述写作冲动激发之由。

[17] 收视反听：《文选》李善注：“言不视听也。”按：收视反听，意同内视反听。《史记·商鞅列传》载赵良之言曰：“反听之谓聪，内视之谓明。”《春秋繁露·同类相动》：“故聪明圣神，内视反听。”《后汉书·王允传》载何进等上疏：“夫内视反听，则忠臣竭诚。”又《老子》三十三章河上公注：“人能自知贤与不肖，是为反听无声，内视无形，故为明也。”又《鬼谷子·本经阴符》：“无为而求，安静五脏，和通六腑，精神魂魄，固守不动，乃能内视反听，定志思之大虚，待神往来。”又嵇康《答向子期难养生论》：“内视反听，爱气啬精。”是其语乃汉魏以来常语，原有自我省察之意。用于治心养生，又有凝神寂虑、摒除见闻之意。陆机云收视反听，乃用其语于创作神思，谓虚静凝神，不视听于外而视听于内、展开想象。

[18] 耽思傍讯：谓深思而多方探求。

[19] 八极：八方极远处。

[20] 万仞：言极高处。七尺或八尺为一仞。

[21] 致：至。此言文思来至。

[22] 曈昽(tóng lóng)：由暗而明貌。

[23] 昭晣(zhé)：明朗。

[24] 群言：指众多的文章著作。沥液：涓滴，喻精华。

[25] 漱：谓仔细含咀体会。六艺：指《易》《书》《诗》《礼》《乐》《春秋》六经。

[26] 下泉：《诗经·曹风·下泉》：“冽彼下泉，浸彼苞稂。”毛传：“下泉，泉下流也。”

[27] 怫悦(fú yuè)：艰涩难出貌。

[28] 缨：缠绕。缴(zhuó)：系在箭上的生丝绳。曾：高。

[29] 阙文：《论语·卫灵公》：“子曰：吾犹及史之阙文也。”何晏《集解》引包咸曰：“古之良史，于书字有疑则阙之，以待知者。”阙同缺。此指古书有缺者。

[30] 遗韵：指遗佚不全之作。

[31] 谢：弃。华：花。披：开放。

[32] 启：开。秀：草木之花。振：开放。

[33] “抚四海”句：《庄子·在宥》：“其(人心)疾俯仰之间而再抚四海之外。”抚，循。自“其始也”至此为第二段，描述开始构思时驰骋想象的情状。

[34] “然后”二句：谓然后选取考究事义和词语，使它们都有恰当的安排。义，事义，此泛指文中要写的内容。

[35] “抱景”二句：言凡有光有声、可见可闻者全经叩击，喻作者思绪之密而且广。景，光。毕，一本作必。

[36] “或因枝”二句：言或由本而末，或由末而本，指行文之先后次序。

[37] “或本隐”句：《史记·司马相如传》：“《易》本隐以之显。”此借用其语。

[38] “或虎变”二句：喻主旨已立，则陪衬之意随之安排妥当。虎变，《易·革》：“九五，大人虎变。”《象》曰：“大人虎变，其文炳也。”喻伟大人物之革新创制。此借用其语。扰，驯顺。龙见，《庄子·在宥》：“尸居而龙见。”言大人静居则如尸，行动则如龙。此亦借用其语。澜，散乱。钱锺书《管锥编》释此二句云：“主意已得，陪宾衬托，安排井井，章节不紊，如猛虎一啸，则百兽帖服……新意忽萌，一波起而万波随，一发牵而全身动，如龙腾海立，则鸥鸟惊翔。”可参。

[39] 岨峿(jǔ yǔ)：不相合，抵触。

[40] “眇众虑”句：谓精妙地考虑、组织各种想法，形成文辞。《易·说卦》：“妙万物而为言。”董遇、王肃注本妙作“眇”(据《经典释文》)。眇，通“妙”。

[41] 形：指文章。作家思绪形诸文字，即为有形。

[42] 挫：捉搦，抓握。

[43] 踯躅：徘徊不前，此喻沉吟未定。燥吻：言吟哦久之，唇为之燥。

[44] 流离：即淋漓，形容酣畅。濡翰：蘸吸墨汁的笔。

[45] “理扶质”二句：以树之主干与枝叶喻内容与文采的主从关系。理，泛指文中所写事理、事情，不必拘执于作抽象的“道理”解。《礼记·乐记》：“礼也者，理之不可易者也。”郑玄注：“理犹事也。”质，本体。干，主干。文，指文采、辞采。条，枝条。繁，繁荫。

[46] “信情貌”四句：言写作时身心投入，情感充溢，哀乐形之于外。信，确实。

[47] “或操觚”二句：言文思有时轻利流畅，有时迟钝而无所获。觚(gū)，方木，古人用以书写，即木牍之类。率尔，轻易，随意。含毫，吮笔。邈然，言杳无

所得。自“然后选义”句至此为第三段，描述写作过程中选辞征材、部署意辞、凝神苦思、文情相生等种种情事。

[48]“伊兹事”二句：言作文为快乐之事，乃圣贤之所向慕。伊，语首助词，无义。

[49]“课虚无”二句：喻作家通过想象构思，写成文章。本无所见、无所闻，成文后则形诸文辞、闻诸吟咏，故云。系借用道家语意。《老子》四十章：“天下万物生于有，有生于无。”《文子・自然》：“寂寞者，音之主也。”（亦见《淮南子・齐俗训》）课、责：皆求取、索取意。

[50]“函绵邈”二句：言广远盛大之内容，乃出自作者一心，包容于尺素之内。与上二句皆叹写作之神奇，亦为文之可乐处。函，包含。素，白色生绢，用以书写。

[51]恢：恢张，扩大。

[52]按：抑，有寻求意。

[53]蕤（ruí）：草木的花。

[54]森森：枝叶繁盛貌。

[55]“粲风飞”二句：以风起云涌喻文辞之盛。粲，明丽。猋，同飙，自下而上的暴风。郁，美盛。翰林，文章之林。自“伊兹事”句至此为第四段，形容为文之乐趣。第一至第四段描述构思作文的过程。

[56]“体有”二句：泛言事物皆多种多样。结合下文观之，实际上指文章之多样。

[57]“纷纭”二句：挥霍，疾速貌。曹植《七启》述舞蹈之精妙云：“蜿蝉挥霍。”又云：“才捷若神，形难为象。”

[58]“辞程才”二句：喻辞藻各当其用，而由意统摄调遣。程，量度，又通“呈”，有示、效意。伎，技艺，才能。契，契约。

[59]“在有无”句：喻作文时奋力而为，勉为其难。《诗经・邶风・谷风》：“何有何亡（无），黾勉求之。”僶俛，即黾勉。

[60]“当浅深”句：喻作文时无论难易，均勇于为之。《诗经・邶风・谷风》：“就其深矣，方之舟之；就其浅矣，泳之游之。”郑玄笺：“言深浅者，喻君子之家事无难易，吾皆为之。”不让，《论语・卫灵公》：“子曰：当仁不让于师。”

[61]“虽离方”二句：言作文虽不拘泥于一定之规矩，而总期于穷尽事形物相。

[62]“故夫夸目”句：夸目，谓大言、华言以快其目。奢，指侈大宏丽。

[63]惬心：言切理餍心。

[64]“言穷”句：谓言辞简约寡少者显得局促窘迫。无，助词，无义。

[65]“论达”句：谓说得畅达者显得旷荡辽远。唯，助词，无义。

[66] “诗缘情”句：谓诗由情感而生，美好动人。缘情，由于情感，按照情感。系魏晋时常语。赵岐《孟子·滕文公上》第五章章指：“圣人缘情，制礼奉终。”袁准《袁子正书》：“礼者何也？缘人情而为之节文者也。”潘岳《悼亡赋》：“吾闻丧礼之在妻，谓制重而哀轻；既履冰而知寒，吾今信其缘情。”徐广《答刘镇之问》：“缘情立礼。”绮靡，美丽，美好。绮、靡皆美丽之意，合为双音语，其义亦同。汉魏诗赋多见“猗靡”一语，绮靡与其意同。猗靡、绮靡，以至猗傩、旖旎、婀娜，皆一声之转。

[67] 体物：描摹事物。浏亮：清明。

[68] “碑披文”句：言碑文叙事当质实，而助之以文采。碑，指碑文。庙宇、宫殿、坟墓皆有碑，此与诔连文，当指墓碑。披，分散。相，助。

[69] 诔：文体名。一般用于人死后称述其事迹德行。缠绵：谓悲悼怀念之情绕结不解。

[70] 铭：文体名。刻于器物或石上，或称扬德行功业，或表示警戒规弼。博约：谓事博而文约。

[71] 箴：文体名。用于讥刺得失，表示警戒。

[72] 优游：从容不迫。彬蔚：华盛貌。

[73] 平彻：平正透彻。闲雅：雍容文雅。

[74] 说(shuì)：辩士之辞。炜烨：光彩强烈。谲诳：奇诡权诈。

[75] 自“体有万殊”至此为第五段，言文章体貌丰富多彩，或因作者趣味而异，或以文章体裁而别。

[76] “其为物”二句：言文章此物多姿态，其体貌多变化。按：“其为物”，即“文之为物”，物复指文。直译为：“它（文）作为物……”“之为”是古汉语常见格式。如《老子》二十一章：“道之为物，惟恍惟忽。”

[77] 会：合。

[78] “暨音声”二句：言诗文所用字的声音多样而富于变化，以求和谐悦耳。暨，至于。迭代，轮流替代。宣，明。

[79] “虽逝止”二句：言文章体貌既丰富多彩，其会意、遣言、调整音声等亦变化无常，无一定之法，要写得好确为不易。逝止，去留，指变化。崎锜(qí qǐ)，不安貌。便(pián)，安适。

[80] 次：停留。变、次：犹上文之逝止。又，次也可解为次序。

[81] 末：尾。颠：首。

[82] 玄：黑中带赤之色，也泛指黑色。

[83] 淟涊(tiǎn niǎn)：秽浊。自“其为物”句至此为第六段，提出会意尚巧、遣言贵妍、声音求变化动听的审美标准，总说文章利病和为文之不易。

[84] “或仰偪”二句：言上下文意接续呼应方面有所不当。偪，同“逼”，侵迫。先条、后章：指上下文。

[85] “或辞害”二句：言或文辞不当而内容顺遂，或文辞顺遂而内容不合。辞、言，指文辞。理、义，泛指所写的事理。比，从，顺。

[86] 殿最：第一为最，极下为殿；上功曰最，下功曰殿。此指优劣。锱铢：古代重量单位，其量极微。

[87] 铨衡：称量轻重的器具。裁：裁决。

[88] 绳：木工取直之具，即墨线。自“或仰偪”句至此为第七段，言文章或有前后相侵、辞义不谐等病，须细心考虑裁断。

[89] “或文繁”二句：谓文采事理繁富，但主旨仍未能突出。不，无。指適(shì)，犹言归向。適，往，至。一说適(dí)，主也。

[90] “极无”二句：意谓一篇之内只能有一个统摄全篇的中心；既已确立此中心，便不可旁骛。极，指中心。尽，谓已说到头。按：王弼《论语释疑》：“能尽理极，则无物不统。极不可二，故谓之一也。”(皇侃《论语·里仁》疏引)陆机乃借用玄学语言。

[91] 片言：简短的话语。居要：处于重要的关键地位。

[92] “乃一篇”句：策，泛指驾马之具。警策，整饬驾具。马因警策而得以控制，喻文以片言而有所趣向，不致泛滥无归。按：此处所谓“一篇之警策”，乃点明主旨之处，与一般所谓警句有所不同。

[93] 有条：以树木之枝条为喻，言文辞繁富。条：即上文“文垂条而结繁”之条。

[94] 兹：此，指“片言”。效绩：奏效。

[95] 亮：诚然，确实。累寡：犹言弊少。按：此与上文“尽不可益”呼应。谓原已文繁理富，不可再有所增益，但因主旨尚欠分明(“意不指適”)，故仍加添此片言以明之，虽似词费但实为必要，所谓利多弊少。

[96] “故取足”句：谓取此片言则足，不用则不足，故不再改易。自“或文繁”句至此为第八段，言或有主旨不明之病，应添加片言以明之。

[97] 藻：美丽有文采。绮合：如绮之合。绮，有纹饰的丝织品。

[98] 芊眠：联绵词，光色盛貌。

[99] 炳：光明。缛：采饰繁盛。绣：五色备具，或指刺绣。

[100] “凄若”句：以音乐为喻，言文章动人如同旋律繁复多变之弦乐。按：蔡邕

《琴赋》:“繁弦既抑,雅韵复扬。”繁弦与中正平和之雅乐相对,以摇荡性情、流连哀思为美。

[101] 必：如果。拟：揣度,此指构思作文。

[102] 曩篇：前人的作品。

[103] 杼轴：织具。此作动词用,指组织、构思。

[104] 怵(chù)：惧。

[105] 愆义：违反道义。

[106] 捐：丢弃。自“或藻思”句至此为第九段,言虽所作甚佳,但若与前人暗合,亦须割爱。

[107] “或苕发”二句：言有时构思出超绝于常言的佳句。苕,芦苇的花,如穗,秀出于苇的顶端。颖,禾穗。绝致,不可到,不可及。致,通“至”。

[108] “形不”二句：以形与影、声与响(回声)相离绝喻佳句之妙不可及,非篇中其他语句所能匹配。《鹖冠子·泰录》:“影则随形,响则应声。”此反用其意。

[109] 块：孤独貌。

[110] 纬：纬线,用作动词,喻配合。

[111] 牢落：空寂貌,乃联绵词。

[112] 揥(dì)：当是“揲”之误(揲与揥音同)。揲,撮取。此句言不能决然取此离众绝致之佳句写入文中(因他句不能与之相称)。一本揥作“褫”。褫：夺。言不能舍去此佳句,亦通。

[113] “石韫玉”二句：言佳句在篇中,虽他句不能相配,但如玉在石中、珠生水内,足使全篇生辉。韫,藏。《荀子·劝学》:“玉在山而草木润,渊生珠而崖不枯。”

[114] “彼榛楛”二句：言杂木上有翠鸟停留,则蒙其荣而不被剪伐。喻平庸之句因佳句而得以存留。榛楛(hù),丛生杂木。翦,同“剪”。集,鸟止于木曰集。翠,翠鸟。

[115] “缀《下里》”二句：言常语与佳句同篇,能成就佳句之美。《下里》指俚俗歌谣。《白雪》指高雅之曲。均见宋玉《对楚王问》。济,成,成就。按：钱锺书《管锥编》第三册释以上四句云:“前谓‘庸音’端赖‘嘉句’而得保存,后则谓‘嘉句’亦不得无‘庸音’为之烘托。……‘济伟’者,俗语所谓‘牡丹虽好,绿叶扶持’,‘若非培塿衬,争见太山高’……盖争妍竞秀,络绎不绝,则目眩神疲,应接不暇,如鹏抟九万里而不得以六月息,有乖于心行一张一

弛之道。陆机首悟斯理，而解人难索，代远言湮。”自“若苕发”句至此为第十段，言既得佳句，虽他句不称，亦应保留，以收映带陪衬之功。第七至第十段言为文时遇到的一些问题，并指出如何解决。

[116] 短韵：谓文中既出某意，而寥寥数言便止。

[117] 穷迹：幽穷无人迹处。兴，起。

[118] 偏弦：独弦。张：琴瑟上弦。

[119] 靡：无。自“或托言”句至此为第十一段，言才思寒俭几乎不能成篇之病。

[120] “或寄辞”二句：言篇辞虽丽，然以瑕疵而失其光彩。瘁音，喻瑕疵。靡，丽。华，指有光华。

[121] 象：如同。下管：古代举行祭飨等典礼时，歌者在堂上，称为升歌、登歌，管乐在堂下，称下管。二者间奏。

[122] 自“或寄辞”句至此为第十二段，言妍蚩混合不相和谐之病。

[123] “或遗理”二句：言忽视内容之充实而好新异诡巧，背本逐末，徒然致力于虚浮不实、微末而无关系之处。理，事理，此处泛指文之内容。

[124] “言寡情”二句：言文中情感寡少不能动人，文辞便如水上浮物，轻漂而无所归止。鲜，少。

[125] “犹弦幺”二句：言文章不能动人，犹如琴弦绷得虽紧但过于细小，音声尖细。幺，小。徽，系弦之绳。悲，古人好悲声，故以悲形容乐声之动人。如嵇康《琴赋》：“赋其声音，则以悲哀为主；美其感化，则以垂涕为贵。”自“或遗理”句至此为第十三段，言内容贫乏、情感寡少而苟求诡异之病。

[126] “或奔放”二句：以音乐之俗下为喻。奔放，纵恣放荡。谐合，指合乎时俗，即下文所谓“偶俗”。务，致力于。嘈囋(zá)，声盛之貌。妖冶，美丽。

[127] 寤：觉。《防露》《桑间》：皆俗曲名。

[128] 自“或奔放”句至此为第十四段，言虽能动人但卑俗不雅之病。

[129] 清虚：清淡空明貌。婉约：收敛貌。

[130] 烦：繁杂。滥：虚饰多余。

[131] “阙大羹”二句：《礼记·乐记》：“清庙之瑟，朱弦而疏越，一倡而三叹，有遗音者矣。大飨之礼，尚玄酒而俎腥鱼，大羹不和，有遗味者矣。”此借以为喻，言文章缺少大羹所弃之味（如大羹一样弃去五味），又如朱弦弹奏，清约而不繁复。谓文章清淡古朴。阙，同缺。大(tài)羹，肉汁，祭祀用，不调五味。遗味，弃味。朱弦，红色弦，以煮熟之生丝为之，其声低沉。泛，弹奏琴瑟等弦乐曰泛。清泛，言其声不繁。

［132］一唱而三叹：见前注引《乐记》。唱，通“倡”。郑玄注：“倡，发歌句也。三叹，三人从叹之耳。”宗庙之乐简质，唱少而和寡。《淮南子·泰族训》：“朱弦漏越，一唱而三叹，可听而不可快也。”

［133］自“或清虚”句至此为第十五段，言清约质朴而不艳丽之病。第十一至十五段言诸种文病，同时提出应、和、悲、雅、艳的审美要求。皆举音乐以为譬喻。

［134］曲有微情：委曲细致，有种种精妙的情况。微，精妙。

［135］喻：明，指文章所明之意。

［136］“或理朴”句：言有时所表达的内容简质，而词语轻巧流易。

［137］“或袭故”二句：言用陈而出新，化铁以成金。

［138］“或览之”二句：言文有浅显易知者，有深隐难精者。

［139］赴节：按照节拍。投袂：挥动衣袖。

［140］轮扁：《庄子·天道》中的人物，以制车轮为业，名扁。其言斫轮之事云，须不疾不徐，有巧妙的规律在内，但只能得之于手而应于心，非言语所能表达。

［141］自“若夫丰约”句至此为第十六段，申言序中“随手之变，良难以辞逐”之意。

［142］普：博，广。辞条、文律：指作文之法式规律。

［143］膺：胸。服：思存，念念不忘。

［144］练：谙练，熟悉。尤：过失。

［145］前修：前贤。淑：善。

［146］浚：深。

［147］嗤：讥笑。

［148］“彼琼敷”二句：谓丽藻繁富，任人采撷。琼敷、玉藻，喻美丽的辞藻。敷，通“华”，花。藻，水草。中原，犹原中，原野之中。菽，豆叶。《诗经·小雅·小宛》：“中原有菽，庶民采之。”郑玄笺：“藿（意同菽）生原中，非有主也。”按：蔡洪《围棋赋》：“任巧于无主，譬采菽乎中原。”陆机此处亦隐含丽藻无主、唯高手得之之意。

［149］“同橐籥”二句，亦谓丽藻繁富无穷尽。《老子》五章：“天地之间，其犹橐籥乎？虚而不屈（竭也），动而愈出。”橐籥（tuó yuè），冶铸之具，犹今之风箱，外椟曰橐，内管为籥。一说橐为排橐，即吹火囊；籥为乐籥，即管乐器。罔，无。

[150] 纷葳：繁多貌。

[151] 掬：两手捧之曰掬。《诗经·小雅·采绿》："终朝采绿，不盈一掬。"

[152] "患挈瓶"句：喻自己常患文思贫乏。挈，提。《左传·昭公七年》："虽有挈瓶之知，守不假器，礼也。"挈瓶之知，汲水者之智，喻小智小慧。

[153] "病昌言"句：言自己于古之佳文难以为继。一说指偶得佳句却难以续缀，亦通。昌言，善言。属，连缀，接续。

[154] "故踸踔"句：言才力短小，作文难以成篇。踸踔(chěn chuō)，跛行貌。

[155] "恒遗恨"二句：钱锺书《管锥编》第三册："按作而不成，意难释而心不快，无足怪者；作而已成矣，却复怏怏未足，忽忽有失，则非深于文而严于责己者不能会也。"

[156] "惧蒙尘"二句：言所作庸下，惧为高手所讪笑。叩缶，秦人俗乐，此喻己之所作低下。缶，一种瓦器。顾，却，反。鸣玉，指敲击玉磬，此喻作文高手。自"普辞条"句至此为第十七段，感慨为文之不易。

[157] "若夫应感"二句：应感，指感于物、与物相应。《礼记·乐记》："应感起物而动。"会，会合，机会。通塞，指文思之通畅与阻塞。纪，端绪，头绪。

[158] "来不"二句：《庄子·田子方》："吾以其来不可却也，其去不可止也。"

[159] "藏若"二句，谓文思阻滞时如光影灭绝，通畅时如响之应声。响，回声。

[160] 天机：自然而不关人力之运动，此指构思言。骏利：迅疾快利。

[161] 葳蕤(wēi ruí)、馺遝(sà tà)：皆繁盛貌。

[162] 毫素：笔与帛，皆书写所用。

[163] "文徽徽"二句：言文章声色之富美。徽徽，美丽。泠泠，清。溢目，犹言满眼。

[164] 六情：喜、怒、哀、乐、爱、恶。底：停滞。

[165] 兀：无知貌。

[166] "揽营魂"二句：形容竭尽心力以探求之。揽，持。营，魂。赜，深。顿，挈，提。精爽，魂魄。

[167] 轧轧(yà yà)：难出之貌。

[168] 率意而寡尤：任意而作却少错失。

[169] "虽兹物"二句：言虽然文章由我而作，却非我之心力所能主宰。兹物，此物，指作文之事。勠力，勉力。

[170] 自"若夫应感"句至此为第十八段，描述文思开塞之情状。

[171] "伊兹文"二句：言文章之作用，在于它确为各种事理之所依托。

[172] “恢万里”二句：言文章能使人们在空间、时间两方面相互沟通。恢，恢张，扩大。阂，阻限。津，渡口。

[173] “俯贻则”二句：言人们借文章以垂范后世、取法前贤。贻则，遗留法则。象，法。

[174] 文武：指周文王、武王之道。《论语·子张》：“文武之道，未坠于地。”

[175] 风声：指教化而言。

[176] 涂：道路。弥：遍。

[177] 纶：通“论”，知也。

[178] “配沾润”二句：言文章作用之大，能沾润万物，并能效法天地之变化。系用《周易》语。《系辞上》：“润之以风雨。”又云：“天地变化，圣人效之。”又云：“精气为物，游魂为变，是故知鬼神之情状与天地相似。”郑玄注：“精气谓之神，游魂谓之鬼……二物变化，其情与天地相似。”虞翻注：“乾神似天，坤鬼似地。”故象鬼神之变化，亦即效法天地之变化。

[179] 金石：指钟鼎碑碣等。

[180] 日新：《易·系辞上》：“日新之谓盛德。”又《礼记·大学》：“汤之《盘铭》曰：苟日新，日日新，又日新。”此用其语，谓颂歌播于管弦，可使盛德日新。自“伊兹文”句至此为第十九段，盛赞文章之功用。

说明

《文赋》大约作于陆机四十一岁或四十岁时。它以赋的形式，描绘作家构思中种种复杂微妙的情状，也言及文章体貌、风格的多样性以及作文时遇到的一些具体问题、文章利病等，在文学批评史上具有重要意义。

赋中对于作家构思过程的描述尤为精彩，从中可以看出陆机对艺术思维的特点已颇有认识。

赋前的短序中提出了物——意——文的关系问题。陆机认为创作就是要构思出与外物相称的“意”，并努力用恰当的文辞表达出来。这样的概括颇具理论意义。

在《文赋》开头，陆机将创作冲动的发生归结为两方面：一是作者因自然景物、四时变化而触发感慨，一是因阅读、欣赏他人作品而引起写作欲望。这里突出了自然景物的作用，视之为激发人们胸中块垒的强大力量。这反映了魏晋作家对自然景物的敏感。此种敏感和自觉性，相对于先秦、汉代来说，是一种新的现象。

接着，《文赋》以形象化的语言描绘了创作构思的过程，从中可概括出作家思维活动的一些特点。一是“收视反听”，“罄澄心以凝思”，精神高度集中，心境清明。这是深入思考、展开想象的前提。二是“观古今于须臾，抚四海于一瞬”，想象活动驰骋于极为广阔的时间、空间之内。唯其如此，故能“笼天地于形内，挫万物于笔端”，将丰富的内容包蕴于作品之中。三是作家思维时伴随着两个重要因素：形象和情感。“物昭晰而互进”，外物形象清晰地映现于脑海中，且由此及彼，互相推进。同时“情曈昽而弥鲜”，情感也由朦胧变得鲜明，且越来越强烈，以至于“思涉乐其必笑，方言哀而已叹”。创作欲望本由情感激动而生，而随着构思的深入、想象的开展，于是情感活动更为活跃丰富；它反过来又激发想象，推进构思。若情感活动呆滞了，“六情底滞”，那么文思也就枯窘。四是在作家思维中，语言起着重要作用。在这方面，陆机花费了不少笔墨加以描述。“思风发于胸臆，言泉流于唇齿”，思路的通畅活跃与语言的丰富流利是紧相联系的。五是作家的思维有时酣畅淋漓，有时却艰难涩滞，这便是今人所谓灵感的问题。

对于创作思维过程的描述，是《文赋》中最重要的内容。陆机作为一位富于天才的作家，从亲身体验出发，在约一千七百年前就对微妙复杂的艺术思维活动有了较深的认识，是难能可贵的，对于后世的影响很大。比如《文心雕龙》的《神思》篇，就深受其影响。

《文赋》中还写到不少重要问题。例如从作者的主观爱好和文章的不同体裁两方面，叙述了作品体貌、风格的多样性。其中“诗缘情而绮靡”一语，尤为著名。陆机认为诗是情感的产物，这与传统诗论“在心为志，发言为诗，情动于中而形于言”(《毛诗序》)是一致的，但他不提“止乎礼乐”一类要求，而是强调“绮靡”即诗的美感特征，这便是文学自觉的表现。也正因此，招致后世某些论者的攻击。又如《文赋》细致地写了作文时遇到的一些具体问题，并指出解决的办法；还以不小的篇幅谈论文章利病。从这些地方，可以看出陆机对文章的审美要求：内容应充实动人，应摆正内容与辞藻二者的主从关系；构思立意应巧妙新颖，努力避免与前人雷同(这主要是指具体的意象、修辞而言)；文辞应妍丽多采。陆机说“暨音声之迭代，若五色之相宣”，首次明确地提出了对于文辞声音之美的要求。他要求声音有变化，不单调，在不同声音的相互映衬中产生美感，这一基本原则与百余年后沈约等人提出的声律理论是相通的。

《文赋》中“伊兹事之可乐”一节也颇值得注意。它说出了作家以写作自我娱乐的心情。班固《答宾戏》曾说“密尔自娱于斯文”，表示自己不慕荣利，甘于静退，以文章著述自娱。到了魏晋南北朝所谓“文学自觉”时代，作者们对于写作自娱的功能也更为自觉了。陶渊明《饮酒诗序》云：“顾影独尽，忽焉复醉。既醉之后，辄题数句自娱。……聊命故人书之，以为欢笑尔。”《五柳先生传》亦云：“常著文章自娱，颇示己志。”江淹被黜，遂放浪于山水，寄情于道书，同时也“颇著文章自娱”(《自序》)。他们都将著作诗文看作个人的事情，正如钟嵘《诗品序》论诗歌作用时所说：“使穷贱易安，幽居靡闷，莫尚于诗矣。”也不仅穷贱幽居者如此，即贵如曹丕，其《与吴质书》云：“顷何以自娱？颇复有所述造否？”显然是把写作视为“自娱”的重要手段之一的。对诗文写作此种功用的自觉性，显然不同于强调文章政教作用的观点，但在许多作者那里，二者并非互相排斥而不能相容。曹丕便既说文章是“经国之大业”，又以之为自娱之具。后来唐代韩愈、柳宗元等古文运动的倡导者，一方面要求以古文“明道”，另一方面也说“文章自娱戏”(韩愈《病中赠张十八》)，以诗文“自嬉”(韩愈《送穷文》)。他们认为古文除了明道之外，也是“息焉游焉而有所纵”的一个园地(见柳宗元《读韩愈所著〈毛颖传〉后题》)。陆机《文赋》既说文章之用，“济文武于将坠，宣风声于不泯”，又说其事“可乐”，态度也是颇为通达的。比起上文所引诸人关于“自娱”的言论来，陆机的话尤其显示出一种创作的快感。“课虚无以责有，叩寂寞而求音。函绵邈于尺素，吐滂沛乎寸心”，在陆机看来，作家的创作，简直如同道创生天地万物一样，自无中而生有，是那样神奇而令人惊异！这充分体现了一位热爱写作事业的作家对于自己创造性劳动的兴奋之情。

文章流别论

〔晋〕挚　虞

作者简介

挚虞(？—311)，字仲治，京兆长安(今陕西西安西北)人。皇甫谧弟子。晋武帝泰始年间举贤良，拜为中郎。曾任闻喜令、秘书监等职，官至太常卿。西晋末怀帝永嘉年间，洛阳荒乱，遂以饥饿而死。学问广博，著述不倦。曾参与讨论制定晋朝新礼。为秘书监时，曾整理官书。撰有《决疑注》《三辅决录注》等。又撰《文章流别集》，为我国古代第一部规模宏大、体例周密的各体文章总集，系分体编撰，并附有“论”，追溯诸体文章起源，考察其发展，列举著名作家作品并略加评论。凡此均反映了当时风气，适应了人们学习写作的需要。著作大多散佚，今有辑本《挚太常集》。《晋书》卷五十一有传。

文章者，所以宣上下之象[1]，明人伦之叙[2]，穷理尽性[3]，以究万物之宜者也[4]。王泽流而诗作[5]，成功臻而颂兴[6]，德勋立而铭著[7]，嘉美终而诔集[8]，祝史陈辞[9]，官箴王阙[10]。

《周礼》太师掌教六诗：曰风，曰赋，曰比，曰兴，曰雅，曰颂[11]。言一国之事，系一人之本，谓之风；言天下之事，形四方之风，谓之雅；颂者，美盛德之形容[12]；赋者，敷陈之称也[13]；比者，喻类之言也；兴者，有感之辞也。后世之为诗者多矣，其功德者谓之颂，其余则总谓之诗。颂，诗之美者也。古者圣帝明王，功成治定而颂声兴，于是奏于宗庙，告于鬼神。故颂之所美者，圣王之德也。

古之作诗者，发乎情，止乎礼义[14]。情之发，因辞以形之；礼义之指，须事以明之。故有赋焉，所以假象尽辞，敷陈其志[15]。古诗之赋[16]，以情义为主，以事类为佐[17]。今之赋，以事形为本，以义正为助[18]。情义为主，则言省而文有例矣[19]；事形为本，则言富而辞无常。文之烦省，辞之险易[20]，盖由于此。夫假象过大，则与类相远[21]；逸辞过壮[22]，则与事相违；辩言过理，则与义相失[23]；丽靡过美，则与情相悖[24]。此四过者，所以背大体而害政教。是以司马迁割相如之浮说[25]，杨雄疾辞人之赋丽以淫[26]。

诗之流也，有三言、四言、五言、六言、七言、九言。古诗率以四言为体，而时有一句两句杂在四言之间。后世演之，遂以为篇。古诗之三言者，“振振鹭，鹭于飞”之属是也[27]。五言者，“谁谓雀无角，何以穿我屋”之属是也[28]。六言者，“我姑酌彼金罍”之属是也[29]。七言者，“交交黄鸟止于桑”之属是也[30]。九言者，“洞酌彼行潦挹彼注兹”之属是也[31]。夫诗虽以情志为本，而以成声为节。然则雅音之韵，四言为正[32]。其余虽备曲折之体[33]，而非音之正也。

上海古籍出版社版汪绍楹校《艺文类聚》卷五六

诗言志，歌永言[34]。古有采诗之官，王者以知得失[35]。古诗之三言者，“振振鹭，鹭于飞”是也[36]，汉郊庙歌多用之[37]。五言者，“谁谓雀无角，何以穿我屋”是也，乐府亦用之。六言者，“我姑酌彼金罍”是也，乐府亦用之。七言者，“交交黄鸟止于桑”是也，于俳谐倡乐世用之[38]。古诗之九言者，“泂酌彼行潦挹彼注兹”是也[39]，不入歌谣之章，故世希为之。夫诗虽以情志为本，而以声成为节。

中华书局影印《太平御览》卷五八六

赋者，敷陈之称，古诗之流也[40]。前世为赋者，有孙卿、屈原，尚颇有古之诗义[41]；至宋玉则多淫浮之病矣[42]。《楚词》之赋，赋之善者也。故杨子称赋莫深于《离骚》[43]。贾谊之作，则屈原俦也。

中华书局影印《太平御览》卷五八七

颂，诗之美者也。古者圣帝明王功成治定而颂声兴[44]，于是史录其篇，工歌其章，以奏于宗庙，告于神明。故颂之所美，则以为名[45]。或以颂形，或以颂声，其细已甚[46]，非古颂之意。昔班固为《安丰戴侯颂》[47]，史岑为《出师颂》《和熹邓后颂》[48]，与《鲁颂》体意相类[49]；而文辞之异，古今之变也。杨雄《赵充国颂》[50]，颂而似雅。傅毅《显宗颂》[51]，文与《周颂》相似，而杂以《风》《雅》之意。若马融《广成》《上林》之属，纯为今赋之体，而谓之颂，失之远矣[52]。

中华书局影印《太平御览》卷五八八

夫古之铭至约，今之铭至烦[53]，亦有由也。质文时异[54]，则既论之矣。且上古之铭，铭于宗庙之碑[55]。蔡邕为杨公作碑，其文典正，末世之美者也[56]。后世以来，器铭之佳者，有王莽《鼎铭》[57]、崔瑗《机铭》[58]、朱公叔《鼎铭》[59]、王粲《砚铭》[60]，咸以表显功德。天子铭嘉量[61]，诸侯、大夫铭太常、勒钟鼎之义[62]，所言虽殊，而令德一也。李尤为铭[63]，自山河都邑至于刀笔符契[64]，无不有铭，而文多秽病。讨而润色，言可采录。

中华书局影印《太平御览》卷五九〇

古铭于宗庙之碑。后世立碑于墓，显之衢路，其设之所载者，铭也[65]。

中国书店影印孔广陶校刊《北堂书钞》卷一〇二

杨雄依《虞箴》作《十二州》《十二官箴》而传于世，不具九官[66]。崔氏累世弥缝其阙，胡公又以次其首目而为之解，署曰《百官箴》[67]。

中国书店影印孔广陶校刊《北堂书钞》卷一〇二

诗、颂、箴、铭之篇，皆有往古成文可放依而作，唯诔无定制，故作者多异焉。见于典籍者，《左传》有鲁哀公为孔子诔[68]。

中华书局影印《太平御览》卷五九六

哀辞者，诔之流也。崔瑗、苏顺、马融、张叔等为之[69]。率以施于童殇夭折不以寿终者。建安中，文帝、临淄侯各失稚子，命徐幹、刘桢等为之哀辞。哀辞之体，以哀痛为主，缘以叹息之辞[70]。

中华书局影印《太平御览》卷五九六

今所哀策者[71]，古诔之义。

中华书局影印《太平御览》卷五九六

《七发》造于枚乘，借吴、楚以为客主。先言出舆入辇蹶痿之损[72]，深宫洞房寒暑之疾[73]，靡漫美色宴安之毒[74]，厚味暖服淫跃之害[75]；宜听世之君子要言妙道，以疏神导体[76]，蠲淹滞之累[77]。既设此辞以显明去就之路，而后说以声色逸游之乐。其说不入，乃陈圣人辩士讲论之娱，而霍然疾瘳[78]。此因膏粱之常疾[79]，以为匡劝，虽有甚泰之辞，而不没其讽谕之义也。其流遂广，其义遂变，率有辞人淫丽之尤矣。崔骃既作《七依》[80]，而假非有先生之言曰："呜呼！杨雄有言：童子雕虫篆刻；俄而曰：壮夫不为也[81]。孔子疾小言破道[82]。斯文之族[83]，岂不谓义不足而辩有余者乎？赋者将以讽，吾恐其不免于劝也[84]。"

傅子集古今七而论品之，署曰《七林》。

上海古籍出版社版汪绍楹校《艺文类聚》卷五七

若《解嘲》之弘缓优大，《应宾》之渊懿温雅，《达旨》之壮厉忼忾，《应间》之绸缪契阔[85]，郁郁彬彬，靡有不长焉矣。

中国书店影印孔广陶校刊《北堂书钞》卷一〇〇

图谶之属[86]，虽非正文之制，然取其纵横有义，反覆成章。

中国书店影印孔广陶校刊《北堂书钞》卷一〇〇

更始时，班彪避难凉州，发长安，至安定，作《北征赋》也。

《文选》卷九班彪《北征赋》题下李善注引《流别论》

（曹大家）发洛至陈留，述所经历也。

《文选》卷九曹大家《东征赋》题下李善注引《流别论》

南阳郡，治宛，在京之南，故曰南都。

《文选》卷四张衡《南都赋》题下李善注引“挚虞曰”

《（幽）通》精以整，《思玄》博而赡，《玄表》拟之而不及[87]。

《金楼子·立言下》引“挚虞论（蔡）邕《玄表赋》曰”

伯喈答赠，挚虞知其颇古。

刘孝绰《昭明太子集序》

建安中，魏文帝从武帝出猎，赋，命陈琳、王粲、应玚、刘桢并作。琳为《武猎》，粲为《羽猎》，玚为《西狩》，桢为《大阅》。凡此各有所长，粲其最也。

《古文苑》卷七王粲《羽猎赋》章樵注引《文章流别论》

王粲所与蔡子笃及文叔良、士孙文始、杨德祖诗，及所为潘文则作《思亲诗》，其文当而整[88]，皆近乎《雅》矣。

《古文苑》卷八王粲《思亲为潘文则作》章樵注引《文章流别》

注释

[1] 上下之象：犹言天地之法则。上下指天地。《周易·系辞下》：“古者庖牺氏之王天下也，仰则观象于天，俯则观法于地，观鸟兽之文，与地之宜，近取诸身，远取诸物，于是始作八卦。”八卦乃人文之始。

[2] “明人伦”句：《孟子·滕文公上》：“学则三代共之，皆所以明人伦也。”赵岐注：“人伦者，人事也。”又云：“教以人伦：父子有亲，君臣有义，夫妇有别，长幼有叙，朋友有信。”叙，同“序”，次序。

[3] 穷理尽性：《周易·说卦》：“穷理尽性，以至于命。”孔颖达《正义》云：“（圣人）又能穷极万物深妙之理，究尽生灵所禀之性。”

[4] “以究万物”句：谓探究适宜万物生存发展之条件。《周易·系辞下》：“于是始作八卦……以类万物之情。”《史记·陈丞相世家》：“宰相者，上佐天子理阴阳，顺四时，下育万物之宜。”《汉书·匡衡传》：“后夫人之行不侔乎天地，则无以奉神灵之统而理万物之宜。”

[5] “王泽”句：班固《两都赋序》：“昔成、康没而颂声寝，王泽竭而诗不作。”此反用其语。泽，德泽。流，流布。

[6] “成功”句：《毛诗大序》：“颂者，美盛德之形容，以其成功告于神明者也。”

[7]“德勋”句：谓铭以称扬德行，纪录勋劳。《左传·襄公十九年》载臧武仲之言曰：“夫铭，天子令德，诸侯言时计功，大夫称伐。”

[8]“嘉美”句：谓有美善德行者逝世而诔作。集，成。《礼记·曾子问》郑玄注：“诔，累也。累列生时行迹，读之以作谥。”

[9]祝史：掌祭祀之官。辞：谓祈祷之辞。

[10]“官箴”句：谓百官为箴戒之辞以刺王之过失。阙，缺。语见《左传·襄公四年》。

[11]“《周礼》”七句：见《周礼·春官宗伯》。

[12]“言一国”八句：见《毛诗大序》。

[13]敷陈：铺陈。

[14]“发乎”二句：见《毛诗大序》。

[15]“假象”二句：谓借助于具体事物，穷尽其辞，以铺陈作者之情志。假，借。象，指具体事物、事情。《周易·系辞上》有“立象以尽意”“系辞焉以尽其言”之语，象谓卦爻之象，为诸种事物、事情之象征。

[16]古诗之赋：指《诗经》中作品铺陈事物而言。

[17]事类：类，事。事有相类似、可比类者，故曰事类。

[18]“以事形”二句：事皆可见，故曰事形；义者宜也，故曰义正。

[19]例：准则，规则。

[20]辞之险易：《周易·系辞上》：“辞有险易。”谓爻卦所指有吉凶否泰之异，则其辞亦或悦易或险难。此言赋之文辞有平易、诡怪之不同。

[21]“夫假象”二句：谓赋中所写借以表现情志之事物过于夸张，则与该事物之真实相去太远。象、类，均指所写事物言。

[22]逸辞：文辞之放逸不循常检者。

[23]“辩言”二句：谓过于巧辩，看似头头是道，实则违反正义。

[24]“丽靡”二句：谓文辞过于美丽，则与情志相背。靡，美丽。

[25]“是以司马迁”句：《史记·司马相如传》：“无是公言天子上林广大、山谷水泉万物，及子虚言楚云梦所有甚众，侈靡过其实，且非义理所尚，故删取其要，归正道而论之。”《索隐》引颜游秦、颜师古语，谓“删取非谓削除其词，而说者谓此赋已经史家刊剟，失其意也”。王先谦《汉书补注》云删，定也，非删削之谓；“言不尚其侈靡过实之辞，特定取其终篇归于正道而论列之”。挚虞当据《史记》而言，而以“删”为削除之义。

[26]“杨雄”句：扬雄语见《法言·吾子》。

［27］“振振”二句：见《鲁颂·有駜》。毛传：“振振，群飞貌。”

［28］“谁谓”二句：见《召南·行露》。

［29］“我姑”句：见《周南·卷耳》。

［30］“交交”句：见《秦风·黄鸟》。

［31］“泂酌”句：见《大雅·泂酌》。

［32］为正：原作“为言”，据《古诗纪》卷一四六、《西晋文纪》卷一三、《汉魏六朝百三家集·挚太常集》、《全晋文》卷七七等所引改。

［33］曲折之体：指配乐歌唱时的声音曲折。《汉书·艺文志》诗赋略著录有《河南周歌诗》七篇，又有《河南周歌声曲折》七篇；有《周谣歌诗》七十五篇，又有《周谣歌诗声曲折》七十五篇。王先谦《汉书补注》云：“声曲折即歌声之谱。”

［34］“诗言志”二句：见《尚书·尧典》。

［35］“古有”二句：《汉书·艺文志》：“古有采诗之官，王者所以观风俗，知得失，自考正也。”

［36］“古诗之”二句：原作“古诗之四言者振鹭于飞是也”，据邓国光《挚虞研究》说改。

［37］汉郊庙歌：指《汉郊祀歌》十九首，用于祭天地，亦用于宗庙。见《汉书·礼乐志》。

［38］俳谐倡乐：指杂戏乐舞之类。谐，戏谑。

［39］浥此：二字误。据《大雅·泂酌》，应作“挹彼”。

［40］古诗之流：语见班固《两都赋序》。赋这种文体以铺陈为主，与《诗三百》之赋相似，故云。

［41］“有孙卿”二句：《汉书·艺文志》：“大儒孙卿及楚臣屈原离谗忧国，皆作赋以风，咸有恻隐古诗之义。”古之诗义，之、诗当互乙。

［42］“至宋玉”句：扬雄《法言·吾子》言宋玉等人之赋“必也淫”，《汉书·艺文志》云其赋“竞为侈丽闳衍之词，没其风谕之义”。此用其意。

［43］“故杨子”句：扬雄语见《汉书·扬雄传赞》所引。

［44］功成：原作“成功”，据《北堂书钞》卷一〇二乙正。

［45］“故颂之”二句：承上言凡称美者，名之曰颂。

［46］已甚：太甚。

［47］“昔班固”句：安丰戴侯，指东汉窦融，封安丰侯，谥“戴”。班固所作颂已佚。

［48］“史岑”句：东汉史岑，字孝山。其所为《出师颂》，见《文选》卷四七。李周翰

注云:“此颂盖后汉安帝舅邓骘出征西羌之颂。”《和熹邓后颂》已佚。和帝邓皇后,谥“熹”。和帝卒,后临朝称制。卒后,安帝始亲政。

[49] “与《鲁颂》”句:《鲁颂》主颂鲁僖公功德,与《周颂》《商颂》之颂天子不同。《安丰戴侯颂》等三篇歌颂皇后或大臣,非颂天子,故云。

[50] “杨雄”句:《汉书·赵充国传》:“初,充国以功德,与霍光等列画未央宫。成帝时,西羌尝有警,上思将帅之臣,追美充国,乃召黄门郎杨雄即充国图画而颂之。”其颂载《汉书·赵充国传》及《文选》。

[51] “傅毅”句:傅毅,东汉人,与班固同时。《后汉书》本传云:“毅追美孝明皇帝功德最盛,而庙颂未立,乃依《清庙》作《显宗颂》十篇奏之。”其颂已佚。显宗,明帝庙号。

[52] “马融”四句:马融,字季长,东汉前期经学家、文学家。所作《广成颂》,见《后汉书》本传。广成,苑名。《上林颂》已佚。两汉赋颂通称。《广成》《上林》二颂其实是赋。挚虞欲严文体之辨,故讥其“失之远矣”。刘勰《文心雕龙·颂赞》亦讥其“雅而似赋,何弄文而失质乎”,即本挚虞此论。

[53] “今之铭”句:谓后世之铭文辞繁多。烦,通“繁”。

[54] 质文时异:承上言古今之铭由约至繁,即由简质趋于藻采,乃随时代而变化发展。

[55] “且上古”二句:宗庙碑,原为系牲所用(见《礼记·祭义》)。故《文心雕龙·诔碑》云:“又宗庙有碑,树之两楹,事止丽牲,未勒勋绩。”挚虞云其上亦有铭刻文字者,未详其所据。

[56] “蔡邕”三句:汉末蔡邕以擅长写作碑文著称。杨公,指杨赐。《蔡中郎集》有杨赐碑文四篇。末世,谓汉末。

[57] 王莽《鼎铭》:已亡佚。

[58] 崔瑗《机铭》:崔瑗,东汉文学家,字子玉,崔骃子。所作《机铭》已佚。机,通“几”,小桌子。古人席地而坐,以为凭倚。

[59] 朱公叔《鼎铭》:东汉文学家朱穆,字公叔。所作《鼎铭》已佚。

[60] 王粲《砚铭》:见《艺文类聚》卷五八、《初学记》卷二一引。

[61] “天子”句:嘉量,古代标准量器。《周礼·冬官考工记·桌氏》载嘉量铭文曰:“时文思索,允臻其极。嘉量既成,以观四国。永启厥后,兹器维则。”大意谓此具备文德之君,思求可以为民立法者,乃作此量器,合于中道。其器既成,乃观示四方,以为标准;又垂之子孙,使其永远遵用,以为法则。

[62] “诸侯”句:《周礼·夏官司马·司勋》:“凡有功者,铭书于王之大常。”郑玄

注："铭之言名也。生则书于王旌，以识其人与其功也。"铭，名之借字，谓书其名，非谓铭刻。太常，旌旗名。《周礼·春官宗伯·司常》："日月为常。"谓旗上画日月。按：自"后世以来"句至"诸侯"句，谓王莽《鼎铭》等，与周代天子诸侯大夫之铭同义，皆表显功德。

[63]"李尤"句：李尤，东汉文学家，字伯仁，一作宗伯。所作铭甚多。《文选》任昉《齐竟陵文宣王行状》李善注引《李尤集序》云："尤好为铭赞，门阶户席，莫不有述。"

[64]符契：文渊阁《四库全书》本《太平御览》《玉海》卷六〇引作"筭契"。筭，同"算"，计数所用竹筹。

[65]其设之所载者：陈禹谟校刊《北堂书钞》、梅鼎祚《西晋文纪》卷十三、张溥《汉魏六朝百三家集·挚太常集》、严可均《全晋文》卷七七引无"设之"二字。

[66]"杨雄依《虞箴》"二句：《汉书·扬雄传》："其意欲求文章成名于后世，以为……箴莫善于《虞箴》，作《州箴》。"又《后汉书·胡广传》："扬雄依《虞箴》作《十二州》《二十五官》箴。其九箴亡阙。"据此，挚虞所言《十二官箴》应作《二十五官箴》。《虞箴》，即《虞人箴》，见《左传·襄公四年》，系周武王时虞人（掌田猎之官）所作。不具，不备，谓全篇亡佚或残缺不全，即《后汉书·胡广传》所云"亡阙"。

[67]"崔氏"三句：《后汉书·胡广传》："后涿郡崔骃及子瑗又临邑侯刘駒駼增补十六篇，广复继作四篇，文甚典美，乃悉撰次首目，为之解释，名曰《百官箴》，凡四十八篇。"次其首目，编次其目录。

[68]"左传"句：鲁哀公为孔子诔，见《左传·哀公十六年》。

[69]"崔瑗"句：崔瑗等四人皆东汉作家，所为哀辞均佚。张叔，二字原无，据《北堂书钞》卷一〇二补。《太平御览》卷四八八引《文士传》："张叔，字彦真，遇党锢去官。"《文选》李善注屡引张氏《与任彦坚书》及《反论》，或云张叔，或云张升。胡克家刻本《文选考异》并所引陈景云说，皆据《后汉书·文苑传》，以为"叔"字误，当作张升。《文心雕龙·哀吊》："至于苏顺、张升，并述哀文。"

[70]叹息：《北堂书钞》卷一〇二引作"叹惜"。

[71]今所哀策："所"字下当有脱字，或是"谓"字。

[72]蹶痿：腿足麻痺不能行走。

[73]洞房：深窈之房室。

[74] 靡漫：即“靡曼”，美好。

[75] 淫跃：当作“淫濯”。枚乘《七发》：“血脉淫濯。”李善注：“谓过度而且大也。”

[76] 疏神导体：谓疏导其神气。

[77] “蠲淹滞”句：谓去除因沉溺优越生活而形成的病累。蠲（juān），除。淹滞，停留沉溺。《七发》：“淹滞永久而不废，虽令扁鹊治内，巫咸治外，尚何及哉！”

[78] 瘳（chōu）：病愈。

[79] 因：原作“固”，据《太平御览》卷五九〇改。

[80] “崔骃”句：崔骃，字亭伯，东汉文学家，与班固、傅毅齐名。所作《七依》已残佚。

[81] “杨雄”四句：见《法言·吾子》。

[82] “孔子”句：《孔子家语·好生》：“孔子曰：小辩害义，小言破道。”

[83] 斯文之族：谓“七”这类文章。族，类。

[84] “赋者”二句：见扬雄《法言·吾子》。

[85] “若《解嘲》”四句：《解嘲》，扬雄作；《应宾》，指《答宾戏》，班固作；《达旨》，崔骃作，已佚；《应间》，张衡作。此四篇于《文心雕龙》在《杂文》“对问”类，《解嘲》《答宾戏》载于《文选》“设论”类。

[86] 图谶：谶，谶言，言帝王受命之征验。当亦有写成可纵横往复读之之形者，谓之图。

[87] “《幽通》”三句：《幽通赋》，班固作；《思玄赋》，张衡作。并载《文选》。蔡邕《玄表赋》已佚。“幽”字原脱，以意补。

[88] 当：冯惟讷《古诗纪》卷二五引作“富”。

说明

自东汉以来，各体文章大量写作。积累既多，便有总集编纂的需要。编纂的目的之一，是方便读者观摩学习。而编纂时若加取舍，便见出编者的批评眼光；有的还有序和评论，其意见就更为具体。

总集编纂的兴盛在西晋时期。其集诸体文章为一编者，有挚虞的《文章流别集》，规模宏大，被推为总集之始。其书中有论，被称为《文章流别论》，曾别出单行。今《文章流别集》和《论》均已亡佚，但其《论》尚存若干佚文，从中可窥见挚虞的文学思想。

挚虞认为文章具有伟大的功用，不仅能明确政治和社会生活中的种种人伦关系，而且能阐发天地奥秘，究极万事万物之义理。这与当时人对于“文章”这一概念理解的宽泛性是有关的。所有著作，包括圣贤经典和政治、社会生活中的应用性文字，都包括于“文章”概念之内。挚虞的这种说法，是天人合一观念的体现。古人认为人类的活动，从根本上说，与天地之道相一致。儒家经典中的《周易》，就被认为是究天人之际的一部著作。挚虞所谓“宣上下之象”“穷理尽性”“究万物之宜”，其思想甚至用语都源自《周易》；在他看来，《周易》乃是“文章”中最根本、最能集中阐发天人奥秘的著作。《文心雕龙·原道》说“人文之元，肇自太极”，将《易》象举为“人文”最早的体现，其思想当与挚虞相承。

《文章流别论》中最主要的内容是文体论。据现存佚文，所论文体有诗、赋、颂、铭、箴、诔、哀辞、哀策、七、对问、图谶等。《文章流别集》应是按文体进行编排的。这反映了学习写作的需要，分体编集最便于揣摩文章。挚虞追溯诸体的起源，考察其发展，列举著名作家作品并加以评论。那是当时人论文体时较普遍的做法，不过挚虞所论最为全面。后来《文心雕龙》论文体，也正是此种做法的进一步发展。挚虞对文体的辨析十分注意，认为不同的文体不应互相淆乱，这种观点对后人也很有影响。

《文章流别论》在解释诗之六义时，说：“兴者，有感之辞也”，颇值得注意。汉儒释兴，认为是“托事于物”，即在草木鸟兽等事物中寄托人事，特别是有关政教的人事。挚虞并不否定那种说法，但他突出了“感”的因素，认为那种寄托是诗人因草木鸟兽等“物”的触发而兴起感慨、引起联想的结果。这就在旧说之中加进了新的因素。后来《文心雕龙·比兴》以“起情”释兴，“起情”亦即触物兴感之意，与挚虞的说法不无联系。

《文章流别论》论赋，大致是继承了扬雄、《汉书·艺文志》的观点，但分析得较为具体。从赋应表现情志、有益政教的立场出发，批判汉以来赋作夸张过分。陆机《文赋》已概括赋的特点为“体物”，挚虞却认为赋应与古诗一样，“敷陈其志”，故而后世之赋“以事形为本”是重大缺失。关于诗歌，建安以来五言诗创作已非常兴盛，挚虞却说“雅音之韵，四言为正”，也表现出保守的倾向。不过，西晋时四言诗仍为文人所重视。特别是朝廷典礼所用乐歌，多为四言。人们认为四言方与金石雅乐相调谐。挚虞的看法，与时代风气还是一致的。

《文章流别论》亡佚已久，其佚文主要见于类书《北堂书钞》《艺文类聚》《太平御览》等。明末梅鼎祚《西晋文纪》、张溥《汉魏六朝百三家集·挚太常集》所载者，当即自诸书辑出，而加以割裂拼合，清代严可均《全晋文》仍梅、张之旧。今人邓国光《挚虞研究》曾批评梅、张、严诸人所为“实不可从”，并依据诸类书等重新辑录。今即参考邓氏所录。刘孝绰《昭明太子集序》所谓“伯喈答赠”云云为新辑，不能确知是否出于《文章流别论》，姑列出供参考。

抱朴子·钧世

〔晋〕葛　洪

作者简介

葛洪(283—363 或 343)，字稚川，丹阳句容(今属江苏)人。少好学，涉猎甚广，自称“于众书乃无不暗诵精持，曾所披涉，自正经诸史百家之言，下至短杂文章，近万卷”(《抱朴子外篇·自叙》)。自青少年时代即信奉道教，曾随其从祖葛玄弟子郑隐学习炼丹术。二十一岁时，曾参与镇压石冰的军事行动，立有军功。后因西晋皇室内乱，中原多事，江南亦有战乱，遂避地广州多年方回乡里。西晋末，司马睿为丞相，辟为掾属。东晋成帝咸和初，司徒王导召补州主簿，迁咨议参军。干宝荐其有国史才，为散骑常侍，领大著作，固辞不就。闻交阯出丹，求为句漏令。至广州，为刺史所留，乃止罗浮山中炼丹。著述甚富。有《抱朴子》内外篇，内篇为道教理论，外篇则议论政教，讥弹风俗，其中《钧世》《尚博》《辞义》《应嘲》《喻蔽》等篇论及学术著作的写作。其论文重子书而轻诗赋，重视政教作用和内容的充实，而又看重语言的繁丽。从文辞妍丽、事类博富、结撰精工的角度，提出了今胜于古的文学发展观念。《晋书》卷七十二有传。

或曰：“古之著书者，才大思深，故其文隐而难晓。今人意浅力近，故露而易见。以此易见，比彼难晓，犹沟浍之方江河[1]，蚁垤之并嵩岱矣[2]。故水不发昆山[3]，则不能扬洪流以东渐[4]，书不出英俊，则不能备致远之弘韵焉[5]。”

抱朴子答曰："夫论管穴者[6]，不可问以九陔之无外[7]；习拘阂者[8]，不可督以拔萃之独见。盖往古之士，匪鬼匪神，其形器虽冶铄于畴曩，然其精神布在乎方策[9]，情见乎辞[10]，指归可得[11]。且古书之多隐，未必昔人故欲难晓。或世异语变，或方言不同；经荒历乱，埋藏积久，简编朽绝，亡失者多；或杂续残缺，或脱去章句：是以难知，似若至深耳。

"且夫《尚书》者，政事之集也，然未若近代之优文、诏、策、军书、奏、议之清富赡丽也[12]。《毛诗》者，华彩之辞也。然不及《上林》《羽猎》《二京》《三都》之汪濊博富也[13]。然则古之子书，能胜今之作者，何也？然守株之徒[14]，喽喽所玩[15]，有耳无目，何肯谓尔？其于古人所作为神，今世所著为浅，贵远贱近，有自来矣。故新剑以诈刻加价，弊方以伪题见宝也[16]。是以古书虽质朴，而俗儒谓之堕于天也；今文虽金玉，而常人同之于瓦砾也。

"然古书者虽多，未必尽美。要当以为学者之山渊，使属笔者得采伐渔猎其中。然而譬如东瓯之木[17]，长洲之林[18]，梓豫虽多[19]，而未可谓之为大厦之壮观，华屋之弘丽也。云梦之泽[20]，孟诸之薮[21]，鱼肉虽饶[22]，而未可谓之为煎熬之盛膳，渝狄之嘉味也[23]。

"今诗与古诗，俱有义理，而盈于差美[24]。方之于士，并有德行，而一人偏长艺文，不可谓一例也；比之于女，俱体国色，而一人独闲百伎，不可混为无异也。若夫俱论宫室，而奚斯'路寝'之颂[25]，何如王生之赋《灵光》乎[26]？同说游猎，而'叔畋''卢铃'之诗[27]，何如相如之言《上林》乎？并美祭祀，而《清庙》《云汉》之辞[28]，何如郭氏《南郊》之艳乎[29]？等称征伐，而《出车》《六月》之作[30]，何如陈琳《武军》之壮乎[31]？则举条可以觉焉。近者夏侯湛、潘安仁并作补亡诗《白华》《由庚》《南陔》《华黍》之属[32]，诸硕儒高才之赏文者，咸以古诗三百，未有足以偶二贤之所作也。

"且夫古者事事醇素，今则莫不雕饰，时移世改，理自然也。至于罽锦丽而且坚[33]，未可谓之减于蓑衣；辎軿妍而又牢[34]，未可谓之不及椎车也[35]。

“书犹言也，若入谈语，故为知有[36]。胡越之接，终不相解，以此教戒，人岂知之哉？若言以易晓为辨，则书何故以难知为好哉！若舟车之代步涉，文墨之改结绳[37]，诸后作而善于前事，其功业相次千万者[38]，不可复缕举也。世人皆知之快于曩矣。何以独文章不及古邪？”

中华书局版杨明照《抱朴子外篇校笺》卷三十

注释

[1] 沟浍：田间沟渠。

[2] 蚁垤(dié)：蚁穴外的小土堆。嵩岱：嵩山、泰山。

[3] 昆山：昆仑山，传为黄河所出处。

[4] 东渐：谓东流入海。《尚书·禹贡》：“东渐于海”。

[5] 致远：谓传至远方、传之久远。弘韵：大声。

[6] 论管穴：犹言以管窥天、一孔之见，谓所见狭小。

[7] 九陔：九重天，极言其高远。

[8] 拘阂：拘守局限。

[9] “其形器”二句：谓形体虽已消亡于往昔，而精神仍存在于典籍。《周易·系辞上》：“形乃谓之器。”韩康伯注：“成形曰器。”方策，书写所用的板和简。策，册的借字。

[10] 情见乎辞：《周易·系辞下》：“圣人之情见乎辞。”

[11] 指归：意旨归向。

[12] 优文：指帝王褒奖臣下之文。策：指帝王册封王侯的文字。

[13]《上林》：司马相如《上林赋》。《羽猎》：扬雄《羽猎赋》。《二京》：张衡《二京赋》。《三都》：左思《三都赋》。汪濊(huì)：深广貌。

[14] 守株之徒：谓墨守旧规不知通变者。守株，守株待兔，事见《韩非子·五蠹》。

[15] 喽喽所玩：谓絮絮叨叨称说所熟习者，指只知称誉古书而言。喽(lóu)喽，言语絮烦貌。玩，习惯，熟习。

[16] “故新剑”二句：谓常人不求核实，但慕虚名。诈刻，谓伪刻以古人名或良工名。《淮南子·修务》云，破缺之剑，若“称以顷襄之剑，则贵人争带之”。高诱注：“托之为楚顷襄王所服剑，故贵人争慕而带之。一说顷襄，善为剑人

名。”弊方，指无效验的药方。弊方以伪题而见重，事见《论衡·须颂》。

[17] 东瓯：今浙江温州一带，古以林木茂盛称。

[18] 长洲：春秋时吴国苑名，在今苏州一带。

[19] 梓豫：梓树和豫章树。

[20] 云梦：古代楚国泽薮名，在今湖北、湖南交界处。

[21] 孟诸：古代宋国泽薮名，在今河南商丘一带。

[22] “鱼肉”句：“肉”下原有“之”字，据陈澧批校、杨明照《抱朴子外篇校笺》删。肉，指禽兽。

[23] 渝：渝儿，或作俞儿、臾儿。狄：狄牙，即易牙。皆古之善于识味、调味者。

[24] 盈于差美：胜过之处在于较为美丽。盈，满溢，引申为胜过、超出之意。差，略，较。

[25] 奚斯：春秋时鲁国公子鱼，字奚斯。据三家诗说，《鲁颂·閟宫》为其所作。诗有“路寝孔硕”之句。路寝：即正寝，天子、诸侯的正殿。

[26] 王生：指王延寿，东汉文学家。少游鲁国，作《鲁灵光殿赋》，见《文选》卷十一。

[27] 叔畋：指《诗经·郑风》之《叔于田》《大叔于田》，均咏太叔段田猎事。畋、田通，田猎。卢铃：指《齐风·卢令》，咏田猎。卢，犬名。铃，通“令”，犬颔下所带之环声。

[28]《清庙》：《周颂》篇名。其序云：“祀文王也。周公既成洛邑，朝诸侯，率以祀文王焉。”《云汉》：《大雅》篇名，写周宣王遇旱灾而祷祀之事。

[29] 郭氏《南郊》：指郭璞《南郊赋》。《晋书·郭璞传》：“词赋为中兴之冠。……后复作《南郊赋》，(晋元)帝见而嘉之，以为著作佐郎。”今仅存佚句。

[30]《出车》《六月》：均为《小雅》篇名。咏周宣王北伐猃狁事。车，原作军，据孙星衍校改。

[31]《武军》：指《武军赋》，今存佚句。

[32] “近者”句：夏侯湛、潘岳，皆西晋文学家。补亡诗，或指夏侯湛《周诗》、潘岳《家风诗》(四言)。夏侯湛《周诗叙》：“《周诗》者，《南陔》《白华》《华黍》《由庚》《崇丘》《由仪》六篇，有其义而亡其辞，湛续其亡，故云《周诗》也。”又《世说新语·文学》：“夏侯湛作《周诗》成，示潘安仁。安仁曰：‘此非徒温雅，乃别见孝悌之性。’潘因此遂作《家风诗》。”按：《周诗》今仅存八句，有“夕定晨省，奉朝侍昏”“孳孳恭诲，夙夜是敦”等语；《家风诗》今存四言一首、五言佚句二，有“义方既训，家道颖颖。岂敢荒宁，一日三省”等语。验之《诗序》，

“《南陔》，孝子相戒以养也。《白华》，孝子之洁白也”，则《周诗》《家风诗》或有补《南陔》《白华》之意。“有其义而亡其辞”的亡诗六篇，郑玄以为孔子删诗时具在，“遭战国及秦之世而亡之，其义则与众篇之义合编，故存”。西晋人补之者，尚有束皙六首，见《文选》卷一九。

[33] 罽(jì)：毛织品。

[34] 辎軿：有帷幕遮蔽的车。

[35] 椎车：原始的车，斫木为轮，无辐条。椎有拙义，谓其制拙劣(高步瀛说，见其《文选序义疏》)。

[36] 知有：孙星衍曰：“‘有’疑作‘音’。”杨明照按：“‘知有’二字盖误倒，若乙作‘有知’，文义自通。”

[37] “文墨”句：《周易·系辞下》：“上古结绳而治，后世圣人易之以书契。”

[38] 相次：相比。

说明

《钧世》为《抱朴子外篇》第三十篇，鲜明地体现了葛洪今胜于古、古质今妍的文学发展观念。

葛洪首先批驳了古书深隐难晓、今书浅露易知，因此古人才大的错误观点。他指出古书不易读懂，或由于时代不同，语言变化；或由于各地方言不同；甚或只不过因简编朽绝、文字讹脱而已。而且著书犹如言谈，自应求人易晓，岂可以艰深费解为好。他猛烈地批判了贵古贱今、向声背实的风气。

葛洪进一步认为今胜于古。他甚至说《尚书》《诗经》等儒家经典比不上两汉魏晋的辞赋诗文。这可说是相当大胆的说法。至于古不如今表现在哪里，葛洪认为是在文辞的美丽雕饰方面。这种见解显然与魏晋时代注重文辞的藻绘密切相关，具有时代特色。东汉王充也是强烈地反对贵古贱今的，但就不曾提出过类似的看法。与此相关，《钧世》提出古书可以作为“学者之山渊，使属笔者得采伐渔猎其中”，意谓作者应尽量采撷古书中的事类典故。这正与魏晋时以隶事用典为美、注重作者学问素养的风气相一致。

从《钧世》还可看出，葛洪认为古人文章质素、今人文章美丽，并非孤立的现象，而是整个社会生活由质趋文的一个组成部分。在物质生活方面由质朴简单向美丽丰富发展，文章写作同样如此。葛洪肯定文章今胜于古，是建立在这样的社会发展观念基础之上的。

狱中与诸甥侄书（节录）

〔宋〕范　晔

作者简介

范晔（398—445），字蔚宗，顺阳（今河南淅川东）人。博涉经史，擅文章，能隶书，晓音律。曾为尚书吏部郎、宣城太守、太子詹事等职。后因参与谋反、拥戴彭城王刘义康而下狱被杀。著有《后汉书》，系在宣州时采《东观汉记》等诸家著作而成。他关于文章写作方面的观点，主要见于临终前所作《狱中与诸甥侄书》。原有集，已佚。《宋书》卷六十九、《南史》卷三十三有传。

……文患其事尽于形，情急于藻[1]，义牵其旨[2]，韵移其意[3]。虽时有能者，大较多不免此累。政可类工巧图缋[4]，竟无得也。常谓情志所托，故当以意为主，以文传意。以意为主，则其旨必见；以文传意，则其词不流[5]。然后抽其芬芳，振其金石耳。此中情性旨趣，千条百品，屈曲有成理。自谓颇识其数，尝为人言，多不能赏，意或异故也。

性别宫商，识清浊[6]，斯自然也。观古今文人，多不全了此处；纵有会此者，不必从根本中来。言之皆有实证，非为空谈。年少中，谢庄最有其分[7]。手笔差易，文不拘韵故也[8]。

吾思乃无定方，特能济难适轻重，所禀之分犹当未尽。但多公家之言，少于事外远致[9]，以此为恨。亦由无意于文名故也。

本未关史书，政恒觉其不可解耳。既造《后汉》，转得统绪[10]。详观古今著述及评论，殆少可意者。班氏最有高名[11]，既任情无例[12]，不可甲乙辨，后赞于理近无所得[13]，唯志可推耳。博赡不可及之，整理未必愧也。吾杂传论，皆有精意深旨；既有裁味，故约其词句。至于《循吏》以下及六夷诸序论[14]，笔势纵放，实天下之奇作。其中合者，往往不减《过秦》篇[15]。尝共比方班氏所作，非但不愧之而已。欲遍作诸志,《前汉》所有者悉令备。虽事不必多,且使见文得尽。又欲因事就卷内发论,以正一代得失。意复未果。赞自是吾文之杰思,殆无一字空设,奇变不穷,同合异体,乃自不知所以称之。此书行,故应有赏音者。纪传例为举其大略耳,诸细意甚多。自古体大而思精,未有此也。恐世人不能尽之,多贵古贱今,所以称情狂言耳。……

中华书局版《宋书》卷六十九《范晔传》

注释

[1]"事尽"二句:谓作文仅止于陈事写物,急于敷设词藻。事,指作文之事。形,事形,情形,不限于今所谓"形象"之义。情,指作者写作之情。

[2]义牵其旨:因用典故而牵制作者意旨,即为迁就用典而不惜牺牲原来想表达的意思。义,事义,指典故。

[3]韵移其意:谓写作韵文时为了趁韵而改变原意。

[4]政:仅仅。

[5]流:流荡泛滥无检束。

[6]宫商、清浊:皆指语言的音乐性而言。

[7]"谢庄"句:谢庄,字希逸,陈郡阳夏(今河南太康)人。小范晔二十三岁。其识音韵事,见《南史》本传。钟嵘《诗品序》载王融之言,称唯见范晔、谢庄颇识音韵。

[8]"手笔"二句:手笔,指公家应用之文等不押韵之作。差,较,略。文,泛指文章,包括押韵之"文"与不押韵之"笔"。《南史·范晔传》此二句作"手笔差易于文,不拘韵故也",则其"文"专指押韵之文,与"笔"对举。当是李延寿为避免误解而改。

[9]事外远致:指超脱尘俗的高情远致。

[10]转:渐。

[11]班氏:指班固《汉书》。

[12]无例:谓《汉书》无条例。《文心雕龙·史传》、刘知幾《史通·序例》皆论作史立条例之事。刘知幾称赞范晔之例"理切而多功","魏收作例,全取蔚宗"。按:范晔所作《后汉书条例》已佚。

[13]近:几乎。

[14] 六夷：指《东夷》《南蛮西南夷》《西羌》《西域》《南匈奴》《乌桓鲜卑》六篇。
[15]《过秦》篇：贾谊《过秦论》，南朝时为人所重，《文选》亦选入。

说明

范晔因谋反罪下狱，作书与甥侄辈，竟大谈文章，亦可见著述一事在其心目中的位置。

范晔书中自称“常耻作文士”，“无意于文名”，意思是说不屑以诗赋杂文博取声名，而欲以成一家言的成部著作垂世不朽。他之撰述《后汉书》，正是此种观点的体现。书中论及该书的话颇多，且颇以其书自负。但史书的写作既有其特殊性，又有与一般文章共同之处。范晔说自己对文章写作的一般规律颇有会心之处，“自谓颇识其数”。同时他还说所作“多公家之言，少于事外远致，以此为恨”。可见他虽有轻视诗赋、看重学术著作之意，但仍受到重视抒情言志之作的时代风气的影响。

范晔强调文章应以表情达意为主，不应过分注重藻饰。其《后汉书·文苑传赞》云：“情志既动，篇辞为贵。抽心呈貌，非雕非蔚。……言观丽则，永监淫费。”也是同样的意思。这确是文章写作应该遵循的普遍规律。陆机《文赋》已说过“辞程才以效伎，意司契而为匠”，“理扶质以立干，文垂条而结繁”，对于“意”“理”与“文”“辞”的主从关系作了正确的说明。范晔此书中说不应“事尽于形，情急于藻。义牵其旨，韵移其意”，说得更为细致具体。

范晔谈到自己所作《后汉书》时特别提出论和赞。论是关于历史人物、事件的议论，赞是四言韵语。魏晋以来论说文有很大发展，史论也是其中重要的一类。《后汉书·荀悦传》称荀氏所作《汉纪》“论辨多美”，也表明范晔重视史论。重视史论赞，是南朝时的普遍风气。与范晔同为刘宋时人的刘义庆《世说新语·文学》称习凿齿《汉晋春秋》“品评卓逸”，当亦指对历史人物事件的评论。范晔之后，齐梁人重视史论、赞的言论更多。范晔的《后汉书》论、赞便很受重视，《昭明文选》的史论、史述赞两类录范作最多。南朝人之所以欣赏史论赞，是由于史论赞与当时重藻采的单篇制作一样，是作者精心结撰之作，可以表现作者运用文字的能力。正因为此，所以《文选》在不选史书的前提下，却要选录史论赞，萧统还特地在序中加以说明。

《狱中与诸甥侄书》还说到声律问题，反映出在永明声律论以前，人们对于语音的辨识已日趋自觉。这在研究声律理论时也是值得重视的史料。

宋书·谢灵运传论

〔梁〕沈　约

作者简介

沈约(441—513),字休文,吴兴武康(今浙江德清)人。历仕宋、齐、梁三朝。萧齐时曾为太子家令、东阳太守、国子祭酒等。永明年间,曾校理四部图书,又曾与王融、谢朓、范云、任昉等著名文人俱在竟陵王萧子良门下,为"竟陵八友"之一。后助萧衍即帝位,建立梁朝,官至尚书令,封建昌县侯。谥曰"隐",故后世又称沈隐侯。沈约自幼好学,擅长诗文,《梁书》本传称"谢玄晖(朓)善为诗,任彦升(昉)工于文章,约兼而有之,然不能过也"。永明间,与王融等提倡声律论,主张通过一定的规则追求诗文作品声音多变而又和谐的美感。为文学史、语言学史上的著名事件。著作除文集及论声韵的《四声谱》(已佚)外,尚有《晋书》《宋书》《齐纪》《宋文章志》等。《宋书》今存,尚大体完整,其他历史著作均已亡佚。《宋书·谢灵运传论》除阐述其声律理论外,还叙述历代文学发展,评论颇为精当,有如一篇简括的文学史,是文学批评史上的著名文献。明人辑有《沈隐侯集》。《梁书》卷十三、《南史》卷五十七有传。

史臣曰:民禀天地之灵,含五常之德[1],刚柔迭用,喜愠分情[2]。夫志动于中,则歌咏外发[3],六义所因[4],四始攸系[5],升降讴谣,纷披风什。虽虞夏以前,遗文不睹,禀气怀灵,理无或异[6]。然则歌咏所兴,宜自生民始也。

周室既衰,风流弥著[7]。屈平、宋玉,导清源于前;贾谊、相如,振芳尘于后。英辞润金石,高义薄云天。自兹以降,情志愈广。王褒、刘向、扬、班、崔、蔡之徒[8],异轨同奔,递相师祖。虽清辞丽曲,时发乎篇,而芜音累气,固亦多矣。若夫平子艳发[9],文以情变,绝唱高踪,久无嗣响。至于建安,曹氏基命[10],二祖、陈王[11],咸蓄盛藻。甫乃以情纬文,以文被质[12]。自汉至魏,四百余年,辞人才子,文体三变:相如巧为形似之言[13]，班固长于情理之说[14]，子建、仲宣以气质为体[15]，并标能擅美，独映当时。是以一世之士，各相慕习。原其飙流所始，莫不同祖《风》《骚》。徒以赏好异情，故意制相诡[16]。

降及元康[17]，潘、陆特秀[18]，律异班、贾，体变曹、王[19]，缛旨星稠，繁文绮合，缀平台之逸响[20]，采南皮之高韵[21]。遗风余烈[22]，事极江右[23]。有晋中兴，玄风独振，为学穷于柱下[24]，博物止乎七篇[25]，驰骋文辞，义单乎此[26]。自建武暨乎义熙[27]，历载将百，虽缀响联辞，波属云委[28]，莫不寄言上德，托意玄珠[29]；遒丽之辞[30]，无闻焉尔。仲文始革孙、许之风[31]，叔源大变太元之气[32]。爰逮宋氏，颜、谢腾声[33]。灵运之兴会标举[34]，延年之体裁明密[35]，并方轨前秀[36]，垂范后昆[37]。

若夫敷衽论心[38]，商榷前藻，工拙之数，如有可言。夫五色相宣[39]，八音协畅[40]，由乎玄黄律吕，各适物宜[41]。欲使宫羽相变，低昂互节[42]，若前有浮声，则后须切响[43]。一简之内，音韵尽殊；两句之中，轻重悉异[44]。妙达此旨，始可言文。至于先士茂制，讽高历赏[45]。子建函京之作[46]，仲宣霸岸之篇[47]，子荆零雨之章[48]，正长朔风之句[49]，并直举胸情，非傍诗史，正以音律调韵，取高前式[50]。自骚人以来，多历年代，虽文体稍精[51]，而此秘未睹。至于高言妙句，音韵天成，皆暗与理合，匪由思至。张、蔡、曹、王[52]，曾无先觉；潘、陆、谢、颜[53]，去之弥远。世之知音者，有以得之，知此言之非谬。如曰不然，请待来哲。

中华书局版《宋书》卷六十七《谢灵运传》

注释

[1]“民禀”二句：《汉书·刑法志》：“夫人宵天地之貌，怀五常之性，聪明精粹，有生之最灵者也。”又《论衡·本性》：“人禀天地之性，怀五常之气。”五常，《白虎通·性情》云：“(人)得五气以为常，仁义礼智信也。”

[2]“刚柔”二句：《周易·说卦》：“分阴分阳，迭用柔刚。”乃总论圣人之作《易》，此处借用其语，言人之性情。《汉书·地理志》：“凡民函五常之性，而其刚柔缓急、音声不同。”喜愠，喜怒。古人以为分属阴阳。《庄子·在宥》：“人大喜邪，毗于阳；大怒邪，毗于阴。”《淮南子·原道》：“人大怒破阴，大喜坠

阳。”故沈约云“喜愠分情”，乃与《说卦》之“分阴分阳”相应。

[3]“夫志动”二句：《毛诗序》：“在心为志，发言为诗。情动于中而形于言，言之不足故嗟叹之，嗟叹之不足故永歌之。”

[4]六义：见《毛诗序》。

[5]四始：见《毛诗序》。孔颖达《正义》引郑玄语：“风也，小雅也，大雅也，颂也，人君行之则为兴，废之则为衰。”“始者，王道兴衰之所由。”孔云：“然则此四者是人君兴废之始，故谓之四始也。”

[6]理无或异：谓其事理无有所异。或，有。

[7]风流：犹言遗风流韵。

[8]扬、班、崔、蔡：指两汉文学家扬雄，班彪、班固父子，崔骃、崔瑗、崔寔祖孙及蔡邕。

[9]平子：东汉张衡字平子。

[10]基命：谓始受天命。基，始。

[11]二祖、陈王：指曹操、曹丕、曹植。魏明帝时，尊曹操为太祖，曹丕为高祖。又曹植封陈王。

[12]“甫乃”二句：意谓开始以情组织文采，注重文辞修饰。甫，始。纬，组织。文，文采。质，未加修饰者谓之质。

[13]“相如”句：谓司马相如巧于摹写事物。

[14]“班固”句：谓班固长于分析事物情理。如其《幽通赋》《答宾戏》之自我疏导，《秦纪论》《离骚序》之评论古人，《两都赋》之驳斥“西土耆老”，《典引》之称述汉得天命，皆是其例。班固，《文选》卷五〇作“二班”，谓彪、固父子。

[15]“子建”句：谓曹植、王粲之作慷慨多气，直抒胸臆。《文选》刘良注：“气质，谓有力也。”

[16]相诡：相异，不一致。

[17]元康：晋惠帝年号(291—299)。

[18]潘、陆：潘岳、陆机。

[19]班、贾：指班固、贾谊。曹、王：指曹植、王粲。

[20]“缀平台”句：谓上继西汉早期诸文士之制作。平台，汉文帝子梁王刘武所筑宫苑名，在今河南商丘东北。梁王好士，辞赋家邹阳、枚乘、严忌、司马相如等皆曾从之游。

[21]“采南皮”句：谓吸取建安作品之精华。南皮，今属河北。曹丕曾与阮瑀、应玚、陈琳、吴质等文士游宴于其地，其《与朝歌令吴质书》云：“每念昔日南皮

之游，诚不可忘。”

［22］余烈：遗留之功业、事业。

［23］事极江右：谓潘、陆余风，尽于西晋。极，尽。江右，指西晋。南朝时称长江以北为江右，与江南称江左相对而言。西晋都洛阳，在江北，故称江右。

［24］柱下：指《老子》。老子曾为周柱下史。

［25］七篇：指《庄子》。《庄子·内篇》共七篇。

［26］义单乎此：事尽于此。单，通“殚”，尽。

［27］建武：东晋元帝年号，仅一年，即其登基之年(317年)。义熙：晋安帝年号(405—418)。

［28］波属云委：如波之联续，如云之堆积。委，积。

［29］“莫不”二句：谓莫不运用老庄话语以表达其向道之意。上德：《老子》三十八章：“上德不德，是以有德。”玄珠：《庄子·天地》：“黄帝游乎赤水之北，登乎昆仑之丘而南望，还归，遗其玄珠。”《释文》引司马彪云：“玄珠，道真也。”

［30］遒丽：美丽。

［31］仲文：殷仲文。孙、许：孙绰、许询。皆东晋玄言诗人。

［32］叔源：东晋作家谢混字。太元：晋孝武帝年号(376—396)。

［33］颜、谢：颜延之、谢灵运。

［34］兴会标举：兴致高扬。

［35］体裁明密：体制清晰周密。

［36］方轨：犹言并驾齐驱。方，比并。

［37］后昆：后代。昆，后。

［38］敷衽：将衣之前襟铺在地上。敷，铺。古人席地而坐，故敷衽。《楚辞·离骚》：“跪敷衽以陈辞兮。”

［39］五色相宣：陆机《文赋》：“暨音声之迭代，若五色之相宣。”

［40］八音：指金、石、丝、竹、匏、土、革、木八种乐器。

［41］“由乎”二句：言由于色彩声音，均能合乎事之所宜。

［42］“欲使”二句：言欲使诗文所用之字声音相互之间有变化，高低互成节奏。宫、羽，皆属五声音阶，此代指不同的声音。齐永明间四声之说提出后，论者多以五声与四声相附会配合。就今日所见资料中。如北齐李概《音韵决疑序》云：“窃谓宫商徵羽角，即四声也。”(《文镜秘府论·天卷·四声论》引)其意盖以宫徵羽角分配平上去入。沈约此处言“宫羽”，或亦可理解为

喻指四声。互节,《文选》所载作“舛节”。

[43]“若前有”二句:浮声、切响,当是将四声分为两大类,犹《文心雕龙·声律》所谓“声有飞沉”,“沉则响发而断,飞则声扬不还”。但此两大类未必就是后世所谓平、仄。詹锳《四声五音及其在汉魏六朝文学中之应用》(载《中华文史论丛》第三辑)参据顾炎武、段玉裁等的意见,以为飞、浮声指平、上声,沉、切响指去、入声。郭绍虞《永明声病说》《蜂腰鹤膝解》(俱载《照隅室古典文学论集》)也有类似看法。

[44]“一简”四句:《南史·陆厥传》檃括《宋书·谢灵运传论》,云“五字之中,音韵悉异;两句之内,角徵不同”。轻重:此处当亦指四声而言。按:当时有八病之说,能避八病,便算是“音韵尽殊”,“轻重悉异”。八病为平头、上尾、蜂腰、鹤膝、大韵、小韵、正纽、旁纽。今据《文镜秘府论·西卷·文二十八种病》所载,对齐梁人所说八病解释如下:五言诗中,上句第一、二字若分别与下句第一、二字同声调(同平、同上、同去、同入),为犯平头;上句末字若与下句末字同声调,为犯上尾(但若首句末字为韵脚,则不算病);五言诗一句中第二字若与第五字同声调,为犯蜂腰;五言诗第一、三句末字若同声调,为犯鹤膝。以上四病,均有关四声。又五言诗一韵(两句)之内,不得有与韵脚同韵(所谓同韵,包括声调亦同)之字,否则为犯大韵;又韵脚外各字相互间亦不得同韵,否则为犯小韵。大韵、小韵,均是有关韵部的病。正纽、旁纽,亦称小纽、大纽。所谓纽,相当于宋元以后等韵学所谓“字母”,亦即现代语音学所谓声母。正纽指两句之内有隔字双声(若两双声字连用,如踟蹰、流连、萧瑟之类,则不为病)。旁纽谓两句之内,若已有“金”字,又用“饮”“荫”“邑”等字。盖当时有四声一纽之说,金、锦、禁、急为一纽,阴、饮、荫、邑与其韵母相同,算是相傍的另一纽,故用字若相犯,称为旁纽。又,八病不仅用于诗,赋、骈文等也讲究避忌之。

[45]讽高历赏:谓高妙之讽咏,历经人们的欣赏。

[46]“子建”句:指曹植《赠丁仪王粲》诗,其首句为“从军度函谷,驱马过西京”。

[47]“仲宣”句:指王粲《七哀》诗,有“南登霸陵岸,回首望长安”之句。

[48]“子荆”句:指晋代诗人孙楚(字子荆)《征西官属送于陟阳候作》诗,其首句为“晨风飘歧路,零雨被秋草”。

[49]“正长”句:指晋代诗人王瓒(字正长)《杂诗》,其首句为“朔风动秋草,边马有归心”。

[50]“并直举”四句:谓上举诸例,皆直写胸臆之语,不用典故,只因其音声和谐,

成为前代范式中的高作。正，止，仅。式，法式。

[51] 文体稍精：文章体式渐趋精致。稍，渐。

[52] 张、蔡、曹、王：指张衡、蔡邕、曹植、王粲。

[53] 潘、陆、谢、颜：指潘岳、陆机、谢灵运、颜延之。

说明

《史记》中已有专为文士立传者，即《屈原贾生列传》和《司马相如列传》。此后的所谓"正史"中，《汉书》《三国志》均为文学之士设立专传或合传。至范晔《后汉书》又创立《文苑传》，将政治等方面地位不高、没有重大表现但却以写作知名的作者二十二人收列其中。凡此均反映了文学、写作的日益受人重视。撰成于齐代的沈约《宋书》，未设《文苑传》或《文学传》，但重要作家谢灵运、颜延之等都有传记。《谢灵运传》后还有一篇专论，发表对于文学的看法，是文学批评史上的重要文献。其内容主要有二：一是概述先秦至刘宋文学发展的历史，二是论述声律。

关于第一方面，沈约首先论诗歌的起源，认为自有人类存在，便有歌咏。然后对历代重要作家和文学现象加以评论。他对屈原、宋玉、贾谊、司马相如都给予很高评价，对东汉作家也颇有好评，特别称赞张衡。此种态度，与以前有的论者强调讽谏，不满于宋玉、司马相如，是截然不同的。论司马相如时，说他"巧为形似之言"，指其赋作善于描绘事物形貌。这体现了山水咏物诗兴起后，人们对文辞"体物"功用的进一步自觉。对于建安文学的特点，沈约作了准确的概括，指出其抒情性加强("以情纬文")，又指出其开始注重文饰藻采("以文被质")，这是颇有文学史眼光的。又说建安作家"以气质为体"，即具有慷慨有力而较为质朴本色的风貌，这确乎抓住了建安文学的特征。此外，对西晋作品的辞采繁缛，对东晋玄言诗赋的特点及其成因，对刘宋谢灵运、颜延之两大家的不同特色，都概括得颇为精当。《谢灵运传论》中的这一部分论述，有如一篇简括的文学史。沈约力求概括出某一时代文学创作的概貌，指出其时代风格。其后萧子显《南齐书·文学传论》显然承袭了沈约的做法，刘勰《文心雕龙》和钟嵘《诗品》也受到其影响。

关于声律问题，沈约强调的是作品所用字的声音必须有变化，不同的声音互相对比、衬托，形成鲜明铿锵、和谐流畅的音韵之美。沈约对此非常强调，并说前代文人都不曾窥知此秘诀。实际上，古人对作品的声音之美是早已重视的，对于汉语音节的声调变化也早有敏锐的感觉；在理论批评方面，陆机《文赋》说“暨音声之迭代，若五色之相宣”，对声音美的要求在原则上与沈约也正相一致。但确实是到了南齐永明年间，文人们对于声音美的追求更加热切，他们把这种讲求视为文学“新变”的一种表现。尤其重要的，是由于语音学的发展，人们对于拼音原理有了进一步的认识，发现了平上去入四声，并在此基础上制定了避忌“八病”的规则。这就使得对声音美的讲求有据可依，进入了更加自觉的阶段，确乎与此前有很大的不同。当然，“八病”过于琐细苛刻，实际上颇难完全遵循，因此当时遭到了一些人（如诗论家钟嵘）的反对。但经过了二三百年，“八病”规则逐步演进、简化，由消极声律演进为积极声律，因而到了初盛唐时期，律体诗最终形成，并且在此后千余年间始终是最重要的诗歌体式之一。沈约等人的努力开创之功自不可没。

文心雕龙·原道

〔梁〕刘　勰

作者简介

刘勰（约465—约521），字彦和。祖籍东莞郡莒县（今属山东日照），东晋以来，世居京口（今江苏镇江）。父刘尚，曾为越骑校尉。刘勰早孤，笃志好学。青年时代入定林寺，依名僧僧祐凡十余年。曾协助僧祐整理佛家典籍，编制目录。梁初起家奉朝请，兼中军临川王萧宏记室，迁车骑仓曹参军，出为太末（今浙江龙游）令，又为南康王萧绩记室，兼太子萧统东宫通事舍人，为萧统所爱重。又迁步兵校尉。后奉梁武帝之命，再入定林寺整理经藏。完成后，即上表请求出家，法名慧地。不久逝世。《文心雕龙》为刘勰齐末在定林寺中撰成，凡五十篇。其前五篇《原道》《征圣》《宗经》《正纬》《辨骚》论述所谓“文之枢纽”，提出关于写作的基本思想，认为应以经书和《楚辞》为主要学习对象，以雅正为根本而不废奇丽，在充实的基础上追求华美。自《明诗》至《书记》二十篇分体裁评论历代文章的发展，并指出各体文章的写作要领。自《神思》至《总术》十九篇则打通各种文体论述写作中的诸项问题。如论作家的思维活动、论作家个人因素与风格的关系、论各体文章都必须具备的优良文风、论内容与辞采的关系等，亦论及声律、章句、对偶、比兴、夸张、运用典故等具体的写作手法与技巧。自《时序》至《程器》五篇可视为附论，所论历代文章与时代条件的关系、创作与自然景物的关系、鉴赏与批评应有的态度方法等，亦颇为重要。最后一篇为《序志》，即作者自序。《文心雕龙》体大思精，对先秦至南朝前期尤其是魏晋以来有关文学、文章的论述作了全面的总结，并加以作者本人的深刻理解和分析、发挥，既有指导写作的实践性品格，又颇有理论色彩，为我国文学批评史上最重要的文章学、文学理论著作之一。

文之为德也大矣[1]，与天地并生者何哉？夫玄黄色杂，方圆体分[2]。日月叠璧，以垂丽天之象[3]；山川焕绮，以铺理地之形[4]。此盖道之文也。仰观吐曜，俯察含章[5]，高卑定位，故两仪既生矣[6]，惟人参之[7]，性灵所钟[8]，是谓三才。为五行之秀气，实天地之心生[9]。心生而言立，言立而文明，自然之道也。旁及万品，动植皆文。龙凤以藻绘呈瑞[10]，虎豹以炳蔚凝姿[11]。云霞雕色[12]，有逾画工之妙；草木贲华[13]，无待锦匠之奇。夫岂外饰？盖自然耳。至于林籁结响[14]，调如竽瑟；泉石激韵，和若球锽[15]。故形立则章成矣，声发则文生矣。夫以无识之物，郁然有彩[16]，有心之器，其无文欤！

人文之元，肇自太极[17]，幽赞神明，易象惟先[18]。庖牺画其始[19]，仲尼翼其终[20]。而《乾》《坤》两位，独制《文言》[21]。言之文也，天地之心哉！若乃《河图》孕乎八卦[22]，《洛书》韫乎九畴[23]，玉版金镂之实，丹文绿牒之华[24]，谁其尸之[25]，亦神理而已。自鸟迹代绳，文字始炳[26]，炎皞遗事，纪在三坟[27]，而年世渺邈，声采靡追[28]。唐虞文章，则焕乎为盛[29]。元首载歌，既发吟咏之志[30]；益稷陈谟，亦垂敷奏之风[31]。夏后氏兴[32]，业峻鸿绩[33]，九序惟歌[34]，勋德弥缛。逮及商周，文胜其质[35]，《雅》《颂》所被，英华日新。文王患忧，繇辞炳曜[36]，符采复隐[37]，精义坚深。重以公旦多才，振其徽烈[38]，制诗缉颂[39]，斧藻群言[40]。至夫子继圣，独秀前哲，镕钧六经[41]，必金声而玉振[42]，雕琢性情，组织辞令[43]，木铎启而千里应[44]，席珍流而万世响[45]，写天地之辉光，晓生民之耳目矣。

爰自风姓[46]，暨于孔氏，玄圣创典[47]，素王述训[48]。莫不原道心以敷章[49]，研神理而设教[50]，取象乎《河》《洛》，问数乎蓍龟[51]，观天文以极变,察人文以成化[52]。然后能经纬区宇[53],弥纶彝宪[54],发挥事业,彪炳辞义。故知道沿圣以垂文,圣因文而明道,旁通而无涯[55],日用而不匮[56]。《易》曰:鼓天下之动者存乎辞[57]。辞之所以能鼓天下者,乃道之文也。

赞曰[58]:道心惟微,神理设教[59]。光采玄圣,炳耀仁孝[60]。龙图献体,龟书呈貌[61]。天文斯观[62],民胥以效[63]。

华东师范大学出版社版林其锬、陈凤金

《增订文心雕龙集校合编·元至正刊本文心雕龙集校》

注释

[1]“文之为德”句:意谓“文”作为一种“德”,是很了不起的。德,指某事物之所以成为某事物,亦即区别于其他事物的性质、品格、功用等。“某某之为德”的说法,接近于“某某之为物”。重在“某某”而不在“德”,“德”即复指“某某”。故《论语·雍也》“中庸之为德也其至矣乎”,《礼记·中庸》径作“中庸其至矣乎”。“文之为德也大矣”,实即“文很伟大、很了不起”之意。

[2]“夫玄黄”二句:谓天地形成。玄黄,深青色与黄色。《易·坤·文言》:“天玄而地黄。”杂,五彩相合。《易·系辞下》:“物相杂故曰文。”方圆,古人以为天圆地方。《淮南子·天文训》:“天圆地方,道在中央。”

[3]“日月”二句:璧,一种玉器,圆形,正中有孔。此喻日月。丽,附着。《易·离·彖传》:“日月丽乎天。”

[4]焕:有光彩。绮:素地有花纹的丝织品。焕绮:焕发绮罗般的美丽光彩。理:条理,使之有条理。

[5]“仰观”二句:《易·系辞上》:“仰以观于天文,俯以察于地理。”吐曜,谓天上日月放光。含章:谓地上山川蕴含文采。

[6]“高卑”二句:谓天地已经形成。《易·系辞上》:“天尊地卑,乾坤定矣。”两仪,指天地。《易·系辞上》:“是故易有太极,是生两仪。”

[7]参(cān):并立。《礼记·中庸》:“可以赞天地之化育,则可以与天地参矣。”

[8]钟:聚集。

[9]“为五行”二句:《礼记·礼运》:“故人者,……五行之秀气也。”又曰:“故人者,天地之心也。”五行,木、火、土、金、水,古人以为是构成万物的基本元

素。秀，优异，特出。

[10] 瑞：祥瑞。

[11] 炳蔚：光彩、繁缛。此指虎豹之文采言。

[12] 雕：采画，文饰。

[13] 贲(bì)：文饰。华：花。

[14] 籁(lài)：一种管乐器，此借指山林中能发出声音的孔窍。

[15] 球锽(huáng)：玉磬声和钟声。球，玉磬。

[16] 郁然：繁富的样子。

[17] "人文"二句：元，本始，根本。肇，始。太极，产生天地万物的宇宙本体。

[18] "幽赞"二句：《易·说卦》："昔者圣人之作《易》也，幽赞于神明而生蓍。"韩康伯注："幽，深也。赞，明也。"《易》象，指《易》之卦象、爻象，亦指解释卦象、爻象的文辞。《易·系辞下》："是故易者，象也；象也者，像也。"孔颖达《正义》："谓卦为万物象者，法像万物，犹若乾卦之象法像于天也。"二句谓圣人用以深刻阐明神明之道者，以《易》为最早、最重要。

[19] "庖牺"句：庖牺，即伏羲，三皇之一。画其始，谓始作八卦。《易·系辞下》："古者庖牺氏之王天下也，仰则观象于天，俯则观法于地，观鸟兽之文与地之宜，近取诸身，远取诸物，于是始作八卦，以通神明之德，以类万物之情。"

[20] "仲尼"句：仲尼，孔子字。翼，辅佐。相传孔子作《彖》上下、《象》上下、《系辞》上下、《文言》、《说卦》、《序卦》、《杂卦》，凡十篇，称《十翼》。

[21] "而《乾》《坤》"二句：意谓《易》之六十四卦中，只有《乾》《坤》两卦有《文言》。因《乾》《坤》最为重要，其他诸卦皆从《乾》《坤》出，故特制《文言》以阐释之。文有文饰意。孔颖达《正义》引庄氏云："文谓文饰，以乾坤德大，故特文饰以为《文言》。"陆德明《经典释文·周易音义》："文饰卦下之言也。"按：《文言》中较多用韵及对偶之处，《文心雕龙·丽辞》已言及之，清人阮元《文言说》《文韵说》特地加以阐发，可参看。

[22] "若乃《河图》"句：相传伏羲时黄河中有龙出现，献图，伏羲据以画成八卦。

[23] "《洛书》"句：相传禹时洛水有神龟负书而出，即《洪范》九畴。韫，包含。九畴，九类，指九类治天下之大法。

[24] "玉版"二句：泛指传说中上古帝王所获祥瑞，包括《河图》《洛书》在内。玉版，玉板。镂，刻。牒，书板。玉、金言其器物之质地，故曰实；丹、绿言器物上图文之色彩，故曰华。

[25] 尸：主宰。

[26]“自鸟迹”二句：传说苍颉见鸟迹而造文字。绳，指结绳，在绳上打结以助记忆。《易·系辞下》：“上古结绳而治，后世圣人易之以书契。”

[27] 炎皞(hào)：谓炎帝神农氏、太皞伏羲氏。三坟：传说为伏羲、神农、黄帝时书。

[28]“声采”句：谓三坟亡佚已久，无从追究。声采，指文辞，有声音文采，故曰声采。靡，无。

[29]“唐虞”二句：唐虞，指唐尧、虞舜。文章，泛言文教，亦包括下文所说吟咏敷奏。焕，鲜明。《论语·泰伯》：“子曰：大哉尧之为君也……焕乎其有文章。”

[30]“元首”二句：《尚书·益稷》(今文《尚书》在《皋陶谟》)载舜作歌，皋陶续成之，有“元首起哉”“元首明哉”“元首丛脞哉”等句。元首，君。载，成。

[31]“益稷”二句：益、稷，舜臣。谟，谋议。敷，陈。奏，进。按：益进言于舜，见《尚书·大禹谟》。

[32] 夏后氏：指夏禹。

[33] 业峻鸿绩：即“业峻绩鸿”。古人行文，有故意错综其辞之例。如《论语·乡党》：“迅雷风烈必变。”《楚辞·九歌》：“吉日兮辰良。”参见俞樾《古书疑义举例》卷一、杨树达《汉文文言修辞学》第十六章《错综》。峻、鸿，大。

[34] 九序惟歌：《尚书·大禹谟》：“德惟善政，政在养民。水火金木土谷，惟修；正德、利用、厚生，惟和。九功惟叙，九叙惟歌。”谓水火金木土谷、正德利用厚生九类事功皆有次序，皆可歌乐，乃德政所致。序、叙通。

[35]“逮及”二句：古代以文、质概括称说政教、社会生活之变化。《礼记·表记》：“子曰：虞夏之质，殷周之文，至矣。虞夏之文，不胜其质；殷周之质，不胜其文。”

[36]“文王”二句：《史记·太史公自序》：“昔西伯拘羑里，演《周易》。”繇(zhòu)辞，卜兆之辞，此即指卦、爻辞，郑玄等以为周文王所作。

[37] 符采复隐：谓繇辞含蕴丰富深隐，有如美玉的光彩。符采，玉之光彩。

[38]“重以”二句：公旦，周公名旦。多才，《尚书·金縢》称周公“多材多艺”。“才”“材”通。振，振兴，发挥。徽，美。烈，事业。

[39] 制诗缉颂：周公制作礼乐，取诗以配合其乐。相传《诗》之《风》《雅》《颂》中皆有周公的作品。缉，编。

[40] 斧藻群言：指周公之著述而言。相传《周礼》《仪礼》皆周公所作。斧藻，删正修饰。群言，指已有的文献资料。

[41] 镕钧六经：镕，铸造器物的模子。钧，制陶器所用的转轮。此处皆作动词用。六经，《诗》《书》《礼》《乐》《易》《春秋》。此句谓孔子整理文献而定为六经。

[42] “必金声”句：《孟子·万章下》：“孔子之谓集大成。集大成也者，金声而玉振之也。”谓孔子集先圣之道，如奏乐时先击钟，最后击磬结束之，会集众音而成为丰富完整有条理之演奏。金，指钟。玉，指磬。振，扬。

[43] “雕琢”二句：谓修养性情，又修辞以发挥之。性情在内，辞令属外，六经为圣人性情之外现。

[44] “木铎”句：《论语·八佾》：“天将以夫子为木铎。”《易·系辞上》：“子曰：君子居其室，出其言善，则千里之外应之，况其迩者乎？”木铎（duó），木舌之铃，施政教时所用。

[45] 席珍：坐席上的珍宝，喻儒道。《礼记·儒行》载孔子之言曰：“儒有席上之珍以待聘，夙夜强学以待问。”响：回声。

[46] 风姓：伏羲姓风。

[47] 玄圣：指伏羲。

[48] 素王：指孔子。素，空。孔子有帝王之道而无其位，故称素王。述训：孔子自称“述而不作”（见《论语·述而》），故云。

[49] “莫不”句：承上言自伏羲至孔子，莫不以道为本原而施布文采。道心，《尚书·大禹谟》：“人心惟危，道心惟微。”此用其语。敷，施，布。章，文采。

[50] “研神理”句：《易·观·彖传》：“圣人以神道设教而天下服矣。”神道，微妙自然、不知所以然而然之道。此处“神理”即神道。

[51] “问数”句：蓍（shī）龟，蓍草和龟甲，卜筮时所用。数，《周易》筮法建筑于数的基础上，数变则爻位卦象随之而变。按：上句言取象，此曰问数，实为互文。象，指《周易》中的卦象、爻象。取象问数，即指根据《易》以占吉凶、知趋避；蓍龟则其所用之具。

[52] “观天文”二句：《易·贲·彖传》：“观乎天文以察时变，观乎人文以化成天下。”

[53] 经纬区宇：治理天下。

[54] 弥纶彝宪：谓广泛制作恒久之法。彝，常。宪，法。

[55] 旁：广，普遍。

[56] “日用”句：《易·系辞上》：“百姓日用而不知。”《左传·襄公二十九年》：“用而不匮。”匮，乏。

[57] “鼓天下”句：见《易·系辞上》。孔颖达《正义》：“鼓谓发扬天下之动。动有得失，存乎爻卦之辞。谓观辞以知得失也。”意谓观卦爻辞可知得失，故发动天下者遍观其辞，以其辞为根据。下句“辞之所以能鼓天下”之“辞”，引申为泛指圣人之言辞。

[58] 赞：助，明。《文心雕龙》各篇后均有“赞”，用以概括全篇大意。按：班固《汉书》各篇后有赞，为散体文字，无韵，范晔《后汉书》亦有赞，为四言韵语。又汉晋以来，常有为人物图像等作赞者，郭璞还曾作《尔雅图赞》《山海经图赞》，均为四言韵语。《文心雕龙》有赞，受此类作品的影响。

[59] “道心”二句：参见注[49][50]。微，微妙难知。

[60] “光采”二句：上句指伏羲，下句指孔子。儒道以仁为核心，仁以孝为根本。

[61] “龙图”二句：即指上文所谓《河图》《洛书》而言。

[62] 天文斯观：谓天之文由此而显示于人。天文，犹言道之文。

[63] 胥：皆，都。

说明

《原道》是《文心雕龙》的第一篇。原道，即推究“道”的意思。具体说来，就是要推究文与道的关系，要将文的起源推究于道。

在刘勰心目中，道是形而上的宇宙本体。它是万物的本原，是宇宙万物之所以如此的根本依据，道体现于万物之中，万物的属性也就是道的属性。因此，他说日月山川、动物的毛色、植物的花朵，以至于大自然中那些悦耳的声响，凡是一切事物的美丽，都是属于道的，都是“道之文”(“文”字本义指线条或色彩交错，引申之，凡物之美丽有文采，都可称为“文”)。他说天地万物皆文，那是道的体现，是自然如此、不知其所以然而必然如此的。那么，作为“五行之秀气”、“天地之心生”的人，也必然体现出“道之文”了。刘勰此种以“道”为万物之源、为万物存在的根据的思想无疑来自先秦道家的学说。他用此种学说来论证“人文”的本原，论证“人文”的必然性和合理性。

那么人文的具体内容是什么呢？刘勰说早在有文字之前已有人文，其最初的表现是伏羲得到《河图》启示而始作八卦。《河图》和其他一些祥瑞出现以启示圣人，都是自然而然的，是“神理”的体现。“神理”也就是道。自伏羲始，经唐虞三代，历代圣人发展着人文，至孔子而集其大成，熔铸六经，而后人文大备。这样，刘勰便归纳出道——圣人——经书的关系：“道沿圣以垂文，圣因文以明道。”

儒家经典既是宇宙本体“道”的体现，当然就是“人文”的最高表现，当然也就成为文章的典范。此种思路，显然见出魏晋以来玄学家儒道合一、名教与自然合一理论的影响。

刘勰论文以《原道》发端，其用意何在呢？

第一，借以抬高文章的地位。既然文是至高无上的“道”的表现，而且始出于圣人，则其地位当然崇高。应注意的是，虽然《原道》所举人文为圣人著述，但《文心雕龙》全书所论，远不止于圣人之文，主要倒是后世文人所作各体文章，包括大量抒情写物的诗赋作品。高谈“道之文”，其实是为各种文章、为文学创作张目。

第二，是为了强调文辞修饰的重要性。既然天地万物都“郁然有采”，那么人文，即文章，也该是富于文采的。在刘勰那里，“文”这个字的含义既是文采，又是文章，二者是合二而一的。刘勰生活在极为重视文辞之美的时代；文辞修饰是人们心目中文章的重要特点，是一项重要的审美标准。《文心雕龙》中论修辞的篇目甚多。《文心雕龙》五十篇，篇篇都是写得很漂亮的骈文。刘勰反对雕饰过分，但绝不是不重视雕饰。

第三，是为了提出“征圣”“宗经”的主张。既然“道沿圣以垂文，圣因文以明道”，圣人著述是道的完美体现，那么征圣、宗经自是天经地义的事。所谓征圣、宗经，是刘勰关于文章写作的基本思想的一个重要方面。应该注意的是，综观《文心雕龙》全书，所谓征圣、宗经，其实主要并不是要求作文载道，不是要求用文章宣扬儒道，而是要求学习经书的优良文风，是借着提倡经书文风，来批判当时文坛上某些违背写作规律的不良风气。

文心雕龙·辨骚

〔梁〕刘　勰

自《风》《雅》寝声，莫或抽绪[1]，奇文郁起，其《离骚》哉！固已轩翥诗人之后[2]，奋飞辞家之前[3]，岂去圣之未远，而楚人之多才乎！昔汉武爱《骚》，而淮南作传[4]，以为《国风》好色而不淫，《小雅》怨诽而不乱，若《离骚》者，可谓兼之；蝉蜕秽浊之中，浮游尘埃之外，皭然涅而不缁[5]，虽与日月争光可也。班固以为露才扬己，忿怼沉江；羿、浇、二姚，与左氏不合；昆仑悬圃，非经义所载；然其文丽雅，为词赋之宗，虽非明哲，可谓妙才[6]。王逸以为诗人提耳，屈原婉顺，《离骚》之文，依经立义。驷虬乘翳，则"时乘六龙"；昆仑流沙，则《禹贡》敷土。名儒辞赋，莫不拟其仪表，所谓金相玉质，百世无匹者也[7]。及汉宣嗟叹，以为皆合经传；杨雄讽味，亦言体同《诗》雅[8]。四家举以方经，而孟坚谓不合传。褒贬任声，抑扬过实，可谓览而弗精，玩而未核者也[9]。

将核其论，必征言焉。故其陈尧、舜之耿介，称禹、汤之祗敬，典诰之体也[10]；讥桀、纣之猖披，伤羿、浇之颠陨[11]，规讽之旨也；虬龙以喻君子，云蜺以譬谗邪，比兴之义也[12]；每一顾而掩涕[13]，叹君门之九重[14]，忠怨之辞也。观兹四事，同于《风》《雅》者也。至于托云龙[15]，说迂怪[16]，驾丰隆，求宓妃，凭鸩鸟，媒娀女[17]，诡异之辞也；康回倾地[18]，夷羿弹日[19]，木夫九首，土伯三目[20]，谲怪之谈也；依彭咸之遗则，从子胥以自适，狷狭之志也[21]；士女杂坐，乱而不分，指以为乐，娱酒不废，沉湎日夜，举以为欢[22]，荒淫之意也：摘此四事，异乎经典者也。故论其典诰则如彼，语其夸诞则如此；固知《楚辞》者，体宪于三代，而风杂于战国[23]，乃《雅》《颂》之博徒，而词赋之英杰也[24]。观其骨鲠所树，肌肤所附[25]，虽取镕经意，亦自铸伟辞。故《骚经》《九章》[26]，朗丽以哀志；《九歌》《九辩》，绮靡以伤情；《远游》《天问》，瑰诡而慧巧[27]；《招魂》《大招》，耀艳而深华；《卜居》标放言之致[28]，《渔父》寄独往之才[29]。故能气往轹古，辞来切今[30]，惊采绝艳，难与并能矣。

自《九怀》以下[31]，遽蹑其迹[32]，而屈、宋逸步，莫之能追。故其叙情怨，则郁伊而易感[33]；述离居，则怆怏而难怀[34]；论山水，则循声而得貌；言节候，则披文而见时[35]。是以枚、贾追风以入丽，马、杨沿波而得奇[36]，其衣被词人，非一代也。故才高者菀其鸿裁[37]，中巧者猎其艳辞，吟讽者衔其山川，童蒙者拾其香草[38]。若能凭轼以倚《雅》《颂》，悬辔以驭楚篇，酌奇而不失其贞，玩华而不坠其实，则顾盼可以驱辞力[39]，欬唾可以穷文致[40]，亦不复乞灵于长卿，假宠于子渊矣[41]。

赞曰：不有屈平，岂见《离骚》？惊才风逸，壮采烟高。山川无极，情理实劳[42]。金相玉式[43]，艳溢锱毫[44]。

华东师范大学出版社版林其锬、陈凤金
《增订文心雕龙集校合编·元至正刊本文心雕龙集校》

注释

[1]“自《风》《雅》”二句：谓《诗经》之后，继起无人。即《孟子·离娄下》“王者之迹息而诗亡”之意。寖，止息。抽绪，抽引余绪。

[2]轩翥：飞翔貌。

[3]辞家：主要指两汉辞赋家而言。

[4]淮南作传：淮南，指刘安，汉武帝族叔，封淮南王。武帝曾使其作《离骚传》。(据《汉书》本传)《离骚传》全文已佚，当是泛论《离骚》大意之作。下文“《国风》好色而不淫”至“虽与日月争光可也”，据班固《离骚序》，即刘安《离骚传》中文字。

[5]“皭然”句：意谓心志高洁而不受污染。皭(jiào)，洁白。涅(niè)，黑泥。缁，黑色。《论语·阳货》：“不曰白乎？涅而不缁。”

[6]“班固以为”十句：撮述班固《离骚序》大意。羿(yì)，后羿，夏部落有穷国之君。浇，过浇。二姚，夏少康之二妃，姓姚。羿、浇、二姚事，见《左传》襄公四年、哀公元年。按：班固《离骚序》云刘安《离骚传》“及至羿、浇、少康二姚、有娀佚女，皆各以所识，有所增损，然犹未得其正也”，乃批评刘安，非批评屈原。刘勰似有误会。昆仑，西方山名。悬圃，神山名，在昆仑山巅。

[7]“王逸以为”十二句：撮述王逸《楚辞章句序》大意。诗人提耳，《诗经·大雅·抑》：“言提其耳。”谓提其耳而训诫之。驷虬乘翳(yì)，谓驾龙乘凤。驷，驾车以四马曰驷。虬，龙的一种。翳，凤的一种。《离骚》：“驷玉虬以乘翳兮。”时乘六龙，《易·乾·彖传》：“时乘六龙以御天。”流沙，地名。《离骚》：“邅吾道夫昆仑兮。”又：“忽吾行此流沙兮。”敷土，分布土地，谓洪水泛滥，禹分九州土地而治之。《尚书·禹贡》：“禹敷土。”按：昆仑、流沙，皆见于《禹贡》，故王逸以《离骚》与《禹贡》相比附。金相玉质，犹言金玉之质。《诗经·大雅·棫朴》：“金玉其相。”毛传：“相，质也。”

[8]“及汉宣”四句：汉宣帝、扬雄语未详所出。汉宣帝曾云“辞赋大者与古诗同义”(见《汉书·王褒传》)，不知刘勰是否据此而言。

[9]核：核实。

[10]“故其陈尧、舜”三句：《离骚》：“彼尧、舜之耿介兮，既遵道而得路。”王逸注：“耿，光也。介，大也。”又：“汤禹俨而祗敬兮。”王逸注：“祗，敬也。”典诰，指《尚书》。《尚书》中有《尧典》《舜典》《汤诰》等，述尧、舜、禹、汤事迹。

[11]“讥桀、纣”二句：《离骚》：“何桀、纣之猖披兮，夫唯捷径以窘步。”王逸注：“桀、纣，夏、殷失位之君。猖披，衣不带之貌。……言桀、纣愚惑，违背天道，施行惶遽，衣不及带。欲涉邪径，急疾为治，故身触陷阱，至于灭亡。以法戒君也。”又：“羿淫游以佚畋兮……固乱流其鲜终兮……”王逸注：“羿以乱得政，身即灭亡，故言鲜终。”又：“(浇)日康娱而自忘兮，厥首用夫颠陨。”

[12]“虬龙”三句：《离骚》：“驷玉虬以乘翳兮。”又《九章·涉江》：“驾青虬兮骖白螭。”王逸注：“虬、螭，神兽，宜于驾乘。以喻贤人清白，宜可信任也。”又《离骚》：“飘风屯其相离兮，帅云霓而来御。”王逸注：“云霓，恶气，以喻佞人。”霓、蜺通。王逸《离骚序》：“《离骚》之文，依《诗》取兴，引类譬喻。……虬龙鸾凤，以托君子；飘风云霓，以为小人。”

[13]“每一顾”句：《离骚》：“长太息以掩涕兮，哀民生之多艰。”又：“揽茹蕙以掩涕兮，沾余襟之浪浪。”又：“忽反顾以流涕兮，哀高丘之无女。”又《九章·哀郢》：“望长楸而太息兮，涕淫淫其若霰。”是每每掩涕也。

[14]“叹君门”句：宋玉《九辩》：“岂不郁陶而思君兮，君之门以九重。”王逸云宋玉“闵惜其师(屈原)忠而放逐，故作《九辩》以述其志”，认为《九辩》乃述屈原之意。

[15]托云龙：《离骚》：“驾八龙之婉婉兮，载云旗之委蛇。”王逸注：“驾八龙者，言己德如龙，可制御八方也。载云旗者，言己德如云，能润施万物也。”

[16]迂怪：迂远怪诞。

[17]“驾丰隆”四句：《离骚》：“吾令丰隆乘云兮，求宓妃之所在。……虽信美而无礼兮，来违弃而改求。”又：“望瑶台之偃蹇兮，见有娀之佚女。吾令鸩为媒兮，鸩告余以不好。”宓妃，伏羲氏女。娀，国名，娀女谓帝喾之妃，契母简狄。

[18]“康回”句：《天问》：“康回凭怒，地何故以东南倾？”王逸注：“康回，共工名也。”

[19]“夷羿”句：《天问》：“羿焉彃日？”彃，射也。相传尧时十日并出，羿仰射之。按：夷羿乃上文“羿浇二姚”“伤羿浇之颠陨”之羿，与射日之羿非一人，刘勰似误混为一。

[20]“木夫”二句：《招魂》：“一夫九首，拔木九千些。”又：“土伯……参目虎首，其

身若牛些。”

[21] “依彭咸”三句：《离骚》：“虽不周于今之人兮，愿依彭咸之遗则。”王逸注：“彭咸，殷贤大夫。谏其君不听，自投水而死。遗，余也。则，法也。”又《九章·悲回风》：“浮江淮而入海兮，从子胥而自适。”意谓将投水而死。子胥，春秋时吴国大夫，谏吴王不听，自杀，投尸于江。狷狭，不合流俗，不能容忍。

[22] “士女”六句：《招魂》举诸欢乐事，有“士女杂坐，乱而不分些”“娱酒不废，沈日夜些”等语。废，止。

[23] “体宪”二句：谓《楚辞》既效法《诗》《书》，又杂有战国纵横诡谲之习。宪，效法。三代，夏商周。《书》《诗》产生于三代，述三代事，故云（《书》中亦有述尧舜事者，此就大体而言）。

[24] “乃《雅》《颂》”二句：谓《楚辞》之地位，在《诗经》与辞赋之间。博徒：赌徒，借指低下者。词赋：即辞赋。

[25] “观其”二句：骨鲠，即骨骾，骨干。喻所写之内容。肌肤，喻辞采。《文心雕龙·附会》：“事义为骨鲠，辞采为肌肤。”

[26] 《骚经》：汉人有以《离骚》为经者。王逸《离骚序》云屈原“忧心烦乱，不知所诉，乃作《离骚经》”。

[27] 瑰诡：奇特。

[28] 放言：犹纵言。《卜居》录屈原占卜命龟之辞，连用十八问句，语气纵放畅达，故云。（据黄侃《文心雕龙札记》说）

[29] 独往：谓遗世独行，不合于俗。

[30] “故能”二句：谓《楚辞》之气势辞采超越古今。轹，车轮碾轧，引申为凌越意。切，切断，绝（据周振甫《文心雕龙今译》说）。

[31] 《九怀》以下：指汉代人模拟《楚辞》之作。《九怀》：西汉王褒所作。按：刘勰所见《楚辞》盖古本，其次序与今本不同，其汉人拟作，以《九怀》为首；今本则以贾谊《惜誓》为首。

[32] 遽：急。

[33] 郁伊：郁积不申貌。

[34] 难怀：谓使读者哀伤难以为怀。

[35] 披文：披阅文辞，即展卷阅读之意。

[36] “枚、贾”二句：枚、贾，枚乘、贾谊。马、杨，司马相如、扬雄，皆西汉赋家。

[37] 菀：古与“苑”通。苑其鸿裁，谓全面学习《楚辞》之宏伟裁制。苑，苑囿，用作动词，有范围、包括意。如《文心雕龙·杂文》：“苑囿文情。”《体性》：“文

辞根叶，苑囿其中。”《练字》：“《颉》(《苍颉》)以苑囿奇文。”(参王利器《文心雕龙校证》、潘重规《唐写文心雕龙残本合校》)

[38] 童蒙：幼稚。

[39] 顾：还视。眄(miǎn)：斜视。

[40] 欬(kài)：咳嗽。

[41] “亦不复”二句：长卿，司马相如字。子渊，王褒字。皆西汉赋家。乞灵，求其福佑。假宠，借其尊荣。此喻向长卿、子渊学习。

[42] 情理实劳：谓屈原作品所写情事实为忧苦。劳，忧苦。

[43] 金相玉式：谓其质如金玉，可为法式。式，法度。

[44] 艳溢锱毫：谓极细微处皆艳采四溢。锱毫，极言其微。

说明

《辨骚》为《文心雕龙》第五篇。所谓“骚”，其实并非仅指《离骚》，而是代指《楚辞》，包括屈原的其他作品以至宋玉的《九辩》《招魂》等。《离骚》为《楚辞》首篇，也最为重要，故举以为代表。

《辨骚》以一半以上篇幅叙述前人(刘安、班固、王逸、汉宣帝、扬雄)对《楚辞》的评价，并加以折中。刘勰继承汉人的做法，以五经为评判《楚辞》的标准。他认为《楚辞》具有规讽之旨，抒发了对君上的忠怨之情，这是合乎经典的。至于不合经典者，一是“夸诞”“谲怪”“诡异”，如所运用的某些神话传说不见于经书，某些奇特想像与经书所载违异等；二是有的篇章体现了“狷狭之志”“荒淫之意”。刘勰对《楚辞》的指责，与其囿于宗经立场有关，显示了对屈原的为人、对《楚辞》中一些浪漫主义手法的不够理解；同时也是服从于全书体系的需要，即提出关于写作基本思想的需要(见下文)。总之，《辨骚》认为《楚辞》“乃《雅》《颂》之博徒，而词赋之英杰”，其地位在经书与辞赋之间。

但实际上，刘勰对《楚辞》的艺术成就评价极高。他称赞《离骚》等作品为“奇文郁起”，“自铸伟辞”，别开生面，令人惊绝。具体说来，认为《楚辞》在抒情动人(尤其是以其悲剧性的情感动人)、写景真切、辞采华美三个方面，取得了很高的成就，给后代作者产生巨大的影响。这三个方面，都是着重从艺术、审美方面谈的。刘勰评价《楚辞》，着眼点实侧重于这一方面。而其审美观念，实是文学进入自觉时代之后逐渐形成的观念，是时代潮流的反映。刘勰对《楚辞》艺术美的评论，远远超越汉人。

《辨骚》虽以评论《楚辞》为主要内容，但刘勰写作此篇的目的，其实在于提出关于写作的基本思想，即篇末所说“凭轼以倚《雅》《颂》，悬辔以驭楚篇，酌奇而不失其贞，玩华而不坠其实”。在《原道》《征圣》《宗经》篇中，刘勰提出并论证了作文应以五经为典范的观点，但实际上他并不以为仅学习经书便已足够。经书在写作方面的优点主要体现为雅正、充实，但文章还需要奇创和美丽，故刘勰在《宗经》之后又安排《正纬》《辨骚》两篇，通过论述《楚辞》和纬书来提出其观点，其中当然以学习《楚辞》比酌取纬书更为重要。“酌奇而不失其贞”，就是要以雅正为基础、为根本而求新创、求出众；“玩华而不坠其实”，就是要在保证内容充实的前提下求美丽。

刘勰是“贞(正)”“实”和“奇”“华”两个方面并重的，但他认为须以前者为基础。他一方面肯定历代文章写作(包括文学创作)在奇、华方面的发展，一方面对发展过程中过分追求奇、华而产生的流弊表示不满，尤其对“近代”(刘宋以来)的某些不正文风感到不满。由于观澜必索其源、寻叶必求其根的思维习惯，他要为那些讹滥不正之风找出根源。他批评《楚辞》“夸诞”“诡异”，其实就有为后世不良风气寻源的用意，即所谓“楚艳汉侈，流弊不还”(《宗经》)。总之，既高度赞扬《楚辞》的成就，又加以一定的批评，是与其既主张奇、丽又要抑制过分追求奇、丽的基本思想有密切关系的。

刘勰作《辨骚》的用意既在于此，因此他在《序志》中明言此篇属于论“文之枢纽”。他认为学习《楚辞》，正确地认识和评价《楚辞》，对于从事写作而言，具有非常重要的意义。

文心雕龙·明诗

〔梁〕刘　勰

大舜云：“诗言志，歌永言。”圣谟所析，义已明矣[1]。是以在心为志，发言为诗[2]，舒文载实[3]，其在兹乎！故诗者，持也[4]，持人情性；三百之蔽，义归无邪[5]，持之为训，有符焉尔。

人禀七情[6]，应物斯感，感物吟志，莫非自然。昔葛天乐辞，《玄鸟》在曲[7]；黄帝《云门》，理不空弦[8]。至尧有《大唐》之歌[9]，舜造《南风》之诗[10]，观其二文，辞达而已。及大禹成功，九序惟歌[11]；太康败德，五子咸讽[12]。顺美匡恶[13]，其来久矣。自商暨周，《雅》《颂》圆备[14]，四始彪炳，六义环深[15]。子夏鉴绚素之章[16]，子贡悟琢磨之句[17]，故商、赐二子[18]，可与言《诗》。自王泽殄竭，风人辍采[19]，春秋观志，讽诵旧章[20]，酬酢以为宾荣，吐纳而成身文[21]。逮楚国讽怨，则《离骚》为刺。秦皇灭典，亦造仙诗[22]。汉初四言，韦孟首唱[23]，匡谏之义，继轨周人。孝武爱文，柏梁列韵[24]，严、马之徒，属辞无方[25]。至成帝品录，三百余篇[26]，朝章国采[27]，亦云周备。而辞人遗翰，莫见五言[28]，所以李陵、班婕妤[29]见疑于后代也。按《召南·行露》，始肇半章[30]；孺子《沧浪》，亦有全曲[31]；"暇豫"优歌，远见春秋[32]；"邪径"童谣，近在成世[33]。阅时取征[34]，则五言久矣。又《古诗》佳丽，或称枚叔[35]，其"孤竹"一篇[36]，则傅毅之词[37]，比采而推[38]，固两汉之作乎？观其结体散文[39]，直而不野[40]，婉转附物[41]，怊怅切情[42]，实五言之冠冕也。至于张衡《怨篇》[43]，清典可味；仙诗缓歌[44]，雅有新声[45]。暨建安之初，五言腾跃。文帝、陈思[46]，纵辔以骋节；王、徐、应、刘[47]，望路而争驱。并怜风月，狎池苑，述恩荣，叙酣宴，慷慨以任气，磊落以使才[48]；造怀指事[49]，不求纤密之巧；驱辞逐貌，唯取昭晢之能[50]。此其所同也。及正始明道[51]，诗杂仙心，何晏之徒，率多浮浅。唯嵇志清峻，阮旨遥深[52]，故能标焉[53]。若乃应璩《百一》[54]，独立不惧[55]，辞谲义贞[56]，亦魏之遗直也[57]。晋世群才，稍入轻绮，张、左、潘、陆[58]，比肩诗衢，采缛于正始，力柔于建安，或析文以为妙[59]，或流靡以自妍[60]，此其大略也。江左篇制[61]，溺乎玄风，嗤笑徇务之志[62]，崇盛忘机之谈[63]。袁、孙已下[64]，虽各有雕采，而辞趣一揆[65]，莫与争雄，所以景纯仙篇[66]，挺拔而为俊矣。宋初文咏，体有因革，庄老告退，而山水方滋。俪采百字之偶[67]，争价一句之奇，情必极貌以写物，辞必穷力而追新[68]。此近世之所竞也。

故铺观列代，而情变之数可鉴[69]；撮举同异，而纲领之要可明矣。若夫四言正体，则雅润为本；五言流调，则清丽居宗。华实异用，惟才所安。故平子得其雅，叔夜含其润，茂先凝其清，景阳振其丽[70]；兼善则子建、仲宣，偏美则太冲、公幹[71]。然诗有恒裁，思无定位，随性适分，鲜能圆通[72]。若妙识所难，其易也将至；忽以为易，其难也方来。

至于三六杂言，则出自篇什[73]；离合之发[74]，则萌于图谶[75]；回文所兴，则道原为始[76]；联句共韵，则柏梁余制[77]。巨细或殊，情理同致，总归诗囿，故不繁云。

赞曰：民生而志，咏歌所含。兴发皇世[78]，风流二《南》[79]。神理共契[80]，政序相参[81]。英华弥缛，万代永耽[82]。

华东师范大学出版社版林其锬、陈凤金
《增订文心雕龙集校合编·元至正刊本文心雕龙集校》

注释

[1]“大舜云”五句：《尚书·舜典》：“诗言志，歌永言。”永，长。谟，《尚书》有《尧典》《舜典》《大禹谟》《皋陶谟》，故后人言《尚书》每称典谟。此处“圣谟”即指《尚书》。

[2]“在心”二句：语出《诗大序》。

[3]“舒文”句：谓展布文采，表达情志。实，情实。

[4]诗者，持也：语出《诗》纬《含神雾》，见郑玄《诗谱序》孔颖达《正义》引。孔氏云：“为诗所以持人之行，使不失队(坠)。”

[5]“三百”二句：《论语·为政》：“子曰：《诗三百》，一言以蔽之，曰思无邪。”

[6]七情：喜、怒、哀、惧、爱、恶、欲。

[7]“昔葛天”二句：《吕氏春秋·仲夏纪·古乐》：“昔葛天氏之乐，三人操牛尾，投足以歌八阕。……二曰《玄鸟》。”

[8]“黄帝”二句：谓黄帝时的《云门》之乐，理当有歌辞配合。

[9]“至尧”句：《尚书大传·虞夏传》：“(舜)执事还归，二年，谈然乃作《大唐》之歌。”郑玄注：“《大唐》之歌，美尧之禅也。”

[10]“舜造”句：《礼记·乐记》：“昔者舜作五弦之琴，以歌《南风》。”《孔子家语·辩乐》等载其歌辞。

[11]“九序”句：参《原道》篇注[34]。

[12]“太康”二句：《尚书·五子之歌》云，夏太康游逸无度，田猎于洛水之南，十旬不反，为有穷国羿所废。太康弟五人待于洛水之北。“五子咸怨，述大禹之戒以作歌。”

[13]“顺美”句：《孝经·事君》：“子曰：君子之事上也……将顺其美，匡救其

恶。”将顺，顺而行之。匡，纠正。

[14] 圆备：周备。

[15] “四始”二句：四始六义，均见《诗大序》。环深，周备深厚。

[16] “子夏”句：事见《论语・八佾》。按：子夏之意，谓人虽有美质，犹须礼以修饰之。

[17] “子贡”句：事见《论语・学而》。

[18] “故商、赐”二句：子夏名商，子贡名赐。孔子称赞二人“可与言《诗》”。

[19] “自王泽”二句：王泽，谓周天子之仁泽。殄(tiǎn)，尽，绝。风人，诗人。辍，停止。班固《两都赋序》：“王泽竭而诗不作。”

[20] “春秋”二句：谓春秋时列国间聘问酬酢，主客讽诵《诗三百》中作品，断章取义，以见己意。

[21] “酬酢”二句：谓主客赋《诗》，既表示对宾客的尊荣，又显示自身的文化修养。酬酢，原指主客相互敬酒，客人回敬曰酢，主人再回敬曰酬。此指宾主间以赋《诗》为应对。吐纳，指赋《诗》和听对方赋《诗》。

[22] “秦皇”二句：《史记・秦始皇本纪》载始皇慕仙，使博士为《仙真人诗》。其诗不传。

[23] “韦孟”句：汉初韦孟为楚元王傅，傅其孙戊。戊荒淫，韦孟作四言诗以谏。

[24] “柏梁”句：汉武帝时作柏梁台成，命群臣作诗，每人七言一句，每句押韵。清人顾炎武《日知录》卷二十一以为伪作，逯钦立《汉诗别录》以为汉武柏梁之集，本有七言赋诗之事，而后人有所增附。

[25] “严、马”二句：严、马，指严忌、严助父子及司马相如。无方，没有一定。

[26] “至成帝”二句：指西汉成帝时刘向等校书，区分典籍为六大类，诗赋为其中之一。《汉书・艺文志・诗赋略》云：“凡歌诗二十八家，三百一十四篇。”

[27] 朝章国采：承上言歌诗三百余篇显示了朝廷、国家之文采。章，文采。

[28] “而辞人”二句：谓西汉著名作家如司马相如等所留下的作品中，不见有五言诗。

[29] “李陵”句：李陵，西汉将领，率兵击匈奴，兵败被执，降。班婕妤，汉成帝时婕妤。婕妤，女官名。相传李陵作五言诗多首，班婕妤亦有五言《怨歌行》一首，但南朝时已有人表示怀疑。如颜延之《庭诰》云：“逮李陵众作，总杂不类，元是伪托，非尽陵制。”

[30] “召南”二句：《诗经・召南・行露》第二章：“谁谓雀无角，何以穿我屋？谁谓女无家，何以速我狱？虽速我狱，室家不足。”

[31] “孺子”二句：《孟子·离娄上》：“有孺子歌曰：‘沧浪之水清兮，可以濯我缨。沧浪之水浊兮，可以濯我足。’”刘勰认为句末“兮”字“乃语助余声”（《章句》），不算在句内，故以此歌为五言“全曲”。

[32] “暇豫”二句：《国语·晋语》载优施之歌曰：“暇豫之吾吾，不如鸟乌。人皆集于苑，己独集于枯。”暇豫，悠闲安乐。

[33] “邪径”二句：《汉书·五行志》载汉成帝时歌谣“邪径败良田”云云，凡五言六句。邪，斜。

[34] 阅时：经历年时。阅，经历。

[35] “又《古诗》”二句：枚叔，西汉作家枚乘，字叔。徐陵《玉台新咏》载枚乘《杂诗》九首，其中八首载《文选》，题为“古诗”，又一首“兰若生春阳”曾为陆机所拟，机亦不言枚作。

[36] “孤竹”：即“冉冉孤生竹”一首，《文选》题为“古诗”。

[37] 傅毅：东汉作家。

[38] 比采而推：将其文辞并观而推论之。

[39] 结体散文：结成形体（即写成一首诗），散布文采。

[40] 直而不野：质直而不过分。谓其直抒胸臆，既朴实又有适当的修饰。《论语·雍也》：“质胜文则野。”《后汉书·班彪传》：“（《史记》）质而不野，文质相称。”

[41] 婉转附物：谓描写景物贴切逼真。即《物色》篇“随物以宛转”之意。婉转、宛转，有紧相依附不离违意。《淮南子·精神训》：“屈伸俯仰，抱命而婉转。”高诱注：“抱天命而婉转不离违也。”《文选》潘岳《射雉赋》：“婉转轻利。”（指捕雉之具）徐爰注：“绸缪轻利也。婉转，绸缪之称。”绸缪乃紧密缠束之意。《尔雅·释器》：“弓有缘者谓之弓。”郭璞注：“缘者，缴缠之，即今宛转也。”亦可证宛转有缠束意。附，贴近，即《诠赋》“象其物宜，理贵侧附”及《物色》“体物为妙，功在密附”之“附”。

[42] 怊怅切情：怊怅，惆怅。切，迫近。切情，谓《古诗》切合人之情，即抒情真切之意。

[43] 张衡《怨篇》：东汉作家张衡，作四言《怨诗》。

[44] 仙诗缓歌：不详。范文澜《文心雕龙注》：“乐府古辞有《前缓声歌》。”

[45] 雅有新声：雅，很，甚。新声，与上文“清典”之“典”相对。

[46] 文帝、陈思：魏文帝曹丕、陈思王曹植。

[47] 王、徐、应、刘：王粲、徐幹、应玚、刘桢。

[48] 磊落：俊伟貌。

[49] 造怀指事：谓抒写怀抱，直陈事情。《三国志·吴书·陆凯传》："表疏皆指事不饰。"《文心雕龙·诏策》："魏武称作戒敕，当指事而语，勿得依违。"又《章表》："魏初表章，指事造实；求其靡丽，则未足美矣。"

[50] 昭晳(zhé)：明白。

[51] "正始"句：正始，魏废帝齐王芳年号。明道，指玄学家王弼、何晏等好论道家老庄之理。

[52] 嵇、阮：魏末作家嵇康、阮籍。

[53] 标：高举。

[54] 应璩《百一》：应璩(qú)，魏末作家，应玚之弟。作《百一诗》一百数十首讥切时事，今已大多亡佚。

[55] 独立不惧：《易·大过·象传》："君子以独立不惧。"

[56] "辞谲"句：谓其诗讽刺之意委婉不直说，而意旨坚正。

[57] 遗直：言其正直，有古人遗风。《左传》昭公十四年："仲尼曰：叔向，古之遗直也。"

[58] 张、左、潘、陆：张指张华及张载、张亢、张协，左指左思，潘指潘岳、潘尼，陆指陆机、陆云。

[59] "析文"句：当指其诗在组字成句方面精密巧妙。

[60] 流靡：流转美丽。靡，丽。此处当指声韵调谐而言，参杨明照《文心雕龙校注拾遗》。

[61] 江左：江东。指东晋时期。

[62] 徇务：致力于政务。

[63] 忘机：忘却世务机巧。

[64] 袁、孙：指东晋作家袁宏、孙绰。

[65] 辞趣一揆：谓其诗意旨一样。揆，度，量。

[66] 景纯仙篇：指两晋之交郭璞(字景纯)的《游仙诗》。

[67] "俪采"句：谓诗中连续运用大量对偶。俪，偶对，此处作动词用。百字，五言二十句。

[68] "情必"二句：情指内容，辞谓文辞。

[69] "情变"句：谓情况变化的脉络、规律可以察知。

[70] "故平子"四句：意谓张衡(字平子)、嵇康(字叔夜)、张华(字茂先)、张协(字景阳)分别为四言诗、五言诗的代表作家。

[71] “兼善”二句：意谓曹植、王粲兼擅四言、五言诗，左思、刘桢则偏长于五言诗。

[72] “随性”二句：谓诗思与人之天性、素质密切相关，少有能全面贯通者。适，合。分，性分。鲜，少。

[73] 篇什：指《诗经》。其《雅》《颂》之编次，大多以十篇为一组，称“什”。

[74] 离合：杂体诗名。旧说多以为始于汉末孔融《离合作郡姓名诗》，南朝作者较多。一般是先将诗句内一字拆开，取其一部分与另一句内一字的一部分合成某字，先离后合。如孔融诗“渔夫屈节，水潜匿方”中“渔”字去“水”，离出“鱼”字；“与时进止，出寺施张”中“时(時)”字去“寺”，离出“日”字；“鱼”“日”再合为“鲁”字。

[75] 萌于图谶：谓离合诗萌芽于图谶。如《孝经右契》云“卯金刀，在轸北。字禾子，天下服”。(据《玉函山房辑佚书》)以卯金刀合成“劉(刘)”字，禾子合成“季”字。

[76] 回文：杂体诗名，回复循环读之都可成诗。道原：不详。

[77] 联句：亦作连句。两人或若干人各为诗若干句，合为一篇。汉武帝与群臣所作《柏梁台诗》被认为是联句之始。两晋南北朝人多为五言四句，同咏一题，虽常并无明显的前后相续关系，但同用一韵。

[78] “兴发”句：产生于远古的上皇之世。兴，起，发生。

[79] 二《南》：《诗经》中的《周南》《召南》，此代指《诗经》。

[80] “神理”句：谓合乎神理。即篇首“感物吟志，莫非自然”之意。神理，谓自然之道。

[81] 政序相参：与政教秩序相配合。

[82] 耽：乐，嗜好。

说明

《明诗》为《文心雕龙》第六篇，是“论文叙笔”(《序志》)的文体论的第一篇。刘勰的时代，诗歌早已是文学创作中最重要的体式，深为人们所爱好。刘勰首先论述诗歌，正反映了这一点。

本篇有以下两点尤其值得注意：

一、刘勰说诗歌是“感物吟志”的产物，是用来抒发情志的，这与我国文学批评中传统的理论相一致。但刘勰还看到了诗歌有描绘物象的一面。他称赞汉代古诗“婉转附物”，又概括刘宋山水诗的特点之一为“极貌以写物”，都体现了这一点。这是诗歌创作实际状况的反映（特别是与刘宋山水诗、齐代咏物诗的兴起和发达有关），也是文学理论的发展。可以说，刘勰对诗歌审美特性的认识，就在抒情和状物两方面。他称赞《古诗》“怊怅切情”、建安诗“慷慨以任气”（即抒情言志富于力度），又评西晋诗“力柔于建安”，不满玄言诗之“轻淡”（玄言诗是缺少情感力量的），都体现了对诗歌以情感动人这一特点的敏感。至于状物这一方面，若结合《物色》《隐秀》等篇来看，他不但要求写景真切，而且特别对“不加雕削”、有如英华耀树那样的自然的表现深有体会并加以赞赏。

二、儒家文艺思想强调诗歌美刺讽喻、道德教化的功能。汉儒解释《诗经》《楚辞》时，常常将诗人的情志勉强地与政教挂钩，穿凿附会。《明诗》篇虽也指出并赞赏诗歌的政教作用，但绝不像汉儒那样狭隘拘执。刘勰并不认为诗中情感必须与政教有明显、直接的联系，并不强调在诗中作道德的说教。事实上，《明诗》篇中作重点论述、有时还加以赞美的，不是韦孟、应璩那些有意进行美刺的作品，而是汉代《古诗》、建安诗作和刘宋山水诗。那些诗都不是美刺讽喻之作，刘勰评述时也不曾与政教挂钩。今天我们评论建安诗时多强调其中感念世乱、反映社会现实的一面，但《明诗》所着眼的乃是“怜风月，狎池苑，述恩荣，叙酣宴”等一般的抒情写景的内容。总之，刘勰对诗歌的体会和评论，主要在审美方面，他对诗歌的态度，从主流方面说，并不是功利主义的。他卓越的鉴赏和概括能力，都体现于艺术、审美这一面。这也是文学自觉时代风气的反映，同时也符合诗歌创作的实际。在漫长的历史时期中，人们作诗，大多是一般的抒发情志，只有少数才有意进行美刺。

文心雕龙·神思

〔梁〕刘　勰

古人云：形在江海之上，心存魏阙之下[1]。神思之谓也。文之思也，其神远矣！故寂然凝虑，思接千载；悄焉动容，视通万里。吟咏之间，吐纳珠玉之声；眉睫之前，卷舒风云之色。其思理之致乎[2]！故思理为妙，神与物游。神居胸臆，而志气统其关键[3]；物沿耳目，而辞令管其枢机[4]。枢机方通，则物无隐貌；关键将塞，则神有遁心。是以陶钧文思，贵在虚静，疏瀹五藏，澡雪精神[5]。积学以储宝，酌理以富才[6]，研阅以穷照[7]，驯致以绎辞[8]。然后使玄解之宰[9]，寻声律而定墨；独照之匠[10]，窥意象而运斤[11]。此盖驭文之首术，谋篇之大端。夫神思方运，万涂竞萌[12]，规矩虚位，刻镂无形[13]。登山则情满于山，观海则意溢于海，我才之多少，将与风云而并驱矣。方其搦翰，气倍辞前；暨乎成篇，半折心始[14]。何则？意翻空而易奇，言征实而难巧也。是以意授于思，言授于意[15]，密则无际[16]，疏则千里。或理在方寸而求之域表，或义在咫尺而思隔山河[17]。是以秉心养术[18]，无务苦虑，含章司契[19]，不必劳情也。

人之禀才，迟速异分[20]；文之制体[21]，大小殊功。相如含笔而腐毫[22]，杨雄辍翰而惊梦，桓谭疾感于苦思[23]，王充气竭于沉虑[24]，张衡研《京》以十年[25]，左思练《都》以一纪[26]，虽有巨文，亦思之缓也。淮南崇朝而赋《骚》[27]，枚皋应诏而成赋[28]，子建援牍如口诵[29]，仲宣举笔似宿构[30]，阮瑀据鞍而制书[31]，祢衡当食而草奏[32]，虽有短篇，亦思之速也。若夫骏发之士[33]，心总要术[34]，敏在虑前，应机立断；覃思之人[35]，情饶歧路[36]，鉴在疑后，研虑方定。机敏故造次而成功，虑疑故愈久而致绩。难易虽殊，并资博练[37]。若学浅而空迟，才疏而徒速，以斯成器，未之前闻。是以临篇缀虑，必有二患：理郁者苦贫，辞溺者伤乱[38]。然则博闻为馈贫之粮，贯一为拯乱之药[39]，博而能一，亦有助乎心力矣。

若情数诡杂，体变迁贸[40]。拙辞或孕于巧义，庸事或萌于新意[41]；视布于麻，虽云未费[42]，杼轴献功[43]，焕然乃珍。至于思表纤旨，文外曲致，言所不追，笔固知止[44]。至精而后阐其妙，至变而后通其数[45]，伊挚不能言鼎[46]，轮扁不能语斤[47]，其微矣乎[48]！

赞曰：神用象通，情变所孕[49]。物以貌求，心以理应[50]。刻镂声律[51]，萌芽比兴[52]。结虑司契，垂帷制胜[53]。

华东师范大学出版社版林其锬、陈凤金

《增订文心雕龙集校合编·元至正刊本文心雕龙集校》

注释

[1]“形在”二句：《庄子·让王》：“中山公子牟谓瞻子曰：身在江海之上，心居乎魏阙之下，奈何？”原谓其身隐遁而其心思念朝廷之荣华，此借言心思活动不受空间限制。魏阙，古代宫门外的阙门，为悬布法令之处，后亦借指朝廷。

[2]致：极。

[3]“志气”句：志气，指作者临文之际的精神状态。若精神健旺清朗，对所欲写的内容充满情感或自信，具有强烈的创作欲望，则易于做到思路通畅明晰，故言“统其关键”。《孟子·公孙丑上》：“夫志，气之帅也；气，体之充也。”气乃生命力（包括生理、心理两方面），志则对此种力之指向、强弱予以引导节制。关键，喻创作思维畅通或阻塞之紧要处。关，门闩。键，金属制的门闩，或锁簧。

[4]枢机：亦喻文思能否发动、进展的紧要处。枢，门户的转轴或承轴之臼。机，弩牙，弩上发箭的装置。

[5]“疏瀹”二句：《庄子·知北游》：“疏瀹而心，澡雪而精神。”疏瀹（yuè），疏通。澡雪，洗净。

[6]酌理：斟酌事理。

[7]研阅：研究阅览。穷照：透彻地了解。

[8]“驯致”句：谓从容地寻绎、玩味文辞，指欣赏玩味前人作品而言。驯致，自然而然，不勉强。

[9]玄解之宰：妙悟之主宰，指心。

[10]独照之匠：具有独到悟解之匠人，亦喻心。

[11]意象：谓构思中之意。《易·系辞上》：“圣人立象以尽意。”谓通过设立卦爻之象并加以解说的方法以尽其意。卦爻之象乃拟象、象征纷纭复杂之事物、事情、事理。刘勰借用其语以言构思中之意，亦即所思之事物、事情、事理。它虽包括但不等于今日所谓“形象”。下文云“意翻空而易奇”，又云“意授于思，言授于意”，是刘勰以“意”字统指构思中所想，“象”字乃连类而及。钱锺书云：“刘勰用‘意象’二字，为行文故，即是‘意’的偶词，不比我们所谓‘image’，广义得多。只能说刘的‘意象’即‘意’，不能反过来。”（见敏泽《钱锺书先生谈“意象”》，载《文学遗产》2000年第2期）可参考。

[12]“万涂”句：谓各种想法纷纷产生。涂，通“途”。

[13]“规矩”二句：谓创作乃凭空构想，从虚无中创造出实有。即陆机《文赋》“课虚无以责有”之意。规矩、刻镂，皆用作动词，加工之意。

[14]“半折”句：谓所写成者，仅为开始构思时的一半。即所谓“文不逮意”。

[15]“是以意授”二句：谓意由思所授与，言由意所授与，即思产生意，意产生言。

[16]际：缝隙。

[17]“或理在”二句：谓所欲写者有时就在心中，却向外求之于广远；有时似就在近处，却怎么也想不到。言构思寻索之难。理、义，泛指事理、内容。方寸，指心。

[18]秉：操持。术：指为文之术。刘勰主张自觉掌握文术，《文心雕龙》有《总术》篇。

[19]“含章”句：谓作者内含文采，掌握为文之法则、要领。

[20]异分：所禀之天分不同。

[21]制体：制作成形。

[22]“相如”句：《汉书·枚皋传》：“司马相如善为文而迟。”

[23]“杨雄”二句：桓谭《新论·祛蔽》自云“尝激一事而作小赋，用精思太剧，而立感动发病”。又云扬雄作赋，“思精苦，始成，遂困倦小卧，梦其五脏出在地，以手收而内之。及觉，病喘悸，大少气，病一岁”。

[24]“王充”句：王充《论衡·对作》自述著书辛苦云：“愁精神而幽魂魄，动胸中之静气，贼年损寿，无益于性。”

[25]“张衡”句：《后汉书·张衡传》云张衡作《二京赋》，“精思傅会，十年乃成”。

[26]“左思”句：《文选·三都赋序》李善注引臧荣绪《晋书》，云左思作《三都赋》，“遂构思十稔。门庭藩溷，皆著纸笔，遇得一句即疏之”。一纪，十二年。

[27]“淮南”句：荀悦《前汉纪·孝武皇帝纪》：“初，安（淮南王刘安）朝，上使作《离骚赋》，旦受诏，食时毕。”崇朝，从天明至早饭时为崇朝。崇，终。赋《骚》，指作《离骚赋》。（按：高诱《淮南子叙目》云“孝文皇帝甚重之，诏使为《离骚赋》”。盖传闻异辞。）又，据《汉书·淮南王传》，武帝命刘安所作者乃《离骚传》，非《离骚赋》，亦一事而两传，《文心雕龙·辨骚》云“淮南作传”，此云“赋《骚》”，兼用两说。

[28]“枚皋”句：《汉书·枚皋传》云皋“为文疾，受诏辄成”。枚皋，西汉作家，枚乘子。

[29]“子建”句：杨修《答临淄侯笺》称曹植“握牍持笔，有所造作，若成诵在心”。

诵，背诵。

[30]“仲宣”句：《三国志·魏志·王粲传》云粲作文“举笔便成，无所改定，时人常以为宿构”。宿构，早先构思。

[31]“阮瑀”句：《三国志·魏志·王粲传》注引《典略》：“太祖（曹操）尝使瑀作书与韩遂。时太祖适近出。瑀随从，因于马上具草。书成呈之，太祖揽笔欲有所定，而竟不能增损。”

[32]“祢衡”句：《后汉书·祢衡传》载衡曾在刘表及诸文人面前起草章奏，“须臾立成，辞义可观”。又载衡曾参与宴会，人有献鹦鹉者，衡乃当众作《鹦鹉赋》，“揽笔而作，文无加点，辞采甚丽”。此合二事而言之。

[33]骏发：谓才气发挥宏大而迅疾。骏，大，又有疾速意。

[34]要术：指为文之要领、方法。

[35]覃思：深思。

[36]“情饶”句：谓心中思路繁多。饶，多。

[37]博练：博谓博学兼收，练谓识鉴精到。

[38]“理郁”二句：谓如若想不出该写些什么、用什么词语表达，则苦于贫乏；若想到的过多，沉溺其中，则又往往伤于杂乱。理、辞分别指内容方面和文辞方面，此处可视为互文。郁，沉滞不起。

[39]贯一：一以贯之，指主旨明确，贯穿全文。

[40]“若情数”二句：谓作者所想和文章形貌都复杂多变。情指作者所想，体指文章体貌。前者表现于文辞，则从无到有，成为有一定形体风貌的文章。数，表示多样。诡，不同。贸，改变。

[41]“拙辞”二句：谓有时意思好而文辞拙劣，有时立意新却所用事典凡庸。意谓需要修饰加工。

[42]“视布”二句：意谓将布与麻相比，其质仍是麻，并未增用他物。视，比。

[43]杼：梭子。轴：用以卷织物。此以织布机上的部件代指织布。

[44]“至于思表”四句：均就神思而言。谓作者构思过程中有细微曲折之处，非论者念虑所及，亦非文字所能表述。

[45]“至精”二句：承上四句，谓运思中的细小曲折处，只有最精妙、穷尽所有变化的人才能掌握。阐，开，通。数，术，规律。

[46]“伊挚”句：《吕氏春秋·本味》云伊尹（即伊挚）以滋味说商汤：“鼎中之变，精妙微纤，口弗能言，志不能喻。”

[47]“轮扁”句：《庄子·天道》载轮扁对齐桓公说，用斧子制作车轮时，须“不徐

不疾，得之于手而应于心，口不能言，有数存焉于其间”。斤，斧。

[48] 微：精妙难识。

[49] “神用”二句：借《易》为喻。上句言“神”(阴阳之神妙莫测)显示作用，卦爻之象遂通变不穷；喻作家展开神思，意念遂纷至沓来。次句承上句，言经过构思，乃孕育出丰富多样的内容。通，流动不滞。情变，复杂多变的情况，指构思过程中孕育出的内容而言。所，所以。(参吴昌莹《经词衍释》卷九)

[50] 理：事理，情理。

[51] 刻镂声律：对文辞进行加工。古人甚重文辞之声音，故言“声律”即指文辞而言。《文心雕龙》下篇有《声律》。

[52] 萌芽比兴：在运思过程中比兴开始产生。《文心雕龙》有《比兴》篇。

[53] 垂帷：《史记·董仲舒传》：“下帷讲诵……盖三年，董仲舒不观于舍园。其精如此。”《汉书·叙传·董仲舒传述》：“下帷覃思，论道属书。”垂帷即下帷，谓专精研习。

说明

《神思》为《文心雕龙》第二十六篇，专论写作特别是写作诗赋等抒情状物作品时的思维活动。执笔为文必始于运思，故该篇列于《文心》“下篇”创作论之首。

在刘勰以前，陆机《文赋》对于创作思维已有精彩的描述，刘勰实深受其影响。《神思》中论及创作思维在时间、空间上的广阔性，论及此种思维之伴随语言和物象，也说到创作过程中情感的充盈与活跃。这些都是《文赋》已经讲到过的。《神思》中新的、值得注意的地方则有以下几点：

一、鲜明地提出了“神与物游”的命题，论及作家思维与外物的关系，亦即创作中主观与客观的关系。刘勰说：“故思理为妙，神与物游。神居胸臆，而志气统其关键；物沿耳目，而辞令管其枢机。枢机方通，则物无隐貌；关键将塞，则神有遁心。”一再将“神”与“物”相对提出。赞语亦云：“物以貌求，心以理应。”创作中既求表现物之形貌，同时又以“心”之“理”(指作家所欲抒写的事理、情志)与之相应和；也就是说，作品中既描绘物象，又表现作者情志。刘勰还没有提出情与景交融一类命题，但既说“物以貌求，心以理应”，那么应该可以推论：作品中抒写情志与描绘物象，二者该是相应和的、合拍的。

应该指出，刘勰这里所说的“物”是有限定的：它只限于感性事物，首先是指自然景物，也包括人工制造而有形貌声色之物，如宫殿等等。其物还不等于今日所谓客观事物。刘勰论创作思维中的心物关系，实偏重于自然景物与作家情志间的关系。

二、《神思》探讨了如何保证创作思维的通畅活跃的问题。刘勰首先从“志气”和“辞令”两方面论述这一问题，即认为临文之际的精神状态和运用文辞的能力，是思维畅通与否的关键。然后就从这两方面着手加以解决。关于“志气”，刘勰强调“贵在虚静”，即临文之际须心思高度集中而不繁杂。在《养气》中，还说写作应“从容率情，优柔适会”，即应处于从容、宽舒、自由而无所拘束的精神状态之中，听凭文思自来，不可强求。《养气》很强调作家应劳逸结合，精神健旺，那样才能常处于创作欲望强烈、跃跃欲试的状态中。关于“辞令”，刘勰强调广泛阅读、研味前人的著作文章，以提高语言能力。《神思》说“积学以储宝，酌理以富才，研阅以穷照，驯致以绎辞”。“积学”句意谓广泛读书积累，包括积累词语、典故等。“酌理”句指研究种种事理、思想观点。在刘勰看来，也还是要通过学习典籍以提高这方面的识见能力。“积学”重在记诵、积累材料，“酌理”重在思考、融会贯通。“研阅”句是说揣摩、学习前人的写作技巧，提高鉴赏、分析、批判能力。“驯致”句指从容玩味文辞。“研阅”句重在理性分析，“驯致”句较多欣赏玩味的意思。刘勰认为，通过这几方面的观摩学习，做到“博练”，便能大大提高写作能力，包括驱遣文辞的本领，于是临文构思时便能汩汩滔滔，文思通畅。总之，刘勰从临文之际的精神状态和平日的积学揣摩两方面，即“秉心”和“养术”两方面，论述如何保证文思畅达的问题，比较切实可行，富于实践的意义。

三、刘勰首次使用了“意象”一语。“意象”的语源，出于《周易·系辞上》：“圣人立象以尽意。”象指卦爻之象，它们象征着种种事物、事情、事理。刘勰所谓“意象”，就是指作家头脑中的“意”，它可以是具体的、形象的，也可以是比较抽象的、概括的。它虽包括但并不等于今日所谓“形象”。后世(主要是宋代以后)论文艺创作时常用“意象”一词，刘勰则是首次将其语用于文论之中，值得我们注意。

文心雕龙·体性

〔梁〕刘　勰

夫情动而言形，理发而文见[1]，盖沿隐以至显，因内而符外者也。然才有庸俊，气有刚柔，学有浅深，习有雅郑[2]，并情性所铄，陶染所凝[3]，是以笔区云谲，文苑波诡者矣[4]。故辞理庸俊[5]，莫能翻其才；风趣刚柔[6]，宁或改其气；事义浅深[7]，未闻乖其学；体式雅郑[8]，鲜有反其习。各师成心，其异如面[9]。若总其归涂，则数穷八体[10]：一曰典雅，二曰远奥，三曰精约，四曰显附，五曰繁缛，六曰壮丽，七曰新奇，八曰轻靡。典雅者，镕式经诰，方轨儒门者也[11]；远奥者，复采曲文[12]，经理玄宗者也[13]；精约者，核字省句，剖析毫厘者也[14]；显附者，辞直义畅，切理厌心者也[15]；繁缛者，博喻酿采[16]，炜烨枝派者也[17]；壮丽者，高论宏裁[18]，卓烁异采者也[19]；新奇者，摈古竞今，危侧趣诡者也[20]；轻靡者[21]，浮文弱植[22]，缥缈附俗者也[23]。故雅与奇反，奥与显殊，繁与约舛，壮与轻乖，文辞根叶，苑囿其中矣[24]。

若夫八体屡迁，功以学成，才力居中，肇自血气[25]。气以实志，志以定言，吐纳英华[26]，莫非情性。是以贾生俊发，故文洁而体清[27]；长卿傲诞，故理侈而辞溢[28]；子云沉寂，故志隐而味深[29]；子政简易，故趣昭而事博[30]；孟坚雅懿，故裁密而思靡[31]；平子淹通，故虑周而藻密[32]；仲宣躁竞，故颖出而才果[33]；公幹气褊，故言壮而情骇[34]；嗣宗俶傥，故响逸而调远[35]；叔夜俊侠，故兴高而采烈[36]；安仁轻敏，故锋发而韵流[37]；士衡矜重，故情繁而辞隐[38]。触类以推，表里必符。岂非自然之恒资，才气之大略哉！

夫才由天资，学慎始习。斫梓染丝[39]，功在初化，器成彩定，难可翻移。故童子雕琢，必先雅制[40]，沿根讨叶，思转自圆[41]，八体虽殊，会通合数[42]，得其环中，则辐辏相成[43]。故宜摹体以定习，因性以练才[44]，文之司南[45]，用此道也。

赞曰：才性异区，文体繁诡[46]。辞为肌肤，志实骨髓。雅丽黼黻，淫巧朱紫[47]。习亦凝真[48]，功沿渐靡[49]。

华东师范大学出版社版林其锬、陈凤金

《增订文心雕龙集校合编·元至正刊本文心雕龙集校》

注释

[1]“夫情动”二句：情，情志。理，事理。见，通“现”。

[2] 雅郑：犹言雅俗。

[3] “并情性”二句：情性，指才、气二者；陶染，指学、习二者。言庸俊、刚柔、浅深、雅俗，均由先天情性及后天学习所造成。

[4] “是以笔区”二句：谲、诡，均为变、异之意。

[5] 辞理：泛指作品的文辞与内容。

[6] 风趣：指作品的风貌、趋向。趣，同“趋”。

[7] 事义：指作品所引用的事例、典故。

[8] 体式：体貌、式样。

[9] “各师”二句：《庄子·齐物论》：“夫随其成心而师之。”《左传·襄公三十一年》：“人心之不同，如其面焉。”成心，此指已经由情性、陶染所造成的一定的主观方面的因素。

[10] 八体：八种风貌。

[11] 镕式：模拟，取法。经诰：犹言经典。《尚书》中有以诰名篇者，如《仲虺之诰》《汤诰》《大诰》《康诰》等。方轨：犹言并驾。方，并。

[12] 复采曲文：谓文辞深隐曲折。刘永济《文心雕龙校释》云：“复者，隐复也；曲者，深曲也。谈玄之文，必隐复而深曲，《征圣》篇论《易经》有‘四象精义以曲隐’可证。舍人每以复、隐、曲、奥等词连用。”

[13] “经理”句：意谓将玄学宗旨组织成文。

[14] “核字”二句：一字一句都核实简省，作细密的分析。

[15] “辞直”二句：文辞直白，意思表达得畅达，切合事理，让人读了感到满足。厌，足。

[16] 博喻：多方告晓。酦采：辞采浓厚。

[17] 炜烨：色彩鲜丽，指辞采繁博言。枝派：谓文章如树枝、支流那样给人繁密之感。

[18] “高论”句：谓大发议论，格局宏大。裁，体制格局。

[19] 卓烁异采：谓给人熠熠生辉、光彩非同一般之感。卓，杨明照《文心雕龙校注拾遗》云疑“焯”之误。焯，即“灼”字。

[20] “摈古”二句：谓排除古雅，追逐时新，形成不平正的风貌，趋于奇诡。摈，排斥。竞，逐。危侧，险而不平。趣，趋。按：宋齐文坛此风颇盛，刘勰于《定势》中斥之为“讹势”。其时代与刘勰甚近，故曰“摈古竞今”。

[21] 轻靡：犹言轻丽、轻绮。轻为壮大有力的反面，与篇幅、体制较小有关，又常与文辞清浅流易相连。如《奏启》言启应“促其音节，辨要轻清”；《哀吊》称

祢衡《吊张衡文》“缛丽而轻清”。靡，美丽。

[22] 浮文：言其轻浅。弱植：言其力微。植，树立。《左传》襄公三十年：“陈，亡国也……其君弱植。”

[23] 缥缈：亦状其轻。附俗：言贴近流俗的趣味。附，近。

[24] “文辞”二句：言所有文章都不出此八种风格类型。苑囿，范围，作动词用。

[25] “肇自”句：谓始于先天气质。肇，始。

[26] 吐纳：偏义复词，实只取吐义。英华：喻美好的文辞。

[27] “是以贾生”二句：上句言作者之情性，下句言其著述之风貌，以阐明“吐纳英华，莫非情性”之旨。以下各例仿此。贾生，西汉政论家、辞赋家贾谊。俊发，状其才高、意气风发。

[28] “长卿”二句：长卿，西汉作家司马相如，字长卿。傲诞，谓其简慢不守礼法。侈、溢，均有大、多之意。司马相如所作大赋最具此特点。

[29] “子云”二句：子云，西汉学者、赋家扬雄，字子云。沉寂，沉静淡泊。隐、深，均言其文辞深奥，意思不显豁。系指其《太玄》等学术著作而言。

[30] “子政”二句：子政，西汉学者、政论家刘向，字子政。《汉书》本传云：“向为人简易无威仪。”趣昭，意向明白。

[31] “孟坚”二句：孟坚，东汉文学家、史学家班固，字孟坚。懿，深。裁，裁制。靡，细密。

[32] “平子”二句：平子，东汉文学家、科学家张衡，字平子。淹通，广博通达。虑，思虑。藻，文藻，文辞。

[33] “仲宣”二句：仲宣，汉末文学家王粲，字仲宣。躁竞，急于与人争竞。颖出，锋芒毕露。果，决断。

[34] “公幹”二句：公幹，汉末文学家刘桢，字公幹。气褊，性格急躁，易激动。骇，惊人。

[35] “嗣宗”二句：嗣宗，三国魏文学家阮籍，字嗣宗。俶傥，《三国志·魏志·王粲传》称阮籍“倜傥放荡”。俶傥即倜傥，卓异不凡。逸、远，均言其作品超凡脱俗，有出世之概。

[36] “叔夜”二句：叔夜，三国魏文学家嵇康，字叔夜。俊侠，《三国志·王粲传》称嵇康“尚奇任侠”，裴注引《嵇康别传》又称其“性烈而才俊”。兴高采烈，言其文旨趣高远，风采照耀。

[37] “安仁”二句：安仁，西晋文学家潘岳，字安仁。轻敏，轻佻聪敏。锋发，谓辞锋发露。韵流，谓文辞流畅。

[38] "士衡"二句：士衡，西晋文学家陆机，字士衡。矜重，矜持庄重。情繁辞隐，言其作品意思、辞藻繁缛而不明快。

[39] "斫梓"句：喻作者风格的形成。《尚书·梓材》："若作梓材，既勤朴斫。"又《墨子·所染》："子墨子言，见染丝者而叹曰：'染于苍则苍，染于黄则黄，所入者变，其色亦变。……故染不可不慎也。'"

[40] "故童子"二句：言学习写作，必须首先从事于雅正的风格。扬雄《法言·吾子》："或问：'吾子少而好赋？'曰：'然。童子雕虫篆刻。'"此喻少时学习写作。

[41] "沿根"二句：谓以雅正为根本，再讨究、学习其他各种风格，则文思如转轮，自然能圆通妥善。

[42] "八体"二句：谓八种风貌虽然不同，但也能合理地交会融通。数，理，规律。

[43] "得其"二句：言掌握了关键、规律，则不同的风格便能互相会通，圆转无碍，以适应种种需要。《庄子·齐物论》："枢始得其环中，以应无穷。"《老子》十一章："三十辐共一毂，当其无，有车之用。"环中，圆环之中空处，喻中心、关键处。辐辏相成，辐条聚于车毂，乃成为车轮，可以运转。车毂为环状，轴插于环中。

[44] "故宜"二句：上句谓通过摹仿以成其"习"，乃承本篇开端处"习有雅郑"言；下句谓按照性情以练其"才"，乃承"才有庸俊"言。

[45] 司南：犹指南，喻学习为文应遵循的正确方向。

[46] 繁诡：繁多而各各不同。

[47] "雅丽"二句：谓雅丽的风格犹如礼服上的绣文，淫巧的风格则如紫之夺朱。雅丽，雅正而美丽，丽而不伤其正。《文心雕龙·征圣》："圣文之雅丽，固衔华而佩实者也。"黼黻，白黑相间为黼，黑青相间为黻。淫，过分，不正。朱紫，《论语·阳货》："恶紫之夺朱也。"朱为正色，紫为间色(杂色)。

[48] "习亦"句：谓学习所得也能成为天性一般，即习惯成自然之意。凝，成。真，指自然天性。

[49] "功沿"句：谓良好风格是由于经常的学习逐渐形成的。沿，由于。渐，浸润。靡，通"摩"，研摩，磨砺。(王念孙说，见《读书杂志·汉书第九》)

说明

《体性》是《文心雕龙》的第二十七篇，创作论部分的第二篇。所谓体，指文章风貌，大致相当于今日所谓风格；性，则是指作者创作个性方面的主观因素。刘勰在论述“驭文之首术，谋篇之大端”的创作思维之后，接着便论体与性的关系，充分体现了对这一问题的重视。

刘勰之前，曹丕《典论·论文》《与吴质书》已指出作家创作个性各有不同，而这种不同乃基于各人所禀“气”的不同。陆机《文赋》则从作家审美爱好的角度言及作品风貌之异，即所谓“夸目者尚奢，惬心者贵当”等等。他们都从作家主观因素方面解释文章风貌的不同，认为二者之间有对应的关系。刘勰继承了他们的观点，而且说得更为明确。他说性与体的关系是“因内而符外”的，有怎样的主观因素，便形成怎样的文章体貌，“表里必符”，乃“自然之恒资”。也就是说，这种内外相应的现象是自然而然的，是必然的。

刘勰的论述比前人深刻丰富得多，我们可从三个方面加以说明。

第一，刘勰不但对前代著名作家的风格特点作出恰当的概括，而且将繁复的风格概括为八种类型，即典雅、远奥、精约、显附、繁缛、壮丽、新奇、轻靡。他对这八体的解释，有的带有举例的性质。如释典雅曰“镕式经诰，方轨儒门”，直接运用儒家经典的语汇，阐发儒学，固然最易给人形成典雅之感，但那只是最典型的情形，并非说典雅的作品仅限于此。同样，谈论玄理的论文，固然是“远奥”的典型例子，但并非只有谈玄者方称得上远奥。还有，刘勰的解释，有的带有贬义，如“新奇”“轻靡”二体。但那也只是推至极端而言。这两个名目本身并非贬词。刘勰认为这两体在一定条件下也是需要的，所以下文说“八体虽殊，会通合数，得其环中，则辐辏相成”。他只是认为对这两体若把握不当，过分追求，则易形成不良文风。所谓“会通合数”，还表明刘勰认为这八体之间是可以也应该交融贯通的。正确地将八体融会、错综，犹如将单纯的色彩调和为无数间色，方能“辐辏相成”，圆转无碍，适应各种各样的需要。

第二，刘勰首次对作者的创作个性，即形成风格的主观方面的因素，作了细致的分析。他将这些因素归纳为才、气、学、习四者。才、气属于先天资质，学、习属于后天陶染。这样较细致的分析，尤其是指出风格的形成还与后天的因素密切相关，是前人未曾道及的。所谓“气有刚柔”，是说作者的气质可分为刚柔两大类。虽然前人已曾将人之性分成这两类（如《盐铁论·殊路》云“性有刚柔”），但用之于文章写作，则《体性》是第一次。刘勰认为因作者气有刚柔，故作品风格也可分为刚柔两大类（如本篇说“风趣刚柔，宁或改其气”，又《定势》说“势有刚柔”，“刚柔虽殊，必随时而适用”），这是值得注意的。

第三，刘勰颇为切实地谈了作者应该如何正确地掌握各种风格。他指出两点：首先，入门须正，初学者须以雅正的作品为典范，培养自己雅正的审美趣味。然后，对于“八体”都应有所掌握，包括新奇、轻靡二者；因为在不同场合、不同条件下，为了表现不同的内容，适应不同的体裁，便需要不同的风格，那就不是典雅一体就够用的。《定势》说：“若爱典而恶华，则兼通之理偏。”《通变》说：“檃括乎雅俗之际。”与典雅相对的华美、时新，也是需要的。不过必须以雅正为基础，才不至于逐奇失正，堕入魔道。除了阐明应掌握多种风格之外，刘勰的风格论还很强调后天的学习。《体性》说，掌握各种风格是通过大量的摹仿、练习来进行的。经过这样的学习，“习亦凝真”，就可以获得如先天资质一样的风貌。《体性》还说“因性以练才”。才虽属于先天禀赋，但它不是一成不变的，也还需要练；而且可以通过练习而得到提高，通过练习而形成某种类型的才能。

作家个人风格问题与创作思维问题一样，相当微妙。曹丕等人谈到了这一问题，但未作深入探讨。刘勰则不但从理论上作了细致的分析，而且还从写作实践方面作切实的指导。在我国古代风格论的发展中，刘勰是有重要贡献的。

文心雕龙·风骨

〔梁〕刘　勰

《诗》总六义[1]，风冠其首，斯乃化感之本源[2]，志气之符契也[3]。是以怊怅述情[4]，必始乎风，沉吟铺辞，莫先于骨。故辞之待骨，如体之树骸；情之含风，犹形之包气。结言端直，则文骨成焉；意气骏爽[5]，则文风清焉。若丰藻克赡[6]，风骨不飞，则振采失鲜，负声无力[7]。是以缀虑裁篇[8]，务盈守气[9]，刚健既实，辉光乃新[10]，其为文用，譬征鸟之使翼也。故练于骨者，析辞必精[11]；深乎风者，述情必显。捶字坚而难移，结响凝而不滞[12]，此风骨之力也。若瘠义肥辞，繁杂失统[13]，则无骨之征也；思不环周，牵课乏气[14]，则无风之验也。若潘勖锡魏[15]，思摹经典[16]，群才韬笔[17]，乃其骨髓峻也[18]；相如赋仙，气号凌云[19]，蔚为辞宗[20]，乃其风力遒也[21]。能鉴斯要，可以定文；兹术或违，无务繁采。

故魏文称“文以气为主，气之清浊有体，不可力强而致”。故其论孔融，则云“体气高妙”；论徐幹，则云“时有齐气”；论刘桢，则云“有逸气”[22]。公幹亦云：“孔氏卓卓，信含异气，笔墨之性，殆不可胜[23]。”并重气之旨也。夫翚翟备色[24]，而翾翥百步[25]，肌丰而力沉也；鹰隼无采，而翰飞戾天[26]，骨劲而气猛也。文章才力，有似于此。若风骨乏采，则鸷集翰林[27]；采乏风骨，则雉窜文囿。唯藻耀而高翔，固文笔之鸣凤也。

若夫镕冶经典之范[28]，翔集子史之术[29]，洞晓情变[30]，曲昭文体[31]，然后能孚甲新意[32]，雕画奇辞。昭体故意新而不乱，晓变故辞奇而不黩[33]。若骨采未圆，风辞未练[34]，而跨略旧规，驰骛新作[35]，虽获巧意，危败亦多，岂空结奇字，纰缪而成经矣[36]。《周书》云：“辞尚体要，弗惟好异[37]。”盖防文滥也[38]。然文术多门，各适所好，明者弗授，学者弗师，于是习华随侈，流遁忘反。若能确乎正式[39]，使文明以健[40]，则风清骨峻，篇体光华。能研诸虑，何远之有哉[41]？

赞曰：情与气偕，辞共体并[42]。文明以健，珪璋乃聘[43]。蔚彼风力[44]，严此骨鲠[45]。才锋峻立，符采克炳[46]。

华东师范大学出版社版林其锬、陈凤金

《增订文心雕龙集校合编·元至正刊本文心雕龙集校》

注释

［1］六义：见《诗大序》。

［2］化感：此处泛指作品对读者的作用，包括偏于情感的感染力、偏于理性的说服力等，而不仅指政教意义上的感化。

［3］“志气”句：谓作品的风力是作者内在的情志、气力的外现，能从中看出其精神状态如何。

［4］怊怅：犹惆怅，失意憾恨貌。

［5］骏：大。

［6］“丰藻”句：谓辞藻丰富。克，能。赡，富。

［7］“振采”二句：承上句，言如若只能做到辞藻繁富，但缺乏风骨，则作品便失去鲜明的光彩，诵读之亦觉无力。这是从辞藻与风骨二者的关系出发，说

明风骨的重要。

[8]“缀虑”句：将各种想法连缀组织起来，制作成文。裁，制。

[9]“务盈”句：务必保持文气，使其充盈。

[10]“刚健”二句：《易·大畜·彖传》：“大畜。刚健笃实，辉光日新。”（按王弼读作“辉光日新其德”，此从郑玄、虞翻）《大畜》为乾下艮上，乾有刚健之德，艮有止意。言能使刚健止而蓄之，则为大畜（蓄），其辉光乃日新。此借用其语，言能守气，使气力充盈，则文章乃鲜明有光彩。

[11]析辞：指遣词造句。

[12]“捶字”二句：均就用字遣词言。谓用字造句确切不移（上文“结言端直”即含此意），诵读时即有凝重而流畅之感。（若用字造句不合正规，便会佶屈聱牙。）古人论文重声音，重朗读，故以“结响”言之。

[13]“若瘠义”二句：若意思贫乏而辞藻繁缛，则意旨为辞藻淹没，便主旨不鲜明，显得繁杂。

[14]“思不”二句：思路不连贯圆满，勉强硬写，缺少生气。牵课，勉强，强作。

[15]“潘勖”句：汉献帝策命曹操为魏公，加九锡，策文为潘勖所作。九锡，帝王赏赐有殊勋之诸侯大臣九种特殊待遇。锡，赐。

[16]“思摹”句：潘勖《册魏公九锡文》构思用语，规摹经典，以《尚书》为主。

[17]“群才”句：谓诸文士皆收笔不作。韬，藏。

[18]骨髓：骨干，骨骼。峻：严整峭直。

[19]“相如”二句：《史记·司马相如列传》载，相如作《大人赋》以献，赋神仙之事，武帝读后“大悦，飘飘有凌云之气，似游天地之间意”。

[20]蔚为辞宗：《汉书叙传》述司马相如“蔚为辞宗，赋颂之首”。蔚，文采盛貌。宗，宗师。

[21]遒：劲健。

[22]“故魏文”九句：曹丕论文语，见《典论·论文》及《与吴质书》。

[23]“公幹”五句：刘桢论孔融语出处不详，全文已佚。

[24]翚(huī)：五彩的野鸡。翟(dí)：长尾野鸡。备色：五彩皆备。

[25]翾翥(xuān zhù)：小飞。

[26]翰：高。戾：至。《诗经·小雅·小宛》：“宛彼鸣鸠，翰飞戾天。”

[27]鸷：一种猛禽。集：鸟止息曰集。翰林：文笔之林，犹言文苑。翰，笔。

[28]“镕冶”句：谓以经典为规范加以熔炼，即熔化于经典规范中之意。范，铸器物的模子。

［29］术：道路。

［30］洞晓情变：深刻地了解文章各种各样、变化多端的情况。

［31］曲昭文体：详尽全面地明白文章体制。

［32］莩（fú）甲：萌芽，产生。

［33］黩：垢浊。

［34］“若骨采”二句：互文，言风骨、辞采二者的关系未能圆融精到。练，煮丝令熟，引申为用功多、精熟之意。

［35］“而跨略”二句：谓轻忽、违背作文应有的规范，醉心于追逐新奇。刘勰于宋齐文风因过分求奇而形成“讹势”甚为不满，故强调不可过分求新奇。《定势》云：“自近代辞人，率好诡巧。原其为体，讹势所变，厌黩旧式，故穿凿取新。察其讹意，似难而实无他术也，反正而已。故文反‘正’为‘乏’，辞反正为奇。效奇之法，必颠倒文句，上字而抑下，中辞而出外，回互不常，则新色耳。”《通变》云：“今才颖之士，刻意学文，多略汉篇，师范宋集，虽古今备阅，然近附而远疏矣。”均可参考，以见刘勰对近世文坛醉心新奇的不满。

［36］“岂空结”二句：谓只怕是徒然连结奇特怪异之字，却将错谬当作常道、法式了。慨叹当时“跨略旧规，驰骛新作”风气之普遍。岂，其，带有拟议、不很确定的语气（见王引之《经传释词》卷五）。奇字，指生硬冷僻或违背通常用法的字，即《定势》所谓“反正”之字。经，常，法式。

［37］“周书云”三句：《尚书·毕命》：“辞尚体要，不惟好异。”谓言辞当崇尚切实简要，不当只好其奇异。

［38］滥：乱，逸出正规。

［39］确：确定不移。

［40］“文明”句：见《易·同人·彖传》。此处借用其语，谓文章意思明朗，给人精健有力之感。

［41］“能研”二句：谓若能精研诸种文术，则做到有风骨并不难。《论语·子罕》：“子曰：未之思也，夫何远之有哉！”

［42］“情与”二句：回应篇首“辞之待骨，如体之树骸；情之含风，犹形之包气”数句，言情志表达得如何，犹如人之有无生气、是气强还是气弱；而文辞运用得如何，则犹如人之体态，是端直精健还是歪斜臃肿。

［43］“珪璋”句：《礼记·聘义》：“以圭璋聘。”珪、璋，皆为贵重玉器，行聘礼时，使者以珪璋进献。聘，诸侯之间通问致礼。此句承上句，谓文章清朗精健，才能很好地完成传达意思的任务。

［44］蔚：盛。
［45］鲠：通“骾”。
［46］“符采”句：谓能如玉之光彩明亮闪耀。克，能。炳，光明。

说明

《风骨》为《文心雕龙》第二十八篇，是关于文风的专论。

所谓文风，不是指作家的个人风格，也不是指文体风格，而是指普遍的、一般的文章作风。刘勰认为不论何种个人风格，也不论何种体裁，都应有一种优良的文风。他用“风骨”这一描述性词语概括其特征。

风骨原是晋宋以来人物评论用语，如王羲之被称为“风骨清举”（见《世说新语·赏誉》注引《晋安帝纪》）。大体而言，风是指人物爽朗、富于生命力，给人一种性格鲜明、清朗生动的美感；骨的原意则指骨相、体态端直，使人感到精劲挺拔。风骨，还有类似的词语如气骨、风力、风气、骨力等，逐渐由用于人物评论而进入画论、书论领域，也见之于南朝的诗歌批评。刘勰则用来称述优良的文风。

《风骨》篇云：“情之含风，犹形之包气。”“怊怅述情，必始乎风。”风与情志密切相关，但不是指情志本身，而是指表达情志时最重要的因素。也就是说，风不是就文章说什么而言，而是指说得怎么样。《风骨》又云：“深乎风者，述情必显。”“牵课乏气，则无风之验也。”风的特征，首先是表达的鲜明、爽朗；表达明朗，就能做到生动、活跃，就能具有感染、说服读者的力量。

那么“骨”是指什么呢？《风骨》云：“沉吟铺辞，莫先于骨。”“辞之待骨，如体之树骸。”骨与文辞密切相关，但不是指文辞本身，而是指运用文辞、遣词造句中的首要因素。《风骨》又云：“结言端直，则文骨成焉。”“练于骨者，析辞必精。”骨的特征在于文辞的端正、精炼。“瘠义肥辞，繁杂失统，则无骨之征也。”若堆砌不必要的辞藻，作品便易显得冗长繁杂，主旨不突出，条理不清晰，那便是无骨的征象了。

刘勰认为具备风骨是任何文章的首要的也是基本的要求，任何文章都应首先做到表达明朗、生动，语言端正、精健。所谓“文明以健”“风清骨峻”，清明与峻健，即明朗与严整精劲，便是对“风骨”含义的概括。应该注意，所谓峻健，并不仅是指那种充满阳刚之气的风格，而是指语言运用的准确、端正、精干无芜辞，那样的文章，说一是一，说二是二，流畅而不滞涩，自然给人峻健的感觉。

刘勰提倡风骨，与他对宋齐文风的不满有关。刘宋文坛有一种倾向，即文人一味追求新奇，在语言运用上故意用冷僻字眼，构词造句故意违背常规。那样做的结果便使文章佶屈聱牙，意思不鲜明，也就失去或减损了打动读者的力量。刘勰称之为“讹势”，即不正的文风。那种风气，主要表现在刘宋，至萧齐时也余风未绝，故刘勰要加以反对。

还应该注意，风骨还不是刘勰心目中最理想的文风。《风骨》说：“若风骨乏采，则鸷集翰林；采乏风骨，则雉窜文囿。唯藻耀而高翔，固文笔之鸣凤也。”最理想的，是在具备风骨的基础上加以美丽的文采。刘勰生活在非常重视文辞美丽的时代，他本人也很重视文采。但他深知若过分追求文采，以致形成堆砌繁杂之弊，或者造成上文所说的“讹势”（讹势也是醉心玩弄辞采的一种表现），那是违背写作规律、妨害文风健康的。因此《风骨》强调，“若骨采未圆，风辞未练，而跨略旧规，驰骛新作，虽获巧意，危败亦多”，即必须摆正风骨与辞采的关系。刘勰强调在这个问题上作者须有自觉性。

《风骨》可说是我国古代文章学、文学批评中的第一篇文风专论，其意义不应低估。

文心雕龙·通变

〔梁〕刘　勰

夫设文之体有常，变文之数无方[1]，何以明其然耶？凡诗、赋、书、记[2]，名理相因[3]，此有常之体也；文辞气力[4]，通变则久[5]，此无方之数也。名理有常，体必资于故实[6]；通变无方，数必酌于新声[7]。故能骋无穷之路，饮不竭之源。然绠短者衔渴[8]，足疲者辍涂[9]，非文理之数尽，乃通变之术疏耳。故论文之方，譬诸草木，根干丽土而同性，臭味晞阳而异品矣[10]。

是以九代咏歌[11]，志合文则[12]。黄歌“断竹[13]”，质之至也；唐歌“在昔[14]”，则广于黄世；虞歌“卿云[15]”，则文于唐时；夏歌“雕墙[16]”，缛于虞代；商、周篇什，丽于夏年。至于序志述时，其揆一也[17]。暨楚之骚文，矩式周人；汉之赋颂，影写楚世；魏之篇制，顾慕汉风；晋之辞章，瞻望魏采。搉而论之[18]，则黄唐淳而质，虞夏质而辨[19]，商周丽而雅，楚汉侈而艳[20]，魏晋浅而绮[21]，宋初讹而新[22]。从质及讹，弥近弥淡。何则？竞今疏古，风末气衰也[23]。今才颖之士，刻意学文，多略汉篇，师范宋集，虽古今备阅，然近附而远疏矣。夫青生于蓝[24]，绛生于蒨[25]，虽逾本色，不能复化[26]。桓君山云："予见新进丽文，美而无采；及见刘、杨言辞，常辄有得[27]。"此其验也。故练青濯绛[28]，必归蓝蒨，矫讹翻浅[29]，还宗经诰。斯斟酌乎质文之间，而檃括乎雅俗之际[30]，可与言通变矣。

夫夸张声貌，则汉初已极；自兹厥后，循环相因，虽轩翥出辙，而终入笼内。枚乘《七发》云："通望兮东海，虹洞兮苍天[31]。"相如《上林》云："视之无端，察之无涯，日出东沼，入乎西陂。"马融《广成》云[32]："天地虹洞，固无端涯，大明出东[33]，月生西陂。"杨雄《校猎》云："出入日月，天与地沓[34]。"张衡《西京》云："日月于是乎出入，象扶桑与蒙汜[35]。"此并广寓极状[36]，而五家如一。诸如此类，莫不相循，参伍因革[37]，通变之数也。

是以规略文统，宜宏大体。先博览以精阅，总纲纪而摄契；然后拓衢路，置关键，长辔远驭，从容按节。凭情以会通，负气以适变[38]，采如宛虹之奋鬐，光若长离之振翼[39]，乃颖脱之文矣[40]。若乃龌龊于偏解[41]，矜激乎一致[42]，此庭间之回骤[43]，岂万里之逸步哉？

赞曰：文律运周[44]，日新其业。变则可久，通则不乏。趋时必果[45]，乘机无怯。望今制奇，参古定法[46]。

华东师范大学出版社版林其锬、陈凤金

《增订文心雕龙集校合编·元至正刊本文心雕龙集校》

注释

[1] 数：术，方法，路径。无方：无常，不一。

[2] "凡诗、赋"句：杨明照《文心雕龙校注拾遗》："按自《明诗》第六至《书记》第二十五，皆研讨文体者，势不能一一标出，故约举首尾篇目以包其余。"

[3] 名理相因：谓诸种文体应有之特征与其名称须相符合。理，即《序志》"敷理以举统"之理。

[4] 气力：即风力，指文章对于读者的作用力。

[5] 通变则久：《易·系辞下》："通其变，使民不倦。"又："易穷则变，变则通，通

则久。”谓圣人制器教民，非一成不变，而是开通其变化，以变求其畅通不滞。此以喻文。

[6] 资：凭借。故实：此指前代范文。实，事实。

[7] 新声：喻近人、今人所作。

[8] “绠短”句：《庄子·至乐》：“绠短者不可以汲深。”绠，汲水的井绳。

[9] 辍涂：中止于途。涂，通“途”。

[10] “根干”二句：谓草木根干皆附着于土，是其性同（皆为植物）；而其气味则散发于阳光下，各各不同。丽，附着。臭（xiù），气味。晞，晒。

[11] 九代：指下文所说黄帝、唐尧、虞舜、夏、商、周（包括楚）、汉、魏、晋（包括宋）。

[12] 志合文则：谓情志的表达合乎文章通变的法则。

[13] 断竹：《吴越春秋》卷五载歌：“断竹，续竹，飞土，逐肉。”范文澜《文心雕龙注》：“案彦和谓此歌本于黄世，未知何据。书缺有间，不可考矣。”

[14] “唐歌”句：唐，唐尧。在昔，未详。

[15] 卿云：《尚书大传》卷一载舜歌曰：“卿云烂兮，纠缦缦兮。日月光华，旦复旦兮。”

[16] 雕墙：《尚书·五子之歌》载歌曰：“内作色荒，外作禽荒，甘酒嗜音，峻宇雕墙。有一于此，未或不亡。”雕，饰画。

[17] 其揆一也：《孟子·离娄下》：“先圣后圣，其揆一也。”揆（kuí），度量，犹今言准则。

[18] 搉：大略。

[19] 辨：明白。

[20] 侈：大。

[21] 浅：浅易。

[22] 讹：不正。

[23] 风末气衰：谓风气衰颓。

[24] 青生于蓝：《荀子·劝学》：“青取之于蓝而青于蓝。”蓝，蓝草。

[25] 绛：大红色。蒨（qiàn）：茜草。

[26] “虽逾”二句：谓青色、绛色虽超过原来的草色，但已到达极点，不能再向前变化。意谓自黄唐至晋宋，文章沿着由质趋文的方向，变化已穷。言外之意，应当返本，与下文“必归蓝蒨”“还宗经诰”呼应。

[27] “桓君山”五句：桓君山，东汉桓谭，字君山。刘、杨，指刘向、扬雄。

[28] 练青濯绛：谓改变、去除青、绛之色。练亦濯意。（见《战国策·秦策》“简练

以为揣摩”高诱注。又《文选·七发》“洒练五藏”李善注：“练，犹汰也。”）

[29] 翻：改变。

[30] 檃括：矫正曲木之具。此指加工。

[31] 虹洞：《文选·七发》李善注：“虹洞，相连貌也。”

[32] 马融《广成》：东汉马融《广成颂》。广成，汉宫殿名。

[33] 大明：日。

[34] “杨雄”三句：引文见扬雄《羽猎赋》。赋序云：“故聊因校猎，赋以风之。”校猎，设木栅栏遮拦野兽以猎取之。杳，远。

[35] 扶桑：神树名，日出处。蒙汜（sì）：蒙水之涯，日入处。

[36] 广寓极状：谓多方描述，极力形容。寓，寄。六朝人有“寄言”、“寓言”之语，谓寄托意旨于言辞，即运用言辞之意。此“寓”即“寓言”。

[37] 参伍：错杂。《易·系辞上》：“参伍以变。”孔颖达疏：“参，三也；伍，五也。或三或五，以相参合，以相改变。略举三五，诸数皆然也。”

[38] “凭情”二句：谓作者凭恃其情志、才气以达到通变的目的。会通，合于变通。适，之，往。《易·系辞上》：“化而裁之谓之变。”韩康伯注：“因而制其会通适变之道也。”

[39] “采如”二句：谓文章之光彩犹如长虹高耸，又如明星耀天。张衡《西京赋》：“瞰宛虹之长鬐。”宛，屈曲。鬐（qí），鱼脊鳍，喻虹之形。又张衡《思玄赋》：“前长离使拂羽兮。”长离，朱雀，二十八宿南方七宿的总称，其形如凤鸟。

[40] 颖脱：出众。《史记·平原君列传》：“得处囊中，乃脱颖而出。”

[41] 龌龊：局促狭小貌。

[42] “矜激”句：谓夸耀、偏执于一途，不知变化。

[43] 骤：跑马。

[44] 文律运周：谓文章以周而复始、运动不息为其发展规律。

[45] 趋时必果：《易·系辞下》：“变通者，趣时者也。”此借用其语，谓作文当果敢地依据情况、条件而变通。

[46] “望今”二句：即篇首“体必资于故实”“数必酌于新声”之意。奇，指新创、不同于一般。

说明

《通变》是《文心雕龙》的第二十九篇。

“通变”一语，出自《周易》。《周易·系辞下》云：“易穷则变，变则通，通则久。”韩康伯注云：“通变则无穷，故可久也。”事物发展到了极端，就须变化；变化方能流通不滞。古人认为这是万事万物的普遍规律。刘勰以为文章也是如此。《通变》赞语云：“文律运周，日新其业。”便是从文章发展规律的高度说明新变的重要。他认为“设文之体有常，变文之数无方”，意谓各种文体的基本特点，包括风格特点，是古今一致，不能任意改变的；而在运用文辞、具体的写作手法等方面却必须求其新变，“酌于新声”，不然的话，文章的发展就停滞了。

刘勰又指出必须在正确地学习前人的基础上求新变。而为了做到这一点，又必须有所抉择，找到好的学习对象。于是《通变》篇总结自黄帝、唐尧至刘宋时文章风貌的变化。他认为由古到今文章发展总的趋势是由质趋文，即由质朴简单趋于美丽繁缛。其中“商、周丽而雅”，其文风最为理想；以后便出现“文”的方面过甚的倾向，到了刘宋，终于走到“讹而新”即以故意违反正规为新奇的不良文风。因此，必须回过头去学习商、周之雅丽，也就是要“还宗经诰”。这也就是说，刘勰认为文章发展已经到了“不能复化”，应该穷而思变、“贲象穷白”(《情采》)的时候。但当时许多作者却不懂得此点，而是“龌龊于偏解，矜激乎一致”，盲目地“师范宋集”。刘勰对此甚为不满，加以批评。这也是《通变》篇的一个重要观点。

提倡宗经，是为了纠正“讹而新”的不良文风，并不排斥学习自《楚辞》以来的各代优秀作品。事实上，综观《文心雕龙》全书，刘勰对楚汉、魏晋的优秀作家作品有全面深刻的了解，即使对刘宋诗文，也还是肯定其描写景物自然真切的优点。《通变》云：“斯斟酌乎质文之间，而檃括乎雅俗之际，可与言通变矣。”并不一味反对“文”与“俗”。这与《辨骚》篇中提出的基本思想“酌奇而不失其贞，玩华而不坠其实”是相一致的。

文心雕龙·情采

〔梁〕刘　勰

圣贤书辞，总称文章，非采而何[1]？夫水性虚而沦漪结，木体实而华萼振[2]，文附质也[3]。虎豹无文，则鞟同犬羊[4]，犀兕有皮，而色资丹漆[5]，质待文也。若乃综述性灵，敷写器象[6]，镂心鸟迹之中，织辞鱼网之上[7]，其为彪炳，缛彩名矣[8]。故立文之道，其理有三[9]：一曰形文，五色是也[10]；二曰声文，五音是也[11]；三曰情文，五性是也[12]。五色杂而成黼黻[13]，五音比而成《韶》《夏》[14]，五性发而为辞章，神理之数也[15]。《孝经》垂典，丧言不文[16]；故知君子常言未尝质也。老子疾伪，故称"美言不信"[17]；而五千精妙，则非弃美矣[18]。庄周云"辩雕万物"，谓藻饰也[19]。韩非云"艳乎辩说"，谓绮丽也[20]。绮丽以艳说，藻饰以辩雕[21]，文辞之变，于斯极矣。研味《孝》《老》，则知文质附乎性情[22]；详览《庄》《韩》，则见华实过乎淫侈[23]。若择源于泾渭之流，按辔于邪正之路，亦可以驭文采矣[24]。夫铅黛所以饰容，而盼倩生于淑姿[25]；文采所以饰言，而辩丽本于情性[26]。故情者文之经，辞者理之纬[27]；经正而后纬成，理定而后辞畅。此立文之本源也。

昔诗人篇什[28]，为情而造文；辞人赋颂[29]，为文而造情。何以明其然？盖《风》《雅》之兴，志思蓄愤[30]，而吟咏情性，以讽其上[31]，此为情而造文也；诸子之徒[32]，心非郁陶[33]，苟驰夸饰[34]，鬻声钓世[35]，此为文而造情也。故为情者要约而写真，为文者淫丽而烦滥。而后之作者，采滥忽真，远弃《风》《雅》，近师辞赋，故体情之制日疏，逐文之篇愈盛。故有志深轩冕[36]，而泛咏皋壤[37]；心缠机务[38]，而虚述人外[39]。真宰弗存[40]，翩其反矣[41]。夫桃李不言而成蹊[42]，有实存也；男子树兰而不芳，无其情也[43]。夫以草木之微，依情待实；况乎文章，述志为本。言与志反，文岂足征！

是以联辞结采，将欲明理，采滥辞诡，则心理愈翳。固知翠纶桂饵[44]，反所以失鱼。言隐荣华[45]，殆谓此也。是以"衣锦褧衣"，恶文太章[46]；《贲》象穷白，贵乎反本[47]。夫能设模以位理，拟地以置心[48]，心定而后结音，理正而后摛藻[49]，使文不灭质，博不溺心[50]，正采耀乎朱蓝，间色屏于红紫[51]，乃可谓雕琢其章[52]，彬彬君子矣[53]。

赞曰：言以文远[54]，诚哉斯验。心术既形，英华乃赡[55]。吴锦好渝[56]，舜英徒艳[57]。繁采寡情，味之必厌。

华东师范大学出版社版林其锬、陈凤金

《增订文心雕龙集校合编·元至正刊本文心雕龙集校》

注释

[1]“圣贤书辞”三句：《周礼·考工记》：“青与赤谓之文，赤与白谓之章。”谓画绘色彩之事。连缀文字以成书辞，亦称文章。刘勰用其双关之义。

[2]振：开放。

[3]质：指本体。文：指本体上的文饰。

[4]“虎豹”二句：《论语·颜渊》：“子贡曰……文犹质也，质犹文也；虎豹之鞟，犹犬羊之鞟。”《集解》：“孔曰：皮去毛曰鞟。虎豹与犬羊别，正以毛文异耳。”

[5]“犀兕”二句：《左传》宣公二年载筑城者讴曰：“从（纵）其（谓犀兕）有皮，丹漆若何？”此借用其语，言犀兕之皮可制甲，而欲有色采之美，则尚须丹漆。兕（sì），兽名，似野牛。资，凭借。

[6]“若乃综述”二句：上句言表达情志，下句言陈述事物。二者即刘勰对文章功用的认识。《易·系辞上》：“见乃谓之象，形乃谓之器。”器、象包举一切可见可知之事物而言，不仅限于今日所谓“形象”。

[7]“镂心”二句：谓刻画心思，组织词句，以文字书于纸上。鸟迹，指文字。《说文解字序》：“黄帝之史仓颉，见鸟兽蹏（蹄）迒之迹，知分理之可相别异也，初造书契。”鱼网，指纸。《后汉书·宦者蔡伦传》：“伦乃造意，用树肤、麻头及敝布、鱼网以为纸。”

[8]“其为彪炳”二句：谓文章美丽鲜明，乃以繁盛之“采”称说之。名，称说。

[9]“故立文”二句：谓形成文的途径，有三种情况。故，夫，提起连词。（见吴昌莹《经词衍释》五、杨树达《词诠》三）

[10]五色：青、黄、赤、白、黑。

[11]五音：宫、商、角、徵、羽。

[12]五性：诸说不同。《大戴礼记·文王官人》以喜、怒、欲、惧、忧为五性，《白虎通义·情性》以仁、义、礼、智、信为五性。此泛指人之性情。

[13]黼黻：古代礼服上的花纹。《周礼·考工记》：“白与黑谓之黼，黑与青谓之黻。”

[14]“五音比”句：比，排比配合。《韶》，舜乐。《夏》，禹乐。

[15]神理之数：不知所以然而必然如此的规律。

[16]“《孝经》”二句：《孝经·丧亲》：“子曰：孝子之丧亲也，哭不偯（yǐ，声长而

有曲折曰偯），礼无容，言不文，服美不安，闻乐不乐。”

[17]“老子”二句：《老子》八十一章：“信言不美，美言不信。”

[18]“而五千”二句：言《老子》五千言写得精妙，那么并未抛弃文辞之美。五千，指《老子》。《史记·老庄申韩列传》：“于是老子乃著书上下篇，言道德之意五千余言而去。”

[19]“庄周”二句：《庄子·天道》：“古之王天下者……辩虽雕万物，不自说也。”辩雕万物，谓其宏辩巧妙，雕饰万物。

[20]“韩非”二句：《韩非子·外储说左上》：“夫不谋治强之功，而艳乎辩说文丽之声，是却有术之士，而任坏屋折弓也。”艳，歆羡。

[21]“绮丽”二句：谓因说辞绮丽而歆羡之，用藻饰的语言去谈说所有事物。

[22]“研味”二句：意谓研究体味上文所说的《孝经》《老子》，便知注重文采是人的性情使然。文质，此为偏义复词，偏于文义。

[23]“详览”二句：谓细读上文所引《庄子》《韩非子》，便感到它们所说的情况是华丽得太过分了。华实，亦偏义复词，取其华义。淫侈，过度。

[24]“择源”三句：意谓文采是必须的，但须注意别择驾驭，要有正确的原则。泾渭，犹言清浊，泾浊渭清。《诗经·邶风·谷风》：“泾以渭浊。”

[25]盼倩：《诗经·卫风·硕人》：“巧笑倩兮，美目盼兮。”毛传：“倩，好口辅也。盼，白黑分。”

[26]辩丽：指文辞明丽。

[27]“故情者”二句：谓情理为经，文辞为纬，先经后纬。情、理，情性事理，指文章内容言。

[28]诗人：指《诗经》各篇作者。篇什：《诗经》中的《雅》《颂》，多以十篇编为一组，称“什”。此处代指《风》《雅》《颂》诸篇。

[29]辞人：泛指宋玉以后辞赋家。颂：古人有时称赋为颂。赋颂即赋。

[30]蓄愤：积蓄充满。

[31]“吟咏”二句：语见《毛诗大序》。

[32]诸子之徒：指上文“辞人”。

[33]郁陶：郁积不畅之意。忧喜之情盈积胸中皆谓郁陶，非专指忧思言（参王念孙《广雅疏证》卷二下）。

[34]苟：随意，不严肃。

[35]鬻声钓世：犹言沽名钓誉。鬻，卖。

[36]志深轩冕：渴望官位爵禄。古代大夫以上官员乘轩服冕。轩，一种轻便车。

冕，礼帽。

[37] 泛咏皋壤：浮泛地歌唱田园。皋壤，泽边地，代指田园隐逸。

[38] 机务：机要的事务，指军政要事。

[39] 人外：尘世之外。

[40] 真宰：《庄子·齐物论》："若有真宰，而特不得其眹。"此喻真心，心为身之主宰。

[41] "翩其"句：《诗经·小雅·角弓》："骍骍角弓，翩其反矣。"谓角弓虽已调利，若保管使用不当，也会一下子翻转。翩，轻疾貌。此借用其语，谓所咏所述者与真实想法相反。

[42] "夫桃李"句：《史记·李将军列传》："谚曰：桃李不言，下自成蹊。"言李广品德高尚，以诚信待人，故自然为人所归向。此喻文章为人们所喜爱，是因为有真情实感之故。

[43] "男子"二句：《淮南子·缪称训》："男子树兰，美而不芳；继子得食，肥而不泽：情不相与往来也。"树，种植。

[44] "翠纶"句：《太平御览》卷八三四引《阙子》："鲁人有好钓者，以桂为饵，黄金之钩，错以银碧，垂翡翠之纶，其持竿处位即是，然其得鱼不几矣。"翠纶，以翡翠鸟的羽毛制成的钓鱼线。桂饵，以肉桂为鱼饵。

[45] "言隐"句：《庄子·齐物论》："言隐于荣华。"此谓所欲表达的意思为浮藻所掩。

[46] "衣锦"二句：《诗经·卫风·硕人》："硕人其颀，衣锦褧衣。"褧(jiǒng)，没有里子的单衣，谓在文采鲜丽的锦衣上罩以单衣。郑玄笺："尚之以禅衣，为其文之大著。"又《礼记·中庸》："衣锦尚絅(同褧)，恶其文之著也。"章，鲜明。

[47] "《贲》象"二句：《周易》有贲卦。贲，文饰。《贲》之上九爻辞："白贲无咎。"王弼注："处饰之终，饰终反素。故任其质素、不劳文饰而无咎也。以白为饰而无患忧，得志者也。"穷白，谓终于白。(上九为《贲》卦六爻之终)白即质素，质素为文饰之本，故曰反本。

[48] "夫能设模"二句：谓对所欲表达的内容进行考虑，即考虑要说些什么、如何安排这些内容。模，模型。地，犹言场合。理，事理。心，情志。理、心，泛指所要表达的内容。

[49] "心定"二句：谓对内容考虑定当，然后运用文辞藻采。结音，即摛藻。古人重诵读，字必有音，结音即缀字。

[50] “使文不”二句：《庄子·缮性》：“知(智)而不足以定天下，然后附之以文，益之以博。文灭质，博溺心。”郭象注：“文、博者，心、质之饰也。”原谓道德下衰，淳朴变为巧智，此处借用，文、博指繁富的文采，质、心指内容。

[51] “正采”二句，以摈除杂色比喻弃绝滥施藻采的写法。词色，杂色。屏，摈除。

[52] 雕琢其章：《诗经·大雅·棫朴》：“追琢其章，金玉其相。”追，雕。相，质。言在金玉美质上雕琢成文。此言“雕琢其章”，实兼有“金玉其相”意。

[53] 彬彬君子：《论语·雍也》：“质胜文则野，文胜质则史。文质彬彬，然后君子。”《集解》引包咸曰：“彬彬，文质相半之貌。”此谓有文采而不过分。

[54] 言以文远：《左传》襄公二十五年引孔子语：“志有之：言以足志，文以足言。不言，谁知其志？言之无文，行而不远。”

[55] “心术”二句：谓心中所感所想的表现出来了，文采的花朵也就繁茂地开放了。《礼记·乐记》：“应感起物而动，然后心术形焉。”心术，犹心路，指人的思想感情。

[56] 好(hào)：容易。渝：变，此指变色。

[57] 舜英：木槿的花，朝开暮落。

说明

《情采》是《文心雕龙》第三十一篇，论文章内容与文辞采丽之间的关系。采指文采，情指情性。刘勰认为文章是情性的外现，因此说情、情性，也就相当于指文章的内容。

在我国古代文论中，很早就有人言及内容和文辞修饰之间的关系。例如孔子既说“辞达而已矣”(《论语·卫灵公》)，反对过事华辞；又说“言之无文，行而不远”，“非文辞不为功”(《左传·襄公二十五年》)，注意言辞的文饰。据说他还说过“情欲信，辞欲巧”(《礼记·表记》)，将情、辞相对待提出而并重二者。孔子的观点，是儒家对文章学的重要贡献，对后世，包括对刘勰，影响很大。又如扬雄说“事胜辞则亢(过于质直之意)，辞胜事则赋(如辞人之赋那样过于铺张)，事辞称则经”(《法言·吾子》)，陆机说“理扶质以立干，文垂条而结繁”(《文赋》)，范晔说“故当以意为主，以文传意”(《狱中与诸甥侄书》)，都正确地指出了内容与文辞修饰二者应该并重、应将内容置于主导地位这一基本的原理。

《情采》篇继承这一基本观点而加以发展。“圣贤书辞，总称文章，非采而何?”表明刘勰对文辞美丽是十分重视的。但他又强调情、理(指内容)是经,文采是纬;强调“辩丽本于情性”,文章之美与不美,从根本上说取决于“情性”即取决于内容。二者并重,而其主次关系不容颠倒。《情采》称此为“立文之本源”,可见其重视的程度。

《情采》篇具有针砭时弊的意义。一是强调“采滥辞诡,则心理愈翳”,“翠纶桂饵,反所以失鱼”。刘勰认为宋齐之世某些作者有过分追求文采以致淹没内容的倾向,故着重加以指出。二是强调应“为情而造文”,强调表达真实的情志。刘勰认为近世作者有的“志深轩冕,而泛咏皋壤;心缠几务,而虚述人外”。这很可能是有所指的。晋宋之际,士大夫以宅心事外为高尚,作品中也就以表现“事外远致”为高,东晋时充斥文坛的玄言诗赋便是如此。至刘宋时山水诗勃起,在描绘自然风景的同时抒发其隐逸情怀。谢灵运在这方面成就最高,而仿效者蜂起,其风至齐梁时犹盛。其中自然平庸者多,千篇一律,令人昏睡,而且其作者其实也多为“志深轩冕”“心缠几务”之徒。刘勰对此种现象颇为不满,因此指出这也是一种“繁采寡情”、违背情辞关系准则的不良风气。

文心雕龙·丽辞

〔梁〕刘　勰

造化赋形,支体必双[1];神理为用,事不孤立。夫心生文辞,运裁百虑[2],高下相须[3],自然成对。唐、虞之世,辞未极文,而皋陶赞云:“罪疑惟轻,功疑惟重[4]。”益陈谟云:“满招损,谦受益[5]。”岂营丽辞?率然对尔[6]。《易》之《文》《系》[7],圣人之妙思也。序《乾》四德,则句句相衔[8];龙虎类感,则字字相俪[9];乾坤易简,则宛转相承[10];日月往来,则隔行悬合[11]。虽句字或殊,而偶意一也。至于诗人偶章[12],大夫联辞[13],奇偶适变,不劳经营[14]。自杨、马、张、蔡[15],崇盛丽辞,如宋画吴冶,刻形镂法[16],丽句与深采并流,偶意共逸韵俱发[17]。至魏、晋群才,析句弥密[18],联字合趣[19],剖毫析厘。然契机者入巧[20],浮假者无功。

故丽辞之体,凡有四对:言对为易,事对为难,反对为优,正对为劣。言对者，双比空辞者也[21]；事对者，并举人验者也[22]；反对者，理殊趣合者也[23]；正对者，事异义同者也。长卿《上林赋》云："修容乎礼园，翱翔乎书圃[24]。"此言对之类也。宋玉《神女赋》云："毛嫱鄣袂，不足程式[25]；西施掩面，比之无色。"此事对之类也。仲宣《登楼》云[26]："钟仪幽而楚奏[27]，庄舄显而越吟[28]。"此反对之类也。孟阳《七哀》云[29]："汉祖想枌榆[30]，光武思白水[31]。"此正对之类也。凡偶辞胸臆[32]，言对所以为易也；征人之学[33]，事对所以为难也；幽显同志[34]，反对所以为优也；并贵共心[35]，正对所以为劣也。又言对事对，各有反正，指类而求，万条自昭然矣。

张华诗称"游雁比翼翔，归鸿知接翮"[36]；刘琨诗言"宣尼悲获麟，西狩涕孔丘"[37]。若斯重出，即对句之骈枝也[38]。

是以言对为美，贵在精巧；事对所先，务在允当。若两事相配，而优劣不均，是骥在左骖，驽为右服也[39]。若夫事或孤立，莫与相偶，是夔之一足，踸踔而行也[40]。若气无奇类[41]，文乏异采，碌碌丽辞[42]，则昏睡耳目。必使理圆事密，联璧其章[43]，迭用奇偶[44]，节以杂佩[45]，乃其贵耳。类此而思，理斯见也。

赞曰：体植必两[46]，辞动有配[47]。左提右挈[48]，精味兼载[49]。炳烁联华[50]，镜静含态[51]。玉润双流，如彼珩珮[52]。

华东师范大学出版社版林其锬、陈凤金《增订文心雕龙集校合编·元至正刊本文心雕龙集校》

注释

［1］文体：即肢体。

［2］"运裁"句：谓对种种想法进行加工。运，运转，运行。裁，裁制。

［3］须：待，相对待。《老子》二章："高下相倾。"

［4］"而皋陶"三句：皋陶（gāo yáo），舜臣，掌刑狱。赞，助，谓辅助舜。皋陶语见《尚书·大禹谟》。意谓对罪行的判定有疑惑时，应从轻处罚，对功劳的判定有疑惑时，应从重行赏。

［5］"益陈"三句：益，舜臣。谟，谋。益语见《尚书·大禹谟》。

[6] 率然对尔：谓上举皋陶、益之语非刻意求其对偶，乃脱口而出，自然成对。

[7]《文》《系》：指《周易》之《文言》及《系辞》上下，相传为孔子所作。

[8] 四德：《易·乾》卦辞："乾，元亨利贞。"即所谓四德。《文言》云："元者，善之长也；亨者，嘉之会也；利者，义之和也；贞者，事之干也。君子体仁足以长人，嘉会足以合礼，利物足以和义，贞固足以干事。君子行此四德者，故曰'乾，元亨利贞'。"其句式排比整齐，且"君子体仁"四句分别与"元者"四句相对应。

[9]"龙虎"二句：《易·乾·文言》："九五曰：'飞龙在天，利见大人'，何谓也？子曰：'同声相应，同气相求。水流湿，火就燥。云从龙，风从虎。圣人作而万物睹。本乎天者亲上，本乎地者亲下，则各从其类也。'"类感，指同类相感应。孔颖达《正义》云："龙是水畜，云是水气，故龙吟则景云出，是云从龙也。虎是威猛之兽，风是震动之气，此亦是同类相感，故虎啸则谷风生，是风从虎也。"俪，骈俪，成双成对。

[10]"乾坤"二句：《易·系辞上》："乾以易知，坤以简能。易则易知，简则易从。易知则有亲，易从则有功。有亲则可久，有功则可大。可久则贤人之德，可大则贤人之业。"按：此段话不仅每两句形成对偶，且逐句紧相承接。

[11]"日月"二句：《易·系辞下》："日往则月来，月往则日来，日月相推则明生焉。寒往则暑来，暑往则寒来，寒暑相推而岁成焉。"日月与寒暑隔行相对，故曰"悬合"。

[12] 诗人偶章：指《诗经》中的对偶。

[13] 大夫联辞：指春秋时列国大夫相应对之辞。

[14]"奇偶"二句：承上二句谓《诗经》中的作品和大夫之辞或奇或偶，适合不同的情况，并不刻意经营。

[15] 杨、马、张、蔡：西汉作家扬雄、司马相如，东汉作家张衡、蔡邕。

[16]"如宋画"二句：《淮南子·修务训》："夫宋画吴冶，刻刑镂法，乱修曲出，其为微妙，尧舜之圣不能及。"高诱注："宋人之画，吴人之冶，刻镂刑法，乱理之文，修饰之巧，曲出于不意也。"杨树达《淮南子证闻》卷七："刑当读为型，故与法为对文。"按：杨说是。型、法皆模型、范型之意。《说文解字》木部："模，法也。"又竹部："笵（範），法也。"又土部："型，铸器之灋（法）也。"以木为之曰模，以竹曰笵，以土曰型，三者皆谓之法。形，刑、型的假借字。

[17]"丽句"二句：深采、逸韵皆谓文辞，采从藻采言，韵从声音言。

[18] 析句弥密：造句更加精密。析句，《章句》云："句者，局也。局言者，联字以

分疆。”析句即分疆而成句之意。

[19] 联字合趣：趣，意。凡一字有一字之意，故联字即合趣。

[20] 契机：合适，合宜。

[21] 比：比并。空辞：指不含事例典故。

[22] 并举人验：谓同时举出人事来表明意思，即在对句中都运用典故。人验，取人事为凭验。验，凭据。

[23] 理殊趣合：事理全然不同，而意思互相配合。殊，有断、绝意，比下文“事异义同”之“异”程度更甚。

[24] “修容”二句：修容，修饰容仪。《文选》李善注引郭璞曰：“礼所以整威仪，自修饰也。”翱翔，犹言遨游、逍遥。

[25] “毛嫱”二句：意谓毛嫱实不够格，不足为美女之模范。毛嫱，古代美女名。鄣，同“障”，遮蔽。程式，法式，犹言标准。

[26] 仲宣：汉末文学家王粲字仲宣。

[27] “钟仪”句：《左传・成公九年》载，楚国乐师钟仪被晋国囚禁，晋君令其演奏，钟仪乃奏楚乐，晋人谓其不忘故土。

[28] “庄舄”句：越人庄舄(xì)在楚国做官，病中思念故国，仍发越声。见《史记・张仪列传》。

[29] 孟阳：西晋作家张载，字孟阳。

[30] 汉祖：汉高祖刘邦。枌榆：刘邦为沛县(今属江苏)人，其地有枌榆乡。

[31] 光武：东汉光武帝刘秀。白水：刘秀为南阳郡舂陵(今湖北枣阳南)人，舂陵即白水乡地。

[32] 偶辞胸臆：谓对偶其辞于胸臆中，不必凭借学问。南北朝时称直接抒写、不用典故者为胸臆语。《文镜秘府论・天卷・四声论》引魏收《魏书・文苑传序》：“辞罕渊源，言多胸臆。”《颜氏家训・文章》：“邢子才常曰：‘沈侯文章，用事不使人觉，若胸臆语也。’”

[33] 征人之学：验证人的学问。

[34] 幽显同志：上文所举《登楼赋》句，钟仪为幽，庄舄为显；二人皆思念故土，为“同志”。即所谓“理殊趣合”。

[35] 并贵共心：上文所举《七哀诗》，汉高祖、汉光武帝皆为帝王，是“并贵”，都思念家乡，是“共心”。

[36] “游雁”二句：见西晋张华《杂诗》之三。翮(hé)，鸟羽的茎部，代指鸟翼。

[37] “宣尼”二句：见西晋刘琨《重赠卢谌诗》。宣尼，汉平帝时追谥孔子为宣尼公。

《公羊传·哀公十四年》载，鲁人西狩获麟，孔子闻之，"曰：孰为来哉！孰为来哉！反袂拭面，涕沾袍"。麟为祥瑞，乃见于衰世，出非其时，故孔子悲之。

[38] 骈枝：骈拇枝指。骈拇谓足拇指连第二指，枝指谓手有六指。《庄子·骈拇》："是故骈于足者，连无用之肉也；枝于手者，树无用之指也。"喻无用、多余。

[39] "是骥"二句：骥，良马。驽，劣马。骖、服，拉车的马，居中夹辕者为服，在两旁者为骖。但若浑言之，在两旁者亦可称为服马。（参《说文解字》"舟"部"服"字段注）

[40] "是夔"二句：夔(kuí)，古代传说中的一足兽。踸踔(chěn chuō)，即跉踔，行路不稳貌。《庄子·秋水》："夔谓蚿曰：'吾以一足，跉踔而行。'"

[41] 气无奇类：即"无奇特之气类""气类不奇"之意，谓对偶之辞凡庸而不出众。气类，气之同类者，指对偶言。

[42] 碌碌：平庸。

[43] 联璧其章：使璧玉成对以成其鲜明的文采。

[44] 迭用奇偶：交替使用不对偶的句子(奇)和对偶的句子(偶)。

[45] 节以杂佩：古人佩戴各种玉器，行步时撞击有声以为节奏。此喻迭用奇偶形成和谐变化的节奏。

[46] 体：肢体。植：生成。两：成双成对。

[47] 辞动句：谓运辞辄成偶配。动，发动，运行。

[48] 左提右挈：谓双方协力同心以扶持之，喻对偶。挈(qiè)，提。

[49] 精味兼载：言精巧的意味体现于对偶句中。兼，并。

[50] 炳烁：光彩闪耀。联华：成双成对的花。

[51] 镜静含态：谓明镜照物，形影成双。亦喻对偶。静，清明。

[52] "玉润"二句：润，言玉之光泽柔和温润。《礼记·聘义》："君子比德于玉焉：温润而泽，仁也。"流，言光彩流动。珩(héng)，佩玉最上之横者。《礼记·玉藻》："古之君子必佩玉，右徵角，左宫羽。"佩玉于两侧，故曰"双流"。

说明

《丽辞》是《文心雕龙》的第三十五篇。

刘勰生活在一个非常看重文辞修饰的时代。文辞美丽与否，成为重要的审美标准之一。不仅诗赋等主要供审美愉悦的作品如此，即使应用性文字也是如此。修辞的重要手段之一是对偶，骈偶文体成为文坛主流。刘勰不可能超脱于时代风气之外，他也十分重视文辞之美，重视骈偶。《文心雕龙》这部颇具理论性的著作，也用骈文写成。《丽辞》一篇，便是专论对偶的。丽，乃成双成对之意。

为了强调对偶的重要，抬高其地位，刘勰不仅从儒家经书中找出对偶的例子，称之为“圣人之妙思”，而且将对偶说成是天造地设的普遍规律，是“神理”即“道”的体现。他说上古文辞质朴，作者并未有意识地经营俪辞，但典籍中却已有偶对，这就证明对偶是自然而然的现象。刘勰的论证，体现了玄学将“自然”“道”视为万物存在的最高依据的思维特点。当然，对偶毕竟只是一种修辞手法。文章优劣，还取决于内容、文辞上的许多因素。《丽辞》云：“契机者入巧，浮假者无功。”“若气无奇类，文乏异采，碌碌丽辞，则昏睡耳目。”刘勰既强调对偶的重要，又不趋于极端。

关于对偶手法的具体运用，刘勰的意见中有几点值得注意。一是总结出对偶中两种相对的情形：言对与事对，正对与反对。刘勰认为反对优于正对，那是由于反对有相反相成的对照映衬之趣。刘勰这种观点，体现了避免单调、从多样变化中求统一、协调的美学趣味。二是对偶不但求其巧妙、恰当，还应求其均衡。若上下句都用典故，但一句用得好，一句不好，便给人不均衡之感；若一句用典，一句不用，那更简直是“夔之一足，趻踔而行”了。这表明刘勰对于对称的审美感觉敏锐而精细。三是主张“迭用奇偶”，认为一篇之中从头到尾全是对偶也未必好，应在对偶中适当夹杂一些散句。这也体现了求变化、忌单调的审美趣味。当然，刘勰并非主张骈散混合，他还是主张骈偶为主的，只是说应夹杂少量散句作为调剂而已。《文心雕龙》本身就正是如此。

南朝是骈文兴盛之时，刘勰顺应时代潮流，对这种创作倾向作了一次总结。他的论述，在修辞学上具有开创的意义。唐宋之后论对偶者甚多，并且日益细致，但在基本精神方面，都不出《文心雕龙·丽辞》所论。

文心雕龙·比兴

〔梁〕刘　勰

《诗》文弘奥，包韫六义[1]，毛公述传，独标兴体[2]。岂不以风通而赋同[3]，比显而兴隐哉？故比者，附也；兴者，起也。附理者，切类以指事[4]；起情者，依微以拟议[5]。起情故兴体以立，附理故比例以生[6]。

比则蓄愤以斥言[7]，兴则环譬以托讽[8]。盖随时之义不一，故诗人之志有二也[9]。

观夫兴之托喻，婉而成章[10]，称名也小，取类也大[11]。关雎有别，故后妃方德[12]；尸鸠贞一，故夫人象义[13]。义取其贞，无从于夷禽[14]；德贵其别，不嫌于鸷鸟[15]。明而未融[16]，故发注而后见也[17]。且何谓为比？盖写物以附意，飏言以切事者也[18]。故金锡以喻明德[19]，珪璋以譬秀民[20]，螟蛉以类教诲[21]，蜩螗以写号呼[22]，浣衣以拟心忧[23]，卷席以方志固[24]。凡斯切象，皆比义也。至如“麻衣如雪”[25]，“两骖如舞”[26]，若斯之类，皆比类者也[27]。衰楚信谗，而三闾忠烈[28]，依《诗》制《骚》，讽兼比兴[29]。炎汉虽盛[30]，而辞人夸毗[31]，讽刺道丧，故兴义销亡。于是赋颂先鸣[32]，故比体云构，纷纭杂遝[33]，倍旧章矣[34]。

夫比之为义，取类不常：或喻于声，或方于貌，或拟于心，或譬于事。宋玉《高唐》云：“纤条悲鸣，声似竽籁[35]。”此比声之类也。枚乘《菟园》云：“猋猋纷纷，若尘埃之间白云[36]。”此比貌之类也。贾生《鹏鸟》云[37]：“祸之与福，何异纠缠[38]。”此以物比理者也。王褒《洞箫》云：“优柔温润，如慈父之畜子也[39]。”此以声比心者也。马融《长笛》云：“繁缛络绎，范、蔡之说也[40]。”此以响比辩者也。张衡《南都》云：“起郑舞，茧曳绪[41]。”此以容比物者也[42]。若斯之类，辞赋所先，日用乎比，月忘乎兴，习小而弃大，所以文谢于周人也[43]。至于杨、班之伦[44]，曹、刘以下[45]，图状山川，影写云物，莫不织综比义，以敷其华[46]，惊听回视[47]，资此效绩。又安仁《萤赋》云：“流金在沙[48]。”季鹰《杂诗》云：“青条若总翠[49]。”皆其义者也。故比类虽繁，以切至为贵；若刻鹄类鹜[50]，则无所取焉。

赞曰：诗人比兴，触物圆览[51]。物虽胡越，合则肝胆[52]。拟容取心[53]，断辞必敢[54]。攒杂咏歌[55]，如川之澹[56]。

华东师范大学出版社版林其锬、陈凤金

《增订文心雕龙集校合编·元至正刊本文心雕龙集校》

注释

［1］六义：见《毛诗大序》。一般认为，其中风、雅、颂是指《诗》的三个部分，赋、

比、兴是指三种表现手法。

[2]“毛公”二句：战国秦汉间，治《诗》者有鲁人大毛公，为《诂训传》于其家，后世称为毛传。《诗》三百零五篇中，有一百一十六篇毛传标明“兴”也；比、赋则未曾标出。

[3]“风通”句：此句费解，试释如下：风通，意谓《诗》中之风，与赋、比、兴三种手法相通（即兼用三种手法），言外之意是说风不是表现手法，而是《诗》中一个部分，本已与雅、颂区分明确，自然不必再加标注。（雅、颂也是如此，举风以兼雅颂。）赋同，意谓《诗》中赋的手法为直陈，与作为文体的赋的基本手法相同，故易于识别，也无须标出。

[4]“附理”二句：谓比乃比附事物，是取相近的有类似之处的事物以指说之。理，泛指事物、事理，不专就抽象的“道理”言。切，近，迫近。

[5]“起情”二句：谓兴乃引发情思，是由微小之物加以揣度论议。拟议，揣度、论议。《易·系辞上》：“拟之而后言，议之而后动，拟议以成其变化。”按：《诗经》中所谓兴，多举草木鸟兽等物，以表述诗人由之而联想到的人事、事理。如《关雎》“关关雎鸠，在河之洲”。毛传：“兴也。关关，和声也。雎鸠，王雎也，鸟挚而有别。……后妃说乐君子之德，无不和谐，又不淫其色，慎固幽深，若关雎之有别焉。”即由关雎和鸣联想到后妃之德。鸟兽草木相对于人事乃微物，故刘勰云“依微以拟议”；联想到人事、事理，乃受“微物”启发揣想所致。

[6]例：体例、类例。

[7]“蓄愤”句：谓情思积满，乃直指而言。愤，谓情思郁结充盈，不必理解为愤怒、激愤。斥，指，直说，不必理解为斥责之意。“斥言”与上文“切类以指事”之“指事”呼应，即直指其事而言。按：与“兴”相比，“比”来得显明，作者之意仍很明白；“兴”则意在言外，深隐难知，故刘勰认为“比”是“斥言”。

[8]“环譬”句：谓不直接指说，而是将欲说之意寄托于“微物”中委婉地表达出来。环，绕。譬，晓喻，说明白。

[9]“盖随时”二句：谓随情况变化而采取不同措施，故诗人的表现手法就有比、兴两种。《易·随·彖传》：“随时之义大矣哉！”志，想法，此谓关于采用何种表现手法的想法。

[10]婉而成章：委婉曲折地形成文章。《左传·成公十四年》：“《春秋》之称，微而显，志而晦，婉而成章，尽而不污，惩恶而劝善。非圣人，谁能修之？”

[11] “称名”二句：谓所称说者微小，而所欲表达者重大。二者有某种相似处，故曰“取类”。《易·系辞下》：“其称名也小，其取类也大。”《史记·屈原列传》：“(《离骚》)其称文小而其指极大。”

[12] “关雎”二句：《毛诗序》：“《关雎》，后妃之德也。”有别，谓雌雄有别。参见注[5]。

[13] “尸鸠”二句：《诗经·召南·鹊巢》毛诗序：“《鹊巢》，夫人之德也。”其首章云：“维鹊有巢，维鸠居之。”毛传：“兴也。鸠，鸤鸠，……尸鸠不自为巢，居鹊之成巢。”《郑笺》：“兴者，鸤鸠因鹊成巢而居有之，而有均一之德，犹国君夫人来嫁，居君子之室，德亦然。”所谓均一之德，谓鸤鸠之养其子，朝从上而下，暮从下而上，平均如一。贞一，即所谓均一之德。贞，正。象义，拟象其德义。

[14] “无从”句：从，读为“纵”，舍。夷，平常。杨明照《文心雕龙校注拾遗》：“言常禽如尸鸠亦可歌咏，而不舍弃也。”

[15] 鸷鸟：猛禽。《关雎》毛传言雎鸠“挚而有别”，据陆德明《经典释文》，“挚”字一本作“鸷”。刘勰所见本正作“鸷”。

[16] 明而未融：《左传·昭公五年》：“明而未融，其当旦乎？”谓天刚亮而尚未大明。此谓《诗》中之兴，其含意不是十分明显。

[17] “故发注”句：谓《诗》中兴义，须看经师注释方能明白。见，现。

[18] “盖写物”二句：谓比的特点，是描写事物，明白道出，以切近所要表述的意思、事情。飏言，大声地说。附、切，皆贴近意。

[19] “金锡”句：《诗经·卫风·淇奥》：“有匪君子，如金如锡。”毛传：“金锡练而精。”言其锤炼精纯。

[20] “珪璋”句：《诗经·大雅·卷阿》：“如珪如璋。”系赞美贤人温润高朗，如珪璋然。珪、璋，古代珍贵的玉制礼器。秀民，杰出的人士。

[21] “螟蛉”句：《诗经·小雅·小宛》：“螟蛉有子，蜾蠃负之，教诲尔子，式榖似之。”谓细腰蜂取桑虫之子为己子，有似于有德者取周幽王之民而教诲之，使其行用善道。螟蛉，桑上小青虫。按：诗句明言“教诲”“似之”，故是比而不是兴。

[22] “蜩螗”句：《诗经·大雅·荡》：“如蜩如螗。”郑笺：“饮酒号呼之声，如蜩螗之鸣。”蜩(tiáo)，蝉。螗(táng)，也是一种蝉。

[23] “浣衣”句：《诗经·邶风·柏舟》：“心之忧矣，如匪浣衣。”毛传：“如衣之不浣矣。”浣，洗濯。

[24]“卷席”句：《诗经·邶风·柏舟》：“我心匪席，不可卷也。”

[25]麻衣如雪：语见《诗经·曹风·蜉蝣》，孔颖达《正义》：“麻衣者，白布衣。如雪，言甚鲜洁也。”

[26]两骖如舞：语见《诗经·郑风·大叔于田》。骖，驾车四马中两边的两匹。如舞，形容驾者得法，马匹奔走和谐之状。

[27]比类：谓比拟事物的形貌。类，形象。（《淮南子·俶真》“况未有类也”，高诱注：“类，形象也。”）上文比义，则指以具体、形象之物比拟较为抽象、无确切形象的事物而言。

[28]三闾：指屈原，曾为三闾大夫。

[29]“依《诗》”二句：王逸《楚辞章句·离骚经序》：“《离骚》之文，依《诗》取兴，引类譬喻。故善鸟香草，以配忠贞；恶禽臭物，以比谗佞；灵修美人，以媲于君；宓妃佚女，以譬贤臣，虬龙鸾凤，以托君子；飘风云霓，以为小人。”

[30]炎汉：汉朝。古人以五行比附朝代更迭。自东汉以后，人们认为汉属火德。炎，火。

[31]夸毗（pí）：以柔顺求得于人。

[32]先鸣：谓最为兴盛，压倒其他。《太平御览》卷九一八引《尸子》：“战如斗鸡，胜者先鸣。”

[33]杂遝（tà）：多而乱。

[34]倍旧章：背离旧有的做法。

[35]竽籁：两种吹奏管乐器。

[36]“枚乘”三句：枚乘，西汉作家。其《梁王菟园赋》见《古文苑》。刘勰所引系描绘远望群鸟飞翔之状。猋（biāo）猋纷纷，众多貌。

[37]贾生《鵩鸟》：指西汉贾谊的《鵩鸟赋》。鵩（fú），鸟名，俗以为不祥之鸟。

[38]纠纆（mò）：纠，绞合。纆，绳索。一说，纠，两股绳；纆，三股绳。

[39]“王褒”三句：西汉王褒有《洞箫赋》。刘勰所引与原文有异。原文云：“听其巨音，则周流泛滥，并包吐含，若慈父之畜子也。……优柔温润，又似君子。”

[40]“马融”二句：东汉马融有《长笛赋》。繁缛，指笛声变化繁多。络绎，连绵不绝。范、蔡，指范雎、蔡泽，皆战国时辩士。

[41]“张衡”三句：东汉张衡有《南都赋》。南都，指南阳郡，治所在宛。因在京城洛阳之南，故称南都。赋云：“坐南歌兮起郑舞，白鹤飞兮茧曳绪。”郑舞，郑国之舞。茧曳绪，蚕茧抽丝摇曳不绝。白鹤飞、茧曳绪，皆形容舞人姿态。

[42] 容：姿态，样子。

[43] 谢：逊，不如。周人：指《诗经》中作者。

[44] 杨、班：指西汉扬雄、东汉班固。

[45] 曹、刘：指建安曹植、刘桢。

[46] 敷其华：铺设其华彩。华，同“花”，此指文采。

[47] 回视：眩惑读者之目，犹云使之眼花缭乱。回，回皇，眩惑。

[48] “安仁”二句：西晋作家潘岳，字安仁，有《萤火赋》。赋云：“若流金之在沙。”

[49] “季鹰”二句：西晋作家张翰，字季鹰。总，聚合。翠，指翠鸟的羽毛。

[50] 刻鹄类鹜：马援《诫兄子严敦书》：“所谓刻鹄不成，尚类鹜者也。”鹄，天鹅。鹜，野鸭。

[51] 圆览：全面而不拘泥地观察。

[52] “物虽”二句：《淮南子·俶真》：“是故自其异者视之，肝胆胡越。”高诱注：“肝胆，喻近；胡越，喻远。”

[53] 拟容取心：拟容，谓比拟事物的形貌，如上文所云“比类”者。取心，谓所比事物较抽象，如上文所云“比义”者。又，兴是由具体之物联想到人事、事理，亦为“取心”。

[54] 断辞必敢：谓措辞须果敢不犹豫。按：比和兴都有“胡越”即双方相距甚远的一面，但取其相似点则可合为一处，不须犹豫。

[55] 攒杂：聚集，指将比兴组织于诗赋中。

[56] 澹：水波摇荡貌。

说明

《比兴》是《文心雕龙》的第三十六篇。

比、兴是我国古代文论中的重要概念，首见于《周礼·春官·大师》之言“六诗”和《毛诗大序》之言“六义”。虽然一称六诗，一称六义，但都是指风、赋、比、兴、雅、颂六者。今天我们所见到的对这六者进行解释的，首先是汉代经师。东汉郑众云：“比者，比方于物也。兴者，托事于物。”（《周礼·周官·大师》郑玄注引）这一解释甚为概括、简略，“比方于物”应就是一般的打比方，“托事于物”则不易了解。但若联系毛传解释《诗经》时所标“兴也”和郑玄的笺，便十分明白了。例如《周南·桃夭》开端云：“桃之夭夭，灼灼其华。”毛传云：“兴也。桃有华之盛者，夭夭，其少壮也；灼灼，华之盛也。”郑玄笺云：“兴者，喻时妇人皆得以年盛时行也。”郑玄认为，诗人写桃花盛开，寄托着男女婚嫁不失时的意思，这便是兴。又如《邶风·柏舟》：“泛彼柏舟，亦泛其流。”毛传也标明“兴也”。并说，柏木是宜于为舟的，但如今柏舟飘流水中，“不以济度也”。《郑笺》云：“兴者，喻仁人之不见用，而与群小人并列，亦犹是也。”认为诗人写柏舟漂流，寄托着仁人不遇之意。可知汉代经师所理解的兴，就是在“物”（如桃树、柏舟）的叙写中，寄托着人事方面的意思。所谓“托事于物”，应作如是理解。汉儒又认为“兴”中所寄托的意思，大多与政教有关。比如《桃夭》，青年男女婚嫁以时，是由于周文王治理得好，也是由于其后妃品德高尚，辅佐文王进行教化，致使天下人都依礼而行。又如《柏舟》，被认为是讽刺卫顷公的不良政治的（均见《毛诗序》）。

刘勰《比兴》篇继承了汉儒的解释。所谓“依微以拟议”，“环譬以托讽”，“婉而成章，称名也小，取类也大”，就是“托事于物”“举草木鸟兽以见意”（唐人孔颖达语，见《毛诗大序》疏）的意思。所寄托的有关人事的意义，在诗中基本上都不曾说出，后人只有从经师的注释中才知道，因此刘勰强调“兴隐”，“发注而后见”。相比较而言，“比”是将心中所蓄直接说出，是直指所喻对象而言；“兴”则是绕圈子说（“环譬”），是委婉曲折地进行表达。

汉代经师释兴，对后世影响深远。但也有人从另一角度加以解释。如西晋挚虞《文章流别论》云：“兴者，有感之辞也。”挚虞并非否定旧说，而是突出了诗人“感”的因素，认为“托事于物”是诗人见“物”而感的结果。这种“感”，是感触、感悟，是受“物”的启发而产生联想，引起感慨。挚虞的说法虽然简略，但可说与汉末魏晋时感物抒怀之作大量涌现、人们日益自觉意识到文学作品抒发感情、寄托感慨的作用有密切关系，从中可以窥见文学观念的发展变化。《文心雕龙·比兴》说“兴者，起也”，“起情者，依微以拟议，起情故兴体以立”，强调兴是诗人因“微”物的触动而兴起情思的结果，这可说是与挚虞之说相承，包含了新的因素。

总之，《文心雕龙·比兴》论兴，既对汉儒的说法作了准确、充分的发挥，又体现了文学观念的发展。其论述对后人颇有影响。如唐代孔颖达《毛诗大序正义》说：“比显而兴隐。……毛传特言兴也，为其理隐故也。”便是因袭刘勰的观点。

《比兴》篇分析汉赋作“比体云构”而“兴义销亡”的原因，说那是由于赋家丧失了讽刺精神。他认为《诗经》《楚辞》作者运用兴法，多是为了委婉地对统治者进行批评；汉赋作家则背离了这种精神，也就不再使用兴法。其实所谓“托事于物”的兴，隐晦难明，“发注而后见”，本是难于普遍运用的（这种隐晦的“兴”，原只是汉儒对于《诗经》的一种理解，颇使人感到牵强穿凿。诗人创作时的想法，未必真如经师所说的那样。这是另一问题，姑且不论，但刘勰还是遵从经师旧说的）。

刘勰对赋家之“讽刺道丧”“习小而弃大”略有批评之意，但也接着对赋中的比举了许多例子加以说明，认为比法能很好地“图状山川，影写云物”。这表明刘勰对于比这种手法是充分理解并欣赏的。在赞语中说：“诗人比兴，触物圆览，物虽胡越，合则肝胆。”指出取作比、兴的事物和被比的本体或所寄托的意思之间，可以距离很远，但经过诗人联想，取其某一点相联系，便可贴切地合在一起。这可说是刘勰总结出的一条规律。事实上，比的手法，若运用得好，喻体、本体间距离越大，便越能“惊听回视”，使人感到新奇可喜。

文心雕龙·夸饰

〔梁〕刘　勰

夫形而上者谓之道，形而下者谓之器[1]。神道难摹，精言不能追其极[2]；形器易写，壮辞可得喻其真。才非短长，理自难易耳。故自天地以降，豫入声貌[3]，文辞所被，夸饰恒存。虽《诗》《书》雅言[4]，风俗训世[5]，事必宜广，文亦过焉[6]。是以言峻则嵩高极天[7]，论狭则河不容舠[8]，说多则子孙千亿[9]，称少则民靡孑遗[10]，襄陵举滔天之目[11]，倒戈立漂杵之论[12]。辞虽已甚[13]，其义无害也。且夫鸮音之丑，岂有泮林而变好[14]；荼味之苦，宁以周原而成饴[15]？并意深褒赞，故义成矫饰。大圣所录，以垂宪章[16]。孟轲所云“说《诗》者不以文害辞，不以辞害意也[17]”。

自宋玉、景差[18]，夸饰始盛。相如凭风[19]，诡滥愈甚。故上林之馆，奔星与宛虹入轩[20]；从禽之盛，飞廉与焦明俱获[21]。及杨雄《甘泉》，酌其余波。语瑰奇则假珍于玉树[22]，言峻极则颠坠于鬼神[23]。至《东都》之比目[24]，《西京》之海若[25]，验理则理无可验，穷饰则饰犹未穷矣[26]。又子云《校猎》，鞭宓妃以饷屈原[27]；张衡《羽猎》，因玄冥于朔野[28]。娈彼洛神[29]，既非魍魅；惟此水师[30]，亦非魍魉：而虚用滥形[31]，不其疏乎！此欲夸其威而饰其事，义睽剌也[32]。至如气貌山海，体势宫殿[33]，嵯峨揭业[34]，熠燿焜煌之状[35]，光采炜炜而欲然[36]，声貌岌岌其将动矣[37]。莫不因夸以成状,沿饰而得奇也。于是后进之才,奖气挟声[38],轩翥而欲奋飞[39],腾踯而羞跼步[40]。辞入炜烨[41],春藻不能程其艳[42];言在萎绝,寒谷未足成其凋。谈欢则字与笑并,论戚则声共泣偕,信可以发蕴而飞滞,披瞽而骇聋矣[43]。

然饰穷其要,则心声锋起[44],夸过其理,则名实两乖[45]。若能酌《诗》《书》之旷旨[46],剪杨、马之甚泰[47],使夸而有节,饰而不诬,亦可谓之懿也[48]。

赞曰:夸饰在用,文岂循检[49]?言必鹏运,气靡鸿渐[50]。倒海探珠,倾昆取琰[51]。旷而不溢,奢而无玷[52]。

华东师范大学出版社版林其锬、陈凤金

《增订文心雕龙集校合编·元至正刊本文心雕龙集校》

注释

[1]“夫形而”二句:见《易·系辞上》。道为宇宙本体,无形质,故谓之形而上;器由道而生,为道所支配,有形质,故谓之形而下。

[2]“神道”二句:谓道神妙无方,不知所以然而然,精微之言也不能描述说明其终极。即《老子》“道可道,非常道”之意。

[3]“故自”二句:谓天地以下诸事物,皆在有声音形貌之列(皆属形而下之器)。豫,即预、与,相及,参与。

[4]《诗》《书》雅言:《论语·述而》:“子所雅言,《诗》《书》执礼,皆雅言也。”何晏《论语集解》引孔安国曰:“雅言,正言也。”

[5]风俗:即《毛诗大序》“风,讽也,教也;风以动之,教以化之”之意。

[6]过:谓过于其实,即夸张之意。

[7]“是以言峻”句:《诗经·大雅·崧高》:“崧高维岳,骏极于天。”毛传:“崧,高貌。山大而高曰崧。”“极,至也。”三家《诗》“崧”作“嵩”,“骏”作“峻”。崧、嵩字通。

[8]“论狭”句:《诗经·卫风·河广》:“谁谓河广?曾不容刀。”《郑笺》:“不容刀,亦喻狭小。船曰刀。”刀,“舠”之借字。

[9]“说多”句:《诗经·大雅·假乐》:“干禄百福,子孙千亿。”

[10]“称少”句:《诗经·大雅·云汉》:“周余黎民,靡有孑遗。”靡,无。孑,单独。

[11]“襄陵”句：《尚书·尧典》：“汤汤洪水方割，荡荡怀山襄陵，浩浩滔天。”《伪孔传》：“襄，上也。包山上陵，浩浩盛大若漫天。”目，品题，称说。

[12]“倒戈”句：《尚书·武成》：“前徒倒戈，攻于后，以北，血流漂杵。”杵（chǔ），舂物之槌。

[13]已甚：太过分。

[14]“鸮音”二句：《诗经·鲁颂·泮水》：“翩彼飞鸮，集于泮林。食我桑黮，怀我好音。”毛传：“鸮，恶声之鸟也。黮，桑实也。”郑笺：“怀，归也。言鸮恒恶鸣，今来止于泮水之木上，食其桑黮。为此之故，故改其鸣，归就我以善音。喻人感于恩则化也。”泮（pàn），泮宫，诸侯学宫，其外半有水，半无水，成半圆环状。

[15]“荼味”二句：《诗经·大雅·绵》：“周原膴膴，堇荼如饴。”《郑笺》：“广平曰原。周之原地，在岐山之南，膴膴然肥美。其所生菜，虽有性苦者，皆甘如饴也。”荼（tú），苦菜。饴（yí），即今之麦芽糖一类。

[16]宪章：法则。

[17]“说《诗》者”二句：《孟子·万章上》：“故说《诗》者不以文害辞，不以辞害志。”

[18]宋玉、景差：皆战国楚人，擅长辞赋。

[19]凭风：乘风，顺着风气。

[20]“故上林”二句：司马相如《上林赋》言宫馆高敞：“奔星更于闺闼，宛虹拖于楯轩。”奔星，流星。宛虹，屈曲之虹。轩，栏杆下的板。

[21]“从禽”二句：《上林赋》言天子校猎盛状，有“椎蜚廉”，“揜焦明”之语。从禽，追逐禽鸟。飞廉，即蜚廉，一种鸟身兽头的神鸟。焦明，状似凤凰。

[22]“语瑰奇”句：扬雄《甘泉赋》：“翠玉树之青葱兮。”假珍，滥称珍异。

[23]“言峻极”句：《甘泉赋》言楼台之高，曰：“鬼魅不能自逮兮，半长途而下颠。”

[24]“至《东都》”句：班固《西都赋》有“出比目”之句，此言“东都”，盖误记。比目，《尔雅·释地》：“东方有比目鱼焉，不比不行，其名谓之鲽。”

[25]《西京》之海若：张衡《西京赋》：“海若游于玄渚。”海若，海神。

[26]“验理”二句：谓欲以事理验证之，则无可验证；若言穷尽夸饰，则其夸饰还未达极致。

[27]“又子云”二句：指扬雄《羽猎赋》：“鞭洛水之宓妃，饷屈原与彭、胥。”宓（fú）妃，宓羲氏女，溺死洛水为神。按：称“校猎”以代羽猎，当是与下文“张衡羽猎”避复。

[28]“张衡”二句：张衡《羽猎赋》，今仅存佚文，无“玄冥”之句。玄冥，水神。朔

野，北方原野。

[29] 娈：美好貌。

[30] 水师：指玄冥。传说玄冥原为少皞氏之子，为水官。

[31] 虚用滥形：虚谓不实，滥谓过分。形，形容。

[32] 睽剌(kuí là)：违背，不合。

[33] "至如"二句：气貌、体势作动词用，言描述山海之气势状貌、宫殿之规模形势。

[34] 嵯(cuó)峨、揭业：皆高峻突兀之貌。

[35] 熠(yì)燿、焜(kūn)煌：皆光彩鲜明之意。

[36] 炜(wěi)炜：光彩鲜明。然："燃"的本字。

[37] 岌岌：高危不安貌。

[38] 奖气挟声：助长、凭恃其声气。奖，助。挟，谓挟有而凭恃之。

[39] 轩翥：飞举貌。

[40] 腾踯：跳跃。踘：行路局促不前貌。

[41] 炜烨：光彩盛貌。

[42] "春藻"句：谓春日美好有文采的花草树木亦不能与之比艳。藻，原指有文采的水草，此处泛指文采。程，量度。

[43] "信可"二句：谓夸饰确实能使蕴蓄不畅者发放飞扬，能打开盲者之目，惊骇聋者之耳。

[44] "饰穷"二句：谓夸饰若能充分表现事物的要领、关键，则作者所欲表达者便勃发通畅。心声，扬雄《法言・问神》："言，心声也。"

[45] "夸过"二句：谓夸饰若违背事理，则所说与事实不符。乖，不合。

[46] 旷旨：远大的意旨。

[47] 泰：过度。

[48] 懿：美。

[49] 检：约束，限制。

[50] "言必"二句：谓运用夸饰者，其言辞、气势必如大鹏之行，而没有像鸿雁那样渐进的。鹏运，用《庄子・逍遥游》故事。鸿渐，《周易・渐》诸爻皆以鸿渐为喻。由"鸿渐于干(水边)"而"渐于陆""渐于陵"，有逐步前进之义，故《正义》曰："渐者，不速之名也。凡物有变移，徐而不速，谓之渐也。"靡，无。

[51] 昆：昆仑山，相传产玉。琰：美玉。

[52]“旷而”二句，广远而不过分，侈大而无缺失。谓夸张有节不失正。

说明

《夸饰》为《文心雕龙》第三十七篇。

所谓夸饰，即以夸张手法修饰文辞。刘勰对此种手法是肯定的。他举出儒家经典中的例子作为依据，证明夸张的必要性，“文辞所被，夸饰恒存”。对于汉赋，则一方面批评其运用夸饰有不知节制、大而无当甚至不伦不类之处，另一方面还是肯定赋家描绘山海宫殿时运用夸张手法而写得鲜明生动，使作品显得奇丽不凡。刘勰还说后人受汉赋影响，纷纷运用夸张，不仅用以描写景物，而且还抒写情感，表现气氛，“信可以发蕴而飞滞，披瞽而骇聋矣”。凡此都表明刘勰对于夸张手法的艺术效果是有充分的体会和认识的。

刘勰批评汉赋的夸张有不符事实、无中生有之处，与他在《宗经》篇提出的“事信而不诞”的要求相呼应。其实对于文学创作是不应该用是否信实作为标准去衡量的。刘勰的观点，还是以史家征实的眼光去看待文学作品。我国史学发达甚早，征实的传统源远流长，因此人们对作品中运用神话传说或夸张手法，常常不够理解。史学家、思想家在这方面最为突出，而论文学者也常受其影响。以对赋的评价而言，司马迁早就批评汉赋“侈靡过其实”(《史记·司马相如列传》)。西晋赋家左思甚至以所作《三都赋》——“稽之地图”“验之方志”自诩，将赋当作博物类作品，要让读者通过赋获得丰富可信的知识。这种态度，显示出对文学夸张、虚构的不够理解。刘勰也受到此种传统的影响。

但是，总的说来，刘勰毕竟还是对夸张手法有较充分的认识。这从《夸饰》篇中“说多则子孙千亿，称少则民靡孑遗……辞虽已甚，其义无害也”等语便可以看出。《大雅·云汉》写旱灾之烈，说：“周余黎民，靡有孑遗。”《孟子·万章上》指出不能从字面上理解这两句，若从字面上看，“信斯言也，是周无遗民也”。但后人仍有作机械理解者。东汉王充《论衡·艺增》承认这两句是夸张，于事实有所增饰，但却解释成“诗人伤旱之甚，民被其害，言无有一人孑遗不愁痛者”。诗人原说没一人存活下来，王充却释为无一人不愁苦。赵岐注《孟子》，则释为“周民无孑然遗脱不遭灾害者”，理解成“没有一人能逃脱灾害”。王充、赵岐其实并未真正理解诗意，他们潜意识中总觉得若说“没一人活下来”太过分了。刘勰则没有如他们那样，他的理解是正确的。

总的说来，刘勰对夸张手法还是有较充分的认识并加以肯定的。他对汉赋中夸张手法的批评，一方面显示出征实传统的影响，而从另一方面说，要求夸张应有所节制、掌握分寸，从原则上说，也是合理的，是写作时应该注意的。

文心雕龙·时序

〔梁〕刘　勰

时运交移，质文代变[1]，古今情理，如可言乎！昔在陶唐，德盛化钧[2]，野老吐“何力”之谈[3]，郊童含“不识”之歌[4]。有虞继作，政阜民暇[5]，“薰风”诗于元后[6]，“烂云”歌于列臣[7]。尽其美者何？乃心乐而声泰也。至大禹敷土[8]，九序咏功；成汤圣敬[9]，“猗欤”作颂[10]。逮姬文之德盛，《周南》勤而不怨[11]；太王之化淳，《邠风》乐而不淫[12]。幽、厉昏而《板》《荡》怒[13]，平王微而《黍离》哀[14]。故知歌谣文理[15]，与世推移，风动于上，而波震于下者也。春秋以后，角战英雄，六经泥蟠，百家飙骇。方是时也，韩、魏力政，燕、赵任权[16]，“五蠹”“六虱”[17]，严于秦令，唯齐、楚两国，颇有文学。齐开庄衢之第[18]，楚广兰台之宫[19]，孟轲宾馆[20]，荀卿宰邑[21]，故稷下扇其清风[22]，兰陵郁其茂俗[23]，邹子以“谈天”飞誉，驺奭以“雕龙”驰响[24]，屈平联藻于日月，宋玉交彩于风云[25]。观其艳说，则笼罩《雅》《颂》。故知玮烨之奇意，出乎纵横之诡俗也。

爰至有汉，运接燔书，高祖尚武，戏儒简学[26]。虽礼律草创，《诗》《书》未遑，然《大风》《鸿鹄》之歌，亦天纵之英作也[27]。施及孝惠[28]，迄于文、景，经术颇兴，而辞人勿用。贾谊抑而邹、枚沉[29]，亦可知已。逮孝武崇儒，润色鸿业[30]，礼乐争辉，辞藻竞骛。柏梁展朝宴之诗，金堤制恤民之咏[31]；征枚乘以蒲轮[32]，申主父以鼎食[33]；擢公孙之对策[34]，叹兒宽之拟奏[35]；买臣负薪而衣锦[36]，相如涤器而被绣[37]。于是史迁、寿王之徒，严、终、枚皋之属[38]，应对固无方[49]，篇章亦不匮。遗风余采，莫与比盛。越昭及宣，实继武绩。驰骋石渠[40]，暇豫文会[41]；集雕篆之轶材[42]，发绮縠之高喻[43]，于是王褒之伦，底禄待诏[44]。自元暨成，降意图籍；美玉屑之谈[45]，清金马之路[46]，子云锐思于千首[47]，子政雠校于六艺[48]，亦已美矣。爰自汉室，迄至成、哀，虽世渐百龄，辞人九变[49]，而大抵所归，祖述《楚辞》，灵均余影[50]，于是乎在。

自哀、平陵替[51]，光武中兴，深怀图谶[52]，颇略文华。然杜笃献诔以免刑[53]，班彪参奏以补令[54]。虽非旁求[55]，亦不遐弃。及明、章叠耀[56]，崇爱儒术，肄礼璧堂[57]，讲文虎观[58]。孟坚珥笔于国史[59]，贾逵给札于瑞颂[60]，东平擅其懿文[61]；沛王振其《通论》[62]。帝则藩仪，辉光相照矣。自安、和已下，迄至顺、桓，则有班、傅、三崔，王、马、张、蔡[63]，磊落鸿儒，才不时乏，而文章之选，存而不论。然中兴之后，群才稍改前辙，华实所附，斟酌经辞[64]，盖历政讲聚[65]，故渐靡儒风者也[66]。降及灵帝，时好辞制，造《皇羲》之书[67]，开鸿都之赋，而乐松之徒，招集浅陋。故杨赐号为驩兜，蔡邕比之俳优[68]。其余风遗文，盖蔑如也[69]。

自献帝播迁[70]，文学蓬转，建安之末，区宇方辑[71]。魏武以相王之尊[72]，雅爱诗章；文帝以副君之重[73]，妙善辞赋；陈思以公子之豪，下笔琳琅。并体貌英逸[74]，故俊才云蒸。仲宣委质于汉南[75]，孔璋归命于河北，伟长从宦于青土，公幹徇质于海隅[76]，德琏综其斐然之思[77]，元瑜展其翩翩之乐[78]，文蔚、休伯之俦，子叔、德祖之侣[79]，傲雅觞豆之前[80]，雍容衽席之上[81]，洒笔以成酣歌，和墨以藉谈笑[82]，观其时文，雅好慷慨[83]，良由世积乱离，风衰俗怨，并志深而笔长，故梗概而多气也[84]。至明帝纂戎[85]，制诗度曲，征篇章之士，置崇文之观[86]，何、刘群才[87]，迭相照耀。少主相仍[88]，唯高贵英雅，顾眄含章，动言成论[89]。于时正始余风[90]，篇体轻澹，而嵇、阮、应、缪[91]，并驰文路矣。

逮晋宣始基，景、文克构[92]，并迹沉儒雅[93]，而务深方术[94]。至武帝惟新，承平受命[95]，而胶序篇章[96]，弗简皇虑[97]。降及怀、愍，缀旒而已[98]。然晋虽不文，人才实盛。茂先摇笔而散珠[99]，太冲动墨而横锦[100]；岳、湛曜联璧之华[101]，机、云标二俊之采[102]；应、傅、三张之徒[103]，孙、挚、成公之属[104]，并结藻清英，流韵绮靡。前史以为运涉季世，人未尽才[105]，诚哉斯谈，可为叹息！

元皇中兴，披文建学[106]，刘、刁礼吏而宠荣[107]，景纯文敏而优擢[108]。逮明帝秉哲[109]，雅好文会，升储御极[110]，孳孳讲艺[111]，练情于诰策，振采于辞赋[112]。庾以笔才逾亲，温以文思益厚[113]。揄扬风流[114]，亦彼时之汉武也。及成、康促龄，穆、哀短祚，简文勃兴，渊乎清峻[115]，微言精理，亟满玄席[116]，澹思酞采，时洒文囿。至孝武不嗣，安、恭已矣[117]。其文史则有袁、殷之曹，孙、干之辈[118]，虽才或浅深，珪璋足用。自中朝贵玄[119]，江左弥盛[120]，因谈余气[121]，流成文体。是以世极迍邅[122]，而辞意夷泰[123]，诗必柱下之旨归，赋乃漆园之义疏[124]。故知文变染乎世情，兴废系乎时序，原始以要终，虽百世可知也。

自宋武爱文，文帝彬雅，秉文之德[125]，孝武多才，英采云构。自明帝以下，文理替矣[126]。尔其缙绅之林，霞蔚而飙起；王、袁联宗以龙章，颜、谢重叶以凤采[127]，何、范、张、沈之徒[128]，亦不可胜也。盖闻之于世，故略举大较。

暨皇齐驭宝[129]，运集休明。太祖以圣武膺箓[130]，世祖以睿文纂业[131]，文帝以贰离含章[132]，高宗以上哲兴运[133]，并文明自天[134]，缉熙景祚[135]。今圣历方兴[136]，文思光被[137]，海岳降神[138]，才英秀发，驭飞龙于天衢[139]，驾骐骥于万里，经典礼章，跨周轹汉，唐、虞之文，其鼎盛乎[140]！鸿风懿采，短笔敢陈？飏言赞时[141]，请寄明哲。

赞曰：蔚映十代[142]，辞采九变[143]。枢中所动，环流无倦[144]。质文沿时[145]，崇替在选[146]。终古虽远，暧焉如面[147]。

华东师范大学出版社版林其锬、陈凤金

《增订文心雕龙集校合编·元至正刊本文心雕龙集校》

注释

[1] 质文代变：质与文交相变化。古人多以质、文概括统治措施、社会生活之变化，如《尚书大传》："王者一质一文，据天地之道。"司马彪《续汉书·礼仪志赞》："质文通变。"刘勰此处指文化（包括文章写作）随时代而变化。

[2] 陶唐：尧。相传尧始居于陶丘（今山东定陶西南），后都于平阳（今山西临

汾)，平阳属唐，故称陶唐。钧：同“均”。

[3]“野老”句：《文选》卷二六谢灵运《初去郡》李善注引《论衡》：“尧时百姓无事，有五十之民，击壤于涂(途)。观者曰：‘大哉尧之德也！’击壤者曰：‘吾日出而作，日入而息，凿井而饮，耕田而食，尧何力于我也？’”击壤，古代一种投掷游戏，壤以木为之。

[4]“郊童”句：《列子·仲尼》载尧时童谣，有“不识不知，顺帝之则”之句。

[5]阜：盛，厚。

[6]“薰风”句：《孔子家语·辩乐解》：“舜弹五弦之琴，造《南风》之诗。其诗曰：南风之薰兮，可以解吾民之愠兮；南风之时兮，可以阜吾民之财兮。”薰，温和。诗，作动词用。元后，元首。

[7]“烂云”句：《尚书大传·虞夏传》：“百工(群臣)相和而歌卿云(祥瑞之气)，帝(舜)乃倡之。曰：卿云烂兮，纠缦缦兮。日月光华，旦复旦兮。”烂，灿烂。

[8]“至大禹”二句：《尚书·禹贡》：“禹敷土。”敷土，谓分别土地以治理之。敷，分。九序，见《原道》注[34]。

[9]成汤圣敬：《诗经·商颂·长发》：“汤降不迟，圣敬日跻。”郑玄笺：“汤之下士尊贤甚疾。其圣敬之德日进。”

[10]“猗欤”作颂：《诗经·商颂·那》：“猗与那与！”《毛诗序》云：“祀成汤也。”郑玄笺以为太甲时诗。毛传：“猗，叹辞。那，多也。”清人马瑞辰《毛诗传笺通释》则以为猗、那叠韵，皆美盛之意。欤、与通。

[11]“逮姬文”二句：姬文，周文王，姬姓。《周南》，《诗经》十五国风之首。《毛诗》以为其诗皆颂文王之德化者。郑玄《周南召南谱》：“文王刑于寡妻，至于兄弟，以御于家邦。是故二国之诗(指《周南》《召南》)以后妃夫人之德为首，终以《麟趾》《驺虞》，言后妃夫人有斯德，兴助其君子，皆可以成功，至于获嘉瑞。”又《左传·襄公二十九年》载吴公子季札观周乐，“使工为之歌《周南》《召南》，曰：美哉，始基之矣，犹未也。然勤而不怨矣”。

[12]“太王”二句：太王，周文王之祖。《邠风》，居十五国风之末。邠(bīn)，即豳，今陕西彬州东北。周之先祖公刘避乱居此；至太王，又避戎狄之乱去邠而迁于周原。公刘、太王皆率领人民，从事农业。后来周成王时，周公遭流言，乃避而出居东都洛邑，作《七月》以陈公刘、太王等“风化之所由、致王业之艰难”(《七月序》)，作《鸱鸮》示己志以讽成王；其时周大夫又作《东山》《破斧》《伐柯》《九罭》《狼跋》诸诗以美周公，刺朝廷。周太师编诗，因诸诗有陈公刘、太王居豳时之教化者，且周公避乱而守正不移，纯似公刘、太王

之所为，乃合而谓之“豳风”（据郑玄《诗豳谱》）。《左传·襄公二十九年》：“为之歌《豳》。曰：‘美哉荡乎！乐而不淫，其周公之东乎！’”

[13] “幽、厉”句：郑玄《诗谱序》：“厉也、幽也，政教尤衰，周室大坏，《十月之交》《民劳》《板》《荡》，勃尔俱作。”《板》《荡》皆在变雅，为刺厉王诗。变雅中诗亦有刺幽王者，此举《板》《荡》以概其余。《诗大序》：“乱世之音怨以怒，其政乖。”

[14] “平王”句：《毛诗·王风·黍离序》：“闵宗周（西周）也。周大夫行役至于宗周（指西周都城镐京），过故宗庙宫室，尽为禾黍。闵周室之颠覆，彷徨不忍去，而作是诗也。”其诗为平王时诗。

[15] 文理：泛指文章之事，作文之事。《文心雕龙》屡用此语。如《颂赞》：“自商以下，文理允备。”《章表》：“周监二代，文理弥盛。”《通变》：“非文理之数尽，乃通变之术疏耳。”又本篇：“自明帝以下，文理替矣。”

[16] 任权：使用权谋谲变。

[17] “五蠹”“六虱”：《韩非子·五蠹》将学者、言谈者、带剑者、患御者、商工之民称为五蠹。又《商君书·靳令》举危害政治诸事，称为“六虱”，首举礼乐、《诗》《书》。

[18] “齐开”句：《史记·孟子荀卿列传》载，齐王优遇学者，“皆命曰列大夫，为开第康庄之衢，高门大屋尊宠之”。《尔雅·释宫》：“（道路）五达谓之康，六达谓之庄。”

[19] “楚广”句：《文选》载宋玉《风赋》：“楚襄王游于兰台之宫，宋玉、景差侍。”

[20] 孟轲宾馆：谓孟轲为齐之师宾居馆中。《孟子·公孙丑下》：“孟子将朝王，王使人来曰：‘寡人如就见者也。’”赵岐注：“（孟子）仕齐，处师宾之位，以道见敬。……‘寡人如就见’者，若言就孟子之馆相见也。”

[21] 荀卿宰邑：《史记·孟子荀卿列传》载，荀卿为齐襄王所重，后避谗入楚，春申君以为兰陵令。

[22] “故稷下”句：《史记·孟子荀卿列传》：“自驺衍与齐之稷下先生如淳于髡、慎到、环渊、接子、田骈、驺奭之徒，各著书言治乱之事。”稷，齐国都临淄城门名，为学士聚集处。一说稷为山名。

[23] “兰陵”句：刘向《荀子叙录》：“兰陵多善为学，盖以孙卿（即荀卿）也，长老至今称之。”兰陵县在今山东枣庄东南。

[24] “邹子”二句：《史记·孟子荀卿列传》载齐人语曰：“谈天衍，雕龙奭。”裴骃《集解》引刘向《别录》：“驺衍之所言五德终始、天地广大。书言天事，故曰

谈天。驺奭修衍之文饰，若雕镂龙文，故曰雕龙。”邹子，即驺衍。

[25] “屈平”二句：《史记·屈原贾生列传》：“推此志也，虽与日月争光可也。”又屈原作品常言及日、月。宋玉有《风赋》，又《高唐赋》描写云气，言神女“旦为朝云，暮为行雨”。

[26] “高祖”二句：《史记·郦生陆贾列传》：“陆生时时前说称《诗》《书》，高帝骂之曰：‘乃公居马上而得之，安事《诗》《书》！’”又：“沛公不好儒。诸客冠儒冠来者，沛公辄解其冠，溲溺其中。与人言，常大骂。”简，简慢，轻忽。

[27] “然《大风》”二句：刘邦作《大风歌》，见《史记·高祖本纪》；作《鸿鹄歌》，见《史记·留侯世家》。天纵，天所赋予，谓出于自然，非学问所致。

[28] 施(yì)：延。

[29] 邹、枚：邹阳、枚乘。二人皆不得志于当世，见《史记》本传。

[30] 润色鸿业：班固《两都赋序》：“至于武、宣之世，乃崇礼官，考文章，内设金马、石渠之署，外兴乐府、协律之事，以兴废继绝，润色鸿业。”

[31] “金堤”句：指汉武帝塞瓠子决河时所作歌，有“泛滥不止兮愁吾人”之句。见《史记·河渠书》。金堤，指瓠子堤。

[32] “征枚乘”句：《汉书·枚乘传》：“武帝自为太子闻乘名。及即位，乘年老，乃以安车蒲轮征乘。”蒲轮，以蒲裹车轮，使之安稳。

[33] “申主父”句：《史记·平津侯主父列传》载，主父偃为武帝所宠任。其言有曰：“丈夫生不五鼎食，死即五鼎烹耳！”申，通“伸”。

[34] “擢公孙”句：《史记·平津侯主父列传》载，武帝诏征文学，公孙弘被举至太常，对策居下第。策奏，武帝擢弘对为第一。

[35] “叹兒宽”句：《汉书·兒宽传》载，宽曾为廷尉张汤草拟章奏，武帝读后加以赞叹。兒，通“倪”。

[36] “买臣”句：《汉书·朱买臣传》载，买臣家贫，常以卖薪自给，担束薪，行且诵书。后为武帝所任用，拜会稽太守。武帝谓之曰：“富贵不归故乡，如衣绣夜行。今子何如？”

[37] “相如”句：《史记·司马相如传》载，相如曾与妻卓文君卖酒为生，着犊鼻裤洗涤酒器。后以善辞赋为武帝赏识任用。

[38] “于是”二句：指司马迁、吾丘寿王、严助、终军、枚皋。

[39] 无方：多端，不止一方面。

[40] 驰骋石渠：指宣帝时征集群儒于石渠阁论定《五经》事。石渠，阁名，西汉宫中藏书处。

[41] 暇豫文会：谓从容于文章学术之集会。豫，安适。

[42] 雕篆：指写作辞赋等。扬雄曾称作赋为“童子雕虫篆刻”（《法言·吾子》）。轶材：出众之材。

[43] “发绮縠”句：《汉书·王褒传》载汉宣帝之言曰：“辞赋大者与古诗同义，小者辩丽可喜。辟如女工有绮縠，音乐有郑卫，今世俗犹皆以此虞说耳目；辞赋比之，尚有仁义风谕、鸟兽草木多闻之观，贤于倡优博弈远矣。”绮，有花纹的丝织品。縠，薄纱。

[44] 底禄：得到俸禄。底，应作“厎”。厎（dǐ，又读 zhǐ），致，获得。

[45] “美玉屑”句：谓赞赏文人之谈论。《世说新语·赏誉》：“吐佳言如屑。”

[46] “清金马”句：金马门，汉宦者署门，旁有铜马，故名。武帝时，东方朔、主父偃等均曾待诏于此。

[47] “子云”句：《艺文类聚》卷五六引《桓子（谭）新论》：“子云曰：‘能读千赋，则善为之矣。’”子云，扬雄字。

[48] “子政”句：汉成帝时，诏光禄大夫刘向校雠群书。子政，刘向字。六艺，指六经。刘向等校书编成目录，有《六艺略》。当时刘向主持其事，且自校六艺、诸子、诗赋三部分书籍。

[49] 九变：变化多。九，虚指，谓数之多。

[50] 灵均：屈原的字。《离骚》：“皇览揆余初度兮……字余曰灵均。”

[51] 陵替：衰颓。

[52] 图谶：见本卷挚虞《文章流别论》注[86]。

[53] “杜笃”句：《后汉书·文苑列传》载，笃因事下狱，因作《吴汉诔》为光武所赏，赐帛免刑。

[54] “班彪”句：《后汉书·班彪传》载，彪为河西大将军窦融从事，为融画策。后融还京师，光武问“所上章奏谁与参之”，融对“皆从事班彪所为”，遂拜彪为徐县令。

[55] 旁求：广泛搜求。

[56] 明、章：指东汉明、章二帝。

[57] 璧堂：璧雍（即辟雍）、明堂。璧雍，古代天子所设大学，取四周环水形如玉璧为名。明堂，帝王宣明政教处。或谓明堂、辟雍，实为一事。明帝时明堂、辟雍初成，曾行礼、讲经于其中。

[58] 讲文虎观：指章帝诏诸儒会集白虎观讨论五经同异之事。虎观，指白虎观。

[59] “孟坚”句：指班固撰写《东观汉记》及《汉书》事。珥笔，插笔于冠侧，以备随

时记录。珥，插。

[60] “贾逵”句：《后汉书·贾逵传》：“（明帝）时有神雀集宫殿官府，冠羽有五采色。帝异之……乃召见逵问之。对曰：……此胡降之征也。帝敕兰台给笔札，使作《神雀颂》。”札，古代书写用的小木简。

[61] 东平：东汉光武帝子苍，封东平王，曾与公卿议定礼乐，亦擅文章，所著《光武受命中兴颂》，文辞典雅，“帝甚善之”。

[62] 沛王：光武子辅，封沛王。“好经书，善说《京氏易》《孝经》《论语传》及图谶，作《五经论》，时号之曰《沛王通论》”（《后汉书》本传）。

[63] “则有”二句：指班固、傅毅、崔骃、崔瑗、崔寔、王延寿、马融、张衡、蔡邕。

[64] “华实”二句：谓文采、内容所依据者，乃酌取经书。

[65] 历政讲聚：谓历朝聚集讲论经书。

[66] 渐靡：浸润研摩。靡，通“摩”。

[67] “造皇羲”句：《后汉书·蔡邕传》：“帝（灵帝）好学，自造《皇羲篇》五十章。”姚振宗《后汉艺文志》入经部小学类。

[68] “开鸿都”五句：《后汉书·蔡邕传》：“（灵帝）因引诸生能为文赋者。本颇以经学相招，后诸为尺牍及工书鸟篆者皆加引召，遂至数十人。侍中祭酒乐松、贾护多引无行趣势之徒，并待制鸿都门下。喜陈方俗闾里小事，帝甚悦之，待以不次之位。……邕上封事，曰：……夫书画辞赋，才之小者；匡国理政，未有其能。……而诸生竞利，作者鼎沸。其高者颇引经训风喻之言，下则连偶俗语，有类俳优。或窃成文，虚冒名氏。”又《杨赐传》载赐上书灵帝，曰：“鸿都门下，招会群小，造作赋说，以虫篆小技见宠于时，如驩兜、共工，更相荐说。”驩兜，尧时“四凶”之一。

[69] 蔑如：谓不足称说。蔑，微小。

[70] 献帝播迁：指汉献帝为董卓所挟，自洛阳迁都长安；卓死，又为其部将李傕、郭汜所逼持；后又迁许昌为曹操所挟。播，流荡迁徙。

[71] 辑：安定。

[72] “魏武”句：曹操为汉献帝丞相，封魏王，故称相王。曹丕篡汉后，被追尊为魏武帝。

[73] “文帝”句：魏文帝曹丕当建安时为魏王太子，故称副君。

[74] 体貌：礼敬。

[75] “仲宣”句：指王粲自荆州委身归顺。汉末长安大乱，粲依刘表于荆州，表卒，粲劝其子琮归顺曹操。荆州在汉水南。委，致，归。质，身。委质，与下

句“归命”同意。

[76]“公幹”句：质，杨明照《文心雕龙校注拾遗》疑当作“禄”。徇禄，与上句“从宦”意同。

[77]“德琏”句：谓应玚理其文思。综，理。曹丕《与吴质书》：“德琏常斐然有述作意，其才学足以著书。”

[78]“元瑜”句：谓阮瑀作文足供欣赏。曹丕《与吴质书》：“元瑜书记翩翩，致足乐也。”

[79]“文蔚”二句：路粹字文蔚，繁（pó）钦字休伯，邯郸淳字子叔，杨修字德祖。

[80]傲：狂放。雅：风雅。觞：盛酒器。豆：盛肉器。

[81]雍容：从容温雅貌。衽席：指坐席。

[82]藉：助。

[83]雅好慷慨：谓十分喜好情感强烈、直抒胸臆的写作。曹植《前录序》：“余少而好赋，其所尚也，雅好慷慨。”

[84]梗概：谓意气激昂。一说即大概、不纤密之意，即《明诗》评建安诗所说“造怀指事，不求纤密之巧”。

[85]“明帝”句：谓魏明帝曹叡继承光大祖、父之业。纂，继。戎，大。

[86]“征篇章”二句：《三国志·魏书·明帝纪》：“（青龙四年）置崇文观，征善属文者以充之。”

[87]何、刘：指何晏、刘劭。

[88]少主相仍：谓废帝曹芳、高贵乡公曹髦、常道乡公曹奂相继，三帝皆年少。仍，继。

[89]动言成论：《三国志·魏书·三少帝纪》及注引《魏氏春秋》载，曹髦与群臣论帝王优劣，又曾至太学与诸儒讨论经义。

[90]正始：齐王曹芳年号（240—249）。

[91]嵇阮应缪：嵇康、阮籍、应璩、缪袭。

[92]“逮晋宣”二句：谓司马懿及其子师、昭，司马昭之子炎建立晋朝后，追尊为宣帝、景帝、文帝。克构，能继承父业。

[93]迹沉儒雅：儒雅之迹无闻。

[94]方术：指权术。

[95]“至武帝”二句：武帝，晋武帝司马炎。惟新，谓新建晋朝。《诗经·大雅·文王》：“周虽旧邦，其命惟新。”承平，继承治平之业。

[96]胶序：古代学校名。

[97] 弗简皇虑：谓不为皇帝所留意。简，简阅，考察检视之意。

[98] 缀旒：《公羊传·襄公十六年》："君若赘旒然。"赘一作"缀"。何休《解诂》："以旂旒喻者，为下所执持东西。"旒（liú），旗帜下所垂饰物。

[99] 茂先：西晋文学家张华，字茂先。

[100] 太冲：西晋文学家左思，字太冲。

[101] "岳、湛"句：西晋文学家潘岳、夏侯湛，二人皆貌美而友善，行则同车，坐则连席，京都谓之连璧。（见《晋书·夏侯湛传》）

[102] "机、云"句：西晋文学家陆机与弟陆云，由吴入洛阳，张华甚重之，曰："伐吴之役，利获二俊。"（见《晋书·陆机传》）

[103] 应、傅、三张：指应贞，傅玄及其子咸，张载及其弟协、亢，皆西晋文学家。

[104] 孙、挚、成公：孙楚、挚虞、成公绥，皆西晋文学家。

[105] 前史：谓前人所著晋史。人未尽才：谓西晋短祚而多乱，文学之士或郁郁不得志，或死于祸乱，未能尽展其才干。

[106] 披文建学：谓晋元帝好读书，立太学。披文，解开文卷以阅览之。披，开，解。

[107] "刘、刁"句：谓元帝时刘槐、刁协以熟谙礼法制度而受宠遇。

[108] "景纯"句：谓郭璞以文章敏捷而受优遇拔擢。景纯，郭璞字。

[109] 明帝秉哲：谓晋明帝天生具有智慧。《世说新语·夙惠》载其早慧事。秉，具有。哲，聪明。

[110] 储：储君，太子。极：指帝位。

[111] 孳孳：即"孜孜"。艺：文。

[112] "练情"二句：互文。谓其诰策、辞赋之作皆锤炼内容、发挥藻采。情指内容，采指文采。

[113] "庾以"二句：谓庾亮、温峤。逾，通"愈"。按：庾亮为明帝皇后兄；温峤于明帝为太子时为其僚属，明帝即位，委以重任。故云"亲""厚"。

[114] 揄扬风流：发扬风雅。揄，引。

[115] 渊乎清峻：指简文帝好玄远而言。渊，深。清峻，清高。

[116] 亟（qì）：屡屡。玄席：谈玄之席。

[117] "至孝武"二句：指孝武帝时晋祚始移，安、恭二帝皆为刘裕所杀。

[118] "其文史"二句：指袁宏、殷仲文、孙盛、干宝，皆东晋文学家，袁、孙、干三人皆有史学著作。

[119] 中朝：指西晋。

[120] 江左：江东，此指东晋，其首都建康（今南京）在江东。

[121] 因谈余气：循玄谈之遗风。

[122] 迍邅（zhūn zhān）：难行貌，此喻世事艰难。

[123] 夷泰：平和。

[124] 柱下：指老子，曾为周朝柱下史。漆园：指庄子，曾为漆园吏。

[125] 秉文之德：《诗经·周颂·清庙》："济济多士，秉文之德。"此借用其语。

[126] 文理替矣：文学之事废弃了。

[127] "王、袁"二句：谓刘宋时王、袁、颜、谢四姓文士众多。

[128] 何、范、张、沈：如何长瑜、何承天、范泰、范晔、张敷、张永、沈怀文、沈怀远等。

[129] 驭宝：谓取得帝位，《易·系辞下》："圣人之大宝曰位。"

[130] 太祖：指齐高帝萧道成，庙号太祖。膺箓：承受天命。箓，所谓上天赐命之书。

[131] 世祖：齐武帝萧赜，高帝长子，庙号世祖。

[132] 文帝：指文惠太子萧长懋，武帝长子，早卒，后追尊为文帝。贰离：犹言副君。文惠以好文著称，故曰"含章"。

[133] "高宗"句：齐明帝萧鸾，庙号高宗。武帝永明末，皇室纷乱，萧鸾继位，暂时稳定，故曰"兴运"。

[134] 文明自天：其光明而有文章，乃降自天。

[135] 缉熙：《诗经·周颂·维清》："维清缉熙。"郑玄笺："缉熙，光明也。"景祚：谓国运鸿大。景，大。

[136] 圣历方兴：当指齐和帝萧宝融即位而言（据清刘毓崧《书文心雕龙后》）。

[137] 文思光被：《尚书·尧典》："钦明文思安安，允恭克让，光被四表。"文思：孔颖达《正义》引郑玄云："经纬天地谓之文，虑深通敏谓之思。"光被：伪《孔传》以"充溢"释之。

[138] 海岳降神：《诗经·大雅·崧高》："维岳降神，生甫及申。"毛传："岳降神灵和气，以生申、甫之大功。"

[139] "驭飞龙"句：《易·乾》："九五。飞龙在天。"又《文言》："时乘六龙以御天。"此喻登帝位。

[140] "唐、虞"二句：以唐尧、虞舜之文为喻，言齐之文章方盛。鼎，方。孔子曾称尧"焕乎其有文章"（《论语·泰伯》）。

[141] 飏言：大声疾言。

[142] 十代：唐、虞、夏、商、周、汉、魏、晋、宋、齐。

[143] 九变：泛言多变。又刘永济《文心雕龙校释》卷下谓由唐世歌谣之质至虞代君臣赓歌之文，为一变；三代由颂功德而刺过失，为二变；战国西汉之文出于纵横之诡俗，为三变；东汉渐靡儒风为四变；灵帝以后之文浅陋衰茶为五变；汉末建安迄曹魏黄初慷慨多气为六变；正始玄言渐盛为七变；西晋之绮丽为八变；东晋玄言大盛为九变。其说供参考。

[144] "枢中"二句：《庄子·齐物论》："枢始得其环中，以应无穷。"谓门枢插于上下环之空中，旋转无穷。此喻历代文之发展无有穷已。

[145] 质文沿时：谓各时代或重质或重文，文章亦随之变化。

[146] 崇替在选：谓文章之崇盛抑或衰微，在于是否选用文士。

[147] 终古：久远。暧：仿佛，隐约。

说明

《时序》是《文心雕龙》的第四十五篇。

《时序》论文章与时代的关系，有以下几个方面：

其一，认为文章兴废，与统治者之好文与否、与统治者的文化政策很有关系。对于历史上重视文化建设、爱好文学的帝王，如汉武帝、曹氏父子以及西汉、东汉、东晋、刘宋的某些皇帝重文的表现，刘勰都津津乐道。特别是汉武及曹氏父子，刘勰对他们非常赞赏。《时序》云："兴废系乎时序"，主要就是指统治者的态度而言。

其二，《时序》指出政治的好坏、国家的兴衰，社会状况和时代风气，会影响到作品的内容以至风格特征。传统的儒家文艺理论，向来重视社会政治状况与作品的关系，所谓"治世之音安以乐，其政和；乱世之音怨以怒，其政乖；亡国之音哀以思，其民困"（见《礼记·乐记》《毛诗大序》），就是一种具有经典性的概括。刘勰也深受此种理论的影响。然而可贵的是，在这方面刘勰还有不少独特的观察。如关于战国文章，包括屈、宋辞赋，《时序》概括其特点为具有"暐烨之奇意"，而此种"奇"的表现则与当时"纵横之诡俗"密切相关。刘勰具有敏锐的艺术感受力，他从屈宋作品中感受到了与策士说客的言辞在总体风貌上的共同点。确实，屈宋受当时风俗和辩说言辞的熏陶，自然而然地在其作品中表现出时代风气的影响。在刘勰看来，《离骚》意在讽谏，宋玉的作品多作与楚王问答之辞，它们在企图以"炜烨而谲诳"（陆机《文赋》）之辞打动人主这一点上，与纵横之士是相同的。

又如关于建安文学与时代的关系，《时序》指出："观其时文，雅好慷慨，良由世积乱离，风衰俗怨，并志深而笔长，故梗概而多气也。"不但准确地概括出建安文学总的风貌特征，而且指明了动乱现实对建安风骨形成的作用。这比笼统地说“乱世之音怨以怒”，无疑更为具体深刻。

其三，《时序》论及学术风气对文章的影响。例如论东汉文人制作，指出其多引用儒家经书，形成与以前不同的风貌，那是由于皇帝崇爱儒术，“历政讲聚”，文士“渐靡儒风”的缘故。又如关于东晋文风，指出由于谈玄风气很盛，因而造成“世极迍邅，而辞意夷泰，诗必柱下之旨归，赋乃漆园之义疏”的状况，诗赋的内容和风格都与玄学发达密切相关。

刘勰指出了一个时代的文学与帝王的爱好提倡、与政治社会环境以及与学术风气之间的联系。从他的论述中，可知他并不机械地看待这些联系。例如帝王好文固然可能有利于文学，但如西晋短祚，统治者不重学术，不好文学，然而“人才实盛”，文学创作发达。可见统治者的爱好、提倡与否，并非文章写作发达或不发达的唯一原因。又如建安时社会动乱成为诗文慷慨多气风貌形成的土壤，而东晋朝廷不振，矛盾重重，作品却“辞意夷泰”，一派平和景象。因此关于政治、社会环境对文学的影响，也不可作简单理解。总之，刘勰从分析历史事实出发，既总结出“文变染乎世情，兴废系乎时序”这一客观规律，总结出文章与时代关系的几个重要方面，又并不企图以简单的公式囊括这种关系。他是实事求是地作具体分析的。

文心雕龙·物色

〔梁〕刘　勰

春秋代序，阴阳惨舒[1]，物色之动，心亦摇焉。盖阳气萌而玄驹步[2]，阴律凝而丹鸟羞[3]，微虫犹或入感，四时之动物深矣。若夫珪璋挺其惠心，英华秀其清气[4]，物色相召，人谁获安？是以献岁发春[5]，悦豫之情畅[6]；滔滔孟夏[7]，郁陶之心凝[8]；天高气清[9]，阴沉之志远；霰雪无垠[10]，矜肃之虑深[11]。岁有其物，物有其容[12]；情以物迁，辞以情发。一叶且或迎意，虫声有足引心。况清风与明月同夜，白日与春林共朝哉！

是以诗人感物，联类不穷[13]，流连万象之际，沉吟视听之区；写气图貌，既随物以宛转[14]；属采附声，亦与心而徘徊[15]。故“灼灼”状桃花之鲜[16]，“依依”尽杨柳之貌[17]，“杲杲”为出日之容[18]，“瀌瀌”拟雨雪之状[19]，“喈喈”逐黄鸟之声[20]，“喓喓”学草虫之韵[21]。“皎”日“嘒”星，一言穷理[22]；“参差”“沃若”[23]，两字连形。并以少总多，情貌无遗矣[24]。虽复思经千载，将何易夺？及《离骚》代兴[25]，触类而长[26]，物貌难尽，故重沓舒状，于是“嵯峨”之类聚[27]，“葳蕤”之群积矣[28]。及长卿之徒，诡势瑰声[29]，模山范水，字必鱼贯[30]，所谓诗人丽则而约言，辞人丽淫而繁句也。

至如《雅》咏棠华，“或黄或白”[31]；《骚》述秋兰，“绿叶”“紫茎”[32]。凡摛表五色[33]，贵在时见，若青黄屡出，则繁而不珍。

自近代以来，文贵形似[34]，窥情风景之上[35]，钻貌草木之中。吟咏所发，志惟深远[36]；体物为妙，功在密附[37]。故巧言切状[38]，如印之印泥[39]，不加雕削，而曲写毫芥。故能瞻言而见貌，即字而知时也。然物有恒姿，而思无定检[40]。或率尔造极[41]，或精思愈疏。且《诗》《骚》所标[42]，并据要害，故后进锐笔，怯于争锋。莫不因方以借巧，即势以会奇[43]，善于适要[44]，则虽旧弥新矣。是以四序纷回，而入兴贵闲；物色虽繁，而析辞尚简；使味飘飘而轻举，情晔晔而更新。古来辞人，异代接武[45]，莫不参伍以相变[46]，因革以为功，物色尽而情有余者[47]，晓会通也[48]。若乃山林皋壤[49]，实文思之奥府[50]，略语则阙，详说则繁[51]。然屈平所以能洞监风骚之情者[52]，抑亦江山之助乎！

赞曰：山沓水匝[53]，树杂云合。目既往还，心亦吐纳。春日迟迟[54]，秋风飒飒[55]。情往似赠，兴来如答。

华东师范大学出版社版林其锬、陈凤金

《增订文心雕龙集校合编·元至正刊本文心雕龙集校》

注释

[1]“春秋”二句：《离骚》：“日月忽其不淹兮，春与秋其代序。”张衡《西京赋》：“夫人在阳时则舒，在阴时则惨。”薛综注：“阳谓春夏，阴谓秋冬。”

[2]“盖阳气”句:《大戴礼记·夏小正》:“十二月:……玄驹贲。玄驹也者,蚁也。贲者何也?走于地中也。”古人以十一月为阳气始生,十二月亦属阳气萌生之时。

[3]“阴律凝”句:阴律,古人以十二律管辨气候,并与十二月相对应。其中阳律六、阴律六。阴律凝,意谓阴气已经凝重。以“律”代“气”,与上文“阳气”避复。丹鸟羞,《大戴礼记·夏小正》:“八月(一本作九月):……丹鸟羞白鸟。”丹鸟,旧说谓萤火虫,范文澜《文心雕龙注》疑是螳螂。白鸟,蚊子。羞,进;此指不尽食而养蓄之。

[4]“若夫”二句:谓人之慧心若珪璋挺出,其清气若花朵开放。珪璋,玉制礼器。挺,挺出。惠,通“慧”。英华,花。秀,开花。

[5]“献岁”句:《楚辞·招魂》乱辞:“献岁发春兮。”王逸注:“献,进。言岁始来进,春气奋扬。”

[6]悦豫:喜悦和乐。

[7]“滔滔”句:《楚辞·九章·怀沙》:“滔滔孟夏兮。”王逸注:“滔滔,盛阳貌也。”孟夏,初夏,阴历四月。

[8]郁陶:情思盈蓄而未畅。按:忧喜均可称郁陶。据上文“阴阳惨舒”,此当指欣悦之情而言。《尔雅·释诂》:“郁陶、繇,喜也。”又《礼记·檀弓下》:“人喜则斯陶,陶斯咏。”郑玄注:“陶,郁陶也。”孔颖达疏:“郁陶者,心初悦而未畅之意也。言人若外竟(境)会心,则怀抱欣悦,但始发俄尔,则郁陶未畅。”孔疏可供参考。凝,结,与上文“悦豫之情畅”之“畅”相对。

[9]“天高”句:《楚辞·九辩》:“泬寥兮天高而气清。”

[10]“霰雪”句:《楚辞·九章·涉江》:“霰雪纷其无垠兮。”王逸注:“霰,雨雪杂。”

[11]矜肃:端庄严肃。

[12]“岁有”二句:《左传·昭公九年》:“事有其物,物有其容。”此借用其语。

[13]“诗人”二句:谓《诗经》作者见物而产生无尽的联想,指比兴手法而言。

[14]“写气”二句:谓描绘物色,则与物相切合。气、貌,指物之气势形貌。《夸饰》云“气貌山海”,即描写山海之气貌。随物宛转,犹《明诗》所云“婉转附物”。

[15]“属采”二句:谓写作文辞,亦表现作者之情志。采、声,指文采声音。此二者为文辞之美,故代指文辞。《原道》云:“声采靡追。”亦然。又,“写气”二句与此二句,可视为互文。谓诗人描绘物色、属缀文辞,既要真切地写物之

形貌,又要表现内心情志。

[16] "灼灼"句:《诗经·周南·桃夭》:"桃之夭夭,灼灼其华。"毛传:"灼灼,华之盛也。"

[17] "依依"句:《诗经·小雅·采薇》:"昔我往矣,杨柳依依。"依依,盛貌(据《文选》潘岳《金谷集作诗》李善注引《韩诗》及"薛君曰")。

[18] "杲杲"句:《诗经·卫风·伯兮》:"杲杲日出。"杲杲,日出光明貌。

[19] "瀌瀌"句:《诗经·小雅·角弓》:"雨雪瀌瀌。"瀌(biāo)瀌,雪盛貌。雨雪,雨为动词。

[20] "喈喈"句:《诗经·周南·葛覃》:"黄鸟于飞,集于灌木,其鸣喈喈。"毛传:"喈喈,和声之远闻也。"

[21] "喓喓"句:《诗经·召南·草虫》:"喓喓草虫。"毛传:"喓喓,声也。"

[22] "皎日"二句:《诗经·王风·大车》:"谓予不信,有如皦日。"皎、皦通。又《召南·小星》:"嘒彼小星,维参与昴。"毛传:"嘒,微貌。"一言,一字。

[23] "参差"二句:《诗经·周南·关雎》:"参差荇菜,左右流之。"参差,不齐貌。又《卫风·氓》:"桑之未落,其叶沃若。"沃,肥盛柔美貌。若,形容词语尾。

[24] 情貌:指上文所举桃花等物象的情况状貌。

[25] 离骚:包举《楚辞》而言。按:屈原之作以《离骚》为首,后人遂以"骚"指称其所有作品。汉代已经如此,如《礼记·檀弓上》"舜葬于苍梧之野"条,郑玄注:"《离骚》所歌湘夫人,舜妃也。"《湘夫人》为《九歌》篇名,而郑玄称为《离骚》。晋代郭璞注《尔雅》《山海经》,引用屈原《离骚》《九歌》《天问》《九章》《远游》以至王逸的《九叹》,都称为《离骚》。本书《辨骚》也论及宋玉的《九辩》《招魂》等。

[26] "触类"句:《易·系辞上》:"触类而长之。"谓遇事而增长、发展之。触,遇。类,事类。

[27] 嵯峨:山高峻貌。《楚辞·招隐士》:"山气巃嵸兮石嵯峨。"又《九思·伤时》:"超五岭兮嵯峨。"

[28] 葳蕤:草木盛貌。《楚辞·七谏·初放》:"上葳蕤而防露兮。"

[29] 诡势瑰声:奇特瑰丽的声势。诡,奇异。

[30] 字必鱼贯:指汉赋中大量连续使用连绵字,而其字形往往同偏旁。如司马相如《上林赋》写水云"汹涌澎湃,滭弗宓汩,偪侧泌瀄"。

[31] "《雅》咏"二句,《诗经·小雅·裳裳者华》:"裳裳者华,或黄或白。"毛传:

“裳裳，犹堂堂也。”鲜明而盛之状。棠，与“裳”同音假借。

[32] “《骚》述”二句：《楚辞·九歌·少司命》：“秋兰兮青青，绿叶兮紫茎。”

[33] 摛表：指描绘。摛(chī)，铺陈，此指铺陈文采。

[34] 形似：此指描写景物，为南朝人常语。沈约《宋书·谢灵运传论》：“相如巧为形似之言。”钟嵘《诗品上》：“(张协)巧构形似之言。”《颜氏家训·文章》：“何逊诗……多形似之言。”

[35] 风景：风光。景，日光。

[36] 志惟深远：谓游心于超脱尘世的虚旷之境。

[37] 密附：贴近，此指所写逼真。

[38] 切状：逼近物之状貌。切，近。

[39] 印之印泥：古以泥封函，盖印于泥上。

[40] “思无”句：谓作者构思无一定之法。检，法式。

[41] “率尔”句：虽任意写来，却达到最好的地步。造，往，达到。极，极致。

[42] 诗骚所标：谓《诗》《骚》所树立成为标志、被作为目标者。

[43] “莫不”二句：谓根据写作中的具体情况，借用前人、他人之巧，成就其新异出众。方，方面，方域。势，态势。方、势均指写作中的具体情况。会，合，遇。

[44] 适要：谓抓住关键之处。

[45] 接武：相继。武，足迹。

[46] 参伍以相变：《易·系辞上》：“参伍以变，错综其数。”按：《周易》之卦、爻及其变化，皆与数密切相关，故举数以言变。刘勰此处借用其语，言历代辞人之作变通不滞。

[47] “物色”句：谓物色有限，但在作品中描绘物色，其种种情况、情趣是变化无穷的。

[48] 会通：会合与变通，指对前代作者的融会与变化。

[49] “山林”句：《庄子·知北游》：“山林与！皋壤与！使我欣欣然而乐与！”皋壤，泽畔地。

[50] 奥府：藏物、聚物之处。

[51] “略语”二句：谓略而不语则为缺失，但说得详尽又觉繁重。

[52] “然屈平”句：洞监，深察。风骚，代指诗歌。

[53] 山沓水匝：沓，重叠。匝，周匝，环绕。

[54] “春日”句：《诗经·豳风·七月》：“春日迟迟。”毛传：“迟迟，舒缓也。”谓日

渐长而温暖。

[55] “秋风”句：《楚辞·九歌·山鬼》：“风飒飒兮木萧萧。”

说明

《物色》为《文心雕龙》第四十六篇。魏晋以来，人们对于自然景物的感受日益敏锐、强烈。反映在文论中，陆机《文赋》已将四季推迁、景物变换视为引起创作冲动的一项重要因素，刘勰则专列《物色》篇论景物描绘。他所谓“物”，主要就是指自然景物而言。

刘勰认为景物触发作者情感、感召作者引起创作冲动的力量非常强大，对此种力量，他以美丽的语言加以热情的礼赞。他对于景物与作者情志之间的关系体会尤深，《物色》篇屡屡言及此点。“情往似赠，兴来如答。”作者是怀着深厚的情感去观照自然山水的，他热爱大自然，大自然也就以淋漓的创作兴会来回报他（《诠赋》篇也说“物以情观”，可见刘勰对此点有明确的认识）。在创作过程中，“目既往还，心亦吐纳”，“写气图貌，既随物以宛转，属采附声，亦与心而徘徊”。在观察、欣赏景物的同时，作者内心世界也展开了积极的情感活动。因此，在贴切入微地描绘外物时，也必定会抒发内心的种种感触。这与《神思》篇“物以貌求，心以理应”的意思相同。刘勰这里尚未鲜明地提出情景交融的问题，但至少已肯定作品中常是既写物之形貌，又写作者观物时的情思。写物、抒情，二者当然是有联系的。刘勰说，这样的作品，写得好的话，便能达到“味飘飘而轻举，情晔晔而更新”的效果，耐人寻味。

《物色》篇对“近代（主要指刘宋）以来”作品中描绘景物的风气进行了评论。刘勰指出，那些作品的特色，除了惟妙惟肖、状物逼真之外，还有一点就是“不加雕削”，也就是自然。那也就是《隐秀》篇说的“自然会妙，譬卉木之耀英华”“思合而自逢，非研虑之所课”的“秀句”。刘宋谢灵运开创了山水诗写作的风气，其中优秀者，正有这样的佳处。谢灵运本人的诗作，正因此而获得人们的惊叹，被誉为“如芙蓉出水”般的“自然可爱”（见钟嵘《诗品中》颜延之条、《南史·颜延之传》）。刘勰的论述，是对刘宋以来创作风气的评价，他对此类作品的优点是予以肯定的。当然，此类作品的质量参差不齐，其中有不少连篇累牍地“泛咏皋壤”（《情采》），显得累赘冗长，作者的情思寡少甚至虚伪，那是刘勰所反对的。《情采》篇已加以批评；《物色》篇强调“析辞尚简”，反对“丽淫而繁句”，当也具有指摘时弊的用意。

文心雕龙·知音

〔梁〕刘　勰

知音其难哉！音实难知，知实难逢，逢其知音，千载其一乎！夫古来知音，多贱同而思古[1]，所谓“日进前而不御，遥闻声而相思”也[2]。昔《储说》始出，《子虚》初成，秦皇、汉武，恨不同时；既同时矣，则韩囚而马轻[3]，岂不明鉴同时之贱哉？至于班固、傅毅，文在伯仲，而固嗤毅云“下笔不能自休”[4]。及陈思论才，亦深排孔璋。敬礼请润色，叹以为美谈；季绪好诋诃，方之于田巴[5]。意亦见矣。故魏文称“文人相轻”，非虚谈也。至如君卿唇舌，而谬欲论文，乃称“史迁著书，咨东方朔”；于是桓谭之徒，相顾嗤笑[6]。彼实博徒[7]，轻言负诮，况乎文士，可妄谈哉！故鉴照洞明，而贵古贱今者，二主是也；才实鸿懿[8]，而崇己抑人者，班、曹是也；学不逮文，而信伪迷真者，楼护是也。酱瓿之议[9]，岂多叹哉！

夫麟凤与麏雉悬绝[10]，珠玉与砾石超殊，白日垂其照，青眸写其形[11]，然鲁臣以麟为麏[12]，楚人以雉为凤[13]，魏民以夜光为怪石[14]，宋客以燕砾为宝珠[15]。形器易征[16]，谬乃若是；文情难鉴，谁曰易分？

夫篇章杂沓，质文交加[17]，知多偏好，人莫圆该。慷慨者逆声而击节[18]，酝藉者见密而高蹈[19]，浮慧者观绮而跃心[20]，爱奇者闻诡而惊听[21]。会己则嗟讽，异我则沮弃[22]，各执一隅之解，欲拟万端之变[23]。所谓东向而望，不见西墙也[24]。

凡操千曲而后晓声，观千剑而后识器[25]；故圆照之象[26]，务先博观。阅乔岳以形培塿[27]，酌沧波以喻畎浍[28]，无私于轻重[29]，不偏于憎爱，然后能平理若衡，照辞如镜矣。是以将阅文情[30]，先标六观：一观位体[31]，二观置辞[32]，三观通变[33]，四观奇正[34]，五观事义[35]，六观宫商[36]。斯术既形，则优劣见矣。

夫缀文者情动而辞发，观文者披文以入情，沿波讨源[37]，虽幽必显。世远莫见其面，觇文辄见其心。岂成篇之足深[38]，患识照之自浅耳。夫志在山水，琴表其情[39]，况形之笔端，理将焉匿？故心之照理，譬目之照形，目瞭则形无不分[40]，心敏则理无不达。然而俗鉴之迷者，深废浅售[41]，此庄周所以笑《折杨》[42]，宋玉所以伤《白雪》也[43]。昔屈平有言："文质疏内，众不知余之异采[44]。"见异唯知音耳。杨雄自称"心好沉博绝丽之文"[45]，其不事浮浅，亦可知矣。夫唯深识鉴奥，必欢然内怿[46]，譬春台之熙众人[47]，乐饵之止过客[48]。盖闻兰为国香，服媚弥芬[49]；书亦国华，玩绎方美[50]。知音君子，其垂意焉。

赞曰：洪钟万钧[51]，夔、旷所定[52]。良书盈箧，妙鉴乃订[53]。流郑淫人[54]，无或失听[55]。独有此律，不谬蹊径[56]。

华东师范大学出版社版林其锬、陈凤金
《增订文心雕龙集校合编·元至正刊本文心雕龙集校》

注释

[1] 贱同：指轻视同时人作品。

[2] "日进"二句：见《鬼谷子·内揵》。御，用。

[3] "昔《储说》"六句：《史记·老庄申韩列传》："（韩非）故作《孤愤》《五蠹》《内外储》《说林》《说难》十余万言。……人或传其书至秦。秦王见《孤愤》《五蠹》之书，曰：嗟乎！寡人得见此人与之游，死不恨矣。……秦因急攻韩。韩王……乃遣非使秦。秦王悦之，未信用。李斯、姚贾害之，毁之……秦王以为然，下吏治非。李斯使人遗非药，使自杀。"又《司马相如列传》载相如作《子虚赋》，汉武帝读而善之，曰："朕独不得与此人同时哉！"后召见为郎，然终无大用。

[4] "至于班固"三句：见曹丕《典论·论文》。

[5] "及陈思"六句：见曹植《与杨德祖书》。

[6] "至如君卿"六句：西汉楼护字君卿，善辩论，长安有"楼君卿唇舌"之语。见《汉书·游侠传》。其论文为桓谭所嗤事无考。

[7] 博徒：赌徒，此指楼护。

[8] 鸿懿：大而美。

[9] 酱瓿之议：《汉书·扬雄传》载，雄作《法言》《太玄》，"刘歆亦尝观之，谓雄

曰：空自苦！今学者有禄利，然尚不能明《易》，又如《玄》何？吾恐后人用覆酱瓿也”。瓿(bù)，一种小瓦器，用以盛物。

[10] 麇(jūn)：似鹿而小。悬绝：相差极大。

[11] “青眸”句：谓物之形状影写于眸子中。青眸，黑眼珠。

[12] “然鲁臣”句：《孔丛子·记问》载，鲁人获兽，众皆不识，“冉有告夫子曰：麇身而肉角，岂天之妖乎？”其实是麟。鲁臣，指冉有，为鲁国季氏家臣。

[13] “楚人”句：《尹文子·大道上》载，楚人为担雉者所欺，以为是凤凰，乃以重金买之，欲献于楚王。

[14] “魏民”句：《尹文子·大道上》载，魏之田夫得宝玉，邻人绐以怪石。田夫见其玉夜中光照一室，惊怖而弃之。

[15] “宋客”句：《艺文类聚》卷六引《阚子》：“宋之愚人得燕石于梧台之东，归而藏之，以为宝。周客闻而观焉……掩口而笑曰：此特燕石也，其与瓦甓不殊。”

[16] 形器易征：谓有形之物容易验证。《易·系辞上》：“形而下者谓之器。”

[17] 交加：众多累积貌。

[18] 逆：迎。击节：原谓敲击节(一种乐器)以为节拍，引申为表示赞赏之意。

[19] 酝藉：涵蓄深厚貌。密：谓作品意蕴深密。高蹈：高举足而踏地，言其兴奋。

[20] 浮慧：浮浅而敏慧。

[21] 惊听：耸动听闻。

[22] 沮：废止。

[23] 拟：拟度，衡量。

[24] “东向”二句：《吕氏春秋·去尤》：“东面望者，不见西墙。”又《淮南子·氾论》：“东面而望，不见西墙。”

[25] “操千曲”二句：《太平御览》卷五八一引桓谭《新论》：“音不通千曲以上，不足以为知音。”又《意林》引《新论》：“王君大习兵器。……曰：能观千剑则晓剑。”

[26] “圆照”句：以明镜映物成象为喻。镜之照物，无私无偏，纤毫毕见。圆照，圆融无憾地映照。

[27] 乔岳：高山。乔，高。培塿：小土山。

[28] 畎浍：田间水沟。

[29] “无私”句：严忌《哀时命》：“执权衡而无私兮，称轻重而不差。”

[30] 文情：泛言文章的种种情形。
[31] 位体：安置文章之形体，包括内容之安排、总体风貌、规格之筹划等。
[32] 置辞：运用文辞。
[33] 通变：指能否对前人作品正确地加以变化出新，《文心雕龙》有《通变》篇。
[34] 奇正：指能否"酌奇而不失其贞"(《辨骚》)，既有创造，不同凡响，又不堕入僻诡。
[35] 事义：指引用书上所载前言往事。《文心雕龙》有《事类》篇。
[36] 宫商：指作品声音而言。《文心雕龙》有《声律》篇。
[37] 沿波讨源：谓由文辞以求作者之情志。
[38] 深：深隐费解。
[39] "夫志在"二句：《吕氏春秋·本味》："伯牙鼓琴，钟子期听之。方鼓琴而志在泰山，钟子期曰：善哉乎鼓琴！巍巍乎若泰山。少选之间，而志在流水，钟子期又曰：善哉乎鼓琴！汤汤乎若流水。"
[40] 目瞭：眼睛明亮。
[41] 深废浅售：谓俗人迷惑，对自己未能理解、以为深隐者即废弃之，对浅白者则加以欣赏。
[42] "庄周"句：《庄子·天地》："大声不入于里耳，《折杨》《皇华》则嗑然而笑。"《折杨》《皇华》，均为俗曲。
[43] "宋玉"句：宋玉《对楚王问》："客有歌于郢中者，其始曰《下里》《巴人》，国中属而和者数千人；其为《阳阿》《薤露》，国中属而和者数百人；其为《阳春》《白雪》，国中属而和者数十人。"
[44] "昔屈平"三句：屈原语见《九章·怀沙》。文质疏内，据王逸注，谓有文有质，内有通达之美。
[45] 杨雄句：扬雄语见其《答刘歆书》。沉博，深广。
[46] 怿：喜。
[47] "譬春台"句：《老子》二十章："众人熙熙，如享太牢，如登春台。"熙，和乐。
[48] "乐饵"句：《老子》三十五章："乐与饵，过客止。"乐饵，音乐与食物。
[49] "盖闻"二句：《左传》宣公三年有"兰有国香，人服媚之"语，谓兰香冠于一国，人佩戴而爱之。服，佩戴。媚，爱。
[50] "书亦"二句：谓著述亦国之荣华，玩赏寻绎之方更显其美。
[51] "洪钟"句：语见《文选》张衡《西京赋》。薛综注："三十斤曰钧。"
[52] 夔、旷：夔为舜时乐官，师旷为晋平公乐师，皆以知音著名。

[53] 订：评定。
[54] “流郑”句：谓流荡的郑声使人沉迷。《礼记·乐记》：“郑声好滥淫志。”
[55] “无或”句：连上句云郑声惑人，不要有误听的情况发生。
[56] “独有”二句：谓只有掌握了“知音”的原则，才能不误入歧途。

说明

《知音》是《文心雕龙》第四十八篇，是关于文章鉴赏、批评的专论。

关于批评原则，曹丕《典论·论文》已指出，必须避免“贵远贱近，向声背实”和“暗于自见”的偏向，才能进行正确的批评。与刘勰同时而年辈在前的江淹，强调要“通方广恕，好远兼爱”，对不同时代、地域、风格的作品，都应吸取其优点，决不可“论甘而忌辛，好丹而非素”，排斥不合自己口味的作品。（见江淹《杂体诗序》）《知音》篇则在前人基础上，分析得更为细致。首先指出三种不利于鉴赏批评的错误态度：一是虽具有眼光，但贱同而思古，抱有轻视当代作者的偏见；二是虽有颇高的写作水平，却崇己抑人，文人相轻；三是根本不懂文章，却乱发议论。然后又从文章风貌和读者趣味、见解之繁复多样方面，慨叹人们往往目光狭隘，“会己则嗟讽，异我则沮弃，各执一隅之解，欲拟万端之变”。这样的慨叹，与江淹要求“兼爱”，其精神是相通的。

《知音》更进一步提出了增强鉴赏、批评能力的方法：

首先是“博观”，所谓“操千曲而后晓声，观千剑而后识器”。在博观之中还要进行比较，“阅乔岳以形培塿，酌沧波以喻畎浍”。这与《神思》所说“研阅以穷照”，《通变》所说“博览以精阅”相通。博览和比较，说来简单，但确是提高鉴赏批评能力的必由之路。

其次，《知音》提出“六观”，即从六个方面去观察、评判作品。这六个方面中，观“位体”即看作者如何“规范本体”（《熔裁》），如何安排内容，表达得是否集中、简练、详略得当，是否“纲领昭畅”，有条不紊；同时也看作品整体风貌是否符合内容、体裁的需要，即是否“得体”。观“置辞”是看语言运用是否精炼准确而不芜秽，运用辞采（对偶、夸饰、比喻等）是否得当。观位体、观置辞是对作品的整体考察，观“通变”、“奇正”、“事义”、“宫商”则是从中又提出一些刘勰所关注的要点加以考察。《文心雕龙》设有《通变》《事类》《声律》篇专论如何正确地推陈出新和使用事典、讲究声律等问题，“事义”“宫商”本也属于“置辞”即辞采运用，刘勰再单独提出，可见对它们的重视。至于“奇正”，是说文风是否雅正，是否恰当地参以新奇变化而又不失其正。这是刘勰的基本思想之一，在《辨骚》篇即已提出，《风骨》篇更是要求“确乎正式”、做到“辞奇而不黩”的文风专论。提出六观，让鉴赏、批评者有径可循，用一种分析的态度去研究作品，而不仅仅停留在感性蒙眬的印象上，便比较客观，也有利于研习文术。这六观都属于写作艺术方面。《文心雕龙》本是一部论写作艺术、写作规律的书。刘勰虽强调内容的充实、情志的真和“不诡”，但综观《文心》全书，并不详论何种内容、何种情志才合乎要求。因此在论鉴赏批评时，也着重从表现艺术方面谈，而不偏重于思想内容方面。

诗品（选录）

〔梁〕钟　嵘

作者简介

钟嵘（约468—518），字仲伟，颍川长社（今河南长葛东北）人。齐时入太学，因精《周易》为国子祭酒王俭所赏识。曾任南康王国侍郎、抚军行参军、安国县令、司徒行参军等职。入梁之后，曾任萧宏、萧元简、萧纲三位皇室贵胄的参军、记室。任晋安王萧纲记室后不久，卒于任上。撰有《诗品》，为评论汉代至梁的五言诗人的专著，也是文学批评史上第一部诗论著作，对于后世颇有影响，被誉为“思深而意远”的“百代诗话之祖”（见清人章学诚《文史通义・诗话》）。《梁书》卷四十九、《南史》卷七十二有传。

诗　品　序

序曰[1]：气之动物，物之感人，故摇荡性情，形诸舞咏。欲以照烛三才[2]，晖丽万有[3]，灵祇待之以致飨，幽微藉之以昭告[4]，动天地，感鬼神，莫近于诗[5]。

昔《南风》之辞，《卿云》之颂[6]，厥义敻矣[7]。夏歌曰：“郁陶乎予心[8]。”楚谣曰：“名余曰正则[9]。”虽诗体未全，然略是五言之滥觞也。逮汉李陵，始著五言之目矣[10]。古诗眇邈[11]，人世难详。推其文体，固是炎汉之制，非衰周之倡也[12]。自王、杨、枚、马之徒[13]，词赋竞爽[14]，而吟咏靡闻。从李都尉迄班婕妤[15]，将百年间，有妇人焉，一人而已[16]。诗人之风，顿已缺丧[17]。东京二百载中[18]，惟有班固《咏史》[19]，质木无文致。降及建安[20]，曹公父子[21]，笃好斯文[22]。平原兄弟[23]，郁为文栋[24]。刘桢、王粲，为其羽翼。次有攀龙托凤[25]，自致于属车者[26]，盖将百计。彬彬之盛[27]，大备于时矣。尔后陵迟衰微，迄于有晋。太康中[28]，三张、二陆、两潘、一左[29]，勃尔复兴，踵武前王[30]，风流未沫[31]，亦文章之中兴也。永嘉时[32]，贵黄老[33]，尚虚谈[34]。于时篇什，理过其辞，淡乎寡味[35]。爰及江表[36]，微波尚传。孙绰、许询、桓、庾诸公诗[37]，皆平典似《道德论》[38]。建安风力尽矣。先是郭景纯用隽上之才，变创其体；刘越石仗清刚之气，赞成厥美[39]。然彼众我寡，未能动俗。逮义熙中[40]，谢益寿斐然继作[41]。元嘉初[42]，有谢灵运，才高词盛，富艳难踪，固已含跨刘、郭，凌轹潘、左。故知陈思为建安之杰，公幹、仲宣为辅；陆机为太康之英，安仁、景阳为辅；谢客为元嘉之雄[43]，颜延年为辅[44]。斯皆五言之冠冕，文词之命世也[45]。

夫四言文约意广[46]，取效《风》《骚》[47]，便可多得。每苦文烦而意少[48]，故世罕习焉。五言居文词之要[49]，是众作之有滋味者也，故云会于流俗。岂不以指事造形[50]，穷情写物，最为详切者邪？故诗有六义焉：一曰兴，二曰比，三曰赋[51]。文已尽而意有余，兴也[52]；因物喻志[53]，比也；直书其事，寓言写物[54]，赋也。弘斯三义，酌而用之，干之以风力，润之以丹彩，使咏之者无极，闻之者动心，是诗之至也。若专用比兴，则患在意深，意深则词踬[55]；若但用赋体，则患在意浮[56]，意浮则文散，嬉成流移[57]，文无止泊，有芜漫之累矣。

若乃春风春鸟，秋月秋蝉，夏云暑雨，冬月祁寒[58]，斯四候之感诸诗者也。嘉会寄诗以亲[59]，离群托诗以怨。至于楚臣去境，汉妾辞宫；或骨横朔野，或魂逐飞蓬；或负戈外戍，杀气雄边；塞客衣单，孀闺泪尽[60]；又士有解佩出朝[61]，一去忘返；女有扬蛾入宠[62]，再盼倾国[63]：凡斯种种，感荡心灵，非陈诗何以展其义[64]？非长歌何以释其情？故曰："《诗》可以群，可以怨[65]。"使穷贱易安，幽居靡闷，莫尚于诗矣。故词人作者，罔不爱好。

今之士俗，斯风炽矣。才能胜衣，甫就小学[66]，必甘心而驰骛焉[67]。于是庸音杂体，各各为容。至于膏腴子弟[68]，耻文不逮，终朝点缀[69]，分夜呻吟[70]。独观谓为警策[71]，众睹终沦平钝。次有轻薄之徒，笑曹、刘为古拙，谓鲍照羲皇上人[72]，谢朓今古独步[73]。而师鲍照，终不及“日中市朝满”[74]；学谢朓，劣得“黄鸟度青枝”[75]。徒自弃于高听[76]，无涉于文流矣。

嵘观王公搢绅之士[77]，每博论之余，何尝不以诗为口实[78]，随其嗜欲，商榷不同。淄渑并泛[79]，朱紫相夺[80]，喧议竞起，准的无依。近彭城刘士章[81]，俊赏之士[82]，疾其淆乱，欲为当世诗品，口陈标榜[83]，其文未遂。嵘感而作焉。昔九品论人[84]，《七略》裁士[85]，校以宾实[86]，诚多未值[87]。至若诗之为技，较尔可知[88]。以类推之，殆均博弈[89]。方今皇帝[90]，资生知之上才[91]，体沉郁之幽思[92]；文丽日月，学究天人[93]。昔在贵游[94]，已为称首[95]。况八纮既奄[96]，风靡云蒸[97]。抱玉者联肩，握珠者踵武[98]。固已瞰汉魏而不顾，吞晋宋于胸中[99]。谅非农歌辕议，敢致流别[100]。嵘之今录，庶周旋于闾里，均之于谈笑耳[101]。

序曰：一品之中，略以世代为先后，不以优劣为诠次[102]。又其人既往，其文克定[103]，今所寓言，不录存者。夫属词比事，乃为通谈[104]。若乃经国文符[105]，应资博古；撰德驳奏，宜穷往烈[106]。至乎吟咏情性，亦何贵于用事[107]？“思君如流水[108]”，既是即目；“高台多悲风[109]”，亦唯所见；“清晨登陇首[110]”，羌无故实[111]；“明月照积雪[112]”，讵出经史[113]？观古今胜语，多非补假，皆由直寻。颜延、谢庄[114]，尤为繁密，于时化之。故大明、泰始中[115]，文章殆同书抄。近任昉、王元长等[116]，词不贵奇，竞须新事[117]。尔来作者[118]，浸以成俗[119]。遂乃句无虚语，语无虚字[120]，拘挛补纳，蠹文已甚[121]。但自然英旨[122]，罕值其人。词既失高，则宜加事义[123]。虽谢天才[124]，且表学问，亦一理乎！

陆机《文赋》，通而无贬[125]；李充《翰林》，疏而不切[126]；王微《鸿宝》[127]，密而无裁；颜延论文[128]，精而难晓；挚虞《文志》[129]，详而博赡,颇曰知言。观斯数家,皆就谈文体,而不显优劣。至于谢客集诗[130],逢诗辄取;张骘《文士》[131],逢文即书。诸英志录,并义在文,曾无品第[132]。嵘今所录,止乎五言。虽然,网罗今古,词人殆集。轻欲辨彰清浊[133],掎摭病利[134],凡百二十人[135]。预此宗流者[136],便称才子。至斯三品升降,差非定制[137],方申变裁[138],请寄知者尔。

序曰：昔曹、刘殆文章之圣,陆、谢为体贰之才[139]。锐精研思,千百年中,而不闻宫商之辨,四声之论[140]。或谓前达偶然不见,岂其然乎？尝试言之：古曰诗颂,皆被之金竹[141],故非调五音,无以谐会。若"置酒高殿上[142]"、"明月照高楼[143]",为韵之首[144]。故三祖之词[145],文或不工,而韵入歌唱。此重音韵之义也,与世之言宫商异矣。今既不被于管弦,亦何取于声律耶[146]？齐有王元长者,常谓余云:"宫商与二仪俱生[147],自古词人不知用之。唯颜宪子论文[148],乃云'律吕音调[149]',而其实大谬。唯见范晔、谢庄颇识之耳。"常欲造《知音论》,未就而卒。王元长创其首,谢朓、沈约扬其波。三贤咸贵公子孙,幼有文辨。于是士流景慕,务为精密,襞积细微[150],专相凌架。故使文多拘忌,伤其真美。余谓文制本须讽读,不可蹇碍[151]。但令清浊通流[152],口吻调利,斯为足矣。至如平上去入,则余病未能;蜂腰、鹤膝,闾里已具[153]。

陈思赠弟[154],仲宣《七哀》,公幹思友[155],阮籍《咏怀》,子卿"双凫"[156],叔夜"双鸾"[157],茂先寒夕[158],平叔衣单[159],安仁倦暑[160],景阳苦雨[161],灵运《邺中》[162],士衡《拟古》,越石感乱[163],景纯咏仙[164],王微风月[165],谢客山泉[166],叔源离宴[167],鲍照戍边[168],太冲《咏史》,颜延入洛[169],陶公咏贫之制[170],惠连《捣衣》之作[171],斯皆五言之警策者也。所谓篇章之珠泽[172],文采之邓林[173]。

诗 品 上

古诗[174]

其体源出于《国风》[175]。陆机所拟十四首[176],文温以丽,意悲而远[177]，惊心动魄，可谓几乎一字千金[178]。其外“去者日以疏”四十五首，虽多哀怨，颇为总杂[179]，旧疑是建安中曹、王所制[180]。“客从远方来”“橘柚垂华实”，亦为惊绝矣[181]。人代冥灭，而清音独远，悲夫！

汉都尉李陵诗

其源出于《楚辞》。文多凄怆，怨者之流。陵，名家子[182]，有殊才。生命不谐[183]，声颓身丧[184]。使陵不遭辛苦[185]，其文亦何能至此！

汉婕妤班姬诗[186]

其源出于李陵。《团扇》短章[187]，辞旨清捷，怨深文绮，得匹妇之致[188]。侏儒一节[189]，可以知其工矣。

魏陈思王植诗

其源出于《国风》。骨气奇高[190]，词采华茂。情兼雅怨[191]，体被文质[192]。粲溢今古，卓尔不群[193]。嗟乎！陈思之于文章也，譬人伦之有周、孔[194]，鳞羽之有龙凤，音乐之有琴笙，女工之有黼黻[195]。俾尔怀铅吮墨者[196]，抱篇章而景慕[197]，映余晖以自烛。故孔氏之门如用诗，则公幹升堂，思王入室，景阳、潘、陆，自可坐于廊庑之间矣[198]。

魏文学刘桢诗[199]

其源出于《古诗》。仗气爱奇，动多振绝[200]。贞骨凌霜[201]，高风跨俗。但气过其文[202]，雕润恨少[203]。然自陈思已下，桢称独步。

魏侍中王粲诗

其源出于李陵。发愀怆之词，文秀而质羸[204]。在曹、刘间别构一体。方陈思不足，比魏文有余。

晋步兵阮籍诗[205]

其源出于《小雅》。无雕虫之巧[206]，而《咏怀》之作，可以陶性灵，发幽思。言在耳目之内，情寄八荒之表[207]。洋洋乎会于《风》《雅》[208]，使人忘其鄙近，自致远大，颇多感慨之词。厥旨渊放，归趣难求。颜延注解，怯言其志[209]。

晋平原相陆机诗[210]

其源出于陈思。才高辞赡[211]，举体华美[212]。气少于公幹，文劣于仲宣[213]。尚规矩，(不)贵绮错[214]，有伤直致之奇[215]。然其咀嚼英华，厌饫膏泽[216]，文章之渊泉也。张公叹其大才[217]，信矣！

晋黄门郎潘岳诗

其源出于仲宣。《翰林》叹其翩翩奕奕[218]，如翔禽之有羽毛，衣被之有绡縠[219]，犹浅于陆机。谢混云：“潘诗烂若舒锦，无处不佳；陆文如披沙简金，往往见宝[220]。”嵘谓益寿轻华[221]，故以潘胜；《翰林》笃论[222]，故叹陆为深[223]。余常言陆才如海，潘才如江[224]。

晋黄门郎张协诗

其源出于王粲。文体华净，少病累。又巧构形似之言[225]。雄于潘岳，靡于太冲[226]。风流调达[227]，实旷代之高才[228]。词彩葱蒨[229]，音韵铿锵。使人味之，亹亹不倦[230]。

晋记室左思诗

其源出于公幹。文典以怨[231]，颇为清切，得讽喻之致。虽浅于陆机，而深于潘岳[232]。谢康乐常言[233]：“左太冲诗，潘安仁诗，古今难比。”

宋临川太守谢灵运诗[234]

其源出于陈思，杂有景阳之体。故尚巧似[235]，而逸荡过之[236]。颇以繁芜为累。嵘谓若人兴多才博[237]，寓目辄书，内无乏思，外无遗物，其繁富，宜哉！然名章迥句[238]。处处间起；丽曲新声，络绎奔发。譬犹青松之拔灌木，白玉之映尘沙，未足贬其高洁也。初，钱塘杜明师夜梦东南有人来入其馆[239]，是夕即灵运生于会稽[240]。旬日而谢玄亡[241]。其家以子孙难得，送灵运于杜治养之[242]，十五方还都，故名“客儿”。

诗品中（选录）

宋征士陶潜诗[243]

其源出于应璩，又协左思风力。文体省静[244]，殆无长语[245]。笃意真古，辞兴婉惬。每观其文，想其人德。世叹其质直。至如“欢言酌春酒”“日暮天无云”[246]，风华清靡，岂直为田家语耶[247]？古今隐逸诗人之宗也。

宋光禄大夫颜延之诗

其源出于陆机。故尚巧似。体裁绮密[248]，情喻渊深[249]。动无虚发[250]，一句一字，皆致意焉。又喜用古事，弥见拘束。虽乖秀逸[251]，故是经纶文雅[252]。才减若人，则陷于困踬矣。汤惠休曰："谢诗如芙蓉出水，颜诗如错彩镂金。"颜终身病之[253]。

诗品下（选录）

魏武帝　魏明帝

曹公古直，甚有悲凉之句。叡不如丕，亦称三祖。

上海古籍出版社版曹旭《诗品集注》

注释

[1] 序曰：《诗品序》凡三节。据今所见《诗品》之最早版本元延祐七年刊《群书考索》本，自"序曰气之动物"至"均之于谈笑耳"在卷首，为全书之序；自"序曰一品之中"至"请寄知者尔"在中品之前；自"序曰昔曹刘"至"文采之邓林"在下品之前。清何文焕编《历代诗话》，始将三节合为一篇，置于卷首。今为方便计，亦依何氏，但三节之间各空一行，以为标识。

[2] 烛：照耀。三才：天、地、人。

[3] 万有：万物。《老子》四十章："天下万物生于有，有生于无。"王弼注："天下之物，皆以有为生；有之所始，以无为本。"

[4] "灵祇"二句：意谓祭祀天地鬼神均不能无诗。祭祀必演奏乐歌，故云。灵祇，指天地。祇(qí)，地神。飨(xiǎng)，祭祀。幽微，指鬼神。

[5] "动天地"三句：见《毛诗大序》。

[6] 《卿云》：见《文心雕龙·时序》注[7]。

[7] 厥义夐矣：犹言其事久远矣。义，指事情而言，不必拘泥为"意义"之类。如刘熙《释名·释典艺》："敷布其义谓之赋。"谓铺陈其事，非谓陈说事情之意义也。

[8] "夏歌"二句：相传夏太康失国，兄弟五人，止于洛汭而作歌，有"郁陶乎予心"之句，见《尚书·五子之歌》。郁陶，积聚而未畅之意，此指忧思愤结。

[9] "楚谣"二句：《楚辞·离骚》："名余曰正则兮，字余曰灵均。"原有"兮"字，钟

嵘以“兮”字为语助，不计入句中，故以为是五言诗句。

[10]“逮汉”二句：传为西汉李陵所作的五言诗，南朝时颇为流传，但当时已有人表示怀疑。今人或以为是东汉末作品。

[11] 古诗：自西晋以来，将流传于世但不知作者名的若干五言诗统称为“古诗”。今传陆机有《拟古诗》十二首，萧统《文选》载《古诗十九首》。旧传为西汉诗，今人或以为系东汉末作品。

[12] 倡：通“唱”。

[13] 王、杨、枚、马：西汉辞赋家王褒、扬雄、枚乘、司马相如。

[14] 竞爽：《左传》昭公三年：“二惠竞爽。”杜预注：“竞，强也。爽，明也。”后用作争胜比美之意。

[15] 从李都尉句：李都尉，指李陵，曾为骑都尉。班婕妤，汉成帝时人。婕妤(jié yú)，女官名。李、班二人《诗品》均列上品。

[16]“有妇人”二句：《论语・泰伯》：“孔子曰：才难，不其然乎？唐虞之际，于斯为盛，有妇人焉，九人而已。”谓西周初年与尧舜交会之间相比，以周为盛，多贤才，然而尚有一妇人，其余九人而已。钟嵘此处套用其句式，慨叹西汉五言诗作者之少。一人，指李陵。

[17]“诗人”二句：意谓《诗经》时代，作者众多；以后吟咏之风一下子消歇，至西汉时犹然。诗人，指《诗经》作者。顿，一下子。

[18] 东京：指东汉。东汉定都洛阳，相对于西汉国都长安而称东京。

[19] 班固：其诗列于下品。

[20] 建安：东汉献帝刘协年号(196—220)。

[21] 曹公父子：指曹操及其子丕、植。本书列曹植于上品，曹丕于中品，曹操于下品。

[22] 笃：深。斯文：《论语・子罕》：“天之将丧斯文也，后死者不得与于斯文也；天之未丧斯文也，匡人其如予何?”斯，此。后遂以“斯文”指“文”。

[23] 平原兄弟：指曹丕、曹植。曹植曾封为平原侯。

[24] 郁：盛。此指文采盛多。

[25] 攀龙托凤：喻攀附有力者。

[26]“自致”句：喻以自己的创作追随其后。自致，自己达到。属车，帝王出行时的随从之车。

[27] 彬彬：《论语・雍也》：“文质彬彬，然后君子。”后亦用以称美盛之状。

[28] 太康：晋武帝司马炎年号(280—289)。

[29]“三张”句：三张，指张载及其弟协、亢。二陆，陆机及弟云。两潘，潘岳及其侄潘尼。左，左思。本书列陆机、潘岳、张协于上品，潘尼、陆云于中品，张载于下品，张亢未入品。

[30] 踵武前王：《离骚》：“忽奔走以先后兮，及前王之踵武。”此用其语，谓追随于建安诗人之后。踵，脚跟。武，足迹。踵武，用作追随意。

[31] 沫(mò)：已，尽。

[32] 永嘉：晋怀帝司马炽年号(307—313)。

[33] 黄老：指道家学说。道家依托黄帝，以《老子》为经典，故称。

[34] 虚谈：指关于道家虚无之理的谈论。司马谈《论六家要指》：“(道家)其术以虚无为本。……虚者，道之常也。”

[35] 淡乎寡味：《老子》三十五章：“道之出口，淡乎其无味。”永嘉诗歌多言老庄玄理，故钟嵘借用其语，言其诗平淡无味。

[36] 爰：乃，于是。江表：江南，此代指东晋。

[37]“孙绰”句：皆东晋诗人。桓、庾，指桓温、庾亮。本书列孙、许于下品，桓、庾未入品。

[38] 平典：平和典正。《道德论》：指魏晋玄学家所作谈论老庄玄理的文章。何晏、夏侯玄、阮籍均作有《道德论》。道德指《老子》，又名《道德经》，分《道经》《德经》两部分。

[39]“先是”四句：意谓早在两晋之交、孙许桓庾之前，郭璞诗已变革玄言诗风，刘琨诗亦有辅助之力。景纯，郭璞字；越石，刘琨字。二人均列中品。赞，助。按：明许学夷《诗源辩体》卷五：“但刘越石前与潘、陆同时，今谓永嘉而后景纯变创，越石赞成，则失考矣。”其说未谛。刘、郭大体同时，刘之生卒年略早于郭。刘琨清刚之作如《文选》所载《扶风歌》《答卢谌》《重赠卢谌》皆作于晚年。且钟嵘言“变创”“赞成”本无意以时代早晚论，而是说郭璞为主而刘琨为其辅佐。

[40] 义熙：东晋安帝司马德宗年号(405—418)。

[41] 谢益寿：东晋诗人谢混，字叔源，小字益寿。本书列于中品。斐然：有文采的样子。

[42] 元嘉：宋文帝刘义隆年号(424—453)。

[43] 谢客：谢灵运小字客儿。本书列于上品。

[44] 颜延年：南朝宋诗人颜延之，字延年。本书列于中品。

[45] 命世：有名于世。命，名。

［46］文约意广：四言诗每句仅四字，故曰“文约”。意广，意思深广。

［47］风骚：《国风》《离骚》，代指《诗经》《楚辞》。《楚辞》中有少数篇章四言句较多。

［48］文烦意少：谓后人文采虽盛而意思寡少。烦，通“繁”。

［49］文词：文章，泛指各种体裁的作品，包括诗歌。

［50］指事造形：指事，谓直述其事。造形：陈说情形、情况。按：指事造形，犹言直陈事形。《老子》第一章：“道可道，非常道；名可名，非常名。”王弼注：“可道之道，可名之名，指事造形，非其常也。故不可道、不可名也。”意谓可道之道、可名之名，有具体事形、情况可以陈说，故非恒久之至道；至道乃无事形可述，是形而上的。

［51］“故诗有”四句：谓《诗》有六义，其中三项为兴、比、赋。六义，犹言六件事项。

［52］“文已尽”二句：《周礼・大师》郑玄注引郑司农曰：“兴者，托事于物。”即寄托人事于草木禽鱼等物象之中而不明说，意在言外，故钟嵘云“文已尽而意有余”。陆德明《经典释文》于《关雎》毛传“兴也”下云：“案：兴是譬喻之名。意有不尽，故题曰兴。”与钟嵘语近。

［53］因物喻志：借物以说明心中所想。喻，明。志，意，泛指心中所想，不应拘于今日所谓“志向”等义。按：兴、比皆借助于物，但兴所欲表达之意深刻，且不说出，故其意难知；比即今之比喻，其意易晓。故《文心雕龙・比兴》云：“比显而兴隐”，又云兴须“发注而后见”，比则“飏言以切事”。

［54］寓言写物：谓运用语言，叙写事物。寓言，寄寓意旨于语言，即运用语言之意。下文“今所寓言，不录存者”之“寓言”意同。《文心雕龙・哀吊》：“千载可伤，寓言以送。”王巾《头陀寺碑文》：“敢寓言于雕篆，庶仿佛于众妙。”

［55］“意深”句：意深，谓意思深隐不直白，与今言含意深刻有异。与下文“意浮”均指表现方式而言，非指意思本身之深刻浮浅。词踬：谓文辞费解，给人以不流畅、多阻滞之感。踬，跌倒。按：比虽较兴为明白，但与赋之“直书其事”相比，则赋更为直露。

［56］意浮：意思浮在表面，谓一览即知。

［57］嬉：游。此谓游走不定。

［58］祁寒：严寒。

［59］寄诗以亲：谓将友爱之意寄托于诗，以达到亲近之目的。

［60］孀闺：指独守空闺之妇人。古代无丈夫称寡，有丈夫远离而独居亦可称寡。

参顾炎武《日知录》卷三十二“鳏寡”条。顾氏云:“鲍照《行路难》‘来时闻君妇,闺中孀居独宿有贞名’,亦是此义。”参邬国平《钟嵘〈诗品〉注释辨证》。邬氏云:“《诗品序》将‘孀闺’与‘塞客’对举,略似陈琳《饮马长城窟行》‘边城多健少,内舍多寡妇’,所以,此‘孀闺’似以解释与夫久别而独居的女子为宜。”

[61] 解佩:解下佩带的印绶(官印上的带子),指辞官或免职。

[62] 蛾:指女子的眉毛。女子画眉细长弯曲,如蚕蛾触须,故称蛾眉。

[63] 再盼倾国:李延年《李夫人歌》:“北方有佳人,绝世而独立。一顾倾人城,再顾倾人国。宁不知倾城与倾国? 佳人难再得!”盼,顾盼,看视。

[64] “非陈诗”句:谓若非赋诗,用什么陈说其事? 陈诗,指赋诗。

[65] “诗可以”二句:《论语·阳货》:“子曰:小子何莫学乎《诗》?《诗》可以兴,可以观,可以群,可以怨。”

[66] 甫:始,才。小学:《汉书·食货志》:“八岁入小学。学六甲、五方、书、计之事,始知室家长幼之节。十五入大学,学先圣礼乐而知朝廷君臣之礼。”此借指幼年初入学时。

[67] 甘心:羡慕,快意。

[68] 膏腴子弟:富贵人家的子弟。膏腴,谓食物肥美。

[69] 终朝:早晨。自日始出至朝食为终朝。点缀:指执笔作文。点,涂去。缀,连缀文字。

[70] 分夜:半夜。呻吟:诵读,此指吟咏诗歌。《庄子·列御寇》:“郑人缓也,呻吟裘氏之地,祇三年而缓为儒。”郭象注:“呻吟,吟咏之谓。”

[71] 警策:整饬驾具。此喻诗文超出常流。

[72] 鲍照:南朝宋诗人,本书列于中品。羲皇上人:上古帝王伏羲氏以上的人物。喻地位崇高。

[73] 谢朓:南朝齐诗人,本书列于中品。独步:独自行走,喻独一无二,无人比并。

[74] “日中”句:见鲍照《结客少年场行》。

[75] 劣:仅。“黄鸟”句见虞炎《玉阶怨》。

[76] 高听:鉴赏力高卓的人。

[77] 搢绅:士大夫。搢,插。绅,大带。插笏板于腰带,乃官者装束,因借指官宦之人。

[78] 口实:口中之物,引申为谈资、话题。

[79] “淄渑”句：不同味道的水合流相混，则其味不复能相区别。此喻识见低下，不能分辨诗歌之差异。淄、渑，二水名，均在今山东省。旧传二水味异。

[80] “朱紫”句：喻不能掌握正确的评判标准。《论语·阳货》：“子曰，恶紫之夺朱也，恶郑声之乱雅乐也。”何晏《集解》引孔安国曰：“朱，正色。紫，间色之好者。恶其邪好而夺正色。”

[81] 刘士章：南朝齐刘绘，字士章。其诗列于下品。

[82] 俊赏：鉴赏力高卓。

[83] 标榜：标明，显扬。常用于人物品评。

[84] 九品论人：班固《汉书·古今人表》将人物分为上、中、下三等，每等又分上、中、下，共九等。其法实受汉代人物评论的影响。魏晋以来，又立九品中正制以择用人才。

[85] “《七略》”句：西汉刘向、刘歆父子等校理群书，刘歆奏上《七略》，为《辑略》《六艺略》《诸子略》《诗赋略》《兵书略》《数术略》《方技略》，乃我国最早的图书总目，今佚。《七略》本非品评人物之作，钟嵘称其“裁士”，盖谓其人其书被著录于《七略》，便有才子之目，犹如《中品序》所云“预此宗流者，便称才子”。

[86] 宾实：名实。语本《庄子·逍遥游》：“名者，实之宾也。”

[87] 诚：确实。值：当。

[88] 较尔：显然，明白。尔：形容词语尾。

[89] 博弈：均古代棋戏。博，掷彩而后行棋。弈，即围棋。钟嵘认为诗人之优劣显然可知，犹如棋手之高下容易判别。

[90] 方今皇帝：指梁武帝萧衍。

[91] 资：禀有。生知：生而知之。《论语·季氏》：“生而知之者，上也；学而知之者，次也；困而学之，又其次也。”

[92] “体沉郁”句：体，亦“赋有”之意。沉郁，深沉厚盛。刘歆《与杨雄书从取〈方言〉》：“非子云澹雅之才，沉郁之思，不能经年锐精，以成此书。”

[93] “学究”句：司马迁《报任安书》：“亦欲以究天人之际，通古今之变，成一家之言。”

[94] “昔在”句：指萧衍称帝之前。贵游，泛指王公显贵者。

[95] 称首：被举为第一。

[96] “况八纮”句：谓天下一统。此指萧衍建立梁朝。八纮(hóng)，八方极远之处。奄，同也(《诗经·大雅·执竞》“奄有四方”毛传)。

[97] 风靡：随风倒伏，喻顺从、倾慕。

[98] “抱玉”二句：喻才能之士众多。踵武，继迹。

[99] “吞晋宋”句：喻包纳、超越晋宋。

[100] “谅非”二句：谓确实不是农人、车夫之议论敢加以区分品评的。乃钟嵘自谦语，犹曹植《与杨德祖书》以“街谈巷说”“击辕之歌”自谦。

[101] “庶周旋”二句：谓只希望传阅于里巷间、等同于谈笑而已。庶，希望。

[102] 诠次：编次，排列。

[103] 克：可，能。

[104] “夫属词”二句：意谓作文须运用典故，乃是人们常说的话。《礼记·经解》：“属词比事，《春秋》教也。”此借用其语。比事，排比事类。事，指典故。

[105] 经国文符：治理国家所用文书、公文。

[106] 往烈：犹言旧事、往事。按：“烈”有功业义，但此处“往烈”乃泛指过往之事。

[107] “至乎”二句：谓作诗何必以用典为贵。吟咏情性，《毛诗大序》云：“吟咏情性，以风其上。”但此处只泛指作诗，不言风刺。

[108] “思君”句：徐幹《室思》句。

[109] “高台”句：曹植《杂诗》句。

[110] “清晨”句：张华诗句，全诗已佚。

[111] 羌：发语词。

[112] “明月”句：谢灵运《岁暮》句，全诗已佚。

[113] 讵：岂。

[114] 颜延、谢庄：刘宋诗人颜延之、谢庄。庄字希逸，其诗列于下品。

[115] 大明：宋孝武帝刘骏年号(457—464)。泰始：宋明帝刘彧年号(465—471)。

[116] 任昉：字彦升，齐、梁时文学家，本书列于中品。王元长：齐文学家王融，字元长，本书列于下品。

[117] 竞须新事：谓争相使用他人未曾用过的典故，以此为胜。须，待，有“借助于”之意。

[118] 尔来：近来。尔，通“迩”，近。

[119] 浸：逐渐。

[120] “句无”二句：意谓诗句中没有不使用典故的语词，语词中没有不是出于典

故的字。极言用典繁密。虚：指不用典故。上文“羌无故实”之“故实”指典故，虚、实相对。

[121] 蠹：蛀蚀，喻损害、败坏。

[122] 英旨：喻美好。英，花。旨，美味。

[123] 事义：即事，此指古事成辞，即典故。《文心雕龙·事类》：“学贫者迍邅于事义。”

[124] 谢：惭愧。

[125] 通而无贬：通达但无褒贬。贬，指褒贬而言。

[126] “李充”二句：李充，字弘度，东晋文学家。其《翰林论》今存佚文若干则。疏，通。

[127] “王微”句：王微，字景玄，南朝宋文学家。其著《鸿宝》事未详。

[128] 颜延论文：颜延之论文，未知有专篇或专书否。其《庭诰》中有论文语。

[129] 挚虞《文志》：指挚虞《文章流别志论》。

[130] 谢客集诗：指谢灵运编撰诗歌总集。其书已亡佚。

[131] 张骘《文士》：张骘，生平未详，当是晋宋时人。所著《文士传》今存佚文若干则。

[132] 曾：乃。

[133] 轻：稍，略。

[134] 掎摭(jǐ zhí)：指摘。

[135] 百二十人：系举成数而言。今本《诗品》上品十一人，另有“古诗”一则，中品三十九人，下品七十二人，共一百二十三人。

[136] 预：通“与”，参与，入于其中。宗流：源流，系统。

[137] 差：略，比较。

[138] 方：将。

[139] 体贰：即“体二”，贰为二的借字。《老子》四十二章：“道生一，一生二，二生三，三生万物。”道家贵一，故六朝称述人物，每以“得一”为最高境界，“体二”则略次之。如《文选》卷五三李康《运命论》：“孟轲、孙卿，体二希圣。”李善注引《易·系辞下》“颜氏之子，其殆庶几乎？有不善，未尝不知；知之，未尝复行。”韩康伯注：“在理则昧，造形而悟，颜氏子之分也。失之于几，故有不善；得之于二，不远而复，故知之未尝复行也。”体二，即“得之于二”。又如谢灵运《答王卫军问》：“颜子体二。”萧绎《太常卿陆倕墓志铭》称陆倕“体二方拟，知十可邻”。此谓陆机、谢灵运接近曹植、刘桢，但略

次之。

[140] “而不闻”二句：宫商，借指字的读音。四声，汉语音节的平、上、去、入四种声调。《文镜秘府论·天卷》引隋刘善经《四声指归》：“宋末以来，始有四声之目。沈氏（沈约）乃著其《谱论》，云起自周颙。”

[141] 金竹：代指乐器、音乐。古以金、石、土、木、革、匏、丝、竹为八音。

[142] “置酒”句：见曹植《箜篌引》。其诗曾配乐歌唱，属《相和歌》，《宋书·乐志》列于大曲，王僧虔《技录》列于瑟调。

[143] “明月”句：见曹植《七哀》。其曲属《相和歌》，《宋书·乐志》、王僧虔《技录》均列于楚调。按：此句及“置酒”句皆以诗之首句代指全诗。

[144] 为韵之首：意谓其诗适合配乐演唱，就其歌词之音乐性而言，为第一流。按：韵，此指歌词适合配乐的性质，但非指对四声的讲求。《出三藏记集》卷十四《鸠摩罗什传》：“天竺国俗甚重文藻，其宫商体韵，以入弦为善。”“为韵之首”之“韵”与“宫商体韵，以入弦为善”之“宫商体韵”意近。

[145] 三祖：指魏武帝曹操、文帝曹丕、明帝曹叡。明帝时，有司奏以武帝为太祖，文帝为高祖，明帝为烈祖，“三祖之庙，万世不毁”。

[146] “亦何”句：意谓又何必谈论声律宫商呢。

[147] 二仪：天地。《易·系辞上》：“易有太极，是生两仪。”

[148] 颜宪子：颜延之卒后谥“宪子”。

[149] 律吕：古人以竹或金属制成十二根长短不一的管子，以发出十二个不同高度的音，其中六个称为律，六个称为吕，故以律吕指称音律。

[150] 襞积：原指裙上的褶子，此喻细密的装饰。

[151] 蹇：跛行，此喻滞涩不畅。

[152] 清浊：此指两类不同的字音。如范晔《狱中与诸甥侄书》：“性别宫商，识清浊，斯自然也。”但其具体含义不明。

[153] “至如”四句：当作互文解。意谓四声八病之说，虽流布甚广，及于里巷，但我是不能随俗奉行的。蜂腰、鹤膝，八病中的两种，代指八病。

[154] 陈思赠弟：指曹植《赠白马王彪》。

[155] 公幹思友：当指刘桢《赠徐幹》。诗云：“思子沉心曲，长叹不能言。”

[156] 子卿：西汉苏武字子卿。但《诗品》三品俱无苏武，故疑为“少卿”之误。少卿，李陵字。双凫，传为李陵所作诗有“双凫相背飞，相远日已长”“双凫俱北飞，一凫独南翔”等句（后两句一作苏武诗）。北周庾信《哀江南赋》：“李陵之双凫永去。”

[157] 叔夜“双鸾”：嵇康字叔夜，本书列中品。其《赠秀才》首句为“双鸾匿景耀”。

[158] “茂先”句：张华字茂先，本书列中品。寒夕，可能指张华《杂诗》，有“繁霜降当夕，悲风中夜兴”“重衾无暖气，挟纩如怀冰”等句。

[159] “平叔”句：何晏字平叔，本书列中品。衣单，其诗已佚。

[160] 安仁倦暑：当指潘岳《在怀县作》二首。其诗作于盛暑。有倦游怀归之意，故曰“倦暑”。

[161] 景阳苦雨：张协《杂诗》多写雨景。“虽无箕毕期，肤寸自成霖”（其九）、“洪潦浩方割，人怀昏垫情”（其十）等句写出大雨、久雨成灾景况，故曰“苦雨”。

[162] 灵运《邺中》：指谢灵运《拟魏太子邺中集》诗。

[163] 越石感乱：刘琨《扶风歌》《重赠卢谌》等皆感念战乱之作。

[164] 景纯咏仙：指郭璞《游仙》诗。

[165] “王微”句：王微，刘宋人，本书列中品，其描绘风月之作已佚。

[166] 谢客山泉：指谢灵运的山水诗。但上文已云“灵运《邺中》”，此处似不应重复其人。待考。

[167] 叔源离宴：可能指谢混《送二王在领军府集》诗（今只存佚句）。

[168] 鲍照戍边：鲍照颇多边塞戎旅之作。

[169] 颜延入洛：指颜延之《北使洛》诗。

[170] “陶公”句：指陶渊明歌咏贫居生活之作。其以《咏贫士》为题者有七首。

[171] “惠连”句：本书中品谢惠连条云：“《秋怀》《捣衣》之作，虽复灵运锐思，亦何以加焉。”

[172] 珠泽：《穆天子传》卷二：“天子北征，舍于珠泽。”郭璞注：“此泽出珠，因名之云。”此喻文采荟萃。

[173] 邓林：即桃林。邓、桃音相近。（据清人毕沅说）《山海经·海外北经》：“夸父与日逐走……道渴而死。弃其杖，化为邓林。”《列子·汤问》亦载其事，云邓林“弥广数千里焉”。

[174] 古诗：见注[11]。

[175] 体：体貌，即作品之总体风貌。

[176] “陆机”句：十四，一作“十二”。《文选》所载陆机《拟古》仅十二首。

[177] 意悲而远：谓《古诗》虽多哀伤，而又有使人超脱旷达、不为哀情所累之意。按：颜延之《庭诰》云：“故欲蠲忧患，莫若怀古。怀古之志，当自同古人。

见通则忧浅，意远则怨浮。”《古诗》中“弃捐勿复道，努力加餐饭”“极宴娱心意，戚戚何所迫”“荡涤放情志，何为自结束”等句皆有旷远之意。故刘熙载《艺概・诗概》云：“《古诗十九首》与苏、李同一悲慨，然古诗兼有豪放旷达之意。”

[178] 一字千金：谓其诗甚可宝重，一字不可更改。《史记・吕不韦列传》载，秦相吕不韦令门客著《吕氏春秋》，“布咸阳市门，悬千金其上，延诸侯游士宾客，有能增损一字者，予千金”。

[179] “其外”三句：谓陆机所拟之外的四十五首（今大多亡佚），虽然都颇有哀怨之辞，是其共同之处，但其体貌并不单纯。总杂，驳杂，不纯一。

[180] 曹、王：指曹植、王粲。

[181] 惊绝：使人惊异之极。

[182] 名家子：李陵先人李信，为秦时大将，祖父李广、叔父李敢，皆汉代名将。

[183] 生命：指命运。命运与生俱来，故云。不谐：犹言不耦，谓遭遇不顺。

[184] 声颓：名声毁坏。李陵被俘，武帝震怒，杀其全家。“自是之后，李氏名败，而陇西之士居门下者，皆用为耻焉。”（《史记・李将军列传》）又，李陵在匈奴与苏武别，起舞悲歌，有“士众灭兮名已颓”之句。（见《汉书・苏武传》）

[185] 使：若，如果。

[186] 婕妤班姬：即班婕妤，名不详。楼烦（今山西宁武附近）人。班固祖姑。西汉成帝时选入宫，初颇受宠幸，为婕妤。后为赵飞燕所谮，乃求退居长信宫供养太后。

[187]《团扇》短章：又名《怨歌行》《怨诗》，以团扇秋节被弃置，喻女子宠衰而遭遗弃。相传为班婕妤所作，但南朝时亦有人表示怀疑。全诗凡十句。

[188] “得匹妇”句：意谓传达出一个妇人的情态。

[189] “侏儒”句：桓谭《新论》引谚：“侏儒见一节，而长短可知。”喻由局部可知全体。侏儒，身材奇短之人。

[190] “骨气”句：谓作品挺拔端直而有生气，易感人。骨气，意同风骨、气骨。原为评论人物用语，后用于评论书画诗文。

[191] “情兼”句：意谓其诗出于《国风》，又兼有《小雅》怨而不怒的风格。按：班固《离骚序》引刘安《离骚传》：“《国风》好色而不淫，《小雅》怨诽而不乱，若《离骚》者，可谓兼之。”钟嵘认为曹植诗虽抒发受压抑的怨苦，但表现得温厚和平，仍充满眷恋君上之情。

[192] “体被”句：谓曹植诗既有文采，又不过分，文质彬彬，恰到好处。沈约《宋书·谢灵运传论》：“二祖（曹操、曹丕）陈王，咸蓄盛藻。甫乃以情纬文，以文被质。”

[193] 卓尔不群：卓越超群。

[194] 人伦：人类。周、孔：周公、孔子。

[195] 黼黻：古代礼服上所绣花纹。

[196] 怀铅吮墨者：指文士。铅、墨，皆书写工具。吮墨，犹言含毫，以口含笔，构思状。

[197] 景慕：景仰羡慕。

[198] “故孔氏”五句：《论语·先进》：“子曰：由也升堂矣，未入于室也。”扬雄《法言·吾子》：“如孔氏之门用赋也，则贾谊升堂，相如入室矣。”后人因仿其句式以论人物高下。廊庑（wǔ），堂下的廊屋。

[199] 魏文学刘桢：文学，官名，此指五官中郎将（曹丕）文学。按：《三国志·魏志·王粲传》及《后汉书·文苑·刘梁传》载刘桢事迹，均不言刘桢为文学，但南朝人多以为刘桢曾为文学。又，三国魏始于建安二十五年（220年）曹丕受禅，刘桢卒年尚在东汉之末。但其时曹操挟天子以令诸侯，于建安十八年封魏公，建魏国，二十一年又晋爵为魏王。故陈寿《三国志》为曹操、曹丕官属王粲、刘桢等立传，均列入《魏志》。嗣后相沿，均称他们为魏人。

[200] 动：动辄。振绝：即震绝，意近“惊绝”，使人极为惊异之意。

[201] 贞骨：正骨。以骨骼端直喻诗歌风格挺拔。

[202] 气过其文：生动有力但文采不足。气，气力。

[203] 恨：遗憾。

[204] “文秀”句：谓文采出众而骨力较羸弱。质，质地，本体。曹丕《与吴质书》评王粲云：“惜其体弱，不足起其文。”即文秀质羸之意。

[205] 晋步兵阮籍：阮籍（210—263），字嗣宗，陈留尉氏（今属河南）人。曾任步兵校尉，世称阮步兵。作《咏怀诗》八十余篇，讽刺世事，抒发忧生之嗟。其卒时司马氏集团已掌握大权，但仍为魏，晋朝未立。而钟嵘称“晋步兵校尉”，实亦有由。西晋朝廷于撰写晋史时，已有当起于何时之论辩，有人即主张始于魏正始间，还有人主张将魏嘉平以来朝臣全部列入。东晋人撰晋代史，多载魏末人士如嵇康、阮籍等事迹（唐初官修之《晋书》，即为嵇、阮立传。《晋书》乃据东晋、南朝人所撰十余家晋史修成者）。钟嵘之

称嵇、阮为晋人，盖受此影响。

[206] 雕虫：指费心思于雕琢文辞。

[207] “言在”二句：意谓《咏怀》诗虽也抒写见闻，陈说人间之事，但诗人之情感、理想，乃在于天地之外，远离尘俗。按：阮籍生当乱世，内心痛苦，遂于幻想中超然高迈。如《咏怀》四十五：“竟知忧无益，岂若归太清。”又七十四：“道真信可娱，清洁存精神。”皆是其例。

[208] 洋洋：美盛貌。《论语·泰伯》：“子曰：师挚之始，《关雎》之乱，洋洋乎盈耳哉！”

[209] “颜延”二句：颜延之曾注解阮籍《咏怀诗》，其注已佚，仅见于《文选》李善注所引数则。

[210] 平原相：陆机曾为平原国内史。平原国治平原（今属山东）。内史职务相当于郡太守。晋时诸王国设内史，并不设相，称相乃沿用汉代旧称（汉代王国初亦设内史，成帝时省内史，改为相，职务相同；东汉亦称相）。

[211] 赡：富盛。

[212] 举体：全身，全体。

[213] “气少”二句：钟嵘评诗主张风力、文采二者兼备。他认为刘桢、王粲各在其中一方面有突出优长，但刘则文采不足，王则气力较弱。陆机诗虽气力不如刘，文采劣于王，但亦不似二人之偏胜，而是比较全面。就气与文二者结合较好而言，陆机继承了曹植的优点，故曰：“出于陈思。”

[214] 不贵绮错：诸本皆然，疑当作“贵绮错”。绮错，喻组织安排词藻，如丝织品花纹之纵横交错。此正陆机诗之特点，下文云“有伤直致之奇”，绮错与直致相对，贵绮错，所以伤害直致之美。唐初元兢《古今诗人秀句序》自述其选录标准云：“以情绪为先，直置为本；以物色留后，绮错为末。”（《文镜秘府论·南卷·论文意》引）即以绮错与直置相对，可为旁证（直置、直致意同）。

[215] 直致：晋宋以来常语，有本来如此、自然而然之意。用于评论诗文，则有直接表现之意，与重人工雕琢、安排组织相对。直致则较为自然，与《中品序》“直寻”有相通处。

[216] “然其”二句：意谓由陆机诗可见作者对前代典籍充分汲取。英华，花朵。膏泽，肥美滋润。均用以喻作品之美。厌、饫（yù），均饱食之意。

[217] “张公”句：张公，指张华。《世说新语·文学》刘孝标注引《文章传》：“机善属文，司空张华见其文章，篇篇称善，犹讥其作文大治，谓曰：‘人之作文，

患于不才；至子为文，乃患太多也。'"按：当时人所谓才多，很大程度上包括能大量调遣、组织辞藻而言。辞藻盛多，在当时人看来乃是优点。但若过分，亦易流于堆垛板滞，且易使作品暗昧臃肿。故张华又云"乃患太多"。钟嵘此处则偏于褒赞一面。

[218] 翩翩奕奕：形容文辞美盛。曹丕《与吴质书》："元瑜书记翩翩，致足乐也。"《高僧传·支楼迦谶传》："安公云：孟详所出（指所译佛经），奕奕流便，足腾玄趣也。"

[219] 绡縠：轻纱，绉纱。

[220] "潘诗"四句：《世说新语·文学》亦载其语，但归之于东晋孙绰。简，通"柬"，选择。

[221] 轻华：谓风貌轻快华美。按：《文心雕龙·体性》有"轻靡"一体，轻靡即轻华。《体性》又云："壮与轻乖。"轻与壮大相反，又有轻便流利之意（所谓"轻唇利吻"）。凡轻利者，多明快清浅。又《文心雕龙·明诗》云："晋世群才，稍入轻绮。"《哀吊》称赞祢衡《吊张衡文》"缛丽而轻清"，轻绮、缛丽轻清，亦即轻华。

[222] 笃论：深入的议论。

[223] 深：谓辞旨深隐，非一览即晓。乃就表现风格言，非指思想意义之深浅。如《抱朴子外篇·辞义》："其深者则患乎譬烦言冗。"《文心雕龙·定势》引曹植语："世之作者，或好烦文博采、深沉其旨者。"都将深与文辞繁富相联系。文辞繁富，则其意旨易为其所掩，给人不明快之感，故曰深，且易流于芜杂，故谢混云陆如披沙拣金而以潘为胜。但繁富者辞藻、意象纷至沓来，故亦可见其才大。《翰林论》叹陆为深，亦即寓有赞其才大之意，故钟嵘称为笃论，即深入而不只看表面的议论。

[224] "余常言"二句：意谓陆机之才大于潘岳。

[225] 形似：指描摹物象。

[226] 靡：美丽。按：靡非贬词。《汉书·司马相如传》："相如见上好仙，因曰：上林之事未足美也，尚有靡者。"颜师古注："靡，丽也。"又陆机《文赋》："言徒靡而不华。"李善注："靡，美也。"

[227] 调达：与倜傥、逸荡义近，有奇俊而洒脱不羁之意。

[228] 旷代：犹绝代、绝世。谓举世无双、世间少有。

[229] 葱蒨：《文选》谢朓《和伏武昌登孙权故城》："文物共葳蕤，声明且葱蒨。"张铣注："葳蕤、葱蒨，盛貌。"

[230] 亹亹不倦：谓赏味良久，不知厌倦。范晔《后汉书·班彪传论》："若（班）固之序事，不激诡，不抑抗，赡而不秽，详而有体，使读之者，亹亹而不厌。"郭在贻《训诂札记·陶集札迻》"靡靡"条、《魏晋南北朝史书语词琐记》"亹亹"条，均言亹亹之本义乃进、行貌；引申之，"或谓时光之流驶，或叙谈论之连续"。按：六朝人言亹亹，当亦有美好动人之意。如郭璞《赠温峤》："兰薄有芷，玉泉产玫。亹亹含风，灼灼猗人。"康僧渊《代答张君祖诗序》："省赠法颛诗，经通妙远，亹亹清绮。"《宋书·五行志二》载东晋民谣云："金刀既已刻，娓娓金城中。"孟颉释之曰："金刀，刘也。倡义诸公，皆多姓刘。娓娓，美盛貌也。"亹、娓同音通用。钟嵘言"亹亹不倦"，或可理解为如今语"美滋滋不知疲倦"。

[231] 典：谓多征引史事。此指其《咏史》诗而言。

[232] "虽浅于"二句：谓左思诗比陆机诗浅显，但比潘岳诗深隐。当亦指《咏史》而言。《咏史》虽语言简劲明白，但多引古以讽今，耐人寻思，故亦较为深隐。

[233] 谢康乐：即谢灵运。灵运晋时袭封康乐公，入宋，降爵为康乐侯。

[234] 临川太守：应为临川内史。临川（治临汝，今江西抚州西）为王国，故当称内史。但内史职掌与郡太守同，故又混称太守。

[235] 尚：喜好。巧似：即巧为形似之意，指描绘风景物象而言。

[236] 逸荡：不受拘束、不重规矩之意，与张协条"调达"义近。

[237] 若人：此人。兴：一作"学"。

[238] 迥句：秀拔出众之句。

[239] 钱塘杜明师：杜昺，字叔恭（一说名炅，字子恭），钱塘人，东晋著名道士，卒后其信徒弟子谥曰"明师"。钱塘，今浙江杭州。

[240] 会稽：郡名，治山阴（今浙江绍兴）。东晋名臣谢安（灵运曾叔祖父）寓居东山，即在会稽上虞南。后谢氏家族世居于此。《宋书·谢灵运传》云灵运父、祖皆葬始宁县，并有故宅及墅。始宁县在上虞南。

[241] 谢玄：当作谢安。谢玄卒时，灵运已四岁，不得云旬日而亡。而谢安卒于东晋孝武帝太元十年（385 年）八月，正是灵运生年。

[242] 杜治：指杜明师处。治，道士家中静室，进行宗教活动之所。

[243] 征士：被朝廷征召的人。东晋末陶潜曾被征为著作佐郎，不就。

[244] 省静：即省净，简约明净。

[245] 长语：多余的话。长，多余。

[246] “至如”句：所引“欢言”句见陶潜《读山海经》十三首之一，“日暮”句见《拟古》九首之一。

[247] 田家语：村野人家的话。喻语言之质朴无华。以“田家”“田舍”喻朴野无文，乃六朝人常语。如曹叡《诏陈王植》：“吾既薄才，至于赋诔特不闲。从儿陵上还，哀怀未散，作《儿诔》，为田家公语耳。”

[248] 体裁：体貌风裁，指诗之面貌言。绮密：组织精密。

[249] 情喻：情意、意旨。

[250] “动无”句：谓其诗处处都刻意经营，不轻轻放过。动，举动，此指动笔。

[251] 乖：不合。秀逸：秀出超逸，指诗句警拔出众。

[252] 故：犹“固”，确实。经纶：原指整理、编织丝缕。后用为筹划、治理国家大事之意。此用以喻颜诗雍容典雅的风貌。

[253] “汤惠休”四句：《南史·颜延之传》：“延之尝问鲍照己与灵运优劣。照曰：谢五言如初发芙蓉，自然可爱；君诗若铺锦列绣，亦雕缋满眼。”与此有异。

说明

五言诗产生于西汉，到了南北朝时期，早已蔚为大国。梁朝初期，钟嵘从西汉至梁的众多五言诗人中选出一百二十多位加以品评，撰成《诗品》（一名《诗评》）一书。这是我国历史上第一部诗歌评论专著。

钟嵘的品评方法，是将这一百二十多位诗人分成上中下三品，以显示其成就之高下；又溯其源流，将比较重要的诗人分成出于《国风》、出于《小雅》和出于《楚辞》三个系统，以显示其风格的异同；还在每位或若干位诗人名下各缀以简短的评语，指出其创作特色。

《诗品序》除了说明本书的编撰动机、体例和叙述五言诗的发展历史之外，还就诗歌的产生和作用、诗歌的审美标准等问题加以论述，鲜明地体现了钟嵘的诗歌美学思想。

《诗品序》认为诗歌是诗人情感激动的产物。至于引起情感激动的因素，钟嵘说到两点：一是自然景物，二是社会生活。在社会生活之中，又特别强调悲剧性的因素，强调那些使人哀伤、怨愤的遭逢。钟嵘说，这些自然和社会方面的因素，感荡着诗人的心灵，“非陈诗何以展其义？非长歌何以骋其情？”这也就说到了诗歌的作用，那就是诗能让作者激动的情感得以宣泄，“使穷贱易安，幽居靡闷”，让诗人的情感复归于平静，获得一种审美的愉悦，从而达到自我安慰的目的。

把诗歌看作诗人内心世界的抒发，所谓“诗言志”“情动于中而形于言”，本是我国文学理论的传统观点。但是传统的儒家诗论强调诗歌抒发情志是为了美刺讽喻，作诗应该有益于政教；钟嵘却着眼于诗歌对于个人的审美愉悦作用。这便是魏晋以来文学进入自觉时代、文学独立性加强的一种反映。另外，钟嵘很重视自然景物激发情感的作用，这也是有别于儒家诗论而与魏晋以来的创作与理论相一致的。

《诗品序》强调诗歌是悲剧性情感的产物，这一点很值得注意。《诗品》在具体评论诗人时也常常称说其作品“多凄怆”“多感恨”，是“怨者之流”等。这与后人常说的诗歌“恒发于羁旅草野”“愁苦之言易好”“诗穷而后工”等是一致的，都反映了一种以悲为美的普遍心理。悲剧性的情感富于力度，容易打动人。钟嵘认为强烈动人的情感表现本身就是一种美。汉代的儒家诗论虽也说诗是情感的产物，但要求情感表现得比较平正中和、温柔敦厚。钟嵘的观点，在这方面也与旧说不同而体现了魏晋以来新的风气。

关于诗歌的审美标准，钟嵘还提出了“干之以风力，润之以丹彩”。“风力”是指表现得明朗、生动，富于感染力，丹彩是指诗歌语言的美丽。钟嵘认为好诗必须以风力为基础，再加以文辞润饰，那样的诗最合乎理想。重视藻采，也是南朝人的比较普遍的审美观点，而与后世不同。比如曹操、陶渊明的诗，后世评价很高，但钟嵘只把他们分别列于下品和中品。这与他们诗歌语言之质朴很有关系。在钟嵘那个时代，人们对于诗歌朴素之美的认识是很不够的。

《诗品序》中最值得注意的，是提出了“直寻”“自然英旨”的审美标准。这就是要求诗人能直接地、敏锐地感受外物之美，并且直接地、自然而然地表现出来。南朝时有些诗人在诗中堆砌典故，争相使用别人未曾用过的典故。钟嵘批评他们缺乏“天才”。他说写一些政治方面的实用性的文章，是应该多征引历史上的事例的；至于作诗，根本就不该以用典为贵，不该卖弄学问，而应该自然地表现诗人所感受到的外物之美。这种观点，与刘宋以来清新明丽的山水诗、描写自然风物的诗大量出现并且受到热烈欢迎很有关系，对于后世颇有影响。它就诗歌的本质立论，表明当时人的诗歌审美观念达到了较高的水平。

以情感动人为美，主张风力与丹彩相结合，要求做到“直寻”“自然”而反对堆砌典故，《诗品序》的这些观点大致与当时的风气一致。而对于当时由文坛巨子沈约等人所倡导的、风靡朝野的讲究声律的做法，《诗品序》则表示反对。钟嵘认为诗歌应该读起来流畅上口，但不该人工制定许多规则，使诗人多所拘忌。这种看法有合理的一面，当时的声律规则确实太繁琐了。但是经过二百来年的演变，到了唐代，齐梁的声律规则变成了所谓近体诗的平仄格律，从此被沿用千余年之久，这却是钟嵘不曾预料到的。

雕 虫 论

〔梁〕裴子野

作者简介

裴子野(469—530)，字几原，河东闻喜(今属山西)人。历仕齐、梁二朝，梁时曾为著作郎、中书通事舍人等，并掌中书诏诰，终于鸿胪卿、领步兵校尉。其曾祖松之、祖骃，均为著名史学家，子野亦长于史学，撰著史书多种。齐末删订沈约《宋书》成《宋略》二十卷(今佚)，为时人所重。擅长公家应用之作，文思敏捷而风格较质朴。对于当时朝野上下竞相吟咏的风气，颇为不满，认为妨害政教。《梁书》卷三十、《南史》卷三十三有传。

宋明帝聪博好文史[1]，才思朗捷，省读书奏，号七行俱下。每国有祯祥及行幸讌集[2]，辄陈诗展义[3]，且以命朝臣。其戎士武夫，则托请不暇，困于课限，或买以应诏焉。于是天下向风，人自藻饰，雕虫之艺[4]，盛于时矣。梁鸿胪卿裴子野[5]又论曰：

古者四始六义[6]，总而为诗。既形四方之风[7]，且彰君子之志，劝美惩恶，王化本焉。而后之作者，思存枝叶，繁华蕴藻，用以自通。若夫悱恻芳芬，《楚骚》为之祖；靡漫容与[8]，相如扣其音。由是随声逐响之俦，弃指归而无执[9]。赋歌诗颂[10]，百帙五车[11]，蔡邕等之俳优[12]，杨雄悔为童子[13]。圣人不作，雅郑谁分？其五言为诗家，则苏、李自出[14]，曹、刘伟其风力，潘、陆固其枝柯[15]。爰及江左[16]，称彼颜、谢[17]，箴绣鞶帨[18]，无取庙堂。宋初迄于元嘉[19]，多为经史。大明之代[20]，实好斯文。高才逸韵，颇谢前哲；波流同尚，滋有笃焉[21]。自是闾阎少年[22]，贵游总角[23]，罔不摈落六艺[24]，吟咏情性。学者以博依为急务[25]，谓章句为专鲁[26]，淫文破典，斐尔为曹[27]。无被于管弦[28]，非止乎礼义[29]，深心主卉木，远致极风云[30]。其兴浮，其志弱[31]，巧而不要，隐而不深。讨其宗途，亦有宋之遗风也。若季子聆音[32]，则非兴国；鲤也趋室，必有不敦[33]。荀卿有言：“乱代之征，文章匿采。”[34]而斯岂近之乎？

中华书局版《通典》卷十六

注释

[1] 宋明帝：即刘彧（439—472），字休炳，彭城（今江苏徐州）人。文帝第十一子。在位首尾八年。史称其“好读书，爱文义。在藩时，撰《江左以来文章志》，又续卫瓘所注《论语》二卷，行于世。及即大位……才学之士，多蒙引进，参侍文籍，应对左右”（《宋书》本纪）。文史：《文苑英华》卷七四二作“文章”。

[2] 祯祥：祥瑞，吉祥之兆。《宋书·符瑞志》载宋明帝时灵龟见、白鹿见、甘露降、嘉禾生、并蒂莲生、木连理生之类颇多，即所谓祯祥。

[3] 陈诗展义：谓作诗以述其事。

[4] 雕虫之艺：指作诗。用扬雄《法言·吾子》“童子雕虫篆刻”语。

[5] 梁鸿胪卿裴子野：《通典》卷十六所载无此七字，因裴子野之名前已出现。此据《文苑英华》卷七四二加。按：自“宋明帝”至此当是《通典》撰者杜佑语，或杜佑檃括《宋略》大意。此下方是裴氏原文。

[6] 四始六义：见《毛诗序》。

[7] “既形”句：《毛诗序》：“言天下之事，形四方之风。”

[8] 靡漫：即“靡曼”“靡嫚”，美丽之意。容与：放纵无检束貌。

[9] “弃指归”句：谓放弃正确的宗旨，无所操守。指归，意向。此指为诗之宗旨。

[10] 赋歌诗颂：谓赋与诗歌。颂，即赋，汉人往往称赋为颂。

[11] 百帙五车：极言其著作之多。帙，书套。原作“揆”，据《文苑英华》卷七四二改。五车，《庄子·天下》：“惠施多方，其书五车。”

[12] “蔡邕”句：《后汉书·蔡邕传》载灵帝时邕上封事斥鸿都门学云：“夫书画辞赋，才之小者，匡国理政，未有其能。陛下即位之初，先涉经术，听政余日，

观省篇章，聊以游意，当代博弈，非以教化取士之本。而诸生竞利，作者鼎沸。其高者颇引经训风喻之言，下则连偶俗语，有类俳优，或窃成文，虚冒名氏。”

[13] “杨雄”句：扬雄悔其少作，见其《法言·吾子》。

[14] 苏李自出：谓五言诗家出自西汉苏武、李陵。

[15] “曹刘”二句：指曹植、刘桢、潘岳、陆机。固其枝柯，谓潘陆之作亦徒事华藻，非诗之根本。

[16] 江左：指东晋、刘宋。

[17] 称彼颜谢：《宋书·颜延之传》：“延之与陈郡谢灵运俱以词彩齐名，自潘岳、陆机之后，文士莫及也，江左称颜谢焉。”

[18] 箴绣鞶帨：扬雄《法言·寡见》：“今之学也，非独为之华藻也，又从而绣其鞶帨。”谓汉世儒者说经烦碎。此谓过分从事于华辞丽藻。箴，同“针”。鞶，大带；又盛佩巾之小囊亦称鞶。帨(shuì)，佩巾。

[19] 元嘉：宋文帝刘义隆年号(424—453)。

[20] 大明：宋孝武帝刘骏年号(457—464)。

[21] 滋有笃焉：谓爱好的程度更甚。滋，更。笃，固，厚。

[22] 闾阎：泛指民间。闾，里门。阎，里中门。

[23] 贵游总角：泛指贵族少年。贵游，贵族未入仕者。总角，未成年前束发为两结，其状如角。

[24] 六艺：指儒家六经。

[25] 博依：《礼记·学记》：“不学博依，不能安诗。”郑玄注：“博依，广譬喻也。”原指学诗而言。此指作诗。

[26] 章句：指解释儒家经典的章句之学。专：谓拘执狭隘。鲁：谓过于质朴、钝拙。

[27] 斐尔为曹：谓妄作者成群。斐尔，即“斐然”。《论语·公冶长》载孔子之言曰：“吾党之小子狂简，斐然成章。”何晏《集解》引孔安国云：“妄作穿凿以成文章。”故六朝时颇有以“斐然”称妄作文章、妄发议论者。如魏时桓范《世要论·序作》：“故夫小辩破道，狂简之徒，斐然成文，皆圣人之所疾矣。”北魏孝文帝《皇太子冠礼有三失诏》言诸儒议礼有误，“孔子云斐然成章，其斯之谓”。魏孝文帝又有《推列韩显宗诏》，斥显宗上表“斐然成章，甚可怪责，进退无检，亏我清风”。又北魏元子思《奏言尚书公事不应送御史》斥尚书郎中裴献伯等“轻弄短札，斐然若斯；苟执异端，忽焉至此！此而不纲，将隳

朝令”。又北魏袁翻《明堂议》斥历代议论“正义残隐，妄说斐然”。又东魏高澄谓卢斐云：“狂简斐然成章，非佳名字也。”皆是其例。又“斐然”有翩然、纷然义，如贾谊《过秦论》：“天下之士斐然乡风。”《史记·太史公自序》：“使诸侯之士斐然争入事秦。”挚虞《奏定二社》：“朝议斐然，执古匡今。”以此义解“斐尔为曹”亦可，谓纷纷然成群也。曹，群。《文苑英华》卷七四二作“斐尔为功”。

[28] 无被于管弦：指非用于礼乐。

[29] 非止乎礼义：《毛诗序》：“发乎情，止乎礼义。”

[30] 远致：指远离尘俗之情致。

[31] “其兴”二句：意谓其作品之感兴写志，皆无关于政教。

[32] 季子聆音：指春秋吴公子季札在鲁国观乐而知诸国盛衰之事。见《左传·襄公二十九年》。

[33] “鲤也”二句：谓鲤若趋庭，孔子必不敦勉其学此种“淫文破典”之诗。鲤，孔子之子。其趋而过庭、孔子勉其学《诗》事，见《论语·季氏》。《文苑英华》卷七四二“敦”作“敢”。

[34] “荀卿”三句：《荀子·乐论》：“乱世之征：……其文章匿而采。”当指绣绘雕饰等而言，此处借指诗文。

说明

裴子野此文，大约原载于他所著的史书《宋略》。今见于《通典》卷十六“选举四”，乃是就宋齐之世选拔任用人才发表其议论。又见于《文苑英华》卷七四二“论文”，名为《雕虫论》，其实并非裴氏原题。今为方便起见，姑仍用其名。

在此文中，裴子野对自《诗经》至南齐时的诗赋文学发展加以概括。除肯定《诗经》有益教化外，对屈原以下的作者、作品全都予以否定，认为他们只知追求诗赋的美丽动人，而忘却服务于政教这一根本目的。依裴氏之见，文章的审美愉悦作用全不足道，而且一般抒情体物、描绘草木风云的写作若成为风气，便将有害于教化。这当然是十分狭隘的功利观。他在这里并非讨论文章的艺术表现如何，并非仅仅反对过于藻绘而已；而是从内容、从社会功能的角度，根本否定无关政教之写作。即使苏李诗、建安诗那样比较质朴明朗、富有风力的作品，他也加以批判。甚至屈原作品也被当作后世滔滔不返的创作风气之源而加以贬抑。

从议论选用人才的角度说，裴氏的意见不无合理之处。写作才能与经国治世之才，各有攸宜，擅长作文者未必长于政治。但若因此便贬抑文章，排斥文学的审美功能，便过于褊狭了。而此种议论，对后世却颇有影响。隋唐时代有的论者讨论文章取士制度之弊时，便往往发表类似的意见。

南齐书·文学传论

〔梁〕萧子显

作者简介

萧子显(约489—约537)，字景阳，南兰陵(治今江苏常州西北)人。齐高帝萧道成之孙。入梁，曾为临川内史、国子祭酒、侍中、吏部尚书、吴兴太守等职。好学能文，颇为梁武帝萧衍、太子萧纲所重。著有《后汉书》《南齐书》等史书多种，今唯《南齐书》尚存，其中的《文学传论》发表了不少有关诗文的见解，强调“新变”，颇值得注意。原有集，已佚。《梁书》卷三十五、《南史》卷四十二有传。

史臣曰：文章者，盖情性之风标，神明之律吕也[1]。蕴思含毫，游心内运[2]；放言落纸，气韵天成[3]。莫不禀以生灵[4]，迁乎爱嗜，机见殊门[5]，赏悟纷杂。若子桓之品藻人才[6]，仲治之区判文体[7]，陆机辨于《文赋》，李充论于《翰林》[8]，张眎擿句褒贬[9]，颜延图写情兴[10]，各任怀抱，共为权衡。

属文之道，事出神思，感召无象，变化不穷。俱五声之音响[11]，而出言异句；等万物之情状，而下笔殊形。吟咏规范，本之《雅》什[12]；流分条散，各以言区。若陈思“代马”群章[13]，王粲“飞鸾”诸制[14]，四言之美，前超后绝。少卿离辞[15]，五言才骨，难与争骛。桂林湘水[16]，平子之华篇；飞馆玉池，魏文之丽篆[17]：七言之作，非此谁先？卿、云巨丽，升堂冠冕[18]；张、左恢廓，登高不继[19]：赋贵披陈，未或加矣。显宗之述傅毅[20]，简文之摛彦伯[21]，分言制句[22]，多得颂体。裴頠内侍[23]，元规凤池[24]，子章以来[25]，章表之选。孙绰之碑，嗣伯喈之后[26]；谢庄之诔，起安仁之尘[27]。颜延《杨瓒》，自比《马督》[28]。以多称贵，归庄为允[29]。王褒《僮约》[30]，束皙《发蒙》[31]，滑稽之流，亦可奇玮。五言之制，独秀众品。

习玩为理，事久则渎。在乎文章，弥患凡旧；若无新变，不能代雄。建安一体，《典论》短长互出[32]；潘、陆齐名，机、岳之文永异。江左风味[33]，盛道家之言。郭璞举其灵变[34]，许询极其名理[35]。仲文玄气[36]，犹不尽除；谢混情新[37]，得名未盛。颜、谢并起，乃各擅奇；休、鲍后出[38]，咸亦标世。朱蓝共妍，不相祖述[39]。

今之文章，作者虽众，总而为论，略有三体。一则启心闲绎[40]，托辞华旷[41]，虽存巧绮，终致迂回，宜登公宴，本非准的[42]。而疏慢阐缓，膏肓之病，典正可采，酷不入情[43]。此体之源，出灵运而成也。次则缉事比类[44]，非对不发，博物可嘉[45]，职成拘制[46]。或全借古语[47]，用申今情，崎岖牵引，直为偶说[48]。唯睹事例，顿失清采[49]。此则傅咸五经[50]，应璩指事[51]，虽不全似，可以类从。次则发唱惊挺，操调险急[52]，雕藻淫艳，倾炫心魂。亦犹五色之有红紫[53]，八音之有郑、卫。斯鲍照之遗烈也。

三体之外，请试妄谈。若夫委自天机[54]，参之史传[55]，应思悱来[56]，勿先构聚。言尚易了，文憎过意，吐石含金，滋润婉切。杂以风谣，轻唇利吻，不雅不俗，独中胸怀。轮扁斫轮，言之未尽[57]。文人谈士，罕或兼工。非唯识有不周，道实相妨。谈家所习，理胜其辞，就此求文，终然翳夺[58]，故兼之者鲜矣。

赞曰：学亚生知[59]，多识前仁。文成笔下，芬藻丽春。

中华书局版《南齐书》卷五十二

注释

[1]“文章者”三句：谓文章乃作家情性精神之表现。风标，风度标格。律吕，黄钟、大吕等十二律，代指音声。读文章则如见其人，如闻其声，故云。

[2]“蕴思”二句：谓构思。含毫，吮笔，运思状。陆机《文赋》：“或含毫而邈然。”

[3]气韵天成：谓文章如人，自有其气质风貌。气韵，原为人物评论用语，犹《世说新语》中“风气韵度”“风韵”。萧绎《金楼子·杂记》：“（孔翁归）气韵标

达。”魏收《魏书·文苑传序》：“（魏孝文帝）气韵高艳。”又用于论画，南齐谢赫《古画品录》云“气韵生动”。

［4］生灵：性灵。

［5］机见：见识。《弘明集》卷十贺玚《答释法云书》：“皇上……机见英远，独悟超深。”陶弘景《许长史旧馆坛碑》：“（许尚）有文章机见。”

［6］“子桓”句：指曹丕《典论·论文》《与吴质书》评论作家。

［7］“仲治”句：指挚虞《文章流别集》。

［8］“李充”句：李充，字弘度，东晋人，著有《翰林论》，今存佚文。

［9］张眎：未详。擿：通“摘”。

［10］“颜延”句：今日所见颜延之论文语，仅《庭诰》中寥寥数语，又《文心雕龙·总术》载其曾论言、笔之分。钟嵘《诗品序》云：“颜延论文，精而难晓。”然亦未言其详。

［11］五声：宫商角徵羽，此指语音而言。

［12］《雅》什：指《诗经》。

［13］陈思“代马”：曹植《朔风诗》：“愿骋代马，倏忽北徂。”

［14］王粲“飞鸾”：王粲《赠蔡子笃诗》：“翼翼飞鸾，载飞载东。”挚虞《文章流别》：“王粲所与蔡子笃及文叔良、士孙文始、杨德祖诗，及所为潘文则作《思亲诗》，其文当而整，皆近乎《雅》矣。”（《古文苑》卷八王粲《思亲为潘文则作》章樵注引）

［15］少卿离辞：指李陵诗，多咏离别。

［16］桂林湘水：张衡《四愁诗》，有“我所思兮在桂林，欲往从之湘水深”之句。

［17］“飞馆”二句：今存魏文帝七言诗未见“飞馆”“玉池”之语。篆，通“瑑”，雕饰。

［18］卿：司马相如字长卿。云：扬雄字子云。

［19］张、左：谓张衡、左思。恢廓：阔大。登高不继：谓作赋无人能继其踪。《诗经·鄘风·定之方中》毛传：“升高能赋。……可以为大夫。”《汉书·艺文志》：“登高能赋，可以为大夫。”

［20］“显宗”句：谓东汉傅毅作《显宗颂》。事见《后汉书·傅毅传》。《文章流别论》《文心雕龙·颂赞》均言及之。显宗，明帝庙号。

［21］“简文”句：谓东晋袁宏作《简文帝颂》。《晋书》本传：“宏见汉时傅毅作《显宗颂》，辞甚典雅，乃作颂九章，颂简文之德，上之于孝武。”简文，司马昱，在位二年（371—372）。摛（chī），舒布，铺陈。此指舒布文采。彦伯，袁宏字。

[22] 分言制句：犹言遣字造句。言，字。

[23] 裴颇内侍：谓裴颇上表辞让内侍。裴颇，字逸民，晋惠帝贾皇后外戚。《晋书》本传云："迁尚书，侍中如故。加光禄大夫。每授一职，未尝不殷勤固让，表疏十余上，博引古今成败以为言，览之者莫不寒心。……迁尚书左仆射，侍中如故。……俄复使颇专任门下事，固让，不听。"内侍，指宫内侍应皇帝之职，如侍中、门下皆是。裴颇《辞让专任门下事表》载于《晋书》本传。

[24] 元规凤池：谓庾亮上表辞中书监。庾亮，字元规，东晋明帝皇后之兄。明帝即位，以为中书监，亮上表辞让，载《晋书》本传、《文选》卷三八。《文心雕龙·章表》："庾公之《让中书》，信美于往载。"又《才略》称庾亮表奏"靡密而闲畅"。凤池，指中书省。晋荀勗为中书监，后迁尚书令，颇恚恨，称"夺我凤凰池"。后乃称中书省为凤凰池。

[25] 子章：疑当作孔璋，形似致讹。陈琳，字孔璋，以章表擅名。曹丕《典论·论文》："（陈）琳、（阮）瑀之章表书记，今之隽也。"又《与吴质书》："孔璋章表殊健。"《文心雕龙·章表》："琳、瑀章表，有誉当时；孔璋称健，则其标也。"

[26] "孙绰"二句：孙绰，字兴公，东晋作家。《晋书》本传云："绰少以文才垂称，于时文士，绰为其冠。温（峤）、王（导）、郗（鉴）、庾（亮）诸公之薨，必须绰为碑文，然后刊石焉。"《文心雕龙·诔碑》亦称"孙绰为文，志在于碑"。又萧绎《内典碑铭集林序》："铭颂所称，兴公而已。"伯喈，东汉蔡邕字伯喈，以擅长作碑著称。

[27] "谢庄"二句：谓谢庄作诔能发扬潘岳诔文优点。谢庄，南朝宋作家，字希逸，官至中书令、散骑常侍。《宋书》本传载孝武帝宠姬殷贵妃薨，谢庄作诔；又《宗室传》载孝武帝诏庄为刘琨之作诔。《殷贵妃诔》载于《文选》。又《南史·后妃传》载，殷贵妃死后，"谢庄作哀策文奏之，帝卧览读，起坐流涕曰：不谓当今复有此才！都下传写，纸墨为之贵"。安仁，潘岳字安仁，以长于哀诔文著称。

[28] "颜延"二句：杨瓒，即阳瓒。刘宋初，北魏南侵，攻陷滑台，司马阳瓒坚守被杀。后追赠给事中，颜延之作《阳给事诔》。诔载《文选》卷五七，有"汧督效贞，晋策攸记"语。马督、汧督，皆指西晋马敦。敦为汧督，为氐羌所攻，苦战而存汧城，反为雍州从事忌害，下狱死。后得昭雪，潘岳为之作《马汧督诔》，亦载《文选》卷五七。

[29] "以多"二句：其意似谓若以多为贵，则擅长作诔之名，应当归于谢庄。允，当。

[30] 王褒僮约：王褒，字子渊，西汉作家。《僮约》系诙谐文。

[31] 束皙发蒙：束皙，字广微，西晋作家、学者。喜为俳谐通俗之文。《世说新语·雅量》称殷仲堪作赋，"是束皙慢戏之流"，刘注引《文士传》，称束皙"曾为《饼赋》诸文，文甚俳谑"。《晋书》本传云著有《发蒙记》，列于《五经通论》《补亡诗》之间。《隋书·经籍志》经部小学类有"《发蒙记》一卷，晋著作郎束皙撰"，史部地理类又有"《发蒙记》一卷，束皙撰，载物产之异"。今日所见《史记索隐》《史记正义》《北堂书钞》《龙筋凤髓判》《初学记》等所引佚文，多为记"物产之异"之语，似并无滑稽意味。又《通典》引有束皙论礼制语，严可均《全晋文》以其中两则，合题为《发蒙记》，不知何据。萧子显云"束皙《发蒙》，滑稽之流"，其书既佚，已不可知其详。

[32] "建安"二句：谓同为建安作品，而如《典论·论文》所论，作者各有其所擅长及所短缺。

[33] 江左：指东晋。

[34] "郭璞"句：指郭璞《游仙诗》。郭璞，字景纯。东晋初，曾为著作佐郎、尚书郎等。以反对王敦谋反被杀。举，标举。谓以"灵变"（游仙）为其高标，受人称赏。

[35] 许询：字玄度，东晋诗人。居会稽，与谢安、王羲之、孙绰、支遁等游处，屡辞征辟。简文帝曾称其五言诗"妙绝时人"（《世说新语·文学》）。名理：指玄言诗。

[36] 仲文：殷仲文，字仲文。东晋诗人。

[37] 谢混：字叔源，谢安之孙，谢灵运族叔。东晋诗人。

[38] 休、鲍：汤惠休，南朝宋诗人。初为僧，宋孝武帝命其还俗，位至扬州从事史。鲍照，字明远，宋诗人。随临海王刘子顼往荆州，任前军刑狱参军事，后为乱军所杀。

[39] "朱蓝"二句：谓上述建安以来作家各有其美，有所创造而不重复。江淹《杂体诗序》："譬犹蓝朱成彩，杂错之变无穷。"朱、蓝，均所谓正色。

[40] 启心闲绎：谓运思于安闲和悦。绎，通"怿"，和乐。

[41] 托辞华旷：谓用语华美悠远。托辞，托意于辞，即运用文辞之意。

[42] 准的：标准、目标。

[43] 酷：甚，非常。

[44] 类：事。

[45] 博物：谓博学。

[46] 职：常。

[47] 古语：古人之语。多指口语流传、俗谚之类。

[48] 偶说：即偶语，相对谈说称偶语。口语多细碎絮烦，故如淳曰："今世亦谓偶语为稗。"言其细碎也（《汉书·艺文志》"小说家者流，盖出于稗官"注引。参邬国平《钟嵘〈诗品〉注释辨证》）。萧子显此处即谓其诗竟如繁碎之口语一般。下文云"应璩指事"，即属此类。

[49] 清采：一作精采。

[50] 傅咸五经：据《左传·昭公二十六年》"咸黜不端"孔疏，傅咸为《七经》诗，王羲之曾书之。今存《孝经》《论语》《毛诗》《周易》《周官》《左传》六首，皆刺取经书语为之，均为四言。此言"五经"，泛指儒家经书。傅咸，字长虞，西晋人。

[51] 应璩：字休琏，应玚之弟，三国魏诗人。指事：指说事情。观今存应璩诗，多为叙事之言。钟嵘《诗品中》："魏侍中应璩诗：祖袭魏文。善为古语，指事殷勤。"

[52] "发唱"二句：以音乐为喻，言其不平正和缓。

[53] 红紫：皆非正色。赵岐《孟子题辞》："红紫乱朱。"红，古指浅红色。

[54] 天机：自然而然、不知所以然的运作。此指运思言。《庄子·秋水》："今予动吾天机，而不知其所以然。"又曰："夫天机之所动，何可易邪？"郭象注："至人知天机之不可易也，故捐聪明，弃知虑，魄然忘其所为而任其自动。"

[55] 史传：此泛指典籍。

[56] 应思悱来：谓辞句随文思自然流出。悱(fěi)，充盈于心，欲说而未能之状。

[57] "轮扁"二句：谓如何为文，其微妙处难以言传。

[58] 翳夺：谓不可得。翳，遮蔽。

[59] 学亚生知：谓积累学问，亦可与生而知之者相亚。《论语·季氏》："生而知之者，上也；学而知之者，次也。"按：六朝"文学"一语，乃泛指文化修养而言，大体可分为学问与文章二途。《南齐书·文学传》所载者，即或偏于学，或偏于文，故其赞亦兼包二者。

说明

《南齐书·文学传论》叙述古今文学发展，也发表了有关文学的见解。

萧子显鲜明地提出了主张“新变”的观点。他说凡玩赏之事，若久而无变，便会使人失去新鲜感，发生厌倦，而文章尤其如此。因而作家若求为人欣赏而取代原先重要作者的地位，便必须求新求变。这实际上是从读者审美心理和作品社会影响的角度对文章变化的动因加以说明，也反映了关于文学作品功用的一种认识。这也正是时代风气的反映，南朝文坛那种刻意求新以求“代雄”的倾向是十分明显的。

萧子显肯定作品的多样性。他认为作品乃“情性之风标，神明之律吕”，是作家性灵的外现。而作者的审美好尚不同，见识、悟性不同，因而“出言异句”，“下笔殊形”。加以作家都有意追求新变，因此便形成了“朱蓝共妍，不相祖述”的丰富多彩的局面。不同时代的作品风貌各不相同，即便同一时代不同作者也是“短长互出”，其文“永异”。对于此种多样性，萧子显都表示肯定。即使对为某些批评家如钟嵘、萧统所鄙夷的东晋玄言诗，萧子显也未多加指责。其态度与江淹《杂体诗序》相近。

萧子显还发表了关于构思和诗文审美标准的看法。他认为作家创作运思应该自然而然，心中情思充溢，不得不发为言辞，而不应该勉强写作。所谓“委自天机”，“应思悱来”，便是此意。其《自序》亦云：“每有制作，特寡思功，须其自来，不以力构”，又云“有来斯应，每不能已”，可以参看。他还说到“文人”与“谈士”不同，少有兼擅者，不仅因为人的才识有偏，而且写作与清谈，有相互冲突处。谈家所习在“理”，“理胜其辞”，便会妨碍文章之工。以今日眼光看，这实际上已触及一个问题：长期而专一从事逻辑思维者，其艺术思维、审美感受能力便可能相对减弱。萧子显当然还未能明确地从思维角度加以论述，但已注意到这一现象。关于作品的审美标准，萧子显的看法也有值得注意之处：一是在作品文辞方面，他反对过分藻饰，文过其意。特别是反对文辞的艰涩，主张明朗流畅，这与沈约“三易”之说相通（见《颜氏家训·文章》），二是鲜明地主张融会民间歌谣的语言风格特点，认为那样做有助于做到“轻唇利吻”即流畅圆转、音调和谐。这与萧绎《金楼子·立言》所说“吟咏风谣”“唇吻遒会”相通。但这并不是要完全模仿风谣，而是要“不雅不俗”，既从民间歌谣中吸取营养，又要予以加工，使其文雅精致。这两点反映了齐梁时代的文坛风气，颇值得注意。

《南齐书·文学传论》还列举历代著名作家作品。他说“五言之制，独秀众品”，可与钟嵘《诗品序》“五言居文词之要，是众作之有滋味者”互参，是五言诗高度发展的反映。对于同时代诗坛，他概括为“三体”即三种创作风貌，认为它们分别出自谢灵运、傅咸及应璩和鲍照之作。谢、鲍为刘宋名家，而实际上第二体即出自傅、应者，与刘宋另一名家颜延之的影响亦有一定关系，即喜用典故。因此这三体都可说是出自刘宋。此种从风貌特点上概括流派、寻索其源流关系的做法，也是当时批评风气的反映，在钟嵘《诗品》中表现得最为集中、明显。萧子显对这三体都表示不满，但我们不能将此种不满简单地视为对颜、鲍、谢的评价。"颜、谢并起，乃各擅奇；休、鲍后出，咸亦标世"，萧子显对颜、鲍、谢还是肯定的。但模仿者往往效颦而不能得其佳处，故引起了萧子显的批评。

文选序

〔梁〕萧 统

作者简介

萧统（501—531），字德施，南兰陵（治今江苏常州西北）人。梁武帝长子。卒后谥"昭明"，故后世称昭明太子。爱好文章学问，当时著名文士殷芸、陆倕、王筠、到洽、刘孝绰、徐勉、萧子范等均曾与之游处，《文心雕龙》的作者刘勰也曾为其东宫通事舍人，深为他所爱接。史称其"引纳才学之士，赏爱无倦。恒自讨论篇籍，或与学士商榷古今，间则继以文章著述，率以为常。于时东宫有书几三万卷，名才并集。文学之盛，晋宋以来未之有也"（《梁书》本传）。有文集二十卷，已佚，后人辑有《昭明太子集》。曾撰录五言诗之善者为《文章英华》二十卷，已佚；又主持编撰《文选》三十卷，影响于后世极大；还曾搜集校理陶潜诗文，编成《陶渊明集》，对陶潜的为人及其诗文的艺术表现都给予很高评价。《梁书》卷八、《南史》卷五十三有传。

式观元始[1]，眇觌玄风[2]，冬穴夏巢之时，茹毛饮血之世，世质民淳，斯文未作。逮乎伏羲氏之王天下也，始画八卦，造书契，以代结绳之政[3]。由是文籍生焉。《易》曰："观乎天文，以察时变；观乎人文，以化成天下[4]。"文之时义远矣哉[5]！若夫椎轮为大辂之始，大辂宁有椎轮之质[6]？增冰为积水所成，积水曾微增冰之凛[7]。何哉？盖踵其事而增华，变其本而加厉[8]。物既有之，文亦宜然。随时变改，难可详悉。

尝试论之曰[9]:《诗序》云:"诗有六义焉。一曰风,二曰赋,三曰比,四曰兴,五曰雅,六曰颂。"至于今之作者,异乎古昔;古诗之体,今则全取赋名[10]。荀、宋表之于前,贾、马继之于末[11]。自兹以降,源流实繁。述邑居,则有"凭虚""亡是"之作[12];戒畋遊,则有《长杨》《羽猎》之制[13]。若其纪一事,咏一物,风云草木之兴,鱼虫禽兽之流,推而广之,不可胜载矣。

又楚人屈原,含忠履洁,君匪从流,臣进逆耳[14],深思远虑,遂放湘南。耿介之意既伤[15],壹郁之怀靡诉[16],临渊有怀沙之志[17],吟泽有憔悴之容[18]。骚人之文[19],自兹而作。

诗者,盖志之所之也,情动于中而形于言[20]。《关雎》《麟趾》,正始之道著[21];桑间濮上,亡国之音表[22]。故风雅之道,粲然可观。自炎汉中叶,厥涂渐异。退傅有"在邹"之作[23],降将著"河梁"之篇[24],四言五言,区以别矣。又少则三字,多则九言,各体互兴,分镳并驱[25]。颂者,所以游扬德业[26],褒赞成功,吉甫有"穆若"之谈[27],季子有"至矣"之叹[28]。舒布为诗,既言如彼;总成为颂,又亦若此[29]。次则箴兴于补阙,戒出于弼匡;论则析理精微,铭则序事清润;美终则诔发,图像则赞兴。又诏诰教令之流,表奏笺记之列,书誓符檄之品,吊祭悲哀之作,答客指事之制[30],三言八字之文[31],篇辞引序,碑碣志状,众制锋起,源流间出。譬陶匏异器[32],并为入耳之娱;黼黻不同[33],俱为悦目之玩。作者之致,盖云备矣。

余监抚馀闲[34],居多暇日。历观文囿,泛览辞林,未尝不心游目想,移晷忘倦[35]。自姬、汉以来,眇焉悠邈,时更七代[36],数逾千祀[37]。词人才子,则名溢于缥囊;飞文染翰,则卷盈乎缃帙[38]。自非略其芜秽,集其清英,盖欲兼功,太半难矣[39]。

若夫姬公之籍,孔父之书[40],与日月俱悬,鬼神争奥,孝敬之准式,人伦之师友,岂可重以芟夷,加之剪截?老、庄之作,管、孟之流,盖以立意为宗,不以能文为本,今之所撰,又亦略诸。若贤人之美辞,忠臣之抗直,谋夫之话,辩士之端[41],冰释泉涌,金相玉振[42],所谓坐狙丘,议稷下[43],仲连之却秦军[44],食其之下齐国[45],留侯之发八难[46],曲逆之吐六奇[47]，盖乃事美一时，语流千载，概见坟籍，旁出子史[48]。若斯之流，又亦繁博，虽传之简牍，而事异篇章[49]，今之所集，亦所不取。至于记事之史，系年之书，所以褒贬是非，纪别异同，方之篇翰，亦已不同。若其赞论之综缉辞采，序述之错比文华[50]，事出于沉思，义归乎翰藻，故与夫篇什，杂而集之[51]。远自周室，迄于圣代，都为三十卷，名曰《文选》云尔。凡次文之体，各以汇聚。诗赋体既不一，又以类分；类分之中，各以时代相次。

《四部丛刊》影宋本六臣注《文选》

注释

[1] 式：语首助词，无义。元始：天地之始，指远古。

[2] 眇：远。觌(dí)：看。玄风：指远古之风俗。玄，幽远。

[3] "逮乎"四句：用伪孔安国《尚书序》文。逮，及。《易·系辞下》："古者包牺氏之王天下也……于是始作八卦。"包牺，即伏羲，古音同。《系辞下》又云："上古结绳而治，后世圣人易之以书契。"书契，谓书写文字于木上，刻其侧为契，双方各持其一，日后相合为凭据。按：《系辞下》但言"后世圣人"以书契代结绳，伪孔序则云是伏羲，萧统从之。

[4] "观乎"四句：见《易·贲卦·彖传》。天文，日月星辰。时变，四时变化。人文，指礼乐文教等。

[5] "文之"句：意谓文在很遥远的上古时代即已存在。按：《易·豫卦》《遁卦》《姤卦》《旅卦》之《彖传》都叹美该卦"之时义大矣哉"，此套用其语。

[6] "若夫椎轮"二句：椎轮，即椎车，稚拙之车。大辂(lù)，天子之车。宁，岂。

[7] "增冰"二句：增冰，层冰，厚冰。增、层通。曾，乃。微，无。二句用《荀子·劝学》"冰，水为之而寒于水"之意。

[8] "盖踵"二句：上句承椎轮大辂言，下句承积水增冰言。踵其事，继续其事。加厉，更甚。

[9] 尝试论之：姑且试论之。尝，暂，暂有且义。

[10] "古诗"二句：意谓赋本为《诗》的六义之一，后来成为文体名。班固《两都赋序》："赋者，古诗之流也。"刘勰《文心雕龙·诠赋》："六义附庸，蔚成大国。"与此意同。

[11]“荀宋”二句：谓荀况、宋玉、贾谊、司马相如。按《文选》以骚与赋别，故言宋玉不言屈原。《文心雕龙·诠赋》既言赋“拓宇于《楚辞》”，又言“荀况《礼》《智》，宋玉《风》《钓》，爰锡名号，与诗画境，六义附庸，蔚成大国”，亦以荀、宋之作为赋体正式成立之首。

[12]“述邑居”句：指张衡《西京赋》、司马相如《上林赋》。前者假托“凭虚公子”，后者假托“亡是公”。

[13]《长杨》《羽猎》：皆扬雄赋名。

[14]“君匪”二句：谓楚王不能从善如流，屈原乃进逆耳之忠言。

[15]“耿介”句：《离骚》：“彼尧舜之耿介兮。”王逸注：“耿，光也。介，大也。”又宋玉《九辩》：“独耿介而不随兮。”王逸注：“执节守度，不枉倾也。”旧说谓《九辩》乃代屈原述志之作。

[16]“壹郁”句：贾谊《吊屈原文》：“独壹郁其谁语?”壹郁，抑郁。

[17]怀沙：屈原《九章》篇名。为其自沉汨罗前的绝命辞。怀沙，旧说释为怀抱沙石。

[18]“吟泽”句：《楚辞·渔父》：“屈原……行吟泽畔，颜色憔悴。”

[19]骚人之文：此不但指屈原作品，亦包括后人模拟之作。《文选》“骚”类亦收宋玉及淮南小山之作。

[20]“诗者”三句：用《毛诗序》语。

[21]“《关雎》”二句：《关雎》《麟之趾》，《诗经·周南》的首篇和最后一篇。据《毛诗序》，《关雎》乃颂周文王“后妃之德”，为“风之始也，所以风天下而正夫妇也”；《麟之趾》则“《关雎》之应也”。《毛诗序》又云：“《周南》《召南》，正始之道，王化之基。”《正义》云：“皆是正其初始之大道。……文王正其家而后及其国，是正其始也。”

[22]“桑间”二句：《礼记·乐记》：“桑间濮上之音，亡国之音也。”据郑玄笺，桑间为濮水上之地名，在濮阳（今属河南）南，其地春秋时属卫。《汉书·地理志》云：“卫地有桑间濮上之阻，男女亦亟聚会，声色生焉，故俗称郑卫之音。”昭明此处当指《诗经》中所谓刺淫乱的作品，如《鄘风·桑中》《郑风·溱洧》等。

[23]“退傅”句：西汉韦孟，傅楚元王及元王子夷、孙戊。戊荒淫不道，乃作诗讽谏，后去位，徙家于邹，又作诗一篇，皆四言。见《汉书·韦贤传》。

[24]“降将”句：西汉李陵，兵败降匈奴。相传作《与苏武诗》，皆五言，有“携手上河梁”之句。钟嵘《诗品序》：“逮汉李陵，始著五言之目矣。”

[25]“又少则”四句：谓诗又有三字、九字成句者。挚虞《文章流别论》：“诗之流也，有三言、四言、五言、六言、七言、九言。古诗率以四言为体，而时有一句两句杂在四言之间。后世演之，遂以为篇。”昭明之意，当与彼同。

[26]游扬：表扬，发扬。

[27]“吉甫”句：《大雅·烝民》，周之卿士尹吉甫颂美周宣王而作，有“吉甫作诵，穆如清风”之句。诵、颂通。穆，和美。穆若即穆如，如、若皆形容词语尾。

[28]“季子”句：《左传·襄公二十九年》载吴公子季札聘鲁，请观周乐，“为之歌《颂》，曰：至矣哉！……盛德之所同也！”

[29]“舒布”四句：承“吉甫”“季子”二句，言以“游扬德业，褒赞成功”之意铺陈而为诗，则如彼吉甫之作；若总而称之，则成为一种文体，有如季札所赞者，名之为“颂”。

[30]答客：如东方朔《答客难》、扬雄《解嘲》等，皆假设客主问答。指事：当指“七”类，如枚乘《七发》说七事以启发楚太子，故曰“指事”。

[31]三言八字：当指三字及八字为句的杂文，如《汉书·东方朔传》载朔有“八言、七言上下”，沈约《宋书自序》云所著有“三言”。

[32]陶匏：指埙、笙，前者土制，后者以匏(葫芦类)制成。

[33]黼黻：两种织绣的花纹，白与黑谓之黼，黑与青谓之黻。

[34]监抚：监国、抚军。君王外出，太子留守，代理国政，称监国。君王出征，太子从行，称抚军。此泛指以太子身份从事政务。

[35]“移晷”句：谓日已斜而不知倦。晷(guǐ)，日影。

[36]七代：指周、秦、汉、魏、晋、宋、齐。

[37]千祀：千年。祀，年。

[38]“词人”四句：言作者、作品之富。缥囊，青白色丝织品所制书袋。缃帙，浅黄色丝织品所制书套。

[39]“自非”四句：《文选》五臣吕延济注：“言文章之多，若不去恶留善，虽欲倍加其功，太半亦不能遍览，安能尽乎?”自，若。兼，倍。

[40]“若夫”二句：指儒家经典。姬公，周公。孔父，孔子。

[41]辩士之端：指辩士之说辞。《韩诗外传》卷七：“是以君子避三端：避文士之笔端，避武士之锋端，避辩士之舌端。”

[42]金相玉振：《诗经·大雅·棫朴》：“金玉其相。”毛传：“相，质也。”《孟子·万章下》：“金声而玉振之也。”赵岐注：“振，扬也。”谓扬其声。

[43]“坐狙丘”二句：曹植《与杨德祖书》李善注引《鲁连子》：“齐之辩者曰田巴，

辩于狙丘而议于稷下。”狙丘，齐之丘山。稷下，齐之城门稷门之下，谈说之士聚集之处。齐宣王好文学，故稷下学士复盛，将数百人。

[44] “仲连”句：战国时秦围赵都邯郸，魏王使辛垣衍入邯郸，劝尊秦昭王为帝。鲁仲连严斥之，秦将闻之，退军五十里。见《战国策·赵策三》《史记·鲁仲连列传》。

[45] “食其”句：楚汉相争时，郦食其(yì jī)游说齐王田广，使其归汉。见《史记》本传。

[46] “留侯”句：楚汉相争时，有人劝刘邦立六国后，张良言其有八不可，刘邦乃止。见《史记·留侯世家》。张良封留侯。

[47] “曲逆”句：《史记·陈丞相世家》称陈平曾为刘邦六出奇计。陈平封曲逆侯。

[48] 概：大略。旁：广。

[49] “虽传之”二句：意谓贤人忠臣谋夫辩士之言，虽见于典籍，但原为口头言论，不同于文士所作篇章。

[50] “若其”二句：意谓史书中的赞、论、序、述是注重运用辞藻文采的。赞，自班固《汉书》起篇末有赞，自范晔《后汉书》起其赞皆为四言韵语。论，在篇末。序，在篇首。述，班固《汉书叙传》中以四言韵语撮述诸篇大意，曰“述某某第几。”因司马迁《太史公自叙》中已有此种做法(但仍多散句，或用韵或不用，亦不整齐)，曰“作某某第几”，故班固曰述。《文选》有“史论”，又有“史述赞”。

[51] “事出”四句，谓史书中的赞论序述，其写作出于精深之思，应归属于讲究运用藻采的一类，故与那些单篇文章编集在一起。事、义均指赞论序述的写作活动、写作行为而言，非指赞论序述的内容。骈文中事、义对举句式甚多，其事、义二字皆指“事”而言，意义无甚区别。如沈约《武帝集序》：“事同观海，义等窥天，观之而不测，游之而不知者矣。”萧衍《净业赋序》：“波浪逆流，亦四十里，至朕所乘舫乃止，有双白鱼跳入艒前。义等孟津，事符冥应。”

说明

萧统主持编纂的《文选》是现存最早的诗文总集。它选录先秦至梁代一百三十余位作者的赋、诗、诏、表、书信等诸体文章。从书前的序中，可以窥见萧统的文学思想。

序的开头，用了《尚书序》中的话，将“人文”的开端推始于上古圣人伏羲的画八卦、造书契；又引用《易传》中的话，将“人文”与“天文”相联系。这都是为了抬高“人文”的地位。接着又说明文章发展的总的趋向，与整个社会生活一样，是由质趋文即由简单质朴向繁复华丽发展。凡此都是六朝时期比较普遍的观念。

《文选序》接着简略地论述各种文体。所言及者多达三十余种。此种细分文体的做法也与当时的风气一致。值得注意的是，这众多的文体中有许多是政治和社会生活中的实用性作品，但都被认为是“入耳之娱”和“悦目之玩”。这表明在萧统心目中，不但诗赋等抒情体物之作具有审美价值、娱悦作用，而且诏诰教令等实用性文体也是如此。这实际上体现了对于文辞之美——声律、对偶、词藻等的一种充分的欣赏态度，是当时人的一种重要文学观念。南朝时骈文发展到非常成熟的地步，正是这种重视文辞美的文学观念实践的结果。

在《文选序》中，最引起后人议论的是关于选录范围的说明。萧统说，所选者乃是单篇文章，成部的经、子、史著作均不选入。其理由是：儒家经书出于圣人之手，不可剪截割裂；子书的性质在于“立意”即发表思想见解，而不在于“能文”即表现写作才能；史书的作用在于纪事实、寓褒贬，也与一般文章不同。这样的编选体例，实际上是建立在经、史、子、集四部分类的基础之上的。单篇文章收录为别集、总集，归属于集部，本不与成部的经、史、子书相混。但从其说明中，还是鲜明地体现了萧统的文学观念，即所欲收录的乃是“以能文为本”即能充分体现作者写作才能的作品；具体地说，是“综缉辞采”“错比文华”“沉思”“翰藻”之作，亦即讲究文辞声色美之作。萧统认为经、史、子著作缺少那样的美，而集部中的精心结撰之作乃具有文辞声色之美，史书中的赞论序述则可归于讲究翰藻的篇章之中。这是骈文时代文学观念的简略然而鲜明的表达。

清人阮元提倡骈偶，因此对《文选序》的选录标准大加赞赏。其《书梁昭明太子文选序后》云：“昭明所选，名之曰文，盖必文而后选也，非文则不选也。经也，子也，史也，皆不可专名之为文也。故昭明《文选序》后三段特明其不选之故，必沉思翰藻，始名之为文，始以入选也。”说“必沉思翰藻”方才入选，大体上是对的；但说“始名之为文”则不对，容易造成概念的混乱。在昭明的时代，凡以文字写下来的都称为文或文章，非“沉思翰藻”者，经子史著作，都属于文或文章的范畴，只是在萧统看来算不上好的、美的文章，故而不入选罢了。刘勰《文心雕龙》意欲笼罩一切“文章”的写作，故有《史传》《诸子》之篇。看似与萧统不同，其实在文或文章概念的广狭上，二人是并无差别的。

陶渊明集序(节录)

〔梁〕萧　统

夫自衒自媒者,士女之丑行[1];不忮不求者,明达之用心[2]。是以圣人韬光,贤人遁世[3]。其故何也?含德之至,莫逾于道[4];亲己之切,无重于身[5]。故道存而身安,道亡而身害。处百龄之内,居一世之中,倏忽比之白驹[6],寄遇谓之逆旅[7]。宜乎与大块而盈虚[8],随中和而任放[9],岂能戚戚劳于忧畏,汲汲役于人间[10]?

……是以至人达士,因以晦迹。或怀釐而谒帝[11],或披裘而负薪[12];鼓楫清潭[13],弃机汉曲[14]。情不在于众事,寄众事以忘情者也[15]。

有疑陶渊明诗篇篇有酒。吾观其意不在酒,亦寄酒为迹者也[16]。其文章不群,辞彩精拔,跌宕昭彰,独超众类,抑扬爽朗[17],莫之与京[18]。横素波而傍流[19],干青云而直上[20]。语时事,则指而可想;论怀抱,则旷而且真。加以贞志不休,安道苦节[21],不以躬耕为耻,不以无财为病,自非大贤笃志,与道污隆[22],孰能如此乎?

余爱嗜其文,不能释手;尚想其德[23],恨不同时[24]。故加搜校,粗为区目。白璧微瑕,惟在《闲情》一赋。杨雄所谓劝百而讽一者[25],卒无讽谏,何足摇其笔端?惜哉!亡是可也。并粗点定其传[26],编之于录。尝谓有能观渊明之文者,驰竞之情遣,鄙吝之意祛,贪夫可以廉,懦夫可以立[27]。岂止仁义可蹈,抑乃爵禄可辞。不必傍游泰华,远求柱史[28]。此亦有助于风教也。

《四部丛刊》影宋本《陶渊明集》

注释

[1]“夫自衒”二句:见曹植《求自试表》。衒(xuàn),一边行走,一边叫卖,引申

为炫耀、干求之意。

[2]“不忮”二句：《诗经·邶风·雄雉》：“不忮不求，何用不臧？”忮（zhì），嫉恨。明达，《老子》十章：“明白四达，能无为乎？”

[3]“是以”二句：韬光，藏匿其光耀。《老子》五十八章：“是以圣人……光而不耀。”河上公注：“圣人虽有独见之明，当如暗昧。”遁世，《易·乾卦·文言》：“遁世无闷。”

[4]“含德”二句：谓最高之德行乃法道、体道，即《老子》二十一章“孔德之容，惟道是从”意。河上公释“孔”为“大”，曰：“大德之人不随世俗所行，独从于道也。”含德，具备德行。《老子》五十五章：“含德之厚，比于赤子。”以赤子喻体道者。

[5]“亲己”二句：谓于己最为亲切重要者，无过于身。《老子》四十四章：“名与身孰亲？身与货孰多？”

[6]“倏忽”句：《庄子·知北游》：“人生天地之间，若白驹之过隙，忽然而已。”白驹，白色马，一说日也。

[7]“寄遇”句：寄遇，《四部丛刊》影明刻本《昭明太子文集》作“寄寓”。古者以生为寄，以死为归。《文选·古诗十九首》：“人生忽如寄。”李善注引《老莱子》：“人生于天地之间，寄也，寄者固归。”陆云《岁暮赋》：“摄僟生（幸存之生）于逆旅兮，欲淹留其焉可？”陶渊明《自祭文》：“陶子将辞逆旅之馆，永归于本宅。”又《杂诗》十二首之七：“家为逆旅舍，我如当去客。去去欲何之？南山有旧宅。”逆旅，旅舍。又，《庄子·知北游》：“哀乐之来，吾不能御；其去，弗能止。悲夫！世人直谓物逆旅耳。”谓人在世为外物所牵累，不能自主，不过是外物之旅舍而已。以此释萧统语，亦通。

[8]大块：《庄子·齐物论》：“夫大块噫气，其名为风。”《释文》引司马彪云：“大朴之貌。”郭璞《江赋》：“焕大块之流形。”李善注引司马彪曰：“大块，自然也。”按：大朴、自然，皆指“道”而言。

[9]中和：古人视为宇宙之最高原则。《礼记·中庸》：“中也者天下之大本也，和也者天下之达道也。致中和，天地位焉，万物育焉。”《春秋繁露·循天之道》：“是故能以中和理天下者，其德大盛；能以中和养其身者，其寿极命。”道家亦言中和而重在养生。《老子》四十二章：“万物负阴而抱阳，冲气以为和。”河上公注：“万物中皆有元气，得以和柔……故得久生也。”其释“冲”为“中”。《太平经·和三气兴帝王法》：“元气有三名：太阳、太阴、中和。……中和者，主调和万物也。”《三国志·魏志·钟会传》注引《王弼

传》:“体冲和以通无。”冲和即中和。

[10]“岂能”二句:《汉书·杨雄传》:“少嗜欲,不汲汲于富贵,不戚戚于贫贱。”陶渊明《五柳先生传》:“黔娄之妻有言:不戚戚于贫贱,不汲汲于富贵。”《庄子·齐物论》:“终身役役而不见其成功,苶然疲役而不知其所归,可不哀邪!”戚戚,忧虑貌。汲汲,不断追求貌。役,被驱使。

[11]“或怀釐”句:当是用东方朔事,东方朔乃所谓“秽德似隐”“依隐玩世”者。《汉书·东方朔传》:“伏日,诏赐从官肉,大官丞日晏不来。朔独拔剑割肉,谓其同官曰:伏日当蚤归,请受赐。即怀肉去。大官奏之。朔入,上曰:昨赐肉,不待诏,以剑割肉而去之,何也?朔免冠谢。”所赐当是伏日祭余之肉,故曰“怀釐”。釐(xī),祭余肉。又,高步瀛《南北朝文举要》云:“疑用华封人祝尧事。……盖谓见尧祝福也。”

[12]“或披裘”句:《高士传》:“披裘公者,吴人也。延陵季子出游,见道中有遗金,顾披裘公曰:取彼金。公投镰瞋目,拂手而言曰:何子处之高而视人之卑!五月披裘而负薪,岂取金者哉!”披裘,原作“被褐”,据《四部丛刊》本《昭明太子文集》改。

[13]“鼓楫”句:《楚辞·渔父》云屈原既放,游于江潭,有渔父劝其随波逐流。屈原曰:“安能以皓皓之白,而蒙世俗之尘埃乎?”于是“渔父莞尔而笑,鼓枻而去”。鼓楫,划动船桨。楫,桨。潭(xún),水边。

[14]“弃机”句:《庄子·天地》载,汉阴一丈人汲水灌园,不肯用机械,曰:“有机械者必有机事,有机事者必有机心。机心存于胸中,则纯白不备。纯白不备,则神生不定。神生不定者,道之所不载也。”

[15]忘情:《世说新语·伤逝》:“圣人忘情,最下不及情。”

[16]“吾观”二句:承上“情不在于众事”二句,谓渊明寄托于酒以忘情,好酒只是其行迹而已。

[17]抑扬:指其作品情感起伏,富于感染力。陆机《遂志赋》:“(冯衍《显志赋》)抑扬顿挫,怨之徒也。”王微《与从弟僧绰书》:“文词不怨思抑扬,则流淡无味。”

[18]莫之与京:谓无人能与之相比。《左传·庄公二十二年》:“八世之后,莫之与京。”杜注:“京,大也。”

[19]傍流:意谓任意漂流。傍,依随。

[20]“干青云”句:孔稚圭《北山移文》:“度白雪以方洁,干青云而直上。”

[21]苦节:犹言厉行节制。指其生活节俭言。《易·节》:“苦节不可贞。”

[22] 与道污隆：谓始终进退均合于道。《礼记·檀弓上》："子思曰：昔者吾先君子无所失道。道隆则从而隆，道污则从而污。"郑玄注："污，犹杀也。有隆有杀，进退如礼。"

[23] 尚想：犹追想。尚，通"上"。

[24] 恨不同时：《史记·司马相如列传》："上读《子虚赋》而善之，曰：朕独不得与此人同时哉！"

[25] "杨雄"句：《汉书·司马相如传赞》："杨雄以为靡丽之赋，劝百而讽一，犹骋郑卫之声，曲终而奏雅，不已戏乎！"

[26] 点定：改定。

[27] "贪夫"二句：《孟子·万章下》："故闻伯夷之风者，顽夫廉，懦夫有立志。"（又见《尽心下》。《韩诗外传》卷三、《汉书·王贡两龚鲍传序》《后汉书·丁鸿传论》《论衡·率性》及《非韩》引其语，"顽夫"均作"贪夫"）

[28] "不必"二句：意谓读《陶渊明集》，即可受其感染而有高远之志，与隐逸避世、研读《老子》同一功效。泰华，亦作"太华"，即今陕西境内华山，古以为仙人所在之处。柱史，柱下史，指老子。《史记·张苍列传》："老子为柱下史。"

说明

东晋、刘宋之际的大诗人陶渊明，其生前作品未受重视。齐梁时人们注意到陶诗，但评价并不太高，如钟嵘《诗品》，只列于中品。这是因为陶诗质直，与齐梁时重视藻采的风气不一致的缘故。陶诗那种"外枯而中膏，似淡而实美"（苏轼《评韩柳诗》）的内在韵味之美，当时大多数人还未能体会。但也有少数论者却酷爱陶诗，给予很高评价，萧统、萧纲兄弟便是如此。萧纲将陶渊明的作品"置于几案间，动辄讽味"（见《颜氏家训·文章》）。萧统虽在《文选》中只录陶诗八首，但却编撰陶集，为之作序，称"余嗜爱其文，不能释手，尚想其德，恨不同时"，又为之作传，对渊明表示了衷心的赞美。

《陶渊明集序》赞赏渊明高蹈避世的人生态度，认为其不慕荣利、甘于淡泊的高尚人格对读者有深刻的教育作用。这与齐梁人重视陶渊明的道德操守是一致的。难能可贵的是萧统由仰慕其人，进而对陶诗的艺术表现也作了很高的、较具体的评价。他说陶的诗文"跌宕""抑扬"，当是指其情感起伏，富有感染力。又称其"昭彰""爽朗"，应是指表现明朗而言。这其实是说陶渊明作品具有风力。钟嵘《诗品》评陶诗也说"协左思风力"。齐梁人论诗，一般是并重"风力"与"丹采"。

看来他们大多认为陶诗有风力但“丹采”不够，辞采未优（见北齐阳休之《陶潜集序录》）。可是萧统却还说其诗文“辞采精拔”，其见解也超乎常人之上。萧统又说渊明诗文“语时事则指而可想，论怀抱则旷而且真”，即叙事、抒情都具有真切率直的特点，这也是真知灼见。总之，萧统的评论，可说是南朝时陶渊明作品所受到的最高褒赏。萧统能拔出于当时风气之外，颇为难得。

《陶渊明集序》批评陶氏《闲情赋》为“白璧微瑕”，曾引起后人议论。其实萧统或许是不赞成过分渲染男女之情，不赞成写得太直露（赋中写到眷恋一位女子，情感炽烈；刻画女子神态也颇传神）。尤其是他认为陶渊明是一位淡泊的高洁之士，《闲情赋》置于集中太不调和。但这并不表明萧统一概排斥写男女之情的作品，《文选》中不乏此类诗作，还专立“情”类收录《神女赋》《洛神赋》等，便是一个证据。

与湘东王书

〔梁〕萧　纲

作者简介

萧纲(503—551)，字世缵。梁武帝萧衍三子，萧统同母弟。萧统早卒，立为太子。太清三年(549 年)，叛将侯景攻入建康，武帝忧愤而死，遂即帝位。在位二年，为侯景所杀。追尊简文皇帝。好学能文，史称其“引纳文学之士，赏接无倦，恒讨论篇籍，继以文章”(《梁书・本纪》)。自称“七岁有诗癖，长而不倦”。为太子时，与徐摛、庾肩吾等大量写作以倡女姬人为描绘对象的作品，号为“宫体”。对于他人所作此类作品，赞为“性情卓绝，新致英奇”(《答新渝侯和诗书》)，可见其热衷。其《诫当阳公大心书》云：“立身先须谨重，文章且须放荡。”主张一种不受拘束的创作态度。原有集，已佚，后人编有《梁简文帝集》。《梁书》卷四、《南史》卷八有传。

吾辈亦无所游赏，止事披阅，性既好文，时复短咏。虽是庸音，不能阁笔，有惭伎痒[1]，更同故态[2]。比见京师文体，懦钝殊常，竞学浮疏，争为阐缓[3]。玄冬修夜[4]，思所不得。既殊比兴，正背《风》《骚》。

若夫六典三礼[5]，所施则有地；吉凶嘉宾[6]，用之则有所。未闻吟咏情性，反拟《内则》之篇[7]；操笔写志，更摹《酒诰》之作[8]；迟迟春日，翻学《归藏》[9]；湛湛江水，遂同《大传》[10]。吾既拙于为文，不敢轻有掎摭。但以当世之作，历方古之才人，远则扬、马、曹、王，近则潘、陆、颜、谢，而观其遣辞用心，了不相似。若以今文为是，则古文为非；若昔贤可称，则今体宜弃。俱为盍各[11]，则未之敢许。

又时有效谢康乐、裴鸿胪文者，亦颇有惑焉。何者？谢客吐言天拔，出于自然；时有不拘，是其糟粕。裴氏乃是良史之才，了无篇什之美[12]。是为学谢则不届其精华，但得其冗长；师裴则蔑绝其所长，惟得其所短。谢故巧不可阶[13]，裴亦质不宜慕。故胸驰臆断之侣，好名忘实之类，方六驳于仁兽[14]，逞郤克于邯郸[15]。入鲍忘臭[16]，效尤致祸。决羽谢生，岂三千之可及[17]；伏膺裴氏，惧两唐之不传[18]。故玉徽金铣[19]，反为拙目所嗤；《巴人》《下里》，更合郢中之听[20]。《阳春》高而不和，妙声绝而不寻[21]。竟不精讨锱铢，核量文质，有异巧心[22]，终愧妍手。是以握瑜怀玉之士，瞻郑邦而知退[23]；章甫翠履之人，望闽乡而叹息[24]。诗既若此，笔又如之。徒以烟墨不言，受其驱染，纸札无情，任其摇襞[25]。甚矣哉，文之横流，一至于此[26]！

至如近世谢朓、沈约之诗，任昉、陆倕之笔[27]，斯实文章之冠冕，述作之楷模。张士简之赋[28]，周升逸之辩[29]，亦成佳手，难可复遇。文章未坠，必有英绝，领袖之者，非弟而谁？每欲论之，无可与语。思吾子建[30]，一共商榷。辩兹清浊，使如泾、渭；论兹月旦，类彼汝南[31]。朱丹既定，雌黄有别[32]，使夫怀鼠知惭[33]，滥竽自耻[34]。譬斯袁绍，畏见子将；同彼盗牛，遥羞王烈[35]。

相思不见，我劳如何。

中华书局版《梁书》卷四十九《文学·庾肩吾传》

注释

[1]“有惭”句：谓并非擅长写作，但却不能忍而不作。乃自谦语。伎痒，即“技痒”，擅长某种伎艺，欲加以表现而不能忍。

［2］“更同”句：《后汉书·逸民列传·严光传》载，光武即帝位，征故人严光至京，光态度简慢，光武曰：“狂奴故态也！”此借用其语，自谦一如既往，爱好吟咏，乃迹近于狂放。

［3］阐缓：舒缓貌。《礼记·乐记》：“其声啴以缓。”郑注：“啴，宽绰貌。”阐缓即啴缓。

［4］玄冬：冬季。

［5］六典：治理国家、分设官职的六个部门。《周礼·天官冢宰》郑玄注云周公“作六典之职，谓之周礼”，即治典、教典、礼典、政典、刑典、事典，分别由天官、地官、春官、夏官、秋官、冬官负责掌握。三礼：祭祀天神、地祇、人鬼之礼。

［6］吉凶嘉宾：指吉、凶、宾、军、嘉五类礼制，分别用于祭祀、丧葬、朝觐聘问、军事以及加冠、婚姻等不同场合。

［7］《内则》：《礼记》篇名。

［8］《酒诰》：《尚书》篇名。

［9］“迟迟”二句：《诗经·豳风·七月》：“春日迟迟。”归藏，相传为殷商时（一说黄帝时）占卜之书。

［10］“湛湛”二句：《楚辞·招魂》：“湛湛江水兮上有枫。”大传，指《尚书大传》，秦汉之际伏胜撰。

［11］“俱为”二句：承上言“今体”“昔贤”必有是非，若谓可各行其是，俱可肯定，则不敢苟同。盍（hé），何不。《论语·公冶长》：“颜渊、季路侍。子曰：盍各言尔志？”此谓“盍各”，乃歇后语。

［12］篇什：指诗歌。

［13］不可阶：谓相去悬远，不可能达到。《论语·子张》：“夫子之不可及也，犹天之不可阶而升也。”阶，阶梯，谓设阶梯以登上之。

［14］“方六驳”句：意谓效颦者与其所效法的对象相去悬远。方，比。六驳，原作“分肉”，据中华书局标点本《梁书》校勘记改。《诗经·秦风·晨风》：“隰有六驳。”驳乃传说中的猛兽名，形如马，钩齿，食虎豹。六驳，谓其数有六，而汉魏文人用为成语。李尤《平乐观赋》：“禽鹿六驳。”左思《吴都赋》：“蓦六驳。”仁兽，指驺虞，传说中的仁义之兽，不食生物，不履生草。

［15］“逞郤克”句：郤克，春秋时晋臣，乃跛子（据《左传·宣公十七年》杜注）。邯郸，赵国都。《庄子·秋水》云，燕国少年学行步于邯郸，未能学成，反失其故步，只得匍匐而归。此将两事合用之，极言效颦者之徒然出丑。

[16] 入鲍忘臭：意谓日久而习非成是，不自知其谬。《说苑·杂言》："如入鲍鱼之肆，久而不闻其臭。"鲍，咸鱼。

[17] "决羽"二句：承上"谢故巧不可阶"，谓学谢者与灵运相比，不啻小鸟之于大鹏。《庄子·逍遥游》云，大鹏徙于南溟，"水击三千里，抟扶摇而上者九万里"。而"蜩与学鸠笑之曰：我决起而飞，抢榆枋，时则不至，而控于地而已矣"。决(xuè)，迅疾。

[18] "伏膺"二句：承上"裴亦质不宜慕"，言效裴则将质木无文。两唐，疑指唐尧、唐叔虞。尧为帝喾之子，号陶唐。叔虞为周武王子、成王弟，亦出于帝喾，成王时封于唐，即尧之裔子所封地(今山西翼城西)。孔子称尧"焕乎其有文章"(《论语·泰伯》)；叔虞生时，"文在其手，曰虞"(《史记·晋世家》)。故萧纲以"两唐"隐指"文"。裴子野为河东闻喜人，其地近唐，故易联想到"两唐"。

[19] 玉徽金铣：喻高雅的作品。徽，琴面上指示音调高低的标识。铣(xiǎn)，古乐器钟口的两角。

[20] "《巴人》"二句：楚国俗曲曰《下里》《巴人》，高雅之曲曰《阳春》《白雪》，见《文选》宋玉《对楚王问》。

[21] 绝：谓绝妙，迥出而无可比并者。寻：求。

[22] 巧心：《汉书·艺文志》诸子略儒家类有"《王孙子》"，注："一曰《巧心》。"此借用其语，指巧妙的构思。

[23] "握瑜"二句：谓流俗徒慕虚名，高妙之作不能为其所欣赏。屈原《九章·怀沙》："怀瑾握瑜兮，穷不知所示。"瞻郑邦句，谓郑人不识美玉，反以贱物为宝，故怀玉者只得退却。《后汉书·应劭传》："昔郑人以干鼠为璞，鬻之于周。宋愚夫亦宝燕石，缇缃十重，夫睹之者掩口卢胡而笑。"又任昉《王文宪集序》："昉行无异操，才无异能。……一言之誉，东陵侔于西山；一眄之荣，郑璞逾于周宝。"

[24] "章甫"二句：《庄子·逍遥游》："宋人资章甫而适诸越，越人断发文身，无所用之。"《韩非子·说林》："鲁人身善织屦，妻善织缟，而欲徙于越。或谓之曰：子必穷矣。鲁人曰：何也？曰：屦为履之也，而越人跣行；缟为冠之也，而越人被发。以子之所长游于不用之国，欲使无穷，其可得乎？"章甫，冠名。翠履，以翠鸟毛为饰的鞋。闽，今福建东部沿海一带，古称闽越。

[25] "徒以"四句：意谓庸劣之作糟蹋纸墨。襞(bì)，折叠。

[26] 横流：泛滥无归。

[27] 谢朓：南朝齐作者。任昉、陆倕：均为齐梁作者。笔：南朝时称诗赋等押韵之作为文，不押韵之作为笔。

[28] 张士简：张率，字士简，齐梁时人。沈约曾向任昉称率与陆倕皆为"南金"。长于诗赋。《梁书》本传载萧衍称其为赋工而速，兼有司马相如、枚皋之长，又载其所作《舞马赋》。

[29] 周升逸：周舍，字升逸，齐梁时人。《梁书》本传云："舍素辩给，与人泛论谈谑，终日不绝口。"

[30] 思吾子建：以曹植喻萧绎而自比曹丕。

[31] "论兹"二句：《后汉书·许劭传》："劭与(从兄)靖俱有高名，好共核论乡党人物，每月辄更其品题，故汝南俗有月旦评焉。"汝南，郡名，治平舆(今属河南)。许劭为平舆人。

[32] "朱丹"二句：意谓已确定正确的标准，便能区别佳恶。朱、丹皆为赤色，乃正色。雌黄，矿物名，可制黄色颜料。古人以黄纸书字，有误则以雌黄涂之，因借为评定之意。

[33] 怀鼠：指为虚名所误，误以贱物为宝。《尹文子·大道下》："郑人谓玉未理者为璞，周人谓鼠未腊者为璞。周人怀璞，谓郑贾曰：欲买璞乎？郑贾曰：欲之。出其璞视之，乃鼠也。因谢不取。"事又见《战国策·秦策三》。此谓怀鼠者为周人，但后世用其典亦有谓郑人以鼠为璞者，萧纲此处当亦如此。

[34] 滥竽：齐宣王使人吹竽，必三百人，南郭处士乃混迹其中而受赏。宣王死，湣王立，使一一吹之，处士只得逃走。事见《韩非子·内储说上》。

[35] "譬斯"四句：意谓树立正确标准之后，其不善者自然知耻。《后汉书·许劭传》："许劭，字子将。……同郡袁绍，公族豪侠。去濮阳令归，车徒甚盛。将入郡界，乃谢遣宾客曰：吾舆服岂可使许子将见！遂以单车归家。"又《独行列传》："王烈，字彦方，……以义行称。乡里有盗牛者，主得之，盗请罪曰：刑戮是甘，乞不使王彦方知也。"

说明

萧纲这封书信作于入京为太子后。湘东王即其弟萧绎。兄弟二人都爱好文学，均具有颇高的诗文写作才能。在这封信中，萧纲严厉批评他认为是不良的写作风气，并且自比曹丕，而比萧绎为曹植，充分反映了他意欲领袖文坛的自负心情。

萧纲批评当时"京师文体""懦钝""阐缓""浮疏"，大致是指那些作品宽缓安舒、缺少动人的情感力量。他认为抒写情志和描绘自然风景的诗赋等作品，不应模仿儒家经书典雅雍容、质朴古奥的风格。在他看来，盲目模拟经书是造成“懦钝”“阐缓”的重要原因；那样的作品，是违背《诗经》《楚辞》以及历代著名作家抒情写景的优良传统的。从这里不难体会到：萧纲认为诗赋等作品应有其自身的用途和特点。在萧纲之前，曹丕说“诗赋欲丽”，陆机说“诗缘情而绮靡，赋体物而浏亮”，刘勰说“赋颂歌诗，则羽仪乎清丽”（《文心雕龙·定势》），都已注意到诗赋的自身特点问题；钟嵘《诗品》要求“直寻”“自然英旨”，反对盲目搬用典故，说得更为具体。萧纲反对模拟经书，自亦包含反对搬弄经书成语之意，与钟嵘是一致的。清人袁枚曾给萧纲这段话很高的评价，他说：“此数言振聋发聩。想当时必有迂儒曲士以经学谈诗者，故为此语以晓之。”（《随园诗话》补遗卷三）

《与湘东王书》又批评当时诗坛学谢灵运、裴子野的风气。但萧纲对二人的态度是不同的。他说谢灵运“吐言天拔，出于自然”，又说“谢故巧不可阶”，那也就是由衷钦佩灵运观赏和表现山水之美的天才。但谢诗时有散漫“冗长”之弊，萧纲也是看到的。当时人学谢往往做不到那样的天才表现，却发展了其缺点的一面。散漫冗长之弊，与前面所说“懦钝”“浮疏”“阐缓”是一致的，萧纲所反对者在此。对善于学谢者他还是很赞赏的。如对以学谢著名的王籍“蝉噪林逾静，鸟鸣山更幽”之句，即“吟咏不能忘之”（见《颜氏家训·文章》）。至于裴子野，萧纲说他是良史之才，却全然不擅长写作诗歌，作诗根本不该以他为榜样。

从萧纲对当时文坛的批评，可以窥见他对于抒情写景之作的审美要求，是要有动人的情感力量，反对舒缓呆滞的风格；欣赏即目会心，经由独特艺术思维而创造的鲜明形象，亦即如谢灵运山水诗那样的“天拔”“自然”之作；不满于依傍经史、引经据典的作风。萧纲认为诗赋等审美性质浓厚的作品，既有其自身的作用，也就应有自身的特点，不应与经史著作相混淆。

金楼子·立言（节录）

〔梁〕萧　绎

作者简介

萧绎（508—555），字世诚。萧统、萧纲之弟。初封湘东王。侯景作乱时，绎在江陵，遂起兵讨伐。事平，即帝位于江陵。在位三年，为西魏军所虏，被杀。追尊为孝元皇帝。自幼好学能文，颇多宫体诗作。著述甚富，今大多亡佚，存《金楼子》辑本。原有集，已佚，后人辑有《梁元帝集》。《梁书》卷五、《南史》卷八有传。

……古之学者为己，今之学者为人[1]。学而优则仕，仕而优则学[2]，古人之风也；修天爵以取人爵，获人爵而弃天爵[3]，末俗之风也。古人之风，夫子所以昌言；末俗之风，孟子所以扼腕。然而古人之学者有二，今人之学者有四。夫子门徒，转相师受，通圣人之经者，谓之儒。屈原、宋玉、枚乘、长卿之徒，止于辞赋，则谓之文[4]。今之儒，博穷子史，但能识其事，不能通其理者，谓之学[5]。至如不便为诗如阎纂，善为章奏如伯松，若此之流，泛谓之笔[6]。吟咏风谣，流连哀思者，谓之文。而学者率多不便属辞，守其章句，迟于通变，质于心用[7]。学者不能定礼乐之是非，辩经教之宗旨，徒能扬榷前言[8]，抵掌多识[9]，然而挹源知流[10]，亦足可贵。笔退则非谓成篇，进则不云取义[11]，神其巧惠[12]，笔端而已。至如文者，惟须绮縠纷披[13]，宫徵靡曼[14]，唇吻遒会[15]，情灵摇荡。而古之文笔，今之文笔，其源又异[16]。……

影印文渊阁《四库全书》本《金楼子》

注释

[1]“古之”二句：见《论语·宪问》，乃孔子语。《集解》引孔安国曰：“为己，履而行之；为人，徒能言之。”范晔《后汉书·桓荣传论》：“为人者凭誉以显扬，为己者因心以会道。”

[2]“学而”二句：见《论语·子张》，乃子夏语。

[3]“修天爵”二句：《孟子·告子上》：“孟子曰：有天爵者，有人爵者。仁义忠信，乐善不倦，此天爵也；公卿大夫，此人爵也。古之人，修其天爵而人爵从之；今之人，修其天爵以要人爵，既得人爵而弃其天爵，则惑之甚者也。终亦必亡而已矣。”

[4]“夫子门徒”七句：即所谓“古人之学者有二”，一为修习儒经，二为写作辞赋，前者重在学问，后者重在写作。

［5］“今之儒”五句：承上文“谓之儒”而言，意谓从古之“儒”即重在学问的一类中分化出“博穷子史”的一种，称之为“学”。识，记忆。

［6］“至如”四句：“不便为诗”二句应视为互文。意为不擅长作诗而善为章奏者，如阎纂、伯松之流，谓之长于笔。阎纂，西晋人，传见《晋书》卷四十八，作“阎缵”，但同书《杨骏传》《五行志上》作“纂”。《宋书·五行三》、《宋书·武三王传》亦作“阎纂”。纂以忠直见称，《晋书》本传载其上疏四篇。伯松：西汉末张竦字伯松。《汉书·王莽传》载其为刘嘉作奏，合王莽意，嘉及竦皆封侯，“长安为之语曰：欲求封，过张伯松；力战斗，不如巧为奏”。

［7］“而学者率多”四句：学者，疑当作“儒者”。守其章句，谓墨守解释儒经的章句之学。迟，迟钝。质，质朴，引申为拙义。质于心用，谓拙于思考。

［8］扬榷前言：举说称引前人书中所言。

［9］抵(zhǐ)掌：击掌。古人每击掌而高谈。

［10］挹源知流：学者多识，博穷子史，故能知事物之源流。

［11］“笔退”二句：笔指不押韵的单篇制作，以公家应用之文为主。二句谓“笔”下则不是诗赋之类美文，上则不是以立意为宗旨的学术性著作。

［12］巧惠：即“巧慧”。

［13］绮縠：皆丝织品名。绮有花纹，縠轻而绉。纷披：盛多貌。

［14］靡曼：美丽。

［15］唇吻遒会：意谓诵读时流畅铿锵。

［16］“而古之”三句：意谓古人所谓“文笔”，与今人所说“文笔”，不是一回事(古之“文笔”，泛指著述；今之“文笔”，分别指押韵及不押韵之作)。《文选》卷四五班固《答宾戏》：“六合之内，莫不同源共流。”吕延济注：“谓同奉天子之化也。”以“同源共流”喻统一、一致。又颜之推《颜氏家训·文章》：“凡诗人之作，刺箴美颂，各有源流，未尝混杂，善恶同篇也。”以“各有源流”喻不相同、不一致。萧绎言“其源又异”，当即“各有源流”、不相一致之意。

说明

萧绎未即帝位前曾自号金楼子，故其所著之书即名《金楼子》。该书自《隋书·经籍志》起均归入杂家，明代日渐湮晦以至散亡。清代修《四库全书》时从

《永乐大典》中辑出佚文，编为六卷。本文节录自该书《立言》篇，谈到了所谓文笔问题。

魏晋人在论述文体、著录和编集作品时，往往将诗、赋、铭、颂等押脚韵的体裁归在一起，将诏、奏、表、论等不押脚韵的体裁归在一起。至南朝时，更将押韵者称为“文”，不押韵者称为“笔”。《宋书·颜延之传》载，延之说自己的儿子，“峻得臣笔，测得臣文”。这是今日所见文、笔对举的最早资料。刘勰《文心雕龙·总术》说：“今之常言，有文有笔：以为无韵者笔也，有韵者文也。”既说“今之常言”，可知是当时普遍习用的说法。萧绎不像刘勰说得那么明确，但意思是一样的。萧绎这里本来不是在为文、笔下定义，而是在叙述古今学者所从事的事业时提到文、笔。他说古代知识分子（“学者”）所从事者大致有两类：一是从事于学术，主要就是传授儒家经典，谓之“儒”；二是从事于写作，主要是写作辞赋，谓之文。今则可分四类：从事学术者，除了“儒”之外，还有不专精于儒学，而是博穷子史、记诵富博的一类称之为“学”。从事写作者，又可分为两类，或长于写作章奏之类公家应用之文而不长于作诗，谓之长于“笔”；或长于写作诗赋，谓之长于“文”。这里没有直接说押韵与否，但章奏之类不押韵，诗赋则押韵，所以实际上还是以押韵与否区分文笔的。萧绎并没有突破“今之常言”而另立新说。至于在“文”中只提抒情性强的作品，那正如在“笔”中只提章奏一样，是举其主要的体裁作为代表而已。在其心目中抒情性强的诗赋是“文”中最主要的体裁。

文、笔分类本身在批评史上并无特别重要的意义，但萧绎论“文”时所说的话，却反映了当时人关于文学审美性质的认识。包括三个方面：一是“流连哀思”“情灵摇荡”，即具有强烈的抒情性、巨大的感染力，而且突出其中的悲剧性情感。萧绎特别提到“吟咏风谣”，这与贵族文人爱好和学习哀婉动人的吴声、西曲有关，是与正统保守的文学观相背离的、颇为新颖的观点。二是“绮縠纷披”，指美丽的藻采而言。三是“宫徵靡曼，唇吻遒会”，指声律和谐，具有音乐美。永明声律论提出之后，人们对作品声音之美的追求更为自觉。这三个方面，反映了当时人对诗赋类文学性最强的作品的审美认识。

南朝人关于文笔分类的概念，在宋以后逐渐湮没。清代阮元提倡骈偶，才又重新提出。但他称文笔之分不在于押脚韵与否，而在于是否讲究对偶、声律等文辞之美。按他的说法，“沉思翰藻”，讲究藻采的骈偶之文，即使是不押韵的公家应用之文（如《文选》中所载者），也属于“文”；散行文字，经史子类著作，则属于“笔”。这一观点影响到人们对萧绎这段话的理解，造成了某些歧义和混乱。

颜氏家训·文章(节录)

〔北齐〕颜之推

作者简介

颜之推(约531—590年以后),字介。祖籍琅邪(今属山东),东晋以后,世居建康(今南京)。梁末侯景作乱,萧绎称帝于江陵,之推为其散骑侍郎。江陵为西魏所破,被俘。后因北齐与梁通和,遂东奔于邺(北齐首都),企图由齐南归。而适逢梁灭陈兴,遂留滞北齐。为齐主所重,曾主管文林馆事,参与修撰类书《修文殿御览》等,官至黄门侍郎。齐亡入周,后又仕于隋,太子杨勇召为学士。以疾终。撰有《颜氏家训》,其中《文章》篇提出合古今之长、改革文体的要求,值得注意。对于一些写景真切、具有神韵的作品极表欣赏,反映出当时人们的鉴赏能力已达到相当的高度。《北齐书》卷四十五《文苑传》、《北史》卷八十三《文苑传》有传。

夫文章者,原出五经[1]:诏命策檄,生于《书》者也;序述论议,生于《易》者也;歌咏赋颂,生于《诗》者也;祭祀哀诔,生于《礼》者也;书奏箴铭,生于《春秋》者也。朝廷宪章,军旅誓诰,敷显仁义,发明功德,牧民建国,施用多途。至于陶冶性灵,从容讽谏,入其滋味,亦乐事也。行有余力,则可习之[2]。

然而自古文人,多陷轻薄。屈原露才扬己,显暴君过[3];宋玉体貌容冶,见遇俳优[4];东方曼倩滑稽不雅[5];司马长卿窃赀无操[6];王褒过章《僮约》[7];扬雄德败《美新》[8];李陵降辱夷虏[9],刘歆反覆莽世[10];傅毅党附权门[11];班固盗窃父史[12];赵元叔抗竦过度[13];冯敬通浮华摈压[14];马季长佞媚获诮[15];蔡伯喈同恶受诛[16];吴质诋忤乡里[17];曹植悖慢犯法[18];杜笃乞假无厌[19],路粹隘狭已甚[20];陈琳实号粗疏;繁钦性无检格[21];刘桢屈强输作[22];王粲率躁见嫌[23];孔融、祢衡,诞傲致殒[24];杨修、丁廙,扇动取毙[25];阮籍无礼败俗[26];嵇康凌物凶终[27];

傅玄忿斗免官[28]；孙楚矜夸凌上[29]；陆机犯顺履险[30]；潘岳乾没取危[31]；颜延年负气摧黜[32]；谢灵运空疏乱纪[33]；王元长凶贼自诒[34]；谢玄晖侮慢见及[35]。凡此诸人，皆其翘秀者[36]，不能悉记，大较如此[37]。至于帝王，亦或未免。自昔天子而有才华者，唯汉武、魏太祖、文帝、明帝、宋孝武帝，皆负世议，非懿德之君也。自子游、子夏、荀况、孟轲、枚乘、贾谊、苏武、张衡、左思之俦，有盛名而免过患者，时复闻之，但其损败居多耳。每尝思之，原其所积，文章之体，标举兴会[38]，发引性灵，使人矜伐，故忽于持操，果于进取。今世文士，此患弥切。一事惬当，一句清巧，神厉九霄[39]，志凌千载，自吟自赏，不觉更有傍人。加以砂砾所伤，惨于矛戟[40]；讽刺之祸，速乎风尘。深宜防虑，以保元吉[41]。

学问有利钝，文章有巧拙。钝学累功，不妨精熟；拙文研思，终归蚩鄙[42]。但成学士，自足为人；必乏天才，勿强操笔。吾见世人，至无才思，自谓清华，流布丑拙，亦已众矣，江南号为“詅痴符”[43]。近在并州[44]，有一士族，好为可笑诗赋，誂擎邢、魏诸公[45]。众共嘲弄，虚相赞说，便击牛酾酒[46]，招延声誉。其妻明鉴妇人也，泣而谏之。此人叹曰：“才华不为妻子所容，何况行路！”至死不觉。自见之谓明，此诚难也[47]。

学为文章，先谋亲友，得其评裁，知可施行，然后出手。慎勿师心自任，取笑旁人也。自古执笔为文者，何可胜言。然至于宏丽精华，不过数十篇耳。但使不失体裁，辞意可观，便称才士。要须动俗盖世，亦俟河之清乎[48]！……

或问扬雄曰：“吾子少而好赋？”雄曰：“然。童子雕虫篆刻，壮夫不为也[49]。”余窃非之曰：虞舜歌《南风》之诗[50]，周公作《鸱鸮》之咏[51]，吉甫、史克，《雅》《颂》之美者[52]，未闻皆在幼年累德也。孔子曰：“不学《诗》，无以言[53]。”“自卫返鲁，乐正，《雅》《颂》各得其所[54]。”大明孝道，引《诗》证之[55]。扬雄安敢忽之也！若论“诗人之赋丽以则，辞人之赋丽以淫[56]”，但知变之而已。又未知雄自为壮夫何如也？著《剧秦美新》，妄投于阁[57]，周章怖慴[58]，不达天命，童子之为耳！桓谭以胜老子[59]，葛洪以方仲尼[60]，使人叹息！此人直以晓算术，解阴阳，故著《太玄经》，数子为所惑耳[61]。其遗言余行，孙卿、屈原之不及，安敢望大圣之清尘？且《太玄》今竟何用乎？不啻覆酱瓿而已。

齐世有席毗者，清干之士[62]，官至行台尚书，嗤鄙文学，嘲刘逖云[63]：“君辈辞藻，譬若荣华，须臾之玩，非宏才也。岂比吾徒千丈松树，常有风霜，不可凋悴矣！”刘应之曰：“既有寒木，又发春华，何如也？”席笑曰：“可哉！”

凡为文章，犹人乘骐骥，虽有逸气，当以衔勒制之，勿使流乱轨躅[64]，放意填坑岸也[65]。

文章当以理致为心肾，气调为筋骨，事义为皮肤，华丽为冠冕[66]。今世相承，趋末弃本，率多浮艳。辞与理竞，辞胜而理伏；事与才争，事繁而才损。放逸者流宕而忘归，穿凿者补缀而不足。时俗如此，安能独违？但务去泰去甚耳。必有盛才重誉，改革体裁者，实吾所希[67]。

古人之文，宏材逸气，体度风格，去今实远。但缉缀疏朴，未为密致耳。今世音律谐靡，章句偶对，讳避精详，贤于往昔多矣。宜以古之制裁为本，今之辞调为末，并须两存，不可偏弃也。……

沈隐侯曰：“文章当从三易：易见事，一也；易识字，二也；易读诵，三也。”邢子才常曰：“沈侯文章，用事不使人觉，若胸臆语也[68]。”深以此服之。祖孝徵亦尝谓吾曰[69]：“沈诗云：‘崖倾护石髓[70]。’此岂似用事耶？

邢子才、魏收俱有重名，时俗准的，以为师匠。邢赏服沈约而轻任昉，魏爱慕任昉而毁沈约。每于谈燕，辞色以之。邺下纷纭，各有朋党。祖孝徵尝谓吾曰：“任、沈之是非，乃邢、魏之优劣也。”……

陈思王《武帝诔》，遂深“永蛰”之思[71]；潘岳《悼亡赋》，乃怆“手泽”之遗[72]：是方父于虫[73]，匹妇于考也[74]。蔡邕《杨秉碑》云：“统大麓之重[75]。”潘尼《赠卢景宣诗》云：“九五思龙飞[76]。”孙楚《王骠骑诔》云：“奄忽登遐[77]。”陆机《父诔》云：“亿兆宅心，敦叙百揆[78]。”《姊诔》云：“伣天之和[79]。”今为此言，则朝廷之罪人也。……

自古宏才博学，用事误者有矣。百家杂说，或有不同，书傥湮灭[80]，后人不见，故未敢轻议之。今指知决纰缪者，略举一两端以为诫。《诗》云："有鹭雉鸣[81]。"又曰："雉鸣求其牡。"毛传亦曰："鹭，雌雉声。"又云："雉之朝雊，尚求其雌[82]。"郑玄注《月令》亦云："雊，雄雉鸣[83]。"潘岳赋曰[84]："雉鹭鹭以朝雊。"是则混杂其雄雌矣[85]。《诗》云："孔怀兄弟[86]。"孔，甚也，怀，思也，言甚可思也。陆机《与长沙顾母书》，述从祖弟士璜死，乃言："痛心拔脑，有如孔怀。"心既痛矣，即为甚思，何故方言"有如"也？观其此意，当谓亲兄弟为孔怀。《诗》云："父母孔迩[87]。"而呼二亲为"孔迩"，于义通乎？……

文章地理，必须惬当。梁简文《雁门太守行》乃云："鹅军攻日逐，燕骑荡康居，大宛归善马，小月送降书[88]。"萧子晖《陇头水》云[89]："天寒陇水急，散漫俱分泻；北注徂黄龙，东流会白马[90]。"此亦明珠之颣[91]，美玉之瑕，宜慎之。

王籍《入若耶溪》诗云[92]："蝉噪林逾静，鸟鸣山更幽。"江南以为文外断绝[93]，物无异议。简文吟咏，不能忘之；孝元讽味，以为不可复得，至《怀旧志》载于《籍传》[94]。范阳卢询祖，邺下才俊[95]，乃言："此不成语，何事于能?"魏收亦然其论。《诗》云："萧萧马鸣，悠悠旆旌[96]。"毛传曰："言不喧哗也。"吾每叹此解有情致。籍诗生于此意耳。

兰陵萧悫[97]，梁室上黄侯之子，工于篇什，尝有《秋诗》云："芙蓉露下落，杨柳月中疏。"时人未之赏也。吾爱其萧散，宛然在目。颍川荀仲举[98]、琅邪诸葛汉[99]，亦以为尔。而卢思道之徒[100]，雅所不惬。

何逊诗实为清巧[101]，多形似之言[102]。扬都论者[103]，恨其每病苦辛，饶贫寒气，不及刘孝绰之雍容也[104]。虽然，刘甚忌之，平生诵何诗，常云："'蘧车响北阙'[105]，懂懂不道车[106]。"又撰《诗苑》[107]，止取何两篇，时人讥其不广。刘孝绰当时既有重名，无所与让，唯服谢朓，常以谢诗置几案间，动静辄讽味。简文爱陶渊明文，亦复如此。江南语曰："梁有三何，子朗最多[108]。"三何者，逊及思澄、子朗也。子朗信饶清巧。思澄游庐山，每有佳篇，亦为冠绝[109]。

上海古籍出版社版王利器《颜氏家训集解》

注释

[1]"夫文章"二句：诸体文章出于五经的观点为六朝以来较普遍的看法。如

《文心雕龙·宗经》:"故论说辞序,则《易》统其首;诏策章奏,则《书》发其源;赋颂歌赞,则《诗》立其本;铭诔箴祝,则《礼》总其端;记传盟檄,则《春秋》为根。"又任昉《文章始序》:"六经素有歌诗书诔箴铭之类。《尚书》帝庸作歌,《毛诗》三百篇,《左传》叔向贻子产书、鲁哀公孔子诔、孔悝《鼎铭》《虞人箴》。此等自秦汉以来圣君贤士沿著为文章名之始。"

[2]"行有"二句:《论语·学而》:"子曰:弟子入则孝,出则弟,谨而信,泛爱众而亲仁;行有余力,则以学文。"

[3]"屈原"二句:语本班固《离骚序》:"今若屈原……露才扬己。……责数怀王。"

[4]"宋玉"二句:《古文苑》宋玉《讽赋》:"玉为人身体容冶。"容,宽舒貌。冶,美丽。《文选》宋玉《登徒子好色赋》:"玉为人体貌闲丽。"容冶即闲丽。

[5]东方曼倩:东方朔,字曼倩,汉武帝时人,诙谐善著文。《汉书·东方朔传赞》:"依隐玩世,诡时不逢,其滑稽之雄乎!"

[6]"司马长卿"句:《汉书·扬雄传》:"司马长卿窃赀于卓氏。"指司马相如诱娶卓文君,卓王孙不得已分与财物事。

[7]"王褒"句:王褒,字子渊,汉宣帝时人。其《僮约》乃滑稽文字,文中自言到寡妇家中,故曰"过章《僮约》"。僮,奴仆。

[8]"扬雄"句:扬雄作《剧秦美新》,称赞王莽。新,王莽篡汉自立,国号为新。

[9]"李陵"句:相传李陵作五言诗多首。降辱夷虏,指其兵败降匈奴事。

[10]"刘歆"句:刘歆,字子骏,刘向子。著名目录学家。为王莽心腹。莽篡位,为国师。又怨王莽杀其三子,遂谋反,事泄自杀。

[11]"傅毅"句:指傅毅依附外戚、大将军窦宪事。

[12]"班固"句:班固继父班彪之业,著成《汉书》。汉晋时有人指责其书盗窃父名。虽东汉仲长统已为其辩诬(《文心雕龙·史传》云:"遗亲攘美之罪……公理辨之究矣。"),但如傅玄《傅子》仍云:"班固《汉书》因父得成,遂没不言彪,殊异马迁也。"

[13]"赵元叔"句:东汉辞赋家赵壹,字元叔。为人倨傲,曾为上计吏至京师,司徒袁逢受计,计吏数百人皆拜伏庭中,壹独长揖而已。又往谒河南尹羊陟,陟卧未起,壹径上堂痛哭。抗竦,高亢刚直貌。

[14]"冯敬通"句:东汉冯衍,字敬通,一生不得志,人"多短衍以文过其实,遂废于家"(《后汉书》本传)。

[15]"马季长"句:东汉马融,字季长,著名经学家、作家。曾为外戚、大将军邓骘

舍人。“不敢复违忤势家，遂为梁冀草奏李固，又作《大将军西第颂》，以此颇为正直所羞”(《后汉书》本传)。范晔称其“终以奢乐恣性，党附成讥”。

[16]“蔡伯喈”句：东汉末蔡邕，字伯喈。董卓为司空时，举高第。后卓被诛，邕在司徒王允座，为之叹息，有动于色。允勃然叱之，即收付廷尉治罪，死狱中。

[17]“吴质”句：《三国志·魏志·王粲传》裴松之注云质“少游遨贵戚间，盖不与乡里相浮沉，故虽已出官，本国犹不与之士名”。又裴注引《吴质别传》，称质“怙威肆行”。王利器《颜氏家训集解》云：“此云‘诋忤乡里’，当即其怙威肆行，为乡人所不满，故士名不立也。”

[18]“曹植”句：《三国志·魏志》本传：“黄初二年，监国谒者灌均希指，奏植醉酒悖慢，劫胁使者。有司请治罪。”

[19]“杜笃”句：杜笃，字季雅，东汉初作家。曾居美阳，与县令游，数从请托，不谐，颇怀怨恨。令怒，收笃送京师。

[20]“路粹”句：路粹，字文蔚，曾与陈琳、阮瑀等典记室。承曹操意旨诬致孔融罪；融诛之后，人见粹所作奏章，无不畏惧。《三国志·魏志·王粲传》注引鱼豢曰：“(韦)仲将云：……文蔚性颇忿鸷。”已甚，太甚。

[21]“陈琳”二句：繁(pó)钦，字休伯。皆汉末文士，琳为建安七子之一。《三国志·魏志·王粲传》注引鱼豢曰：“(韦)仲将云：……休伯都无格检……孔璋(陈琳)实自粗疏……”无检格，谓其率易无法式。

[22]“刘桢”句：《三国志·魏志·王粲传》注引《典略》：“太子(曹丕)尝请诸文学，酒酣坐欢，命夫人甄氏出拜。坐中众人咸伏，而桢独平视。太祖(曹操)闻之，乃收桢，减死输作。”屈强，即“倔强”。输作，送往作坊服劳役。

[23]“王粲”句：《三国志·魏志·王粲传》载粲往荆州依刘表，“表以粲貌寝而体弱通侻，不甚重也”。裴松之曰：“通侻者，简易也。”谓其举止轻率。又《三国志·魏志·杜袭传》：“魏国既建，(袭)为侍中，与王粲、和洽并用。粲强识博闻，故太祖游观出入，多得骖乘，至其见敬，不及洽、袭。袭尝独见，至于夜半。粲性躁竞，起坐曰：不知公对杜袭道何等也？洽笑答曰：天下事岂有尽邪？卿昼侍可矣，悒悒于此，欲兼之乎？”

[24]“孔融”二句：孔融屡屡嘲讽曹操，多侮慢之辞，终为操所杀，事见《后汉书》本传。祢衡“气尚刚傲，好矫时慢物”，侮慢曹操、刘表，又骂江夏太守黄祖，为祖所杀，见《后汉书·文苑列传》。

[25]“杨修”二句：杨、丁皆曹植心腹，因参与曹丕、曹植争立为太子的斗争而

被杀。

[26]“阮籍”句：阮籍不拘礼俗，自称“礼岂为我辈设哉！”为礼法之士何曾等人所仇疾。

[27]“嵇康”句：嵇康不肯与司马氏合作。钟会闻其名而访之，康不与为礼。又作书与山涛，自说不堪流俗，司马昭闻而大怒。终于受谗被害。

[28]“傅玄”句：西晋傅玄与散骑常侍皇甫陶不和，争言喧哗，为有司所奏，二人一起免官。

[29]“孙楚”句：孙楚，西晋人。曾为骠骑将军石苞参军，初报到时只行一举手礼，曰“天子命我参卿军事”，态度轻慢。

[30]“陆机”句：陆机参与西晋诸王之乱，后奉成都王司马颖之命，率军讨长沙王乂，兵败被谗遇害。

[31]“潘岳”句：潘岳轻躁贪利，与石崇等谄事贾谧，后被诬杀。其母曾责之曰：“尔当知足，而乾没不已乎？”乾没，侥幸取利。

[32]“颜延年”句：颜延之，南朝宋作家。恃才负气，不能取容于权要，被出为永嘉太守，怨愤而作《五君咏》，宋文帝下诏令其“思愆里间”，遂屏居七年。

[33]“谢灵运”句：灵运入宋后被降爵，自谓不见知，常怀愤惋。出为永嘉太守、临川内史，多游放不理政事；入为侍中，多称疾不朝。后徙广州，被诛。

[34]“王元长”句：王融，字元长，齐竟陵王萧子良门下“八友”之一。齐武帝病危时，欲拥立子良。事败，下狱死。

[35]“谢玄晖”句：南齐谢朓，字玄晖。他轻视江祏为人，曾嘲弄之。后在齐末政治争斗中为祏所构陷，下狱死。

[36]翘秀：出类拔萃。

[37]大较：大略。

[38]标举兴会：高扬兴致。沈约《宋书·谢灵运传论》：“灵运之兴会标举。”标，树梢，引申为高扬意。

[39]厉：上。

[40]惨于矛戟：《荀子·荣辱》：“伤人之言，深于矛戟。”

[41]元吉：大福。

[42]蚩鄙：粗野貌。

[43]詅痴符：詅（línɡ），衒卖。王利器《颜氏家训集解》：“犹后人之言卖痴呆。”

[44]并州：治所在晋阳（今山西太原市南）。

[45]誂撆（tiǎo piě）：戏言嘲弄。邢魏：邢邵，字子才；魏收，字伯起。皆北齐著

名作家，并称邢魏。

[46] 酾(shī，又音 shāi)酒：滤酒。

[47] “自见”二句：《韩非子·喻老》：“故知之难，不在见人，在自见。故曰自见之谓明。”

[48] “亦俟”句：《左传》襄公八年：“《周诗》有之曰：俟河之清，人寿几何？”河，黄河。

[49] “或问”六句：见《法言·吾子》。

[50] “虞舜”句：见本卷《文心雕龙·明诗》注[10]、《时序》注[6]。

[51] 鸱鸮：《毛诗序》：“周公救乱也。成王未知周公之志，公乃为诗以遗王，名之曰《鸱鸮》焉。”

[52] “吉甫”二句：据《毛诗序》，《大雅》中《崧高》《烝民》《韩奕》《江汉》皆尹吉甫美宣王之诗，《鲁颂》中《駉》为史克颂僖公之诗。据《郑笺》尹吉甫为周之卿士，史克为鲁之史官。

[53] “不学”二句：见《论语·季氏》。

[54] “自卫”三句：见《论语·子罕》。

[55] “大明”二句：谓《孝经》十八章，多于章末引《诗》语以明之。相传《孝经》仍撰述孔子语而成。

[56] “诗人”二句：见《法言·吾子》。

[57] 妄投于阁：王莽欲禁绝符命，而甄丰之子寻、刘歆之子棻仍献之。于是诛丰父子而流放刘棻，并搜捕有牵连者。时扬雄正校书于天禄阁上，见治狱使者来，恐不能免，乃从阁上自投下，几乎死去。其实雄实不知情，只不过曾教刘棻作奇字而已。

[58] 周章：惊惧貌。

[59] “桓谭”句：《汉书·扬雄传》载桓谭之言曰：“昔老聃著虚无之言两篇，薄仁义，非礼学，然后世好之者尚以为过于五经。……今扬子之书，文义至深而论不诡于圣人……则必度越诸子矣。”

[60] “葛洪”句：《抱朴子外篇·尚博》批评世俗贵古贱今，有“是以仲尼不见重于当时，《太玄》见蚩薄于比肩”之语。又《吴失》：“孔、墨之道，昔曾不行；孟轲、扬雄，亦居困否。有德无时，有自来耳。”

[61] “数子”句：诸本原作“为数子所惑耳”，王利器《颜氏家训集解》据向宗鲁说乙改，今从之。

[62] 清干：清明能干。

[63] 刘逖：字子长，彭城（今江苏徐州）人。发愤读书，卷不离手，颇工诗咏。见《北齐书·文苑传》。

[64] 轨躅：车行之轨迹。

[65] 放意：犹言肆意、纵意。坑岸：坑堑。坑边必高，故曰坑岸。

[66] "文章"四句：理致，指内容。气调，原为人物评论用语，如萧衍《宝亮法师涅槃义疏序》："气调爽拔。"徐陵《东阳双林寺傅大士碑》："气调清高。"用于诗文评论，指作品总的风貌，乃就其有无活跃生动之气而言。如钟嵘《诗品》中称郭泰机、顾恺之等人诗"气调警拔"。事义，指作品所引用之典实、事例。华丽，指丽藻。颜氏之意，与《文心雕龙·附会》所云"必以情志为神明，事义为骨髓，辞采为肌肤，宫商为声色"相近。

[67] 希：希望，期望。

[68] 胸臆语：谓不用典实。

[69] 祖孝徵：祖珽，字孝徵，北齐作家。

[70] "崖倾"句：全诗已佚。石髓，传说服之可得长生。《文选》（卷二二）沈约《游沈道士馆》"朋来握石髓"李善注引袁宏《竹林名士传》："王烈服食养性，嵇康甚敬信之，随入山。烈尝得石髓，柔滑如饴，即自服半，余半取以与康，皆凝而为石。"

[71] "陈思"二句：曹植《武帝诔》："潜闼一扃，尊灵永蛰。"

[72] "潘岳"二句：今所见潘岳《悼亡赋》中无此句。手泽，手之润泽。

[73] 方父于虫：《文心雕龙·指瑕》亦批评曹植语云："永蛰颇疑于昆虫。"

[74] 匹妇于考：谓将妻比并于亡父。《礼记·玉藻》："父没而不能读父之书，手泽存焉尔。"潘岳用以称亡妇所遗，故云。《文心雕龙·指瑕》批评潘岳"悲内兄，则云感口泽"，与此相类。（《玉藻》："母没而杯圈不能饮焉，口泽之气存焉尔。"）

[75] "蔡邕"二句：今所见蔡邕《杨秉碑》中无此语。大麓，《尚书·舜典》载尧试舜之能，云"纳于大麓"。《伪孔传》："麓，录也。纳舜使大录万机之政。"

[76] "潘尼"二句：今所见潘尼《赠卢景宣诗》中无此句。《易·乾》爻辞："九五：飞龙在天，利见大人。"王弼注："龙德在天，则大人之路亨也。"大人，指居王位者。

[77] "孙楚"二句：《王骠骑诔》已佚。登遐，即登假（xiá）。《礼记·曲礼下》："告丧曰天王登假。"郑玄注："登，上也；假，已也。上已者，若仙去云耳。"

[78] "陆机"三句：陆机父抗，吴大司马。今所见陆机《吴大司马陆抗诔》无此二

句。亿兆宅心，犹言万民归心。敦，厚。叙，序，使有次序。百揆，《尚书·舜典》："纳于百揆，百揆时叙。"《伪孔传》："揆，度也。度百事，总百官，纳舜于此官。舜举八凯，使揆度百事，百事时叙，无废事业。"敦叙百揆，谓使得诸项政事都有条不紊。

[79] "姊诔"二句：陆机《姊诔》今佚。和，一作妹。《诗经·大雅·大明》："大邦有子，伣天之妹。"伣(qiàn)，譬如。谓周文王妃乃大邦之女，如天之有妹。

[80] 傥：或许。

[81] "有鷕"句：见《邶风·匏有苦叶》。鷕(yǎo)，雌雉鸣声。

[82] "雉之"二句：见《小雅·小弁》。

[83] 雄雉鸣：今本《月令》郑玄注无"雄"字，或颜氏所见本有之。

[84] 潘岳赋：指其《射雉赋》，载《文选》卷九。

[85] 混杂其雄雌：《文选·射雉赋》徐爰注云颜延年已以潘岳用"朝雊"为误用，徐爰则不以为然，其言曰："案《诗》'有鷕雉鸣'则云求牡；及其'朝雊'，则云求雌。今云'鷕鷕朝雊'者，互文以举雄雌皆鸣也。"

[86] "孔怀"句：《诗经·小雅·常棣》："兄弟孔怀。"

[87] 父母孔迩：见《诗经·周南·汝坟》。迩，近。

[88] "鹅军"四句：王利器《颜氏家训集解》："此乃梁褚翔诗，非简文诗也。"鹅，阵名，《左传》昭公二十一年载宋公子城作战，有鹅阵。日逐，汉时匈奴王之称。康居、大宛、小月(小月氏)，皆汉时西域国名。清卢文弨释颜之推之意云："此殆言燕、宋之军，其与此诸国皆不相及也。"

[89] 萧子晖：字景先，南朝梁作家。

[90] "天寒"四句：陇水在今甘肃。卢文弨曰："陇在西北，黄龙在北，白马在西南，地皆隔远，水焉得相及？"

[91] 纇(lèi)：丝上的结，引申为缺点之意。

[92] 王籍：字文海，梁代作家，以学谢灵运诗著称。

[93] "江南"句：《梁书·王籍传》："(会稽)郡境有云门、天柱山，籍尝游之，或累月不反。至若邪溪，赋诗，其略云：'蝉噪林逾静，鸟鸣山更幽。'当时以为文外独绝。"文外，文字之外。《文心雕龙·神思》："文外曲致。"又《隐秀》："文外之重旨。""义生文外。"

[94] 怀旧志：萧绎撰，一卷，今佚。

[95] 邺下：邺，北齐都城，在今河南安阳北。

[96] "萧萧"二句：见《小雅·车攻》。

［97］萧悫：字仁祖，梁上黄侯萧晔之子。入北齐，为太子洗马。

［98］荀仲举：字士高，由梁入北齐。

［99］诸葛汉：诸葛颍，字汉，由梁入北齐，入文林馆。

［100］卢思道：字子行，北齐作家。

［101］何逊：字仲言，梁作家。与刘孝绰齐名，世谓之何刘。

［102］形似：谓描绘形象，多指景物而言。为齐梁人评论诗文常用语。沈约《宋书·谢灵运传论》："相如巧为形似之言。"《文心雕龙·物色》："自近代以来，文贵形似。"钟嵘《诗品上》："（张协）巧构形似之言。"

［103］扬都：指建康（今南京）。自三国吴至南朝均为扬州治所。

［104］刘孝绰：本名冉，字孝绰，梁作家。

［105］"蘧车"句：何逊《早朝车中听望》："蘧车响北阙，郑履入南宫。"蘧，指蘧伯玉，春秋时卫国贤大夫。北阙，宫殿北面的门楼。

［106］"愠愠"句：此句费解。《广韵》入声二十一麦："愠，不慧。又愠，辩快。出《音谱》。"

［107］诗苑：唐刘孝孙《沙门慧净诗英华序》云："自刘廷尉所撰《诗苑》之后，纂而续焉。"（《续高僧传·慧净传》）即指此书。孝绰曾为廷尉卿。其书已佚。史载萧统曾撰《古今诗苑英华》（又称《诗苑英华》《文章英华》），与刘孝绰《诗苑》，恐是一书。大约助昭明撰集者，孝绰之力居多，故颜之推、刘孝孙径称孝绰所撰。或以为昭明撰集在前，刘孝绰遵其遗命而增补修订之（见俞绍初《〈文选〉成书过程拟测》，载《文选学新论》，中州古籍出版社，1997年）。

［108］"江南语曰"三句：何思澄，字元静。何子朗，字世明。《梁书·文学下》："初，思澄与宗人逊及子朗俱擅文名，时人语曰：'东海三何，子朗最多。'思澄闻之，曰：'此言误耳。如其不然，故当归逊。'思澄意谓宜在己也。"

［109］"思澄"三句：《梁书·文学下》："（思澄）随府江州，为《游庐山诗》，沈约见之，大相称赏，自以为弗逮。约郊居宅新构阁斋，因命工书人题此诗于壁。"

说明

《颜氏家训》成书于隋灭陈之后，但《文章》篇所论主要是南北朝作家作品，反映了当时人的文学观点。其书原为训诫子孙所作，而也论及文章，足见当时文章写作之受人重视。

颜之推尊奉儒学。他重视文章服务于政教的功能，反对“郑卫之音”；但也充分肯定诗赋等愉悦耳目的审美作用。他是一位知识广博的学者，论文时常表现出重视学问的倾向；但他也明确指出光凭学问做不好文章，写作需要“天才”。总的来说，其论文是比较通达的。

《文章》篇中对王籍、萧悫诗作的评论值得注意。其评论体现了对于写景真切、富于言外韵致、耐人品味、文字自然而不雕琢的作品的高度欣赏。那样的作品，可说具有意境之美。颜之推的评论，不仅表明他具有敏锐细致的审美感受能力，而且也是时代风气的反映。谢灵运山水诗之风靡一时，《文心雕龙》之称赞“不加雕削而曲写毫芥”“自然会妙，譬卉木之耀英华”（见《物色》《隐秀》），钟嵘《诗品》之主张“直寻”，主张写“即目”“所见”的景象，都与此有关，即都反映了对语言自然、写景逼真的作品的喜好。颜之推的评论，在“意境”说的形成历史上值得重视。

关于作品的语言，《文章》记述了沈约的“三易”之说，颜之推是赞同其说的。“三易”也反映了对于语言自然明朗、流畅和谐之美的要求。所谓“易见事”既重视用典，又追求明朗流利，是六朝诗文在长期发展过程中形成的一种特殊的美学要求，是当时作者兼具文人、学者双重身份的结果。

《文章》篇又一值得注意的内容，是提出了改革文体的要求。颜之推说文章当以内容为根本，认为文章须有生动活跃、劲健有力之气。他对近世文辞之日趋精美是肯定的，但强调须在“理致”（内容）“气调”（鲜明有力的文风）的基础上讲求“事义”（运用典故）和“华丽”（词藻美丽），而不可本末倒置。他认为古人之文在生气蓬勃、爽朗鲜明、才气纵横的总体风貌上，远过今人；而今人在文辞精美方面胜过古人。因此应该古今结合。应该说这些见解与刘勰之首重情志、强调风骨，同时也注重藻采，与钟嵘之以风力为骨干、以丹采为润饰的主张，都是相通的。

《文章》还论及文人的品德，对古今文人多所指责。这与其书原为训诫子孙所作有关，颜之推希望其子孙不要恃才傲物，轻躁取祸。但从中也见出他不能理解屈原等优秀作家的优秀品质和反抗精神，反映了他思想上保守的一面。

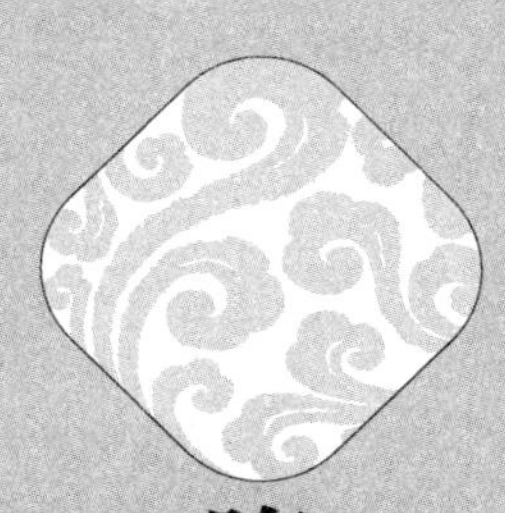

隋唐五代

上隋文帝书

〔隋〕李　谔

作者简介

李谔(生卒年不详),字士恢,赵郡(治平棘,今河北赵县)人。初仕北齐,为中书舍人。齐亡入周,拜天官都上士,与杨坚交好。入隋,历比部、考功二曹侍郎,官至治书侍御史(御史台属官,掌监察纠劾)。后出为通州刺史,有惠政,卒于官。其上书论选举,要求以德行、儒学为本,反对以诗赋小文的写作能力和声名为录用依据;认为魏晋以来崇尚文词、喜好吟咏的风气有害政教。其论调与齐梁时裴子野颇为接近。《隋书》卷六十六、《北史》卷七十七有传。

臣闻古先哲王之化民也,必变其视听,防其嗜欲,塞其邪放之心,示以淳和之路。五教六行为训民之本[1],《诗》《书》《礼》《易》为道义之门。故能家复孝慈,人知礼让,正俗调风,莫大于此。其有上书献赋,制诔镌铭,皆以褒德序贤,明勋证理。苟非惩劝,义不徒然。降及后代,风教渐落。魏之三祖,更尚文词,忽君人之大道,好雕虫之小艺。下之从上,有同影响[2],竞骋文华,遂成风俗。江左齐、梁,其弊弥甚,贵贱贤愚,唯务吟咏。遂复遗理存异,寻虚逐微[3],竞一韵之奇,争一字之巧。连篇累牍,不出月露之形;积案盈箱,唯是风云之状。世俗以此相高,朝廷据兹擢士。禄利之路既开,爱尚之情愈笃。于是闾里童昏[4],贵游总丱[5],未窥六甲[6],先制五言。至如羲皇、舜、禹之典[7],伊、傅、周、孔之说[8],不复关心,何尝入耳。以傲诞为清虚,以缘情为勋绩[9],指儒素为古拙[10],用词赋为君子。故文笔日繁,其政日乱,良由弃大圣之轨模,构无用以为用也[11]。损本逐末,流遍华壤[12],递相师祖,久而愈扇。

及大隋受命,圣道聿兴[13],屏黜轻浮,遏止华伪。自非怀经抱质[14]，志道依仁[15]，不得引预搢绅，参厕缨冕[16]。开皇四年，普诏天下，公私文翰，并宜实录。其年九月，泗州刺史司马幼之文表华艳，付所司治罪。自是公卿大臣咸知正路，莫不钻仰坟集[17]，弃绝华绮，择先王之令典，行大道于兹世。如闻外州远县[18]，仍踵敝风，选吏举人，未遵典则。至有宗党称孝，乡曲归仁，学必典谟，交不苟合，则摈落私门，不加收齿；其学不稽古[19]，逐俗随时，作轻薄之篇章，结朋党而求誉，则选充吏职，举送天朝。盖由县令、刺史未行风教，犹挟私情，不存公道。臣既忝宪司，职当纠察。若闻风即劾，恐挂网者多，请勒诸司，普加搜访，有如此者，具状送台。

中华书局版《隋书》卷六十六

注释

[1] 五教：五种人伦之教。《左传·文公十八年》："……布五教于四方：父义，母慈，兄友，弟共(恭)，子孝。"六行：古代教化万民的六种善行，孝(善于父母)、友(善于兄弟)、睦(亲于九族)、姻(亲于外亲)、任(信于朋友)、恤(关心救助贫者)。见《周礼·地官·大司徒》。

[2] 影响：谓影之随形、响之应声。响，回声。《尚书·大禹谟》："惠迪吉，从逆凶，惟影响。"

[3]"遗理"二句：谓遗弃内容之充实合理而追求诡巧新异，致力于虚浮不实、微末而无关宏旨之处。陆机《文赋》："或遗理以存异，徒寻虚而逐微。"

[4] 童昏：年幼无知。《国语·晋语四》："童昏不可使谋。"

[5] 贵游总丱：指贵族子弟。游，谓无官职。总丱(guàn)，即总角。童子束发为两结，其形如角。总，束发。丱，状其形。

[6] 六甲：古代用天干十、地支十二相配以计岁日，内有甲子、甲戌、甲申、甲午、甲辰、甲寅，称为六甲。此喻启蒙时所学习的内容。《汉书·食货志上》："八岁入小学，学六甲、五方、书、计之事。"

[7] 羲皇：谓伏羲，三皇之一。相传伏羲始作八卦。

[8] 伊、傅、周、孔：伊尹、傅说、周公、孔子。伊尹，商汤臣。傅说(yuè)，商高宗(武丁)臣。

[9] 缘情：指诗歌创作。陆机《文赋》："诗缘情而绮靡。"

[10] 儒素：谓服膺儒术，质朴少文。

[11] “构无用”句：《庄子·外物》：“然则无用之为用也亦明矣。”此借用其语。

[12] 华壤：华夏之区，中国。

[13] 聿：助词，无义。

[14] 自：若。

[15] 依仁：谓依据于仁，不违于仁。《论语·述而》：“依于仁。”

[16] “参厕”句：谓参与贵族之列。厕，置，参与。缨，帽带。冕，古代贵族所用礼冠。

[17] 坟集：指古代典籍。坟，三坟，传说中三皇时书。

[18] 如：却，乃。

[19] 稽古：研考古事，与古事相合。

说明

《隋书·李谔传》称其为治书侍御史“务存大体”。又载其上隋文帝三书，都意在整顿风俗。这里所选录者，为其中第二书。其意在于纠正地方州县选举人才中的弊病。书中批评某些地方在选用吏员和向朝廷举送人才时，让那些擅长写作浮华不实、无裨政教、不切实用的诗文以及善于交际钻营的人得逞，却排摈仁孝正直、专心向学的人士；要求文帝下诏开展调查。李谔认为此种弊端，乃沿袭南朝齐梁的余风，有害于政治甚大。

这封上书中还说到隋初要求公文质实之事，举到开皇四年泗州刺史司马幼之因文表华艳而获罪的事实。按《隋书·文学传序》云，隋文帝“每念斫雕为朴。发号施令，咸去浮华，然时俗词藻，犹多淫丽，故宪台执法，屡飞霜简”，正可与李谔所说相互印证。

选用人才应当首重德行和实际才干，不能以擅长诗文作为普遍的、主要的标准。公文亦本当注重内容之质实准确，不应徒事华辞。李谔的意见原有其合理性。但他在论证时笼统地否定文学创作，便成偏激狭隘之论。他说作文“苟非惩劝，义不徒然”，凡作文都应有明确的政教目的，不然便不可作。他将魏晋以来的文学发展，尤其是五言诗的发展，全盘加以否定。在他看来，创作那些描绘“月露”“风云”讲究词藻美丽的作品，不惟无益，而且有害，因为那使得人们耗费大量精力，使人们不去钻研圣人之道，最终导致风俗败坏，政治淆乱。李谔全盘否定了文学的审美娱悦作用，将它与政治截然对立起来。此种狭隘的观点，南朝时已经出现，如裴子野的意见便与此颇为接近。后来唐代某些论者也有类似的看法。唐代的选举制度，要求写作策论和诗赋杂文。因此，如何看待、如何处理好写作才能与选举的关系，便成为政治家们经常考虑和议论的问题，其中有些人便发表了偏激之论。

中说（选录）

〔隋〕王 通

作者简介

王通（584或586—617），字仲淹，卒后门人私谥为文中子。绛州龙门（今山西河津）人。年十八，举本州秀才，射策高第。曾至长安，向隋文帝献太平之策，不见用，乃归隐于河、汾之间，讲学著书，有“王孔子”之称。后隋朝多次征召，均不就。弟子颇多。据说隋及唐初一些名臣曾与之交往，或以之为师。著有《续诗》《续书》《元经》《礼论》《乐论》《赞易》，被称为“《王氏六经》”（均佚）。《中说》一书，记录其言论，系其门人编缀而成，是今日研究王通思想的主要依据。其文学思想，儒家功利色彩甚浓，而对于后世颇有影响。《隋书》无传，《旧唐书·王绩传》略附其事迹。杜淹有《文中子世家》。

子在长安，杨素、苏夔、李德林皆请见[1]，子与之言，归而有忧色。门人问子，子曰：“素与吾言终日，言政而不及化[2]；夔与吾言终日，言声而不及雅；德林与吾言终日，言文而不及理。”门人曰：“然则何忧？”子曰：“非尔所知也。二三子皆朝之预议者也，今言政而不及化，是天下无礼也；言声而不及雅，是天下无乐也；言文而不及理，是天下无文也。王道何从而兴乎？吾所以忧也！”

（《王道篇》）

李伯药见子而论诗[3]，子不答。伯药退谓薛收曰[4]：“吾上陈应、刘[5]，下述沈、谢[6]，分四声八病[7]；刚柔清浊，各有端序，音若埙篪[8]。而夫子不应我，其未达欤？”薛收曰：“吾尝闻夫子之论诗矣，上明三纲[9]，下达五常[10]，于是征存亡，辩得失，故小人歌之以贡其俗，君子赋之以见其志，圣人采之以观其变。今子营营驰骋乎末流[11]，是夫子之所痛也，不答，则有由矣。”

子曰：“学者博诵云乎哉！必也贯乎道；文者苟作云乎哉！必也济乎义。”

（《天地篇》）

子谓文士之行可见。谢灵运小人哉！其文傲，君子则谨；沈休文小人哉！[12]其文冶，君子则典。鲍昭、江淹[13]，古之狷者也[14]，其文急以怨；吴筠、孔珪[15]，古之狂者也，其文怪以怒；谢庄、王融[16]，古之纤人也，其文碎；徐陵、庾信[17]，古之夸人也，其文诞。或问孝绰兄弟[18]，子曰：“鄙人也，其文淫。”或问湘东王兄弟[19]，子曰：“贪人也，其文繁。谢朓[20]，浅人也，其文捷；江总[21]，诡人也，其文虚。皆古之不利人也[22]。”子谓颜延之、王俭、任昉有君子之心焉[23]，其文约以则[24]。

房玄龄问史[25]。子曰：“古之史也辩道，今之史也耀文。”问文。子曰：“古之文也约以达，今之文也繁以塞[26]。”薛收问《续诗》[27]。子曰：“有四名焉，有五志焉。何谓四名？一曰化，天子所以风天下也；二曰政，蕃臣所以移其俗也；三曰颂，以成功告于神明也；四曰叹，以陈诲立诫于家也。凡此四者，或美焉，或勉焉，或伤焉，或恶焉，或诫焉，是谓五志。”

（《事君篇》）

《四部丛刊》影印宋本《中说》

注释

[1] 杨素：字处道。隋之重臣。初仕北周，屡立战功。入隋，以平陈功封越国公，又大破突厥。官至尚书令，拜司徒。苏夔，字伯尼。曾任太子舍人、太子洗马等职。精音律，著《乐志》十五篇。李德林，字公辅。幼聪敏，善属文。初仕北齐，齐亡入周。有文名。杨坚禅代之际，其《相国总百揆》《九锡殊礼》等诏策、表笺，皆出自德林手笔。杨坚登阼，即日授内史令。终于怀州刺史。

[2] 化：教化。

[3] 李伯药：《隋书·李德林传》、两《唐书》本传皆作"百药"。字重规，德林之子。隋时为太子舍人、尚书礼部员外郎等职。入唐，为中书舍人、礼部侍郎、宗正卿等。史称其"翰藻沉郁，诗尤其所长，樵厮皆能讽之"（《新唐书》本传）。著有《北齐书》。

[4] 薛收：字伯褒。著名文人薛道衡之子。以其父为隋炀帝所杀，故隋时坚不出仕。后为李世民天策府记室参军。其《隋故征君文中子碣铭》云薛道衡与王通交往，乃"屈父党之尊"；又云："奉高迹于绝尘，期深契于终古；义极师友，恩兼亲故。"知收与王通平辈，其关系在师友之间。

[5] 应、刘：指建安作家应玚、刘桢。曹丕《与吴质书》："徐、陈、应、刘，一时俱逝。"谢庄《月赋》："陈王初丧应、刘。"均以应、刘并称。

[6] 沈、谢：指沈约、谢朓，均为南朝著名诗人。南齐永明间，二人均倡声病之说。

[7] 四声：平、上、去、入。八病：平头、上尾、蜂腰、鹤膝、大韵、小韵、旁纽、正纽。参本卷沈约《宋书·谢灵运传论》注[44]。

[8] 埙篪：两种乐器名。埙为土制，篪为竹制。

[9] 三纲：《白虎通义·三纲六纪》："三纲者何谓也？谓君臣、父子、夫妇也。……故《含文嘉》曰君为臣纲，父为子纲，夫为妻纲。"

[10] 五常：谓仁、义、礼、智、信。《白虎通义·性情》："故人……得五气以为常，仁、义、礼、智、信也。"

[11] 营营：忙碌往来貌。

[12] 沈休文：沈约字休文。

[13] 鲍昭：即鲍照，唐人避武则天讳，多书作昭。南朝宋著名作家。江淹：历仕宋、齐、梁三朝，有文名。钟嵘《诗品》置二人于中品。

[14] 狷：谓急躁，器量狭小。按：《论语·子路》云："不得中行而与之，必也狂狷乎？狂者进取，狷者有所不为。"此云"狷者"，乃借用《论语》语，与下文"狂者"对举。狂之远于中行，更甚于狷；"怪以怒"亦尤甚于"急以怨"。

[15] 吴筠：当是"吴均"之误。吴均，齐梁时诗人。孔珪：即孔稚珪，齐诗人，钟嵘《诗品》列于下品。

[16] 谢庄：南朝宋作家。王融：南朝齐作家。钟嵘《诗品》列二人于下品。

[17] 徐陵：梁、陈时作家。庾信：梁时与徐陵齐名，二人均为宫体诗赋代表作家，后入北，仕于北周，近三十年，隋开皇元年（581年）卒。

[18] 孝绰兄弟：指梁朝作家刘孝绰及弟孝威、孝仪，均有文名。

[19] 湘东王兄弟：梁元帝萧绎，初封湘东王。其兄昭明太子统、简文帝纲，均以爱好文学著称。

[20] 谢朓：南朝齐著名诗人，钟嵘《诗品》置于中品。

[21] 江总：南朝梁、陈诗人，入隋。陈时以文才为后主所爱幸，经常游宴后庭，与陈暄、孔范等被称为“狎客”。

[22] 不利人：不利于家国之人。

[23] 颜延之：南朝宋诗人，与谢灵运齐名，钟嵘《诗品》置于中品。所著《庭诰》，颇有合于儒家道德伦理处。王俭：齐时曾为国子祭酒、中书监等，钟嵘《诗品》列于下品。他专心儒学，“发言吐论，造次必于儒教”（《南史》本传），于当时风气颇有影响。任昉：齐、梁时作家，擅长写作文诰等，钟嵘《诗品》列于中品。亦究心儒学，有“五经笥”之称（见《旧唐书·李守素传》），时人称其“行可以厉风俗，义可以厚人伦”（《南史》本传）。

[24] 约以则：简约有法度。

[25] 房玄龄：字乔，隋时举进士，曾校书秘书省，为隰城尉。唐太宗时，为尚书左仆射、太子太傅等。曾监修国史，又监修《晋书》。

[26] 繁以塞：繁芜而意不明达，与上文“约以达”相对。

[27]《续诗》：王通撰，早佚。选录六代（一云七代，据北宋阮逸注，当为晋、宋、北魏、北齐、北周、隋，或再加南齐）诗作凡三百六十篇，诗前各有小序，系有意为续《诗经》而撰录。

说明

王通尊奉儒道，以周公、孔子后继者自居。其文学思想亦具有浓厚的儒家色彩。

王通强调写作文章须“贯乎道”、及乎“理”。所谓“道”“理”，均指儒家的道理而言。此种提法，可谓开后来古文家理论之先声。他又说：“古君子志于道，据于德，依于仁，而后艺可游也。”（《中说·事君》）即应该先德行后文艺。这也是典型的儒家文论。

王通认为诗歌应表达作者对于政教风俗的态度，“或美焉，或勉焉，或伤焉，或恶焉，或诫焉”（《中说·事君》），应该“上明三纲，下达五常”，并具有“征存亡，辩得失”的功用（《中说·天地》）。这与古代儒家文论以诗为美刺讽喻之具、由诗中见政治之污隆的理论完全一致。而对于声律等艺术技巧，王通表示了鲜明的鄙视态度。

王通对于汉魏以迄隋代的作家多有评论。所论多从人品与文品结合的角度而言。对谢灵运、鲍照、沈约等卓有建树的作家，评价均不高，甚至予以彻底的否定；对颜延之、王俭、任昉则加以肯定，与此三人的言行在某些方面符合儒道有关。

王通的文学思想重道轻文，颇为偏狭。但他的一些观点，可视为后世某些诗文理论的先声。晚唐重视文章政教作用的皮日休等人，以及北宋古文运动的前驱者，都对他十分景仰，认为他是儒家道统的重要人物，实非偶然。

隋书·文学传序

〔唐〕魏　徵

作者简介

魏徵(580—643)，字玄成，巨鹿下曲阳(今河北晋县)人。隋末动乱，曾出家为道士。李密起兵反隋，徵从之，又随密降唐。后为窦建德所获；建德败，复西入长安。为太宗所器重，擢拜谏议大夫，封巨鹿县男。屡屡进谏，直言无隐，深为太宗所信任。官至侍中，拜太子太师，封郑国公。曾为秘书监，校定图书，又受诏主持撰定南北朝诸史，《隋书》序论，皆其所作。《隋书·文学传序》与令狐德棻的《周书·庾信王褒传论》一样，反映了唐初政治家的文学观点，而合南北文学之长的主张，尤为人所注目。《旧唐书》七十一、《新唐书》九十七有传。

《易》曰："观乎天文，以察时变，观乎人文，以化成天下[1]。"《传》曰："言，身之文也[2]。""言而不文，行之不远[3]。"故尧曰则天，表文明之称[4]；周云盛德，著焕乎之美[5]。然则文之为用，其大矣哉[6]！上所以敷德教于下[7]，下所以达情志于上。大则经纬天地[8]，作训垂范，次则风谣歌颂，匡主和民。或离谗放逐之臣，涂穷后门之士[9]，道轗轲而未遇，志郁抑而不申，愤激委约之中[10]，飞文魏阙之下，奋迅泥滓[11]，自致青云，振沉溺于一朝[12]，流风声于千载，往往而有。是以凡百君子，莫不用心焉。

自汉、魏以来，迄乎晋、宋，其体屡变，前哲论之详矣。暨永明、天监之际，太和、天保之间[13]，洛阳、江左[14]，文雅尤盛。于时作者，济阳江淹、吴郡沈约、乐安任昉、济阴温子昇、河间邢子才、巨鹿魏伯起等[15]，并学穷书圃，思极人文，缛采郁于云霞，逸响振于金石。英华秀发，波澜浩荡，笔有余力，词无竭源。方诸张、蔡、曹、王，亦各一时之选也。闻其风者，声驰景慕。然彼此好尚，互有异同。江左宫商发越，贵于清绮，河朔词义贞刚，重乎气质。气质则理胜其词，清绮则文过其意。理深者便于时用，文华者宜于咏歌，此其南北词人得失之大较也。若能掇彼清音，简兹累句[16]，各去所短，合其两长，则文质斌斌，尽善尽美矣。

梁自大同之后[17]，雅道沦缺，渐乖典则，争驰新巧。简文、湘东，启其淫放，徐陵、庾信，分路扬镳。其意浅而繁，其文匿而彩[18]，词尚轻险，情多哀思[19]。格以延陵之听[20]，盖亦亡国之音乎！周氏吞并梁、荆[21]，此风扇于关右[22]，狂简斐然成俗，流宕忘反，无所取裁[23]。

高祖初统万机，每念斫雕为朴，发号施令，咸去浮华。然时俗词藻，犹多淫丽，故宪台执法，屡飞霜简[24]。炀帝初习艺文，有非轻侧之论[25]，暨乎即位，一变其风。其《与越公书》《建东都诏》《冬至受朝诗》及《拟饮马长城窟》，并存雅体，归于典制。虽意在骄淫，而词无浮荡，故当时缀文之士，遂得依而取正焉。所谓能言者未必能行[26]，盖亦君子不以人废言也[27]。

爰自东帝归秦[28]，逮乎青盖入洛[29]，四隩咸暨，九州攸同[30]，江汉英灵[31]，燕赵奇俊，并该天网之中[32]，俱为大国之宝。言刈其楚[33]，片善无遗，润木圆流[34]，不能十数[35]，才之难也，不其然乎[36]！时之文人，见称当世，则范阳卢思道、安平李德林、河东薛道衡、赵郡李元操、巨鹿魏澹、会稽虞世基、河东柳䛒、高阳许善心等[37]，或鹰扬河朔，或独步汉南[38]，俱骋龙光[39]，并驱云路[40]，各有本传，论而叙之。其潘徽、万寿之徒[41]，或学优而不切[42]，或才高而无贵仕，其位可得而卑，其名不可堙没。今总之于此，为《文学传》云。

中华书局版《隋书》卷七十六

注释

[1]“观乎”四句：见《易·贲·彖》。

[2]言，身之文也：见《左传·僖公二十四年》载介之推语。

[3]“言而”二句：《左传·襄公二十五年》：“言之无文，行而不远。”

[4]“故尧曰”二句：谓尧效法于天，以“文”教化天下而光明。《论语·泰伯》：“子曰：大哉，尧之为君也！巍巍乎，唯天为大，唯尧则之。”何晏《集解》引孔安国曰：“则，法也。美尧能法天而行化也。”《易·乾·文言》：“天下文明。”孔颖达疏：“天下有文章而光明也。”又《贲·彖》：“文明以止，人文也。”孔疏：“用此文明之道裁止于人，是人之文德之教。”

[5]“周云”二句：谓周之盛德，亦表现于“文”之著明。《易·系辞下》：“易之兴也，其当殷之末世、周之盛德邪？当文王与纣之事邪？”《论语·泰伯》载孔子称尧“焕乎其有文章”，何晏《集解》：“焕，明也。其立文垂制，复著明也。”

[6]“然则”二句：《文心雕龙·原道》：“文之为德也大矣！”

[7]敷：布，施行。

[8]经纬天地：《左传·昭公二十八年》：“经纬天地曰文。”孔颖达疏：“言德能顺天，随天所为，如经纬相错，织成文章。”

[9]后门：犹言寒门。

[10]委约：疲病困穷。

[11]泥滓：喻低贱污浊。

[12]振：举，拔。

[13]“暨永明”二句：永明，南朝齐武帝年号(483—493)。天监，梁武帝年号(502—519)。太和，北魏孝文帝年号(477—499)。天保，北齐文宣帝年号(550—559)。

[14]洛阳、江左：指北朝魏、北齐及南朝齐、梁。北魏孝文帝太和十九年迁都洛阳，此代指中原、山东一带。

[15]温子昇：北魏、东魏作家，济阴冤句(今山东菏泽西南)人。邢子才：邢邵，字子才，北朝魏、齐作家，河间郑(今河北任丘东北)人。魏伯起：魏收字伯起，北朝魏、齐作家，巨鹿下曲阳(今河北晋县)人，魏徵与之同族。

[16]简兹累句：简，汰除。累句：病累之句。《西京杂记》：“枚皋文章敏疾，长卿制作淹迟，皆尽一时之誉。而长卿首尾温丽，枚皋时有累句。”《宋书·鲍照

传》:“上好为文章,自谓物莫能及。照悟其旨,为文多鄙言累句。”

[17] 大同：梁武帝年号(535—546)。时萧纲为皇太子。

[18] “其文”句：《荀子·乐论》:“乱世之征……其文章匿而采。”本指色彩绣绘而言,此借用其语指诗赋等作品。匿,同“慝(tè)”,邪。

[19] 情多哀思：《毛诗大序》:“亡国之音哀以思。”思,悲。

[20] “格以”句：谓以吴公子季札观乐的判断力加以衡量。格,裁度,衡量。延陵,地名,今江苏常州,季札封地。季札观乐事见《左传·襄公二十九年》。

[21] “周氏”句：指公元554年西魏攻破江陵,杀梁元帝萧绎事。时西魏大权由宇文泰掌握。557年,其子觉受魏禅,国号为周,追尊宇文泰为周文帝。梁,指陕西南部、四川东北部一带。荆,荆州,治所在江陵。

[22] 关右：关西,此指北周,都长安。

[23] “狂简”三句：《论语·公冶长》:“子在陈曰：归与！归与！吾党之小子狂简(《经典释文》云郑玄读至‘小子’绝句),斐然成章,不知所以裁之。”此借用其语批判北周文风。简,何晏《集解》引孔安国曰:“大也。”斐然,孔释为“妄作穿凿”。

[24] “故宪台”二句：参李谔《上隋文帝书》。霜简,指弹劾文书。

[25] 轻侧：意近“轻险”。侧,不正,邪。

[26] “能言”句：语见《说苑·权谋》。

[27] “盖亦”句：《论语·卫灵公》:“君子不以言举人,不以人废言。”

[28] “东帝”句：指周灭北齐,齐主高纬及其子等被俘入长安,事在北周建德六年(577)。东帝,战国时齐湣王曾称东帝,此借指北齐主。

[29] “青盖”句：指陈为隋所灭,陈后主被俘入长安,事在隋文帝开皇九年(589)。《晋书·陈训传》载,吴孙皓时谣云“天下当太平,青盖入洛阳”,训云:“青盖入洛,将有舆榇衔璧之事。”不久吴亡,孙皓被俘入洛阳。

[30] “四隩”二句：谓天下一统。《尚书·禹贡》:“九州攸同,四隩既宅。”四隩(ào),犹言四方。暨,与。意谓四海皆与闻声教。

[31] “江汉”句：刘孝威《蜀道难》:“江汉英灵信已衰。”庾信《周大将军闻喜公柳遐墓志铭》载谢举叹美柳遐,云:“江汉英灵,见于此矣!”

[32] “并该”句：曹植《与杨德祖书》:“吾王于是设天网以该之。”

[33] “言刈”句：《诗·周南·汉广》:“翘翘错薪,言刈其楚。”谓取其尤出众者。

[34] “润木”句：谓珠玉,喻人才之秀异者。《文子·上德》:“玉在山而草木润。”《艺文类聚》卷八引《尸子》:“凡水,其方折者有玉,其圆折者有珠。”

[35] “不能”句：承上三句，言虽注意搜访人才，但出众者少。《文学传》后史臣曰：“有隋总一寰宇，得人为盛，秀异之贡，不过十数。”乃就文章取士而言。

[36] “才之”二句：《论语·泰伯》：“孔子曰：才难，不其然乎！”

[37] 卢思道：仕北齐，后入周、隋，范阳（治今河北涿州）人。李德林：初仕北齐，入周、隋，博陵安平（今属河北）人。薛道衡：仕北齐，入周、隋，河东汾阳（今山西万荣西南）人。李元操：名孝贞，字元操，以避隋庙讳，故称字。仕北齐，入周、隋。赵郡柏人（今河北隆尧西南）人，一说赵郡平棘（今河北赵县）人。魏澹：仕北齐，入周、隋，巨鹿下曲阳（今河北晋县）人。虞世基：初仕陈，入隋，会稽余姚（今属浙江）人。柳䛒：初仕梁，入隋。襄阳（今湖北襄阳）人。其家本河东人，西晋末徙家襄阳。许善心：初仕陈，入隋。高阳北新城（今河北徐水西）人。上述诸人，《隋书》均为立传。

[38] “或鹰扬”二句：曹植《与杨德祖书》：“昔仲宣独步于汉南，孔璋鹰扬于河朔。”

[39] “俱骋”句：谓皆能光耀于世。龙光，喻贤人才士之光采。曹植《大司马曹休诔》：“东夏翕然，称曰龙光。”《水经注》卷二八“沔水”载《冠盖里碑铭》：“惟此君子，作汉之英。德为龙光，声化鹤鸣。”

[40] 云路：喻朝廷。皇甫谧《释劝论》：“冲灵翼于云路。”

[41] 潘徽：吴郡人，初仕于陈，隋时为京兆郡博士、威定县主簿等。万寿：孙万寿，信都武强人，初仕齐，隋时为齐王文学、大理司直等。

[42] 不切：指不切合于世。

说明

《隋书·文学传序》的内容，大致有三点：

首先，论述了“文”即文章的作用。认为文章具有“化成天下”、沟通上下的政教作用；对于个人而言，它是表现自己、致身青云的一种工具。虽然也说到了“文”抒发抑郁愤激的功能，但显然强调的是文章在政治和社会生活中的实用价值。“文”或“文章”并不等于今日所谓文学。除了诗、赋等缘情体物、审美性质浓厚的作品之外，凡礼乐制度、儒家经典、子史著作以至各种实用性文章，都包括在内，因此，唐初史家、政治家强调其政教作用，自不足怪。

其次，《隋书·文学传序》以较多的篇幅评述了历代文学的发展，重点是南朝齐梁、北朝魏齐以迄隋代的作品。对于当时著名作者，大都予以肯定，评价颇高。若结合《隋书·经籍志》集部的评论，以及《周书·王褒庾信传论》，更可看出唐初政治家对前代文学的肯定态度。这与南朝裴子野，隋代李谔、王通等人的态度不同，而与南北朝文学批评的一般倾向相同。但是，对于梁代后期以萧纲、萧绎、徐陵、庾信为代表的宫体之作，则极力批判，以为是“亡国之音”。对于隋炀帝的“非轻侧”之论以及其某些诗文的肯定，则显示出魏徵倾向于质朴有力的审美趣味。

《隋书·文学传序》还提出了合南北之长的文学主张。它认为南朝作品具有声律谐美、风格清丽的优点，北方文制则以坚确有力、爽直朴实见长。北方文章“理胜其词”，内容显豁而文采不突出；南方作品“文过其意”，给人以辞采美丽的强烈感觉。故北方文风宜于实用性文章，南方文风则更适合用于诗赋等主要供审美欣赏的作品。这是首次对南北文风的不同特点加以分析比较。事实上，北朝文章写作发展较迟，北方文士一般是向往和学习南朝的，对于南朝采丽涂饰的文风，他们倒是十分倾慕的。但恰由于其藻饰文辞的能力不如南方，客观上却形成了“词义贞刚，重乎气质”的特色，在一定的场合（尤其是写作实用性文章时）反倒成了长处。《隋书·文学传序》首次指出了这一优点，并且提出了南北文风“各去所短，合其两长，则文质斌斌，尽善尽美”的主张。文质相结合的主张，前此已有论者提出，例如颜之推主张古今结合，“改革体裁”（《颜氏家训·文章》），其实质与《隋书·文学传序》合南北之长的主张，便相当一致。但《隋书·文学传序》从总结南北文风不同特点的角度立论，则体现了政治上大一统之后观察、思考问题的新视角。

古今诗人秀句序

〔唐〕元　兢

作者简介

元兢（生卒年不详），字思敬。高宗龙朔年间曾为周王（高宗子李显）府参军，总章年间为协律郎。曾参与修撰《芳林要览》，又编选《古今诗人秀句》。此外撰有《诗髓脑》，论声律、属对之事，其书已佚，日人遍照金刚《文镜秘府论》有称引。《古今诗人秀句》亦佚，其序见《文镜秘府论》南卷《集论》，原未署作者名，日中学者皆以为即元兢所作序。序中提出诗歌之抒发情愫应先于绘景状物，而自然直率亦高于绮错安排，甚堪注意。《旧唐书》卷一九〇上有传。

或曰[1]：晚代铨文者多矣。至如梁昭明太子萧统与刘孝绰等，撰集《文选》，自谓毕乎天地，悬诸日月[2]。然于取舍，非无舛谬。方因秀句，且以五言论之：至如王中书“霜气下孟津”及“游禽暮知反”[3]，前篇则使气飞动，后篇则缘情宛密[4]，可谓五言之警策，六义之眉首[5]。弃而不纪，未见其得。及乎徐陵《玉台》，僻而不雅[6]；丘迟《钞集》[7]，略而无当。此乃详择全文，勒成一部者，比夫秀句，措意异焉。似秀句者，抑有其例。皇朝学士褚亮[8]，贞观中，奉敕与诸学士撰《古文章巧言语》，以为一卷。至如王粲“灞岸”[9]，陆机《尸乡》[10]，潘岳《悼亡》，徐幹《室思》，并有巧句，互称奇作，咸所不录。他皆效此。诸如此类，难以胜言。借如谢吏部《冬序羁怀》[11]，褚乃选其“风草不留霜，冰池共明月”，遗其“寒灯耻宵梦，清镜悲晓发”。若悟此旨，而言于文，每思“寒灯耻宵梦”，令人中夜安寝，不觉惊魂；若见“清镜悲晓发”，每暑月郁陶[12]，不觉霜雪入鬓。而乃舍此取彼，何不通之甚哉！褚公，文章之士也，虽未连衡两谢，实所结驷二虞[13]，岂于此篇，咫步千里？良以箕毕殊好，风雨异宜者耳[14]。

余以龙朔元年，为周王府参军[15]，与文学刘祎之、典签范履冰[16]，时东阁已建[17]，期竟撰成此录。王家书既多缺，私室集更难求，所以遂历十年，未终两卷。今剪《芳林要览》[18]，讨论诸集，人欲天从[19]，果谐宿志。常与诸学士览小谢诗[20]。见《和宋记室省中》，诠其秀句[21]，诸人咸以谢“行树澄远阴，云霞成异色”为最。余曰：诸君之议非也。何则？“行树澄远阴，云霞成异色”，诚为得矣，抑绝唱也[22]。夫夕望者，莫不熔想烟霞，炼情林岫，然后畅其清调，发以绮词，府[23]行树之远阴，瞰云霞之异色，中人以下[24]，偶可得之；但未若“落日飞鸟还，忧来不可极”之妙者也。观夫“落日飞鸟还，忧来不可极”，谓扪心罕属[25]，而举目增思，结意惟人，而缘情寄鸟。落日低照，即随望断[26]，暮禽还集，则忧共飞来。美哉玄晖，何思之若是也！诸君所言，窃所未取。于是咸服，恣余所详[27]。余于是以情绪为先，直置为本[28]，以物色留后，绮错为末[29]；助之以质气，润之以流华，穷之以形似，开之以振跃[30]。或事理俱惬，词调双举，有一于此，罔或孑遗[31]。时历十代[32]，人将四百，自古诗为始，至上官仪为终[33]。刊定已详，缮写斯毕，实欲传之好事，冀知音[34]。若斯而已，若斯而已矣。

中华书局版卢盛江《文镜秘府论汇校汇考》南卷

注释

[1] 或：即元兢。

[2]“悬诸”句：扬雄《答刘歆书》：“（张）伯松曰：是悬诸日月不刊之书也。”

[3]“王中书”句：王中书，指南朝齐诗人王融，曾为中书郎。“霜气”“游禽”二句，指王融《和王友德元古意》二首。

[4] 宛密：即“婉密”，谓其风貌婉转细腻，密又有静义。辩机《大唐西域记赞》：“（印度）文辞婉密，音韵循环。”智昇《开元释教录》卷五下：“词婉密而畅。”《中兴间气集》评郑丹诗：“丹诗剪刻婉密。”

[5]“六义”句：谓诗中之首。六义，见《毛诗大序》，此代指诗歌。

[6]“徐陵”二句：南朝梁徐陵撰《玉台新咏》，专录有关妇女之作，故云“僻而不雅”。

[7] 丘迟：南朝齐梁诗人。撰有《集抄》四十卷，已佚。

[8] 褚亮：字希明。初仕陈，入隋、唐。高祖武德中，李世民开文学馆，聘十八学士，亮为其中之一。

[9]“王粲”句：王粲《七哀》有“南登霸陵岸，回首望长安”之句。沈约《宋书·谢灵运传论》、钟嵘《诗品序》皆称举其诗。

[10]“陆机”句：陆机有《尸乡亭》诗，今仅存佚句，见《艺文类聚》卷二十七。尸乡亭，在今河南偃师西。

[11]“借如”句：谢吏部，指谢朓，曾为南齐吏部郎。《冬序羁怀》，全名为《冬绪羁怀示萧咨议虞田曹刘江二常侍》。序、绪通。

[12] 郁陶：暑气郁积隆盛貌。参王念孙《广雅疏证》卷二下。

[13]“虽未”二句：连衡、结驷，犹言并驾齐驱。衡，车轭。驷，驾车一车四马。两谢，指谢灵运、谢朓。二虞，指虞世基、虞世南兄弟，并有才名，时人方之二

陆。世基隋末为宇文化及所杀，世南隋时为秘书郎，入唐官至秘书监，李世民十八学士之一。

[14]“良以”二句：谓好尚不同。箕、毕，二星名。《尚书·洪范》：“庶民惟星，星有好风，星有好雨。”《伪孔传》：“星，民象，故众民惟若星。箕星好风，毕星好雨，亦民所好。”按：古人以为月经于箕则多风，附于毕则多雨，故云箕好风，毕好雨。

[15]周王：李显，高宗子，封周王，即后来的中宗。龙朔元年(661年)时六岁。

[16]刘祎之：字希美，官至凤阁侍郎、同凤阁鸾台三品，后因事为武后所杀。范履冰：官至春官尚书、同凤阁鸾台平章事，兼修国史，为武后所杀。典签：唐代诸王府属官名。

[17]东阁：指延引宾客之馆舍。唐代王府官有东阁、西阁祭酒，“掌礼贤良，导宾客”(《新唐书·百官志》)。阁，通阁，指边门、小门。汉代公孙弘为宰相，“起客馆，开东阁以延贤人”。盖不以贤者为吏属，故别开门以延之。后因称招致宾客之所。

[18]《芳林要览》：大型总集，凡三百卷，《旧唐书·经籍志》《新唐书·艺文志》著录，撰者凡许敬宗、上官仪等十一人，元兢亦在其中。

[19]人欲天从：《尚书·泰誓》上：“民之所欲，天必从之。”

[20]常：通“尝”。小谢：指谢朓。

[21]诠：说明，解释。

[22]抑：语首助词，无义。

[23]府：当作“俯”，参卢盛江校。

[24]“中人”句：《论语·雍也》：“中人以下，不可以语上也。”

[25]扪心：按住胸口。

[26]“即随”句：王利器《文镜秘府论校注》云：“‘即’下，疑脱‘目’字。”

[27]“恣余”句：意谓任凭我选录。

[28]直置：直接表现、天然不事雕琢之意。《文心雕龙·才略》：“孙楚缀思，每直置以疏通。”谓不事雕绘，故畅达疏朗。钟嵘《诗品》上批评陆机诗“有伤直致之奇”，直致亦即直置，谓陆机诗重规矩、多绮绘，故于自然会妙之美有所损害。其语原亦用于评论人物，如袁宏《七贤序》：“(嵇康)举体秀异，直致自高。”温子昇《常山公主碑》：“自然秘远，若上元之隔绛河；直置清高，类姮娥之依桂树。”又《印山寺碑》：“(渤海王)直置与兰桂齐芳，自然共珪璋比洁。”皆谓其禀性高洁出自天然，非修养所致。用于评论诗

文，其意相通。

[29] 绮错：丝织品花纹纵横交错，喻精心雕琢辞藻。与上文“直置”相对。

[30] “助之”四句：皆言其选录标准。质气，谓直抒胸臆，情感强烈而文辞质朴。流华，流便华丽。形似，指描绘物色。

[31] 罔或孑遗：全部包罗，略无遗漏。孑(jié)，孤单貌。

[32] 十代：谓两汉、魏、晋、宋、齐、梁、陈、隋、唐。

[33] 上官仪：字游韶。贞观初擢进士第，高宗时为秘书少监，进西台侍郎，同东西台三品。因建言废武后被杀。其诗绮错婉媚，时人多效之，称为上官体。

[34] 冀知音：冀字下当有脱字，或以意补“得”字，或补“寄之”二字，参卢盛江校。

说明

元兢此序，最值得注意的，是体现了要求情景交融而以情为主，要求写景为抒情服务的诗歌思想。作者明确揭橥其选录标准，是“以情绪为先”，“以物色留后”。正因为这样，所以他批评褚亮等选描绘物色的“风草不留霜，冰池共明月”而不选“寒灯耻宵梦，清镜悲晓发”。也由于此，所以他虽也肯定“行树澄远阴，云霞成异色”为佳句，但认为比不上“落日飞鸟还，忧来不可及”。元兢并非反对写景，他说所录诗句有以“形似”入选的，“形似”为南朝人常语，意即描绘物色；“落日飞鸟还”也正是写景。但是，元兢最欣赏的是借景抒情、情景交融，这从他称赞“落日”二句时所说“结意惟人，而缘情寄鸟。落日低照，即随望断，暮禽还集，则忧共飞来”，便可以看得很清楚。

六朝人已经认识到自然环境与人的情感之间密切而复杂的联系，关于具体作品的情景交融，他们也有所论及。尤其是写哀诔一类作品时，他们往往都要写几句色调暗淡的写景之句以衬托哀情，颇为自觉。元兢的论述，则更为明确，更具有普遍性。

欣赏强烈的情感表现，原是六朝文学批评、理论中的重要内容。刘宋山水诗兴起之后，作者们争相仿效，蔚为风气，齐梁时又多咏物之作。诗人们体察、表现物色日益精细生动，这应是诗歌发展中的进步。但有的作者专意于此，却忽略了情感表现。这与他们生活圈子狭小、本身情感寡少也甚有关系。元兢的意见，反映了对此种状况的不满。他不仅是简单地要求向情感动人这一审美标准回归，而且要求以景写情，情与景二者交融，可以说是螺旋式地上升到了一个较高的层次。情景交融是我国古代文学创作和批评中的重要内容，元兢的见解是颇值得注意的。

修竹篇序

〔唐〕陈子昂

作者简介

陈子昂(661—702,一说659—700),字伯玉,梓州射洪(今属四川)人。少时任侠,后折节从学,以进士对策高第为麟台正字,官至右拾遗。曾两度随军出塞,往张掖、幽州等地。有大略,屡上书议政,切中时弊,但均未得到武周集团重视,甚至因犯颜直谏,一度下狱。因屡受挫折,乃以父老归养。父死哀恸,又受县令段简迫害,遂含冤而卒。据中唐人沈亚之云,其死实与武三思迫害有关。其诗文创作在唐代文学发展史上均占有重要地位,诗歌尤甚。杜甫称其"有才继骚雅"(《陈拾遗故宅》),韩愈云"国朝盛文章,子昂始高蹈"(《荐士》)。在理论批评方面,要求彻底改变六朝风气而力追汉魏,实具有文学改革的意义。原有集十卷,系友人卢藏用所编,久佚。今存《陈伯玉文集》系后人所辑。《旧唐书》卷一百九十中、《新唐书》卷一百七有传。

东方公足下[1]:文章道弊五百年矣。汉、魏风骨,晋、宋莫传,然而文献有可征者。仆尝暇时观齐、梁间诗,彩丽竞繁,而兴寄都绝,每以永叹。思古人常恐逶迤颓靡,风雅不作,以耿耿也。

一昨于解三处见明公《咏孤桐篇》[2],骨气端翔[3],音情顿挫[4],光英朗练[5],有金石声[6]。遂用洗心饰视,发挥幽郁[7]。不图正始之音[8],复睹于兹,可使建安作者相视而笑[9]。解君云:"张茂先、何敬祖,东方生与其比肩[10]。"仆亦以为知言也[11]。故感叹雅制,作《修竹诗》一篇[12],当有知音,以传示之。

《四部丛刊》影印明刊本《陈伯玉文集》卷一

注释

[1]东方公:东方虬,武后时为左史。

［2］一昨：前些日子。明公：尊称，两汉之际已有其语。《咏孤桐篇》：今已佚。

［3］“骨气”句：骨气，犹风骨。端，端正。《文心雕龙·风骨》：“结言端直，则文骨成焉。”翔，喻作品有生气、有力量。《文心雕龙·风骨》屡以此为言，如：“其（风骨）为文用，譬征鸟之使翼也。”“鹰隼乏采，而翰飞戾天，骨劲而气猛也。文章才力，有似于此。”

［4］“音情”句：谓作品之声音铿锵，情感表现有力动人。《后汉书·孔融传赞》：“北海天逸，音情顿挫。”李贤注：“顿挫，犹抑扬也。”陆机《遂志赋序》：“冯衍（《显志赋》）抑扬顿挫，怨之徒也。”《南齐书·刘绘传》：“绘之言吐，又顿挫有风气。”钟嵘《诗品》中：“（谢）朓极与余论诗，感激顿挫过其文。”皆指言辞、文章有风力而言。《宋书·王微传》云微为文“颇抑扬，袁淑见之，谓为诉屈。微因此又与从弟僧绰书曰：……文词不怨思抑扬，则流淡无味”。顿挫、抑扬意通，可以参考。

［5］“光英”句：谓作品有光彩，明朗凝练。《文心雕龙·才略》：“士龙朗练，以识检乱，故能布采鲜净，敏于短篇。”

［6］有金石声：《世说新语·文学》：“孙兴公作《天台赋》成，以示范荣期，云：‘卿试掷地，要作金石声。’”

［7］“遂用”二句：谓以此诗开豁心目，疏通郁积。洗心，《易·系辞上》：“圣人以此洗心。”饰视，犹言拭目。

［8］正始之音：《世说新语·赏誉》载，西晋末，卫玠避乱，投王敦，“相见欣然，谈话弥日”，敦乃曰：“不意永嘉之中，复闻正始之音！”正始，魏齐王曹芳年号（240—249），其时名士喜好玄谈，为后人所企慕。此借用其语，实指上文“汉魏风骨”而言。

［9］相视而笑：《庄子·大宗师》：“四人相视而笑，莫逆于心，遂相与为友。”

［10］“张茂先”二句：西晋张华，字茂先；何劭，字敬祖。按：解三以东方虬比张、何，或是就其《咏孤桐篇》而言。何劭有《游仙诗》，咏松柏云：“光色冬夏茂，根柢无凋落。吉士怀真心，悟物思远托。”张华《拟古》亦托意于青松云：“悲凉贯年节，葱翠恒若斯。安得草木心，不怨寒暑移。”（又见《鲍照集》，为《赠故人马子乔》之三，此据《艺文类聚》卷八八）二诗均有寄托。大约《咏孤桐篇》命意与之相似。比肩，并肩。

［11］知言：有见识的话。

［12］《修竹诗》：其诗今存。前半写修竹岁寒不凋、“始愿与金石，终古保坚贞”之意，后半云：“不意伶伦子，吹之学凤鸣。遂偶云和瑟，张乐奏天庭。……信

蒙雕斫美，常愿事仙灵。”当是借修竹、游仙以自喻言志。亦可藉此推知东方虬《咏孤桐篇》当亦有所寄托，或亦有向往神仙之语。

说明

陈子昂的诗文创作，尤其是古体诗《感遇》三十八首、《登幽州台歌》等，以其充实的内容、深沉的感慨、质朴有力的语言风格，被认为是“一扫六代之纤弱”（刘克庄《后村诗话》），首开一代新风的代表性作品。他的这篇《修竹篇序》，也被认为是反映唐代新的诗歌理论批评风气的重要文章。

《修竹篇序》所值得注意的，是突出地强调风骨与兴寄；认为晋宋以来，尤其是齐梁间诗风日益颓靡，从而鲜明地举起学习汉魏的旗帜。

所谓风骨，是就作品的整体风貌而言。刘勰《文心雕龙》曾专设《风骨》篇，要求各种文章（包括诗歌）首先要有语言精健端直、内容表达鲜明动人的优良文风。其《明诗》篇说建安诗歌具有慷慨任气、表现明朗、不求纤密细巧的特点，那也就是风骨之美。钟嵘《诗品》称道“风力”“风气”，也就是风骨的意思。陈子昂《修竹篇序》所说的“骨气端翔，音情顿挫，光英朗练，有金石声”，即作品给读者挺拔飞动、明朗精健之感，通过铿锵的音调传达出感情的力度，可说是对“风骨”的一种形容，实与刘、钟之意相通。但是，他与刘、钟又有所不同：刘、钟不仅要求风骨，还很重视藻采，认为二者恰当地结合才合乎理想；陈子昂却不提藻采。还有，陈子昂特别推崇汉魏，而对南朝诗风十分不满。这与南朝以至初唐一般论者推重晋宋诗人陆机、潘岳、谢灵运等的态度有所不同。《修竹篇序》明白地表达了将诗史分为汉魏（包括建安）以上和汉魏以下两截的观点。这体现了一种新的审美评价。

所谓兴寄，主要是对作品内容方面要求，即要求作品中寄寓充实的情志、深沉的感慨。兴为诗之六义之一。照汉儒的解释，兴是“托事于物”（《周礼·太师》郑玄注引郑众语），即在具体物象的描写、叙述中寄托人事和有关社会生活方面的含意。后来的作者，在接受汉儒此种解释时又加上了自己的体会，即认为兴是“有感之辞”（挚虞《文章流别论》），认为“起情故兴体以立”（《文心雕龙·比兴》）。陈子昂所说兴寄，也就是要求诗中寄寓作者在社会生活中的感慨。他批评齐梁诗“采丽竞繁而兴寄都绝”，具有这样的含意，即要求诗歌不仅仅是描绘物象而已，而首先应表现深沉、丰富的人生感慨。这样的感慨在诗中可以是由感物而引起，甚或借物象为象征，采取“托事于物”的手法，也可以是直抒胸臆。陈子昂怀抱大志，关注现实，而屡经挫折，他是一位具有丰富人生体验的政治家兼诗人。在他看来，如齐梁诗那样，虽然写得漂亮，工于体物，但缺少源自生活深处的体会、感慨和情感力量，是无法打动人心的。

风骨与兴寄，前者是对艺术风貌的要求，后者则是对内容方面的要求。二者密切相关，而兴寄是先决的、根本的因素。有深刻的感慨、沉郁的情思，发为文辞，当然易于慷慨多气、挺拔健举而具备风骨了。

右拾遗陈子昂文集序

〔唐〕卢藏用

作者简介

卢藏用（生卒年不详），字子潜，幽州范阳（今河北涿州）人。以文辞著称，又精书法。举进士，不调，隐居终南山。武后长安中为左拾遗。累转起居舍人兼知制诰、中书舍人。后为黄门侍郎，兼修文馆学士。玄宗立，因依附太平公主被流放岭南。卒于始兴（今属广东），年五十余。其《右拾遗陈子昂文集序》对子昂诗文予以高度评价，但亦流露出轻忽文学审美性质的过激论调。《旧唐书》卷九十四、《新唐书》卷一百二十三有传。

昔孔宣父以天纵之才[1]，自卫返鲁，乃删《诗》《书》，述《易》道而修《春秋》[2]。数千百年，文章粲然可观也。孔子殁二百岁而骚人作，于是婉丽浮侈之法行焉。汉兴二百年，贾谊、马迁为之杰，宪章礼乐，有老成之风[3]。长卿、子云之俦，瑰诡万变，亦奇特之士也。惜其王公大人之言，溺于流辞而不顾[4]。其后班、张、崔、蔡、曹、刘、潘、陆[5]，随波而作，虽大雅不足，其遗风余烈，尚有典型[6]。宋、齐之末，盖憔悴矣。逶迤陵颓，流靡忘返，至于徐、庾，天之将丧斯文也[7]。后进之士若上官仪者继踵而生[8]，于是风雅之道扫地尽矣。

《易》曰："物不可以终否。"故受之以泰[9]。道丧五百岁而得陈君。君讳子昂，字伯玉，蜀人也。崛起江汉[10]，虎视函夏[11]，卓立千古，横制颓波，天下翕然，质文一变。非夫岷、峨之精，巫、庐之灵[12]，则何以生此？故其谏诤之辞，则为政之先也；昭夷之碣[13]，则议论之当也；国殇之文，则大雅之怨也[14]；徐君之议，则刑礼之中也[15]。至于感激顿挫，微显阐幽[16]，庶几见变化之朕[17]，以接乎天人之际者[18]，则《感遇》之篇存焉。观其逸足骎骎[19]，方将抟扶摇而陵太清[20]，躐遗风而薄嵩、岱[21]。吾见其进，未见其止[22]。惜乎湮厄当世，道不偶时，委骨巴山[23]，年志俱夭，故其文未极也。

呜呼！聪明精粹而沦剥[24]，贪饕桀骜以显荣。天乎！天乎！吾殆未知夫天焉[25]。昔尝与余有忘形之契[26]，四海之内，一人而已[27]。良友殁矣，天其丧予[28]！今采其遗文可存者，编而次之，凡十卷。恨不逢作者，不得列于诗人之什[29]，悲夫！故粗论文之变而为之序。至于王霸之才，卓荦之行，则存之《别传》[30]，以继于终篇云耳。

中华书局影印本《全唐文》卷二三八

注释

[1]“昔孔宣”句：孔宣父，孔子，汉平帝元始元年追谥为“褒成宣尼公”。天纵，犹言天所赋予。《论语·子罕》：“子贡曰：(孔子)固天纵之将圣。”

[2]“自卫”三句：《论语·子罕》：“子曰：吾自卫反鲁，然后乐正，《雅》《颂》各得其所。”赵岐《孟子题辞》：“孔子自卫反鲁，然后乐正，《雅》《颂》各得其所，乃删《诗》，定《书》，系《周易》，作《春秋》。”

[3]老成之风：指前代遗风。《诗经·大雅·荡》：“虽无老成人，尚有典刑。”老成，言先王旧臣，年老成德之人。此处借用。

[4]“惜其”二句：《史记·司马相如列传》太史公曰：“《大雅》言王公大人而德逮黎庶；《小雅》讥小己之得失，其流及上。所以言虽外殊，其合德一也。相如虽多虚辞滥说，然其要归，引之节俭，此与《诗》之风谏何异？”此用其语而反其意，谓司马相如、扬雄之赋，多言王公大人帝王之事，有似《大雅》，其实沉溺于流荡之辞而不顾返。

[5]“其后”句：谓班固、张衡、崔骃、蔡邕、曹植、刘桢、潘岳、陆机。

[6]“其遗风”二句：《汉书·礼乐志》：“(古之雅乐)虽经乎千载，其遗风余烈，尚犹不绝。”典型，原谓先王常事旧法，此处亦借指前代遗风，参见注[3]。型、

刑通。刑，法。

[7]“至于”二句：徐庾，徐陵、庾信。天之将丧斯文，语见《论语·子罕》。

[8]上官仪：字游韶，贞观初进士及第，高宗时为宰相，因建言废武后被诛。

[9]“《易》曰”二句：否(pǐ)、泰，《周易》二卦名，否为天地闭塞之象，泰则象亨通之极，故《杂卦》云“否泰反其类也”。按《序卦》所言卦次，否在泰后，同人在否后：“泰者通也，物不可以终通，故受之以否。”“物不可以终否，故受之以同人。”然晋宋以来，论者每以泰承否。葛洪《抱朴子外篇·博喻》：“否终则承之以泰。”又《勖学》：“寒暑代谢，否终则泰。”又庾阐《为郗稚恭檄蜀文》：“夫昏明代运，否终则泰。”

[10]江汉：左思《蜀都赋》：“近则江汉炳灵，世载其英。”蜀之嘉陵江，即西汉水。

[11]函夏：全中国。

[12]巫、庐：巫山与庐山。按庐山不在蜀中，盖以郭璞《江赋》有“巫庐嵬崫而比峤”之语而连类言之。

[13]昭夷之碣：指陈子昂所作《昭夷子赵氏碑》。昭夷子即赵元亮，陈子昂、卢藏用友人。

[14]“国殇之文”二句：陈子昂有《国殇文》，为哀悼与契丹作战败死之王孝杰而作。子昂当时亦在军中，为主帅武攸宜参谋。文中有“降不戮兮北不诛，殁不赏兮功不图”等句，怨刺赏罚之不明。

[15]“徐君”二句：陈子昂《复仇议状》，议徐元庆以报父仇而杀人事，以为徐犯乎法而合乎礼。

[16]微显阐幽：《易·系辞下》：“夫易彰往而察来，而微显阐幽。”韩康伯注：“微以之显，幽以之阐。阐，明也。”

[17]朕：形迹，征兆。

[18]天人之际：司马迁《报任少卿书》：“亦欲以究天人之际，通古今之变。”

[19]騣騣：马疾驰貌。

[20]“方将”句：抟扶摇，《庄子·逍遥游》：“鹏之徙于南冥也，水击三千里，抟扶摇而上者九万里。”抟，飞而上。扶摇，暴风从下而上。太清，天空。刘向《九叹·远游》：“譬若王侨之乘云兮，载赤霄而凌太清。”

[21]躐：踏，越过。遗风：疾风。薄：迫近。嵩、岱：中岳嵩山、东岳泰山。

[22]“吾见”二句：《论语·子罕》：“子谓颜渊，曰：惜乎！吾见其进也，未见其止也。”皇侃疏：“颜渊死后，孔子有此叹也。”

[23]巴山：泛指巴蜀之山，此指陈子昂故里而言。

[24] 沦剥：沦落。《易·剥》："剥，不利有攸往。"《彖传》："不利有攸往，小人长也。"故以剥指时运不利。

[25] "吾殆"句：陈子昂《赠严仓曹乞推命录》："栖遑长委命，富贵未知天。"

[26] 忘形之契：谓交合不拘形迹。

[27] "四海"二句：《论语·颜渊》："子夏曰：……四海之内，皆兄弟也。"此反其语而用之。

[28] 天其丧予：《论语·先进》："颜渊死，子曰：噫，天丧予！天丧予！"《集解》："若丧己也。"

[29] "恨不逢"二句：意谓遗憾的是世无孔子那样的圣人，故陈子昂的作品不能像孔子编集《诗经》那样被编成经典。《礼记·乐记》："作者之谓圣。"此指删诗之孔子。

[30]《别传》：指卢藏用所作《陈子昂别传》，今存。

说明

陈子昂卒后，友人卢藏用为之编集遗文并作序。

序中首先评述历代之文。卢藏用所毫无保留地予以肯定的，仅是儒家六经而已。自战国以迄初唐，他认为是每况愈下，对南朝文学批评尤为严厉。《楚辞》也被认为是文章浮华之祖，唯有西汉贾谊、司马迁的政论文和史学著作，被说成是"宪章礼乐，有老成之风"，评价较高。可知卢藏用在这里完全是从政治教化角度评"文"的，对富于审美性质的诗赋类作品，评价都不高。这种过激的话，上承裴子野、李谔、王勃，下开天宝以后那些"古文"运动先驱者的宗经复古言论。

卢氏接着便对陈子昂的作品予以崇高评价。其称述大体上也是从有益于政教的角度出发。在陈氏的诗中，突出其《感遇诗》。《感遇诗》确是子昂的代表作，最能表现其追步汉魏、兴寄遥深的特色。卢藏用称赞陈子昂转变风气的地位与关键作用："天下翕然，质文一变。"认为陈氏扭转了六朝以来尚文的风气，以质朴的文风表达充实、纯正的内容。这一评价是合乎事实的。

唐代和后世对陈子昂的评价，大多与卢藏用比较一致，都给陈子昂以崇高的评价。但也有人提出异议，如颜真卿认为卢氏序中"道丧五百岁而得陈君"的话太过分了（见《孙逖文公集序》）。皎然也认为汉魏晋宋齐梁都有出色的作者，如曹植、刘桢、谢灵运等。"如何五百之数，独归于陈君乎？"又认为陈子昂复古多而新变少，不够理想。这些异议的产生，与卢藏用一概贬抑前人、矫枉过正的片面说法是有关系的。

史通·言语(节录)

〔唐〕刘知幾

作者简介

刘知幾(661—721)，字子玄，彭城(今江苏徐州)人。历仕武后、中宗、睿宗、玄宗四朝。开元初，迁左散骑常侍。因事触怒玄宗，贬安州别驾。到任不久，卒。好史学，曾长期兼修史之任，参与修撰唐史和高宗、武后、中宗、睿宗诸朝实录，而与监修及同列多意见相左，乃发愤作《史通》内外篇二十卷，论历代史学以见其意。书成，为时人所重。知幾原为史学家，自称“耻以文士得名，期以述者自命”(《史通自叙》)，视诗赋为小道，对文学的审美愉悦功能表示轻视。但他对于史书的撰写方法包括文辞运用非常重视，其论述中的某些内容实具有文学理论批评方面的意义。《旧唐书》卷一百二、《新唐书》卷一百三十二有传。

……夫《三传》之说，既不习于《尚书》[1]；两汉之词，又多违于《战策》[2]。足以验氓俗之递改，知岁时之不同。而后来作者，通无远识，记其当世口语，罕能从实而书，方复追效昔人，示其稽古[3]。是以好丘明者，则偏模《左传》；爱子长者，则全学史公。用使周、秦言辞，见于魏、晋之代；楚、汉应对，行乎宋、齐之日。而伪修混沌，失彼天然[4]，今古以之不纯，真伪由其相乱。故裴少期讥孙盛录曹公平素之语，而全作夫差亡灭之词[5]，虽言似《春秋》而事殊乖越者矣。

然自咸、洛不守，龟鼎南迁[6]，江左为礼乐之乡，金陵实图书之府，故其俗犹能语存规检[7]，言喜风流，颠沛造次，不忘经籍。(原注：若《梁史》载高祖在围中，见萧正德而谓之曰：“啜其泣矣，何嗟及矣[8]。”湘东王闻世子方等见杀，谓其次子方诸曰：“不有其废，君何以兴[9]？”皆其类也。)而史臣修饰，无所费功。其于中国则不然[10]。何者？于斯时也，先王桑梓[11]，剪为蛮貊[12]，被发左衽[13]，充牣神州[14]。其中辩若驹支[15]，学如郯子[16]，有时而遇，不可多得。而彦鸾修伪国诸史[17]，收、弘撰《魏》《周》二书[18]，必讳彼夷音，变成华语，等杨由之听雀[19]，如介葛之闻牛[20]，斯亦可矣。而于其间，则有妄益文彩，虚加风物，援引《诗》《书》，宪章《史》《汉》。遂使沮渠、乞伏[21]，儒雅比于元封[22]；拓跋、宇文[23]，德音同于正始[24]。华而失实，过莫大焉。

唯王、宋著书，叙元、高时事，抗词正笔，务存直道[25]，方言世语，由此毕彰。而今之学者，皆尤二子以言多滓秽，语伤浅俗。夫本质如此，而推过史臣，犹鉴者见嫫姆多媸[26]，而归罪于明镜也。

又世之议者，咸以北朝众作，《周史》为工[27]。盖赏其记言之体，多同于古故也。夫以枉饰虚言，都捐实事，便号以良直，师其模楷，（原注：如周太祖实名黑獭[28]，魏本索头[29]，故当时有童谣曰："狐非狐，貉非貉，燋梨狗子啮断索。"又曰："獾獾头团栾，河中狗子破尔菀。"又西帝下诏骂齐神武[30]，数其罪二十。诸如此事，难可弃遗。而《周史》以为其事非雅，略而不载。赖君懋编录[31]，故得权闻于后。其事不传于北齐，因而埋没者，盖亦多矣。）是则董狐、南史[32]，举目可求，班固、华峤[33]，比肩皆是者矣。

近有敦煌张太素[34]、中山郎馀令[35]，并称述者[36]，自负史才。郎著《孝德传》，张著《隋后略》。凡所撰今语，皆依仿旧辞。若选言可以效古而书，其难类者，则忽而不取，料其所弃，可胜纪哉？

盖江芊骂商臣曰："呼！役夫，宜君王废汝而立职[37]。"汉王怒郦生曰："竖儒，几败乃公事[38]。"单固谓杨康曰："老奴，汝死自其分[39]。"乐广叹卫玠曰："谁家生得宁馨儿[40]！"斯并当时侮嫚之词，流俗鄙俚之说。必播以唇吻，传诸讽诵，而世人皆以为上之二言不失清雅，而下之两句殊为鲁朴者，何哉？盖楚、汉世隔，事已成古，魏、晋年近，言犹类今。已古者即谓其文，犹今者乃惊其质。夫天地长久，风俗无恒，后之视今，亦犹今之视昔[41]。而作者皆怯书今语，勇效昔言，不其惑乎！苟记言则约附五经，载语则依凭《三史》[42]，是春秋之俗，战国之风，亘两仪而并存[43]，经千载其如一，奚以今来古往，质文之屡变者哉？

盖善为政者，不择人而理，故俗无精粗，咸被其化；工为史者，不选事而书，故言无美恶，尽传于后。若事皆不谬，言必近真，庶几可与古人同居，何止得其糟粕而已[44]。

上海古籍出版社版王煦华校点《史通通释》卷六

注释

[1] 三传：指《春秋》之三传，即《左传》《公羊传》《谷梁传》。习：浦起龙《史通通释》以为当作“袭”。

[2] 战策：指《战国策》。

[3] 稽：考核。

[4] “而伪修”二句：谓欲求古朴而失真、不自然。《庄子・天地》载，汉阴丈人不肯用机械，抱甕而灌圃，孔子批评道：“彼假修浑沌氏之术者也。”郭象注：“以其背今向古，羞为世事，故知其非真浑沌也。”混、浑通。

[5] “故裴少期”二句：裴少期，南朝宋史学家裴松之，字世期，唐人避太宗讳，曰少期。曾为陈寿《三国志》作注。其《魏武帝本纪》注曾引晋人孙盛《魏氏春秋》所载曹操“刘备，人杰也，将生忧寡人”之语，加以批评道：“凡孙盛制书，多用《左氏》以易旧文……后之学者，将何取信哉？且魏武方以天下励志，而用夫差分死之言，尤非其类。”按《左传》哀公二十年载夫差语：“勾践将生忧寡人，寡人死之不得矣。”

[6] “然自”二句：谓自从西晋灭亡，东晋南迁。咸、洛，咸阳、洛阳。西晋都洛阳。龟鼎，龟甲（占卜所用）、九鼎。《后汉书・宦者传》：“遂迁龟鼎。”李贤注：“龟鼎，国之守器，以谕帝位也。《尚书》曰‘宁王遗我大宝龟’；《左传》曰‘鼎迁于商’也。”

[7] “语存”句：谓语言规范，不失雅正。规，规格；检，法。

[8] “若《梁史》”四句：其事不见于姚思廉《梁书》，唯见于《南史・萧正德传》，未知原载何书。“啜其泣矣，何嗟及矣”，《诗经・王风・中谷有蓷》诗句。

[9] “湘东王”四句：今《梁书・萧方诸传》载其事，云方诸为萧绎所宠爱，“及方等败没，世祖（即萧绎）谓之曰：不有所废，其何以兴?”按：“不有所废”二句见《史记・晋世家》，乃里克语。

[10] 中国：中原，此指十六国、北朝。

[11] 桑梓：《诗经・小雅・小弁》：“维桑与梓，必恭敬止。”毛传：“父之所树，已尚不敢不恭敬。”后世因以桑梓称故土、父母之邦。

［12］剪为蛮貊：弃为少数民族所居之地。剪，弃。《左传·襄公二十二年》："剪为仇雠。"

［13］"被发"句：《论语·宪问》："微管仲，吾其被发左衽矣。"被发，披发。左衽，衣襟向左。皆古代某些少数民族的风俗。

［14］充牣：充满。

［15］驹支：戎族人，姜姓。《左传·襄公十四年》载，晋范宣子数姜戎之罪，驹支辩之，宣子道歉。

［16］郯子：春秋时郯国之君，相传为少皞氏之后。《左传·昭公十七年》载，郯子朝于鲁，鲁臣叔孙昭子问以少皞氏以鸟名官之故，郯子原原本本，予以回答。孔子闻之，见于郯子而学之，"既而告人曰：吾闻之：'天子失官，学在四夷。'犹信"。

［17］"彦鸾"句：彦鸾，北魏崔鸿字，曾撰《十六国春秋》百卷。今佚，明、清人有辑本。

［18］"收、弘"句：谓北齐魏收撰《魏书》、隋牛弘撰《周史》。《魏书》今存，《周史》原未成书，其已成部分今亦亡佚。

［19］"杨由"句：《后汉书·方术列传》载，成都人杨由闻大雀止于库楼上，乃知郡内当有兵事。

［20］"介葛"句：《左传·僖公二十九年》载，介国之君葛卢来朝于鲁，闻牛鸣，乃知其牛曾生三牺，皆已被杀，用作牺牲。

［21］沮渠：北凉国王沮渠氏，胡族。乞伏：西秦国王乞伏氏，鲜卑族。

［22］元封：汉武帝年号。

［23］拓跋：北魏皇室拓跋氏。宇文：北周宇文氏。皆鲜卑族。

［24］正始：三国魏齐王曹芳年号，其时士大夫习于清谈。《世说新语·赏誉》载王敦语曰："不意永嘉之中，复闻正始之音！"

［25］"唯王宋"四句：王，王劭，历仕北齐、北周、隋。曾撰编年体《齐志》、纪传体《齐书》。宋，宋孝王，北齐人，《北齐书·宋世良传》云，孝王"非毁朝士，撰《别录》二十卷，会平齐，改为《关东风俗传》，更广见闻，勒成三十卷以上之"。元，指元魏，拓跋氏改姓为元。高，指北齐，其帝为高姓。按：《隋书·王劭传》称其所著史书"或文词鄙野"，"大为有识所嗤鄙"，"徒烦翰墨，不足观采"，而《史通》盛称王、宋之书为实录，是刘知幾眼光迥异于时人。

［26］嫫姆：古之丑女，相传为黄帝妃。

［27］《周史》：当指令狐德棻《周书》。隋牛弘撰《周史》，未成书（据《隋书·经籍

志》);唐贞观年间,令狐德棻等以其书为依凭,修成《周书》五十卷。刘知幾于令狐之书,多有批评。除本篇外,如《杂说》中云:“然自二京失守,四夷称制,夷夏相杂,音句尤媸。而彦鸾、伯起,务存隐讳;重规、德棻,志在文饰。”又云:“今俗所行《周史》,是令狐德棻等所撰。其书文而不实,雅而无检,真迹甚寡,客气尤烦。寻宇文初习华风,事由苏绰,至于军国词令,皆准《尚书》。太祖敕朝廷他文悉准于此。盖史臣所记,皆禀其规。……苟记言若是,则其谬逾多。爰及牛弘,弥尚儒雅。即其旧事,因而勒成。……而令狐不能别求他述,用广异闻,唯凭本书,重加润色。遂使周氏一代之史,多非实录者焉。”按刘氏此言,论及《周书》雅而失实之原因,录供参考。

[28] 周太祖:指西魏权臣宇文泰,其子觉代魏立周后,被追尊为文帝,庙号太祖。《周书·文帝纪》:“太祖文皇帝姓宇文氏,讳泰,字黑獭。”

[29] 索头:鲜卑拓跋氏之称。《南齐书·魏虏》:“魏虏,匈奴种也,姓托跋氏。晋永嘉六年,并州刺史刘琨为屠各胡刘聪所攻,索头猗卢遣子曰利孙将兵救琨于太原。猗卢入居代郡,亦谓鲜卑,被发左衽,故呼为索头。”

[30] 西帝:西魏皇帝,此指文帝元宝矩。齐神武:东魏权臣高欢,其子高洋代东魏立齐后,被追尊为神武皇帝,庙号高祖。

[31] 君懋:王劭字,参注[25]。

[32] 董狐:春秋晋史官。南史:春秋齐史官。二人均以直书著称。

[33] 华峤:西晋人,著《汉后书》,时人以为“文质事核,有迁、固之规,实录之风”(《晋书》本传)。

[34] 张太素:名大业,魏州繁水(今河南南乐)人,敦煌为其郡望。唐高宗时历官东台舍人,兼修国史,官终怀州长史。所著史书有《后魏书》一百卷、《北齐书》二十卷、《隋书》三十二卷、《隋后略》十卷、《敦煌张氏家传》二十卷等(皆见《新唐书·艺文志》,今均已亡佚)。

[35] 郎馀令:定州新乐(今河北新乐)人,唐高宗时为著作佐郎。曾以梁元帝萧绎有《孝德传》,续撰《后传》三十卷,献上太子李弘,为太子所重(《新唐书·艺文志》作《孝子后传》)。今佚。

[36] 述者:《礼记·乐记》:“作者之谓圣,述者之谓明。”

[37] “盖江芊”四句:见《左传·文公元年》。

[38] “汉王”三句:见《史记·留侯世家》《汉书·张良传》。郦生,郦食其。乃,你。

[39] “单固”三句:见《三国志·魏志·王凌传》裴注引《魏略》。

[40] “乐广”二句：《晋书·王衍传》：衍“总角尝造山涛，涛嗟叹良久。既去，目而送之，曰：何物老妪生宁馨儿！然误天下苍生者，未必非此人也”。此云乐广叹卫玠，未详。宁馨，晋宋口语，犹言“如此”。

[41] “后之”二句：《汉书·京房传》载房语：“臣恐后之视今，犹今之视前也。”王羲之《兰亭集序》：“后之视今，亦由今之视昔。”

[42] 《三史》：指《史记》《汉书》《东观汉记》。

[43] 两仪：天地。《易·系辞上》：“易有太极，是生两仪。”

[44] “何止”句：《庄子·天道》载轮扁之语：“古之人与其不可传也死矣，然则君之所读者，古人之糟魄已夫！”此反其意而用之，故曰“可与古人同居”，意谓直笔可使古人不死，使读者如见其人。杨明照《史通通释补》：“按《尸子》：‘孔子云：诵诗读书，与古人居。’”（《意林》卷一、《太平御览》卷六百十六引）

说明

南朝以来，在一般人观念中，史书与讲究藻采的诗赋以及应用之文不同，故萧统《文选序》特地说明史书不在选录范围之内。刘知幾也强调文、史区别，《史通》本也是专论史书撰著而非一般的论文之作。但今日从文学角度看，其书中也有值得注意之处。如《言语》篇关于史书录载历史人物语言的论述，可说便涉及人物形象塑造的问题。

《言语》强调记载历史人物语言应力求真实，“言必近真”。首先，人们的言辞随时代发展而变化，与一时代的习俗文化、政治状况等均有关系，刘知幾认为史家应如实地反映这一点。春秋列国间的外交场合，“尤重词命，微婉而多切，言流靡而不淫”，故《左传》记言，便不同于《尚书》之简奥。汉代天下一统，尊崇儒术，故两《汉书》载语，又不同于《战国策》之纵横谲诳。刘知幾批评后世史家，大多昧于此理，不顾时代变迁，只知模仿古语，以为仿古便是清雅，以致丧失了史书应有的真实性。

《言语》又指出，即使同一时代，因社会文化背景不同，人物语言风格也大不相同。东晋南朝，士大夫之言辞谈吐文雅风流；十六国、北朝，人物语言则多质野。刘知幾批评撰史者记载少数民族统治者的言语时多加虚饰，甚至以其不雅而摒弃不录。

除《言语》外，《史通》其他篇章也论及历史人物的语言问题。如《杂说下》说，西汉虽是重文的时代，但大臣霍光实“无学，不知一经”，而史书“载其言语，必称典诰”，便违反了记实的原则。又如江左刘宋可称礼乐之乡，但刘裕不学，自称“我不读书”，而《宋书》记其酬答群臣之语，乃援引古事，刘知幾认为也不合理。在刘知幾看来，即便同一时代且同一环境，历史人物由于素养不同，语言也自有异。

总之，刘知幾认为历史人物的语言，是因时代风俗、文化背景以及个人素养等诸多因素的不同而不同的，史书记录时应尽可能不加文饰，据实而书。这自是出于史家崇实的要求，但从文学角度看，也可说涉及人物形象塑造中的一个重要问题，即如何写好其语言的问题。事实上，史书记载人物口头言谈，有不少应是出于设想揣摩，正与小说、戏剧之想象虚构，有相通之处。

清代史学家章学诚在《文史通义》内篇五《古文十弊》中说，史家记言，“贵于宛肖”。他说：“记言之文……为文为质，期于适如其人之言，非作者所能自主也。……与其文而失实，何如质以传真也。”从章氏的论述中，不难看到《史通》的深远影响。

史通·叙事（节录）

〔唐〕刘知幾

……夫国史之美者，以叙事为工，而叙事之工者，以简要为主。简之时义大矣哉！历观自古，作者权舆[1]，《尚书》发踪，所载务于寡事；《春秋》变体，其言贵于省文。斯盖浇淳殊致，前后异迹，然则文约而事丰，此述作之尤美者也[2]。始自两汉，迄乎三国，国史之文，日伤烦富。逮晋已降，流宕逾远。寻其冗句，摘其烦词，一行之间，必谬增数字；尺纸之内，恒虚费数行。夫聚蚊成雷，群轻折轴[3]，况于章句不节，言词莫限，载之兼两[4]，曷足道哉？……

又叙事之省，其流有二焉：一曰省句，二曰省字。《左传》宋华耦来盟，称其先人得罪于宋，“鲁人以为敏[5]”。夫以钝者称敏，（原注：鲁人，谓钝人也。《礼记》中已有注解[6]。）则明贤达所嗤，此为省句也。《春秋经》曰：“陨石于宋五[7]。”夫闻之陨，视之石，数之五[8]。加以一字太详，减其一字太略，求诸折中，简要合理，此为省字也。其有反于是者，若《公羊》称郄克眇，季孙行父秃，孙良夫跛，齐使跛者逆跛者，秃者逆秃者，眇者逆眇者[9]。盖宜除“跛者”以下句，但云“各以其类逆”。必事加再述，则于文殊费，此为烦句也。《汉书·张苍传》云：“年老，口中无齿。”盖于此一句之内去“年”及“口中”可矣[10]。夫此六文成句，而三字妄加，此为烦字也。然则省句为易，省字为难，洞识此心，始可言史矣。苟句尽余剩，字皆重复，史之烦芜，职由于此。

盖饵巨鱼者，垂其千钓，而得之在于一筌[11]；捕高鸟者，张其万罝，而获之由于一目[12]。夫叙事者，或虚益散辞，广加闲说，必取其所要，不过一言一句耳。苟能同夫猎者、渔者，既执而罝钓必收[13]，其所留者，唯一筌一目而已，则庶几骈枝尽去，而尘垢都捐，华逝而实存，滓去而沛在矣[14]。嗟乎！能损之又损，而玄之又玄[15]，轮扁所不能语斤，伊挚所不能言鼎也[16]。

夫饰言者为文，编文者为句，句积而章立，章积而篇成[17]。……然章句之言，有显有晦。显也者，繁词缛说，理尽于篇中；晦也者，省字约文，事溢于句外。然则晦之将显[18]，优劣不同，较可知矣[19]。夫能略小存大，举重明轻，一言而巨细咸该，片语而洪纤靡漏，此皆用晦之道也。

昔古文义，务却浮词。《虞书》云：“帝乃殂落，百姓如丧考妣[20]。”《夏书》云：“启呱呱而泣，予不子[21]。”《周书》称：“前徒倒戈”，“血流漂杵”[22]。《虞书》云：“四罪而天下咸服[23]。”此皆文如阔略，而语实周赡。故览之者初疑其易，而为之者方觉其难，固非雕虫小技所能斥苦其说也[24]。既而丘明受经，师范尼父。夫经以数字包义，而传以一句成言，虽繁约有殊，而隐晦无异。故其纲纪而言邦俗也，则有士会为政，晋国之盗奔秦[25]；“邢迁如归，卫国忘亡[26]”。其款曲而言人事也，则有“犀革裹之，比及宋，手足皆见[27]”；“三军之士，皆如挟纩[28]”。斯皆言近而旨远，辞浅而义深，虽发语已殚，而含意未尽。使夫读者望表而知里，扪毛而辨骨，睹一事于句中，反三隅于字外[29]。晦之时义，不亦大哉！洎班、马二史，虽多谢五经，必求其所长，亦时值斯语。至若高祖亡萧何，“如失左右手”[30]；汉兵败绩，“睢水为之不流”[31]；董生“乘马，三年不知牝牡”[32]；翟公之门，可张雀罗[33]：则其例也。

自兹已降，史道陵夷，作者芜音累句，云蒸泉涌。其为文也，大抵编字不只，捶句皆双，修短取均，奇偶相配。故应以一言蔽之者[34]，辄足为二言；应以三句成文者，必分为四句。弥漫重沓，不知所裁。是以处道受责于少期[35]，（原注：《魏书·邓哀王传》曰：容貌姿美，有殊于众，故特见宠异。裴松之曰：一类之言而分以为三，亦叙属之一病也[36]。）子昇取讥于君懋[37]，（原注：王劭《齐志》曰：时议恨邢子才不得掌兴魏之书，怅怏温子昇亦若此。而撰《永安记》[38]，率是支言[39]。）非不幸也。盖作者言虽简略，理皆要害，故能疏而不遗，俭而无阙。譬如用奇兵者，持一当百，能全克敌之功也。若才乏俊颖，思多昏滞，费词既甚，叙事才周，亦犹售铁钱者，以两当一，方成贸迁之价也。……

昔文章既作，比兴由生，鸟兽以媲贤愚，草木以方男女，诗人骚客，言之备矣。洎乎中代，其体稍殊，或拟人必以其伦，或述事多比于古。当汉氏之临天下也，君实称帝，理异殷、周；子乃封王，名非鲁、卫。而作者犹谓帝家为王室，公辅为王臣；盘石加建侯之言，带河申俾侯之誓[40]。而史臣撰录，亦同彼文章，假托古词，翻易今语。润色之滥，萌于此矣。

降及近古，弥见其甚。至如诸子短书，杂家小说，论逆臣则呼为“问鼎”[41]，称巨寇则目以“长鲸”。邦国初基，皆云“草昧”；帝王兆迹，必号“龙飞”。斯并理兼讽喻，言非指斥[42]，异乎游、夏措词，南、董显书之义也[43]。如魏收《代史》[44]，吴均《齐录》[45]，或牢笼一世，或苞举一家，自可申不刊之格言，弘至公之正说。而收称刘氏纳贡，则曰“来献百牢”[46]；均叙元日临轩，必云“朝会万国”。夫以吴征鲁赋，禹计涂山[47]，持彼往事，用为今说，置于文章则可，施于简册则否矣[48]。

亦有方以类聚，譬诸昔人。如王隐称诸葛亮挑战，冀获曹咎之利[49]；崔鸿称慕容冲见幸，为有龙阳之姿[50]。其事相符，言之谠矣。而卢思道称邢邵丧子不恸，自东门吴已来，未之有也[51]；李百药称王琳雅得人心，虽李将军恂恂善诱，无以加也[52]。斯则虚引古事，妄足庸音，苟矜其学，必辨而非当者矣。

昔《礼记·檀弓》，工言物始[53]。夫自我作故，首创新仪，前史所刊，后来取证。是以汉初立槽，子长所书[54]；鲁始为髽，丘明是记[55]。河桥可作，元凯取验于《毛诗》[56]；男子有笄，伯支远征于《内则》[57]。即其事也。案裴景仁《秦记》称苻坚方食，抚盘而诟[58]；王劭《齐志》述洛干感恩，脱帽而谢。及彦鸾撰以新史，重规删其旧录，乃易“抚盘”以“推案”，变“脱帽”为“免冠”[59]。夫近世通无案食，胡俗不施冠冕，直以事不类古，改从雅言，欲令学者何以考时俗之不同，察古今之有异？

……至如翼犍，道武所讳；黑獭，周文本名[60]。而伯起革以他语，德棻阙而不载[61]。盖厖降、蒯聩，字之媸也[62]；重耳、黑臀，名之鄙也[63]。旧皆列以《三史》，传诸五经，未闻后进谈讲，别加刊定。况齐丘之犊，彰于载谶；（原注：杜台卿《齐记》载谶云：“首牛入西谷，逆犊上齐丘”也[64]。）河边之狗，著于谣咏。（原注：王劭《齐志》载谣云：“獾獾头团圞，河中狗子破尔菀[65]”也。）明如日月，难为盖藏，此而不书，何以示后？亦有氏姓本复，减省从单，或去“万纽”而留“于”，或止存“狄”而除“库”。求诸自古，罕闻兹例[66]。

昔夫子有云：“文胜质则史[67]。”故知史之为务，必藉于文。自五经已降，《三史》而往，以文叙事，可得言焉。而今之所作，有异于是。其立言也，或虚加练饰，轻事雕彩；或体兼赋颂，词类俳优。文非文，史非史，譬夫乌孙造室，杂以汉仪[68]，而刻鹄不成，反类于鹜者也。

上海古籍出版社版王煦华校点《史通通释》卷六

注释

[1] 权舆：始，开端。

[2] “斯盖”四句：承上文言——《尚书》记上古事，其时风俗淳厚，人事简质，《春秋》记东周事，其时风俗浇薄，人事繁复，故《尚书》可以“寡事”，《春秋》虽不能“寡事”，但仍做到了“省文”。那么记事虽丰，文辞却能做到简约，乃是述作之最优者。

[3] “聚蚊”二句：喻积少成多，便会造成严重后果。“聚蚊”句见《汉书·中山靖王胜传》，颜师古注：“言众蚊飞声有若雷也。”“群轻”句，见《战国策·魏

策》。

[4]“载之”句：两辆车才装载得下。两，即“辆”。《后汉书·吴祐传》：“此书若成，则载之兼两。”

[5]“《左传》”三句：《左传·文公十五年》载，宋国使者司马华耦来鲁国订立盟约，文公欲与之宴，耦辞曰：“臣之先臣督，得罪于宋殇公……臣承其祀，其敢辱君？”按：华耦以其曾祖华督乃宋之罪人，故不敢屈辱文公亲自参加宴会，《左传》记其事，且曰：“鲁人以为敏。”杜预注：“无故扬其先祖之罪是不敏。鲁人以为敏，明君子所不与也。”孔疏：“鲁人，鲁钝之人。”

[6]“鲁人”三句：按：孔颖达、刘知幾以“鲁钝之人”释“鲁人”，后世亦有驳之者。明陆粲《左传附注》卷四云：“鲁人，谓鲁国人耳。孔以杜注云‘君子所不与’，故为此解以求合注，意亦固矣。”今人杨伯峻《春秋左传注》亦云：“鲁人，鲁国之人也。《孔疏》谓‘鲁钝之人’，误。说详焦循《补疏》、桂馥《札朴》。”又，左氏云“鲁人以为敏”，学者或以为乃称赞之语，并无贬义于言外。如顾炎武《左传杜解补正》卷中云：“《传》以华孙（即华耦）辞宴为合于礼，《解》失之。”桂馥《札朴》卷二“鲁人”条亦云：“华耦以其曾祖督有罪，自以为罪人子孙，不敢与鲁公宴，可谓自审，故鲁人称其敏。敏，审也。”顾、桂之说似是。然刘知幾据以“鲁”为“鲁钝”，故以为“省句”。又，刘知幾云“《礼记》中已有注解”，如《礼记·檀弓下》“邾娄考公之丧”节“容居，鲁人也”，郑玄注：“鲁，鲁钝也。”尚有其他例子。参陈汉章《史通补释》。

[7]“陨石”句：见《左传·僖公十六年》。

[8]“夫闻之”三句：杜预注云：“闻其陨，视之石，数之五。各随其闻见先后而记之。”

[9]“若《公羊》”六句：郄，“郤”之俗写。《公羊传·成公二年》载，晋郤克、鲁臧孙许聘于齐，二人一跛一眇，齐“于是使跛者迓跛者，使眇者迓眇者”。《谷梁传》载其事于成公元年，云：“季孙行父秃，晋郤克眇，卫孙良夫跛，曹公子手偻，同时而聘于齐。齐使秃者御秃者，使眇者御眇者，使跛者御跛者，使偻者御偻者。”（范宁注：御音迓。迓，迎也。）《史通》此处“公羊”当作“谷梁”。

[10]“《汉书》”四句：浦起龙云：“《汉书·张苍传》：‘免相后，口中无齿，食乳。’按句上无‘年老’字。又按：本传全录《史记》。《史记》有‘老’字，无‘年’字。岂唐初写本《汉书》有此二字耶？”按：荀悦《汉纪》卷八载其事，有“年老”二字。或刘知幾误记。

[11] 筌：捕鱼所用竹器。

[12] “捕高鸟”二句：《淮南子·说山训》：“有鸟将来，张罗而待之。得鸟者，罗之一目也；今为一目之罗，则无时得鸟矣。”刘知幾语本此，然而不够融通，故浦起龙曰：“《史通》翻用其文，然失之迫隘，不若原文之善喻也。”罝，网。

[13] “既执”句：此句疑有讹误。纪昀评“既执”上似脱“鱼鸟”二字。

[14] 渖：汁液，喻精华。

[15] “能损”二句：《老子》四十八章：“为道日损，损之又损。”又一章：“玄之又玄，众妙之门。”此喻叙事精简之道及变化之妙。

[16] “轮扁”二句：皆喻妙处难以言说。轮扁事见《庄子·天道》，伊挚事见《吕氏春秋·本味》：“（伊尹）对曰：……鼎中之变，精妙微纤，口弗能言，志不能喻。”伊挚即伊尹。《文心雕龙·神思》：“伊挚不能言鼎，轮扁不能语斤，其微矣乎！”

[17] “句积”二句：《文心雕龙·章句》：“积句而成章，积章而成篇。”

[18] 将：与。

[19] 较：明白。

[20] “帝乃”二句：见伪古文《尚书·舜典》。殂落，死去。浦起龙云：“德盛、民戴皆见。”

[21] “启呱呱”二句：见伪古文《尚书·益稷》。《伪孔传》：“启，禹子也。禹治水，过门不入，闻启泣声，不暇子名之。”浦起龙云：“忧国、忘家皆见。”

[22] “前徒”二句：伪古文《尚书·武成》：“罔有敌于我师，前徒倒戈，攻于后以北，血流漂杵。”《伪孔传》：“纣众服周仁政，无有战心，前徒倒戈，自攻于后以北走。血流漂舂杵，甚之言。”浦起龙云：“纣虐、民愤皆见。”

[23] “四罪”句：见伪古文《尚书·舜典》。四罪，指舜流共工、放驩兜、窜三苗、殛鲧。浦起龙云：“凶德、公心皆见。”

[24] 斥苦：浦起龙云：“旧作‘斥非’，于文不顺，当是‘斥苦’之讹。”又云：“盖竭力求及之意。”

[25] “士会”二句：《左传·宣公十六年》载，晋“命士会将中军，且为太傅，于是晋国之盗逃奔于秦”。浦起龙云：“政善可知。”

[26] “邢迁”二句：春秋时邢国为中山所亡，卫国为狄人所灭，齐桓公助其复建国，迁邢于夷仪，封卫于楚丘。《左传·闵公二年》叙其事云：“邢迁如归，卫国忘亡。”浦起龙云：“安集可知。”

[27] “犀革裹之”三句：《左传·庄公十二年》载，宋万弑其君，亡奔于陈，“陈人使

妇人饮之酒，而以犀革裹之。比及宋，手足皆见”。浦起龙云：“勇、闷可知。”

[28]“三军”二句：《左传·宣公十二年》载，楚王伐萧，时冬日严寒，“王巡三军，拊而勉之，三军之士皆如挟纩”。挟纩，穿着绵衣。纩，丝绵。浦起龙云：“感悦可知。”

[29]反三隅：《论语·述而》：“子曰：……举一隅而示之，不以三隅反，则吾不复也。”

[30]“高祖”二句：事见《史记·淮阴侯列传》《汉书·韩信列传》。浦起龙云：“倚任可知。”

[31]“汉兵”二句：《史记·项羽本纪》载，汉军为楚所败，汉卒“十余万人皆入睢水，睢水为之不流”。《汉书·项籍列传》亦载其语。浦起龙云：“败形可知。”

[32]“董生”二句：《北堂书钞》卷九七“好学”引《汉书》：“董仲舒少耽学业，乘马三年，不知牝牡。”按：今本《史记》《汉书》均不见此语。浦起龙云：“专业可知。”

[33]“翟公”二句：《史记·汲黯郑当时列传》：“始翟公为廷尉，宾客阗门；及废，门外可设雀罗。”《汉书·张冯汲郑传》亦载其事。浦起龙云：“凉态可知。”

[34]“一言”句：《论语·为政》：“子曰：《诗三百》，一言以蔽之，曰：思无邪。”一言谓一句。《毛诗·关雎》孔颖达疏云：“句则古者谓之为言。……秦汉以来，众儒各为训诂，乃有句称。”又一字亦称一言。挚虞《文章流别论》：“古之诗有三言、四言、五言、六言、七言、九言。”即以言称字。

[35]处道：晋王沈字。《史通·古今正史》云撰魏史者多人，“王沈独就其业，勒成《魏书》四十四卷”。

[36]“原注”七句：此指王沈所撰《魏书》。其书已佚，此处引文及裴松之评语见陈寿《三国志·魏书·邓哀王传》注。按：容、貌、姿三字义近，故裴氏云。

[37]子昇：北魏文人温子昇。君懋：王劭字。

[38]永安记：又名《永安故事》，温子昇撰，三卷，已佚。永安，北魏孝庄帝年号(528—530)。

[39]支言：支蔓之言。

[40]“盘石”二句：盘石，巨石，喻稳固。带河，谓河如衣带。汉初封爵之誓言，曰“河如带”，意谓即使经千百年，河如衣带，封国亦安宁如故。建侯，《周易·屯》之卦爻辞、《豫》之卦辞皆云“利建侯”，《书·康王之诰》云“建侯树屏”。

俾侯，《诗·鲁颂·閟宫》云“俾侯于鲁”，“俾侯于东”。二句谓汉以后皇子封王，而作者言其事，却用“建侯”“俾侯”典故，称之为侯。

[41] 问鼎：《左传·宣公三年》：“楚子伐陆浑之戎，遂至于雒，观兵于周疆。(周)定王使王孙满劳楚子，楚子问鼎之大小、轻重焉。”鼎，九鼎，传为夏时所铸，商、周历世相传，为天命之象征。问鼎，有欲夺取政权之意。

[42] “理兼”二句：谓用“问鼎”“长鲸”“草昧”“龙飞”等语皆含比兴，不是直说。讽喻，意谓不直说。斥，直指而言，明言。

[43] “异乎”二句：意谓诸子杂家为文多修饰，与史家据实措词不同。游夏，子游、子夏，皆孔子高弟。曹植《与杨德祖书》：“昔尼父之文辞，与人通流；至于制《春秋》，子游、子夏之徒，不能赞一辞。”(按：今本《史记·孔子世家》无“子游”字。以《论语》有“文学子游、子夏”之语，故曹植连类及之。)南董，南史、董狐。

[44]《代史》：指魏收《魏书》。北魏初期国号代。

[45]《齐录》：指吴均所撰《齐春秋》三十卷，已佚。

[46] “收称”二句：《魏书·世祖纪下》：“(刘)义隆使献百牢，贡其方物。”又《岛夷刘裕传》亦有其语。献百牢，用《左传》语。《左传·哀公七年》载，哀公与吴会于鄫，“吴来征百牢”。百牢，一百份牢。牢，祭祀或享宴所用牲畜，牛羊豕各一曰太牢，羊豕各一曰少牢。

[47] “禹计”句：相传“禹合诸侯于涂山，执玉帛者万国”(《左传·哀公七年》)。计，指合计与会诸侯的数字。

[48] 简册：此指史籍。

[49] “如王隐”二句：王隐，晋人，所著《晋书》已佚。诸葛亮挑战，当指蜀魏对峙，司马懿坚守不出，亮遗以巾帼欲激怒之之事。其事亦载于孙盛《晋阳秋》(《世说新语·方正》注引)。曹咎，楚大司马。楚汉相争时，项羽令其谨守成皋勿出，后因不能忍受汉军挑战的侮辱，出战大败，自杀(见《史记·项羽本纪》)。

[50] “崔鸿”二句：崔鸿，见《言语》注[17]。《太平御览》卷五七〇引崔鸿《十六国春秋》：“初，苻坚……灭燕。慕容冲姊清河公主年十四，有殊色，坚纳之，宠冠后庭。冲时年十二，亦有龙阳之美。坚又幸之。”龙阳，战国时魏王男宠龙阳君(见《战国策·魏策》)，后因以为男宠代称。

[51] “卢思道”三句：卢思道，初仕北齐，入北周、隋，官终散骑侍郎。著《知己传》一卷(见《隋书·经籍志》)，书中当载邢邵丧子事。其事今又见于《北齐书》

《北史》本传。东门吴丧子不忧，见《战国策·秦策》《列子·力命》。

[52]“李百药”三句：王琳，南朝梁人，兵败，为陈吴明彻所杀。李百药称道琳语，见《北齐书》本传。李将军，指西汉李广。

[53]“昔《礼记·檀弓》”二句：《檀弓》，《礼记》篇名。其言事物之始，如“故孔氏之不丧出母，自子思始也”“士之有诔，自此始也”“邾娄复之以矢，盖自战于升陉始也”等。杨明照《史通通释补》：“按《梁书·处士·何胤传》：胤曰：《檀弓》两卷，皆言物始。”

[54]“汉初”二句：槥，小棺。子长，司马迁字。浦起龙云：“当作孟坚。”是。如《汉书·高帝纪》：“八年冬……十一月，令士卒从军死者为槥归其县，县给衣衾棺葬具。”

[55]“鲁始”二句：《左传·襄公四年》载，臧纥“侵邾，败于狐骀。国人逆丧者皆髽。鲁于是乎始髽”。髽，以麻编发。以死者众，不能备齐丧服，故髽。

[56]“河桥”二句：《晋书·杜预传》：“预……请建河桥于富平津。议者以为殷、周所都，历圣贤而不作者，必不可立故也。预曰：‘造舟为梁，则河桥之谓也。’”造舟为梁，《诗经·大雅·大明》句。元凯，杜预字。

[57]“男子”二句：北魏时王肃云古代唯妇人有笄，男子则无；刘芳引《礼记·内则》以证男女皆有。事见《魏书》《北史·刘芳传》。伯支，刘芳字，见《北史》本传，《魏书》作伯文。笄，簪。

[58]“裴景仁”二句：裴景仁，南朝宋人，著《秦记》十一卷，今佚。抚，拍击。

[59]“及彦鸾”四句：崔鸿《十六国春秋》已佚，易“抚盘”为“推案”之文不可得见。《晋书·苻坚载记》载其事云：“坚率步骑二万讨姚苌于北地……苌军渴甚……人有渴死者。俄而降雨于苌营，营中水三尺，周营百步之外，寸余而已，于是苌军大振。坚方食，去案怒曰：天其无心，何故降泽贼营！”陈汉章《史通补释》曰：“案食盛行于两汉。……《急就篇》颜师古注：有足曰案，无足曰檠。……魏晋以后始用盘不用案耳。”李百药（字重规）《北齐书》变“脱帽”为“免冠”，见《万俟普传》：“子洛，字受洛干。……高祖……尝亲扶上马。洛免冠稽首曰：愿出死力，以报深恩。”

[60]“至如”四句：翼犍，北魏开国之主拓跋什翼犍，后追尊为高祖昭成皇帝。道武，魏太祖拓跋珪，昭成嫡孙，谥道武皇帝。黑獭，指北周文帝宇文泰。《周书·文帝纪》云：“太祖文皇帝宇文氏，讳泰，字黑獭。”

[61]“伯起”二句：伯起，魏收字，著《魏书》。德棻，令狐德棻，著《周书》。按“什翼犍”见今本《魏书·帝纪》，“黑獭”亦见《周书》，刘知幾云“革以他语”“阙

而不载”，未知所谓。余嘉锡《四库提要辩证》“周书”条云：“详其语意，盖谓当称名之处则阙而不载，如所谓‘贺拔公虽死，宇文讳尚存’者，本当作‘宇文黑獭’耳。”

[62] 尨降：《左传·文公十八年》：“昔高阳氏有才子八人……天下之民，谓之八恺。”其中之一为龙降。尨降即龙降。蒯聩：春秋卫灵公太子，后立为庄公。见于《春秋》《史记》《汉书》等。

[63] 重耳：春秋晋文公名，见于《左传》《礼记》《史记》《汉书》等。黑臀：晋成公名，文公之子，见于《春秋》《史记》等。

[64] “杜台卿”三句：杜台卿，历仕北齐、隋。著《玉烛宝典》十二卷、《齐记》二十卷等。首牛二句，指拓跋什翼犍而言。

[65] “玃玃”二句：指宇文黑獭而言。菀，通“苑”，园囿。

[66] “亦有”六句：北魏诸姓，原多为多音节。孝文帝迁都洛阳后多改为单姓，如“勿忸于”改为“于”，“厍狄”改为“狄”之类，悉载于《魏书·官氏志》。刘知幾似以此批评史家，其实乃是孝文帝汉化政策之反映。

[67] “文胜质”句：见《论语·雍也》。

[68] “譬夫”二句：“乌孙”，当作“龟兹”。《汉书·西域传》载，龟兹王绛宾“治宫室，作徼道周卫，出入传呼，撞钟鼓，如汉家仪。外国胡人皆曰：驴非驴，马非马，若龟兹王，所谓骡也”。陈汉章曰：“其传上言龟兹王留乌孙公主女，故《史通》误作乌孙。”

说明

叙事在史书写作中自然十分重要，《史通》对此亦甚为重视。在这方面，刘知幾的基本观点除了要求真实之外，便是尚简，他将“文约而事丰”视为叙事文字的重大优点。其论述也颇体现出文学意义。

刘知幾尚简与反对骈俪文风的影响有关。《叙事》篇举出王沈《魏书》的例子加以批评。本来“貌美”二字已很明白，王沈却偏说“容貌姿美”，那便是受了骈文影响，以四字足句。此外如《杂说》下“原注”引萧韶《太清记》：“温子昇《永安故事》言尔朱世隆之攻没建康也，怨痛之响，上彻天阍；酸苦之极，下伤人理。”然后批评道：“语非简要，而徒积字成文”，并指出其患乃由于求偶对而造成，“此之为害，其流甚多”。刘知幾对于史家叙事时“尤工复语”“雅好丽(俪)词”是甚为不满的。不过应该说明，刘知幾还不是一般地反对骈文。《史通》文辞虽较质实，但大体上仍是骈偶文体。他只是认为史书文辞应该区别于一般文章,只是反对史传著述浸染骈俪文风而已。

在刘知幾尚简的主张中,“用晦”之说尤值得注意。“用晦”并非晦涩,而是言简意赅、辞浅义深、意在言外。其具体方法有多种。有的是运用新鲜生动的比喻,如以三军“皆如挟纩”形容将士感悦,以“如失左右手”形容失去良佐。有的是恰当地夸饰,如“血流漂杵”“睢水为之不流”令人想到战斗之激烈、死伤者之多。而最有文学意味的,是运用富有表现力的、形象化的细节。如三年乘马不知牝牡、犀革裹之手足皆见、逐敌归来槊血满袖(见《模拟》篇所举)之类。此即后人所谓闲中着笔、颊上添毛、以刻画琐细为能,不仅古文家用于叙事写人,且小说家也颇用其法。所谓用晦,不仅使文辞精简,而且加强了表现力,其实是并不隐晦的。

刘知幾崇尚简要,体现了欣赏文辞精简、峻洁的审美趣味,例如他批评《谷梁传》“跛者逆跛者”等三句太繁,便是一例。但文辞精简也应掌握分寸,未必越简越好。即以《谷梁传》之例言,其文句重复使读者印象深刻,言外有诙谐之趣。若改为“各以其类逆”,则“于神情不生动”(魏际端《魏伯子文集》卷四)。顾炎武《日知录·文章繁简》云:“辞主乎达,不论其繁与简也。”是正确的。不过若结合《史通》的写作背景看,刘知幾尚简之论当是针对南北朝、初唐史家的烦芜而发,因此其主要倾向是合理的。

《叙事》篇还论及叙事用语的真实性问题,反对滥用典故以作润饰,反对涉及名物制度时借用古语。这些主张,也都颇为合理。

十七势(节录)

〔唐〕王昌龄

作者简介

王昌龄(?—756或757),字少伯,太原(今属山西)人,一说京兆(今陕西西安)人。曾为秘书省校书郎、汜水尉、江宁丞(一说为江宁尉)等职。开元末期曾贬谪岭南,天宝中又贬龙标(今湖南黔阳西南)尉。安史乱起,北归,道经亳州(今安徽亳州),为刺州闾丘晓所杀。昌龄当日诗名籍甚。著有《诗格》,已佚。当日亦颇为人所重,日僧遍照金刚携回日本,称“近代才子,切爱此格”(遍照金刚《书刘希夷集献纳表》)。其所撰《文镜秘府论》载有昌龄论诗语,当即出于王氏《诗格》,较为可靠。南宋陈应行重编之《吟窗杂录》收有昌龄《诗格》《诗中密旨》,则经后人窜改增益,恐非复王氏之旧。《旧唐书》卷一百九十下、《新唐书》卷二百三有传。

王氏论文云:诗有学古今势一十七种[1],具列如后:

……

第三,直树一句,第二句入作势。

直树一句者,题目外直树一句景物当时者,第二句始言题目意是也。昌龄《登城怀古》诗入头便云:"林薮寒苍茫,登城遂怀古。"又《客舍秋霖呈席姨夫》诗云:"黄叶乱秋雨,空斋愁暮心。"又:"孤烟曳长林,春水聊一望。"又《送鄢贲觐省江东》诗云:"枫桥延海岸,客帆归富春。"又《宴南亭》诗云:"寒江映村林,亭上纳高洁。"

第四,直树两句,第三句入作势。

直树两句,第三句入作势者,亦题目外直树两句景物,第三句始入作题目意是也。昌龄《留别》诗云:"桑林映陂水,雨过宛城西。留醉楚山别,阴云暮凄凄。"

第五,直树三句,第四句入作势。

直树三句,第四句入作势者,亦有题目外直树景物三句,然后即入其意。亦有第四第五句直树景物,后入其意,然恐烂不佳也。昌龄《代扶风主人答》云:"杀气凝不流,风悲日彩寒,浮埃起四远,游子弥不欢。"(原注:此是第四句入作势。)又《旅次盩厔过韩七别业》诗云:"春烟桑柘林,落日隐荒墅,泱漭平原夕,清吟久延伫。故人家于兹,招我渔樵所。"(原注:此是第五句入作势。)

第六,比兴入作势。

比兴入作势者,遇物如本立文之意,便直树两三句物,然后以本意入,作比兴是也[2]。昌龄《赠李侍御》诗云:"青冥孤云去,终当暮归山。志士杖苦节,何时见龙颜?"又云:"眇默客子魂,倏铄川上晖[3]。还云惨知暮,九月仍未归。"又:"迁客又相送,风悲蝉更号[4]。"又崔曙诗云:"夜台一闭无时尽,逝水东流何处还。"又鲍照诗曰:"鹿鸣思深草,蝉鸣隐高枝。心自有所疑，傍人那得知[5]。”

第七，谜比势。

谜比势者，言今词人不悟有作者意，依古势有例。昌龄《送李邕之秦》诗云：“别怨秦楚深，江中秋云起。（原注：言别怨与秦楚之深远也。别怨起自楚地，既别之后，恐长不见，或偶然而会，以此不定，如云起上腾于青冥，从风飘荡，不可复归其起处，或偶然而归尔。）天长梦无隔，月映在寒水。”（原注：虽天长，其梦不隔。夜中梦见，疑由相会，有如别[6]，忽觉，乃各一方，互不相见；如月影在水，至曙，水月亦了不见矣。）

……

第九，感兴势。

感兴势者，人心至感，必有应说，物色万象，爽然有如感会。亦有其例。如常建诗云：“泠泠七弦遍，万木澄幽音。能使江月白，又令江水深[7]。”又王维《哭殷四》诗云：“泱漭寒郊外，萧条闻哭声。愁云为苍茫，飞鸟不能鸣。”

第十，含思落句势[8]。

含思落句势者，每至落句，常须含思，不得令语尽思穷。或深意堪愁，不可具说，即上句为意语，下句以一景物堪愁、与深意相惬便道。仍须意出感人始好。昌龄《送别》诗云：“醉后不能语，乡山雨雰雰。”又落句云：“日夕辨灵药，空山松桂香。”又：“墟落有怀县，长烟溪树边。”又李湛诗云：“此心复何已，新月清江长。”

……

第十五，理入景势[9]。

理入景势者，诗不可一向把理[10]，皆须入景语始清味。理欲入景势，皆须引理语，入一地及居处所在[11]，便论之；其景与理不相惬，理通无味。昌龄诗云：“时与醉林壑，因之堕农桑。槐烟稍含夜，楼月深苍茫。”

第十六，景入理势。

景入理势者，诗一向言意[12]，则不清及无味；一向言景，亦无味。事须景与意相兼始好。凡景语入理语，皆须相惬，当收意紧。不可正言景语，势收之，便论理语，无相管摄。方今人皆不作意[13]，慎之！昌龄诗云："桑叶下墟落，鹍鸡鸣渚田。物情每衰极，吾道方渊然。"

中华书局卢盛江《文镜秘府论汇校汇考》地卷

注释

[1] 势：态势，样子。此处指语势，即诗句相互之间的关系。

[2] "然后"句：此虽称先写物后写本意，但下举诗例亦有先写本意，后写作为喻体的物的。见注[3][4]。

[3] "眇默"二句：此以川上斜晖之明灭喻客子之心魂。

[4] "迁客"二句：此以蝉之哀鸣喻迁客之离别，亦喻体在后。

[5] "鹿鸣"四句：见鲍照《代别鹤操》。思，《鲍参军集》作"在"。疑，《鲍参军集》作"存"。

[6] "疑由"二句：由，通"犹"。有，通"又"。

[7] "泠泠"四句：见常建《江上琴兴》。

[8] 落句：结尾之句。

[9] 理：事，泛指诗中写景之外的叙说事理等，不专指道理。

[10] 一向：王利器《文镜秘府论校注》："一向，本书习用语。下文云：'诗一向言意，则不清及无味；一向言景，亦无味。'南卷《论文意》：'若一向言意，诗中不妙及无味。'又：'诗不得一向把，须纵横而作。'寻《药师经》云：'彼佛国土，一向清净，无有女人。'则一向者，犹言全也。"卢盛江云："一向，犹一味，一意。"白居易《昭君怨》："自是君恩薄如纸，不须一向怨丹青。"日本圆仁《入唐求法巡礼行记》："恐天下百姓一向作铜器，无铜铸钱，所以禁断矣。"

[11] "引理语"句：大意谓安置叙说事理之句，使诗人本意突出、有着落。南卷《论文意》云："夫诗，一句即须见其地居处。如'孟夏草木长，绕屋树扶疏，众鸟欣有托，吾亦爱吾庐'。若空言物色，则虽好而无味，必须安立其身。"所谓"一句即须见其地居处"，指"吾亦爱吾庐"句。又："诗有'明月下山头，天河横戍楼。白云千万里，沧江朝夕流。浦沙望如雪，松风听似秋。不觉烟霞曙，花鸟乱芳洲'。并是物色，无安身处，不知何事如此也。"谓未将诗人自身放入诗中，不知诗人本意何在。

[12] 意：指诗中写景之外的叙说事理。就诗人而言为"意"，就所述者而言曰"理"。

[13] 作意：用心。

说明

“十七势”就诗句的先后安排、诗句间相互关系等，举出十七种情形，其目的大约是作为范式以教授初学，而从中亦反映出一些颇值得注意的诗歌美学思想。

首先，关于诗中写景、情景关系，王昌龄认为诗中若全是述写情事而无写景语，或全是写景语而无述写情事的句子，便都“无味”。应将二者适当配合。而且景语和述写情事语须“相惬”，须互相“管摄”，关系紧密。我们知道，魏晋南北朝的文学理论很注重自然景物与文学的关系。南朝山水诗、咏物诗的兴盛更促进了这方面理论的发展。而某些作者只顾写景而情感寡少，也引起了读者的不满，遂有初唐元兢要求“以情绪为先”“以物色留后”的议论。王昌龄这里则要求二者相兼，紧密配合，可说是情景关系理论的进一步发展。

第九势即感兴势，说的是情景关系中的一种情况，即诗人情感强烈，“外射”于景物，使景物涂上了主观色彩。关于此点，古人也很早就有所体会。如潘岳《哀永逝文》云：“视天日兮苍茫，面邑里兮萧散。匪外物兮或改，固欢哀兮情换。”庾信《拟连珠》说得更加明白：“盖闻性灵屈折，郁抑不扬，乍感无情，或伤非类。是以嗟怨之水，特结愤泉；感哀之云，偏含愁气。”骆宾王《在狱咏蝉诗序》云：“秋蝉疏引，发声幽息，有切尝闻。岂人心异于曩时，将虫声悲乎前听？”由于身陷囹圄，心境悲凉，蝉声也便更显凄切。潘岳、庾信、骆宾王还未直接说到此种心物关系在作品中如何表现，王昌龄则已总结为诗中常见的体式。潘、庾、骆所体会到的强烈情感都是悲痛之情，王昌龄则有所突破。所举常建诗表现的便是一种极度幽深清绝的心理感受。近代王国维《人间词话》提出著名的“有我之境”“无我之境”说，“感兴势”即大体与“有我之境”相当。

第十势含思落句势亦颇为重要。它体现了对韵味悠长、含蓄不尽的诗美的自觉追求，而且提出了实现此种诗美的一种方法，即以相应的写景句结尾。晚唐五代诗格如齐己《风骚旨格》、文彧《诗格》都论及诗尾当含不尽之意。《风骚旨格》“诗有六断”中有“取时”一类，举齐己《边上》结尾“西风起边雁，一一向潇湘”为例，尤与王昌龄所说相近。南宋沈义父《乐府指迷》云：“结句须要放开，含有余不尽之意。以景结情最好。”亦可谓与王说一脉相承。

除了论诗中景语、情语（王氏称“理语”“意语”）关系外，“十七势”中“比兴入作势”“谜比势”亦应对之略加说明。二者都是论比兴，只是“谜比势”特为隐晦而已。兴为六义之一，汉儒释为“托事于物”（《周礼·大师》郑玄注引郑众语），即以

“物”（多为自然物）象征人事。其象征意义常深隐难知，故《文心雕龙·比兴》云“发注而后见”。而此种象征手法，对后世创作、理论均有深远影响。既是“托事于物”，则其喻体虽常是自然景物，却与一般的写景不一样。王氏这里所举诸例中的景语，有的看似有烘托气氛的作用，但王氏原意，是将它们看作比拟、寄托的（如以孤云终当归山拟象志士终当见到天子）。这种深隐的意义，与“含思落句势”所说含蓄不尽的韵味也并不是一回事。

论文意（节录）

〔唐〕王昌龄

……凡文章皆不难，又不辛苦。如《文选》诗云：“朝入谯郡界[1]”，“左右望我军[2]”，皆如此例，不难不辛苦也。

夫作文章，但多立意。令左穿右穴[3]，苦心竭智，必须忘身，不可拘束。思若不来，即须放情却宽之，令境生。然后以境照之[4]，思则便来，来即作文。如其境思不来，不可作也。

夫置意作诗，即须凝心，目击其物，便以心击之，深穿其境。如登高山绝顶，下临万象，如在掌中。以此见象，心中了见，当此即用。如无有不似，仍以律调之定，然后书之于纸，会其题目。山林、日月、风景为真，以歌咏之，犹如水中见日月。文章是景，物色是本[5]，照之须了见其象也。

夫文章兴作，先动气，气生乎心，心发乎言，闻于耳，见于目，录于纸。意须出万人之境，望古人于格下，攒天海于方寸。诗人用心，当于此也。……

夫用字有数般：有轻有重[6]；有重中轻，有轻中重；有虽重浊可用者，有轻清不可用者。事须细律之。若用重字，即以轻字拂之，便快也。

夫文章，第一字与第五字须轻清，声即稳也；其中三字纵重浊，亦无妨。如“高台多悲风，朝日照北林”。若五字并轻，则脱略无所止泊处；若五字并重，则文章暗浊。事须轻重相间，仍需以声律之。如“明月照积雪”，则“月”“雪”相拨[7]，及“罗衣何飘飖”，则“罗”“何”相拨[8]，亦不可不觉也。……

凡属文之人，常须作意。凝心天海之外，用思元气之前。巧运言词，精练意魄[9]，所作词句，莫用古语及今烂字旧意。改他旧语，移头换尾，如此之人，终不长进。为无自性[10]，不能专心苦思，致见不成。

凡诗人，夜间床头明置一盏灯，若睡来任睡，睡觉即起，兴发意生，精神清爽，了了明白，皆须身在意中。若诗中无身，即诗从何有？若不书身心，何以为诗？是故诗者，书身心之行李，序当时之愤气[11]。气来不适，心事不达，或以刺上，或以化下，或以申心，或以序事，皆为中心不决，众不我知[12]。由是言之，方识古人之本也。

凡作诗之人，皆自抄古今诗语精妙之处，名为随身卷子，以防苦思。作文兴若不来，即须看随身卷子，以发兴也。……

诗有意好言真，光今绝古，即须书之于纸，不论对与不对，但用意方便，言语安稳，即用之。若语势有对，言复安稳，益当为善。……

凡神不安，令人不畅无兴。无兴即任睡，睡大养神。常须夜停灯[13]，任自觉，不须强起。强起即昏迷，所览无益。纸笔墨常须随身，兴来即录。若无纸笔，羁旅之间，意多草草[14]。舟行之后，即须安眠。眠足之后，固多清景，江山满怀，合而生兴。须屏绝事务，专任情兴。因此若有制作皆奇逸。看兴稍歇，且如诗未成，待后有兴成，却必不得强伤神。……

凡诗立意，皆杰起险作，傍若无人，不须怖惧。古诗云“古墓犁为田，松柏摧为薪[15]”，及“不信沙场苦，君看刀箭瘢[16]”是也。……

凡文章不得不对。上句若安重字、双声、叠韵，下句亦然。若上句偏安，下句不安，即名为离支。若上句用事，下句不用事，名为缺偶。故梁朝湘东王《诗评》云：“作诗不对，本是吼文，不名为诗。”……

中华书局版卢盛江《文镜秘府论汇校汇考》南卷

注释

[1]“朝入”句：见《文选》卷二七王粲《从军诗》之五。

[2]“左右”句：见《文选》卷二七王粲《从军诗》之四。

[3]左穿右穴：多方深求。

[4]昭：或作“照”。昭、照古通用。

[5]“文章”二句：意谓诗中所写为物色的映像，即上文“犹如水中见日月”之意。景，影。

[6]有轻有重：中古论音韵者用轻、重二字，或指声调言，或指声母言，或指送气不送气言，颇为淆杂，不易确解（参卢盛江《文镜秘府论汇校汇考·天卷·调声》“考释”）。此处下文所举“朝日照北林”之句，其朝、林二字平声，为“轻清”；日、照、北三字仄声，为重浊。

[7]“月”“雪”相拨：谓月、雪二字相妨碍。按：若依八病之说，“明月照积雪”犯蜂腰病。

[8]“罗”“何”相拨：依八病之说，“罗衣何飘飖”犯小韵病。

[9]意魄：唐代王焘《外台秘要方》卷三十九载，五脏之神有七，为魂、神、智、意、魄、志、精。此处泛指心思、意思而言。

[10]自性：佛家语，指人本来具有的智慧、佛性，自性迷即是众生，自性觉即是佛。此处借指作诗的智慧、灵性。

[11]愤气：积满充盈之气。《广雅·释诂》：“愤，盈也。”愤者，意有所郁结未得通之谓，不必悲怒始曰愤。

[12]“中心”二句：谓心意未得通，众人不知我心中所想。

[13]停灯：置灯，燃灯。

[14]草草：匆忙仓促。

[15]“古墓”二句：汉代古诗诗句。

[16]“不信”二句：王昌龄《代扶风主人答》诗句。

说明

据研究，《文镜秘府论》南卷《论文意》之前半，为王昌龄语，后半则为皎然语。王氏语与《十七势》一样，当出于其所著《诗格》。今为方便起见，即将此节王氏语题为“论文意”。

此节文字中，最引人注目的是论诗人构思的内容。王昌龄说诗人须“苦心竭智”，进入忘我的状态；又须尽量打开思路，无所拘束，“凝心天海之外，用思元气之前”。诗人构思虽极苦，但又不可强作，而应等待“兴发意生”。苦思是在诗兴勃发的前提下进行的，是指屏除杂念、思维高度集中和思维范围无限广阔而言，绝不是指没有诗思却硬作、陷入枯窘艰涩、“思轧轧其若抽”（陆机《文赋》语）的那种状态。

为了触发并保持诗兴，王昌龄提出了一些具体的方法，如欣赏江山清景以生兴，如观览古今妙句以发兴，而他特别强调诗人须在精神健旺清爽的状态下创作。为了保证神旺气爽，又须注意充分的休息。这些颇有实践意味的体会，必是自身创作的甘苦之言。

我国古代作家、文论家很早就对构思有亲切精彩的论述，不难看出王昌龄所论与前人有相通之处。不勉强、不硬作，古人多有此种观点。萧子显《南齐书·文学传论》便说构思当“委自天机”，“应思悱来，勿先构聚”，又自称“每有制作，特寡思功，须其自来，不以力构”。便强调在兴致盎然、情不能已的状态下自然成文。不过他说“特寡思功”，较为片面，不如王昌龄所说切实可行。盛唐时王士源《孟浩然诗集序》强调“浩然每为诗，伫兴而作，故或迟成”，也正与昌龄所说一致。至于保持精神健旺清爽这一点，刘勰甚至在《文心雕龙》中专设《养气》一篇以论之。

王昌龄论构思想象，有的地方比前人更为具体明确，他说诗人须“以心击之，深穿其境。……以此见象，心中了见……照之须了见其象”，就是说必须尽可能具体清晰地在脑海中浮现出外部境界。然后“以境照之”，即在此种境界之中进行思索。又说诗人“须身在意中”，就是说诗人须设身处地；诗并非纯写物色，而是须有诗人自身的感受。他强调“深穿其境”“以境照之”，颇值得注意。境、照本都是佛家语。境与识相对，识有感知体认的功能，境则是识所感知体认之物。《俱舍论颂疏》云：“若于彼法，此有功能。”“功能所托，名为境界。如眼能见色，识能了色，唤色为境界。”又云：“心之所游履攀援者，故称为境。”所谓“此”即眼、耳、鼻、舌、身、意六识，“彼”即色、声、香、味、触、法六境，彼此内外，是互相对应的关系。王昌龄借用其语，其“境”指通过想象浮现在心中的外物形象。他强调在构思过程中物象的重要性，比陆机、刘勰说得明确得多。而且此种对外境的强调，与后世“境界”“意境”之说亦有关系（意境说与传统的言志缘情说不同之处，即在于强调外境）。至于“照”，即观照，在佛家指一种澄心静虑后的冥想。它与智性的理解不同，要求的是心与物融会无间，冥合为一。王昌龄借用其语，指的是想象活动；今日看来，与有别于逻辑思维的艺术思维相近。

古风二首

〔唐〕李　白

作者简介

李白(701—762)，字太白，号青莲居士。生于西域碎叶，幼时随父迁居绵州昌隆(今四川江油)。青年时漫游各地，天宝元年入长安，应诏供奉翰林院。不到两年，即因谗被迫离京，复从事漫游，纵情诗酒，而其关注政治，希望建功立业的热情始终不灭。安史之乱中，因受聘入永王李璘幕府获罪，流放夜郎(今贵州桐梓一带)，半途遇赦放还，流落江南。时已高龄，尚欲入李光弼幕为讨伐安史叛军贡献力量。不幸半道病还，次年病卒于当涂。李白诗关心现实政治，豪放俊迈，清新自然，其论诗、评价历代诗人也体现了这样的精神。有《李太白文集》。《旧唐书》卷一百九十下、《新唐书》卷二百二有传。

其一

《大雅》久不作[1]，吾衰竟谁陈[2]。王风委蔓草[3]，战国多荆榛[4]。龙虎相啖食[5]，兵戈逮狂秦[6]。正声何微茫[7]，哀怨起骚人[8]。扬马激颓波，开流荡无垠[9]。废兴虽万变，宪章亦已沦[10]。自从建安来，绮丽不足珍[11]。圣代复元古[12]，垂衣贵清真[13]。群才属休明[14]，乘运共跃鳞。文质相炳焕[15]，众星罗秋旻[16]。我志在删述[17]，垂辉映千春。希圣如有立[18]，绝笔于获麟[19]。

其三十五

丑女来效颦，还家惊四邻[20]。寿陵失本步，笑杀邯郸人[21]。一曲斐然子[22]，雕虫丧天真。棘刺造沐猴，三年费精神[23]。功成无所用，楚楚且华身[24]。大雅思文王[25]，颂声久崩沦。安得郢中质，一挥成风斤[26]。

百花文艺出版社版詹锳主编《李白全集校注汇释集评》卷二

注释

[1] 大雅：《诗经》的一部分，为西周时期作品。《诗大序》："雅者，正也，言王政之所由废兴也。政有小大，故有《小雅》焉，有《大雅》焉。"

[2] "吾衰"句：谓孔子衰老，其时周王朝日趋没落，已无陈诗之举。《论语·述而》："子曰：甚矣吾衰矣，久矣吾不复梦见周公。"皇侃疏引李充曰："盖伤周德之日衰，哀道教之不行。"陈，指陈诗。《礼记·王制》："天子……命大师陈诗，以观民风。"郑玄注："陈诗，谓采其诗而视之。"

[3] "王风"句：谓周天子之教化已不行于世。王风，指周天子之风教，亦指体现风教之诗篇。《文选》卷二一谢瞻《张子房诗》："王风哀以思，周道荡无章。"李善注："《毛诗序》曰：《关雎》《麟趾》之化，王者之风。"委，弃。

[4] 榛：草木丛生杂乱貌。按：以上四句即《孟子·离娄下》"王者之迹熄而诗亡"之意。

[5] "龙虎"句：指战国群雄互相吞并。班固《答宾戏》："于是七雄虓阚，分裂诸夏，龙战虎争。"

[6] 狂秦：陶潜《饮酒》之二十："洙泗辍微响，漂流逮狂秦。"

[7] 正声：中和雅正之声，此指《诗经》而言。

[8] "哀怨"句：《诗大序》："乱世之音怨以怒，其政乖；亡国之音哀以思，其民困。"《史记·屈原贾生列传》："屈平之作《离骚》，盖自怨生也。"骚人，指《楚辞》作者屈原、宋玉等。

[9] "扬马"二句：意谓《诗经》之后，文章道衰；司马相如、扬雄等写作侈艳的赋，更是江河日下。

[10] 宪章：法度，指《诗经》所代表的美刺讽喻精神。

[11] "自从"二句：承上言汉赋之后，建安以迄陈隋，亦绮丽不足珍。

[12] 元古：上古，远古。

[13] "垂衣"句：《易·系辞下》："黄帝、尧、舜，垂衣裳而天下治。"《论衡·自然》："垂衣裳者，垂拱无为也。"清真：自然素朴。指统治者奉行的思想方针及社会文化等而言，不仅指文章风貌。

[14] 属：适逢。休：美好。

[15] "文质"句：承上指"群才"而言。文，指其文化修养；质，指其道德器用。

[16] 旻：秋天。

[17] 删述：《尚书序》："先君孔子生于周末，睹史籍之烦文，惧览者之不一，遂乃定礼乐，明旧章，删《诗》为三百篇，约史记而修《春秋》，赞《易》道以黜《八索》，述职方以除《九丘》。"《文心雕龙·宗经》："自夫子删述，而大宝咸耀。"

[18] 希圣：《文选》卷五三李康《运命论》："孟轲、孙卿，体二希圣。"希，想望。

[19] 获麟：《春秋》哀公十四年："西狩获麟。"《公羊》《谷梁》经文皆终于此，传说孔子所修《春秋》至此而止。杜预注："仲尼伤周道之不兴，感嘉瑞之无应，故因《鲁春秋》而修中兴之教，绝笔于获麟之一句。"后人或用为著作之意。萧绎《玄览赋》自称"嗟今来而古往，方绝笔于获麟"。

[20] "丑女"二句：《庄子·天运》："故西施病心而矉其里，其里之丑人见而美之，归亦捧心而矉其里。其里之富人见之，坚闭门而不出。贫人见之，挈妻子而去之走。"颦，即矉，皱眉蹙额之状。

[21] "寿陵"二句：《庄子·秋水》："且子独不闻夫寿陵余子之学行于邯郸与？未得国能，又失其故行矣，直匍匐而归耳。"寿陵，地名，属燕国。

[22] "一曲"句：一曲，犹言一偏，谓局促不通大道。《荀子·解蔽》："凡人之患，蔽于一曲而暗于大理。"斐然，妄作穿凿以成其文采。子，泛指人。

[23] "棘刺"二句：棘刺，酸枣树的刺。沐猴，猕猴。《韩非子·外储说左上》载，卫人自称"能以棘刺之端为母猴"，于是得到燕王供养。又《喻老》载，宋人以象牙雕刻为楮叶，三年乃成，以此食禄于宋。李白此处似合二事为一。

[24] 楚楚：《诗经·曹风·蜉蝣》："衣冠楚楚。"毛传："楚楚，鲜明貌。"

[25] "大雅"句：《大雅》首篇为《文王》。正大雅中歌咏文王功德者颇多。

[26] "安得"二句：慨叹世上没有可与讨论文章之道的人。《庄子·徐无鬼》："庄子送葬，过惠子之墓。顾谓从者曰：郢人垩漫其鼻端，若蝇翼，使匠石斫之。匠石运斤成风，听而斫之，尽垩而鼻不伤，郢人立不失容。宋元君闻之，召匠石曰：'尝试为寡人为之。'匠石曰：'臣则尝能斫之。虽然，臣之质死久矣。'自夫子之死也，吾无以为质矣，吾无与言之矣。"质，对象。斤，斧。

说明

李白《古风》凡五十九首，其中第一、第三十五首反映了他的文学思想。

第一首对《诗经》到唐以前的文学发展作了简要的回顾和评价。所肯定、崇奉的只有《诗经》，而于《楚辞》、汉赋以及建安以来的作品都语含贬抑。认为《楚辞》是乱世之音、亡国之音；汉赋滔滔不返，丧失了《诗经》的美刺讽谕精神；建安到南朝的文人，只知追求绮丽而已。此种看法，与南朝后期以至初唐的某些论者，如裴子野、李谔、王勃、卢藏用等有相通之处。这自然是一种极端偏激的看法，但却反映出李白尊崇《诗经》、主张复古的文学思想。还有，李白这里是将文学与政治紧密联系在一起加以评论的。他认为自己生逢大唐盛世，要写出光耀千古的著作，为这一盛世的文化作出贡献，而不甘心仅从事绮丽诗歌的创作。

第三十五首同样反映了复古思想，表现了对历代作者的不满。李白认为这些作者只知随波逐流、矫揉造作，耗费精神于无裨实用、无益政教的雕虫小技。同时，这首诗也反映出李白崇尚自然天真、鄙视模拟雕琢的审美观点。

李白的复古，其实是以复古为革新。他推崇《诗经》，是要求诗歌关注政治和社会现实，并非否定《诗经》以后艺术形式的发展，在这方面他自己的诗歌创作就是最好的说明。《古风》之一在评价历代创作时虽说了一些过头的话，但那是为了强调《诗经》地位崇高而发的偏激之言，实际上李白对历代优秀诗歌十分重视。他说："屈平词赋悬日月"(《江上吟》)，又说"蓬莱文章建安骨，中间小谢(谢朓)又清发"(《陪侍御叔华登楼歌》)。此类赞赏前代作者的话在其诗中屡屡可见。

在南朝诗人中，除谢朓外，李白经常表示赞赏的还有谢灵运。谢灵运的山水诗清新自然，与李白的审美趣味一致。李白《经乱离后天恩流夜郎忆旧游书怀赠江夏韦太守良宰》说："清水出芙蓉，天然去雕饰。"鲜明地表现出崇尚自然的诗歌思想。而"芙蓉出水"正是南朝人对谢灵运诗的形象比喻。李白自己的创作，也正是自然天真的典范。因此，《古风》三十五那样辛辣地挖苦以雕琢而自鸣得意的作者，是一点也不奇怪的。

河岳英灵集(选录)

〔唐〕殷　璠

作者简介

殷璠(生卒年不详)，润州(治今江苏镇江)人。为润州文学。曾编次同郡人储光羲、包融、丁仙芝等人诗为《丹阳集》(今不传)。又编选《河岳英灵集》，为唐人选唐诗中十分重要的一种。

叙曰：梁昭明太子撰《文选》，后相效著述者十余家，咸自称尽善。高听之士，或未全许。且大同至于天宝[1]，把笔者近千人，除势要及贿赂者，中间灼然可尚者，五分无二，岂得逢诗辄纂，往往盈帙？盖身后立节，当无诡随，其应诠拣不精，玉石相混，致令众口销铄，为知音所痛[2]。

夫文有神来、气来、情来，有雅体、野体、鄙体、俗体。编纪者能审鉴诸体，委详所来[3]，方可定其优劣，论其取舍。至如曹、刘，诗多直致[4]，语少切对，或五字并侧[5]，或十字俱平，而逸驾终存。然挈瓶肤受之流[6]，责古人不辨宫商徵羽，词句质素，耻相师范。于是攻异端[7]，妄穿凿，理则不足，言常有余[8]，都无兴象[9]，但贵轻艳。虽满箧笥，将何用之？

自萧氏以还[10]，尤增矫饰。武德初[11]，微波尚在。贞观末[12]，标格渐高。景云中[13]，颇通远调。开元十五年后[14]，声律风骨始备矣。实由主上恶华好朴，去伪从真，使海内词场，翕然尊古，南风周雅[15]，称阐今日[16]。

璠不揆[17]，窃尝好事，愿删略群才，赞圣朝之美。爰因退迹，得遂宿心。粤若王维、昌龄、储光羲等二十四人，皆河岳英灵也[18]，此集便以《河岳英灵》为号。诗二百三十四首，分为上下卷。起甲寅，终癸巳[19]。论次于叙，品藻各冠篇额[20]。如名不副实，才不合道，纵权压梁、窦[21]，终无取焉。

论曰：昔伶伦造律[22]，盖为文章之本也。是以气因律而生，节假律而明，才得律而清焉。预于词场[23]，不可不知音律焉。孔圣删诗，非代议所及[24]。自汉、魏至于晋、宋，高唱者十有余人；然观其乐府，犹有小失。齐、梁、陈、隋，下品实繁，专事拘忌，弥损厥道。夫能文者，匪谓四声尽要流美，八病咸须避之，纵不拈二[25]，未为深缺。即"罗衣何飘飘，长裾随风还[26]"，雅调仍在，况其他句乎？故词有刚柔，调有高下，但令词与调合，首末相称，中间不败，便是知音。而沈生虽怪"曹、王曾无先觉"，隐侯去之更远[27]。璠今所集，颇异诸家：既闲新声，复晓古体。文质半取，风骚两挟。言气骨则建安为俦[28]，论宫商则太康不逮，将来秀士，无致深惑[29]。

常建[30]

高才而无贵仕，诚哉是言。曩刘桢死于文学[31]，左思终于记室[32]，鲍昭卒于参军[33]。今常建亦沦于一尉，悲夫！建诗似初发通庄[34]，却寻野径，百里之外，方归大道。所以其旨远，其兴僻，佳句辄来，唯论意表。至如“松际露微月，清光犹为君[35]”，又“山光悦鸟性，潭影空人心[36]”，此例十数句，并可称警策。然一篇尽善者，“战余落日黄，军败鼓声死”，“今与山鬼邻，残兵哭辽水[37]”，属思既苦，词亦警绝。潘岳虽云能叙悲怨，未见如此章。

李白

白性嗜酒，志不拘检，常林栖十数载，故其为文章，率皆纵逸。至如《蜀道难》等篇，可谓奇之又奇。然自骚人以还，鲜有此体调也。

王维

维诗词秀调雅，意新理惬，在泉为珠，著壁成绘，一句一字，皆出常境。至如“落日山水好，漾舟信归风[38]”，又“涧芳袭人衣，山月映石壁”，“天寒远山净，日暮长河急[39]”，“贱日岂殊众，贵来方悟稀[40]”，“日暮沙漠陲，战声烟尘里[41]”，讵肯惭于古人也？

刘昚虚[42]

昚虚诗，情幽兴远，思苦词奇，忽有所得，便惊众听。顷东南高唱者十数人，然声律婉态，无出其右。唯气骨不逮诸公。自永明已还，可杰立江表[43]。至如“松色空照水，经声时有人[44]”，又“沧溟千万里，日夜一孤舟[45]”，又“归梦如春水，悠悠绕故乡[46]”，又“驻马渡江处，望乡待归舟”，又“道由白云尽，春与清溪长。时有落花至，远随流水香。开门向溪路，深柳读书堂。幽映每白日，清晖照衣裳[47]”，并方外之言也[48]。惜其不永，天碎国宝。

陶翰[49]

历代词人，诗笔双美者鲜矣[50]。今陶生实谓兼之。既多兴象，复备风骨。三百年以前,方可论其体裁也[51]。

高适[52]

适性拓落,不拘小节,耻预常科,隐迹博徒[53],才名自远。然适诗多胸臆语[54],兼有气骨,故朝野通赏其文。至如《燕歌行》等篇,甚有奇句。且余所最深爱者,“未知肝胆向谁是,令人却忆平原君[55]”,吟讽不厌矣。

崔颢[56]

颢少年为诗,属意浮艳,多陷轻薄。晚节忽变常体,风骨凛然。一窥塞垣,说尽戎旅。至如“杀人辽水上,走马渔阳归。错落金锁甲,蒙茸貂鼠衣[57]”,又“春风吹浅草,猎骑何翩翩。插羽两相顾,鸣弓新上弦[58]”,可与鲍照、江淹并驱也。

孟浩然[59]

余尝谓祢衡不遇[60],赵壹无禄[61],其过在人也。及观襄阳孟浩然罄折谦退[62],才名日高,天下籍甚,竟沦落明代,终于布衣,悲夫!浩然诗,文彩芊茸[63],经纬绵密,半遵雅调,全削凡体。至如“众山遥对酒,孤屿共题诗[64]”,无论兴象,兼复故实。又“气蒸云梦泽,波动岳阳城[65]”,亦为高唱。《建德江宿》云:“移舟泊烟渚,日暮客愁新。野旷天低树,江清月近人。”

王昌龄

元嘉以还[66],四百年内,曹、刘、陆、谢,风骨顿尽。顷有太原王昌龄、鲁国储光羲,颇从厥迹。且两贤气同体别,而王稍声峻。至如“明堂坐天子,月朔朝诸侯。清乐动千门,皇风被九州。庆云从东来,泱漭抱日流[67]”,又“云起太华山,云山互明灭。东峰始含景,了了见松雪[68]”,又“楮楠无冬春,柯叶连峰稠。阴壁下苍黑,烟含清江楼”,“叠沙积为冈,崩剥雨露幽。石脉尽横亘,潜潭何时流[69]”,又“京门望西岳,百里见郊树。飞雨祠上来,霭然关中暮[70]”,又“奸雄乃得志,遂使群心摇。赤风荡中原,烈火无遗巢。一人计不用,万里空萧条[71]”,又“百泉势相荡,巨石皆却立”,“昏为蛟龙怒,清见云雨入[72]”,又“去时三十万,独自还长安,不信沙场苦,君看刀箭瘢[73]”,又“芦荻寒苍江,石头岸边饮[74]”，又“长亭酒未酣，千里风动地。天仗森森练雪拟，身骑铁骢白鹰臂[75]”，斯并惊耳骇目。今略举其数十句，则中兴高作可知矣。余尝睹王公《长平伏冤文》《吊枳道赋》，仁有余也。奈何晚节不矜细行，谤议沸腾，再历遐荒，使知音叹惜。

陕西人民教育出版社版傅璇琮编撰《唐人选唐诗新编》

注释

[1] 大同：梁武帝年号(535—546)。天宝：唐玄宗年号(742—756)。

[2] “盖身后”六句：意谓选家录载评量已逝者的作品，当不至于不顾是非而妄从；应是选择不精，好坏不分，以致招来众口谤议，使知音者感到痛心。节，标准，度量。诡随，不顾是非而妄随人意。诠拣，选择。铄，消。《国语·周语下》：“众口铄金。”

[3] 委详所来：熟识详知作品是神来还是气来、情来。委，知悉，熟谙。

[4] 直致：谓直陈其意，不事雕琢。《文镜秘府论·地卷·十体》载崔融语：“直置体者，谓直书其事置之于句者是。”直致意同直置。

[5] 侧：即“仄”，不平。

[6] 挈瓶肤受：谓见识狭小肤浅。挈瓶，见《文赋》注[152]。肤受，喻浅薄。《文选》卷三张衡《东京赋》：“若客所谓末学肤受，贵耳而贱目者也。”薛综注：“谓皮肤之不经于心胸。”

[7] 攻异端：谓所致力者不合乎大道。《论语·为政》：“攻乎异端。”何晏《集解》：“攻，治也。”

[8] “理则”二句：谓内容空泛不足，文辞则过分雕琢。理，事理，泛指内容而言。

[9] 兴象：指诗人的感受、情思、兴致。

[10] 萧氏：指南朝齐、梁，其皇室均为萧姓。

[11] 武德：唐高祖年号(618—626)。

[12] 贞观：唐太宗年号(627—649)。

[13] 景云：唐睿宗年号(710—711)。

[14] 开元：唐玄宗年号(713—741)。

[15] 南风周雅：南风，相传舜作《南风歌》；又或指《诗经》之二南(《周南》《召南》)及诸国风。周雅，指《诗经》之《小雅》《大雅》，均为西周时作品。又，此句

《文镜秘府论·南卷·定位》引作“有周风雅”。

[16] 称阐：称扬阐发。《文镜秘府论》引作“再阐”。

[17] 不揆：不自量。揆，量度。

[18] 河岳英灵：谓禀受山河英灵之气而生的杰出人才。裴子野《刘虬碑》：“受川岳之英灵，有清明之淑性。”

[19] “起甲寅”二句：指开元二年（714年）至天宝十二载（753年）。

[20] “论次”二句：谓《论》次于《叙》后，对诸诗人的评论各置所录诗篇之前。论，原作伦，据《文镜秘府论·南卷·定位》《文苑英华》卷七一二改。

[21] 梁、窦：指东汉专擅威权之梁冀及窦宪兄弟。

[22] 伶伦：传说中黄帝的乐官，黄帝命其截竹制作律管，以测节气，定度量衡音律。

[23] 预：参与。预字前原有“宁”字，据《文镜秘府论》所引删。

[24] 代议：即“世议”，避太宗讳故曰“代”。

[25] 拈二：作诗时调声用语。遍照金刚《文笔眼心抄》的《调声》篇内，于“换头”下有其语。谓若五言诗第一句第二字为平声，则第二、三句第二字须用上去入声，第四、五句第二字须平声，第六、七句第二字须平上入声，如此依次轮换。据研究，当是初唐元兢之说。因所换者为第二字，故名拈二。按其说与律诗中的粘对规则相近。

[26] “罗衣”二句：曹植《美女篇》诗句。其十字皆平声。

[27] “沈生”二句：沈生、隐侯，皆指沈约，约谥曰“隐”。沈约《宋书·谢灵运传论》言音律云：“张、蔡、曹、王，曾无先觉；潘、陆、颜、谢，去之弥远。”殷璠此处稍变其语而讥其远离诗道。曹、王，曹植、王粲。去，原作“言”，据《文镜秘府论》引改。

[28] 俦：原作“传”，据《文镜秘府论》引改。

[29] 惑：原作“憾”，据《文镜秘府论》引改。

[30] 常建：生平不详。开元十五年与王昌龄同榜登进士第。

[31] “刘桢”句：桢曾为五官中郎将文学。

[32] “左思”句：齐王司马冏曾请左思为记室督，不就。

[33] 鲍昭：即鲍照，唐人避武后讳，多写作“昭”。照为临海王刘子顼前军刑狱参军事，死于兵乱。

[34] 通庄：四通八达的大道。《尔雅·释宫》：“六达谓之庄。”

[35] “松际”二句：见常建《宿王昌龄隐居》。

[36] “山光”二句：见《题破山寺后禅院》。
[37] “战余”四句：见《吊王将军墓》。
[38] “落日”二句：见王维《蓝田山石门精舍》。下“涧芳”二句亦在该篇中。
[39] “天寒”二句：见《齐州送祖三》。
[40] “贱日”二句：见《西施咏》。
[41] “日暮”二句：见《从军行》。
[42] 刘眘虚：生平不详，开元十一年进士及第。当卒于天宝间。
[43] “自永明”二句：谓刘氏为齐梁以来江南诗人中的佼佼者。永明，齐武帝年号。江表，江南。
[44] “松色”二句：见刘眘虚《寄阎防》。
[45] “沧溟”二句：见《海上诗送薛文学归海东》。
[46] “归梦”二句：此二句及下“驻马”二句皆残句，全诗已佚。
[47] “道由”八句：其诗题阙。
[48] 方外：谓超逸，远离世俗。《庄子·大宗师》：“孔子曰：彼游方之外者也；而丘游方之内者也。”
[49] 陶翰：润州（今江苏镇江）人，开元十八年（730 年）进士及第。曾为太常博士、礼部员外郎。约卒于天宝末。
[50] 笔：指不押韵之文。
[51] 体裁：指其诗之体格裁制。
[52] 高适：字达夫。客游梁宋间。天宝八载，举有道科中第，授封丘尉。后从军为河西节度使哥舒翰掌书记。安史乱中曾为彭、蜀二州刺史，剑南西川节度使。还朝为刑部侍郎、左散骑常侍。代宗永泰元年（765 年）卒。
[53] “耻预”二句：指高适早年不事生业，客梁宋以及不应明经、进士等科举而言。
[54] “然适诗”句：谓高适诗直抒胸臆、不事雕琢。
[55] “未知”二句：见高适《邯郸少年行》。
[56] 崔颢：汴州（今河南开封）人，开元十一年进士及第。曾任职于河东军幕，天宝中为司勋员外郎。天宝十三载（754 年）卒。
[57] “杀人”四句：见崔颢《古游侠呈军中诸将》。
[58] “春风”四句：见《赠王威古》。
[59] 孟浩然：襄州襄阳（今属湖北）人。隐居故乡鹿门山。年四十入京赴进士举，不第。张九龄为荆州大都督府长史，辟为从事。开元二十八年（740

年)卒,年五十二。

[60] 祢衡:汉末才士,为人狂放,得罪于曹操、刘表,后为黄祖所杀。

[61] 赵壹:东汉人,为人耿直倨傲。灵帝时曾至洛阳,名动京师。后公府屡次辟召,皆不就。

[62] 罄折:即"磬折",折腰如磬背,表示谦恭。罄、磬通。

[63] 芊茸:繁茂之意。

[64] "众山"二句:见孟浩然《永嘉上浦馆逢张子容》。按:"众山"用谢灵运《田南树园激流植援》诗中"众山亦当窗"句,"孤屿"句用谢灵运在永嘉所作《登江中孤屿》诗中"孤屿媚中川"句,故下文云"兼复故实"。

[65] "气蒸"二句:见《望洞庭湖赠张丞相》。

[66] 元嘉:南朝宋文帝年号(424—453)。

[67] "明堂"六句:见王昌龄《放歌行》。

[68] "云起"四句:见《过华阴》。

[69] "槠楠"八句:见《出郴山口至叠石湾野人室中寄张十一》。

[70] "京门"四句:见《郑县宿陶大公馆中赠冯六元二》。

[71] "奸雄"六句:全诗已佚,不知篇名。

[72] "百泉"四句:见《小敷谷龙潭祠作》。

[73] "去时"四句:见《代扶风主人答》。

[74] "芦荻"二句:全诗已佚,不知篇名。

[75] "长亭"四句:全诗已佚,不知篇名。

说明

殷璠的《河岳英灵集》是唐人选唐诗中很重要的一种,所选均为盛唐诗人作品。其序、论和品评也体现了盛唐时期人们的诗歌审美观念。

其论自述其选录标准,有云"言气骨则建安为俦"。气骨即风骨,指诗歌情感表现得鲜明爽朗,劲健有力。殷璠认为建安诗是具有风骨的典范。在对诗人的品评中,殷璠也屡屡提出风骨,如评高适、薛据、崔颢、陶翰等人时指出他们的诗"有气骨""骨鲠有气魄""风骨凛然""复备风骨",表示赞赏。所选的诗确有不少都是慷慨有力、情感强烈之作。有风骨的作品大多直抒胸臆,诗人不暇雕琢,故语言多较质朴。殷璠评高适诗说"多胸臆语",就含有这样的意思。

推崇风骨，自觉地学习建安诗，在盛唐诗人中是普遍现象。殷璠说高适诗因为“有气骨”，所以“朝野通赏其文”。从中便可窥见当时人对“风骨”的普遍爱好。

《河岳英灵集》选诗的另一重要标准是“兴象”。所谓兴象，是指通过诗中所写（象）转达出作者的感受、情思、兴致（兴）。“兴象”其实就是指“兴”。殷璠在序中批评南朝一些人的诗“都无兴象，但贵轻艳”，在评陶翰时说“既多兴象，复备风骨”，评孟浩然时说其“众山遥对酒，孤屿共题诗”二句“无论兴象，兼复故实”。他没有对“兴象”一语加以说明，评孟诗时所说的“兴象”是就诗人面对自然风景时的感受、兴致说的。此外评常建、刘眘虚时都强调“兴”，那也都是指对于山水风景的一种审美感受。

初唐元兢已明确提出诗不仅要写“物色”，更要表达“情绪”。与殷璠大体同时的王昌龄，更明确地强调“物色”与“意兴”并重。殷璠以“兴象”作为选录标准之一，正是盛唐时代人们在创作、鉴赏和理论方面都已注重情景交融的反映。

风骨与兴象二者，殷璠更重视风骨。除此之外，从品评中可以看出，殷璠对于立意构思的新颖、语言的独创也很欣赏。关于声律，他反对过分的讲究，认为优秀的古体诗作不讲四声八病，也仍不妨其为“逸驾”“雅调”。盛唐正是律体诗（殷璠所谓“新声”）定型成熟的时代，殷璠看到了这一点，说“开元十五年后”，声律始备，因此他所选诸家“既闲新声，复晓古体”。他对新体是肯定的，但他所更为重视的还是古体诗，集中所选古体数量远过于新体，品评时摘引称赏的，也绝大多数是古体。

戏为六绝句

〔唐〕杜　甫

作者简介

杜甫（712—770），字子美。祖籍襄阳，生于巩县（今属河南）。天宝六载（747年），应进士举不第。以献《三大礼赋》，诏试授右卫率府胄曹参军。安史乱中，由长安奔赴肃宗于凤翔，授左拾遗，寻出为华州司空参军。乃弃官携家入蜀，曾入剑南节度使严武幕，授检校工部员外郎。严武卒后，去蜀，滞流夔州，复出三峡，漂泊两湖间，贫病而卒。杜甫诗忧国忧民，感人至深；在艺术上精心锤炼，认真虚心地多方面学习和借鉴，对前代遗产，既“别裁伪体”，又十分尊重。凡此都反映于他的诗歌理论批评中。有《杜工部集》。《旧唐书》卷一百九十下、《新唐书》卷二百一有传。

庾信文章老更成，凌云健笔意纵横[1]。今人嗤点流传赋[2]，不觉前贤畏后生[3]。

杨王卢骆当时体[4]，轻薄为文哂未休[5]。尔曹身与名俱灭，不废江河万古流。

纵使卢王操翰墨，劣于汉魏近《风》《骚》[6]，龙文虎脊皆君驭[7]，历块过都见尔曹[8]。

才力应难跨数公[9]，凡今谁是出群雄。或看翡翠兰苕上，未掣鲸鱼碧海中[10]。

不薄今人爱古人，清词丽句必为邻[11]。窃攀屈宋宜方驾，恐与齐梁作后尘[12]。

未及前贤更勿疑[13]，递相祖述复先谁[14]，别裁伪体亲《风》《雅》[15]，转益多师是汝师[16]。

中华书局版《杜诗详注》卷十一

注释

[1]“庾信”二句：谓庾信文章（包括诗赋）至晚年功夫更为成熟，思意纵横，气势凌云。庾信作品有清新一面，又有顿挫健举一面，入北后尤见其老到。故杜甫曰“清新庾开府”（《春日忆李白》），又曰“庾信生平最萧瑟，暮年诗赋动江关”（《咏怀古迹》五首之一），均可与此印证。

[2]嗤点：嗤笑点窜。赋，首句“文章”包诗赋，此因诗句之限制，只能单举“赋”字，偏举见义。

[3]“不觉”句：翁方纲《石洲诗话》卷一：“此反语也。言今人嗤点昔人，则前贤应畏后生矣。嬉笑之词，以此辈不必与庄论耳。”后生，犹言后人，并非定指少年人。

[4]“杨王”句：杨王卢骆，初唐四杰杨炯、王勃、卢照邻、骆宾王。当时体，谓四杰之文章乃一时代之体制风格。言外有不宜轻议之意。

[5]“轻薄”句：谓今人以为四子为文立身，不免轻薄，乃哂笑不休。按：此句歧解颇多，见郭绍虞《杜甫戏为六绝句集解》。郭氏肯定仇兆鳌、汪师韩、史炳之说，今亦从之。

[6]“纵使”二句：谓即使四杰为文，较之汉魏之接近《风》《骚》有所不及。卢王，代指四杰。劣，不及，不如。“汉魏近《风》《骚》”，作一气读。

[7]龙文虎脊：皆骏马名。《汉书·西域传》：“蒲梢、龙文、鱼目、汗血之马充于黄门。”又《礼乐志》载《天马歌》：“天马徕，出泉水。虎脊两，化若鬼。”注引应劭曰：“马毛色如虎脊者有两也。”

[8]“历块”句：《文选》卷四七王褒《圣主得贤臣颂》：“及至驾啮膝，骖乘旦（啮膝、乘旦，皆良马名），王良执靶（辔），韩哀附舆，纵骋驰骛，忽如影靡，过都越国，蹶（疾）如历块（土块）……人马相得也。”吕延济注：“言过都国，疾如行历一小块之间。”尔曹，指哂四杰者。按：“龙文”二句承首二句，言四杰虽不如汉魏诗人之浑朴近乎《风》《骚》，然亦皆如君王厩中之良马，能疾驰，见出尔辈之凡庸。

[9]“才力”句：谓今人才力难以超越上述诸人。数公，指庾信、四杰而言。

[10]“或看”二句：谓有时能见到以容色鲜丽取胜的作品，但都未能如掣制鲸鱼于碧海那样雄伟壮阔。郭璞《游仙诗》：“翡翠戏兰苕，容色更相鲜。”翡翠，鸟名。

[11]“不薄”二句：自谓于古今之间原无成见，凡清词丽句必爱赏之，讵论其出于古人还是今人。一说“今人爱古人”作一气读，上下两句为转折关系。谓今人好古之意，原不可薄；但后世有清词丽句，亦必当取以为邻。

[12]“窃攀”二句：当也是杜甫自述其宗旨。承上二句：谓虽无古今之成见，然须有抉择。立志须高，取法乎上，将与屈、宋并驾，恐作齐梁之后尘。杜甫于宋玉亦甚为崇敬，《咏怀古迹》之二云：“摇落深知宋玉悲，风流儒雅亦吾师。”

[13]“未及”句：回应前三首，谓嗤点前辈之“后生”“尔曹”不能及于前贤，断无疑义。

[14]“递相”句：谓后生递相祖述，愈趋愈下，迷其流而失其源。先谁，以谁为先，以谁为源。

[15]别：区别、选择。裁：删汰。伪体：指徒知模拟、无生气无真性情者。

[16]“转益”句：史炳《杜诗琐证》释此句及上句云：“但须区别裁汰浮伪之体，而亲近《风》《雅》，则古今多师莫非汝师矣。”

说明

唐宋以还，以绝句形式论诗者甚多，杜甫的《戏为六绝句》是其中最早的。

这组诗体现了杜甫对于前代遗产既有所抉择批判，又充分尊重、广收博取的态度。他说作者须"亲《风》《雅》""攀屈宋"，知源流，树立正确的标准，但不可盲目地是古非今。他不肯步齐、梁后尘，但对出于齐、梁而又超越齐、梁一般风气的庾信、四杰十分尊重。他说一时代有一时代的文体，不可以今日眼光轻易否定。对于随意嗤笑前贤的人，杜甫予以讥讽，表示反对。总之，他主张在"别裁伪体"、知其源流发展的前提下，"转益多师"，广泛吸取各家之长。中唐元稹论杜诗，称其"上薄《风》《骚》，下该沈、宋，言夺苏、李，气吞曹、刘，掩颜、谢之孤高，杂徐、庾之流丽，尽得古今之体势，而兼人人之所独专"(《杜工部墓系铭》)。杜诗集大成的成就，与他自觉地"转益多师"是有关系的。陈子昂、李白论诗，为了扭转颓势而强调复古，显得偏激(尽管在创作实践上他们未必一味排斥齐、梁)。而杜甫所论则颇为通达全面。

杜诗中谈诗论文之处还有很多，对于前代和同时侪辈中的杰出者都表示称赏。他说："文章千古事，得失寸心知。作者皆殊列，名声岂浪垂？……后贤兼旧制，历代各清规。"(《偶题》)充分体现了尊重前人成就的态度。

同元使君舂陵行并序(节录)

〔唐〕杜　甫

览道州元使君结《舂陵行》兼《贼退后示官吏作》二首[1]，志之曰：当天子分忧之地[2]，效汉官良吏之目[3]。今盗贼未息，知民疾苦，得结辈十数公，落落然参错天下为邦伯[4]，万物吐气，天下小安，可待矣。不意复见比兴体制、微婉顿挫之词。感而有诗，增诸卷轴。简知我者，不必寄元[5]。

遭乱发尽白，转衰病相婴[6]。沉绵盗贼际[7]，狼狈江汉行[8]。叹时药力薄，为客羸瘵成。吾人诗家流，博采世上名。粲粲元道州，前圣畏后生[9]。观乎《舂陵》作，欻见俊哲情。复览《贼退》篇，结也实国桢[10]。贾谊昔流恸[11]，匡衡尝引经[12]。道州忧黎庶，词气浩纵横。两章对秋月，一字偕华星。……我多长卿病[13]，日夕思朝廷。肺枯渴太甚，漂泊公孙城[14]。呼儿具纸笔，隐几临轩楹[15]。作诗呻吟内，墨淡字攲倾。感彼危苦词，庶几知者听[16]。

中华书局版《杜诗详注》卷十九

注释

[1] 道州：在今湖南南部，治营道（今湖南道县西）。元使君结：元结于代宗广德元年（763年）授道州刺史。使君，汉代刺史别称，后以称州郡长官。舂陵：汉有舂陵乡，后置县，隋时省并入营道县。元结《舂陵行序》："此州是舂陵故地，故作《舂陵行》，以达下情。"

[2]"当天子"句：谓刺史乃是为天子分忧的职位。分忧，《晋书·宣帝纪》载，魏文帝命司马懿为录尚书事，懿固辞，帝曰："此非以为荣，乃分忧耳。"后多用为地方官事，如唐代宗诏："刺史县令，与朕分忧。"

[3]"效汉官"句：西汉号为重视郡县吏治。《汉书》有《循吏传》，云宣帝常称曰："庶民所以安其田里而亡叹息愁恨之心者，政平讼理也。与我共此者，其唯良二千石乎！"杜甫《寄裴施州》："汉二千石真分忧。"

[4] 邦伯：一方之长，此指刺史。

[5]"简知"二句：谓寄给知己看此诗，不必寄给元结。简，信札，此作动词用。

[6] 婴：缠绕。

[7] 沉绵：病久不愈。

[8] 江汉：指蜀中。汉，西汉水，指嘉陵江。

[9]"前圣"句：《论语·子罕》载孔子之言曰："后生可畏，焉知来者之不如今也。"

[10] 国桢：犹言支撑国家的主干。《诗经·大雅·文王》："维周之桢。"毛传："桢，干也。"任昉《出郡传舍哭范仆射》："式瞻在国桢。"

[11]"贾谊"句：贾谊上疏言政事，云"可为痛哭者一，可为流涕者二，可为长叹息者六"（《汉书·贾谊传》）。

[12]"匡衡"句：西汉匡衡议论政事于朝廷，每引儒家经典为据（见《汉书》

本传）。

[13] 长卿病：指消渴症。司马相如(字长卿)曾患此病。

[14] 公孙城：指夔州。东汉初公孙述据白帝城称王，城在夔州东。

[15] 隐几：凭靠着几。几，一种小桌子，设于座侧，供凭倚。

[16] “感彼”二句：谓受元结诗作的感动而作此诗，希望知己者倾听。危苦词，指元结忧苦的诗篇。知者，即序中所说“知我者”。

说明

杜甫在后世被尊为诗圣。其诗中表现的民胞物与、忧国忧民之情，至今令人感动敬佩。其诗学思想亦有重视思想内容、希望诗歌写作有益于人民的一面。这首《同元使君舂陵行并序》就是有力的证明。

代宗广德元年，安史之乱刚刚平定，唐王朝仍处于内忧外患之中，社会残破，民不聊生。元结于是年被任命为道州刺史，次年五月方才到任。时道州甫经西原贼洗劫，贫困不堪，而朝廷征敛，不稍宽假。元结到任未五十日，诸使征求公文已有二百余封，无不严令迫促，说若到期不能缴纳，则刺史当获罪贬削。元结同情人民，决心抗命，乃作《舂陵行》《贼退后示官吏》明志。诗中描写州民疲惫之状，云：“出言气欲绝，意速行步迟。追呼尚不忍，况乃鞭扑之？”又斥责使臣的横征暴敛：“使臣将王命，岂不如贼焉！”并表示自己宁愿弃官也不能应命：“谁能绝人命，以作时世贤？思欲委符节，引竿自刺船。将家就鱼麦，穷老江湖边。”三年后杜甫才读到元诗，非常感动，情不能已，乃作此诗对元结表示尊敬，作了高度的颂扬。他衷心称赞元结诗可与星月争光，认为其诗具有“比兴体制、微婉顿挫之词”。就是说元诗能继承《诗经》紧密联系现实、关心民瘼、婉而多讽的优良传统。所谓比兴，在这里已不是指创作手法，而是就《诗经》关心现实、美刺讽喻的精神而言。比和兴，原是儒家解释《诗经》时所用的概念。汉儒释“兴”为“托事于物”，认为其中往往寄托诗人对于时事政治的感慨。而到了唐代，人们有时只取其感慨时政这一点而言。元结《舂陵行》云：“何人采国风，吾欲献此辞。”相传《诗经》中的作品多为周王朝采风所得，元结这么说，表明他本有继承《诗经》、希望诗歌有益政治的自觉，杜甫的想法正与其一致。

《舂陵行》可说是新题乐府，《贼退后示官吏》虽非乐府诗，但风格也颇相近。杜甫本人正是唐代新乐府诗体的杰出作者。汉代乐府中有不少具有强烈现实精神的诗篇。杜甫、元结写作反映社会现实的新题乐府诗，可说也是对汉代乐府诗精神的继承和发扬。后来元稹、白居易等诗人继承这一传统，大力提倡和创作，形成了中唐时以即事命题的新乐府为主要形式的讽喻诗创作高潮。杜甫的创作正是导其先路，而杜甫此诗称赞元结的两首作品，也正体现了对用乐府诗体反映现实这一做法的充分肯定。

箧中集序

〔唐〕元　结

作者简介

元结(719—772)，字次山，祖籍河南(今河南洛阳)，迁于鲁山(今属河南)。天宝十二载(753年)进士及第。安史乱中，曾为山南东道节度参谋、荆南节度判官等。后为道州刺史、容州都督兼容管经略使，有政绩。其诗歌主张复古气息浓重。在内容上强调反映政治现实，要求诗歌发挥美刺讽喻作用，对于稍后白居易、元稹等的创作和理论显然具有影响。而在艺术上则极力提倡淳古淡泊。有《元次山集》。《新唐书》卷一百四十三有传。

元结作《箧中集》。或问曰："公所集之诗，何以订之?"对曰："《风》《雅》不兴，几及千岁，溺于时者，世无人哉? 呜呼！有名位不显，年寿不将[1]，独无知音，不见称颂，死而已矣，谁云无之！近世作者，更相沿袭，拘限声病，喜尚形似，且以流易为辞，不知丧于雅正。然哉！彼则指咏时物，会谐丝竹，与歌儿舞女，生污惑之声于私室可矣；若令方直之士、大雅君子听而诵之[2]，则未见其可矣。吴兴沈千运[3]，独挺于流俗之中，强攘于已溺之后[4]，穷老不惑，五十余年。凡所为文，皆与时异。故朋友后生，稍见师效，能似类者，有五六人。於戏！自沈公及二三子，皆以正直而无禄位，皆以忠信而久贫贱，皆以仁让而至丧亡。异于是者，显荣当世。谁为辩士，吾欲问之[5]。天下兵兴，于今六岁，人皆务武，斯焉谁嗣！已长逝者，遗文散失；方阻绝者，不见近作。尽箧中所有，总编次之，命曰《箧中集》。且欲传之亲故，冀其不亡于今。凡七人，诗二十二首[6]。时乾元三年也。”

《四部丛刊》影印明嘉靖刊本《唐文粹》卷九十三

注释

［1］“年寿”句：《楚辞·哀时命》：“哀余寿之弗将。”王逸注：“将，犹长也。”

［2］听而诵之：原无“听”字，据《四部丛刊》影印明刻本《唐元次山文集》补。

［3］沈千运：吴兴（今浙江湖州）人。家贫，寓居汝北。天宝中屡试不第，以布衣终身。卒于至德、乾元间。

［4］“强攘”句：谓举世沉沦，犹奋力拒斥之。攘，抵御，排斥。溺，沉没。刘义恭《请封禅表》：“（宋高祖）拯已溺之晋，济横流之世。”

［5］“谁为”二句：即《史记·伯夷列传》“余甚惑焉；傥所谓天道，是邪，非邪”之慨。

［6］二十二首：应据《箧中集》作“二十四首”。《箧中集》今存，实载诗二十四首。

说明

元结的诗歌主张，与他的创作一样，都具有浓厚的复古色彩。这篇《箧中集序》也体现了这样的主张。

《箧中集》是元结于乾元三年（760年）编撰的一部诗歌总集，录载沈千运、王季友、于逖、孟云卿、张彪、赵微明、元季川七人的诗凡二十四首，这些作者都是仕途失意、生活比较贫苦的人，这二十四首诗亦多悲苦之词，而其体裁全为五古，风格质朴古雅，如《四库提要》所说，“淳古淡泊，绝去雕饰，与当时作者门径迥殊”。今传七位作者的其他诸作，也大体上都是风格高古的五言古诗。沈千运、孟云卿当时就都是以“好古”著称的。元结编撰此集，一方面是由于同情这些作者，希望其作品得到保存；再一方面也是借此体现自己复古的诗歌主张。

《箧中集序》批评“近世作者”“拘限声病，喜尚形似”，“以流易为辞”，“指咏时物”，这是指那些描绘物色、流连光景、讲究声律的近体诗说的。唐人往往以五七言近体诗入乐歌唱，广泛用于娱乐场合，故元结又批评那些诗“会谐丝竹，与歌儿舞女，生污惑之声”。其《刘侍御月夜宴会诗序》也说：“文章道丧盖久矣。时之作者，烦杂过多，歌儿舞女，且相喜爱；系之《风》《雅》，谁道是耶？”与《箧中集序》完全一致。元结要求诗歌发挥美刺讽喻的作用，有益于社会，是可贵的。但一概反对诗歌的娱乐性，限制其审美功能，便又显得狭隘。而他在艺术形式上也一味崇古，反对写近体诗，则更显保守了。

送刘太真诗序（节录）

〔唐〕萧颖士

作者简介

萧颖士（约717—760），字茂挺，郡望南兰陵（今江苏常州），家居汝、颍间。开元二十三年（735年）进士及第。天宝间为集贤校理，为李林甫排斥，出为广陵府参军，转河南府参军。安史乱起，避乱南行，为山南节度使掌书记、扬州功曹参军。后客死于汝南。萧氏论文章，重政教之文与学术著作，轻视审美，反对“局夫俪偶”。其言偏激，然亦可视为韩、柳古文运动之前驱。原有集，已佚。《旧唐书》卷一百九十下、《新唐书》卷二百二有传。

《记》有之：尊道成德，严师其难哉[1]！故在三之礼，极乎君亲，而师也参焉[2]。无犯与隐，义斯贯矣[3]。孔圣称颜子，有“视余犹父”叹[4]，其至与！今吾于太真也然乎尔[5]。……

猗！尔之所以求，我之所以诲，学乎，文乎。学也者，非云征辩说，摭文字，以扇夫谈端，铄厥词意[6]。其于识也，必鄙而近矣。所务乎宪章典法、膏腴德义而已。文也者，非云尚形似，牵比类，以局夫俪偶，放于奇靡。其于言也，必浅而乖矣。所务乎激扬雅训、彰宣事实而已。众之言文学者或不然。於戏！彼以我为僻，尔以我为正。同声相求[7]，尔后我先，安得而不问哉？问而教，教而从，从而达，欲辞师也得乎？孔门四科[8]，吾是以窃其一矣。然夫德行、政事，非学不言；言而无文，行之不远。岂相异哉？四者一夫正而已矣。故曰：“诗三百，一言以蔽之，曰：思无邪[9]。”不正之谓也[10]？……

《四部丛刊》影印明嘉靖刊本《唐文粹》卷九十六

注释

[1]“《记》有”三句：《礼记·学记》：“凡学之道，严师为难。师严然后道尊，道尊然后民知敬学。”郑玄注：“严，尊敬也。”又《文王世子》：“凡三王教世子……太傅在前，少傅在后；入则有保，出则有师。是以教喻而德成也。师也者，教之以事而喻诸德者也。……君子曰德，德成而教尊。”

[2]“故在”三句：《国语·晋语一》：“民生于三，事之如一。父生之，师教之，君食之。”韦昭注：“三，君、父、师也。”

[3]“无犯”二句：《礼记·檀弓上》：“事亲有隐而无犯……事君有犯而无隐……事师无犯无隐。”郑玄注：“隐，谓不称扬其过失也。无犯，不犯颜而谏。”二句意谓事师之无犯，同于事亲，无隐则同于事君，事师之义与事君亲相通。

[4]“孔圣”二句：《论语·先进》：“子曰：回也视予犹父也。”

[5]太真：刘太真，萧颖士弟子。天宝十三载(754年)进士及第。德宗贞元间曾任礼部侍郎、信州刺史。

[6]鞣厥词意：意谓寻章摘句，反复探究文字。

[7]同声相求：《周易·乾·文言》：“子曰：同声相应，同气相求。”

[8]孔门四科：《论语·先进》载孔门高弟，分德行、言语、政事、文学四科。

[9]“诗三百”三句：《论语·为政》载孔子语。《集解》引包咸曰：“归于正。”

[10]“不正”句：文渊阁《四库全书》本《萧茂挺文集》“不”上有“无”字。

说明

中唐韩、柳“古文运动”的前驱者，早在玄宗天宝年间已提出了他们的文学主张。萧颖士便是其中重要的人物。萧氏天宝中聚徒教授，时称“萧夫子”，名扬海外。他曾说：“纵不能公卿坐取，助人主视听，致俗雍熙，遗名竹帛，尚应优游道术，以名教为己任，著一家之言，重沮劝之益。此其道也。”(《赠韦司业书》)基于这样的志向，故其文章观念，重政教之文，重学术著作，而轻视审美。这篇《送刘太真诗序》，是天宝十三载送门人刘太真进士及第后归江南时所作，便体现了这样的思想观念。

序中谆谆教导门人，为文不应孜孜追求文辞之美，不应致力于体物形似，而须以“激扬雅训、彰宣事实”为目的。激扬雅训指发扬圣人之训，彰宣事实包括写作史书而言。萧氏颇重史学。萧颖士认为，若为文只是描绘物象，追求奇丽，其文必浅而乖道；而若努力阐扬道德教化，则与从事于德行、政事同样重要；德行、政事离不开言辞，言辞须讲究“文”，方能行远。关键在于要归乎正。

此种观点，也体现于萧颖士对历代作家的评价。他推重的是写作政论文的贾谊、班彪、干宝、陈子昂等，以及写作学术著作的扬雄、裴子野。而于南朝、初唐人甚为推崇的曹植、陆机，则评价不高。即使屈原、宋玉，他虽以为“文甚雄壮”，但却批评其文“不能经”，即不合乎儒家经典（见李华《扬州功曹萧颖士文集序》及《新唐书·文艺传》）。对于南朝文士，除裴子野外，萧颖士根本不予评论。他自称“平生属文，格不近俗，凡所拟议，必希古人，魏晋以来，未尝留意”（《赠韦司业书》）。中唐古文家崇尚“古文”（即先秦、西汉文章），萧颖士“必希古人”，已与之有相通之处。

《送刘太真诗序》提出文不可“局夫俪偶”，其观点颇值得注意。初盛唐时，已有一些作者的文章（尤其是议论性文字）语言较质朴，骈俪气息不浓。有的人如元结等，更有故意摆脱骈俪拘束的倾向。但他们都未就此发表言论。刘知幾曾批评某些史家受骈俪文风影响（见《史通·叙事》），但于其他文体，并未反对骈偶。萧颖士则不但作品中多散行之气，且明确地提出反对“局夫俪偶”。在唐代文章发展史上，这样的理论表述尚属首倡。不过他并非从审美角度提出这一问题，而是从强调教化角度出发，认为不应致力于修饰文辞而忽略内容之合乎道。这与后来韩、柳等人的态度尚有所不同。

检校尚书吏部员外郎赵郡李公中集序（节录）

〔唐〕独孤及

作者简介

独孤及（725—777），字至之，洛阳（今属河南）人。天宝十三载（754年）以洞晓玄经科及第。曾为华阴、郑县尉等。安史乱起，避地江南。后曾为礼部、吏部员外郎，又出为濠、舒两州刺史，终于常州刺史任。其论文主张“宏道”（《萧府君文章集录序》），反对骈偶，为“古文运动”先驱者中的重要人物，天宝中与李华、贾至等交往，气味颇为相投。李华、苏源明均称他为“词宗”（见梁肃《独孤公行状》)。其论诗则并无复古气息,也不强调政教作用,而于初唐沈佺期、宋之问,盛唐王维等人的律诗甚为推重,称“缘情绮靡之功至是乃备”(《唐故左补阙安定皇甫公集序》)。有《毗陵集》。《新唐书》卷一百六十二有传。

志非言不形,言非文不彰[1],是三者相为用,亦犹涉川者假舟楫而后济[2]。自《典》《谟》缺,《雅》《颂》寝,世道陵夷,文亦下衰。故作者往往先文字后比兴[3],其风流荡而不返。乃至有饰其词而遗其意者,则润色愈工,其实愈丧。及其大坏也,俪偶章句,使枝对叶比,以八病四声为梏拲[4],拳拳守之,如奉法令。闻皋繇、史克之作,则呷然笑之[5]。天下雷同,风驱云趋。文不足言,言不足志,亦犹木兰为舟,翠羽为楫,玩之于陆而无涉川之用。痛乎流俗之惑人也旧矣!

帝唐以文德旉祐于下[6],民被王风,俗稍丕变。至则天太后时,陈子昂以雅易郑,学者浸而向方[7]。天宝中,公与兰陵萧茂挺、长乐贾幼几勃焉复起[8],振中古之风[9],以宏文德。公之作本乎王道,大抵以五经为泉源,抒情性以托讽,然后有歌咏;美教化,献箴谏,然后有赋颂;悬权衡以辩天下公是非,然后有论议;至若记序编录、铭鼎刻石之作,必采其行事以正褒贬,非夫子之旨不书。故《风》《雅》之指归,刑政之本根,忠孝之大伦,皆见于词。于时文士驰骛,飙扇波委,二十年间,学者稍厌《折杨》《皇华》而窥《咸池》之音者什五六[10],识者谓之文章中兴,公实启之。……

中华书局影印本《全唐文》卷三八八

注释

[1] “志非”二句:《左传・襄公二十五年》:“仲尼曰:‘志有之:“言以足志,文以足言。”不言,谁知其志?’言之无文,行而不远。”此用其意。

[2] 假舟楫:《荀子・劝学》:“假舟楫者,非能水也,而绝江河。”

[3] 比兴:《诗》之六义有比与兴,此则指美刺讽喻、有益政教而言。《周礼・大师》郑注:“比,见今之失,不敢斥言,取比类以言之。兴,见今之美,嫌于媚谀,取善事以喻劝之。”

[4] 梏拲(gǒng)：手铐之类刑具。

[5] “闻皋繇”二句：谓闻古雅之作则讪笑之。皋繇，又作皋陶，舜臣，《尚书·益稷》载其所作歌。史克，鲁国史官。据《毛诗序》，《鲁颂·駉》乃史克所作。呷(gā)，笑声。

[6] 旉祐：普遍庇祐。旉，同“敷”，有遍布义。

[7] “学者”句：浸，浸润，受影响。向方，趋向正道。

[8] 贾幼几：贾至，字幼几，一字幼邻。洛阳人，长乐为其郡望。开元二十三年进士及第，曾为中书舍人，礼部、兵部侍郎，京兆尹等。与萧颖士、李华同为古文运动先驱人物。独孤及有《祭贾尚书文》，云：“追念夙昔，尝陪讨论。综核微言，揭厉孔门。……誓将以儒，训齐斯民。”

[9] “振中古”句：唐人所称中古，当大致泛指尧舜三代，以为其时文质彬彬，既已离上古之朴野，又不似下古之浇讹，乃一理想之时代。今举数例以供参考：李华《三贤论》：“萧(颖士)之志行，当以中古易今世。”陆贽《奉天请数对群臣兼许令论事状》：“中古以降，淳风浸微。”韩愈《送浮屠令纵西游序》：“(令纵所作)典而不谀，丽而不淫，其有中古之遗风与？”柳宗元《为文武百官请复尊号第二表》：“崇明号，昭盛德，爰自中古，实为上仪。”李翱《杂记》：“中古以来至于斯，天下为文，不背中而走者，其希矣。”白居易《策林》六十七《议释教僧尼》：“臣闻上古之化也，大道惟一；中古之教也，精义无二。……故儒墨六家，不行于五帝；道释二教，不及于三王。迨乎德既下衰，道又上失，源离派别，朴散器分，于是乎儒道释之教鼎立于天下矣。”又，独孤及《祭贾尚书文》称贾至“振三代风，复雕为朴，正始是崇”，可与此处“振中古之风”参看。

[10] “学者稍厌”句：《折杨》《皇华》，古之俗曲。《咸池》，相传黄帝所作乐，尧增修之。《庄子·天地》：“大声不入于里耳；《折杨》《皇华》，则嗑然而笑。”成玄英疏：“大声，谓《咸池》《大韶》之乐也，非下里委巷之所闻。《折杨》《皇华》，盖古之俗中小曲也。”

说明

本文是独孤及为李华文集所作的序。编集作序时，李华尚在，故名其集为“中集”，拟将以后所作编为“后集”。序中称许唐代陈子昂和萧颖士、李华、贾至，充分体现了宗经、复古的思想。称赞李华文章“本乎王道”，即以儒家之道为根本。据独孤及门人梁肃说，独孤及还说过作文当以贾谊、司马迁、班固为取法对象的话。他认为《孟子》《荀子》文采不够，屈、宋则“华而无根”，故提出汉代政论文和叙事之文让弟子学习(见梁肃《常州刺史独孤及集后序》)。那便兼顾了思想内容和写作艺术两方面。重视汉代文章，这对后来的韩、柳等有影响。

这篇序颇值得注意的一点是比前人更鲜明地反对骈偶声律，以“俪偶章句”“八病四声”为文之“大坏”的表现，比萧颖士之反对“局夫俪偶”说得更明确，更疾言厉色。独孤及本人的文章，多取散行，骈俪之作甚少，与其理论主张是相一致的。

诗式(选录)

〔唐〕皎　然

作者简介

皎然(生卒年不详)，俗姓谢，字清昼，简称昼。自称谢灵运后裔。湖州长城(今浙江长兴)人。常居于吴兴杼山，与处士陆羽、张志和、僧灵澈友善，与湖州地方长官颜真卿及著名诗人韦应物、皇甫曾、秦系等均有交往酬唱。当时甚有诗名，贞元中朝廷曾敕命写其文集藏入秘阁。有《杼山集》等。诗论著作《诗式》著于贞元初年，今存；又有《诗议》，佚文见《文镜秘府论・南卷》所引。其诗论内容广泛。论诗人构思取境，论诗之审美标准及体格，论历代诗歌发展，尤为人所瞩目。在唐人诗法著作中，《诗式》是相当重要的一种。

序

夫诗者，众妙之华实[1]，六经之精英，虽非圣功，妙均于圣。彼天地日月、元化之渊奥[2]、鬼神之微冥，精思一搜，万象不能藏其巧。其作用也[3]，放意须险[4]，定句须难。虽取由我衷，而得若神授。至如天真挺拔之句，与造化争衡，可以意冥[5]，难以言状，非作者不能知也。……

夫诗人造极之旨，必在神诣[6]，得之者妙无二门[7]，失之者邈若千里，岂名言之所知乎[8]？故工之愈精，鉴之愈寡[9]，此古人所以长太息也。……

明　势[10]

高手述作，如登荆、巫，觌三湘、鄢、郢山川之盛[11]，萦回盘礴[12]，千变万态（文体开阖作用之势）。或极天高峙，崒焉不群，气腾势飞，合沓相属（奇势在工）。或修江耿耿，万里无波，欻出高深重复之状（奇势互发）。古今逸格，皆造其极妙矣。

明作用

作者措意，虽有声律，不妨作用，如壶公瓢中自有天地日月[13]。时时抛针掷线，似断而复续。此为诗中之仙。拘忌之徒，非可企及矣。

明四声

乐章有宫商五音之说，不闻四声。近自周颙、刘绘流出[14]，宫商畅于诗体，轻重低昂之节，韵合情高。此未损文格。沈休文酷裁八病，碎用四声，故风雅殆尽。后之才子，天机不高，为沈生弊法所媚，懵然随流，溺而不返。

诗有四不

气高而不怒，怒则失于风流。力劲而不露，露则伤于斤斧。情多而不暗，暗则蹶于拙钝[15]。才赡而不疏，疏则损于筋脉[16]。

诗有二要

要力全而不苦涩，要气足而不怒张。

诗有二废

虽欲废巧尚直，而思致不得置。虽欲废言尚意，而典丽不得遗。

诗有四离

虽有道情而离深僻[17]，虽用经史而离书生，虽尚高逸而离迂远，虽欲飞动而离轻浮。

诗有六迷

以虚诞而为高古[18]，以缓慢而为淡泞[19]，以错用意而为独善，以诡怪而为新奇，以烂熟而为稳约[20]，以气劣弱而为容易[21]。

诗有六至

至险而不僻，至奇而不差[22]，至丽而自然，至苦而无迹，至近而意远，至放而不迂[23]。

诗有五格[24]

不用事第一，作用事第二[25]（其有不用事而措意不高者，黜入第二格），直用事第三（其中亦有不用事而格稍下，贬居第三），有事无事第四[26]（比于第三格中稍下，故入第四），有事无事、情格俱下第五（情格俱下，可知也）。

用　　事

评曰：时人皆以征古为用事，不必尽然也。今且于六义之中略论比兴：取象曰比[27]，取义曰兴，义即象下之意[28]。凡禽鱼草木、人物名数，万象之中义类同者，尽入比兴[29]。《关雎》即其义也。如陶公以孤云比贫士[30]，鲍照以直比朱弦、以清比冰壶[31]。时人呼比为用事，呼用事为比。如陆机诗“鄙哉牛山叹，未及至人情，爽鸠苟已徂，吾子安得停[32]”，此规谏之中，是用事非比也。如康乐公诗“偶与张、邴合，久欲归东山[33]”，此叙志之中，是比非用事也[34]。详味可知。

取　　境[35]

评曰：或云诗不假修饰，任其丑朴，但风韵正，天真全，即名上等。予曰不然。无盐阙容而有德，曷若文王太姒有容而有德乎[36]？又云不要苦思，苦思则丧自然之质。此亦不然。夫不入虎穴，焉得虎子[37]？取境之时，须至难至险，始见奇句。成篇之后，观其气貌，有似等闲，不思而得，此高手也。有时意静神王[38]，佳句纵横，若不可遏，宛如神助。

不然。盖由先积精思,因神王而得乎?

重意诗例

评曰:两重意已上,皆文外之旨[39]。若遇高手如康乐公,览而察之,但见性情,不睹文字,盖诣道之极也[40]。向使此道尊之于儒,则冠六经之首;贵之于道,则居众妙之门;崇之于释,则彻空王之奥[41]。但恐徒挥其斤而无其质[42],故伯牙所以叹息也[43]。畴昔国朝协律郎元兢与越僧元鉴集秀句[44],二子天机素少,选又不精,多采浮浅之言以诱蒙俗,特与瞽夫偷语之便[45],何异借贼兵而资盗粮[46]?无益于诗教矣。

对句不对句

……夫对者,如天尊地卑、君臣父子,盖天地自然之数。若斤斧迹存,不合自然,则非作者之意[47]。又诗家对语,二句相须,如鸟有翅,若惟擅工一句,虽奇且丽,何异乎鸳鸯五色、只翼而飞者哉[48]?

三不同[49]:语、意、势

评曰:不同可知矣,此则有三同。三同之中,偷语最为钝贼。如何汉定律令[50],厥罪不书?应为酂侯务在匡佐[51],不暇及诗,致使弱手芜才公行劫掠。若许贫道片言可折[52],此辈无处逃刑。其次偷意,事虽可罔[53],情不可原。若欲一例平反,诗教何设?其次偷势,才巧意精,若无朕迹,盖诗人阃域之中偷狐白裘之手[54]。吾亦赏俊,从其漏网。

偷语诗例　如陈后主诗云:"日月光天德[55]",取傅长虞"日月光太清[56]"。上三字语同,下二字义同。

偷意诗例　如沈佺期"小池残暑退,高树早凉归[57]",取柳恽"太液沧波起,长杨高树秋[58]"。

偷势诗例　如王昌龄诗"手携双鲤鱼,目送千里雁。悟彼飞有适,嗟此罹忧患[59]",取嵇康"目送归鸿,手挥五弦。俯仰自得,游心太玄[60]"。

辩体有一十九字

评曰:夫诗人之思初发,取境偏高,则一首举体便高;取境偏逸,则一首举体便逸。才性等字亦然[61]。体有所长，故各功归一字。偏高偏逸之例，直于诗体篇目风貌，不妨一字之下，风律外彰，体德内蕴[62]，如车之有毂，众美归焉。其一十九字，括文章德体风味尽矣，如《易》之有彖辞焉[63]。……

高　风韵朗畅曰高。　　逸　体格闲放曰逸。　　贞　放词正直曰贞。　　忠　临危不变曰忠。　　节　持操不改曰节。　　志　立性不改曰志。　　气　风情耿介曰气。　　情　缘境不尽曰情[64]。　　思　气多含蓄曰思。　　德　词温而正曰德。　　诫　检束防闲曰诫。　　闲　情性疏野曰闲。　　达　心迹旷诞曰达。　　悲　伤甚曰悲。　　怨　词调凄切曰怨。　　意　立言盘泊曰意[65]。　　力　体裁劲健曰力。　　静　非如松风不动，林狖未鸣，乃谓意中之静。　　远　非如渺渺望水，杳杳看山，乃谓意中之远。

李少卿并古诗十九首[66]

评曰：西汉之初，王泽未竭，诗教在焉。昔仲尼所删《诗》三百篇，初传卜商[67]，后之学者以师道相高，故有齐鲁四家之目。其五言，周时已见滥觞，及乎成篇，则始于李陵、苏武。二子天予真性，发言自高，未有作用。《十九首》辞精义炳，婉而成章，始见作用之功，盖是汉之文体[68]。又如"冉冉孤生竹""青青河畔草"，傅毅、蔡邕所作[69]。以此而论，为汉明矣。

王仲宣《七哀》

评曰：仲宣诗云："出门无所见，白骨蔽平原。路有饥妇人，抱子弃草间。顾闻号泣声，挥涕独不还。未知身死处，何能两相完？驱马弃之去，不忍听此言。"此中事在耳目，故伤见乎辞。及至"南登霸陵岸，回首望长安"，察思则已极，览辞则不伤，一篇之功，并在于此，使今古作者味之无厌。末句因"南登霸陵岸""悟彼《下泉》人"[70]，盖以逝者不返，吾将何亲，故有"伤心肝"之叹。沈约云："不傍经史，直举胸臆"[71]，吾许其知诗者也。如此之流，皆名为上上逸品者矣[72]。

邺中集[73]

评曰：邺中七子[74]，陈王最高。刘桢辞气偏[75]，王得其中[76]。不拘对属，偶或有之。语与兴驱，势逐情起。不由作意，气格自高。与《十九首》其流一也。

文章宗旨

评曰：康乐公早岁能文，性颖神彻；及通内典[77]，心地更精[78]。故所作诗，发皆造极，得非空王之道助邪？夫文章，天下之公器，安敢私焉？曩者尝与诸公论康乐为文，真于情性，尚于作用，不顾词彩而风流自然。彼清景当中[79]，天地秋色，诗之量也；庆云从风[80]，舒卷万状，诗之变也。不然，何以得其格高、其气正、其体贞、其貌古、其词深、其才婉、其德宏、其调逸、其声谐哉？至如《述祖德》一章、《拟邺中》八首、《经庐陵王墓》、《临池上楼》，识度高明，盖诗中之日月也，安可扳援哉？惠休所评“谢诗如芙蓉出水”[81]，斯言颇近矣。故能上蹑风骚，下超魏晋。建安之作，其椎轮乎[82]？

池塘生春草　明月照积雪[83]

评曰：客有问予谢公此二句优劣奚若，余因引梁征远将军记室钟嵘评为“隐秀”之语[84]。且钟生既非诗人，安可辄议？徒欲聋瞽后来耳目。且如“池塘生春草”，情在言外；“明月照积雪”，旨冥句中[85]。风力虽齐，取兴各别[86]。古今诗中，或一句见意，或多句显情。王昌龄云：“日出而作，日入而息。”谓一句见意为上[87]。事殊不尔。夫诗人作用，势有通塞，意有盘礴。势有通塞者，谓一篇之中，后势特起，前势似断，如惊鸿背飞，却顾俦侣。即曹植诗云“浮沉各异势，会合何时谐？愿因西南风，长逝入君怀”是也[88]。意有盘礴者，谓一篇之中，虽词归一旨而兴乃多端，用识与才，蹂践理窟[89]，如卞子采玉，徘徊荆岑[90]，恐有遗璞。其有二义：一情，一事。事者如刘越石诗曰“邓生何感激，千里来相求。白登幸曲逆，鸿门赖留侯。重耳用五贤，小白相射钩。苟能隆二伯，安问党与仇”是也[91]。情者如康乐公“池塘生春草”是也。抑由情在言外，故其辞似淡而无味，常手览之，何异文侯听古乐哉[92]？《谢氏传》曰："吾尝在永嘉西堂作诗，梦见惠连，因得'池塘生春草'，岂非神助乎？[93]"

团 扇 二 篇[94]

评曰：江则假象见意，班则貌题直书。至如"出入君怀袖，摇动微风发。常恐秋节至，凉飙夺炎热"，旨婉词正，有洁妇之节。但此两对，亦足以掩映江生[95]。诗曰："画作秦王女，乘鸾向烟雾[96]。"兴生于中，无有古事[97]。假使佳人玩之在手，乘鸾之意，飘然莫偕，虽荡如夏姬，自忘情改节[98]。吾许江生情远词丽，方之班女，亦未可减价。

律 诗

评曰：楼烦射雕[99]，百发百中，如诗人正律破题之作，亦以取中为高手。洎有唐以来，宋员外之问、沈给事佺期，盖律诗之龟鉴也[100]。但在矢不虚发、情多、兴远、语丽为上，不问用事格之高下[101]。宋诗曰："象溟看落景，烧劫辨沉灰[102]。"沈诗曰："咏歌《麟趾》合，箫管凤雏来[103]。"凡此之流，尽是诗家射雕之手[104]。假使曹、刘降格来作律诗，二子并驱，未知孰胜。

论卢藏用《陈子昂集序》

评曰：卢黄门《序》……云："道丧五百年而有陈君乎！"予因请论之曰：……年代既遥，作者无限。若论笔语，则东汉有班、张、崔、蔡[105]；若但论诗，则魏有曹、刘、三傅[106]，晋有潘岳、陆机、阮籍、卢谌，宋有谢康乐、陶渊明、鲍明远，齐有谢吏部，梁有柳文畅、吴叔庠[107]，作者纷纭，继在青史，如何五百之数独归于陈君乎？藏用欲为子昂张一尺之罗，盖弥天之宇，上掩曹、刘，下遗康乐，安可得耶？又子昂《感寓》三十首出自阮公《咏怀》；《咏怀》之作，难以为俦。……此《序》或未湮沦千载之下，当有识者，得无抚掌乎[108]？

齐 梁 诗[109]

评曰：夫五言之道，惟工惟精。论者虽欲降杀齐梁，未知其旨[110]。

若据时代，道丧几之矣，诗人不用此论[111]。何也？如谢吏部诗“大江流日夜，客心悲未央[112]”，柳文畅诗“太液沧波起，长杨高树秋”，王元长诗“霜气下孟津，秋风度函谷[113]”，亦何减于建安？若建安不用事，齐梁用事，以定优劣，亦请论之：如王筠诗“王生临广陌，潘子赴黄河[114]”，庾肩吾诗“秦皇观大海，魏帝逐飘风[115]”，沈约诗“高楼切思妇，西园游上才[116]”，格虽弱，气犹正，远比建安，可言体变，不可言道丧。大历中词人多在江外，皇甫冉、严维、张继、刘长卿、李嘉祐、朱放，窃占青山白云、春风芳草以为己有[117]。吾知诗道初丧正在于此，何得推过齐梁作者？迄今余波尚寖[118]，后生相效，没溺者多。大历末年，诸公改辙，盖知前非也。如皇甫冉《和王相公玩雪诗》“连营鼓角动，忽似战桑干”，严维《代宗挽歌》“波从少海息，云自大风开”，刘长卿《山鹳鸪歌》“青云杳杳无力飞，白露苍苍抱枝宿”，李嘉祐《少年行》“白马撼金珂，纷纷侍从多。身居骠骑幕，家近滹沱河”，张继《咏镜》“汉月经时掩，胡尘与岁深”，朱放诗“爱彼云外人，来取涧底泉”，已上诸公，方于南朝张正见[119]、何胥[120]、徐摛、王筠，吾无间然也[121]。

复古通变体

评曰：作者须知复、变之道。反古曰复，不滞曰变。若惟复不变，则陷于相似之格，其状如驽骥同厩，非造父不能辨[122]。能知复、变之手，亦诗人之造父也。以此相似一类置于古集之中，能使弱手视之眩目，何异宋人以死鼠为玉璞，岂知周客卢胡而笑哉[123]？又复变二门，复忌太过，诗人呼为膏肓之疾，安可治也。如释氏顿教，学者有沉性之失[124]。殊不知性起之法，万象皆真[125]。夫变若造微[126]，不忌太过，苟不失正，亦何咎哉？如陈子昂复多而变少，沈、宋复少而变多，今代作者不能尽举。……后辈若乏天机[127]，强效复古，反令思扰神沮。何则？夫不工剑术，而欲弹抚干将、太阿之铗[128]，必有伤手之患。宜其戒之哉！

齐鲁书社版李壮鹰《诗式校注》

注释

[1]“夫诗”二句：谓诗为诸多微妙之物的精华。《老子》一章：“玄之又玄，众妙之门。”

[2]元化：宇宙之根本的运化，犹造化。

[3]作用：由某种活动、举措而产生功用、效应。释家常用此语。《圆觉经》：“以佛力故，变化世界，种种作用。”此处指诗人的思维而言。皎然《答俞校书冬夜》：“诗情聊作用，空性惟寂静。”

[4]“放意”句：本书“取境”云：“取境之时，须至难至险。”又皎然《诗议》：“固须绎虑于险中。”均谓作诗当苦思搜求于常境之外。

[5]意冥：谓意中暗合，默然领会。

[6]神诣：神妙所至。

[7]妙无二门：言其门径神妙而独一无二。《维摩诘经·入不二法门品》：“善哉善哉！乃至无有文字语言，是真入不二法门。”此处亦有诗人造极之妙不可言说之意。

[8]名言：文字语言。

[9]“故工之”二句：谓诗人之作越是精妙，能赏知者便越少。即曲高和寡之意。

[10]势：此谓全诗之体势、态势。它由诗中各部分之相互联系、相互制约而形成，给人以变化流动之感，故称为势。

[11]“如登”二句：荆，荆山，在今湖北。巫，巫山，在今湖北、四川交界处。三湘，湘水发源后依次与漓水、潇水、蒸水合流，分别称漓湘、潇湘、蒸湘，总称三湘。在今湖南。鄢、郢，皆古代楚地名，在今湖北。

[12]盘礴：磅礴，盛大貌。

[13]“如壶公”句：意谓虽有声律之限，诗人构思却天地极宽。《神仙传》载壶公事，云其卖药于市，悬一壶于座上，日入即跳入壶中。市掾费长房得其指授，亦随之入壶。既入即不复见壶，但见楼观门道，别有天地。

[14]“近自”句：周颙，南朝齐人，善识声韵，著有《四声切韵》。《南齐书》本传称其“音辞辩丽，出言不穷，宫商朱紫，发口成句”。刘绘，亦齐时人，《南齐书》本传云：“永明末，京邑人士盛为文章谈义，皆凑竟陵王西邸。……时张融、周颙并有言工。……绘之言吐，又顿挫有风气。”

[15]“情多”二句：谓诗中情志、内容盛多，但仍表现得明朗。皎然认为，若情多

而不注重语言锤炼，则情也表现不好。《文镜秘府论·南卷·论文意》引皎然《诗议》："溺情废语，则语朴情暗。"

[16] "才赡"二句：才富则易掉以轻心而不周密，不密则散漫，散漫则弛缓而脉络不清。疏，粗疏，草率。

[17] "虽有"句：李壮鹰《诗式校注》云："道情，得道者之情也。……皎然所谓道情，即释家所谓'禅心'。……于诗中寄禅意、谈禅理，唐以来甚为流行。而以诗谈禅，易陷深僻，故皎然有此言。"

[18] "以虚诞"句：《文镜秘府论·南卷·论文意》引皎然《诗议》："顷作古诗者，不达其旨，效得庸音，竞壮其词，俾令虚大。"可参看。

[19] 淡泞：清淡。《广雅·释诂》："泞，清也。"

[20] "以烂熟"句：皎然《诗议》："句中多著'映带''傍佯'等语，熟字也。'制锦''一同''仙尉''黄绶'，熟名也。……古今相传俗：诗云'小妇无所作，挟瑟上高堂'之类是也。又如送别诗，山字之中，必有'离颜'；溪字之中，必有'解携'；送字之中，必有'渡头'；来字之中，必有'悠哉'。如游寺诗，'鹫岭''鸡岑''东林''彼岸'。语居士以谢公为首，称高僧以支公为先。"所举种种烂熟之例，可参看。

[21] "以气劣弱"句：皎然《诗议》："俗巧者，由不辨正气，习俗师弱弊之过也。其诗云：'树阴逢歇马，鱼潭见洗船。'又诗云：'隔花遥劝酒，就水更移床。'"此即以劣弱为容易，可参看。

[22] "至奇"句：奇而不失正之意。《广雅·释诂》："差，邪也。"

[23] 迂：远。

[24] 诗有五格：《诗式》于总论诗法之后，列出五格（即五等），每格皆列举历代诗人诗句为例。其区分等第之标准，一为情、格之高下，二为是否用事、如何用事。但其标目则多只就用事言之，不够严密。就其所举诗例观之，最推重者仍为汉魏晋宋作品，而于唐代诗人品第不甚高，但于宋之问、沈佺期之律诗则颇为称赞。

[25] 作用事：谓虽用事但经过诗人匠心安排，运用巧妙自然。与下文"直用事"相对。

[26] 有事无事第四：李壮鹰云："意谓不论诗中用事与否，如品格稍下，够不上列入前三等者，列入第四等。"

[27] 取象曰比：谓比只取其象，不取其义。《文镜秘府论·地卷·六义》引皎然曰："比者，全取外象以兴之。'西北有浮云'之类是也。"按曹丕《杂诗》："西

北有浮云，亭亭如车盖。”

[28]“取义”二句：谓兴乃写出具体事象，而取其内在义蕴。象下之意，包蕴于“象”中而需阐释方出之意，犹《周易》卦象之下须有卦爻辞以阐释之。《广弘明集》卷二十六《叙梁武帝与诸律师唱断肉律》：“律教是一，而人取文下之旨不同。”谓同一律文，而各人对其解释不同。独孤及《镜智禅师碑铭》：“当时闻道于禅师者，其浅者知有为法无非妄想，深者见佛性于言下。”其“文下”“言下”，可供理解“象下”参考。《文镜秘府论·地卷·六义》引皎然曰：“兴者，立象于前，后以人事喻之。《关雎》之类是也。”按《关雎》：“关关雎鸠，在河之洲。窈窕淑女，君子好逑。”“关关”二句是象；毛传云：“后妃说乐君子之德，无不和谐，又不淫其色，慎固幽深，若关雎之有别焉，然后可以风化天下。……”是“象下之意”。凡《诗》之兴，多先举草木禽鱼等“象”，然后言“人事”，如《关雎》之“窈窕淑女”二句。故皎然又言“立象于前，后以人事喻之”。

[29]“万象”二句：谓万事万物凡有类同之处，可以类比、类推者，都可用为比兴。义类，事类。

[30]“如陶公”句：陶渊明《咏贫士》：“万族各有托，孤云独无依。”《文选》李善注：“孤云，喻贫士也。”

[31]“鲍照”句：鲍照《代白头吟》：“直如朱丝绳，清如玉壶冰。”《文选》李善注：“朱丝，朱弦也。”

[32]“鄙哉”四句：见陆机《齐讴行》。牛山叹，齐景公游于牛山，临望其国城而流涕曰：“若何滂滂去此而死乎！”为晏子所讪笑。(事见《晏子春秋》)爽鸠，始居齐地者。《左传·昭公二十年》载，齐侯饮酒乐，曰：“古而无死，其乐若何？”晏子对曰：“古而无死，则古之乐也，君何得焉？昔爽鸠氏始居此地，季萴因之，有逢伯陵因之，蒲姑氏因之，而后大公因之。古若无死，爽鸠氏之乐，非君所愿也。”

[33]“偶与”二句：见谢灵运《还旧园作见颜范二中书》。张、邴，张良、邴曼容。张良功成身退，学辟谷、导引、轻身之术。邴曼容，西汉人，“养志自修，为官不肯过六百石，辄自免去”。东山，在会稽始宁西南，乃谢氏世代游居之地，有谢灵运别墅。

[34]“是比”句：谓上举谢诗乃以张、邴作比，并非用事。《文镜秘府论·南卷·论文意》引皎然《诗议》：“若比君于尧、舜，况臣于稷、卨，绮里之高逸，於陵之幽贞，褒贬古贤，成当时文意，虽写全章，非用事也。”

[35] 取境：本为佛家语。取，执取。境，六根所游履攀缘的对象。取境谓游履对象而执取之，误以对象为实在。此指诗人深思不置，想像出具体的事物、境界。

[36] “无盐”二句，无盐，齐之邑名。邑有女名钟离春，极丑而有德，为齐宣王后，齐国大安。（见刘向《列女传》）后因以无盐指丑女。阙，缺。太姒，文王妃，武王之母。按：皎然《诗议》：“夫寒松白云，天全之质也。散木拥肿，亦天全之质也。比之于诗，虽正而不秀，其拥肿之材。”与此意同。

[37] “不入”二句：班超语，见《后汉书·班超传》。

[38] 神王：精神健旺。王，通“旺”。

[39] 文外之旨：没有直接写出来的意思。《文心雕龙·隐秀》：“隐也者，文外之重旨者也。”

[40] “若遇”五句：赞美谢灵运诗使人读之但见其性情而忘却其文字之工。

[41] 空王：佛之异名。

[42] “但恐”句：用《庄子·徐无鬼》匠石挥斤故事。

[43] “故伯牙”句：伯牙鼓琴，唯钟子期知其意。钟子期死，伯牙破琴绝弦，终身不复鼓琴。见《吕氏春秋·本味》。

[44] 元兢：见《古今诗人秀句序》作者简介。元鉴：未详。《宋史·艺文志》有僧元鉴《续古今诗人秀句》二卷，又有僧玄鉴《续古今诗集》三卷、《诗缵集》三卷。未知是此人否。

[45] 瞽夫偷语：见下“三不同：语、意、势”。

[46] “借贼兵”句：《史记·范雎蔡泽列传》：“故齐所以大破者，以其伐楚而肥韩魏也。此所谓借贼兵而赍盗粮者也。”

[47] “若斤斧”三句：皎然《诗议》：“六经时有俪词，扬、马、张、蔡之徒始盛。‘云从龙，风从虎’，非俪耶？但古人后于语，先于意。因意成语，语不使意。偶对则对，偶散则散。若力为之，则见斤斧之迹。故有对不失浑成，纵散不关造作，此古手也。”可参看。

[48] “又诗家对语”六句：意谓对句须上下优劣相称。《文心雕龙·丽辞》：“若两事相配而优劣不均，是骥在左骖，驽为右服也。若夫事或孤立，莫与相偶，是夔之一足，趻踔而行也。”虽专论“事对”，但要求上下相称，与皎然此处所云相通。

[49] 三不同：李壮鹰《诗式校注》：“按以下正文只说三同，未说三不同，故‘不’字疑衍。”

[50] 汉定律令：谓汉初萧何为刘邦制定律令。

[51] 酂侯：萧何封酂侯。

[52] 片言可折：即“片言可以折狱”之省。《论语·颜渊》：“子曰：片言可以折狱者，其由也与？”《集解》引孔安国语，片，偏也。唯子路(由)能偏听一方之辞而断狱讼之是非。后人或释“片”为半，极言其语之简约耳。

[53] 事虽可罔：谓偷意的行为可以瞒人耳目。罔，欺骗。

[54] 偷狐白裘：谓偷儿中技巧最高者。孟尝君门下客由秦昭王宫中偷出狐白裘，事见《史记·孟尝君列传》。

[55] 日月光天德：见陈叔宝《入隋侍宴应诏》。

[56] 日月光太清：见傅咸《赠何劭王济》。傅咸，西晋人，字长虞。

[57] “小池”二句：见沈佺期《酬苏员外味道夏晚寓直省中见赠》。

[58] “太液”二句：见柳恽《从武帝登景阳楼》。柳恽，南朝梁人。

[59] “手携”四句：见王昌龄《独游》。

[60] “目送”四句：见嵇康《赠秀才入军》。

[61] 才性：原注：一作“情性”。

[62] “不妨”三句：谓此一字将诗之“风律”“体德”都已涵括。即下文“其一十九字括文章德体(即体德)风味(即风律)尽矣”之意。体德指作品本身(偏于内容言)，风律指作品表现于外的风味、声音等，二者可说即一首作品之体与用。

[63] 彖辞：总论一卦之义的文辞。指卦辞言，彖，断也。断定一卦之义，故名彖。《易·系辞下》：“知者观其彖辞，则思过半矣。”韩康伯注：“夫彖者……约以存博，简以兼众。……彖之为义，存乎一也。一之为用，同乎道矣，形而上者，可以观道，过半之益，不亦宜乎？”皎然以一字概括一体之体德风律，与彖辞之以简约存众博相似，故取为喻。

[64] 缘境不尽：谓念念不已，深情绵邈。缘境，谓心攀缘外物。皎然《秋日遥和卢使君》：“诗情缘境发。”

[65] “立言”句：谓多方叙说渲染。参“池塘生春草，明月照积雪”节中对“意有盘礴”的说明。盘泊，即盘礴，大、盛貌。

[66] 李少卿并古诗十九首：皎然《诗议》论李陵诗及古诗，录此备参：“少卿以伤别为宗，文体未备，意悲调切；若偶中音响，《十九首》之流也。古诗以讽兴为宗，直而不俗，丽而不巧，格高而词温，语近而意远，情浮于语，偶象则发，不以力制，故皆合于语，而生自然。”

[67]“昔仲尼”二句：卜商，孔子弟子，字子夏。陆德明《经典释文序录》：“（孔子）既取周诗，上兼商颂，凡三百十一篇，以授子夏，子夏遂作序焉。”

[68]“盖是”句：钟嵘《诗品序》：“古诗眇邈，人世难详，推其文体，固是炎汉之制，非衰周之倡也。”

[69]“又如”二句：古诗十九首中“冉冉孤生竹”一首，《文心雕龙·明诗》以为傅毅作；“青青河畔草”一首，《玉台新咏》以为枚乘《杂诗》，未见云蔡邕作者。《玉台新咏》录蔡邕《饮马长城窟》一首，首句亦为“青青河畔草”，或皎然因此误记。

[70]“悟彼”句：《下泉》，《诗经·曹风》篇名。序云：“思治也。曹人疾共公侵刻下民，不得其所，忧而思明王贤伯也。”诗有“忾我寤叹，念彼京师”等句。王粲遭乱去国，故思及之。《下泉》人，指《下泉》诗作者。

[71]“不傍”二句：沈约《宋书·谢灵运传论》论声律，云王粲诗等“并直举胸臆，非傍诗史，正以音律调韵，取高前式”，意谓其诗并不用事，只因音律调和，故为佳作。其“非傍诗史”并非褒赞之语，皎然以己意引用之。

[72]逸品：南朝、唐代，颇有以“逸”品评书、画、棋艺者，皎然以“逸品”“逸格”评诗，当属较早者。

[73]邺中集：谢灵运有《拟魏太子邺中集》八首。皎然《诗议》云：“建安三祖、七子，五言始盛，风裁爽朗，莫之与京。然终伤用气使才，违于天真，……而露造迹。”录以备参。

[74]七子：指谢灵运拟诗中魏太子以外的七人，即王粲、陈琳、徐幹、刘桢、应玚、阮瑀、曹植。

[75]“刘桢”句：谢灵运拟诗“刘桢”云：“卓荦偏人，而文最有气。”《文心雕龙·体性》：“公幹气褊，故言壮而情骇。”偏谓不中和，褊谓急，意有相通。

[76]王：当指上文“陈王”，即陈思王曹植；或指王粲。

[77]内典：佛家经典。

[78]心地：心思。系佛家语。以心生诸法，犹大地生五谷五果；又修行者依心而修行，犹人举趾动足皆依于地，故以地喻心。《大乘本生心地观经》卷八：“众生之心犹如大地。……心名为地。”

[79]清景当中：日月中天。景指日月之光，如储光羲《终南幽居献苏侍郎》：“朝日悬清景。”亦可代指日月。曹植《赠徐幹》：“圆景光未满。”李善注：“圆景，月也。”李德裕《思山居·寄龙门僧》：“清景出东山。”亦指月。

[80]庆云：即卿云。参《文心雕龙·通变》注[15]。

[81]“惠休所评”句：见钟嵘《诗品》“宋光禄大夫颜延之”条。

[82]“建安”二句：谓谢诗源于建安而比建安诗华美。椎轮，原始、简质的车。

[83]“池塘”句：见谢灵运《登池上楼》，载《文选》卷二二；“明月”句：见谢氏《岁暮》，全诗已佚，仅存残句。

[84]“余因引”句：梁征远将军记室钟嵘，钟嵘曾为西中郎晋安王（萧纲）记室，此云征远将军，未详。又“隐秀”之说，出于刘勰。其《文心雕龙》有《隐秀》篇，云“隐也者，文外之重旨者也；秀也者，篇中之独拔者也”。此云出自钟嵘，恐是误记。《隐秀》篇残佚甚多，其如何评论谢诗，已不可得知。

[85]“且如”四句：似言“池塘”句有言外之意，“明月”句则意尽于句中。《吟窗杂录》卷三十八载：“‘池塘生春草，园柳变鸣禽’，灵运坐是诗得罪，遂计（应作托）以阿连（谢惠连）梦中授此语。有客以请舒王（王安石）曰：不知此诗何以得名于后世，何以得罪于当时？舒王曰：权德舆已赏（应作尝）评之。……曰：池塘者，泉水潴溉之地。今曰‘生春草’，是王泽竭也。《豳诗》所纪一虫鸣，则一候变。今曰‘变鸣禽’者，候将变也。”若权氏果有此语，则唐人或以为“池塘”句别有寄托，皎然所谓“情在言外”或指此类。

[86]“风力”二句：谓“池塘”“明月”二句都表现清朗，富于感染力，但“取兴”不同。至于如何不同，颇难揣摩。李壮鹰《诗式校注》则联系下文，云“明月”句取兴之法为‘通塞’法，‘池塘’句为‘盘礴’法，以为其相异之处在于此二句在全篇中的位置以及与前后诗句的关系不同。

[87]“王昌龄”四句：《文镜秘府论·南卷·论文意》引王昌龄《诗格》：“古诗云‘日出而作，日入而息，凿井而饮，耕田而食’，当句皆了也。”又：“古文格高，一句见意，则‘股肱良哉’是也。”

[88]“曹植诗”四句：见曹植《七哀》。李壮鹰《诗式校注》：“前二句表达思妇与所思者不能见面的绝望之情，使文势一伏；后二句又从绝望之中生出希望：愿化为南风吹入君怀，故使文势又一起，这正是皎然上文所说的‘后势特起，前势似断’。”按：李说是。曹植诗于“长逝”句后又云：“君怀良不开，贱妾当何依？”则文势又伏。总之“势有通塞”者，当是文势多转折之意。李壮鹰又云：“按本书‘品藻’条举‘明月照积雪’句，评之以‘思来景遏，其势中断’，正与此处所谓‘后势特起，前势似断’相合，故可看出，皎然认为‘明月’句取兴之法属于‘通塞’法。”按谢灵运《岁暮》残句：“殷忧不能寐，苦此夜难颓。明月照积雪，朔风劲且哀。运往无淹物，年逝觉易催。”“明月”二句写景，前后皆写忧思，正所谓“思来景遏”，文势转折。唯“势有通塞，意有盘礴”是否即

上文所云“取兴各别”，尚可斟酌。皎然此节文字，或可分为两层：自“客有问予”至“取兴各别”为一层，自“古今诗中”以下为另一层。

[89]“蹂践”句：意谓在事理渊薮中反复搜求。蹂践，践踏。理窟，谓理集中之地。

[90]“卞子”二句：卞子，卞和，楚之采玉者。荆岑，荆山。

[91]“邓生”八句：见刘琨《重赠卢谌》。八句中凡用五事，以明渴求贤能之意，所谓“词归一旨而兴乃多端”。

[92]文侯听古乐：魏文侯听古乐则欲卧，听郑卫之音则不知倦。见《礼记·乐记》。

[93]“谢氏传”五句：其事见钟嵘《诗品》“宋法曹参军谢惠连诗”条。谢氏传，《诗品》作“谢氏家录”。吾，指谢灵运。惠连，谢灵运族弟。

[94]团扇二篇：指班婕妤《怨诗》及江淹拟作，江诗在其《杂体诗》三十首中。

[95]掩映：遮盖，胜过之意。《中兴间气集》评郎士元：“可齐衡古人，掩映时辈。”

[96]“画作”二句：用弄玉故事。《列仙传》载，秦穆公时有萧史，善吹箫。穆公女弄玉好之，遂妻焉，一旦皆随凤凰飞去。

[97]“兴生”二句：意谓其兴象出自心裁，不依傍古人。按：弄玉故事固是“古事”，但画作扇面，则是江淹独特之构思，故云。

[98]“乘鸾”四句：意谓乘鸾成仙之事，难以实现却令人无限向往，故虽荡妇亦当歆羡惆怅而改其行。偕，同，俱。夏姬，春秋时陈国大夫夏御叔之妻，与陈灵公及其卿孔宁、仪行父皆通，后又为楚臣巫臣、子反等所争夺。事见《左传》《史记·陈世家》。

[99]楼烦：古代北方部族名，精于骑射，故有时亦借其名指善射者。

[100]“宋员外”二句：宋之问、沈佺期，皆武后时人，宋曾为考功员外郎。沈曾为给事中。沈、宋为律诗成熟时期的代表人物。独孤及《唐故左补阙安定皇甫公集序》：“历千余岁，至沈詹事、宋考功，始裁成六律，彰施五色，使言之而中伦，歌之而成声，缘情绮靡之功，至是乃备。”龟鉴，龟可卜吉凶，鉴（镜）可别美恶，犹言标准、榜样。

[101]“不问”句：《诗式》以不用事、作用事、直用事等五格评判诗作，此言评律诗则不受用事与否的限制。

[102]“象溟”二句：见宋之问《奉和晦日幸昆明池应制》。

[103]“咏歌”二句：见沈佺期《岁夜乐安郡主满月侍宴》。

[104]射雕之手：《北齐书·耶律尤传》：“（尤）见一大鸟，射之正中其头，形如车

轮，旋转而下，乃雕也。邢子高叹曰：此射雕手也。”

[105] “若论”二句：笔语，指不押脚韵的文章。南朝、唐人每以诗、笔对举。班、张、崔、蔡，指班固、张衡、崔骃、蔡邕。

[106] 三傅：未详。李壮鹰《诗式校注》云：“疑为‘三祖’之误，指魏武帝曹操、魏文帝曹丕、魏明帝曹睿。”

[107] 柳文畅、吴叔庠：指柳恽、吴均。

[108] 抚掌：拍掌，指讪笑。

[109] 齐梁诗：《文镜秘府论·南卷·论文意》引皎然《诗议》，亦言及齐梁诗，录以备参：“宣城公情致萧散，词泽义精，至于雅句殊章，往往惊绝。何水部虽谓格柔，而多清劲。或常态未剪，有逸对可嘉。风范波澜，去谢远矣。柳恽、王融、江总三子，江则理而清，王则清而丽，柳则雅而高。予知柳吴兴名屈于何，格居何上。中间诸子时有片言只句，纵敌于古人，而体不足齿。”

[110] “夫五言”四句：李壮鹰《诗式校注》：“意谓五言之道，唯在于工巧、精密，有唐以来，论者多贬齐梁之五言诗，斥之为‘道丧’，是未达‘诗道’之旨也。”

[111] “若据”三句：谓若据时代而论，言“道丧”则近之；但作诗之人并不用此论。按：皎然论诗主张变化，反对盲目崇古，但受复古思潮影响，仍认为就整个时代风气而言是逐渐趋于浮靡的，其《诗议》言历代诗，论魏诗，一方面肯定嵇、阮，一方面说“论其代，则渐浮侈矣”。又云“晋世尤尚绮靡……宋初文格，与晋相沿，更憔悴矣”。

[112] “大江”二句：见谢朓《暂使下都夜发新林至京邑赠西府同僚》。

[113] “霜气”二句：见王融《古意》二首之二。

[114] “王生”二句：见王筠《早出巡行瞻望山海》。王生，指王粲。粲《登楼赋》云：“背坟衍之广陆兮，临皋隰之沃流。”潘子，指潘岳。岳《河阳县作》云：“登城望洪河。”王、潘所作均写“瞻望”，王筠用为典故。

[115] “秦皇”二句：见庾肩吾《乱后经禹庙》。（载《会稽掇英总集》卷八，《艺文类聚》《文苑英华》《古诗纪》等所载无此二句。）秦皇，秦始皇。《史记·秦始皇本纪》载其东巡观海事。魏帝，指魏文帝曹丕。其《杂诗》二首之二云：“惜哉时不遇，适与飘风会。吹我东南行，行行至吴会。”

[116] “高楼”二句：见沈约《应王中丞思远咏月》。“高楼”句用曹植《七哀》：“明月照高楼，流光正徘徊。上有愁思妇，悲叹有余哀。”“西园”句用曹植《公宴》：“清夜游西园，飞盖相追随。明月澄清景，列宿正参差。”

[117] “窃占”句：大历诸子喜写景，故诗中多“青山”等语。皎然此评，当是不满于其诗题材单调、风格柔靡、才力薄弱。《六一诗话》载，人嘲宋初诸僧作诗，若不用山、水、风、云、竹、石、花、草等字，便不能操笔。皎然意当类此。

[118] 寖：即“浸”，渐染之意。

[119] 张正见：字见赜，梁陈诗人。

[120] 何胥：南朝陈诗人。

[121] 无间然：没有不同意见，无可非议。

[122] 造父：古之善相马者。

[123] “何异”二句：《后汉书·应劭传》：“昔郑人以干鼠为璞，鬻之于周。宋愚夫亦宝燕石，缇绍十重，夫睹之者掩口卢胡而笑。”皎然似误记，将此二事合而用之。呼嗍，喉间笑声。

[124] “如释氏”二句：承上文言复若太过，则如钝根之人强学顿教，反致沉迷其真性。顿教，佛家有顿、渐二教。强调顿悟（不经次第、阶段而顿然直下证入真理的觉悟）的教法，称为顿教。

[125] “性起”二句：谓依真性（佛性）而起之诸法，均是真如的显现。喻诗人若求诸自己心中之真实独特的体认，而不依傍他人（包括古人），便能写出有价值的作品。

[126] 造微：达到微妙的地步。

[127] 天机：天然的悟性，智慧。《庄子·大宗师》：“其嗜欲深者，其天机浅。”

[128] “夫不工”二句：谓不工于剑术，而欲玩弄、操持利剑。弹，弹击。抚，持。《楚辞·九歌·东皇太一》：“抚长剑兮玉珥。”干将、太阿，皆宝剑名。铗，剑把。

说明

皎然《诗式》凡五卷，是现存唐人文论中分量最多的一部著作。明胡震亨《唐音癸签》卷三十二“唐人诗话”条云：“惟皎师《诗式》《诗议》二撰，时有妙解。”对其诗论评价颇高。

《诗式》论诗人的想像、思维，与王昌龄所说多同。王氏强调“境”，《诗式》也言“取境”，都主张诗人头脑中必须清晰地映现客观外物。《诗式》强调苦思，也与王氏一致。论灵感云“先积精思，因神王而得”，将平日的苦思与精神健旺时的佳句纵横二者直接相联系，则比王昌龄说得更明确些。至于王昌龄未曾说到的，一是批判了“苦思则丧自然之质”的说法，要求“取境之时须至难至险”，而成篇之后则“有似等闲、不思而得”，不露用力痕迹；二是将构思取境与作品风貌联系起来：“诗人之思初发，取境偏高，则一首举体便高；取境偏逸，则一首举体便逸。”认为诗作的总体风貌归根到底取决于诗人的艺术思维。而这种思维的“高”“逸”等，是指笼罩全境的一种韵味，并不是说非得直接写高人逸士之类不可。《诗式》说：“静，非如松风不动，林狖未鸣，乃谓意中之静。远，非如渺渺望水，杳杳看山，乃谓意中之远。”这样的阐说可谓与后来的意境说有相通之处。

《诗式》论诗，主张诗中各种对立的因素应该均衡，不可偏于一端。上文说既要苦思，又要自然不露痕迹，便是一例。其他如要求既有充足的气力，又要蕴藉不怒张；既注重内容的丰满，又须注意语言的锤炼，表现得明朗；既显示出才气，又不可粗疏；既要率直不务小巧，又须认真构思；既要能让读者“但见性情不睹文字”，又不可不求文辞的典丽；既要新奇，又不可怪僻；既要讲声律，又不受其束缚；既重视对偶，又要合乎自然；既称赏不倚傍前人，以“不用事”为最上，又并不废弃用事，等等。此类言论，在《诗式》中可以见到不少。皎然《诗议》也言及这些方面，并且说正确地处理这些相对的因素，“属于至解，其犹空门证性有中道乎”；“可以神会，不可言得，此所谓诗家之中道也”（《文镜秘府论·南卷·论文意》引）。“中道”是佛家的重要概念，它要求超越对立，不堕一边，具有辩证的因素。皎然以“中道”喻诗，表明他这方面的论述具有自觉性而不是偶然的。要求在诗歌创作中照顾到对立的两端，包含着一个重要的审美观念，即要求适度，要求诗人有分寸感。这种分寸感来自大量的实践，运用之妙，存乎一心，故皎然说“可以神会，不可言得”。

皎然论历代诗歌，认为总的趋势是由“未有作用”到“始见作用之功”，再到“尚于作用”，由“天真”到人工。在此发展过程中，存在着从质朴到造作、浮靡的不良倾向。不过皎然虽然说魏晋南朝“渐浮侈矣”，“尤尚绮靡”，“更憔悴矣”（《诗议》），但他认为其中的杰出作者却能拔出流俗，超越时代风气。因此他对历代著名诗人都有正面的评价。特别是对唐代不少复古论者竭力贬斥的齐梁诗，皎然肯定颇多。复古论者往往推重古诗而轻贬律诗，皎然则既说律诗“拘而多忌，失于自然，吾常所病”（《诗议》），却又对沈佺期、宋之问的律诗评价甚高。总之皎然在复古与新变之间，是更倾向于新变的。正因为此，《诗式》对陈子昂评价不很高，认为他复多变少。之所以更倾向新变，与皎然强烈地欣赏独创、厌恶陈词滥调有很大关系。

从《诗式》对历代作者的评价中，可看出一些值得注意的审美情趣。比如从对王粲、谢灵运的评论中，可知皎然对于不事文辞雕琢而情思深沉含蓄、耐人咀嚼的作品，十分欣赏。从对大历诗人的贬责中，可知他不满于仅是吟风弄月、单调狭窄、才力短小、气势柔弱的作品。不过他又说大历末年诗风有所转变，举出一些骨力较为劲健、境界较为阔大的诗句为例。对大历诗人的抨击，当有补偏救弊的意向。若结合中唐后期诗坛状况来看，还可说其评论是诗风将变的一个信号。

《诗式》以《十万卷楼丛书》本所收五卷本较全，李壮鹰《诗式校注》即据以为底本。本书所录文字依李氏所校，而各段次序有所调整，取便阅读。

醉　说

〔唐〕权德舆

作者简介

权德舆(759—818)，字载之，祖籍天水略阳(今甘肃秦安东北)，世居洛阳(今属河南)。其父皋于安史之乱前南渡，德舆实生于江南，居润州丹阳(今属江苏)。少时即以文章著名。曾受诸使辟召，任职于江淮间。贞元八年(792年)，入京为太常博士。转左补阙，又为中书舍人、礼、户、兵、吏诸部侍郎等。元和五年(810年)，拜礼部尚书、同中书门下平章事。出为山南西道节度使，卒。德舆少时曾蒙独孤及教诲，后以女妻于独孤及之子郁。又与梁肃等为挚友。其论文重视“端教化”“通讽谕”的政教之文，但也充分肯定抒情体物之作，态度通达。有《权载之文集》。《旧唐书》卷一百四十八、《新唐书》卷一百六十五有传。

予既醉，客有问文者，渍笔以应之云：尝闻于师曰“尚气尚理，有简有通”。能者得之以是，不能者失之亦以是。四者皆得之于全，然则得之矣。失于全，则鼓气者类于怒矣，言理者伤于懦矣，或狺狺而呀口[1]，跕跕以堕水[2]；好简者则琐碎以谲怪，或如谶纬；好通者则宽疏以浩荡，庞乱憔悴[3]。岂无一曲之效[4]，固致远之必泥[5]。苟未能朱弦大羹之遗音遗味，则当钟磬在悬，牢醴列位，何遽玩丸索而躭粔饵，况颠命而伤气[6]？

六经之后，班、马得其门。其或悫如中郎，放如漆园[7]。或遒拔而峻深，或坦夷而直温[8]，固当漠然而神，全然而天[9]。混成四时，寒暑位焉[10]。穆如三朝，而文武森然[11]。酌古始而陋凡今，备文质之彬彬。善用常而为雅，善用故而为新[12]，虽数字之不为约，虽弥卷而不为繁。贯通之以经术，弥缝之以渊元[13]。其天机与悬解，若圬鼻而斫轮[14]。岂止文也，以宏诸立身。不如是，则非吾党也。又何足以辩云。

中华书局影印本《全唐文》卷四九五

注释

[1]"或狺狺"句：此句状"鼓气者类于怒"。狺(yín)狺，犬吠声。呀(xiā)，大张其口。

[2]"跕跕"句：此句状"言理者伤于懦"，谓疲弱无气力。《后汉书·马援传》："下潦上雾，毒气重蒸，仰视飞鸢，跕跕堕水中。"此借用其语。跕(dié)跕，堕貌。

[3]庞乱：杂乱。

[4]一曲：一偏，不全面。

[5]"固致远"句：承上句，言气、理、简、通四者，若不能得之于全，则虽不无可观者，然终不能循大道而行远。《论语·子张》："子夏曰：虽小道，必有可观者焉；致远恐泥。是以君子不为也。"《集解》引包咸曰："泥，难不通。"

[6]"苟未能"五句：意谓作文即使不能如朱弘、大羹那样古朴，也应不失雅正，如何能像玩弄杂技、嗜好小吃那样，更不能如丧命失气那样失去根本。朱弘、大羹，参陆机《文赋》注[131]。遗音，谓其音单调不丰富。遗味，谓不调味。钟磬在悬，谓雅乐，比之朱弘之声则来得丰富。牢醴列位，指祭祀。牢醴，牲与甜酒，比之大羹则味美。丸索，皆杂技名。张衡《西京赋》："跳丸剑之挥霍，走索上而相逢。"粔(jù)，一种食物，以蜜和面，煎炸而成。

[7]"其或"二句：谓蔡邕与庄子。蔡邕曾为左中郎将，也称蔡中郎；庄子曾为漆园吏。悫，诚。

［8］“或遒拔”二句：状文章之两种风貌。

［9］“固当”二句：谓文章当冥合于道，看似无思无为而神妙，浑成而不斫丧，合乎天然。

［10］“混成”二句：亦以道喻，言文章自然而有序，合乎规律。

［11］“穆如”二句：言文章谨严不紊。三朝，外朝、内朝、燕朝，周代天子、诸侯询万民、见群臣及听政之所。

［12］“善用”二句：谓善于以俗为雅，以故为新。陆机《文赋》：“或袭故而弥新，或沿浊而更清。”

［13］渊元：元，当作“玄”，当是清人避讳改。渊玄，深奥玄妙，指形而上之玄理而言。颜延之《五君咏·向常侍》：“探道好渊玄。”李善注：“谓注《庄子》也。”

［14］“其天机”二句：谓作文当祛除嗜欲杂念，以其自然妙悟而为之，其精妙处难以言传。天机，天与之灵性。《庄子·大宗师》：“其耆欲深者，其天机浅。”悬解，亦见《大宗师》，原为解除束缚之意，后或用为彻悟意。《北齐书·文苑传序》：“其有帝资悬解，天纵多能。”圬鼻，匠石运斤成风、斫去郢人鼻端之垩，见《庄子·徐无鬼》。斫轮，轮扁斫轮，见《庄子·天道》。

说明

权德舆在这篇《醉说》中表述了关于如何写好文章的看法。他认为“气”与“理”不可偏废。气指文之气势，理指内容合理。若一味鼓其气，置“理”于不顾，内容粗浅或不尽合理，则将流为叫嚣鼓怒。也就是说文之气势应服从于理。但若言理而不以气行之，则文章也会孱弱无力，不能动人。权德舆曾在《兵部郎中杨君集序》中引述杨凝的话道：“尚气者或不能精密，言理者或不能彪炳。”意亦相近。《醉说》又说“简”与“通”亦须并重。若过于求简，缺少必要的说明、论证，则读者不明其所以然，看不到文中所述诸事之间的联系，便会感到琐碎甚至怪谲。若只图说得畅，便易趋于泛滥杂乱。权德舆曾称赞杨凝之文“疏通而不流，博富而有节”，“多而不烦，简而不遗，弥纶条鬯，无入而不自得”（《兵部郎中杨君集序》），称赞李巽之文“文采精实”，“不为曼辞”（《李公［巽］墓志铭》），称赞李栖筠之文“简实而粹精，朗拔而章明”（《李栖筠文集序》），都可与“有简有通”相印证。

《醉说》论作文，体现了道家理论的影响。举出“放如漆园”，即以纵横恣肆的

《庄子》书为优秀文章之例，这在权氏之前似未之见。《文心雕龙·诸子》从写作角度列举子书，也只说到《列子》气伟采奇而未及《庄子》。权氏独具慧眼，开稍后韩愈推许《庄子》之先河。更可注意的是《醉说》明言"贯通之以经术，弥缝之以渊元（玄）"。渊玄当指老庄玄理而言。"漠然而神，全然而天。混成四时，寒暑位焉"，"其天机与悬解，若圬鼻而斫轮"，都用了道家的思想、语汇，强调文章当自然而然地合乎法度，认为作者运思用笔当自然，而其妙则不可言。这种境界，正如"良金巧冶，锻炼在手，而又弛扃防，隳约束，恬然而据上游，坦然而蹈中行"（《兵部郎中杨君集序》），虽出乎技而进乎技、入于道。权氏是自觉地运用道家玄学的理论来论文章的。《醉说》最后说"岂止文也，以宏诸立身"，认为修身亦当吸取道家之说，也就是做到坦易自然而谨重雅正，其谨重若出乎天然。两《唐书》本传称其"性直亮宽恕，动作语言，一无外饰"，"蕴藉风流，自然可慕"，看来其为人与其所说确有一致处，亦可见其吸收道家思想之自觉。

寄李翺书

〔唐〕裴　度

作者简介

裴度（765—839），字中立，河东闻喜（今属山西）人。贞元五年（789 年）进士及第。历仕德、宪、穆、敬、文宗诸朝，出将入相，为一代重臣。终中书令。擅文词。与韩愈，白居易、皇甫湜、刘禹锡等著名文人均有交往。元和间率军讨吴元济，平淮西，曾辟韩愈为行军司马。但他对于韩愈等的"古文"文体，颇有不以为然之处。《旧唐书》卷一百七十、《新唐书》卷一百七十三有传。

前者唐生至自滑[1]，猥辱致书札，兼获所贶新作二十篇[2]。度俗流也，不尽窥见。若《愍女碑》《烈妇传》[3]，可以激清教义，焕于史氏；《钟铭》谓以功伐名于器为铭[4]；《与弟正辞书》谓文非一艺。斯皆可谓救文之失、广文之用之文也。甚善，甚善。然仆之知弟也，未知其他，直以弟敏于学而好于文也，就六经而正焉。故每遇名辈，称弟不容于口，自谓弥久益无愧词。窃料弟亦以直谅见待，不以悦媚相容[5]，故不惟嗟悒，亦欲商度其万一耳。若弟摈落今古，脱遗经籍，斯则如献白豕[6]，何足采取；若犹有祖述，则愿陈其梗概，以相参会耳。

愚谓三、五之代[7]，上垂拱而无为，下不知其帝力[8]，其道渐被于天地万物[9]，不可得而传也。夏、殷之际，圣贤相遇，其文在于盛德大业，又鲜可得而传也。厥后周公遭变[10]，仲尼不当世[11]，其文遗于册府[12]，故可得而传也。于是作周、孔之文。荀、孟之文，左右周、孔之文也[13]。理身、理家、理国、理天下，一日失之，败乱至矣。骚人之文，发愤之文也，雅多自贤，颇有狂态[14]。相如、子云之文，谲谏之文也，别为一家，不是正气。贾谊之文，化成之文也[15]，铺陈帝王之道，昭昭在目。司马迁之文，财成之文也[16]，驰骋数千载，若有余力。董仲舒、刘向之文，通儒之文也，发明经术，究极天人[17]。其实擅美一时[18]，流誉千载者多矣，不足为弟道焉。然皆不诡其词而词自丽，不异其理而理自新。若夫《典》《谟》《训》《诰》，《文言》《系辞》，《国风》《雅》《颂》，经圣人之笔削者，则又至易也，至直也。虽大弥天地，细入无间[19]，而奇言怪语，未之或有。意随文而可见，事随意而可行。此所谓文可文，非常文也[20]。其可文而文之，何常之有？俾后之作者有所裁准。而请问于弟，谓之何哉？谓之不可，非仆敢言；谓之可也，则大学之道，在明明德，在止至善矣[21]。能止于止乎[22]？若遂过之，犹不及也[23]。

观弟近日制作，大旨常以时世之文，多偶对俪句，属缀风云，羁束声韵，为文之病甚矣，故以雄词远志[24]，一以矫之，则是以文字为意也。且文者，圣人假之以达其心，达则已，理穷则已，非故高之、下之、详之、略之也。愚欲去彼取此[25]，则安步而不可及，平居而不可逾，又何必远关经术[26]，然后骋其材力哉！昔人有见小人之违道者，耻与之同形貌，共衣服。遂思倒置眉目，反易冠带以异也。不知其倒之反之之非也，虽非于小人，亦异于君子矣。故文之异[27]，在气格之高下，思致之浅深，不在其磔裂章句，隳废声韵也。人之异，在风神之清浊，心志之通塞；不在于倒置眉目，反易冠带也。试用高明，少纳庸妄，若以为未，幸不以苦言见革其惑。唯仆心虑荒散，百事罢息，然意之所在，敢隐于故人耶？

昌黎韩愈，仆识之旧矣，中心爱之，不觉惊赏。然其人信美材也。近或闻诸侪类，云恃其绝足，往往奔放，不以文立制，而以文为戏。可矣乎？可矣乎？今之作者，不及则已，及之者[28]，当大为防焉耳。

弟索居多年[29]，劳想深至，穷阴凝沍，动息如何？入奉晨昏之欢，出参帷幄之画，固多适耳。昨弟来字，欲度及时干进。度昔岁取名，不敢自高，今孤茕若此，游宦谓何！是不复能从故人之所勖耳。但置力田园，省过朝夕而已[30]。然待春气微和，农事未动，或当策蹇谒贤大夫，兼与弟道旧。未尔间犹希尺牍。珍重，珍重。力书无余。从表兄裴度奉简。

中华书局影印本《全唐文》卷五三八

注释

［1］“前者”句，德宗贞元末，李翱在滑州，为郑滑节度使李元素观察判官。唐生，当指唐衢。滑，指滑州治所白马(今河南滑县东)。

［2］二十篇：《唐文粹》卷八四作“十二篇”。

［3］愍女碑：李翱《高愍女碑》，记幼女高妹妹忠烈事，贞元十三年(797年)作。《杨烈妇传》：记项城县令李侃妻杨氏劝勉其夫抵御李希烈乱军事。李翱于此二文自视甚高，其《答皇甫湜书》云：“足下视仆叙高愍女、杨烈妇，岂尽出班孟坚、蔡伯喈之下耶?”

［4］“钟铭”句：李翱有《泗州开元寺钟铭》，乃应寺僧澄观之请而作，其文中并无“以功伐名于器为铭”等语。裴度所说当指《答泗州开元寺僧澄观书》，书中有“夫铭古多有焉……皆可以纪功伐、垂诫劝”等语。名，称说。《释名·释言语》：“铭，名也，记名其功也。”又《释典艺》：“铭，名也，述其功美，使可称名也。”

［5］“窃料”二句：谓我料想你亦以正直、诚实期待于我，不会因献媚取悦而容纳我。

［6］献白豕：朱浮《为幽州牧与彭宠书》：“往时辽东有豕，生子白头，异而献之。行至河东，见群豕皆白，怀惭而还。”谓所献之物自以为珍贵，其实不为人

所重。

[7] 三、五：指三皇五帝。

[8] “上垂拱”二句：谓上古质朴，无为而治。垂拱，垂衣拱手。《尚书·武成》：“垂拱而天下治。”不知其帝力，《帝王世纪》载尧时老人曰：“日出而作，日入而息。凿井而饮，耕田而食。帝力何有于我哉！”（《太平御览》卷八〇引）

[9] 渐：沾湿，浸润。

[10] 周公遭变：周成王初立，管叔、蔡叔等散布流言，谓周公将不利于成王，成王亦疑之，周公乃避居东都，诛管、蔡、武庚。《尚书》之《金縢》《大诰》等篇，《诗经·豳风》之《七月》《鸱鸮》等篇，皆与此事有关。

[11] “仲尼”句：谓孔子不用于世，乃删《诗》《书》，作《春秋》及《周易》十翼等。

[12] 册府：公家藏书之处。

[13] 左右：犹言辅佐。

[14] 颇有狂态：班固《离骚序》称屈原“亦贬絜狂狷景行之士”。

[15] 化成：《易·贲·彖传》：“观乎人文以化成天下。”

[16] 财成：财，通“裁”。《易·泰·象传》：“财成天地之道。”

[17] 究极天人：司马迁《报任少卿书》：“究天人之际。”

[18] 其实：《唐文粹》卷八四作“其余”。

[19] 细入无间：《文选》卷四五扬雄《解嘲》：“大者含元气，细者入无间。”李善注：“无间，言至微也。”

[20] “此所谓文可”句：谓文章若可再加以文饰，则非恒久之至文。常，恒久。《老子》一章：“道可道，非常道，名可名，非常名。”此用其句式。

[21] “则大学”三句：《礼记·大学》：“大学之道，在明明德，在亲民，在止于至善。”

[22] 止于止：后一“止”为名词，谓应止之处，即上文所云“至善”。《庄子·人间世》：“吉祥止止。”此借用之。《唐文粹》卷八四无“于止”二字。

[23] “若遂”二句：《论语·先进》：“子曰：过犹不及。”

[24] 远志：《唐文粹》卷八四作“远致”。

[25] 去彼取此：《老子》十二章：“是以圣人为腹不为目，故去彼取此。”此借用，谓不以文字为意而取其心与理。

[26] “又何必”句：其意似谓为文当取圣人之心与理，又何必模仿经书的文辞呢？

[27] 文之异：“文”下原有“人”字，据《唐文粹》卷八四删。

[28] “今之”三句：《唐文粹》卷八四作“今之不及之者”。

［29］索居：原作“素居”，据《唐文粹》卷八四改。
［30］省过：《唐文粹》卷八四作“苟过”。

说明

韩愈等人写作“古文”，“时人始而惊”，“笑且排”（李汉《昌黎先生集序》），是引起许多人的惊怪排斥的。裴度的这篇《寄李翱书》，作于贞元末年，便对“古文”写作提出责难。

“古文”句式长短参差，不讲究对偶、声韵，在语言形式上与人们习用已久的骈文有很大不同，在当时人看来，是怪异而不入眼的。某些古文作者刻意求奇，更易招致不满。裴度此书大意，即在于反对故意在句式音节上“磔裂章句，隳废声韵”，反对故意求奇而使得文章呈现诡谲曲折的风貌。在裴度看来，文章之用在于激扬教义，故只需坦直平易以出之即可，不应“以文字为意”。他说“文可文，非常文也。其可文而文之，何常之有”，意谓圣人之文乃自然流出、不可文饰的，因而是为万世立极的永恒的至文；若有意于文饰，则其文必非永恒者。若考虑到当时有些古文作者求奇过分，甚至文辞僻涩，则裴度的这种意见有其合理的因素。但其立论却未免片面。他实际上否定了对文章艺术形式的讲求，否定了对于文学语言的炉锤之功。他不是说在精心锤炼的基础上做到自然合度，明白流畅，而是说不必在表达上多下工夫，只需思想内容正确，则说出便是。这反映出他对于文章艺术的轻忽。书中评论历代作品时，对情感强烈的《楚辞》，富丽而具有形象性、故事性的汉赋，都流露贬抑之意，也可见出其轻视文学作品的倾向。

裴度还批评韩愈“以文为戏”，也是一种轻视文学审美愉悦的观点。韩愈既强调以文明道，也主张以“古文”“舒忧娱悲”，不妨“杂以瑰怪之言”（《上兵部李侍郎书》）。他在生活中也喜欢听一些所谓“驳杂无实之说”，以致引起友人张籍的批评。他在与诸生讲论时，也“游以诙笑啸歌”（见皇甫湜《韩文公墓志铭》）。总之，韩愈的生活态度、对“古文”功用的看法都较通达，其所作“古文”有一些构思奇特，颇有谐谑成分或小说意味。裴度对此表示反对，认为不合教化，显示出一种僵硬的态度。宋代理学家颇有指责韩愈者。朱熹便说韩集中“戏豫、放浪而无实者，自不为少”（《读唐志》）。这种指责在裴度此书中已可见端倪。其实，正是由于韩柳等作者态度通达，重视文章艺术，不排斥文章的审美娱悦作用，古文运动才取得了重大成就，在文学史上占有了重要地位。

答李翊书

〔唐〕韩　愈

作者简介

韩愈(768—824),字退之,河南河阳(今河南孟州南)人。自称其郡望为昌黎,故世称韩昌黎。早孤,苦学,少时曾受知于萧颖士之子萧存,又为梁肃所赏荐。贞元八年(792年)进士及第。后在汴州、徐州为幕僚。入朝为四门博士,转监察御史。时当贞元末,因长安久旱,上疏请停征税钱。不久即为幸臣所谗,贬阳山令。元和间曾为国子博士、中书舍人等。力主对蔡州吴元济用兵,被宰相裴度请为行军司马,参加了平蔡之役,以功授刑部侍郎。因谏迎佛骨,贬潮州刺史。返京后转兵部侍郎。曾往镇州宣喻方镇王廷凑,为王所畏服。官终吏部侍郎,后世亦称韩吏部。韩愈不但是古文大家,也是杰出的诗人,诗文创作都在中国文学史上占有重要地位。同时他也是文学批评史上的重要人物。其论文以复古为革新,既强调"明道",又对于古文的写作艺术发表过不少意见,对后世影响深远。其论诗亦颇具创见,并充分反映了追求雄放、尚奇好怪的美学趣味。有《昌黎先生集》。《旧唐书》卷一百六十、《新唐书》卷一百七十六有传。

六月二十六日,愈白,李生足下:

生之书,辞甚高,而其问何下而恭也！能如是,谁不欲告生以其道？道德之归也有日矣,况其外之文乎？抑愈所谓望孔子之门墙而不入于其宫者[1],焉足以知是且非邪？虽然,不可不为生言之。

生所谓"立言"者是也;生所为者与所期者,甚似而几矣[2]。抑不知生之志,蕲胜于人而取于人邪[3]？将蕲至于古之立言者邪？蕲胜于人而取于人,则固胜于人而可取于人矣;将蕲至于古之立言者,则无望其速成,无诱于势利,养其根而俟其实,加其膏而希其光。根之茂者其实遂,膏之沃者其光晔。仁义之人,其言蔼如也[4]。

抑又有难者。愈之所为,不自知其至犹未也。虽然,学之二十余年矣。始者,非三代两汉之书不敢观,非圣人之志不敢存。处若忘,行若遗,俨乎其若思,茫乎其若迷[5]。当其取于心而注于手也,惟陈言之务去,戛戛乎其难哉[6]!其观于人,不知其非笑之为非笑也。如是者亦有年,犹不改。然后识古书之正伪,与虽正而不至焉者,昭昭然白黑分矣,而务去之[7],乃徐有得也。当其取于心而注于手也,汩汩然来矣[8]。其观于人也,笑之则以为喜,誉之则以为忧,以其犹有人之说者存也[9]。如是者亦有年,然后浩乎其沛然矣。吾又惧其杂也,迎而距之,平心而察之,其皆醇也,然后肆焉。虽然,不可以不养也。行之乎仁义之途,游之乎《诗》《书》之源,无迷其途,无绝其源,终吾身而已矣。

气,水也;言,浮物也。水大而物之浮者大小毕浮。气之与言犹是也。气盛则言之短长与声之高下者皆宜。虽如是,其敢自谓几于成乎?虽几于成,其用于人也奚取焉?虽然,待用于人者,其肖于器邪?用与舍属诸人。君子则不然。处心有道,行己有方,用则施诸人,舍则传诸其徒,垂诸文而为后世法。如是者,其亦足乐乎?其无足乐也?

有志乎古者希矣。志乎古,必遗乎今[10],吾诚乐而悲之。亟称其人,所以劝之,非敢褒其可褒而贬其可贬也[11]。问于愈者多矣,念生之言不志乎利,聊相为言之。愈白。

《四部丛刊》影印元刊《朱文公校昌黎先生集》卷十六

注释

[1]“抑愈”句:《论语·子张》:“子贡曰:譬之宫墙……夫子之墙数仞,不得其门而入,不见宗庙之美、百官之富。得其门者或寡矣。”

[2]几:近。

[3]蕲:求。取于人:为人所取,指科举被录取、为世所用等。

[4]蔼如:美盛貌。

[5]“处若”四句:况其专心致志之状。处,居,与“行”相对。《礼记·曲礼上》:“俨若思。”俨,严肃的样子。

[6]戛(jiá)戛:形容用力。

[7]务去之:谓去其伪者、疵瑕者。

［8］汩汩然：水流急貌。
［9］说：通“悦”。
［10］遗乎今：为今人所遗忽。
［11］“亟称”三句：谓屡屡称许有志于古者，为的是勉励之，并不敢以评判的姿态妄施褒贬。乃自谦语。

说明

此书当作于贞元十七年(801 年)，时韩愈三十四岁。次年权德舆主持进士试，韩愈向其副手陆傪推荐李翊等人，翊即于该年及第。(见《五百家音注韩昌黎集》引樊汝霖、方崧卿说)

本书是韩愈宣传其“古文”的重要文章。其主旨在于强调欲写好古文，须从根本上下工夫，须加强仁义道德修养，故不能急于求成，不能为权势和私利所诱惑。因为作文的目的不应是当作敲门砖谋求私利，而是“修其辞以明其道”(韩愈《争臣论》)。对于这一点，韩愈是反复强调、屡屡举以教导后学的。在《答尉迟生书》中，他说：“所谓文者，必有诸其中。是故君子慎其实。实之美恶，其发也不揜。本深而末茂，形大而声宏，行峻而言厉，心醇而气和，昭晣者无疑，优游者有余。”那便除了强调为文当求之于根本之外，还有这样的意思：作者的修养、学识、为人决定了文章的风貌。道理、是非了然于胸，有明确的判断，文章便能明快确切；对所欲言者有充分的把握，厚积而薄发，文章便能从容不迫，显得绰有余裕。这就把道德修养与文章的关系，进一步具体化了。

在《答李翊书》中，为了教导后学，韩愈谈了自己二十余年来学写“古文”的三个阶段。第一阶段，在道德修养和文辞运用方面都兢兢业业，唯恐误入歧途。韩愈认为儒道精纯或大醇小疵者都在三代两汉，魏晋以后则儒道不传；又因魏晋以后文辞骈偶倾向日炽，去古日远，故说在此初始阶段“非三代两汉之书不敢观”(这只是强调初学时入门须正而已。事实上，韩愈读书极广。其《答侯继书》自称“少好学问，自《五经》之外，百氏之书，未有闻而不求，得而不观者”，《上兵部李侍郎书》也说“穷究于经传史记百家之说。……凡自唐虞以来，编简所存……奇辞奥旨，靡不通达”)。第二阶段，已有了分析批判能力，有了心得，为文亦如水流之汩汩不绝，不再“戛戛乎其难哉”。第三阶段已是得心应手，但仍不敢掉以轻心，仍不断加强道德修养，终身以之。

本文提出了著名的“气盛言宜”之说。所谓“气”，指作者的精神状态。于所欲明者是非了然，充满自信，有高屋建瓴之势，沛然而有余，或者情思酣畅，感情强烈，处于高亢兴奋的心理之中，便是“气盛”。鼓气既盛，则下笔时声调之抑扬、句式之长短，便能自然合宜。那么如何方能做到气盛？气盛的具体内容是什么？韩愈此处虽未明言，但结合文中对道德修养之重视，结合韩愈一贯的对“道”的强调，自不难体会道德学识的修养乃是其中一个重要因素。孟子已提出养其“至大至刚”之气的说法，系指道德修养而言，但并未直接与作文相联系。六朝人多言气，均不涉及道德修养。唐代梁肃、柳冕、权德舆等言及气并强调气须由道统帅。韩愈的观点与梁、柳等相通，而进一步具体地揭示了作者精神状态与文辞声调、句式长短的关系。骈文是很注意声调高下、句式长短的，有较固定的格式。韩愈也注重句式和声调，但他要打破骈文那种较刻板单调的格式，要以与内容和作者情感相适应的、自然变化的声音节奏取代之。这是他的贡献。后世古文家对此都十分重视。如清代桐城派因声求气，由音节字句体会文章神气，从中便可见出韩愈气盛言宜说的深远影响。

送孟东野序

〔唐〕韩　愈

大凡物不得其平则鸣。草木之无声，风挠之鸣；水之无声，风荡之鸣；其跃也或激之，其趋也或梗之，其沸也或炙之[1]。金石之无声，或击之鸣。人之于言也亦然。有不得已者而后言，其歌也有思，其哭也有怀。凡出乎口而为声者，其皆有弗平者乎！

乐也者，郁于中而泄于外者也，择其善鸣者而假之鸣。金、石、丝、竹、匏、土、革、木八者，物之善鸣者也。维天之于时也亦然，择其善鸣者而假之鸣。是故以鸟鸣春，以雷鸣夏，以虫鸣秋，以风鸣冬。四时之相推敚[2]，其必有不得其平者乎！其于人也亦然。人声之精者为言，文辞之于言，又其精也，尤择其善鸣者而假之鸣。其在唐、虞，咎陶、禹其善鸣者也，而假以鸣。夔弗能以文辞鸣，又自假于《韶》以鸣[3]。夏之时，五子以其歌鸣[4]。伊尹鸣殷[5]，周公鸣周[6]。凡载于《诗》《书》六艺，皆鸣之善者也。周之衰，孔子之徒鸣之，其声大而远。传曰：“天将以夫子为木铎。[7]”其弗信矣乎！其末也，庄周以其荒唐之辞鸣[8]。楚，大国也，其亡也，以屈原鸣。臧孙辰、孟轲、荀卿[9]，以道鸣者也。杨朱、墨翟、管夷吾、晏婴、老聃、申不害、韩非、昚到、田骈、邹衍、尸佼、孙武、张仪、苏秦之属[10]，皆以其术鸣。秦之兴，李斯鸣之[11]。汉之时，司马迁、相如、扬雄，最其善鸣者也。其下魏、晋氏，鸣者不及于古，然亦未尝绝也。就其善者[12]，其声清以浮，其节数以急[13]，其辞淫以哀，其志弛以肆，其为言也，乱杂而无章。将天丑其德，莫之顾邪？何为乎不鸣其善鸣者也？

唐之有天下，陈子昂、苏源明、元结、李白、杜甫、李观[14]，皆以其所能鸣。其存而在下者，孟郊东野，始以其诗鸣。其高出魏、晋，不懈而及于古，其他浸淫乎汉氏矣。从吾游者，李翱、张籍其尤也[15]。三子者之鸣信善矣，抑不知天将和其声，而使鸣国家之盛邪？抑将穷饿其身，思愁其心肠[16]，而使自鸣其不幸邪？三子者之命，则悬乎天矣。其在上也奚以喜，其在下也奚以悲[17]！东野之役于江南也[18]，有若不释然者，故吾道其命于天者以解之。

《四部丛刊》影印元刊《朱文公校昌黎先生集》卷十九

注释

［1］“其跃”三句：皆形容水之鸣。

［2］敚：古“夺”字。

［3］“其在”五句：《尚书》之《皋陶谟》《益稷》载禹、皋陶（咎陶）为帝舜陈谋，又《益稷》载皋陶作歌，此言“唐虞”，实偏指虞。夔，舜之乐官。《韶》，舜乐。《益稷》：“箫《韶》九成，凤皇来仪。”

［4］“五子”句：《尚书》有《五子之歌》，载夏太康弟五人所作怨刺之歌。

［5］伊尹鸣殷：伊尹，商之贤相。据《书序》，伊尹作《汝鸠》、《汝方》、《咸有一德》、《伊训》、《肆命》、《徂后》、《太甲》三篇。伪古文《尚书》有《伊训》、《太甲》三篇及《咸有一德》。又《汉书·艺文志》道家类有《伊尹》五十一篇。

［6］周公鸣周：周公制礼作乐，相传《周礼》《仪礼》为周公所著。又据《书序》，周公作《金縢》《大诰》《嘉禾》《洛诰》《多士》《无逸》《君奭》《将蒲姑》《立政》诸篇。又《诗经·豳风》之《七月》《鸱鸮》，《周颂》之《时迈》《思文》，旧说亦周公所作。

[7] “天将”句：见《论语·八佾》。木铎，铃之以木为舌者。铎，大铃。

[8] “庄周”句：《庄子·天下》评述诸家，称庄周说为“荒唐之言”。荒唐，广大无边貌。

[9] 臧孙辰：鲁大夫，谥“文仲”。《左传·襄公二十四年》：“鲁有先大夫曰臧文仲，既没，其言立。”

[10] 杨朱：战国时学者。墨翟：春秋时人，墨家学派的创始者。管夷吾：即管仲，齐桓公相，有《管子》。晏婴：春秋齐人，相景公，有《晏子》。老聃：即老子。申不害：战国时法家，相韩昭侯，有《申子》。韩非：韩之诸公子，法家，有《韩子》。昚(慎)到：战国赵人，法家，有《慎子》。田骈：战国齐人，游稷下，号天口骈，有《田子》。邹衍：战国齐人，为燕昭王师，有《邹子》。尸佼：战国楚人，商鞅之师，有《尸子》。孙武：春秋吴将，有《孙子兵法》。张仪：魏人，纵横家，有《张子》。苏秦：纵横家，有《苏子》。

[11] 李斯鸣之：颜延之《庭诰》云：“秦勒望岱……文变之高制也。”指秦始皇泰山刻石，乃李斯所撰作。《文心雕龙》亦称许其作，又称许其《上书谏逐客》。《文选》亦选录《上书谏逐客》。唐肃宗、代宗时崔祐甫《齐昭公崔府君集序》举历代辅相之文，亦列李斯。可知李斯文颇受重视。

[12] 就：纵使，即使。

[13] 数：频繁。

[14] 苏源明：原名预，字弱夫。擅文辞，有名天宝间。肃宗时官至秘书少监，代宗广德二年(764 年)卒。李观：字元宾，卒于德宗贞元十年(794 年)，韩愈为作墓志。

[15] 李翱：见《答朱载言书》作者简介。张籍：字文昌，吴郡人。贞元十五年(799 年)进士及第。曾为太常寺太祝、秘书郎、水部员外郎、国子司业等。白居易称其“尤工乐府诗”，亦擅长五律。

[16] 思愁：思亦悲愁意。

[17] “其在上”二句：承上二句，言其运命在天，故在高位亦不足喜，在下亦不足悲。

[18] “东野”句：贞元十八年(802 年)，孟郊任溧阳(今属江苏)县尉。

说明

韩愈强调作“古文”以明道，但他毕竟是一位文学家，而不是狭隘的道学家。

他所作古文，并非全是论道之作，也有许多抒发愤懑、表现亲友情谊以致嘲谑戏弄的内容。至于其诗歌，更以抒情体物为主，论诗也并不标举明道。他的《送孟东野序》，提出了著名的“不平则鸣”的观点，说的就是“文辞”（泛指文章，包括“古文”、诗）抒发感慨的作用。

所谓“不平则鸣”，是说文章之作，乃因作者心有所感，郁积于中，不能自已，于是泄于外而为文辞，其间有“不得已”，即不得不然者在。序中又指出：作者的感触系于其所遭遇，而遭遇则既与时代、国家的兴亡盛衰有关，又与其个人运命有关。这其实与《礼记·乐记》所谓“人心之动，物使之然也；感于物而动，故形于声”之说一脉相承。

韩愈这里所说的“不平”，是泛指心有所动，泛指诸种情感，还不是专指悲伤忧愁而言。序中所称“善鸣者”，还包括了经书、诸子、汉代的历史、学术著作等，其作者未必都直接在书中抒发自己的情感，但都怀有表述自己的观点、成一家之言的强烈愿望，不吐不快，这也是一种“不平”。总之，“不平则鸣”的内涵颇为广泛。但孟郊一生多舛，其诗以啼饥号寒著称；此次又以垂老之身，远赴江南任一小小县尉，心中颇不释然。若结合这样的情况来体会，那么韩愈这里所说“不平之鸣”实际上偏向于指说哀痛之鸣。他虽说“不知天将和其声，而使鸣国家之盛邪？抑将穷饿其身，思愁其心肠，而使自鸣其不幸邪”，他虽也希望友人能“和其声”“鸣国家之盛”，但实际上孟郊的不幸已是存在的事实。因此韩愈实际上是说孟郊将因其不幸而取得更大的创作成就。在《柳子厚墓志铭》中，韩愈说：“然子厚斥不久，穷不极，虽有出于人，其文学辞章必不能自力以致必传于后如今，无疑也。虽使子厚得所愿，为将相于一时，以彼易此，孰得孰失，必有能辨之者。”以文章必传安慰亡友。《送孟东野序》其实隐藏着同样的思想，只是友人尚在，故措词尤为委婉罢了。

荆潭唱和诗序

〔唐〕韩　愈

从事有示愈以荆、潭酬和诗者[1]，愈既受以卒业[2]，因仰而言曰：夫和平之音淡薄，而愁思之声要妙[3]，欢愉之辞难工，而穷苦之言易好也。是故文章之作，恒发于羁旅草野。至若王公贵人气满志得，非性能而好之，则不暇以为。

今仆射裴公开镇蛮荆，统郡维九[4]。常侍杨公领湖之南壤[5]，地二千里。德刑之政并勤，爵禄之报两崇，乃能存志乎诗书，寓辞乎咏歌，往复循环，有唱斯和，搜奇抉怪，雕镂文字，与韦布里闾憔悴专一之士[6]，较其毫厘分寸。铿锵发金石，幽眇感鬼神，信所谓材全而能巨者也。两府之从事与部属之吏属而和之，苟在编者，咸可观也。宜乎施诸乐章，纪诸册书。从事曰："子之言是也。"告于公，书以为《荆潭唱和诗》序。

《四部丛刊》影印元刊《朱文公校昌黎先生集》卷二十

注释

[1] 从事：公府或地方官府中僚属。荆潭酬和诗：即《新唐书·艺文志》所著录之裴均《荆南唱和集》一卷，收录裴均、杨凭唱和诗作并其属下所和者。德宗贞元末裴均任江陵尹、兼御史大夫、荆南节度使，在江陵（今属湖北），杨凭任湖南观察使，兼潭州刺史，在潭州（今湖南长沙），故称"荆潭"。

[2] 卒业：谓读毕。

[3] 要妙：《九歌·湘君》："美要眇兮宜修。"王逸注："要眇，好貌。"眇，一作妙。

[4] "今仆射"二句：《旧唐书·宪宗本纪》载，元和三年四月丁丑，"以荆南节度使裴均为右仆射、判度支"，同年九月庚寅，"以右仆射裴均检校左仆射、同平章事、襄州长史，充山南东道节度使"。此处"仆射"指右仆射。蛮荆，指荆州。《诗经·小雅·采芑》："蠢尔蛮荆。"裴均任荆南节度使在贞元十九年至元和三年。统郡维九，荆南节度使所辖，屡经变动，裴均为使时所统为荆州江陵府、澧州澧阳郡、朗州武陵郡、硖州夷陵郡、夔州云安郡、忠州南宾郡、归州巴东郡、万州南浦郡，涪州涪陵郡。（参《旧唐书·地理志二》"荆州江陵府"）唐代州即郡，天宝、至德年间用郡名，乾元后复用州名。

[5] "常侍"句：杨凭任湖南观察使在贞元十八年（802 年）至永贞元年（805 年）。后改江西观察使。元和二年（807 年）春，自江西入朝为左散骑常侍，四年秋贬临贺尉。

[6] 韦布：皮带布衣，寒素之服，借指寒素者。专一：谓专一于诗文，无他能，与下文"材全而能巨"相对。

说明

本文旧说作于永贞元年至元和元年(805—806)韩愈任江陵法曹参军时,恐误。据文中所称裴均、杨凭二人的官衔考之,当作于元和三年(808年)夏秋间,时韩愈为国子博士分教东都。

文中所说"文章之作恒发于羁旅草野"云云,是说创作欲望往往产生于愁苦困窘,故"韦布里闾憔悴"即下层人士多为之。这与《送孟东野序》所谓"不得其平则鸣"意思相通,也可见虽然该文所谓"不平"不专指怨苦而言,但韩愈心中总还是侧重悲愁不幸一面的。又说"和平之音淡薄"云云,是说表现愁苦之情的作品容易写得动人。文艺欣赏的历史表明,悲剧性的情感往往更具感染力,人们往往以悲为美。韩愈这里所说可谓对这一审美心理的概括。

韩愈在这篇序中所表述的观点,屡见于他的作品中,如称孟郊云:"规模背时利,文字觑天巧。人皆余酒肉,子独不得饱。……名声暂膻腥,肠肚镇煎熜。"(《答孟郊》)明言其遭遇与诗名恰恰相反,遭遇愈蹇厄,诗名愈盛。按杜甫已有"文章憎命达"(《天末怀李白》)之语,孟郊云"诗人命属花"(《招文士饮》,意谓诗人运命总是如花易败),白居易云"诗人尤命薄"(《序洛诗序》),可见在唐代,此种看法是相当普遍的。

荐士(节录)

〔唐〕韩　愈

周《诗》三百篇,雅丽理《训》《诰》[1]。曾经圣人手[2],议论安敢到?五言出汉时,苏李首更号。东都渐弥漫,派别百川导。建安能者七,卓荦变风操[3]。逶迤抵晋宋,气象日凋耗。中间数鲍谢[4],比近最清奥[5]。齐梁及陈隋,众作等蝉噪[6]。搜春摘花卉,沿袭伤剽盗。国朝盛文章,子昂始高蹈。勃兴得李杜,万类困陵暴[7]。后来相继生,亦各臻阃奥[8]。有穷者孟郊,受材实雄骜。冥观洞古今,象外逐幽好。横空盘硬语,妥帖力排奡[9]。敷柔肆纡余,奋猛卷海潦[10]。荣华肖天秀[11],捷疾逾响报[12]。行身践规矩，甘辱耻媚灶[13]。孟轲分邪正，眸子看瞭眊[14]。杳然粹而清，可以镇浮躁。酸寒溧阳尉，五十几何耄[15]？孜孜营甘旨[16]，辛苦久所冒[17]。俗流知者谁？指注竞嘲慠[18]。圣皇索遗逸，髦士日登造[19]。庙堂有贤相[20]，爱遇均覆焘[21]。……

《四部丛刊》影印元刊本《朱文公校昌黎先生集》卷二

注释

[1]“雅丽”句：承上句言《诗三百》之雅丽，与《尚书》相通。《文心雕龙·征圣》：“圣文之雅丽。”理，通。《淮南子·时则训》“理关市”高诱注：“理，通也。”训诰，指《尚书》。

[2]“曾经”句：相传孔子删诗，故云。

[3]风操：原指人的风格操守，此借指作品的风貌、写法。宋魏泰《临汉隐居诗话》云白居易长篇叙事诗“格制不高，局于浅切，又不能更风操，虽百篇之意，只如一篇”，其“风操”意与此同，可为参考。

[4]鲍谢：鲍照、谢灵运。杜甫《遣兴》五首之五：“赋诗何必多，往往凌鲍谢。”白居易《寄李蕲州》：“动笔诗传鲍谢风。”

[5]比近：言鲍、谢二人比肩。

[6]蝉噪：《太平御览》卷九四九引《物理论》：“夫虚无之谈，尚其华藻，此无异于春蛙秋蝉，聒耳而已。”

[7]“万类”句：谓李杜才力雄大，万事万物皆为其诗笔蹂践暴露。

[8]臻阃奥：到达深处。阃，门槛。奥，室之西南隅。奥，一作“隩”，奥、隩通。

[9]力排奡：用力排挤奡那样的大力士。形容力量巨大。奡，传说中上古的力士。

[10]“敷柔”二句：形容其诗或和柔舒布，或气势雄猛。敷，舒布。纡余，从容婉曲貌。潦，通“涝”，大波。

[11]“荣华”句：言其华采有似天然花朵。

[12]响报：响之应声。

[13]“甘辱”句：谓甘于屈辱而耻于献媚。《论语·八佾》：“王孙贾问曰：与其媚于奥，宁媚于灶，何谓也？”何晏《集解》引孔曰：“奥，内也，以喻近臣。灶，以喻执政。”

[14] “孟轲”二句：《孟子·离娄上》：“胸中正，则眸子瞭焉；胸中不正，则眸子眊焉。”瞭，明。眊，目不明之貌。

[15] “五十”句：谓年已五十，离老耄尚有几时。言外有任用须及时之意。

[16] 孜孜：谓孜孜以求养亲之具。甘旨：美味。《礼记·内则》：“昧爽而朝，慈以旨甘。……日入而夕，慈以旨甘。”郑注：“慈，爱敬进之。”谓子爱敬其父，进之以旨甘美食。

[17] 冒：犯。

[18] “指注”句：谓俗流指孟郊而注意之，争相嘲讽轻慢他。慠，同“傲”。

[19] “圣皇”二句：圣皇，指宪宗。髦士，俊士。《诗经·小雅·甫田》：“烝我髦士。”登，进。造，成就。

[20] 贤相：指郑余庆。郑于是年（元和元年）五月罢相，为太子宾客。此诗作于罢相后不久，仍以“贤相”称之。（据钱仲联《韩昌黎诗系年集释·补释》）

[21] “爱遇”句：谓其仁爱广被平均，无不蔽覆。焘（dào），覆。

说明

韩愈此诗，向故相郑余庆推荐孟郊，当作于元和元年（806年）九月初。（参钱仲联《韩昌黎诗系年集释》）该年郑氏为河南尹，次年即辟孟郊为从事，与韩愈之荐或不无关系。

诗中称赞孟郊的诗才与品行。先对历代诗作一简评，其观点大致与陈子昂相同，即贬抑晋宋，尤轻齐梁。不过于刘宋尚举出鲍照、谢灵运。唐人称赞鲍、谢，不止韩愈一人；但着眼于鲍谢诗风之“奥”，当与韩愈本人的审美爱好有关。韩愈批评齐梁，一则因其绮碎小巧有如搜摘花卉，再则谓其因袭剽盗。韩愈诗风雄放，又非常重视新创、去除陈言，因此轻蔑齐梁。韩愈未举陶渊明，后人多有议论。按陶诗在唐人心目中的地位固胜于在齐梁时，但毕竟不似宋以后那样崇高；且韩愈诗风亦去陶甚远。其不称陶，也可以理解。

于唐代诗人，《荐士》盛称陈子昂、李白、杜甫。接着便称赞孟郊。孟郊诗境界较寒窘，不如韩愈雄放。但其意象构思、遣词造句力求新异，不肯落于熟套。当时人李观称其“文奇”（《上梁补阙荐孟郊崔宏礼书》），李肇则概括其诗风为“矫激”，即刻意度越常情，并说其诗风为人所仿效（见《国史补》）。这种作风，正与韩愈务去陈言、力求奇崛的主张相合，故韩愈极口称道之。《荐士》称孟郊富于才力，诗思敏捷，又称其搜求意象至于幽冥深窈、常人思维不到之处（“象外逐幽好”，与皎然“绎虑于险中，采奇于象外”意近）。又说李、杜诗使得“万类困凌暴”，也正有赞赏诗人竭尽心力，搜求物象，使其一一无所遁形之意。韩、孟《城南联句》云：“窥奇摘海异，恣韵激天鲸。肠胃绕万象，精神驱五兵。”正说出了二人此种搜奇抉异、无所不至的共同的审美趣味。又“横空盘硬语，妥帖力排奡”二语颇值得注意。其意谓孟郊诗令人感到突兀强硬，其实却十分妥帖。在韩愈看来，这正是才巨力大的表现。“荣华肖天秀”也有自然天成之意。韩愈还说过“东野动惊俗，天葩吐奇芬”的话（见《醉赠张秘书》），也是既言其奇特不俗，又言其天然。韩愈认为，奇险骇俗之语，能很好地表现外物和诗人内心深奥处，所以是十分妥帖的，犹如自然天成、人工难求的天葩至宝。韩愈于诗和古文，都求奇尚异。他称孟郊的横空硬语为“妥帖”，正与他称樊宗师的苦涩之文为“文从字顺各识职”（《南阳樊绍述墓志铭》）有相通之处。

《荐士》诗中称赞了李白、杜甫，但话语不多，那是因为诗的主旨在于推荐孟郊的缘故。事实上韩愈对李、杜甚为倾倒，其诗中屡屡及之。《调张籍》中热情称颂“李杜文章在，光焰万丈长”。韩愈赞美李、杜，主要在于称其才力雄伟不常。《调张籍》所谓“想当施手时，巨刃摩天扬，垠崖划崩豁，乾坤擺雷硠”，便是说李、杜的诗思惊天动地。该诗又说自己受李、杜启发感染而诗兴勃发，于是捕捉意象，乃升天入海，穷搜冥索，自由翱翔：“精诚忽交通，百怪入我肠。刺手拔鲸牙，举瓢酌天浆。腾身跨汗漫，不著织女襄。”以一怪字概括其诗思，可见其力求新奇的趣味；又以“刺手拔鲸牙”形容构思取象，更有不避险难、怪怪奇奇、诗胆之大无所不敢的意味。总之，从韩愈评论诗人的话中，是很可以体会出他自己的审美倾向的。

董氏武陵集纪（节录）

〔唐〕刘禹锡

作者简介

刘禹锡（772—842），字梦得，洛阳（今属河南）人。贞元九年（793年）进士及第。曾为太子校书、监察御史等。与柳宗元等积极参与永贞革新，为屯田员外郎、判度支盐铁事。革新失败，被贬为朗州司马。十年后始还长安，又远谪为连州刺史。后又历任夔州、和州刺史。文宗大和初，入为主客郎中、礼部郎中。又出为苏州、汝州、同州刺史。开成初，以太子宾客分司东都。在洛阳与白居易交好，唱酬颇多。其论诗有云："因定而得境，故翛然以清。"(《秋日过鸿举法师寺院便送归江陵引》)又云："境生于象外。"(《董氏武陵集纪》)重视"境"的创造，并指出诗境的特征在于具有幽眇难言之美，这实与后世所谓意境说相关。此外，他喜好、重视民歌，称其"含思宛转"(《竹枝词序》)，"可俪风什"(《上淮南李相公启》)，也颇值得注意。有《刘宾客集》。《旧唐书》卷一百六十、《新唐书》卷一百六十八有传。

片言可以明百意，坐驰可以役万景[1]，工于诗者能之。《风》《雅》体变而兴同，古今调殊而理冥[2]，达于诗者能之。工生于才，达生于明，二者还相为用，而后诗道备矣。……一旦得董生之词，杳如搏翠屏，浮层澜，视听所遇，非风尘间物。亦犹明金粹羽，得于遐裔，虽欲勿宝，可乎？生名侹，字庶中，幼嗜属诗[3]，晚而不衰。心源为炉，笔端为炭，锻炼元本，雕砻群形，纠纷舛错，逐意奔走，因故沿浊[4]，协为新声。尝所与游，皆青云之士。闻名如卢、杜(卢员外象[5]，杜员外甫)，高韵如包、李(包祭酒佶[6]，李侍郎纾[7])，迭以章句扬于当时。末路寡徒，值余欢甚。因相谓曰："间身以廷尉属为荆州从事，移疾罢去，幽卧于武陵[8]，迨今四年。言未信于世，道不施于人，寓其性怀，播为吟咏[9]。时发笥，纷然盈前，凡五十篇，因地为目。吾子常号知我，盍表而志之，为生羽翼?"余不得让而著于篇，因系之曰：

诗者，其文章之蕴耶[10]！义得而言丧，故微而难能；境生于象外，故精而寡和。千里之缪，不容秋毫[11]。非有的然之姿可使户晓，必俟知者，然后鼓行于时[12]。自建安距永明已还，词人比肩，唱和相发。有以"朔风""零雨"，高视天下[13]；"蝉噪""鸟鸣"，蔚在史策[14]。国朝因之，粲然复兴。……

《四部丛刊》影印武进董氏影宋本《刘梦得文集》卷二十三

注释

[1] 坐驰：形坐而心驰，此言想象。《庄子·人间世》："虚室生白，吉祥止止。夫

且不止,是之谓坐驰。”役:役使。

[2] 冥:暗合。

[3] 幼嗜属诗:原作“幼恃属诗者”,据《文苑英华》卷七一三改。

[4] 因故沿浊:陆机《文赋》:“或袭故而弥新,或沿浊而更清。”

[5] 卢员外象:卢象,字纬卿,天宝年间曾为膳部员外郎,安史之乱后,自吉州长史征拜主客员外郎,病卒于武昌。

[6] 包祭酒佶:包佶,字幼正,贞元二年(786年)至五年间曾为国子祭酒。

[7] 李侍郎纾:李纾,字仲舒,德宗时曾为礼部、吏部侍郎。

[8] 武陵:朗州治所,今湖南常德。

[9] 吟:原作“味”,据《文苑英华》卷七一三改。

[10] “诗者”二句:谓诗乃文章之精深者。文章,泛指形诸文字者。

[11] “千里”二句:《汉书·司马迁传》:“故《易》曰:差以豪氂,谬以千里。”据《史记·太史公自序》裴骃集解,乃《易纬》语。缪,错误。

[12] “非有”三句:意谓诗道精深,并非明明白白可让一般人都通晓,须待懂得诗的人,然后能够盛行。的然,明白。鼓行,击鼓前行,喻声势盛大。

[13] “有以”句:晋人王瓒《杂诗》:“朔风动秋草,边马有归心。”晋人孙楚《征西官属送于陟阳候作诗》:“晨风飘歧路,零雨被秋草。”沈约《宋书·谢灵运传论》称为“先士茂制,讽高历赏”,刘勰《文心雕龙·隐秀》(残文)举“朔风”句为秀句,钟嵘《诗品中》亦举此二句。

[14] “蝉噪”二句:梁王籍《入若耶溪》:“蝉噪林逾静,鸟鸣山更幽。”《梁书》《南史》本传均载此二句而称赏之。

说明

本文乃刘禹锡元和年间为朗州司马时为董侹《武陵集》所作的序。禹锡父名绪,故避讳称为“纪”。

此序最可注意的是反映了刘禹锡对于诗歌特性的看法。“片言可以明百意”,诗的语言是最精练的,贵在含蓄蕴藉,耐人寻味。刘氏本人的作品,在这方面便表现得十分突出。宋人吕本中便曾说:“苏子由晚年多令人学刘禹锡诗,以为用意深远,有曲折处。”(《苕溪渔隐丛话》前集卷二十引《童蒙训》)“义得而言丧”,与皎然《诗式》“但见情性,不睹文字”意思相通,是要让读者进入一种“忘言”的状态,沉浸于诗的境界中而浑然不觉。这里包含这样的意思:诗不应以雕琢、华丽、奇僻的语言吸引读者，而应以看似平常自然的语言传达诗人之意，表达诗之美。“境生于象外”，是说诗的境界的创造，神妙而难以言说。皎然《诗议》论诗人构思，有“绎虑于险中，采奇于象外”之语，韩愈《荐士》也说“象外逐幽好”，都是强调诗人想像之翼不受拘限。刘禹锡此语则似强调“取境”思维活动之空灵、奇妙、难以把捉；同时似还有这样的意思：诗中之境具有空灵而不可言传的趣味。王昌龄、皎然已借用“境”这一佛家语谈诗，突出了诗歌描摹与主观情志相对的“境”（主要是自然景物）的功能。刘禹锡所说的“境”也主要是指自然景物，这从他说的“坐驰可以役万景”以及所举“朔风”“零雨”“蝉噪”“鸟鸣”之例可以得到印证。《颜氏家训·文章》评“蝉噪”“鸟鸣”时所说的“文外断绝”，《梁书·王籍传》所说的“文外独绝”，所谓“文外”，即与刘禹锡这里说的“象外”意思相通。“境生于象外”，要求诗歌描绘外境、景物，而且要传达出一种难以言说、不易捉摸的意趣。其语虽简略，却应在意境说的形成过程中占据位置。

刘禹锡此序还说到“工于诗”与“达于诗”、“才”与“明”应“还相为用”。“工于诗”“才”，是指创作才能而言。创作诗歌的才能比写作其他文章更精妙，并非人人都可获得，也就是说写诗需要天才，非积学可致。南朝萧子显《南齐书·文学传论》、颜之推《颜氏家训·文章》都已说到写作需要特殊才能的问题，但刘禹锡更强调诗尤其精微难能。“达于诗”“明”，是指识见而言。古今诗作的体制气调是变化的，但却都是诗人感兴的产物，其诗理自有暗合不变者在，诗人应该懂得古今作品的种种变与不变，有眼力，有识断。这实际上又需要“学”。刘禹锡说二者都是“诗道”所需要。这种关于诗歌创作中天才与学识关系的论述，可说已开严羽《沧浪诗话》“妙悟”与“以识为主”之说的端绪。

与元九书

〔唐〕白居易

作者简介

白居易（772—846），字乐天，晚年自号香山居士。下邽（今陕西渭南北）人。贞元十六年（800年）进士及第。宪宗元和初，任翰林学士、左拾遗，屡进直言，并进行讽谕诗写作，反映民生疾苦。元和十年（815年），因上疏言武元衡被刺事，得罪执政，贬江州司马。后曾为忠州刺史、中书舍人、杭州刺史、苏州刺史等。晚年多在洛阳，任太子宾客分司东都、太子少傅等。有《白氏长庆集》。白居易是唐代大诗人，声名远播，被称为广大教化主（见张为《诗人主客图》），也是杰出的文学批评家。他强调诗歌与现实的关系及其社会作用，对自己所作的讽谕诗极为重视。但实际上他也创作了大量一般的抒情状物、流连光景的杂律诗与感伤诗，内心深处对那些作品也是十分喜爱的。《旧唐书》卷一百六十六、《新唐书》卷一百一十九有传。

月日，居易白。微之足下：

自足下谪江陵至于今[1]，凡枉赠答诗仅百篇[2]。每诗来，或辱序，或辱书，冠于卷首，皆所以陈古今歌诗之义，且自叙为文因缘与年月之远近也。仆既受足下诗，又谕足下此意[3]，常欲承答来旨，粗论歌诗大端，并自述为文之意，总为一书，致足下前。累岁已来，牵故少暇，间有容隙，或欲为之，又自思所陈亦无出足下之见；临纸复罢者数四，卒不能成就其志，以至于今。今俟罪浔阳[4]，除盥栉食寝外无余事，因览足下去通州日所留新旧文二十六轴[5]，开卷得意，忽如会面，心所畜者[6]，便欲快言，往往自疑，不知相去万里也。既而愤悱之气思有所泄[7]，遂追就前志，勉为此书。足下幸试为仆留意一省。

夫文尚矣！三才各有文[8]。天之文，三光首之[9]；地之文，五材首之[10]；人之文，六经首之。就六经言，《诗》又首之。何者？圣人感人心而天下和平。感人心者，莫先乎情，莫始乎言，莫切乎声[11]，莫深乎义。诗者，根情、苗言、华声、实义。上自贤圣，下至愚騃，微及豚鱼，幽及鬼神，群分而气同，形异而情一；未有声入而不应，情交而不感者。

圣人知其然，因其言，经之以六义[12]；缘其声，纬之以五音[13]。音有韵，义有类[14]。韵协则言顺，言顺则声易入；类举则情见[15]，情见则感易交。于是乎孕大含深，贯微洞密，上下通而一气泰[16]，忧乐合而百志熙。五帝三皇所以直道而行、垂拱而理者[17]，揭此以为大柄[18]，决此以为大窦也[19]。

故闻"元首明，股肱良"之歌[20]，则知虞道昌矣。闻五子洛汭之歌[21]，则知夏政荒矣。言者无罪，闻者足戒[22]。言者闻者莫不两尽其心焉。

洎周衰秦兴，采诗官废[23]，上不以诗补察时政，下不以歌泄导人情，乃至于谄成之风动[24]，救失之道缺。于时六义始刓矣[25]。

《国风》变为《骚辞》，五言始于苏、李。苏、李、骚人，皆不遇者，各系其志，发而为文。故"河梁"之句[26]，止于伤别；泽畔之吟[27]，归于怨思。彷徨抑郁，不暇及他耳。然去《诗》未远，梗概尚存[28]，故兴离别，则引双凫、一雁为喻[29]；讽君子小人，则引香草、恶鸟为比[30]。虽义类不具[31]，犹得风人之什二三焉。于时六义始缺矣。

晋、宋已还，得者盖寡。以康乐之奥博，多溺于山水；以渊明之高古，偏放于田园。江、鲍之流，又狭于此。如梁鸿《五噫》之例者[32]，百无一二焉。于时六义寖微矣。

陵夷至于梁、陈间，率不过嘲风雪、弄花草而已。噫！风雪花草之物，《三百篇》中岂舍之乎？顾所用何如耳。设如"北风其凉"，假风以刺威虐也[33]；"雨雪霏霏"，因雪以愍征役也[34]；"棠棣之华"，感华以讽兄弟也[35]；"采采芣苢"，美草以乐有子也[36]。皆兴发于此，而义归于彼；反是者可乎哉？然则"余霞散成绮，澄江净如练""离花先委露，别叶乍辞风"[37]之什，丽则丽矣，吾不知其所讽焉。故仆所谓嘲风雪、弄花草而已。于时六义尽去矣。

唐兴二百年，其间诗人不可胜数。所可举者，陈子昂有《感遇诗》二十首[38]，鲍防有《感兴诗》十五首[39]。又诗之豪者，世称李、杜。李之作，才矣，奇矣，人不逮矣；索其风雅比兴，十无一焉。杜诗最多，可传者千余首，至于贯穿今古，覼缕格律[40]，尽工尽善，又过于李。然撮其《新安》《石壕》《潼关吏》《芦子》《花门》之章[41]，"朱门酒肉臭，路有冻死骨"之句[42]，亦不过三四十。杜尚如此，况不逮杜者乎？

仆常痛诗道崩坏，忽忽愤发。或食辍哺，夜辍寝，不量才力，欲扶起之。嗟乎！事有大谬者，又不可一二而言；然亦不能不粗陈于左右。

仆始生六七月时，乳母抱弄于书屏下，有指"无"字、"之"字示仆者，仆虽口未能言，心已默识。后有问此二字者，虽百十其试，而指之不差。则仆宿习之缘，已在文字中矣。及五六岁，便学为诗，九岁谙识声韵。十五六始知有进士，苦节读书。二十已来，昼课赋，夜课书，间又课诗，不遑寝息矣。以至于口舌成疮，手肘成胝，既壮而肤革不丰盈，未老而齿发早衰白，瞥瞥然如飞蝇垂珠在眸子中也，动以万数。盖以苦学力文所致，又自悲矣！

家贫多故，二十七方从乡赋[43]，既第之后，虽专于科试[44]，亦不废诗。及授校书郎时，已盈三四百首。或出示交友如足下辈，见皆谓之工，其实未窥作者之域耳。自登朝来，年齿渐长，阅事渐多，每与人言，多询时务，每读书史，多求理道，始知文章合为时而著，歌诗合为事而作。是时皇帝初即位[45]，宰府有正人[46]，屡降玺书，访人急病。仆当此日，擢在翰林[47]，身是谏官[48]，手请谏纸，启奏之外，有可以救济人病，裨补时阙，而难于指言者，辄咏歌之。欲稍稍递进闻于上，上以广宸聪[49]，副忧勤[50]；次以酬恩奖，塞言责；下以复吾平生之志。岂图志未就而悔已生，言未闻而谤已成矣！

又请为左右终言之：凡闻仆《贺雨》诗[51]，而众口籍籍，已谓非宜矣。闻仆《哭孔戡》诗[52]，众面脉脉[53]，尽不悦矣。闻《秦中吟》[54]，则权豪贵近者相目而变色矣。闻《乐游园》寄足下诗[55]，则执政柄者扼腕矣。闻《宿紫阁村》诗[56]，则握军要者切齿矣。大率如此，不可遍举。不相与者，号为沽名，号为诋讦，号为讪谤。苟相与者，则如牛僧孺之戒焉[57]。乃至骨肉妻孥，皆以我为非也。其不我非者，举世不过三两人。有邓鲂者[58]，见仆诗而喜；无何而鲂死。有唐衢者[59]，见仆诗而泣，未几而衢死。其余则足下，足下又十年来困踬若此。呜呼！岂六义四始之风[60]，天将破坏，不可支持耶？抑又不知天之意不欲使下人之病苦闻于上耶？不然，何有志于诗者，不利若此之甚也！

然仆又自思：关东一男子耳，除读书属文外，其他懵然无知。乃至书画棋博可以接群居之欢者，一无通晓，即其愚拙可知矣。初应进士时，中朝无缌麻之亲[61]，达官无半面之旧；策蹇步于利足之途[62]，张空拳于战文之场[63]。十年之间，三登科第[64]，名入众耳，迹升清贯[65]，出交贤俊，入侍冕旒[66]。始得名于文章，终得罪于文章，亦其宜也。

日者又闻亲友间说：礼、吏部举选人，多以仆私试赋判传为准的[67]。其余诗句，亦往往在人口中。仆恧然自愧，不之信也。及再来长安，又闻有军使高霞寓者[68]，欲娉倡妓。妓大夸曰："我诵得白学士《长恨歌》，岂同他妓哉！"由是增价。又足下书云：到通州日，见江馆柱间有题仆诗者。复何人哉？又昨过汉南日，适遇主人集众乐，娱他宾。诸妓见仆来，指而相顾曰："此是《秦中吟》《长恨歌》主耳。"自长安抵江西，三四千里，凡乡校、佛寺、逆旅、行舟之中，往往有题仆诗者，士庶、僧徒、孀妇、处女之口，每每有咏仆诗者。此诚雕虫之戏，不足为多，然今时俗所重，正在此耳。虽前贤如渊、云者，前辈如李、杜者，亦未能忘情于其间哉。

古人云："名者公器，不可以多取。[69]"仆是何者，窃时之名已多。既窃时名，又欲窃时之富贵。使己为造物者，肯兼与之乎？今之迍穷，理固然也。况诗人多蹇，如陈子昂、杜甫，各授一拾遗，而迍剥至死[70]。李白、孟浩然辈，不及一命，穷悴终身。近日孟郊六十，终试协律[71]，张籍五十，未离一太祝[72]。彼何人哉！彼何人哉！况仆之才又不逮彼。今虽谪佐远郡，而官品至第五[73]，月俸四五万，寒有衣，饥有食，给身之外，施及家人，亦可谓不负白氏之子矣。微之微之，勿念我哉！

仆数月来，检讨囊帙中，得新旧诗，各以类分，分为卷目。自拾遗来，凡所适所感，关于美刺兴比者，又自武德讫元和，因事立题，题为《新乐府》者[74]，共一百五十首，谓之"讽谕诗"。又或退公独处，或移病闲居，知足保和，吟玩情性者一百首，谓之"闲适诗"。又有事物牵于外，情理动于内，随感遇而形于叹咏者一百首，谓之"感伤诗"。又有五言、七言、长句[75]、绝句，自一百韵至两韵者四百余首，谓之"杂律诗"。凡为十五卷，约八百首。异时相见，当尽致于执事。

微之！古人云："穷则独善其身，达则兼济天下[76]。"仆虽不肖，常师此语。大丈夫所守者道，所待者时。时之来也，为云龙，为风鹏[77]，勃然突然，陈力以出[78]；时之不来也，为雾豹，为冥鸿[79]，寂兮寥兮[80]，奉身而退。进退出处，何往而不自得哉？故仆志在兼济，行在独善。奉而始终之则为道，言而发明之则为诗。谓之"讽谕诗"，兼济之志也；谓之"闲适诗"，独善之义也。故览仆诗，知仆之道焉。其余"杂律诗"，或诱于一时一物,发于一笑一吟,率然成章,非平生所尚者,但以亲朋合散之际,取其释恨佐欢。今铨次之间,未能删去,他时有为我编集斯文者,略之可也。

微之!夫贵耳贱目,荣古陋今,人之大情也。仆不能远征古旧,如近岁韦苏州歌行[81],才丽之外,颇近兴讽;其五言诗,又高雅闲淡,自成一家之体。今之秉笔者,谁能及之?然当苏州在时,人亦未甚爱重,必待身后,然后人贵之[82]。今仆之诗,人所爱者,悉不过"杂律诗"与《长恨歌》已下耳。时之所重,仆之所轻。至于"讽谕"者,意激而言质;"闲适"者,思淡而词迂。以质合迂,宜人之不爱也。

今所爱者,并世而生,独足下耳。然千百年后,安知复无如足下者出而知爱我诗哉?故自八九年来,与足下小通则以诗相戒,小穷则以诗相勉,索居则以诗相慰,同处则以诗相娱。知吾罪吾,率以诗也。如今年春游城南时,与足下马上相戏,因各诵新艳小律,不杂他篇,自皇子陂归昭国里[83],迭吟递唱,不绝声者二十里余。樊、李在傍[84],无所措口。知我者以为诗仙,不知我者以为诗魔。何则?劳心灵,役声气,连朝接夕,不自知其苦,非魔而何?偶同人[85],当美景,或花时宴罢,或月夜酒酣,一咏一吟,不知老之将至,虽骖鸾鹤、游蓬瀛者之适,无以加于此焉,又非仙而何?微之微之!此吾所以与足下外形骸,脱踪迹,傲轩鼎[86],轻人寰者,又以此也。

当此之时,足下兴有余力,且与仆悉索还往中诗,取其尤长者,如张十八古乐府[87],李二十新歌行[88],卢、杨二秘书律诗[89],窦七、元八绝句[90],博搜精掇,编而次之,号《元白往还诗集》。众君子得拟议于此者,莫不踊跃欣喜,以为盛事。嗟乎!言未终而足下左转[91],不数月而仆又继行。心期索然[92],何日成就?又可为之叹息矣!

又仆尝语足下:凡人为文,私于自是,不忍于割截,或失于繁多,其间妍蚩,益又自惑;必待交友有公鉴无姑息者,讨论而削夺之,然后繁简当否,得其中矣。况仆与足下为文,尤患其多。己尚病之,况他人乎?今且各纂诗笔,粗为卷第,待与足下相见日,各出所有,终前志焉。又不知相遇是何年,相见在何地,溘然而至[93],则如之何!微之微之,知我心哉！

浔阳腊月，江风苦寒，岁暮鲜欢，夜长无睡，引笔铺纸，悄然灯前，有念则书，言无次第，勿以繁杂为倦，且以代一夕之话也。微之微之，知我心哉！乐天再拜。

中华书局版顾学颉校点本《白居易集》卷四十五

注释

[1]“自足下”句：元稹因得罪宦官、权贵，由监察御史贬为江陵士曹参军，时为宪宗元和五年(810年)。元和九年，移唐州从事。十年正月，召回长安；三月，又出为通州司马。至白居易作此书时，仍在通州。江陵，府名，治江陵(今属湖北)。

[2]仅：近，几乎。

[3]谕：领会，知晓。

[4]“今俟罪”句：元和十年(815年)，白居易因上书言事为执政者所恶，被贬为江州司马。俟罪，戴罪等候，指被贬斥言。浔阳，江州于天宝、至德间曾名浔阳郡，其治所在浔阳(今江西九江)。

[5]“因览”句：元稹出为通州司马，白居易曾送别于沣水西。去，往。通州，治通川(今四川达州)。

[6]畜：借为“蓄”。

[7]“既而”句：谓心中所蓄积思一吐为快。愤悱，心中盈满欲通之状。

[8]三才：指天、地、人。

[9]三光：指日、月、星。

[10]五材：金、木、水、火、土。

[11]莫切乎声：没有比声音更切近的。切，近。

[12]六义：风、赋、比、兴、雅、颂。见《毛诗大序》。

[13]“纬之”句：以五音(宫、商、角、徵、羽)组织安排之。

[14]义有类：谓事义有类同，可类推。如《诗经·邶风·凯风》：“睍睆黄鸟，载好其音。”郑笺：“睍睆以兴颜色说也；好其音者，兴其辞令顺也。”正义：“言黄鸟有睍睆之容貌，则又和好其音声，以兴孝子当和其颜色，顺其辞令也。……兴必以类。睍睆是好貌，故兴颜色也；音声犹言语，故兴辞令也。”

黄鸟容貌美好与孝子和颜悦色相类同，黄鸟鸣声美好与孝子言辞婉顺相类同，故可类推，取以为兴，故曰“兴必以类”。按：《诗经》之兴，多在自然物中寄托人事，即以自然物作譬象征。但白居易所说“义有类”“类举”已不限于此，而是指举出事例让读者联想到同类之事，即举一反三。

[15] “类举”句：承上“义有类”，谓通过“类举”（即举事例而供读者类推之）的方法，则诗人之情乃见。

[16] “上下通”句：《易·泰·彖传》：“天地交而万物通也，上下交而其志同也。”又《象传》：“天地交，泰。”一气，《庄子·知北游》：“通天下一气耳。”按：此句谓通过诗的美刺教化作用，能使社会以致自然界都上下交通和谐。

[17] 垂拱而理：即“垂拱而治”，唐高宗名治，故避讳作“理”。

[18] “揭此”句：谓以诗作为重要的手段。揭，举。《礼记·礼运》：“是故礼者，君之大柄也。”郑注：“柄，所操以治事。”

[19] “决此”句：谓开通诗道，以为必经的门洞。大窦，犹大门。《礼记·礼运》：“故礼义也者……所以达天道、顺人情之大窦也。”郑注：“窦，孔穴也。”《正义》：“孔穴开通人之出入，礼义者亦是人之所出入。”窦，原作宝，据《旧唐书·白居易传》改。按：李益《诗有六义赋》：“是人情之大窦，未有不由于斯（指诗）者。”白居易用语与之同。

[20] “元首明”二句：见《尚书·皋陶谟》（伪古文《尚书》在《益稷》），为皋陶和舜之歌。

[21] 五子洛汭之歌：传说夏太康荒淫失政，其兄弟五人于洛水边作歌怨之。见伪古文《尚书·五子之歌》。

[22] “言者”二句：语出《毛诗大序》。

[23] “洎周衰”二句：相传周代有采诗之官，“王者所以观风俗，知得失，自考正也”（《汉书·艺文志》）。

[24] 谄成：谄媚君上已行之事。

[25] 六义始刓：谓周代以诗裨补政治、洩导民情的传统开始残缺。六义，用为美刺教化的代称。

[26] 河梁：见传为李陵所作《与苏武》诗。参《文选序》注[24]。

[27] 泽畔之吟：指屈原《渔父》等作。参《文选序》注[18]。

[28] 梗概：大略。

[29] “故兴离”二句：谓苏、李诗写离别以飞凫起兴。参钟嵘《诗品》注[158]。

按：诗原作“双凫俱北飞，一凫独南翔”，凫、雁皆水鸟，古人每将二者并称，又庾信《哀江南赋》有“李陵之双凫永去，苏武之一雁空飞”之句，故此处言“双凫”“一雁”。

[30] “讽君子”二句：王逸《离骚经序》：“《离骚》之文，依《诗》取兴，引类譬谕。故善鸟香草，以配忠贞；恶禽臭物，以比谗佞……虬龙鸾凤，以托君子；飘风云霓，以为小人。”

[31] 义类不具：谓《骚辞》、苏、李之时，引类兴讽的写法已不完备。按：汉儒释《诗》，指以为兴者甚多，故白氏以为后世之作与之相较，仅得十之二三，亦即“不具”。

[32] 梁鸿《五噫》：东汉梁鸿东出关，过京师，见宫室崔嵬，叹其耗费人力，乃作《五噫之歌》以刺，见《后汉书·逸民列传》。噫，叹声。

[33] “北风”二句：《毛诗·邶风·北风序》：“《北风》，刺虐也。卫国并为威虐，百姓不亲，莫不相携持而去焉。”其诗首句为“北风其凉”，郑笺：“寒凉之风，病害万物。”

[34] “雨雪”二句：《毛诗·小雅·采薇序》：“《采薇》，遣戍役也。”其诗末章云：“昔我往矣，杨柳依依。今我来思，雨雪霏霏。”言岁暮方得归返。又云：“行道迟迟，载渴载饥。”郑笺：“极言其苦以说(悦)之。”于遣征役之时而言其辛苦，是“悯征役”也。

[35] “棠棣”二句：《毛诗·小雅·常棣序》：“《常棣》，燕兄弟也。闵管、蔡之失道，故作《常棣》焉。”古籍中所引或作“棠棣”，当是《鲁诗》。常乃棠之假借字。棠棣，树名，诗云：“棠棣之华，鄂不韡韡。”毛传云以花之盛开光明，喻兄弟众多而相和睦，则强盛而有光辉。《郑笺》则云花与花萼相照耀依托，“喻弟以敬事兄，兄以荣覆弟，恩义之显亦韡韡然”。

[36] “采采”二句：《毛诗·周南·芣苢序》：“《芣苢》，后妃之美也。和平则妇人乐有子矣。”芣苢，即车前草，相传其子可治难产。

[37] “余霞”四句：前二句见谢朓《晚登三山还望京邑》；后二句见鲍照《玩月城西门廨中》，“离”作“归”，“乍”作“早”。

[38] “陈子昂”句：“二十”，《文苑英华》卷六八一作“三十”。今存陈氏《感遇诗》实三十八首。

[39] “鲍防”句：“防”，原作“鲂”，据《旧唐书·白居易传》《文苑英华》卷六八一改。鲍防，字子慎，曾为太原少尹、河东节度使、礼部侍郎等。贞元六年(790年)卒。工诗，以讥切世弊著称。穆员《工部尚书鲍防碑》云：(天宝

中)"公赋《感遇》十七章,以古之正法,刺讥时病,丽而有则,属诗者宗而诵之。"此云《感兴诗》,当即碑所云《感遇》。其诗已佚。

[40] 觌缕格律:谓格诗(古体诗)、律诗各种体裁俱备。觌(luó)缕,委曲,详尽。

[41] "然撮"句:指杜甫《新安吏》《石壕吏》《潼关吏》《塞芦子》《留花门》诸首,皆作于安史之乱中。

[42] "朱门"二句:见杜甫《自京赴奉先县咏怀五百字》。

[43] 乡赋:即乡试。唐代制度,举子先于地方参加考试,称乡试,合格后方能赴京参加礼部试。白居易于贞元十五年(799年)参加乡试于宣州,时年二十八岁,此言二十七,当是误记。

[44] "既第"二句:既第指参加礼部试及第。白居易于贞元十六年应进士科考试及第。科试,此指吏部考试。进士及第后尚须经过吏部试方能正式授官。白居易贞元十九年(803年)以书判拔萃科(属吏部试)登第,授校书郎。

[45] "是时"句:宪宗李纯即位在永贞元年(805年)八月,次年正月改元元和。

[46] "宰府"句:当指杜黄裳、裴垍等。

[47] 擢在翰林:《旧唐书·白居易传》:"居易文辞富艳,尤精于诗笔。自雠校(为校书郎)至结绶畿甸(元和元年授盩厔尉),所著歌诗数十百篇,皆意存讽赋,箴时之病,补政之缺,而士君子多之,而往往流闻禁中。章武皇帝(宪宗)纳谏思理,渴闻谠言,(元和)二年十一月,召入翰林为学士。"按:白氏为翰林学士至元和六年(811年),首尾凡五年。

[48] "身是"句:元和三年(808年)五月,白居易拜左拾遗,至五年改官。谏官,指左、右拾遗、左、右补阙。按:任拾遗时,仍充翰林学士,依然在学士院供职。(参傅璇琮《从白居易研究中的一个误点谈起》)

[49] 广宸聪:扩大皇帝的听闻。

[50] 副忧勤:意谓不辜负皇帝的忧劳国事,与之相称。副,称,符合。

[51] 贺雨诗:元和四年(809年)作。颂扬宪宗免租税、出宫人、罢诸道进奉、禁掠卖人口等德政。诗末云:"敢贺有其始,亦愿有其终。"按:宪宗诸项措施,实李绛、白居易先建言所请。

[52] 哭孔戡诗:孔戡为昭义节度使卢从史掌书记,从史骄纵不法,戡极谏不得,乃称病归洛阳,为从史诬奏。宪宗不得已,诏以卫尉丞分司东都,不久卒。时在元和五年(810年)。白氏此诗为之鸣冤,惜其为闲官(指为卫尉丞)而未能立朝尽其忠直。

[53] 脉脉:犹默默。

[54] 秦中吟：凡十首，其序云："贞元、元和之际，予在长安，闻见之间，有足悲者。因直歌其事，命为《秦中吟》。"

[55] 乐游园寄足下诗：即《登乐游园望诗》。诗云："孔生（戡）死洛阳，元九（稹）谪荆门。可怜南北路，高盖者何人？"对孔、元的不幸表示同情，对当道者有讥刺之意。

[56] 宿紫阁村诗：即《宿紫阁山北村》诗。诗中揭露神策军倚势横行的恶行。

[57] 牛僧孺之戒：元和三年（808 年）牛僧孺、李宗闵、皇甫湜应贤良方正直言极谏举，指斥时政，言辞激烈，得罪权贵，牛等并出为关外官，考官亦坐贬。

[58] 邓鲂：生平不详。白居易《读邓鲂诗》称其"三十在布衣"，后擢第，却"溘死于路歧"。

[59] 唐衢：白居易友人。《旧唐书》本传称其"能为歌诗，意多感发。见人文章有所伤叹者，读讫必哭，涕泗不能已。……故世称唐衢善哭"。白氏有《寄唐生》《伤唐衢》二首，引为同调。

[60] "六义"句：指以诗关心现实、讽谕美刺的传统。参见《毛诗大序》。

[61] "中朝"句：谓朝中连最疏远的亲戚都没有。缌（sī）麻，细麻布，"五服"中最轻的丧服用缌麻。

[62] "策蹇步"句：艰难行进在人家快步飞奔的路上。策，鞭策。蹇，跛行，引申即指蹇驴、驽马。

[63] "张空拳"句：意谓在科举战场上一无依托。张空拳，司马迁《报任安书》载迁之言，谓李陵与匈奴作战，矢尽道穷，将士皆"张空拳，冒白刃"而死战。《汉书·司马迁传》"拳"作"弮"。弮，弩弓。谓空张其弦而无矢。但后人用其事，多作"空拳"，谓赤手空拳。

[64] 三登科第：白居易于贞元十六年（800 年）进士及第；十八年冬应吏部书判拔萃科试，次年登第；元和元年（806 年）应才识兼茂明于体用科（属制科）试登第。

[65] 清贯：接近皇帝的官。此指召入翰林院为学士言。清，谓清高。

[66] 冕旒：皇帝戴的礼冠。旒，冠前垂下的珠饰。此代指皇帝。

[67] "多以"二句：谓以白氏准备应试所作赋、判，传布作为标准。私试，李肇《国史补》卷下："（进士）群居而赋，谓之私试。"礼部试赋，吏部试判。判，一种文体，判案的公文。

[68] 高霞寓：范阳人。元和初从高崇文击刘辟，以功拜彭州刺史，后为长武城使等。元和六年为丰州刺史、三城都团练防御使。十年，为唐州刺史、唐邓隋

节度使。

[69]“名者”二句：《庄子·天运》：“名，公器也，不可多取。”

[70] 迍剥：艰难困穷之意。屯、剥为《周易》二卦名，迍、屯通。《屯·彖传》：“刚柔始交而难生。”屯乃难意。《剥·卦辞》：“不利有攸往。”《正义》：“剥者，剥落也。”

[71]“近日”二句：孟郊，字东野，元和九年卒，年六十四。郊年五十方为溧阳尉；郑余庆为河南尹，奏为水陆运从事，试协律郎。协律郎官才八品。

[72]“张籍”二句：张籍于贞元十五年(799年)进士及第，元和元年(806年)方为太祝，至十年仍居其职，故白居易《重到城七绝句》云：“独有吟诗张太祝，十年不改旧官衔。”太祝，正九品上。

[73]“而官品”句：江州为上州，上州司马从五品下。

[74]“自武德”三句：武德，唐高祖年号(618—626)。元和，唐宪宗年号(806—820)。《新乐府》凡五十首。其首篇《七德舞序》云：“武德中，天子始作《秦王破阵乐》以歌太宗之功业；贞观初，太宗重制《破阵乐》舞图，诏魏徵、虞世南等为之歌词，名《七德舞》。”

[75] 长句：唐人称七言诗为长句，可称歌行，亦可称律诗。此指七言律诗。

[76]“穷则”二句：见《孟子·尽心上》。

[77]“为云龙”二句：喻得到大好时机。云龙，《易·乾·文言》：“云从龙，风从虎，圣人作而万物睹。”风鹏，《庄子·逍遥游》云大鹏南飞，乘旋风而上九万里。

[78] 陈力：施展才力。《论语·季氏》：“陈力就列，不能者止。”

[79]“为雾豹”二句：喻隐逸之士。雾豹，《列女传·陶答子妻》云玄豹藏身南山中，雾雨七日而不下山觅食。冥鸿，扬雄《法言·问明》：“治则见，乱则隐。鸿飞冥冥，弋人何篡焉？”

[80] 寂兮寥兮：《老子》二十五章：“寂兮寥兮，独立而不改，周行而不殆。”

[81] 韦苏州：韦应物，贞元间为苏州刺史。

[82] 然后：原无“后”字，据《文苑英华》卷六八一、《唐诗纪事》卷二六、《苕溪渔隐丛话》后集卷九、《诗人玉屑》卷十五所引补。

[83] 皇子陂：在长安城南，因秦葬皇子于陂北原上得名。昭国里：即昭国坊，在长安朱雀门街东第三街东，白居易曾居此。

[84] 樊、李：白居易、元稹在长安时，友人姓樊、李者有数人，朱金城《白居易年谱》以为此处所言应是樊宗师、李绅。

[85] 偶同人：与友人共处。同人，《周易》卦名，《正义》："谓和同于人。"借指同心合志之友人。

[86] 傲轩鼎：蔑视富贵。轩鼎，贵族所乘车及所用食器。

[87] 张十八：张籍排行十八。唐代称人每以其行第。

[88] 李二十：李绅排行二十。

[89] 卢、杨二秘书：卢拱、杨巨源。

[90] 窦七、元八：窦巩、元宗简。

[91] 足下左转：元和十年(815 年)三月，元稹再次出为通州司马。左转，即左迁，降职之意。

[92] 心期索然：心思全无。心期，情绪，心境。索然，空、尽的样子。

[93] 溘然而至：谓死期忽然而至。萧纲《与刘孝仪令》："此子(指刘遵)溘然，实可嗟痛。"《白孔六帖》卷六十三"死"："溘然而至。"溘(kè)然，忽然。

说明

《与元九书》是白居易元和十年(815 年)冬被贬江州司马初到任时写给志同道合的诗友元稹的信。信中比较全面地谈了自己写作讽谕诗的经过和想法，可说是白氏讽谕诗理论的重要文献。

信中说写作讽谕诗主要是在宪宗元和初年任翰林学士、左拾遗时。安史之乱后，唐王朝诸种社会矛盾仍颇尖锐，棘手的问题很多。宪宗初即位，有励精图治的迹象，对于大臣、谏官(包括白居易)的进谏也能够听纳。这种情况无疑激励了白居易以诗进谏的愿望。可惜腐朽势力强大，宪宗的向上作为也很有限。因此《与元九书》说："岂图志未就而悔已生，言未闻而谤已成矣。"元和五年，元稹因得罪权贵、宦官被贬。白居易也于元和十年因言事贬江州司马。他写作讽谕诗的热情受到重大打击，因此《与元九书》中颇流露出悲愤的情绪。

《与元九书》标举《诗经》传统，主张"以诗补察时政"，"以歌泄导人情"，认为"文章合为时而著，歌诗合为事而作"。白居易的理想，是发挥诗歌美刺教化的作用，使得君臣之间、统治者与人民之间，达到"上下通而一气泰，忧乐合而百志熙"的和谐无间的局面，从而使天下大治。在《与元九书》中，白居易提出，要达到这样的目标，须发挥诗歌以情感人的作用："感人心者，莫先乎情。"他甚至说，"上自圣贤，下至愚騃，微及豚鱼，幽及鬼神"，都有情感，因此都能为情所动。而为了达到"情交而感"的目的，又须十分注重诗歌的文辞之美，通过文辞以传达其事义，通过事义以见其情。对此他概括为“根情、苗言、华声、实义”。他说：“音有韵，义有类。”声音属于语言形式方面，义类属于内容方面。“韵协则言顺，言顺则声易入；类举则情见，情见则感易交。”声音和谐，语言流畅，其诗便易被听众（读者）接受；举出具体事例，让人举一反三，诗人的情志便表露明白，便易于与读者交流。这样的理论有其合理方面，但以为所有人都能做到“情一”“情交”，无疑只是主观设想而已。

《与元九书》从讽谕的立场出发，对历代诗歌、诗人加以评论，其言或有过激，立论不免狭隘。不过这只是在特定场合所发的议论，并不能包括白居易的全部诗歌思想。事实上白居易对于诗歌“释恨佐欢”、娱悦心目的作用是很欣赏、很喜爱的，对于陶渊明、谢灵运、李白等的诗歌都评价很高。《与元九书》表示自己看重讽谕诗、闲适诗，感伤、杂律二类则不足道，甚至可以不必收入集内，那也只是一时兴到之豪语。其实就在这封信中，他说到自己的《长恨歌》（属感伤类）等不胫而走、为人所爱诵的情况，又说到赋“新艳小律”（属杂律类）飘然欲仙的情况，其愉悦、得意之状岂不都溢于言外！事实上，白居易一生所作大量诗篇，讽谕诗毕竟只是小部分，大量的还是那些“偶同人，当美景，或花时宴罢，或月夜酒酣”的“一咏一吟”之作。必须全面考察，方能见其理论主张之全豹。

新乐府序

〔唐〕白居易

序曰：凡九千二百五十二言，断为五十篇。篇无定句，句无定字，系于意，不系于文[1]。首句标其目，卒章显其志[2]，《诗三百》之义也[3]。其辞质而径，欲见之者易谕也；其言直而切，欲闻之者深诫也；其事核而实[4]，使采之者传信也；其体顺而肆[5]，可以播于乐章歌曲也。总而言之，为君、为臣、为民、为物、为事而作，不为文而作也。

中华书局版顾学颉校点本《白居易集》卷三

注释

[1]“系于”二句：承上文言每篇句数、每句字数，乃由诗中之意所决定，不由一

定的格式所决定。按:《新乐府》各篇大多句子为七言,又有三言、五言、九言、十言,三言等所在位置亦不固定。

[2]“首句”二句:谓各篇首句包含题目,结束处多点明诗旨。

[3]《诗三百》之义:谓上述“首句标其目,卒章显其志”的做法,与《诗三百》相同。按:《诗经》中“首句标目”的情况很多,“卒章显志”者只是少数。

[4]核:确实,核实。

[5]顺而肆:流畅而纵放。《与元九书》:“韵协则言顺,言顺则声易入。”顺,包括音节流利而言。

说明

白居易的《新乐府》五十首是文学史上的名作。《白氏长庆集·新乐府》题下注云:“元和四年为左拾遗时作。”但据研究,五十首恐非全作于该年,“元和四年”乃是始作之年。(见陈寅恪《元白诗笺证稿》)

所谓“新乐府”之新,是指其题目、意旨与汉魏六朝乐府旧题不同而言。唐代诗人写作乐府体诗歌,除了袭用汉魏六朝旧题外,还自创新题。其中如杜甫的《悲陈陶》《哀江头》《兵车行》《丽人行》等以及元结的《系乐府》十二首、《舂陵行》等,都注意反映现实。此类创作至唐中期而大盛。李绅、元稹、白居易互相呼应。李最先作,元氏和之,都自己标明为“新题乐府”。白氏之作则标题为“新乐府”,他最后作,而成就最高(李绅所作已失传)。

《新乐府序》明确地说是“为君、为臣、为民、为物、为事而作,不为文而作”,也就是自觉地说明了其讽谕目的。序中又说自己在写法上学习《诗经》。今天我们看《新乐府》,除了“首句标其目,卒章显其志”之外,还在每篇题下以简短的句子说明其主旨,例如:“《七德舞》,美拨乱、陈王业也。”“《海漫漫》,戒求仙也。”“《缚戎人》,达穷民之情也。”等等。这显然是模仿《诗经》小序。这种形式上的模仿,其实表明作者是自觉地学习、继承所谓《诗经》的美刺讽谕精神而作这组《新乐府》的。

序中还标示自己作这组诗在艺术上、内容上的要求。那就是文辞质朴,径情直遂,不事雕琢;话说得直率激切,不含蓄吞吐;所写事则都要合乎事实,不能虚构;还要写得流利畅达,适于配合音乐歌唱。这些要求都是为了达到讽谕的目的。白居易元和元年所作《策林·议文章》曾说:“今褒贬之文无核实,则惩劝之道缺矣;美刺之诗不稽政,则补察之义废矣。虽雕章镂句,将焉用之?”其要求质直、核实、直接反映政治的主张，与《新乐府序》是全然一致的。

寄 唐 生

〔唐〕白居易

贾谊哭时事[1]，阮籍哭路歧[2]。唐生今亦哭，异代同其悲。唐生者何人？五十寒且饥。不悲口无食，不悲身无衣；所悲忠与义，悲甚则哭之。太尉击贼日，（段太尉以笏击朱泚[3]。）尚书叱盗时；（颜尚书叱李希烈[4]。）大夫死凶寇，（陆大夫为乱兵所害[5]。）谏议谪蛮夷。（阳谏议左迁道州[6]。）每见如此事，声发涕辄随。往往闻其风，俗士犹或非。怜君头半白，其志竟不衰。我亦君之徒，郁郁何所为？不能发声哭，转作乐府诗。篇篇无空文，句句必尽规。功高虞人箴[7]，痛甚骚人辞[8]。非求宫律高，不务文字奇；惟歌生民病，愿得天子知。未得天子知，甘受时人嗤。药良气味苦[9]，瑟淡音声稀。不惧权豪怒，亦任亲朋讥。人竟无奈何，呼作狂男儿。每逢群动息[10]，或遇云雾披，但自高声歌，庶几天听卑[11]。歌哭虽异名，所感则同归。寄君三十章[12]，与君为哭词[13]。

中华书局顾学颉校点本《白居易集》卷一

注释

[1]“贾谊”句：《汉书·贾谊传》载，文帝时贾谊上疏论政事，曰：“臣窃惟事势，可为痛哭者一，可为流涕者二，可为长太息者六。”

[2]“阮籍”句：《晋书·阮籍传》：“时率意独驾，不由径路，车迹所穷，辄恸哭而反。”《淮南子·说林训》：“杨子见逵路（高注：‘道九达曰逵。’即歧路）而哭之，为其可以南，可以北。”此合二事而用之。

[3]“段太尉”句：段秀实，德宗时为泾原郑颍节度使、检校礼部尚书，又为司农卿。朱泚反，欲僭帝位，召秀实计事，秀实以象笏击其额，唾面大骂，被害。后赠太尉，谥“忠烈”。

[4]“颜尚书”句：颜真卿，天宝末为平原太守，安史之乱中为河北招讨使，拜工

部尚书兼御史大夫，佐李光弼讨伐乱军。代宗时为吏部尚书。德宗时，李希烈反，受诏命往谕之，被拘留。不肯从希烈，且痛叱之，被害。赠司徒，谥“文忠”。

[5]“陆大夫”句：陆长源，德宗时为宣武军行军司马。节度使董晋卒，知留后事。性刚，欲以峻法治骄兵，反为乱军所杀。死之日，诏下以为节度使、御史大夫。及闻其死，中外惜之。赠尚书右仆射。

[6]“阳谏议”句：阳城，德宗时为谏议大夫，上疏指斥裴延龄奸佞，且曰：若以延龄为相，当取白麻（白麻纸，用以书写重要诏命）坏之。德宗怒，出为道州刺史。

[7]虞人箴：相传周太史辛甲命百官为箴，以劝诫武王。诸篇皆佚，唯虞人之箴见《左传·襄公四年》。虞人，掌山泽田猎。

[8]“痛甚”句：班固《离骚赞序》：“屈原痛君不明，信用群小，国将危亡，忠诚之情，怀不能已，故作《离骚》。”

[9]“药良”句：《孔子家语·六本》：“孔子曰：良药苦于口而利于病，忠言逆于耳而利于行。”

[10]群动息：指黄昏寂静之时。陶渊明《饮酒》之七：“日入群动息。”

[11]天听卑：指帝王了解民情。《吕氏春秋·制乐》：“天之处高而听卑。”

[12]三十章：三十首。当指白氏元和初所作诸诗，包括《秦中吟》十首在内。其《伤唐衢》之二云：“忆昨元和初，忝备谏官位。是时兵革后，生民正憔悴。但伤民病痛，不识时忌讳。遂作《秦中吟》，一吟悲一事。贵人皆怪怒，闲人亦非訾。天高未及闻，荆棘生满地。惟有唐衢见，知我平生志。一读兴叹嗟，再吟垂涕泗。因和三十韵，手题远缄寄。致吾陈、杜间，赏爱非常意。”《寄唐生》诗应即寄《秦中吟》等三十首诗与唐衢时所作。

[13]“与君”句：唐衢善哭，故云。

说明

唐衢年长于白居易，贞元末二人初识于滑州，此后即未曾见面，唯以诗书往来，而交谊甚笃。他们的友情是建筑在对于诗歌讽谕功能的共同认识基础之上的。唐衢是白居易讽谕诗创作的难得的知音之一。

这首《寄唐生》中，白居易自称所作乐府诗“篇篇无空文，句句必尽规。……惟歌生民病，愿得天子知”。“惟歌生民病”，是很值得注意的。稍后所作《伤唐衢》也说:“但伤民病痛,不识时忌讳,遂作《秦中吟》,一吟悲一事。”《与元九书》又说:“有可以救济人(民)病,裨补时阙,而难于指言者,辄咏歌之。”可知白氏作讽谕诗,是特别强调反映民生疾苦的。他的此类诗作确实有许多都表现了下层人民日常生活的艰辛贫困,并且指出人民生活痛苦的原因在于官吏的无情盘剥压榨;甚至将矛头直指皇帝身边的弊政(如《卖炭翁》之指斥宫市,《宿紫阁村》之指斥神策军等),有时还将人民的贫困与权贵的奢侈作鲜明的对比。白居易的这些诗作,继承了杜甫的优良传统。同时人元稹、张籍、王建等也多此类诗篇,成为此一群体作家的一种鲜明的创作倾向,对后世产生了深远的影响。“惟歌生民病”的主张,正是这种创作倾向在文学理论上的集中体现。

答韦中立论师道书

〔唐〕柳宗元

作者简介

柳宗元(773—819),字子厚,郡望河东(汉代郡治安邑,今山西夏县西北),世称柳河东。贞元九年(793年)进士及第。曾为集贤正字、蓝田县尉。贞元末为监察御史里行,与韩愈、刘禹锡为宪台同僚。顺宗即位,王叔文、韦执谊用事,欲改革政治,奇其才,乃擢为礼部员外郎。不久,改革失败,与刘禹锡等均贬为南方远州司马,宗元为永州司马。在州十年,奉召返京,复贬柳州刺史,有善政,卒于任上。柳宗元的诗文风格与韩愈不同,以峻洁幽深著称,但同样十分出色。在古文的功用方面,其见解甚为通达;对古文的写作艺术,亦非常重视。有《柳河东集》。《旧唐书》卷一百六十、《新唐书》卷一百六十八有传。

二十一日,宗元白:

辱书云欲相师。仆道不笃,业甚浅近,环顾其中,未见可师者。虽常好言论,为文章,甚不自是也。不意吾子自京师来蛮夷间,乃幸见取。仆自卜固无取,假令有取,亦不敢为人师。为众人师且不敢,况敢为吾子师乎？

孟子称“人之患，在好为人师”[1]。由魏、晋氏以下，人益不事师。今之世，不闻有师，有辄哗笑之，以为狂人。独韩愈奋不顾流俗，犯笑侮，收召后学，作《师说》，因抗颜而为师[2]。世果群怪聚骂指目，牵引而增与为言辞[3]。愈以是得狂名。居长安，炊不暇熟，又挈挈而东[4]，如是者数矣。屈子赋曰：“邑犬群吠，吠所怪也。[5]”仆往闻庸、蜀之南[6]，恒雨少日，日出则犬吠，余以为过言。前六七年，仆来南二年冬[7]，幸大雪，逾岭被南越中数州，数州之犬，皆苍黄吠噬狂走者累日，至无雪乃已。然后始信前所闻者。今韩愈既自以为蜀之日，而吾子又欲使吾为越之雪，不以病乎？非独见病，亦以病吾子。然雪与日岂有过哉？顾吠者犬耳。度今天下不吠者几人，而谁敢衒怪于群目，以召闹取怒乎？仆自谪过以来，益少志虑。居南中九年，增脚气病，渐不喜闹，岂可使呶呶者早暮咈吾耳、骚吾心？则固僵仆烦愦，愈不可过矣。平居望外遭齿舌不少[8]，独欠为人师耳。抑又闻之，古者重冠礼[9]，将以责成人之道，是圣人所尤用心者也。数百年来，人不复行。近有孙昌胤者，独发愤行之。既成礼，明日造朝至外庭，荐笏言于卿士曰[10]：“某子冠毕。”应之者咸怃然[11]。京兆尹郑叔则怫然曳笏却立，曰：“何预我耶？”廷中皆大笑。天下不以非郑尹而快孙子，何哉？独为所不为也。今之命师者大类此。

吾子行厚而辞深，凡所作，皆恢恢然有古人形貌[12]，虽仆敢为师，亦何所增加也？假而以仆年先吾子，闻道著书之日不后，诚欲往来言所闻，则仆固愿悉陈中所得者[13]，吾子苟自择之[14]，取某事去某事，则可矣。若定是非以教吾子，仆材不足，而又畏前所陈者，其为不敢也决矣。吾子前所欲见吾文，既悉以陈之，非以耀明于子，聊欲以观子气色诚好恶何如也。今书来，言者皆大过。吾子诚非佞誉诬谀之徒，直见爱甚故然耳。

始吾幼且少，为文章以辞为工。及长，乃知文者以明道，是固不苟为炳炳烺烺，务采色、夸声音而以为能也。凡吾所陈，皆自谓近道，而不知道之果近乎、远乎？吾子好道而可吾文，或者其于道不远矣。故吾每为文章，未尝敢以轻心掉之[15]，惧其剽而不留也[16]；未尝敢以怠心易之，惧其弛而不严也；未尝敢以昏气出之，惧其昧没而杂也；未尝敢以矜气作之，惧其偃蹇而骄也[17]。抑之欲其奥，扬之欲其明，疏之欲其通，廉之欲其节[18]，激而发之欲其清，固而存之欲其重，此吾所以羽翼夫道也。本之《书》以求其质，本之《诗》以求其恒，本之《礼》以求其宜，本之《春秋》以求其断，本之《易》以求其动[19]，此吾所以取道之原也。参之谷梁氏以厉其气，参之《孟》《荀》以畅其支，参之《庄》《老》以肆其端，参之《国语》以博其趣，参之《离骚》以致其幽，参之太史公以著其洁，此吾所以旁推交通而以为之文也。凡若此者，果是耶，非耶？有取乎，抑其无取乎？吾子幸观焉择焉，有余以告焉[20]。苟亟来以广是道，子不有得焉，则我得矣，又何以师云尔哉[21]？取其实而去其名，无招越、蜀吠怪而为外廷所笑，则幸矣！宗元白。

中华书局校点本《柳河东集》卷三十四

注释

[1]“孟子称”句：语见《孟子·离娄上》。

[2]抗颜：犹言昂首。抗，通“亢”，高。颜，额。

[3]“牵引”句：犹今言“添油加醋”。牵引，牵合引申。

[4]挈挈：急促貌。

[5]“邑犬”二句：见《九章·怀沙》。

[6]庸、蜀：《尚书·牧誓》载西南少数族国名，有庸、蜀等八国。庸，在蜀之东，今湖北竹山西南。

[7]“仆来”句：谓被贬来南之后两年的冬天。柳宗元被贬在永贞元年(805年)秋冬之际。

[8]平居：平日。望外：意外。齿舌：口舌是非。

[9]冠礼：古代男子二十行冠礼。

[10]荐笏：插笏板于带间。荐，插。笏，手板。

[11]怃然：失色貌。

[12]恢恢然：广大貌。

[13]中：心中。

[14] 苟：且，姑且。

[15] 轻心：轻锐而不沉稳的心思。掉：弄，操作，运作。

[16] 剽：轻快。剽而不留：谓快利流畅但不沉潜深刻。

[17] 偃蹇：骄慢状。

[18] “廉之”句：意谓使文气有棱角顿挫，欲其有节制、有节奏，不是一泻而下。与上句“疏之欲其通”相对。

[19] “本之《易》”句：《易·系辞上》：“圣人有以见天下之动。”又：“鼓天下之动者存乎辞。”《易纬乾凿度》：“易一名而含三义，所谓易（易简）也，变易也，不易也。”变易即动。

[20] “有余”句：谓韦中立若于上述之外有其他心得、见解，则以告我。

[21] “苟亟来”四句：承上言若你速来与我讨论增广此为文之道，那么不是你有所得，就是我有所得了，又何必以师相称呢？亟，急，疾。

说明

柳宗元被贬谪居南方时，从之学习作文者颇有其人。韩愈《柳子厚墓志铭》云：“衡湘以南为进士者，皆以子厚为师。其经承子厚口讲指画为文词者，悉有法度可观。”韦中立便是其中之一。

柳宗元在这封书信中表示，他不愿居师之名，却很愿意对后进给以指导并一起讨论为文之道。

书中强调“文者以明道”，而不应徒求文辞的漂亮。所谓“炳炳烺烺，务采色、夸声音而以为能”，是指骈俪文字而言。在《乞巧文》中，柳宗元说：“眩耀为文，琐碎排偶。抽黄对白，啽哢飞走。骈四俪六，锦心绣口。宫沉羽振，笙簧触手。”更形象地写出了骈文的特征。柳宗元认为此种过分追求外表华靡的文体不利于明道，故竭力加以反对。

但柳宗元并非不讲究写作艺术。相反，他对于“古文”的写作非常用心。在《答韦中立论师道书》中，他谈了以下几个方面：

一是广泛学习揣摩古人文章。首先是学习儒家经书。“本之《书》以求其质”云云，主要是从思想、修养方面而言，要求通过学习儒经，以提高在现实政治、社会生活中的求实精神、判断水平和变通能力等。柳宗元认为提高修养是写好“古文”的根本的、先决的条件。在《报袁君陈秀才避师名书》中，他也这样教导后学：“大都文以行为本，在先诚其中。……秀才志于道，慎勿怪、勿杂、勿务速显；道苟成则悫然尔,久则蔚然尔。”除经书外,先秦子书、《楚辞》和西汉文章也是柳宗元所强调的学习对象。关于此点,除了《答韦中立论师道书》之外,在《报袁君陈秀才避师名书》等多篇文章都曾论及。柳宗元认为,有些著述虽思想内容驳杂,甚至荒诞不经,但在辩明其谬误之后,也还是可以从写作方面有分寸地加以汲取。如本文提到的《庄子》《国语》,尤其是《国语》,柳宗元曾施以批判,但仍举出作为学习对象。

二是作者须注意临文之际的态度、精神状态。所谓不可有轻心、怠心、昏气、矜气,大意是指临文须敬,即须有严肃认真的态度。若轻躁懈怠,信笔写去,文章便可能快利而不深沉,或漫无约束而不严整;若作文时心思不清明,文章便会芜秽杂乱;若作文时洋洋得意,自以为是,文章便会呈露骄傲自大之态。这应主要是就论说、叙事文体而言。韩愈说气盛言宜,也可视为是说临文之际的态度,即对于所欲言者须有坚强的自信心,有高亢的精神状态。柳宗元则多以严肃、检摄角度言之。韩文气势盛大,柳文峻洁严整,恰与其论点相对应。而对于学习写作者来说,二者强调了不同的侧面,正可互相补充。

三是注重诸种因素的对立统一。“抑之欲其奥”云云,是说文章要做到既深奥又鲜明,既畅达又有节制、有节奏感,既清扬又稳重沉着。我国古代文论,多从矛盾的两面言之。以论“古文”而言,权德舆“尚气尚理,有简有通”(《醉说》)和“疏通而不流,博富而有节”(《兵部郎中杨君集序》)等语便已发此意。这些言论,都是说为文须有分寸感,无过与不及。其语虽简,却是通过大量鉴赏和写作实践得出的真切体会。

与吕道州温论《非国语》书

〔唐〕柳宗元

四月三日,宗元白,化光足下[1]:

近世之言理道者众矣,率由大中而出者咸无焉。其言本儒术,则迂回茫洋而不知其适;其或切于事,则苛峭刻核,不能从容,卒泥乎大道[2]。甚者好怪而妄言,推天引神,以为灵奇,恍惚若化,而终不可逐[3]。故道不明于天下,而学者之至少也。

吾自得友君子，而后知中庸之门户阶室，渐染砥砺，几乎道真[4]。然而常欲立言垂文，则恐而不敢。今动作悖谬，以为僇于世[5]，身编夷人，名列囚籍，以道之穷也，而施乎事者无日，故乃挽引，强为小书，以志乎中之所得焉。

尝读《国语》，病其文胜而言尨[6]，好诡以反伦[7]，其道舛逆。而学者以其文也，咸嗜悦焉。伏膺呻吟者[8]，至比六经，则溺其文必信其实，是圣人之道翳也。余勇不自制，以当后世之讪怒，辄乃黜其不臧，救世之谬。凡为六十七篇，命之曰《非国语》。既就，累日怏怏然不喜，以道之难明而习俗之不可变也，如其知我者果谁欤？凡今之及道者，果可知也已。后之来者，则吾未之见，其可忽耶？故思欲尽其瑕纇，以别白中正。度成吾书者，非化光而谁？辄令往一通，惟少留视役虑[9]，以卒相之也[10]。

往时致用作《孟子评》[11]，有韦词者告余曰[12]："吾以致用书示路子，路子曰：'善则善矣，然昔人为书者，岂若是摭前人耶？[13]'"韦子贤斯言也。余曰："致用之志以明道也，非以摭《孟子》，盖求诸中而表乎世焉尔。"今余为是书，非左氏尤甚。若二子者[14]，固世之好言者也，而犹出乎是，况不及是者滋众，则余之望乎世也愈狭矣，卒如之何？苟不悖于圣道，而有以启明者之虑，则用是罪余者虽累百世，滋不憾而恧焉[15]！于化光何如哉？激乎中必厉乎外，想不思而得也[16]。宗元白。

中华书局校点本《柳河东集》卷三十一

注释

[1] 化光：吕温，字化光，又字和叔。河中(治河东，今山西永济西)人。曾从梁肃学文章。贞元末为左拾遗，为王叔文所重。叔文从事革新失败，参与其事者柳宗元、刘禹锡等皆坐贬，吕温因出使吐蕃得免。元和三年(808年)冬因事贬道州刺史，五年夏转衡州刺史，皆有政绩。六年卒于任上。

[2] "其言"六句：大意谓其言以儒术为根据者空泛而不切合实际，就具体事实而言者又苛刻严急而不能作全面深远的考虑，不通于大道。泥，滞，不

通达。

[3] 不可逐：不可追及，意谓不实，无从把握。

[4] 几乎：近于。

[5] 僇：羞辱。为僇：被羞辱，指成为罪人。

[6] 尨(méng)：芜杂。

[7] 伦：正道，义理。

[8] 伏膺：同"服膺"，倾心，钦羡。呻吟：读诵吟咏。

[9] 惟：希望。役虑：用心。

[10] 相：辅助。卒相之：犹今言"帮忙到底"。

[11] 致用：李景俭，字宽中，一字致用。为王叔文所重，与柳宗元、刘禹锡、吕温等交好，亦与元稹交游。所作《孟子评》已佚。

[12] 韦词：字致用，一字践之。曾与李翱同在岭南节度使杨於陵幕府，又同为中书舍人，与翱特为友善。终于湖南观察使。

[13] 摭前人：谓摭拾前人著作之缺失。

[14] 若二子：指韦词、路子。路子，即路隋，柳宗元之友，文宗朝官至宰相。

[15] "则用是"二句：谓那么即使因此而怪罪我的人百世不绝，我却更不感到遗憾和羞愧。

[16] "于化光"三句：意谓在您这儿是怎么想的呢？内心有所激动，必有严正之辞发表出来。想来您无须多思考就会有见解有说法的。言外之意，是希望知道对方的意见。

说明

柳宗元从事革新活动失败贬谪之后，感到已不可能将"道"施之于政事，便将精力专注于著述，欲以明道之文辟邪说，定是非，有益于当世和后世。他说："言道、讲古、穷文辞以为师，则固吾属事。"(《答严厚舆秀才论为师道书》)毅然以作文明道为己任。《非国语》就是在永州所作。柳宗元认为左丘明所著的《国语》一书，文辞佳胜，为人所爱，但其内容实多荒诞不实、似是而非之处，故亟须加以分析批判。对于自己的这部著作，柳宗元是颇为重视的。他将这部著作寄给好友吕温，希望吕温发表见解，帮助他最终完成它。此信便是寄书稿时所写。

信中体现出柳宗元对所执之"道"的坚强信念。他认为儒道是施行社会政治措施的指导思想，大而无当的空谈无益，必须切近现实；另一方面，若只是就事论事，便可能如法家断案那样，看似明察，却苛刻而无深远之见，不能通于大道。总之，他认为须于儒道的精神实质有真切体会，用以帮助、指导现实问题的解决，这样行事方能恰当中理。柳宗元将儒道与现实问题相结合并因之而得到合理的、不偏激片面的结果，称为“大中”。在这方面他对自己具有高度的自信，并欲“立言垂文”，使自己的见解在当世发生更大的作用，在后世产生深远的影响。至于有的论者“好怪而妄言，推天引神”，那更是诬妄背道；可惜信之者亦不乏其人。《国语》中此类妄说便颇为不少。故柳宗元乃著书力辟其非。他说若自己的这部著作能给人以启发，则即使招来当世和百世之下的非议，也丝毫不会感到憾恨和愧恧。其以文明道的决心、信心，今日犹令人激动和敬佩！

读韩愈所著《毛颖传》后题

〔唐〕柳宗元

自吾居夷，不与中州人通书。有来南者，时言韩愈为《毛颖传》，不能举其辞，而独大笑以为怪。而吾久不克见。杨子诲之来，始持其书。索而读之，若捕龙蛇，搏虎豹，急与之角而力不敢暇，信韩子之怪于文也。世之模拟窜窃、取青媲白、肥皮厚肉、柔筋脆骨而以为辞者之读之也，其大笑固宜。

且世人笑之也，不以其俳乎[1]？而俳又非圣人之所弃者。《诗》曰：“善戏谑兮，不为虐兮。[2]”《太史公书》有《滑稽列传》，皆取乎有益于世者也。故学者终日讨说答问，呻吟习复[3]，应对进退[4]，掬溜播洒[5]，则罢惫而废乱[6]，故有“息焉游焉”之说[7]，“不学操缦，不能安弦”[8]。有所拘者，有所纵也。大羹玄酒[9]，体节之荐[10]，味之至者[11]。而又设以奇异，小虫、水草、樝梨[12]、橘柚，苦咸酸辛，虽蜇吻裂鼻[13]，缩舌涩齿，而咸有笃好之者。文王之昌蒲葅[14]，屈到之芰[15]，曾皙之羊枣[16]，然后尽天下之奇味以足于口。独文异乎？韩子之为也，亦将弛焉而不为虐欤[17]？息焉游焉而有所纵欤？尽六艺之奇味以足其口欤？而不若是，则韩子之辞，若壅大川焉，其必决而放诸陆，不可以不陈也。

且凡古今是非六艺百家，大细穿穴用而不遗者[18]，毛颖之功也。韩子穷古书，好斯文，嘉颖之能尽其意，故奋而为之传，以发其郁积，而学者得之励。其有益于世欤！是其言也，固与异世者语[19]，而贪常嗜琐者，犹呫呫然动其喙[20]，彼亦甚劳矣乎！

中华书局校点本《柳河东集》卷二十一

注释

[1] 俳：戏谑，滑稽。

[2]“善戏”二句：见《诗经·卫风·淇奥》。郑笺：“君子之德，有张有弛，故不常矜庄，而时戏谑。”虐，害。

[3] 呻吟：诵读。《礼记·学记》：“呻其占毕。”郑注：“呻，吟也。”

[4] 应对进退：《论语·子张》：“子游曰：子夏之门人小子，当洒扫应对进退则可矣。”谓应对宾客修礼节之事。

[5] 掬溜播洒：指学子打扫之事。《管子·弟子职》：“凡拚（扫除）之道，实水于盘，攘臂袂及肘，堂上则播洒，室中握手。”尹知章注：“堂上宽，故播散而洒；室中隘，故握手为掬以洒。”掬溜，以双手捧水。柳宗元《谢李吉甫相公示手札启》：“常愿操箠医门，掬溜兰室。”

[6] 罢：通“疲”。

[7] 息焉游焉：《礼记·学记》：“故君子之于学也，藏焉修焉，息焉游焉。”郑注：“藏谓怀抱之；修，习也；息谓作劳休止之为息；游谓闲暇无事之为游。”

[8]“不学”二句：见《礼记·乐记》。孔疏：“言人将学琴瑟，若不先学调弦杂弄，则手指不便；手指不便，则不能安正其弦。”缦，杂乐。

[9] 大羹玄酒：大羹，不调味的肉汁。玄酒，祭祀时当酒用的水。

[10] 体节之荐：祭祀、享宴时肢解牲体以进之。

[11] 味之至者：上述大羹、玄酒、体荐均用于重要场合，故云“味之至”，犹言正味、高规格的食品。

[12] 樝：一种水果，似梨，味酸。

[13] 蜇吻裂鼻：谓其气、味刺激口鼻。

[14]“文王”句：《吕氏春秋·遇合》：“文王嗜昌蒲菹，孔子闻而服之，缩頞而食

之，三年，然后胜之。”昌蒲菹，用昌蒲根切碎腌制的食品。

[15] 屈到之芰：《国语・楚语上》：“屈到嗜芰。有疾，召其宗老而属之曰：祭我必以芰。”屈到，楚卿。芰(jì)，菱。

[16] 曾皙之羊枣：《孟子・尽心下》：“曾皙嗜羊枣，而曾子不忍食羊枣。”羊枣，枣名，小而圆，紫黑色。

[17] “亦将”句：《礼记・杂记下》：“张而不弛，文武弗能也；弛而不张，文武弗为也。一张一弛，文武之道也。”郑注：“张弛，以弓弩喻人也。弓弩久张之则绝其力，久弛之则失其体。”

[18] 穿穴：犹言深入、钻研。

[19] 异世者：异于世俗的人。

[20] 呫呫然：多言貌。

说明

柳宗元强调作“古文”以明道，同时认为“古文”也还可有审美愉悦的作用。任柳州刺史时，他曾奉桂管观察使裴行立之命撰写《訾家洲记》。在奉上该文时所写启中，他说：“伏以境之殊尤者，必待才之绝妙以极其词。……累奉游宴，窃观物象，涉旬模拟，不得万一。”可知柳宗元对于以古文描绘物象是充分肯定的，而且非常用心地去观察描写，去从事这方面的创作实践。他的许多优秀的山水游记就是这种文学观点的最好体现。最能反映柳宗元对于古文功用的通达态度的，是其《读韩愈所著〈毛颖传〉后题》。

这篇题序作于元和五年。韩愈《毛颖传》以史传体裁和笔法为毛笔立传，颇有游戏意味。当时有人加以非议讥讪，柳宗元乃为之辩护。其主旨在于申明“俳又非圣人之所弃者”。凭恃圣人立论，其实反映了关于古文功能的看法，即古文也可具有娱悦作用，这种作用也是必要的，有益于世的，与“明道”不但不冲突，而且相辅相成。其理由有二：一是人的生活必须张弛劳逸相结合，学习讲道习礼之余，也必须有娱乐休息。二是人的趣味、爱好多种多样，即使嗜奇好异，与常人不同，也应得到满足，故作品的内容、风貌自应丰富多彩，奇特滑稽之作也有其存在的理由。

文中讽刺那些讪笑《毛颖传》者“模拟窜窃、取青媲白、肥皮厚肉、柔筋脆骨而以为辞”，表现了对于当时骈俪文辞的轻蔑。柳宗元认为那些作者陈陈相因，徒事华藻而无骨力。而称赞以古文写作的《毛颖传》，则能牢牢吸引读者的注意，给读者带来一种目不暇接的紧张感。

柳宗元、韩愈对于“古文”功用的看法都颇为通达，在强调以文明道的同时，都不排斥其审美愉悦的作用。这与某些古文运动前驱者的狭隘观点颇有不同。这也是韩、柳的古文创作能获得重大成就的原因之一。

答朱载言书

〔唐〕李　翱

作者简介

李翱(772—836)，字习之，郡望陇西成纪(今甘肃秦安西北)，陈留(治所在今河南开封东南)人。德宗贞元十四年(798年)进士及第，授校书郎。宪宗元和初，曾为国子博士、史馆修撰。后屡任幕职。又曾为朗州、舒州、庐州刺史等。文宗时，曾为中书舍人，又为桂管都防御使、湖南观察使、山南东道节度使。早年受知于梁肃，从韩愈学古文，娶韩愈从兄之女。李翱是韩门后学中的重要作者，一般认为其文风平易，但其文学主张中颇有尚奇好新的一面。有《李文公集》。《旧唐书》卷一百六十、《新唐书》卷一百七十七有传。

某顿首：

足下不以某卑贱无所可，乃陈词屈虑，先我以书。且曰：“余之艺及心不能弃于时，将求知者，问谁可，则皆曰：‘其李君乎！’”告足下者过也，足下因而信之又过也。果若来陈，虽道备具[1]，犹不足辱厚命，况如某者，多病少学，其能以此堪足下所望大而深宏者耶！虽然，盛意不可以不答，故敢略陈其所闻。

盖行己莫如恭[2]，自责莫如厚[3]，接众莫如弘，用心莫如直，进道莫如勇，受益莫如择友[4]，好学莫如改过。此闻之于师者也。相人之术有三：迫之以利而审其邪正[5]；设之以事而察其厚薄；问之以谋而观其智与不才，贤、不肖分矣。此闻之于友者也。列天地，立君臣，亲父子，别夫妇，明长幼，浃朋友，六经之旨矣。浩乎若江海，高乎若丘山，赫乎若日火，包乎若天地，掇章称咏，津润怪丽，六经之词也。创意造言，皆不相师。故其读《春秋》也，如未尝有《诗》也；其读《诗》也，如未尝有《易》；其读《易》也，如未尝有《书》也；其读屈原、庄周也，如未尝有六经也。故义深则意远，意远则理辩，理辩则气直，气直则词盛，词盛则文工。如山有恒、华、嵩、衡焉，其同者高也，其草木之荣，不必均也。如渎有淮、济、河、江焉，其同者出源到海也，其曲直浅深、色黄白，不必均也。如百品之杂焉，其同者饱于腹也，其味咸酸苦辛，不必均也。此因学而知者也。此创意之大归也。

天下之语文章，有六说焉：其尚异者则曰：文章辞句，奇险而已；其好理者则曰：文章叙意，苟通而已；其溺于时者则曰：文章必当对；其病于时者则曰：文章不当对；其爱难者则曰：文章宜深不当易；其爱易者则曰：文章宜通不当难[6]。此皆情有所偏，滞而不流，未识文章之所主也。

义不深不至于理，言不信不在于教劝，而词句怪丽者有之矣，《剧秦美新》、王褒《僮约》是也。其理往往有是者，而词章不能工者有之矣，刘氏《人物志》[7]、王氏《中说》、俗传《太公家教》是也[8]。古之人能极于工而已，不知其词之对与否、易与难也。《诗》曰："忧心悄悄，愠于群小[9]。"此非对也。又曰："遘闵既多，受侮不少[10]。"此非不对也。《书》曰："朕堲谗说殄行，震惊朕师[11]。"《诗》曰："菀彼柔桑，其下侯旬，捋采其刘，瘼此下人[12]。"此非易也。《书》曰："允恭克让，光被四表，格于上下[13]。"《诗》曰："十亩之间兮，桑者闲闲兮，行与子旋兮[14]。"此非难也。学者不知其方而称说云云如前所陈者，非吾之敢闻也。

六经之后，百家之言兴。老聃、列御寇、庄周、鹖冠[15]、田穰苴[16]、孙武、屈原、宋玉、孟轲、吴起、商鞅、墨翟、鬼谷子、荀况、韩非、李斯、贾谊、枚乘、司马迁、相如、刘向、杨雄，皆足以自成一家之文，学者之所师归也。故义虽深，理虽当，词不工者不成文，宜不能传也。文、理、义三者兼并，乃能独立于一时，而不泯灭于后代，能必传也。仲尼曰："言之无文，行之不远[17]。"子贡曰："文犹质也，质犹文也，虎豹之鞟，犹犬羊之鞟[18]。"此之谓也。陆机曰："怵他人之我先[19]。"韩退之曰："唯陈言之务去[20]。”假令述笑哂之状，曰“莞尔[21]”，则《论语》言之矣；曰“哑哑”[22]，则《易》言之矣；曰“粲然[23]”，则谷梁子言之矣；曰“攸尔[24]”，则班固言之矣；曰“輾然[25]”，则左思言之矣。吾复言之，与前文何以异也？此造言之大归。

吾所以不协于时而学古文者，悦古人之行也。悦古人之行者，爱古人之道也。故学其言，不可以不行其行；行其行，不可以不重其道；重其道，不可以不循其礼。古之人相接有等，轻重有仪，列于经传，皆可详引。如师之于门人则名之，于朋友则字而不名，称之于师则虽朋友亦名之。子曰：“吾与回言[26]。”又曰：“参乎，吾道一以贯之[27]。”又曰：“若由也，不得其死然[28]。”是师之名门人验也。夫子于郑，兄事子产；于齐，兄事晏婴平仲。传曰：“子谓子产有君子之道四焉[29]。”又曰：“晏平仲善于人交[30]。”子夏曰：“言游过矣[31]。”子张曰：“子夏云何？[32]”曾子曰：“堂堂乎张也[33]。”是朋友字而不名验也。子贡曰：“赐也，何敢望回[34]。”又曰：“师与商也，孰贤？[35]”子游曰：“有澹台灭明者，行不由径[36]。”是称于师虽朋友亦名验也。孟子曰：“天下之达尊三，曰德、爵、年。恶得有其一以慢其二哉[37]！”足下之书曰“韦君词”“杨君潜[38]”。足下之德，与二君未知先后也，而足下齿幼而位卑，而皆名之。传曰：“吾见其与先生并行，非求益者，欲速成[39]。”窃惧足下不思，乃陷于此。韦践之与翱书[40]，亟叙足下之善，故敢尽辞，以复足下之厚意，计必不以为犯。李某顿首。

《四部丛刊》影印明刊本《李文公集》卷六

注释

[1] 道备具：《文苑英华》卷六八一作“道德备具”，《唐文粹》卷八五作“道备德具”。

[2] “盖行己”句：《论语·公冶长》：“子谓子产有君子之道四焉，其行己也恭……”恭，谦逊有礼。

[3] “自责”句：《论语·卫灵公》：“子曰：躬自厚而薄责于人。”何晏《集解》引孔曰：“责己厚，责人薄。”

[4] “受益”句：《论语·季氏》：“孔子曰：益者三友，损者三友。友直，友谅，友多闻，益矣；友便辟，友善柔，友便佞，损矣。”

[5] 迫：近，使逼近。

[6] “其爱难”四句：难指文辞艰深，易指文辞平易流畅。

[7] 刘氏《人物志》：三国魏刘卲著《人物志》，今存。志，原作“表”，据《文苑英华》卷六八一、《唐文粹》卷八五改。

[8] 太公家教：当是唐代课蒙之书，今不传。宋人王明清《玉照新志》卷五云：“其言极浅陋鄙俚。……当是唐村落间老校书为之。”项安世《项氏家说》卷七云其书多用韵语。

[9] “忧心”二句：见《诗经·邶风·柏舟》。

[10] “遘闵”二句：见《诗经·邶风·柏舟》。遘，遇。闵，病，痛。

[11] “朕堲”二句：见《尚书·舜典》。伪《孔传》：“堲，疾；殄，绝；震，动也。言我疾谗说绝君子之行，而动惊我众。”

[12] “菀彼”四句：见《诗经·大雅·桑柔》。菀，茂盛貌。侯，语词。旬，均、遍貌。刘，枝叶剥落树荫稀疏貌。瘼，病，苦。后二句云桑叶被采而稀落，使其下休息的人受苦。

[13] “允恭”三句：见《尚书·尧典》。伪《孔传》：“允，信；克，能；光，充；格，至也。……信恭能让，故其名闻充溢四外，至于天地。”

[14] “十亩”三句：见《诗经·魏风·十亩之间》。者，原作“柘”，据《文苑英华》卷六八一、《唐文粹》卷八五改。

[15] 鹖冠：《汉书·艺文志》道家类著录《鹖冠子》一篇，注云：“楚人，居深山，以鹖为冠。”师古曰：“以鹖鸟羽为冠。”

[16] 田穰苴：春秋齐将，景公尊之为大司马。后齐威王使大夫编撰古代司马兵法，而以穰苴附于其中，号曰《司马穰苴兵法》。见《史记·司马穰苴列传》。

[17] “言之”二句：见《左传·襄公二十五年》。

[18] “文犹”四句：见《论语·颜渊》。

[19] “怵他人”句：见陆机《文赋》。

[20] “唯陈言”句：见韩愈《答李翊书》。

[21] 莞尔：《论语·阳货》：“夫子莞尔而笑。”何晏《集解》：“小笑貌。”

[22] 哑哑：《周易·震》卦辞：“笑言哑哑。”孔颖达《正义》：“哑哑，笑语之声也。”

[23] 粲然：《谷梁传》昭公四年：“军人粲然皆笑。”范宁《集解》：“盛笑貌。”

[24] 攸尔：《汉书·叙传》：“主人逌尔而笑。”师古曰：“逌古攸字也。攸，笑

貌也。”

[25] 辴然：左思《吴都赋》：“东吴王孙辴然而咍。”刘渊林注：“辴，大笑貌。”

[26] “吾与”句：见《论语·为政》。回，颜回，字子渊，孔子弟子。

[27] “参乎”二句：见《论语·里仁》。参，曾参，字子舆，孔子弟子。

[28] “若由”二句：见《论语·先进》。由，仲由，字子路，孔子弟子。

[29] “子谓子产”句：参注[2]。子产，郑大夫，姓公孙，名侨。

[30] “晏平仲”句：见《论语·公冶长》。晏平仲，齐大夫，名婴，相齐景公。

[31] “子夏曰”二句：见《论语·子张》。子夏，姓卜，名商。言游，言偃，字子游，与子夏皆孔子弟子。过矣，错了。

[32] “子张曰”二句：见《论语·子张》。子张，姓颛孙，名师，孔子弟子。

[33] “曾子曰”二句：见《论语·子张》。堂堂，容仪盛貌。张，子张。

[34] “子贡曰”三句：见《论语·公冶长》。子贡，姓端木，名赐，孔子弟子。

[35] “师与”二句：见《论语·先进》。师，子张名。商，子夏名。

[36] “子游曰”三句：见《论语·雍也》。澹台灭明，字子羽，孔子弟子。径，小路。

[37] “天下”三句：见《孟子·公孙丑下》。原文为：“天下有达尊三：爵一，齿一，德一。……恶得有其一以慢其二哉?”达尊，普遍尊重。

[38] 曰“韦君词”“杨君潜”：韦词，参柳宗元《与吕道州温论〈非国语〉书》注[12]。杨潜，白居易有《杨潜可洋州刺史制》，云潜自尚书金部郎中授洋州刺史，当是此人。曰字原无，据《文苑英华》卷六八一、《唐文粹》卷八五补。

[39] “吾见”三句：《论语·宪问》载，阙党之童子与成人并坐，又与成人并行，皆违反礼仪之举。孔子批评道：“吾见其居于位也，见其与先生并行也，非求益者也，欲速成者也。”谓其非求有所进益，而是想要迅速成人。此处批评朱载言直呼尊者之名为失礼。

[40] 韦践之：即韦词，字践之，一字致用，李翱好友。

说明

李翱强调文章以仁义道德为本，同时也重视文词之工。这在《答朱载言书》中表述得很明白。因为重文辞，所以他在主张学习六经之外，于先秦、西汉诸家之作，也应广收博取。先秦诸子的思想观点，尽有与儒道不合之处，但李翱认为从文辞上说，都“足以自成一家”。他特别称赞《楚辞》《庄子》的独创性，说“读屈原、庄周也，如未尝有《六经》也”。

《答朱载言书》也言及文气问题,认为义深、意远、理辩则气直,气直则辞盛而文工。其意与梁肃所谓道能兼气、气能兼辞以及韩愈气盛言宜之说,颇为相近。

《答朱载言书》强调文辞的创新。文中举出《论语》等描述笑哂之状的词语,说应避免重复。事实上文家用语,不可能一概不重复前人,但作者确实多喜避熟就新,古文家也不例外,李翱的说法反映了此种心理。

关于文章写作,李翱还批评了在"奇险"与"苟通"、"当对"与"不当对"、"爱难"与"爱易"之间偏执一边的观点。他是一位古文家,但并不认为必须刻意一概避免偶对。他本人作文大多平易通畅,但并不排斥辞句奇险。他说《六经》风格,既有"津润"的一面,也有"怪丽"的一面;其语言有平易者,也有艰深者。他批评《剧秦美新》和《僮约》"言不信不在于教劝",但于其"词句怪丽"则有称许之意。他还曾称赞韩愈文章的"开合怪骇,驱涛涌云"(《祭吏部韩侍郎文》)。看来李翱对于奇崛不凡的构思和语言并不排斥,而且还表示欣赏;当然,应该是思想内容纯正基础上的奇崛。他本人也有少量立意较新奇之作,如《杂说》《国马说》《解江灵》《截冠雄鸡志》等,似是有意学习韩愈《获麟解》《杂说》一类构想奇特的作品。他也是喜爱别出心裁的艺术表现的。以韩愈为首的唐代古文家多尚奇好异。李翱虽被后人认为是韩门中平易一脉的代表,但其文学思想则未必是反对奇异的。当然,奇有种种不同的表现,不应专在字句间追求险怪,还应注意掌握分寸。韩门作者的好奇是其共同倾向,但其作品之得失高下,则因人而异了。

答李生第一书

〔唐〕皇甫湜

作者简介

皇甫湜(约777—约835),字持正,睦州新安(今浙江淳安)人。宪宗元和元年(806年)进士及第。三年,应贤良方正直言极谏科试,对策激切,有名于时。曾为陆浑尉、侍御史、工部郎中等。裴度为东都留守,辟为判官。皇甫湜也是重要的古文作者,其论文充分反映了崇尚奇崛的审美情趣。有《皇甫持正文集》。《新唐书》卷一百七十六有传。

辱书。适曛黑，使者立复，不果一二。承来意之厚，传曰："言及而不言，失人[1]。"粗书其愚，为足下答。幸察。

来书所谓今之工文或先于奇怪者。顾其文工与否耳。夫意新则异于常，异于常则怪矣；词高则出众，出众则奇矣。虎豹之文，不得不炳于犬羊；鸾凤之音，不得不锵于乌鹊；金玉之光，不得不炫于瓦石。非有意先之也，乃自然也。必崔嵬然后为岳，必滔天然后为海。明堂之栋必挠云霓[2]，骊龙之珠必固深泉[3]。足下以少年气盛，固当以出拔为意。学文之初，且未自尽其才，何遽称力不能哉？图王不成，其弊犹可以霸[4]；其仅自见也，将不胜弊矣！孔子讥其身不能者[5]，幸勉而思进之也。

来书所谓浮艳声病之文耻不为者。虽诚可耻，但虑足下方今不尔，且不能自信其言也[6]。何者？足下举进士；举进士者，有司高张科格，每岁聚者试之，其所取乃足下所不为者也。工欲善其事，必先利其器[7]，足下方伐柯而舍其斧斤[8]，可乎哉？耻之，不当求也；求而耻之，惑也。今吾子求之矣，是徒涉而耻濡足也，宁能自信其言哉？

来书所谓急急于立法宁人者[9]。乃在位者之事，圣人得势所施为也[10]，非诗赋之任也。功既成，泽既流，咏歌纪述，光扬之作作焉。圣人不得势，方以文词行于后。今吾子始学未仕而急其事[11]，亦太早计矣！

凡来书所谓数者，似言之未称，思之或过，其余则皆善矣。既承嘉惠，敢自疏怠？聊复所为，俟见方尽。湜再拜。

《四部丛刊》影印宋刊本《皇甫持正文集》卷四

注释

［1］"言及"二句：《论语·卫灵公》："子曰：可与言而不与之言，失人；不可与言而与之言，失言。"又《季氏》："孔子曰：侍于君子有三愆：言未及之而言，谓之躁；言及之而不言，谓之隐；未见颜色而言，谓之瞽。"此处合而用之，意谓对方已言及此事，若自己避而不答，便犯了放过可与之言的对象的过失。

［2］挠：原作"桡"，据《唐文粹》卷八五改。

[3]“骊龙”句：《庄子·列御寇》：“夫千金之珠，必在九重之渊，而骊龙颔下。”骊，黑色。深泉，即深渊。避唐高祖讳故作“泉”。

[4]“图王”二句：《论衡·气寿》：“语曰：图王不成，其弊可以霸。”

[5]“孔子”句：身不能，谓自我限制，不思进取。如《论语·雍也》载，冉求云非不悦子之道，力不足也。孔子讥之曰：“力不足者，中道而废，今女画。”

[6]自信其言：做到自己所说的。

[7]“工欲”二句：见《论语·卫灵公》，乃孔子语。

[8]伐柯而舍其斧斤：《诗经·豳风·伐柯》：“伐柯如何？匪斧不克。”柯，斧柄。斤，斧。

[9]宁人：安民。避唐太宗讳，故以“人”为“民”。

[10]得势：原脱“势”字，据《唐文粹》卷八十五补。

[11]始学未仕：《论语·子张》载子夏语曰：“学而优则仕。”

说明

皇甫湜与李翱同为韩门著名古文作者。其所作对策、书信、论说等大体上平易畅达，而某些记、序、碑铭则力求奇崛。他有《答李生》三书，反复申说文章贵奇之旨。

皇甫湜说，凡“意新”“词高”，出类拔萃，便是“怪”“奇”。这里所谓“意新”的意，与李翱《答朱载言书》“创意造言，皆不相师”的“意”一样，主要不是指整篇文章的思想性而言，而是指某些具体的意思、形象、表述方法等。皇甫湜主张“奇”“怪”，是要求以非常之才，运艰苦之思，力求艺术表现的出众动人，而不是仅仅平平淡淡地说出来而已。应该说，他的意见反映了韩柳“古文运动”诸作者共同的理论主张。这种主张，正是古文运动形成和发展的一个重要原因。所谓“古文”，实是创新之文。不但相对于已发展到顶点、显得陈旧庸熟的骈文而言是一种新创，而且相对于先秦汉代文章也是如此。在题材、表现范围、艺术技巧、语言运用等方面，“古文”都比先秦汉代文章有了巨大的开拓和进步。如果古文作者没有此种开辟新的艺术境界的强烈愿望，则“古文”即散行文字至多只能停留在平易通达的水平上，是不可能取得今日所能见到的那样瑰丽多姿的成就的。问题是作者们（包括韩、柳）都未曾对“奇”“怪”的具体内涵加以分析说明，而一般作者在想像力和文章的开合变化等方面求奇较难，便往往求奇于字句之间；在字句方面，要做到如韩柳那样既戛戛独造又合乎语法习惯，亦很不容易，于是便流于生造词语、僻涩难通了。樊宗师是这方面的代表，皇甫湜的一部分作品亦不免此弊。

答李生第二书

〔唐〕皇甫湜

湜白：

生之书词甚多，志气甚横流，论说文章，不可谓无意。若仆愚且困，乃生词竞于此，固非宜。虽然，恶言无从，不可不卒[1]，勿怪。

夫谓之奇则非正矣。然亦无伤于正也。谓之奇即非常矣，非常者，谓不如常者；谓不如常，乃出常也。无伤于正而出于常，虽尚之亦可也。此统论奇之体耳，未以言文之失也[2]。

夫文者非他[3]，言之华者也。其用在通理而已，固不务奇，然亦无伤于奇也。使文奇而理正，是尤难也。生意便其易者乎[4]？夫言亦可以通理矣，而以文为贵者，非他，文则远，无文即不远也。以非常之文通至正之理，是所以不朽也。生何嫉之深耶？夫绘事后素[5]，既谓之文，岂苟简而已哉！圣人之文，其难及也。作《春秋》，游、夏之徒不能措一词[6]，吾何敢拟议之哉？秦、汉已来至今，文学之盛，莫如屈原、宋玉、李斯、司马迁、相如、杨雄之徒。其文皆奇，其传皆远。生书文亦善矣，比之数子，似犹未胜，何必心之高乎[7]？传曰："言之不出，耻躬之不逮也。"[8]生自视何如哉？《书》之文不奇，《易》之文可为奇矣，岂碍理伤圣乎？如"龙战于野，其血玄黄"[9]，"见豕负涂，载鬼一车[10]"，"突如其来如，焚如，死如，弃如[11]"，此何等语也！

生轻宋玉而称仲尼、班、马、相如为文学，按司马迁传屈原曰："虽与日月争光可矣！"生当见之乎？若相如之徒，即祖习不暇者也[12]。岂生称误耶？将识分有所至极耶[13]？将彼之所立卓尔，非强为所庶几，遂仇嫉之邪？其何伤于日月乎！生笑"紫贝阙兮珠宫[14]"，此与《诗》之"金玉其相"何异[15]？天下人有金玉为之质者乎？"披薜荔兮带女萝[16]”，此与“赠之以芍药”何异[17]？文章不当如此说也。岂谓怒三四而喜四三[18]，识出之白而性入之黑乎[19]？生云虎豹之文非奇。夫长本非长[20]，短形之则长矣；虎豹之形于犬羊，故不得不奇也。他皆仿此。生云自然者非性，不知天下何物非自然乎？生又云物与文学不相侔。此喻也，凡喻必以非类，岂可以弹喻弹乎[21]？是不根者也[22]。生称以知难而退为谦。夫无难而退，谦也；知难而退，宜也，非谦也。岂可见黄门而称贞哉[23]！生以一诗一赋为非文章，抑不知一之少便非文章邪？直诗赋不是文章邪？如诗赋非文章，《三百篇》可烧矣！如少非文章，汤之《盘铭》是何物也[24]？孔子曰：“先行其言[25]。”既为甲赋矣[26]，不得称不作声病文也。孔子云：“必也正名乎。”[27]生既不以一第为事，不当以进士冠姓名也。夫焕乎郁郁乎之文[28]，谓制度，非止文词也。前者捧卷轴而来，又以浮艳声病为说，似商量文词，当与制度之文异日言也[29]。

近风教偷薄，进士尤甚，乃至一谦三十年之说，争为虚张，以相高自谩。诗未有刘长卿一句[30]，已呼阮籍为老兵矣；笔语未有骆宾王一字[31]，已骂宋玉为罪人矣。书字未识偏傍，高谈稷、契；读书未知句度[32]，下视服、郑[33]。此时之大病，所当嫉者。生美才，勿似之也！传曰：唯善人能受善言[34]，孔子曰：“君子无所争，必也射乎[35]？”问于湜者多矣，以生之有心也，聊有复，不能尽。不宣。再拜。

《四部丛刊》影印宋刊本《皇甫持正文集》卷四

注释

［1］“恶言”二句：谓生怕你说的话没有应答，故我不可不尽言。恶（wù），犹畏惧。从，随从，此指应答。《论语·子罕》：“法语之言，能无从乎？”此借用其语。

［2］言文：原作“文言”，据《唐摭言》卷五乙。

［3］他：原作“也”，据《唐摭言》卷五改。

［4］“生意”句：承上言：你反对奇，你的意思是文章以平易为宜吗？便，宜。

［5］绘事后素：见《论语·八佾》，谓绘画之事，于布采之后，还要用白色点缀之

方成。此喻文章在“通理”的基础上还须文饰之。

[6]“作《春秋》”二句：《史记·孔子世家》：“(孔子)至于为《春秋》，笔则笔，削则削，子夏之徒，不能赞一辞。”曹植《与杨德祖书》：“昔尼父之文辞，与人通流，至于制《春秋》，游、夏之徒乃不能措一辞。”

[7]“何必”句：意谓何必眼光太高呢？

[8]“言之”二句：《论语·里仁》：“子曰：古者言之不出，耻躬之不逮也。”《集解》引包曰：“古人之言不妄出口，为身行之将不及。”

[9]“龙战”二句：《易·坤》上六爻辞。

[10]“见豕”二句：《易·睽》上九爻辞。

[11]“突如”四句：《易·离》九四爻辞。

[12]“若相如”二句：意谓司马相如等人就是努力学习屈原、宋玉的。

[13]“将识分”句：原作“识分其所至极耶”，据《唐摭言》卷五、《唐文粹》卷八五改。

[14]“紫贝阙”句：见屈原《九歌·河伯》。

[15]金玉其相：《诗经·大雅·棫朴》：“追琢其章，金玉其相。”毛传：“相，质也。”孔颖达《正义》：“言文王之有圣德，其文如彫琢，其质如金玉。”“金玉”乃比喻之辞。

[16]“披薜荔”句：见屈原《九歌·山鬼》。

[17]“赠之”句：见《诗经·郑风·溱洧》。

[18]“怒三”句：《庄子·齐物论》：“狙公赋芧，曰：朝三而暮四。众狙皆怒。曰：然则朝四而暮三。众狙皆悦。”喻不知其实质为一而好恶不同。谓《楚辞》与《诗经》使用同样的写作手法，却肯定《诗经》而否定《楚辞》，乃与狙之无识相似。

[19]“识出”句：谓其性识错乱颠倒。识，神识。性，心性。

[20]长本非长：非，原作“之”，据《唐摭言》卷五、《唐文粹》卷八五改。

[21]以弹喻弹：《说苑·善说》：“(梁王)谓惠子曰：‘愿先生言事则直言耳，无譬也。’惠子曰：‘今有人于此而不知弹者，曰：弹之状若何？应曰：弹之状如弹。则喻乎？’王曰：‘未喻也。’于是更应曰：‘弹之状如弓，而以竹为弦。则知乎？’王曰：‘可知矣。’惠子曰：‘夫说者，固以其所知喻其所不知，而使人知之。今王曰无譬，则不可矣。’”

[22]不根：荒谬，不能持正。

[23]“见黄门”句：语见嵇康《与山巨源绝交书》。黄门，指阉宦。

[24] 汤之《盘铭》：《礼记·大学》："汤之《盘铭》曰：苟日新，日日新，又日新。"仅九字。

[25] "先行"句：《论语·为政》："子贡问君子。子曰：先行其言，而后从之。"《集解》引孔曰："疾小人多言而行之不周。"皇侃义疏："君子先行其言，而后必行；行以副所言，是行从言也。"

[26] 甲赋：科举考试时所作赋，其声韵限制甚严。

[27] "必也"句：见《论语·子路》。

[28] "夫焕"句：《论语·泰伯》："子曰：大哉尧之为君也……焕乎其有文章。"又《八佾》："子曰：周监于二代，郁郁乎文哉，吾从周。"皇侃义疏："郁郁，文章明著也。"

[29] "当与"句：意谓文词之"文"与制度之"文"差别很大，不可并论。异日言，即不可同日而语之意。

[30] 刘长卿：字文房，德宗时曾为随州刺史，擅五言诗，自称"五言长城"。

[31] 笔：指不押韵的文字。骆宾王：初唐四杰之一，擅诗歌、骈文。佐徐敬业讨武则天，兵败，下落不明。

[32] 句度：即句读。

[33] 服、郑：东汉经学家服虔、郑玄。

[34] "唯善"句：《孟子·告子下》："夫苟好善，则四海之内皆将轻千里而来，告之以善；夫苟不好善，则……距人于千里之外。"赵岐注："诚不好善……人皆知其不欲受善言也。"此用其意。原作"唯书人能受尽言"，据《唐摭言》卷五、《唐文粹》卷八五改。

[35] "君子"二句：《论语·八佾》："子曰：君子无所争，必也射乎？揖让而升，下而饮，其争也君子。"此谓与李生的辩论乃君子之争。

说明

在《答李生第二书》中，与"第一书"同样，皇甫湜指出，所谓奇，便是在艺术上深探力取、新颖独创。他说"通理"是文章的功能，求奇不是目的，但奇方能行远。因此最理想的是"文奇而理正"，"以非常之文通至正之理"。皇甫湜举出屈原、宋玉、李斯、司马迁、司马相如、扬雄作为文奇而传远的例子。其中扬雄的一部分著述以语言艰涩著称，其他几位作者的作品一般并不奥僻；他又举出《周易》爻辞作为"奇"的例子，它们也并不是语言佶屈聱牙，而是想象奇特或文气多变化。可知所谓奇，是泛指艺术上的新创、用功深，并非专指用词造句的生涩反常而言。

李生书今不存，从皇甫湜答书中看，他自视颇高，大言以“立法宁人”为事（见《答李生第一书》）。他还“以松柏不艳比文章”（见《答李生第三书》），大约是说松柏虽无美丽动人的色彩姿态，但岁寒不凋，故文章也只需内容好即可，何必求其动人。可见李生实有轻视艺术表现之意。他又“以一诗一赋为非文章”，大约是轻视一般的抒情体物诗赋。他又轻视屈原、宋玉，还讪笑《九歌》中的句子。这表明他对于文学的艺术表现、审美特性实无所解。皇甫湜驳斥他道：“文章不当如此说也。”是批评他读文学作品而以文害辞，以辞害志，不能做到以意逆志。总之，看来李生反对“奇怪”，表现出对艺术表现的轻视和无知；而皇甫湜之标举“奇怪”，则是重视艺术表现，力求新创。

叙诗寄乐天书

〔唐〕元　稹

作者简介

元稹(779—831)，字微之，河南(府治今河南洛阳)人。贞元九年(793年)明经擢第，十九年登书判拔萃科，授秘书省校书郎。宪宗元和时曾为左拾遗、监察御史，被贬外出为江陵士曹参军、通州司马。元和末始入朝。后迭经升降，穆宗时曾官至同平章事。又出任同州刺史，改浙东观察使。文宗时为尚书左丞，复出为武昌军节度使，卒于任上。有《元氏长庆集》。与白居易一样，元稹大力提倡讽谕之作，主张诗歌应反映国事民生，有益于政治；同时实际上对一般题材的作品也颇重视而自我赞赏。《旧唐书》卷一百六十六、《新唐书》卷一百七十四有传。

稹九岁学赋诗，长者往往惊其可教。年十五六，粗识声病。时贞元十年已后，德宗皇帝春秋高，理务因人，最不欲文法吏生天下罪过[1]。外阃节将，动十余年不许朝觐[2]，死于其地不易者十八九。而又将豪卒愎之处，因丧负众[3]，横相贼杀，告变骆驿，使者迭窥[4]。旋以状闻天子曰："某邑将某能遏乱[5]，乱众宁附[6]，愿为帅。"名为众情，其实逼诈，因而可之者又十八九。前置介倅因缘交授者亦十四五[7]。由是诸侯敢自为旨意，有罗列儿孩以自固者[8]，有开导蛮夷以自重者[9]，省寺符篆固几阁[10]，甚者碍诏旨[11]，视一境如一室，刑杀其下，不啻仆畜。厚加剥夺，名为进奉，其实贡入之数百一焉。京城之中，亭第邸店以曲巷断[12]；侯甸之内，水陆腴沃以乡里计[13]。其余奴婢资财，生生之备称之。朝廷大臣以谨慎不言为朴雅，以时进见者，不过一二亲信。直臣义士[14]，往往抑塞。禁省之间，时或缮完隤坠；豪家大帅，乘声相扇，延及老佛，土木妖炽，习俗不怪[15]。上不欲令有司备宫闼中小碎须求，往往持币帛以易饼饵，吏缘其端，剽夺百货，势不可禁[16]。仆时孩骙，不惯闻见，独于书传中，初习理乱萌渐，心体悸震，若不可活，思欲发之久矣。适有人以陈子昂《感遇诗》相示，吟玩激烈，即日为《寄思玄子诗》二十首。故郑京兆于仆为外诸翁[17]，深赐怜奖，因以所赋呈献。京兆翁深相骇异，秘书少监王表在座[18]，顾谓表曰："使此儿五十不死，其志义何如哉！惜吾辈不见其成就。"因召诸子，训责泣下。仆亦窃不自得[19]，由是勇于为文。又久之，得杜甫诗数百首，爱其浩荡津涯，处处臻到，始病沈、宋之不存寄兴，而讶子昂之未暇旁备矣[20]。不数年，与诗人杨巨源友善[21]，日课为诗，性复僻懒人事[22]，常有闲暇，间则有作。识足下时[23]，有诗数百篇矣。习惯性灵，遂成病蔽[24]。每公私感愤，道义激扬，朋友切磨，古今成败，日月迁逝，光景惨舒，山川胜势，风云景色，当花对酒，乐罢哀余，通滞屈伸，悲欢合散，至于疾恙躬身[25]，悼怀惜逝，凡所对遇异于常者，则欲赋诗。又不幸，年三十二时，有罪谴弃[26]，今三十七矣，五六年之间，是丈夫心力壮时，常在闲处，无所役用。性不近道[27]，未能淡然忘怀，又复懒于他欲。全盛之气，注射语言，杂糅精粗，遂成多大，然亦未尝缮写。

适值河东李明府景俭在江陵时[28]，僻好仆诗章，谓为能解，欲得尽取观览，仆因撰成卷轴。其中有旨意可观，而词近古往者，为古讽。意亦可观，而流在乐府者，为乐讽。词虽近古，而止于吟写性情者，为古体。词实乐流，而止于模象物色者，为新题乐府。声势沿顺、属对稳切者，为律诗，仍以七言、五言为两体。其中有稍存寄兴、与讽为流者为律讽。不幸少有伉俪之悲[29]，抚存感往，成数十诗，取潘子《悼亡》为题。又有以干教化者，近世妇人晕淡眉目，绾约头鬓，衣服修广之度，及匹配色泽，尤剧怪艳，因为艳诗百余首[30]。词有今古，又两体。自十六时，至是元和七年矣，有诗八百余首。色类相从，共成十体，凡二十卷。自笑冗乱，亦不复置之于行李。昨来京师，偶在筐箧，及通行[31]，尽置足下，仅亦有说。

仆闻上士立德，其次立事，不遇立言。凡人急位，其次急利，下急食。仆天与不厚，既乏全然之德；命与不遇，未遭可为之事；性与不惠[32]，复无垂范之言。兀兀狂痴，行近四十，徼名取位，不过于第八品，而冒宪已六七年[33]。授通之初，有习通之熟者曰："通之地湿垫卑褊，人士稀少，近荒札，死亡过半[34]。邑无吏，市无货，百姓茹草木，刺史以下计粒而食。大有虎、貘、蛇、虺之患，小有蟆蚋、浮尘、蜘蛛、蛒蜂之类，皆能钻啮肌肤，使人疮痏[35]。夏多阴霪，秋为痢疟，地无医巫，药石万里，病者有百死一生之虑。"夫何以仆之命不厚也如此，智不足也又如此，其所诣之忧险也又复如此！则安能保持万全，与足下必复京辇，以须他日立言事之验耶？但恐一旦与急食者相扶而终[36]，使足下受天下"友不如己"之诮[37]。是用悉所为文，留秽箱笥。比夫格弈樗塞之戏，犹曰愈于饱食，仆所为不又愈于格弈樗塞之戏乎[38]？

昨行巴南道中，又有诗五十一首，文书中得七年已后所为，向二百篇，繁乱冗杂，不复置之执事。前所为《寄思玄子》者，小岁云为，文不能自足其意，贵其"起予"之始[39]，且志京兆翁见遇之由，今亦写为古讽之一，移诸左右。仆少时授吹嘘之术于郑先生[40]，病懒不就，今在闲处，思欲怡神保和，以求其病[41]，异日亦不复费词于无用之文矣。省视之烦，庶亦已于是乎？

中华书局版冀勤校点本《元稹集》卷三十

注释

[1]"德宗"三句：意谓德宗年事已高，政治事务托给他人，但求苟安，故最不愿

意执法之吏生事。按：贞元十年(794年)，德宗五十三岁。

[2]“外阃”句：外阃节将，指节度使。阃(kǔn)，门槛，外阃谓国门之外。《史记·张释之冯唐列传》：“臣闻上古王者之遣将也，跪而推毂，曰：阃以内者，寡人制之；阃以外者，将军制之。”节，符节，使臣持以为凭证者。《新唐书·百官志》：“节度使……辞日，赐双旌双节。行则建节，树六纛……入境，州县筑节楼。……罢秩则锁节楼、节堂。”动，动辄。朝觐，入京朝见天子。不许朝觐，意谓朝廷允许其不入朝。李德裕论德宗时方镇之跋扈，有云：“德宗惩奉天之难，厌征伐之事，戎臣优以不朝，终老于外。”(《请尊宪宗章武孝皇帝为不迁庙状》)即此意。

[3]因丧负众：谓节度使死，其部下骄悍之将借机凭恃兵众而生事作乱。

[4]“告变”二句：谓悍将络绎不绝地向朝廷报告变故，屡屡派使者窥望朝廷的意思、动静。

[5]某邑将某：邑，《唐文粹》卷八、《唐诗纪事》卷三七作“色”，当从之。色，指履历。

[6]宁附：安附。

[7]“前置”句：谓前任节度使在时所置副手因此机缘而被授以使节者亦十之四五。介、倅(cuì)，皆副、辅佐之意。

[8]“有罗列”句：儿孩，原作“儿孙”，据《元氏长庆集》卷三〇、《唐诗纪事》卷三七改。儿孩，犹言儿郎，指节度使所设亲兵。如魏博节度使田承嗣置牙兵，即其中最突出者。《旧唐书·田承嗣传》：“故数年之间，其众十万。仍选其魁伟强力者万人以自卫，谓之衙兵。”《新唐书·藩镇列传》作“牙兵”。袁郊《甘泽谣·红线》云田承嗣“乃募军中武勇十倍者得三千人，号外宅男，而厚恤养之，常令三百人夜直州宅”。外宅男当即牙兵。“男”者，儿也，外宅男犹言干儿子，为其特别亲信者。元稹此处所言“儿孩”，当即外宅男之类。《旧五代史·梁书·罗绍威传》：“初，至德中，田承嗣盗据相、魏、澶、博、卫、贝等六州，召募军中子弟，置之部下，号曰牙军，皆丰给厚赐，不胜骄宠。年代浸远，父子相袭，亲党胶固。其凶戾者，强贾豪夺，逾法犯令，长吏不能禁。变易主帅，有同儿戏。自田氏已后，垂二百年，主帅废置，出于其手。”可见牙军为害之烈且久。元稹以此为言，自不为无故。

[9]“有开导”句：指剑南西川节度使韦皋而言。皋与南诏通好，说令归唐，以对付吐蕃。当时多称其功，然亦有人指出其弊害，元稹此处即指出其用以“自重”。至唐文宗时南诏入寇，李德裕论其事，亦曰：“韦皋久在西蜀，自固兵

权，邀结南蛮，为其外援，亲昵信任，事同一家。此时亭障不修，边防罢警。”（《论故循州司马杜元颖第二状》）《新唐书·李德裕传》亦云：“始，韦皋招来南诏，复巂州，倾内资结蛮好，示以战阵文法。德裕以皋启戎资盗，其策非是，养成痈疽，弟未决耳。”均可供参考。又，元稹《和李校书新题乐府》、白居易《新乐府》之《蛮子朝》《骠国乐》皆刺韦皋通南诏事，元氏《蛮子朝》云韦皋“自居剧镇无他绩，幸得蛮来固恩宠”，所言尤为明显。可参看。

[10] “省寺”句：谓中央政府所下文书则束之高阁，置之不理。省寺，泛指朝廷诸部门。唐时有尚书、门下、中书等省及太常、光禄、卫尉、司农等寺。符篆，加盖官府印信的文书，以印信多用篆文，故称符篆。几阁，又作“几格”，橱架。

[11] 碍：《唐文粹》卷八四“碍”作“拟”。

[12] “京城”二句：谓节度使在京城所置宅第邸店，相连成片，以整条街巷为界。亭第，指带有亭园的宅第。邸店，兼具货栈、商店、旅舍的处所，置以牟利。

[13] “侯甸”二句：谓节度使在京都外围所占水陆良田极广，以至以乡里计数。侯甸，古代王畿外五百里称甸服，千里称侯服，此泛指京城周围。

[14] 义士：《唐文粹》卷八四、《唐诗纪事》卷三七作“议士”。

[15] “禁省”七句：谓宫禁内有时修缮崩坏之处，于是豪门大将乃乘此势头，互相鼓扇而大兴土木，又延伸至道观佛寺，皆大事修建。土木之妖异炽盛，而成为习俗风气，不以为怪。土木妖炽，古人谓五行皆有妖异；凡人事不当，则五行之性失而成妖。《汉书·五行志》引传（伏生《洪范五行传》）曰：“田猎不宿，饮食不享，出入不节，夺民农时，及有奸谋，则木不曲直。”又曰：“治宫室，饰台榭，内淫乱，犯亲戚，侮父兄，则稼穑不成。”即言木妖、土妖。按：白居易《秦中吟》之《伤宅》《新乐府》之《杏为梁》《两朱阁》即刺京城内大兴土木事，可参看。

[16] “上不欲”五句：指“宫市”而言。贞元末宫市之害尤烈。参见白居易《卖炭翁》、韩愈《顺宗实录》二。

[17] 郑京兆：郑叔则，贞元三年（787年）至五年为京兆尹。卒于贞元八年，年七十一。外诸翁，舅父辈。元稹早孤，随母依倚舅族。诸翁，《唐诗纪事》卷三七作“诸父”。

[18] 王表：生平不详，大历十四年（779年）进士及第。

[19] 不自得：不自我得意。《唐诗纪事》卷三七作“不自息”。

[20] 旁备：广备，各方面都具备。

[21] 杨巨源：字景山，贞元五年(789 年)进士及第。曾为秘书郎、国子司业、河中少尹等。好为诗，自旦至暮，吟咏不辍，有名于时。

[22] 人事：此指应酬交际等俗务。

[23] 识足下时：元稹与白居易相识定交，当在贞元十八年(802 年)或稍前。(据朱金城《白居易年谱》)

[24] “习惯”二句：谓习之既久，乃如同天性，爱好作诗遂成一病，不遑他顾。贾谊《新书·保傅》：“少成若天性，习惯如自然。”葛洪《抱朴子外篇·勖学》：“习与性成，不异自然也。”

[25] 疾恙躬身：有病在身。躬，《唐文粹》卷八四、《唐诗纪事》卷三七作“其”。

[26] “年三十二”二句：元和五年(810 年)，元稹因执法不避权势，又忤触宦官，为执政者所恶，由监察御史贬为江陵府士曹参军。

[27] 性不近道：意谓不能安时处顺，随遇而安。

[28] “适值”句：李景俭，字宽中，又字致用，汉中王李瑀之孙。贞元十五年(799 年)进士及第。曾为监察御史，因故贬江陵户曹参军。后曾为谏议大夫等。与元稹、李绅相善。元稹作此书时，景俭为河东县令，故称“河东李明府”。明府，县令的别称。

[29] “不幸”句：元稹元配夫人韦丛卒于元和四年(809 年)，时稹三十一岁。

[30] “又有以”七句：意谓自己所作艳诗中描绘妇女时髦服饰，亦有关于教化。古人以为服饰风气之变怪亦为妖异，与政治有关。如《荀子·乐论》：“乱世之征：其服组(服饰华侈)，其容妇。”又《汉书·五行志》引《五行传》曰：“貌之不恭，是谓不肃。……时则有服妖。”《新唐书·五行志》云：“元和末，妇人为圆鬟椎髻，不设鬓饰，不施朱粉，惟以乌膏注唇，状似悲啼者。圆鬟者，上不自树也。悲啼者，忧恤象也。”其语当取之白居易《时世妆》。元稹所谓“干教化”，当亦此意。但就其今日所存艳诗观之，如《梦游春》《恨妆成》《离思》《有所教》等描写女子装束，实并无“干教化”之意，不过述自己少年冶游之事而已。

[31] 通行：通州之行。元和十年(815 年)，元稹自唐州从事诏还京，复出为通州司马。通州，治通川(今四川达州)。

[32] 性与不惠：性分天分不聪慧。惠，通“慧”。

[33] 冒宪：触犯法度。

[34] 近荒札：近年来收成不好，疫病流行。荒，谷物不熟。札，疫病。《唐诗纪事》卷三七“近”下有“岁”字。

[35]“大有”四句：元稹在通州作有《虫豸诗》七篇二十一章，状蛇虺毒虫之害。蟆，蚊类，黑而小。浮尘，亦蟆类，小不可见，与尘相浮而上下，故名。蛒，毒蜂，体大。

[36]与急食者相扶：谓沦落为与“急食者”为伍。

[37]友不如己：《论语·学而》：“子曰：……无友不如己者。”

[38]“比夫”三句：《论语·阳货》：“子曰：饱食终日，无所用心，难矣哉！不有博弈者乎？为之犹贤乎已。”又《汉书·王褒传》载汉宣帝曰：“不有博弈者乎？为之犹贤乎已。辞赋大者与古诗同义，小者辩丽可喜。譬如女工有绮縠，音乐有郑卫，今世俗犹皆以此虞说耳目；辞赋比之，尚有仁义风谕、鸟兽草木多闻之观，贤于倡优博弈远矣。”元稹此处用其语意。格、弈、樗、塞，皆博戏名。

[39]“起予”之始：《论语·八佾》：“子曰：起予者商也，始可与言《诗》已矣。”此处意谓自己作《寄思玄子》是“可与言诗”之始。

[40]授：受，被授予。吹嘘之术：呼吸吐纳养生之术。

[41]病：《唐文粹》卷八四、《唐诗纪事》卷三七作“内”。

说明

元稹此书，作于元和十年(815年)初到通州司马任时。书中向好友畅述自己的诗歌创作情况和对诗的看法，颇值得注意。

书中说将自己的八百余首诗编集为十体。其中属古体者有古讽、乐讽、古体、新题乐府类，属律体者有五言律、七言律、律讽；另有特殊题材的悼亡、艳诗两类，而艳诗又分今体(律体)、古体两类。这里需要说明的是，古讽、乐讽、律讽从体制上说分别属于古体、律体，但元稹因它们“旨意可观”，“稍存寄兴”，故特地另外编成卷帙。元和四年他作有《和李校书(绅)新题乐府》十二首，按这里所述分类原则，应是编入“乐讽”而不是编入“新题乐府”内的，这里所说的“新题乐府”乃是“止于模象物色者”。这样的分类，表明在元稹心目中，讽谕诗作具有重要地位。

书中说到自己写作讽谕诗的背景：德宗贞元年间，社会、政治问题严重，弊端丛生，令人“心体悸震，若不可活”。恰好此时读到陈子昂的《感遇诗》，大受感动，即日便作《寄思玄子诗》二十首。这里将自己的写作背景和文学渊源交代得十分具体。《寄思玄子诗》已佚，但显然是多有寄兴的“古讽”之作。元稹认为虽是少作，文不逮意，但却是自己知晓诗道的开端。这也表明了他对讽谕诗的重视。

乐府古题序

〔唐〕元　稹

《诗》讫于周，《离骚》讫于楚，是后《诗》之流为二十四名[1]：赋、颂、铭、赞、文、诔、箴、诗、行、咏、吟、题、怨、叹、章、篇、操、引、谣、讴、歌、曲、词、调，皆诗人六义之余，而作者之旨。由操而下八名，皆起于郊祭、军宾、吉凶、苦乐之际。在音声者，因声以度词，审调以节唱，句度短长之数，声韵平上之差，莫不由之准度。而又别其在琴瑟者为操、引，采民氓者为讴、谣，备曲度者总得谓之歌、曲、词、调。斯皆由乐以定词，非选调以配乐也[2]。由诗而下九名，皆属事而作，虽题号不同，而悉谓之为诗可也。后之审乐者，往往采取其词，度为歌、曲，盖选词以配乐，非由乐以定词也[3]。而纂撰者由诗而下十七名，尽编为《乐录》《乐府》等题[4]。除《铙吹》《横吹》《郊祀》《清商》等词在《乐志》者[5]，其余《木兰》《仲卿》《四愁》《七哀》之辈，亦未必尽播于管弦明矣。后之文人，达乐者少，不复如是配别。但遇兴纪题，往往兼以句读短长为歌、诗之异[6]。

刘补阙云乐府肇于汉魏[7]。按仲尼学《文王操》，伯牙作《流波》《水仙》等操，齐犊沐作《雉朝飞》，卫女作《思归引》[8]，则不于汉魏而后始，亦以明矣。况自《风》《雅》至于乐流，莫非讽兴当时之事，以贻后代之人。沿袭古题，唱和重复，于文或有短长，于义咸为赘剩。尚不如寓意古题，刺美见事，犹有诗人引古以讽之义焉。曹、刘、沈、鲍之徒，时得如此，亦复稀少。近代唯诗人杜甫《悲陈陶》《哀江头》《兵车》《丽人》等，凡所歌行，率皆即事名篇，无复倚傍。予少时与友人乐天、李公垂辈[9]，谓是为当，遂不复拟赋古题。

昨梁州见进士刘猛、李馀，各赋古乐府诗数十首[10]，其中一二十章，咸有新意，予因选而和之。其有虽用古题，全无古义者，若《出门行》不言离别，《将进酒》特书列女之类是也。其或颇同古义，全创新词者，则《田家》止述军输，《捉捕》词先蝼蚁之类是也[11]。刘、李二子方将极意于斯文，因为粗明古今歌诗同异之音焉[12]。

中华书局版冀勤校点本《元稹集》卷二十三

注释

[1]“是后”句：下举二十四名，皆押韵之作，故元氏以为“《诗》之流”。

[2]“斯皆”二句：承上言操、引、讴、谣、歌、曲、词、调八种，皆先有曲调（包括器乐及人声），然后依其调作词，而不是先有词然后为之配乐。调，冀校：“疑当作‘词’。”

[3]“盖选词”二句：承上言由诗至篇九者，乃先有词然后配乐，而不是先有曲调然后据以作词。

[4]“而纂撰”二句：谓由诗、行至词、调十七类，编纂者编成集子，都题为“乐录”“乐府”等。按：隋唐史志之经部乐类、集部总集类著录此类撰述颇多，今只举《新唐书·艺文志》中以乐录、乐府为题者之例：经部乐类有《乐府歌诗》十卷、谢灵运《新录乐府集》十一卷、释智匠《古今乐录》十三卷、郑译《乐府歌辞》八卷、又《乐府声调》六卷、苏夔《乐府志》十卷、翟子《乐府歌诗》十卷、吴兢《乐府古题要解》一卷、郗昂《乐府古今题解》三卷、段安节《乐府杂录》一卷，集部总集类有刘悚《乐府古题解》一卷。

[5]《乐志》：指历代史志中有关音乐的志。

[6]“往往”二句：谓兼以诗句节奏判别歌诗，而非如上文所说，纯以曲调与词之先后加以区别。

[7]刘补阙云：刘补阙，当指刘悚，字鼎卿，官至右补阙。乃著名史学家刘知幾之子，著有《乐府古题解》。云，嘉靖刊《元氏长庆集》作“之”。

[8]“按仲尼”四句：孔子学鼓琴于师襄子，其曲为《文王操》。见《史记·孔子世家》及《韩诗外传》。《水仙》《雉朝飞》《思归引》，其歌辞俱见于蔡邕撰《琴操》。逯钦立《先秦汉魏晋南北朝诗》以为皆后世拟作。又刘孝标《广绝交论》：“伯子（伯牙）息流波之雅引。”

[9]李公垂：李绅，字公垂。元和元年（806年）进士及第。元和间曾为校书郎、太学助教。有诗名。曾作《新题乐府二十首》（已佚），尚在元稹、白居易之前。

[10]梁州：今陕西南郑，兴元府治所。进士：指从事进士业者。元稹此序作于

元和十二年(817年),刘、李当尚未进士及第。(据《唐诗纪事》卷四六,李馀登长庆三年进士第。)刘猛、李馀,皆长于古体,张为《诗人主客图》以二人为高古奥逸主之入室。

[11] 词先蝼蚁:元稹《捉捕歌》云蝼蚁之害最堪忧虑而人多不觉,应先清除之。《唐诗纪事》卷四六"词"作"请"。

[12] 同异之音:冀校:"音,疑当作'旨'。"

说明

元稹作有《乐府古题》十九首,系元和十二年(817年)在通州所作。诗前有序。序的前半着重说明乐曲和歌辞的两种不同配合关系;后半表明他对写作乐府诗的看法,尤其值得注意。

元稹认为历来作乐府诗者,大多沿袭古题,题材、意旨陈陈相因,没有什么价值;只有少数诗人诗作,能在古题中寄寓新意,对现实事件进行美刺。而杜甫的许多乐府诗作,不依傍旧的题材,即事命题,反映现实,是正确的做法。他说少时(指元和初年)与白居易、李绅都有此看法,于是便不再拟赋古题。结合元稹的《和李校书(绅)新题乐府十二首序》所说"不虚为文""取其病时之尤急者"等语,可知三人以新题乐府反映现实、讥刺时病,乃是自觉的行动,亦可知杜甫那些忧国伤时之作在思想内容和艺术形式上对他们具有重大影响。

但元稹并非一概反对用乐府旧题,因为采用古题仍可翻出新意。序中说自己所作的这组古题乐府诗,有的只不过借用旧题,题材、意旨已全不相同;有的虽在题材上与旧题有关联,但表现的却是自己新鲜的意思、感受。

元稹的《乐府古题》,作于其和李绅《新题乐府》的八年之后,在艺术上有长足的进步。陈寅恪先生《元白诗笺证稿》认为他作这组诗,还有与白居易竞争的用意。其说亦足供参考。

上令狐相公诗启

〔唐〕元　稹

某启:某初不好文,徒以仕无他歧,强由科试。及有罪谴弃之后,自以为废滞潦倒，不复以文字有闻于人矣，曾不知好事者抉摘刍芜[1]，尘黩尊重。窃承相公直于廊庙间道某诗句[2]，昨又面奉教约，令献旧文，战汗悚踊，惭忝无地。

某始自御史府谪官于外，今十余年矣，闲诞无事，遂用力于诗章。日益月滋，有诗至千余首。其间感物寓意，可备矇瞽之讽达者有之[3]；词直气粗，罪戾是惧，固不敢陈露于人。唯杯酒光景间，屡为小碎篇章，以自吟畅。然以为律体卑庳，格力不扬，苟无姿态，则陷流俗，常欲得思深语近，韵律调新，属对无差，而风情自远，然而病未能也。江湖间多有新近小生，不知天下文有宗主，妄相仿效，而又从而失之，遂至于支离褊浅之词，皆目为"元和诗体"。某又与同门生白居易友善，居易雅能为诗，就中爱驱驾文字，穷极声韵，或为千言，或为五百言律诗，以相投寄。小生自审不能有以过之，往往戏排旧韵，别创新词，名为次韵相酬，盖欲以难相挑耳。江湖间为诗者复相效，力或不足，则至于颠倒语言，重复首尾，韵同意等，不异前篇，亦目为"元和诗体"。而司文者考变雅之由[4]，往往归咎于某。尝以为雕虫小事，不足自明。始闻相公记忆，累旬已来，实惧粪土之墙，庇以大厦，使不复摧坏，永为版筑者之误[5]。辄敢缮写古体歌诗一百首，百韵至两韵律诗又一百首，合为五卷，奉启跪陈，或希构厦之余[6]，一赐观览。知小生于章句中栾栌榱桷之材，尽曾量度[7]，则十余年之邅回[8]，不为无用矣。词旨琐劣，冒黩尊严，俯伏刑书[9]，不敢逃让。死罪死罪。

中华书局影印本《文苑英华》卷六五七

注释

[1] 刍芜：自谦所作文字浅陋芜杂。刍，茅草。

[2] 直：特地。廊庙：朝廷。

[3] "可备"句：意谓有关政教可供采纳。《国语·周语》上载召公曰："故天子听政，使公卿至于列士献诗，瞽献曲……矇诵……而后王斟酌焉。"

[4] 司文者：当指主持进士科考试的官员。

[5] "实惧"四句：意谓担心江湖间为诗者的鄙陋之作因"元和体"的名义而良莠

不分、得以流传，而成为自己永久的过错。粪土之墙，用《论语·公冶长》“粪土之墙不可圬也”语。

[6] 构厦：喻治理国事。杜甫《自京赴奉先县咏怀五百字》：“当今廊庙具，构厦岂云缺。”

[7] “知小生于章句”二句：意谓自己于诗歌曾认真下过功夫。栾（luán），柱首承梁的曲木。栌（lú），即斗拱，大柱柱头承梁的方木，在栾之下。榱（cuī），椽子。桷（jué），方形的椽子。

[8] 邅回：徘徊不进。

[9] “俯伏”二句：承上言不敢逃避冒黩尊严之罪责。刑书，法令。

说明

元和十四至十五年（819—820），令狐楚为相。元稹当时自虢州长史征还，为膳部员外郎。《旧唐书·元稹传》云：“宰相令狐楚一代文宗，雅知稹之辞学，谓稹曰：‘尝览足下制作，所恨不多，迟之久矣。请出其所有，以豁予怀。’稹因献其文。……楚深称赏，以为今代之鲍、谢也。”此启便是元稹献上其诗时所写。

启中主要内容，是因社会上广为流传的所谓“元和诗体”而为自己辩解。元稹、白居易诗当时流传甚广，引起热烈的仿效。所流传仿效者，并非元、白的讽谕诗，而主要是两类律诗：一是“杯酒光景间”所作“以自吟畅”的小碎篇章，即佐酒侑欢以自娱乐的短篇律诗；一是“驱驾文字，穷极声韵”的千言或五百言长篇律诗。元稹说那些仿效者徒知效颦，所作“支离褊浅”，重复颠倒，而都说是学习元、白，称为“元和诗体”。相沿成习，败坏文字，以至引起了“司文者”即主持文柄的官员（主持进士科试者）的不满，而归咎于元。元稹说自己本以为小事不足辩，而现今令狐楚这样位居高位者也喜爱他的诗，他倒觉得若不加以区别，让那些劣作混迹于所谓“元和体”中广为流传，那便成了自己的罪过了。故他献上其诗，实有让令狐楚知道他于诗用功甚深，从而与伪体划清界线的用意。

由此启足见当日元、白诗广受欢迎的情况，亦可略知受欢迎的主要是哪一些作品。元稹只说是两类律诗，至于这两类诗的题材内容若何，他这里不曾说明。其《白氏长庆集序》曾说：“乐天《秦中吟》《贺雨》讽谕等篇，时人罕能知者。”白居易《与元九书》也说：“人所爱者，悉不过杂律诗与《长恨歌》已下耳。……至于讽谕者，意激而言质；闲适者，思淡而词迂。以质合迂，宜人之不爱也。”可知元、白的讽谕之作当时并不十分受人喜爱。而据同时人李戡所说，元、白的那些艳诗却是影响极大的。杜牧《唐故平卢军节度巡官陇西李府君墓志铭》引李戡之言，说："尝痛自元和已来，有元、白诗者，纤艳不逞。非庄士雅人，多为其所破坏。流于民间，疏于屏壁，子父女母，交口教授，淫言媟语，冬寒夏热，入人肌骨，不可除去。吾无位，不得用法以治之。"今观元、白的长、短篇律诗，有不少是写男女艳情的，因此，《上令狐相公诗启》中所说江湖间新近小生所喜爱并仿作的所谓"元和体诗"，虽不能说就都是艳诗，但艳诗必是其中的一项重要内容。元稹说自己"杯酒光景间屡为小碎篇章"，实际上其中有不少就是元结所指斥的"与歌儿舞女生污惑之声于私室"（《箧中集序》）、"歌儿舞女且相喜爱"（《刘侍御月夜宴会诗序》）的作品。李肇《国史补》下说到"元和体"，包罗甚广，而所举关于元、白者，则云"学浅切于白居易，学淫靡于元稹"，浅切、淫靡几可视为互文，此亦可证元白艳诗当日受欢迎、被仿效的程度。（可参看陈寅恪先生《元白诗笺证稿附论·元和体诗》）

唐故工部员外郎杜君墓系铭并序（节录）

〔唐〕元　稹

叙曰：予读诗至杜子美，而知小大之有所总萃焉。始尧、舜时，君臣以赓歌相和。是后诗人继作，历夏、殷、周千余年，仲尼缉拾选练，取其干预教化之尤者三百篇，其余无闻焉。骚人作而怨愤之态繁，然犹去《风》《雅》日近，尚相比拟。秦、汉已还，采诗之官既废，天下俗谣民讴、歌颂讽赋、曲度嬉戏之词，亦随时间作。逮至汉武赋《柏梁诗》而七言之体具。苏子卿、李少卿之徒，尤工为五言。虽句读文律各异，雅、郑之音亦杂，而词意简远，指事言情，自非有为而为，则文不妄作。建安之后，天下文士遭罹兵战，曹氏父子鞍马间为文，往往横槊赋诗，故其抑扬怨哀悲离之作，尤极于古。晋世风概稍存。宋、齐之间，教失根本，士以简慢歙习舒徐相尚，文章以风容色泽、放旷精清为高，盖吟写性灵、流连光景之文也，意义格力无取焉。陵迟至于梁、陈，淫艳刻饰、佻巧小碎之词剧，又宋、齐之所不取也。

唐兴，官学大振，历世之文，能者互出。而又沈、宋之流，研练精切，稳顺声势，谓之为律诗。由是而后，文变之体极焉[1]。然而莫不好古者遗近，务华者去实；效齐、梁则不逮于魏、晋，工乐府则力屈于五言；律切则骨格不存[2]，闲暇则纤秾莫备[3]。至于子美，盖所谓上薄《风》《骚》，下该沈、宋，古傍苏、李，气夺曹、刘，掩颜、谢之孤高，杂徐、庾之流丽，尽得古今之体势，而兼人人之所独专矣[4]。使仲尼考锻其旨要，尚不知贵其多乎哉[5]？苟以为能所不能，无可不可，则诗人以来，未有如子美者。时山东人李白[6]，亦以奇文取称，时人谓之李、杜。予观其壮浪纵恣，摆去拘束，模写物象及乐府歌诗，诚亦差肩于子美矣[7]。至若铺陈终始，排比声韵，大或千言，次犹数百，词气豪迈而风调清深，属对律切而脱弃凡近，则李尚不能历其藩翰，况堂奥乎[8]！

予尝欲条析其文，体别相附，与来者为之准，特病懒未就。适子美之孙嗣业，启子美之柩，襄祔事于偃师[9]，途次于荆[10]，雅知予爱言其大父为文，祈予为志。辞不可绝，予因系其官阀而铭其卒葬云。……

中华书局版冀勤校点本《元稹集》卷五十六

注释

[1] 变之体：《全唐文》作“体之变”。

[2] “律切”句：元稹《上令狐相公诗启》：“然以为律体卑庳，格力不扬。”与此意同。律诗注重字句雕琢，颇受拘束，故容易缺少风骨格力。

[3] “闲暇”句：白居易《与元九书》：“闲适者，思淡而词迂。”与此意近。

[4] 人人：原作“今人”，据《旧唐书·文苑》下、《四部丛刊》影明嘉靖本《元氏长庆集》卷五六、《四部丛刊》影宋本《分门集注杜工部诗》改。

[5] “使仲尼”二句：《论语·子罕》：“君子多乎哉？不多也。”谓君子不以多能技艺之事为贵。此借用其语，谓若孔子考察杜诗，不知是否贵重其多能。

[6] 山东人李白：李白自称本家陇西。实生于中亚碎叶，幼时随父迁蜀，故或谓蜀人。杜甫《苏端薛复筵简薛华醉歌》云：“近来海内为长句，汝与山东李白好。”盖以李白时游历山东（泛指崤山、函谷关以东），故称，其实白非山东人。元稹说误。后《旧唐书·文苑下》《唐才子传》亦云李白山东人，盖承元氏之误。

[7] 差肩：犹比肩，谓可与相次比。

[8] 堂奥：谓登堂入室，深入。奥，室之西南隅。

[9] 襄祔：完成归葬之举。襄：完成。祔(fù)：合葬，谓合葬于祖坟。偃师：今属河南。

[10] 次：停留。荆：指荆州治所江陵。元稹于元和五年(810 年)贬江陵府士曹参军，至十年正月召还。

说明

本文对杜甫的诗歌作了高度的评价。其评价主要是从杜诗的奄有众长、浩瀚壮阔、才力宏大着眼的，认为杜诗的体制、风格多样；“能所不能，无可不可”，无论什么都可加以表现。同时元稹还将李白、杜甫加以比较，其观点是扬杜抑李的，认为李白在写作长篇律诗方面远远不及杜甫。这是我国文学批评史上首次出现的李杜优劣论。

元稹对杜诗确实十分推崇。稍后在《叙诗寄乐天书》中也赞美杜诗“浩荡津涯，处处臻到”，与本文所说有相通之处；同时又说读了杜诗后，“始病沈、宋之不存寄兴”，那便是称赞杜诗富有“寄兴”即关心现实，感慨深沉了。在《乐府古题序》中更赞美杜甫“即事名篇，无复倚傍”的新题乐府，明言自己与友人写反映现实的新乐府诗，是直接受了杜甫的影响。元稹还有一首《酬孝甫见赠十首・其二》云：“杜甫天材颇绝伦，每寻诗卷似情亲。怜渠直道当时语，不着心源傍古人。”称美杜诗的独创性和表现力。将这些称道之语与本文联系起来看，可以理解得更为全面。

元和时期，李白、杜甫在诗坛上的崇高地位已经确立。人们一般都公认李、杜并为诗豪。元稹也说过“李杜诗篇敌”的话(见《代曲江老人百韵》)。但在本文中他却从写作长律的角度扬杜抑李，有失公允。这与他内心深处特别爱好长篇排律，以擅长作此类诗自喜不无关系。白居易《与元九书》也曾说杜甫“贯穿今古，覼缕格律，尽工尽善，又过于李”。元、白口头上都说不甚重视自己的律诗，其实是不然的。

这篇墓系铭还对唐以前的诗歌作了概括的评述。值得注意的是元稹对“秦汉已还”的“天下俗谣民讴”“曲度嬉戏”之作，给以很高的评价。所谓“俗谣民讴”“曲度嬉戏”主要是指汉代乐府相和、杂曲等歌辞。元稹认为它们虽属“郑音”，但“词意简远，指事言情，自非有为而为，则文不妄作”。《汉书・艺文志》曾指出汉代乐府歌谣“皆感于哀乐，缘事而发，亦可以观风俗、知薄厚”，元稹之意与之相通。他将这些民歌与汉代五、七言诗并提，表明了对它们的重视。事实上元稹等人写作反映现实的乐府诗，正是受到汉乐府传统的影响，其评价乃是这一情况在理论批评上的反映。

文 章 论

〔唐〕李德裕

作者简介

李德裕(787—850),字文饶,赵郡(治平棘,今河北赵县)人。以门荫补秘书省校书郎。穆宗时曾为翰林学士。后历镇浙西、义成、西川,颇有治绩。文宗时曾为宰相,因受排挤出外,再历浙西、淮南二镇。武宗时再度入为宰相,以功加太尉,封卫国公。宣宗即位,被罢相,迭贬为崖州司户参军,卒于任上。李氏是一位大政治家,而于文章写作,亦颇有心得。有《李文饶文集》。《旧唐书》卷一百七十四、《新唐书》卷一百八十有传。

魏文《典论》称:“文以气为主,气之清浊有体。”斯言尽之矣。然气不可以不贯;不贯则虽有英辞丽藻,如编珠缀玉,不得为全璞之宝矣。鼓气以势壮为美,势不可以不息;不息则流宕而忘返。亦犹丝竹繁奏,必有希声窈眇[1],听之者悦闻;如川流迅激,必有洄洑逶迤,观之者不厌。从兄翰尝言:“文章如千兵万马,风恬雨霁,寂无人声。”盖谓是也。

近世诰命,惟苏廷硕[2],叙事之外,自为文章,才实有余,用之不竭。沈休文独以音韵为切,重轻为难[3],语虽甚工,旨则未远矣。夫荆璧不能无瑕,隋珠不能无类[4],文旨而妙,岂以音韵为病哉!此可以言规矩之内,未可以言文章外意也。较其师友,则魏文与王、陈、应、刘讨论之矣。江南唯于五言为妙[5],故休文长于音韵,而谓灵均以来,此秘未睹[6],不亦诬人甚矣!古人辞高者,盖以言妙而工,适情不取于音韵;(原注:曹植《七哀》诗有徊、泥、谐、依四韵,王粲诗有攀、原、安三韵[7],班固《汉书赞》及当时辞赋多用协韵,“猗与元勋,包汉举信”是也[8]。)意尽而止,成篇不拘于只耦[9]。(原注:《文选》诗有五韵、七韵、十一韵、十三韵、二十一韵者。今之文字四韵、六韵以至百韵,无有只者。)故篇无定曲,辞寡累句。譬诸音乐,古词如金石琴瑟,尚于至音;今文如丝竹鞞鼓,迫于促节。则知声律之为弊也甚矣！

世有非文章者曰：辞不出于《风》《雅》，思不越于《离骚》，模写古人，何足贵也？余曰：譬诸日月，虽终古常见，而光景常新，此所以为灵物也。余尝为《文箴》，今载于此。曰：

文之为物，自然灵气。惚恍而来，不思而至。杼轴得之，淡而无味。琢刻藻绘，弥不足贵。如彼璞玉，磨砻成器。奢者为之，错以金翠。美质既雕，良宝所弃。

此为文之大旨也。

中华书局版傅璇琮、周建国《李德裕文集校笺》外集

注释

[1] 希声：《老子》四十一章："大音希声。"王弼注："听之不闻名曰希。不可得闻之音也。"此指和平淡薄之声，与"繁奏"相对。窈眇，即"要眇"，美好。

[2] 苏廷硕：苏颋，字廷硕，唐玄宗开元间宰相。袭父爵许国公。擅文章，朝廷制诰多出其手，与燕国公张说并称燕许大手笔。

[3] "沈休文"二句：沈约《宋书·谢灵运传论》："一简之内，音韵尽殊；两句之中，轻重悉异。妙达此旨，始可言文。"

[4] "夫荆璧"二句：荆璧，即和氏璧，春秋楚人卞和于荆山中所得宝玉。隋珠，隋侯之珠。侯为大蛇疗伤，蛇于江中衔大珠以报之。

[5] 江南：指南朝。

[6] "灵均"二句：沈约《宋书·谢灵运传论》云"自骚人以来……此秘未睹"，《文选》载其文，"骚人"作"灵均"。灵均，屈原字。

[7] "曹植"二句：若依《广韵》言之，曹植《七哀》的韵脚字徊、泥、谐、依分属灰、齐、皆、微四部，都不可通押；王粲《七哀》的韵脚字攀、原、安分属删、元、寒三部，也都不可通押。

[8] "班固"三句：《汉书赞》，指《汉书叙传》中的"述"，下引"犄与元勋"二句见"述萧何曹参传第九"。《汉书》之"述"皆四言韵语，其体制与颂赞之赞同；且自范晔《后汉书》起，史家或喜于每篇后作四言韵语之赞（如萧子显《南齐书》、李百药《北齐书》、房玄龄等《晋书》），司马贞甚至为《史记》各篇作"述赞"。故此处将《汉书叙传》中的"述"称之为"赞"。"述萧何曹参传"中，"包汉举信"之"信"字本

读去声，而勋、军、文诸韵脚字读平声，本来不能相押，乃改读平声，故李德裕云“用协韵”。按颜师古《汉书注》云:“信合韵音新。”合韵即协韵。与，原作“于”，汉，原作“田”，据《文苑英华》卷七四二、《唐文粹》卷三六、《唐诗纪事》卷四八改。

[9] 只耦：单数、双数，指一篇之韵数而言(每二句为一韵)。

说明

本文收录于《李文饶文集》之外集，乃作者晚年贬崖州时所作。李德裕是一位颇多建树的政治家，而博学能文，自称少时即好辞赋，“性情所得，衰老不忘”(《进新旧文十卷状》)。尤长于诏诰制册之文。亦能诗赋，与同时著名诗人多有酬唱，与元稹、刘禹锡唱和尤多。这篇《文章论》应是他自述心得之作。

《文章论》首先论文章气势。认为气脉必须贯穿。气势既应壮大，又不可一味鼓荡，须有动静疾徐张弛扬抑，配合变化，有无相生，方更能吸引读者。又引其从兄李翰之言，认为文章固应真力弥满，但宜收敛不露，不可叫嚣鼓怒。按《颜氏家训·文章》已言及此，说为文“犹人乘骐骥，虽有逸气，当以衔勒制之”。权德舆《醉说》亦云鼓气者不可类于怒。皎然《诗式》论诗，亦有“气高而不怒”“力劲而不露”之说。李德裕之意与他们相近，而尤为强调刚柔变化、动静和谐，更深入一层，这是很值得注意的。

《文章论》又论声律，认为文章之妙，不在于斤斤拘守声律。他举古人诗文为例，说韵部不妨通押；篇之长短亦应服从适情达意的需要，不必如当时人都以偶数韵为准。

《文章论》所载《文箴》一首，概括地表达了李德裕关于作文的观点。他说文乃“自然灵气”，“惚恍而来，不思而至”，如果苦心经营为之，便淡而无味了。这与南朝萧子显所谓“应思悱来，勿先构聚”(《南齐书·文学传论》)和“顺其自来，不以力构”(《自序》)一样，强调灵感。对一位作家来说，受灵感驱使，“含思而九流委输，挥毫而万象骏奔”(李德裕《掌书记厅壁记》)，当然是最为有“味”，最为愉快的。但事实上灵感往往产生于苦思之后。《文章论》这里只强调了一面。“琢刻藻绘，弥不足贵”云云，也是说文章应不以力构，同时也是反对过分雕饰而丧失其自然美质。当然，“如彼璞玉，磨砻成器”，“磨砻”加工还是必需的，只是不要过分。李德裕自己感到得意的一些文字，还有他所称赏的一些作品，都是精心锤炼之作，并非率然可成者。因此，对《文箴》所说，亦不可作过于拘泥的理解。

《文章论》中说文章“譬诸日月，虽终古常见，而光景常新，此所以为灵物也”，充分体现了李德裕对于文章的爱好，意新语隽，颇耐人寻味。

答庄充书

〔唐〕杜　牧

作者简介

杜牧(803—853),字牧之,京兆万年(今陕西西安)人。文宗大和二年(828年)进士及第。历仕文、武、宣三朝。初在沈传师、牛僧孺幕中,任职于江西、宣州、淮南等地。入朝为殿中侍御史、左补阙、史馆修撰及尚书省员外郎等职,又出为黄、池、睦三州刺史,迁司勋员外郎、史馆修撰,转吏部员外郎。又自求出为湖州刺史。拜考功郎中,知制诰,迁中书舍人,卒。诗文兼擅。人称"小杜",以别于杜甫。杜牧也是晚唐的一位重要古文作者,对于韩愈文章十分倾倒,其论文也与韩愈有相通处。有《樊川文集》。《旧唐书》卷一百四十七、《新唐书》卷一百六十六有传。

某白,庄先辈足下[1]:

凡为文以意为主,气为辅,以辞采章句为之兵卫,未有主强盛而辅不飘逸者,兵卫不华赫而庄整者。四者高下圆折,步骤随主所指,如鸟随凤,鱼随龙,师众随汤、武,腾天潜泉[2],横裂天下,无不如意。苟意不先立,止以文彩辞句,绕前捧后,是言愈多而理愈乱,如入阛阓[3],纷纷然莫知其谁,暮散而已。是以意全胜者,辞愈朴而文愈高;意不胜者,辞愈华而文愈鄙。是意能遣辞,辞不能成意,大抵为文之旨如此。

观足下所为文百余篇,实先意气而后辞句,慕古而尚仁义者,苟为之不已,资以学问,则古作者不为难到。今以某无可取,欲命以为序,承当厚意,惕息不安。复观自古序其文者,皆后世宗师其人而为之,《诗》《书》《春秋左氏》以降,百家之说,皆是也。古者其身不遇于世,寄志于言,求言遇于后世也。自两汉已来,富贵者千百,自今观之,声势光明,孰若马迁、相如、贾谊、刘向、扬雄之徒,斯人也岂求知于当世哉?故亲见扬子云著书,欲取覆酱瓿[4],雄当其时,亦未尝自有夸目,况今与足下并生今世,欲序足下未已之文，此固不可也。苟有志，古人不难到，勉之而已。某再拜。

上海古籍出版社陈允吉校点本《樊川文集》卷十三

注释

[1] 先辈：李肇《国史补》卷下："（进士）互相推敬谓之先辈。"

[2] 潜泉：泉当作"渊"，避高祖讳故代之以"泉"字。

[3] 阛阓：市场。

[4] "故亲见"二句：《汉书·扬雄传赞》："刘歆亦尝观之（按：指观扬雄著《太玄》等），谓雄曰：'空自苦！今学者有禄利，然尚不能明《易》，又如《玄》何？吾恐后人用覆酱瓿也。'雄笑而不应。"瓿（bù），小瓮。

说明

杜牧此书，语似谦让，其实是婉转地批评庄充急于求知于当世，表示不愿为之作序。

书中提出"凡为文以意为主，气为辅，以辞采章句为之兵卫"的主张。以意为主，以词藻为达意服务，须服从达意的需要，这可说是写作任何文章都应遵循的普遍规律。早在先秦时代，诸子即已发现这一规律，尤以儒家表述得比较充分。孔子一方面主张言须文之方能行远，一方面强调辞达而已。西晋陆机《文赋》云："理扶质以立干，文垂条而结繁。"简洁而鲜明地指出了"理"与"文"的相互依存而以"理"为主的关系。理即事理，泛指内容而言，从作者方面说也就是"意"。范晔《狱中与诸甥侄书》便说："常谓情志所托，以意为主，以文传意。以意为主，则其旨必见，以文传意，则其词不流。"《文心雕龙·情采》详加论证，以"情者文之经，辞者理之纬；经正而后纬成，理定而后辞畅"数语概括情理与文辞关系，情理也就是"意"。不过，这一主从关系虽早已为人们所认识，但在漫长历史过程中总是会出现醉心于文辞而意不足的情况。杜牧此书，可能也是因当时某些不良现象有感而发。他是一位关心现实而且很有见识的政治家，写有不少政论及议论社会风气之作，即使如《阿房宫赋》那样形象鲜明、文采富丽的文学作品，也是有讽刺现实的含义的（见其《上知己文章启》）。因此，他特别强调"以意为主"，注重文章内容的充实鲜明。

《答庄充书》还强调以"气为辅"，认为"气"一方面须服从于"意"，另一方面其地位高于“辞采章句”。此“气”就作者而言，是指临文之际的精神状态；就写得的文章言，是指气势、气脉。曹丕首先以气论文，但他偏于指作者的性气、作品的总体风貌和作者的写作才能而言。《文心雕龙·风骨》说“意气骏爽，则文风生焉”，说“缀虑裁篇，务盈守气”，要求作者写作时保持思想感情充实饱满、生气勃勃、精神健旺集中的状态，便是就写作的普遍规律而言了。中唐古文家及其前驱者都颇重视气。梁肃说“道能兼气，气能兼辞”（《补阙李君前集序》）。柳冕说“直则气雄，精则气生”（《答衢州郑使君论文书》），“文不知道，则气衰”（《答荆南裴尚书论文书》）。权德舆说“尚气尚理”；失理则鼓气而类于怒，失气则言理而伤于懦（《醉说》）。韩愈则提出著名的“气盛言宜”说（见《答李翊书》），柳宗元则从反面说为文不可有“昏气”“矜气”等（见《答韦中立论师道书》）。杜牧为文运用散体，论文强调气的地位，可说在创作实践和理论上都继承了中唐古文运动的成果。

李贺集序

〔唐〕杜　牧

大和五年十月中，半夜时，舍外有疾呼传缄书者。某曰：“必有异。”亟取火来，及发之，果集贤学士沈公子明书一通[1]，曰：“吾亡友李贺，元和中义爱甚厚，日夕相与起居饮食。贺且死，尝授我平生所著歌诗，离为四编，凡千首。数年来东西南北，良为已失去[2]。今夕醉解，不复得寐，即阅理箧帙，忽得贺诗前所授我者。思理往事，凡与贺话言嬉游，一处所，一物候，一日夕，一觞一饭，显显焉无有忘弃者，不觉出涕。贺复无家室子弟得以给养恤问，常恨想其人、咏其言止矣[3]。子厚于我，与我为贺集序，尽道其所来由，亦少解我意。”某其夕不果以书道不可，明日就公谢，且曰：“世为贺才绝出前让。”居数日，某深惟公，曰：“公于诗为深妙奇博，且复尽知贺之得失短长。今实叙贺不让，必不能当君意，如何？”复就谢，极道所不敢叙贺，公曰：“子固若是，是当慢我。”某因不敢辞，勉为贺叙，然其甚惭。

皇诸孙贺[4]，字长吉，元和中韩吏部亦颇道其歌诗[5]。云烟绵联，不足为其态也；水之迢迢，不足为其情也；春之盎盎[6]，不足为其和也；

秋之明洁，不足为其格也；风樯阵马[7]，不足为其勇也；瓦棺篆鼎[8]，不足为其古也；时花美女，不足为其色也；荒国陊殿[9]，梗莽丘垄，不足为其恨怨悲愁也；鲸呿鳌掷[10]，牛鬼蛇神，不足为其虚荒诞幻也。盖《骚》之苗裔，理虽不及，辞或过之。《骚》有感怨刺怼，言及君臣理乱，时有以激发人意。乃贺所为，无得有是。贺能探寻前事，所以深叹恨今古未尝经道者，如《金铜仙人辞汉歌》《补梁庾肩吾宫体谣》[11]，求取情状，离绝远去笔墨畦径间，亦殊不能知之[12]。贺生二十七年死矣，世皆曰："使贺且未死，少加以理，奴仆命《骚》可也。"

贺死后凡十某年[13]，京兆杜某为其序。

上海古籍出版社版陈允吉校点本《樊川文集》卷十

注释

[1] 沈公子明：沈述师字子明，沈传师之弟。杜牧时为宣歙观察使沈传师幕僚，在宣城。述师来探望其兄，因命杜牧为《李贺集》作序。述师任集贤院校理，可称学士。（据傅璇琮主编《唐才子传校笺》中吴企明撰《李贺传笺》）

[2] "良为"句：真以为已经遗失。为，谓，以为。

[3] 言止：言论举止。咏，《四部丛刊》影印金刊本《李贺歌诗编》作"味"。

[4] 皇诸孙贺：李贺为唐高祖叔父郑王李亮之后，故云。

[5] 韩吏部：韩愈官终吏部侍郎。韩愈曾鼓励李贺应进士举，并为之作《讳辩》，今在《韩集》中。

[6] 盎盎：洋溢貌。

[7] 风樯阵马：状其迅猛。风樯，乘风快船。

[8] 瓦棺：古代瓦制葬具。篆鼎：铭刻文字之鼎。篆，刻。

[9] 国：指国都。陊（duò）：坍塌。

[10] "鲸呿"句：形容海中怪物翻腾、波涛汹涌之状。呿（qū），张口。鳌掷，谓大鳌腾身跳跃。

[11] 《补梁庾肩吾宫体谣》：即《李贺集》中之《还自会稽歌》。其序曰"庾肩吾于梁时，尝作宫体谣引，以应和皇子"云云。

[12] "离绝"二句：谓上述二诗与一般写法很不相同，很难知其命意所在。

[13] 十某年：《唐文粹》卷九三作"十五年"。

说明

杜牧的《李贺集序》是他的一篇重要的文学论文。李贺诗瑰谲秾丽，想象奇特，具有独特的艺术个性。杜牧序一连用了九个比喻，描绘其多姿多彩的风貌，颇能激发读者的遐想。这种用形象化的语言描绘作品风貌特征的做法，由来已久，而且不限于文学，在书论、画论和称说音乐作品时都有其例。在唐代文学批评领域内，张说与徐坚论近代文士（见《大唐新语·文章》等），皇甫湜评唐代散文（见其《谕业》），都是显例。中晚唐人为诗文集作序，尤喜用一连串的形象加以比喻形容，以显示一位作家风貌的各个侧面。即如杜牧之甥裴延翰《樊川文集序》，便有"呵摩郛（皲）瘃，如火煦焉；爬梳痛痒，如水洗焉。……若誓牧野，前无有敌……如整冠裳，祗谒宗庙"等语。杜牧这里的描绘既切合李贺诗的风貌，文字本身又很美，故尤其有名。

从想象奇特、色彩瑰丽、多抒发哀怨愁恨之情的角度，杜牧指出李贺诗乃出于《楚辞》。不过他又指出李贺诗比起楚《骚》来，"理虽不及，辞或过之"，即思想内容不及而文辞奇丽更突过《楚辞》。他说《楚辞》"言及君臣理乱，时有以激发人意"，而李贺作品中却没有这方面的内容。杜牧关心现实政治，因而对李贺诗缺少此类内容流露不满之意。

据唐末吴融《禅月集序》说，"李长吉以降，皆以刻削峻拔飞动文彩为第一流，有下笔不在洞房蛾眉神仙诡怪之间，则掷之不顾"。晚唐时李贺诗颇有影响。杜牧则自称"苦心为诗，本求高绝，不务奇丽，不涉习俗"（《献诗启》），或许他对李贺诗的看法与当时一般人有不同之处。如果是这样的话，此序中谦让不敢作序，其实是托词而已；说"世为贺才绝出前"之"世为（谓）"，也自有其言外之意了。

上崔华州书

〔唐〕李商隐

作者简介

李商隐（813—858），字义山，自号玉溪生，又号樊南，怀州河内（今河南沁阳）

人。文宗开成二年(837年)进士及第。曾为秘书省校书郎、秘书省正字、太学博士等职,而任幕职之时尤多。曾在令狐楚、王茂元、郑亚、卢弘正、柳仲郢幕下,辗转郓州、泾州、桂州、徐州、梓州等地。工诗,以绮丽缜密的律体著称,而若干古体则峭拔劲健,颇存寄兴,与杜牧并称"小李杜"。少时作古文,后得令狐楚传授,遂工章奏骈体。这里所录他的文论两篇,颇具鲜明的个性。有《樊南文集》《樊南诗集》。《旧唐书》卷一百九十下、《新唐书》卷二百三有传。

中丞阁下[1]:

愚生二十五年矣。五年诵经书,七岁弄笔砚。始闻故老言:"学道必求古,为文必有师法。"常悒悒不快,退自思曰:夫所谓道,岂古所谓周公、孔子者独能邪?盖愚与周、孔同身之耳。以是有行道不系今古,直挥笔为文,不爱攘取经史,讳忌时世。百经万书[2],异品殊流,又岂能意分出其下哉!

凡为进士者五年。始为故贾相国所憎[3]。明年,病不试。又明年,复为今崔宣州所不取[4]。居五年间,未尝衣袖文章,谒人求知,必待其恐不得识其面,恐不得读其书,然后乃出。呜呼!愚之道可谓强矣,可谓穷矣。宁济其魂魄,安养其志气,出其强,拂其穷[5],惟阁下可望。辄尽以旧所为,发露左右[6]。恐其意犹未宣泄,故复有是说。某再拜。

《四部丛刊》影清抄本《李义山文集》卷四

注释

[1] 中丞:御史中丞。文宗开成元年(836年),以崔龟从为华州防御使、华州刺史,至三年入为户部侍郎。御史中丞为任防御使时之兼衔。李商隐此书即开成二年初上崔龟从者。

[2] 百经万书:泛指各种书籍。万,原误作"尚",据《唐文粹》卷八八改。

[3] "始为"句:谓文宗大和间应进士试被黜。贾相国,指贾悚,大和九年(835年)拜相,同年死于甘露之变。悚于大和五、六、七年皆知贡举。

[4] 今崔宣州:指崔郸,开成二年(837年)正月为宣歙观察使、宣州刺史。郸于大和九年知贡举。

[5] 拂:除去,排除。

[6]“辄尽”二句：刘学锴、余恕诚《李商隐文编年校注》：“此实即向崔龟从行卷。”旧所为，指己之诗文旧作。

说明

李商隐此书，作于开成二年（837年）正月。该年正月他应进士试并及第。此书当作于尚未参加礼部试，或已就试但礼部尚未放榜（公布得第名单）之时。（参刘学锴、余恕诚《李商隐文编年校注》）当年李商隐二十五岁。

这是一篇干谒文字，但颇有倔强桀骜之态。故清人冯浩评曰：“幅短而势横力健，不减昌黎。”（《樊南文集详注》卷八）此种少年意气，亦反映于对“道”、对前代遗产的态度上。对于儒道，即周公、孔子之道，李商隐是崇奉的，但他认为其道并非周、孔之所独专，自己与周、孔一样可以体现其道，实践其道，故学道、行道不必事事求诸古人，迷信古人。相应地又认为作文自可径情直遂，不一定要引经据典，剌取古书中语，也不必顾忌当世人的评论。他说自己的文章不甘居于古人（包括儒家经典）之下。按《孟子·告子》已云“人皆可以为尧舜”，李翱《复性书》云“人之性犹圣人之性”，佛家亦有“一阐提人皆得成佛”“一切众生皆有佛性”之说。义山说自己与周公、孔子同样可以身体力行其道，与这样的思想背景分不开。（参钱锺书《管锥编》第四册，第一八一则）但他于行卷之时扬言之，其大胆和自负，仍是令人惊奇的；且由体道而推及于为文，尤其值得注意。

李商隐少时喜为古文，“不喜偶对”（《旧唐书》本传），所作“瑰迈奇古”（《新唐书》本传）。这篇书信，也可说是他自述写作古文的心得体会。

与王霖秀才书

〔唐〕孙　樵

作者简介

孙樵（生卒年不详），字可之。自称“家本关东，代袭簪缨”（《自序》），但其籍贯世系，均难考知。宣宗大中九年（855年）进士。入邠宁节度使幕，入朝任职于秘书省颇久。广明元年（880年），黄巢陷长安，僖宗奔蜀，诏孙樵赴行在，迁职方郎中。以其“有扬、马之文”，诏称“行在三绝”之一。孙樵为“古文运动”之后劲，论文亦以创新尚奇为主。有《孙可之文集》。

太原君足下：

《雷赋》逾六千言，推之大《易》，参之玄象[1]，其旨甚微，其辞甚奇，如观骇涛于重溟，徒知褫魄眙目[2]，莫得畔岸。诚谓足下怪于文，方举降旗，将大夸朋从间，且疑子云复生。无何，足下继以《翼旨》及《杂题》十七篇，则与《雷赋》相阔数百里。足下未到其壸[3]，则非樵所敢与知；既入其域，设不如意，亦宜上下铢两，不当如此悬隔。不知足下以此见尝耶？抑以背时戾众，且欲餔粕啜醨[4]，以苟其合耶？何自待则浅，而徇人反深[5]？

鸾凤之音必倾听[6]，雷霆之声必骇心。龙章虎皮，是何等物？日月五星，是何等象？储思必深，摛词必高，道人之所不道，到人之所不到，趋怪走奇，中病归正[7]。以之明道，则显而微；以之扬名，则久而传。前辈作者正如是。譬玉川子《月蚀诗》[8]、杨司城《华山赋》[9]、韩吏部《进学解》、冯常侍《清河壁记》[10]，莫不拔地倚天，句句欲活，读之如赤手捕长蛇，不施控骑生马，急不得暇，莫可捉搦。又似远人入太兴城[11]，茫然自失，讵比十家县，足未及东郭，目已极西郭耶？

樵尝得为文真诀于来无择，来无择得之于皇甫持正，皇甫持正得之于韩吏部退之。然樵未始与人言及文章，且惧得罪于时。今足下有意于此，而自疑尚多，其可无言乎？樵再拜。

中华书局影印本《全唐文》卷七九四

注释

[1]“雷赋”三句：六千，《孙可之文集》作“千六”。玄象：原作“元象”，清人避讳改“玄”为“元”，今据《孙可之文集》回改。

[2]眙(chì)目：惊视。

[3]壸(kǔn)：宫中道路，引申为深处。

[4]餔粕啜醨：《楚辞·渔父》：“众人皆醉，何不餔其糟而啜其醨？”

[5]“何自待”二句，意谓为何对自己不甚尊重，坚持己见甚浅，而曲从于人却深。徇，顺从，曲从。

[6]“鸾凤”句：皇甫湜《答李生第一书》：“鸾凤之音，不得不锵于乌鹊。”

[7]中(zhòng)病归正：谓切中时弊，归于正道。

[8]玉川子《月蚀诗》：卢仝，号玉川子。其《月蚀》诗极奇诡，韩愈曾效其作。

[9]杨司城《华山赋》：杨司城，指杨敬之，曾为检校工部尚书，工部尚书之职于三代为司空，司空一名司城。(春秋时宋武公名司空，遂改司空官名曰司城。见《左传》桓公六年。)一本作“司成”，亦通。高宗龙朔二年(662年)曾改国子监为司成馆，祭酒为大司成。杨敬之文宗时曾为国子祭酒，用旧称可曰司成。其《华山赋》有名于世。《旧唐书·杨敬之传》云：“敬之尝为《华山赋》示韩愈，愈称之，士林一时传布，李德裕尤咨赏。”

[10]冯常侍：大约指冯定，字介夫，贞元间进士及第。文宗开成四年(839年)，以左散骑常侍致仕，会昌六年(846年)卒。定擅古体诗，亦擅长作古文。《因话录》卷三将他与韩愈、柳宗元、李翱、皇甫湜、杨敬之、李汉并提，云“皆以高文为诸生所宗”。其文且流布于新罗、西番，惜均已亡佚。

[11]太兴城：太，当作“大”。大兴城，隋开皇中筑并迁都于此，即唐之长安城，规模甚为宏伟。

说明

孙樵是晚唐的一位优秀的散文作者。其创作与文学主张均深受韩愈的影响，而尤其强调文章之奇，这篇《与王霖秀才书》便突出地反映了他尚奇的主张。

书中称赞王霖《雷赋》(已佚，王霖其人亦不详)云“诚谓足下怪于文”，其语气令人想起柳宗元称赏韩愈《毛颖传》时的话“信韩子之怪于文”。又称卢仝等人诗文说“如赤手捕长蛇”云云，显然也是由柳氏“若捕龙蛇，搏虎豹，急与之角而力不暇”而来，表达了欣赏此类文章时兴奋、紧张而热烈的心理感受。“远人入太兴城”之喻，与“如观骇涛于重溟，徒知褫魄眙目，莫得畔岸”一样，是说其文新意叠出，不落常套，变化出没，读者不可测其端倪，故被紧紧吸引，始终充满新鲜感，觉得趣味无穷。

书中力劝王霖勿迎合时俗的审美趣味，而要苦心深思，“道人之所不道，到人之所不到”。孙樵作有《寓居对》，自述作文苦思力探之状云：“言念每岁，徂春背暑。洗剔精魂，澄拓襟虑。晓窗夜烛，上下雕斫。摭言必高，储思必深。字字磨校，以牢知音。”可与《与王霖秀才书》互参。“摭言必高，储思必深”，在《与王霖秀才书》中几乎以同样的字面重复出现，可见其念兹在兹。

《与王霖秀才书》说："以之(文)明道，则显而微；以之扬名，则久而传。"明道与扬名传世，正是孙樵，也是古文家们追求的目标。而正因为有以文传世的心愿，所以他们努力锤炼，努力提高自己创作的艺术性。在思想内容上要"中病归正"，在艺术表现上则"趋怪走奇"，这也就是皇甫湜《答李生第二书》所说的"文奇而理正"，"以非常之文通至正之理，是所以不朽也"。

与友人论文书

〔唐〕孙　樵

尝与足下评古今文章，似好恶不相阔者[1]，然不有所竟。顾樵何所得哉？古今所谓文者，辞必高然后为奇，意必深然后为工，焕然如日月之经天也[2]，炳然如虎豹之异犬羊也[3]。是故以之明道，则显而微；以之扬名，则久而传。

今天下以文进取者，岁丛试于有司，不下八百辈，人人矜执，自大所得。故其习于易者，则斥艰涩之辞；攻于难者，则鄙平淡之言。至有破句读以为工，摘俚语以为奇。秦、汉已降，古人所称工而奇者，莫若扬、马。然吾观其书，乃与今之作者异耳。岂二子所工，不及今之人乎？此樵所以惑也。

当元和、长庆之间，达官以文驰名者，接武于朝，皆开设户牖[4]，主张后进[5]，以磨定文章，故天下之文，薰然归正。洎李御史甘以乐进后士，飘然南迁[6]，由是达官皆阖关龉舌，不敢上下后进。宜其为文者，得以盛任其意，无所取质。此诚可悲也！

足下才力雄健，意语铿耀，至于发论，尚往往为时俗所拘，岂所谓以黄金注者昏邪[7]？顾顽朴无所知晓，然尝得为文之道于来公无择，来公无择得之皇甫公持正，皇甫持正得之韩先生退之。其所闻者如前所述[8]，岂樵所能臆说乎？

中华书局影印本《全唐文》卷七九四

注释

[1]不相阔：不相远。

[2]“焕然”句：《后汉书·冯衍传》：“日月经天。”李贤注：“言明白也。”

[3]“炳然”句：《论语·颜渊》：“虎豹之鞟，犹犬羊之鞟也。”皇侃《义疏》：“虎豹所以贵于犬羊者，正以毛文炳蔚为异耳。”皇甫湜《答李生第一书》：“虎豹之文，不得不炳于犬羊。”

[4]开设户牖：《汉书·公孙弘传》载，弘为宰相，乃“起客馆，开东阁，以延贤人”。东阁，朝东开的小门，专供宾客贤士出入。此用其典。

[5]主张：扶持。

[6]“洎李御史”二句：李甘，字和鼎，长庆末进士及第。文宗大和中官至侍御史，以反对郑注为相，贬封州司马，卒于贬所。《因话录》卷三：“长庆以来，李封州甘为文至精，奖拔公心，亦类数公（指韩愈、柳宗元、皇甫湜、李汉、杨敬之等以引接后学为务。）……惜其命运湮厄，不得在抡鉴之地。”可与此互参。

[7]“岂所谓”句：《庄子·达生》：“以瓦注者巧，以钩注者惮，以黄金注者殙。”谓考虑利害，有所顾惜，心思不专，则昏乱不明。注，赌注。昏，通“殙”。按韩愈《答杨子书》：“今辱书乃云云，是所谓以黄金注，重外而内惑也。”孙樵当受其影响。

[8]所闻：原作“于闻”，据汲古阁本《孙可之集》卷二改。

说明

孙樵文章奇崛，但他是力求以立意构思的新颖见奇；在语言方面也颇加锤炼，却大多并不流于僻涩拗口。《与王霖秀才书》所盛赞的作品，如韩愈《进学解》、杨敬之《华山赋》，也是以构想奇特、比喻新颖见长，而并不佶屈聱牙的。孙樵的这篇《与友人论文书》便论及语言的艰难与平易。大约他以为难易二者，不必偏执一端而排斥另一端。其意当与韩愈所说“无难易，唯其是耳”（《答刘正夫书》）以及李翱批评“爱难者”“爱易者”之“情有所偏，滞而不流”（《答朱载言书》）相近。孙樵特意批评某些作者“破句读以为工”。所谓“破句读”，即故意违背语法规律。可见他虽不反对语言艰难，但若求之过分，流于僻涩，他也还是反对的。

《与友人论文书》还批评"摘俚句以为奇"。在《与高锡望书》中，孙樵也批评了"今世俚言文章"。他说古代史书为求"实录"，故记录人物语言有时用俚言俗语，那并非为了求史笔"奇健"，故不可以此为据而用俚言以求新异。

总之，孙樵要求锤炼字句，"字字磨校"(《寓居对》)，以求新颖独到，但他不排斥平易语，且反对任意生造，又反对搬弄俚语。他虽尚奇，但有他的标准，并非无原则地以怪奇为佳。

文　薮　序

〔唐〕皮日休

作者简介

皮日休(约 838—约 881)，字袭美，一字逸少，襄阳(今属湖北)人。懿宗咸通八年(867)进士。曾在苏州刺史崔璞幕下为从事。与陆龟蒙交好，酬唱甚多。入朝为太常博士等。僖宗时黄巢义军势炽，乃出关复往苏州。陷巢军中，署为翰林学士。五代时孙光宪著《北梦琐言》，宋初钱易著《南部新书》，均言其为黄巢所杀。皮氏为唐末重要作家，关心政治，多批判现实之作，在学术思想上主张发扬儒道。对韩愈古文之排释老、补时政，以及白居易诗歌之讽谕精神，均十分推重。有《皮子文薮》等，又与陆龟蒙唱和诗编为《松陵集》。

咸通丙戌中[1]，日休射策不上第[2]，退归州东别墅[3]，编次其文，复将贡于有司。发箧丛萃，繁如薮泽，因名其书曰《文薮》焉。比见元次山纳《文编》于有司，侍郎杨公浚见《文编》[4]，叹曰："上第，污元子耳[5]！"斯文也，不敢希杨公之叹，希当时作者一知耳。赋者，古诗之流也。伤前王太佚，作《忧赋》[6]；虑民道难济，作《河桥赋》[7]；念下情不达，作《霍山赋》[8]；悯寒士道壅，作《桃花赋》[9]。《离骚》者，文之菁英，伤于宏奥，今也不显《离骚》，作《九讽》[10]。文贵穷理，理贵原情，作《十原》[11]。太乐既亡，至音不嗣，作《补周礼九夏歌》[12]。两汉庸儒，贱我《左氏》，作《春秋决疑》[13]。其余碑、铭、赞、颂、论、议、书、序，皆上剥远非[14]，下补近失，非空言也。较其道，可在古人之后矣。古风诗，编之文末，俾视之，粗俊于口也[15]。亦由食鱼遇鲭，持肉偶臇[16]。《皮子世录》著之于后，亦太史公自序之意也。凡二百篇，为十卷，览者无诮矣。

上海古籍出版社版萧涤非、郑庆笃校点本《皮子文薮》

注释

［1］咸通：懿宗年号(860—873)。丙戌：咸通七年(866年)。

［2］“射策”句：此指应礼部进士试落第。汉代策问应试者，有对策、射策。对策题目公开；射策则不公开，由应试者从若干题中取而答之。唐代已无射策之制，此借用。策，简策，题目书于策上。

［3］州东别墅：指寿州(治寿春，今安徽寿县)东之别墅。皮日休《三羞》其一《序》云：“丙戌岁，日休射策不上，东退于肥陵。”肥陵故城在寿州安丰县东六十里，(见《史记·淮南衡山王列传》正义引《括地志》)亦即在寿春东南，故知“州东”即寿州东。

［4］侍郎杨公浚：天宝十二至十五载，礼部侍郎杨浚四度知贡举，号为得人。

［5］“上第”句：见元结《文编序》引杨浚语。元结于天宝十三载进士及第，擢为高品。

［6］“伤前王”二句：《忧赋》虽历数前代政治堪忧之事，但实为现实而发。其序云：“见南蛮不宾，天下征发，民力将弊，乃为赋以见其志。”

［7］“虑民道”二句：《河桥赋》末云：“抑闻三代之桥也，不斤不斧，不徒不杠。以道为水，以贤为梁。济民者民不病溺，济世者世不颓纲。开之也通仁流义，闭之也关淫限荒。”意在劝谏统治者任用贤人以济民。

［8］“念下情”二句：《霍山赋》末云：“今圣天子，越唐迈虞，而废巡罢狩，余(指霍山)之封内，有可陟可黜、可平可济者，是圣天子无由知之。”即“念下情不达”之义。

［9］“悯寒士”二句：《桃花赋》云：“花品之中，此花最异。以众为繁，以多见鄙。……若氏族之作寒素，品秩之卑寒悴。”即“悯寒士道壅”之义。

［10］“今也”二句：谓将光大《离骚》的思想，故作《九讽》。不显，《诗经·大雅·

文王》:“有周不显。”毛传:“不显,显也。显,光也。”按《九讽系述》云屈原之作,“其文难述,其词罕继”;而己作此文之动机,在于“惧来世任臣之君因谤而去贤,持禄之士以猜而远德”。此即“不显《离骚》”之义。

[11] “文贵”三句:谓文章贵在穷究事理,穷理贵在探求事情之根原,故作《十原》。《十原系述》:“夫原者,何也?原其所自始也。穷大圣之始性,根古人之终义,其在《十原》乎?”

[12] “太乐”三句:据《周礼》,周代有乐歌《九夏》。郑玄注云礼乐崩坏,其辞亦亡。皮日休为之补作,拟想用之于天子祭祀宴享之礼。太乐,指雅乐。

[13] “两汉”三句:其意盖谓汉之庸儒排抑《左传》;而正赖《左传》详述事实,方得以解释《春秋》书法中的许多费解之处,写成《春秋决疑》。按:两汉时《左传》虽传授于私家,但受立于学官的《公羊》《谷梁》学者排挤,只在短暂的时间内曾立于学官。

[14] 剥:击。

[15] 粗俊于口:意谓略略享受美味。粗,略。俊,通“隽”,隽,味美。

[16] “亦由”二句:由,通“犹”。鲭,将鱼与肉合煮。偶,遇。膘,将熟肉切碎再加工制成的食品。鲭、膘均指精细加工的美味。

说明

《文薮》是皮日休早年将自己的作品编撰而成的集子,作为行卷之用。其序中明白地揭橥自己写作的目的是“上剥远非,下补近失”,企图有益于现实政治而不为空言。确实,从《文薮》所收作品中,都可以看出他这样的意图。

皮日休还在序中说:“较其道,可在古人之后矣。”意思是说将自己作品中体现出来的“道”与古人比较,可以差次比肩。其抱负实为不浅。他推崇《孟子》。《文薮》中有《请孟子为学科书》,批评唐代科举中设“洞晓玄经科”之类“道举”,以《老》《庄》列于学官,建议设立以《孟子》为主的科目以代之。又有《文中子碑》,盛赞王通继承孔、孟之事业。又有《请韩文公配享太学书》,认为孟子、荀子辅翼孔子之道,以至于王通;王通之后,唯韩愈得其传。韩愈本以传孔孟之道自任,皮日休明确提出了孔、孟经由王通至韩愈的道统说。《文薮序》自称“可在古人之后”,其实隐含肩负道统之传的意思。而此种对于儒道的推崇,与对于现实政治的关怀、热心于用世,是合为一体的。

正 乐 府 序

〔唐〕皮日休

乐府，盖古圣王采天下之诗，欲以知国之利病，民之休戚者也。得之者，命司乐氏入之于埙篪，和之以管籥[1]。诗之美也，闻之足以观乎功；诗之刺也，闻之足以戒乎政。故《周礼》太师之职掌教六诗[2]，小师之职掌讽诵诗[3]。由是观之，乐府之道大矣。今之所谓乐府者，唯以魏、晋之侈丽，陈、梁之浮艳，谓之乐府诗，真不然矣！故尝有可悲可惧者，时宣于咏歌，总十篇，故命曰《正乐府》诗。

上海古籍出版社版萧涤非、郑庆笃校点本《皮子文薮》卷十

注释

[1]“命司乐”二句：谓将采得之诗配乐。司乐氏，《周礼·春官》有大司乐，是掌管音乐的官。埙、篪、管、籥，皆吹奏乐器名。

[2]“太师”句：《周礼·春官·大师》：“教六诗，曰风，曰赋，曰比，曰兴，曰雅，曰颂。”郑玄注：“教，教瞽矇也。”

[3]“小师”句：《周礼·春官·瞽矇》：“讽诵诗。”郑玄注引郑众曰：“讽诵诗，主诵诗以刺君过。”此云“小师之职”，未详。按：小师之职，有教瞽矇依琴瑟歌咏诗篇一项；而瞽矇之职，既有歌咏诗篇，又有讽诵诗篇。皮氏或混而言之。

说明

与杜甫、元结、白居易、元稹等作者一样，皮日休也向往传说中古代采诗以观民风、进行美刺的制度，主张以诗歌作为反映下情之具，故作《正乐府》十首，并在序中说明自己写作的目的。据《汉书》记载，汉武帝时始以乐府机关采集各地民歌；皮日休则将“古圣王”之采诗亦称为乐府所为，也就是说《诗三百》在他看来都

是乐府诗。而魏、晋、梁、陈以来的所谓乐府诗，在皮日休看来，早已丧失了古代乐府的优良传统，他要纠正其不良风气，故名之曰“正乐府”。

从《正乐府》中可以看出元结的影响。皮日休仰慕元结。其《文薮序》说到元结以《文编》行卷，显然是以《文薮》比拟《文编》。元结作《补乐歌》十首，补伏羲氏至商代的乐歌，体现了对三皇、五帝、夏、商圣人之治的向往。皮日休乃作《补周礼九夏歌》，可谓继元结而作。《正乐府》则是仿元结《系乐府》十二首之作，其内容、风格均与《系乐府》相近，甚至从某些诗题中也可看出《系乐府》的影响。如《正乐府》有《卒妻怨》《农夫谣》《贱贡士》《颂夷臣》《哀陇民》，《系乐府》则有《贫妇词》《农臣怨》《贱士吟》《颂东夷》《陇上叹》。其内容虽非一一对应，但在命题时受到影响则是显然的。

从元结、杜甫，经由中唐元、白等人，到唐末的皮日休，形成了自觉地以乐府诗反映现实、企图有益于政教的一个系统。皮日休对白居易的讽谕之作也十分敬仰，称之为“典诰篇”（《七爱诗·白太傅居易》）。他的《正乐府》并序，在上述这样一个系统中，占有重要的地位。

与李生论诗书

〔唐〕司空图

作者简介

司空图（837—908），字表圣，自号知非子，河中虞乡（今山西永济东）人。懿宗咸通十年（869年）进士及第。初为宣歙观察使王凝幕僚。僖宗广明元年（880年），入朝为礼部员外郎。黄巢义军攻入长安，僖宗出奔，随从不及，乃归乡居王官谷。僖宗自蜀还，召为知制诰，迁中书舍人。后僖宗被劫再度离京，从此退隐不仕。昭宗曾数度诏征，皆不赴。朱温篡唐，弑哀帝，乃绝食而死。司空图论诗，最突出的是鲜明地提出诗应具有“味外之旨”“象外之象，景外之景”，要求诗歌给人悠长的审美享受，这在“意境”说的形成历史上颇为重要。有《司空表圣文集》《司空表圣诗集》。《旧唐书》卷一百九十下、《新唐书》卷一百九十四有传。

文之难，而诗之难尤难[1]。古今之喻多矣，而愚以为辨于味而后可以言诗也。江岭之南[2]，凡足资于适口者[3]，若醯[4]，非不酸也，止于酸而已；若鹾[5]，非不咸也，止于咸而已。华之人以充饥而遽辍者，知其咸酸之外，醇美者有所乏耳。彼江岭之人，习之而不辨也，宜哉！

诗贯六义，则讽谕、抑扬、渟蓄[6]、温雅，皆在其间矣。然直致所得，以格自奇[7]，前辈编集，亦不专工于此，矧其下者耶！王右丞、韦苏州澄澹精致，格在其中，岂妨于遒举哉？贾浪仙诚有警句，视其全篇，意思殊馁，大抵附于蹇涩，方可致才，亦为体之不备也，矧其下者哉！噫！近而不浮，远而不尽，然后可以言韵外之致耳。

愚幼常自负，既久而逾觉缺然。然得于早春，则有"草嫩侵沙短，冰轻著雨销[8]"；又"人家寒食月，花影午时天[9]"；（原注：上句云："隔谷见鸡犬，山苗接楚田。"）又"雨微吟足思，花落梦无憀[10]"。得于山中，则有"坡暖冬生笋，松凉夏健人[11]"；又"川明虹照雨，树密鸟冲人[12]"。得于江南，则有"戍鼓和潮暗，船灯照岛幽[13]"；又"曲塘春尽雨，方响夜深船[14]"；又"夜短猿悲减，风和鹊喜灵[15]"。得于塞下，则有"马色经寒惨，雕声带晚饥[16]"。得于丧乱，则有"骅骝思故第，鹦鹉失佳人[17]"；又"鲸鲵人海涸，魑魅棘林高[18]"。得于道宫，则有"棋声花院闭，幡影石幢幽[19]"。得于夏景，则有"地凉清鹤梦，林静肃僧仪[20]"。得于佛寺，则有"松日明金像，苔龛响木鱼[21]"；又"解吟僧亦俗，爱舞鹤终卑[22]"。得于郊园，则有"远陂春旱渗，犹有水禽飞[23]"。（原注：上句"绿树连村暗，黄花入麦稀"。）得于乐府，则有"晚妆留拜月，春睡更生香[24]"。得于寂寥，则有"孤萤出荒池，落叶穿破屋[25]"。得于惬适，则有"客来当意惬，花发遇歌成[26]"。虽庶几不滨于浅涸，亦未废作者之讥诃也。又七言云"逃难人多分隙地，放生鹿大出寒林[27]"；又"得剑乍如添健仆，亡书久似忆良朋[28]"；又"孤屿池痕春涨满，小栏花韵午晴初[29]"；又"五更惆怅回孤枕，犹自残灯照落花[30]"。（原注：上句"故国春归未有涯，小栏高槛别人家"。）又"殷勤元日日，欹午又明年[31]"。（原注：上句："甲子今重数，生涯只自怜。"）皆不拘于一概也。盖绝句之作本于诣极，此外千变万状，不知所以神而自神也，岂容易哉？

今足下之诗，时辈固有难色，倘复以全美为工，即知味外之旨矣。

勉旃！某再拜。

《四部丛刊》本《司空表圣文集》卷二

注释

[1]“而诗”句：“之”下原无“难”字，据《文苑英华》卷六八一、《唐文粹》卷八十五、《唐诗纪事》卷六十三补。

[2] 江岭：指长江、五岭。

[3]“凡足”句：“足”原作“是”，据《文苑英华》卷六八一改。

[4] 醯(xī)：醋。

[5] 鹾(cuó)：盐。

[6] 渟蓄：喻温厚含蓄。渟(tíng)，水停滞。

[7] 格：品格，格调。乃评论人物、事物、艺术之常用语。评诗者如：皎然《答苏州韦应物郎中》：“格将寒松高。”贾岛《送贺兰上人》：“有格句堪夸。”姚合《喜览裴中丞诗卷》：“调格江山峻。”又《赠张籍太祝》：“飞动应由格，功夫过却奇。”齐己《道林寺居寄岳麓禅师》：“诗格玄来不傍人。”又《因览支使孙中丞看可准大师诗序有寄》：“自此为风格，留传诸后生。”尚颜《读齐己上人集》：“诗为儒者禅，此格的惟仙。”

[8]“草嫩”二句：见司空图《早春》。

[9]“人家”二句：全诗已佚。

[10]“雨微”二句：见《下方》二首之二。

[11]“坡暖”二句：见《下方》二首之一。

[12]“川明”二句：见《华下送文涓(一作浦)》。

[13]“戍鼓”二句：见《寄永嘉崔道融》。

[14]“曲塘”二句：见《江行》二首之一。

[15]“夜短”二句：全诗已佚。

[16]“马色”二句：见《塞上》。

[17]“骅骝”二句：全诗已佚。

[18]“鲸鲵”二句：全诗已佚。

[19]“棋声”二句：全诗已佚。

[20]“地凉”二句：全诗已佚。

[21]“松日”二句：见《上陌梯寺怀旧僧》二首之一。

[22]“解吟”二句：见《僧舍贻友人》。
[23]“远陂”二句：见《独望》。
[24]“晚妆”二句：全诗已佚。
[25]“孤萤”二句：见《秋思》。
[26]“客来”二句：见《长安赠王沄(一作注,又作法)》。
[27]“逃难”二句：见《山中》。
[28]“得剑”二句：见《退栖》。
[29]“孤屿”二句：见《归王官次年作》(一作《光启四年春戊申》)。
[30]“五更”二句：见《华下》二首之一。
[31]“殷勤”二句：见《元日》。元日,《全唐文》作“元旦”。王仲镛《唐诗纪事校笺》云:“‘元日日’即‘元旦日’也。”歆午,《四部丛刊》影印旧抄本于“午”下注云:“宋本作舞。”或当作“歌舞”。祖保泉、陶礼文《司空表圣诗文集笺校》改作“歌舞”。

说明

司空图的诗歌思想在意境说的形成过程中占有重要的地位,这主要是因为他反复强调诗应有“韵外之致”“味外之旨”,而悠长的意趣、韵味正是意境说的重要特征。

所谓“韵外之致”“味外之旨”,不是有意的含蓄吞吐、欲言又止,而是指所描绘、叙写的景象能让人反复品味。其“致”、其“旨”不是指质实的、可以明白说出的某种意思,而是一种空灵、难以言传的趣味。它首先要求作者写出一种客观的情景(或云“境界”),还要求写得生动真切,如在目前。《与李生论诗书》中司空图所举出的自己的二十余联诗句,其大部分是写外界景物;少数写人的形象(如“晚妆留拜月,春睡更生香”),或写诗人生活中某一场合、某一境遇(如“客来当意惬,花发遇歌成”“五更惆怅回孤枕,犹自残灯照落花”),而这种场合、境界虽是诗人自身的,却也被客观化了,成为呈现在读者眼前的一个生动场景。即使是纯写心情的,如“得剑乍如添健仆,亡书久似忆良朋”,也是让读者将此种心情作为“直观之对象”(王国维《人间词话》),当作人生的一种形相、一种境况去体会和欣赏。总之,司空图举出的这些诗句,其佳处即在于善于描摹。清人许印芳《与李生论诗书跋》云:“盖诗文所以足贵者,贵其善写情状。天地人物,各有情状。以天时言,一时有一时之情状;以地方言,一方有一方之情状;以人事言,一事有一事之情状；以物类言，一类有一类之情状。……情状不同，移步换形，中有真意。文人笔端有口，能就现前真景抒写成篇，即是绝妙好词。”又说：“其妙处皆自现前实境得来。”许氏以“善写情状”“现前实境”概括诗之妙，对于我们理解司空图的《与李生论诗书》颇有启发。

我国诗歌理论，本强调言志缘情，即从抒写内心、从主观方面论诗的功用、本质。而由于诗歌创作实践的发展，诗论中逐渐出现了侧重从表现客观对象方面加以议论的内容。王昌龄、皎然、刘禹锡借用佛家语“境”来谈诗，便是这方面的重要标志。更重要的是他们还要求所写的“境”能有一种难以直说而耐人品味的意趣，如刘禹锡《董氏武陵集纪》说的“境生于象外”。而司空图正是在这一方面特别强调，作了明确的概括，因而受到后人的重视。

与极浦书

〔唐〕司空图

戴容州云[1]：“诗家之景，如蓝田日暖[2]，良玉生烟，可望而不可置于眉睫之前也。”象外之象，景外之景，岂容易可谭哉？然题纪之作，目击可图，体势自别，不可废也。愚近有《虞乡县楼》及《柏梯》二篇[3]，诚非平生所得者。然“官路好禽声，轩车驻晚程”，即虞乡入境可见也。又“南楼山色秀，北路邑偏清”，假令作者复生，亦当以著题见许。其《柏梯》之作，大抵亦然。浦公试为我一过县城，少留寺阁，足知其不怍也[4]。岂徒雪月之间哉？伫归山后，“看花满眼泪[5]”、“回首汉公卿”、“人意共春风”（原注：上二句杨庶子）[6]、“哀多如更闻[7]”，下至于“塞广雪无穷”之句[8]，可得而评也。郑杂事不罪章指[9]，亦望呈达。知非子狂笔。

《四部丛刊》本《司空表圣文集》卷三

注释

［1］戴容州：戴叔伦，中唐诗人，德宗贞元间曾为容州刺史、容管经略使。容州：治北流（今属广西）。

［2］蓝田：山名，在今陕西蓝田南，以产玉闻名，又名玉山。

［3］“愚近”句：《虞乡县楼》，全诗已佚。《柏梯》，当即《上陌梯寺怀旧僧》二首。其一云：“云根禅客居，皆说旧吾庐。松日明金像，苔龛响木鱼。依栖应不阻，名利本来疏。纵有人相问，林间懒拆书。”其二云：“高雅隔谷见，路转寺西门。塔影荫泉脉，山苗侵烧痕。钟疏含杳霭，阁迥亘黄昏。更待他僧到，长如前信存。”

［4］怍：惭愧。

［5］“看花”句：王维《息夫人》句。

［6］“回首”二句：出处不明，原注中所说“杨庶子”亦未详何人。

［7］“哀多”句：杜甫《孤雁》句。

［8］“塞广”句：无可《送颢法师往太原讲兼呈李司徒》句。

［9］“郑杂事”句：未详。

说明

本文引戴叔伦语，说诗人写景，“可望而不可置于眉睫之前”。这与《与李生论诗书》所说“近而不浮，远而不尽”相通。写景语须自然鲜明，如王国维《人间词话》所谓“不隔”，“语语如在目前”，这便是“近”；但又只能写出最有特色、最传神、最能体现诗人审美感受的东西，不能也不应面面俱到，琐细刻画，这便是“远”，便是“不可置于眉睫之前”。正因如此，才让读者咀嚼回味，凭据其自身的审美经验而展开想像，感受到无穷的意味。所谓“不浮”就是不浮泛轻飘，而是能给读者留下鲜明深刻的印象；而“不尽”，当然是说令人回味。“象外之象，景外之景”的意思，也就是如此。

这又与诗人所运用的工具、媒介有关。诗是语言的艺术，不像画家运用线条、色彩那样，创造出直接诉诸视觉的形象。语言所创造的形象，比起画家所创造的，总具有一定的不确定性、蒙眬性，因而给人“远”、可望而不可即的感觉。但语言形象却又最能激发读者的想像，引起回味，令人感到兴味无穷。当然诗人要做到这一点很不容易，因此刘禹锡才说诗是“文章之蕴”，精微而难能（见《董氏武陵集纪》），司空图才说“诗之难尤难”（《与李生论诗书》），“岂容易可谈哉”。

在《与极浦书》中，司空图说到自己的《虞乡县楼》和《柏梯》二诗，虽不是最得意之作，但能写出特定对象的独有的状况。他说“浦公试为我一过县城，少留寺阁，足知其不怍也”，那便包含着所作诗形象鲜明生动之意。《与李生论诗书》中举出的“松日明金像”一联，便是《柏梯》中的句子。可知司空图确是将善于描摹外物作为自己的用力之所在的。善写情状，亦即善于写境，正是后世意境说的具有根本性的要求。

与王驾评诗书（节录）

〔唐〕司空图

……国初，上好文章，雅风特盛。沈、宋始兴之后[1]，杰出于江宁[2]，宏肆于李、杜，极矣[3]！右丞、苏州[4]，趣味澄夐，若清沇之贯达[5]。大历十数公，抑又其次。元、白力勍而气孱，乃都市豪估耳。刘公梦得、杨公巨源[6]，亦各有胜会。浪仙、无可、刘德仁辈[7]，时得佳致，亦足涤烦。厥后所闻，徒褊浅矣。

河汾蟠郁之气，宜继有人。今王生[8]者寓居其间，沉渍益久，五言所得，长于思与境偕，乃诗家之所尚者。……

《四部丛刊》本《司空表圣文集》卷一

注释

[1] 沈、宋：沈佺期、宋之问。初唐律体诗定型期的代表性诗人。独孤及《唐故左补阙安定皇甫公集序》：“历千余岁，至沈詹事、宋考功，始裁成六律，彰施五色，使言之而中伦，歌之而成声，缘情绮靡之功，至是乃备。”元稹《唐故工部员外郎杜君墓系铭序》：“沈宋之流，研练精切，稳顺声势，谓之为律诗。”

[2] “杰出”句：江宁，指王昌龄。昌龄曾为江宁县丞。“于”字原缺，据《唐文粹》卷八五、《唐诗纪事》卷六三补。

[3] 宏肆：原作“宏思”，据《唐文粹》卷八五、《唐诗纪事》卷六三改。

[4] 右丞、苏州：指王维、韦应物。王维官终尚书右丞，韦应物曾为苏州刺史。

[5] “若清沇”句：沇，水名，在今山西南部，南流入黄河。司空图《诗赋》：“河浑沇清。”亦以为喻。

[6] 刘公梦得：刘禹锡，字梦得。杨巨源：中唐诗人，与刘禹锡、张籍、韩愈、元

稹、白居易等交往。

[7] 浪仙：中唐诗人贾岛字浪仙(一作阆仙)。无可：贾岛从弟，诗与贾岛齐名。刘德仁：即刘得仁，公主之子，穆宗长庆中以诗名。

[8] 王生：指王驾，字大用，河中(今山西永济)人。昭宗大顺元年(890 年)进士及第，官至礼部员外郎。王驾为司空图友，司空图作此书时，王驾尚未中进士。(参祖保泉、陶礼天《司空表圣诗文集笺校》)

说明

在此书中，司空图对唐代诗人加以评论。可以看出，他称赞的诗人颇多，表明其审美趣味是广泛多样的。不过也可以看出，他对王维、韦应物诗尤为欣赏。司空图说王、韦诗“趣味澄夐”，即韵味清远。在《与李生论诗书》中，他也特别提到王、韦诗“澄澹精致，格在其中”，而不妨于“遒举”，意谓其诗风貌清和淡泊，语言精工，表现出高雅的品格，而又有力。王、韦诗长于描绘山水清景，抒发其淡泊宁静的生活情趣，与司空图在长期隐逸生活中养成的审美趣味十分合拍，而且此类写景之作，写得好的话，便容易具有韵外之致、味外之旨，具有意境美，故特为其所欣赏。《与王驾评诗书》在称赞王、韦之后，说“大历十数公，抑又其次”。大历十才子等作者，长于以五律写景抒情，诗风清雅，故也获得司空图的赞赏。中唐时高仲武编选的《中兴间气集》，便集中反映了大历诗人的创作风貌。高氏评钱起云：“文宗右丞，许以高格。右丞没后，员外(钱起)为雄。”认为钱起继承了王维诗风，雄视大历诗坛。姚合编《极玄集》也是选录大历诗人之作，而以王维、祖咏冠于其首，同样表明在人们心目中，大历作者乃是渊源于王维。司空图推尊王维，又推重大历诗人，其审美趣味和对诗歌流派发展的看法，与高仲武、姚合是一致的。

元、白在中唐后期、晚唐时期极负盛名，张为《诗人主客图》称白氏为广大教化主。司空图却独加贬抑。这是因为元、白诗的内容和写法、语言都有俗的一面。元、白喜铺陈，表述周详，显得直白而繁缛，与司空图所喜爱的格调清雅、韵味深长之美相去甚远。司空图说元、白诗“力勍而气孱，乃都市豪估”。元、白诗数量多，篇幅也往往很长，还互相以此比竞，确是“驱驾文字，穷极声韵”(元稹《上令狐相公诗启》)，显示出才力之富盛。但司空图认为其气格终究卑弱低俗，其才力富盛恰恰造成了臃肿而不能健举之弊。

《与王驾评诗书》称赞王驾“长于思与境偕，乃诗家之所尚者”，其语也值得注意。作家构思时头脑中往往出现物象。陆机《文赋》已说过“物昭晰而互进”的话。刘勰《文心雕龙·神思》更概括道:“思理为妙,神与物游。”其“物”都主要是指自然景物等可视可闻的外界事物。唐代王昌龄、皎然论构思,都强调“取境”,强调诗人须在脑海中清晰地映现出一个客观境界。这就是说,作诗就是要写“境”。司空图说“思与境偕”乃“诗家之所尚者”,表明作诗即写境的观念,在当时已颇为普遍。从作诗抒发主观世界的言志、缘情之说,到形成作诗即描摹客观外境的观念,在这一过程中,司空图的一些说法确是值得我们注意的。

题柳柳州集后

〔唐〕司空图

金之精粗,考其声[1],皆可辨也,岂清于磬而浑于钟哉?然则作者为文为诗,格亦可见[2],岂当善于彼而不善于此耶?愚观文人之为诗[3],诗人之为文,始皆系其所尚,既专则搜研愈至,故能炫其工于不朽[4]。亦犹力巨而斗者,所持之器各异,而皆能济胜以为勍敌也[5]。

愚常览韩吏部歌诗数百首,其驱驾气势,若掀雷挟电,撑抉于天地之间,物状奇怪,不得不鼓舞而徇其呼吸也[6]。其次《皇甫祠部文集》外所作[7],亦为遒逸,非无意于渊密,盖或未遑耳。

今于华下方得柳诗,味其探搜之致[8],亦深远矣。俾其穷而克寿,抗精极思[9],则固非琐琐者轻可拟议其优劣[10]。又尝观杜子美《祭太尉房公文》,李太白佛寺碑赞,宏拔清厉,乃其歌诗也。张曲江五言沈郁,亦其文笔也[11]。岂相伤哉?噫!后之学者褊浅,片词只句,未能自办,已侧目相诋訾矣。痛哉!因题《柳集》之末,庶俾后之诠评者[12],无或偏说以盖其全工[13]。

《四部丛刊》本《司空表圣文集》卷二

注释

[1] 考其声:“考”原作“效”,据《唐文粹》卷九三、《唐诗纪事》卷三四改。

[2] 格:《唐文粹》卷九三、《唐诗纪事》卷三四引“格”上有“才”字。

[3] “愚观”句:“愚”,原作“思”,据《唐文粹》卷九三、《唐诗纪事》卷三四改。

[4] “始皆”三句:承上二句,谓擅长文者为诗,或擅长诗者为文,初皆用其所擅长者为之,精力既专注,则仍循所擅长者而搜研更深入至极,因此能取得不朽的成绩。意谓文人以文为诗,诗人以诗为文,而皆能臻于极致。

[5] 勍敌:强大的对手。勍(qíng),强,有力。

[6] 徇其呼吸:意谓按其(韩愈)意志而动作。徇,顺从。

[7] 《文集》外所作:原无“外”字,据《唐文粹》卷九三、《唐诗纪事》卷三四补。此处系评皇甫湜诗。陆游《渭南文集》卷三十《再跋皇甫先生文集后》引司空图此语,云:“据此,则持正自有诗集孤行,故文集中无诗,非不作也。正如《张文昌集》无一篇文,《李习之集》无一篇诗,皆是诗文各为集耳。表圣直以持正诗配退之,可谓知之。然犹云未遑深密,非笃论也。”(参祖保泉、陶礼天《司空表圣诗文集笺校·文集笺校》卷二)

[8] 探搜:原作“深搜”,据《唐文粹》卷九三、《唐诗纪事》卷三四改。

[9] 抗精极思:极其精力才思。抗亦极意。抗,原作“玩”,据《唐文粹》卷九三改。

[10] 瑣瑣者:言才识微小琐屑者,瑣,同“琐”。

[11] “张曲江”二句:谓张九龄五言诗深沉而含蕴丰厚,亦如其文。张九龄,开元间名相,韶州曲江(今属广东)人,天下称为曲江公。文笔,指文,与诗相对。南朝人有文笔之分,以押韵者为文,不押韵者为笔。司空图处晚唐,已不用此种分类语。

[12] 俾:原作“裨”,据《唐文粹》卷九三、《唐诗纪事》卷三四改。

[13] 或:借作“惑”,迷惑。

说明

司空图此文大意,是谈论文与诗二者的关系。他说凡高明的作者,以文著称、擅长于文者,亦往往能诗,且其诗能体现其长处,因而具有与众不同的风貌;反之亦然。也就是说,文与诗之间并无不可逾越的界限,只要作者高明,则以文为诗和以诗为文,都有可观之处。

唐代的文学理论批评,具有诗文分途的特点。比如古文家在诗歌方面的观点,包括对于诗歌功用的看法,便与其在古文方面的观点颇不一样。柳宗元《杨评事文集后序》明确地说“文(此处文包举诗与古文在内)有二道”,即“著述者流”

与“比兴者流”。“著述者流”，“其要在于高壮广厚，词正而理备”；“比兴者流”，“其要在于丽则清越，言畅而意美”。又说二者“乖离不合”，故作者“恒偏胜独得，而罕有兼者”。当然，他也说有兼擅者，但唐代仅陈子昂而已。柳氏此种诗文难兼的看法，在唐时具有一定的普遍性。司空图则对此种较普遍的看法提出异议。有趣的是，他恰是在读了柳宗元的诗以后深为欣赏的情况下写这篇短文的。他认为柳氏与韩愈一样，虽以文著称，但诗也写得很好。他生怕其诗为其文名所掩，故作此文以揄扬之。

文中说到韩愈诗时，以“驱驾气势，若掀雷挟电，撑抉于天地之间，物状奇怪，不得不鼓舞而徇其呼吸”等语加以描绘，颇为准确地说出了韩诗以文为诗的宏大气势和趋奇走怪的特征，可谓善于形容。这样的风貌，和《与李生论诗书》《与王驾评诗书》中所称赞的王、韦之清远精致大不相同。这说明司空图虽以标举“味外之旨”“象外之象”而著称，但其审美趣味还是多样的，眼光还是宏通的。

诗　品（选录）

（旧题）〔唐〕司空图

雄　浑

大用外腓，真体内充[1]。返虚入浑[2]，积健为雄[3]。具备万物，横绝太空。荒荒油云，寥寥长风[4]。超以象外，得其环中[5]。持之非强，来之无穷[6]。

自　然

俯拾即是，不取诸邻[7]。俱道适往，著手成春[8]。如逢花开，如瞻岁新[9]。真与不夺，强得易贫[10]。幽人空山，过雨采蘋[11]。薄言情悟，悠悠天钧[12]。

含　蓄

不著一字，尽得风流。语不涉己，若不堪忧[13]。是有真宰，与之沉浮[14]。如渌满酒，花时返秋[15]。悠悠空尘，忽忽海沤[16]。浅深聚散，万取一收[17]。

形　容

绝伫灵素，少回清真[18]。如觅水影，如写阳春[19]。风云变态，花草精神。海之波澜，山之嶙峋[20]。俱似大道，妙契同尘[21]。离形得似，庶几斯人[22]。

人民文学出版社版郭绍虞《诗品集解》

注释

[1]“大用”二句：以体用、内外为言。谓伟大的性能、功用显示于外，变化不测，乃是由于其内在本体真实而充满。腓，变。

[2]返虚入浑：谓回归于“道”，合乎“道”。虚、浑都是“道”的品格。以此喻诗浑全自然，不雕刻浅露。浑，谓浑然不可分。此句言“雄浑”之“浑”。

[3]“积健”句：谓“健”之自然积累而成为雄。此句言“雄浑”之“雄”。

[4]“具备”四句：皆形容“雄浑”品格。言其广大，包笼万有，雄健而无所阻隔；如云之兴，如风之行。“具备万物”“荒荒油云”言“浑”，“横绝太空”“寥寥长风”言“雄”。荒荒、寥寥，皆苍茫空阔貌。油，云兴起貌。

[5]“超以”二句：以“道”为喻。象外，指道。道为形而上者，无形象，在万象之上。以，于。环中，《庄子·齐物论》：“枢始得其环中，以应无穷。”环中虚空，亦喻道。

[6]“持之”二句：谓雄浑品格，其雄健之力量、浑灏之气势并非勉强持有，其来也无穷无尽。

[7]“俯拾”二句：谓“自然”之品，其所有者皆随手拈来，毫不费力；又是己所本有，毫无假借。

[8]“俱道”二句：谓与道共行，故一动手皆成春色，因道之根本性质即为自然。俱道，《庄子·天运》：“道可载而与之俱也。”适，往。

[9]“如逢”二句：花开、岁新皆天工流转、自然而然之事，故取为喻。

[10]“真与”二句：郭绍虞《诗品集解》：“真予我者不会被夺，强取得者仍归丧失，一自然一不自然也。”

［11］“幽人”二句：《诗品集解》：“如幽人之居空山，不以人欲灭其天机，则反（返）于自然。如雨后之采蘋草，偶尔相值，行所无事，则出诸自然。总之有生趣活泼纯任自然之意。”

［12］“薄言”二句：《诗品集解》：“情悟，指一时之情适有所悟。所悟者何？即此悠悠天钧，不假一毫人力也。”薄言，语助词。天钧，犹言大自然、造化。钧，制陶器时所用转轮。《庄子·齐物论》：“是以圣人和之以是非而休乎天钧。”言顺从自然。

［13］“语不”二句：谓言语之间并不关涉到自己，但却使人感到自己有不堪承受之悲忧。

［14］“是有”二句：谓这是有“真宰”与自己同行共处。真宰，《庄子·齐物论》：“若有真宰而特不得其眹。”真宰，自然真实的主宰者，指“道”。此借喻诗人真诚的情志。

［15］“如渌”二句：皆形容含蓄之状。渌，同“漉”，渗也。盈满之酒缓缓渗出，不是一泻而下。花时返秋，言春初乍暖还寒，花乃欲开未开。

［16］“悠悠”二句：轻尘浮沉于空际，水泡聚散于海中，若有若无，似真似幻，亦形容含蓄之状。沤，水泡。

［17］“浅深”二句：浅深犹升沉，承上文“悠悠空尘”言；聚散犹生灭，承上文“忽忽海沤”言。万取一收，谓含蓄之品，诗人所取者甚广，约而出之者（经过提炼而表现者）却甚少。《诗品集解》：“正因以一驭万，约观博取，不必罗陈，自觉敦厚。”

［18］“绝伫”二句：谓凝神壹志，专注于所欲描写之对象，则对象清明真实之气韵庶几来矣。绝，极，尽。伫，待。少，略。谓形容描摹物态甚难，故言“少”。灵素、清真，皆指对象言。灵，灵动之气。素，真实本来之面目。形容物态当取其神，故用灵素、清真语。

［19］“如觅”二句：水中之影灵动，可见而不可撷取，阳春烟景生动而蒙胧，可远望而不可置于眉睫之前。言诗家之景如是。

［20］“风云”四句：杨廷芝《二十四诗品浅解》：“风云之变态苍茫，花草之精神焕发，海之波澜无定，山之嶙峋不齐，此其千状万态之难以拟议者，非善于形容，乌能形容之尽致！”

［21］“俱似”二句：谓诗人体物，当与物融合为一，如同大道之和其光而同其尘，与万物为一。《老子》四章：“和其光，同其尘。”河上公注：“当与众庶同垢尘，不当自别殊。”

[22]“离形”二句：谓写物贵在不拘泥其形而得其神似，能如是，庶几为形容高手矣。

说明

《二十四诗品》对诗歌丰富多彩的风貌、品格加以描摹形容，不妨视之为二十四首咏物诗。只是所咏对象并非具体的“物”，而是诗之品格。此种写法，其实古已有之。时代较早者，如陆机《文赋》，便是以“文”为对象的体物之作。《二十四诗品》的见解颇有精到之处，当是诗歌创作高度发展之后的产物；而其本身亦写得美丽而耐人寻味。故数百年来多为人所称引，获得读者的喜爱。在诗歌批评史上，自当有其一定的地位。

但《二十四诗品》的作者是谁，至今尚未能确定。据学者研究，它首见于明初刊行的诗法著作《虞侍书诗法》和《诗家一指》中。虞侍书乃元代著名文人虞集，但《虞侍书诗法》是否托名，难以确定。至于《诗家一指》，在明代流传颇广，曾被收录于多种诗法著作丛编中，都未署作者名。因此，在明代虽然《二十四诗品》颇有流传，但并未被认为是司空图作。直至明清之际，始有人以为是司空图作，如毛晋《津逮秘书》、吴永《续百川学海》均以司空图之名收入丛书，著名文人王夫之、王士禛均曾摘引。但研究唐诗的专家如胡震亨并未言及，许学夷《诗源辩体》卷三十五第三十一则专论《诗家一指》，亦言及《二十四诗品》，但并不以为是司空图作。十多年前有学者提出非司空图所作，一时议论蜂起，迄今未有一致看法。今选录数则以见其一斑，而无所归附，乃姑置于司空图名下。

禅月集序

〔唐〕吴　融

作者简介

吴融（？—903），字子华，越州山阴（今浙江绍兴）人，昭宗龙纪元年（889年）进士及第。入西川节度使韦昭度幕掌书记，迁侍御史。坐累去官，流寓江陵。久之，召为左补阙，以礼部郎中为翰林学士，拜中书舍人，进户部侍郎。天复三年

(903年),为翰林承旨,卒。唐末政治混乱,社会动荡,在诗文批评中出现了不少重视讽刺、要求关心现实的言论,吴融论诗也反映了那样的风气。有《唐英歌诗》。《新唐书》卷二百三有传。

夫诗之作,善善则颂美之,恶恶则风刺之。苟不能本此二道,虽甚美,犹土木偶不主于气血,何所尚哉?自《风》《雅》之道息,为五、七字诗者,皆率拘以句度属对焉。既有所拘,则演情叙事不尽矣。且歌与诗,其道一也,然诗之所拘悉无之,足得放意取非常语、非常意,意又尽[1],则为善矣。

国朝能为歌为诗者不少,独李太白为称首。盖气骨高举,不失颂美风刺之道焉。厥后,白乐天讽谏五十篇[2],亦一时之奇逸极言。昔张为作《诗图》五层[3],以白氏为广德大教化主[4],不错矣。至于李长吉以降[5],皆以刻削峭拔飞动文彩为第一流,有下笔不在洞房蛾眉神仙诡怪之间,则掷之不顾。迩来相教学者[6],靡曼浸淫,困不知变。呜呼!亦风俗使然也。然君子萌一意,出一言,亦当有益于事,矧极思属词,得不动关于教化?

沙门贯休[7],本江南人,幼得苦空理,落发于东阳金华山[8],机神颖秀,雅善歌诗。晚岁止于荆门龙兴寺[9]。余谪官南行,因造其室,每谭论未尝不了于理性,自旦而往,日入忘归。邈然浩然,使我不知放逐之戚。此外商榷二雅[10],酬唱循还,越三日不相往来,恨疏矣。如此者凡期有半[11]。

上人之作,多以理胜,复能创新意,其语往往得景物于混茫自然之际,然其旨归,必合于道。太白、白乐天既殁,可嗣其美者,非上人而谁?

丙辰[12],余蒙恩诏归,与上人别,袖出歌诗草一本,曰《西岳集》[13],以为贶矣[14]。切虑将来作者,或未深知,故题序于卷之首。时己未岁嘉平月之三日[15]。

《四部丛刊》影印影宋抄本《禅月集》卷首

注释

[1] 意又尽:“意”字原脱,据《文苑英华》卷七一四补。

[2] 讽谏五十篇:指白居易《新乐府》五十首。

[3] “昔张为”句:张为,唐末诗人,袁州(治所宜春,今属江西)人,与贯休、周朴等交往。诗图,指《诗人主客图》。五层,指主、上入室、入室、升堂、及门。《诗人主客图》以此五层,著录唐诗人,以白居易为广大教化主,孟云卿为高古奥逸主,李益为清奇雅正主,孟郊为清奇僻苦主,鲍溶为博解宏拔主,武元衡为瑰奇美丽主。

[4] 广德大教化:诸书称引《诗人主客图》均无“德”字。《全唐文》载吴融此序,即删去“德”字,当从之。

[5] 至于:原作“至后”,据《文苑英华》卷七一四改。

[6] 敩(xiào):教导。

[7] 贯休:字德隐,婺州兰溪(今属浙江)人,俗姓姜。唐末著名诗僧,亦擅长书画。曾依荆南节度使成汭。后入蜀依王建,为其所重,赐号禅月大师。王建永平二年(913年)十二月卒,年八十一。

[8] 东阳:郡名,即婺州。金华山:在今浙江金华北。据昙域《禅月集序》、赞宁《宋高僧传》,贯休七岁出家于兰溪和安寺。

[9] “晚岁”句:贯休依成汭于荆州,约在昭宗乾宁二年(895年)初,时贯休已六十三岁。(参傅璇琮主编《唐才子传校笺》卷十周祖譔、贾晋华所撰《贯休传校笺》)荆门,指今湖北江陵一带。

[10] 二雅:《小雅》《大雅》,此代指诗歌。

[11] 期:一周年。

[12] 丙辰:昭宗乾宁三年(896年)。

[13] 《西岳集》:贯休诗集。贯休逝世后,门人昙域复编次其诗文,名《禅月集》,并作后序。吴融序原乃《西岳集》序,因亦见收于《禅月集》中,故相沿题为《禅月集序》。

[14] 赆(jìn):临别时所赠礼物。

[15] 己未:昭宗光化二年。嘉平月,腊月。己未岁十一月二十五日为公历899年12月31日,故嘉平月三日已入公历900年。

说明

吴融此序，标举诗教，主张美刺，认为若不能以美刺为根本，则其诗虽美，亦不足崇尚。序中特别推重“歌”，认为歌比诗更自由，能让作者纵意而言，既能尽意，又能运用非同一般的文辞，表现非同一般的新意。这里所说的歌，指七言、杂言歌行(杂言者也多以七言为主)。此种体裁确实比一般的五、七言诗来得自由奔放。一般的诗，律体固然多所拘束，古体在当时也还是有一定的限制(如李德裕《文章论》说的“今之文”与《文选》诗不同，其韵数都是偶数)，歌行体则自由得多。接着吴融便称美李白的歌行“气骨高举，不失颂美风刺之道”，又称美白居易的《新乐府》五十首为“奇逸极言”。二人所作，都是“歌”中的佼佼者。这里不提杜甫，因为杜甫诗虽颇有合乎美刺标准者，但歌行写得较少；不提白居易的五言讽谕诗，因为它们不是歌行。这儿着重谈“歌”，因此都不提。唐末时白居易的《新乐府》是特别受人重视的。据五代入宋的钱易说，唐末四明人胡抱章“作《拟白氏讽谏》五十首，亦行于东南……后孟蜀末杨士达亦撰五十篇，颇讽时事”(《南部新书》卷十)。吴融特别提出“白乐天《讽谏》五十篇”，也与时代风气有关。接下来又言及李贺。李贺擅长歌行，在晚唐影响颇大，但吴融认为它们缺少美刺内容，故不足取。

序文后面即赞美贯休作品可嗣美李白、白居易。贯休集中确有不少歌行或风格近乎歌行的古体诗，触及现实，有比兴之义，而文辞自由粗放。吴融应是特别注意到此类作品，故在序中以论歌行为主。吴融本人作品，以律体为多，也有少数歌行体。其《赠广利大师歌》称道广利歌诗道:“言语明快有气骨。坚如百炼钢，挺特不可屈。又如千里马，脱缰飞灭没。好是不雕刻，纵横冲口发。昨来示我十余篇，咏杀江南风与月。乃知性是天，习是人。莫轻河边羖，飞作天上麒麟。但日新，又日新。李太白，非通神。”所称赞的广利之作也是歌行；虽只是咏江南风月，而不是像贯休所作那样有所谓“关于教化”者，但也是明快挺拔，自由奔放。吴融虽自作不多，但对于此种风格却是十分欣赏的。

至于序中所谓若无美刺，便如“土木偶不主于气血”，则是一时兴到偏激之言。贯休诗的大多数并无关于政治现实。吴融本人的诗中有寄托者很少，却还颇有一些轻艳之词。即使李白、白居易集中，大部分也还是一般的抒情体物之作。若要求诗人处处不离美刺，是违背创作规律的。将“君子萌一意，出一言，亦当有益于事”的话，与吴融自己的诗作相对照，简直令人感到有讽刺意味了。

旧唐书·文苑传序

〔五代〕刘　昫

作者简介

刘昫(887—946),字耀远,涿州归义(今河北容城东北)人。五代后唐、后晋时均曾为宰相,监修国史。《旧唐书》成于众手,成书时适当后晋开运间刘昫为相时,由昫表奏朝廷,故后来乃署其名。《旧五代史》卷八十九、《新五代史》卷五十五有传。韩愈、柳宗元创作古文,取得很大成绩,但在唐代并未能取代骈文地位。《旧唐书》史臣论诗文,崇尚今体,便也是一个鲜明的例证。

臣观前代秉笔论文者多矣。莫不宪章《谟》《诰》,祖述《诗》《骚》,远宗毛、郑之训论[1],近鄙班、扬之述作[2]。谓"采采芣苢[3]",独高比兴之源;"湛湛江枫[4]",长擅咏歌之体。殊不知世代有文质[5],风俗有淳醨,学识有浅深,才性有工拙。昔仲尼演三代之《易》[6],删诸国之诗,非求胜于昔贤,要取名于今代;实以淳朴之时伤质,民俗之语不经,故饰以文言[7],考之弦诵[8]。然后致远不泥[9],永代作程[10]。即知是古非今,未为通论。

夫执鉴写形,持衡品物,非伯乐不能分驽骥之状[11],非延陵不能别雅郑之音[12]。若空混吹竽之人,即异闻《韶》之叹[13]。近代唯沈隐侯斟酌二《南》[14],剖陈三变[15],摅云、渊之抑郁[16],振潘、陆之风徽[17]。俾律吕和谐,宫商辑洽[18],不独子建总建安之霸[19],客儿擅江左之雄[20]。

爰及我朝,挺生贤俊,文皇帝解戎衣而开学校[21],饰贲帛而礼儒生[22],门罗吐凤之才[23],人擅握蛇之价[24]。靡不发言为论,下笔成文,足以纬俗经邦,岂止雕章缛句。韵谐金奏,词炳丹青。故贞观之风,同乎三代。高宗、天后,尤重详延[25]。天子赋横汾之诗[26],臣下继柏梁之奏[27],巍巍济济,辉烁古今。如燕、许之润色王言[28],吴、陆之铺扬鸿业[29],元稹、刘蕡之对策[30],王维、杜甫之雕虫,并非肄业使然,自是天机秀绝。若隋珠色泽,无假淬磨,孔玑翠羽[31],自成华彩。置之《文苑》,实焕缃图[32]。其间爵位崇高,别为之传。今采孔绍安已下[33],为《文苑》三篇,觊怀才憔悴之徒,千古见知于作者。

中华书局版《旧唐书》卷一百九十上

注释

[1] 毛、郑:西汉毛亨作《毛诗故训传》,东汉郑玄注释群经,曾为《毛诗》作笺。

[2] 班、扬:西汉扬雄、东汉班固,皆著名学者、文学家。

[3] "采采"二句:谓《诗经》为诗之源,成就独高。采采芣苢,《诗经·周南·芣苢》句。比兴,代指诗歌。《芣苢》实未有比兴手法。

[4] "湛湛"句:《楚辞·招魂》:"湛湛江水兮上有枫。"

[5] 文质:文华与质朴。

[6] "昔仲尼"句:相传孔子在伏羲制卦、文王作卦爻辞的基础上作《十翼》,故云。三代之《易》,指《连山》《归藏》《周易》。《周易》为周代之《易》;《连山》《归藏》属何代,说法不一,或曰伏羲、黄帝,或曰夏、殷,参《周易正义》卷首"论三代《易》名"。

[7] 饰以文言:此句语意双关。谓以有文采之言辞修饰之,又谓孔子作《乾》《坤》二卦之《文言》。《周易正义》引庄氏云:"文谓文饰,以《乾》《坤》德大,故特文饰,以为《文言》。"《文言》中对偶句及用韵处较多,较有文采。

[8] 考之弦诵:谓孔子删定诗三百,皆配合音乐,予以考正。《史记·孔子世家》:"三百五篇,孔子皆弦歌之,以求合《韶》《武》《雅》《颂》之音。"

[9] 致远不泥:意谓经典由孔子文饰之后,方能流传既广且久,而无所阻滞。《左传·襄公二十五年》载孔子语:"言之无文,行而不远。"又《论语·子张》:"致远恐泥。"此反用《子张》语。

[10] 程:程式,规范。

[11] 伯乐:春秋时人,以善相马著称。

[12] 延陵:春秋吴季札封于延陵(今江苏常州),称延陵季子。《左传·襄公二十九年》载其观周乐发表评论之事。

[13] "若空混"二句:谓若无高妙的文才,便不能欣赏好的作品。空混吹竽,用南郭处士滥竽充数事,见《韩非子·内储说上》。闻《韶》之叹,《论语·述而》:"子在齐闻《韶》,三月不知肉味。曰:不图为乐之至于斯也!"《韶》,舜乐。

[14] 沈隐侯：沈约，谥曰“隐”。二《南》：指《诗经》中的《周南》《召南》。

[15] 剖陈三变：沈约《宋书·谢灵运传论》：“自汉至魏，四百余年，辞人才子，文体三变。”

[16] 云、渊：西汉作家扬雄，字子云；王褒，字子渊。

[17] 潘、陆：西晋作家潘岳、陆机。《宋书·谢灵运传论》：“降及元康，潘陆特秀。”

[18] “俾律吕”二句：谓沈约倡导声律说，使得作品声音和谐。辑，和。洽，合。

[19] 子建：曹植字子建。

[20] 客儿：谢灵运幼时寄养于外，人称“客儿”。

[21] 文皇帝：唐太宗李世民，卒后谥曰“文皇帝”。

[22] 饰贲帛：谓礼聘隐逸的贤能之士。《易·贲卦》：“六五：贲于丘园，束帛戋戋。”“贲帛”语出此。张衡《东京赋》：“聘丘园之耿洁，旅束帛之戋戋。”薛综注：“古招士必以束帛，加璧于上。”

[23] 吐凤之才：谓擅长著述者。《西京杂记》卷二：“(扬)雄著《太玄经》，梦吐凤凰，集《玄》之上。”

[24] 握蛇：曹植《与杨德祖书》：“人人自谓握灵蛇之珠，家家自谓抱荆山之玉。”灵蛇之珠，谓隋侯珠。

[25] 详延：广聘。《汉书·武帝纪》：“详延天下方闻之士，咸荐诸朝。”

[26] “天子”句：指汉武帝渡汾水而作《秋风辞》。辞载《文选》卷四五。

[27] “臣下”句：指汉武帝与群臣作《柏梁台诗》事。按：此句及上句皆借汉喻唐，言唐之君臣皆擅吟咏，好文章。

[28] “燕、许”句：燕国公张说、许国公苏颋，擅长诏命等庙堂之制。《新唐书·苏颋传》：“自景龙(中宗年号)后，与张说以文章显，称望略等，故时号燕许大手笔。”

[29] 吴、陆：吴通微、通玄兄弟，德宗时皆曾为翰林学士，知制诰。陆贽亦为翰林学士、中书舍人，官至宰相。所为诏令尤有名。吴、陆均曾为德宗所宠顾。吴氏兄弟俱入《旧唐书·文苑传》，陆别有传。

[30] “元稹”句：元稹于宪宗元和元年应制举，对策第一名。刘蕡于文宗大和二年对策切论时弊，抨击宦官擅权，有名于时，见《旧唐书·文苑·刘蕡传》。

[31] 孔玑翠羽：色如孔雀羽的珠玑和翠鸟的羽毛。玑，珠之不圆者。

[32] 缃图：指书籍，缃，浅黄色细绢，多用作书衣。

[33] 孔绍安：隋末为监察御史，后归唐，拜内史舍人。《旧唐书·文苑传》始于孔绍安传。

说明

唐代诗文分古体今体。今体诗即律诗，讲究声律、对偶；今体文即骈文，亦重对偶、声律、辞藻之美。以韩愈、柳宗元为代表的古文家，鲜明地反对骈文。《旧唐书》史臣则崇尚今体。这篇《文苑传序》便是一个例证。

序文一开头便批判是古非今的论调。向来论者多以《诗经》等儒家经典和《楚辞》为文章典范，《旧唐书》史臣却说时代有文质之异，作者有工拙之别，不必以古为尊。其反对是古非今的目的，其实就在于以古质今妍、诗文重在文辞修辞为根据，以推重今体诗文。为此目的，甚至将孔子之演《易》删《诗》，说成是为了改变当时风气过于质朴、"民俗之语不经"的状况，也就是将孔子之整理典籍，归结为进行文辞上的加工。

对于历代文人，序文特地提出沈约予以表彰，尤其推重沈约的声律理论使得"律吕和谐，宫商辑洽"。在文学史上，正是声律论的提出和推广促使骈文更加精密，促使诗歌向律体发展。史臣之表彰沈约，正体现其崇尚今体的立场。又说："不独子建总建安之霸，客儿擅江左之雄"，也就是说沈约是曹植、谢灵运之后最了不起的人物。曹植、陆机、谢灵运等是魏晋以来讲究对偶、辞藻之美的代表性作家，在南朝、初唐最受推崇。沈约则进一步倡导声律。史臣大力推崇沈约，并上及曹、谢，实际上就是肯定以他们为代表的骈俪文学（同时也讲求辞藻、声律）乃是文学正宗。而唐代今体诗文正是这一统系的发展。

序中还提出一些唐代作者，认为他们的成功都是天才的表现。但值得注意的是根本就不提韩愈、柳宗元等古文作者，也不提李白。《文苑传》中有李白传，篇幅很短，而在杜甫传中录载元稹"论李、杜之优劣"的话，即元氏所说李虽可差肩于杜，但在写作长篇律诗、对偶声律精切等方面则远远不如的那段话（见元稹《杜子美墓系铭》），然后说"自后属文者以稹论为是"，表示同意元稹的意见。李白豪放纵恣，不愿多受声律束缚；《旧唐书》史臣则崇尚今体，当然要扬杜抑李了。

旧唐书·元稹白居易传（论赞）

〔五代〕刘 昫

史臣曰：举才选士之法，尚矣。自汉策贤良[1]，隋加诗赋[2]，罢中正之法[3]，委铨举之司[4]。由是争务雕虫，罕趋函丈[5]。矫首皆希于屈、宋，驾肩并拟于《风》《骚》[6]。或侔箴阙之篇[7]，或效补亡之句[8]。咸欲锱铢《采葛》，糠粃《怀沙》[9]，较丽藻于碧鸡[10]，斗新奇于白凤[11]。暨编之简牍，播在管弦，未逃季绪之诋诃[12]，孰望《子虚》之称赏[13]？迨今千载，不乏辞人，统论六义之源，较其三变之体[14]，如二班者盖寡[15]，类七子者几何[16]？至潘、陆情致之文，鲍、谢清便之作[17]，迨于徐、庾[18]，踵丽增华，纂组成而耀以珠玑[19]，瑶台构而间之金碧[20]。

国初开文馆[21]，高宗礼茂才，虞、许擅价于前[22]，苏、李驰声于后[23]。或位升台鼎[24]，学际天人[25]，润色之文[26]，咸布编集。然而向古者伤于太僻，徇华者或至不经，龌龊者局于宫商[27]，放纵者流于郑、卫。若品调律度，扬摧古今，贤不肖皆赏其文，未如元、白之盛也。昔建安才子，始定霸于曹、刘；永明辞宗，先让功于沈、谢[28]。元和主盟，微之、乐天而已。臣观元之制策、白之奏议，极文章之壶奥[29]，尽治乱之根荄[30]。非徒谣颂之片言，《盘盂》之小说[31]。就文观行，居易为优，放心于自得之场，置器于必安之地，优游卒岁[32]，不亦贤乎！

赞曰：文章新体，建安、永明。沈、谢既往，元、白挺生。但留金石，长有《茎》《英》[33]。不习孙、吴，焉知用兵[34]！

中华书局校点本《旧唐书》卷一百六十六

注释

[1]“汉策”句：汉代取士之法，有举贤良一途。命诸侯王、公卿、郡守推举贤良方正能直言极谏者，加以策问。策，策试，即将问题书于简策，使受试者作文回答。

[2]“隋加”句：未详。史载隋炀帝时中央政府取士始设进士科，并未言试诗赋。唐初进士科尚未试诗赋。高宗调露间始加试杂文二首及帖经，其杂文谓箴铭论表之类。后来始以赋居其一，或以诗居其一，或诗赋各一，未为定制，至玄宗天宝间方专用诗赋。（参傅璇琮《唐代科举与文学》第七章）“隋加诗赋”之说，当是误以后来制度推测前朝。

[3] 中正：曹魏时立九品官人之法，州郡皆置中正，以察举人才，品第高下。两晋南北朝时沿用其制。

[4] 铨举之司：唐代科举，初由吏部课试；自开元二十四年(736年)改由礼部侍郎掌其事。至于授官，文官属吏部主管，武官属兵部，称为“铨选”。

[5] 函丈：指讲习经典。《礼记·曲礼上》：“布席，席间函丈。”谓讲问之坐席，讲者与听者间相距一丈。函，容。

[6] 驾肩：并肩，比肩。

[7] “或侔”句：谓拟作百官箴。相传周初太史辛甲，命百官作箴以戒王之缺失，皆亡佚，唯《虞人箴》见于《左传》。至西汉时，扬雄模拟之，作《州箴》《官箴》，东汉诸文士又为补作。箴阙，箴戒缺失。阙，缺。

[8] 补亡：谓效法《诗经》作《补亡诗》。《小雅》中《南陔》《白华》《华黍》《由庚》《崇丘》《由仪》六者，毛传云“有其义而亡其辞”，郑玄以来皆以为原有其辞，经战国与秦而亡佚，自赵宋起，始有人以为原无其辞。西晋束皙有《补亡诗》六首。

[9] “咸欲”二句：谓皆欲藐视《诗》《骚》而超越之。《采葛》，《王风》篇名。《怀沙》，《九章》篇名。

[10] 碧鸡：形状似鸡的碧。碧，一种玉石。《汉书·王褒传》：“后方士言益州有金马、碧鸡之宝，可祭祀致也。宣帝使褒往祀焉。褒于道病死，上闵惜之。”《文选》卷五五刘孝标《广绝交论》李善注引有王褒《碧鸡颂》。王褒为汉宣帝时赋家，词藻富丽。宣帝常使他与其他文士随从行猎、游历，作歌、颂，品第其高下。此处借用其事，言文士以其作品互相竞争。

[11] 白凤：殷芸《小说》：“扬雄著《太玄经》，梦吐白凤凰，集于《玄》上。”(按：《西京杂记》载此事，但云凤凰，无“白”字，参《旧唐书·文苑传序》注[23]。又按：此句与上句借用“碧鸡”“白凤”以成偶对。杨炯《大唐益州大都督府新都县学先圣庙堂碑文并序》：“碧鸡雄辩则沧海沸腾，白凤宏辞则烟霞喷薄。”)

[12] “未逃”句：季绪，汉末刘修字季绪，刘表之子。好指摘文章利病，见曹植《与杨德祖书》。

[13] “孰望”句：谓岂能企望如汉武帝对《子虚赋》那样的称赏。汉武帝称赏司马相如《子虚赋》，有恨不与同时之叹，见《史记·司马相如传》。

[14] 三变之体：参《旧唐书·文苑传序》注[15]。

[15] 二班：班彪、班固父子。《文选》卷五〇沈约《宋书·谢灵运传论》：“二班长

于情理之说。”

[16] 七子：指建安七子，见曹丕《典论·论文》。

[17] 鲍、谢：南朝作家鲍照、谢灵运，也可指鲍照、谢朓。

[18] 徐、庾：徐陵、庾信，梁、陈著名作家，以辞藻艳丽称。

[19] 纂组：丝织的带子。组，丝带。纂（zuǎn），组中之赤色者。《西京杂记》卷二载司马相如语："合纂组以成文。"

[20] 金碧：黄金、碧玉。

[21] "国初"句：唐武德中设修文馆于门下省，后改名弘文馆。又贞观中设太子学馆，曰崇文馆。

[22] 虞、许：虞世南，唐初著名文学家、书法家，官至秘书监。太宗甚亲礼之，称其有德行、忠直、博学、文辞、书翰五绝。许敬宗，仕高祖、太宗、高宗，官至太子少师、同东西台三品，监修国史。自贞观以来，朝廷有所修撰，敬宗常总知其事。

[23] 苏、李：苏味道，武则天时宰相。李峤，武则天时宰相，朝廷每有大手笔，皆特令峤为之。苏、李同为赵州人，少时即以文辞知名，时人谓之苏、李。

[24] 台鼎：古称三公为台鼎，犹天有三台星，鼎有三足。此喻宰相等高级官员。

[25] 学际天人：司马迁《报任安书》："究天人之际。"

[26] 润色之文：指诏诰等所谓"润色王言"之作。

[27] 龌龊：局限，拘束。

[28] 沈、谢：沈约、谢朓，皆永明体代表作者。

[29] 壶奥：喻深入。

[30] 根荄：喻根本。荄（gāi），草根。

[31]《盘盂》：《汉书·艺文志·诸子略》有《孔甲盘盂》二十六篇，属杂家。《汉书·田蚡传》云蚡"辩有口，学《盘盂》诸书"，注引应劭曰："书盘盂中，所以为法戒也。"

[32] "优游"句：《左传·襄公二十一年》引逸诗："优哉游哉，聊以卒岁。"

[33] "但留"二句：其意为只要有优秀作家，便长有优秀的作品。《茎》《英》，颛顼乐舞《六茎》及帝喾乐舞《五英》。

[34] "不习"二句：意为若不经努力学习，便不能写出好的作品。《世说新语·识鉴》："（山涛）因与诸尚书言孙吴用兵本意……时人以谓山涛不学孙吴，而暗与之理会。"任昉《百辟劝进今上笺》："不习孙吴，遘兹神武。"此反用其意。孙吴，孙武、吴起，春秋战国时著名军事家。

说明

《旧唐书》于唐代文人中，评价最高的是元稹、白居易。书中将元、白二人合为一传（其中有另三人的简短附传），传中不仅记述二人的仕宦进退、政治方面的见解与作为等，还以相当多的篇幅记述他们在诗文写作方面的事迹，如所谓"元和诗体"的问题、元白以文章交往、互相唱和的经过等，充分显示了元、白的创作成就和在当时的巨大影响。传中还连篇累牍载录二人的文章，其中好些篇是有关于文或自抒情怀而与政治没有多大关系的，如元稹的《上令狐相公诗启》《白氏长庆集序》，白居易的《与元九书》《木莲荔枝图序》《池上篇并序》等。《旧唐书》不但在其本传中大量录载其文，还在其他人的传中录载之。如于《刘禹锡传》中载白居易《刘白唱和集解》，于《唐衢传》中载白氏的《寄唐生》诗的前半篇，通过白氏对传主的赞扬来表示对传主的肯定。又《白居易传》中提到白氏效陶渊明《五柳先生传》作《醉吟先生传》，而于《司空图传》中又云图"尝拟白居易《醉吟传》为《休休亭记》"。凡此都表明了史臣对元、白创作的倾倒。至于这里所录的传末评论及赞，更是专论元、白的文章写作，将元、白与建安时的曹植、刘桢、永明时的沈约、谢朓并列。在史臣看来，建安、永明、元和乃是文学史上最重要的关键时期，而元、白是元和时期的代表作家，则二人在整个文学史上的地位灼然可知。

史臣这里对元、白的赞颂，与《文苑传序》所体现的对骈体文学的肯定是一致的。建安文学始乃"以文被质"（沈约《宋书·谢灵运传论》），讲究词藻之美（包括对偶），可说是处于骈体文学发端时期；永明提倡声律，处于骈体文学的成熟时期；元、白在当时影响最大的乃是其流丽的律诗体。《元稹传》载其《上令狐相公诗启》说到元和诗体，即指"杯酒光景间""以自吟畅"所作的"小碎篇章"（短篇律诗，包括绝句）和与白居易相唱和的"驱驾文字，穷极声韵"以显其能的千言、五百言律诗。白居易将自己的诗作分类时的"杂律"也就属此种。史臣称赏元稹之作"善状咏风态物色"，又说二人唱和之作"流闻阙下，里巷相传，为之纸贵"，所指的也就是此类所谓"元和体"诗。元、白都重视自己的讽喻诗，但当时一般读者所喜爱、不胫而走的，乃是"元和体"诗和《长恨歌》之类的感伤诗。《旧唐书·白居易传》中虽曾说到白氏讽喻诗，但其津津乐道的还是"元和体"。史臣的审美趣味与中晚唐一般读者是相一致的。

在文学史上，与元、白并时的韩愈、柳宗元等写作古文，当然据有重要的地位。但《旧唐书》史臣对这一文学现象，远远不如对元、白诗的关注与热情。韩愈、张籍、孟郊、唐衢、李翱、刘禹锡、柳宗元等人在《旧唐书》中合为一传，传中也说到诸人的文学成就，关于韩愈等人写作古文，也有肯定之语。如说韩愈“为文，务反近体，抒意立言，自成一家新语，后学之士，取为师法”，“愈、翱挥翰，语切典坟”；说刘禹锡“精于古文”；说柳宗元“下笔构思，与古为侔，精裁密致，璨若珠贝，当时流辈咸推之”。但是，于韩愈所作古文也有批评之语，说他“时有恃才肆意，亦有戾孔、孟之旨”。史臣只是将中唐古文写作视为一个曾经存在过、“自成一家新语”的文学现象予以记载而已，全然没有指出这一现象在散文发展史、文学史上的作用和地位。这与“文章新体，建安永明；沈谢既往，元白挺生”的评价不可同日而语。

韩、柳虽大力提倡古文，但古文在晚唐五代并无大的势力。社会上流行的、在文坛占主导地位的仍是骈体。《旧唐书》史臣的态度便是此种状况的反映。其各传后的“史臣曰”，骈文气息也十分浓重。每传后还都有四言韵语的“赞”，那也是南朝骈文时代的遗迹。其写作实践与上文所述对今、古文体的态度是一致的。到北宋欧阳修、宋祁等《新唐书》，情况便大不一样。《新唐书》对白居易、韩愈的评价，与《旧唐书》显然不同。同时欧、宋等对《旧唐书》的文体也甚为不满而予以改变；不但传后的赞(相当于《旧唐书》的“史臣曰”)用散体，而且还将传中所载唐人所作的骈体气息的文字改写为古文。史书的编撰，也反映了时代的文坛风气，新、旧《唐书》乃是鲜明的例证。

花间集序

〔五代〕欧阳炯

作者简介

欧阳炯(约896—971)，益州华阳(今四川成都)人。初仕前蜀，为翰林学士、中书舍人。后唐灭蜀，随后主王衍入洛阳。又仕后蜀，官至门下侍郎，兼户部尚书、平章事。后蜀亡，随蜀主孟昶归宋，官翰林学士、散骑常侍。工诗文，尤以词著名。所作《花间集序》为中国文学批评史上第一篇词学批评论文。《十国春秋》卷五十六有传。

镂玉雕琼，拟化工而迥巧；裁花剪叶，夺春艳以争鲜。是以唱云谣则金母词清[1]，挹霞醴则穆王心醉。名高《白雪》[2]，声声而自合鸾歌；响遏青云[3]，字字而偏谐凤律。《杨柳》《大堤》之句，乐府相传[4]；芙蓉、曲渚之篇[5]，豪家自制。莫不争高门下，三千玳瑁之簪[6]；竞富樽前，数十珊瑚之树[7]。则有绮筵公子，绣幌佳人，递叶叶之花笺，文抽丽锦；举纤纤之玉指，拍按香檀[8]。不无清绝之辞，用助娇娆之态。

自南朝之宫体[9]，扇北里之倡风[10]，何止言之不文，所谓秀而不实[11]。有唐已降，率土之滨[12]，家家之香径春风，宁寻越艳[13]；处处之红楼夜月，自锁嫦娥[14]。在明皇朝则有李太白应制《清平乐》词四首[15]，近代温飞卿复有《金荃集》[16]。迩来作者，无愧前人。今卫尉少卿字弘基[17]，以拾翠洲边[18]，自得羽毛之异；织绡泉底，独殊机杼之功[19]。广会众宾，时延佳论，因集近来诗客曲子词五百首，分为十卷。以炯粗预知音，辱请命题，仍为叙引。昔郢人有歌《阳春》者，号为绝唱。乃命之为《花间集》。庶使西园英哲，用资羽盖之欢[20]；南国婵娟，休唱莲舟之引[21]。

时大蜀广政三年夏四月日叙[22]。

人民文学出版社版李一氓《花间集校》

注释

[1]“唱云谣”句：《穆天子传》卷三：“天子（周穆王）觞西王母于瑶池之上，西王母为天子谣曰：白云在天，山陵自出。道里悠远，山川间之。将子无死，尚能复来。”云谣指此。金母，指西王母，西方属金。吴筠《步虚词》：“倏欻造西域，嬉游金母家。”

[2]《白雪》：《文选》卷四五宋玉《对楚王问》：“客有歌于郢中者……其为《阳春》《白雪》，国中属而和者不过数十人。”指高雅的乐曲。

[3]“响遏”句：《列子·汤问》：“（秦青）抚节悲歌，声振林木，响遏行云。”

[4]“《杨柳》”二句：杨柳，汉代、南朝乐府歌曲皆有《折杨柳》曲，隋唐有《杨柳枝》曲，歌辞中咏及杨柳者尤多。大堤，南朝《西曲歌》有《襄阳乐》，其歌辞言“大堤”。萧纲因之而作《大堤》曲。唐人作者颇多。大堤原为地名，在

襄阳。

[5]“芙蓉”句：芙蓉，东晋南朝《吴声歌曲》《西曲》中每言“芙蓉”。所谓“风人体”者用“芙蓉”语尤多。如《子夜歌》“雾露隐芙蓉，见莲不分明”，由芙蓉引出“莲”字，而以“莲”谐“怜”。曲渚，未详。《乐府诗集》《西曲歌辞·襄阳乐》题解引《古今乐录》：“简文帝《雍州》十曲有《大堤》《南湖》《北渚》等曲。”其《北渚》歌辞写荡舟行乐情景，“曲渚之篇”，或亦此类。

[6]“争高”二句：谓贵族豪门门客众多，争高斗富。三千，言门下客人数之多。《史记·孟尝君列传》言孟尝“食客三千人”，《信陵君列传》云“致食客三千人”。《春申君列传》云：“赵平原君使人于（楚）春申君，春申君舍之于上舍。赵使欲夸楚，为玳瑁簪，刀剑室以珠玉饰之，请命春申君客。春申君客三千余人，其上客皆蹑珠履，以见赵使。赵使大惭。”

[7]“竞富”二句：西晋石崇、王恺以珊瑚树斗富，见《世说新语·汰侈》。

[8]“拍按”句：用檀木所制拍板打拍子。按，击。此句顺言为“按香檀之拍”，上文“文抽丽锦”为“抽丽锦之文”，两相对偶。

[9]南朝之宫体：《梁书·简文帝纪》云萧纲为诗“伤于轻艳，当时号曰宫体”。《隋书·经籍志》：“清辞巧制，止乎衽席之间；雕琢蔓藻，思极闺闱之内。后生好事，递相放习，朝野纷纷，号为宫体。”

[10]北里：《史记·殷本纪》载，纣使师涓“作新淫声，北里之舞、靡靡之乐”，后世因以“北里”指称动听而淫靡之音乐歌舞。倡，歌舞伎人。

[11]秀而不实：即“华而不实”。欧阳炯《蜀八卦殿壁画奇异记》（《益州名画录》卷上）：“六法之内，惟形似、气韵二者为先。……有形似而无气韵，则华而不实。”此谓南朝宫体所扇动之淫词艳曲“秀而不实”，当亦有批评其所描画者如土木偶而不生动、不真切之意。

[12]率土之滨：谓整个中国范围内，语见《诗经·小雅·北山》。率，循，沿。滨，水边。古人以为中国四周环水，故云。

[13]“家家”二句：意谓到处都有能歌善舞之美女，难道还得去寻求越地佳丽？香径，传说吴王阖闾起馆娃宫，植香草于山，命美人采之，名采香径。唐人多有题咏。越艳，如春秋时美女西施、郑旦等越人。

[14]嫦娥：借指美女。

[15]“李太白”句：按李白有《清平调》三首，皆七言绝句。宋黄昇《花庵词选》卷一别载李白《清平乐令》二首，题下注云：“翰林应制。按唐吕鹏《遏云集》（今佚）载应制词四首；以后二首无清逸气韵，疑非太白所作。”又《尊前集》

卷上于《清平调》三首及黄昇所录《清平乐令》二首之外，别载李白《清平乐》三首。不知欧阳炯所说清平乐词四首何所指。《花庵词选》及《尊前集》所载《清平乐令》《清平乐》，今人一般以为乃托名李白者。

[16] 温飞卿：温庭筠，字飞卿，晚唐诗人，与李商隐并称“温李”。亦擅长音乐。有《金荃集》十卷。

[17] “今卫尉”句：南宋晁谦之刻本《花间集》之总目有“银青光禄大夫行卫尉少卿赵崇祚集”一行，知弘基姓赵，名崇祚，其事迹不详。

[18] 拾翠：曹植《洛神赋》：“或采明珠，或拾翠羽。”翠，翡翠鸟。韦庄《又玄集序》：“撷芳林下，拾翠岩边。”喻拣选佳作，此处意同。

[19] “织绡”二句：似指赵氏编集众家作品而言。左思《吴都赋》：“泉室潜织而卷绡。”李善注：“俗传鲛人从水中出，曾寄寓人家，积日卖绡。”裴铏《传奇·萧旷》：“织绡泉底少欢娱。”

[20] “庶使”二句：意谓《花间集》可供贵族豪家游宴时演唱助兴。曹丕《芙蓉池作》云：“乘辇夜行游，逍遥步西园。”又云：“卑枝拂羽盖，修条摩苍天。”曹植《公宴》亦有“清夜游西园，飞盖相追随”之句。

[21] “南国”二句：意谓《花间集》可为歌儿舞女提供新的歌辞，不必再唱旧曲。莲舟，采莲舟。乐府古辞《江南》有“江南可采莲”之句。东晋南朝之《吴声》《西曲》中咏采莲者甚多。梁武帝曾作《江南弄》诸曲，其中之一为《采莲》。梁朝大将羊侃亦曾自作《采莲》《棹歌》两曲。少女采莲歌唱在江南为极普遍之事，又是旧曲中反复歌咏者，故以“莲舟之引”泛指旧曲辞。

[22] 广政：后蜀孟昶年号(938—965)。

说明

《花间集》为后蜀赵崇祚所编，收录晚唐五代温庭筠、皇甫松、韦庄等十八位作者的词五百首，是最早的有主名的文人词总集。欧阳炯所作的序，可说是文学史上第一篇词学论文。

序中首先说，贵族豪门、王孙公子为了娱乐，让歌儿舞女演唱歌曲，所唱的都是纤巧艳丽之辞。文中举到的“《杨柳》《大堤》之句”，“芙蓉、曲渚之篇”，大体上都是产生、风行于南朝的《吴声》《西曲》，它们在南朝时是盛行于民间的新曲，而为贵族阶层所喜爱并仿制。欧阳炯之意是说隋唐新兴的“曲子词”也如《吴声》《西曲》一样，其功用即在于佐酒侑欢，也可说是一种女性化的歌辞。

接着批评南朝宫体、北里倡风“言之不文”，“秀而不实”，这是为了反衬唐代作品之高卓。“言之不文”，是说艺术加工还不够好，可能也有指斥其俚俗之意。(宫体诗皆文人所作，文辞是经过加工的；至于“北里之倡风”，泛指民间俗曲，其文辞俚质者自不在少数)“秀而不实”，当是说描绘人物、场景等不够真切，未能做到栩栩如生、如在目前。欧阳炯曾评说绘画，云徒有形似而气韵不生动，乃是“华而不实”，其语可帮助了解此处“秀而不实”的含义。比起宫体诗来，唐代文人的词作确实在绘声绘色、具体生动方面进步多了。

关于唐代制作，欧阳炯谈到娱乐用的音乐歌舞之普及，这正是曲子词创作发达的社会基础；并举出李白、温庭筠作为词人的代表。最后说《花间集》的编集也是供游宴佐欢之用，是为了提供新的歌词。

欧阳炯此序典型地反映了早期词家关于词的功用、风格的观念。据《宋史·西蜀世家》载，欧阳炯“尝拟白居易讽谏诗五十篇以献(按：当指拟白氏的《新乐府》)，(孟)昶手诏嘉美”。在当时人心目中，不同体裁的作品有各自不同的功能。诗已与“古文”不同，词则更不过用于酒席娱乐，故欧阳炯可用诗作为讽谏之具，论词则只言红楼夜月、公子佳人而已。

中国古代文论选编

（下卷）

主编 黄霖 蒋凡

编著 杨明 刘明今 邬国平 羊列荣 周兴陆

復旦大學出版社

目　录

下卷

两宋

应责　柳开 / 537
答张扶书(节录)　王禹偁 / 539
答韩三子华韩五持国韩六玉汝见赠述诗　梅尧臣 / 542
怪说中　石介 / 544
梅圣俞诗集序(节选)　欧阳修 / 546
答吴充秀才书　欧阳修 / 549
论尹师鲁墓志　欧阳修 / 551
六一诗话(选录)　欧阳修 / 555
仲兄字文甫说　苏洵 / 559
通书·文辞　周敦颐 / 562
伊川击壤集序　邵雍 / 563
上人书　王安石 / 567
二程遗书·伊川先生语(选录)　程颐 / 569
答谢民师书(节录)　苏轼 / 571
书黄子思诗集后　苏轼 / 574
送参寥师　苏轼 / 576
上枢密韩太尉书　苏辙 / 578
与王观复书三首之一(节录)　黄庭坚 / 581
答洪驹父书　黄庭坚 / 583
词评　晁补之 / 586

石林诗话(选录)　叶梦得 / 588
学诗诗　吴可 / 593
论词　李清照 / 594
题酒边词　胡寅 / 598
碧鸡漫志(选录)　王灼 / 600
夏均父集序　吕本中 / 604
童蒙诗训(选录)　吕本中 / 606
岁寒堂诗话(选录)　张戒 / 609
九月一日夜读诗稿有感走笔作歌　陆游 / 617
示子遹　陆游 / 619
和李天麟二首　杨万里 / 620
江西宗派诗序　杨万里 / 623
答巩仲至(节录)　朱熹 / 628
朱子语类·论文(选录)　朱熹 / 631
白石道人诗说(选录)　姜夔 / 636
论诗十绝　戴复古 / 639
文章正宗纲目　真德秀 / 642
唐文为一王法论　魏了翁 / 644
竹溪诗序(节录)　刘克庄 / 650
后村诗话(选录)　刘克庄 / 652
沧浪诗话(选录)　严羽 / 657
辛稼轩词序　刘辰翁 / 665
词源(选录)　张炎 / 668
梦粱录·小说讲经史(节录)　吴自牧 / 674
醉翁谈录·舌耕叙引(节选)　罗烨 / 677

论苏黄诗四首　王若虚 / 689
论诗三十首　元好问 / 691
归潜志(选录)　刘祁 / 707
赠宋氏序　胡祗遹 / 709

中原音韵序　虞集 / 711
阳春白雪序　贯云石 / 715
沈氏今乐府序　杨维桢 / 718
录鬼簿序　钟嗣成 / 721
青楼集志　夏庭芝 / 724

明代

文原(选录)　宋濂 / 731
空同子瞽说(选录)　苏伯衡 / 734
独庵集序　高启 / 738
剪灯新话序　瞿佑 / 740
唐诗品汇总叙　高棅 / 742
太和正音谱(选录)　朱权 / 748
怀麓堂诗话(选录)　李东阳 / 751
三国志通俗演义序　庸愚子 / 754
缶音序　李梦阳 / 758
驳何氏论文书　李梦阳 / 761
诗集自序　李梦阳 / 765
与郭价夫学士论诗书　王廷相 / 768
谈艺录(选录)　徐祯卿 / 772
与李空同论诗书　何景明 / 775
诗余图谱凡例按语　张綖 / 779
李前渠诗引　杨慎 / 781
四溟诗话(选录)　谢榛 / 784
禹鼎志序　吴承恩 / 787
市井艳词序　李开先 / 789
董中峰侍郎文集序　唐顺之 / 791
答茅鹿门知县二(选录)　唐顺之 / 794
送王元美序　李攀龙 / 797
古乐府·序　李攀龙 / 800
西厢序　徐渭 / 802

南词叙录(选录)　天池道人 / 803
水浒传序　天都外臣 / 806
艺苑卮言(选录)　王世贞 / 813
五岳山房文稿序　王世贞 / 815
童心说　李贽 / 817
杂说　李贽 / 821
忠义水浒传序　李贽 / 823
容与堂本李卓吾先生批评忠义水浒传回评(选录)　李贽 / 826
曲律(选录)　王骥德 / 829
文论　屠隆 / 834
答吕姜山　汤显祖 / 839
孙鹏初遂初堂集序　汤显祖 / 841
元曲选序二　臧懋循 / 844
诗薮(选录)　胡应麟 / 847
词隐先生论曲　沈璟 / 851
金瓶梅词话序　欣欣子 / 854
论文上　袁宗道 / 857
诗源辩体(选录)　许学夷 / 860
叙小修诗　袁宏道 / 864
雪涛阁集序　袁宏道 / 867
诗论　钟惺 / 870
诗归序　钟惺 / 873
叙山歌　冯梦龙 / 876
古今小说叙　绿天馆主人 / 878
曲品(选录)　吕天成 / 882
答陈人中论文书　艾南英 / 886
万茂先诗序　谭元春 / 894
诗镜总论(选录)　陆时雍 / 896
宋辕文诗稿序　陈子龙 / 899
王介人诗余序　陈子龙 / 902

清代

虞山诗约序　钱谦益 / 907
读第五才子书法(选录)　金圣叹 / 910
西厢记・惊艳总批(选录)　金圣叹 / 913
缩斋文集序　黄宗羲 / 916
马雪航诗序　黄宗羲 / 919
闲情偶寄(选录)　李渔 / 922
围炉诗话(选录)　吴乔 / 930
日知录(选录)　顾炎武 / 932
姜斋诗话(选录)　王夫之 / 936
读三国志法(选录)　毛纶、毛宗岗 / 941
宗子发文集序　魏禧 / 944
词选序　陈维崧 / 948
原诗(选录)　叶燮 / 952
陈纬云红盐词序　朱彝尊 / 956
带经堂诗话(选录)　王士禛 / 958
聊斋自志　蒲松龄 / 962
答谢小谢书　廖燕 / 965
长生殿例言　洪昇 / 968
桃花扇凡例　孔尚任 / 971
词综序　汪森 / 975
谈龙录(选录)　赵执信 / 978
古文约选序例(选录)　方苞 / 981
批评第一奇书金瓶梅读法(选录)　张道深 / 986
说诗晬语(选录)　沈德潜 / 989
古诗源序　沈德潜 / 992
论词绝句十二首(选录)　厉鹗 / 994
论文偶记(选录)　刘大櫆 / 997
红楼梦评语　脂砚斋 / 1000
随园诗话(选录)　袁枚 / 1003
答沈大宗伯论诗书　袁枚 / 1006

儒林外史序　闲斋老人 / 1009
与方希原书　戴震 / 1012
述庵文钞序　姚鼐 / 1015
复鲁絜非书　姚鼐 / 1017
志言集序　翁方纲 / 1021
石洲诗话(选录)　翁方纲 / 1025
文德　章学诚 / 1027
大云山房文稿二集自序　恽敬 / 1031
词选序　张惠言 / 1035
花部农谭序　焦循 / 1038
文言说　阮元 / 1041
宋四家词选目录序论(选录)　周济 / 1045

长短言自序　龚自珍 / 1051
书汤海秋诗集后　龚自珍 / 1054
使黔草自序　何绍基 / 1056
欧阳生文集序　曾国藩 / 1059
艺概(选录)　刘熙载 / 1065
人境庐诗草自序　黄遵宪 / 1071
《孝女耐儿传》序　林纾 / 1073
何心与诗叙　陈衍 / 1077
时新小说出案(节选)　傅兰雅 / 1079
论白话为维新之本　裘廷梁 / 1083
中国之演剧界　蒋观云 / 1090
译印政治小说序　任公 / 1093
论小说与群治之关系　梁启超 / 1096
《小说林》缘起　觉我 / 1104
中国文学史・总论(节选)　黄人 / 1108
国故论衡・文学总略　章炳麟 / 1121
说戏(节选)　齐如山 / 1136

白雨斋词话自叙　陈廷焯 / 1141
《红楼梦》评论　王国维 / 1145
人间词话(选录)　王国维 / 1169
《二十世纪大舞台》发刊辞　柳亚子 / 1178
南社启　高旭 / 1183
摩罗诗力说(选录)　令飞 / 1187

两宋

应　　责

〔宋〕柳　开

作者简介

柳开(947—1000),字仲涂,大名(今属河北)人。宋太祖开宝六年进士,历任州地方官和殿中侍御史等。他是宋初最早倡导“古文”、反对五代卑弱文风的文人之一。原名肩愈(一作肖愈),字绍先(一作绍元),有继承韩柳之意。后以开启儒道为己任,乃易其名字。有《河东集》十五卷、附录一卷。《宋史》卷四百四十有传。

或责曰:子处今之世,好古文与古人之道,其不思乎?苟思之,则子胡能食乎粟、衣乎帛、安于众哉?众人所鄙贱之,子独贵尚之,孰从子之化也,忽焉将见子穷饿而死矣。

柳子应之曰:於乎!天生德于人,圣贤异代而同出。其出之也,岂以汲汲于富贵,私丰于己之身也,将以区区于仁义,公行于古之道也。己身之不足,道之足,何患乎不足;道之不足,身之足,则孰与足?今之世与古之世同矣,今之人与古之人亦同矣。古之教民,以道德仁义;今之教民,亦以道德仁义。是今与古,胡有异哉?古之教民者,得其位,则以言化之,是得其言也,众从之矣;不得其位,则以书于后,传授其人,俾知圣人之道易行,尊君敬长,孝乎父,慈乎子。大哉斯道也,非吾一人之私者也,天下之至公者也。是吾行之,岂有过哉?且吾今恓恓草野[1],位不及身,将以言化于人,胡从于吾矣。故吾著书自广[2],亦将以传授于人也。

子责我以好古文。子之言,何谓为古文?古文者,非在辞涩言苦,使人难读诵之;在于古其理[3],高其意,随言短长[4],应变作制,同古人之行事,是谓古文也。子不能味吾书,取吾意,今而视之,今而诵之[5];不以古道观吾心,不以古道观吾志,吾文无过矣。吾若从世之文也,安可垂教于民哉?亦自愧于心矣。欲行古人之道,反类今人之文,譬乎游于海者，乘之以骥，可乎哉？苟不可，则吾从于古文。吾以此道化于民，若鸣金石于宫中，众岂曰丝竹之音也，则以金石而听之矣。

食乎粟，衣乎帛，何不能安于众哉？苟不从于吾，非吾不幸也，是众人之不幸也；吾岂以众人之不幸，易我之幸乎？纵吾穷饿而死，死即死矣，吾之道岂能穷饿而死之哉？吾之道，孔子、孟轲、扬雄、韩愈之道；吾之文，孔子、孟轲、扬雄、韩愈之文也。子不思其言，而妄责于我。责于我也即可矣；责于吾之文，吾之道也，即子为我罪人乎！

《四部丛刊》影旧抄本《河东先生集》卷一

注释

［1］恓恓草野：孑然为平民之身。恓恓，孤寂貌。

［2］自广：犹言自宽，自我安慰。

［3］古其理：使文章义理合乎古道。

［4］随言短长：韩愈《答李翊书》："气盛则言之短长与声之高下者皆宜。"盖此所本。

［5］"今而视之"二句：以今世之文的标准来要求我的文章。

说明

柳开是宋初最早一批倡导古文的儒者。当其时，浮艳柔弱的骈体流行于文坛，批评者有"高梁柳范"，即高锡、梁周翰、柳开和范杲。四人以习尚淳古齐名，而影响最大的是柳开。

《应责》一文集中体现了柳开的古文思想及其开拓新文风的志向。发扬"古道"是他的古文思想的出发点。儒家的道德仁义，是古今一以贯之的，此其所以为"古道"。它从孔子一直传承到韩愈，形成"道统"。"文章为道之筌也"(《上王学士第二书》)，所以"道"有"统"，"文"也有"统"。柳开说："吾之道，孔子、孟轲、扬雄、韩愈之道；吾之文，孔子、孟轲、扬雄、韩愈之文也。"可知这两个"统"是重合的，"文统"不独立于"道统"。这就是文道合一的思想。

柳开所谓"古文"，是根据文道合一的观点来界定的："古其理，高其意，随言短长，应变作制，同古人之行事，是谓古文也。"内容上要"古""高"，其实也就是要合乎“古道”。形式上“随言短长”，是与骈文相对立的。“古道”的传承，必依于相应的“文”，而“今人之文”无以“行古人之道”，正如乘骥不能游于海一样，这说明柳开所理解的“古文”，本质上就是传道的一种形式。从“古文”即从“古道”，从“古道”必从“古文”，这就将骈文等完全排斥于“文统”之外。

柳开的“古文”观继承于韩愈，但其实与韩愈不同。韩愈没有文道合一的思想，他所说的“文”，是《庄》《骚》汉赋也包括在内的，所以他不必沿“道统”的轨迹来确定“古文”的范围，而骈文也可以为“古文”创作所借鉴。韩愈能以“今”通“古”，所以他的“古文”是“今”之“古文”。柳开则不然，他是以“古”贯“今”，所以他的“古文”犹为“古”之“古文”。《四库提要》称其文“体近艰涩”，就是这个缘故。其实许多倡导“古文”的儒者，往往主张文道合一，因而都有这样的通病。

柳开所重在“道”而不在“文”，终未能致力于新文体的建设，所以也不能开拓北宋文学的新风气。不过他对“今文”的批判和对“古文”的积极倡导，确实为北宋的古文发展造成一种有利的声势。

答张扶书（节录）

〔宋〕王禹偁

作者简介

王禹偁（954—1001），字元之，济州巨野（今属山东）人。太宗太平兴国八年（983年）进士，官至知制诰、翰林学士。真宗咸平初年，预修《太祖实录》，直书其事。时宰相张齐贤、李沆不协，意禹偁议论轻重其间，遂出知黄州（今属湖北），故世亦称“王黄州”。后迁蕲州，未逾月而卒。禹偁以直躬行道为己任，敢于直言。作诗慕效白居易、杜甫、李白及民歌，论文则推崇韩、柳，反对五代艳冶文风，主张明白晓畅，为宋初古文运动的先驱者。有《小畜集》三十卷，传见《宋史》卷二百九十三。

秀才张生足下：仆之登第也，与子之兄为同恩生[1]，故仆兄事子之兄，父事子之父，子之与仆亦弟也。子又携文致书，问道于我，虽他人宜有答也，况子之于我哉！然仆顷尝为长洲令[2]，因病起抄书，得目疾，不喜视书，书不读数年矣。虽强之，少顷必息其目，不数日不能竟一卷，用是见仆道益荒，而文益衰也。又四年之中，再为谪吏[3]，顿挫摧辱[4]，殆无生意，以私家之食之累，未及引去，黾勉于簿书间以度朝夕[5]，尚有意讲道而评文乎？为子力读十数章，茫然难得其句，昧然难见其义，可谓好大而不同俗矣。

夫文，传道而明心也。古圣人不得已而为之也。且人能一乎心至乎道[6]，修身则无咎，事君则有立。及其无位也，惧乎心之所有，不得明乎外；道之所畜，不得传乎后。于是乎有言焉。又惧乎言之易泯也，于是乎有文焉。信哉不得已而为之也！既不得已而为之，又欲乎句之难道邪？又欲乎义之难晓邪？必不然也。……今为文而舍六经，又何法焉？若第取其《书》之所谓"吊由灵"[7]，《易》之所谓"朋盍簪"者[8]，模其语而谓之古，亦文之弊也。近世为古文之主者[9]，韩吏部而已。吾观吏部之文，未始句之难道也，未始义之难晓也。其间称樊宗师之文"必出于己，不袭蹈前人一言一句"[10]，又称薛逢为文"以不同俗为主"[11]。然樊、薛之文，不行于世；吏部之文，与六籍共尽。此盖吏部诲人不倦，进二子以劝学者。故吏部曰："吾不师今，不师古，不师难，不师易，不师多，不师少，唯师是尔[12]。"

今子年少志专，雅识古道，又其文不背经旨，甚可嘉也。如能远师六经[13]，近师吏部，使句之易道，义之易晓，又辅之以学，助之以气，吾将见子以文显于时也。某顿首。

《四部丛刊》影宋刻本(配旧抄本)《王黄州小畜集》卷十八

注释

[1] 同恩生：对同科进士的称呼。

[2] 顷尝为长洲令：顷，往时。王禹偁太平兴国八年擢进士，授成武主簿，徙知长洲县(今属江苏)。

[3] 四年之中再为谪吏：太宗至道元年(995年)禹偁召入翰林为学士，坐谤讪，罢为工部郎中，知滁州(今属安徽)。真宗即位，召回。咸平元年(998年)，又出知黄州。前后相隔四年，故云。

[4] 顿挫摧辱：经受挫折侮辱。

[5] 簿书：官署中的文书簿册。
[6] 一乎心：用心专一的意思。“乎”原作“平”，形近而误。
[7] “吊由灵”：语见《尚书·盘庚》。
[8] “朋盍簪”：语见《周易·豫》九四爻辞。
[9] 近世：“近”原作“迫”，形近而误。
[10] 樊宗师：字绍述。为文奇涩，时号“涩体”。韩愈称樊宗师语见《南阳樊绍述墓志铭》。
[11] 薛逢：当作“薛公达”。韩愈称薛公达语见《国子助教河东薛君墓志铭》。
[12] “吾不师今”数句：语出韩愈《答刘正夫书》，此略其大意。
[13] 如：原作“姑”，形近而讹。

说明

王禹偁《哀高锡》诗评论晚唐五代以降之文风是“流散不复雅”“秉笔多艳冶”，为拯溺纠弊，他主张“复古”，倡导“古文”。但是自韩愈以来，“古文”的创作就有两种不同的风格，如李翱主张平易，而皇甫湜、孙樵等则走艰涩一路。禹偁是主张文以平易为贵的，认为应当在这一方面去继承韩愈古文的传统。这就是《答张扶书》一文的主旨。

“传道”一直是古文家的理论基点。王禹偁也说：“夫文，传道而明心也。”但是有的比较局限于儒家传统之“道”，以阐发道德义理为主；有的比较注重社会之“道”，以反映现实生活为主。禹偁表彰李白之文“颂而讽以救时”（《李太白真赞序》），又表示自己作《畬田词》是为了“以侑其气，亦欲采诗官闻之，传于执政者”，可见他更看重诗文干预现实的意义。他说古圣人“不得已”而为文，其意正与司马迁所说的“不得通其道”而“发愤著书”相通，则其所谓“传道明心”，正不在抽象义理的表达，而与现实人生有更直接的联系。“不得已”就是由内而外，意在通达，必不以句之难道、义之难晓为尚。

柳开也说“古文者，非在辞涩言苦”，却限于其以“古”贯“今”的观念而不能开创平易的文风，反而走上艰涩一途。王禹偁批评“模其语而谓之古”的“古文”观念，就是针对艰涩之弊的。他认为作为“古文之主”的韩愈，其文章正以其平易而为“古文”之典范。韩愈文章未尝没有“怪怪奇奇”的一面，而禹偁强调其“文从字顺”的特征，乃示人以“古文”创作的正确方向。以艰涩为尚的古文家往往会推崇扬雄，柳开在《汉史扬雄传论》中称赏扬雄文章说：“经籍岂异于《太玄》《法言》

乎?”禹偁却明确指出,扬雄之文“不可取而为法”,“扬雄之《太玄》乃空文尔”! 后来欧阳修、苏轼及张耒等都通过对扬雄的批评,来指明宋代文学的发展道理,这证明王禹偁的主张符合文学革新的时代要求。

答韩三子华韩五持国韩六玉汝见赠述诗

〔宋〕梅尧臣

作者简介

梅尧臣(1002—1060),字圣俞,宣州宣城(今属安徽)人,世称宛陵先生。仁宗皇祐三年(1051年)召试,赐同进士出身,为国子监直讲,累迁尚书都官员外郎,预修《唐书》。诗风力求平淡,与苏舜钦齐名,时称“苏梅”。有《宛陵先生集》六十卷。《宋史》卷四百四十三有传。

圣人于诗言,曾不专其中,因事有所激,因物兴以通[1]。自下而磨上[2],是之谓国风,雅章及颂篇,刺美亦道同[3]。不独识鸟兽[4],而为文字工。屈原作《离骚》,自哀其志穷,愤世嫉邪意,寄在草木虫。迩来道颇丧,有作皆言空:烟云写形象,葩卉咏青红;人事极谀谄,引古称辨雄;经营唯切偶,荣利因被蒙。遂使世上人,只曰一艺充,以巧比戏弈,以声喻鸣桐[5]。嗟嗟一何陋,甘用无言终[6]! 然古有登歌[7],缘辞合徵宫,辞由士大夫,不出于瞽矇[8]。予言与时辈,难用犹笃癃[9],虽唱谁能听? 所遇辄瘖聋[10]。诸君前有赠[11],爱我言过丰。君家好兄弟,响合如笙丛[12]。虽欲一一报,强说恐非衷,聊书类顽石,不敢事磨砻[13]。

《四部丛刊》影明刻本《宛陵先生集》卷二十七

注释

[1]“圣人于诗言”四句:圣人并非专门留意于诗,而是因事物的激发,感兴为之。诗言,诗歌,这里指《诗经》。通,表达的意思。

[2] 自下而磨上：即《诗大序》“下以风刺上”之义。磨，动，《诗大序》“风以动之”的意思。

[3] 刺美：刺，刺讥过失；美，称颂功德。

[4] 识鸟兽：孔子有学《诗》“多识于鸟兽草木之名”之语。

[5] “遂使世上人”四句：世人只将作诗充当一种技艺，以为写诗的技巧不过如同下棋，求声律之美犹如弹琴。鸣桐，即弹琴。琴以桐木制成，故以桐代称琴。

[6] 甘用无言终：满足于终篇内容空洞。无言，即“有作皆言空”。

[7] 登歌：升歌，古时重要礼仪活动中登堂时所作的乐歌。

[8] 瞽矇：周代乐官。

[9] “予言与时辈”二句：时下不良的诗风就像难治的病，我的观点难以发挥作用。笃癃，重病。

[10] “虽唱谁能听”二句：即使大声呼吁，也无人响应，好像遇见的不是哑巴就是聋子。瘖聋，哑巴和聋子。

[11] 诸君：指本诗所赠答的韩亿的三个儿子。三子名绛，字子华，开封雍邱人。仁宗庆历二年进士。神宗熙宁七年代王安石为相。及安石再相，出知许州。哲宗立，封康国公。五子名维，字持国。以父辅政，不试进士。后以荐入官。绍圣中，坐元祐党，安置均州。有《南阳集》。六子名缜，字玉汝。仁宗庆历二年进士。哲宗朝拜尚书、右仆射兼中书侍郎。元祐元年遭劾，罢相。以太子太保致仕。

[12] 响合如笙丛：韩氏兄弟感情融洽，如同声乐相和。笙丛，笙管排列有序，其音和谐。

[13] “聊书类顽石”二句：聊作文字，犹如顽石，不敢有攻错之用。这是诗人谦辞，认为自己不能对韩氏兄弟提出有益的见解。磨砻，以石磨物。此借用《诗·小雅·鹤鸣》“他山之石，可以为错”“他山之石，可以攻玉”之义。

说明

北宋之初，朝野效仿白体，唱和之风盛行。其后宗法李商隐、讲究雕章丽句的“西昆体”兴起，刻意推敲，力求精工，以立异于浅俗平易的白体。为振拔近世诗风，梅尧臣积极倡导诗骚传统，欲以重续“风雅之气脉”（刘克庄《后村诗话》）。

梅尧臣认为诗骚的精神一是“因事有所激”，必是有感而发；一是“愤世嫉邪意”，具有政治批判性。当时的诗风，与此相反，“有作皆言空”。“言空”主要表现为：内容上是“烟云写形象，葩卉咏青红”，背离了感于哀乐缘事而发的古诗之义；政治上是“人事极谀谄”，唯知歌功颂德，丧失“美刺”精神；形式上是“引古称辨雄”“经营唯切偶”，以堆砌故实为能事，以声律俪偶为时尚，使诗歌创作沦为弈棋弹琴之类的游戏伎艺。

梅尧臣强调发扬诗骚精神，与他的艺术追求并不矛盾。对于“不主乎刺讥”的林逋诗，尧臣评论说：“其顺物玩情为之诗，则平淡邃美，读之令人忘百事也。”(《林和靖先生诗集序》)“平淡邃美”正是他的审美趣味。在《答中道小疾见寄》中尧臣既指出陶渊明诗理“平淡”，又认为其人有“不平”“傲佚”之气。“作诗无古今，唯造平淡难”(《读邵不疑学士诗卷》)，而欧阳修曾说他“生平苦于吟咏，故其构思极艰”(《六一诗话》)，可见“平淡”之难，在于它需要刻苦锻炼。尧臣诗主“平淡”，实际上是开创了一种风气，成为宋诗的“开山祖师”(刘克庄《后村诗话》)。

怪说中

〔宋〕石　介

作者简介

石介(1005—1045)，字守道，一字公操，兖州奉符(今山东泰安)人。仁宗天圣八年(1030年)举进士，任郓州、南京推官。丁忧，归而躬耕徂徕山下，以《易》教授，时称徂徕先生。服除，因富弼、范仲淹、韩琦等引荐，于庆历二年(1042年)入为国子监直讲。后因卷入派系之争，出任濮州通判，未赴卒。介以继承儒家道统自任，与胡瑗、孙复齐名，称为“宋初三先生”。文风古拙，因其主盟上庠，而影响太学诸生文风，遂形成以艰涩怪僻为尚的“太学体”。有《徂徕集》二十卷。《宋史》卷四百三十二有传。

或曰：天下不谓之怪，子谓之怪。今有子不谓怪，而天下谓之怪。请为子而言之，可乎？曰：奚其为怪也？曰：昔杨翰林欲以文章为宗于天下[1]，忧天下未尽信己之道，于是盲天下人目，聋天下人耳。使天下人目盲，不见有周公、孔子、孟轲、扬雄、文中子、吏部之道。使天下人耳聋，不闻有周公、孔子、孟轲、扬雄、文中子、韩吏部之道。俟周公、孔子、孟轲、扬雄、文中子、吏部之道灭，乃发其盲，开其聋，使天下惟见己之道，惟闻己之道，莫知其他。

今天下有杨亿之道四十年矣。今人欲反盲天下人目，聋天下人耳。使天下人目盲，不见有杨亿之道；使天下人耳聋，不闻有杨亿之道。俟杨亿道灭，乃发其盲，开其聋，使目惟见周公、孔子、孟轲、扬雄、文中子、吏部之道，耳惟闻周公、孔子、孟轲、扬雄、文中子、吏部之道。周公、孔子、孟轲、扬雄、文中子、吏部之道，尧、舜、禹、汤、文、武之道也，三才、九畴、五常之道也[2]。反厥常，则为怪矣。

夫《书》则有尧舜《典》、皋陶益稷《谟》、《禹贡》、箕子之《洪范》，《诗》则有大小《雅》、《周颂》、《商颂》、《鲁颂》，《春秋》则有圣人之经，《易》则有文王之繇[3]、周公之爻[4]、夫子之十翼[5]。今杨亿穷妍极态，缀风月[6]，弄花草，淫巧侈丽，浮华纂组[7]，刓锼圣人之经[8]，破碎圣人之言，离析圣人之意，蠹伤圣人之道[9]，使天下不为《书》之《典》《谟》《禹贡》《洪范》，《诗》之《雅》《颂》，《春秋》之经，《易》之繇、爻、十翼，而为杨亿之穷妍极态，缀风月，弄花草，淫巧侈丽，浮华纂组。其为怪大矣！

是人欲乎其怪而就于无怪，今天下反谓之怪而怪之，呜乎！

《正谊堂全书》本《石守道先生集》卷下

注释

［1］杨翰林：杨亿，曾任翰林学士，与刘筠、钱惟演同为“西昆”诗人的代表。

［2］三才九畴五常之道：三才，指天、地、人。九畴，指大禹治理天下的九类大法。五常，指仁、义、礼、智、信。

［3］文王之繇：繇，卦辞。旧说一般认为周文王重八卦为六十四，未言作卦辞。郑玄主张卦爻辞并是文王所作。

［4］周公之爻：旧说《周易》爻辞为周公所说。

［5］夫子之十翼：十翼指《易传》之《文言》、《彖》上下、《象》上下、《系辞》上下及《说卦》《序卦》《杂卦》等十篇，旧说为孔子所作。

［6］缀风月：吟风弄月。“月”原本讹为“力”，据下文改。

［7］纂组：赤色绶带，亦泛指精美的织物。这里比喻精致华丽的辞采。

[8] 刓锼：败坏之意。刓、锼，都是刻镂的意思。
[9] 蠹伤：损害。

说明

真宗朝和仁宗初年，“西昆体”诗文以博雅典故和华瞻辞采“耸动天下”，风靡三四十年之久，虽然有柳开、王禹偁等倡导古文，开文学革新之先声，但其声势终未足与西昆之风抗衡。于是石介继续批评“西昆”之风，更加直接和猛烈。

作为宋代理学的先驱，石介致力于儒学复兴，撰《怪说》三篇，分别抨击佛家、道家和“西昆”。所以他不是以文学艺术的角度来批评“西昆”的，而是基于回护“道统”的立场，把它视为儒学的对立者，仅次于释道。释道与儒学的对立在“道”的层面，“西昆”与儒学的对立在“文”的层面上，而有害于圣人之道，则是一样的。石介称“西昆”为“杨亿之道”，是把它看成一种反儒学的意识形态。“文”明而“道”彰，儒道传承必有相应之“文”。反之，“文”丧则“道”亦丧：“斯文丧，则尧舜禹汤周公孔子之道不可见矣。”(《上张兵部书》)“西昆”之文“淫巧侈丽，浮华纂组”，已经析离文道的统一关系，因而失去了传承儒道的作用，是“文”之丧，也是“道”之丧。在《上蔡副枢密书》中，石介指出，西昆文风使天下人“浮靡相扇，风流忘返”，“遗两仪、三纲、五常、九畴而为之文也，弃礼乐、孝悌、功业、教化、刑政、号令而为之语言也”，它遗弃和中断了“道统”。那么，“杨亿之道”使天下不知有孔孟之道之文，本质上就是“盲天下人目，聋天下人耳”的蒙昧主义。

骈俪之文的盛行，致使“文”“道”冲突。石介对西昆体的意识形态批判，陈义甚高，却不能解决这个问题。他的“太学体”，也成流弊，跟“西昆”一样都是欧阳修等人所要超越的对象。

梅圣俞诗集序(节选)

〔宋〕欧阳修

作者简介

欧阳修(1007—1072)，字永叔，号醉翁，晚号六一居士，庐陵(今江西吉安)

人。仁宗天圣八年(1030年)进士。范仲淹为相,欧阳修积极参与庆历新政。新政失败,欧阳修上书极谏,被贬出知滁、扬、颍等州。后召为翰林学士。嘉祐二年(1057年),知贡举,倡古文,排抑"太学体"。神宗立,出知亳、青、蔡三州,以反对王安石变法,坚请致仕。卒谥"文忠"。欧阳修平生奖掖后学,汲引文士,为当时文坛领袖,并积极倡导诗文革新运动,有力推动宋代文学的发展。与宋祁等修《新唐书》,自撰《新五代史》。有《欧阳文忠公文集》一百五十卷。传见《宋史》卷三百一十九。

予闻世谓诗人少达而多穷。夫岂然哉?盖世所传诗者,多出于古穷人之辞也。凡士之蕴其所有,而不得施于世者,多喜自放于山巅水涯。外见虫鱼草木风云鸟兽之状类,往往探其奇怪[1];内有忧思感愤之郁积,其兴于怨刺,以道羁臣寡妇之所叹[2],而写人情之难言。盖愈穷则愈工。然则非诗之能穷人,殆穷者而后工也。

予友梅圣俞,少以荫补为吏,累举进士,辄抑于有司,困于州县凡十余年[3]。年今五十,犹从辟书[4],为人之佐,郁其所畜,不得奋见于事业。其家宛陵,幼习于诗,自为童子,出语已惊其长老。既长,学乎六经仁义之说,其为文章,简古纯粹,不求苟说于世。世之人徒知其诗而已。然时无贤愚,语诗者必求之圣俞。圣俞亦自以其不得志者,乐于诗而发之。故其平生所作,于诗尤多。世既知之矣,而未有荐于上者。昔王文康公尝见而叹曰[5]:"二百年无此作矣!"虽知之深,亦不果荐也[6]。若使其幸得用于朝廷,作为雅颂,以歌咏大宋之功德,荐之清庙,而追商周鲁《颂》之作者[7],岂不伟欤!奈何使其老不得志,而为穷者之诗,乃徒发于虫鱼物类、羁愁感叹之言。世徒喜其工,不知其穷之久而将老也,可不惜哉!

《四部丛刊》影元刻本《欧阳文忠公文集》卷四十二

注释

[1] 奇怪:奇特。

[2] 羁臣：被流放的大臣。

[3] 困于州县：梅尧臣初以从父荫补太庙斋郎，历桐城、河南、河阳三县主簿，后任德兴县令兼知建德、襄城两县。皇祐三年(1051年)始得仁宗召试。

[4] 辟书：征召的文书。

[5] 王文康公：王曙，字晦叔，河南人，中进士第，咸平中又举贤良方正科，仁宗朝官至枢密使拜同中书门下平章事，不久病卒，谥"文康"。

[6] 不果荐：举荐不成功。王曙等曾屡荐梅尧臣为馆阁之臣，除得以召试赐进士出身之外，其余没有得到批复。

[7] "若使其幸得用于朝廷"数句：指嘉祐三年(1058年)举行祫祭，御史中丞韩绛举荐梅尧臣参与制作祭乐之事，亦未得批复。

说明

梅尧臣仕途困蹇，是欧阳修作序时提出"穷而后工"的原因。庆历前后，朝廷发生了新旧两派之间的党争，而梅尧臣同时不为新旧两党所用。欧阳修曾致书范仲淹，希望他能任用一些"慷慨自重"的士人(《答陕西安抚使范龙图辞辟命书》)，其中当包括梅尧臣在内。但范仲淹并未起用尧臣。欧阳修在《圣俞会饮》诗中说"关西幕府不能辟"，就是指宝元年间范仲淹经略陕西时不肯任用尧臣一事，为此欧阳修有"嗟余身贱不敢荐"的感叹，对梅尧臣的"四十白发犹青衫"的境遇寄予深切的同情。欧阳修的"穷而后工"之说，既是表彰梅尧臣的诗歌成就，也表达了他对梅尧臣的政治境遇的同情。陈师道《王平甫文集后序》说："欧阳永叔谓梅圣俞曰：'世谓诗能穷人，非诗之穷，穷则工也。'圣俞以诗名家，仕不前人，年不后人，可谓穷矣。"能得欧阳修之意。

但"工"而"穷"，也是许多诗人的共性。杜甫《天末怀李白》说"文章憎命达"，孟郊《招文士饮》说"诗人命属花"，白居易《序洛诗》说"诗人尤命薄"，都以亲身所历所见，感受到"穷"与创作的关系。苏轼《僧惠勤初罢僧职》写道："非诗能穷人，穷者诗乃工。此语信不妄，吾闻诸醉翁。"他也完全赞同欧阳修的观点。欧阳修认为"穷"所以"工"，外则"自放于山巅水涯"而获得江山之助，能"探其奇怪"，内则心中有所郁积，可以"兴于怨刺"。"穷"使诗人对于现实世界与人情世故都有更为真切的体会，能道出"人情之难言"，此其所以至于"工"。"穷而后工"的观点，也是与欧阳修自己的"道胜而文至"的古文理论相呼应的。"穷"也是"道胜"的原因。

答吴充秀才书

〔宋〕欧阳修

修顿首白先辈吴君足下[1]：前辱示书及文三篇，发而读之，浩乎若千万言之多，及少定而视焉，才数百言尔。非夫辞丰意雄，霈然有不可御之势，何以至此！然犹自患伥伥莫有开之使前者[2]，此好学之谦言也。

修材不足用于时，仕不足荣于世，其毁誉不足轻重，气力不足动人。世之欲假誉以为重，借力而后进者，奚取于修焉！先辈学精文雄，其施于时，又非待修誉而为重，力而后进者也。然而惠然见临[3]，若有所责[4]，得非急于谋道[5]，不择其人而问焉者欤？

夫学者，未始不为道，而至者鲜焉。非道之于人远也，学者有所溺焉尔。盖文之为言，难工而可喜，易悦而自足。世之学者，往往溺之，一有工焉，则曰：吾学足矣。甚者至弃百事不关于心，曰：吾文士也，职于文而已。此其所以至之鲜也。

昔孔子老而归鲁，六经之作，数年之顷尔。然读《易》者如无《春秋》，读《书》者如无《诗》[6]，何其用功少而至于至也[7]。圣人之文，虽不可及，然大抵道胜者文不难而自至也[8]。故孟子皇皇不暇著书[9]，荀卿盖亦晚而有作[10]。若子云、仲淹方勉焉以模言语[11]，此道未足而强言者也[12]。后之惑者，徒见前世之文传，以为学者文而已[13]，故愈力愈勤而愈不至[14]。此足下所谓终日不出于轩序[15]，不能纵横高下皆如意者，道未足也[16]。若道之充焉，虽行乎天地[17]，入于渊泉，无不之也[18]。

先辈之文[19]，浩乎霈然，可谓善矣。而又志于为道，犹自以为未广，若不止焉，孟荀可至而不难也。修学道而不至者，然幸不甘于所悦而溺于所止，因吾子之能不自止，又以励修之少进焉，幸甚幸甚。修白。

《四部丛刊》影元刻本《欧阳文忠公文集》卷四十七

注释

[1] 吴君：吴充，字冲卿，建州浦城（今属福建）人。仁宗宝元元年（1038 年）进士。熙宁末，代王安石为同中书门下平章事。后罢为观文殿大学士、西太一宫使。《宋史》有传。

[2] 伥伥莫有开之使前：为自己不能进步而感到迷茫。伥伥，迷茫不知所措。

[3] 惠然见临：惠然，敬辞。一本作“惠然而见及”。

[4] 责：一本作“求”。

[5] 得非：莫非是。一本无“得”字。

[6] “读《易》者如无《春秋》”二句：李翱《答朱载言书》说：“创意造言，皆不相师。故其读《春秋》也，如未尝有《诗》也；其读《诗》也，如未尝有《易》也；其读《易》也，如未尝有《书》也；其读屈原、庄周也，如未尝有六经也。”此隐括其意。“读《书》者如无《诗》”一本作“读《春秋》者如无《诗》《书》”。

[7] 至于至：后“至”字，极致的意思。前“至”字一本作“自然”。

[8] 道胜者文不难而自至：一本“者”下有“于”字。

[9] 孟子皇皇不暇著书：史载孟子周游列国，退而著书，时年已七十余。皇皇，匆忙貌。

[10] 荀卿盖亦晚而有作：据《史记》本传，楚相春申君任荀子为兰陵令，及春申君卒（考烈王二十五年，即公元前 238 年），荀子废，因家兰陵，著书数万言而卒。按荀子年五十始游齐国，时齐襄王在位。襄王卒于公元前 265 年。迄至春申君死，时隔近三十年，然则荀子著书之年，当在八十左右。

[11] “若子云仲淹”句：子云，扬雄字，仿《易》作《太玄》，仿《论语》作《法言》。仲淹，王通字，死后门人私谥“文中子”。仿《春秋》作《元经》（已佚），仿《论语》作《中说》。焉以模，一本作“强区区力作”。

[12] “此道未足”句：一本无“此”字，前有“而宏博不及孟荀之雄者”十字。强，一作“勉”。

[13] 以为学者文而已：一作“又溺其悦也”。

[14] 愈力愈勤：一本无“愈力”二字。

[15] “此足下所谓”句：轩序，泛指居室。一本无此句。

[16] 未足：一本“未”作“不”。

[17] 天地：一本“地”作“下”。

[18] 无不之也：一本“也”下有“何患不至”四字。
[19] 先辈：一本作“足下”。

说明

北宋之初，柳开、王禹偁等倡导古文，反对骈偶之风，力求使宋代文学朝韩愈的方向发展。但“西昆体”使天下学者“未尝有道韩文者”（欧阳修《记旧本韩文后》），而石介矫枉过正，又以“太学体”影响士人。如何推进“古文”创作的健康发展，是欧阳修所面临的问题。

他认为文章写作的用力点在“道”不在“文”，专在“文”上下工夫，是“愈力愈勤而愈不至”。“职于文”者所以不能“工”，是因为“道未足而强言”。扬雄、王通虽尽力模拟经典言语，而未至于“文至”，原因也是一样的。他在《送徐无党南归序》中曾说，三代秦汉以来文章“百不一二存焉”，可见“立言”不朽是有前提的。孟荀未尝措意于“文”，而文传于世，正说明为文必先充实其“道”。这就是欧阳修的基本观点：“大抵道胜者文不难而自至。”“道胜”与“文至”是一种因果关系。但欧阳修之意，并非是“道胜”即“文至”。他是以“道胜”为工夫，以“道”求“文”。其曰“道胜”而“不难”至于“文至”，可知“道”自是“道”，“文”自是“文”。

儒学家与古文家都主张“文”“道”统一，而一归于“道”，一归于“文”，此其不同。不同之处，还在于他们对“道”的理解。“职于文”者“弃百事不关于心”“终日不出于轩序”，是其道所以不胜、文所以不至的原因，所以为文者必向“百事”中求“道胜”。欧阳修所谓“道胜”，不是专指对于儒道的胜解，更多的是指平时所蓄养的精神充实，比如《与乐秀才第一书》说：“闻古人之于学也，讲之深而信之笃。其充于中者足，而后发乎外者大以光。”又说：“夫畜于其内者实，而后发为光辉者日益新而不竭也。”《答祖择之书》也说：“道纯则充于中者实，中充实则发为文者辉光。”“道”充于内，则“纵横高下皆如意”，其意相通于韩愈的“气盛言宜”之说（《答李翊书》）。

论尹师鲁墓志

〔宋〕欧阳修

《志》言[1]：“天下之人，识与不识，皆知师鲁文学议论材能。”则文学之长，议论之高，材能之美，不言可知。又恐太略，故条析其事，再述于后。

述其文，则曰："简而有法。"此一句，在孔子六经，惟《春秋》可当之。其他经非孔子自作文章，故虽有法而不简也。修于师鲁之文不薄矣！而世之无识者，不考文之轻重，但责言之多少，云师鲁文章不合只著一句道了[2]。既述其文，则又述其学曰："通知古今。"此语若必求其可当者，惟孔、孟也。既述其学，则又述其论议云："是是非非，务尽其道理，不苟止而妄随。"亦非孟子不可当此语。既述其论议，则又述其材能，备言师鲁历贬，自兵兴便在陕西，尤深知西事，未及施为而元昊臣，师鲁得罪[3]。使天下之人，尽知师鲁材能。

此三者，皆君子之极美。然在师鲁，犹为末事。其大节乃笃于仁义，穷达祸福，不愧古人。其事不可遍举，故举其要者一两事以取信。如上书论范公而自请同贬[4]，临死而语不及私，则平生忠义可知也。其临穷达祸福，不愧古人，又可知也。

既已具言其文、其学、其论议、其材能、其忠义，遂又言其为仇人挟情论告以贬死[5]，又言其死后妻子困穷之状[6]，欲使后世知有如此人，以如此事废死，至于妻子如此困穷，所以深痛死者，而切责当世君子致斯人之及此也。

《春秋》之义，痛之益至，则其辞益深，"子般卒"是也[7]。诗人之意，责之愈切，则其言愈缓，《君子偕老》是也[8]。不必号天叫屈，然后为师鲁称冤也，故于其铭文，但云："藏之深，固之密，石可朽，铭不灭。"意谓举世无可告语，但深藏牢埋此铭，使其不朽，则后世必有知师鲁者。其语愈缓，其意愈切，诗人之义也。而世之无识者，乃云铭文不合不讲德，不辩师鲁以非罪。盖为前言其穷达祸福，无愧古人，则必不犯法，况是仇人所告，故不必区区曲辩也。今止直言所坐[9]，自然知非罪矣，添之无害，故勉徇议者添之。

若作古文自师鲁始，则前有穆修、郑条辈[10]，及有大宋先达甚多，不敢断自师鲁始也。偶俪之文，苟合于理，未必为非，故不是此而非彼也。若谓近年古文自师鲁始，则范公《祭文》已言之矣[11]，可以互见，不必重出也。皇甫湜《韩文公墓志》[12]、李翱《行状》不必同[13]，亦互见之也。

《志》云：师鲁“喜论兵”。论兵，儒者末事，言喜无害。喜，非嬉戏之戏，喜者，好也，君子固有所好矣。孔子言：“回也好学[14]。”岂是薄颜回乎？后生小子，未经师友，苟恣所见，岂足听哉？

修见韩退之与孟郊联句[15]，便似孟郊诗，与樊宗师作志[16]，便似樊文。慕其如此，故师鲁之志，用意特深而语简，盖为师鲁文简而意深。又思平生作文，惟师鲁一见，展卷疾读，五行俱下，便晓人深处。因谓死者有知，必受此文，所以慰吾亡友尔，岂恤小子辈哉！

《四部丛刊》影元刻本《欧阳文忠公文集》卷七十三

注释

[1]《志》：即《尹师鲁墓志铭》，收入《欧阳文忠公文集》卷二十八。文中所引《墓志铭》语，多有节略。尹洙字师鲁，河南人。仁宗天圣二年(1024年)进士，官至起居舍人，直龙图阁。与欧阳修等提倡古文，世称河南先生。有《河南集》二十七卷，《宋史》有传。仁宗庆历七年(1047年)卒，次年欧阳修为之作墓志铭。

[2]不合只著一句道了：不应当只用“简而有法”一句话就说尽尹洙之文。

[3]“备言师鲁历贬”五句：概述铭文所记尹洙政历。历贬，指尹洙先后贬监郢州酒税、通判濠州、迁知泾渭诸州。兵兴，指西夏元昊起兵侵宋。尹洙在陕西凡五六年，曾论用兵之制、御戎长久之计，皆未及施。元昊上表称臣，事在庆历四年。

[4]“上书论范公”句：范公即范仲淹。范仲淹贬饶州，尹洙上书，愿得俱贬，因出监郢州酒税，又徙唐州。

[5]为仇人挟情论告以贬死：铭文记尹洙知渭州时曾欲以军法斩一吏不果，后来此吏上书诬陷尹洙使钱贷部将，尹洙因此贬崇信军节度副使，徙监均州酒税，病卒。

[6]死后妻子困穷之状：铭文记尹洙客死南阳，家无余赀，因故人资助，其妻子方得以其柩归河南。

[7]子般卒：语见《春秋·庄公三十二年》。鲁庄公死，世子般将即位，被庆父所

弑。《春秋》言“卒”不言“弑”，是为当政者讳。但“子般”是庄公死后对世子般的称呼，既称“子般”，表明他是正当的继位者。庄公下葬则称“子”而不具其名，表明般是在未及庄公下葬时便被弑。欧阳修说“痛之益至则其辞益深”，盖即此意。

[8]《君子偕老》：《诗·鄘风》第三篇。毛序认为是讽刺卫夫人的作品。诗歌只写其容饰衣服之盛，唯首章末有“子之不淑，云如之何”之语稍见讥刺之意，所以欧阳修说“责之愈切则其言愈缓”。

[9] 直言所坐：直述其坐罪的原因。

[10] 穆修：穆修，字伯长，郓州人。大中祥符二年进士。有《河南穆公集》三卷。《宋史》有传。郑条，苏州人，天圣八年(1030年)王拱辰榜第三甲进士。仁宗天圣年间穆修、郑条等提倡儒道与古文，是欧阳修古文运动的直接前驱。

[11] 范公《祭文》：范仲淹《祭尹师鲁舍人文》见《范文正集》卷六。

[12] 皇甫湜《韩文公墓志》：见《皇甫持正集》卷六。

[13] 李翱《行状》：指《故正议大夫行尚书吏部侍郎上柱国赐紫金鱼袋赠礼部尚书韩公行状》，见《李文公集》卷十一。

[14] 回也好学：语见《论语·雍也》篇。

[15] 韩退之与孟郊联句：《昌黎先生集》卷八载有韩愈、孟郊联句共九题，《孟东野集》另有三题。

[16] 与樊宗师作志：韩愈撰有《南阳樊绍述墓志铭》，见《昌黎先生集》卷三十四。

说明

《论尹师鲁墓志》是欧阳修碑传文创作的经验之谈，也是其古文观念的具体反映。

碑传文是传记体，在古代是一种常用文体。事信言文是传记体的基本要求，而碑传文又是属于私人纪述，有自己的特殊性。作传者与所传者往往较为熟识，而所传者又为离世不久之人，所以传记的内容必然是彰其美而隐其恶，这是与以“实录”为原则的史传稍有不同的。欧阳修对《墓志铭》的总结，即以如何彰显尹洙其人之美为重点，但他强调尹洙之美，皆可见诸其行事，故举事取信，以为彰美之法。欧阳修还说，尹洙有功于古文，但北宋古文之兴，“不敢断自师鲁始”，然则信而不虚，美而不溢，是欧阳修对碑传文内容上的一个要求。

作传者对所传者又往往有情感上的表现。欧阳修对尹洙的人生境遇有深切的同情，但他认为与其“号天叫屈”，不若“藏之深”。碑传之情，贵在含蓄，“其语愈缓，其意愈切”，这是欧阳修对碑传文的艺术要求。《墓志铭》另外一个艺术特点就是“用意特深而语简”。“简”即“简而有法”，语言精练简明，叙述有章法，善于取材布局。实际上“其语愈缓，其意愈切”是“《春秋》之义”“诗人之义”，“文简而意深”也是尹洙古文的特点，两方面都不专指碑传文而言，实为欧阳修所示于人的古文之法。清代桐城派的“义法论”，即源于此。

欧阳修有“道胜文至”之说，从这里对古文之法的重视，正可以说明他所说的“文至”仍有艺术上的要求，而不是“道胜”即“文至”。对于古文的艺术，他还提出了一个重要的观点：“偶俪之文，苟合于理，未必为非，故不是此而非彼也。”这既符合韩愈“古文”创作的精神，也包含了对“西昆体”的重新评价。唐代“古文”是在与骈文的对抗中发展起来的，而韩愈能超越骈散之间的对立；宋代“古文”也面临着与“西昆体”的对抗，而欧阳修也超越“是此而非彼”的观念。石介严于“古文”“西昆”之辨，唱为“太学体”，结果是“余风未殄，新弊复作”（苏轼《谢南省主文启欧阳内翰》）。欧阳修并不同意石介对杨亿等人的偏激评价，他对于“西昆体”是主张“变”而不是“反”，所以在“古文”的创作上未尝不有取于“西昆体”，实际上他自己就是骈文写作的高手。必须有独立的艺术眼光，才能像韩愈、欧阳修一样超越骈散对立，为“古文”开拓宽广的发展道路。

六一诗话（选录）

〔宋〕欧阳修

梅圣俞尝于范希文席上赋《河豚鱼诗》云[1]：“春洲生荻芽，春岸飞杨花。河豚当是时，贵不数鱼虾。”河豚常出于春暮，群游水上，食絮而肥。南人多与荻芽为羹，云最美。故知诗者谓只破题两句，已道尽河豚好处。圣俞平生苦于吟咏，以闲远古淡为意，故其构思极艰。此诗作于樽俎之间，笔力雄赡，顷刻而成，遂为绝唱。

孟郊、贾岛皆以诗穷至死，而平生尤自喜为穷苦之句。孟有《移居诗》云：“借车载家具，家具少于车。”乃是都无一物耳。又《谢人惠炭》云：“暖得曲身成直身。”人谓非其身备尝之，不能道此句也。贾云：“鬓边虽有丝，不堪织寒衣[2]。”就令织得，能得几何？又其《朝饥诗》云：“坐闻西床琴，冻折两三弦。”人谓其不止忍饥而已，其寒亦何可忍也。

圣俞常语予曰：“诗家虽率意，而造语亦难。若意新语工，得前人所未道者，斯为善也。必能状难写之景，如在目前，含不尽之意，见于言外，然后为至矣。贾岛云‘竹笼拾山果，瓦瓶担石泉’[3]，姚合云‘马随山鹿放，鸡逐野禽栖’等[4]，是山邑荒僻，官况萧条，不如‘县古槐根出，官清马骨高’为工也[5]。”余曰：“语之工者固如是。状难写之景，含不尽之意，何诗为然？”圣俞曰：“作者得于心，览者会以意，殆难指陈以言也。虽然，亦可略道其仿佛：若严维‘柳塘春水漫，花坞夕阳迟’[6]，则天容时态，融和骀荡，岂不如在目前乎？又若温庭筠‘鸡声茅店月，人迹板桥霜’[7]，贾岛‘怪禽啼旷野，落日恐行人’[8]，则道路辛苦，羁愁旅思，岂不见于言外乎？”

圣俞、子美齐名于一时[9]，而二家诗体特异。子美笔力豪隽，以超迈横绝为奇；圣俞覃思精微，以深远闲淡为意。各极其长，虽善论者不能优劣也。余尝于《水谷夜行诗》略道其一二[10]，云：“子美气尤雄，万窍号一噫[11]，有时肆颠狂，醉墨洒滂霈[12]。譬如千里马，已发不可杀[13]。盈前尽珠玑，一一难柬汰。梅翁事清切，石齿漱寒濑[14]。作诗三十年，视我犹后辈。文词愈精新，心意虽老大。有如妖韶女[15]，老自有余态。近诗尤古硬，咀嚼苦难嘬。又如食橄榄，真味久愈在。苏豪以气轹，举世徒惊骇。梅穷独我知，古货今难卖[16]。”语虽非工，谓粗得其仿佛，然不能优劣之也。

杨大年与钱、刘数公唱和，自《西昆集》出[17]，时人争效之，诗体一变。而先生老辈患其多用故事，至于语僻难晓，殊不知自是学者之弊。如子仪《新蝉》云[18]：“风来玉宇乌先转，露下金茎鹤未知[19]。”虽用故事，何害为佳句也。又如“峭帆横渡官桥柳，叠鼓惊飞海岸鸥[20]”，其不用故事，又岂不佳乎？盖其雄文博学，笔力有余，故无施而不可，非如前世号诗人者，区区于风云草木之类，为许洞所困者也[21]。

《中国诗话珍本丛书》影宋刻本《六一诗话》

注释

[1] 范希文：范仲淹字希文。

[2] “鬓边虽有丝”二句：贾岛《客喜》诗句。

[3] “竹笼拾山果”二句：贾岛《题皇甫荀蓝田厅》诗句。

[4] “马随山鹿放”二句：姚合《武功县中作》诗句。姚合，陕州硖石人。唐宪宗元和十一年(816年)进士，与贾岛齐名，时称“姚贾”。以秘书监致仕。有《姚少监诗集》。

[5] “县古槐根出”二句：作者不详。

[6] “柳塘春水漫”二句：严维《酬刘员外见寄》诗句。“漫”原本讹作“慢”。严维，字正文，越州人。初隐居桐庐，与刘长卿友善。肃宗至德二年进士，又擢“词藻宏丽”科，以右补阙致仕。

[7] “鸡声茅店月”二句：温庭筠《商山早行》二句。

[8] “怪禽啼旷野”二句：贾岛《暮过山村》诗句。

[9] 子美：苏舜钦字，梓州铜山人。仁宗景祐元年(1034年)进士，官集贤校理，监进奏院，后削职居苏州沧浪亭，自号“沧浪翁”。与梅尧臣齐名，时称“苏梅”。有《苏学士集》。

[10]《水谷夜行诗》：即《水谷夜行寄子美圣俞》。仁宗庆历四年欧阳修奉使河东，途经水谷口(今河北顺平县)时作此诗。此引其部分。

[11] 万窍号一噫：《庄子·齐物论》有“大块噫气，其名为风，是唯无作，作则万窍怒号”之语，此喻苏舜钦诗乃有激而为。

[12] 滂霈：气盛貌。

[13] 杀：终止。

[14] “梅翁事清切”二句：梅尧臣诗风清切，就像寒濑流过山石。石齿，山间齿状石头。濑，急流。

[15] 妖韶：妖娆妩媚。

[16] 古货今难卖：指梅尧臣的才华不为世人所赏识。古货，珍贵的古物。

[17] “杨大年与钱刘”二句：杨大年，杨亿字大年。钱、刘，钱惟演、刘筠。真宗景德二年(1005年)，杨亿与刘筠、钱惟演等奉诏编纂《册府元龟》(初名《历代君臣事迹》)，集于皇家秘阁，历时三载。工作之余，彼此以诗唱和。大中祥符元年(1008年)，由杨亿编为《西昆酬唱集》。

[18] 子仪《新蝉》：即刘筠《馆中新蝉》，唱和者有刘筠、杨亿、钱惟演、张咏、李宗谔及刘骘等。子仪，刘筠字。

[19] “风来玉宇乌先转”二句：风来玉宇，玉宇是神仙住所，南朝宋刘铄有“玉宇来清风”诗句。乌先转，晋郭缘生《述征记》说：“长安灵台上有相风铜乌，千里风至，此乌乃动。”露下金茎，汉武帝建承露盘，金茎即用来托承露盘的铜柱。鹤未知，晋周处《风土记》说：“（鹤）性警，至八月白露降，流于草上，滴滴有声，因即高鸣相警。”

[20] “峭帆横渡”二句：原本在“峭帆”上有小注：“一有大年二字。”

[21] 为许洞所困：据《诗话》第九则载，许洞曾与九位诗僧会聚作诗，出一纸，上写“山”“水”“风”“云”等字，规定不得犯其字，诸僧皆搁笔。许洞，字洞天，苏州吴县（今江苏苏州）人。真宗咸平三年（1000年）进士。

说明

《六一诗话》原名《诗话》，“六一”二字是后人加上去的。据《诗话》序说：“居士退居汝阴，而集以资闲谈也。”神宗熙宁四年（1071年），欧阳修以观文殿学士致仕，七月归汝阴（今安徽阜阳）。可知《诗话》成于晚年。据郭绍虞《宋诗话考》说，欧阳修于仁宗嘉祐五年（1060年）官枢秘副使时尝作《杂书》九则，大概是《诗话》前身；归汝阴后重加整理补充，编成《诗话》一卷，合二十八则。它属于笔记体，其所以以“话”为名，是因为可以用来“资闲谈”。这种比较随意的论诗方式，为后之论诗者所效仿，其名也一直沿用下来。就内容而言，诗话或评诗或记事，于是后人推考诗话之源，或以为本于钟嵘《诗品》（章学诚说），或以为出于孟棨《本事诗》（罗根泽说），要皆据实以原始，恐怕都未顾及《诗话》体制上的特点。而笔记之体，特就其名而言之，以“语”“说”“话”等命其名者，在欧阳修之前也往往有之。所以欧阳修之作《诗话》，其实其名，皆非独创，其所依傍者甚多，终不可遽视为诗话之源。今以现象而论，“诗话”之名始于欧阳修，诗论家所效法的也是《六一诗话》，那么以之为诗话之始，亦未为不可。

《诗话》评诗，看似随意，却出于欧阳修严谨的思考，包含了许多真知灼见。他比较梅、苏二人诗风，以为梅诗“深远闲淡”而苏诗“笔力豪隽”。此评精切，后人以为定论。记孟郊、贾岛之穷困，亦令人感叹，又可作“穷而后工”之注文。又记梅尧臣论诗曰：“状难写之景如在目前，含不尽之意见于言外。”其于诗歌境界的描述极为精辟，堪称不刊之论，可与戴叔伦的“蓝田日暖，良玉生烟”之喻相提并论。其语幸得《诗话》记载，得以传之后世。

又评“西昆”杨刘，亦见欧阳修议论之高明。虽然古文家以“西昆”为流弊，但欧阳修却比石介等要通达许多。他所以反对全盘否定“西昆”，与早年钱惟演对他的赏识有关。任职钱氏幕府期间，欧阳修结识了尹洙、梅尧臣等，切磋诗文，成为他文学生涯的一个重要起点。所以他批评“西昆”，却将杨刘与末流分而论之，以为杨刘“雄力博学，笔力有余”，“西昆”末流之弊，不可归咎于他们。欧阳修还在《归田录》中评杨亿为“真一代之文豪”。可是这也不能说只是出于个人的感情。范仲淹在《尹师鲁河南集序》中也说：“杨大年以应用之才，独步当世。学者刻辞镂意，有希仿佛，未暇及古也。”态度与欧阳修相同，比那些偏激之论更加客观。欧阳修还认为骈散不相对立，“古文”的创作未尝不可以吸收骈文，这种“古文”观更是影响到他对“西昆”的评价。

仲兄字文甫说

〔宋〕苏　洵

作者简介

苏洵（1009—1066），字明允，人或称老泉，眉州眉山（今属四川）人。仁宗嘉祐元年（1056 年）携其子苏轼、苏辙至汴京应试，谒翰林学士欧阳修等。欧阳修向朝廷推荐其作品《权书》《衡论》等，“公卿士大夫争传之”，“一时后生学者皆尊其贤，学其文以为师法”（欧阳修《故霸州文安县主簿苏君墓志铭》）。曾任秘书省校书郎、文安县主簿。后奉诏修《太常因革礼》一百卷，书成而卒。其文苍劲锋锐，气势畅茂，章太炎“论古今作者，独推明允为豪杰之文”（见叶玉麟《三苏文·绪言》引）。有《嘉祐集》二十卷。《宋史》卷四百四十三有传。

洵读《易》至《涣》之六四曰：“涣其群，元吉。”曰：嗟夫，群者，圣人所欲涣以混一天下者也[1]。盖余仲兄名涣，而字公群，则是以圣人之所欲解散涤荡者以自命也，而可乎？他日以告，兄曰：子可无为我易之。洵曰：唯。既而曰：请以文甫易之。如何？

且兄尝见夫水之与风乎？油然而行，渊然而留，渟洄汪洋[2]，满而上浮者，是水也，而风实起之。蓬蓬然而发乎太空[3]，不终日而行乎四方，荡乎其无形，飘乎其远来，既往而不知其迹之所存者，是风也，而水实形之[4]。今夫风水之相遭乎大泽之陂也[5]，纡余委蛇[6]，蜿蜒沦涟，安而相推，怒而相凌，舒而如云，蹙而如鳞，疾而如驰，徐而如徊，揖让旋辟[7]，相顾而不前，其繁如縠[8]，其乱如雾，纷纭郁扰，百里若一。汩乎顺流至乎沧海之滨[9]，滂薄汹涌，号怒相轧，交横绸缪[10]，放乎空虚，掉乎无垠[11]，横流逆折[12]，渍旋倾侧[13]，宛转胶戾[14]，回者如轮，萦者如带[15]，直者如燧[16]，奔者如焰，跳者如鹭，投者如鲤，殊然异态，而风水之极观备矣。故曰："风行水上，涣[17]。"此亦天下之至文也[18]。

然而此二物者，岂有求乎文哉？无意乎相求，不期而相遭，而文生焉。是其为文也，非水之文也，非风之文也。二物者非能为文，而不能不为文也，物之相使而文出于其间也[19]，故此天下之至文也。今夫玉非不温然美矣，而不得以为文；刻镂组绣，非不文矣，而不可与论乎自然；故夫天下之无营而文生之者[20]，唯水与风而已。

昔者，君子之处于世，不求有功，不得已而功成，则天下以为贤；不求有言，不得已而言出[21]，则天下以为口实[22]。乌乎！此不可与他人道之，唯吾兄可也。

《四部丛刊》影宋本《嘉祐集》卷十四

注释

［1］"嗟夫群者"三句：朱熹曾引苏洵这段文字并解释说："盖当人心涣散之时，各相朋党，不能混一，惟六四能涣小人之私群，成天下之公道，此所以'元吉'也。"(《朱子语类》卷七十三)

［2］"油然而行"三句：油然，水流行貌。渊然，水深貌。渟洄，水停滞静止貌。

［3］蓬蓬然：风动貌。

［4］水实形之：由水动而知风动，故云。

［5］陂：池，这里指湖泊。

［6］纡余委蛇：形容水波绵延屈曲的样子。语出司马相如《上林赋》。蛇(yí)，

同“蛇”。

[7] 旋辟：旋转回避。

[8] 其繁如縠：繁，杂多。縠，轻纱，其薄如雾。

[9] 汩：水流迅疾貌。

[10] 绸缪：缠绵。

[11] 掉：振动。

[12] 横流逆折：逆折，水流回旋。语出《上林赋》。

[13] 湓(pēn)旋：水流涌起而旋转。湓，水涌动貌。

[14] 胶戾：水流回环曲折貌。

[15] 萦：弯曲。

[16] 燧：烽火。

[17] 风行水上涣：语见《易·涣卦·象》。涣卦下坎上巽，为风行水上而涣散之象。

[18] 天下之至文：《诗·伐檀》毛传：“风行水成文曰涟。”即此所本。

[19] 相使：互相驱动。

[20] 无营：不待于有意的经营。

[21] 不得已而言出：韩愈《送孟东野序》：“水之无声，风荡之鸣。……人之于言也亦然，有不得已者而后言。”即此所本。

[22] 口实：《易·颐卦》：“观颐，自求口实。”指口中之物，此引申为传诵之语。

说明

韩愈《送孟东野序》尝以风作用于水为喻阐明“不平则鸣”的道理，宋初田锡在《贻陈季和书》和《贻宋小著书》等文章中更是描绘了一幅风、水、云等相互激荡与变化的景观图，以此形容文学创作发乎真情而不拘一格的特征。苏洵本篇用的也是同样的形象化手法。

苏洵以“自然”为美，反对绮靡浮华、堆砌词藻的文风，故以为“刻镂组绣，非不文矣，而不可与论乎自然”。印证于自然现象，则如风行于水，或为沦漪，或起波涛，皆不待有意的经营，这就是“天下之至文”。同样，作家因外物的鼓荡，而感触盈怀，文思迸发，“不能不为文”“不得已而言”，契合自然之道，也是“天下之至文”。

苏洵的“自然主义”的观念，继承了道家“道法自然”的思想。苏轼《江行唱和集序》说为文“不能不为之为工”“充满勃郁而见于外”,《文说》说“万斛泉源”,则又继承了苏洵的思想。

通书·文辞

〔宋〕周敦颐

作者简介

周敦颐(1017—1073),字茂叔,道州营道(今湖南道县)人。初以舅荫为分宁主簿,调南安军司理参军,移桂阳令。神宗熙宁初,因赵抃、吕公著推荐,任广东转运判官。后移知南康军。熙宁六年(1073年)病逝。谥“元”,世称“元公”。因晚年在江西庐山莲花峰下建濂溪书堂讲学,又称濂溪先生。周敦颐为宋代理学奠基人,程颢、程颐年少时皆从之问学。著有《太极图说》及《通书》四十篇等。《宋史》卷四百二十七《道学传》有传。

文所以载道也。轮辕饰而人弗庸[1],徒饰也,况虚车乎[2]? 文辞,艺也;道德,实也。笃其实而艺者书之,美则爱,爱则传焉,贤者得以学而至之,是为教。故曰:“言之无文,行之不远[3]。”然不贤者,虽父兄临之[4],师保勉之[5],不学也;强之,不从也。不知务道德而第以文辞为能者,艺焉而已。噫! 弊也久矣。

《正谊堂全书》本《濂洛关闽书》卷一《周子通书》第二十八

注释

[1] 轮辕:指车辆。庸:用。

[2] 虚车:不能承载实物的车。此隐喻缺少道德内容的文章。

[3] “言之无文”二句:语出《左传·襄公二十五年》。

[4] 临:亲临,指监督。

[5] 师保:辅弼君王及教导王室子弟的官,这里指教师。

说明

周敦颐的“文以载道”之说，代表了理学家的文学观。据其说，就手段和目的之关系而言，“载”为目的，“饰”为手段；就形式和内容之关系而言，“道”为内容，“文”为形式。文饰之美有助于传“道”，而不以“道”为根本则只是技艺，就像“虚车”，毫无用处。文学是“艺”与“道”的统一，而周敦颐认为其弊之久者，在于有“艺”无“道”，必“笃其实”，然后去其弊。“笃其实”，相当于欧阳修说的“道胜”，但周敦颐说“学而至之”的“至”与欧阳修说的“文至”之“至”，是两个方向，一个朝向“道”，一个朝向“文”，对于二者各有轻重，所以成就也不同。

周敦颐的“道”，具有内圣之学的意义。他说：“君子以道充为贵，身安为富，故常泰无不足，而铢视轩冕，尘视金玉，其重无加焉尔。”（《通书·富贵》）“道充”是一种外万物而专一心的精神境界，安贫乐道、粪土金紫，与欧阳修所说的“道胜”内涵不同。所以“文以载道”，就有以文章表现其人格精神的意义。著名的《爱莲说》可说便是“文以载道”的范文。《通书·圣学》谈到学圣人要在“一”，“一则无欲”，无欲则为贤为圣，映现人性的本然清静。莲花就是这一清静不染的人格象征，其香远益清，出泥不染，正是“道”境的象征。

伊川击壤集序

〔宋〕邵　雍

作者简介

邵雍（1011—1077），字尧夫，自号安乐先生，卒谥“康节”。先世河北范阳人，少随父迁徙河南共城（今辉县），后移居洛阳。司马光、富弼、吕公著等退居洛阳，恒相从游。仁宗嘉祐及神宗熙宁中先后被召授官，皆辞不受。潜心学问，著书立说，有《皇极经世书》《渔樵问对》等传世。《宋史》卷四百二十七有传。

《击壤集》[1]，伊川翁自乐之诗也[2]。非唯自乐，又能乐时与万物之自得也。

伊川翁曰：子夏谓“诗者，志之所之也。在心为志，发言为诗。情动于中而形于言，声成其文而谓之音”[3]。是知怀其时则谓之志，感其物则谓之情，发其志则谓之言，扬其情则谓之声，言成章则谓之诗，声成文则谓之音。然后闻其诗，听其音，则人之志情可知之矣。且情有七[4]，其要在二。二谓身也，时也。谓身则一身之休戚也，谓时则一时之否泰也[5]。一身之休戚，则不过贫富贵贱而已；一时之否泰，则在夫兴废治乱者焉。是以仲尼删《诗》，十去其九[6]：诸侯千有余国，《风》取十五；西周十有二王，《雅》取其六[7]。盖垂训之道，善恶明著者存焉耳。

近世诗人，穷戚则职于怨憝[8]，荣达则专于淫泆。身之休戚，发于喜怒；时之否泰，出于爱恶。殊不以天下大义而为言者，故其诗大率溺于情好也。噫！情之溺人也甚于水。古者谓“水能载舟，亦能覆舟”[9]，是覆载在水也，不在人也。载则为利，覆则为害，是利害在人也，不在水也。不知覆载能使人有利害邪？利害能使水有覆载耶？二者之间，必有处焉。就如人能蹈水，非水能蹈人也，然而有称善蹈者，未始不为水之所害也。若外利而蹈水，则水之情亦由人之情也；若内利而蹈水，则败坏之患立至于前。又何必分乎人焉水焉，其伤性害命一也。

性者，道之形体也，性伤则道亦从之矣[10]。心者，性之郛郭也[11]，心伤则性亦从之矣。身者，心之区宇也，身伤则心亦从之矣。物者，身之舟车也，物伤则身亦从之矣。是知以道观性，以性观心，以心观身，以身观物，治则治矣，然犹未离乎害者也[12]。不若以道观道，以性观性，以心观心，以身观身，以物观物[13]，则虽欲相伤，其可得乎？若然，则以家观家，以国观国，以天下观天下，亦从而可知之矣。

予自壮岁，业于儒术，谓人世之乐，何尝有万之一二，而谓名教之乐[14]，固有万万焉。况观物之乐[15]，复有万万者焉。虽死生荣辱，转战于前，曾未入于胸中，则何异四时风花雪月，一过乎眼也。诚为能以物观物，而两不相伤者焉。盖其间情累都忘去尔，所未忘者，独有诗在焉。然而虽曰未忘，其实亦若忘之矣[16]。何者？谓其所作异乎人之所作也。所作不限声律，不沿爱恶，不立固必[17]，不希名誉，如鉴之应形，如钟之应声。其或经道之余，因闲观时，因静照物，因时起志，因物寓言，因志发咏，因言成诗，因咏成声，因诗成音。是故哀而未尝伤，乐而未尝淫。虽曰“吟咏情性”[18]，曾何累于性情哉？

钟鼓，乐也；玉帛，礼也。与其嗜钟鼓玉帛，则斯言也不能无陋矣。必欲废钟鼓玉帛，则其如礼乐何？人谓风雅之道，行于古而不行于今，殆非通论，牵于一身而为言者也。吁！独不念天下为善者少，而害善者多；造危者众，而持危者寡。志士在畎亩[19]，则以畎亩言，故其诗名之曰《伊川击壤集》。时有宋治平丙午中秋日也[20]。

《四部丛刊》影明成化本《伊川击壤集》卷首

注释

[1]《击壤集》：邵雍自编诗集，共二十卷。击壤，古时一种游戏，旧说帝尧之世曾有五十老人击壤于道，说明天下太平、百姓悠闲的景象。邵雍以此名其诗集，来表现其乐天安命、优游闲适的心态。

[2] 伊川翁：邵雍别号。

[3]“子夏谓”数句：语出《诗大序》。旧说《诗大序》为子夏所作。

[4] 情有七：《礼记·礼运》篇以喜、怒、哀、惧、爱、恶、欲为七情。

[5] 否泰：指时运的盛衰顺逆。

[6] 十去其九：旧说古诗有三千多篇，孔子删诗，存为三百〇五篇。

[7]《雅》取其六：西周共有十二王，《雅》取文、武、成、厉、宣、幽六王之诗。

[8] 职于怨憝：以发泄怨情为主。憝，怨。

[9]“水能载舟”二句：古有此语，《荀子·王制》篇《哀公》篇皆载之。这里以水喻情，情有善恶，对人有利有害，就像水能载舟与覆舟。诗本于情，所以诗歌的创作，有“职于怨憝”“专于淫泆”而累于情性的，有“自乐”以及“乐时与万物之自得”而不为性情所累的。

[10] 性伤则道亦从之：道存于性，溺于情则伤性，伤性则害道。“性”以一人言之，“道”以天下言之。

[11] 郛郭：城外加筑的城墙。心是性之体，性具于心而不出其外，所以邵雍以城郭为喻。

[12]“以道观性”六句：按朱熹解释说：“‘以道观性’者，道是自然底道理，性则有刚柔善恶参差不齐处，是道不能以该尽此性也。性有仁义礼智之善，心却

千思万虑，出入无时，是性不能以该尽此心也。心欲如此，而身却不能如此，是心有不能捡其身处，以一身而观物，亦有不能尽其情状变态处，此则'未离乎害'之意也。且以一事言之，若好人之所好，恶人之所恶，是'以物观物'之意；若以己之好恶律人，则是'以身观物'者也。"（《朱子语类》卷一百）

[13] "以道观道"五句：道、性、心、身、物，各以其本体观照之，则不相害。道是一，性则有分，以性观性，则不以一而不知性之所分；性是常，心是变，以心观心，则不以常而不知心之所变；心在内，身处外，以身观身，则不以内而不知身之所处；身是已，物是他，以物观物，则不以已所欲而不知物之本然。

[14] 名教之乐：体认儒道之乐。此即"自乐"。

[15] 观物之乐：境有逆顺，物有分殊，不强合于己，则逆顺不为喜怒，分殊不乱哀乐，心自怡然，而乐见万物变迁。此即"乐时与万物之自得"。

[16] "虽曰未忘"二句：乐而作诗为"未忘"，有所作而未尝留意故曰"若忘之"。

[17] 不立固必：作诗没有固定不变之法。

[18] 吟咏情性：语出《诗大序》。

[19] 畎亩：畎，田间小沟；亩，田垄。邵雍居洛阳，自己耕种以供衣食，故云。

[20] 治平丙午：宋英宗治平三年（1066 年），邵雍年五十六。

说明

朱熹说诗是邵雍之学的花草（《朱子语类》卷一百），邵雍一生的用力处自不在诗，而作诗何为？"《击壤集》，伊川翁自乐之诗也。"他说的"自乐"，是"性灵"之乐。《闲吟》曰："忽忽闲拈笔，时时乐性灵。何尝无对景，未始便忘情。"是不忘于情而又不累于情的那种精神愉悦。人不能无情，"身"有休戚，"时"有否泰，此情之所以生，诗之所以作。然有以穷戚而怨憝者，有因荣达而淫泆者，其人已为情所累，其诗则"溺于情好"。"自乐之诗"则反之，死生荣辱转战于前而不入于胸中，不以物喜，不以己悲，虽吟咏性情，而性情未尝累其心。既"自乐"，也必然"乐时与万物之自得"。时有所迁，物有所化，此天地自然之情，若以物观物，则物我皆自在，这就是"观物之乐"。"乐"而为诗，随兴而发，"因志发咏，因言成诗"，则不仅不累于情，也不累于诗。若作诗必为声律之谐美，必为法度之精工，这是刻意为诗而累于诗。所以邵雍为诗是自成一路，只在表现体道者的超然心境，反映天地万物的理趣，既不强调儒家传统诗学中的"诗人之义"，也不同于韩愈的"不平则鸣”、欧阳修的“穷而后工”，更不追求“西昆”体那样的“雕章丽句”。《击壤集》是道学家之诗的代表，而邵雍的观点则表明作为理学范畴的诗歌的应有之义。

邵雍提到两种“观物”的方式，即“以身观物”和“以物观物”。“以身观物”，《观物外篇》也称为“以我观物”：“以我观物，情也。”根据自我之情去看待事物，反过来又影响自我之情，此“观物”是在“情”的层面上。《观物外篇》说：“以物观物，性也。”不以己情观照物，则我持我性，物得物性，两不相碍。此“观物”是在“性”的层面上。后来王国维《人间词话》把诗词的境界分为“有我之境”和“无我之境”，以为“有我之境”得于“以我观物”，“无我之境”得于“以物观物”，就是借鉴了邵雍的说法。

上 人 书

〔宋〕王安石

作者简介

王安石（1021—1086），字介甫，号半山，抚州临川（今属江西）人。仁宗庆历二年（1042 年）进士。神宗熙宁三年（1070 年），拜同中书门下平章事，颁行新法。七年，因司马光、文彦博等反对，罢相，知江宁府。次年复相，后再次罢相。元丰三年（1080 年），封荆国公。晚年退居金陵，卒谥“文”。王安石提倡通经致用的“新学”，诗文都有很高的成就。有《临川集》一百卷，又有《周官新义》《老子注》等。《宋史》卷三百二十七有传。

尝谓文者，礼教治政云尔。其书诸策而传之人，大体归然而已[1]。而曰“言之不文，行之不远”云者，徒谓辞之不可以已也，非圣人作文之本意也。

自孔子之死久，韩子作[2]，望圣人于百千年中，卓然也。独子厚名与韩并[3]，子厚非韩比也，然其文卒配韩以传，亦豪杰可畏者也。韩子尝语人以文矣，曰云云；子厚亦曰云云；疑二子者，徒语人以其辞耳，作文之本意，不如是其已也。

孟子曰："君子欲其自得之也，自得之则居之安，居之安则资之深，资之深则取诸左右逢其原[4]。"孟子之云尔，非直施于文而已，然亦可托以为作文之本意。

且所谓文者，务为有补于世而已矣。所谓辞者，犹器之有刻镂绘画也。诚使巧且华，不必适用，诚使适用，亦不必巧且华。要之以适用为本，以刻镂绘画为之容而已。不适用，非所以为器也，不为之容，其亦若是乎？否也。然容亦未可已也，勿先之其可也。

某学文久，数挟此说以自治[5]，始欲书之策而传之人，其试于事者，则有待矣。其为是非邪？未能自定也。执事[6]，正人也，不阿其所好者。书杂文十篇献左右，愿赐之教，使之是非有定焉。

《四部丛刊》影明本《临川先生文集》卷七十七

注释

[1] 归然：归于礼教治政。

[2] 韩子：韩愈。

[3] 子厚：柳宗元字。

[4] "君子欲其自得之"四句：语见《孟子·离娄下》，首句略异。大意说，君子有所自得，就会蓄于中而不改；蓄而不改，就会积而至于深；积而至于深，那就可以左右逢源而不失其所得了。

[5] 数：屡次。

[6] 执事：尊称对方。

说明

王安石首先是一位政治家，然后才是古文家。所以他的"古文"理论强调写作的功利性："所谓文者，务为有补于世而已矣。"他区分了"文"和"辞"，"文"以"礼教治政"为归，"辞"则相当于"刻镂绘画"。先秦儒家以礼乐为"文"，王安石借鉴了这种定义，来说明"文"本原上是统一于"礼教治政"的。"辞"是"文"的修饰，相当于周敦颐说的"艺"，他们对于修饰的态度，也非常相似，都讲功利。但周敦颐是归于道德，王安石是归于事功。由此可见政治家与儒学家的“古文”观的差别。王安石也批评韩柳。他质疑韩柳是“徒语人以其辞”，并不明白“作文之本意”。比如韩愈说“唯陈言之务去”（《答李翊书》），王安石认为是“力去陈言夸末俗，可怜无补费精神”（《韩子》），“无补”就是不能致用。由此又可见政治家与古文家的“古文”观的差别。

王安石引用了孟子的一段话来说明什么是“作文之本意”。其《与祖择之书》说：“圣人之于道也，盖心得之。”这就是“自得”。又说：“彼其于道也，非心得之也，其书之策也，独能不悖耶？故书之策而善，引而被之天下之民，反不善焉，无矣。”于“道”有所得而形诸文字，施行于天下，无所不善，这就是王安石所理解的“左右逢其原”，与孟子的本意是不同的。由此可见，其所谓“作文之本意”，就是能将“道”“被之天下之民”，也无非就是推行“礼教治政”而已。

二程遗书·伊川先生语（选录）

〔宋〕程　颐

作者简介

程颐（1033—1107），字正叔，河南洛阳人。世称伊川先生。与兄程颢并称“二程”，并为宋代理学的奠基人。游太学，为胡瑗所重，授太学学职。哲宗元祐初，以司马光、吕公著荐为崇政殿说书，训导少年哲宗。因政见不合，哲宗绍圣中曾被削籍，编管涪州。长期在洛阳讲学，世称“洛学”。《二程遗书》二十五卷，附录一卷，为二程见闻答问之书，系其门人所辑，宋孝宗乾道四年朱熹重加增删编次。传见《宋史》卷四百二十七、朱熹《伊洛渊源录》等。

问：作文害道否？

曰：害也。凡为文，不专意则不工，若专意则志局于此，又安能与天地同其大也？《书》云：“玩物丧志[1]。”为文亦玩物也。吕与叔有诗云：“学如元凯方成癖，文似相如始类俳。独立孔门无一事，只输颜氏得心斋[2]。”此诗甚好。古之学者，唯务养情性，其他则不学。今为文者，专务章句，悦人耳目；既务悦人，非俳优而何？

曰：古者学为文否？

曰：人见六经，便以为圣人亦作文，不知圣人亦摅发胸中所蕴，自成文耳。所谓“有德者必有言”也[3]。

曰：游、夏称文学[4]，何也？

曰：游、夏亦何尝秉笔学为词章也。且如“观乎天文以察时变，观乎人文以化成天下”[5]，此岂词章之文也。

或问：诗可学否？

曰：既学时，须是用功，方合诗人格。既用功，甚妨事。古人诗云：“吟成五个字，用破一生心[6]。”又谓：“可惜一生心，用在五字上。”此言甚当。

先生尝说：王子真曾寄药来[7]，某无以答他，某素不作诗，亦非是禁止不作，但不欲为此闲言语。且如今言能诗无如杜甫，如云：“穿花蛱蝶深深见，点水蜻蜓款款飞[8]。”如此闲言语道出做甚？某所以不常作诗。今寄谢王子真诗云：“至诚通化药通神，远寄衰翁济病身。我亦有丹君信否？用时还解寿斯民。”子真所学，只是独善，虽至诚洁行，然大抵只是为长生久视之术[9]，止济一身。因有是句。

中华书局版《二程集》第一册《遗书》卷十八

注释

[1] 玩物丧志：语出《尚书·旅獒》。

[2] “吕与叔有诗云”：吕与叔，吕大临字与叔，京兆蓝田人。哲宗元祐中为太学博士，迁秘书省正字。与谢良佐、游酢、杨时号程门四先生。所引诗题曰《送刘户曹》。元凯，杜预字，史称其“有《左传》癖”。独立孔门无一事，指儒门不作赋，用扬雄意。颜氏，即颜回。颜回心斋事见《庄子·人间世》。

[3] 有德者必有言：语见《论语·宪问》。

[4] 游夏称文学：孔门四科，子游、子夏列于“文学”。见《论语·先进》。

[5] “观乎天文”二句：《易·贲卦》彖辞。

[6] “吟成五个字”二句：唐方干《贻钱塘县路明府》诗句。“五个字”原诗作“五字句”。下文“可惜一生心”二句，作者未详。

[7] 王子真：名筌，岐下阳平人，道士，元丰中神宗赐号冲熙处士，元符三年(1100年)游茅山，受上清箓。

[8] “穿花蛱蝶”二句：杜甫《曲江二首》(之二)诗句。

[9] 久视：长生不老。

说明

周敦颐主“载道”之说，以道德经纶为大，以文章才艺为小。这是理学家的基本观点。理学家中程颐是最轻视“文”的，所以有“作文害道”之说。他把“文”与“道”的关系对立起来，理由有三点：一是文学无关于修身养性。《二程遗书》卷二上载程子语云：“学文之功，学得一事是一事，二事是二事，触类至于百千，至于穷尽，亦只是学，不是德。”词章之学与义理之学各有分限，用功于“文”无以通于“道”，所以程颐说，就算是做诗做到杜甫那样的地步，也只是做出一些毫无意义的“闲言语”。二是学“文”妨碍学“道”。“专务章句”，就分散有限的精力，而不能专注于德性，所以程颐自称“素不作诗”。三是专意于文局限人的心志。程颐将“有高才，能文章”视为“三不幸”之一(《二程外书》卷一二《传闻杂记》)，原因就是善于诗文者徒逞其才，而不能用于正道。

程颐否定的是词章之学，而不是“文”。他认为有德之人必然有言，“文”不学而能。圣人也作文，却是“摅发胸中所蕴自成文”的。所以古人“唯务养情性”，不必专去学“文”。游、夏之“文学”，也不是词章之学，而是“天文”“人文”之“文”。程颐是为了强调修养德性的重要性而反对词章之学的，不过他本人对文学确实也没有兴趣，程颢就跟他不同。所以“作文害道”之说并不说明理学家不事词章之学。

答谢民师书(节录)

〔宋〕苏　轼

作者简介

苏轼(1037—1101)，字子瞻，一字和仲，眉州眉山(今属四川)人。与父洵、弟辙并称“三苏”。仁宗嘉祐二年(1057年)中进士第二名。神宗熙宁中，因与王安石政见不合，出为杭州通判，徙知密徐湖三州。元丰二年(1079年)，以讪谤罪逮赴台狱，几问斩，史称“乌台诗案”。后贬为黄州(今属湖北)团练副使。时筑室东坡，自号东坡居士。元祐中，起知登州，累官中书舍人、翰林学士兼侍读。晚年屡受谪，累贬儋州(今海南)别驾。元符三年(1100年)遇赦北归，不久病逝常州，谥“文忠”。轼思想出入于儒道佛，诗词文都有很大成就。有《东坡七集》一百一十卷。传见《宋史》卷三百三十八。

所示书教及诗赋杂文，观之熟矣[1]，大略如行云流水，初无定质，但常行于所当行，常止于所不可不止，文理自然，姿态横生。孔子曰：“言之不文，行而不远[2]。”又曰：“辞达而已矣[3]。”夫言止于达意，即疑若不文，是大不然。求物之妙，如系风捕影[4]，能使是物了然于心者，盖千万人而不一遇也，而况能使了然于口与手者乎？是之谓辞达。辞至于能达，则文不可胜用矣。

杨雄好为艰深之辞[5]，以文浅易之说，若正言之则人人知之矣。此正所谓“雕虫篆刻”者[6]，其《太玄》《法言》皆是类也[7]，而独悔于赋，何哉？终身雕篆而独变其音节，便谓之经，可乎？屈原作《离骚经》，盖风雅之再变者，虽与日月争光可也[8]，可以其似赋而谓之雕虫乎？使贾谊见孔子，升堂有余矣，而乃以赋鄙之，至与司马相如同科[9]。雄之陋如此比者甚众[10]，可与知者道，难与俗人言也，因论文偶及之耳。

《四部丛刊》影宋刻本《经进东坡文集事略》卷四十六

注释

[1] 书教：指文书、文件。教，古代官府或长上的告谕。谢民师名举廉，新淦人。神宗元丰八年进士，徽宗政和间知南康。此书作于庚辰元符三年，当时民师任广东推官，与苏轼相遇，遂以书信往来。

[2] “言之”二句：《左传·襄公二十五年》引孔子语。

[3] 辞达而已矣：语见《论语·卫灵公》。

[4] 系风捕影：语出《汉书·郊祀志》，这里指物之神妙难以捕捉。

[5] 杨雄好为艰深之辞：《汉书》本传引《解难》说：“昔人之辞，乃玉乃金。彼岂好为艰难哉？势不得已也。”

[6] 雕虫篆刻：语见扬雄《法言·吾子》。

[7]《太玄》《法言》：扬雄仿《易》作《太玄》，仿《论语》作《法言》。

[8] 虽与日月争光可也：说见淮南王刘安《离骚传》(已佚)，司马迁《史记·屈原列传》及班固《离骚序》并引。

[9]"使贾谊见孔子"四句：扬雄《法言·吾子》说，孔门不以赋为教，则贾谊、相如徒然以辞赋为能事。苏轼以为贾谊若立于孔门，自有地位，不当因为作过赋就贬低他，而与相如相提并论。

[10] 比：类。

说明

苏洵以"风行水上"为"天下至文"。苏轼继承了这一观点，并在《文说》中总结自己的创作经验就是行止自然："吾文如万斛泉源，不择地而出，在平地滔滔汩汩，虽一日千里无难。及其与山石曲折、随物赋形而不可知也。所可知者，常行于所当行，常止于不可不止，如是而已矣。"此文又以此评赞谢民师的诗文，自是含有期待之意，也说明他对于文学的创作，最看重这般运斤成风的境界。

行止自然并非草率成文，而是"辞达"的表现。孔子说"辞达而已矣"，不过是说达意即可，不烦文艳之辞。苏轼重新解释"辞达"的意义，融合了庄子"道进乎技"的思想。"达"已是至境、止境，《答王庠书》说："辞至于达，足矣，不可以有加矣！"所以"辞达"不是对于创作的基本要求，而是艺术自然境界的顶峰。它首先要"达"于所表现的对象，即抓住所描写的对象的本质特征。苏轼评述文与可的绘画时说："画竹必先得成竹于胸中，执笔熟视，乃见其所欲画者，急起从之，振笔直遂，以追其所见，如兔起鹘落，少纵则逝矣。"(《文与可画筼筜谷偃竹记》)所谓成竹在胸，就是"物了然于心"；"兔起鹘落，少纵则逝"，就是"系风捕影"。而"了然于心"者，又不是物之"形"，而是"物之妙"，"妙"者"神"也。"论画以形似，见与儿童邻"(《书鄢陵王主簿所画折枝》)，止于"形似"是一种低级的趣味。"辞达"还要"达"于表现，即"了然于口与手"。苏轼常说"物虽形于心，不形于手"(《书李伯时山庄图后》)、"内外不一，心手不应"(《文与可画筼筜谷偃竹记》)，只有心手合一，才能由"技"提升为"道"。经过这个阶段，艺术的创作便从规则中解放出来，从必然走向自由，就是行于所当行，止于所当止。苏轼所指向的"辞达"而行止自然的境界，实际上是对庄子"指与物化""以天合天""道进乎技"之哲学的艺术呈现。

苏轼强调艺术创作的自由精神，直指“向上一路”，重视灵感，具有天才论的倾向。“辞达”是不可模仿的，像扬雄的《太玄》《法言》，仿效经典，故作艰深，必然不能是“辞达”之作。苏轼批评扬雄，主要是针对当时以“太学体”为代表的尚奇文风。王禹偁《再答张扶书》说：“子之所谓扬雄以文比天地，不当使人易度易测者，仆以为雄自大之辞也，非格言也，不可取而为法矣。”欧阳修《绛守居园池》评论樊宗师之文说：“异哉樊子怪可吁，心欲独出无古初。穷荒搜幽入有无，一语诘曲百盘纡。孰云己出不剽袭，句断欲学盘庚书。”张耒《答李推官书》也批评了“以奇为主”的文风。苏轼跟他们一样，以涤除奇险之风为目的，为宋代文学的健康发展指明方向。

书黄子思诗集后

〔宋〕苏　轼

予尝论书，以谓钟、王之迹[1]，萧散简远，妙在笔画之外。至唐颜、柳[2]，始集古今笔法而尽发之，极书之变，天下翕然以为宗师，而钟、王之法益微。至于诗亦然。苏、李之天成，曹、刘之自得[3]，陶、谢之超然，盖亦至矣。而李太白、杜子美以英玮绝世之姿，凌跨百代，古今诗人尽废，然魏晋以来，高风绝尘，亦少衰矣[4]。李、杜之后，诗人继作，虽间有远韵，而才不逮意。独韦应物、柳宗元发纤秾于简古，寄至味于澹泊，非余子所及也。唐末司空图崎岖兵乱之间，而诗文高雅，犹有承平之遗风。其论诗曰：“梅止于酸，盐止于咸，饮食不可无盐梅，而其美常在咸酸之外[5]。”盖自列其诗之有得于文字之表者二十四韵[6]，恨当时不识其妙，予三复其言而悲之。

闽人黄子思[7]，庆历、皇祐间号能文者。予尝闻前辈诵其诗，每得佳句妙语，反复数四，乃识其所谓。信乎表圣之言，美在咸酸之外，可以一唱而三叹也。予既与其子几道、其孙师是游[8]，得窥其家集。而子思笃行高志，为吏有异材，见于墓志详矣，予不复论，独评其诗如此。

《四部丛刊》影宋刻本《经进东坡文集事略》卷六十

注释

[1] 钟王：钟繇、王羲之。

[2] 颜柳：颜真卿、柳公权。

[3] 曹刘之自得：曹刘，曹植、刘桢。自得，不待刻意经营而自发于心。

[4] “魏晋以来”三句：指天成自得超然的韵味，至于李杜不能不有所衰减。

[5] “梅止于酸”四句：说见司空图《与李生论诗书》。此述其大意。

[6] 二十四韵：盖指司空图在《与李生论诗书》中列举自作的二十四句诗，其中五言二十句，七言四句。

[7] 黄子思：即黄孝先，字子思，浦城（今属福建）人。仁宗天圣二年（1024年）进士，历太常博士、通判石州，卒于任上。

[8] 与其子几道其孙师是游：几道，黄好谦字，孝先之子，与苏轼为同年。历知蔡、濮二州。师是，黄寔字，一字公是，孝先之孙。举进士。与苏轼兄弟过往甚密，寔以女适其子。

说明

苏轼诗风不主一格，而晚年渐趋平淡隽永。元祐七年，五十六岁的苏轼写了《和陶饮酒诗二十首》，迁至南方之后，又对陶渊明的全部诗篇作了和诗。苏辙说：“公诗本似李杜，晚喜陶渊明。”（《亡兄子瞻端明墓志铭》）即说明了苏轼趣味的转变。

以平淡质朴为贵，始于道家。而在美学上对质朴之美作出解释的，则始于苏轼。梅尧臣说“作诗无古今，唯造平淡难”（《读邵不疑学士诗卷》），也只是说到“难”，而苏轼借鉴了佛学的“中观”论，吸取了司空图的“味外味”说，以相反相成的思想体会平淡质朴的审美意味。他称韦柳之诗“发纤秾于简古，寄至味于澹泊”，“简古”是无文，“澹泊”是无味，但无文正自富于文饰的“纤秾”来，无味内含无穷的韵味，所以平淡质朴是把与之相反的审美质素统一在一起的风格。苏轼称陶柳之诗说“外枯而中膏，似澹而实美”（《评韩柳诗》），评渊明之诗说“质而实绮，癯而实腴”（苏辙《子瞻和陶渊明诗集引》引），莫不以相反相成为贵。苏轼还说：“大凡为文，当使气象峥嵘，五色绚烂，渐老渐熟，乃造平淡。”（《竹坡诗话》引）这是将“平淡”看作是艺术成熟的境界，是对奇巧轻媚、丛错彩绣的扬弃和超越。

同时，它也是一种成熟的人生境界的体现。苏轼曾对苏辙说："半生出仕，以犯世患，此所以深服渊明，欲以晚年师范其万一也。"（苏辙《子瞻和陶渊明诗集引》引）丰富的人生阅历，使诗人的心胸变得通脱旷达，终归于陶渊明的平淡。苏轼所追求的"平淡"，其实是艺术境界和人生境界的统一。

对诗歌韵味的重视，是苏轼诗学的一个重要特点。他深服司空图的"美在咸酸之外"之说，认为"言止而意不尽，尤为极致"（《东坡文谈录》），都是以得味外之味为诗歌最高的美感。然而为严羽所批评的"以议论为诗"，却是苏轼开的风气。或许对于韵味的理解，苏轼不必同于严羽，但他的观点既承司空图而来，则其所重视的韵味，也不会得于"议论"。可见苏轼的创作实践与理论主张，并不完全统一。朱熹《答巩仲至》说："坡公病李、杜而推韦、柳，盖亦自悔其平时之作而未能自拔者。"这也不是没有道理的。

送参寥师

〔宋〕苏　轼

上人学苦空，百念已灰冷[1]。剑头惟一吷[2]，焦谷无新颖[3]。胡为逐吾辈，文字争蔚炳[4]？新诗如玉雪[5]，出语便新警。退之论草书[6]，万事未尝屏，忧愁不平气，一寓笔所骋，颇怪浮屠人，视身如丘井，颓然寄澹泊，谁与发豪猛[7]？细思乃不然，真巧非幻影[8]。欲令诗语妙，无厌空且静。静故了群动[9]，空故纳万境[10]。阅世走人间，观身卧云岭。咸酸杂众好，中有至味永。诗法不相妨，此语更当请[11]。

《四部丛刊》影宋本《集注分类东坡先生诗》卷二十一

注释

[1]"上人学苦空"二句：僧人既皈依佛门，就应该是万念俱空。上人，对僧人的尊称，这里指参寥。参寥，宋僧，俗姓何氏，於潜（今浙江临安）人。居杭州西湖智果寺。初名昙潜，苏轼为其更名道潜，后号参寥子。工诗，有《参寥子诗集》。《送参寥师》一诗作于神宗元丰元年，时参寥离开徐州，苏轼为他

送行。

［2］剑头惟一吷：吹剑首不过发出轻细的声音，比喻僧人心境平静少波澜，不容易动情。剑头，指剑环头小孔。吷，象声词，细声。典出《庄子·则阳》。

［3］焦谷无新颖：烧焦的谷子不会发新芽，比喻遁入空门，即已割舍情根。新颖，草木新长出的嫩芽。

［4］"胡为逐吾辈"二句：佛门既以苦空为趣，为何跟我辈竞争文字的华美呢？这是正话反说，其实是称赞参寥子工于诗文。

［5］玉雪：一作"玉屑"，白色的雪花，比喻精美的文词。

［6］退之论草书：指韩愈《送高闲上人序》。下文即概述其意。

［7］"颇怪浮屠人"四句：僧人既入空门，其身无欲枯淡如空井，如何可得豪猛之气而发之于笔端呢？故韩愈深以为怪。浮屠人，僧人，指高闲。高闲，唐代名僧，乌程（今浙江湖州）人，出家开元寺。工草书，尝与韩愈游。丘井，枯井，此喻无欲之身。

［8］"细思乃不然"二句：深入推究，可知佛家教义也有与诗书之道相通的，所以僧人工诗善书，并非是不真实的。幻影，虚幻不真实。韩愈说僧人善幻多技能，但不相信高闲是因为通于幻术而工于书法的，所以苏轼有此语。

［9］静故了群动：佛教有从万物运动变化中体认"常静"的观点，苏轼反推其意，以为从静止中可洞察一切变化的本质。

［10］空故纳万境：佛教认为虚空之体性广大，周遍于万有，是以虚空为万有的本质。苏轼反推其意，由"空"归于"有"。

［11］"诗法不相妨"二句：法，指佛法。请，请益。

说明

《送参寥师》一诗以沟通诗道与佛学为主旨。

历史上对于文艺创作的心理特征存在两种观点，一主"动"，一主"静"。主"动"者，如《乐记》说"感于物而动"，司马迁说"发愤著书"，钟嵘说"摇荡性情"等。韩愈主张"不平则鸣"，也是主张"动"的。《送高闲上人序》论张旭草书，说他是"情炎于中，利欲斗进"，所以"不平有动于心，必于草书焉发之""可喜可愕，一寓于书"。高闲是僧人，"其为心必泊然无所起，其于世必淡然无所嗜"，如何能工于草书？韩愈认为佛家主"空"，与文艺之道是相冲突的。

苏轼则主"静"，所以反对韩愈的观点。在佛学之前，道家已经强调"静"在精神创造中的作用。刘勰说："陶钧文思，贵在虚静。"(《文心雕龙·神思》)是吸收了道家的思想。刘禹锡说："能离欲则方寸地虚，虚而万景入，入必有所泄，乃形于词。"(《秋日过鸿举法师寺院便送归江陵引》)是吸收了佛家的思想。"无厌空且静"，说的是佛家的"空"，其实是道家的"静"。"空"与"静"是指内心虚明宁静的状态，以此去观照万物，知其变而得其神。诗人创作离不开这个"了"和"纳"的过程，所以"空"与"静"有助于诗道。

不论是"动"还是"静"，都实际存在于创作的过程。进入构思需要"静"，展开想象需要"动"；体验生活需要"动"，观照现实需要"静"；清远蕴藉之境需要"静"，豪猛慷慨之气需要"动"。所以主"动"主"静"二说是互为补充的。

"咸酸杂众好，中有至味永"是诗佛相通的又一个方面。苏轼是以佛家"中观"之义来阐释司空图的"味外味"之说。他在《评韩柳诗》中说："若中边皆枯澹，亦何足道！佛云：如人食蜜，中边皆甜。人食五味，知其甘苦者皆是，能分别其中边者，百无一二也。""如人食蜜中边皆甜"，语见《四十二章经》。所谓"中边"，即中观和边见。大乘诸宗以"中道"为无差别、无偏倚的至理，即离开空、有或断、常等二边的实相，如空非空非色、亦空亦色等。以"中道"观照诸相的方式，即为"中观"。边见，指偏于一边、执于一端的意见，如空即是空、色即是色等。知咸为咸、酸为酸，是"边见"；能知咸酸之外，含隽永之韵味，是"中观"。以此论诗，如果只是知枯澹为枯澹、纤秾为纤秾，属于"边见"；能知枯澹不离纤秾、纤秾不离枯澹，互相涵摄，便是"中观"。佛学"中观"理论对苏轼的风格论影响很大。

苏轼从佛学中吸收思想，丰富了传统诗学，也推动了宋代以禅喻诗之风的盛行。

上枢密韩太尉书

〔宋〕苏　辙

作者简介

苏辙(1039—1112)，字子由，一字同叔，眉州眉山(今属四川)人。苏洵子，苏轼弟。十九岁与轼同登进士。初授商州军事推官。神宗熙宁间，因反对王安石新法出为河南推官。元丰中坐“乌台诗案”谪监筠州盐酒税。哲宗立，召为右司谏，累迁御史中丞，拜尚书右丞、门下侍郎。晚年筑室颍川，号颍滨遗老。以太中大夫致仕，卒谥“文定”。有《栾城集》八十四卷，《应诏集》十二卷等。传见《宋史》卷三百三十九。

太尉执事[1]：辙生好为文，思之至深。以为文者，气之所形。然文不可以学而能，气可以养而致。孟子曰：“我善养吾浩然之气[2]。”今观其文章，宽厚宏博，充乎天地之间，称其气之小大。太史公行天下，周览四海名山大川，与燕、赵间豪俊交游，故其文疏荡，颇有奇气。此二子者，岂尝执笔学为如此之文哉？其气充乎其中而溢乎其貌，动乎其言而见乎其文，而不自知也。

辙生十有九年矣。其居家所与游者，不过其邻里乡党之人；所见不过数百里之间，无高山大野可登览以自广。百氏之书，虽无所不读，然皆古人之陈迹，不足以激发其志气。恐遂汩没[3]，故决然舍去[4]，求天下奇闻壮观，以知天地之广大。过秦、汉之故都，恣观终南、嵩、华之高，北顾黄河之奔流[5]，慨然想见古之豪杰。至京师，仰观天子宫阙之壮，与仓廪府库、城池苑囿之富且大也，而后知天下之巨丽。见翰林欧阳公[6]，听其议论之宏辨，观其容貌之秀伟，与其门人贤士大夫游，而后知天下之文章聚乎此也。

太尉以才略冠天下，天下之所恃以无忧，四夷之所惮以不敢发，入则周公、召公[7]，出则方叔、召虎[8]，而辙也未之见焉。且夫人之学也，不志其大，虽多而何为？辙之来也，于山见终南、嵩、华之高，于水见黄河之大且深，于人见欧阳公，而犹以为未见太尉也。故愿得观贤人之光耀，闻一言以自壮，然后可以尽天下之大观，而无憾者矣。

辙年少，未能通习吏事。向之来，非有取于斗升之禄，偶然得之，非其所乐。然幸得赐归待选，使得优游数年之间[9]，将归益治其文，且学为政。太尉苟以为可教而辱教之，又幸矣。

《四部丛刊》影明活字本《栾城集》卷二十二

注释

[1] 太尉执事：太尉，古代武官官阶，指韩琦。执事，对韩琦的敬称。琦字稚圭，号赣叟，相州安阳(今属河南)人。仁宗天圣五年(1027年)举进士第二。宝元间进枢密直学士、陕西安抚使，与范仲淹久在兵间，名重一时，世称“韩范”。英宗时封魏国公。有《安阳集》五十卷。《宋史》有传。

[2] “我善养”句：语见《孟子·公孙丑上》。

[3] 汩没：沉溺。

[4] 决然：“决”原讹作“浃”。

[5] 北顾：“北”原讹作“比”。

[6] 翰林欧阳公：即欧阳修，仁宗时召为翰林学士。

[7] 周公召公：均为周武王时大臣，以辅佐武王治理天下而称世。

[8] 方叔召虎：周宣王时大臣，以拨乱称世。宣王五年方叔任南征大将，讨伐荆蛮。六年召虎受命平定淮夷，归告成功。这里以周召指文治，以方召指武功。

[9] “幸得赐归”二句：按：嘉祐元年(1056年)韩琦拜枢密使，是年辙与父兄赴京，二年举制策，因直言置下等，授商州军事推官。当时苏洵奉诏修《太常因革礼》，苏轼出任签书凤翔判官，苏辙乃乞养亲京师，即此所谓“赐归待选”。苏辙上韩琦书即作于此间。英宗治平二年(1065年)，苏轼还，苏辙为大名推官。

说明

孟子有“养气”之说，是从修德养性方面说的，“气”是道德气质。曹丕有“文以气为主”之说，是从作家的先天禀赋上说的，“气”是个性气质。“气”在古代文论中，很常用，却没有确定的内涵。

苏辙说：“文者气之所形。”他从传统“气”论来认识文章写作的特点。又说：“气可以养而致。”这是继承了孟子的“养气”说。但孟子是内省，苏辙是外养。他举《孟子》为例，认为它“称其气之小大”，这是为了说明“养气”对于创作的影响，具体的“养气”方式，则举司马迁为例。司马迁“行天下，周览四海名山大川”，其文章因之充满“奇气”。这种开拓生活视野和丰富涉世经验的养气方式，便是外养的工夫。苏辙总结自己以往读遍“百氏之书”，却不足以“激发其志气”，证明外养对于创作更为重要。当时苏辙正年轻，内养或不足道，但从蜀地到京师，视野得到极大的扩展，其感触之深，不能不对外养的意义，有特别的体会。

以“气”论传统为背景，可以看出苏辙“养气”说的特点。苏辙主张通过外在的生活经验来充实“气”，与孟子的道德论的“养气”说、曹丕的先验论的“文气”说都不同。他的观点，还是通向苏洵和苏轼的自然主义的文学观。他说：“其气充乎其中而溢乎其貌，动乎其言而见乎其文，而不自知也。”“气充”而“不自知”，就是苏洵说的“不求有言，不得已而言出”（《仲兄字文甫说》），是苏轼说的“行于所当行”。然而苏洵和苏轼是直指“向上一路”，苏辙则示人以通达自然之境的一个重要条件。

与王观复书三首之一（节录）

〔宋〕黄庭坚

作者简介

黄庭坚(1045—1105)，字鲁直，号山谷道人、涪翁，洪州分宁(今江西修水)人。英宗治平四年(1067年)进士。哲宗元祐中参与编修《神宗实录》，其间苏轼知贡举，聘为参详官。《实录》既成，迁起居舍人。绍圣时章惇、蔡卞等新党用事，贬为涪州别驾，黔州安置，后徙戎州。徽宗即位，起知太平州，复谪宜州而卒。庭坚受知于苏轼，并称“苏黄”。有《豫章黄先生文集》。传见《宋史》卷四百四十四。

所送新诗[1]，皆兴寄高远，但语生硬，不谐律吕，或词气不逮初造意时。此病亦只是读书未精博耳。长袖善舞，多钱善贾[2]，不虚语也。南阳刘勰尝论文章之难云[3]：“意翻空而易奇，文征实而难工。”此语亦是。沈、谢辈为儒林宗主时[4]，好作奇语，故后生立论如此。好作奇语，自是文章病。但当以理为主，理得而辞顺，文章自然出群拔萃。观杜子美到夔州后诗[5]，韩退之自潮州还朝后文章[6]，皆不烦绳削而自合矣[7]。

往年尝请问东坡先生作文章之法，东坡云：“但熟读《礼记·檀弓》当得之[8]。”既而取《檀弓》二篇，读数百过，然后知后世作文章不及古人之病，如观日月也。文章盖自建安以来，好作奇语，故其气象衰苶[9]，其病至今犹在。唯陈伯玉、韩退之、李习之[10]，近世欧阳永叔、王介甫、苏子瞻、秦少游，乃无此病耳。

《四部丛刊》影宋乾道刊本《豫章黄先生文集》卷十九

注释

[1] 所送新诗：按王观复任阆州节度推官时，多以书尺从黄庭坚问学。此书是黄庭坚的回复，作于哲宗元符三年，当时正离开戎州东下。王观复，名蕃。其先青州益都人，徙家湖州。

[2] “长袖善舞”二句：先秦俗语，见《韩非子·五蠹》篇。这里比喻多读书而后可工于诗。

[3] 南阳刘勰：“阳”当时“朝”字之讹。下文所引刘勰之语见《文心雕龙·神思》篇，“工”原作“巧”。

[4] 沈谢辈：沈约、谢朓，是“永明体”的重要诗人。

[5] 杜子美到夔州后诗：按杜甫于唐代宗大历元年至夔州，三年离开夔州，沿江而下，二年后客死湖南耒阳附近。黄庭坚对杜甫夔州以后诗的评价很高，如《与王观复书》之二说：“但熟观杜子美到夔州后古律诗，便得句法简易，而大巧出焉。平淡而山高水深，似欲不可企及。”可以参证。

[6] 韩退之自潮州还朝：按韩愈于唐宪宗元和十四年因上表谏迎佛骨被贬潮州刺史，同年改袁州刺史；穆宗即位，被召还，三年后去世。宋人论诗文，往往以杜甫、韩愈并论。

[7] 不烦绳削而自合：无须刻意经营而自然合乎法度。语出韩愈《樊绍述墓志铭》。绳削，指木工弹墨、斧削，这里引申为对文章的修饰剪裁、结构安排等。

[8] “但熟读”句：苏轼语出处不详。盖《檀弓》善于叙事，所以为苏轼所重。黄庭坚《与潘邠老贴五》也记苏轼“熟读《檀弓》”之说。其说又见于其他宋人文章，大概又从黄庭坚来。

[9] 衰苶：衰微无生气。

[10] 陈伯玉：陈子昂字伯玉。李习之：李翱字习之。

说明

黄庭坚的诗文理论，有一个基本的观点，即学诗者要熟读古人作品，有足够的学问功夫。《与王立之》一文说："若欲作楚词，追配古人，直须熟读楚词，观古人用意曲折处，讲学之，然后下笔。"由熟读而领会古人的命意布局、终始开阖之法，此工夫就是"识"，是创作的基础，所以他说"学者要先以识为主"，但这只是入门的功夫。究其本意，并非专在授人以金针法度，而是由此拾级而上，直到"不烦绳削而自合"的境界。《与王观复书》的论诗宗旨正在于此。在此境界，即与苏轼行止自然之说相合。但苏轼论诗文往往直指此境，陈义甚高，无蹊径可寻，而黄庭坚却使学诗者有门径可依，所以追随者甚多，于是渐成"江西"风气。

黄庭坚在文中反复说"好作奇语"是一种病，对治的方法就是"以理为主，理得而辞顺"。可知熟读古人书，不只是观其法度，也要得其义理。他曾说："所寄文字，更觉超迈，当是读书益有味也。……然孝友忠信是此物之根本，极当加意。养以敦厚醇粹，使根深蒂固，然后枝叶茂尔。"(《与洪驹父书》)"但须勤读书，令精博，极养心，使纯静，根本若深，不患枝叶不茂也。"(《与济川侄》)黄庭坚重视作家的思想修养，以"理"为创作"根本"，在当时的思潮下，本无新意，但对于其理论的完善，其实非常重要。这方面的内容，却没有被江西后学所发扬，他们作诗的得力处并不在"理"，而黄庭坚自己的诗歌创作，为避平庸而力求奇拗，也未必能"顺"。所以有人批评他："专求古人未使之事，又一二奇字缀葺而成诗，自以为工，其实所见之僻也，故句虽新奇而气乏浑厚。"(魏泰《临汉隐居诗话》)按照黄庭坚"以故为新"的旨趣，"好作奇语"的毛病在所难免。

答洪驹父书

〔宋〕黄庭坚

驹父外甥教授[1]：别来三岁[2]，未尝不思念。闲居绝不与人事相接，故不能作书，虽晋城亦未曾作书也[3]。专人来，得手书，审在官不废讲学,眼食安胜,诸稚子长茂,慰喜无量。寄诗语意老重,数过读,不能去手,继以叹息,少加意读书,古人不难到也。诸文亦皆好,但少古人绳墨耳,可更熟读司马子长、韩退之文章。

凡作一文,皆须有宗有趣[4],终始关键[5],有开有阖,如四渎虽纳百川,或汇而为广泽,汪洋千里,要自发源注海耳。

老夫绍圣以前,不知作文章斧斤[6],取旧所作读之,皆可笑。绍圣以后,始知作文章[7],但以老病惰懒,不能下笔也。外甥勉之,为我雪耻。

《骂犬文》虽雄奇,然不作可也。东坡文章妙天下,其短处在好骂,慎勿袭其轨也。甚恨不得相见,极论诗与文章之善病,临书不能万一,千万强学自爱,少饮酒为佳。

所寄《释权》一篇,词笔从横,极见日新之效。更须治经,深其渊源,乃可到古人耳。青琐祭文[8],语意甚工,但用字时有未安处。自作语最难,老杜作诗,退之作文,无一字无来处,盖后人读书少,故谓韩、杜自作此语耳。古之能为文章者,真能陶冶万物,虽取古人之陈言入于翰墨,如灵丹一粒,点铁成金也[9]。

文章最为儒者末事,然索学之,又不可不知其曲折,幸熟思之。至于推之使高,如泰山之崇崛,如垂天之云[10];作之使雄壮,如沧江八月之涛,海运吞舟之鱼[11],又不可守绳墨令俭陋也[12]。

《四部丛刊》影宋乾道刊本《豫章黄先生文集》卷十九

注释

[1] 驹父外甥教授:驹父,洪刍字。教授,古代学官名。洪刍,豫章人,黄庭坚外甥。哲宗绍圣元年(1094年)进士。钦宗靖康中为谏议大夫。汴京失守,被诬陷坐贬沙门岛以卒。有《老圃集》等。

[2] 别来三岁:按徽宗建中靖国元年黄庭坚在鄂州,洪刍与王观复来会。三年之后,当是崇宁二年(1103年),庭坚仍在鄂州。两年之后去世。

[3] 晋:进。

[4] 有宗有趣:作文当有主题。宗,宗旨;趣,旨意。

［5］终始：指文意脉络、结构安排。
［6］斧斤：作诗文的方法。
［7］“绍圣以后”二句：指绍圣二年黄庭坚谪居黔州（今属四川），此后诗文风格发生转变。胡仔《苕溪渔隐丛话》后集卷三十二说：“余读豫章先生传赞云：‘山谷自黔州以后，句法尤高，笔势放纵，实天下之奇作。’”
［8］青琐祭文：不详。
［9］“灵丹一粒”二语：比喻点化古人旧语，以故为新。典出《景德传灯录》卷十八，灵照禅师说：“还丹一粒，点铁成金。”
［10］垂天之云：语出《庄子·逍遥游》。垂天，犹言蔽天。
［11］海运：飞行于海上。语出《庄子·逍遥游》。
［12］俭陋：拘谨鄙陋。

说明

有唐一代，诗有杜甫，文有韩愈，是文学史上的两座高峰。黄庭坚总结他们的文学成就，认为“无一字无来处”正是杜韩的文学特点，而学习杜韩的方法，就是“熟读”古人文字。杜甫自称“读书破万卷，下笔如有神”（《奉赠韦左丞文二十二韵》），韩愈亦自道“沉浸浓郁，含英咀华，作为文章，其书满家”（《进学解》），黄庭坚即以此为诗文创作之要义。他在《论作诗文》中说创作“要从学问中来”，“老杜诗字字有出处，熟读三五十遍，寻其用意处”，这就是“学问”。大抵作文须读司马迁、韩愈，作诗须读《楚辞》、陶渊明和李杜，作词也要“熟读元献、景文笔墨，使语意浑厚，乃尽之”（《书王观复乐府》），除此之外，黄庭坚还强调“更须治经”。《与徐师川书》也说：“其未至者，探经术未深。”古人以经书为文章渊源，所以从经书中揣摩作文之法，乃其通说。苏轼教人读《檀弓》，即其一例。

能“熟读”则“古人不难到”。但黄庭坚在《与秦少章书》中说：“心醉于《诗》与《楚词》，似若有得，然终在古人后。”其宗趣所在，不是“在古人后”，而是要在前人的高峰下力辟余地，所以“熟读”之后，更要有“点铁成金”的工夫，能够“化腐朽为神奇”，能够“以俗为雅，以故为新”（《再次韵杨明叔序》）。点化之法，名之曰“夺胎换骨”：“不易其意而造其语，谓之换骨法；窥入（一作‘规摹’）其意而形容之，谓之夺胎法。”（惠洪《冷斋夜话》卷一引）无非就是融会古意，推陈出新。这也只是庭坚教导初学者模仿古人的方便法门，尚须更上一层，“不烦绳削而自合”。但

“夺胎换骨”的工夫，终是模仿的蹊径，其末流之弊，不免从古书讨生计而沦为“剽窃”，所以王若虚斥责说：“鲁直论诗有夺胎换骨、点铁成金之喻，世以为名言。以予观之，特剽窃之黠者耳。鲁直好胜，而耻其出于前人，故为此强辞而私立名字。”(《滹南诗话》)

黄庭坚以字字有“来处”来总结杜诗韩文的成就是偏颇的，陆游批评说：“盖后人元不知杜诗所以妙绝古今者在何处，但以一字亦有出处为工。如《西昆酬唱集》中诗，何曾有一字无出处者，便以为追配少陵，可乎？”(《老学庵笔记》卷七)杜诗韩文之所以工正不在此，则庭坚所示于学者的门径，也很难超越古人。但他为宋诗开出了一条“以文字为诗，以才学为诗”的路子，且不论功过，终究是别开新面，这也是事实。

黄庭坚还批评苏轼“短处在好骂”。《书王知载朐山杂咏后》说：“诗者人之情性也，非强谏争于廷，怨忿诟于道，怒邻骂坐之为也。”这是告诫后学要吸取苏轼的教训。就诗的“吟咏情性”的本质以及“温柔敦厚”的诗教原则而言，“好骂”也非诗之所宜。后来严羽把“以骂詈为诗”看作诗运之“一厄”，元好问也有“俳谐怒骂岂诗宜”的诗句，都是针对苏诗的这个特点的。此批评即始于庭坚。

词　评

〔宋〕晁补之

作者简介

晁补之(1053—1110)，字无咎，号归来子，济州巨野(今属山东)人。神宗元丰二年(1079年)进士，试开封及礼部别院，皆第一。徽宗大观末知达、泗二州，卒。早年以文章受知于苏轼。能词，有《晁氏琴趣外篇》。著《鸡肋集》七十卷。《词评》也称《评本朝乐章》，未收入《鸡肋集》。载胡仔《苕溪渔隐丛话》引《复斋漫录》，又见吴曾《能改斋漫录》卷一六，文字小有出入。《宋史》卷四百四十四有传。

世言柳耆卿曲俗[1]，非也。如《八声甘州》云：“渐霜风凄惨，关河冷落，残照当楼。”此唐人语，不减高处矣。欧阳永叔《浣溪沙》云：“堤上游人逐画船，拍堤春水四垂天，绿杨楼外出秋千。”要皆绝妙，然只一

"出"字,自是后人道不到处。东坡词,人谓多不谐音律,然居士词横放杰出,自是曲中缚不住者[2]。黄鲁直间作小词,固高妙,然不是当家语[3],自是着腔子唱好诗。晏元献不蹈袭人语[4],而风调闲雅,如"舞低杨柳楼心月,歌尽桃花扇影风"[5],知此人不住三家村也[6]。张子野与柳耆卿齐名[7],而时以子野不及耆卿,然子野韵高,是耆卿所乏处。近世以来,作者皆不及秦少游,如"斜阳外,寒鸦万点,流水绕孤村"[8],虽不识字,亦知是天生好言语。

《海山仙馆丛书》本《苕溪渔隐丛话》后集卷三十三

注释

[1] 柳耆卿:即柳永,字耆卿,福建崇安人。有《乐章集》。"世言柳耆卿"数语当是转述苏轼的观点。苏轼之说见赵令畤《侯鲭录》卷七引。

[2] "东坡词"四句:转述黄庭坚语。《侯鲭录》卷八引黄庭坚说:"东坡居士曲,世所见者数百首,或谓于音律小不谐。居士词横放杰出,自是曲子缚不住者。"

[3] "黄鲁直间作小词"三句:《滹南诗话》卷二载晁补之评黄庭坚词:"词固高妙,然不是当行家语。"或即引此。

[4] 晏元献:即晏殊,字同叔,抚州临川人。官至宰相,卒谥"元献"。

[5] "舞低杨柳"二句:见晏几道《鹧鸪天》("彩袖殷勤捧玉钟")。此作晏殊之词,当系误记。

[6] 不住三家村:指晏词有富贵气象。三家村,指偏僻的小乡村。

[7] 张子野:张先,字子野,乌程人。仁宗天圣八年(1030年)进士。工词,与柳永齐名,有《安陆集》。

[8] "斜阳外"三句:见秦观《满庭芳》("山抹微云")。

说明

宋词的不断发展,特别是苏词的出现,越来越引起学者对诗词体性差别的关注,由此产生了本色论。《后山诗话》说:"退之以文为诗,子瞻以诗为词……要非本色。"本色论初见于此。据《王直方诗话》记载,晁补之、张耒两人都认为"少游诗似小词，先生（指苏轼）小词似诗”，这是本色意识的反映。但是本色论并非只有一种，比如晁补之评黄庭坚词“不是当家语”，只是“着腔子唱好诗”，是以诗为词，也就是非本色的意思。但李清照将黄庭坚与秦观并举为知词者之列。人们批评苏轼词“不谐音律”，而晁补之赞同黄庭坚的说法，以为“横放杰出”。他的本色论在合音律性方面没有过多强调，而是侧重于风格情调。

晁补之对苏词的豪放之风有所认同，但其总体倾向还是以婉约为本色，故最推重秦观词。但婉约一格，也有俗雅之分。张先词宗法南唐，典雅婉丽，与花间词有文野之别，因此为晁补之所看重。当时柳永词流传甚广，或以为张先所不及，而晁补之则说“子野韵高，是耆卿所乏处”，正是其尚雅趣味的体现。但他认为柳词也不尽为俗，自有不减唐人“高处”者。这是继承了苏轼的观点。他又称晏词“风调闲雅”，有富贵气象，这也是强调词格的高雅。

从晁补之的《词评》，到李清照的《论词》，都崇尚词格高雅，成为南宋词坛雅化观念的先导。

石林诗话（选录）

〔宋〕叶梦得

作者简介

叶梦得（1077—1148），字少蕴，晚年自号石林居士。原籍苏州吴县，居浙江乌程（今吴兴）。哲宗绍圣四年（1097 年）进士。徽宗朝累迁翰林学士。高宗绍兴年间，曾任江东安抚制置大使兼知建康府，致力于抗金防务及筹措军饷。移知福州兼福建安抚使，寻拜崇信军节度使致仕。梦得学问洽博，精熟典故，能诗，尤工于词。有《建康集》《石林词》及笔记《石林燕语》《避暑录话》等。《宋史》卷四百四十五有传。

王荆公晚年诗律尤精严[1]，造语用字，间不容发。然意与言会，言随意遣，浑然天成，殆不见有牵率排比处[2]，如“含风鸭绿鳞鳞起，弄日鹅黄袅袅垂[3]”，读之初不觉有对偶。至“细数落花因坐久，缓寻芳草得归迟”[4]，但见舒闲容与之态耳。而字字细考之，皆经檃括权衡者[5]，其用意亦深刻矣。

（卷上）

杜子美《病柏》《病橘》《枯棕》《枯楠》四诗，皆兴当时事。《病柏》当为明皇作[6]，与《杜鹃行》同意[7]。《枯棕》比民之残困，则其篇中自言矣[8]。《枯楠》云："犹含栋梁具，无复霄汉志。"当为房次律之徒作[9]。惟《病橘》始言"惜哉结实小，酸涩如棠梨"，末以比荔枝劳民[10]，疑若指近幸之不得志者。自汉魏以来，诗人用意深远，不失古风，惟此公为然，不但语言之工也。

（卷上）

诗人以一字为工，世固知之，惟老杜变化开阖，出奇无穷，殆不可以形迹捕诘。如"江山有巴蜀，栋宇自齐梁"[11]，远近数千里，上下数百年，只在"有"与"自"两字间，而吞纳山川之气，俯仰古今之怀，皆见于言外。《滕王亭子》"粉墙犹竹色，虚阁自松声"，若不用"犹"与"自"两字，则余八言凡亭子皆可用，不必滕王也。此皆工妙至到，人力不可及，而此老独雍容闲肆，出于自然，略不见其用力处。今人多取其已用字模放用之，偃蹇狭陋，尽成死法。不知意与境会，言中其节，凡字皆可用也。

（卷中）

"池塘生春草，园柳变鸣禽[12]"，世多不解此语为工，盖欲以奇求之耳。此语之工，正在无所用意，猝然与景相遇，借以成章，不假绳削，故非常情所能到。诗家妙处，当须以此为根本，而思苦言难者，往往不悟。钟嵘《诗品》论之最详，其略云："'思君如流水'，既是即目；'高台多悲风'，亦惟所见；'清晨登陇首'，差无故实；'明月照积雪'，非出经史。古今胜语，多非补假，皆由直寻。颜延之、谢庄尤为繁密，于时化之，故大明、泰始中，文书殆同书抄。近任昉、王元长等，辞不贵奇，竞须新事。迩来作者，寖以成俗，遂乃句无虚语，语无虚字，牵挛补衲，蠹文已甚，自然英旨，罕遇其人。"余每爱此言简切，明白易晓，但观者未尝留意耳。自唐以后，既变以律体，固不能无拘窘，然苟大手笔，亦自不妨削鐻于神志之间，斫轮于甘苦之外也[13]。

（卷中）

诗语固忌用巧太过，然缘情体物[14]，自有天然工妙，虽巧而不见刻削之痕。老杜“细雨鱼儿出，微风燕子斜[15]”，此十字殆无一字虚设。雨细着水面为沤[16]，鱼常上浮而淰[17]，若大雨则伏而不出矣。燕体轻弱，风猛则不能胜，唯微风乃受以为势，故又有“轻燕受风斜”之语[18]。至“穿花蛱蝶深深见，点水蜻蜓款款飞[19]”，“深深”字若无“穿”字，“款款”字若无“点”字，皆无以见其精微如此。然读之浑然，全似未尝用力，此所以不碍其气格超胜。使晚唐诸子为之，便当入“鱼跃练波抛玉尺”“莺穿丝柳织金梭”体矣[20]。

（卷下）

七言难于气象雄浑，句中有力，而纡徐不失言外之意[21]。自老杜“锦江春色来天地，玉垒浮云变古今[22]”，与“五更鼓角声悲壮，三峡星河影动摇”等句之后[23]，尝恨无复继者。韩退之笔力最为杰出，然每苦意与语俱尽。《和裴晋公破蔡州回诗》所谓“将军旧压三司贵，相国新兼五等崇”[24]，非不壮也，然意亦尽于此矣。不若刘禹锡《贺晋公留守东都》云“天子旌旗分一半，八方风雨会中州”，语远而大体也。

（卷下）

古今论诗者多矣，吾独爱汤惠休称谢灵运为“初日芙渠[25]”、沈约称王筠为“弹丸脱手”两语[26]，最当人意。“初日芙渠”，非人力所能为，而精彩华妙之意，自然见于造化之妙，然灵运诸诗，可以当此者亦无几。“弹丸脱手”，虽是输写便利[27]，动无留碍，然其精圆快速，发之在手，筠亦未能尽也。然作诗审到此地，岂复更有余事。韩退之《赠张籍》云[28]：“君诗多态度[29]，蔼蔼春空云。”司空图记戴叔伦语云：“诗人之词，如蓝田日暖，良玉生烟[30]。”亦是形似之微妙者，但学者不能味其言耳。

（卷下）

人民文学出版社版逯铭昕《石林诗话校注》

注释

［1］王荆公：即王安石，神宗元丰中封荆国公。

［2］牵率排比：牵强轻率、罗列堆砌的意思。

［3］“含风鸭绿”二句：王安石《半山即事十首》（之三）诗句。鸭绿、鹅黄，分别喻绿波、嫩柳。

［4］“细数落花”二句：王安石《蔷薇四首》（之三）诗句。

［5］皆经檃括权衡：“皆经”原作“若径”，此据《苕溪渔隐丛话》前集卷三十六引文校改。檃括、权衡，都用来矫正木材和称量东西的器具，这里指推敲、锤炼的意思。

［6］《病柏》当为明皇作：明皇，唐玄宗。杨伦《杜诗镜铨》引李东阳说，以为“伤房次律之词”，与叶梦得说不同。

［7］与《杜鹃行》同意：《杜诗镜铨》引洪迈《容斋随笔》说：“时明皇为李辅国劫迁西内，肃宗不复定省，子美作《杜鹃行》以伤之。”

［8］“《枯棕》比民之残困”二句：按《杜诗镜铨》说：“此首伤民困于重敛也。”诗中有“伤时苦军乏，一物官尽取。嗟尔江汉人，生成复何有”等句，所以说“篇中自言”。

［9］房次律：房琯字次律，唐肃宗时任宰相，平叛兵败而被贬斥。上元元年房琯自礼部出任晋州刺史，二年曾任宰相的张镐也再贬为辰州司户，肃宗所相者乃吕諲、苗晋卿之属，杜甫乃惜而悲之，以枯楠比喻大材不见用，水榆比喻小材得重任。

［10］末以比荔枝劳民：按《病橘》最后四句为“忆昔南海使，奔腾献荔枝。百马死山谷，到今耆旧悲”，即写贡献荔枝而劳民伤财。

［11］“江山有巴蜀”二句：杜甫《上兜率寺》诗句。

［12］“池塘生春草”二句：谢灵运《登池上楼》诗句。

［13］“削鐻于神志之间”二句：梓庆削鐻事见《庄子·达生》篇，轮扁斫轮事见《庄子·天道》篇。这里比喻作诗不为律法所拘。

［14］缘情体物：语本陆机《文赋》：“诗缘情而绮靡，赋体物而浏亮。”这里指诗歌的抒情和写景。

［15］“细雨鱼儿出”二句：杜甫《水槛遣兴二首》（之一）诗句。

［16］沤：水泡。

[17] 淰(shěn)：跳跃。

[18] 轻燕受风斜：杜甫《春归》诗句。

[19] "穿花蛱蝶"二句：杜甫《曲江二首》(之二)诗句。

[20] "鱼跃练波"句：据《四库提要》卷一百九十八《溪堂词》条云："'鱼跃练江抛玉尺'，乃王令语。"王令是宋人，王安石连襟。"莺穿丝柳"句，作者不详。

[21] 纡徐：曲折有致。

[22] "锦江春色"二句：杜甫《登楼》诗句。

[23] "五更鼓角"二句：杜甫《阁夜》诗句。

[24]《和裴晋公破蔡州回诗》：韩愈原诗题作《晋公破贼回重拜台司以诗示幕中宾客愈奉和》。裴晋公，即裴度，封晋国公。

[25] 初日芙渠：指诗境清新自然。钟嵘《诗品》卷中引汤惠休说："谢诗如芙蓉出水。"汤惠休，字茂远，南朝宋齐间诗人。《南史·颜延之传》引鲍照说："谢五言诗如初发芙蓉。"与《诗品》不同。

[26] 弹丸脱手：指诗语圆转流畅。《南史·王筠传》引谢朓说："好诗圆美流转如弹丸。"沈约似借用谢朓语。

[27] 输写便利：输写，倾吐；便利，敏捷。

[28]《赠张籍》：诗题原作《醉赠张秘书》。

[29] 态度：气势情态。

[30] "诗人之词"三句：见司空图《与极浦书》，引文有节略。

说明

南北宋之际，诗话得到了蓬勃发展，由前一阶段的"论诗而及事"逐渐转向"论诗而及辞"。当时江西派主盟坛坫，在它的注重来历出处之风气的影响下，若干诗话偏于考据及个别章句的赏析，而《石林诗话》则较多注意诗歌意境，有一定的理论深度。

叶梦得论诗以"浑然"为贵，反对雕琢刻削。其"浑然"之义，一是自然天成。如谢灵运诗如"初日芙渠"，"自然见于造化之妙"。咏物传神准确，是为"工妙"，而杜诗"细雨鱼儿出"二句、"穿花蛱蝶"二句等，则不仅写出事物的精微，又能"出于自然"，"浑然全似未尝用力"。二是触目即成。叶梦得最称赏"弹丸脱手"四字，即是"动无留碍"、著手成春之境，而"池塘生春草"所以为工，亦在猝然与景相遇而无所用意。这是继承了钟嵘以"即目""直寻"而得"自然英旨"的观点。三是含蓄蕴藉。

叶梦得批评误学欧阳修的诗人“失于快直，倾囷倒廪，无复余地”，又称杜甫七言气象雄浑而“纡徐不失言外之意”，韩愈之诗却“每苦意与语俱尽”。戴叔伦以“蓝田良玉”形容诗境空灵，司空图借以指“象外之象”，叶梦得复引此说，当与司空图心有所契。

叶梦得标举“浑然”气象，是对江西派的批评。他说：“今人多取其（按：指杜甫）已用字模放用之，偃蹇狭陋，尽成死法。”这就是把江西派所乐道的点化古人之法看作“死法”。据吴莘《视听抄》记载，章冲自言从小学作江西诗，“石林每见之，必颦蹙曰：‘何用事此死声活气语也！’”可知梦得甚恶江西习气。

学　诗　诗

〔宋〕吴　可

作者简介

吴可（生卒年不详），字思道，号藏海居士，建康（今江苏南京）人。徽宗大观三年（1109 年）进士。累官至团练使。宣和末避战乱辞官。建炎以后转徙楚、豫等地，至乾道、淳熙间尚在。工诗词，曾受知于苏轼。著有《藏海居士集》二卷、《藏海诗话》一卷。传见《至正金陵新志》卷十三。

学诗浑似学参禅[1]，竹榻蒲团不计年[2]。直待自家都了得[3]，等闲拈出便超然。

学诗浑似学参禅，头上安头不足传[4]。跳出少陵窠臼外，丈夫志气本冲天。

学诗浑似学参禅，自古圆成有几联[5]？春草池塘一句子[6]，惊天动地至今传。

乾隆刻本《诗人玉屑》卷一

注释

［1］参禅：佛家的修持方式，包括游访问禅、参究禅理等。这里特指打坐禅思。

[2]“竹榻蒲团”句：竹榻，僧人用来躺卧、修持的竹制小床。蒲团，僧人坐禅及跪拜的用具。这里比喻学诗要经过长久的磨炼。

[3]了得：领悟禅理。

[4]头上安头：比喻重复累赘。这里指因袭古人。

[5]圆成：佛家谓无量功德圆满完成。这里指不待推敲、一蹴即成而诗境完美的意思。

[6]春草池塘：指谢灵运《登池上楼》“池塘生春草”诗句。

说明

宋代禅宗（主要是南宗）极盛，对诗坛也产生了直接的影响，在理论上的表现就是以禅喻诗之风的形成。以苏轼为代表的学者深以为诗道与禅理可以相通。吴可少时曾以诗为苏轼所赏，所著《藏海诗话》，常常引述苏轼的诗论，其中说“凡作诗如参禅，须有悟门”，即得之于苏轼偏重禅悟的思想。吴可认为诗与禅的共同点，首先，禅道要经过艰苦持久的修行，然后瞬间证悟真义。作诗也这样，需要工夫的长期培养，而超然之境得于“等闲”，如“池塘生春草”之句即是。其次，参禅与作诗都要有自家面目。禅宗以为人人本心自足，成佛在我不求人，作诗也要守持自家面目，要“跳出少陵窠臼”。

吴可《学诗诗》出来后，龚相、赵蕃等均有和作。“学诗浑似学参禅”差不多成了南宋诗坛流行的口头禅，所以吴可对以禅喻诗的风气有推动之功。

论　词

〔宋〕李清照

作者简介

李清照（1084—约1156），号易安居士，齐州章丘（今属山东）人。其父李格非为当时著名学者，曾以文章受知苏轼。夫赵明诚为金石考据家。靖康二年（1127年）战乱后，明诚病死建康，清照流离江南，境遇孤苦。清照能诗文，尤工于词，柔婉娴雅，世称“易安体”。《论词》一篇，辑于《苕溪渔隐丛话》及《诗人玉屑》。或疑其非清照所作。此从旧说。今存《漱玉词》一卷，近人有所增辑。传附见《宋史》卷四百四十四《李格非传》。

乐府、声诗并著[1]，最盛于唐开元、天宝间[2]。有李八郎者[3]，能歌，擅天下。时新及第进士，开宴曲江[4]，榜中一名士，先召李，使易服隐名姓，衣冠故敝，精神惨沮，与同之宴所。曰："表弟愿与坐末。"众皆不顾。既酒行乐作，歌者进，时曹元谦、念奴为冠[5]。歌罢，众皆咨嗟称赏。名士忽指李曰："请表弟歌。"众皆哂，或有怒者。及转喉发声，歌一曲，众皆泣下。罗拜，曰："此李八郎也。"

自后郑卫之声日炽，流靡之变日烦。已有《菩萨蛮》《春光好》《莎鸡子》《更漏子》《浣溪纱》《梦江南》《渔父》等词[6]，不可遍举。

五代干戈，四海瓜分豆剖，斯文道熄。独江南李氏君臣尚文雅[7]，故于"小楼吹彻玉笙寒""吹皱一池春水"之词[8]，语虽奇甚，所谓"亡国之音哀以思"也[9]！

逮至本朝，礼乐文武大备，又涵养百余年，始有柳屯田永者[10]，变旧声作新声[11]，出《乐章集》。大得声称于世，虽协音律，而词语尘下。又有张子野[12]、宋子京兄弟[13]，沈唐、元绛、晁次膺辈继出[14]。虽时时有妙语，而破碎何足名家！至晏元献[15]、欧阳永叔、苏子瞻，学际天人，作为小歌词，直如酌蠡水于大海[16]，然皆句读不葺之诗尔[17]，又往往不协音律者。何邪？盖诗文分平侧[18]，而歌词分五音[19]，又分五声[20]，又分六律，又分清浊轻重[21]。且如近世所谓《声声慢》《雨中花》《喜迁莺》[22]，既押平声韵，又押入声韵。《玉楼春》本押平声韵，又押上去声，又押入声；本押仄声韵，如押上声则协，如押入声，则不可歌矣[23]。王介甫、曾子固，文章似西汉，若作一小歌词，则人必绝倒，不可读也。

乃知别是一家，知之者少。后晏叔原、贺方回、秦少游、黄鲁直出[24]，始能知之。又晏苦无铺叙[25]。贺苦少典重。秦即专主情致，而少故实，譬如贫家美女，非不妍丽，而终乏富贵态。黄即尚故实，而多疵病，譬如良玉有瑕，价自减半矣。

《海山仙馆丛书》本《苕溪渔隐丛话》后集卷三十三

注释

[1] 乐府声诗：乐府，指词；声诗，指在乐府之外入乐的五七言诗。

[2] 开元天宝：唐玄宗年号。

[3] 李八郎：即李衮，唐代男子之善歌者。李肇《国史补》卷下"李八郎善歌"条记李衮斗歌事，盖此所本。

[4] 开宴曲江：曲江在长安城东南，为当时京郊著名的风景区。唐时，每届新及第进士皆照例醵钱宴乐于曲江亭子，称"曲江宴"。宋人亦称"闻喜宴"。

[5] 曹元谦念奴为冠：曹元谦，天宝间善歌者，生平不详。念奴，《开元天宝遗事》说："念奴有色善歌，宫伎中第一。"歌者隐名易服，斗声乐以较胜负，为唐时娱乐风气。

[6]《菩萨蛮》：唐教坊曲名，开元、天宝间从西南传入，后用作词调。《春光好》：唐教坊曲名，南卓《羯鼓录》说是玄宗所制。《莎鸡子》：今无词流传。《更漏子》：以晚唐温庭筠词中多咏更漏而得名。《浣溪纱》：唐教坊曲名，后用为词调。《梦江南》：原名《谢秋娘》，段安节《乐府杂录》说是李德裕所制。《渔父》：张志和制曲。

[7] 李氏君臣：指南唐国主李璟、李煜父子与臣子冯延巳等。

[8] "小楼吹彻"句：李璟《摊破浣溪纱》词句。"吹皱一池"是冯延巳《谒金门》词句。

[9] 亡国之音哀以思：语见《礼记·乐记》。

[10] 柳屯田：柳永官至屯田员外郎，世号"柳屯田"。

[11] 变旧声作新声：指柳永改制唐宋旧曲而成新调，如将令词《女冠子》《木兰花》《玉蝴蝶》《定风波》《浪淘沙》等翻作慢词，改变了文人词以小令为主的传统。

[12] 张子野：张先字子野。

[13] 宋子京兄弟：即宋祁(字子京)与其兄宋庠(字公序)，以文学齐名，人称"二宋"。宋祁词有近人赵万里辑本，宋庠词未见。

[14] 沈唐：字公述，官大名府签判，有词见《花庵词选》。元绛：字厚之，神宗朝参知政事，有词见《花草粹编》。晁次膺：晁端礼字次膺，神宗熙宁六年进士，有《闲斋琴趣》。

[15] 晏元献：晏殊谥"元献"。

[16] 酌蠡水于大海：从海中取一瓢水，指以高深学识作小词。蠡，瓠瓢。

[17] 句读不葺之诗：句子长短不一的诗。此句是批评苏轼词，晏殊、欧阳修词未有此弊，盖牵连偶及。

[18] 平侧：即平仄。

[19] 歌词分五音：张炎《词源》说："盖五音分唇、齿、喉、舌、鼻，所以有轻清重浊之分。"此就声母的发音部位来区分。

[20] 又分五声：这是要求字的发音与乐调相协和。五声，宫、商、角、徵、羽。

[21] 清浊轻重：指发声时由声母送气与否、带音与否等原因所造成的字声差别。

[22]《声声慢》：有平仄两体，平韵见晁补之《琴趣外篇》，仄韵见赵长卿《惜香乐府》。《雨中花》：《词谱》卷二六说："此调有平韵、仄韵两体。平韵者，始自苏轼；仄韵者，始自秦观。"《喜迁莺》：有小令、长调两体，小令上片四平韵，下片两平两仄；长调起于宋，为仄韵。

[23] "《玉楼春》本押平声韵"七句：《玉楼春》用平韵时，可以与仄声（上去入）相叶；若用仄韵，则上去入不可相通。宋人多将《玉楼春》与《木兰花》混用。李煜有《玉楼春》，平起，实则为《木兰花》。《玉楼春》为仄起。

[24] 晏叔原：晏几道字叔原，有《小山词》。贺方回：贺铸字方回，有《东山寓声乐府》。

[25] 晏苦无铺叙：晏几道词多为小令而少作长调，所以说"无铺叙"。

说明

到了北宋末年，词的发展已经有三百年左右的历史，其间作手辈出，篇什甚多，为词学理论积累了丰富的创作经验。尤其是苏轼的以诗为词，对传统的词学观念产生一定的冲击，引发了人们对词体特性的自觉思考。李之仪在《跋吴思道小词》中指出词"自有一种风格"，《后山诗话》批评苏词"非本色"，这种强调词体独特性的本色论观念，在李清照的《词论》中得到了进一步的理论化。

李清照所谓"别是一家"的本色论，是以音律为本的。她区分五音、五声及清浊轻重，要求字音、乐律、调式相互谐和，还提到了四声转换的规则问题，表明当时词律已经不断趋于精细完善。根据词体的合音律性，李清照批评苏词"不协音律"，不过是长短之诗而已。她还认为王安石、曾巩也不是作词的行家。本色是她的词学批评的首要标准。

除了合声律性，李清照还认为词体有其独特的艺术风格。五代词人中，她以为只有"尚文雅"的南唐君臣值得一表。柳词虽然"协音律"，但"词语尘下"。这里反映了尚雅的趣味。词体还要“典重”，能适当地运用典故。秦观词“少故实”，显得气度柔弱，黄庭坚“尚故实”却反为疵病，是不善于用典的缘故。晏几道词“苦无铺叙”，尚未具备当行里手的工夫。李清照将晏几道、贺铸、秦观、黄庭坚等是明白“别是一家”的道理的极少数的几个词人，但他们也无一不是“良玉有瑕”。能具高雅之趣、典重之度、铺叙之法者，才是真正的本色之词。

《词论》对于词体的婉约风格，没有直接的强调。但其标举“别是一家”之说，即有维护词体传统风格之意。他对晏几道、秦观等词的肯定，对苏轼、王安石等词的批评，其实是以传统词风为宗的。

题酒边词

〔宋〕胡　寅

作者简介

胡寅(1098—1156)，字明仲，建宁崇安(今属福建)人。徽宗宣和三年(1121年)进士。钦宗靖康初召为校书郎，从祭酒杨时受学。曾上书高宗，力主抗金，反对议和。秦桧当国，深忌之，以讥讪朝政落职，安置新州。桧死复官，卒谥“文忠”。学者称“致堂先生”。有《斐然集》三十卷，及《读史管见》《论语详说》等。其词今存题严子陵钓石《水调歌头》一首。《宋史》卷四百三十五有传。

词曲者，古乐府之末造也。古乐府者，诗之傍行也[1]。诗出于《离骚》《楚词》，而《离骚》者，变风变雅之怨而迫、哀而伤者也；其发乎情则同，而止乎礼义则异[2]。名之曰曲，以其曲尽人情耳[3]。方之曲艺[4]，犹不逮焉；其去《曲礼》则益远矣[5]。然文章豪放之士，鲜不寄意于此者，随亦自扫其迹，曰谑浪游戏而已也[6]。唐人为之最工者。柳耆卿后出，掩众制而尽其妙[7]，好之者以为不可复加。及眉山苏氏[8]，一洗绮罗香泽之态，摆脱绸缪宛转之度，使人登高望远，举首高歌，而逸怀浩气超然乎尘垢之外。于是《花间》为皂隶，而柳氏为舆台矣[9]。芗林居士[10]，步趋苏堂而哜其胾者也[11]。观其退江北所作于后，而进江南所作于前，以枯木之心，幻出葩华，酌元酒之尊[12]，弃置醇味，非染而不色，安能及此！余得其全集于公之外孙汶上刘荀子卿[13]，反复厌饫[14]，复以归之，因题其后。公宏才伟绩，精忠大节，在人耳目，固史载之矣。后之人昧其平生，而听其余韵，亦犹读《梅花赋》而未知宋广平欤[15]？武夷胡寅题。

毛氏汲古阁本《宋六十名家词》

注释

[1]“词曲者”四句：词曲是古乐府派生出来的，而古乐府又是诗的支流。这说明词曲本源于诗。末造，余脉。傍行，犹言旁支。

[2]“其发乎情”二句：诗与词曲等都是发乎情，但未必都能止乎礼义。《毛诗序》说：“变风发乎情，止乎礼义。”

[3]“名之曰曲”二句：曲子因其能曲尽人情而得名。以委曲尽情训“曲”(包括诗体之曲和词曲)，盖为宋人通宜。

[4]曲艺：古时的各种小技能，如医卜之类。

[5]《曲礼》：《礼记》首篇，记吉、凶、宾、军、嘉五礼之事。此论词曲，因“曲”字而牵涉于“曲艺”、《曲礼》，说明词曲地位低下。

[6]谑浪：戏谑不敬。

[7]掩众制：包含各种词体。掩，同“奄”。

[8]眉山苏氏：指苏轼。

[9]“《花间》为皂隶”二句：与苏词相比，《花间词》与柳永词都显得卑下。皂隶、舆台，都是古代贱役。

[10]芗林居士：即向子諲，字伯恭，临江(今属江西)人。官至户部侍郎。晚知平江府，以不肯拜受金诏忤秦桧，遂致仕退闲，以“芗林”名所居。有《芗林集》。《酒边词》为其词集，《直斋书录解题》著录一卷，《乐府纪闻》称四卷，今传汲古阁刊本作二卷。

[11]“步趋苏堂”句：效法苏词而得其菁华。哜(jì)，尝；胾(zì)，大块肉。

[12]元酒：即玄酒，古代盛祀时当酒用的清水。这里借指淡薄的酒。尊：酒樽。此句为点题。

[13]刘荀：字子卿，江西清江人。尝从胡寅、张九成游，录二人绪言名《思问记》。孝宗淳熙中知余干县，以周必大荐改判德安，知盱眙。另有《政规》《文源》等著。

［14］厌饫：咀嚼回味。

［15］读《梅花赋》而未知宋广平：《梅花赋》，宋璟作。宋广平，即宋璟，封广平郡公。唐高宗调露中举进士第，玄宗开元四年继姚崇为相。此句说《梅花赋》风格清便富艳，与宋璟其人颇不相类，借以说明后人读向子諲词章，也不足以知其功业大节。

说明

在南渡之前，词学主本色论，苏轼的“以诗为词”及其豪放词风基本上是受到批评的。靖康之变，为苏词的接受与豪放词风的崛起提供了社会条件。胡寅是推崇苏词的一个代表。

以婉约为宗的本色论者以词体“别是一家”立说，而主豪放一派者则强调诗词同源。胡寅认为词起源于诗，在“发乎情”上也相同。那么苏轼以诗为词，在本色论者看来是别为一调，在同源论者看来反而是不失其本。这种诗本位的观点认同了词的诗化现象。

胡寅并非没有意识到词的本色特征，但他认为正是这种特征，致使词体格调卑下，而豪放之士亦以“谑浪游戏”的心态为之。苏轼则使词体蜕弃其“艳科”的旧面目，洗去其“绮罗香泽之态”和“绸缪宛转之度”，令人读之而有“逸怀浩气”。胡寅高度肯定了苏轼开拓词境的意义。

诗本论对于提升词体格调、摆脱“艳科”地位，有积极的贡献。倡导豪放之风，也更适应于两宋之交的时代形势。但此论本不以强调诗词相分为意，故未能致力于词学的独立发展。本色论则经过南宋风雅词人的努力，能够在宋末发展成为一套包括审音、用字、结构、风格等方面内容的系统词学。

碧鸡漫志（选录）

〔宋〕王　灼

作者简介

王灼（生卒年不详），字晦叔，号颐堂，遂宁（今属四川）人。靖康之变后，曾一度流落江南。高宗绍兴九年(1139年),入夔州为幕官,从事抗金活动。宋金议和之后,退居家乡。卒于孝宗淳熙二年(1175年)后,年六十以上。所著《碧鸡漫志》综论声歌递变发展,历评诸家词风特色,详述曲调源流,为宋代第一部系统词学论著。据其自序,此书始作于高宗绍兴十五年(1145年)冬,时王灼客居成都碧鸡坊,故以为名。能词,今存《颐堂词》一卷。另有《颐堂先生文集》行于世。

或问歌曲所起。曰:天地始分,而人生焉,人莫不有心,此歌曲所以起也。《舜典》曰:“诗言志,歌永言,声依永,律和声。”《诗序》曰:“在心为志,发言为诗,情动于中而形于言。言之不足,故嗟叹之,嗟叹之不足,故永歌之,永歌之不足,不知手之舞之足之蹈之。”《乐记》曰:“诗言其志,歌咏其声,舞动其容,三者本于心,然后乐器从之。”故有心则有诗,有诗则有歌,有歌则有声律,有声律则有乐歌。永言即诗也,非于诗外求歌也。今先定音节,乃制词从之,倒置甚矣。而士大夫又分诗与乐府作两科[1]。古诗或名曰乐府,谓诗之可歌也。故乐府中有歌有谣,有吟有引,有行有曲。今人于古乐府,特指为诗之流,而以词就音,始名乐府,非古也。

(卷一)

东坡先生以文章余事作诗,溢而作词曲,高处出神入天,平处尚临镜笑春[2],不顾侪辈。或曰:“长短句中诗也。”为此论者,乃是遭柳永野狐涎之毒[3]。诗与乐府同出,岂当分异?若从柳氏家法,正自不分异耳[4]。

(卷二)

柳耆卿《乐章集》,世多爱赏该洽[5],序事闲暇,有首有尾,亦间出佳语,又能择声律谐美者用之。惟是浅近卑俗,自成一体,不知书者尤好之。予尝以比都下富儿,虽脱村野,而声态可憎。前辈云:“《离骚》寂寞千年后,《戚氏》凄凉一曲终[6]。”《戚氏》,柳所作也。柳何敢知世间有《离骚》?惟贺方回、周美成时时得之[7]。贺《六州歌头》《望湘人》《吴音子》诸曲[8],周《大酺》《兰陵王》诸曲最奇崛[9]。或谓深劲乏韵,此遭柳氏野狐涎吐不出者也。歌曲自唐虞三代以前、秦汉以后皆有,造语险易,则无定法。今必以“斜阳芳草”“淡烟细雨”绳墨后来作者[10],愚甚矣。故曰：不知书者，尤好耆卿。

（卷二）

长短句虽至本朝盛，而前人自立，与真情衰矣。东坡先生非心醉于音律者，偶尔作歌，指出向上一路[11]，新天下耳目，弄笔者始知自振。今少年妄谓东坡移诗律作长短句，十有八九，不学柳耆卿，则学曹元宠[12]，虽可笑，亦毋用笑也。

（卷二）

中华书局版唐圭璋编《词话丛编》第一册《碧鸡漫志》

注释

[1] 士大夫又分诗与乐府作两科：按元稹《乐府古题序》以为诗、行、咏、吟、题、怨、叹、章、篇九体为“选词以配乐”，总谓之“诗”；操、引、谣、讴、歌、曲、词、调八体为“由乐以定词”，总谓之“歌曲词调”。

[2] 临镜笑春：美人临镜，笑如春风，比喻苏词的柔媚之美。

[3] 野狐涎之毒：相传狐狸涎水渍入肉中，人食之而迷惑。此喻使人误入歧途的柳词。

[4] 正自不分异：分异，区分。此句疑有讹舛。天一阁五卷残本（今存台北“中央”图书馆）在“不”下有“得不”二字，其意可通。郭绍虞主编《中国历代文论选》以为“不”字衍，可备一说。

[5] 世多爱赏该洽：此句天一阁五卷残本在“赏”下有“其实”二字，读作“世多爱赏，其实该洽”，于义较胜。世多爱赏，指柳永词盛传一时，“凡有井水饮处即能歌柳词”（叶梦得《避暑录话》）。其实该洽，指柳词内容丰富详尽。柳永多制慢词，铺叙展衍，备足无余，故云。

[6] “《离骚》寂寞”二句：出处未详。《戚氏》，为柳永自创新调，共三片，合二百一十二字。其“晚秋天”一首，以羁旅愁思为旨，旖旎入情，极见点染之妙。

[7] 贺方回：贺铸，字方回，自号庆湖遗老，卫州（今河南卫辉）人。其词具锤炼之工，兼婉约豪放二格。周美成：周邦彦，字美成，号清真居士，钱塘人。其词格律法度皆至为精审，为格律派之代表，极受推重。

[8]《六州歌头》：原为汉唐之鼓吹曲，宋时入于词调。贺铸制有“少年侠气”一首，属豪放之作，慷慨激昂近苏轼词风。《望湘人》：此调仅存贺铸“厌莺声

到枕”一首，双调一百零七字。《吴音子》：贺铸有“别酒初销”一首，双调七十九字。因有“拥鼻微吟”句，更名为“拥鼻吟”。

[9]《大酺》：此调始见于周邦彦词，有“对宿烟收”一首，题作《春雨》，双调一百三十三字。《兰陵王》：原唐教坊曲，后用为词调。本志卷四有介绍。此调周邦彦作有“柳阴直”一首，三片一百三十字，为宋元词人所宗。按天一阁五卷残本“大酺”下有“六丑”二字。《六丑》，此调首见于周邦彦词，因犯六调，绝难歌，以高阳氏六子为喻而得名。邦彦有“正单衣试酒”一首，写惜春伤逝之情。

[10] 斜阳芳草淡烟细雨：“斜阳”“芳草”等意象多见于宋词，此借指浅斟低唱的婉约词风。

[11] 向上一路：禅宗谓不可思议之彻悟境界。诗家借指最高诗境。

[12] 曹元宠：曹组，字元宠，颍昌（治今河南许昌）人。徽宗宣和三年进士。任给事殿中，官至防御使。其词好用俗语，多谑词、艳词。有《箕颍集》，今存三十六首。本志卷二另称曹词为“滑稽无赖之魁”，“其后祖述者益众，嫚戏污贱，古所未有”，可参证。

说明

词为“艳科”是传统的观念。南渡之后，词风开始发生变化，出现了较多的壮怀激昂之声，也产生了主张豪放一格的观点。曾慥《东坡词拾遗跋》称苏词“豪放风流之不可及也”；郑刚中《乌有编序》说“长短句亦诗也”，足以“被酒不平，讴吟慷慨”；胡寅《酒边词序》称苏词“一洗绮罗香泽之态，摆脱绸缪宛转之度”。他们都突破了“诗庄词媚”的藩篱。经历了靖康之变的王灼，也感到浅斟低唱的婉约旧格不足以拘守，提出了开拓词境的主张。

跟胡寅一样，王灼也持诗词同源论。他认为，从古诗到今词，变化的只是体制，而“本之情性”这个根本并没有不同。所以王灼反对元稹把诗与乐府分作两科。其实元稹说的“乐府”（乐府诗）与他说的“乐府”（词）是同名而异实。还说是遭了柳永的“野狐涎之毒”，其实诗词“分异”也非始于“柳氏家法”。王灼实际上反对的是本色论。既然本源于诗，那么按照《尚书》的“诗言志，歌永言”之说，词家“先定音节乃制词从之”就是本末“倒置”。他明确反对倚声填词，意在恢复“因事作歌”及“本之情性”的古诗之义。这是与本色论针锋相对的。他也批评词坛“语娇声颤”的柔媚之风，说：“今人独重女音，不复问能否。而士大夫所作歌词，亦尚婉媚，古意尽矣。”（卷一）但是王灼的本意并不是要取消诗词的差别，而是通过“歌词之变”的考察，证明词体原不必局限于用来点缀升平、佐酒自娱的“艳科”，像苏轼之作词，才是“指出向上一路”。

王灼批评本色论，主要是针对诗词“分异”的观念。他反对倚声填词，但对于声律仍有明确的要求，如肯定荆公词合乎“绳墨”，柳永词“声律谐美”。王灼评王安石词“雍容奇特”、晏殊欧阳修“风流蕴藉”、晏几道“秀气胜韵”（卷二），推重贺、周二家之词，并力诋柳词“浅近卑俗”，视曹组为“滑稽无赖之魁”。其尚雅的趣味，与本色派也是相同的。他强调诗词同源，但他对北宋词坛风貌的概述，对词家的评论，都可见其独到的本色眼光，故常常为后代治词者所称引。

夏均父集序

〔宋〕吕本中

作者简介

吕本中（1084—1145），字居仁，郡望东莱（今属山东），迁居寿州（今属安徽）。世称东莱先生或吕紫微。高宗绍兴六年（1136年）赐进士出身。历官起居舍人、中书舍人兼侍讲、权直学士院。因忤秦桧被劾罢。作诗自称传衣江西。少作《江西诗社宗派图》，诗派乃有“江西”之名。著有《东莱集》二十卷，《外集》二卷，及《紫微诗话》《吕氏童蒙训》各一卷。传见《宋史》三百七十六。

学诗当识活法。所谓活法者，规矩备具，而能出于规矩之外；变化不测，而亦不背于规矩也。是道也，盖有定法而无定法，无定法而有定法。知是者，则可以与语活法矣。谢玄晖有言：“好诗流转圆美如弹丸。”[1]此真活法也。近世惟豫章黄公[2]，首变前作之弊，而后学者知所趣向，毕精尽知[3]，左规右矩，庶几至于变化不测。然予区区浅末之论，皆汉、魏以来有意于文者之法，而非无意于文者之法也。子曰：“兴于诗。”又曰：“诗可以兴，可以观，可以群，可以怨；迩之事父，远之事君，多识于鸟兽草木之名。”今之为诗者，读之果可以使人兴起其为善之心乎？果可以使人兴、观、群、怨乎？果可以使人知事父、事君而能识鸟兽草木之名之理乎？为之而不能使人如是，则如勿作。

吾友夏均父[4]，贤而有文章，其于诗，盖得所谓规矩备具而出于规矩之外，变化不测者。后更多从先生长者游，闻圣人之所以言诗者而得其要妙，所谓无意于文之文，而非有意于文之文也。

丁福保辑《历代诗话续编》上刘克庄《江西诗派小序》引

注释

［1］谢元晖：即谢朓，字玄晖。其论诗语见《南史·王筠传》。

［2］豫章黄公：即黄庭坚，洪州分宁（今江西九江修水）人。汉唐时分宁曾称豫章，所以他常以“豫章黄庭坚”署名。

［3］毕精尽知：作诗之精义皆由此而得知。

［4］夏均父：夏倪，字均父，蕲州（今湖北蕲春）人。徽宗宣和中，自府曹左官祈阳监酒，后知江州。有《远游集》二卷。吕本中《江西诗社宗派图》列入“法嗣”。

说明

北宋末年（一说南宋初），吕本中作《江西诗社宗派图》，视黄庭坚为不祧之祖，陈师道以下二十五人为法嗣，立为“江西”一派。《宗派图》虽是吕本中的早年之作，诗人的去取也未必严谨，但所论大抵合乎当时的事实，因此“江西”之名一直为后世所沿用。在《宗派图序》中他说：“诗有活法，若灵均自得，忽然有入，然后唯意所出，万变不穷。”可见他很早就主张“活法”了。

“活法”是吕本中论诗的宗旨。他说：“近世江西之学者，虽左规右矩，不遗余力，而往往不知出此。”（《与曾吉甫论诗第二帖》）“活法”之说就是针对江西末流之弊而提出来的。黄庭坚《题意可诗》曾说：“宁律不谐，而不使句弱；用字不工，不使语俗：此庾开府之所长也，然有意于诗也。”《大雅堂记》又说：“子美之妙乃在无意于文，夫无意而意已至。”吕本中继承了黄庭坚的观点，也认为“文”有“有意于文”和“无意于文”两种，与之相应的是“有定法”和“无定法”。黄庭坚指导初学者矜言法调，强调准绳，是偏于“有定法”，而苏轼则立义甚高，强调不拘成法，是偏于“无定法”。吕本中认为诗道本来是两方面统一的，但因为江西诗人拘泥规矩而不知灵活变化，渐成末流之弊，所以他强调诗法的运用要熟练掌握，又不为之所束缚，直到“变化莫测”的“无定法”境界。他说：“《楚辞》、杜、黄，固法度所在，然不若遍考精取，悉为吾用，则姿态横出，不窘一律矣。如东坡、太白诗，虽规摹广大，学者难依，然读之使人敢道，澡雪滞思，无穷苦艰难之状，亦一助也。”(《与曾吉甫论诗第一帖》)所以，其所谓“活法”，是在黄庭坚的“有定法”之中融入苏轼的“无定法”。他借谢朓的“弹丸”之喻，来说明“活法”的特点，刘克庄评论说：“所引谢宣城‘好诗流转圆美如弹丸’之语，余以宣城诗考之，如锦工织锦，玉人琢玉，极天下巧妙；穷巧极妙，然后能流转圆美。近时学者往往误认弹丸之喻而趋于易。故放翁诗云：‘弹丸之论方误人。’……然则欲知紫微诗者，以《均父集序》观之，则知弹丸之语，非主于易。”(《江西诗派小序》)这是符合吕本中本意的。

童蒙诗训(选录)

〔宋〕吕本中

读《古诗十九首》及曹子建诗，如“明月入我牖”“流光正徘徊”之类[1]，诗皆思深远而有余意，言有尽而意无穷也。学者当以此等诗常自涵养，自然下笔不同。

前人文章各自一种句法。如老杜“今君起柂春江流，予亦江边具小舟[2]”，“同心不减骨肉亲，每语见许文章伯[3]”，如此之类，老杜句法也。东坡“秋水今几竿”之类[4]，自是东坡句法。鲁直“夏扇日在摇”“行乐亦云聊”[5]，此鲁直句法也。学者若能遍考前作，自然度越流辈。

潘邠老言[6]：“七言诗第五字要响，如‘返照入江翻石壁，归云拥树失山村[7]’，‘翻’字、‘失’字是响字也。五言诗第三字要响，如‘圆荷浮小叶，细麦落轻花[8]’，‘浮’字、‘落’字是响字也。所谓响者，致力处也。”予窃以为字字当活，活则字字自响。

渊明、退之诗，句法分明，卓然异众，惟鲁直为能深识之。学者若能识此等语，自然过人。阮嗣宗诗亦然[9]。

学古人文字，须得其短处。如杜子美诗，颇有近质野处，如《封主簿亲事不合诗》之类是也。东坡诗有汗漫处[10]。鲁直诗有太尖新、太巧处。皆不可不知。东坡诗如“成都画手开十眉”、“楚山固多猿，青者黠而寿”[11]，皆穷极思致，出新意于法度，表前贤所未到。然学者专力于此，则亦失古人作诗之意。

大概学诗，须以《三百篇》《楚辞》及汉、魏间人诗为主，方见古人妙处，自无齐梁间绮靡气味也。

作文必要悟入处，悟入必自工夫中来，非侥幸可得也。如老苏之于文，鲁直之于诗，盖尽此理也。

山谷云：“诗文唯不造恐强作[12]，待境而生，便自工耳。”山谷谓秦少章云[13]：“凡始学诗须要每作一篇，先立大意；长篇须曲折三致意，乃能成章。”

又云：“诗词高深，要从学问中来。后来学诗者虽时有妙句，譬如合眼摸象，随所触体，得一处，非不即似，要且不足。若开眼，全体也，之合古人处，不待取证也[14]。”

老杜诗云：“诗清立意新[15]。”最是作诗用力处，盖不可循习陈言，只规摹旧作也。鲁直云：“随人作诗终后人[16]。”又云：“文章切忌随人后[17]。”此自鲁直见处也。近世人学老杜多矣，左规右矩，不能稍出新意，终成屋下架屋，无所取长[18]。独鲁直下语，未尝似前人而卒与之合，此为善学。如陈无己力尽规摹[19]，已少变化。

中华书局版郭绍虞《宋诗话辑佚》附辑

注释

[1] 明月入我牖：陆机《拟明月何皎皎》诗句。此诗不属于《十九首》，盖吕本中只是泛指。“流光正徘徊”是曹植《七哀》诗句。

[2] “今君起柂”二句：杜甫《短歌行》诗句。原诗“今君”作“君今”，“江边”作“沙边”。

[3] “同心不减”二句：杜甫《戏赠阌乡秦少公短歌》诗句。

[4] 秋水今几竿：苏轼《送曹辅赴闽漕》诗句。

[5] 鲁直：黄庭坚字。“夏扇日在摇”见《招子高二十二韵兼简常甫世弼》。“行

乐亦云聊”见《次韵答常甫世弼二君不利秋官郁郁初不平故予诗多及君子处得失事》。

[6] 潘邠老：潘大临字邠老，黄冈人，为江西派诗人。有《柯山集》，已佚。

[7] “返照入江”二句：杜甫《返照》诗句。

[8] “圆荷浮小叶”二句：杜甫《为农》诗句。

[9] 阮嗣宗：阮籍，字嗣宗。

[10] 汗漫：漫无标准、不着边际的意思。

[11] 成都画手开十眉：苏轼《眉子石砚歌》诗句。“楚山固多猿”二句：苏轼《杨康功有石状如醉道士为赋此诗》诗句。

[12] 造恐强作：按“恐”字当作“空”。宋人引此语“造空”多作“凿空”，意思相同。

[13] 秦少章：即秦觏，字少章，扬州高邮人。秦观弟，从黄庭坚学诗。

[14] “诗词高深”数句：引自黄庭坚《论作诗文》，文字略异。“若开眼”四句，郭绍虞《辑佚》本句读如此，疑字有讹误。按《论作诗文》原文作：“若开眼，则全体见之，合古人处不待取证也。”则“全体也”中“也”字当作“见”，“之”字属上读。

[15] 诗清立意新：见杜甫《奉和严中丞西城晚眺十韵》。

[16] 随人作诗终后人：见黄庭坚《题乐毅论后》，原诗“诗”作“计”。

[17] 文章切忌随人后：见黄庭坚《赠谢敞王博喻》，原诗“切”作“最”。

[18] “屋下架屋”二句：模仿杜甫诗歌，格局愈见褊狭，而不能吸取其长处。

[19] 陈无己：即陈师道，字履常，一字无己，号后山。

说明

《童蒙训》是吕本中的家塾训课之本，“其所记多正论格言，大抵皆根本经训，务切实用，于立身从政之道，深有所裨”(《四库提要》卷九二)。据朱熹答吕祖谦书说：“舍人丈所著《童蒙训》则极论诗文必以苏、黄为法。”(《朱子全书》卷五十九)宋人诗话多引书中论诗语，但今传本没有这部分内容。郭绍虞辑其佚文，得七十五条，题作《童蒙诗训》。今沿其名。

吕本中所谓“活法”，是“有定法”与“无定法”的统一。他在《用前韵寄商老》诗中说：“须君吸尽西江水，不假扶摇万里风。”“西江水”指黄庭坚所传的“有定法”，“不假扶摇”就是到了“无定法”的境界。由此至彼，以“吸尽”为前提，这就是“悟入”。“悟入”出于工夫，也就是黄庭坚所说的“熟读”。他说学者当以古诗“常自涵养”，“若能遍考前作，自然度越流辈”。这是继承了黄庭坚“从学问中来”的基本观点。由于江西后学取径狭窄，“屋下架屋”，唯杜、黄马首是瞻而左规右矩，所以吕本中主张“以《三百篇》《楚辞》及汉魏间人诗为主”，拓宽创作的途径，并且还须知古人“短处”，包括江西诗人所宗尚的杜、黄。这些见解对于矫正江西末流之弊都是有积极作用的。黄庭坚既以“诗眼”“夺胎换骨”示人以蹊径，也强调要见古人“全体”处，但后学往往着眼于字句工夫而不知“全体”。所以吕本中的“悟入”偏重于“全体”，也就是从作品的整体上去领会古人创作的法度，而不是字模句拟。比如潘大临论诗以一字为“响”，吕本中则认为整体都“活”，便“字字自响”。此即其以“全体”论诗的眼光。不过他说的“悟入”始终是诗内工夫。江西诗学所缺少的诗外工夫，并没有引起吕本中的重视。

吕本中的“悟入”说本原于黄庭坚的诗学，也跟他的学术思想有关。其祖父吕希哲转益多师，不私一说，吕本中论诗主张取径宽广，正是吕氏“家风”的体现。

岁寒堂诗话（选录）

〔宋〕张　戒

作者简介

张戒（生卒年不详），字定复（一作定夫），绛州正平（今山西新绛）人。徽宗宣和六年（1124年）进士。历任秘书郎、兵部侍郎、殿中侍御史、司农少卿等职。绍兴十二年（1142年），因反对和议而被勒停。二十七年，以左宣教郎主管台州崇道观赋闲。能诗，然无集传世。《岁寒堂诗话》作于张戒被贬赋闲的晚年，原本已佚。初为一卷本，《四库全书》本根据《永乐大典》加以补充，编定为二卷。生平附见《宋史·赵鼎传》。另徐梦莘《三朝北盟会编》、李心传《建炎以来系年要录》等记其事迹较详。

建安、陶阮以前[1]，诗专以言志；潘陆以后[2]，诗专以咏物；兼而有之者，李杜也。言志乃诗人之本意，咏物特诗人之余事。古诗、苏李、曹刘、陶阮，本不期于咏物，而咏物之工，卓然天成，不可复及；其情真，其味长，其气胜，视《三百篇》几于无愧。凡以得诗人之本意也。潘陆以后，专意咏物，雕镌刻镂之工日以增，而诗人之本旨扫地尽矣。谢康乐“池塘生春草”[3]，颜延之“明月照积雪”[4]，谢玄晖“澄江静如练”[5]，江文通“日暮碧云合”[6]，王籍“鸟鸣山更幽”[7]，谢贞“风定花犹落”[8]，柳恽“亭皋木叶下”[9]，何逊“夜雨滴空阶”[10]，就其一篇之中，稍免雕镌，粗足意味，便称佳句；然比之陶阮以前苏李、古诗、曹刘之作，九牛一毛也[11]。大抵句中若无意味，譬之山无烟云，春无草树[12]，岂复可观？阮嗣宗诗，专以意胜[13]；陶渊明诗，专以味胜[14]；曹子建诗，专以韵胜[15]；杜子美诗，专以气胜[16]。然意可学也，味亦可学也，若夫韵有高下，气有强弱，则不可强矣。此韩退之之文，曹子建、杜子美之诗，后世所以莫能及也。世徒见子美诗多粗俗，不知粗俗语在诗句中最难，非粗俗，乃高古之极也。自曹刘死，至今一千年，唯子美一人能之，中间鲍照虽有此作，然仅称俊快，未至高古。元白、张籍、王建乐府[17]，专以“道得人心中事”为工[18]，然其词浅近，其气卑弱。至于卢仝，遂有“不唧溜钝汉”“七碗吃不得”之句[19]，乃信口乱道，不足言诗也。近世苏黄亦喜用俗语，然时用之，亦颇安排勉强，不能如子美胸襟流出也。子美之诗，颜鲁公之书，雄姿杰出，千古独步，可仰而不可及耳。

国朝诸人诗为一等，唐人诗为一等，六朝诗为一等，陶阮、建安七子、两汉为一等，风骚为一等，学者须以次参究，盈科而后进可也[20]。黄鲁直自言学杜子美，子瞻自言学陶渊明[21]，二人好恶，已自不同。鲁直学子美，但得其格律耳。子瞻则又专称渊明，且曰，曹刘、鲍谢、李杜诸子皆不及也[22]。夫鲍谢不及则有之，若子建、李杜之诗，亦何愧于渊明。即渊明之诗，妙在有味耳，而子建诗，微婉之情，洒落之韵，抑扬顿挫之气，固不可以优劣论也。古今诗人推陈王及古诗第一[23]，此乃不易之论。至于李杜，尤不可轻议。欧阳公喜太白诗，乃称其“清风明月不用一钱买，玉山自倒非人推”之句[24]，此等句虽奇逸，然在太白诗中，特其浅浅者。鲁直云：“太白诗与汉魏乐府争衡[25]。”此语乃真知太白者。王介甫云：“白诗多说妇人，识见污下[26]。”介甫之论过矣。孔子删诗，三百五篇说妇人者过半，岂可亦谓之识见污下耶？元微之尝谓“自诗人以来，未有如子美者”，而复以太白为不及[27]。故退之云：“不知群儿愚，那用故谤伤[28]。”退之于李杜，但极口推尊，而未尝优劣，此乃公论也。子美诗奄有古今，学者能识《国风》、骚人之旨，然后知子美用意处[29]；识汉魏诗，然后知子美遣词处；至于“掩颜谢之孤高，杂徐庾之流丽”[30]，在子美不足道耳。欧阳公诗学退之，又学李太白；王介甫诗，山谷以为学三谢[31]；苏子瞻学刘梦得[32]，学白乐天、太白[33]，晚而学渊明[34]；鲁直自言学子美。人才高下，固有分限，然亦在所习，不可不谨。其始也学之，其终也岂能过之，屋下架屋，愈见其小。后有作者出，必欲与李杜争衡，当复从汉魏诗中出尔。

诗以用事为博，始于颜光禄[35]，而极于杜子美[36]；以押韵为工，始于韩退之，而极于苏黄[37]。然诗者，志之所之也，情动于中而形于言[38]，岂专意于咏物哉？子建“明月照高楼，流光正徘徊”[39]，本以言妇人清夜独居愁思之切，非以咏月也，而后人咏月之句，虽极其工巧，终莫能及。渊明“狗吠深巷中，鸡鸣桑树颠”[40]，本以言郊居闲适之趣，非以咏田园，而后人咏田园之句，虽极其工巧，终莫能及。故曰：“言之不足，故长言之；长言之不足，故咏叹之；咏叹之不足，故不知手之舞之、足之蹈之[41]。”后人所谓“含不尽之意”者此也[42]。用事押韵，何足道哉？苏黄用事押韵之工，至矣尽矣，然究其实，乃诗人中一害，使后生只知用事押韵之为诗，而不知咏物之为工，言志之为本也。风雅自此扫地矣。

韵有不可及者，曹子建是也；味有不可及者，渊明是也；才力有不可及者，李太白、韩退之是也；意气有不可及者，杜子美是也。文章古今迥然不同，钟嵘《诗品》以古诗第一，子建次之，此论诚然。观子建“明月照高楼”“高台多悲风”“南国有佳人”“惊风飘白日”“谒帝承明庐”等篇[43]，铿锵音节抑扬[44]，态度温润清和[45]，金声而玉振之[46]，辞不迫切，而意已独至[47]，与三百五篇异世同律，此所谓韵不可及也。渊明“狗吠深巷中，鸡鸣桑树颠”“采菊东篱下，悠然见南山”[48]，此景物虽在目前，而非至闲至静之中，则不能到，此味不可及也。杜子美、李太白、韩退之三人，才力俱不可及，而就其中退之喜崛奇之态，太白多天仙之词[49]，退之犹可学，太白不可及也。至于杜子美则又不然，气吞曹刘[50]，固无与为敌。如放归鄜州，而云“维时遭艰虞，朝野少暇日，顾惭思私被，诏许归蓬荜”[51]；新婚戍边，而云“勿为新婚念，努力事戎行”“罗襦不复施，对君洗红妆”[52]；《壮游》云“两宫各警跸，万里遥相望”[53]；《洗兵马》云“鹤驾通宵凤辇备，鸡鸣问寝龙楼晓”[54]；凡此皆微而婉[55]，正而有礼。孔子所谓“可以兴，可以观，可以群，可以怨，迩之事父，远之事君”者[56]，如“刺规多谏诤，端拱自光辉，俭约前王体，风流后代希”[57]“公若登台辅，临危莫爱身”[58]，乃圣贤法言[59]，非特诗人而已。

“萧萧马鸣，悠悠旆旌”[60]，以“萧萧”“悠悠”字，而出师整暇之情状，宛在目前；此语非惟创始之为难，乃中的之为工也。荆轲云：“风萧萧兮易水寒，壮士一去兮不复还。”自常人观之，语既不多，又无新巧，然而此二语遂能写出天地愁惨之状，极壮士赴死如归之情，此亦所谓中的也。古诗“白杨多悲风，萧萧愁杀人”[61]，“萧萧”两字，处处可用，然惟坟墓之间，白杨悲风，尤为至切，所以为奇。乐天云：“说喜不得言喜，说怨不得言怨[62]。”乐天特得其粗尔。此句用“悲”“愁”字，乃愈见其亲切处，何可少耶？诗人之工，特在一时情味，固不可预设法式也。

《国风》云：“爱而不见，搔首踟蹰[63]。”“瞻望弗及，伫立以泣[64]。”其词婉，其意微，不迫不露，此其所以可贵也。古诗云：“馨香盈怀袖，路远莫致之[65]。”李太白云：“皓齿终不发，芳心空自持[66]。”皆无愧于《国风》矣。杜牧之云：“多情却是总无情，惟觉尊前笑不成[67]。”意非不佳，然而词意浅露，略无余蕴。元白、张籍，其病正在此，只知“道得人心中事”，而不知道尽则又浅露也。后来诗人能道得人心中事者少尔，尚何无余蕴之责哉？

《国风》《离骚》固不论，自汉魏以来，诗妙于子建，成于李杜，而坏于苏黄。余之此论，固未易为俗人言也。子瞻以议论作诗，鲁直又专以补缀奇字，学者未得其所长，而先得其所短，诗人之意扫地矣。段师教康昆仑琵琶，且遣不近乐器十余年，忘其故态[68]。学诗亦然。苏黄习气净尽，始可以论唐人诗；唐人声律习气净尽，始可以论六朝诗；镌刻之习气净尽，始可以论曹刘、李杜诗。《诗序》云：“情动于中而形于言，言之不足，故嗟叹之。”子建、李杜皆情意有余，汹涌而后发者也。刘勰云：“因情造文，不为文造情[69]。”若他人之诗，皆为文造情耳。沈约云："相如工为形似之言，二班长于情理之说[70]。"刘勰云："情在词外曰隐，状溢目前曰秀[71]。"梅圣俞云："含不尽之意见于言外，状难写之景如在目前[72]。"三人之论，其实一也。

武英殿聚珍版《岁寒堂诗话》卷上

注释

[1] 建安陶阮以前：建安，汉献帝年号。这里指建安文学。陶阮，指陶渊明、阮籍。

[2] 潘陆：潘岳、陆机，均为西晋诗人。

[3] 谢康乐：谢灵运袭封康乐公，故称。"池塘生春草"见《登池上楼》。

[4] 明月照积雪：见谢灵运《岁暮》，此作"颜延之"，盖由误记。

[5] 谢玄晖：谢朓字玄晖。"澄江静如练"见《晚登三山还望京邑》。

[6] 江文通：江淹字文通。"日暮碧云合"见《休上人怨别》。

[7] 王籍：字文海，南朝梁代琅邪临沂人。"鸟鸣山更幽"见《入若耶溪》。

[8] 谢贞：字元正，南朝陈代陈郡阳夏人。"风定花犹落"，据《陈书》本传，是其少岁所作《春日闲居》诗句，原诗已佚。

[9] 柳恽：字文畅，南朝梁代河东解人。"亭皋木叶下"见《捣衣诗》。

[10] 何逊：字仲言，南朝梁代东海郯人。"夜雨滴空阶"见《临行与故游夜别》。

[11] 九牛一毛：比喻十分渺小、微不足道。语出司马迁《报任少卿书》。

[12] "山无烟云"二句：用李白《上安州裴长史书》文中语。

[13] 专以意胜：指阮籍诗以意蕴深刻为主。《文心雕龙·明诗》说"阮旨遥深"，《诗品》评其诗"厥旨渊放，归趣难求"，即"以意胜"。

[14] 专以味胜：指陶渊明诗贵在意味隽永。

[15] 专以韵胜：指曹植诗以风韵温雅清和见长。

[16] 专以气胜：指杜甫诗以气格高古浑厚为胜。

[17] 元白：指元稹、白居易。张籍：字文昌。王建：字仲初。张、王皆中唐诗人，以乐府诗齐名，世称"张王乐府"。

[18] 道得人心中事：元稹语。《岁寒堂诗话》卷上曾说："元微之云：'道得人心中事。'"赵令畤《侯鲭录》卷五说："乐天谓微之能道人意中语。"则白居易评元稹诗也可能有类似之语。

[19] 卢仝：自号玉川子，唐范阳人。"不唧溜钝汉"：见《扬州送伯龄过江》。唧

溜，俚语，机灵的意思。“七碗吃不得”：见《走笔谢孟谏议寄新茶》。

[20] 盈科而后进：泉水注满洼地后向前奔流，这里比喻学诗者从风骚到宋诗依次参究。语出《孟子·离娄下》。

[21] 子瞻自言学陶渊明：按苏辙《子瞻和陶渊明诗集引》引苏轼语：“吾于诗人无所甚好，独好渊明之诗。”元祐七年，苏轼有《和陶饮酒二十首》；晚年迁谪南方后，更对渊明诗全部作了和诗，“自谓不甚丑渊明”。

[22] “子瞻则又专称”三句：苏辙《子瞻和陶渊明诗集引》引苏轼语：“渊明作诗不多……自曹刘、鲍谢、李杜诸人，皆莫及也。”

[23] 陈王：曹植，曹丕即位，封于陈。

[24] “欧阳公喜太白诗”二句：欧阳修评李白诗见《笔说·李白杜甫诗优劣说》。“清风明月”二句，李白《襄阳歌》诗句。

[25] 太白诗与汉魏乐府争衡：说见黄庭坚《答黎晦叔书》。

[26] “白诗多说妇人”二句：《苕溪渔隐丛话》前集卷六引《钟山语录》：“荆公次第四家诗以李白最下，俗人多疑之。公曰：‘白诗近俗，人易悦故也。白识见污下，十首九说妇人与酒，然其才豪俊，亦可取也。’”按：“四家”指杜甫、欧阳修、韩愈及李白。

[27] “元微之尝谓”二句：元稹评杜诗见《唐故工部员外郎杜君墓系铭并序》。

[28] “不知群儿愚”二句：韩愈《调张籍》诗句。

[29] “识《国风》骚人之旨”二句：按《岁寒堂诗话》卷下说：“子曰：‘不学诗，无以言。’又曰：‘诗可以兴，可以观，可以群，可以怨，迩之事父，远之事君。’《序》曰：‘先王以是经夫妇，成孝敬，厚人伦，美教化，移风俗。’又曰：‘上以风化下，下以风刺上，主文而谲谏，言之者无罪，闻之者足以戒。’子美诗是已。”此即所谓“子美诗用意处”。

[30] “掩颜谢之孤高”二句：语见元稹《唐故工部员外郎杜君墓系铭并序》。

[31] “王介甫诗”二句：三谢，指谢灵运、谢惠连及谢朓。黄庭坚论王安石诗，说见《后山诗话》，“三谢”一本作“二谢”。

[32] 苏子瞻学刘梦得：《后山诗话》说：“苏诗始学刘禹锡，故多怨刺。”

[33] 学白乐天太白：《后山诗话》说苏轼“晚学太白”，曾季貍《艇斋诗话》说苏诗出白居易诗。

[34] 晚而学渊明：苏辙《亡兄子瞻端明墓志铭》：“晚喜陶渊明，追和之者几遍。”

[35] 颜光禄：颜延之，南朝宋武帝时为金紫光禄大夫。钟嵘《诗品》卷中《宋光禄大夫颜延之》：“喜用古事，弥见拘束。”

[36] 极于杜子美：宋王琪《杜工部集后记》说："子美博闻稽古，其用事非老儒博士罕知其自出。"王得臣《麈史》卷中说："杜子美善于用事及常语。"

[37] "以押韵为工"三句：欧阳修《六一诗话》称韩愈"工于用韵"，吕本中《童蒙诗训》说"苏黄用韵、下字、用故事处亦古所未到"。

[38] "诗者"三句：语见《诗大序》。

[39] "明月照高楼"二句：见曹植《七哀》。

[40] "狗吠深巷中"二句：见陶渊明《归园田居五首》(之一)。

[41] "言之不足"六句：语见《礼记·乐记》，文字略异。

[42] 含不尽之意：欧阳修《六一诗话》引梅尧臣语。

[43] 高台多悲风：见曹植《杂诗》。"南国有佳人"亦见《杂诗》。"惊风飘白日"见《赠徐幹》。"谒帝承明庐"见《赠白马王彪》。

[44] 铿锵音节抑扬：疑当作"音节铿锵抑扬"。

[45] 态度：指诗歌的情态风貌。

[46] 金声而玉振之：指曹植诗声韵谐美。语出《孟子·万章下》，但意思不同。

[47] "辞不迫切"二句：此借用赵岐《孟子题辞》论孟子语。

[48] "采菊东篱下"二句：见陶渊明《饮酒二十首》(之五)。

[49] 太白多天仙之词：李阳冰《草堂集序》称李白"其言多似天仙之辞"。

[50] 气吞曹刘：语见元稹《唐故工部员外郎杜君墓系铭并序》。

[51] "维时遭艰虞"四句：见杜甫《北征》。

[52] "勿为新婚念"四句：见杜甫《新婚别》。

[53] "两宫各警跸"二句：按安史之乱时玄宗在成都，肃宗在灵武，所以说"两宫"。警，戒备。跸，皇帝出行开路清道。皇帝所经之地要戒备，称"警跸"。《壮游》一诗作于唐代宗大历元年(766年)。

[54] "鹤驾通宵"二句：鹤驾、凤辇，均指太子车驾。龙楼，门楼上有铜龙，故名。此二句讽劝太子当尽子职。《洗兵马》一诗作于乾元二年，时肃宗已立李俶为太子。

[55] 微而婉：语见梁刘孝标《辨命论》。

[56] "可以兴"六句：语见《论语·阳货》。

[57] "刺规多谏诤"四句：见杜甫《送卢十四弟侍御护韦尚书灵榇归上都二十韵》。

[58] "公若登台辅"二句：见杜甫《奉送严公入朝十韵》。

[59] 法言：指合乎礼法的言辞。

[60] "萧萧马鸣"二句：见《诗·小雅·车攻》。

[61]“白杨多悲风”二句：见《古诗十九首》（“去者日已疏”）。

[62]“说喜不得言喜”二句：说见旧题白居易《金针诗格·诗有七义例》，此述其意。

[63]“爱而不见”二句：见《诗·邶风·静女》。

[64]“瞻望弗及”二句：见《诗·邶风·燕燕》。

[65]“馨香盈怀袖”二句：见《古诗十九首》（“庭中有奇树”）。

[66]“皓齿终不发”二句：见李白《古风五十九首》（之四十九）。

[67]“多情却是”二句：见杜牧《赠别》。

[68]“段师教康昆仑”三句：据段安节《乐府杂录》记载：“德宗……乃令（段善本）教授昆仑，……段奏曰：‘且遣昆仑不近乐器十余年，使忘其本领，然后可教。’诏许之，后果尽段之艺。”此喻学诗须先净尽下文所说的三种“习气”。

[69]“因情造文”二句：语见《文心雕龙·情采》。

[70]“相如工为形似之言”二句：语见沈约《谢灵运传论》。文字与《文选》所录同，《宋书》“工”作“巧”，“二班”作“班固”。

[71]“情在词外”二句：《文心雕龙·隐秀》佚文。

[72]“含不尽之意”二句：欧阳修《六一诗话》引梅尧臣语。

说明

叶梦得的《石林诗话》与张戒的《岁寒堂诗话》是南北两宋之际诗话中的优秀之作。叶梦得标举“浑然”之境，偏于诗歌的艺术分析；张戒论诗则以“言志”为本而注重“意味”，偏于诗歌的内容分析而兼论其艺术性。二家诗学各有特色。

张戒论诗宗旨继承传统“言志”说。因此，他认为六朝诗人“专以咏物”，宋人又好用典故，都是失去“诗人之本旨”。他常引述元稹的“道得人心中事”一语，来说明诗歌当表达出内心的情志，是为“中的”。但仅仅这样尚有不足，比如元白乐府诗，未尝不如此，但“其意伤于太尽”，“道尽则浅露”，所以还必须有“意味”。他特别赞赏沈约、刘勰和梅尧臣的三句话，以为“三人之论其实一也”，即皆以诗之“意味”为重。张戒会通了传统的“言志”说与“韵味”说。

张戒是针对苏黄诗风而重提“言志”说的。他说“子瞻以议论作诗”，失之直露，而学者纷然，致使“诗人之意扫地”，所以用“意味”二字对治。他又指出“苏黄用事押韵之工，至矣极矣”，已成诗道之“一害”，所以强调诗歌以“言志”为本来矫正其弊。又针对宋人向苏黄讨生活而成“屋下架屋”之现状，张戒分诗为五等，提出了一条按时代逆向“以次参究”的学诗途径，依次扫尽三种“习气”，使人领会“向上一路”的要义。

张戒的《岁寒堂诗话》提出了不少深刻的见解，为后世所重视。他对苏黄诗风的批评，与后来的严羽有不少相通之处，所以潘德舆将《岁寒堂诗话》与《沧浪诗话》相提并论（《养一斋诗话》卷一），这个评价其实是很高的。

九月一日夜读诗稿有感走笔作歌

〔宋〕陆　游

作者简介

陆游（1125—1210），字务观，号放翁，越州山阴（今浙江绍兴）人。高宗绍兴二十四年应试礼部，名在前列，因论恢复，遭秦桧黜落。孝宗时赐进士出身，以宝谟阁待制致仕。生平所作诗近万首，多感激豪宕之作。词和散文均有成就。有《剑南诗稿》《渭南文集》《老学庵笔记》及《南唐书》等。《宋史》卷三百九十五有传。

我昔学诗未有得，残余未免从人乞[1]。力孱气馁心自知，妄取虚名有惭色[2]。四十从戎驻南郑[3]，酣宴军中夜连日[4]。打球筑场一千步[5]，阅马列厩三万匹。华灯纵博声满楼，宝钗艳舞光照席[6]。琵琶弦急冰雹乱，羯鼓手匀风雨疾[7]。诗家三昧忽见前，屈贾在眼元历历[8]。天机云锦用在我，剪裁妙处非刀尺[9]。世间才杰固不乏，秋毫未合天地隔[10]。放翁老死何足论，《广陵散》绝还堪惜[11]。

中华书局排印本《陆游集·剑南诗稿》卷二十五

注释

[1]“我昔学诗”二句：以前一味拟学他人，终无所获。

[2]“力孱气馁”二句：自己所作的诗孱弱无力，内容不充实，却早负诗名，实在

令人惭愧。孱，弱。气馁，指风格柔弱。

[3] 四十从戎驻南郑：南郑，今陕西汉中。孝宗乾道八年(1172年)，陆游以左承议郎权四川宣抚使司干办公事兼检法官居四川宣抚使王炎军幕，驻南郑，积极策划北伐。时年四十八。诗中说“四十”，乃举其成数。

[4] 酣宴：纵情饮宴。

[5] 打球：《剑南诗稿》旧刻本作“毬”。打毬，古代军中马上击球游戏。《宋史·礼志·礼二四(军礼)》有详细记载。

[6] “华灯纵博”二句：博弈的场面十分热闹，军伎的舞姿亦光彩照人。纵博，尽情于博弈。声满楼，形容博弈者大声喝彩。

[7] 羯鼓手匀风雨疾：羯鼓，从西北少数民族传入的乐器，状如漆桶，两头俱击。手匀，有节奏地击打。风雨疾，形容鼓声急促。

[8] “诗家三昧”二句：在军戎生活中忽然明白了作诗的道理，真切地体会到了屈原、贾谊的创作精神。三昧，佛语，指禅定，后人常引申为要诀、真义的意思。元历历，分明如在眼前。

[9] “天机云锦”二句：作诗当妙境天成，不待绳削，就像织女纺织彩云一样。天机，传说中织女的织布机。云锦，彩云，传说是从织女的天机上织出来的。无需刀尺，故曰“非刀尺”。

[10] 秋毫未合天地隔：犹言差之毫厘，失之千里。这里说如果不明白作诗“在我”不在法的道理，与诗道就相去甚远。

[11]《广陵散》：古琴曲名。史载嵇康被杀，此曲遂绝。此喻诗学要义的失传。

说明

《九月一日夜读诗稿有感走笔作歌》，宋光宗绍熙三年(1190年)陆游在山阴时所作，是年六十八岁。在此之前五年，诗人在严州刻成《剑南诗稿》前集。因此，这首诗其实是陆游对自己创作生涯的回顾与总结。

陆游学诗曾私淑吕本中，后拜江西派著名诗人曾几(茶山)为师。陆游常常言及曾几对自己的影响，说：“我得茶山一转语，文章切忌参死句。”(《赠应秀才》)又说：“忆在茶山听说诗，亲从夜半得玄机。”(《追怀曾文清公呈赵教授赵近尝示诗》)可知他对江西派在自己创作中所起的作用留有深沉的印象。中年入蜀，经历“四十从戎驻南郑”的战地生活，陆游意识到现实生活对于诗歌创作的意义。“天机云锦用在我”，诗歌的创造要出于现实生活的感触，如果计较于“刀尺”，则必与天成之境有天地相隔之远。

“六十余年妄学诗，工夫深处独心知。夜来一笑寒灯下，始是金丹换骨时。”（《夜吟》之二）“金丹换骨”本是江西工夫，但陆游认为他自己正是有了丰富的生活阅历，才得真正的脱胎换骨。他所领悟的“诗家三昧”，与江西诗人津津乐道的“一朝悟罢正法眼，信手拈出皆成章”（韩驹《赠赵伯鱼》）有本质上的区别。江西诗人追求诗内工夫的游刃有余，陆游则是从诗外世界去寻求妙手工夫。

示　子　遹

〔宋〕陆　游

我初学诗日，但欲工藻绘；中年始少悟，渐若窥宏大。怪奇亦间出，如石漱湍濑[1]。数仞李杜墙[2]，常恨欠领会。元白才倚门，温李真自郐[3]。正令笔扛鼎，亦未造三昧[4]。诗为六艺一，岂用资狡狯[5]。汝果欲学诗[6]，工夫在诗外。

中华书局排印本《陆游集·剑南诗稿》卷七十八

注释

［1］“怪奇亦间出”二句：中年以后犹有瘦硬奇险之作，不免留一些早年的江西习气。石漱湍濑，喻奇险诗风。

［2］数仞李杜墙：不能窥探李杜诗歌的要领。

［3］“元白才倚门”二句：元稹、白居易尚只够得上李杜的门墙，温庭筠和李商隐则更下一等而不足道了。自郐，《左传·襄公二十九年》载季札观乐，对郐风以下的作品不作评论。

［4］“正令笔扛鼎”二句：即使笔力雄健，也不能得诗歌真义。

［5］岂用资狡狯：诗非小道，不得视同儿戏。狡狯，游戏。

［6］汝：即陆子遹，字怀祖，陆游幼子。以父致仕恩补官。宁宗嘉定十一年（1218 年）为溧阳令，理宗宝庆二年（1226 年）知严州，后创钓台书院。官至吏部侍郎。

说明

这是陆游晚年写的一首诗，作于嘉定元年秋，时居山阴。

“工夫在诗外”是陆游对自己诗歌创作的经验教训的总结，也是对江西诗学的批评。他晚年推崇浑成的诗境，认为诗之极致并非出于字句雕琢与法度安排。其《何君墓表》说：“大抵诗欲工，而工亦非诗之极也。锻炼之久，乃失本指，斫削之甚，反伤正气。”《读近人诗》又说：“琢琱自是文章病，奇险尤伤气骨多。”天成之境是“偶得之”的，“偶得”的基础则是丰富的人生阅历，这就是他说的“诗外”工夫。“君诗妙处吾能识，正在山程水驿中”（《题萧彦毓诗卷后》），“挥毫当得江山助，不到潇湘岂有诗”（《予使江西时以诗投政府丐湖湘一麾会召还不果偶读旧稿有感》），这些诗句都可以作为“工夫在诗外”五个字的注脚。也正是丰富的生活经历，使陆游感到“无一字无来处”的江西衣钵已然微不足道，所以说：“今人作诗亦未尝无出处，渠自不知。若为之笺注，亦字字有出处，但不妨其为恶诗耳。”（《老学庵笔记》卷七）这是他彻底摆脱江西藩篱的表现。

宋代诗论家曾从不同角度矫正江西诗弊。叶梦得标举“浑然”之境，由字句的析分雕琢转向意境的整体把握。张戒重提抒情言志的传统，由注重技法表现向抒情功能的回归。陆游则主张“诗外”工夫，由文本世界转向现实世界。他在《感兴》诗中说：“险艰外备尝，愤郁中不平。”“感慨发奇节，涵养出正声。”可知艰难的人生往往能培养“诗外”的工夫。“诗外”的工夫不仅仅是指现实阅历，也包括人格精神的涵养。《次韵和杨伯子主簿见赠》说：“文章最忌百家衣，火龙黼黻世不知。谁能养气塞天地，吐出自足成虹蜺。”他认为诗人当先蓄养心中的沛然之气，勿须以字句拼凑如百衲衣，自然有浑然恢宏之境。这是继承了孟子的“养气”之说。

和李天麟二首

〔宋〕杨万里

作者简介

杨万里（1127—1206），字廷秀，号诚斋，吉州吉水（今属江西）人。高宗绍兴二十四年(1154 年)进士。光宗初官至秘书监。宁宗即位,乞致仕,开禧二年(1206 年)升宝谟阁学士。谥“文节”,工诗,以平易自然、清新活泼而自成一格,时号“诚斋体”。与尤袤、范成大、陆游并称中兴四大家。其诗文由长子长孺汇编为《诚斋集》一百三十三卷。另有《诚斋易传》等。《宋史》卷四百三十三有传。

学诗须透脱[1],信手自孤高[2]。衣钵无千古,丘山只一毛[3]。句中池有草,字外目俱蒿[4]。可口端何似?霜螯略带糟[5]。

句法天难秘,工夫子但加[6]。参时且柏树,悟罢岂桃花[7]。要共东西玉,其如南北涯。肯来谈个事,分坐白鸥沙[8]。

《四部丛刊》影宋抄本《诚斋集》卷四

注释

[1] 透脱:灵活而不拘泥陈法。

[2] 孤高:峻拔超妙。

[3] “衣钵无千古”二句:作诗没有可以传承不变的法则,像江西派所宗尚的黄陈诗法最终也是微不足道的。衣钵,佛家传授给弟子的袈裟和钵,这里特指江西派所承传的诗法。丘山只一毛,丘山之大也不免为一毛之小,比喻黄庭坚等固有成就,然其末流递相承袭,就不足道了。

[4] “句中池有草”二句:要写出“池塘生春草”那样的诗句,必须要有感受现实的开阔的眼光。池有草,见谢灵运《登池上楼》。蒿目,半闭其目,忧愁貌,语出《庄子·骈拇》,引申为关心时艰的意思。

[5] 霜螯略带糟:比喻诗歌富有意味。霜螯,深秋肥美的螃蟹。糟,糟酒,调味品。

[6] “句法天难秘”二句:只要勤下工夫,诗的法则终可掌握。

[7] “参时且柏树”二句:参禅之初,见柏树自是柏树,桃花自是桃花;顿悟之后,柏树不止是柏树,桃花不止是桃花。禅门公案有“柏树子”话头,《五灯会元》载灵云志勤禅师见桃花悟道事。这里比喻初学者法自是法,熟习之后法为我用,遂不知有法。这里表达了“活法”的主张。

[8] “要共东西玉”四句:东西玉,即“玉东西”。宋人常以此称酒。南北涯,南溪的南北涯。南溪也是杨万里所居村名,在溪北。个事,这个事,指谈诗。白鸥沙,指水边。

说明

南宋乾道、淳熙前后，出现了“中兴”四大家，他们都从“江西”入，又从“江西”出。其中以陆游、杨万里比较有理论上的自觉意识，杨万里尤其如此。

杨万里有很强的自立精神，所以一生转益多师，诗风多变。《诚斋南海诗集序》说：“予生好为诗，初好之，既而厌之。至绍兴壬午，予诗始变，予乃喜。既而又厌之。至乾道庚寅，予诗又变。至淳熙丁酉，予诗又变。”一变再变之后，万里乃辞谢前贤，自开生路。他在《诚斋江湖集序》中说：“予少作有诗千余篇，至绍兴壬午七月皆焚之，大概江西体也。”高宗绍兴三十二年焚烧诗稿，表明他从江西派中脱身而出，转向新的创作道路。《和李天麟二首》作于焚稿后四年[孝宗乾道二年(1166 年)]，简明地表达了他的思想变化。

他对江西诗人“传派传宗”的风气提出了批评。《跋徐恭仲省幹近诗》说：“传派传宗我替羞，作家各自一风流。黄陈篱下休安脚，陶谢行前更出头。”他认为安脚黄陈篱下是缺乏创新独立的精神，陈陈相因，不能表现出个性风格。但杨万里也并不是完全抛弃江西诗学。《和段季承左藏惠四绝句》(之二)说：“遮莫蟠胸书似山，更饶落笔语如泉。阴何绝倒无人怨，却怨渠侬秘不传。”也还是注重学问工夫的。“柏树”“桃花”之喻，说明他也主张“活法”。黄庭坚的“熟读”之说，是比较注重“渐悟”的，而吕本中的“悟入”说，已带有“顿悟”的特点，杨万里则更倾向于南禅式的“透脱”。“好诗排闼来寻我，一字何曾捻白须”(《晓行东园》)，“老夫不是寻诗句，诗句自来寻老夫”(《晚寒题水仙花并湖山》)，这就是“顿悟”之际的“透脱”。在《江西续派二曾居士诗集序》和《送分宁主簿罗宠材秩满入京》二篇中，杨万里将江西派比于南宗，以为是诗中最高境界，言外之意，南宗式的“活法”才是江西诗人的出路，所以刘克庄说：“诚斋出，真得所谓‘活法’、所谓‘流转圆美如弹丸’者，恨紫微公不及见也。”(《江西诗派总序》)但他的“活法”，不只是得于句法的“参悟”，“字外目俱蒿”更为重要，这是与江西派“活法”论的本质差别。《诚斋荆溪集序》说：“万象毕来，献予诗材，盖麾之不去，前者为雠，而后者已迫，涣然未觉作诗之难也。”这种“透脱”的灵活自在的境界，已经不是参悟句法的结果，而是本源于自然世界的当下感触了。黄庭坚《病起荆江亭即事》说：“闭门觅句陈无己。”而杨万里《下横山滩头望金华山》则说：“闭门觅句非诗法，只是征行自有诗。”他要求诗人打开大门，从“征行”中寻求诗材和灵感。

但杨万里主张师写自然，与陆游主张“诗外”工夫，是有所区别的。陆游的

“工夫”是人生阅历，而杨万里是主张从现实世界中领悟事态物情的意趣。“哦诗只道更无题，物物秋来总是诗”（《戏笔》），“城里哦诗枉断髭，山中物物是诗题”（《寒食雨中同舍约游天竺得十六绝句呈陆务观》），“此行诗句何须觅，满路春光总是题”（《送文黼叔主簿之官松溪》），似乎更像是禅门所说的“青青翠竹，总是法身；郁郁黄华，无非般若”的意思。

江西宗派诗序

〔宋〕杨万里

《江西宗派诗》者[1]，诗江西也，人非皆江西也[2]。人非皆江西，而诗曰“江西”者何？系之也。系之者何？以味不以形也。

东坡云：“江瑶柱似荔子[3]。”又云：“杜诗似太史公书[4]。”不惟当时闻者呒然，阳应曰诺而已[5]，今犹呒然也。非呒然者之罪也，舍风味而论形似，故应呒然也。形焉而已矣，高子勉不似二谢[6]，二谢不似三洪[7]，三洪不似徐师川[8]，师川不似陈后山[9]，而况似山谷乎？味焉而已矣，酸咸异和，山海异珍，而调胹之妙[10]，出乎一手也。似与不似，求之可也，遗之亦可也。

大抵公侯之家有阀阅[11]，岂惟公侯哉？诗家亦然。窭人子崛起委巷[12]，一旦纡以银黄，缨以端委[13]，视之，言公侯也，貌公侯也。公侯则公侯乎尔，遇王谢子弟，公侯乎？江西之诗，世俗之作，知味者当能别之矣。

昔者诗人之诗，其来遥遥也。然唐云李杜，宋言苏黄，将四家之外，举无其人乎？门固有伐，业固有承也。虽然，四家者流，一其形，二其味；二其味，一其法者也。盍尝观夫列御寇、楚灵均之所以行天下者乎[14]？行地以舆，行波以舟，古也。而子列子独御风而行，十有五日而后反，彼其于舟车，且乌乎待哉[15]！然则舟车可废乎？灵均则不然，饮兰之露，餐菊之英[16]，去食乎哉！芙蓉其裳[17]，宝璐其佩[18]，去饰乎哉！乘吾桂舟[19]，驾吾玉车[20]，去器乎哉！然朝阆风[21]，夕不周[22]，出入乎宇宙之间，忽然耳，盖有待乎舟车，而未始有待乎舟车者也[23]。今夫四家者流，苏似李，黄似杜。苏、李之诗，子列子之御风也；杜、黄之诗，灵均之乘桂舟、驾玉车也。无待者，神于诗者欤[24]！有待而未尝有待者，圣于诗者欤[25]！嗟乎！离神与圣，苏、李，苏、李乎尔！杜、黄，杜、黄乎尔！合神与圣，苏、李不杜、黄，杜、黄不苏、李乎？然则诗可以易而言之哉？

秘阁修撰给事程公[26]，以一世儒先[27]，厌直而帅江西[28]，以政新民，以学赋政。如春而肃，如秋而燠，盖二年如一日也。追暇则把酒赋诗，以黼黻乎翼轸，而金玉乎落霞秋水[29]。尝试登滕王阁，望西山，俯章江，问双井[30]，今无恙乎？因喟曰：《江西宗派图》，吕居仁所谱，而豫章自出也[31]。而是派之鼻祖云仍[32]，其诗往往放逸[33]，非阙欤？于是以谢幼槃之孙源所刻石本[34]，自山谷外，凡二十有五家[35]，汇而刻之于学官，将以兴废西山章江之秀，激扬江西人物之美，鼓动骚人国风之盛。移书谂予曰：子江西人也，非乎？序斯文者，不在子其将焉在[36]？予三辞不获，则以所闻书之篇首云。淳熙甲辰十月三日，庐陵杨万里序[37]。

《四部丛刊》影宋抄本《诚斋集》卷七十九

注释

[1]《江西宗派诗》：即吕本中所辑《江西宗派诗集》，一百三十七卷，又有续集十三卷。今存残本。《续诗集》杨万里另有序文。

[2]人非皆江西：陈后山是彭城（今江苏徐州）人，韩子苍是陵阳（今属四川）人，潘邠老是黄州（今属湖北）人，夏均父、林敏中、林敏修是蕲州（今属湖北）人，晁冲之是巨野（今属山东）人（刘克庄《江西诗派总序》说是开封人），王直方、江子之是开封人，祖可是京口（今江苏镇江）人，高子勉是京西（今湖北江陵）人，吕本中是寿州（今属安徽）人等。

[3]江瑶柱似荔子：苏轼语见《东坡志林》卷十一引。江瑶柱，江珧（贝类，也称江瑶）的肉柱，其味鲜美，属海味珍品。

[4]杜诗似太史公书：亦见《东坡志林》卷十一引。太史公书，即《史记》。

[5] 吪然阳应曰喏：心里糊涂，表面上却表示同意。

[6] 高子勉：高荷字子勉，荆南人，官兰州通判，五言学杜甫，为黄庭坚所赏，有《还还集》，已佚。二谢：谢逸、谢薖兄弟。谢逸，字无逸，临川人，号溪堂先生，著《溪堂集》，今存辑本。谢薖，字幼槃，号竹友居士，今存《竹友集》。

[7] 三洪：洪朋、洪刍、洪炎三兄弟，豫章人，黄庭坚甥。朋字龟父，举郡试第一。有《清虚集》(一名《洪龟父集》)一卷，已佚。刍字驹父，举进士，官谏议大夫。有《老圃集》，今存辑本。炎字玉父，元祐末登第，官著作秘书少监。今存《西渡集》。

[8] 徐师川：徐俯字师川，分宁人。黄庭坚甥。高宗绍兴初赐进士出身。官至端明殿学士，权参知政事。著《东湖居士集》，今存辑本。

[9] 陈后山：陈师道，号后山。

[10] 调胹：烹调。胹(ér)，煮。

[11] 阀阅：仕宦人家立于门前用来题记功业的柱子。下文有"门固有伐"("伐"通"阀")，即指此。

[12] 窭人子：穷家子弟。

[13] "纡以银黄"二句：授予官爵。纡，系。银黄，银印和金印，或指银印黄绶。缨，这里指系冠带。端委，指官帽。

[14] 列御寇：属道家，《汉书·艺文志》著录《列子》八篇。楚灵均：即屈原。《离骚》："字予曰灵均。"

[15] "子列子独御风而行"四句：《庄子·逍遥游》说列子"御风而行，泠然善也，旬有五日而后反"，能"游无穷"而无所依凭。

[16] "饮兰之露"二句：《离骚》："朝饮木兰之坠露兮，夕餐秋菊之落英。"

[17] 芙蓉其裳：《离骚》："集芙蓉以为裳。"

[18] 宝璐其佩：《九章·涉江》："被明月兮佩宝璐。"

[19] 乘吾桂舟：《九歌·湘君》："沛吾乘兮桂舟。"

[20] 驾吾玉车：《离骚》："齐玉轪而并驰。"轪，车轮。

[21] 朝阆风：《离骚》："朝吾将济于白水兮，登阆风而绁马。"阆风，山名，在昆仑上。

[22] 夕不周：《离骚》："路不周以左转兮，指西海以为期。"

[23] "盖有待乎舟车"二句：屈原能自由地遨游于天地之间，不离乎舟车而不为舟车所约束。

[24] "无待者"二句：李白、苏轼的诗豪放天成而不拘律法，是为"神"。无待，无

所依凭，指不受诗法的限制。这里以列子的御风而行为喻。

[25] “有待而未尝有待者”二句：杜甫、黄庭坚的诗合乎律法却又不为律法所束缚，相当于吕本中所说的“规矩备具而能出于规矩之外”，是为“圣”。这里以屈原的乘桂舟驾玉车为喻。黄庭坚称杜甫诗“不烦绳削而自合”（《与王观复书》），吕本中称黄庭坚诗“左规右矩庶几至于变化不测”（《夏均父集序》）。

[26] 程公：程叔达，字元诚，安徽黟县人。绍兴十二年（1142 年）进士。淳熙九年除秘阁修撰。庆元二年（1196 年）特除华文阁直学士，次年卒。杨万里为之撰墓志铭。

[27] 先：先生。

[28] 厌直而帅江西：不愿作侍从之臣，外出担任江西安抚使。古时侍从之臣直宿内廷，故称“直”。

[29] “以黼黻乎翼轸”二句：用华美文辞描绘江西山水。黼黻，指华丽辞藻，此作动词。翼轸，二十八宿星名，古为楚地分野。此代指江西。金玉，指谐美声音，此作动词。落霞秋水，用王勃《滕王阁序》“落霞与孤鹜齐飞，秋水共长天一色”之语。

[30] “登滕王阁”四句：滕王阁，唐高宗永徽四年（653 年）滕王李元婴都督洪州时所建，旧址在江西新建县西章江门上。西山，在南昌城西三十里。章江，一名南江，与贡水会为赣江，经南昌城西章江门外。双井，在江西修水西三十余里，黄庭坚曾居于此，故后人也称庭坚为“双井”。

[31] 豫章：指黄庭坚。《宗派图》自黄庭坚以下列陈师道等二十五人以为“法嗣”。

[32] 云仍：远孙。

[33] 放逸：散失。

[34] 谢幼槃之孙源：谢薖之孙谢源，字资深，第进士。为建昌军教授，累迁邵武丞。有《空斋诗稿》。

[35] 二十有五家：说法不一。《苕溪渔隐丛话》前集卷四十八指陈师道、潘大临、谢逸、洪刍、饶节、僧祖可、徐俯、洪朋、林敏修、洪炎、汪革、李錞、韩驹、李彭、晁冲之、江端本、杨符、谢薖、夏倪、林敏功、潘大观、何觊、王直方、僧善权、高荷。赵彦卫《云麓漫钞》有吕本中，无何觊。刘克庄《江西诗派总序》有吕本中、何颙，无何觊，合二十六家，然何颙、潘大观元集，则存者为二十四家。陈振孙《直斋书录解题》著录江西诗人也是二十四家。

[36]“移书谂予曰”数句：谂，告知。杨万里《程公墓志铭》引程叔达书曰：“江西，诗人渊林也，祖于山谷先生，派于陈、徐诸贤，谓之诗社，而社中多逸诗，某冥搜得之，今刻枣以传，而序引缺焉，非君其谁宜为？”

[37]淳熙甲辰：孝宗淳熙十一年。是年杨万里五十八岁。庐陵即今江西吉安。

说明

杨万里虽然在创作上摆脱了江西诗风，也反对宗派观念，但他仍然很关注江西诗人，六十岁之后还增补吕本中的《宗派图》为《江西续派》。应程叔达的托付，他为吕本中的《江西宗派诗》写了这篇序，也说明他对派中诗人的成就还是有所肯定的。

江西派并非都是江西人，而所以名之曰“江西”，杨万里认为是“以味不以形”。“味”即“风味”，也就是诗人的精神气质所表现出来的审美韵味，也就是内在风格。以“荼”为例，杨万里说：“人病其苦也，然苦未既，而不胜其甘。诗亦如是而已矣。”（《颐庵诗稿序》）苦只是苦荼的表面特点，而隐含的甘才是它的“味”。外在的特征虽然不同，但内在的“风味”可以相似，苏轼说杜诗似《史记》，就是指“风味”而言。所以江西诗人虽然“形”不必似，却无碍于“风味”上的神似而成为一派。江西诗人学习杜甫，也不能只靠“形”的模拟，而当求其“味”，否则也只是像窭人子拜官，终不能有王谢子弟的神韵。这一方面是教人学习古人的正确方法，另一方面也含蓄地批评了江西派的“传宗传派”，因为它以诗法为“衣钵”，不过是求“形”之似。

有法可循，谓之“有待”；不拘法度，谓之“无待”。二者统一，是为“活法”。对于江西派的“活法”论，杨万里并不反对。他认为李、苏是“无待”而为“神”，杜黄是“有待而无待”而为“圣”，就其异而言，一无待，一有待；就其同而言，则皆“无待”。他们“风味”有别，而“无待”则无不同。这就是“一其法”，“法”即“无待”于法，是“活法”。江西诗人以杜、黄为宗，正当以“活法”开宗立派。然而其“衣钵”传承，却是“有待”于法，终不免“刃伤事主”。所以杨万里的“无待”之说，也是对江西末流的含蓄批评。

杨万里以为“江西”之名系于“风味”与“活法”，实以理想之“江西”，批评现实之“江西”。可摹的是“形”，“味”不可摹；可传的是定法，而“活法”无定法。“风味”和“活法”本质上都是不可模仿的。所以杨万里将名维系于此，也是将名消解于此。他为“江西”正名，与他说“传派传宗我替羞”，是完全不矛盾的。

答巩仲至(节录)

〔宋〕朱　熹

作者简介

朱熹(1130—1200),字元晦,一字仲晦,号晦庵等,徽州婺源(今属江西)人。高宗绍兴十八年(1148年)进士。历仕高宗、孝宗、光宗和宁宗四朝,官至华文阁待制。谥曰"文"。晚年居福建建阳考亭,主讲紫阳书院,世称"闽学"。又与二程之学并称"程朱学",明清两代立为官学,影响深远。一生勤于著述,讲学不倦。诗文集有《晦庵先生朱文公集》传世。《宋史》卷四百二十九有传。

抑又闻之,古之圣贤所以教人,不过使之讲明天下之义理,以开发其心之知识,然后力行固守,以终其身。而凡其见之言论,措之事业者,莫不由是以出,初非此外别有歧路可施功力,以致文字之华靡,事业之恢宏也。故《易》之《文言》,于《乾》九三实明学之始终[1],而其所谓"忠信所以进德"者,欲吾之心实明是理,而真好恶之,若其好好色而恶恶臭也[2]。所谓"修辞立诚以居业"者,欲吾之谨夫所发以致其实,而尤先于言语之易放而难收也[3]。其曰"修辞",岂作文之谓哉?今或者以"修辞"名左右之斋,吾固未知其所谓,然设若尽如《文言》之本指,则犹恐此事当在忠信进德之后,而未可以遽及。若如或者赋诗之所咏叹,则恐其于"乾乾夕惕"之意[4],又益远而不相似也。鄙意于此,深有所不能无疑者,今虽不敢承命以为记,然念此事于人所关不细,有不可以不之讲者,故敢私以为请,幸试思之,而还以一言判其是非焉。

至于佳篇之贶,则意益厚矣。顾惟顿挫于此,岂敢有所与,三复以还,但知赞叹而已。然因此偶记顷年学道未能专一之时,亦尝间考诗之原委,因知古今之诗,凡有三变。盖自书传所记虞夏以来,下及魏晋,自为一等[5]。自晋宋间颜谢以后,下及唐初,自为一等[6]。自沈宋以后，定著律诗，下及今日，又为一等[7]。然自唐初以前，其为诗者，固有高下，而法犹未变。至律诗出，而后诗之与法，始皆大变。以至今日，益巧益密，而无复古人之风矣。故尝妄欲抄取经史诸书所载韵语，下及《文选》、汉魏古词，以尽乎郭景纯、陶渊明之所作[8]，自为一编，而附于《三百篇》《楚辞》之后，以为诗之根本准则。又于其下二等之中，择其近于古者，各为一编，以为之羽翼舆卫[9]。其不合者，则悉去之，不使其接于吾之耳目，而入于吾之胸次，要使方寸之中无一字世俗言语意思[10]，则其为诗，不期于高远而自高远矣。然顾为学之务，有急于此者，亦复自知材力短弱，决不能追古人而与之并，遂悉弃去，不能复为。况今老病，百念休歇，宁尚复语此乎？然感左右见顾之重，若以为可语此者，故聊复言之，恐或可以少助百尺竿头更进一步之势也。

来喻所云"漱六艺之芳润，以求真澹"[11]，此诚极至之论。然恐亦须先识得古今体制，雅俗乡背，仍更洗涤得尽肠胃间夙生荤血脂膏，然后此语方有所措。如其未然，窃恐秽浊为主，芳润入不得也。近世诗人，正缘不曾透得此关，而规规于近局，故其所就，皆不满人意，无足深论。然既就其中而论之，则又互有短长，不可一概抑此伸彼。况权度未审，其所去取，又或未能尽合天下之公也。此说甚长，非书可究，他时或得面论，庶几可尽。但恐彼时且要结绝修辞公案，无暇可及此耳。记文甚健，说尽事理，但恐亦当更考欧曾遗法[12]，料简刮摩，使其清明峻洁之中，自有雍容俯仰之态，则其传当愈远，而使人愈无遗憾矣。

《四部丛刊》影明本《晦庵先生朱文公文集》卷六十四

注释

[1]《乾》九三：其爻辞曰："君子终日乾乾，夕惕若，厉无咎。"《文言》曰："君子进德修业。忠信，所以进德也；修辞立其诚，所以居业也。知至至之，可与几也；知终终之，可与存义也。"《朱子语类》卷第六十九说："这里大概都是学者事。"忠信进德、修辞立诚为学者事，"知至至之""知终终之"是"明学之始终"。

[2]"所谓'忠信所以进德'者"四句：忠信乃本性自然，如好好恶恶，所以为修德

的基础。好好色而恶恶臭，语本《大学》。《语类》卷第六十九说："忠信进德，便只是《大学》诚意之说，'如恶恶臭，如好好色'，有此根本，德方可进。"与此意思相同。

[3] "所谓'修辞立诚以居业'者"三句：修辞不只是立文字，要有充实的内容，必以忠信进德为基础。《语类》卷第六十九说："言是那发出来处。人多是将言语做没紧要，容易说出来。若一一要实，这工夫自是大。"意思相近。

[4] 乾乾夕惕：指时时保持检戒精进之心。乾乾，犹言健而又健；惕，警惕。《语类》卷第六十八说："'君子终日乾乾'矣，至夕犹检点而惕然恐惧。盖凡所以如此者，皆所以进德修业耳。"

[5] "自书传所记"三句：魏晋以前诗为一类。朱熹以此为"一变"。

[6] "自晋宋间"三句：晋宋至唐初为一类。此为"二变"。颜谢，指颜延之、谢灵运，均晋宋间诗人。

[7] "自沈宋以后"四句：唐初至宋为一类。此为"三变"。沈宋，沈佺期、宋之问。诗五言至沈宋，始可称律；诗之律体，由此而备。

[8] 郭景纯：郭璞字景纯，河东闻喜(今属山西)人，晋代文人。作品以《游仙诗》最著。有《郭弘农集》。

[9] 羽翼舆卫：辅助的意思。

[10] 方寸之中：心中。

[11] "来喻所云"：来喻，指巩仲至的信。漱六艺之芳润，陆机《文赋》语。巩仲至，名丰字仲至，号栗斋，婺州武义人。少游吕祖谦之门。孝宗淳熙十一年(1184年)以太学上舍对策及第。能诗，有《东平集》。宁宗庆元四年(1198年)末、五年初之间，巩丰赴福建帅府，途经建阳，曾造访朱熹。本篇即作于别后。是年朱熹七十岁，不久以朝奉大夫致仕。

[12] 欧曾遗法：欧曾，欧阳修、曾巩。《语类》卷第一百三十九说："宜以欧曾文字为正。"古文家中朱熹最推重欧曾，尝编选《欧曾文粹》六卷，今不传。

说明

宋代五子，以朱熹对文学用力最勤，发表了许多独特的见解。

朱熹以"修辞立其诚"概述其文学的基本观点。他认为"修辞"并不仅仅指文章写作，而是以"忠信进德"为前提的。凡有所言，必须"乾乾夕惕"，谨慎而不妄发。这其实就是"有德者必有言"的意思。

据此朱熹提出了“三变”说。“三变”指诗歌演变的三个阶段。第一阶段是从虞夏到魏晋。以《诗经》《楚辞》为代表。《诗经》之教固不待论，而《楚辞》亦足以感发“天性民彝之善”(《楚辞集注目录》)，此皆所谓“修辞立其诚”者。第二阶段是从晋宋至唐初，“法犹未变”。诗人洗其心，知其诚，有悠然之胸次，则可以“不期于高远而自高远”。这是“诗之根本准则”，即古法之所在。“晋宋间诗多闲淡”“陶渊明平淡出于自然”(《语类》卷一百四十)，都是古法犹存的体现。第三阶段是自唐初到宋代。律诗产生，艺术上“益巧益密”，“诗之与法始皆大变”。朱熹的这个观点，是受到其父朱松(字乔年，号韦斋)的影响。朱松在《上赵漕书》中说，《诗三百》“焯乎如日月”，至汉代苏、李，“浑然天成，去古未远”，这相当于朱熹说的“一变”；魏晋以降，“虽已不复古人制作之本意”，然亦各自名家，“皆萧然有拔俗之韵”，这相当于“二变”；唐李、杜以后诗人，“决章裂句，青黄相配，组绣错出”，这也就是“三变”。

朱熹所谓“三变”，是从内在的“修辞立诚”之“法”向形式的格律规矩之“法”的转变。即以叶韵而言，“古人”也只是“便于讽咏而已”，可知“修辞立诚”正当是从自家诚意中平易自然地发出的。但是到后来叶韵就变得越来越严切了，正所谓“汉不如周，魏晋不如汉，唐不如魏晋，本朝又不如唐”(《语类》卷第八十)。“三变”之说，反映了理学家的文学史观，认为艺术上越进步，越失去“修辞”的本质。所以朱熹批评元祐诸公在作诗上浪费工夫。为贯彻“修辞立诚”之义，朱熹计划编选一部诗集，一编以为“准则”，一编以为“羽翼”，但来不及完成。后来其再传弟子真德秀编选了一部“以明义理为主”的《文章正宗》，并在“诗赋”一门的序言中援引朱熹的“三变”之说，声称“皆以文公之言为准”。这也算是完成了朱熹的遗愿。

朱子语类·论文(选录)

〔宋〕朱　熹

人做文章，若是子细看得一般文字熟，少间做出文字，意思语脉自是相似。读得韩文熟，便做出韩文底文字；读得苏文熟，便做出苏文底文字。若不曾子细看，少间却不得用。向来初见拟古诗，将谓只是学古人之诗。元来却是如古人说“灼灼园中花”[1]，自家也做一句如此；“迟迟涧畔松”[2]，自家也做一句如此；“磊磊涧中石”[3]，自家也做一句如此；“人生天地间”[4]，自家也做一句如此。意思语脉，皆要似他底，只换却字。某后来依如此做得二三十首诗，便觉得长进。盖意思句语血脉势向，皆效它底。大率古人文章皆是行正路，后来杜撰底皆是行狭隘邪路去了。而今只是依正底路脉做将去，少间文章自会高人。

（《论文上》）

才卿问：韩文李汉序头一句甚好[5]。曰：公道好，某看来自是有病。陈曰：“文者，贯道之器。”且如《六经》是文，其中所道皆是这道理，如何有病？曰：不然。这文皆是从道中流出，岂有文反能贯道之理？文是文，道是道，文只如吃饭时下饭耳。若以文贯道，却是把本为末。以末为本，可乎？其后作文者皆是如此。

（《论文上》）

道者，文之根本；文者，道之枝叶。惟其根本乎道，所以发之于文，皆道也。三代圣贤文章，皆从此心写出，文便是道。今东坡之言曰：“吾所谓文，必与道俱[6]。”则是文自文而道自道，待作文时，旋去讨个道来入放里面，此是它大病处。只是它每常文字华妙，包笼将去，到此不觉漏逗。说出他本根病痛所以然处，缘他都是因作文，却渐渐说上道理来；不是先理会得道理了，方作文，所以大本都差。欧公之文则稍近于道，不为空言。

（《论文上》）

古诗须看西晋以前，如乐府诸作皆佳。杜甫夔州以前诗佳，夔州以后自出规模，不可学[7]。苏、黄只是今人诗。苏才豪，然一滚说尽，无余意；黄费安排[8]。

（《论文下》）

李太白诗不专是豪放，亦有雍容和缓底，如首篇“大雅久不作”[9]，多少和缓！陶渊明诗，人皆说是平淡，据某看，他自豪放，但豪放得来不觉耳。其露出本相者是《咏荆轲》一篇，平淡底人如何说得这样言语出来！

（《论文下》）

杜子美“暗飞萤自照”[10]，语只是巧。韦苏州云：“寒雨暗深更，流萤度高阁[11]。”此景色可想，但则是自在说了。因言：《国史补》称韦“为人高洁，鲜食寡欲。所至之处，扫地焚香，闭阁而坐”[12]。其诗无一字做作，直是自在。其气象近道，意常爱之。问：比陶如何？曰：陶却是有力，但语健而意闲。隐者多是带气负性之人为之。陶欲有为而不能者也，又好名。韦则自在，其诗直有做不着处便倒塌了底。晋宋间诗多闲淡。杜工部等诗常忙了。陶云“身有余劳，心有常闲”[13]，乃《礼记》身劳而心闲则为之也。

（《论文下》）

因林择之论赵昌父诗[14]，曰：今人不去讲义理，只去学诗文，已落第二义[15]。况又不去学好底，却只学去做那不好底。作诗不学六朝，又不学李杜[16]，只学那峣崎底[17]。今便学得十分好后，把作甚么用？莫道更不好。如近时人学山谷诗，然又不学山谷好底，只学得那山谷不好处。

（《论文下》）

不知穷年穷月做得那诗，要作何用[18]？江西之诗，自山谷一变至杨廷秀[19]，又再变，遂至于此。本朝杨大年虽巧[20]，然巧之中犹有混成底意思，便巧得来不觉。及至欧公，早渐渐要说出来。然欧公诗自好，所以他喜梅圣俞诗，盖枯淡中有意思。欧公最喜一人送别诗两句云：“晓日都门道，微凉草树秋。”又喜王建诗：“曲径通幽处，禅房花木深。”欧公自言平生要道此语不得[21]。今人都不识这意思，只要嵌字，使难字，便云好。

（《论文下》）

中华书局排印本《朱子语类》卷第一百三十九至一百四十

注释

[1] 灼灼园中花：宋范质《诫儿侄八百字》有此句。
[2] 迟迟涧畔松：宋范质《诫儿侄八百字》有此句。
[3] 磊磊涧中石：见《古诗十九首》（“青青陵上柏”）。

[4] 人生天地间：见《古诗十九首》(“青青陵上柏”)。

[5] 韩文李汉序头一句：即李汉所撰《昌黎先生集序》。首句即下文所说“文者，贯道之器也”。李汉，字南纪。擢进士第，累迁左拾遗，终宗正少卿。少事韩愈，愈以子妻之。

[6] “吾所谓文”二句：按苏轼《祭欧阳文忠公夫人文》说：“公曰子来，实获我心。我所谓文，必与道俱。见利而迁，则非我徒。”则此二句当是苏轼引欧阳修语。

[7] “夔州以后自出规模”二句：自出规模，指专务诗律，古法渐失。朱熹对杜甫夔州以后诗多有批评，观点正与黄庭坚相左。《语类·论文下》一则说：“人多说杜子美夔州诗好，此不可晓。夔州诗却说得郑重烦絮，不如他中前有一节诗好。鲁直一时固自有所见。今人只见鲁直说好，便却说好，如矮人看戏耳!”黄庭坚说见《与王观复书》。

[8] 黄费安排：《语类·论文下》一则曰：“蜚卿问山谷诗。曰：精绝，知他是用多少工夫，今人卒乍，如何及得，可谓巧好无余，自成一家矣。但只是古诗较自在，山谷则刻意为之。又曰：山谷诗忒好了。”可参证。

[9] 大雅久不作：见李白《古风》(之一)。

[10] 暗飞萤自照：见杜甫《倦夜》。

[11] “寒雨暗深更”二句：见韦应物《寺居独夜寄崔主簿》。

[12]《国史补》：唐李肇撰，共三卷，记载开元至长庆间事，乃续刘悚《国朝传记》而作。其评韦应物语见《国史补》卷下。

[13] “身有余劳”二句：陶渊明《自祭文》：“勤靡余劳，心有常闲。”

[14] 林择之：林用中字择之，古田人，号东屏。朱熹授徒建安，前往从学。赵昌父：赵蕃字昌父，号章泉，信州人。年五十犹问学于朱熹。刘克庄尝称其诗有陶、阮意。

[15] 第二义：佛家称真谛为“第一义”，俗谛相对于真谛则谓“第二义”。

[16] 不学李杜：按《语类·论文下》一则说：“作诗先用看李杜，如士人治本经。本既立，次第方可看苏黄以次诸家诗。”可参证。

[17] 峣崎：奇特古怪。

[18] “不知穷年”二句：《语类·论文下》一则说：“近世诸公作诗费工夫，要何用?元祐时有无限事合理会，诸公却尽日唱和而已。今言诗不必作，且道恐分了为学工夫。然到极处，当自知作诗果无益。”此说本程颐。

[19] 杨廷秀：杨万里，字廷秀。

[20] 杨大年：杨亿，字大年。

[21] “晓日都门道”二句：作者不详。王建：“常建”之误。“曲径通幽处”二句是常建《题破山寺后禅院》诗句。欧阳修《题青州山斋》说：“吾尝喜诵常建诗云：‘竹径通幽处，禅房花木深。’欲效其语作一联，久不可得，乃知造意者为难工也。”

说明

《朱子语类》共有一百四十卷，记录朱熹答弟子问，由黎靖德编定。卷一百三十九至卷一百四十记朱熹论诗文语。

朱熹的文道观，是以“道”为本，以“文”为末，这也是理学家的基本观点。他曾说“修辞”之义，在于以进德为先，也是以“道”为根本的意思。凡不以“道”为本，即“落第二义”，只是“枝叶”而已。他说：“文是文，道是道。”就是要分辨二者关系，不可混淆本末。但他又反对“文自文而道自道”的说法，因为这是在“道”之外别立一“文”，便无所先后，失去“修辞立诚”的本义了。先“道”后“文”，有“道”自然有“文”，所以“文”是“从道中流出”的，而古文家说“文者贯道之器”“文必与道俱”，是先有“文”在，作为承载之器，然后再将“道”放里面去，即有先“文”后“道”之意。这是朱熹所反对的。周敦颐的“文以载道”之说也是以“文”为“器”，但他毕竟强调“笃其实而艺者书之”，以“道”为本，这是与朱熹的观点相同的。

因为“文”是从“道”中“流”出的，所以朱熹评论诗文，着眼于作者的精神气象。如韦应物“为人高洁，鲜食寡欲”，故其为诗，“气象近道”。《答巩仲至》称韦应物的律诗“自有萧散之趣”，指的也是从容自在、雍容清淡的气度。陶渊明“带气负性”，其气象不如韦应物“自在”，所以他的作品人以为平淡，朱熹却感到“豪放”。他偏重闲淡的趣味，跟理学家所理解的有道者之气象有关。

对于诗文之法，朱熹认为是“天生成腔子”自然地显示出来。黄庭坚极称杜甫夔州以后诗，朱熹却认为已是“自出规模”，属变后之“法”。对于宋人“专于节字”，费力为诗文，朱熹批评得很多。这都是体现其以“道”为本的基本观。但他的文学趣味，也不完全服从于理学。他品论诗人气象，即从文学风格论上说，也表现出独到的鉴赏力。他教人“熟读”与“模仿”，与宋代诗家讲究“熟读”的观念未尝不合。他的不少见解，不必皆牵涉于理学，而纯乎为文学趣味的表达，比如盛称苏轼“文辞伟丽，近世无匹，若欲作文，自不妨模仿”云（《答程允夫》）。

白石道人诗说（选录）

〔宋〕姜　夔

作者简介

姜夔（约1155—1209），字尧章，饶州鄱阳（今属江西）人。后寓居浙江吴兴，邻近苕溪之白石洞天，因号白石道人。宁宗庆元三年（1197年）进献《大乐议》及《琴瑟考古图》，五年又上《圣宋铙歌鼓吹曲》十四章，诏免解与试礼部，不第，以布衣终。能诗，精通音律，尤以制词名世。著有《白石道人丛稿》十卷（已佚）、《白石道人歌曲》四卷（陶宗仪抄本作六卷）、《诗说》一卷等。

大凡诗，自有气象、体面、血脉、韵度。气象欲其浑厚，其失也俗；体面欲其宏大，其失也狂；血脉欲其贯穿，其失也露；韵度欲其飘逸，其失也轻。

雕刻伤气，敷衍露骨[1]。若鄙而不精巧，是不雕刻之过；拙而无委曲，是不敷演之过。人所易言，我寡言之；人所难言，我易言之；自不俗。

陶渊明天资既高，趣诣又远[2]，故其诗散而庄，澹而腴[3]，断不容作邯郸步也[4]。

语贵含蓄。东坡云："言有尽而意无穷者，天下之至言也[5]。"山谷尤谨于此。清庙之瑟，一唱三叹[6]，远矣哉！后之学诗者，可不务乎？若句中无余字，篇中无长语[7]，非善之善者也；句中有余味，篇中有余意，善之善者也。

意中有景，景中有意。

意出于格，先得格也；格出于意，先得意也。吟咏情性，如印印泥[8]，止乎礼义，贵涵养也。

意格欲高，句法欲响，只求工于句、字，亦末矣。故始于意格，成于句字。句意欲深、欲远，句调欲清、欲古、欲和，是为作者。

诗有四种高妙：一曰理高妙，二曰意高妙，三曰想高妙，四曰自然高妙。碍而实通，曰理高妙；出事意外，曰意高妙；写出幽微，如清潭见底，曰想高妙；非奇非怪，剥落文采，知其妙而不知其所以妙，曰自然高妙。

一篇全在尾句，如截奔马。辞意俱尽，如临水送将归是已[9]；意尽辞不尽，如抟扶摇是已[10]；辞尽意不尽，剡溪归棹是已[11]；辞意俱不尽，温伯雪子是已[12]。所谓辞意俱尽者，急流中截后语[13]，非谓辞穷理尽者也。所谓意尽辞不尽者，意尽于未当尽处，则辞可以不尽矣，非以长语益之者也。至如辞尽意不尽者，非遗意也，辞中已仿佛可见矣。辞意俱不尽者，不尽之中，固已深尽之矣。

一家之语，自有一家之风味。如乐之二十四调[14]，各有韵声，乃是归宿处。模仿者语虽似之，韵亦无矣。鸡林其可欺哉[15]！

《诗说》之作，非为能诗者作也，为不能诗者作，而使之能诗；能诗而后能尽吾之说，是亦为能诗者作也。虽然，以吾之说为尽，而不造乎自得，是足以为能诗哉？后之贤者，有如以水投水者乎[16]？有如得兔忘筌者乎[17]？噫！吾之说已得罪于古之诗人，后之人其勿重罪余乎！

《四部丛刊》影清乾隆江都陆氏刊本《白石道人集》

注释

［1］敷衍：铺排。

［2］趣诣："诣"当作"旨"。

［3］"散而庄"二句：看似随意，实则庄重；看似枯淡，实则丰满。苏轼称陶诗"似澹而实美"(《评韩柳诗》)、"癯而实腴"(苏辙《子瞻和陶渊明诗集引》引)，即此所本。

［4］作邯郸步：指模仿。

［5］"言有尽"二句：语见《东坡文谈录》，文字稍异。

［6］"清庙之瑟"二句：语本《礼记·乐记》。

［7］长语：指多余的文字。

［8］"吟咏情性"二句：抒发情感，要自然真实，就像在封泥上盖章一样。如印印

泥，语见刘勰《文心雕龙·物色》。

[9] 临水送将归是已：语本宋玉《九辩》。原本无“是已”二字，据《历代诗话》本补。

[10] “意尽辞不尽”二句：原本脱，据《历代诗话》本补。抟扶摇，抟，拍；扶摇，飙风。语本《庄子·逍遥游》。

[11] “辞尽意不尽”二句：原本“意不尽”下衍“若夫辞尽意不尽”七字，据《历代诗话》本删。剡溪归棹，王徽之居山阴，雪夜忽忆在剡县的戴逵，即乘舟而行，经宿方至，却兴尽而归舟，不见戴。事载《世说新语·任诞》。

[12] 温伯雪子：《庄子·田子方》叙子路问温伯雪子为何一直不说话，孔子说他“目击而道存矣，亦不可以容声”。此喻得意忘言之境。

[13] 急流中截后语：“云门三句语”之一，见《古尊宿语录》卷十八附缘密《颂云门三句语》，本意是截断参学者心中的疑难，这里指止而不发的意思。

[14] 乐之二十四调：隋唐以后用箫管定律，去其不能协律者，六十调中减为四十八调，又减为二十四调。

[15] 鸡林其可欺：真伪易辨的意思。鸡林，古国名，即新罗。元稹《白氏长庆集序》记其时白居易诗十分流行，鸡林贾人求市颇切，说：“本国宰相每以百金换一篇，其甚伪者，宰相辄能辨别之。”

[16] 以水投水：语出《列子·说符》，水倒入水中，比喻十分契合，这里指对于言论的旨趣能够心领神会。

[17] 得兔忘筌：语出《庄子·外物》，此喻领会言外之旨。

说明

《白石道人诗说》一卷，共三十则，据姜夔自序，完成于孝宗淳熙十三年。当时，江西诗学对他的影响还比较深。比如他说“思有窒碍，涵养未至也，当益以学”，相当于黄庭坚说的“从学问中来”。“人所难言，我易言之”“僻事熟用，实事虚用”等，相当于黄庭坚说的“以故为新”。还说要“知诗病”，则是承吕本中的观点。“出入变化”而“法度不可乱”，即江西“活法”之说。但姜夔的见解大抵自出机轴，不仅对于诗歌的意境特征多有发明，也开始关注诗的格调。

姜夔指出，诗歌意境的特点是“意中有景，景中有意”，也就是情景合一。不过情景关系不是其诗学的基本视角。其论诗之“高妙”，是指四种意境，都是从意的方面来分析的。"理高妙"表现为一种理趣，已涉及宋诗的特点。"意高妙"是想象奇特，"想高妙"是透彻幽微，不待经营、浑然天成而平淡无华者为"自然高妙"。意之用有所不同，但"言有尽而意无穷"最为重要。他还认为尾句为一篇之关键，以辞与意皆有尽与不尽，而有四种具体的表现手法。这对传统的韵味说是有发展的。

创作始于"意格"，字句之工巧，是"意格"决定的。"意"是从诗人方面说的，"格"是从诗体方面说的。诗体自有"气象、体面、血脉、韵度"，浑而言之，大概就是"格"。"格"之雄浑，则"意"必开阔；"格"之高古，则"意"必深远。这是由"格"见"意"，所谓"意出于格"，反之亦然，总之"意"与"格"是相互生成而统一的。"意格"俱高，则字句皆响。这就是明人常说的"格调"。所以姜夔的诗论，是开了"格调"论的先声。

姜夔论诗，非常强调一家有一家之"风味"，反对模仿。在《白石道人诗集自叙》(其一)一文中，他曾回顾自己初师黄庭坚，"居数年，一语噤不敢吐"，终于悟出了"学即病"的道理。《诗集自叙》(之二)更是充分地表达了他以戛戛独造为创作领会的诗学宗旨："作者求与古人合，不若求与古人异；求与古人异，不若不求与古人合而不能不合，不求与古人异而不能不异。彼惟有见乎诗也，故向也求与古人合，今也求与古人异；及其无见乎诗已，故不求与古人合而不能不合，不求与古人异而不能不异。其来如风，其止如雨，如印印泥，如水在器，其苏子所谓不能不为者乎?"他认为创作有求合于古人者，有自异于古人者，而最终则应当脱去求合求异的观念，无意于合而自合、无意于异而自异。这是从江西派作风走向苏轼行止自然之境的过程。

论诗十绝

〔宋〕戴复古

作者简介

戴复古(1167—约1252)，字式之，号石屏，台州黄岩南塘(今浙江温岭)人。平生不事科举，长期游历江湖。其诗大部分以描绘江湖山林风光为内容，语言清丽自然，是江湖派诗人中成就较大者。又工词。有《石屏诗集》《石屏词》。陆心源《宋史翼》卷二九、《台州府志·文苑》有传。

邵武太守王子文，日与李贾、严羽共观前辈一两家诗及晚唐诗，因有《论诗十绝》。子文见之，谓无甚高论，亦可作诗家小学须知[1]。

文章随世作低昂[2]，变尽风骚到晚唐[3]。举世吟哦推李杜，时人不识有陈黄[4]。

古今胸次浩江河，才比诸公十倍过。时把文章供戏谑，不知此体误人多[5]。

曾向吟边问古人[6]，诗家气象贵雄浑[7]。雕锼太过伤于巧[8]，朴拙惟宜怕近村[9]。

意匠如神变化生[10]，笔端有力任纵横[11]。须教自我胸中出，切忌随人脚后行[12]。

陶写性情为我事，留连光景等儿嬉。锦囊言语虽奇绝[13]，不是人间有用诗。

飘零忧国杜陵老，感寓伤时陈子昂[14]。近日不闻秋鹤唳，乱蝉无数噪斜阳[15]。

欲参诗律似参禅[16]，妙趣不由文字传。个里稍关心有悟，发为言句自超然[17]。

诗本无形在窈冥，网罗天地运吟情。有时忽得惊人句，费尽心机做不成[18]。

作诗不与作文比，以韵成章怕韵虚。押得韵来如砥柱，移动不得见工夫。

草就篇章只等闲，作诗容易改诗难。玉经雕琢方成器，句要丰腴字要安[19]。

《四部丛刊》影明弘治刊本《石屏诗集》卷七

注释

[1]“邵武太守王子文”一段：为《论诗十绝》小序。邵武，今属福建，原本“邵”讹作“昭”。王子文，即王埜，字子文，婺州人。宁宗嘉定十二年(1219年)进士。理

宗绍定初，辟议幕参赞，摄邵武县，与戴复古、严羽有交往。李贾，戴复古在邵武时诗友，诗学晚唐，刘克庄称其"诗深而语清"（《跋李贾县尉诗卷》）。据朱霞《严羽传》，因为王子文论诗与戴复古不合，复古于是作《十绝》，阐述自己的观点。

[2] 低昂：犹言起伏、升降。

[3] 变尽风骚到晚唐：诗风到晚唐发生了变化。戴复古《谢东倅包宏父三首癸卯夏》之一说："风骚凡几变？晚唐诸子出。"意思相同。

[4] "举世吟哦"二句：晚唐诗人推重李杜，所以当时不会有江西派那样的风气。陈黄，指陈师道、黄庭坚，为江西诗人所宗。

[5] "古今胸次"四句：评论苏轼。这里说苏轼才识超拔，但以诗文为戏，实在是误导后人。

[6] 曾向吟边问古人：古人，指陆游。戴复古曾经从陆游学诗。楼钥《石屏诗集序》说："（复古）又登三山陆放翁之门而诗益进。"

[7] 诗家气象贵雄浑：陆游论诗主张气象雄浑。比如《江村》说："诗慕雄浑苦未成。"《读宛陵先生诗》说："先生诗律善雄浑。"

[8] 雕锼太过伤于巧：陆游反对刻意雕琢。比如《读近人诗》说："琢琱自是文章病，奇险尤伤气骨多。"《杂兴》说："诗人肝肺困雕镌。"《何君墓表》说："斫削之甚，反伤正气。"

[9] 朴拙惟宜怕近村：陆游认为诗要质朴自然，又不可失之鄙野。村，村俗。《夜坐示桑甥十韵》说："大巧谢雕琢。"《陈长翁文集序》批评时人"以卑陋俚俗为诗"。

[10] 意匠：指艺术构思。

[11] 笔端有力任纵横：杜甫《戏为六绝句》说："凌云健笔意纵横。"此所本。

[12] 切忌随人脚后行：黄庭坚《题乐毅论后》说："随人作计终后人，自成一家始逼真。"《赠谢敞王博喻》说："文章最忌随人后。"此所本。

[13] 锦囊言语：李商隐《李长吉小传》说李贺常背一锦囊，遇有所得，即书投囊中。这里指精心雕琢的作品。

[14] 感寓伤时：陈子昂有《感遇》诗三十八首。

[15] "近日不闻"二句：现在的诗人都是些平庸之辈，鲜有如杜甫、陈子昂者能写出感人深沉的作品。秋鹤唳，陆机临刑前有"华亭鹤唳，岂可复闻"之叹。乱蝉无数噪斜阳，意本韩愈《荐士》："齐梁及陈隋，众作等蝉噪。"

[16] 似参禅：本吴可《学诗诗》："学诗浑似学参禅。"

[17] "个里稍关心有悟"二句：本吴可《学诗诗》："直待自家都了得，等闲拈出便超然。"个里，个中，指"参诗律"。悟，原本讹作"悮"，一作"会"。

[18]“有时忽得”二句：戴复古《读严粲诗》说：“笔端有神助，句法自天成。”意思相近。

[19]“玉经雕琢”二句：指修改诗作并不容易，字要安妥，句要饱满，就像玉石要经过雕琢一样。戴复古《题郑宁夫玉轩诗卷》说：“良玉假雕琢，好诗费吟哦。诗句果如玉，沈谢不足多。玉声贵清越，玉色爱纯粹。作诗亦如之，要在工夫至。”意思相近。

说明

以诗论诗，是古代诗论的一个传统。戴复古《十绝》，上承杜甫，下开元好问，有一定的地位。在十首绝句中，戴复古既评述诗史，也总结自己创作的经验，又对宋诗之弊有所针砭，内容比较丰富。

《十绝》广泛汲取了前人的思想，其中以陆游为主。黄庭坚强调自立的精神，以及吴可以禅论诗、顿悟超然的观点，也对他有影响。但戴复古的观点，主要是出于他自己的立场，是对自己的创作实践的总结。包恢称复古之诗“自胸中流出，多与真会”(《石屏诗集序》)，吴子良也称其晚年诗作“固自性情发”(《石屏诗后集序》)，所以戴复古说“陶写性情为我事”，也不是空言。这主要是针对那些专事雕饰的风气而发的。他推崇“飘零忧国”的杜甫，“感寓伤时”的陈子昂，是强调诗歌当有真切深沉的现实情感，所以认为“锦囊言语”“留连光景”之类的作品都是没有价值的。

戴复古与同时代的诗论家在一些观点上有相同的取向。他希望能有感时伤世的“秋鹤唳”之作，与刘克庄的“诗史”之说相通。他与严羽过往较深，会心之处尤多，比如气象贵雄浑，反对苏轼“把文章供戏谑”，认为文外“妙趣”须得“心有悟”，这些观点在《沧浪诗话》中也都有所表达。他们同处于宋季之末，其理论都具有总结一代诗歌的意义。

文章正宗纲目

〔宋〕真德秀

作者简介

真德秀(1178—1235)，字景元，一字希元，后更字景希，建宁浦城(今属福建)

人。宁宗庆元五年第进士，开禧元年中博学宏词科。历官礼部侍郎、户部尚书、翰林学士、参知政事等。卒谥“文忠”。德秀立朝有直声，宦游所至亦惠政深洽。学出朱熹门人詹体仁，学者称“西山先生”。庆元党禁后，程朱学得以复盛，德秀与力为多。著有《西山真文忠文集》《大学衍义》等。《宋史》卷四百三十七有传。

正宗云者，以后世文辞之多变，欲学者识其源流之正也。自昔集录文章者众矣，若杜预、挚虞诸家[1]，往往堙没弗传。今行于世者，惟梁昭明《文选》、姚铉《文粹》而已[2]。由今视之，二书所录，果皆得源流之正乎？夫士之于学，所以穷理而致用也。文虽学之一事，要亦不外乎此。故今所辑，以明义理、切世用为主。其体本乎古，其指近乎经者，然后取焉，否则辞虽工亦不录。其目凡四：曰辞命、曰议论、曰叙事、曰诗赋，今凡二十余卷云[3]。绍定执徐之岁正月甲申，学易斋书[4]。

明正德马卿山西刊本《西山先生真文忠公文章正宗》卷首

注释

[1] 杜预：字元凯，魏晋学者，以治《左传》著称。曾编纂《善文》五十卷，《隋书·经籍志》有著录，已佚。挚虞：字仲洽，晋泰始年间举贤良，拜中郎，官至太常卿。编纂《文章流别集》四十一卷，《隋书·经籍志》有著录，已佚。

[2]《文粹》：即《唐文粹》。姚铉，字宝之，庐州合肥（今属安徽）人。太宗太平兴国八年（983 年）进士，官至两浙转运使。当时西昆体盛行，姚铉提倡古体，历经十载，于大中祥符四年编成《唐文粹》一百卷。《宋史》有传。

[3] 凡二十余卷：《文章正宗》合二十卷，另有《续集》二十卷。

[4] 绍定执徐：理宗绍定五年（1232 年）。太岁在辰曰执徐。学易斋是真德秀书在浦城粤山的斋名。

说明

真德秀是朱熹的再传弟子，对理学的振兴曾起到一定的作用。他在《跋彭忠肃文集》中说，周敦颐《太极图说》与张载《西铭》可与六经并论，董仲舒、韩愈之文章则有所不及。这与古文家推崇韩愈的态度不同。为“发挥义理有补世教”，真德秀对盛行于世的萧统《文选》、姚铉《唐文粹》都表示不满,所以编成《文章正宗》以正本清源。

《文章正宗》以"识其源流之正"为宗旨。所谓"正",是"明义理,切世用"。真德秀说,"气完而学粹"既是崇德广业之本,也是"致饰语言"之本,有此本则为君子之文,若谢灵运、沈约之文则小人之文而已(《日湖文集序》)。这是继承孟子的"养气"说,而以德为本为先、文为末为后,其受朱熹"修辞立诚"之说的影响更大。他编选《正宗》"诗赋"一门的理论依据,正是朱熹的"三变"之说。萧统以"事出于沉思,义归乎翰藻"为标准(《文选序》),姚铉盛赞《文选》,极称韩愈,可知《文选》与《唐文粹》无不以"文"为本,按照《跋彭忠肃文集》的说法,它们选的是"文人之文",而不是"鸣道之文",所以自然是不得"源流之正"。

真德秀所说的"明义理"之文,不必专指"正言义理者",也不必"颛言性命而后为关于义理",凡"兴寄高远",于讽咏之间"悠然得其性情之正""翛然有自得之趣",即可谓"明义理"(《文章正宗纲目·诗赋》)。如此去取,终非文学的标准。所以顾炎武说:"真希元《文章正宗》,其所选诗一扫千古之陋,归之正旨。然病其以理为宗,不得诗人之趣。"(《日知录》卷三)据《后村诗话》记述,真德秀撰《正宗》,以诗歌一门嘱刘克庄编类,要求凡"仙释、闺情、宫怨"之类作品皆勿取。后来刘克庄所选篇目被删汰了大半,可见真德秀十分严谨。因为他并不理会词章之学的自身需求,试图以《正宗》取代《文选》《唐文粹》,结果"四五百年以来,自讲学家以外,未有尊而用之者"(《四库提要》)。

唐文为一王法论

〔宋〕魏了翁

作者简介

魏了翁(1178—1237),字华父,邛州蒲江(今属四川)人。宁宗庆元五年(1199年)举进士,累官秘书省正字、校书郎、嘉定知府。史弥远专权期间,退居故乡白鹤山下讲学,世称鹤山先生。理宗绍定四年(1231年)与真德秀同被召还,权礼部尚书兼直学士院,官至签书枢密院事。卒谥"文靖"。与真德秀同为朱熹再传弟子,在庆元伪学党禁中,二人仍坚持推崇朱学,为振兴理学相为羽翼。

了翁学问取径较德秀为宽，旁及张栻之学和陆九渊心学，故《宋元学案·鹤山学案》称“鹤山之卓荦，非西山之依门傍户所能及”。著有《九经要义》《鹤山先生大全集》等。《宋史》卷四百三十七有传。

任斯道之托，以统天下之异，则不可无以尊其权。天下惟一王之法[1]，最足以一天下之趋向。彼其庆赏刑威之用于天下，而天下莫与之抗者，以其法之所存故也。君子任斯道于一身，以正天下之不正，裁节矫揉，而不使之差跌于吾规矩准绳之所不能制。则一王之法，岂独有天下者司之，而斯文独无之哉？圣人不作，学者无归往之地，重之以八代之衰[2]，而道丧文敝。后生曲学之于文，仅如偏方小伯，各主一隅，而不睹王者之大全。或主于王、杨[3]，或主于燕、许[4]，非无其主也，然特宗于伯尔。

有韩子者作，大开其门以受天下之归，反刓刬伪[5]，堂堂然特立一王之法，则虽天下之小不正者，不于王，将谁归？史臣以唐文为一王法而归之[6]。韩愈之倡是法也，惟韩愈足以当之。天下莫不有所主：江海能为百谷主也，而后百川归之；太山能为群岳主也，而后群目仰之。天下之分，自敌己以上，毫发不可妄逾，而况于道之所统，其去取予夺可无王法以裁正之乎？孔、孟一窭人尔[7]，《鲁史记》一书[8]，孔子何为傲然立一王之法，以刑赏天下之诸侯，而当时谓之素王[9]？七篇之书[10]，孟子胡为司距放之权[11]，而天下亦谓为亚圣？孔子岂不知华衮铁钺施之列国则为僭[12]？而禹、周公执天下之势，孟子亦岂不知与己大相辽绝乎[13]？书以载道，文以经世，以言语代赏罚，笔舌代鞭扑[14]，其所立之法，虽俨然南面之尊，有不能与之争衡者。然后知一王之法，吾孔、孟立之以垂世久矣，非用空言而徒为记载也。

不幸圣人没而王法绝，火于秦，黄老于汉，佛于晋宋齐梁之间[15]，间有文人才士以主持斯文，攘臂鼓吻以自立其说，然目《离骚》为奴婢[16]，指屈宋为衙官[17]，骂宋玉为罪人，呼阮籍为俗吏[18]，其摽立气势则有之矣[19]，而王法则吾不知也。有唐之兴，绨章绘句，尚存江左之失，未宗燕、许，如翠微宫之颂[20]、启母碣之铭[21]、洛宝书之颂[22]、周受命之颂[23]，皆迎合揣摩之文也；未得王、杨，则韩休之薄滋味，张九龄之窘边幅，王翰之多玷缺，许景先之乏风骨[24]，皆未能粹然一出于正也[25]。是何也？主王、杨之伯，主燕、许之宗，则蕞尔之国[26]，不足以一天下之异也。

有昌黎韩愈者出，刊落陈言[27]，执六经之文以绳削天下之不吾合者[28]。《原道》一书，汪洋大肆；《佛骨》一表[29]，生意凛凛，正声劲气巍然[30]，三代令王之法且逊之。其始也，王、杨为之伯，天下安其伯而不敢辞，以为文章之法出于王、杨也。及其久也，燕、许为之宗，则天下宗其文而不敢异，以为文章之法出于燕、许也。最后，愈之为文，法度劲正，迫近盘诰[31]，宛然有王者之法，下视燕、许诸人，直犹浅陋之曹、桧[32]，皆大国之一方尔。则凡天下之为文者，谁敢不北面厥角以听王法之予夺哉[33]？虽然，天下之习沉涵浸渍之久，则其弊非一朝之可革。变齐仅可以至鲁，变鲁仅可以至道[34]。以圣人之才量，岂不能直变一齐，而且革之以渐焉。况唐之文敝，渐靡晋、宋之余习，自贞观后[35]，王师旦黜张昌龄[36]，裴、卢、骆宾王等辈[37]，虽太宗、高宗主之，而斯文之弊且不能尽革。使文章之变，非燕、许诸人为之先，则一韩愈岂能以一发挽千钧哉？虽然，立一王之法以裁天下之异习[38]，比上之人为之[39]，愈何与焉？大历、贞元，徒事姑息，而元和、长庆，戾吾道尤甚焉！立唐文章之王法，不出于时君，而出于愈，愈亦甚不得已也。虽然，史臣之说，虽论愈也，亦规唐也。

《四部丛刊》影宋刻本《鹤山先生大全文集》卷一百一

注释

［1］一王之法：一代之王的法则。《史记·太史公自序》说孔子作《春秋》“当一王之法”。

［2］八代之衰：苏轼《潮州韩文公庙碑》：“（韩愈）文起八代之衰。”

［3］王杨：指王勃、杨炯，与卢照邻、骆宾王并称唐初四杰。

［4］燕许：指张说、苏颋。

［5］反刓刬伪：反刓，扭转雕饰之习；刬伪，铲除虚假之风。语本《新唐书·韩

愈传》。

［6］“史臣以唐文”句：史臣，指《新唐书》作者欧阳修、宋祁。《新唐书·文艺传序》说，大历贞元间，韩愈倡古文，柳宗元等和之，“抵轹晋魏，上轶汉周，唐之文完然为一王法，此其极也”。

［7］窭人：贫寒之人。

［8］《鲁史记》：指《春秋》。

［9］素王：后世以孔子有圣德而无王位，故称“素王”。《论衡·超奇》说：“孔子之《春秋》，素王之业也。”

［10］七篇之书：指《孟子》。

［11］司距放之权：即《孟子·滕文公下》所说“距杨墨，放淫辞”“距诐行，放淫辞”的意思。距，排斥；放，废黜。

［12］“孔子岂不知”句：孔子认为诸侯行王权为僭越。华衮铁钺，指王权。华衮，王公华贵礼服。铁钺，帝王赐予的专征专杀的权力。

［13］辽绝：悬殊，相去甚远。

［14］鞭扑：古代一种刑罚。扑，原本误作“朴”。

［15］“不幸圣人”四句：语出韩愈《原道》。

［16］目《离骚》为奴婢：杜牧《李长吉歌诗序》：“使贺且未死，少加以理，奴仆命《骚》可也。”

［17］指屈宋为衙官：《旧唐书·杜审言传》：“（杜审言）又尝谓人曰：‘吾之文章，合得屈宋作衙官。’”

［18］“骂宋玉为罪人”二句：皇甫湜《与李生第二书》：“近风教偷薄，进士尤甚，乃至有一谦三十年之说，争为虚张，以相高自谩。诗未有刘长卿一句，已呼阮籍为老兵矣；笔语未有骆宾王一字，已骂宋玉为罪人矣。”

［19］摽立：高举。“摽”通“标（標）”。

［20］翠微宫之颂：指张昌龄《翠微宫颂》。翠微宫，唐宫名，太宗贞观二十一年修建。宫成，张昌龄奉旨献颂。

［21］启母碣之铭：指崔融《嵩山启母庙碑》。启母碣，相传夏禹妻涂山氏生启而化为石。

［22］洛宝书之颂：指崔融《洛图颂》，乃奉武则天之命而作。《全唐文》未载其文。洛宝书，即洛书。

［23］周受命之颂：指陈子昂《大周受命颂》。武则天于载初元年（690年）临朝执政，改元天授，国号为周。

[24] “韩休之薄滋味”四句：按《大唐新语》卷八引张说语：“韩休之文，有如太羹玄酒，虽雅有典则，而薄于滋味。许景先之文，有如丰肌腻体，虽秾华可爱，而乏风骨。张九龄之文，有如轻缣素练，虽济时适用，而窘于边幅。王翰之文，有如琼杯玉斝，虽烂然可珍，而多有玷缺。若能箴其所阙，济其所长，亦一时之秀也。”此所本。韩休，字良士，举贤良方正科。唐玄宗开元二十一年（733 年）以黄门侍郎同中书门下平章事，终太子少师。工文辞，卒谥“文忠”。张九龄，字子寿。唐中宗景龙初擢进士，迁右拾遗。后忤李林甫，以尚书右丞相罢政事。王翰，字子羽，唐睿宗景云元年举进士，累官驾部员外郎，终道州司马。“王翰”原作“王勃”，此据《大唐新语》改。许景先，字不详，少举进士，官至吏部侍郎。开元年间与韩休、张九龄等更知制诰。

[25] 粹然一出于正：语出《新唐书》韩愈本传赞。

[26] 蕞尔之国：极小的国家。蕞尔，形容小。

[27] 刊落陈言：语出《新唐书》韩愈本传赞。下文“汪洋大肆”一语也出于此。

[28] “执六经之文”句：语本韩愈《读荀》：“余欲削荀氏之不合者，附于圣人之籍，亦孔子之志欤。”

[29]《佛骨》一表：指韩愈《谏迎佛骨表》。

[30] 正声劲气：语出韩愈《至邓州北寄上襄阳于相公书》：“浩汗若河汉，正声谐韶濩，劲气沮金石。”

[31] 盘诰：指《尚书》。

[32] 曹桧：春秋时代小国。桧，通“郐”。《左传·襄公二十九年》季札观乐，郐风以下无所讥评，因为郐风及后面的曹风都是小国的风诗。

[33] “谁敢不北面”句：北面厥角，犹言俯首称臣。厥角，以头额触地。予夺，“予”原讹作“于”。

[34] “变齐仅可以至鲁”二句：指积弊已久，不能一下子就改变。语本《论语·雍也》：“子曰：齐一变至于鲁，鲁一变至于道。”

[35] 贞观：原本“贞”作“正”，下文“大历贞元”同，并改。

[36] 王师旦黜张昌龄：据《封氏闻见记》卷三记载，贞观二十年（646 年），考功员外郎王师旦知举，冀州进士张昌龄、王公瑾并以文词声振京邑，而师旦考其文策为下等，太宗问师旦，师旦说：“此辈诚有词华，然其体轻薄，文章浮艳，必不成令器。臣擢之，恐后生仿效，有变陛下风俗。”张昌龄，贞观末尝献《翠微宫颂》，为太宗所重。终北门修撰。

[37] 裴卢骆宾王等辈：此句有脱误，当指裴行俭贬斥四杰一事。裴，指裴行俭，字守约，贞观中举明经第。高宗时历官吏部侍郎、礼部尚书兼检校右卫大将军等。《新唐书》本传载，高宗朝裴行俭与李敬玄主持吏部，敬玄盛称四杰之才，行俭说："士之致远，先器识，后文艺。如勃等，虽有才，而浮躁衒露，岂享爵禄者哉？炯颇沉嘿，可至令长，余皆不得其死。"

[38] 天下：原本"本"讹作"大"。

[39] 上之人：居上位者，指君王。

说明

宋理宗褒崇理学，理学的地位开始得到确立。魏了翁与真德秀为此起了重要作用，所以世称"西山、鹤山并称，如鸟之双翼，车之两轮，不独举也"(《宋元学案·西山真氏学案》)。但是两人虽同为朱子的再传弟子，真德秀是比较恪守朱学的，而魏了翁则广泛接触张栻、陆九渊等人的思想，所以二人论及文学，取径宽窄不同。理学家贬抑韩愈，真德秀也一样，认为"文章在汉唐未足言盛，至我朝乃为盛耳"，指的是濂洛诸先生的文章，是韩愈之文不能比的(《跋彭忠肃文集》)。魏了翁却不同，他十分推重韩愈，视唐代文学为典范，对苏黄也有所肯定，观念上比较通达。

魏了翁认为韩愈"立唐文章之王法"，将他与著《春秋》而为"素王"的孔子、撰七篇而为"亚圣"的孟轲相提并论。其所以如此推重韩愈，既与他对韩愈文章的思想评价有关，也涉及他的弘扬理学的志愿。宁宗嘉定九年"伪学之禁"解除不久，理学尚未摆脱受压抑的状态。魏了翁曾上疏乞为周敦颐、程颐赐爵定谥。他认为周程理学乃思想之"一王法"，而韩愈文章则为文学之"一王法"，二者相辅相成。这种观点有利于获得文坛对其主张的支持。

魏了翁指出，"八代之衰"既是"道丧"，也是"文敝"。韩愈"文起八代之衰"，重新确立了圣人之"道"作为"绳削天下之不吾合者"的规范权力，"一王法"才得以彰明。魏了翁把韩愈的《原道》和《谏迎佛骨表》这两篇文章举为范例，实际上是概括了韩愈文章在穷理与致用两方面的意义，这是韩愈之所以能"立唐文章之王法"的原因，正如孔孟先圣为天下立"一王之法"一样。韩愈所立之"法"，并非指文章写作的艺术法则，而是义理之法。所以魏了翁是把韩愈文章视为义理之文。可见真德秀之推重濂洛，与魏了翁之推重韩愈，是异中有同；而魏了翁与古文家都推重韩愈，却是同中有异。

竹溪诗序(节录)

〔宋〕刘克庄

作者简介

刘克庄(1187—1269),字潜夫,号后村居士,莆田(今属福建)人。早年以祖荫入仕,因咏《落梅》诗被罪废黜十年。尝拜真德秀为师。理宗淳祐六年赐同进士出身。以龙图阁学士致仕。著述甚丰,今存《后村先生大全集》一百九十六卷。林希逸《后村先生刘公行状》及洪天锡《后村先生墓志铭》记其事甚详。

唐文人皆能诗,柳尤高,韩尚非本色[1]。迨本朝则文人多,诗人少。三百年间,虽人各有集,集各有诗,诗各自为体;或尚理致,或负材力,或逞辨博。少者千篇,多至万首,要皆经义策论之有韵者尔[2],非诗也。自二三巨儒及十数大作家,俱未免此病。乾、淳间艾轩先生始好深湛之思[3],加锻炼之功,有经岁累月缮一章未就者。尽平生之作,不数卷。然以约敌繁,密胜疏,精掩粗。同时惟吕太史赏重[4],不知者以为迟晦[5]。盖先生一传为网山林氏,名亦之,字学可[6];再传为乐轩陈氏,名藻,字元洁[7];三传为竹溪[8]。诗比其师[9],槁干中含华滋[10],萧散中藏严密,窘狭中见纡余[11]。当其捻须搔首也,搜索如象罔之求珠[12],斫削如巨灵之施凿[13],经纬如鲛人之织绡[14]。及乎得手应心也,简者如虫鱼小篆之古[15],协者如《韶》、钧广乐之奏[16],偶者如雄雌二剑之合[17]。天下后世诵之,曰:"诗也,非经义策论之有韵者也。"

中华书局版辛更儒《刘克庄集笺校》卷九四

注释

[1]"柳尤高"二句:《后村诗话·新集》说:"韩、柳齐名,然柳乃本色诗人。"意思相同。

[2]经义策论之有韵者:按元刘埙《隐居通义》卷十说:"后村'经义策论之有韵

者’一句，最道着宋诗之病，然其自作则亦有时而不免。”

[3] 乾淳：指孝宗乾道、淳熙。艾轩先生：即林光朝，字谦之，号艾轩，莆田（今属福建）人，为刘克庄同乡。孝宗隆兴元年进士。通六经，从学者众，南渡后在东南传伊洛之学。

[4] 吕太史：即吕祖谦，曾为国史院编修官，故称“太史”。祖谦字伯恭，学者称东莱先生，与朱熹、张栻并称东南三贤。其《答潘叔度书》中有称许林光朝之语（见《艾轩集》卷十附录《遗事》）。

[5] 迟晦：文思缓慢不通畅。《隐居通议》卷十说：“‘迟晦’二字亦道着艾轩之病。”

[6] 网山林氏：林亦之，字学可，号月渔，一号网山，福建福清人。有《论语考工记》《网山集》等。

[7] 乐轩陈氏：陈藻，字元洁，号乐轩，福清（今属福建）人。私谥“文远”。有《乐轩集》。

[8] 竹溪：林希逸，字肃翁，号竹溪、鬳斋，福清（今属福建）人。理宗端平二年（1235年）进士。官终中书舍人。咸淳六年去世。著述甚丰，今存《考工记解》《三子口义》《鬳斋续集》《竹溪十一稿诗选》等。

[9] 诗比其师：“比”原本讹作“此”。

[10] 槁干中含华滋：相当于苏轼所说的“外枯而中膏”“质而实绮”。

[11] 窘狭中见纡余：看似拘束，而有曲折从容之致。窘狭，拘束不开阔。

[12] “搜索如象罔”句：指精思锻炼。象罔求珠，见《庄子·天地》，此与本意不同。

[13] “斫削如巨灵”句：指剪裁有力。巨灵，河神。旧传河神将华山劈成太华和少华，以疏通河流。

[14] “经纬如鲛人”句：指构思精密。鲛人织绡，相传南海有鲛人，水居如鱼，不废织绡，其眼能泣珠。

[15] “简者如虫鱼”句：指文辞简朴。虫鱼小篆，古文字。虫鱼，即鸟虫篆，以状如鸟虫之迹得名。

[16] “协者如《韶》”句：指声韵谐美。《韶》，相传为舜乐。钧广乐，即钧天广乐，为仙乐。

[17] “偶者如雄雌”句：指对偶工整。雄雌二剑，指干将、莫邪。旧传春秋时干将、莫邪夫妇为吴王阖闾铸成阴阳剑，以“干将”名阳剑，以“莫邪”名阴剑。

说明

宋诗的特点与唐诗不同，如何理解诗性与评价宋诗，从宋末开始成为一个重要问题。这就是唐宋之辨。刘克庄在此背景下提出了“本色”论。严羽论诗法也同样有“须是当行，须是本色”之语。

刘克庄《何谦诗序》说：“以情性礼义为本，以鸟兽草木为料，风人之诗也；以书为本，以事为料，文人之诗也。”他从“本”和“料”两个方面，来分出“风人之诗”和“文人之诗”。“风人之诗”即诗人之诗，它以“情性礼义”为“本”，以“鸟兽草木”为“料”，其特征乃在抒情和兴象，符合诗的“本色”特征。“文人之诗”则是“以书为本，以事为料”，其特征在重出处、好用典，以及过多的议论。“风人之诗”体现诗的“本色”，而“文人之诗”于诗文分界不明，是非“本色”之诗，刘克庄称之为“经义策论之有韵者”。

具体地说，有三种非“本色”诗。一是“文章人”的诗。唐宋二代的古文大家中，刘克庄认为除了柳宗元是“本色诗人”之外，韩愈之诗“尚非本色”，而欧诗类韩，亦“不当以诗论”。二是“学问人”的诗，指理学家的诗。他在《跋恕斋诗存稿》中说：“近世贵理学而贱诗赋，间有篇咏，率是语录讲义之押韵者耳。”三是诗家之诗。宋代诗人受苏黄的影响，“或尚理致，或负材力，或逞辨博”，均失古诗吟咏性情之本义。《竹溪诗序》所批评的主要是第二种非“本色”诗。

“本色”论对宋诗是持批评态度的。《韩隐君诗序》云：“后人尽诵读古人书，而下语终不能仿佛风人之万一，余窃惑焉。或古诗出于情性，发必善；今诗出于记闻，博而已。自杜子美未免此病。于是张籍、王建辈，稍束起书袋，划去繁缛，趋于切近。世喜其简便，竞起效颦，遂为晚唐，体益下，去古益远。岂非资书以为诗失之腐、捐书以为诗失之野欤?”“出于情性”者乃“风人之诗”，“出于记闻”者要非“本色人语”。此论是针对祖述杜甫“资书以为诗”的江西派而发的。江西之后，“四灵”专学晚唐而“束起书袋”，即“捐书以为诗”者。“资书”之“腐”与“捐书”之“野”，都不是诗的“本色”。

后村诗话（选录）

〔宋〕刘克庄

欧公诗如昌黎，不当以诗论。本朝诗，惟宛陵为开山祖师[1]。宛陵出，然后桑濮之哇淫稍息[2]，风雅之气脉复续，其功不在欧、尹下[3]。世之学梅诗者，率以为淡，集中如“葑上春田阔，芦中走吏参”[4]“海货通闾市，渔歌入县楼”[5]“白水照茅屋，清风生稻花”[6]“霜落熊升树，林空鹿饮溪”[7]“河汉微分练，星辰淡布萤”[8]“每令夫结友，不为子求郎”[9]“山形无地接，寺界与波分”[10]“山风来虎啸，江雨过龙腥”之类[11]，殊不草草。盖逐字逐句铢铢而较者，决不足为大家数，而前辈号大家者数，亦未尝不留意于句律也。

（前集）

坡诗略如昌黎，有汗漫者[12]，有典严者，有丽缛者，有简澹者。翕张开合，千变万态，盖自以其气魄力量为之，然非本色也。他人无许大气魄力量，恐不可学。和陶之作，如海东青、西极马[13]，一瞬千里，了不为韵束缚。

（前集）

元祐后，诗人迭起，一种则波澜富而句律疏，一种则锻炼精而情性远，要之不出苏、黄二体而已。及简斋出[14]，始以老杜为师，《墨梅》之类，尚是少作。建炎以后，避地湖峤[15]，行路万里，诗益奇壮。《元日》云：“后饮屠苏惊已老，长乘舴艋竟安归。”《除夕》云[16]：“多事鬓毛随节换，尽情灯火向人明。”《记宣靖事》云[17]：“东南鬼火成何事，终待胡锋作争臣。”《岳阳楼》云[18]：“登临吴蜀横分地，徙倚湖山欲暮时。”又云：“乾坤万事集双鬓，臣子一谪今五年[19]。”《闻德音》云[20]：“自古安危关政事，随时忧喜到樵渔。”五言云[21]：“泊舟华容县，湖水终夜明。凄然不能寐，左右菰蒲声。穷途事多违，胜处心亦惊。三更萤火闹，万里天河横。腐儒忧平世，况复值甲兵。终然无寸策，白发满头生。”造次不忘忧爱，以简洁扫繁缛[22]，以雄浑代尖巧，第其品格，故当在诸家之上。

（前集）

子美与房绾善，其去谏省也，坐救绾[23]。后为哀挽，方之谢安[24]。投赠哥舒翰诗，盛有称许[25]。然《陈涛斜》《潼关》二诗，直笔不少恕[26]，或疑与素论相反。余谓翰未败，非子美所能逆知；绾虽败，犹为名相。至叙陈涛、潼关之败，直笔不恕，所以为诗史也[27]。何相反之有！

（后集）

高适、岑参，开元、天宝以后大诗人，与杜公相颉颃，歌行皆流出肺肝，无斧凿痕。适《赋秋胡》云[28]：“如何咫尺仍有情，况复迢迢千里外。”甚佳。其近体亦高简清拔。《送甥》云[29]：“宅相予偏重，家丘人莫轻。”《东平道中》云[30]：“蝉鸣木叶落，此夕更秋霖。”《绝句》云：“柳色惊心事，春风厌素居。方知一杯酒，犹胜百家书。”其散语如《祭双庙文》云[31]：“时平位下，世乱节高。”极悲慨有味。参《送郭》又云[32]：“初程莫早发，且宿灞桥头。”《送颜少府》云[33]：“爱客多酒债，罢官无俸钱。”《汉川山行》云[34]：“江村犬吠船。”《寻人不遇》云[35]：“门前雪满无人迹，应是先生出未归。”郊、岛辈旬锻月炼而成者，参谈笑得之。辞语壮浪，意象开阔。荆公选唐诗，此二家最多[36]。

（后集）

韩《南山》诗，设“或如”者四十有九，词义各不相犯，如缫瓮茧，丝出无穷。柳《寄张澧州》诗[37]，就“瑕”字内押八十韵，未尝出韵。如弯硬弓，臂有余力。尽斯文变态，穷天下精博，然非诗之极致。

（后集）

游默斋序张晋彦诗云[38]：“近世以来学江西诗，不善其学，往往音节聱牙，意象迫切[39]。且论议太多，失古诗吟咏性情之本意。”切中时人之病。

（后集）

中华书局版辛更儒《刘克庄集笺校》卷一七三至一八六

注释

[1] 宛陵：梅尧臣，世称宛陵先生。

[2] 桑濮之哇淫：《礼记·乐记》：“桑间濮上之音，亡国之音也。”郑玄注：“濮水之上，地有桑间者，亡国之音于此之水出也。昔殷纣使师延作靡靡之乐，已而自沉于濮水。后师涓过焉，夜闻而写之，为晋平公鼓之。”后因以称淫靡之音。哇淫，淫邪之声。哇，邪。

[3] 欧尹：欧阳修与尹洙。

[4] “葑上春田阔”二句：见梅尧臣《任适尉乌程》，句下原注“乌程”。

[5] “海货通闾市”二句：见《余姚陈寺丞》，句下原注“余姚”。

[6] “白水照茅屋”二句：见《田家》。

[7] “霜落熊升树”二句：见《鲁山山行》。

[8]“河汉微分练”二句：见《依韵和武平九月十五日夜北楼望太湖》。

[9]“每令夫结友”二句：见《齐国大长公主挽词》，句下原注“挽齐国长公主”。

[10]“山形无地接”二句：见《金山寺》，句下原注“金山”。

[11]“山风来虎啸”二句：见《送鲜于秘丞侁通判黔州》，“山风”一作“岩风”。

[12]汗漫：漫无标准的意思。吕本中《童蒙诗训》说：“东坡诗有汗漫处。”

[13]海东青：一种凶猛的鸟，雕类。西极马：汉代乌孙国所产的汗血马。

[14]简斋：陈与义，字去非，号简斋。尝以《墨梅》诗为宋徽宗所赏，擢太学博士、著作佐郎。

[15]“建炎以后”二句：建炎，宋高宗年号。靖康之难后，陈与义避难南奔，湖湘岭峤，漂泊流离。

[16]《除夕》：一名《除夜》。

[17]《记宣靖事》：又题《邓州西轩书事》，共十首。“东南鬼火”二句见其第五首。句下原注：“谓方腊不能为患，直待粘斡耳。”

[18]《岳阳楼》：即《登岳阳楼》，共二首。“登临吴蜀”二句见其第一首。

[19]“乾坤万事”二句：见《再登岳阳楼感慨赋诗》。

[20]《闻德音》：原题作《三月二十日闻德音寄李德升席大光新有召命皆寓永州》。

[21]五言云：指《夜赋》诗。

[22]简洁：“洁”一本作“严”。

[23]“子美与房绾善”三句：房绾，字次律，河南人。天宝十五载(756年)从唐玄宗逃至成都，为宰相。平叛兵败，后又昵琴工董庭兰，坐免，为太子少师。杜甫于至德二载(757年)拜右拾遗，与房绾为布衣交。房绾罢相，杜甫上疏反对，肃宗怒，出为华州司功参军。

[24]“后为哀挽”二句：指杜甫作《承闻故房相公灵榇自阆州启殡归葬东都有作二首》，其一有“孔明多故事，安石竟崇班”句。安石，谢安字。

[25]“投赠哥舒翰诗”：哥舒翰，唐时突骑施哥舒部人，安史之乱中官兵马副元帅。杜甫有《投赠哥舒开府翰二十韵》，对哥舒翰多有溢美之词。

[26]“《陈涛斜》《潼关》二诗”二句：《陈涛斜》，即《悲陈陶》，为陈涛之役而作。肃宗至德元载(756年)，房绾督师反攻长安，为叛军大败于咸阳陈涛斜。《潼关》，为潼关之役而作。天宝十五载(756年)安禄山进攻潼关，哥舒翰统兵二十万坚守，因玄宗促战，冒险出关与叛军决战，大败被俘，囚于洛阳，后被杀。直笔不少恕：据事直书而不宽容。

[27]诗史：按《后村诗话·新集》说：“《新安吏》《潼关吏》《石壕吏》《垂老别》《无

家别》诸篇，其述男女怨旷、室家离别、父子夫妇不相保之意，与《东山》《采薇》《出车》《杕杜》数诗相为表里。……新、旧唐史不载者，略见杜诗。”也是论“诗史”之义。

[28]《赋秋胡》：即《秋胡行》。

[29]《送甥》：即《别从甥万盈》。

[30]《东平道中》：即《东平路作》，共三首。“蝉鸣木叶落”二句见第一首。

[31]《祭双庙文》：即《罢职还京次睢阳祭张巡许远文》。

[32]《送郭》：即《送郭乂杂言》。

[33]《送颜少府》：即《送颜少府投郑陈州》。

[34]《汉川山行》：即《汉川山行呈成少尹》。

[35]《寻人不遇》：即《草堂村寻罗生不遇》。

[36]“荆公选唐诗”二句：荆公，王安石，编《唐百家诗选》二十卷，入选诗人一百零四家，其中高岑二家入选作品，其数次于王建和皇甫冉。

[37]《寄张澧州》：即《同刘二十八院长寄澧州张使君八十韵》。

[38]游默斋：即游九言，字诚之，建阳人。学者称默斋先生。师事张栻。举江西漕司进士第。知光化军，辟荆鄂宣抚参谋。张晋彦：即张祁，字晋彦，乌江人。以兄邵使金恩补官，累迁直秘阁，为淮南转运通判。工诗文。晚嗜禅学，号总得翁。

[39]意象：犹言气象。

说明

《后村诗话》共十四卷。其前集、后集各二卷，盖为六十至七十岁时所作；续集四卷，八十岁时所作；新集六卷，则八十二岁时作也。前、后、续三集统论汉魏以下，而唐宋人诗为多。新集则详论唐人之诗，皆采摘菁华，品题优劣。

就像刘克庄在《跋刘澜诗集》中所说：“诗必诗人评之。”“诗非本色人不能评。”“本色”正是《诗话》评诗的基本标准。但“本色”不仅仅是从作品的艺术特点上说的，有时刘克庄也把那些浪迹江湖的下层文人称作“本色”诗人，比如《跋章仲山诗》说“诗非达官显人所能为”，“诗必天地畸人，山林退士，然后有标致”，《何谦诗序》说“饥饿而鸣”的“幽人羁士”才是真“诗人”。《跋刘澜诗集》一文中，刘克庄自称免官家居、“入山十年”，所作“稍似本色人语”云。这是他以“江湖”派诗人的立场，继承了欧阳修的“穷而后工”的观点。

作为“江湖”派诗人，刘克庄重视诗歌创作与“空乏拂乱，流离颠沛”的人生境遇之间的关系，所以对陈与义避地湖峤之作评价甚高，以为“行路万里，诗益奇壮”；又盛赞高适、岑参之诗“皆出肺肝”“悲慨有味”，可“与杜公相颉颃”。“诗史”之说，更表明刘克庄能以开阔的现实视野来看待诗歌的价值。他作《病起》一诗，说：“变风而下世无诗，幼学西昆壮为耻。”“西昆”要非“本色”，“变风”才是真诗。元稹、韦应物“有忧民之念”，陈与义“造次不忘忧爱”，杜甫对于现实人事能“直笔不恕”，正所谓“忧时元是诗人职”（《有感》），他以“诗史”之说，为其诗学注入批判现实主义精神。刘克庄自己的诗，常常能揭示赋敛残暴、苍生困苦的社会状况，也是这种观念的体现。

与其“诗史”之说相应，刘克庄主张壮美风格。陆游论诗“慕雄浑”（《江村》），开启南宋中后期倡雄浑之风的审美倾向。刘克庄极称陆诗的壮美气象，以为“其激昂感慨者，稼轩不能过”（《续集》）。又评陈与义诗：“以雄浑代尖巧。”评高岑诗：“词语壮浪，意象开阔。”《新集》比较杜甫《观公孙大娘弟子舞剑器行》与白居易《琵琶行》，以为杜诗“如壮士轩昂赴敌场”，“有建安黄初风骨”，而白诗“如儿女恩怨相尔汝”。凡此皆体现其崇尚风骨雄壮之气的趣味，也体现着时代的美学风尚。

沧浪诗话（选录）

〔宋〕严　羽

作者简介

严羽，字仪卿，又字丹丘，号沧浪逋客，邵武（今属福建）人。主要生活在南宋宁宗与理宗朝，与戴复古、刘克庄同时。不喜科名，壮年时漫游南北，后还乡隐居，吟诗著述。有《沧浪集》，诗多散佚，后人辑为《沧浪吟卷》三卷。同郡朱霞撰有《严羽传》。

诗　辩[1]

禅家者流，乘有小大[2]，宗有南北[3]，道有邪正。学者须从最上乘，具正法眼，悟第一义[4]。若小乘禅，声闻、辟支果[5]，皆非正也。论诗如论禅。汉魏晋与盛唐之诗,则第一义也。大历以还之诗,则小乘禅也,已落第二义矣。晚唐之诗,则声闻、辟支果也[6]。学汉魏晋与盛唐诗者,临济下也[7]。学大历以还之诗者,曹洞下也[8]。大抵禅道唯在妙悟,诗道亦在妙悟。且孟襄阳学力下韩退之远甚,而其诗独出退之之上者,一味妙悟而已[9]。唯悟乃为当行[10],乃为本色。然悟有浅深,有分限[11],有透彻之悟,有但得一知半解之悟。汉魏尚矣,不假悟也。谢灵运至盛唐诸公,透彻之悟也。他虽有悟者,皆非第一义也。吾评之非僭也,辩之非妄也,天下有可废之人,无可废之言。诗道如是也。若以为不然,则是见诗之不广,参诗之不熟耳。试取汉魏之诗而熟参之,次取晋宋之诗而熟参之,次取南北朝之诗而熟参之,次取沈宋、王杨卢骆、陈拾遗之诗而熟参之,次取开元、天宝诸家之诗而熟参之,次独取李、杜二公之诗而熟参之,又取大历十才子之诗而熟参之,又取元和之诗而熟参之,又尽取晚唐诸家之诗而熟参之,又取本朝苏、黄以下诸家之诗而熟参之,其真是非自有不能隐者[12]。傥犹于此而无见焉,则是野狐外道蒙蔽其真识,不可救药,终不悟也。

夫学诗者以识为主,入门须正,立志须高。以汉、魏、晋、盛唐为师,不作开元、天宝以下人物。若自退屈[13],即有下劣诗魔入其肺腑之间,由立志之不高也。行有未至,可加工力;路头一差,愈骛愈远,由入门之不正也。故曰:学其上,仅得其中;学其中,斯为下矣。又曰:见过于师,仅堪传授;见与师齐,减师半德也[14]。工夫须从上做下,不可从下做上。先须熟读《楚词》,朝夕讽咏,以为之本;及读《古诗十九首》,乐府四篇[15],李陵、苏武、汉魏五言,皆须熟读,即以李杜二集枕藉观之,如今人之治经[16];然后博取盛唐名家,酝酿胸中,久之自然悟入。虽学之不至,亦不失正路。此乃是从顶𩕄上做来,谓之向上一路,谓之直截根源,谓之顿门,谓之单刀直入也[17]。

诗之法有五:曰体制,曰格力,曰气象,曰兴趣,曰音节。

诗之品有九:曰高,曰古,曰深,曰远,曰长,曰雄浑,曰飘逸,曰悲壮,曰凄婉。

其用工有三:曰起结[18],曰句法,曰字眼。

其大概有二：曰优游不迫，曰沉着痛快。

诗之极致有一：曰入神。诗而入神，至矣，尽矣，蔑以加矣！唯李、杜得之。他人得之盖寡也。

夫诗有别材，非关书也[19]；诗有别趣，非关理也。然非多读书、多穷理，则不能极其至[20]。所谓不涉理路、不落言筌者，上也。诗者，吟咏性情也。盛唐诸人，惟在兴趣，羚羊挂角，无迹可求[21]。故其妙处透彻玲珑[22]，不可凑泊[23]，如空中之音，相中之色，水中之月，镜中之象[24]，言有尽而意无穷。近代诸公乃作奇特解会[25]，遂以文字为诗，以才学为诗，以议论为诗[26]。夫岂不工，终非古人之诗也[27]，盖于一唱三叹之音[28]，有所歉焉。且其作多务使事，不问兴致，用字必有来历，押韵必有出处，读之反覆终篇，不知着到何在[29]。其末流甚者，叫噪怒张，殊乖忠厚之风，殆以骂詈为诗[30]。诗而至此，可谓一厄也[31]。然则近代之诗无取乎？曰：有之。吾取其合于古人者而已。国初之诗尚沿袭唐人，王黄州学白乐天[32]，杨文公、刘中山学李商隐[33]，盛文肃学韦苏州[34]，欧阳公学韩退之古诗[35]，梅圣俞学唐人平淡处[36]。至东坡、山谷始自出己意以为诗，唐人之风变矣。山谷用工尤为深刻[37]，其后法席盛行，海内称为江西宗派。近世赵紫芝、翁灵舒辈[38]，独喜贾岛、姚合之诗，稍稍复就清苦之风[39]。江湖诗人多效其体，一时自谓之唐宗，不知止入声闻、辟支之果，岂盛唐诸公大乘正法眼者哉？嗟乎！正法眼之无传久矣。唐诗之说未唱，唐诗之道或有时而明也。今既唱其体曰唐诗矣，则学者谓唐诗诚止于是耳，得非诗道之重不幸邪！故予不自量度，辄定诗之宗旨，且借禅以为喻，推原汉魏以来，而截然谓当以盛唐为法[40]，虽获罪于世之君子，不辞也。

诗　评

大历以前，分明别是一副言语；晚唐，分明别是一副言语；本朝诸公，分明别是一副言语。如此见，方许具一只眼[41]。

唐人与本朝人诗，未论工拙，直是气象不同。

诗有词、理、意兴。南朝人尚词而病于理；本朝人尚理而病于意兴;唐人尚意兴而理在其中;汉魏之诗,词、理、意兴,无迹可求。

汉魏古诗,气象混沌,难以句摘。晋以还方有佳句,如渊明“采菊东篱下,悠然见南山”、谢灵运“池塘生春草”之类。谢所以不及陶者,康乐之诗精工,渊明之诗质而自然耳。

建安之作,全在气象,不可寻枝摘叶。灵运之诗,已是彻首尾成对句矣,是以不及建安也。

李、杜二公,正不当优劣[42]。太白有一二妙处,子美不能道;子美有一二妙处,太白不能作。

子美不能为太白之飘逸,太白不能为子美之沉郁。太白《梦游天姥吟》《远离别》等,子美不能道;子美《北征》《兵车行》《垂老别》等,太白不能作。论诗以李、杜为准,挟天子以令诸侯也[43]。

少陵诗法如孙、吴,太白诗法如李广[44]。少陵如节制之师[45]。

少陵诗宪章汉魏,而取材于六朝。至其自得之妙,则前辈所谓集大成者也[46]。

李、杜数公,如金鳷擘海[47],香象渡河[48]。下视郊、岛辈,直虫吟草间耳[49]。

孟郊之诗,憔悴枯槁,其气局促不伸,退之许之如此[50],何邪?诗道本正大,孟郊自为之艰阻耳。

元至元刊本《沧浪严先生吟卷》卷之一

注释

[1] 诗辩:严羽《答出继叔临安吴景仙书》说:“仆之《诗辩》,乃断千百年公案,诚惊世绝俗之谈,至当归一之论。其间说江西诗病,真取心肝刽子手。”《诗人玉屑》本“禅家者流”一段,在“诗之极致有一”一段之下。

[2] 乘有小大:佛家有小乘、大乘之分。小乘有辟支乘、声闻乘,大乘即菩萨乘。

[3] 宗有南北:禅宗分南北二支。

[4] “学者须从最上乘”三句:正法眼,又称“正法眼藏”,禅宗指全体佛法(正法)。第一义,佛家指最上至深之妙理。“具正法眼”二句玉屑本作:“具正法眼者(原讹作‘看’),是谓第一义。”

[5]“若小乘禅”二句：声闻、辟支果为小乘二果，分别指由听闻佛言教（声闻乘）或独自修行（缘觉乘）所证得之正果。辟支，梵语缘觉之义。玉屑本无“小乘禅”三字。

[6]“大历以还”五句：大历之诗已属下乘，晚唐之诗更属末流。大历，唐代宗年号。第二义，指下乘。玉屑本无“小乘禅也”四字。按声闻、辟支即为小乘，严羽以大历比小乘，以晚唐比声闻辟支，似未当。

[7]临济：南禅别支，唐代义玄所创。此以学汉魏盛唐诗者比作临济宗。

[8]曹洞：南禅别支，唐代良价始创。此以学大历以下诗者比作曹洞宗。按南宋中后期南方禅宗以临济宗杲一系为盛，势力远在曹洞宗之上。在福建地区，南宋初曾一度盛行曹洞宗正觉一系的“默照禅”，绍兴四年宗杲结庵此地，开始排斥曹洞，以“默照”为邪，从此曹洞衰落。所以严羽认为临济、曹洞有高下之分。

[9]“且孟襄阳”二句：许学夷《诗源辩体》卷十六说：“浩然造思极深，必待自得，故其五言律皆忽然而来，浑然而就，而圆转超绝多入于圣矣。须溪谓浩然不刻画，只似乘兴；沧浪谓浩然一味妙悟，皆得之矣。”可参证。

[10]当行：犹言内行。

[11]有分限：有区别。玉屑本“限”下有“之悟”二字，疑涉下文而衍。禅家无“分限之悟”之语，而有“分限智慧”之说。所谓“分限智慧”，指对事物作区别对待的思维，不得说“悟”。

[12]“试取汉魏之诗”数句：沈宋，沈佺期、宋之问。王杨卢骆，唐初四杰王勃、杨炯、卢照邻、骆宾王。陈拾遗，陈子昂。开元天宝诸家之诗，指盛唐之诗。大历十才子之诗与元和之诗，均指中唐之诗。此分唐诗为初、盛、中、晚，为明代高棅《唐诗品汇》所本。原本在“次独取李杜二公之诗而熟参之”下无“又取大历十才子之诗而熟参之，又取元和之诗而熟参之”二句，今据玉屑本补。

[13]若自退屈：退屈，退缩。玉屑本“自”下有“生”字，《五灯会元》卷十五记善暹禅师有“自生退屈”一语。

[14]“见过于师”四句：语本《五灯会元》卷三记怀让禅师说：“见与师齐，减师半德。见过于师，方堪传授。”

[15]乐府四篇：按六臣本《文选》于“乐府”类首列《乐府四首古辞》，有《饮马长城窟行》《君子行》《伤歌行》《长歌行》。李善注本仅三首，无《君子行》。

[16]“以李杜二集枕藉观之”二句：《朱子语类》卷第一百四十说：“作诗先用看

李、杜，如士人治本经。”潘德舆《养一斋李杜诗话》卷一说：“（沧浪）谓李、杜二集须枕藉观之云云，则吻合朱子之论。”

[17] “此乃是从顶𩕳上做来”五句：学诗当直接从最高境界入手。顶𩕳，头顶。向上一路，不可思议之彻悟境界。直截根源，语见《景德传灯录》卷三十记真觉禅师证道歌。顿门，顿悟之门。单刀直入，《五灯会元》卷九记灵佑禅师有此语。禅家以“直截根源”等语指当下直接证悟妙果。

[18] 起结：发端和结语。严羽认为“发端忌作举止，收拾贵在出场”（《诗法》），即开端不能做作，以自然为贵；结束要有余意，以超远为贵。

[19] “夫诗有别材”二句：谓诗歌有独特的题材或素材，不当专以书本为材、以故事为料。按后人或引“材”作“才”，引“书”作“学”，恐非严羽本意。

[20] “然非多读书”二句：玉屑本作“而古人未尝不读书，不穷理”。

[21] “羚羊挂角”二句：《景德传灯录》卷十七引道膺禅师语：“如好猎狗，只解寻得有踪迹底。忽遇羚羊挂角，莫道迹，气亦不识。”相传羚羊夜眠时以角悬树，足不着地，故云。

[22] 透彻玲珑：玉屑本“透彻”作“莹彻”，义同。玲珑，明彻貌。

[23] 凑泊：聚合、靠拢。

[24] “空中之音”四句：佛家认为音、色、月、象等，虽可闻可见，要之皆无实性，但随缘现，这里借以比喻诗歌“兴趣”无迹可寻不可凑泊。空中之音，《正法华经·如来神足行品》说：“闻空中声音。”相中之色，《摩诃般若波罗蜜经·散花品》说：“如来法相中，色法相不可得。”水中之月、镜中之象，《宗镜录》卷三说：“缘生之法，皆是无常。如镜里之形无体，而全因外境；似水中之月不实，而虚现空轮。”

[25] 奇特解会：奇特，独特；解会，理解领会。

[26] “以才学为诗”二句：玉屑本作“以议论为诗，以才学为诗”。

[27] “夫岂不工”二句：玉屑本句上有“以是为诗”四字。

[28] 一唱三叹之音：《礼记·乐记》说：“壹倡而三叹，有遗音者矣。”

[29] “且其作多务使事”数句：批评江西诗风。玉屑本无“反覆”二字。其作多务使事，按《临汉隐居诗话》说：“黄庭坚好用南朝人语，专求古人未使之事。”用字必有来历，说见黄庭坚《答洪驹父书》。

[30] “其末流甚者”四句：侧论苏轼影响下的诗风。

[31] 可谓一厄也：玉屑本句后有“可谓不幸也”五字，疑是后人注文窜入。

[32] 王黄州学白乐天：王黄州，王禹偁字元之，尝知黄州。禹偁《前赋春居杂兴

诗》有“本与乐天为后进”句，自注云：“予自谪居多看白公诗。”蔡宽夫《诗话》说：“元之本学白乐天诗。”

[33] 杨文公刘中山学李商隐：指西昆派宗尚李商隐。杨文公，杨亿卒谥“文”。刘中山，刘筠，中山人。蔡宽夫《诗话》说：“祥符、天禧之间，杨文公、刘中山、钱思公专喜李义山。”

[34] 盛文肃学韦苏州：盛文肃，盛度，字公量，余杭人。入翰林，拜参知政事，谥“文肃”。与李宗谔、杨亿等同编《续通典》《文苑英华》。诗祖韦应物，有《愚谷》《银台》《中书》《中枢》四集，均佚。

[35] 欧阳公学韩退之古诗：按邵博《见闻后录》卷十九说：“欧阳公于诗主韩退之，不主杜子美。”张戒《岁寒堂诗话》卷上也说：“欧阳公诗学退之。”刘克庄《后村诗话·前集》说：“欧公诗如昌黎。”并可参证。

[36] 梅圣俞学唐人平淡处：按欧阳修《诗话》说：“圣俞覃思精微，以深远闲淡为意。”

[37] 山谷用工尤为深刻：按《岁寒堂诗话》卷上说：“苏黄用事押韵之工，至矣尽矣。”《朱子语类》卷十四说：“黄费安排。”并可参证。

[38] 近世赵紫芝翁灵舒辈：赵紫芝，即赵师秀，字紫芝，号灵秀。翁灵舒，即翁卷，字续古，又字灵舒。二人与徐照（字道晖，又字灵晖）、徐玑（字文渊，号灵渊）并称“永嘉四灵”。

[39] “独喜贾岛姚合之诗”二句：按刘克庄《瓜圃集序》说：“永嘉诗人极力驰骤，才望见贾岛、姚合之藩而已。”又《林子显诗序》说：“惟永嘉四灵复为言苦吟，过于郊、岛。”并可参证。

[40] “推原汉魏”二句：句下有小注说：“后舍汉魏而独言盛唐者，谓古律之体备也。”

[41] 具一只眼：指具有很高的鉴赏力。此借用禅语。

[42] 李杜二公正不当优劣：按此说针对元稹《唐故工部员外郎杜君墓系铭并序》的李杜优劣论。

[43] 挟天子以令诸侯：语见《战国策·秦策一》。

[44] “少陵诗法如孙吴”二句：孙吴，孙武、吴起，均著有《兵法》，所以用来比喻杜诗。李广，汉代名将，被认为是用兵的天才，所以用来比喻李白。

[45] 节制之师：有节度制法的军队，以喻杜诗律法精严。

[46] 前辈所谓集大成：按元稹《唐故工部员外郎杜君墓系铭并序》谓杜诗“尽得古今之体势而兼人人之所独专”，有“集大成”之意，至苏轼始标举其说。

《后山诗话》引苏轼说："子美之诗，退之之文，鲁公之书，皆集大成者也。"

[47] 金鳷擘海：比喻笔力雄壮。《智度论》卷二十七说："譬如金翅鸟王普观诸龙命应尽者，以翅搏海令水两辟，取而食之。"

[48] 香象渡河：比喻气象浑厚。香象，佛经中身体青色而有香气的大象。《优婆塞戒经·三种菩提品》说："如恒河水，三兽俱度，兔、马、香象。兔不至底，浮水而过；马或至底，或不至底；象则尽底。"佛家以香象渡河，彻底截流，譬喻听闻教法，所证甚深。

[49] "下视郊岛辈"二句：按欧阳修《读李白集效其体》说："下视区区郊与岛，萤飞露湿吟秋草。"苏轼《读孟郊诗》说："何苦将两耳，听此寒虫号。"盖此所本。

[50] 退之许之如此：按韩愈《荐士》称其诗"横空盘硬语，妥帖力排奡。敷柔肆纡余，奋猛卷海潦。荣华肖天秀，捷疾愈响报"云。魏泰《临汉隐居诗话》说："孟郊诗蹇涩穷僻，琢削不暇，真苦吟而成，观其句法格力可见矣。……而退之荐其诗云'荣华肖天秀，捷疾愈响报'，何也？"所见与严羽相近。

说明

严羽的《沧浪诗话》，共一卷，包括《诗辩》《诗体》《诗法》《诗评》《考证》五部分；大抵成书于宋理宗端平元年至淳祐四年之间，是宋代最有系统性、最有影响的诗学著作。

"江西派"以学杜相号召，跨越南北两宋，影响深远；南宋中后期出现"永嘉四灵"和"江湖派"，力矫江西诗风，改宗晚唐。就像刘克庄所说，宋代诗坛从"资书以为诗"的一端走向了"捐书以为诗"的另一端。有宋一代的诗史，经过诸诗派的相递流变，渐渐呈现其完整的格局和面貌，为理论总结提供了条件。严羽声称"断千百年公案"(《答出继叔临安吴景仙书》)，即以自觉的反思意识，要对一代之诗作出批评。

在《诗辩》中，严羽标举"兴趣"和"妙悟"二说，一是要对治在宋代极具影响力的苏黄诗风，二是要恢复盛唐之音的美学风范。严羽认为诗歌并不以"书"为"材"，也不以"理"为"趣"，所以宋人以"文字""才学""议论"为诗，实为诗道之厄运。

严羽指出，"性情"才是诗之"材"，而诗之"趣"则在"兴趣"。能对此有深刻领会的，严羽称之为"妙悟"。汉魏人无意于诗而作天籁之声，是"不假悟"，盛唐诗人则对于诗性有自觉的认识，是为“透彻之悟”。“江西派”学杜甫而“不问兴致”，就不“透彻”。孟浩然学力有所不如，但作诗“一味妙悟”，所以超过韩愈。“妙悟”就是对“兴趣”的“透彻之悟”。其所以为“妙悟”者，在于“兴趣”是一种可以意会而不可言说的审美意韵，言语和知性所不可及，即所谓“不涉理路，不落言筌”，如“空中之音，相中之色”等迷离朦胧。宋诗以“书”为“材”、以“理”为“趣”，是有迹可寻、可以凑泊的，而“兴趣”则与之相反。严羽认为“盛唐诸人惟在兴趣”，所以诗歌的发展要从宋代回归盛唐，也就是“以汉魏晋盛唐为师”，不可学盛唐以后的诗。

在盛唐诗人中，严羽极推李杜，比之为诗家之“经”。李杜所代表的是一种“金鳷擘海，香象渡河”那样的雄壮浑厚的气象。后来有人把严羽的“兴趣”理解为一种清空意蕴，说他“名为学盛唐、准李杜，实则偏嗜于王孟冲淡空灵一派”（许印芳《沧浪诗话跋》），恐怕是将“兴趣”混同于王渔洋的“神韵”了。其实，标举盛唐气象，正是严羽诗学影响力所在。元明诗坛回归唐音，不能没有严羽的倡导之功。

辛稼轩词序

〔宋〕刘辰翁

作者简介

刘辰翁（1232—1297），字会孟，号须溪，庐陵（今江西吉安）人。理宗宝祐六年举乡贡，入补太学生。景定三年应进士试，因忤权相贾似道，置入丙第，遂以亲老请出为濂溪书院山长。宋亡，隐归乡里，著书以终。工诗词，有《须溪集》十五卷，原本已散佚，清人辑佚汇刻为十卷，今人增补为《刘辰翁集》十五卷。杨慎《升庵集·刘辰翁传》及黄宗羲《宋元学案》卷八十八《巽斋学案》记其事迹。

词至东坡，倾荡磊落，如诗如文，如天地奇观，岂与群儿雌声学语较工拙；然犹未至用经用史[1]，牵雅颂入郑卫也。自辛稼轩前[2]，用一语如此者，必且掩口。及稼轩横竖烂漫，乃如禅宗棒喝，头头皆是[3]；又如悲笳万鼓，平生不平事并尽卮酒[4]，但觉宾主酣畅，谈不暇顾。词至此亦足矣。然陈同父效之[5]，则与左太冲入群媪相似，亦无面而返[6]。嗟乎！以稼轩为坡公少子[7]，岂不痛快灵杰可爱哉，而愁髻龋齿作折腰步者阉然笑之[8]。《敕勒》之歌拙矣，"风吹草低"之句[9]，与《大风》起语高下相应[10]，知音者少。顾稼轩胸中今古，止用资为词，非不能诗，不事此耳。

斯人北来[11]，喑呜鸷悍[12]，欲何为者，而谗摈销沮[13]，白发横生，亦如刘越石[14]。陷绝失望，花时中酒，托之陶写，淋漓慷慨，此意何可复道。而或者以流连光景、志业之终恨之[15]，岂可向痴人说梦哉！为我楚舞，吾为若楚歌[16]，英雄感怆，有在常情之外，其难言者，未必区区妇人孺子间也。世儒不知哀乐，善刺人，及其自为，乃与陈若山等[17]。嗟哉伟然，二丈夫无异[18]。吾怀此久矣，因宜春张清则取《稼轩词》刻之[19]，复用吾请。清则少游杭浙，有奇志逸气，必能仿佛为此词者。

《豫章丛书》本《须溪集》卷六

注释

[1] 未至用经用史：以经史语入词，始于辛弃疾，故云。

[2] 辛稼轩：辛弃疾字幼安，号稼轩。

[3] "禅宗棒喝"二句：禅门棒喝，随处都是佛道，这里比喻辛弃疾制词能自如运用经史语。棒喝，禅师往往以棒打或口喝来启悟初参禅道的人。

[4] 并尽卮酒：原本脱"尽"，据别本补。

[5] 陈同父：陈亮，字同甫。有《龙川词》，词风与辛弃疾相近，而成就不及。

[6] "左太冲入群愠"二句：媪，原本作"愠"，形讹。《世说新语・容止》载潘岳妙有容姿，出行就被妇女围住，左思绝丑，却想效仿潘岳，结果遭妇人乱唾，委顿而返。

[7] 以稼轩为坡公少子：指辛弃疾继承苏轼词风。

[8] "愁髻龋齿"句：指被婉约一派所嘲笑。愁髻，女子忧郁貌。龋齿，指女子故作笑容若齿痛状。作折腰步，指女子摆动腰肢扭捏作态。阉然，掩蔽貌；阉然笑之，指窃笑。

[9] 风吹草低：《敕勒歌》："风吹草低见牛羊。"

[10]《大风》：指刘邦《大风歌》，起句为“大风起兮云飞扬”。

[11] 斯人北来：按辛弃疾出生北地（山东），高宗绍兴三十二年南下，任江阴签判。

[12] 喑呜鸷悍：威武强悍的样子。

[13] 谗摈销沮：因谗被黜，伤心失意。孝宗淳熙八年，辛弃疾受弹劾而被免职；宁宗嘉泰间曾一度被起用，开禧元年又因谏官攻讦而离职。

[14] 刘越石：刘琨，字越石。晋愍帝时任大将军，都督并州诸军事。元帝时孤守河北，与刘聪、石勒抗衡。既败，奔幽州，为段匹磾所杀。

[15] 志业之终：“之”一本作“不”，于义为长。

[16]“为我楚舞”二句：《史记·留侯世家》载汉高祖欲废太子，立戚夫人子，得知太子有四皓辅助，就告诉戚夫人事不可成，说：“为我楚舞，吾为若楚歌。”歌数阙，戚夫人嘘唏流涕。辛弃疾《水调歌头》有“何人为我楚舞，听我楚狂声”句。

[17] 陈若山：不详。

[18] 二丈夫：指苏轼、辛弃疾。“丈”原作“大”，据《稼轩词编年笺注》校改。

[19]“宜春张清则”句：按张氏刻本今不存。赵万里《稼轩词丁集题记》：“《刘须溪集》六载《辛稼轩词序》称‘宜春张清则取《稼轩词》刻之’，是宋末又有宜春张氏刻本。宜春于宋世属袁州，或与信州本相近。”信州本十二卷，传世有元大德己亥广信书院刊本。

说明

在充满黍离之悲、家国之痛的时代里，辛词所表现的高昂激越的豪情悲慨，无疑成为时代的最强音。当时，有范开《稼轩词序》、刘克庄《辛稼轩集序》和刘辰翁《辛稼轩词序》三篇词论，同声相应，鼓吹豪放之风，突破“词为艳科”的传统观念，对辛词在开拓词境上的艺术成就作了高度的肯定。它们是宋代辛派词论的代表作。

三篇序文的共同主旨是总结辛词的艺术风格及其形成的原因。孝宗淳熙十四年，范开为辛集作序，他是辛弃疾的门人，能真切体会辛弃疾的创作个性，说：“公一世之豪，以气节自负，以功业自许，方将敛藏其用以事清旷，果何意于歌词哉？直陶写之具耳。”所谓大器声闳、志高意远，虽无意于歌词，但“气之所充，蓄之所发”，不能不“发越著见于声音言意之表”而为豪放清旷之词。这是以韩愈的

“形大而声宏”(《答尉迟生书》)、“气盛言宜”(《答李翊书》)及苏轼的“文理自然,姿态横生”(《答谢民师书》)等诗文观点来评论辛词,揭示其迥异于风雅词人的创作个性。刘克庄的序文着重分析辛词产生的时代原因。他以“南北分裂”为背景,高度赞扬了辛弃疾的气节和功业,说:“世之知公者,诵其诗词,而以前辈谓有井水处皆唱柳词,余谓耆卿直留连光景、歌咏太平尔;公所作大声鞺鞳,小声铿鍧,横绝六合,扫空万古,自有苍生以来所无。”他认为辛词反映时代风貌,不与柳词同流。

刘辰翁的序文指出辛词的艺术特点在于以经史语入词,以雅入俗,在苏词“以诗入词”的基础上再拓境界。刘辰翁认为辛弃疾有一种刘琨那样的英雄气概,所以其词饱含着“淋漓慷慨”的“英雄感怆”,其豪气非陈亮辈所能及。范开与刘克庄都提到了辛词婉约的一面而加以肯定,而刘辰翁只推崇其豪放之风。他说“稼轩为坡公少子”,强调的正是辛词对苏词的阳刚之气的继承,看到它们不“与群儿雌声学语较工拙”的共同点。

词源(选录)

〔宋〕张　炎

作者简介

张炎(1248—约1320),字叔夏,号玉田,晚年又号乐笑翁,临安(今杭州)人。宋亡,潜迹不仕,落拓以终。一生致力于制词与声律研究。有词集《山中白云词》(一名《玉田词》)八卷。晚年著《词源》二卷,上卷论音乐,下卷论创作。注本有夏承焘《词源注》(录序言及下卷,更删其中“音谱”“拍眼”两条)。

序

古之乐章、乐府、乐歌、乐曲[1],皆出于雅正。粤自隋、唐以来,声诗间为长短句,至唐人则有《尊前》《花间集》[2]。迄于崇宁,立大晟府,命周美成诸人讨论古音,审定古调[3]。沦落之后,少得存者。由此八十四调之声稍传[4];而美成诸人又复增演慢曲、引、近[5],或移宫换羽为三犯、四犯之曲[6]，按月律为之[7]，其曲遂繁。美成负一代词名，所作之词，浑厚和雅，善于融化诗句，而于音谱且间有未谐，可见其难矣。作词者多效其体制，失之软媚而无所取。此惟美成为然，不能学也。所可仿效之词，岂一美成而已！旧有刊本《六十家词》[8]，可歌可诵者，指不多屈。中间如秦少游、高竹屋、姜白石、史邦卿、吴梦窗[9]，此数家格调不侔，句法挺异，俱能特立清新之意，删削靡曼之词，自成一家，各名于世。作词者能取诸人之所长，去诸人之所短，象而为之[10]，岂不能与美成辈争雄长哉！余疏陋谫才[11]，昔在先人侍侧，闻杨守斋、毛敏仲、徐南溪诸公商榷音律[12]，尝知绪余，故生平好为词章，用功四十年，未见其进。今老矣，嗟古音之寥寥，虑雅词之落落，僭述管见，类列于后，与同志商略之。

清　空

词要清空，不要质实[13]；清空则古雅峭拔，质实则凝涩晦昧。姜白石词如野云孤飞，去留无迹。吴梦窗词如七宝楼台，眩人眼目，碎拆下来，不成片段。此清空质实之说。梦窗《声声慢》云："檀栾金碧，婀娜蓬莱，游云不蘸芳洲[14]。"前八字恐亦太涩。如《唐多令》云："何处合成愁，离人心上秋；纵芭蕉不雨也飕飕。都道晚凉天气好，有明月，怕登楼。前事梦中休，花空烟水流，燕辞归客尚淹留。垂柳不萦裙带住，谩长是，系行舟。"此词疏快却不质实。如是者集中尚有，惜不多耳。白石词如《疏影》《暗香》《扬州慢》《一萼红》《琵琶仙》《探春》《八归》《淡黄柳》等曲[15]，不惟清空，又且骚雅，读之使人神观飞越。

意　趣

词以意为主，不要蹈袭前人语意。如东坡中秋《水调歌》云。夏夜《洞仙歌》云。王荆公金陵《桂枝香》云。姜白石《暗香》赋梅云。《疏影》云[16]。此数词皆清空中有意趣，无笔力者未易到。

赋　情

簸弄风月，陶写性情，词婉于诗。盖声出莺吭燕舍间，稍近乎情可也。若邻乎郑卫，与缠令何异也[17]！如陆雪溪《瑞鹤仙》云。辛稼轩《祝英台近》云[18]。皆景中带情，而有骚雅。故其燕酣之乐，别离之愁，回文、题叶之思[19]，岘首、西州之泪[20]，一寓于词。若能屏去浮艳，乐而不淫，是亦汉魏乐府之遗意。

杂　论

词之作必须合律，然律非易学，得之指授方可。若词人方始作词，必欲合律，恐无是理，所谓"千里之程，起于足下"[21]，当渐而进可也。正如方得离俗为僧，便要坐禅守律，未曾见道，而病已至，岂能进于道哉？音律所当参究，词章先宜精思。俟语句妥溜[22]，然后正之音谱，二者得兼，则可造极玄之域[23]。今词人才说音律，便以为难，正合前说，所以望望然而去之[24]。苟以此论制曲，音亦易谐，将于于然而来矣[25]。

词欲雅而正。志之所之[26]，一为情所役，则失其雅正之音。耆卿、伯可不必论[27]，虽美成亦有所不免。如"为伊泪落"[28]，如"最苦梦魂，今宵不到伊行"[29]，如"天便教人霎时得见何妨"[30]，如"又恐伊寻消问息，瘦损容光"[31]，如"许多烦恼，只为当时，一饷留情"[32]，所谓淳厚日变成浇风也。

美成词只当看他浑成处，于软媚中有气魄，采唐诗融化如自己者，乃其所长。惜乎意趣却不高远。所以出奇之语，以白石骚雅句法润色之，真天机云锦也[33]。

东坡词如《水龙吟》咏杨花、咏闻笛[34]，又如《过秦楼》《洞仙歌》《卜算子》等作[35]，皆清丽舒徐，高出人表。《哨遍》一曲，隐括《归去来辞》[36]，更是精妙，周、秦诸人所不能到[37]。

辛稼轩、刘改之作豪气词[38]，非雅词也，于文章余暇，戏弄笔墨为长短句之诗耳。元遗山极称稼轩词[39]，及观遗山词，深于用事，精于炼句，有风流酝藉处不减周、秦，如《双莲》《雁邱》等作[40]，妙在模写情态，立意高远，初无稼轩豪迈之气。岂遗山欲表而出之，故云尔？

人民文学出版社版夏承焘《词源注》

注释

［1］“古之乐章”句：夏承焘注：“乐章、乐府、乐歌、乐曲，四者义同名异，都是指配合音乐可以歌唱的诗。”

［2］“粤自隋唐”三句：此论词体出于声诗。粤，发语辞。《尊前》，词总集，二卷，收唐五代词二百余首，三十余家。《花间集》，十卷，五代时后蜀赵崇祚编。

［3］崇宁：宋徽宗年号。大晟府：建于崇宁四年，为宫廷音乐机构。周美成：周邦彦字美成，号清真。徽宗政和六年提举大晟府，与万俟咏、晁端礼、田为、晁冲之等同时或先后为大晟府制撰者，世称“大晟派”。

［4］八十四调：乐律分十二律吕，各有七音，合八十四调。这里是泛指，南宋时实际只用七宫十二调。

［5］慢曲引近：三种词调类别。慢曲，简称“慢”，因曲调缓急不同，故有慢曲子与急调子之分。又因体制较长，故通常也指“长调”。引，在唐宋大曲中有引歌，引词多截取大曲中前段制成。近，又称“近拍”，乐调长短、字数多少略近于引。

［6］三犯四犯之曲：按宋词中犯调有两种，一为宫调相犯，即兼用两个或两个以上声律合成一曲；二是句法相犯，即集取各调中的乐句而成一新调。

［7］按月律为之：古乐律以十二律对应十二月。《碧鸡漫志》卷二说：“崇宁间建大晟府……有旨依月用律，月进一曲。”

［8］《六十家词》：已佚，内容不详。

［9］秦少游：秦观字少游。高竹屋：高观国字宾王，号竹屋，山阴人。工词，有《竹屋痴语》。姜白石：姜夔号白石道人，有《白石道人歌曲》。史邦卿：史达祖字邦卿，号梅溪。宁宗庆元中，尝依附权相韩侂胄为堂吏，及韩败，遭黥刑，贬死。工词，与姜夔齐名。有《梅溪词》。吴梦窗：吴文英，字君特，号梦窗，四明人。晚年为荣王府门客，出入贾似道之门。有《梦窗四稿》。

［10］象：效仿。

［11］谫才：浅薄之才。

［12］先人：指张炎父张枢。枢，字斗南，号寄闲。工词，善音律，有《寄闲集》《依声集》，皆佚。杨守斋：杨缵，字继翁，号守斋，一号紫霞翁，开封人。以女为度宗淑妃，官列卿。精通乐律。有《圈点周美成词》，久佚。另有《紫霞洞谱》。《词源》末附《杨守斋作词五要》。毛敏仲：衢州人，琴师，作有《观光

操》，与汪元量有交往。徐南溪：徐理，号南溪，会稽人。《阳春白雪》录其词。

[13]“词要清空”二句：夏承焘注：“大抵张炎所谓清空的词是要能摄取事物的神理而遗其外貌；质实的词是写得典雅奥博，但过于胶着于所写对象，显得板滞。”

[14]“檀栾金碧”三句：檀栾，指竹。金碧，指楼台。婀娜，指柳。前八字写郭园有竹子、楼台、柳树，犹蓬莱仙岛。

[15]“《疏影》《暗香》”句：《疏影》《暗香》《扬州慢》《淡黄柳》四首见《白石道人歌曲》(四卷本)卷之四，《一萼红》《琵琶仙》《探春》(即《探春慢》)《八归》四首见卷之三。

[16]“如东坡中秋《水调歌》云”五句：原本都引作品全文，这里省略。《水调歌》，即《水调歌头》(“明月几时有”)，苏轼在密州中秋时寄苏辙词。《洞仙歌》(“冰肌玉骨”)为苏轼续孟昶词。王安石《桂枝香》(“登临送目”)，题为《金陵怀古》。

[17]缠令：宋时俗曲。

[18]“如陆雪溪《瑞鹤仙》云”二句：原本都引作品全文，这里省略。陆雪溪，陆淞字子逸，号雪溪，山阴人。为陆游兄弟辈。《瑞鹤仙》首句为“脸霞红印枕”。辛弃疾《祝英台近》首句为“宝钗分”。

[19]回文：指北朝前秦苏蕙事。相传秦州刺史窦滔以罪被徙流沙，妻苏蕙织回文诗《旋玑图》以赠。一说窦滔携宠姬赴任，苏蕙感伤而作诗。题叶：指唐代卢渥事。相传卢渥在御沟得一红叶，上题一绝。及其任职范阳，独获一退宫女，正是题叶诗作者。

[20]岘首：相传晋羊祜镇襄阳时，常觞咏于岘首山，及卒，后人立碑其上，见者悲泣，谓之“堕泪碑”。西州：相传晋羊昙尝从谢安游金陵西州门，谢安去世后，昙醉中重经，恸哭失声。

[21]“千里之程”二句：《老子》：“千里之行，始于足下。”

[22]妥溜：妥帖流利。《词源》“字面”一则说：“盖词中一个生硬字用不得，须是深加锻炼，字字敲打得响，歌诵妥溜，方为本色语。”可参证。

[23]极玄之域：犹言最高境界。

[24]望望然而去之：语见《孟子·公孙丑上》。望望然，惭愧貌。

[25]于于然而来矣：语本韩愈《上宰相书》。于于然，自得貌。

[26]志之所之：语见《诗大序》。

[27] 耆卿伯可不必论：耆卿，柳永字。李清照《论词》说他的作品“词语尘下”。伯可，康与之字。秦桧当国，附会求进。专应制为歌词，阿谀粉饰。桧死，编管钦州。有《顺庵乐府》五卷，已佚。《直斋书录解题》卷二十一说：“世所传康伯可词鄙亵之甚。”沈义文《乐府指迷》说：“康伯可、柳耆卿音律甚协……然未免有鄙俗语。”

[28] 为伊泪落：周邦彦《解连环》末句。

[29] “最苦梦魂”二句：见周邦彦《风流子》。

[30] “天便教人”句：见周邦彦《风流子》，“得”作“厮”。

[31] “又恐伊寻消问息”二句：见周邦彦《意难忘》。

[32] “许多烦恼”三句：见周邦彦《庆宫春》。

[33] 天机云锦：指浑然自成之境。语出陆游《九月一日夜读诗稿有感走笔作歌》。

[34]《水龙吟》：咏杨花一首题作《次韵章质夫杨花词》，首句为“似花还似非花”。咏闻笛一首题作《赠赵晦之吹笛侍儿》，首句为“楚山修竹如云”。

[35]《过秦楼》：夏承焘注：“《东坡乐府》里没有《过秦楼》词，非苏词已佚，则是张误说。”《洞仙歌》见前注。《卜算子》以“缺月挂疏桐”一首最著名，题作《黄州定慧院寓居作》。

[36] “《哨遍》一曲”二句：《哨遍》，首句为“为米折腰”，词序说：“乃取《归去来词》，稍加檃括，使就声律。”《归去来辞》是陶渊明的作品。

[37] 周秦：指周邦彦、秦观。

[38] 刘改之：刘过字改之，号龙洲道人，吉州（一说庐陵）人。终身未仕，漫游江浙湘鄂一带，晚年居昆山而殁。与陆游、辛弃疾、陈亮等有交往。工词，多感慨时事之作。有《龙洲词》。

[39] 元遗山极称稼轩词：元遗山，元好问，字裕之，号遗山。词集有《遗山乐府》三卷。《遗山自题乐府引》说：“乐府以来，东坡为第一，以后便到辛稼轩。”

[40]《双莲》《雁邱》：二词均用《水调歌头》调，收入《遗山乐府》卷上。《双莲》首句是“问莲根有丝多少”，《雁邱》首句是“问世间情是何物”。

说明

南宋中期以后，风雅词派成为词坛主流。沈义父的《乐府指迷》和张炎的《词源》是风雅词派的两部重要理论著作，它们在总体的倾向上是一致的，都积极倡导雅化，注重音律谐美、字句锤炼、篇章布局等。张炎通音律，平生所推重的姜夔，也是精通音律的词人，所以《词源》下卷第一条即开宗明义，说："词以协音为先。"《词源》上卷即专论音律。沈义父论词四标准，第一条也是协音律。以音律为本是雅派词家的共同主张。在具体的风格取向上，风雅词派大体上可分为周邦彦派和姜夔派。沈义父专宗周邦彦，而张炎独尊姜夔，各树典范，或以深美闳约为归，或以清空骚雅为旨，显示出风雅词派的二水分流的格局。

张炎论词以"意趣高远""雅正"和"清空"为最高境界。其中，"雅正"是风雅派的基本格调，与"批风抹月"的柳康之辈的鄙俗词风相对立。"雅正"之外，张炎还以"骚雅"论词，不仅要求词人能将"燕酣之乐，别离之愁"等"一寓词中"，有所寄托，而且合乎中和之美："屏去浮艳，乐而不淫。"其称陆淞《瑞鹤仙》、辛弃疾《祝英台近》"景中带情，而有骚雅"，是对词家提出了继承《诗》《骚》托物起兴之手法的要求。他还吸收了传统诗学思想，认为雅词亦当言志，"意趣高远"，而非为"情"所役。以"骚雅"为标准，则康柳固不必论，周邦彦的词有时亦不免"为情所役"，显得"软媚"，"意趣"不够"高远"，是其不可学处。"骚雅"之说，对提升词格有着积极的意义，也带有一定的时代气息。

张炎立"清空"一格，而异于周邦彦、吴文英一派的趣味。"清空"指一种疏朗清丽的境界，以相避的手法，对事物的描写取其神理，不着色相，于"虚"处求情景相融。其代表词人是姜夔。与"清空"相对的是"质实"，以相犯的手法，对事物作密匝坚实的描写，层层堆迭渲染，在"实"处融情于景。其代表词人是吴文英。张炎对比二家词风，以为姜词"去留无迹"，最为"清空"，就像"野云孤飞"；吴词"凝涩晦昧"，最为"质实"，终如"七宝楼台"。这个评价，常为后世词家所称引。近人蔡嵩云在《乐府指迷笺释引言》中说："《词源》论词，独尊白石。……降及清初，浙派词人家白石而户玉田，以清空骚雅为归，其实即宋末张氏所主张之词派。"由此可见张炎词学的影响。

梦粱录·小说讲经史（节录）

〔宋〕吴自牧

作者简介

吴自牧，宋末钱塘（今浙江杭州）人，仕履未详。所著《梦粱录》一书，记录了南宋行都临安(今杭州)的都市风情和习俗,其中涉及讲唱文学、杂技演出等情况,为小说史戏曲史的研究提供了重要的原始材料。其中《小说讲经史》部分,内容又见灌园耐得翁《都城纪胜·瓦舍众伎》,文字略异。

说话者,谓之舌辩[1]。虽有四家数[2],各有门庭。且小说名银字儿[3],如烟粉、灵怪、传奇、公案、朴刀、杆棒、发迹变泰之事[4];有谭淡子、翁三郎、雍燕、王保义、陈良甫、陈郎妇枣儿、余二郎等[5],谈论古今,如水之流。谈经者[6],谓演说佛书。说参请者[7],谓宾主参禅悟道等事,有宝庵、管庵、喜然和尚等。又有说诨经者戴忻庵[8]。讲史书者,谓讲说《通鉴》、汉唐历代书史文传兴废争战之事;有戴书生、周进士、张小娘子、宋小娘子、邱机山、徐宣教。又有王六大夫,元系御前供话[9],为幕士请给[10],讲诸史俱通,于咸淳年间[11],敷演《复华篇》及《中兴名将传》[12],听者纷纷。盖讲得字真不俗,记问渊源甚广耳。但最畏小说人。盖小说者,能讲一朝一代故事,顷刻间捏合[13]。合生与起令随令相似[14],各占一事也。

《知不足斋丛书》本《梦粱录》卷二十

注释

[1] 说话:民间伎艺之一种,类似于近代所说的“说书”,意思是讲故事。说话人富有口才,故称“舌辩”。

[2] 四家数:按说话有四类,即“小说”“谈经”“讲史”“合生”。

[3] 银字儿:“小说”原称,为讲唱伎艺,用银字管伴奏,演说短篇故事。银字管,一种管乐器,上刻银字,表示音调高低。

[4] 烟粉:指演说烟花粉黛、才子佳人之类的故事。灵怪:指演说鬼怪妖异、神仙道释之类的故事。传奇:指演说关于一人一事的离奇故事。公案:指演说断狱勘案之类的故事。朴刀、杆棒:指演说江湖豪侠之英雄事迹的故事。发迹变泰:原作“发发综参”,字有讹误,此据《都城纪胜》改,指演说由贫贱变富贵的故事。

[5] 谭淡子等:均为当时有名的艺人,生平均不可考。

[6] 谈经:又称“讲经”,说话的一种,讲说佛经故事。

[7] 说参请：说话的一种，演说参禅悟道之类的故事。参请，拜见请益的意思。
[8] 诨经：指讲说诙谐生动的佛经故事的说话。
[9] 御前供话：大概指专为皇帝或宫人说话的职务。
[10] 幕士：在殿廷值班的禁卫军。唐宋人称领俸禄为“请给”。
[11] 咸淳：宋度宗年号。
[12]《复华篇》：内容不详。此与《中兴名将传》并提，可能是演说英雄将领抗金复国的故事。一说即《富华篇》，为贾似道门客廖莹中所作，叙述贾氏向蒙古求和以解鄂州之围一事。
[13] 捏合：虚构。《都城纪胜》作“提破”，说明白的意思。
[14] 合生与起令随令相似：原本脱“合生”二字，据《都城纪胜》增补。合生是说话的流派之一，一人指物为题，一人随题赋诗。也称“合笙”或“唱题目”。起令随令，疑当作“起令随合”，指在行酒令时即兴捏合故事，与“合生”相似。灌园耐得翁《古杭梦游录》也说：“合生与起令随合相似。”按：唐代“合生”指的是一种以歌咏为主并伴随舞蹈的伎艺，与此不同。

说明

宋元时期，“说话”得到蓬勃发展。“说话”是市民阶层所喜爱的娱乐方式，是白话小说的起源。宋人孟元老《东京梦华录》、灌园耐得翁《都城纪胜》、周密《武林旧事》、西湖老人《繁胜录》以及无名氏《应用碎金》等都记录了当时“说话”艺术的繁荣景象，也不同程度地反映了他们对于“说话”艺术的朴素认识。

“说话”在当时分为四大类，吴自牧作了简单的解释。他说：“说话者，谓之舌辩。”可见“说话”是一种通过技巧性很强的口头语言来完成的表演形式。各“家数”也各有明确的解释。其中“小说”还根据题材的不同分为七种。这也说明题材是小说最容易被关注的因素。

吴自牧还谈到了“说话”的艺术要求。首先，“谈论古今，如水之流”，要求“小说人”能够流畅生动地演述各种故事。其次，“记问渊源甚广”，要求“小说人”熟知“历代书史文传兴废争战之事”，积累丰富的素材。再次，“能讲一朝一代故事，顷刻间捏合”，即具有较高的即兴发挥和虚构情节的才能。复次，“说话”时要“字真不俗”，即字正腔圆、吐词清晰。这些方面主要是强调“说”的表现力。

醉翁谈录·舌耕叙引(节选)

〔宋〕罗　烨

作者简介

罗烨,吉州庐陵(今江西吉安)人。生平不详。可能与刘辰翁同时,均为宋末元初人。所著《醉翁谈录》十集,二十卷,辑录当时传奇、杂俎,保存了宋代的许多小说资料。此书在中国已失传,后在日本发现孤本。今人一般以为《谈录》一书在宋元间编撰而成。甲集卷一有《舌耕叙引》,"舌耕"即"说话",包括《小说引子》和《小说开辟》两部分。

小说引子 演史讲经并可通用

静坐闲窗对短檠[1],曾将往事广搜寻。
也题流水高山句,也赋阳春白雪吟[2]。
世上是非难入耳,人间名利不关心。
编成风月三千卷[3],散与知音论古今。

自古以来,分人数等。……小说者流,出于机戒之官[4],遂分百官记录之司[5]。由是有说者纵横四海,驰骋百家。以上古隐奥之文章,为今日分明之议论。或名演史,或谓合生,或称舌耕,或作挑闪[6],皆有所据,不敢谬言。言其上世之贤者可为师,排其近世之愚者可为戒。言非无根,听之有益。

……

太极既分,阴阳已定。书契已呈河洛,皇王肇判古初。圆而高者为天,方而厚者为地。其人禀五行之气,为万物之灵。气化成形,道与之貌。形乃分于妍丑,名遂别于尊卑[7]。由是有君有臣,从此论将论相,或争权而夺位,或诛暴以胜残。间有图名而侥一旦尺寸之功,又有报国而建万世长久之策。遂制舟车兵革,俾陈弓矢干戈。始因战涿鹿之蚩尤[8]，备见殛羽山之帝鲧[9]。画象之形已玩，结绳之政不施[10]，世态纷更，民心机巧。须赖君王相神武，庶安中外以和平。所业历历可书，其事班班可纪[11]。乃见典坟道蕴[12]，经籍旨深。试将便眼之流传，略为从头而敷演。得其兴废，谨按史书；夸此功名，总依故事。如有小说者，但随意据事演说云云。诗曰：

破尽诗书泣鬼神，发扬义士显忠臣。

试开戛玉敲金口[13]，说与东西南北人。

又诗：

春浓花艳佳人胆，月黑风寒壮士心。

讲论只凭三寸舌，秤评天下浅和深。

小说开辟[14]

夫小说者，虽为末学，尤务多闻。非庸常浅识之流，有博览该通之理。幼习《太平广记》[15]，长攻历代史书。烟粉奇传[16]，素蕴胸次之间；风月须知，只在唇吻之上。《夷坚志》无有不览[17]，《琇莹集》所载皆通[18]。动哨、中哨[19]，莫非《东山笑林》[20]；引倬、底倬[21]，须还《绿窗新话》[22]。论才词有欧、苏、黄、陈佳句；说古诗是李、杜、韩、柳篇章。举断模按[23]，师表规模[24]，靠敷演令看官清耳。只凭三寸舌，褒贬是非；略咽万余言[25]，讲论古今。说收拾寻常有百万套[26]，谈话头动辄是数千回[27]。说重门不掩底相思，谈闺阁难藏底密恨。辨草木山川之物类，分州军县镇之程途[28]。讲历代年载废兴，记岁月英雄文武。有灵怪、烟粉、传奇、公案[29]，兼朴刀、杆棒、妖术、神仙。自然使席上风生，不枉教座间星拱。说《杨元子》《汀州记》《崔智韬》《李达道》《红蜘蛛》《铁瓮儿》《水月仙》《大槐王》《妮子记》《铁车记》《葫芦儿》《人虎传》《太平钱》《芭蕉扇》《八怪国》《无鬼论》，此乃是灵怪之门庭[30]。言《推车鬼》《灰骨匣》《呼猿洞》《闹室录》《燕子楼》《贺小师》《杨舜俞》《青脚狼》《错还魂》《侧金盏》《刁六十》《斗车兵》《钱塘佳梦》《锦庄春游》《柳参军》《牛渚亭》，此乃为烟粉之总龟[31]。论《莺莺传》《爱爱词》《张康题壁》《钱榆骂海》《鸳鸯灯》《夜游湖》《紫香囊》《徐都尉》《惠娘魄偶》《王魁负心》《桃叶渡》《牡丹记》《花萼楼》《章台柳》《卓文君》《李亚仙》《崔护觅水》《唐辅采莲》，此乃为之传奇[32]。言《石头孙立》《姜女寻夫》《忧小十》《驴垛儿》《大烧灯》《商氏儿》《三现身》《火杴笼》《八角井》《药巴子》《独行虎》《铁秤槌》《河沙院》《戴嗣宗》《大朝国寺》《圣手二郎》，此乃谓之公案[33]。论这《大虎头》《李从吉》《杨令公》《十条龙》《青面兽》《季铁铃》《陶铁僧》《赖五郎》《圣人虎》《王沙马海》《燕四马八》，此乃为朴刀局段[34]。言这《花和尚》《武行者》《飞龙记》《梅大郎》《斗刀楼》《拦路虎》《高拔钉》《徐京落章》《五郎为僧》《王温上边》《狄昭认父》，此为杆棒之序头[35]。论《种叟神记》《月井文》《金光洞》《竹叶舟》《黄粮梦》《粉合儿》《马谏议》《许岩》《四仙斗圣》《谢溏落海》，此是神仙之套数[36]。言《西山聂隐娘》《村邻亲》《严师道》《千圣姑》《皮箧袋》《骊山老母》《贝州王则》《红线盗印》《丑女报恩》，此为妖术之事端[37]。也说黄巢拨乱天下[38]，也说赵正激恼京师[39]。说征战有刘、项争雄[40]，论机谋有孙、庞斗智[41]。新话说张、韩、刘、岳[42]；史书讲晋、宋、齐、梁[43]。《三国志》诸葛亮雄材[44]，收西夏说狄青大略[45]。说国贼怀奸从佞[46]，遣愚夫等辈生嗔；说忠臣负屈衔冤，铁心肠也须下泪。讲鬼怪，令羽士心寒胆战[47]；论闺怨，遣佳人绿惨红愁。说人头厮挺[48]，令羽士快心；言两阵对圆，使雄夫壮志。谈吕相青云得路[49]，遣才人着意群书；演霜林白日升天[50]，教隐士如初学道。噇发迹话[51]，使寒门发愤；讲负心底，令奸汉包羞。讲论处不僀搭[52]、不絮烦；敷演处有规模、有收拾。冷淡处提掇得有家数，热闹处敷演得越久长。曰得词，念得诗，说得话，使得砌[53]。言无讹舛，遣高士善口赞扬；事有源流，使才人怡神嗟讶。诗曰：

小说纷纷皆有之，须凭实学是根基。
开天辟地通经史，博古明今历传奇。
藏蕴满怀风与月，吐谈万卷曲和诗。
辨论妖怪精灵话，分别神仙达士机。
涉案枪刀并铁骑，闺情云雨共偷期。
世间多少无穷事，历历从头说细微。

古典文学出版社版《醉翁谈录》甲集卷一

注释

[1] 短檠：檠，灯架。普通人家一般用短檠，富贵人家用长檠。

[2]“也题流水”二句：流水高山、阳春白雪，原为古代乐曲名，这里借指高雅文学。

[3] 风月三千卷：风月，男女情事，这里指言情题材的话本小说。三千卷，言其多。

[4] 机戒之官：指稗官。机戒，机巧之意。戒，通“械”。

[5] 分百官记录之司：稗官是从记录帝王百官之事的史官中分出来的。

[6]“或名演史”四句：演史，即讲史，以历代兴废与战争为内容，通常从史传中提取题材，为小说史上最具长篇规模的作品，后发展为演义。合生，当场指物赋诗的一种说话伎艺。舌耕，原指旧时授徒者恃口说以谋生，犹农夫耕田求得粟米，故云。这里借指“说话”是一种以口才博取听众的伎艺。挑闪，犹言卖关子，是一种增强效果的技巧。

[7]“太极既分”数句：讲述天地与人的来源。这部分文字相当于“说话”中的入话，起引题的作用。

[8] 战涿鹿之蚩尤：相传黄帝与蚩尤交战于涿鹿，蚩尤败，被杀。

[9] 殛羽山之帝鲧：相传鲧奉帝尧之命治水，九年无功，被舜诛杀于羽山。

[10]“画象之形”二句：开始使用文字，上古时代结束。画象之形，象形文字。玩，使用。

[11] 班班：明晰貌。

[12] 典坟道蕴：古书中蕴涵着道理。典坟，三坟五典，这里泛指古代典籍。

[13] 戛玉敲金口：比喻言语贵重，有不轻易开口的意思。或形容音声悦耳。

[14] 开辟：开端。

[15]《太平广记》：北宋李昉等编辑的笔记小说总集，五百卷，按性质分九十二大类，采录自汉至宋初小说、笔记、稗史凡四百七十五种。

[16] 奇传：当作“传奇”。

[17]《夷坚志》：宋洪迈著，所记多为神怪故事。《直斋书录解题》著录四百二十卷，则今传本已多散佚。

[18]《琇莹集》：不详，内容或与《夷坚志》相类。

[19] 动哨中哨：“哨”疑当作“俏”，动俏、中俏，盖指说话开头或正文中的插科

打诨。

[20]《东山笑林》：不详，可能是宋时流行的笑话集。

[21] 引倬底倬："倬" 疑当作"掉"，指掉文。引掉、底掉，分别指开头和正文所用的故事。

[22]《绿窗新话》：传奇小说和笔记集，署名皇都风月主人，上下二卷，一百五十四篇，多从旧籍中节录而来。作者可能是南宋人。清黄虞稷《千顷堂书目》卷十五有著录。

[23] 举断模按：指说话时的各种表演手法。

[24] 师表规模：指表演。

[25] 咽：俗字，大概是组织言语的意思。

[26] 收拾：说话的收结。

[27] 话头：指入话。

[28] 州军县镇：宋代地方行政区划。宋分路而治，州属于路。军有二级，一级与州、府同，隶属于路；一级与县同，隶属于州、府。州以下为县，县以下为镇。

[29] 灵怪：指演说一般的妖异鬼怪故事。烟粉：指演说烟花粉黛、才子佳人之类的故事，以女鬼为题材的故事也入此类。

[30] 此乃是灵怪之门庭：门庭，范围的意思。此录灵怪类小说的篇目。《杨元子》，佚，"子"或为"素"字之讹，疑即明晁瑮《宝文堂书目》著录的《慕道杨元素逢妖传》，亦佚。《汀州记》，佚，疑即洪迈《夷坚乙志》卷七《汀州山魈》。《崔智韬》，佚，《太平广记》卷四百三十三引《集异记》有《崔韬》，曾慥《类说》卷二十九有"崔韬"一则，周密《武林旧事》载官本杂剧有《崔智韬艾虎儿》《雌虎》，元杂剧有《人头峰崔生盗虎皮》，金诸宫调有《崔韬逢雌虎》，皆同一题材。《李达道》，佚，疑本事出宋李献民《云斋广录》卷五《丽情新说》之《西蜀异遇》，演眉州李褒子达道与狐女相恋一事；宋邵博《闻见后录》卷三十记有李达道遇女妖事。《红蜘蛛》，《醒世恒言》卷三十一题作《郑节使立功神臂弓》；《宝文堂书目》作《红白蜘蛛记》；南戏及明杨景贤剧均有《红白蜘蛛》。《铁瓮儿》，佚。《水月仙》，疑演邢凤遇西湖水仙一事，见《绿窗新话》及田汝成《西湖游览志余》卷二十六；或疑即《夷坚丙志》卷十四《水月大师符》。《大槐王》，佚，疑本事出唐传奇《南柯太守传》。《妮子记》，佚，宋刘斧《青琐高议》有《妮子记》；金院本有《妮女梨花院》；关汉卿有杂剧《诈妮子调风月》；宋元戏文有《莺燕事春诈妮子调风月》。《铁车记》，佚。《葫芦儿》，佚，唐皇甫氏《原化记》有《葫芦生》一则；《宝文堂书目》有《葫芦鬼》。《人虎

传》,佚,疑即唐李景亮《人虎传》,又见张读《宣室志》,演李征化虎一事。《太平钱》,佚,宋元戏文有《朱文鬼使太平钱》,《南词叙录》作《朱文太平钱》。《芭蕉扇》《八怪国》,均佚。《无鬼论》,金院本有《无鬼论》,本事出《云斋广录》卷七《奇异新说》,演黄肃将著《无鬼论》而为鬼所招一事。

[31] 此乃为烟粉之总龟:总龟,总括的意思。此录烟粉类小说的篇目。《推车鬼》,佚。《灰骨匣》,疑即《古今小说》卷二十四《杨思温燕山逢故人》;《宝文堂书目》有《燕山逢故人郑意娘传》《燕山逢故人》。《呼猿洞》《闹室录》,均佚。《燕子楼》,《警世通言》卷十有《钱舍人题诗燕子楼》。《贺小师》,佚。《杨舜俞》,演杨舜俞、越娘事,《青琐高议》别集卷三有《越娘记》;宋官本杂剧有《越娘道人欢》;元尚仲贤有《凤凰坡越娘背灯》。《青脚狼》《错还魂》,均佚。《侧金盏》,疑即《宝文堂书目》之《元宵编金盏》。《刁六十》《斗车兵》,均佚。《钱塘佳梦》,即《钱塘梦》,本事出宋王宇《司马才仲传》,并见何薳《春渚纪闻》及李献民《云斋广录》;明弘治戊午刊本、李卓吾评本《西厢记》卷首、刘龙田刊本后附有此篇。《锦庄春游》,佚,事见《绿窗新话》卷上《金彦游春遇会娘》(注:出《剡玉小说》),又见《情史》卷十《李惠娘》。《柳参军》,佚,疑演《太平广记》卷三百四十二《华州柳参军》事;明陆楫《古今说海》卷七十一亦有《华州柳参军》。《牛渚亭》,佚。

[32] 此乃为之传奇:为之,谓之。传奇,演说一人一事之奇异故事。此录传奇类小说篇目。《莺莺传》,疑即《宝文堂书目》之《宿香亭记》,《警世通言》卷二十九题作《宿香亭张浩遇莺莺》;或以为演元稹《会真记》,《绿窗新话》有《张公子遇崔莺莺》。《爱爱词》,本事出《夷坚志》,又见《情史》卷十,《警世通言》卷三十题作《金明池吴清逢爱爱》。《张康题壁》《钱榆骂海》,均佚。《鸳鸯灯》,疑即《宝文堂书目》之《彩鸾灯记》,有熊龙峰刊本《张生彩鸾灯传》,又见《古今小说》卷二十三《张舜美元宵得丽女》之入话;本事出《蕙亩拾英集》,又见《醉翁谈录》壬集卷一《红绡密约张生负李氏娘》,南戏有《张资鸳鸯灯》。《夜游湖》,佚。《紫香囊》,疑演张九成事,明邵灿有传奇《香囊记》。《徐都尉》,佚,疑演徐德言与乐昌公主事,本事出孟棨《本事诗》,《醉翁谈录》癸集卷一有《乐昌公主破镜重圆》。《惠娘魄偶》,佚,或以为"惠娘"当作"倩娘",演唐陈玄祐《离魂记》事,《绿窗新话》有《张倩娘离魂夺婿》。《王魁负心》,佚,本事并见张邦几《侍儿小名录拾遗》及曾慥《类说》卷三十四引《摭遗》;《醉翁谈录》辛集卷二有《王魁负约桂英死报》;宋官本杂剧有《王魁三乡题》;尚仲贤有杂剧《海神庙王魁负桂英》。《桃叶渡》,佚,疑演王献之

娶妾桃叶事。《牡丹记》,佚,疑即《宿香亭记》。《花萼楼》,佚。《章台柳》,疑演韩翃姬柳氏事,本事见许尧佐《柳氏传》,《绿窗新话》有《沙吒利夺韩翃妻》,《醉翁谈录》癸集卷二有《韩翃柳氏远离再合》;或疑即《宝文堂书目》之《失记章台柳》,有明熊龙峰刊本《苏长公章台柳传》。《卓文君》,演卓文君私奔事,疑即《宝文堂书目》之《风月瑞仙亭》,有明清平山堂刊本;《警世通言》卷二十四有《卓文君慧眼识相如》。《李亚仙》,本事出唐白行简《李娃传》,《宝文堂书目》有《李亚仙记》,《燕居笔记》卷七有《郑元和嫖遇李亚仙记》,《醉翁谈录》癸集卷一有《李亚仙不负郑元和》,事又见《警世通言》卷三十一《赵春儿重旺曹家庄》及《醒世恒言》卷三《卖油郎独占花魁》之入话。《崔护觅水》,本事出《本事诗》,见《警世通言》卷三十《金明池吴清逢爱爱》之入话;白朴、尚仲贤均有杂剧《崔护谒浆》;南戏有《崔护觅水》。《唐辅采莲》,佚。

[33] 此乃谓之公案:公案,演说断狱勘案故事。此录公案类小说篇目。《石头孙立》,佚。《姜女寻夫》,佚,演孟姜女事,金院本有《孟姜女》,元杂剧有郑廷玉《孟姜女千里送寒衣》。《忧小十》《驴垛儿》《大烧灯》《商氏儿》,均佚。《三现身》,《警世通言》卷十三题作《三现身包龙图断案》。《火枕笼》《八角井》《药巴子》《独行虎》《铁秤槌》《河沙院》《戴嗣宗》,均佚。《大朝国寺》,"朝"疑当作"相",元杂剧有张国宾《相国寺公孙合汗衫》。《圣手二郎》,疑即《宝文堂书目》之《勘靴儿》,《醒世恒言》卷十二有《堪皮靴单证二郎神》。

[34] 此乃为朴刀局段:朴刀,双手使用的刀器,刀身窄长,刀柄较短。这里指以使用朴刀的豪侠为题材的故事。局段,手段家数。由上述作品可以见朴刀小说的家数,所以说"朴刀局段"。《大虎头》《李从吉》,均佚。《杨令公》,佚,当是演宋将杨继业事,为杨家将故事,与关汉卿及朱凯《昊天塔孟良盗骨》为同一题材。《十条龙》,即《宝文堂书目》之《山亭儿》,《警世通言》卷三十七有《万秀娘仇报山亭儿》。《青面兽》,佚,当是演杨志事,《水浒》故事之一。《季铁铃》,佚。《陶铁僧》,疑与《十条龙》属同一题材,按《警世通言·万秀娘仇报山亭儿》结云:"话儿只唤作《山亭儿》,亦名《十条龙陶铁僧孝义尹宗事迹》。""陶铁僧"为"十条龙"中强盗。《赖五郎》以下四篇,均佚。

[35] 此为杆棒之序头:杆棒,指以使用杆棒的豪侠为题材的故事。序头,头绪。此录杆棒类小说篇目。《花和尚》《武行者》,均佚,分别演鲁智深、武松事,属《水浒》故事。《飞龙记》,佚,疑演宋太祖赵匡胤出身事,或以为即《警世通言》卷二十一《赵太祖千里送京娘》,元杂剧有彭伯成《四不知月夜京娘

怨》;又有罗贯中《赵太祖龙虎风云会》。《梅大郎》,佚。《斗刀记》,佚,《宝文堂书目》有《斗刀楼记》。《拦路虎》,即《宝文堂书目》之《杨温拦路虎传》,有清平山堂刊本。《高拔钉》,佚。《徐京落章》,佚,“章”疑当作“草”。《五郎为僧》,佚,演杨五郎出家五台山事,为杨家将题材。《王温上边》《狄昭认父》,均佚。

[36] 此是神仙之套数:套数,套路,与“局段”意思相近。此录神仙类小说篇目。《种叟神记》,疑即《宝文堂书目》之《种瓜张老》,《古今小说》卷三十三题作《张古老种瓜娶文女》,本事出唐李复言《续玄怪录》,又见《太平广记》卷十七引。《月井文》,佚。《金光洞》,疑即《初刻拍案惊奇》卷二十八《金光洞主谈旧迹,玉虚尊者悟前身》。《竹叶舟》,佚,《宝文堂书目》有《陈季卿悟道竹叶舟传》,演吕洞宾点化陈季卿事,本事出唐薛昭蕴《幻影记》,又见《太平广记》卷七十四引李玫《纂异记》,元范康有杂剧《陈季卿悟道竹叶舟》。《黄粮梦》,佚,《宝文堂书目》有《黄粱梦》,本事出《列仙传》及唐沈既济《枕中记》,马致远有杂剧《邯郸道省悟黄粱梦》。《粉合儿》,佚,《太平广记》卷二七四引《幽明录》有《买粉儿》,《绿窗新话》有《郭华买脂慕粉郎》。《马谏议》,疑即《古今小说》卷五《穷马周遭际卖䭔媪》。《许岩》《四仙斗圣》《谢溏落海》,均佚。“海”一作“梅”。

[37] 此为妖术之事端:事端,事情端绪。此录妖术类小说篇目。《西山聂隐娘》,佚,演聂隐娘事,本事见唐袁郊《甘泽谣》。《村邻亲》,佚。《严师道》,佚,或疑即《江淮异人录》之《聂师道》,又或疑与白朴《阎师道赶江江》演同一题材。《千圣姑》,佚。《皮箧袋》,疑演韦洵美妾崔素娥为人所夺,后为一行者夺回置于皮袋中还与韦氏一事,本事出王铚《补侍儿小名录》。《骊山老母》,佚,《太平广记》卷六十三引《集仙传》有《骊山姥》。《贝州王则》,佚,疑明代《平妖传》所出。《红线盗印》,佚,本事出《甘泽谣》。《丑女报恩》,疑即演《贤愚经金刚品》中丑女事,敦煌卷子有《丑女变》。

[38] 黄巢拨乱天下:按《宝文堂书目》有《唐平黄巢》,《辍耕录》卷二十五《院本名目》有《黄巢》,均演黄巢事。

[39] 赵正:宋代侠盗。《古今小说》卷三十六有《宋四公大闹禁魂张》。

[40] 刘项争雄:指刘邦、项羽楚汉争霸事。

[41] 孙庞斗智:指战国孙膑智败庞涓之事。

[42] 新话:指演说当代时事的说话。吴自牧《梦粱录·小说讲经史》中提到的《复华篇》《中兴名将传》均属新话。张韩刘岳,宋代抗金名将张浚、韩世忠、

刘锜、岳飞。

[43] 史书：这里指讲史。

[44]《三国志》诸葛亮雄材：属三国故事。北宋时“说三分”即已成为说话的独立科目，现存元至治刊本《全相三国志平话》可能就是当时说话之底本。

[45] 狄青：北宋大将，征西夏屡建战功，后有《万花楼杨包狄演义》。

[46] 从佞：纵佞。

[47] 羽士：道士。

[48] 厮挺：厮，相互；挺，进。

[49] 吕相：吕蒙正，字圣功，宋太宗、真宗时三次任宰相。元杂剧有《吕蒙正风雪破窑记》，南戏有《破窑记》，演吕蒙正初与刘月娥居破窑，后高中状元之事。

[50] 霜林：疑当作“双林”。明赵清常抄内本杂剧有《释迦佛双林坐化》。

[51] 噇发迹话：指演发迹变泰之故事。噇，俗语，吃喝的意思，这里指说话。

[52] 僀搭：不流畅、疙疙瘩瘩的意思。“僀”同“滞”。

[53] 使得砌：砌，戏曲中的滑稽戏谑动作。使砌，类似于“耍噱头”，除了采用滑稽语言之外，可能还包括动作、声音上的打诨表演。

说明

《舌耕叙引》是一篇类似“说话人”自述的文章。它说：“试将便眼之流传，略为从头而敷演。”“说话”就是所流传之故事素材与“敷演”相结合的过程。对题材的重视，是小说理论形成阶段的一个特点，其内容是对小说的分类。《叙引》的分类与《梦粱录·小说讲经史》大抵一致，而内容更为翔实。与此相应的是对“说话人”的知识要求，即“尤务多闻”，这也是《梦粱录》已提出的观点。但《叙引》对“敷演”艺术的认识，比《梦粱录》更深入全面。分类是以题材为中心的，“敷演”是以情节为中心的，《叙引》对情节因素的关注，说明古代小说理论开始进入叙事艺术的层面。

《叙引》认为“说话”固然是“谨按史书”“总依故事”的，但“说话人”“随意据事演说”的作用同样重要。它说：“敷演处有规模，有收拾。”“规模”“收拾”都是指“说话人”对情节展开的艺术性的安排布局。“冷淡处提掇得有家数，热闹处敷演得越久长”，于低潮处善于过渡，在高潮点善于铺叙，虚实相间、浓淡得宜，从而形成一个波澜起伏、跌宕多姿的生动曲折的情节。这里已经提出了关于叙事高潮的艺术问题。《叙引》说“以上古隐奥之文章，为今日分明之议论”，“人间多少无穷事，历历从头说细微”，则语言的通俗化与故事的细节化，都是“敷演”的特点。“举断模按，师表规模，靠敷演令看官清耳”，“说话人”通过各种身体语言（包括手势、表情及道具的使用等）来增强“敷演”的效果，体现了“说话”作为一门综合艺术的特点。

《叙引》指出，经过“说话人”的生动“敷演”，“说话”可以产生“席上风生”“怡神嗟讶”的效果，而不同的内容，效果又有区别，比如“动哨中哨”，莫非滑稽之趣；“说忠臣”使人“下泪”，则是悲慨之情；“论闺怨”，缠绵凄婉；“言两阵”，气势雄壮。这充分反映了市民阶层的审美趣味的多样化特点。与此同时，“说话”还产生道德效果。“讲论只凭三寸舌，秤评天下浅和深”，“说话”本身是包含着道德判断的，所以它具有劝诫功能：“言其上世之贤者可为师，排其近世之愚者可为戒。”这是传统诗教观念向小说领域的延伸，开了小说教化论的先河。

《叙引》也提到诸如“怀奸从佞”的国贼、“负屈衔冤”的忠臣这些人物形象，所以涉及人物形象的塑造问题。它们作为情节的因素，同样经过“敷演”而产生动人的效果。但这些人物在性质上还是属于题材范畴，是通过题材分类而区分出来的。从题材中分析出来的必然都是类型化的人物，所以《叙引》还没有形成个性化观念，但个性化观念是以类型化观念为基础发展起来的。

金　元

论苏黄诗四首

〔金〕王若虚

作者简介

王若虚(1174—1243),字从之,号滹南遗老,藁城(今属河北)人。金承安二年(1197年)进士。曾任管城、门山二县县令,迁应奉翰林文字。正大初年召为左司谏,后转延州刺史,入为直学士。王鹗《滹南遗老集序》称他"自应奉文字至为直学士,主文盟几三十年。出入经传,手未尝释卷。为文不事雕篆,唯求当理,尤不喜四六。其主持名节,区别是非,古人不贷也"。天兴二年(1233年)蒙古军围汴京(今河南开封),崔立叛变,王若虚以死拒为崔立撰碑颂功,时议称之。金亡,微服北归,闲居乡里近十年,晚游泰山,坐大石上,瞑目而卒。有《滹南遗老集》四十五卷存世。王若虚博学强记,以善持论名于世,尤喜论文,著《文辨》四卷、《诗话》三卷。大抵"《文辨》宗苏轼,而于韩愈间有指摘;《诗话》尊杜甫,而于黄庭坚多所訾议。盖若虚诗文不尚劖削锻炼之格,故其所论如是也"(《四库全书总目提要》)。当时文坛赵秉文、李纯甫以古学倡,朝野风靡,王若虚独不为时风所左右,以辞达理顺,平易自然为宗,纵横辩说,影响于后世。

骏步由来不可追,汗流馀子费奔驰[1]。谁言直待南迁后,始是江西不幸时[2]。

信手拈来世已惊,三江衮衮笔头倾[3]。莫将险语夸勍敌[4],公自无劳与若争。

戏论谁知是至公,蝤蛑信美恐生风[5]。夺胎换骨何多样,都在先生一笑中。

文章自得方为贵,衣钵相传岂是真。已觉祖师低一着,纷纷法嗣复何人[6]?

《四部丛刊》本《滹南遗老集》卷四十五

注释

[1]“骏步”两句:“骏步”喻苏轼诗才的敏捷、诗风的恣肆。“馀子”指江西派中诗人。

[2]“谁言”两句:谓苏轼诗在绍圣初南迁之前已有很高的成就,远非黄庭坚所及,更不用说南迁以后了。朱弁《风月堂诗话》:“东坡文章,至黄州以后,人莫能及,唯黄鲁直诗时可以抗衡。晚年过海,则虽鲁直亦瞠乎其后矣。或谓东坡过海虽为不幸,乃鲁直之大不幸也。”

[3]三江:诸多水道的泛称,或谓指蜀之三江:岷江、涪江、沱江。衮衮,同滚滚。

[4]险语:奇僻之语,过分锻炼生涩之语。张戒《岁寒堂诗话》:“子瞻以议论为诗,鲁直又专以补缀奇字。”魏泰《临汉隐居诗话》:“黄庭坚喜作诗得名,好用南朝人语,专求古人未使之事,又一二奇字,缀葺而成诗,自以为工,其实所见之僻也。”

[5]“蝤蛑”句:苏轼《书黄鲁直诗后》:“黄鲁直诗文如蝤蛑江瑶柱,格韵高绝,盘飧尽废,然不可多食,多食则发风动气。”

[6]“已觉”两句:胡仔《苕溪渔隐丛话前集》卷四十八云:“吕居仁近时以诗得名,自言传衣江西。尝作《宗派图》,自豫章以降,列陈师道、潘大临、谢逸、洪刍……合二十五人以为法嗣,谓其源流皆出豫章也。”祖师,佛教以宗派的创始人为祖师,吕本中奉黄庭坚为江西派的创始人,此故以“祖师”称之。

说明

金代前中期苏、黄诗盛行。元好问《跋赵秉文和僻韦苏州》云:“百年来诗人多学坡、谷。”王世贞《艺苑卮言》云:“元裕之好问有《中州集》,皆金人诗也,如党承旨怀英,其大旨不出苏、黄之外。”其中一些诗人如刘仲尹、张毂,更是专学黄庭坚(见《归潜志》卷四),其弊至于过求尖新,模影剽袭,于是引起人们的不满。王若虚之舅周昂便是终身不喜黄庭坚诗,称其“雄蒙奇险,善为新样”,“然与少陵初无关涉”,“宋之文章至鲁直已是偏仄处。陈后山而后,不胜其弊矣”(《滹南诗话》卷一、卷二引)。王若虚论诗以“自然”“发乎情性”为主旨,故于苏、黄二家着意轩轾。针对人们以苏、黄并称之习,或以文属苏、以诗属黄的说法,他作此四首绝句，推尊苏轼而贬斥黄庭坚。其《滹南诗话》亦云：“东坡，文中龙也，理妙万物，气吞九州，纵横奔放，若游戏然，莫可测其端倪。鲁直区区持斤斧准绳之说，随其后而与之争，至谓未知句法，东坡而未知句法，世岂复有诗人！”“山谷之诗，有奇而无妙，有斩绝而无横放，铺张学问以为富，点化陈腐以为新，而浑然天成如肺肝中流出者不足也。此所以力追东坡而不及欤！”所论正可作为这四首诗的说明。

关于苏轼、黄庭坚诗的优劣高下，在宋代人们已是评说纷纭。宋代以元祐文章为盛，“元祐文章，世称苏、黄”，然苏、黄二家诗风却又迥然有别，苏诗超迈横绝，黄诗拗峭生新，于是后世各依所好，或推尊苏轼，或瓣香黄庭坚。江西派诗人大抵尊黄，如吕本中《与曾吉甫论诗第一帖》云：“《楚辞》、杜、黄，固法度所在，然不若遍考精取，悉为吾用，则姿态横出，不窘一律矣。如东坡、太白，虽规摹广大，学者难依，然读之使人敢道，澡雪滞思，无穷苦艰难之状，亦一助。”吕本中以杜、黄的法度为诗家之正学，而以苏、李之才气辅之。王若虚批判江西派，遂持完全相反的主张，且说得十分绝对。然平心而论，苏、黄各有所长，对宋诗的发展各自作出了不同的贡献，过分地抑扬褒贬都是不恰当的。

论诗三十首

〔金〕元好问

作者简介

元好问(1190—1257)，字裕之，号遗山，秀容(今山西忻州)人，鲜卑族后裔，系出北魏拓跋氏。兴定五年(1221年)进士，历仕内乡令、南阳令、行尚书省左司员外郎。金亡，被囚于聊城、冠氏(今山东冠县)，五年后获释，北返家乡，著述以终。元好问是金元之际北方的文坛领袖，徐世隆《遗山先生文集序》云：“窃尝评金百年以来得文派之正而主盟一时者，大定、明昌则承旨党公(怀英)，贞祐、正大则礼部赵公(秉文)，壬辰北渡(1232年初汴京被围，十二月金哀宗仓皇北遁归德，史称北渡)则遗山先生一人而已。自中州斫丧，文气奄奄几绝，起衰救坏，时望在遗山。”元好问“为文有绳尺，备众体；其诗奇崛而绝雕刿，巧缛而谢绮丽”(《金史·文艺传》)，尤其是在金亡前后，目击时艰，身经巨变，诗风愈益深沉悲凉，可歌可泣，取得了高度的成就。元好问论诗大抵以“正”与“真”为二端，他崇尚雅正，以风雅之义为作诗的根本，历评汉魏以下各家各派；他又尚“真”，推崇真性情之诗，虽“小夫贱妇幽忧无聊赖之语”，文人学士“滑稽玩世”之作，也都加以肯定。这就使他的文论气度恢宏，包融正变，带有集大成的性质。

汉谣魏什久纷纭[1]，正体无人与细论[2]。谁是诗中疏凿手？暂教泾渭各清浑。

曹、刘坐啸虎生风[3]，四海无人角两雄。可惜并州刘越石[4]，不教横槊建安中[5]。

邺下风流在晋多[6]，壮怀犹见缺壶歌[7]。风云若恨张华少[8]，温、李新声奈尔何[9]。（自注：钟嵘评张华诗，恨其儿女情多，风云气少。）

一语天然万古新，豪华落尽见真淳[10]。南窗白日羲皇上[11]，未害渊明是晋人[12]。（自注：柳子厚唐之谢灵运，陶渊明晋之白乐天。）

纵横诗笔见高情[13]，何物能浇磈磊平[14]？老阮不狂谁会得[15]，出门一笑大江横[16]。

心画心声总失真[17]，文章宁复见为人[18]？高情千古《闲居赋》[19]，争信安仁拜路尘[20]。

慷慨歌谣绝不传，穹庐一曲本天然[21]。中州万古英雄气[22]，也到阴山敕勒川[23]。

沈、宋横驰翰墨场[24]，风流初不废齐梁[25]。论功若准平吴例[26]，合著黄金铸子昂[27]。

斗靡夸多费览观，陆文犹恨冗于潘[28]。心声只要传心了，布谷澜翻可是难[29]。（自注：陆芜而潘净，语见《世说》。）

排比铺张特一途[30]，藩篱如此亦区区。少陵自有连城璧[31]，争奈微之识碔砆[32]。（自注：事见元稹《子美墓志》。）

眼处心生句自神[33]，暗中摸索总非真[34]。画图临出秦川景[35]，亲到长安有几人？

“望帝春心托杜鹃”，佳人锦瑟怨华年[36]。诗家总爱西昆好[37]，独恨无人作郑笺[38]。

万古文章有坦途，纵横谁似玉川卢[39]！真书不入今人眼，儿辈从教鬼画符[40]。

出处殊途听所安[41]，山林何得贱衣冠[42]？华歆一掷金随重[43]，大是渠侬被眼谩[44]。

笔底银河落九天[45]，何曾憔悴饭山前[46]？世间东抹西涂手，枉著书生待鲁连[47]。

切切秋虫万古情，灯前山鬼泪纵横[48]。鉴湖春好无人赋[49]，岸夹桃花锦浪生[50]。

切响浮声发巧深[51]，研摩虽苦果何心？浪翁水乐无宫徵[52]，自是云山《韶濩》音[53]。（自注：水乐，次山事。又其《欸乃曲》云："停桡静听曲水意，好是云山韶濩音。"）

东野穷愁死不休[54]，高天厚地一诗囚[55]。江山万古潮阳笔[56]，合在元龙百尺楼[57]。

万古幽人在涧阿，百年孤愤竟如何[58]。无人说与天随子[59]，春草输赢较几多[60]？（自注：天随子诗："无多药草在南荣，合有新苗次第生。稚子不知名品上，恐随春草斗输赢。"）

谢客风容映古今[61]，发源谁似柳州深[62]？朱弦一拂遗音在[63]，却是当年寂寞心。（自注：柳子厚，宋之谢灵运。）

窘步相仍死不前，唱酬无复见前贤[64]。纵横正有凌云笔，俯仰随人亦可怜。

奇外无奇更出奇[65]，一波才动万波随。只知诗到苏黄尽[66]，沧海横流却是谁[67]？

曲学虚荒小说欺[68]，俳谐怒骂岂诗宜[69]？今人合笑古人拙，除却雅言都不知[70]。

"有情芍药含春泪，无力蔷薇卧晓枝"[71]。拈出退之《山石》句，始知渠是女郎诗[72]。

乱后玄都失故基，看花诗在只堪悲[73]。刘郎也是人间客[74]。枉向春风怨兔葵[75]。

金入洪炉不厌频，精真那计受纤尘[76]。苏门果有忠臣在，肯放坡诗百态新[77]？

百年才觉古风回[78]，元祐诸人次第来[79]。讳学金陵犹有说[80]，竟将何罪废欧梅[81]？

古雅难将子美亲[82]，精纯全失义山真[83]。论诗宁下涪翁拜，未作江西社里人[84]。

池塘春草谢家春[85]，万古千秋五字新。传语闭门陈正字[86]，可怜无补费精神[87]。

撼树蚍蜉自觉狂[88]，书生技痒爱论量。老来留得诗千首，却被何人较短长？

《四部丛刊》本《遗山先生文集》卷十一

注释

[1] 什：指书篇，古以十篇编为一卷，名之曰什。“汉谣魏什”泛指汉、魏时代的诗歌。

[2] 正体：典范的体制。《文心雕龙·论说》：“至石渠论艺，白虎通讲，聚述圣言通经，论家之正体也。”古代论诗以风雅为正体，杜甫《戏为六绝句》：“别裁伪体亲风雅。”翁方纲《石洲诗话》：“正体云者，其发源长矣，由汉、魏以上推其源，实从《三百篇》得之。”

[3] 曹、刘：指曹植、刘桢。钟嵘《诗品序》称：“陈思为建安之杰，公幹、仲宣为辅。”评曹植云：“其源出于《国风》。骨气奇高，词采华茂。”评刘桢云：“仗气爱奇，动多振绝。贞骨凌霜，高风跨俗。但气过其文，雕润恨少。然自陈思已下，桢称独步。”

[4] 刘越石：刘琨字越石，西晋末诗人。其诗慷慨激越，刘勰以“雅壮而多风”评之（《文心雕龙·才略》），钟嵘《诗品》称他“善为悽戾之词，自有清刚之气”。

[5] 横槊：刘琨曾为大将军，都督并州诸军事，以诗人而兼有武略，故元好问以曹操横槊赋诗喻之，认为他可与建安诗人比肩。

[6] 邺下：今河北临漳县西南，汉末曹操为魏王，定都于此。当时曹氏父子着意招揽文士，以“三曹”“七子”为代表，邺下文采风流，一时称盛。此处“邺下风流”特指建安诗坛“慷慨以任气，磊落以使才”的诗风。

[7] 缺壶歌：《世说新语·豪爽》：“王处仲（敦）每酒后，辄咏‘老骥伏枥，志在千里。烈士暮年，壮心不已’。以如意打唾壶，壶口尽缺。”

[8]“风云”句：《诗品》卷中：“（张华）其体华艳，兴托不奇，巧用文字，务为妍冶。

虽名高曩代，而疏亮之士犹恨其儿女情多，风云气少。”

[9] 温李新声：温、李指温庭筠与李商隐。二人诗作色彩秾艳，语言绮丽，并为当时所称。《新唐书·温庭筠传》：“(温)工为辞章，与李商隐皆有名，号温李。”元好问拈出“温李新声”与张华诗比较，意谓晋人诗作虽然弱于汉魏，缺少风云气，然犹胜于齐梁、晚唐间绮艳的诗风。翁方纲云：“此首特举晋人风格高出齐梁，非专以斥薄温、李也。”(《石洲诗话》卷七)

[10] 豪华：语言之盛大华美。真淳：质朴、自然、平淡之境。葛立方《韵语阳秋》卷一：“陶潜、谢朓诗皆平淡有思致，非后来诗人怵心刿目雕琢者所为也。……大抵欲造平淡，当自组丽中来，落其华芬，然后可造平淡之境，如此则陶、谢不足进矣。”

[11] “南窗”句：陶渊明《与子俨等疏》：“五、六月中，北窗下卧，遇凉风暂至，自谓羲皇上人。”“羲皇上人”，伏羲时代以上的人，即生民之初无机心、无忧无虑之人。《饮酒》诗云：“羲皇去我久，举世少复真。”

[12] “未害”句：意谓晋代文人已染浮华之习，陶渊明却能独葆真淳，不受其影响。

[13] “纵横”句：阮籍诗兴寄深远，“作《咏怀诗》八十余篇，为世所重”(《晋书》卷四十九本传)，钟嵘《诗品》评其诗“言在耳目之内，情寄八荒之表，洋洋乎会于《风》《雅》，使人忘其鄙近，自致远大，颇多感慨之词”。

[14] “何物”句：《世说新语·任诞》：“王孝伯问王大：‘阮籍何如司马相如？’王大曰：‘阮籍胸中垒块，故须酒浇之。’”

[15] 老阮：指阮籍。阮籍处魏晋易代之际，非毁礼法，放浪形骸。所作《咏怀诗》托旨遥深，解读为难。《文选》咏怀诗下李善注云：“嗣宗身仕乱朝。常恐罹谤遇祸，因兹发咏，故每有忧生之嗟，虽志在刺讥而文多隐避。百代以下，难以情测。”

[16] “出门”句：黄庭坚《王充道关水仙花五十枝欣然会心为之作咏》诗句，借以咏写阮籍的狂态。

[17] 心画心声，扬雄《法言·问神》：“故言，心声也；书，心画也。声画形，君子小人见矣。”

[18] “文章句”：原本作“文章仍复见为人”，郭绍虞主编《历代文论选》据蒋刻本《元遗山诗笺注》校改。

[19] 《闲居赋》：潘岳作，载《文选》卷十六。自序云：“《闲居赋》者，此盖取于《礼篇》，不知世事、闲静居坐之意也。”

[20] 拜路尘：《晋书・潘岳传》："岳性轻躁趋世利，与石崇等谄事贾谧，每候其出，辄望尘而拜。"此以潘岳趋炎附势的"拜路尘"行径与"高情千古"的《闲居赋》相对照，以见潘岳作文心口不一，是为"失真"。

[21] 穹庐：古代游牧民族居住的毡帐，其形穹隆，故曰穹庐。"穹庐一曲"指北齐斛律金所唱《敕勒歌》，其歌本鲜卑语，译为汉语，故句子长短不齐。

[22] 中州：古豫州（今河南省一带）地处九州之中，又称中州。此泛指中原地区。元好问曾搜录金代诗歌，名为《中州集》。

[23] 阴山敕勒川：《敕勒歌》云："敕勒川，阴山下。"阴山，绵亘于今内蒙古自治区南部。

[24] 沈、宋：唐初诗人沈佺期、宋之问。元稹《唐故工部员外郎杜君墓系铭并序》："沈、宋之流，研练精切，稳顺声势，谓之为律诗。由是而后，文体之变极焉。"

[25] "风流"句：意谓沈、宋诗典丽精工，靡丽有余，而词气不振，犹是齐梁余风。胡应麟《诗薮・内编》卷五云："七言律滥觞沈、宋。其时远袭六朝，近沿四杰，故体裁明密，声调高华，而神情兴会，缛而未畅。"

[26] 平吴例，春秋时范蠡既助越王勾践平灭吴国，弃官归隐于五湖。勾践思念其功，"乃使良工铸金，象范蠡之形，置之坐侧"（《吴越春秋》）。

[27] "合著"句：意谓沈、宋在唐初诗坛虽有盛名，然犹有齐梁旧习，至陈子昂出，以"风雅""兴寄"为号召，始尽扫南朝绮靡纤弱之弊，故诗坛若论功行赏，也当以黄金为之铸像。

[28] "陆文"句：陆，陆机；潘，潘岳。陆机为文富于才思，然颇伤繁博。潘岳为文辞藻虽过于绮密，却无陆机繁冗之病，故孙绰评云："潘文浅而净，陆文深而芜。"（《世说新语・文学》引）

[29] 布谷澜翻：布谷，鸟名；澜翻，形容滔滔不绝，如波澜翻滚。苏轼诗："口角澜翻如布谷。"（宗廷辅注引）

[30] "排比铺张"句：元稹于《唐故工部员外郎杜君墓系铭并序》比较李、杜诗作云："予观其（指李白）壮浪纵恣，摆去拘束，模写物象及乐府歌诗，诚亦差肩于子美矣。至若铺陈终始，排比声韵，大或千言，次犹数百，词气豪迈而风调清深，属对律切而脱弃凡近，则李尚不能历其藩翰，况堂奥乎！"按元稹其实并未将杜诗局限于铺陈排比一个方面，只是在比较时强调李白在这方面的不足。同文元稹又称杜甫"上薄《风》《骚》，下该沈、宋，古傍苏、李，气夺曹、刘"，这便没有局限于"排比铺张"一途。元稹是以集大成评价杜甫的，

所谓“尽得古今之体势，而兼人人之所独专”。元稹论杜的局限在于只谈“体势”而未能更深入一层，如元好问在《杜诗学引》所称：“切尝谓子美之妙，释氏所谓‘学至于元学’者耳。”因此而引起元好问的不满，这首诗便借“排比铺张”语发端。

[31] 连城璧：价值连城之美玉，喻杜诗最可贵、最妙之处。

[32] 碱砆：石之次玉者。

[33] “眼处”句：谓亲眼所见之实境，激动内心，自然能写出神妙的诗句。《文心雕龙·明诗》：“人禀七情，应物斯感，感物吟志，莫非自然。”曾季貍《艇斋诗话》：“老杜写物之工，皆出于目见。”

[34] “暗中”句：谓若无亲身经历，仅恁玄思冥想，所作诗文便难有真情实感。

[35] “画图”句：秦川，泛指陕甘秦岭以北的平原地带，古为秦国属地。杜甫于天宝五载(746)至长安，十五载长安失陷后流亡陕北，中间十年有余的时间一直在长安一带，登临俯仰，感物吟志，写下了许多描绘秦川景物的诗篇，如《同诸公登慈恩寺塔》《乐游园歌》《渼陂行》等。

[36] “望帝”两句：李商隐《锦瑟》诗：“锦瑟无端五十弦，一弦一柱思华年。庄生晓梦迷胡蝶，望帝春心托杜鹃。沧海月明珠有泪，兰田日暖玉生烟。此情可待成追忆，只是当时已惘然。”元好问既以“望帝”二句概括此《锦瑟》诗，实也以之概括李商隐诗沈博艳丽、婉曲幽晦的典型风格。

[37] 西昆：翁方纲《石洲诗话》：“宋初杨大年(亿)、钱惟演诸人馆阁之作，曰《西昆酬唱集》。其诗效温、李体，……西昆者，宋初翰苑也。是宋初馆阁效温、李体，乃有西昆之目，而晚唐温、李时，初无西昆之目也。遗山沿习此称之误，不知始于何时耳。”郭绍虞主编《中国历代文论选》于此诗注下按云：“以义山诗为西昆体，在元氏以前已有混用不别者。”接下引惠洪《冷斋夜话》、胡仔《苕溪渔隐丛话》及严羽《沧浪诗话》语加以说明。

[38] 郑笺：笺，注释古书以表明作者之意为笺。东汉郑玄为《诗》毛传作笺，自称：“注《诗》宗毛为主，毛义若隐略，则更表明；如有不同，即下己意，使可识别。”(《毛诗正义》引郑玄《六义论》)。

[39] 玉川卢：唐诗人卢仝自号玉川子，其诗以怪异见称，为韩愈、孙樵所激赏。严羽《沧浪诗话·诗评》：“玉川之怪，长吉之瑰诡，天地间自欠此体不得。”

[40] “真书”两句：真书系由隶书演变而成的一种楷书字体。此两句意谓学书法当由真书入手，然后及于行、草。今人不知此为正道，反从行、草入手，遂成鬼画符了。以此为喻，批评学诗者效法卢仝之怪异。

[41] 出处：出仕和隐退。语本《易·系辞上》："君子之道，或出或处，或默或语。"

[42] "山林"句：山林指隐居者，衣冠指仕宦者。《世说新语·德行》载："(管宁、华歆)尝同席读书，有乘轩冕过门者，宁读如故，歆废书出看。宁割席分坐，曰：'子非吾友也。'"

[43] 华歆一掷：《世说新语·德行》："管宁、华歆共园中锄菜，见地有片金，管挥锄与瓦石不异，华捉而掷去之。"管宁于千金视如不见，因其心中无金，故终生拒不出仕。华歆见金捉而掷之，是心中有金，然取不以其道，故掷之。华歆后历仕魏文帝、明帝，官至司徒，封博陵侯，为政清净不烦，以廉洁称。

[44] "大是"句：以上华歆、管宁事似与诗学无关，或以为"山林""衣冠"是指山林体与台阁体。宗廷辅《古今论诗绝句》释云："山林台阁，各是一体。宋季方回撰《瀛奎律髓》，往往偏重江湖道学，意当时风气，或有借以自重者，故喝破之。"郭绍虞按云："是诗于山林台阁不相偏重，语至公允。"

[45] 银河落九天：李白《望庐山瀑布》："飞流直下三千尺，疑是银河落九天。""九天"，天之最高处。

[46] "何曾"句：孟棨《本事诗·高逸》："白(李白)才逸气高，与陈拾遗齐名。……尝言兴寄深微，五言不如四言，七言又其靡也，况使束于声调俳优哉？故戏杜曰：'饭颗山头逢杜甫，头戴笠子日卓午。借问别来太瘦生，总为从前作诗苦。'盖讥其拘束也。"

[47] "枉著"句："鲁连"即鲁仲连，战国时齐人，常周游列国，排难解纷，功成即辞去。此句以鲁仲连喻李白，谓不可仅以书生视之也。《蔡宽夫诗话》论李白之从永王璘事云："盖其学本出纵横，以气侠自任，当中原扰攘时，欲藉之以立奇功耳。故其《东巡歌》有'但用东山谢安石，为君谈笑静胡沙'之句。至其卒章乃云：'南风一扫胡尘青，西入长安到日边。'亦可见其志矣。"宗廷辅《古今论诗绝句》："太白拔郭令公于缧绁中，遂开唐中兴事业。高才特识，岂占毕章句者可比。"

[48] "切切"二句：描摹孟郊、李贺诗歌的意境。苏轼《读孟郊诗二首》："人生如朝露，日夜火消膏。何苦将两耳，听此寒虫号。"王若虚《滹南诗话》："郊寒白俗，诗人类鄙薄之，然郑厚评诗，荆公苏黄辈曾不比数，而云乐天如柳阴春莺，东野如草根秋虫，皆造化中一妙，何哉？"张表臣《珊瑚钩诗话》："如李长吉锦囊句，非不奇也，而牛鬼蛇神太甚，所谓施诸廊庙则骇矣。"

[49] "鉴湖"句："鉴湖"即镜湖，在浙江绍兴县南三里。唐贺知章有不少诗詠写鉴湖春色，如《采莲曲》："稽山云雾郁嵯峨，镜水无风也自波。莫言春度芳

菲尽，别有中流采芰荷。”《回乡偶书》之二：“唯有门前镜湖水，春风不改旧时波。”贺知章诗气象高华，雍容自然，体现了典型了盛唐诗风，与孟郊、李贺诗之踳踽枯涩、奇谲幽诡恰成鲜明之对照。

[50] “岸夹”句：李白《鹦鹉洲》：“鹦鹉来过吴江水，江上洲传鹦鹉名。鹦鹉西飞陇山去，芳洲之树何青青。烟开兰叶香风暖，岸夹桃花锦浪生。迁客此时徒寂寞，长洲孤月向谁明。”此借用李白诗句以描摹自然明畅的诗境。

[51] 切响浮声：沈约《宋书・谢灵运传》论诗歌声韵云：“夫五色相宣，八音协畅，由乎玄黄律吕，各适物宜。欲使宫羽相变，低昂互节，若前有浮声，则后须切响。一简之内，音韵尽殊；两句之中，轻重悉异。妙达此旨，始可言文。”浮声，轻清之音，指平声；切响，重浊之音，指仄声。

[52] “浪翁”句：浪翁唐诗人元结，字次山，于诗反对“拘限声病，喜尚形似”（《箧中集序》）的习气，提倡淳古淡泊，质朴自然的诗风。著《水乐说》云：“元子于山中，尤所耽爱者有水乐。水乐是南磳之悬水，淙淙然，闻之多久，于耳尤便。不至南磳，即悬庭前之水，取欹曲窦缺之石，高下承之，水声少似，听之亦便。”水声淙淙，为天地自然之音，故称“无宫徵”。

[53] “自是”句：语出元结《欸乃曲五首》之三：“千里枫林烟雨深，无朝无暮有猿吟。停桡静听曲中意，好是云山韶濩音。”欸乃，橹桨戛轧声，唐代湘中棹歌有《欸乃曲》。“韶濩”，古乐名。《左传・襄公二十九年》：“见舞《韶濩》者。”杜预注：“殷汤乐。”

[54] “东野”句：孟郊字东野，幼孤贫，晚得中进士。性耿介，落落寡合，因病暴卒。魏泰《临汉隐居诗话》云：“孟郊诗蹇涩穷僻，琢削不假，真苦吟而成。观其句法，格力可见矣。其自谓‘夜吟晓不休，苦吟鬼神愁。如何不自闲，心与身为仇’。”

[55] “高天”句：《诗・小雅・正月》：“谓天盖高，不敢不局；谓地盖厚，不敢不蹐。”又孟郊《赠崔纯亮》诗云：“出门即有碍，谁谓天地宽。”“诗囚”，形容苦吟作诗，仿佛为诗所拘囚。

[56] 潮阳笔：韩愈在元和十四年因上《谏迎佛骨表》触怒唐宪宗，由刑部侍郎谪贬为潮州刺史。黄庭坚《与王观复书》云：“韩退之自潮州还朝后文章，皆不烦绳削而自合矣。”“潮阳笔”指韩愈后期诗文恣肆雄放的笔调。

[57] “合在”句：《三国志・魏书》卷七记许汜与刘备评论陈登（字元龙）之语，许汜曰：“陈元龙湖海之士，豪气不除。”又曰：“昔遭乱过下邳，见元龙。元龙无客主之意，久不相与语，自上大床卧，使客卧下床。”备曰：“君有国士之

名，今天下大乱，帝主失所，望君忧国忘家，有救世之意，而君求田问舍，言无可采，是元龙所讳也，何缘当与君语？如小人，欲卧百尺楼上，卧君于地，何但上下床之间邪？”“合在”，应在。全句意谓韩愈文笔雄放，应受尊崇，譬如上客，可卧于陈元龙的百尺楼上。

[58] “万古”二句：“幽人”指唐陆龟蒙。陆龟蒙（？—约881），字鲁望，吴县（今江苏苏州）人，咸通中举进士不中，遂不复应试，隐居松江甫里。作《甫里先生传》自谓：“性不喜与俗人交，虽诣门不得见也。……或寒暑得中，体佳无事时，则乘小舟，设蓬席，赍一束书、茶灶、笔床、钓具，棹船郎而已。所诣小不会意，径还不留，虽水禽决起，山鹿骇走之不若也。”“涧阿”，山林隐居之地。《诗·卫风·考槃》：“考槃在涧，硕人之宽。”“考槃在阿，硕人之过”。陆龟蒙愤世嫉俗，隐居而不与人交往，故以“孤愤”称之。《韩非子》中有《孤愤》篇。

[59] 天随子：陆龟蒙号天随子。其《奉和太湖诗·缥缈峰》云：“身为大块客，自号天随子。”

[60] “春草”句：陆龟蒙诗多写江湖间隐逸的生活情趣，似乎只关心药草名品的高下，而“无忧国感愤之辞”（宗廷辅《古今论诗绝句》），故元好问即借其诗抒发感叹，认为不宜过多地关心“药草”与“春草”的价值高低。其实陆龟蒙并非不问世事的诗人，只是诗作中如《杂讽九首》那样的忧愤之作很少，他的“孤愤”大多藉散文来表现，如《野庙碑》《记稻鼠》等都是批判锋芒甚厉的小品文。

[61] “谢客”句：“谢客”指谢灵运（385—433）。《诗品》卷上记谢灵运身世云：“初，钱塘杜明师夜梦东南有人来入其馆，是夕即灵运生于会稽。旬日而谢玄亡。其家以子孙难得，送灵运于杜治养之，十五方还都，故名‘客儿’。”谢灵运为晋宋间诗人，名重当时，“每有一诗至都邑，贵贱莫不竞写”（《宋书·谢灵运传》）。

[62] “发源”句：“柳州”，指柳宗元。柳宗元于元和十年出为柳州刺史，十四年卒于任所，故世称柳柳州。柳宗元诗刻画工细，意境幽峭颇近于谢，故元好问将二人相提并论，然又指出柳宗元的特点在于更“深”，盖柳诗的意境孤寂凄清，更甚于谢；且“长于哀怨，得骚之余意”（沈德潜《唐诗别裁》卷四），故称其“发源”更“深”。

[63] “朱弦”句：《礼记·乐记》：“清庙之瑟，朱弦而疏越，一唱而三叹，有遗音者矣；大飨之礼，尚玄酒而俎腥鱼，大羹不和，有遗味者矣。”陆机《文赋》：“或清虚以婉约，每除烦而去滥，阙大羹之遗味，同朱弦之清汜，虽一唱而三叹，

固既雅而不艳。”此句以古乐之清散质朴喻柳诗简约的风格，如苏轼《书黄子思诗集后》所云：“柳宗元发纤秾于简古，寄至味于淡泊。”

[64]“窘步”二句：仍，依照，沿袭。作诗唱酬必然要被前诗的立意、布局、韵脚所束缚，不得自由，以至陷于拟袭，故以“窘步相仍死不前”形容之。严羽《沧浪诗话》：“和韵最害人诗，古人酬唱不次韵，此风始盛于元、白、皮、陆，本朝诸贤乃以此而斗工，遂至往复有八九和者。”欧阳守道《陈舜功诗集序》云：“夫自局于韵，犹病累句，况一用他人之韵，不局且累乎？唐人于诗，和意不和韵，亦曰和诗，固不必韵也。近世往往以和韵争工，甚则有追和古作全帙无遗。”(《巽斋文集》卷十二)

[65]“奇外”句：宋苏轼、黄庭坚作诗，立意求新，不免有好奇之病。陈师道《后山诗话》：“诗欲其好，则不能好矣。王介甫以工，苏子瞻以新，黄鲁直以奇。而子美之诗，奇、常、工、易、新、陈，莫不好也。”又云“(鲁直)过于出奇，不如杜之遇物而奇也。三江五湖，平漫千里，因风石而奇尔”。

[66]“只知”句：苏轼、黄庭坚是元祐诗风的代表，对宋诗的发展影响甚巨。刘克庄《后村诗话》：“元祐以后，诗人迭起，一种则波澜富而句律疏，一种则锻炼精而情性远，要之不出苏、黄二体而已。”苏、黄二家，不论“波澜富”还是“锻炼精”，都是以尚变求新为其特点，他们一方面学习古人，另一方面力变古诗之体格，在意格、句式，以至用事、押韵的工夫上，把诗艺发挥到淋漓尽致，于是创出宋诗的一番新境界。严羽《沧浪诗话》云：“国初之诗，尚沿袭唐人。……至东坡、山谷始自出己意以为诗，唐人之风变矣。”

[67]“沧海”句：宗廷辅注：“自苏、黄更出新意，一洗唐调，后遂随风而靡，生硬放佚，靡恶不臻，变本加厉，咎在作俑，先生慨之，故责之如此。”

[68]“曲学”句：“曲学”，邪僻之学，与正学相对。《商君书·更法》：“曲学多辩。”高仲武《中兴间气集序》批评《诗苑英华》《玉台新咏》等诗选曰：“此由曲学专门，何暇兼包众善，使夫大雅君子，所以对卷而长叹也。”“小说”，浅薄琐碎的言论。《庄子·外物》：“饰小说以干县令。”

[69]“俳谐”句：此句针对苏轼而发。苏轼“作文如行云流水”，“虽嬉笑怒骂之词，皆可书而诵之”(《宋史》本传)，这在当时便颇受讥议。黄庭坚《答洪驹父书》：“东坡文章妙天下，其短处在好骂，慎勿袭其轨也。”又云：“诗者人之情性也，非强谏争于廷，怨忿诟于道，怒邻骂坐之为也。”(《书王知载朐山杂咏后》)

[70]雅言：雅正规范之语。《论语·述而》：“子所雅言，《诗》《书》执礼，皆雅言也。”此又指合乎风雅之义的诗句。

[71] “有情”二句：秦观《春日五首》其二：“一夕轻雷落万丝，霁光浮瓦碧参差。有情芍药含春泪，无力蔷薇卧晓枝。”南宋敖陶孙评云：“如时女步春，终伤婉弱。”(《诗人玉屑》引)

[72] “拈出”二句：韩愈《山石》诗：“山石荦确行径微，黄昏到寺蝙蝠飞。升堂坐阶新雨足，芭蕉叶大栀子肥。……”渠，他，吴语第三人之称。元好问对秦观、韩愈诗的比较实出自王中立，其《中州集》卷九“异人”目《拟栩先生王中立》小传记云：“予尝从先生学，问作诗究竟当如何。先生举秦少游《春雨》诗云：‘有情芍药含春泪，无力蔷薇卧晚枝’，此诗非不工，若以退之‘芭蕉叶大栀子肥’之句校之，则《春雨》为妇人语矣。破却工夫，何至学妇人?”

[73] “乱后”二句：刘禹锡有《元和十一年自朗州承召至京戏赠看花诸君子》诗：“紫陌红尘拂面来，无人不道看花回。玄都观里桃千树，尽是刘郎去后栽。”又有《再游玄都观绝句》，序云：“余贞元二十一年为屯田员外，时此观未有花。是岁出牧连州，寻贬朗州司马，居十一年，召至京师，人人皆言有道士手植仙桃，满观如红霞，遂有前篇，以志一时之事。旋又出牧，今十有四年，复为主客郎中，重游玄都，荡然无复一树，惟兔葵燕麦动摇于春风耳。因再题二十八字，以俟后游，时太和二年三月。”诗云：“百亩庭中半是苔，桃花净尽菜花开。种桃道士归何处？前度刘郎今又来。”

[74] “刘郎”句：刘义庆《幽明录》载东汉永平间刘晨、阮肇入天台山采药误入桃源逢仙女故事，因刘姓与桃花二者与刘禹锡事相合，引起连想，故有“人间客”之称。

[75] 兔葵：植物名。以兔葵为怨，语本刘禹锡诗序，见前注释[73]。

[76] “金入洪炉”二句：意为真金不怕火烧，愈炼则纤尘尽去，精真愈显。苏轼《与谢民师书》曾云：“文章如精金美玉，自有定价，非人所能以口舌定贵贱也。”这二句显然是对苏诗的赞扬。

[77] “苏门”二句：“苏门”，《宋史·文苑传》：“黄庭坚……与张耒、晁补之、秦观俱游苏轼门，天下称为四学士。”诗中“苏门”当主要指黄庭坚以下江西诗派一脉。元好问对苏诗之雅淡简远有充分的肯定，然对其以“文字为诗，以议论为诗，以才学为诗”，则深致不满。其《东坡诗雅引》云：“五言以来，六朝之谢、陶，唐之陈子昂、韦应物、柳子厚最为近风雅。自余多以杂体为之，诗之亡久矣。杂体愈备则去风雅愈远，其理然也。近世苏子瞻绝爱陶、柳二家，极其诗之所至，诚亦陶、柳之亚。然评者尚以其能似陶、柳而不能不为风俗所移，为可恨耳。夫诗至于子瞻，而且有不能近古之恨，后人无所望矣。”他以近古、近

风雅为作诗之极则，故对于苏轼门下不能发扬其近古的好的一面，相反却变本加厉地追求新变，深为遗憾，认为他们算不上苏轼门下的忠臣。

[78] “百年”句：宋太祖建隆元年(960 年)开国至仁宗末嘉祐八年(1063 年)，前后约一百年。宋初白体、晚唐体、西昆体盛行，犹是晚唐、五代诗歌的余风，仁宗朝梅尧臣、欧阳修登上诗坛，以风雅倡，诗风始变。刘克庄《后村诗话》：“本朝诗，惟宛陵为开山祖师。宛陵出，然后桑濮之哇淫稍息，风雅之气脉复续，其功不在欧、尹下。”

[79] 元祐诸人：“元祐”，宋哲宗年号，公元 1086 年至 1094 年。严羽《沧浪诗话》：“以时而论则有……元祐体。”下注：“苏、黄、陈诸公”即苏轼、黄庭坚、陈师道。

[80] “讳学”句：“金陵”指王安石。神宗熙宁九年(1076 年)王安石第二次罢相后出判江宁府，筑半山园，退居以终，故后世以金陵称之。“讳”，忌讳。王安石诗严于法度，用意精工，五七言绝句韵致尤胜，但因为变法的缘故，后世因人废言，讳称其学。

[81] “竞将”句：欧，欧阳修(1007—1072)；梅，梅尧臣(1002—1060)。宋初诗歌学晚唐，意格卑弱，至欧、梅出，以优游坦夷之辞矫而变之，诗风始变。叶梦得《石林诗话》：“欧阳文忠公诗，始矫昆体，专以气格为主，故言多平易疏畅。”陈振孙《直斋书录解题》：“圣俞为诗，古淡深远，有盛名于一时。近世少有喜者，或加毁訾，惟陆务观重之，此可为知者道也。”潘德舆《养一斋诗话》卷一释此诗云：“此首明言欧、梅甫能复古，而元祐苏、黄诸人次第变古。学元祐者，废金陵犹可，废欧、梅则必不可。”

[82] “古雅”句：江西派有“一祖三宗”之说，“祖”即杜甫(子美)。黄庭坚即以善学杜著称，提倡“以杜子美为标准”(《跋高子勉诗》)，要“熟观杜子美到夔州后古律诗”(《与王观复第二书》)，陈师道更明确说：“学诗当以杜子美为师，有规矩故可学。”(《后山诗话》)元好问认为黄、陈及江西派后学虽然标榜学杜，并未学得杜甫之“古雅”。张戒《岁寒堂诗话》卷上云：“黄鲁直自言学杜子美……但得其格律耳。”魏泰《临汉隐居诗话》云：“黄庭坚喜作诗得名，好用南朝人语，专求古人未使之事，又一二奇字，缀葺而成诗，自以为工，其实所见之僻也。故句虽新奇，而气乏浑厚。”以新奇而乏浑厚责黄庭坚，与元好问“古雅难将子美亲”意相同。

[83] “精纯”句：宋初西昆体作家杨亿评李商隐诗云：“包蕴密致，演绎平畅，味无穷而炙愈出，钻弥坚而酌不竭，使学者少窥其一斑，若涤肠而洗骨。”此即李商隐诗的“精纯”处。杨亿及其他西昆体作家虽提倡学李商隐诗，但过分追

求用事之繁密，对偶之精工，有失偏颇。至欧、梅出，倡高古淡雅的诗风，西昆体便受到冷落，但是西昆作家效摹李商隐讲究用事对偶的工夫仍有深远的影响，特别是对江西派的作家。朱弁《风月堂诗话》卷下谈及诸家与杜诗的关系云："李义山拟老杜诗云：'岁月行如此，江湖坐渺然。'直是老杜语也。……然未似老杜沉涵汪洋，笔力有余也。义山亦自觉，故别立门户成一家。后人挹其余波，号西昆体，句律太严，无自然态度。黄鲁直深悟此理，乃独用昆体工夫而造老杜浑成之地。"元好问与朱弁的看法有些差异，他认为江西派作家继承了杨亿等人的西昆工夫，但与西昆体诗人一样未学得李义山诗的"精纯"处，更不必说老杜的"古雅"与"浑成"了。

[84]"论诗"二句："涪翁"，黄庭坚因贬官涪州别驾，遂号涪翁。"江西社"，即江西诗派。北宋末吕本中作《江西诗社宗派图》，尊黄庭坚为诗派之祖，又列陈师道、潘大临、谢逸、洪刍等二十五人为诗派中人。元好问在此将黄庭坚及其后的江西诗派中人作了区别，认为黄庭坚犹有可学之处，其他江西派中人便不足道了。

[85]"池塘春草"句：谢灵运《登池上楼》诗有"池塘生春草，园柳变鸣禽"之句，广为人们称颂。《诗品》卷中引《谢氏家录》语："康乐每对惠连，辄得佳句。后在永嘉西堂，思诗竟日不就，寤寐间忽见惠连，即成'池塘生春草'。故尝云：'此语有神助，非我语也。'"

[86]"传语"句：陈正字即陈师道(1053—1102)，元祐初以苏轼等荐，起为徐州教授，官终秘书省正字，故有此称。陈师道家素贫，喜作诗，苦吟不已。《文献通考》卷二三七载："世言陈无己每登览得句，即急归卧一榻，以被蒙首，谓之吟榻。家人知之，即猫犬皆逐去，婴儿稚子亦皆抱持寄邻家，徐待其起就笔砚，即诗已成，乃敢复常。"黄庭坚《病起荆江亭即事十首》之六有"闭门觅句陈无己，对客挥毫秦少游"句。

[87]"可怜"句：语出王安石《韩子》诗："纷纷易尽百年身，举世何人识道真。力去陈言夸末俗，可怜无补费精神。"

[88]"撼树蚍蜉"：韩愈《调张籍》诗："李杜文章在，光焰万丈长。不知群儿愚，那用故谤伤？蚍蜉撼大树，可笑不自量。……"

说明

以绝句形式论诗创自杜甫的《戏为六绝句》，由宋至元嗣作者代不乏人，然以元好问此《论诗三十首》规模最大，最为著称。诗前题下自注："丁丑岁三乡作"，时元好问二十八岁，为避蒙古兵乱，举家南迁至河南三乡。在同一年他还有《锦机》之选，《锦机引》称："文章天下之难事，其法度杂见于百家之书，学者不徧考之，则无以知古人之渊源。予初学属文，敏之兄为予言如此。兴定丁丑，闲居汜南，始集前人议论为一编，以便观览。"可见此《论诗三十首》正是元好问在遍考历代作者论文之余写下的心得，其目的在"知古人之渊源"，求文章之"法度"。又其末一首写道："老来留得诗千首，却被何人较短长？"俨然老者口吻，则此三十首诗或非一时之作，晚年可能尚有所更定。

此《论诗三十首》相当完整地评述了汉魏以来，下迄宋季，一千余年间的作家作品、诗派诗风，以作家论为主，然亦时时涉及创作原理，其主旨则是杜甫《戏为六绝句》所称的"别裁伪体亲风雅"。金贞祐南渡后，在赵秉文、李纯甫的倡导下，文坛师古之风大盛，但如何师古，则莫衷一是。或"以风雅自名，高自标置"；或坛坫自高，"终死为敌"；或"教为狂"，"泛爱多可"（见《中州集》卷十溪南诗老辛愿小传），为此元好问作此《论诗三十首》，重在探本发源，辨别师古之正途，何者为正体，何者为伪体，从而扬正抑伪，"暂教泾渭各清浑"。

三十首诗大致可分为三个部分，以十首为一组分别论述了魏晋南北朝、唐、宋三个时期的作家作品。对这三个时期，元好问的态度有明显的不同。对魏晋南北朝时期，以颂扬为主，意在指出师古之典范。他最推崇建安时代的诗歌，特别标举曹植、刘祯二家。钟嵘《诗品》评曹植诗"其源出于《国风》，骨气奇高，词采华茂，情兼雅怨，体被文质"，评刘祯诗"其源出于《古诗》，仗气爱奇，动多振绝，贞骨凌霜，高风跨俗"，元好问则以"坐啸虎生风"来形容，大致是一种"梗概而多气"，富于风雅精神的诗风，也即陈子昂所倡导的"汉魏风骨"。相对建安诗坛，晋诗略逊，但仍能继承汉魏风骨，即"邺下风流在晋多，壮怀犹见缺壶歌"。譬如刘琨，其诗慷慨激越，可与建安作家比肩；即使被讥为"儿女情多，风云气少"的张华，其诗也比温庭筠、李商隐的"新声"好得多。对魏晋南北朝时期的诗歌，元好问除标榜建安风骨外，还特意提出阮籍与陶潜。阮籍诗旨意渊深，兴寄无端，风格沉郁苍凉，所谓"纵横诗笔见高情，何物能浇块磊平"；陶潜诗又另趋一途，于高古浑厚中别创冲淡一境，以"天然"出之，以"真淳"为归。至此元好问标举了古诗中的三种风格或境界，即曹刘之慷慨、阮籍之沉郁、陶潜之真淳。此外还特别推重北朝的《敕勒歌》，认为它与陶潜诗一样同出于"天然"，然却是北方之音，洋溢着"中州万古英雄气"。元好问是山西人，又仕于金，故特别倡导北方的雄肆之风、豪杰之气。以上四类都被元好问视为是古诗中的正体，是后人效拟的楷模。

当然这一时期诗坛上也有不良倾向，那便是潘岳的伪，“心画心声总失真，文章宁复见为人”，与陆机之“斗靡夸多”“心声只要传心了，布谷澜翻可是难”。这二者都违背了“天然”与“真淳”的创作原则。

第十首至第二十首论唐诗。在元好问的心目中，唐不为古，乃是近古。唐人作诗之妙，乃在于善学古人。其《杜诗学引》云：“切尝谓子美之妙，释氏所谓‘学至于无学’者耳。今观其诗……则九经百氏古人之精华所以膏润其笔端者，犹可仿佛其余韵也。”故第十首以下评论唐人诗歌时往往着眼于其创作的途径、方法，以及创作中的甘苦。所评亦较少颂扬式的赞语，而是实事求是地分析其创作的成败优劣。评杜甫，指出其长处在于有实历、有真情，所写的诗“眼处心生句自神”，而不是如元稹所称赞的“铺陈终始，排比声韵”。评其他诗人则指出：李白之长在气势奔放，“笔底银河落九天”，不同于世人之“东抹西涂”；元结之长在于不效齐梁，不斤斤于“切响浮声”，而能探求古意，发之自然；柳宗元之长在幽微杳渺，深得谢灵运之精髓。此外第十二、十三、十六、十八、十九数首历评了李商隐、卢仝、李贺、孟郊、陆龟蒙诸人的诗歌：肯定李商隐诗寓意深微，婉曲典丽，而惜其过于晦涩；批评卢仝偏离了古人作诗的正途，而流于怪诞；李贺诗如“灯前山鬼”，虽可备诗中一格，却不宜多加效仿。此外，孟郊刻苦吟诗，诗境过窄；陆龟蒙虽有孤愤之情，却又寄意春草，不问世事，元好问对之均表示了不满。

以上评唐代诗歌，元好问对诸家诗歌的风格都能比较准确而形象地加以把握，有褒亦有贬，且褒多于贬。但元好问对唐代诗歌的总体评价显然不及魏晋，对杜甫、李白、元结、柳宗元的肯定，都突出了他们在艺术境界与创作方法上对古人的学习与继承，是为魏晋间“正体”精神的发扬。而另一方面，对李白、杜甫等在诗歌格律上的创新，境界上的开拓，则缺乏足够的认识。此外对李贺、李商隐、卢仝的批评比较严厉，对白居易只字未提，对韩愈只肯定了他的雄放，而不及其奇崛，亦有失片面。总之，对唐诗之继承传统、发扬风雅精神方面肯定得多，而对其突破旧格、求新求变的尝试便显然认识不足。

第二十一首“窘步相仍死不前，唱酬无复见前贤”，批评和韵、次韵的唱酬之风。此风兴起于元、白，而大盛于苏、黄，于是元好问所评对象亦由唐诗转为宋诗（第二十五首评刘禹锡，或以为应次于第十八首“东野穷愁死不休”后）。宋诗可以苏轼、黄庭坚为代表，故论宋诗的关键在于对苏黄地位与影响的评价。元好问认为苏黄二家之病在于过分地追求“出奇”。其二十二首云：“奇外无奇更出奇，一波才动万波随。只知诗到苏黄尽，沧海横流却是谁。”宗廷辅《古今论诗绝句》叙此诗主旨称：“自苏、黄更出新意，一洗唐调，后遂随风而靡，生硬放佚，靡恶不臻。变本加厉,咎在作俑,先生慨之,故责之如此。”元好问论宋诗,对苏、黄本人既有批评,亦有所肯定,其矛头所指乃在一味求新求变而不知师古的苏黄后学。故他在诗中写道:“苏门果有忠臣在,肯放坡诗百态新。”“论诗宁下涪翁拜,未作江西社里人。”元好问另有《东坡诗雅引》一文,讲得更为明白:“近世苏子瞻绝爱陶、柳二家,极其诗之所止,诚亦陶、柳之亚,然评者尚以其能似陶、柳,而不能不为风俗所移为可恨耳。夫诗至于子瞻,而且有不能近古之恨,后人无所望矣。”元好问认为苏轼诗歌中写得最好的差可比肩陶、柳,显然他对苏诗在诗学上的新开拓缺乏认识。他高悬魏晋诗歌的慷慨、沉郁、真淳为鹄的,一切以“近古”为美,因此评论宋诗便必然地以批评为主了。于是他批评宋人“曲学虚荒”,不得古学的正途;“俳谐怒骂”的诗风与古人的“雅言”不合,秦观诗柔弱,陈师道苦吟,均有悖于古人作诗的宗旨。

统观《论诗三十首》,元好问评论诗歌的原则是相当清楚的。针对金贞祐南渡以来文坛上师古而不得其正的现象,他提出要师法古之正体,并以之来衡量评判古今诗歌。这一原则从总体上看倾向于保守,即以古人的标准来品评后人,对文学的不断发展与新变缺乏认识。表现在品评中,即是对唐诗的价值认识不足,对宋诗贬抑过甚。但另一方面,在品评什么是古诗的正体时,他拈出曹刘之慷慨、阮籍之沉郁、陶潜之真淳以及《敕勒歌》之英雄气为诗家楷模,眼光敏锐,议论通达。此外在品评唐人诗歌时,虽然也从师古立论,但不局限于风格的近似,而强调了创作方法的师承,如务实历、求真情、不雕琢、本自然等,因而既以师古为准则而又不泥于古。这两方面正是元好问《论诗三十首》的精华所在。

归潜志(选录)

〔金〕刘　祁

作者简介

刘祁(1203—1250),字京叔,号神川遁士,浑源(今属山西)人。弱冠举进士不第,即闭户读书,究心于古文,为李纯甫、赵秉文、王若虚等所称赏,因得遍交当时诸文士。金末丧乱,由河南、山东,辗转归故里。有感于“昔所与交游,皆一代伟人,今虽物故,其言论谈笑,想之犹在目,且其所闻所见可以劝戒规鉴者,不可使湮没无传”(《归潜志序》),于是作《归潜志》。元太宗十年(1238)复起应试,魁南京,选充山西东路考试官,后入征南行台拈合公幕下。有《神州遁士集》,已佚。

夫诗者,本发其喜怒哀乐之情,如使人读之无所感动,非诗也。予观后世诗人之诗皆穷极辞藻,牵引学问,诚美矣,然读之不能动人,则亦何贵哉!故尝与亡友王飞伯言[1]:“唐以前诗在诗,至宋则多在长短句,今之诗在俗间俚曲也,如所谓《源土令》之类[2]。”飞伯曰:“何以知之?”予曰:“古人歌诗,皆发其心所欲言,使人诵之至有泣下者。今人之诗,唯泥题目、事实[3]、句法,将以新巧取声名,虽得人口称,而动人心者绝少,不若俗谣俚曲之见其真情而反能荡人血气也。”飞伯以为然。

中华书局版《元明史料笔记丛刊》本《归潜志》卷十三

注释

[1] 王飞伯:王郁(1203—1233)字飞伯,大兴(今属北京)人。金末以文章名动京师,为赵秉文、雷渊所称赏。性豪侠,尚气敢为,与刘祁有深交。天兴二年汴京被围,出城,死于乱兵之手。

[2]《源土令》:当时流行的俗曲曲名。其名不见于其他典籍记载,渊源无考。“令”之称源于酒令,“唐人饮酒,必为令以佐欢”(蔡居厚《诗话》)。入宋,令成为词中之一体。金元间将单片成章而体式短小的曲子称为“令”。

[3] 事实:故实、典故。贾岛《二南密旨》称诗有三格,其三为“事格”,即“将古事比今事”,也即运用事实之格。薛雪《一瓢诗话》:“谓用之最多杜撰句法,硬用事实,偶有不杜撰、不硬用处便佳。”

说明

刘祁这段话虽然简短,但在文学批评史上却有相当的意义,因为他表达了一种新的审美倾向:以激荡人心为贵,以浅俗为贵。

儒家传统的审美理想以中和典雅为贵,对于激厉张扬、靡荡俚俗,均持批判的否定的态度。春秋时医和对晋侯曰:“先王之乐,所以节百事也,故有五节,迟速本末以相及,中声以降,五降之后,不容弹矣。于是有烦手淫声,慆堙心耳,乃忘平和,君子弗听也。”(《左传·昭公元年》)子夏对魏文侯曰:“郑音好滥淫志,宋音燕女溺志,卫音趋数烦志,齐音敖辟骄志。此四者皆淫于色而害于德。”(《礼记·乐记·魏文侯》)他们都批判俗乐之激荡人心,而提倡能够尊礼养志的平和的古乐。影响所及,尊古乐而贱俗乐,尊庙堂雅正之音而贱闾巷俚俗之曲,便成为汉魏以下后世文人的基本态度。风气的转变始于宋元之际,随着话本小说、南戏北剧等通俗文艺的发展,文人们开始正视俚文俗曲的艺术价值,刘祁这段话是现存资料中最早且观点最鲜明的。所称《源土令》当是金元之际北方流行的俗曲。对北曲的声乐特征,明徐渭描述道:“听北曲使人神气鹰扬,毛发洒淅,足以作人勇往之志,信胡人之善于鼓怒也,所谓‘其声噍杀以立怨’是已。”(《南词叙录》)与刘祁所称“荡人血气”是一致的。

另外,刘祁还批评了宋诗。他从诗本于情的传统观念出发,指出“如使人读之无所感动,非诗也”。而宋诗“牵引学问”,“惟泥题目、事实、句法”,于是失去了诗歌言情并使人感动的本旨,故“唐以前诗在诗,至宋则多在长短句”,意即唐人以情为诗,所作的诗才是好诗;宋人多把感情寄托在词上,其诗便不足称了。严羽《沧浪诗话》称:“唐人好诗多是征戍、迁谪、行旅、离别之作,往往能感动激发人意。”“近代诸公乃作奇特会解,遂以文字为诗,以才学为诗,以议论为诗,夫岂不工,终非古人诗也。”刘祁此论正与之同调,然以情感立论,扬宋词而抑宋诗,讲得更为明确。

赠宋氏序

〔元〕胡祗遹

作者简介

胡祗遹(1227—1295),字绍闻,号紫山,磁州武安(今属河北)人。至元初授应奉翰林文字,兼太常博士。因忤阿合马,出为太原路治中。历任山东东西道、江南浙西道提刑按察使。擅诗文散曲,有《紫山大全集》。《四库全书总目提要》评之云:“大抵学问出于宋儒,以笃实为宗,而务求明体达用,不屑为空虚之谈。”但在元代三教合流、朱陆和会的思潮影响下,胡祗遹并不墨守传统儒学,而是兼融释道,且好谈心性,为文则主张自抒胸中之妙,自成一家之真。尤其难得的是他还写散曲,喜观杂剧,喜和伶人交往,《青楼集》载有其赠珠帘秀《沉醉东风》一曲。元初诸名公大夫与伶人交往者颇多,然进而作诗文加以纪述评论则首推胡祇遹。今其集中存有咏诸宫调、太平鼓板等诗数首,《赠宋氏序》等文数篇,均为早期涉及戏剧批评的珍贵资料。

百物之中莫灵、莫贵于人,然莫愁苦于人。鸡鸣而兴,夜分而寐,十二时中纷纷扰扰,役筋骸,劳志虑;口体之外,仰事俯畜[1],吉凶庆吊乎乡党闾里,输税应役于官府边戍,十室而九不足。眉颦心结,郁抑而不得舒。七情之发,不中节而乖戾者,又十常八九。得一二时安身于枕席,而梦寐惊惶,亦不少安。朝夕昼夜,起居寤寐,一心百骸,常不得其和平。所以无疾而呻吟,未半百而衰。于斯时也,不有解尘网、消世虑,熙熙皞皞[2],畅然怡然,少导欢适者一去其苦,则亦难乎其为人矣!此圣人所以作乐,以宣其抑郁,乐工伶人之亦可爱也。乐音与政通,而伎剧亦随时所尚而变[3],近代教坊院本之外[4],再变而为杂剧[5]。既谓之杂,上则朝廷君臣政治之得失,下则闾里市井父子兄弟夫妇之厚薄,以至医药卜筮释道商贾之人情物理,殊方异域风俗语言之不同,无一物不得其情,不穷其态。以一女子而兼万人之所为,尤可以悦耳目而舒心思,岂前古女乐之所拟伦也。全此义者,吾于宋氏见之矣。

文渊阁《四库全书》本《紫山大全集》卷八

注释

[1] 仰事俯畜:《孟子·梁惠王上》载孟子对齐宣王曰:"今也制民之产,仰不足以事父母,俯不足以畜妻子。"

[2] 皞皞:广大自得、心情舒畅貌。

[3] 伎剧:伎,音乐歌舞统称伎或伎乐。《世说新语·识鉴》"武昌孟嘉"下刘孝标注引《嘉别传》:"听伎,丝不如竹,竹不如肉,何也?"剧,嬉戏,装扮人物之表演。伎剧,泛称各种伎艺、歌舞以至戏剧的表演。

[4] 教坊:唐代开始设立的管理宫廷乐舞杂伎演出的官署,宋、元、明承之,至清雍正时废除。院本,金代行院中各种伎艺表演的泛称。陶宗仪《辍耕录》记载有"院本名目"六百九十余种,其演出以副净角色的念、做为主,与宋杂剧近,而与元杂剧远。

[5] 杂剧:这里指元代兴盛的以北曲联套,四折为一本的戏曲样式。

说明

这是文学批评史上最早的一篇关于戏剧的论文。它涉及两个重要问题。首先是,关于戏剧的作用与意义。对俳优杂戏,古人一贯持贬抑的态度,隋柳彧《请禁角抵戏疏》云:“倡优杂技,诡状异形,以秽嫚为欢娱,用鄙亵为笑乐。”宋陈淳在《上傅寺丞论淫戏书》中更历陈了戏乐的八大罪状。即使人们偶然有所肯定,也只是及于优戏中出现的讽谏内容,如洪迈《夷坚支志》所云:“俳优侏儒固伎之下且贱者,然亦能因戏语而箴讽时政,有合于古矇诵工谏之义。”胡祗遹则不然,他从抽象的,从而也是最广泛的“人”的概念出发,指出尘世间的人总是处于不尽的难以摆脱的愁苦劳累之中,而戏剧则可“导欢适”“消世虑”“一去其苦”。从而在根本意义上,为戏剧的存在、发展作了辩护。胡祗遹之所以有这样的认识与元杂剧的市民化倾向是密切相关的。

其次是关于“杂剧”这一艺术体制的认识。文中称“近代教坊院本之外,再变而为杂剧”,则此“杂剧”决非宋杂剧,而是与宋杂剧、金院本体制迥然有别的元杂剧。这里元杂剧的名称首次见诸文献记载。单就“杂剧”一词而言,始见于唐末,《李文饶集》中有“杂剧丈夫”之称。入宋而被广泛应用,从周密《武林旧事》所记“官本杂剧段数名目”来看,其包含的技艺极广,歌舞、说唱、人物饰扮、杂技、说话等无所不有,具体而言则滑稽戏、歌舞戏以至傀儡戏等表演伎艺都可称为杂剧。胡祗遹显然有见于此,故对元杂剧的名称特加解释,指出其所谓“杂”乃在于:一、能广泛反映社会各阶层面貌,上则朝廷君臣,下则闾里市井。二、能深刻地反映出“人情物理”。三、其表演艺术极精,可使“无一物不得其情,不穷其态”,即内在之情与外在之态的结合。这三点对元杂剧的特征作了相当深刻的把握,元杂剧之所以能超乎宋杂剧、金院本之上而取得突出成就与这三方面的突破是分不开的。

中原音韵序

〔元〕虞　集

作者简介

虞集(1272—1348),字伯生,号道园,世称邵庵先生,祖籍仁寿(今属四川),

后迁居崇仁（今属江西）。大德初入京为大都路儒学教授、国学助教，文宗时官至奎章阁侍书学士。有《道园学古录》五十卷、《道园遗稿》六卷传世。虞集幼学于吴澄，朱陆融会，以治经名于世。其后长期居于馆阁，朝廷典册，多出其手，为一时文宗。诗与杨载、范德机、揭傒斯齐名，为元中期诗坛的四大家，所作"一以唐为宗，而趋于雅，推一代之极盛"（顾嗣立《寒厅诗话》）。

乐府作而声律盛，自汉以来然矣。魏、晋、隋、唐，体制不一，音调亦异，往往于文虽工，于律则弊。宋代作者，如苏子瞻变化不测之才，犹不免"制词如诗"之诮[1]；若周邦彦、姜尧章辈[2]，自制谱曲，稍称通律，而词气又不无卑弱之憾。辛幼安自北而南[3]，元裕之在金末、国初[4]，虽词多慷慨，而音节则为中州之正，学者取之。我朝混一以来，朔南暨声教[5]，士大夫歌詠必求正声，凡所制作，皆足以鸣国家气化之盛，自是北乐府出[6]，一洗东南习俗之陋。

大抵雅乐之不作，声音之学不传也久矣；五方言语，又复不类，吴、楚伤于轻浮，燕、冀失于重浊，秦、陇去声为入，梁、益平声似去[7]；河北、河东[8]，取韵尤远；吴人呼"饶"为"尧"，读"武"为"姥"，说"如"近"鱼"，切"珍"为"丁心"之类，正音岂不误哉[9]！高安周德清[10]，工乐府，善音律，自著《中州音韵》一帙[11]，分若干部，以为正语之本，变雅之端。其法以声之清、浊，定字为阴、阳，如高声从阳，低声从阴，使用字者随声高下，措字为词，各有攸当，则清、浊得宜，而无凌犯之患矣；以声之上、下，分韵为平、仄，如入声直促，难谐音调，成韵之入声，悉派三声，志以黑白，使用韵者随字阴、阳，置韵成文，各有所协，则上下中律，而无拘拗之病矣。是书既行，于乐府之士岂无补哉？又自制乐府若干调[12]，随时体制，不失法度，属律必严，比事必切，审律必当，择字必精，是以和于宫商，合于节奏，而无宿昔声律之弊矣。

余昔在朝，以文字为职，乐律之事，每与闻之[13]，尝恨世之儒者，薄其事而不究心，俗工执其艺而不知理，由是文、律二者，不能兼美。每朝会大合乐，乐署必以其谱来翰苑请乐章，唯吴兴赵公承旨时以属官所撰不协，自撰以进，并言其故，为延祐天子嘉赏焉[14]。及余备员，亦稍为檃括，终为乐工所哂，不能如吴兴时也。当是时，苟得德清之为人，引之禁林[15]，相与讨论斯事，岂无一日起余之助乎？惜哉！

余还山中，眊且废矣[16]；德清留滞江南，又无有赏其音者！方今天下治平，朝廷将必有大制作，兴乐府以协律，如汉武、宣之世。然则颂清庙，歌郊祀，摅和平正大之音，以揄扬今日之盛者，其不在于诸君子乎？德清勉之！前奎章阁侍书学士虞集书。

中国古典戏曲论著集成本《中原音韵》卷首

注释

[1]“制词如诗”之诮：陈师道《后山诗话》：“退之以文为诗，子瞻以诗为词，如教坊雷大使之舞，虽极天下之工，要非本色。”《王直方诗话》：“东坡以所作小词示无咎、文潜曰：‘何如少游？’两人皆对曰：‘少游诗似小词，先生小词似诗。’”

[2]周邦彦：生卒年为1057—1121年，字美成，钱塘（今浙江杭州）人。徽宗朝仕徽猷阁待制，提举大晟府，以词名。“好音乐，能自度曲，制乐府长短句。词韵清蔚，传于世。”（《宋史》本传）姜夔，生卒年为1155(?)—1221(?)年，字尧章，鄱阳人。不第，以布衣终。工词，能自制曲。刘熙载《艺概》称其词“幽韵冷香，令人挹之无尽；拟诸形容，在乐则琴，在花则梅也”。

[3]辛幼安：辛弃疾（1140—1207），字幼安，历城（今山东济南）人。金主亮死，耿京聚兵山东，称天平节度使，辛弃疾为掌书记。绍兴三十二年（1162年）受命奉表归宋，至建康，会张安国反，杀耿京降金，辛弃疾北返径趋金营，缚安国，献俘建康，遂留南宋。事详《宋史》本传。

[4]元祐之：元好问（1190—1257），字裕之。

[5]朔：北方。暨：及也。“朔南暨声教”意谓声教及于南北。

[6]北乐府：即北曲，又称今乐府。

[7]梁：梁州，古九州之一，在今陕西之汉中及四川北部。益：古益州，今四川地区。

[8]河东：山西境内，黄河以东地区。

[9]正音岂不误哉：“正音”二字疑衍。

[10]周德清：生卒年为1277—1365年，字日湛，号挺斋，高安（今属江西）人，为周敦颐之六世孙。早年曾有功名之想，但无缘仕进，乃究心于曲学。所作

“乐府若干篇，皆审音以达词，成章以协律，所谓‘词律兼优’者”(欧阳玄《中原音韵序》)。

[11] 自著《中州音韵》一帙：此《中州音韵》当然是指虞集所序的《中原音韵》，不可能另指一书。如此，一种可能是虞集笔误，另一种可能是《中原音韵》别称《中州音韵》。然《中州音韵》实另有其书，杨朝英所编《朝野新声太平乐府》附有卓从之《北腔韵类》，又名《中州乐府音韵类编》，简称《中州音韵》。其书可能是在周氏《中原音韵》稿本的基础上删削修订而成。

[12] 又自制乐府若干调：按虞集所谓“自制乐府若干调”当即《中原音韵》末所列“定格四十首”，乃系选录前人曲例为范式，注明声律要求，故称“随时体制，不失法度”。

[13] “余昔在朝”以下语：据《元史》本传，虞集在大德初荐至京师，授大都路儒学教授，寻除国子助教，仁宗延祐六年(1319 年)除翰林待制，兼国史院编修官。当时朝廷修《经世大典》，虞集为总裁官，数年后以目疾辞官归故里。虞集此序当作了辞官返江西崇仁之后。

[14] “唯吴兴赵公承旨”以下数语：赵孟頫字子昂，吴兴(今浙江湖州)人，宋宗室，以诗文书画名于世。元统一中国后，世祖至元二十三年(1286 年)程钜夫奉旨至江南搜访遗逸，得二十余人，以赵孟頫为首。赵入京后历仕兵部郎中、翰林侍读学士等。仁宗延祐三年(1316 年)进拜翰林学士承旨、荣禄大夫，知制诰兼修国史。当时“仁宗圣眷甚隆，字而不名。尝诏侍臣曰：‘文学之士，世所难得，如唐李太白、宋苏子瞻，姓名彰彰然常在人耳目。今朕有赵子昂，与古人何异。’有所撰述，辄传密旨独使公为之”(杨载《大元故翰林学士承旨荣禄大夫知制诰兼修国史赵公行状》)。

[15] 禁林：翰林苑之别称。

[16] 眊：目不明之貌。

说明

周德清之《中原音韵》成书于元泰定甲子(1324 年)，被视为元曲犹盛行时研究元曲的第一本著作。其书首列韵谱，依据当时曲唱的用韵，合《广韵》五十七部为十九部，首次揭示了北方语音入声派归三声、平声分别阴阳的特征。韵谱外又别列“正语作词起例”，包括“作词十法”，对北曲曲律作了全面的总结。近人任讷评价此书道：“按周氏原书体裁，本为曲韵；而卷末附此‘十法’，则以曲韵而论矣。

‘十法’之末又俱定格，‘定格’云者，乃谱式也。……又按其所列四十首定格，多声文并美者，不同后人之谱，仅顾韵律，不顾文律也。则周氏兹作，盖以一书而兼有曲韵、曲论、曲谱、曲选四种作用，览者更未可以浅量之矣。”

虞集此序要点有三：其一，称元曲为“北乐府”，认为元曲上承历代歌诗、词，既工于乐律，又能鸣国家气化之盛，一洗东南习俗之陋。这从政治意义上，从儒家传统乐论出发对元曲作了高度肯定。虽然这样的肯定颇有些含糊不实之处，因为元曲以隐遁、嘲世、谐俗为其主题，与传统的风雅之义、和平之音差距甚大。其二，肯定北方之音为正音，因而肯定了周德清之“平分阴阳、入派三声”之说。其三，提出文、律兼美。赞许周德清制订乐府体式，“随时体制，不失法度，属律必严，比事必切，审律必当，择字必精”。文、律双美是乐府文学创作的必然追求。对于文人来说，涉足乐府歌词写作，最重要的首先是知律，张炎作《词源》，周德清编《中原音韵》，目的都在使文人能明腔、识谱、审音，从而所作的歌词始能臻于文、律双美。

以上三点也可以说就是周德清编《中原音韵》的立意，虞集在序中表而出之，使读此书者更为明白。值得注意的是虞集是以“前奎章阁侍书学士”的身份作此序的，态度很认真，他有意为元曲鼓吹，抬高曲家的地位，如篇末云：“然则颂清庙，歌郊祀，摅和平正大之音，以揄扬今日之盛者，其不在于诸君子乎?”这与杨维桢认为把曲说成是“治世之音，则辱国甚矣”的态度截然相反（见杨维桢《沈氏今乐府序》）。

阳春白雪序

〔元〕贯云石

作者简介

贯云石（1286—1324），维吾尔族人。本名小云石海涯，为元初大将阿里海涯之孙，父名贯只哥，沿遵汉俗，遂以贯为姓，名云石，号酸斋。少习骑射，袭父职任两淮万户府达鲁花赤，镇守永州（今湖南零陵）。后让爵与弟，北上从姚燧学文。仁宗皇庆二年（1313 年）拜翰林侍读学士、知制诰。次年称疾归隐江南，定居杭州。贯氏工曲，与曲家卢挚、冯子振、杨朝英、杨梓、张可久、乔梦符、阿里西瑛等多有交往。其曲疏旷俊逸，为当时盛称，与甜斋徐再思齐名，后人因辑二人曲为《酸甜乐府》。

盖士尝云:“东坡之后,便到稼轩。”[1]兹评甚矣!然而比来徐子芳滑雅[2],杨西庵平熟[3],已有知者。近代疏斋媚妩[4],如仙女寻春,自然笑傲;冯海粟豪辣灏烂[5],不断古今,心事天与,踈翁不可同舌共谈;关汉卿、庾吉甫造语妖娇[6],却如小女临杯,使人不忍对殢[7]。仆幼学词,辄知深度如此。年来职史稍稍遐顿,不能追前数士,愧已。淡斋杨朝英选词百家[8],谓《阳春白雪》,征仆为之引。吁!阳春白雪久亡音响,评中数士之词,岂非阳春白雪也耶?客有审仆曰[9]:“适先生所评,未尽选中[10],谓他士何?”仆曰:“西山朝来有爽气。”[11]客笑,淡斋亦笑。酸斋贯云石序。

中华书局版《新校九卷本阳春白雪》卷首

注释

[1]“东坡之后,便到稼轩”:语出元好问,其《遗山自题乐府引》称:“乐府以来,东坡第一,以后便到辛稼轩。”

[2]徐子芳:徐琰,字子芳,号容斋,东平(今属山东)人,为元好问在东平校试诸生中“四杰”之一,至元末官至翰林学士承旨。

[3]杨西庵:杨果(1195—1269),字正卿,号西庵,祁州蒲阴(今河北安国)人。金哀宗正大元年(1224年)进士,入元,中统间拜参知政事。工文章,尤长于乐府。

[4]疏斋:卢挚(约1242—1314),字处道,号疏斋,至元五年(1268年)进士,大德间官至翰林学士承旨。卢挚为馆阁名家,文章以古奥称,与姚燧齐名。吴澄《送卢廉使还期为翰林学士序》云:“众推能文辞有风致者曰姚、曰卢。”又工曲,以妩媚芳妍著称。

[5]冯海粟:冯子振(1257—1377年后),字海粟,元攸州(今湖南攸县)人。仕为承事郎集贤待制,以博学文章著名于时。其曲造语豪爽,高怀逸尘。

[6]庾吉甫:庾天锡字吉甫,大都(今北京)人。与关汉卿同时,曾仕中书省掾,除员外郎,中山府判。《录鬼簿》列之于“前辈已死名公才人”。工曲,以“奇巧”称(见杨维桢《周月湖今乐府序》),在当时名声极盛,与白朴、关汉卿、马致远齐名(见贾仲明吊马致远《凌波仙》曲)。

[7]殢(tì):滞留。

[8] 淡斋：杨朝英（约1285—1355），号淡斋，青城（今属四川）人，长期流寓江南，仕履无考，以编选散曲总集《阳春白雪》《太平乐府》名于世。“词”，即曲，元人以曲承词，故亦名之为词，意在尊体也。

[9] 审：详查，追讯。

[10] 未尽选中：意谓以上所评才寥寥数人，《阳春白雪》所选之人大都未评及。

[11] 西山朝来有爽气：《世说新语·简傲》：“王子猷作桓车骑参军。桓谓王曰：‘卿在府久，比当相料理。’初不答，直高视，以手版拄颊云：‘西山朝来，致有爽气。’”贯云石引此语意谓自己如同王子猷不屑于具体事务料理，因此序中也不对每一作家一一品定，但描摹其大致的意味。

说明

这篇序第一句起得很突兀，“盖士尝云：‘东坡之后，便到稼轩。’”此语出自元好问，其《遗山自题乐府引》称：“乐府以来，东坡第一，以后便到辛稼轩。”又《新轩乐府引》称：“坡以来，山谷、晁无咎、陈去非、辛幼安诸公，俱以歌词取胜，吟咏情性，留连光景，清壮顿挫，能起人妙思。”元好问历数宋代词人，由苏轼至辛弃疾，而不提周邦彦、李清照，显然这是标榜词中豪放一脉，以之为正宗。贯云石说“兹评甚矣”，即认为这样的评论不免有些偏颇。于是便称赞徐琰、杨果的散曲“滑雅”“平熟”，并说“已有知者”，即在豪放词之外，曲中轻俗雅丽的一脉也已经为世人们所承认、赏识。接下贯云石又评论时代较近的作者，冯子振的“豪辣灏烂”与卢挚的“自然”“媚妩”。这是两种不同类型的风格，而关汉卿、庾天锡“造语妖娇”，其实近于卢挚。冯子振以数十首《鹦鹉曲》著称，大都以咏事、咏物为题，抒写个人散淡的情怀。卢挚的散曲有两类，一类咏写春情，为歌筵女伎而作；一类写景抒怀，即使后一类也写得清丽淡远，与冯子振迥然不同。故贯云石以之与冯子振相对比，代表散曲两种不同类型的风格。关汉卿散曲的题材与风格都富于变化，有不少爽辣的咏世写怀之作，但写得最多的仍然是世俗的爱情，如《一半儿·题情》等，造语娇娆妩媚。庾吉甫在当日名声极大，然今日仅存小令七、套曲四，以怀古及描写情事为主，难窥其全貌。

贯云石此序为元代当时人对散曲所作的重要品藻。有人问他《阳春白雪》选了许多家作品，为什么只评这几家，贯云石云：“西山朝来有爽气。”意谓如同王子猷不屑于具体事务的料理，自己在序中也不对每一个作家作具体评定，但求其大致意味，不外“豪辣灏烂”与“滑雅”“妖娇”。这系贯云石对散曲流派风格的高度概括。后人有以“豪放”“清丽”两个范畴来概括散曲的风格类型，反不如贯云石提出的“豪辣灏烂”与“滑雅”“妖娇”更能体现出散曲不同于诗、词的特殊的艺术风味。

沈氏今乐府序

〔元〕杨维桢

作者简介

杨维桢（1296—1370），字廉夫，号铁崖、东维子，会稽（今浙江绍兴）人。泰定四年（1327年）进士。历官天台县尹、钱清场盐司令、建德路总管府推官。元末兵乱，避居钱塘、松江。入明，不仕。杨维桢为元末“文章巨公”，其“声光殷殷，摩戛霄汉，吴越诸生多归之，殆犹山之宗岱，河之走海，如是者四十余年乃终”（宋濂《元故奉训大夫江西等处儒学提举杨君墓志铭》）。其诗号称铁崖体，以奇古、诡异、怪艳、恣肆的诗风震惊当时，从学者甚众。他提倡复古，不写近体格律诗，然又不为古人所拘，师心自用，宣称“诗者人之性情也，人各有性情，则人各有诗也，得于师者其得为吾自家之诗哉”！元代文坛复古之风很盛，或以风雅之义复古，或以高逸的格调复古，或以自然淳真的创作旨趣复古。杨维桢的复古却与众不同，他把师心自恣与复古结合起来，乃创作出如商敦周彝般“寒芒横逸，夺人目睛”的诗篇。其文论亦以扫除陈言，自出心裁为宗，于是乃及于当时流行的散曲，将散曲视为“今乐府”而稍稍加以肯定。

或问骚可以被弦乎[1]？曰：骚，诗之流[2]，诗可以弦，则骚其不可乎？或于曰：骚无古今，而乐府有古今[3]，何也？曰：骚之下为乐府，则亦骚之今矣；然乐府出于汉可以言古，六朝而下皆今矣，又况今之今乎？

吁！乐府曰今，则乐府之去汉也远矣。士之操觚于是者[4]，文墨之游耳。其于声文缀于君臣、夫妇、仙释氏之典故[5]，以警人视听，使痴儿女知有古今美恶成败之观惩[6]，则出于关、庾氏传奇之变[7]。或者以为治世之音[8]，则辱国甚矣。吁！《关雎》《麟趾》之化[9]，渐渍于声乐者，固若是其斑乎[10]？故曰今乐府者，文墨之士之游也。然而媟邪正豪俊鄙野，则亦随其人品而得之。杨、卢、滕、李、冯、贯、马、白皆一代词伯[11]，而不能不游于是，虽依比声调[12]，而其格力雄浑正大，有足传者。迩年以来，小叶俳辈类以今乐府自鸣[13]，往往流于街谈市谚之陋，有渔樵欸乃之不如者[14]。吾不知又十年、二十年后，其变为何如也。

吴兴沈子厚氏通文史，善为古诗歌，间也游于乐府。记余数年前客太湖上，赋《铁龙引》一章，子厚速和余四章，皆效铁龙体[15]，飘飘然有凌云气，心已异之。今年余以海漕事往吴兴者阅月，子厚时时持酒肴与今乐府至，至必命吴娃度腔引酒为吾寿。论其格力，有杨、卢、滕、李、冯、贯、马、白诸词伯之风，而其句字，与(无)小叶俳辈街谈市谚之陋。关、庾氏而有传，子厚氏其无传，吾不信也。已书成帙，求一言以引重，因而论次乐府之有古今，为沈氏今乐府序。至正十二年夏四月十四日序。

《四部丛刊》本《东维子文集》卷十一

注释

[1] 骚：指楚骚。被弦，即被管弦，指诗歌入乐，可用丝竹管弦伴奏。

[2] 诗：特指《诗经》三百篇。

[3] 乐府有古今：旧习以汉魏六朝乐府诗为古乐府，唐吴兢著《乐府古题要解》即依此确定乐府古题。宋郭茂倩编《乐府诗集》沿袭之，将隋唐时代配合燕乐的新乐曲归为“近代曲辞”，唐人因事立题、不配音乐的案头之作归为“新乐府”，于是古乐府的含义更加明确，元左克明编《古乐府》即断至唐前。杨维桢此文称“乐府出于汉可以言古，六朝而下皆今矣”，这体现了他以复古为尚，要“度越齐梁，追踪汉魏”(章琬《铁雅先生复古诗集序》)的诗学观念。

[4] 操觚：觚(gū)，古代用来书写的木简。操觚，即执笔为文。

[5] 声文：泛指音调。《文心雕龙·情采》：“故立文之道，其理有三：一曰形文，五色是也；二曰声文，五音是也；三曰情文，五性是也。五色杂而成黼黻，五音比而成《韶》《夏》，五情发而为辞章，神理之数也。”

[6] 观惩：观通劝，观惩即劝惩，劝善而惩恶也。

[7] 关、庾氏：关，关汉卿，“大都人，太医院尹，号已斋叟”，《录鬼簿》著录其杂剧《关张双赴西蜀梦》等五十八种。庾，庾吉甫，“名天锡，大都人，中书省掾，除员外郎，中山府判”。《录鬼簿》著录其杂剧《隋炀帝江月锦帆舟》等十五种。传奇：元代称北曲杂剧为传奇，关汉卿、庾吉甫在《录鬼簿》中均被列入“前辈已死名公才人有所编传奇行于世者”类。

[8] 治世之音：语出《诗大序》：“治世之音安以乐，其政和。”元人鼓吹新兴的北曲，遂亦以之为治世之音。如虞集《中原音韵序》：“我朝混一以来，朔南暨声教，士大夫咏歌，必求正声，凡所制作，皆足以鸣国家气化之盛，自是北乐府出，一洗东南习俗之陋。”

[9]《关雎》《麟趾》之化：《关雎》与《麟之趾》分别为《诗·国风·国南》之首篇与末篇，《诗大序》云：“然则《关雎》《麟趾》之化，王者之风，故系之周公。”南，言化自北而南也。

[10] 斑：色彩驳杂，此有近俗之意。意谓治世之音如“《关雎》《麟趾》之化”者，必然典雅淳正，不致如关、庾氏传奇那样驳杂多变化。

[11] 杨、卢、滕、李、冯、贯、马、白：分别指元代曲家杨果（字正卿，号西庵）、卢挚（字处道，号疏斋）、滕斌（字玉霄）、李泂（字溉之）、冯子振（字海粟）、贯云石（本名小云石海涯，畏吾儿人，号酸斋）、马昂夫（字九皋，回鹘人）、白贲（号无咎）。杨维桢称以上诸人为“一代词伯”，元人以曲承宋词，故亦以“词”称曲，如夏庭芝《青楼集》称张玉莲“南北令词，即席或赋”，又称“班司儒北上，张作小词《折桂令》赠之”。称“词伯”者因以上诸人皆入仕籍，有一定的社会地位。前六人，《录鬼簿》列之于“前辈已死名公”；后二人，列于“方今名公”。

[12] 比：配合。《文心雕龙·情采》：“五色杂而成黼黻，五音比而成《韶》《夏》。”

[13] 小叶俳辈：芝庵《唱论》：“成文章曰‘乐府’，有尾声名‘套数’，时行小令唤‘叶儿’。”小叶，指民间流行的小曲。元代北曲有源于唐宋大曲、唐宋词者，有源于诸宫调、宋代旧曲者，亦有源于金元民间俗曲者。当时人推尊唐宋旧曲而轻视民间流行的俗曲，遂以“乐府”“叶儿”分别之。

[14] 欸乃：摇橹声，借以称棹歌。

[15] 铁龙体：杨维桢诗有“铁崖体”之称。宋濂《元故奉训大夫江西等处儒学提举杨君墓志铭》称：“元之中世有文章巨公起于浙河之间，曰铁崖君，声光殷殷，摩戛霄汉，吴越诸生多归之，殆犹山之宗岱，河之走海，如是者四十余年乃终。”杨维桢亦曾自称“吾铁门能诗者南北凡百余人”（《元诗选·玉笥集》小序引）。“铁龙体”之称他处未见。

说明

元代词唱衰而曲唱兴，当时所唱之北曲主要有三类，芝庵《唱论》云："成文章曰'乐府'，有尾声名'套数'，时行小令唤'叶儿'。套数当有乐府气味，乐府不可似套数。街市小令，唱新歌倩意。"称曲为乐府，以之上承宋词、汉魏乐府，以至楚骚、诗三百，意谓是合乐的诗，目的在于尊体。套数有散曲之套数，有剧曲之套数。套数大抵是以代言的口吻，歌咏世俗的情趣，比之言志的诗歌（乐府），便显得格调低，不登大雅之堂，故芝庵称"套数当有乐府气味，乐府不可似套数"。至于剧曲中的套数便比散曲中套数的地位要低一些，比乐府就更低。正因此杨维桢认为决不能把关汉卿、庚吉甫的传奇视为治世之音，作为元代诗乐的代表。

对于散曲中的乐府，杨维桢的评价也不高。虞集在《中原音韵序》中称"北乐府""足以鸣国家气化之盛"，意即算得上治世之音，可作为元代诗乐之代表。杨维桢的态度显然不同，他认为今乐府不能与古乐府比拟，只可作为士人的"文墨之游"。杨维桢作诗论文有强烈的复古观念，今集中所存诗歌大抵为乐府歌行类的古诗，鲜有近体，甚至说："律诗不古，不作可也。"（释安《铁雅先生拗律序》）他也不写词，不写散曲，因此他虽为沈氏今乐府作序，却并不推尊今乐府，只将它视为文墨游戏之作。

杨维桢为沈氏散曲乐府作序，却又牵扯上关汉卿、庚吉甫的杂剧以及街市的俚曲叶儿，这说明当时人虽从雅与俗的角度对此三者作了区分，但从曲唱的角度看，三者大同小异，因而也常常被混为一谈。文中谈及关、庚氏传奇时称："其于声文缀于君臣、夫妇、仙释氏之典故，以警人视听，使痴儿女知有古今美恶成败之观惩。"涉及杂剧以歌唱演故事的特征，以及能耸人观听，起到劝善惩恶的教化作用。这是早期剧论的珍贵资料。元代士大夫中直接评述戏剧者，早期有胡祇遹，后期有杨维桢，前后仅此二人。

录鬼簿序

〔元〕钟嗣成

作者简介

钟嗣成（约1275—1345年后），字继先，号丑斋，原籍大梁（今河南开封），后寄居杭州，累试不遇，“从吏，则有司不能辟，亦不屑就”（朱凯《录鬼簿后序》），《录鬼簿续编》称“其德业辉光，文行温润，人莫能及。善音律，德隐语，有文集若干卷藏于家。所编小令、套数极多，脍炙人口”，并著录其《章台柳》《钱神论》等杂剧七种，今皆不传，仅部分散曲及所著《录鬼簿》存世。《录鬼簿》分上下卷，记载名公、才人有乐府及杂剧行世者一百五十余家，作品四百余种，有小传，有品评，对已经去世而又相知者还作[凌波曲]以吊之。其书初稿完成于至顺元年（1330 年），后在元统、至正间又订正过两次。钟嗣成此书意在为社会地位低下的戏曲家立传，藉以抒愤懑，“实为己而发之”（《录鬼簿续编》小传）

贤愚寿夭死生祸福之理，固兼乎气数而言，圣贤未尝不论也。盖阴阳之诎伸[1]，即人鬼之生死，人而知夫生死之道，顺受其正，又岂有岩墙桎梏之厄哉[2]！虽然，人之生斯世也，但以已死者为鬼，而不知未死者亦鬼也。酒罂饭囊，或醉或梦，块然泥土者，则其人与已死之鬼何异，此固未暇论也。其或稍知义理，口发善言，而于学问之道甘于暴弃，临终之后漠然无闻，则又不若块然之鬼为愈也[3]。予尝见未死之鬼吊已死之鬼，未之思也，特一间耳。[4]独不知天地开辟，亘古及今，自有不死之鬼在。何则？圣贤之君臣，忠孝之士子，小善大功著在方册者[5]，日月炳焕，山川流峙，及乎千万劫无穷已。是则虽鬼而不鬼者也。

余因暇日，缅怀故人，门第卑微，职位不振，高才博识，俱有可录，岁月弥久，湮没无闻，遂传其本末，吊以乐章；复以前乎此者叙其姓名，述其所作。冀乎初学之士，刻意词章，使冰寒于水，青胜于蓝，则亦幸矣[6]。名之曰《录鬼簿》。嗟乎！余亦鬼也，使已死未死之鬼作不死之鬼，得以传远，余又何幸也。若夫高尚之士、性理之学，以为得罪于圣门者，吾党且啖蛤蜊[7]，别与知味者道。至顺元年龙集庚午月建甲申二十二日辛未[8]，古汴钟嗣成序。

《中国古典戏曲论著集成》第二册

注释

[1] 诎：通“屈”。诎伸，指阴阳之消长变化。

[2] 岩墙：将要倒塌的墙，借指危险之地。《孟子·尽心上》："是故知命者不立乎岩墙之下。"桎梏(zhì gù)：刑具，脚镣手铐。

[3] 块然：如土块然。《庄子·应帝王》："雕琢复朴，块然独以其形立。"

[4] 一间(jiàn)：极短的距离。全句意谓行尸走肉之人虽以生者吊死者，然实与已死者差不多。

[5] 方册：通版为方，联简为册。方册，泛指典籍。

[6] "冰寒于水"二语：语出《荀子·劝学》："青，取之于蓝，而胜于蓝。冰，水为之，而寒于水。"

[7] 且啖蛤蜊：《南史·王弘传》附王融："(融)诣王僧佑，因遇沈昭略，未相识。昭略屡顾盼，谓主人曰：'是何年少？'融殊不平，谓曰：'仆出于扶桑，照耀天下，谁云不知，而卿此问？'昭略云：'不知许事，且食蛤蜊。'"称"且食蛤蜊"，表示轻视，不屑一顾也。

[8] 龙集：龙指岁星；集，次于。龙集，犹言岁次。王莽《铜权铭》："岁次太梁，龙集戊辰。""龙集庚午"为1330年，"月建甲申"为夏历七月。

说明

钟氏这篇自序充满了愤世嫉俗之情。书名题作"录鬼簿"，按理应当像元好问编《中州集》那样不录存者，但是钟氏的《录鬼簿》中却赫然地有与"前辈已死"相对的"方今名公""方今才人相知者"两大类目，可知《录鬼簿》所录者不是一般意义的已死之鬼，而是包括生人在内的不死之鬼。故不死之鬼与已死之鬼的区分不在于生或死，而在于其人之有无价值。"酒罂饭囊，或醉或梦，块然泥土者，则其人与已死之鬼何异？""其或稍知义理，口发善言，而于学问之道甘于暴弃，临终之后漠然无闻，则又不若块然之鬼为愈也。"以此之故，钟嗣成把"不死之鬼"的桂冠许给了不登大雅之堂的北曲曲家，特别是被士人轻视的民间的杂剧作家。

钟嗣成有大才，然一生潦倒。朱凯《录鬼簿后序》称其"累试于有司，命不克遇。从吏则有司不能辟，亦不屑就，故其胸中耿耿者，借此为喻，实为己而发也。"钟嗣成自号丑斋，其[一枝花]自叙云："子为外貌儿不中抬举，因此内才儿不得便宜。半身未得文章力，空自胸藏锦绣，口唾珠玑。争奈灰容土貌，缺齿重颏，更兼着细眼单眉，人中短髭鬓稀稀。……恨杀爷娘不争气。有一日黄榜招收丑陋的，准拟夺魁。"激愤不平之气溢于言表。由此便可以理解他为何以"块然之鬼"自居，要为戏曲作家立传，名之曰"录鬼簿"，并表示即使因此而得罪"高尚之士，性理之学”，也在所不顾了。

青楼集志

〔元〕夏庭芝

作者简介

夏庭芝(约1325—1386)，字伯和，号雪蓑，华亭(今上海松江)人。夏氏原为松江巨族，夏庭芝无意出仕，乃隐居乡里，以诗酒自娱，“遍交士大夫之贤者，慕孔北海座客常满，尊酒不空，终日高会开宴，诸伶毕至，以故闻见博有，声誉益彰”(张择《青楼集叙》)。其所作“文章妍丽，乐府隐语极多”(《录鬼簿续编》)。元末兵乱，夏氏家族亦未能幸免。夏庭芝《封氏闻见记跋》云：“至正丙申岁(1356年)不幸遭时艰难，烽火时起。煨烬之余，尚存残书数百卷。”此时“风尘澒洞，群邑萧条，追念旧游，慌然梦境”，于是根据昔日见闻，记录元代女伶之“色艺表表在人耳目者”，为《青楼集》，为元代杂剧艺术保留了珍贵的史料。其《青楼集志》一文追叙戏剧的发生、发展，体现了相当明确的戏剧研究意识。

唐时有《传奇》，皆文人所编，犹野史也，但资谐笑耳。宋之《戏文》[1]，乃有唱念，有诨，金则《院本》《杂剧》合而为一[2]。至我朝乃分《院本》《杂剧》而为二[3]。《院本》始作，凡五人：一曰副净，古谓参军；一曰副末，古谓之苍鹘，以末可扑净，如鹘能击禽鸟也；一曰引戏；一曰末泥；一曰孤[4]。又谓之“五花爨弄”，或曰，宋徽宗见爨国来朝，衣装鞋履巾裹，傅粉墨，举动如此，使人优之效之以为戏，因名曰“爨弄”[5]。国初教坊色长魏、武、刘三人[6]，魏长于念诵，武长于筋斗，刘长于科泛[7]，至今行之。又有“焰段”[8]，类“院本”而差简，盖取其如火焰之易明灭也。“杂剧”则有旦、末。旦本女人为之，名粧旦色；末本男子为之，名末泥。其余供观者，悉为之外脚。有驾头、闺怨、鸨儿、花旦、披秉、破衫儿、绿林、公吏、神仙道化、家长里短之类[9]。内而京师，外而郡邑，皆有所谓构栏者[10]，辟优萃而隶乐[11]，观者挥金与之。“院本”大率不过谑浪调笑，“杂剧”则不然，君臣如：《伊尹扶汤》《比干剖腹》[12]，母子如：《伯瑜泣杖》《剪发待宾》[13]，夫妇如：《杀狗劝夫》《磨力谏妇》[14]，兄弟如：《田真泣树》《赵礼让肥》[15]，朋友如：《管鲍分金》《范张鸡黍》[16]，皆可以厚人伦，美风化。又非唐之“传奇”，宋之“戏文”，金之“院本”，所可同日语矣。

呜呼！我朝混一区宇，殆将百年，天下歌舞之妓，何啻亿万，而色艺表表在人耳目者，固不多也。仆闻青楼于方名艳字，有见而知之者，有闻而知之者，虽详其人，未暇纪录。乃今风尘澒洞[17]，群邑萧条，追念旧游，慌然梦境，于心盖有感焉。因集成编，题曰《青楼集》。遗忘颇多，铨类无次，幸赏音之士，有所增益，庶使后来者知承平之日，虽女伶亦有其人，可谓盛矣！至若末泥[18]，则又序诸别录云。至正己未春三月望日录此[19]，异日荣观，以发一咲云。[20]

《中国古典戏曲论著集成》第二册

注释

[1] 戏文：宋代兴起于南方的一种戏剧形式，其特点是篇幅较长，以曲唱“敷演话文”（《张协状元》第一出），即装扮起来表演话本故事。

[2] 杂剧：两宋戏剧均谓之杂剧。据周密《武林旧事》所载官本杂剧段数名目，其主要形式有滑稽戏、歌舞戏、傀儡戏。至金代而有“院本”之名，院本上承宋杂剧，仍以谑浪调笑为重，亦有演唱故事及种种游戏技艺。均为不成熟的戏剧。

[3] 至我朝乃分“院本”“杂剧”而为二：此所谓“杂剧”乃是指元代兴盛的以四套北曲表演一完整故事的元杂剧，与宋杂剧、金院本已有巨大差异。当时院本表演仍在流行，以副净、副末的滑稽表演为主，与杂剧以唱为主的表演迥别，故称分而为二。

[4] “院本始作”以下语：宋灌圃耐得翁《都城纪胜》记宋杂剧角色云：“杂剧中末泥为长，每四人或五人为一场，先做寻常熟事一段，名曰艳段；次做正杂剧，通名为两段。末泥色主张，引戏色分付，副净色发乔，副末色打诨，又或添一人装孤。”可知金院本角色源于宋杂剧，基本相同，唯副净、副末更为突出。“参军”与“苍鹘”为唐代弄参军中角色。李商隐《骄儿诗》：“忽复学参

军，按声唤苍鹘。”

[5]“使人优之效之”：疑为“使优人效之”。爨弄：爨(cuàn)，古族群名，魏晋南北朝时期由南中占统治地位的建宁大姓爨氏集团演变而来，在今云南省东部。“爨弄”，渊源于唐代爨族的幻戏歌舞，“弄”有扮演、戏耍之义。后唐尉迟渥《中朝故事》记载：咸通初有布衣爨，善幻术，“药引火势，斯须即通彻二楼，光明赫然，有人物男女若来往其上。移时后，炭渐飞扬成灰，方无所睹。”此以“五花爨弄”称院本，意谓院本渊源于古代爨弄，且有副净、副末等五个角色演出，故谓之五花爨弄。

[6]色长：宋元教坊属官。《都城纪胜》“瓦舍众伎”条曰：“日教坊有笔篥部、大鼓部、杖鼓部、拍板部、笛色、琵琶色、筝色、方响色、笙色、舞旋色、歌板色、杂剧色、参军色。色有色长，部有部头，上有教坊使副、钤辖、都管、掌仪范者，皆是杂流命官。”

[7]科泛：即科范，指戏曲表的规范。

[8]焰段：即艳段。宋杂剧上演时，在两段正杂剧上演前先做寻常熟事一段，称为“艳段”(见《梦粱录》卷二十)

[9]“有驾头、闺怨”句：“驾头”，帝王出行时的一种仪仗，这里指表演帝王及宫廷故事。“披秉”，披袍秉笏，指朝廷官吏。“家长里短”，民间的世俗生活。

[10]构栏：又作“勾阑”。《说文》段注：“凡曲折之物，侈为倨，敛为勾”。构栏，意谓曲折的栏杆，此专指宋元时期市肆瓦舍里设置的用曲折栏杆构成的演出棚。

[11]辟：征召。萃：聚集。隶：附属。“隶乐”，附属于乐部。

[12]《伊尹扶汤》：《录鬼簿》著录，郑光祖作，已佚。伊尹是商代开国功臣，佐商汤打败夏桀，事见《史记·殷本纪》。《比干剖腹》：《录鬼簿》著录，鲍天祐作，已佚。

[13]《伯瑜泣杖》：《录鬼簿》著录，戴善甫作，已佚。故事见《说苑·建本》：“伯俞有过，其母笞之，泣。其母曰：‘他日笞子，未尝见泣，今泣，何也?’对曰：‘他日俞得罪，笞尝痛，今母之力不能使痛，是以泣。’”《剪发待宾》：《录鬼簿》著录，秦简夫作，今存脉望馆抄于小谷本。故事见《晋书·陶侃传》：“侃早孤贫，为县吏。鄱阳孝廉范逵尝过侃，时仓促无以待宾，其母乃截发得双髲，以易酒肴。乐饮极欢，虽仆从亦过所望。”后来陶侃得范逵的推荐，成为东晋名将。

[14]《杀狗劝夫》：《录鬼簿》著录，萧德祥作，今存。此剧有南戏同名作品。《磨

刀谏妇》：《录鬼簿续编》著录为《磨刀劝妇》，作者失名，已佚。宋何薳《春渚纪闻》载孝子劝其妇善事婆母事，可能是杂剧所本，详见邵曾祺《元明北杂剧总目考略》。

[15]《田真泣树》：《录鬼簿续编》著录，杨景贤作，已佚。本事载吴均《续齐谐记》："京兆田真与弟庆、广三人，共议分财，赀产皆平均，堂前有紫荆一树，议砍为三，而未几枯死。真往见之大惊，谓庆、广曰：'树本同株，闻将分砍，所以颠顇，是人不如木也。'因悲不自胜，不复解树。树复荣茂如初，兄弟相感复合，遂为孝门。"《赵礼让肥》，《录鬼簿》著录，秦简夫作，今存。《后汉书》赵孝传载："及天下乱，人相食。孝弟礼为饿贼所得，孝闻之，即自缚诣贼，曰：'礼久饿，羸瘦，不如孝肥饱。'贼大惊，并放之。"

[16]《管鲍分金》：他处无著录，已佚。所写管仲、鲍叔牙事见《史记・管晏列传》。《范张鸡黍》：《录鬼簿》著录，宫天挺作，今存。写范式、张邵死生不渝的友谊，事迹见《后汉书・独行传》。

[17] 澒(hòng)洞：绵延，弥漫。

[18] 末泥：角色名。宋杂剧中以末泥为长，《梦粱录》称"末泥色主张"。金院本五种脚色中亦有末泥，至元代简称为末，以唱为重。朱权《太和正音谱》曰："当场男子谓之末。末，指事也，俗谓之末泥。"

[19] 至正己未：元至正无"己未"，殆乙未之讹。至正乙未，至正十五年，公元1355年。

[20] 咲：古笑字。

说明

夏庭芝著《青楼集》，"青楼"一词习以之指妓院，然《青楼集》一书，"着眼点不在妓而在艺，着重点不在诸艺而在剧艺"。全书共"提及女伶一百十九位，其中杂剧演员六十二位，歌舞曲艺演员四十六位，伎艺不详者十一位"，故"他所撰写的，不是社会学而是戏剧学著作"(陆林《元代戏剧学研究》第九章)。这从本篇《青楼集志》也可分明看出。全篇中心在于辨明元杂剧的全新的艺术体制：其脚色"则有旦、末"，以旦、末为重，其他悉为外脚。这与宋杂剧、金院本以副净、副末为主不同。剧中人物类型也丰富得多，唐宋时期不过参军、苍鹘、装旦、假官等，元杂剧则有驾头、闺怨、鸨儿、花旦、披秉等许多，演员各有所长。如天然秀"闺怨杂剧，为当时第一，花旦、驾头，亦臻其妙"。就戏剧题材而言，元杂剧有写君臣、母子、夫妇、兄弟、朋友等各不同类型的剧目,“皆可以厚人伦、美风化”,这与金院本“大率不过谑浪调笑”者完全不同。此外演出的方式也不同,元代“内而京师,外而郡邑,皆有所谓构栏者,辟优萃而隶乐,观者挥金与之”,已完全具备了商业性演出的特征。

夏庭芝将元杂剧放在唐传奇宋杂剧、金院本的历史发展过程中来认识,在各方面进行对比,从而对元杂剧之所以成为成熟的戏剧有了相当明确的认识。元杂剧在金元之际已相当成熟,出现了关汉卿这样的杂剧大家,但当时人们对杂剧的戏剧特征的认识还是十分模糊的,胡祇遹从穷情拟态,“可以悦耳目而舒心思”的功能肯定杂剧;周德清重视戏曲的歌唱,大致从诗歌合乐的角度来认识它;杨维桢则把杂剧与古代的优戏相联系,重视其科诨的讽谏作用。他们对元杂剧的认识都不全面,各就其一端加以申发。相比之下,夏庭芝此《青楼集志》便相当突出,他从多种角度审视元杂剧的特征,显示出相当明晰的戏剧观念——即戏剧是一综合性的艺术,由演员饰演剧中人物、敷演故事,从而吸引观众。

明代

文原（选录）

〔明〕宋　濂

作者简介

宋濂（1310—1381），易名玄真子，字景濂，号潜溪，署金华山人，浦江（今属浙江）人。元末，从吴莱、柳贯、黄溍学。荐授翰林编修，不受。明初，授江南儒学提举，主修《元史》，充总裁官，官至翰林学士承旨知制诰。后长孙慎受胡惟庸案牵连，举家谪茂州，中途病卒于夔州。追谥“文宪”。宋濂被推为明代“开国文臣之首”，所作诗文渊深宏博，清新典雅，其文论主要体现了明初朝廷对文学创作的规范和指导。他强调明道、宗经、师古，高度重视文学辅翼政治、敷扬道德的作用和其他关系国事民生的实用功利；主张取法司马迁、班固，尤其推崇韩愈、欧阳修，以“辞达而道明”为文之高境，对后来唐宋派影响显著。著有《宋文宪公全集》。

余讳人以文生相命[1]，丈夫七尺之躯，其所学者，独文乎哉？虽然，余之所谓文者，乃尧、舜、文王、孔子之文，非流俗之文也，学之固宜。浦江郑楷、义乌刘刚、楷之弟柏[2]，尝从予学，已知以道为文，因作《文原》二篇以贻之。

……

其下篇曰：为文必在养气，气与天地同，苟能充之，则可配序三灵[3]，管摄万汇，不然，则一介之小夫尔。君子所以攻内不攻外，图大不图小也。力可以举鼎，人之所难也，而乌获能之[4]，君子不贵之者，以其局乎小也。智可以搏虎，人之所难也，而冯妇能之[5]，君子不贵之者，以其骛乎外也。

气得其养，无所不周，无所不极也，揽而为文，无所不参，无所不包也。九天之属[6]，其高不可窥，八柱之列[7]，其厚不可测，吾文之量得之。规毁魄渊[8]，运行不息，棋地万荧[9]，躔次弗紊[10]，吾文之焰得之。昆仑县圃之崇清[11]，层城九重之严邃[12]，吾文之峻得之。南桂北瀚[13]，东瀛西溟[14]，杳眇而无际，涵负而不竭，鱼龙生焉，波涛兴焉，吾文之深得之。雷霆鼓舞之，风云翕张之，雨露润泽之，鬼神恍惚，曾莫穷其端倪，吾文之变化得之。上下之间，自色自形，羽而飞，足而奔，潜而泳，植而茂，若洪若纤，若高若卑，不可以数计，吾文之随物赋形得之。呜呼，斯文也，圣人得之，则传之万世为经，贤者得之，则放诸四海而准，辅相天地而不过，昭明日月而不忒，调燮四时而不愆，此岂非文之至者乎？

大道堙微，文气日削，骛乎外而不攻其内，局乎小而不图其大。此无他，四瑕、八冥、九蠹有以累之也。何谓四瑕？《雅》《郑》不分之谓荒，本末不比之谓断，筋骸不束之谓缓，旨趣不超之谓凡，是四者贼文之形也。何谓八冥？讦者将以疾夫诚，椭者将以蚀夫圜，庸者将以混夫奇，瘠者将以胜夫腴，觕者将以乱夫精[15]，碎者将以害夫完，陋者将以革夫博，眯者将以损夫明，是八者伤文之膏髓也。何谓九蠹？滑其真，散其神，揉其氛，徇其私，灭其知，丽其蔽，违其天，昧其几，爽其贞，是九者死文之心也。有一于此，则心受死而文丧矣。春葩秋卉之争丽也，猿号林而蛩吟砌也。水涌蹄涔而火炫萤尾也，衣被土偶而不能视听也，蠛蠓死生于甕盎，不知四海之大，六合之广也，斯皆不知养气之故也。呜呼，人能养气，则情深而文明，气盛而化神，当与天地同功也。与天地同功，而其智卒归之一介小夫，不亦可悲也哉。

予既作《文原》上下篇，言虽大而非夸，唯智者然后能择焉。去古远矣，世之论文者有二：曰载道，曰纪事。纪事之文，当本之司马迁、班固，而载道之文，舍六籍吾将焉从？虽然，六籍者本与根也，迁、固者枝与叶也。此固近代唐子西之论[16]，而予之所见则有异于是也。六籍之外，当以孟子为宗，韩子次之，欧阳子又次之，此则国之通衢，无榛荆之塞，无蛇虎之祸，可以直趋圣贤之大道。去此则曲狭僻径耳，荦确邪蹊耳，胡可行哉？予窃怪世之为文者不为不多，骋新奇者，鉤摘隐伏，变更庸常，甚至不可句读，且曰："不诘曲聱牙，非古文也。"乐陈腐者，一假场屋委靡之文，纷揉庞杂，略不见端绪，且曰："不浅易轻顺，非古文也。"予皆不知其何说。大抵为文者，欲其辞达而道明耳，吾道既明，何问其余哉？虽然，道未易明也，必能知言养气，始为得之。予复悲世之为文者，不知其故，颇能操觚遣辞，毅然以文章家自居，所以益摧落而不自振也。今以二三子所学日进于道，聊一言也。

《四部丛刊》本《宋学士文集》卷五十五

注释

[1] 以文生相命：以文人自命。

[2] 郑楷：字叔度，蜀王赐号醇翁，门人私谥"文诚先生"，浦江(今属浙江)人。除蜀王府教授，迁长史致仕，著有《凤鸣集》。刘刚：字养浩，义乌(今属浙江)人，著有《国朝铙歌十二曲》。郑柏：字叔端，郑楷从弟。一生未仕，人称"清逸处士"，著有《圣朝文纂》《文章正原》《续文章正宗》等。三人皆为宋濂门生。

[3] 三灵：天、地、人，或指日、月、星。

[4] 乌获：古代大力士。

[5] 冯妇：《孟子·尽心下》所载男子名，善搏虎。

[6] 属：连接。

[7] 八柱：古代神话传说，地以八座高山为柱，撑起天空。

[8] 规毁魄渊：意谓日落月沉。规，圆形，此借指日之形。魄，此指月。渊，深貌，此指沉没。

[9] 棋(jī)：根柢。

[10] 躔(chán)次：星辰在运行轨迹中的位置。

[11] 县圃：昆仑山的岭，传说上通于天。

[12] 层城：神话中昆仑山上的高城。

[13] 南桂：南海。传说南海有桂，故称桂海。北瀚：北海。

[14] 东瀛：泛指东边的海。西溟：西海。

[15] 犓：粗疏。

[16] 唐子西：唐庚(1071—1211)，字子西，眉州丹棱(今属四川)人。宋绍圣进士，官提举京畿常平，受累贬惠州，人称"小东坡"。有《眉山唐先生文集》。

说明

《文原》分上篇和下篇，在正文前后有两段说明。

我国文学批评史上经常会出现一些批评家以广义之文的概念，来纠正和规范人们主要在狭义之文观念支配下形成的创作风气。这在政治家、道德学家兼文学批评家身上尤见突出，而当改朝换代"革命"之际，这种要求"纠偏"的呼声往往更高。所谓广义之文，是指古人关于一切自然现象、人文现象，当然也包括具体文学因素在内的一种泛文学观念。在这种观念中,具体的文学因素与自然、人文内容相比,是从属和次要的。所谓狭义之文,是指相对单纯、以文之“艺”为主的文学观,表现在文学批评中,主要是就文而论文。

宋濂此文旨在探寻和阐述“文”的本原,企图通过说明、发挥和强调前人广义的文学观,重新使文道合一,抵制“流俗之文”。论文以“文原”为题,体现了作者从大处着眼,从根源上解决问题的撰文用意。

上篇论文之“本、体”。文,天生地载,至大至全,大至无形之“至道”,小至舟楫栋宇之器物,凡一切人伦事理,礼乐制度,行政设置,种族区分等,莫不含括于文。“托诸辞翰,以昭其文。”“文”与“辞翰”或“辞翰之文”不是等值的概念,前者是本、体,后者是末、用。结论自然是,文人应当以追求“经天纬地之文”为目标。

下篇论写作之“智”即作者主体条件,并剖析文章的利弊。智,有君子之智与“小夫”之智的不同。君子之智,得自“养气”,主要指儒家道德修养和高远志怀的培养,这又谓之“攻内”。具备了君子之智,方能“图大”弃小,使笔下之文“无所不参,无所不包”。所以“养气”是作者创作出“经天纬地之文”必需的前提。

宋濂将“至文”的特征描述为:具有高厚不可窥测之“量”,能够放出日星般不灭的光焰,风貌崇峻而深邃,富于变化,又能随物赋形,具有非凡的表现力。这得之于作者善于“养气”。反之,其文则受“四瑕八冥九蠹”之累,“心受死而文丧”,不足一道。

古文家向来重视道统和文统,又视二者为一。宋濂同样如此。他强调六经、孟子、韩愈、欧阳修的道文传统,并流露出以韩、欧古文胜司马迁、班固纪事之文的观点,又从“辞达而道明”的要求出发,既反对“骋新奇者”标举“诘曲聱牙”,也排斥“乐陈腐者”鼓噪“浅易轻顺”。明朝建立以后,宋濂以他文臣之首的政治地位,使上述见解发生了广泛影响,尤其与后来的“唐宋派”更存在着一脉相承的历史联系。

空同子瞽说(选录)

〔明〕苏伯衡

作者简介

苏伯衡(生卒年不详),字平仲,号空同子,金华(今属浙江)人。苏辙后裔。

辙长子知婺州，遂籍金华。元末贡于乡。明初，仕为国子学正，擢翰林编修。宋濂致仕，荐伯衡自代，以疾辞。后聘主会试，授处州教授。坐表笺误，卒于狱。苏伯衡博洽群籍，古文理明气昌，蔚赡有法。作诗文要求“根柢六经，出入子史”，崇尚自然之文，与祖上“三苏”文论相通，而又更加突出儒理的意义。在明初，苏伯衡与宋濂互为呼应，共同致力恢复唐宋文学传统，伯衡对重张“三苏”一脉尤为有力。著有《苏平仲集》。

尉迟楚好为文[1]，谒空同子曰[2]：“敢问文有体乎？”曰：“何体之有？《易》有似《诗》者，《诗》有似《书》者，《书》有似《礼》者，何体之有？”“有法乎？”曰：“初何法？典谟、训诰，《国风》《雅》《颂》，初何法？”“难乎？易乎？”曰：“吾将言其难也，则古《诗》三百篇多出于小夫妇人；吾将言其易也，则成一家言者一代不数人。”“宜繁？宜简？”曰：“不在繁，不在简。状情写物在辞达，辞达则二三言而非不足，辞未达则千百言而非有余。”“宜何如？”曰：“如江河。”“何也？”曰：“有本也。如键之于管[3]，如枢之于户，如将之于三军[4]，如腰领之于衣裳。”“何也？”曰：“有统摄也。如置陈[5]，如构居第，如建国都。”“何也？”曰：“谨布置也。如草木焉，根而干，干而枝，枝而叶而葩。”“何也？”曰：“条理精畅，而皆有附丽也。如手足之十二脉焉[6]，各有起，有出，有循，有注，有会[7]。”“何也？”曰：“支分派别，而荣卫流通也[8]。如天地焉，包涵六合，而不见端倪。”“何也？”曰：“气象沉郁也。如涨海焉，波涛涌而鱼龙张[9]。”“何也？”曰：“浩汗诡怪也。如日月焉，朝夕见而令人喜。”“何也？”曰：“光景常新也。如烟雾舒而云雾布。”“何也？”曰：“动荡而变化也。如风霆流而雨雹集。”“何也？”曰：“神聚而冥会也。如重林，如邃谷。”“何也？”曰：“深远也。如秋空，如寒冰。”“何也？”曰：“洁净也。如太羹，如玄酒。”“何也？”曰：“隽永也。如濑之旋，如马之奔。”“何也？”曰：“回复驰骋也。如羊肠，如鸟道。”“何也？”曰：“萦迂曲折也。如孙吴之兵。[10]”“何也？”曰：“奇正相生也。如常山之蛇[11]。”“何也？”曰：“首尾相应也。如父师之临子弟，如孝子仁人之处亲侧，如元夫硕士端冕而立乎宗庙、朝廷。[12]”“何也？”曰：“端严也，温雅也，正大也。如楚庄王之怒，[13]如杞良妻之泣[14]，如昆阳城之战[15]，如公孙大娘之舞剑[16]。”“何也？”曰：

"激切也，雄壮也，顿挫也。如菽粟，如布帛，如精金，如美玉，如出水芙蓉。""何也？"曰："有补于世也，不假磨砻雕琢也。""将乌乎以及此也？"曰："《易》《诗》《书》、二《礼》、《春秋》所载，丘明、高、赤所传[17]，孟、荀、庄、老之徒所著，朝焉夕焉，讽焉，味焉，习焉，斯得之矣。虽然，非力之可为也。圣贤道德之光，积于中而发乎外，故其言不文而文。譬犹天地之化，雨露之润，物之魂魄以生华萼毛羽，极人力所不能为，孰非自然哉？故学于圣人之道，则圣人之言莫之致而致之矣；学于圣人之言，非惟不得其道，并其所谓言亦且不能至矣。"尉迟楚出以告公乘丘曰[18]："楚之于文也，其犹在山径之间欤？微空同子导吾出也[19]，吾不知大道之恢恢。"于是尽心焉，将于文惆焉无难能者矣。[20]

《四部丛刊》本《苏平仲文集》卷十六

注释

[1] 尉迟楚：作者虚拟的人名。
[2] 空同子：文中幻设的人名，指作者自己。
[3] 键：锁簧，也指锁。管：钥匙。
[4] 三军：泛指军队。
[5] 陈：通"阵"。
[6] 十二脉：即十二经脉。中医谓人的手、足各有三阴三阳六经脉，表里配合，构成气血运行的通路。
[7] 起、出、循、注、会：指身体经络运行结构。起，开始。出，散开。循，延伸。注，贯通、连接。会，聚合。
[8] 荣卫：荣指血的循环，卫指气的周流。亦泛指气血。
[9] 张：竖立。
[10] 孙吴：孙武、吴起，春秋战国时著名军事家。
[11] 常山蛇：古代传说中能首尾互相救应的蛇，后因以喻首尾呼应的阵势。
[12] 元夫：犹善士。硕士：品节高尚、学问渊博之士。
[13] 楚庄王之怒：楚庄王即位三年，不出号令，日夜为乐。伍举以隐语谏曰：鸟三年不飞不鸣，这是什么鸟？庄王回答：其鸟将一飞冲天，一鸣惊人。后来庄王发愤进取，遂成霸业。

[14] 杞良妻之泣：春秋时，齐大夫杞良随庄公出战阵亡，妻枕杞良尸体哭于城下，七日城为之崩。既葬，遂赴淄水死。后来演变为孟姜女哭倒长城的故事。

[15] 昆阳城之战：西汉末，刘秀以三千兵马大破王莽数十万军于昆阳，是他建立东汉的关键一战。昆阳，今属河南叶县。

[16] 公孙大娘：唐开元间教坊的著名舞伎，善舞剑器浑脱。

[17] 高：公羊高，战国齐人。旧说《春秋公羊传》为公羊高所作，一说为公羊寿所作。赤：谷梁赤，春秋鲁人。又名淑，一作俶，字元始。《春秋谷梁传》作者。

[18] 公乘丘：作者虚拟的人名。公乘，姓。

[19] 微：非，不是。

[20] 僩(xián)：安闲自适。

说明

《空同子瞽说》共二十八则，是苏伯衡一部杂著。《四库全书总目提要》评该书，“仿诸子文体，多托物寓意之词”。内容多涉对史事、人物、道德、艺文的批评和议论。这里选的是其中文论一则。

作者运用对话形式，表达了他对于理想文学的思考和认识，目的是给尚在侧径僻路上摸索的文人指点迷津，看清创作的恢恢大道。

文章主要谈了三个问题：不受清规戒律束缚，文学的理想气象，实现文学理想的途径和方法。前一个问题在于破，后两个问题在于立。

苏伯衡以消解的态度视文学之体、法、难易、繁简诸端。本来文学批评中提出尊体重法之说，进行难易繁简之辩，有利于文学的建设和自身特征的凸显。但是一旦胶柱鼓瑟，体之互通、法之灵变、作者构思和文学风貌的丰富多彩，便会受到戕伤，严重影响文学的表现力。苏伯衡主张模糊以上数端的界限，实际上是一种相对的形式自由的思想。“状情写物”的需要和满足(“达”)代替辞之繁简的量化标准，即是这种思想的集中体现。杨慎《论文》提出繁简难易皆有“美恶”，“惟求其美而已”，与苏伯衡的见解一脉相承。

苏伯衡通过一系列形象的比喻，阐述构成优秀的文学作品的条件。“有本”“有统摄”“有补于世”，指创作应该具有学理根基，突出意的主脑地位(“如将之于三军”)，能够发挥补益世道的作用。“谨布置”“条理精畅而皆有附丽”“支分派别而荣卫流通”，谈作品结构的重要性。“根干枝叶”偏重于章节句词外在的结构，“起、出、循、注、会”偏重于意念气韵内在的结构，二者皆须条达贯通，作品才有活气。王骥德、李渔的戏曲结构论，在本文"如构居第，如建国都"的比喻中，已经初见端倪。除此而外，苏伯衡认为理想的文学还应该"气象沉郁""浩汗诡怪""光景常新"，富有动感，呈变化之美，含神灵兴会之奇，风格多样，隽永耐嚼，给人强烈的感动等。

最后，作者提出，实现上述文学理想在于朝夕讽诵儒家经典和《荀子》《老子》《庄子》等著名子书，学道甚于学言，积中发外，自然合辙。此外，苏伯衡并称孔、孟、荀、老、庄为圣人，视其书对启迪和影响文学创作有同样重要的意义，即不局限于正统儒家一派的传统，兼从杂儒和道家广汲营养。这在一定程度上反映了苏门学术风气，"有补于世""有统摄""状情写物在辞达"诸说，也分明可见"三苏"尤其是苏轼的思想痕迹。这些在元末明初文坛，无疑有着拓阔诗文创作途径的意义。

独庵集序

〔明〕高　启

作者简介

高启(1336—1374)，字季迪，号青丘子，长洲(今江苏苏州)人。洪武二年(1369年)召修《元史》，次年授翰林院编修，擢户部右侍郎不就。因苏州知府魏观案受牵累，被处腰斩。高启是元末明初著名诗人，居"吴中四杰"之首。擅场诸体，随事摹写，风格丰富多变。论诗"兼师众长"，追求合美，肯定摹习，也重"自成"。他一生大部分时间在隐居中度过，故对诗歌无政治功利之审美功能，"幽人逸士"自娱之吟唱，也别有会心。著有《高太史大全集》《凫藻集》《扣舷集》。

诗之要，有曰格，曰意，曰趣而已。格以辩其体，意以达其情，趣以臻其妙也。体不辩则入于邪陋，而师古之义乖；情不达则堕于浮虚，而感人之实浅；妙不臻则流于凡近，而超俗之风微。三者既得，而后典雅、冲淡、豪俊、秾缛、幽婉、奇险之辞，变化不一，随所宜而赋焉。如万物之生，洪纤各具乎天，四序之行，荣惨各适其职。又能声不违节，言必止义，如是而诗之道备矣。

夫自汉、魏、晋、唐而降，杜甫氏之外，诸作者各以所长名家，而不能相兼也。学者誉此诋彼，各师所嗜，譬犹行者埋轮一乡，而欲观九州之大，必无至矣。盖尝论之，渊明之善旷而不可以颂朝廷之光，长吉之工奇而不足以咏丘园之致，皆未得为全也。故必兼师众长，随事摹拟，待其时至心融，浑然自成，始可以名大方，而免夫偏执之弊矣。

余少喜攻诗，患于多门，莫知所入。久而窃有见于是焉，将力学以求至，然犹未敢自信其说之不缪也，欲求征于识者而未暇焉。同里衍斯道上人[1]，别累年矣。一日，自钱塘至京师，访余钟山之寓舍[2]，出其诗所谓《独庵集》者示余。其词或闳放驰骋以发其才，或优柔曲折以泄其志，险易并陈，浓淡迭显，盖能兼采众家，不事拘狭，观其意亦将期于自成，而为一大方者也[3]。间与之论说，各相晤赏，余为之拭目加异。夫上人之所造如是，其尝冥契默会而自得乎？抑参游四方有得于识者之所讲乎？何其说之与余同也，吾今可以少恃而自信矣。因甚爱其诗，每退直还舍[4]，辄卧读之不厌。未几，上人告旋，乞为序其帙首，辞而不获，乃识以区区之识而反之。然昔人有以禅喻诗，其要又在于悟[5]，圆转透彻，不涉有无，言说所不能宣，意匠所不可构。上人学佛者也，必有以知此矣，毋遄其归，尚留与共讲焉。

明正统九年（1444年）刻本《高太史凫藻集》卷二

注释

［1］衍斯道：元末明初僧人，高启诗友。上人，和尚尊称。

［2］钟山：又称紫金山，在今江苏南京市。

［3］大方：识见广博、道艺精湛的人。

［4］退直：此指退朝。直，同“值”。

［5］“然昔人有以禅喻诗”两句：指严羽《沧浪诗话》“论诗如论禅”“久之自然悟入”诸说。

说明

据“访余钟山之寓舍”“每退直还舍”二语，知《独庵集序》作于洪武三年（1370

年)高启官翰林院期间。文章流露出某种庙堂意识(如云"渊明之善旷而不可以颂朝廷之光"),而且让人隐约感到作者之正诗风与在位者的责任意识有一定联系,所以它实际上透露的是当时的朝廷引导诗风的某些考虑。

高启以"格、意、趣"为诗歌三要素,"格"谓诗歌体制,是"意趣"的载体。对于"格",他要求"师古"以避"邪陋"。"意"谓诗歌涵蕴,核心是情,它决定作品是否感人。"趣"属于风味、美感的范畴,只有"超俗"的才是有趣而美的。上述三要素生成诗歌诸多语言风格,而且风格本身"变化不一",各有所宜。这反映了高启对诗歌作品艺术有机关系的认识。

"师古"是本文着重讨论的问题。在这个问题上,历来存在采花酿蜜、食叶吐丝与生吞活剥、刻板仿效二种不同的态度。高启主张师古,而且肯定必须"兼师众长""兼采众家",反对"誉此诋彼,各师所嗜"。在此基础上,他还提出要"期于自成",寻求新创造。元末诗人偏爱晚唐奇丽之风,后人有元诗如词之说;此外,嗜好江西风调者也不乏其人。高启提出"兼师众长",意在呼唤诗人放开眼界扭转风气。这与明初研治和恢复"古制"的社会思潮相合拍,同时也说明,为这股思潮推波助澜者中尚有胸襟高阔者在。《四库全书总目·高太史大全集》评高启"于诗,拟汉魏似汉魏,拟六朝似六朝,拟唐似唐,拟宋似宋,凡古人之所长,无不兼之"。又对他"未能镕铸变化,自为一家"表示遗憾。高启诗歌并非没有个性和艺术创造,但毕竟不足。由他的创作实践反观其"师古"主张,实际的侧重似乎落到了"随事摹拟"之上。虽然没有摹拟,很难有创造,但是二者终究不是一回事。高启的事例表明,如果不是紧扣"创造","兼师众长"也会落入第二义,并非只有"各师所嗜"才会陷于泥坑,难以自拔。

剪灯新话序

〔明〕瞿　佑

作者简介

瞿佑(1347—1433),一作瞿祐,字宗吉,号存斋,又号乐全、山阳道人,钱塘(今浙江杭州)人,一作山阳(今江苏淮安)人。先后任教谕、训导、国子助教、长史等职,以诗祸谪戍保安,后释归,内阁办事。瞿佑学博才赡,擅经史学问,善诗词。

又嗜爱小说，作有《剪灯新话》四卷，附录一卷。该书仿唐传奇手法，情节新奇，辞藻绮丽，是明代一部重要的文言传奇小说[illegible]书而作《剪灯余话》，明末清初拟话本作者也往往从中撷取素材，影响[illegible]灯新话》外，瞿佑存世的作品还有《归田诗话》《乐全集》《乐府遗音》[illegible]

余既编辑古今怪奇之事，以为《剪[illegible]四十卷矣。好事者每以近事相闻，远不出百年，近止在数载，襞积于中[1]，日新月盛，习气所溺，欲罢不能，乃援笔为文以纪之。其事皆可喜可悲，可惊可怪者。所惜笔路荒芜，词源浅狭，无嵬目鸿耳之论以发扬之耳[2]。既成，又自以为涉于语怪，近于诲淫，藏之书笥，不欲传出。客闻而求观者众，不能尽却之。则又自解曰：《诗》《书》《易》《春秋》，皆圣笔之所述作，以为万世大经大法者也，然而《易》言“龙战于野”[3]，《书》载“雉雊于鼎”[4]，《国风》取淫奔之诗，《春秋》纪乱贼之事，是又不可执一论也。今余此编，虽于世教民彝，莫之或补，而劝善惩恶，哀穷悼屈，其亦庶乎言者无罪，闻者足以戒之一义云尔。客以余言有理，故书之卷首。

洪武十一年岁次戊午六月朔日，山阳瞿佑书于吴山大隐堂[5]。

上海古籍出版社版周楞伽校注本《剪灯新话》卷首

注释

[1] 襞(bì)积：衣裙的褶子，此指重叠，堆积。

[2] 嵬目鸿耳：开阔眼界，动人观听。

[3] 龙战于野：《易・坤》：“龙战于野，其血玄黄。”

[4] 雉雊于鼎：《尚书・高宗肜日》：“高宗祭成汤，有飞雉升鼎耳而雊。”高宗，即殷高宗武丁。成汤，商朝的建立者。雉，野鸡。雊(gòu)，野鸡叫。

[5] 洪武十一年：1378年。洪武，明太祖朱元璋年号。朔日：农历初一。

说明

“语怪”“诲淫”是古代正统的文学批评人士用来压人的两顶大帽子。按照他们的标准，小说家描写“可惊可怪”的鬼神故事，叙述“可喜可悲”的爱情传说，皆属旁门左道，这样的小说家也就成了“恶人”的同义词。瞿佑不接受这样的文学成见。他说，《易经》《尚书》[illegible]事异象，《诗经》也收录“淫奔”的作品。言下之意，小说家涉“怪”写“淫[illegible]非议。搬出儒家经典为自己所喜爱的小说作辩解，这在普遍尊经[illegible]一种聪明而有效的论战策略。

“不可执一论”作为[illegible]思维的破坏，其启示文学批评的意义是广泛的。“执一”，谓顾此失彼[illegible]好恶取舍事物，是对完整的道理作人为割裂。儒家经典的内容具有相[illegible]丰富性，怪语、淫诗也在容纳之中，瞿佑认为这便是经典的完整性。以经典的一部分内容，排斥与经典另一部分内容相吻合的志怪、情爱小说，就属于小说批评中的“执一”之论。瞿佑既否定了其具体的论点，也否定了其得出结论的一般思维方式，突破了宋代以来受理学影响的文学批评标准。他论诗反对“拘以一律”(《归田诗话》卷上)，也反映了与上述相一致的思想。

对于小说的社会功能，瞿佑提出“劝善惩恶，哀穷悼屈”，并且以此作为他创作《剪灯新话》的追求。瞿佑对小说的虚构性质也有论述，《归田诗话》卷上：元稹“作《莺莺传》，盖托名张生。……而世不悟，乃谓诚有是人者，殆痴人前说梦也。唐人叙述奇遇，如《后土传》托名韦郎，《无双传》托名仙客，往往皆然”。这也是他创作《剪灯新话》，刻画许多“可喜可悲”“可惊可怪”人物奇遇的夫子自道。

唐诗品汇总叙

〔明〕高　棅

作者简介

高棅(1350—1423)，仕籍名廷礼，字彦恢，号漫士，长乐(今属福建)人。永乐初，以布衣召入翰林为待诏，升典籍，卒于官。擅诗、画、书，时称三绝。诗拟盛唐音节色象，时出俊语，神理稍欠，为“闽中十子”之一。在闽诗派中，高棅以精于品鉴衡裁著称。编《唐诗品汇》九十卷，《补遗》十卷，又成《唐诗正声》二十二卷。他上承宋严羽《沧浪诗话》、元杨士弘《唐音》标榜唐诗，近取同乡先辈林鸿倡言学唐，在精研唐诗的基础上，形成鲜明的宗盛唐、学李杜的诗学思想，并通过选本形式，使自己的主张得到广泛传播，推动了明代声势浩大、旷日持久的唐诗运动发展。《明史》本传称《唐诗品汇》一书“终明之世，馆阁宗之”，其影响之巨由此可见。著有《啸台集》《木天清气集》。

有唐三百年诗，众体备矣。故有往体、近体、长短篇、五七言律句绝句等制[1]，莫不兴于始，成于中，流于变，而陊之于终[2]。至于声律兴象，文词理致，各有品格高下之不同。略而言之，则有初唐、盛唐、中唐、晚唐之不同。详而分之，贞观、永徽之时[3]，虞、魏诸公[4]，稍离旧习，王、杨、卢、骆，因加美丽，刘希夷有闺帷之作，上官仪有婉媚之体，此初唐之始制也。神龙以还[5]，洎开元初[6]，陈子昂古风雅正，李巨山文章宿老[7]，沈、宋之新声[8]，苏、张之大手笔[9]，此初唐之渐盛也。开元、天宝间[10]，则有李翰林之飘逸，杜工部之沈郁，孟襄阳之清雅，王右丞之精致，储光羲之真率，王昌龄之声俊，高适、岑参之悲壮，李颀、常建之超凡，此盛唐之盛者也。大历、贞元中[11]，则有韦苏州之雅澹，刘随州之闲旷，钱、郎之清赡[12]，皇甫之冲秀[13]，秦公绪之山林[14]，李从一之台阁[15]，此中唐之再盛也。下暨元和之际[16]，则有柳愚溪之超然复古[17]，韩昌黎之博大其词，张、王乐府[18]，得其故实，元、白序事，务在分明，与夫李贺、卢仝之鬼怪，孟郊、贾岛之饥寒，此晚唐之变也。降而开成以后[19]，则有杜牧之之豪纵，温飞卿之绮靡，李义山之隐僻，许用晦之偶对，他若刘沧、马戴、李频、李群玉辈[20]，尚能黾勉气格，将迈时流，此晚唐变态之极，而遗风余韵，犹有存者焉。

是皆名家擅场，驰骋当世。或称才子，或推诗豪，或谓五言长城，或为律诗龟鉴，或号诗人冠冕，或尊海内文宗，靡不有精粗、邪正、长短、高下之不同。观者苟非穷精阐微、超神入化、玲珑透彻之悟，则莫能得其门，而臻其壶奥矣[21]。今试以数十百篇之诗，隐其姓名，以示学者，须要识得何者为初唐，何者为盛唐，何者为中唐、为晚唐，又何者为王、杨、卢、骆，又何者为沈、宋，又何者为陈拾遗，又何为李、杜，又何为孟，为储，为二王，为高、岑，为常、刘、韦、柳，为韩、李、张、王、元、白、郊、岛之制。辩尽诸家，剖析毫芒，方是作者。

予夙耽于诗，恒欲窥唐人之藩篱，首踵其域，如堕终南万叠间[22]，茫然弗知其所往。然后左攀右涉,晨跻夕览,下上陟顿,进退周旋,历十数年。厥中僻蹊通庄,高门邃室,历历可指数。故不自揆,窃愿偶心前哲,采摭群英,芟夷繁蔓[23],裒成一集,以为学唐诗者之门径。载观诸家选本,详略不侔,《英华》以类见拘[24],《乐府》为题所界[25],是皆略于盛唐,而详于晚唐。他如《朝英》[26]《国秀》[27]《箧中》[28]《丹阳》[29]《英灵》[30]《间气》[31]《极玄》[32]《又玄》[33]《诗府》[34]《诗统》[35]《三体》[36]《众妙》等集[37],立意造论,各该一端。唯近代襄城杨伯谦氏《唐音》集[38],颇能别体制之始终,审音律之正变,可谓得唐人之三尺矣[39],然而李、杜大家不录,岑、刘古调微存,张籍、王建、许浑、李商隐律诗,载诸正音,渤海高适、江宁王昌龄五言,稍见遗响。每一披读,未尝不叹息于斯。

由是远览穷搜,审详取舍,以一二大家,十数名家,与夫善鸣者,殆将数百,校其体裁,分体从类,随类定其品目,因目别其上下、始终、正变,各立序论,以弁其端。爰自贞观至天祐[40],通得六百二十人,共诗五千七百六十九首,分为九十卷,总题曰《唐诗品汇》。呜呼,唐诗之偈[41],弗传久矣;唐诗之道,或时以明。诚使吟咏性情之士,观诗以求其人,因人以知其时,因时以辩其文章之高下,词气之盛衰,本乎始以达其终,审其变而归于正,则优游敦厚之教,未必无小补云。

洪武癸酉春[42],新宁高棅谨序。

明刻汪宗尼校订本《唐诗品汇》卷首

注释

[1] 往体:古体。长短篇:主要指乐府诗。

[2] 隳(duò):败坏,坠落。

[3] 贞观:唐太宗年号,从 627 年至 649 年。永徽,唐高宗年号,从 650 年至 655 年。

[4] 虞魏:虞世南、魏徵。

[5] 神龙:唐中宗年号,从 705 年至 707 年。

[6] 开元:唐玄宗年号,从 713 年至 741 年。

[7] 李巨山：李峤(646—715?)，字巨山，赵州赞皇(今属河北)人。弱冠登进士第，历任高宗、武后、中宗、睿宗四朝。与杜审言、骆宾王、苏味道、崔融唱和，诸人谢世后，文人中数李峤资格为老。

[8] 沈宋：沈佺期、宋之问。二人擅长律诗。

[9] 苏张之大手笔：苏颋、张说以文章显，朝廷大述作多出二人之手，时有“大手笔”之誉。

[10] 天宝：唐玄宗年号，从742年至756年。

[11] 大历：唐代宗年号，从766年至779年。贞元：唐德宗年号，从785年至804年。

[12] 钱郎：钱起(710?—782?)，字仲文，吴兴(今浙江湖州)人。玄宗天宝十载(一说天宝九载)登进士第，官至考功郎中。诗冠“大历十才子”之首。有《钱考功集》。郎士元(?—780?)，字君胄。天宝十五载登进士第，官至郢州刺史。与钱起齐名，合称“钱郎”。

[13] 皇甫：皇甫冉、皇甫曾兄弟。皇甫冉(717?—770?)，字茂政，润州丹阳(今属江苏)人。天宝十五载登进士第，官至右补阙。有《皇甫冉诗集》。皇甫曾(?—785)，字孝常。天宝十二载登进士第，曾任阳翟令。当时兄弟二人诗名略齐。

[14] 秦公绪：秦系(720?—800?)，字公绪，号东海钓客，越州会稽(今浙江绍兴)人。天宝中应试未第，长期隐居度日，晚年曾任检校读校书郎。

[15] 李从一：李嘉祐，字从一，赵州(今河北赵县)人。天宝七载登进士第，历官秘书省正字、监察御史、袁州刺史。诗与钱起、郎士元、刘长卿并称“钱郎刘李”。今存《李嘉祐集》二卷，一称《台阁集》。

[16] 元和：唐宪宗年号，从806年至820年。

[17] 柳愚溪：柳宗元，贬永州司马期间，改当地冉溪之名为愚溪，意寓感愤。

[18] 张王：张籍、王建。

[19] 开成：唐文宗年号，从836年至840年。

[20] 刘沧：字蕴灵，汶阳(今山东宁阳北)人。大中八年登进士第，时已发白。任华原县尉，迁龙门县令。善七律，风格拗峭。马戴：字虞臣，曲阳(今江苏东海西南)人。会昌四年登进士第，官终太学博士。五律尤有风神，有《会昌进士集》。李频(?—876)：字德新，睦州寿昌(今属浙江)人。大中八年登进士第，官终建州刺史。曾从姚合学诗，长近体，诗风严谨，今传有《梨岳诗集》。李群玉(808?—862)：字文山，澧州(今湖南澧县)人。大中八年至京

师献诗，以荐授弘文馆校书郎，光化三年，追赐进士及第。所作五言警拔，七言流丽，善构佳句，有《李群玉诗集》。

[21] 壶奥：深奥幽邃。

[22] 终南：山名，在今陕西西安市南。

[23] 繁蜎：蜎毛丛生，形容繁杂。

[24]《英华》：《文苑英华》，一千卷，宋太宗时李昉、扈蒙、徐铉、宋白等奉敕编。体例略同《文选》，保存了唐人不少散佚的诗文。

[25]《乐府》：《乐府诗集》，一百卷，宋郭茂倩编撰。收集五代前乐府诗，题解精博，是研究乐府诗最重要的资料。

[26]《朝英》：《朝英集》，三卷，唐贾曾编。贾曾迭掌纶诰，以文辞著名。玄宗开元十年闰五月，张说赴朔方军巡边，唐玄宗作诗送行，群臣奉和。贾曾奉敕作序，并受命编集诸人送别诗。取"朝端英秀"之义，题集名为《朝英集》。

[27]《国秀》：《国秀集》，三卷，唐芮挺章编。所选以盛唐诗人为主，重五言近体，尚婉丽风格。

[28]《箧中》：《箧中集》，一卷，唐元结编。选者取其当时"箧中所有"，故名《箧中集》。皆为五言古体，风格古朴。

[29]《丹阳》：《丹阳集》，唐殷璠编。殷璠，丹阳郡丹阳县（今属江苏）人。选十八家诗，有评语。

[30]《英灵》：《河岳英灵集》，二卷，唐殷璠编。所选均为安史之乱前的诗篇，古体多于近体，推重风骨朗健之作，评语多精当。

[31]《间气》：《中兴间气集》，二卷，唐高仲武编。所选肃宗、代宗两朝诗人作品，时谓两朝唐室中兴，"间气"指英杰。体例规仿《河岳英灵集》，所选多五律，崇尚清雅婉丽之风。

[32]《极玄》：《极玄集》，二卷，唐姚合编。所选多五律清隽之作。

[33]《又玄》：《又玄集》，三卷，唐末五代韦庄编。所选以中晚唐人为多。

[34]《诗府》：《文林馆诗府》，八卷，选者不详。见《国史经籍志》著录。

[35]《诗统》：《千顷堂书目》："刘会孟（辰翁）《古今诗统》六卷。"

[36]《三体》：《唐三体诗》，一名《三体唐诗》，宋周弼编。选取唐近体诗七绝、七律、五律而成，故云"三体"。

[37]《众妙》：《众妙集》，宋赵师秀编。所选多为中晚唐诗人，不及古体，五言诗居多。

[38] 杨伯谦氏《唐音》集：元人杨士弘，字伯谦，襄城（今属河南）人。费时十载，编成《唐音》十四卷，分唐诗为始音、正音、遗响三类，详盛唐，辨正变源流，选诗也较精粹。

[39] 三尺：汉代用三尺四寸竹简书写法律，称作三尺法。后泛指法律、规矩。

[40] 天祐：唐昭宗年号，哀帝沿用，从 904 年至 907 年。

[41] 偈：佛经中的唱颂词。此指家法。

[42] 洪武癸酉：明太祖二十六年(1393 年)。

说明

经过明初宋濂等人大力提倡复古，超元越宋，趋归唐音，已经成为诗坛普遍的风气。然而，唐诗本身又是一个驳杂、体调各异的混沌概念，若不对各体诗歌始终正变的发展脉络作出辨析，并从史的意义上大体确定主要诗人的地位，揭示其创作特点以示人归向的目标，学唐的提倡仍不免模糊难从。自从严羽以后，闽人形成推崇盛唐气象的传统，至明初出现了以林鸿等“十才子”为代表的学唐诗群。这些为《唐诗品汇》的问世营造了期待氛围，也创造了诗学条件。高棅在这篇总叙里称，编选此书的目的是帮助学诗者“观诗以求其人，因人以知其时，因时以辩其文章之高下，词气之盛衰，本乎始以达其终，审其变而归于正。”正反映出通过提高对唐诗的辨识力，促使诗歌创作归正的意图，而这也是学唐诗进入“具体化”时代以后必然的要求。

本文对唐诗分期明确作了初、盛、中、晚四段划分，使《沧浪诗话》等有关分期说更为完整，在唐诗研究史上产生广泛深远的影响。清初冯班等人曾举刘长卿亦盛唐亦中唐为例，讥议这种划分的机械性。从微观来说，类似的问题难以避免，有所不足，但从宏观来看，四段划分有利于揭示唐诗发展不同阶段的各自特点，有利于完整把握唐诗整体走向，利大于弊。《四库全书总目·唐诗品汇》指出：“然限断之例，亦论大概耳。寒温相代，必有半冬半春之一日，遂可谓四时无别哉?”不失为持平之论。

高棅以九格区分诗歌创作成就的大小和诗人地位的高低。九格为：正始（诗风转入正道的开始）、正宗、大家、名家、羽翼（以上四格赞美值最高，其中又由前而后呈由高而低递减）、接武（承前启后，过渡）、正变、余响（以上二格皆是趋变，而余响是变的尾声）、旁流（指方外异人如僧、道、妇女及生平失考的作者）。真正具有文学批评意义的是前面八格，而八格中其批评的理论意义强弱也有所不同。就时代而言，“大略以初唐为正始，盛唐为正宗、大家、名家、羽翼，中唐为接武，晚唐为正变、余响”(《唐诗品汇凡例》)。这样通过正变之辨，进一步阐明了唐诗的发展过程和规律，确立了以盛唐为宗的思想。就诗人的具体创作而言，高棅并非一概而论，而是以诗歌体制为主，具体给予诗人的作品以定位。综而论之，李白是“正宗”的代表，杜甫独揽“大家”之美誉。“正宗”含纯正的盛唐风调之意，“大家”指集大成又含较多变调因素而取得崇高成就者，它们是《唐诗品汇》对最臻成熟完美的“神秀声律”诗歌作品的评论术语。这反映了高棅基本上同尊李、杜，并学二家的主张。以宗盛唐为经，学李、杜为纬，正是《唐诗品汇》宗趣所在。

高棅以“声律、兴象、文词、理致”为评诗之要，更抽象一点，又可归纳为神理、格调，而神理在格调中。高棅意在通过审音辨格，以别诗歌正变，示人标准和规范。他在《五言古诗叙目》中说，梁、陈“大雅不振”，初唐至神龙(武则天年号)以后，“品格渐高，颇通远调”。这大致也代表了他对初唐其他各体诗歌的评价。盛唐诗歌的格调更是倍受高棅推崇，李白诗歌的“神秀声律”尤受赞美，其他如孟浩然“兴致清远”，王维“词意雅秀”，岑参“造语奇峻”，高适“骨格浑厚”，以及杜诗的体格完备，都得到大力褒扬。高棅此书有扬初盛唐、抑中晚唐的倾向，以上对初盛唐诗歌格调的赞赏实际上正代表了他对唐诗艺术价值的认识，以及指给后人学唐诗的方向，从而揭开了明代唐诗运动“格调论”的先声。

太和正音谱(选录)

〔明〕朱　权

作者简介

朱权(1378—1448)，朱元璋第十七子，幼年时自称大明奇士，别署臞仙、涵虚子、丹邱先生。封宁王，后改封于南昌。谥献王，世称宁献王。他见疑于成祖，因韬晦学道，修真养性。好诸子百家、卜筮修炼等书，精究戏曲音乐。他对杂剧进行题材分类，归为“十二科”，又从语言、意趣的角度，“新定乐府体十五家”，并且对众多杂剧作家的艺术风格作了生动的概括，在声乐理论方面也有所建树。他整理、保留的曲谱，不仅为当时的戏曲创作提供了形式规范，还为后人提供了可贵的研究资料。著有《太和正音谱》《琼林雅韵》《务头集韵》(佚);另有《冲漠子独步大罗天》等杂剧。

凡作乐府,古人云:"有文章者谓之乐府。"[1]如无文饰者,谓之俚歌,不可与乐府共论也。

(卷上《乐府体式》)

大概作乐府,切忌有伤于音律,乃作者之大病也。且如女真"风流体"等乐章[2],皆以女真人音声歌之,虽字有舛讹,不伤于音律者,不为害也。大抵先要明腔,后要识谱,审其音而作之,庶不有忝于先辈焉。

(卷上《古今群英乐府格势》)

凡唱最要稳当,不可做作。如咂唇、摇头、弹指、顿足之态,高低、轻重、添减太过之音,皆是市井狂悖之徒轻薄淫荡之声,闻者能乱人之耳目,切忌不可。优伶以之。唱若游云之飞太空,上下无碍,悠悠扬扬,出其自然,使人听之,可以顿释烦闷,和悦性情,通畅血气,此皆天生正音,是以能合人之性情。得者以之。故曰:"一声唱到融神处,毛骨萧然六月寒。"

(卷上《善歌之士》)

古有两家之唱,芝庵增入"丧门"之歌为三家[3]。道家所唱者,飞驭天表,游览太虚,俯视八纮[4],志在冲漠之上[5],寄傲宇宙之间,慨古感今,有乐道徜徉之情,故曰"道情"。儒家所唱者性理,衡门乐道,隐居以旷其志泉石之兴[6]。僧家所唱者,自梁方有"丧门"之歌[7],初谓之"颂偈"[8],"急急修来急急修"之语是也,不过乞食抄化之语[9],以天堂地狱之说愚化世俗故也。至宋末,亦唱乐府之曲,笛内皆用之[10]。元初,赞佛亦用之[11]。

(卷上《词林须知》)

中国戏剧出版社版中国戏曲研究院编《中国古典戏曲论著集成》

注释

[1] 有文章者谓之乐府:元燕南芝庵《唱论》:"成文章曰乐府。"朱权《太和正音

谱》多引《唱论》之说，句中"古人"指燕南芝庵。

[2] 女真：古代民族名，一称女直。分布在我国东北地区。北宋末，阿骨打统一女真各部，建立金政权。风流体：指描写男女情爱的戏曲，如元代有《风流王焕百花亭》杂剧。

[3] "古有两家之唱"两句：燕南芝庵《唱论》："三教所唱，各有所尚：道家唱情，僧家唱性，儒家唱理。"两家，指道家、儒家。丧门之歌，办丧事请僧人唱经。按朱权所说芝庵增入丧门之歌，现存《唱论》已无这方面内容。

[4] 八纮(hóng)：八方极远之地，泛指天下。纮，维系。

[5] 冲漠：虚寂恬静。

[6] "儒家所唱者"三句：疑有脱讹之文，似当作"儒家所唱者，口口性理，衡门乐道，隐居口口，以旷其志泉石之兴"。衡门，横木为门，指简陋的居室。

[7] 梁：南朝朝代名，时佛学大兴。

[8] 颂偈：佛经中的唱颂词。

[9] 抄化：募化，乞讨。

[10] "笛内皆用之"句："笛"字疑讹。

[11] 赞佛：赞颂佛法。

说明

《太和正音谱》是明初一部著名的曲论著作，它由戏曲批评论和曲谱两部分组成。卷首自序署"戊寅"，即洪武三十一年(1398 年)，朱权时年二十一岁。据今人考证，以为当时完成的仅为曲谱部分，戏曲批评论部分则是朱权晚年韬晦学道后增入，其中推崇神仙道化剧与作者的处境有关(见黄文实《〈太和正音谱〉曲论部分与曲谱非作于同时》，《文学遗产》1989 年第 6 期)。可备一说。

朱权重视戏曲语言"文饰"之美，既讲究词藻，又注重对偶。他评马致远为元代曲家之首，一个重要的理由是"其词典雅清丽"。又如评王实甫的作品，"如花间美人，铺叙委婉，深得骚人之趣，极有佳句，若玉环之出浴华清，绿珠之采莲洛浦"。显然包含对他优美曲词的赞赏。关汉卿作品语言质朴，朱权认为他只是"可上可下之才"，态度颇有保留。

他对遵守音律有很高的要求，在书里引用元周德清《中原音韵》"明腔""识谱""审音"之说，视为作曲根本的前提，否则，"伤于音律"，便成"大病"。他整理曲谱，按十二宫调的分类，对三百三十五支曲牌的句格谱式进行全面研究，正是重音律思想的体现。当然,朱权又并非拘泥音律格式,而无通变之达见。如他对“才人拴缚不住的豪气”网开一面,认为这是“老于文学者”对常格的突破,这种艺术老境是高明的。

《太和正音谱》有关戏曲声乐论多沿袭元人燕南芝庵《唱论》的观点。朱权自己强调,唱曲“最要稳当,不可做作”。他肯定自然的表演,要求用悠扬的“正音”契入观众的“性情”,起到感化观众的积极作用。

《唱论》曾将戏曲的思想倾向、题材内容归纳为儒、佛、道“三教”,朱权在此基础上,又对三派创作的思想特点作了更加具体、明确的描述。可注意的是,他对佛教剧借天堂、地狱之说“愚化世俗”有不满,对儒家性理剧也谈得比较简略,且侧重于“隐居”出世之想,而对道家唱情之作则详加论说,十分推崇。神仙道化剧又被朱权称为“黄冠体”。马致远善写这类题材,人有“马神仙”之称,朱权将他列为“群英之上”。由此,不仅可以看到儒、佛、道三家思想影响戏曲创作而形成的复杂关系,还可以从朱权特别钟情道教剧中,体会到他受皇帝疑忌,苦衷难表,借以排遣情怀的特殊用意。

怀麓堂诗话(选录)

〔明〕李东阳

作者简介

李东阳(1447—1516),字宾之,号西涯,茶陵(今属湖南)人。天顺七年(1463年)进士,累官文渊阁大学士,少师兼太子太师,吏部尚书,华盖殿大学士。刘瑾擅权,欲辞职而未准,颇招致士人讥议,然庇护善类,亦有令行。卒后谥文正。他的诗歌和雅温淳,弘丽清畅,真意实感稍富,露出明代中叶文坛新机。他是明代前期和中期文学批评过渡人物。明初复古诗风经由他继续衍演,与“台阁体”相联系又出现明显突破,力倡以“声”“格”辨诗,使他成为“闽中十子”到前后七子诗论的桥梁,而他反对刻板摹拟,又为后来反复古主义批评家所利用,显出作用和地位的特殊。著有《怀麓堂集》《怀麓堂诗话》。

诗在六经中别是一教,盖六艺中之乐也[1]。乐始于诗,终于律,人声和则乐声和。又取其声之和者，以陶写情性，感发志意，动荡血脉，流通精神，有至于手舞足蹈而不自觉者。后世诗与乐判而为二，虽有格律，而无音韵，是不过为排偶之文而已。使徒以文而已也，则古之教何必以诗律为哉？

诗贵意，意贵远不贵近，贵淡不贵浓。浓而近者易识，淡而远者难知。……

诗必有具眼，亦必有具耳[2]。眼主格，耳主声。闻琴断，知为第几弦，此具耳也；月下隔窗辨五色线，此具眼也。费侍郎廷言尝问作诗[3]，予曰："试取所未见诗，即能识其时代格调，十不失一，乃为有得。"……

唐人不言诗法，诗法多出宋，而宋人于诗无所得。所谓法者，不过一字一句，对偶雕琢之工，而天真兴致，则未可与道。其高者失之捕风捉影，而卑者坐于粘皮带骨，至于江西诗派极矣。惟严沧浪所论超离尘俗，真若有所自得，反覆譬说，未尝有失。顾其所自为作，徒得唐人体面，而亦少超拔警策之处。予尝谓识得十分，只做得八九分，其一二分乃拘于才力，其沧浪之谓乎？若是者往往而然。然未有识分数少而作分数多者，故识先而力后。

陈公父论诗专取声[4]，最得要领。潘祯应昌尝谓予："诗，宫声也。"[5]予讶而问之，潘言其父受于乡先辈曰："诗有五声，全备者少，惟得宫声者为最优[6]，盖可以兼众声也。李太白、杜子美之诗为宫，韩退之之诗为角[7]，以此例之，虽百家可知也。"予初欲求声于诗，不过心口相语，然不敢以示人。闻潘言，始自信以为昔人先得我心。天下之理，出于自然者，固不约而同也。……

诗用实字易，用虚字难。盛唐人善用虚，其开合呼唤，悠扬委曲，皆在于此。用之不善，则柔弱缓散，不复可振，亦当深戒。此予所独得者。夏正夫尝谓人曰[8]："李西涯专在虚字上用工夫，如何当得？"予闻而服之。

诗有别材，非关书也；诗有别趣，非关理也，然非读书之多，明理之至者，则不能作[9]。论诗者无以易此矣。彼小夫贱隶、妇人女子，真情实意，暗合而偶中，固不待于教。而所谓骚人墨客、学士大夫者，疲神思，弊精力，穷壮至老而不能得其妙，正坐是哉。

今之歌诗者，其声调有轻重清浊长短高下缓急之异，听之者不问而知其为吴为越也。汉以上古诗弗论，所谓律者，非独字数之同，而凡声之平仄，亦无不同也。然其调之为唐为宋为元者，亦较然明甚。此何故耶？大匠能与人以规矩，不能使人巧。律者，规矩之谓，而其为调则有巧存焉。苟非心领神会，自有所得，虽日提耳而教之无益也。

《知不足斋丛书》本《怀麓堂诗话》

注释

［1］六艺：礼、乐、射、御、书、数。

［2］“诗必有具眼”两句：具眼、具耳，特别高超的眼力和听力。具，完备。

［3］费廷言：费訚(1436—1493)，字廷言，号补庵，丹徒(今属江苏)人。成化五年(1469年)会试第一，授编修，迁国子司业，历官礼部右侍郎。

［4］陈公父：陈献章(1428—1500)，字公甫。父，同“甫”。世称白沙先生，新会(今属广东)人。官至翰林检讨。理学家、诗人。有《白沙子全集》。

［5］潘祯：字应昌，台州(今属浙江)人。成化二年(1466年)进士，提学山东副使。

［6］宫声：五音之一。《礼记·乐记》把宫声比作音中君主。

［7］角：五音之一。《宋书·乐志一》喻角声“坚齐而率礼”。

［8］夏正夫：夏寅，字正夫，一字时正，号止庵，松江华亭(今属上海市)人。正统十三年(1448年)进士，官至山东右布政使。有《文明公集》。

［9］“诗有别材”七句：引述严羽《沧浪诗话·诗辨》。

说明

明代唐诗运动在严羽《沧浪诗话》的理论启示下展开，高棅等人得之，举起了宗盛唐、学李杜的旗帜，李东阳等人得之，又转从“别材别趣”方面去擘析诗之所以为诗的特殊体制，藉此总结唐诗成功的奥秘和经验以指导诗坛。

强调诗文之别，是李东阳诗论一个基本点。诗“别是一教”(《怀麓堂诗话》)，“诗之体与文异”(《沧洲诗集序》)。持如此见解，必然重视对诗歌自体性的寻究。

这一点在明代唐诗运动中所以重要，因为它是对“以文入诗”的宋诗影响的化解，可以说是正名之举。有了这条理由，诗歌创作回归到“正宗”的唐诗传统中去，便顺理成章了，这样就与高棅之说汇合到了一处。

李东阳认为，文章的形式特点是章采藻饰，诗歌则是声律音节（见《春雨堂稿序》），所以用声论诗，最得要领（《怀麓堂诗话》）。诗歌声调本于自然，本于人之情性。“彼小夫贱隶、妇人女子”宣发“真情实意”的唱歌，往往能合诗道，相反，骚人墨客搜肠索肚，却难以契合诗之妙境，正表明了诗歌创作不可勉强，也无法凭借摹仿。本于这样的声调论，他肯定诗歌的时代、地域、个性特征，并对摹拟说作了批评，“而或者又曰：必为唐，必为宋。规规焉，俛首蹜步，至不敢易一辞，出一语。纵使似之，亦不足贵矣，况未必似乎”（《镜川先生诗集序》）。后来反拟古主义的批评家（如钱谦益）所以把李东阳视为“自己人”，正是抓住了他诗学思想中这些内容。

但是，李东阳对诗坛产生的最早影响，则是引发了明中期一场更大规模的宗唐潮。王世贞《艺苑卮言》说：“长沙（李东阳）之于何、李也，其陈涉之启汉高乎。”此话虽然意存扬抑，对李东阳在明中期诗歌史上这一作用的肯定则非常明确。这是因为，李东阳以声论诗，实际上最崇尚汉魏、盛唐诗歌声律音节之美，汉魏、盛唐诗最符合“官声”的理想。《怀麓堂诗话》一面指出“汉、魏、六朝、唐、宋、元诗，各自为体”，“音殊调别”，一面又说“六朝、宋、元诗，就其佳者，亦各有兴致，但非本色，只是禅家所谓‘小乘’，道家所谓‘尸解仙’耳”。极能反映他宗汉魏唐（尤其是盛唐）诗的想法。显而易见，前后七子古诗宗汉魏，近体宗盛唐，在李东阳“官声”论中，已具雏形。不同在于，李东阳的诗论还有一定的开放性，尚能在一定程度上容纳宋、元诗歌的长处，而前后七子在很长时期内却对后者坚拒不纳，只是到了后期，才稍稍意识到做过了头。

三国志通俗演义序

〔明〕庸愚子

作者简介

蒋玑（生卒年不详），字大器，号庸愚子，金华（今属浙江）人，一作采乐（今属广西)人。弘治举人,正德间知连城县。邻邑武平刘隆起义,蒋玑率兵擒灭刘隆,不久,自己复被刘隆部下俘杀。蒋玑是我国评论小说《三国演义》的前驱,他这篇《三国志通俗演义序》是目前发现的最早讨论此小说的文章,在《三国演义》评论史上具有它自己的意义。

夫史,非独纪历代之事,盖欲昭往昔之盛衰,鉴君臣之善恶,载政事之得失,观人才之吉凶,知邦家之休戚,以至寒暑灾祥,褒贬予夺,无一而不笔之者,有义存焉。吾夫子因获麟而作《春秋》[1]。《春秋》,鲁史也,孔子修之,至一字予者,褒之;否者,贬之。然一字之中,以见当时君臣父子之道,垂鉴后世,俾识某之善,某之恶,欲其劝惩警惧,不致有前车之覆。此孔子立万万世至公至正之大法,合天理,正彝伦,而乱臣贼子惧。故曰:“知我者其惟《春秋》乎,罪我者其惟《春秋》乎。”[2]亦不得已也。孟子见梁惠王,言仁义而不言利[3],告时君必称尧、舜、禹、汤,答时臣必及伊、傅、周、召[4]。至朱子《纲目》[5],亦由是也,岂徒纪历代之事而已乎?然史之文,理微义奥,不如此,乌可以昭后世?《语》云:“质胜文则野,文胜质则史。”[6]此则史家秉笔之法,其于众人观之,亦尝病焉。故往往舍而不之顾者,由其不通乎众人。而历代之事,愈久愈失其传。前代尝以野史作为评话[7],令瞽者演说[8],其间言辞鄙谬,又失之于野,士君子多厌之。若东原罗贯中[9],以平阳陈寿传[10],考诸国史,自汉灵帝中平元年[11],终于晋太康元年之事[12],留心损益,目之曰《三国志通俗演义》。文不甚深,言不甚俗,事纪其实,亦庶几乎史。盖欲读诵者,人人得而知之,若《诗》所谓里巷歌谣之义也。书成,士君子之好事者,争相誊录,以便观览。则三国之盛衰治乱,人物之出处臧否,一开卷,千百载之事豁然于心胸矣。其间亦未免一二过与不及,俯而就之,欲观者有所进益焉。予谓诵其诗,读其书,不识其人,可乎[13]?读书例曰:若读到古人忠处,便思自己忠与不忠,孝处,便思自己孝与不孝,至于善恶可否,皆当如此,方是有益。若只读过而不身体力行,又未为读书也。

予尝读《三国志》,求其所以,殆由陈蕃、窦武立朝未久[14],而不得行其志,卒为奸宄谋之,权柄日窃,渐浸炽盛,君子去之,小人附之,奸人乘之,当时国家纪纲法度,坏乱极矣。噫,可不痛惜乎?矧何进识见不远[15]，致董卓乘衅而入[16]，权移人主，流毒中外，自取灭亡，理所当然。曹瞒虽有远图[17]，而志不在社稷，假忠欺世[18]，卒为身谋[19]，虽得之，必失之，万古奸贼，仅能逃其不杀而已，固不足论。孙权父子，虎视江东，固有取天下之志，而所用得人，又非老瞒可议。惟昭烈汉室之胄[20]，结义桃园，三顾草庐，君臣契合，辅成大业，亦理所当然。其最尚者，孔明之忠，昭如日星，古今仰之，而关、张之义，尤宜尚也。其他得失，彰彰可考，遗芳遗臭，在人贤与不贤。君子小人，义与利之间而已，观《演义》之君子，宜致思焉。

弘治甲寅仲春几望，庸愚子拜书[21]。

明嘉靖壬午刻本《三国志通俗演义》

注释

[1] 吾夫子因获麟而作《春秋》：夫子，指孔子。鲁哀公十四年（前481年）春，公西狩获麟。麟被人们认为是仁兽，圣王的嘉瑞。孔子感而伤周道不兴，于是借修史以行中兴之教，故作《春秋》。

[2] “知我者其惟《春秋》乎”两句：语见《孟子·滕文公下》。

[3] “孟子见梁惠王”两句：《孟子·梁惠王上》：“孟子见梁惠王。王曰：‘叟不远千里而来，亦将有以利吾国乎？’孟子对曰：‘王何必曰利，亦有仁义而已矣。’”

[4] 伊傅周召：伊，伊尹，商初大臣。傅，傅说，商王武丁的大臣。周，周公，周武王之弟。召，召公，一作邵公、召康公，名奭，曾助武王灭商。

[5] 朱子《纲目》：《通鉴纲目》五十九卷，序例一卷，朱熹编撰。据《资治通鉴》等书而简化内容，纲仿《春秋》为提要，目仿《左传》以叙事。三国史事部分，改《资治通鉴》据魏国纪年为蜀汉纪年，突出正统观念。

[6] “《语》云”三句：见《论语·雍也》。质，朴实。文，采饰。野，指鄙野缺乏教养的人。史，指祝史或掌书册的史官。

[7] 评话：亦称平话，我国古代民间流行的一种口头文学，说唱相间，宋代盛行，后来逐渐由韵散相间发展为单纯散体。此指元代由民间传说改编而成的《三国志平话》等作品。

[8] 瞽（gǔ）：瞎眼。古以瞽者为乐官。此指民间说唱艺人。

[9] 东原：今山东东平、汶上、宁阳一带。“东原”或为“太原”之误。罗贯中：名

本，字贯中，号湖海散人，钱塘（今浙江杭州）人，一作太原（今属山西）人。元明间小说家、戏曲家。著《三国志通俗演义》、戏曲《赵太祖龙虎风云会》等。

[10] 平阳陈寿：陈寿（233—297），字承祚，巴西安汉（今四川南充）人。入晋，曾任平阳令，上表自署“平阳侯相”。传：指陈寿所撰《三国志》。《三国志通俗演义》题“晋平阳侯陈寿史传，明罗贯中编次。”

[11] 汉灵帝：刘宏，公元167—189年在位。中平元年：184年。

[12] 太康：晋武帝司马炎年号。太康元年：280年。

[13] “予谓诵其诗”四句：借引《孟子·万章下》的话。

[14] 陈蕃：东汉桓帝臣。窦武：桓帝皇后的父亲。灵帝即位，两人合谋诛宦官，事败，死。从此，朝政由宦官把持。

[15] 何进：妹为灵帝皇后，封慎侯，何太后临朝封为太傅。后以谋诛宦官，反为所害。

[16] 董卓：本为凉州豪强，灵帝时，任并州牧。何进企图引入董卓杀宦官，事败。董卓趁机率兵入洛阳，废少帝，立献帝，专断朝政。后为王允、吕布所杀。

[17] 曹瞒：即曹操，小字阿瞒。

[18] 假：借。

[19] 卒为身谋：意谓最终只为了建立自己曹魏政权。

[20] 昭烈：即刘备，东汉远支皇族，死后谥昭烈。胄：后代。

[21] 弘治甲寅：1494年。弘治，明孝宗年号。几望：农历每月十四日，几，近，望，农历每月十五日。

说明

三国史事的通俗化传说，早已在民间流传，至罗贯中《三国志通俗演义》问世，始集这类故事之大成，且臻艺术完美之境地，同时，也将历史演义小说的创作带入了一个新阶段。由庸愚子作序、刊印于明嘉靖元年（1522年）的《三国志通俗演义》，是目前发现的《三国志演义》最早版本，分二十四卷，二百四十则，每则有一个七言标题。一般认为这是比较接近罗贯中原著的本子。这篇序文也就成了《三国演义》评论史上开山之作。

作者站在“众人”立场，指出史书不仅是纪事的，也是寓示教训的。但是，传统史书“理微义奥”，远非大众所能理解和接受，大众只好敬而远之，“历代之事”在大众这种冷漠之下逐渐失传，不能不说是史书的遗憾。作者认为以上是史著

“文胜质”带来的不足。他又从“士君子”立场，对“言辞鄙谬”的民间演述历史故事的讲唱文学作了批评，也包括对“野史”内容失真的不满。作者认为这是评话之类作品“质胜文”所导致的缺陷。而显然，他对其能够“通乎众人”，弥补史著之难以接近的不足，又予以肯定。

作者认为，取二者之长而补其短，不仅有此必要，而且也有此可能，《三国志通俗演义》即是合二美为一的优秀文本。他将这部作品的特点概括为：“文不甚深，言不甚俗”；既似史书般真实可信，又便于“人人”阅读理解；它是高雅的，又是显易的，犹如《诗经》中的“里巷歌谣”。对这样的“文质彬彬”、介乎于“深”“俗”之间的叙述风格和语言特色，“众人”乐于接受，“士君子”也乐于欣赏，雅俗共赞，皆获满足。它标志着历史与文学、高雅与通俗结合的成功。不可否认，《三国志通俗演义》本质上是一部小说，而它的语体特征从整体上看又是以通俗为主（书名醒目标出“通俗”二字即是证明）。所以，庸愚子以上论述，最根本的意义是对通俗历史小说的大力肯定，对明代文学发展中逐渐形成的通俗化潮流表现出尊重的意识。

序文对读者阅读小说的态度提出“身体力行”的要求，以便将小说善善恶恶的教训付诸个人的道德实践；认为文学作品“有益”性的实现，取决于读者。文章分析小说人物道：“其最尚者，孔明之忠，昭如日星，古今仰之。而关、张之义，尤宜尚也。”孔明、关羽、张飞是《三国演义》刻画得最成功的文学形象，评语分别以“忠”“义”论其性格，开后来评点派性格论的先河。

缶音序

〔明〕李梦阳

作者简介

李梦阳（1473—1530），初名萃，字天赐，改字献吉，号空同子、空同山人，庆阳（今属甘肃）人，后徙居大梁（今河南开封）。弘治六年（1493年）进士，授户部主事。正直敢言事。弘治末以此得罪贵戚，下狱。武宗时代户部尚书韩文属草弹劾刘瑾，罹祸几危，因康海说情得免，致仕。刘瑾诛，起故官，迁江西提学副使。忤上司、同僚，被诬遭捕。曾为宁王朱宸濠撰《阳春书院记》，宁王败，削籍。弟子私谥“文毅”，天启初追谥“景文”。李梦阳贬斥陈献章、庄昶“性气诗”，讥李东阳创作“萎弱”，以复兴古学相倡，古诗宗汉魏，近体宗盛唐，文宗秦汉，同时也肯定写“真情”。他与何景明、王九思、王廷相、康海、边贡、徐祯卿互为声气，标榜鼓吹，时称“前七子”，倾动弘、正文坛，对明代中晚期文学产生广泛影响，拟古流弊也由此而滋。著有《空同集》。

诗至唐，古调亡矣，然自有唐调可歌咏，高者犹足被管弦。宋人主理不主调，于是唐调亦亡。黄、陈师法杜甫[1]，号大家，今其词艰涩，不香色流动，如入神庙，坐土木骸，即冠服与人等，谓之人可乎？夫诗比兴错杂，假物以神变者也，难言不测之妙，感触突发，流动情思，故其气柔厚，其声悠扬，其言切而不迫，故歌之心畅，而闻之者动也。宋人主理作理语，于是薄风云月露，一切铲去不为，又作诗话教人，人不复知诗矣。诗何尝无理，若专作理语，何不作文而诗为耶？今人有作性气诗，辄自贤于“穿花蛱蝶”“点水蜻蜓”等句，此何异痴人前说梦也。即以理言，则所谓“深深”“款款”者何物邪[2]？《诗》云：“鸢飞戾天，鱼跃于渊”[3]，又何说也？孔子曰：“礼失而求之野。”[4]予观江海山泽之民，顾往往知诗，不作秀才语，如《缶音》是已。

《缶音》，歙处士佘存修作[5]。处士商宋、梁间[6]，故其诗多为宋、梁人作。予游大梁，不及见处士，见其子育[7]，处士有文行，育嗜学文雅，亦善诗。传曰：是父是子[8]，此之谓邪？育以疾不游，反其乡，今数年矣，以书抵予曰：“育恒惧先人之作泯没不见于世也，幸子表之。”予于是作《缶音序》，处士行详见志表，予故不述，第述作诗本旨焉。

明嘉靖刻本《空同集》卷五十一

注释

[1] 黄陈：黄庭坚、陈师道、陈与义，被称为江西诗派“三宗”。

[2] “今人有作性气诗”五句：性气诗，述理谈性的道学诗。此针对陈献章、庄昶一派诗风。穿花蛱蝶、点水蜻蜓，杜甫《曲江二首》之二：“穿花蛱蝶深深见，点水蜻蜓款款飞。”蛱蝶，蝴蝶的一种，此指蝴蝶。款款，缓缓。钱谦益《列朝诗集小传·庄郎中昶》：“而丰城杨廉妄评其诗，以为高出于唐人，杜子美

‘穿花蛱蝶深深见，扑水蜻蜓款款飞’，比定山‘溪边鸟讶天机语，担上梅桃太极行’尚隔几尘。”可与李梦阳这段批评相参观。

[3]“《诗》云”三句：引自《诗经·大雅·旱麓》。戾，至，达。

[4]“孔子曰”二句：见《汉书·艺文志》。

[5]歙：地名，属今安徽。处士：指未做官的士人。

[6]宋：地名，今河南商丘。梁：即大梁，古城名，今河南开封。

[7]育：佘育，字养洁，号邻菊居士、潜虬山人。李梦阳曾撰《潜虬山人记》述其志趣行事。

[8]是父是子：《孔丛子·居卫》：“有此父斯有此子，人道之常也。”

说明

明代复古运动（唐诗运动是其最重要的组成部分）进行到弘治、正德年间，发生了一些明显变化。在此之前，批评家主要论述古唐诗（尤其是唐诗）何以优秀，何以应当成为人们取法的对象；在此之后，他们除继续作这方面论证，更突出了对宋以后诗（尤其是宋诗）的严厉批评，旨在营造宋诗全不足取的舆论。虽然之前如高启、高棅、李东阳也对宋诗有批评，但是并没有导致对宋诗的否定，倒是还有一定的借鉴（如高启、李东阳）。后者改变了这一态度，形成以李梦阳为首的反宋派，李氏“宋无诗”（《潜虬山人记》）即是他们纲领性口号，与他们“文必秦汉，诗必盛唐”文学主张相辅相成。

《缶音序》借陈献章、庄昶一派“性气诗”为突破口，对宋诗传统作了否定性的分析和评价。李梦阳认为，古唐诗与宋诗的对立，是“主调”与“主理”的对立，从“古调”“唐调”到宋诗无“调”主“理”，是诗歌艺术特质的形成、确立、发展到被取消的过程。“调”是比兴、情思、柔厚的心气、悠扬的声韵、委婉贴切的言辞融会形成的生动的“诗”，无“调”主“理”则沦为“文”。这既反映了主“调”论者对诗歌艺术一部分深刻的认识，也显露出其理论严重的偏颇。

诚然，李梦阳也说过“诗何尝无理”，据此，融理入诗自然是题中应有之义。但是，既然江西诗派乃至宋诗整体遭到他排斥，其命题对“理”的吝啬也就可想而知了。

李梦阳反对诗歌“主理”，也含有一部分反对宋明理学的意思。这在明代思想史和文学批评史上均有意义，也与晚明文学精神发生了一种互相呼应的关系。然而思想的批评不能简单地等同于文学的批评，更何况，诗歌“主理”之“理”与理学之“理”其内涵也还并不完全相同。

文章批评明代“性气诗”主理太过，兴味全失，强调《诗经》比兴传统和杜甫即物唱咏，自成妙句的创作经验，这对纠正由理学诗而导致的鄙俚化倾向有积极作用。当然，“性气诗”也有优劣之别，不当一概而论。

“江海山泽之民，顾往往知诗”，这其实也是一种“真诗在民间”的说法。“民间”之“民”，指耕农织妇、渔翁樵夫这样的下层民众，也可以指未入仕途的下层文化人。李梦阳在对“秀才语”表示失望以后，倾心于这样两种人的真唱，说明他确实是一位颇有眼光的批评家。

驳何氏论文书

〔明〕李梦阳

某再拜，大复先生足下[1]：前屡览君作，颇疑有乖于先法，于是为书，敢再拜献足下，冀足下改玉趋也。乃足下不改玉趋也，而即擿仆文之乖者以复我。其言辩以肆，其气傲以豪，其旨轩翕而峍嵺[2]。仆始而读之，谓君我诙也；已而思之，我规也，犹我君规也。夫规人者非谓其人卑也，人之见有同不同。仆之才不高于君，天下所共闻也，乃一旦不量，而虑子乖于先法，兹其情无他也。

子擿我文曰：子高处是古人影子耳，其下者已落近代之口。又曰：未见子自筑一堂奥，突开一户牖，而以何急于不朽？此非仲默之言，短仆而谀仲默者之言也。短仆者必曰：李某岂善文者，但能守古而尺尺寸寸之耳。必如仲默，出入由己，乃为舍筏以登岸[3]。斯言也，祸子者也。古之工，如倕[4]，如班[5]，堂非不殊，户非同也，至其为方也，圆也，弗能舍规矩。何也？规矩者，法也。仆之尺尺而寸寸之者，固法也。假令仆窃古之意，盗古形，剪截古辞以为文，谓之影子诚可。若以我之情，述今之事，尺寸古法，罔袭其辞，犹班圆倕之圆，倕方班之方，而倕之木，非班之木也。此奚不可也？夫筏我二也，犹兔之蹄，鱼之筌，舍之可也。规矩者，方圆之自也，即欲舍之，乌乎舍？子试筑一堂，开一户，措规矩而能之乎[6]？措规矩而能之，必并方圆而遗之可矣，何有于法？何有于规矩？故为斯言者，祸子者也。祸子者，祸文之道也。不知其言祸己与祸文之道，而反规之于法者是攻，子亦谓操戈入室者矣。子又曰：孔、曾、思、孟不同言而同至诚[7]。如尺寸古人，则诗主曹、刘、阮、陆足矣，李、杜即不得更登于诗坛。《诗》云："人知其一，莫知其他[8]。"予之同，法也。尧、舜之道，不以仁政，不能平治天下者也。子以我之尺寸者，言也。览子之作，于法焉篾矣，宜其惑之靡解也。阿房之巨[9]，灵光之岿[10]，临春、结绮之侈丽[11]，杨亭、葛庐之幽之寂[12]，未必皆倕与班为之也，乃其为之也，大小鲜不中方圆也。何也？有必同者也。获所必同，寂可也，幽可也，侈以丽可也，岿可也，巨可也。守之不易，久而推移，因质顺势，融鎔而不自知。于是为曹为刘为阮为陆为李为杜，即今为何大复，何不可哉？此变化之要也。故不泥法而法尝由，不求异而其言人人殊。《易》曰："同归而殊途，一致而百虑。"[13]谓此也，非自筑一堂奥，自开一户牖，而后为道也。

故予尝曰：作文如作字，欧、虞、颜、柳[14]，字不同而同笔。笔不同，非字矣。不同者何也？肥也，瘦也，长也，短也，疏也，密也。故六者势也，字之体也，非笔之精也。精者何也？应诸心而本诸法者也。不窥其精，不足以为字，而矧文之能为？文犹不能为，而矧能道之为？仲默曰：夫为文有不可易之法，辞断而意属，联物而比类。以兹为法，宜其惑之难解，而谀之者易摇也。假令仆即今为文一通，能使辞不属，意不断，物联而类比矣，然于中情思涩促，语崄而硬，音生节拗，质直而粗，浅谫露骨[15]，爰痴爰枯[16]，则子取之乎？故辞断而意属者，其体也，文之势也，联而比之者，事也，柔澹者思，含蓄者意也，典厚者义也。高古者格，宛亮者调，沉着雄丽、清峻闲雅者，才之类也，而发于辞。辞之畅者，其气也，中和者，气之最也。夫然，又华之以色，永之以味，溢之以香。是以古之文者，一挥而众善具也。然其翕辟顿挫[17]，尺尺而寸寸之，未始无法也，所谓圆规而方矩者也。且士之文也，犹医之脉，脉之濡弱紧数迟缓[18]，相似而实不同。前予以柔澹、沉着、含蓄、典厚诸义进规于子，而救俊亮之偏，而子则曰：必闲寂以为柔澹，浊切以为沉着，艰窒以为含蓄，俚矮以为典厚[19]，岂惟谬于诗义，并俊语亮节悉失之矣。吾子于是乎失言矣。子以为濡可为弱,紧可为数,迟可为缓邪?濡弱紧数迟缓,不可相为,则闲寂独可为柔澹,浊切可为沉着,艰窒可为含蓄,俚媟可为典厚邪?吁,吾子于是乎失言矣。

以是而论文,子于文乎病矣。盖子徒以仆规子者过言靡量,而遂肆为峣嵺之谭,摘仆之乖以攻我,而不知仆之心无他也。仆之文千疮百孔者,何敢以加于子也。诚使仆妄自以闲寂、浊切、艰窒、俚媟为柔澹、沉着、含蓄、典厚,而为言黯惨有如摇鞞击铎[20],子何不求柔澹、沉着、含蓄、典厚之真为之,而遽以俊语亮节自安邪?此尤惑之甚者也。

仆聪明衰矣,恒念子负振世之才,而仆叨通家肉骨之列,于是规之以进其极,而复极论以冀其自反,实非自高以加于子。《传》曰:"改玉改行。"[21]子诚持坚白不相下[22],愿再书以复我。

明嘉靖刻本《空同集》卷六十一

注释

[1] 大复:何景明,号大复。
[2] 轩翕:高盛貌。峣嵺(xiāo liáo):同"寥寥",阔达貌。
[3] 舍筏登岸:谓佛法如船筏,既已渡人到彼岸,法便无用,应该舍弃而不再执着。
[4] 倕:相传尧时巧匠。
[5] 班:鲁班,春秋时鲁国巧匠。
[6] 措:弃置。
[7] 孔曾思孟:孔子、曾参、子思、孟子。儒家认为四人存在师承关系。孔子以其学传曾参,曾参以传子思,子思以传孟子。
[8] "人知其一"两句:引自《诗经·小雅·小旻》。
[9] 阿房:秦宫殿名,遗址在今西安市西阿房村。
[10] 灵光:汉代鲁灵光殿的简称。
[11] 临春、结绮:阁名,陈后主至德二年(584年)建造。
[12] 杨亭:杨雄作《太玄》的亭子,亦称子云亭。庐:诸葛亮隐居时住的草庐。
[13] "同归而殊途"两句:引自《易·系辞下》。
[14] 欧虞颜柳:唐代书法家欧阳询、虞世南、颜真卿、柳公权。

[15] 浅谫：浅薄。

[16] 爰：语气助词，放在句首或句中。

[17] 翕辟：合开。

[18] 濡弱紧数迟缓：中医脉象名词。濡脉，细软浮浅。弱脉，细小而沉。紧脉，紧张有力。数脉，急速促迫，一呼吸六至。迟脉，迟延缓慢，一呼吸三至。缓脉，弛缓松懈，系病症；和缓均匀，系常人之脉。

[19] 俚辏：何景明《与李空同论诗书》作"野俚辏积"，意谓语言鄙陋粗浅，堆积成团。辏，聚集。

[20] 摇鞞击铎：何景明《与李空同论诗书》批评李梦阳任江西提学副使后写的诗，"读之若摇鞞铎"，意谓音调沉闷不响亮。鞞铎，皮革制的摇铃。

[21] 改玉改行：谓改变步子，更改佩玉，使符合臣制。此指改弦更张。

[22] 坚白：战国时名家学说的一个命题。围绕"坚白石"这一论题，公孙龙学派认为"坚""白"两种属性是脱离"石"而各自独立存在的，惠施强调"坚""白"的同一性，后期墨家则指出"坚""白""石"是一个整体。此指论战、争辩。

说明

李梦阳的文学理论主要包括文学史论、文学规矩论、文学真情论。规矩论也可称为文法论。文学史论旨在揭示复古的目标，规矩论强调根本的古法永久的价值，真情论则表明复古、遵法应与自抒真情相结合。三部分内容互有关系，贯穿于李梦阳一生的文学批评中，相对而言，晚年时期"真情论"更加突出。代表这三部分内容的分别是《缶音序》《驳何氏论文书》和《诗集自序》三文。

写《驳何氏论文书》的缘起是：李梦阳先曾致一信于何景明，批评其诗有乖古法，何景明作《与李空同论诗书》，持不同看法，并详细申述自己理由，又对李梦阳的创作提出批评；这样，便招徕李梦阳写了这封反驳信及《再与何氏书》。以上构成了明代文学批评史上一场著名的"李何之争"。除李梦阳致何景明的第一封信外，其他各文皆收录于各人的文集中。

在这封信里，李梦阳阐述了这样一种见解：在构成文学作品的诸多因素中，"法"由于自身的特殊性，决定了它的恒久不变性，因此从"法"的角度讲，作者想"自筑一堂奥，突开一户牖"，只能是一种不合理的奢望，而对循古法而进行写作的人以"古人影子"一语加以抹杀，则是对文学是非的颠倒。"假令仆窃古之意，盗古形，剪截古辞以为文，谓之影子诚可。若以我之情，述今之事，尺寸古法，罔袭其辞……此奚不可也?”即以情、事为文学创作中的变项,应随时代和创作主体之不同而变化,从“我”从“今”;而法是属于不变项,后人自当尺寸循守。根据这样的认识,文学创作的公式便成了“今人之情事辞+古法=文学”。

他对古法作了抽象化的说明:“规矩者,法也。”方圆大小不同,画方圆的规矩总是一样的;类似规矩这样不变的规则,便是文学的法度。作者可以运用它写出各自的感情,各自的遭遇,而作品则各具面貌,犹如巧匠运用同样的规矩,画出不同的矩、圆形状,筑成千姿百态的屋宇亭台。但是,文学的法度毕竟不是具有科学意义的“规矩”,不借助其比喻语获得的抽象概括,看其具体所述,则李梦阳所谓的不变的文法,其实也还是一些具体的写作技巧。他在《再与何氏书》中具体解释“法”:“古人之作,其法虽多端,大抵前疏者后必密,半阔者半必细,一实者必一虚,叠景者意必二。此予之所谓法,圆规而方矩者也。”他比喻“作文”如同“作字”,要求人们像“模临古帖”一般摹仿古人的这些作法,以为学得像了,就学得好了(见《再与何氏书》)。

后人从事写作活动,自有学习前人方法的必要,但是方法本身也需要不断发展和创新,李梦阳将古法绝对化,是立论不当之一。其二,李梦阳肯定创作要“以我之情,述今之事”,不“罔袭”古人之“辞”,但认为作法可以完全搬用古人成法,这不能正确解释文学诸因素整体互动的发展关系。其实抒情述事和语言艺术的发展往往同时伴随着诗文法式不断更新,古老的法式并不具有无限容纳性。李梦阳认为创作中情、事等因素是个人化的、新变的,而法是定格的,循旧的,显然不利于法本身的发展、完善,也不利于抒情述事和自成一家语言风格的完美实现。其三,即使书法也贵在创新,自为一体,文学创作就更是如此,它的精神性劳动复杂程度更高,更需要作者的创造力。李梦阳将文学创作比之于临摹古帖,很不妥当。如果书法中学古人绝像还算是一句褒扬的话,在文学创作中与古人全同则只能是一句讽刺语了。

诗集自序

〔明〕李梦阳

李子曰:曹县盖有王叔武云[1],其言曰:夫诗者,天地自然之音也。今途咢而巷讴[2],劳呻而康吟,一唱而群和者,其真也,斯之谓风也。孔子曰:“礼失而求之野。”今真诗乃在民间,而文人学子顾往往为韵言谓之诗。夫孟子谓诗亡然后《春秋》作者[3]，雅也，而风者亦遂弃而不采，不列之乐官，悲夫。李子曰：嗟，异哉，有是乎？予尝聆民间音矣，其曲胡，其思淫，其声哀，其调靡靡，是金、元之乐也，奚其真？王子曰：真者，音之发而情之原也。古者国异风，即其俗成声，今之俗既历胡，乃其曲乌得而不胡也？故真者，音之发而情之原也，非雅俗之辩也。且子之聆之也，亦其谱而声者也。不有率然而谣，勃然而讹者乎[4]？莫知所从来，而长短疾徐无弗谐焉，斯谁使之也？李子闻之，矍然而兴曰：大哉，汉以来不复闻此矣。

王子曰：诗有六义，比兴要焉。夫文人学子，比兴寡而直率多，何也？出于情寡而工于词多也。夫途巷蠢蠢之夫，固无文也，乃其讴也，咢也，呻也，吟也，行咕而坐歌[5]，食咄而寤嗟，此唱而彼和，无不有比焉兴焉，无非其情焉，斯足以观义矣。故曰：诗者，天地自然之音也。李子曰：虽然，子之论者风耳，夫《雅》《颂》不出文人学子手乎？王子曰：是音也，不见于世久矣，虽有作者，微矣。

李子于是怃然失，已洒然醒也。于是废唐近体诸篇，而为李、杜歌行。王子曰：斯驰骋之技也。李子于是为六朝诗。王子曰：斯绮丽之余也。于是诗为晋、魏。曰：比辞而属义，斯谓有意。于是为赋、骚。曰：异其意而袭其言，斯谓有蹊。于是为琴操[6]、古歌诗。曰：似矣，然糟粕也。于是为四言，入《风》出《雅》。曰：近之矣，然无所用之矣，子其休矣。李子闻之，闇然无以难也。自录其诗，藏箧笥中。今二十年矣，乃有刻而布者[7]，李子闻之惧且惭。曰：予之诗，非真也，王子所谓文人学子韵言耳，出之情寡而工之词多者也。然又弘治、正德间诗耳[8]，故自题曰《弘德集》。每自欲改之以求其真，然今老矣！曾子曰："时有所弗及。"学之谓哉。

是集也，凡三十三卷，赋三卷，三十五篇；四五言古体一十二卷，四百七十篇；七言歌行五卷，二百一十篇；五言律五卷，四百六十二篇；七言律四卷，二百八十三篇；七言绝句二卷，二百二十七篇；五言绝句并六言杂言一卷，一百二十篇，凡一千八百七篇。

明万历三十年(1602 年)邓云霄刻本《空同子集》卷首

注释

[1] 王叔武：王崇文（1468—1520），字叔武，号兼山，曹县（今属山东）人。弘治六年（1493年）进士，选庶吉士，授户部主事。历河南布政使，官终左副御史巡抚保定，以疾罢归而卒。著有《兼山遗稿》。

[2] 咢：击鼓而歌，泛指无伴奏的歌唱。

[3] 诗亡然后《春秋》作：语出《孟子·离娄下》。

[4] 讹：唱歌。

[5] 呫（chè）：小声轻吟。

[6] 琴操：古代诗体名。

[7] 乃有刻而布者：此句《李氏弘德集·诗集序》原文不同，兹录如下："嘉靖四年，陈留张元学者，进士之巨也，获李子诗观焉，刻而布。"嘉靖，明世宗年号。嘉靖四年，1525年。陈留，今属河南。张元学，待查。

[8] 弘治：明孝宗年号，从1488年至1505年。正德：明武宗年号，从1506年至1521年。

说明

潘之恒笺曰："此《弘德集序》。"又曰："序法本季札观乐，自左氏以下无此音。"（引自邓云霄刻本《空同子集》卷首）据《李氏弘德集》所载，知它作于嘉靖四年（1525），李梦阳已经五十三岁，属他晚年之作。然他与王崇文（叔武）就民间真诗问题展开的讨论，在文章里属于忆及的内容，显然是从前的事。

对文人创作表示不满而将注意力转向民间的作品，这是李梦阳早已形成的一种认识。《缶音序》肯定"江海山泽之民顾往往知诗"，虽然其所指还限于下层的文人，其实已经包含了民间有真诗的初步看法。李开先《词谑》载有李梦阳劝人学习民歌以提高诗文写作水平的轶事，"有学诗文于李崆峒者，自旁郡而之汴省。崆峒教以'若似得传唱《锁南枝》，则诗文无以加矣'。请问其详，崆峒告以'不能悉记也。只在街市闲行，必有唱之者'。越数日，果闻之，喜跃如获重宝，即至崆峒处，谢曰：'诚如尊教。'"这首《锁南枝》通过奇妙的设喻，大胆、热烈、真率地讴颂了男女情爱。李梦阳以此启诱文人，既有突破理学抑制人欲的意义，又将学民间真诗的主张付诸实行。李梦阳自己还有过采风的实践。他在江西时曾记下一首民谣《郭公谣》，并写下了这样一段话:“李子曰:世尝谓删后无诗,无者,谓雅耳,风自谣口出,孰得而无之哉?今录其民谣一篇,使人知真诗果在民间。於乎,非子期,孰知洋洋峨峨哉。”文学批评与民歌发生紧密的联系,是明代中、后期(主要指弘治、正德年间之后)文艺思潮史上一个突出的现象。从前后七子到公安派、竟陵派,谈论民歌几乎成了文人雅士的时尚。李梦阳显然是这种风气的重要开启者之一。

他的民间真诗论,实质是创作的真情论。他往往论及“情”“真”与诗歌创作的关系,如将“情以发之”视为“诗有七难”之一(《潜虬山人记》);又说:“诗发之情”(《张公诗序》);“情遇则吟”(《鸣春集序》)。而在他看来,民间歌谣在抒发真情方面值得文人学习。

“诗必盛唐,文必秦汉”,又插入学习民间真诗,这反映李梦阳想在学古与写真之间搞好协调。但是,他著力主要是在学古一面,所产生的影响也主要是在复古一面,对于由此而产生“出于情寡而工于词多”的流弊,李梦阳自己也有一定的认识。所以他强调民间真诗论,又具有对复古理论自我纠偏的作用和意义。这篇《诗集自序》对他自己作品所作的检讨,甚至反悔,最能代表他的这一用心。虽然文中叙及的多为先前的想法,作者在晚年将它们公之于世,本身就说明了李梦阳对复古流弊的忧虑以及自救的心情。从这个方面说,后七子在相隔二三十年后,以承李梦阳自居,重燃复古之焰,其实并没有完全沿李梦阳的路继续走。倒是邓云霄《重刻空同先生集叙》将李梦阳思想中被人忽视的一面发掘了出来。他认为只强调李梦阳复古而不兼顾他求民间真诗,是不全面的。他在文中肯定王崇文、李梦阳“真诗在民间”的思想,抨击文人墨客“学步邯郸,徒以韵语相矜诩”的倾向,声称他重刻此书,是要借助李梦阳这柄“剑”,去“摧伏”拟古的“魔军”。去其过甚之论,自有他对李梦阳的会心之赏。

与郭价夫学士论诗书

〔明〕王廷相

作者简介

王廷相(1474—1544),字子衡,号浚川,仪封(今属河南兰考)人。弘治十五年(1502年)进士,曾任山东提学副使、湖广按察使、南京兵部尚书。他是思想家，文学上是“前七子”成员，主张写物情，不好泥古，以营造“意象”为诗歌创作之重要追求。著有《王氏家藏集》。

廷相稽首杏东学士先生门下[1]：比者蒙佳稿见教，捧读旬朔，若有得于言意之外者。见其变化自然，如秋云飏空，倏成物象，浑然天造，不烦雕刻。见其体质都雅，如贵豪公子，翠苑春游，冠盖轩挥，金相玉润，其气韵清绝，如石室道人[2]，餐霞茹芝，滋味冲澹，精神独爽。嗟乎，诗之旨义备矣哉。发我情志，示我龟式[3]，不啻多矣。仆不肖猥于是艺，亦尝究心，蓄材会调，饰章命意，求合往古之度，用骛大雅之涂，时省一斑，匪云冥契。敢因执事陈之，祈为裁教。

夫诗贵意象透莹，不喜事实黏著，古谓水中之月，镜中之影，可以目睹，难以实求是也。三百篇比兴杂出，意在辞表，《离骚》引喻借论，不露本情。东国困于赋役，不曰天之不恤也，曰：“维南有箕，不可以簸扬。维北有斗，不可以挹酒浆。”则天之不恤自见。[4]齐俗婚礼废坏，不曰婿不亲迎也，曰：“俟我于著乎而，充耳以素乎而，尚之以琼华乎而。”则婿不亲迎可测。[5]不曰己德之修也，曰：“余既滋兰之九畹兮，又树蕙之百亩。畦留夷与揭车兮，杂杜蘅与芳芷。”则己德之美不言而章。[6]不曰己之守道也，曰：“固时俗之工巧兮，偭规矩以改措。背绳墨以追曲兮，竞周容以为度。”则己之守道缘情以灼。[7]斯皆包韫本根，标显色相，鸿才之妙拟，哲匠之冥造也。若夫子美《北征》之篇，昌黎《南山》之作，玉川《月蚀》之词，微之《阳城》之什，漫敷繁叙，填事委实，言多趁帖，情出附辏，此则诗人之变体，骚坛之旁轨也。浅学曲士，志乏尚友，性寡神识，心惊目骇，遂区畛不能辩矣。嗟乎，言征实则寡余味也，情直致而难动物也，故示以意象，使人思而咀之，感而契之，邈哉深矣，此诗之大致也。然措手施斤，以法而入者有四务，真积力久[8]，以养而充者有三会。谓之务者，庸其力者也，谓之会者，待其自至者也。

何谓四务？运意、定格、结篇、炼句也。意者，诗之神气，贵圆融而忌闇滞。格者，诗之志向，贵高古而忌芜乱。篇者，诗之体质，贵贯通而忌支离。句者，诗之肢骸，贵委曲而忌直率。是故超诣变化，随模肖形，与造化同工者，精于意者也。构情古始，侵《风》匹《雅》，不涉凡近者，精于格者也。比类摄故，辞断意属，如贯珠累累者，精于篇者也。机理混含，辞拗意多，不犯轻佻者，精于句者也。夫是四务者，艺匠之节度也，一有不精，则不足以轩翥翰涂[9]，驰迹古苑，终随代汩没尔。何谓三会？博学以养才，广著以养气[10]，经事以养道也。才不赡则寡陋而无文，气不充则思短而不属，事不历则理舛而犯义，三者所以弥纶四务之本也。要之，名家大成，罔不具此，然非一趋可至也，力之久而后得者也，故曰会，如不期而遇也。

此工诗之大凡也。譬医之治例，三焦五脏[11]，风寒暑湿，药有定品，方有定拟，工医者能循持而守之，虽无大益，保无大缪矣。虽然，工师之巧，不离规矩，画手迈伦，必先拟摹。风骚乐府，各具体裁，苏、李、曹、刘，辞分界域。欲擅文囿之撰，须参极古之遗，调其步武，约其尺度，以为我则所不能已也，久焉纯熟。自尔悟入，神情昭于肺腑，灵境彻于视听，开阖起伏，出入变化，古师妙拟，悉归我闼。由是搦翰以抽思，则远古即今，高天下地，凡具形象之属，生动之物，靡不综摄为我材品。敷辞以命意，则凡九代之英，三百之章，及夫仙圣之灵，山川之精，靡不会协，为我神助。此非取自外者也，习而化于我者也，故能摆脱形模，凌虚构结，春育天成，不犯旧迹矣。乃若诸家所谓雄浑、冲澹、典雅、沉著、绮丽、含蓄、飘逸、清俊、高古、旷逸等类[12]，则由夫资性、学力、好尚致然，所谓万流宗海，异调同工者也，究其六辔在手，城门之轨则一而已。嗟乎，择善而广道者，贤智之术业也，一道以成化者，圣神之功用也。执事之作，固已洞其几微，优入阃奥矣。而仆鄙陋之见，犹拳拳焉陈之，或者道化之妙，不无有助于万一尔，惟执事教之。

明嘉靖刻本《王氏家藏集》卷二十八

注释

［1］杏东学士：郭维藩（1475—1537），字价夫，号杏东，仪封（今属河南兰考）人。正德六年（1511年）进士，官至太常少卿。著有《杏东先生文集》。

［2］石室道人：道士。

[3] 龟式：意谓规范。古人以龟甲占卜，解释各种龟纹寓意的权威意见被编成图录，以便占卜者对照，此称龟式。

[4] “东国困于赋役”七句：诗引自《小雅·大东》。《诗小序》说：“东国困于役而伤于财”，大夫作此诗以刺。东国，东方之国。箕星在南，故称南箕。斗星在北，故称北斗。

[5] “齐俗婚礼废坏”六句：诗引自《齐·著》。《诗小序》说：新娘来嫁，齐俗当时“不亲迎”，《著》以刺之。著，大门与屏风之间。素，素丝，此谓用素丝系瑱。尚，饰。琼华，美玉。

[6] “不曰己德之修也”六句：诗引自《离骚》。畹，十二亩，或说三十亩。畦，种于田垄。留夷、揭车、杜蘅、芳芷，皆芳草名。

[7] “不曰己之守道也”六句：诗引自《离骚》。周容，合于世以求容。

[8] 真积力久：真，诚。力，行。

[9] 翰涂：文坛。

[10] 著：通“贮”，储存。

[11] 三焦：中医上焦、中焦、下焦的合称。《史记·扁鹊仓公列传》张守节注引《八十一难》：“三焦者，水穀之道路，气之所终始也。上焦在心下下鬲，在胃上口也，中焦在胃中腕，不上不下也，下焦在脐下，当膀胱上口也。”

[12] 雄浑、冲澹、典雅、沉著、绮丽、含蓄、飘逸、清俊、高古、旷逸等类：指署司空图《二十四诗品》所列诗歌不同风格。

说明

自《周易·系辞上》提出“立象以尽意”之说，后世文学批评受其启发，用“意象”论文学，《文心雕龙·神思》“独照之匠，窥意象而运斤”是著名例子。早期的意象论，主要是指作者写意图貌，以达到表现对象的一种艺术思维活动。后来其内涵发生改变，逐渐成为主要是诗人借象以写意的诗歌艺术方法。到明代，诗论中的意象论已经用得很普遍了。

王廷相这篇书信，是向他同乡文人郭维藩谈论自己对诗歌的认识。他认为，诗歌创作最重要的特征是写好意象，而不是用铺陈事实代替精妙意象的营造，所谓“诗贵意象透莹，不喜事实黏著，古谓水中之月，镜中之影，可以目睹，难以实求是也”。他用《诗经》《离骚》的例子解释何谓意象，而所举的例子比、赋皆有。这说明，王廷相的意象论，并非等同于用比兴写诗，也并非一概排斥铺叙手段，而是强调借彼形此，以物、事、象寄意，巧用虚笔、侧笔，即使对事实有所铺叙，这种铺叙也是为写意抒情所用，不是为铺叙事实而铺叙，故一切“漫敷繁叙，填事委实，言多趁帖，情出附辏”，都应避免。站在意象论立场上，王廷相认为杜甫《北征》、韩愈《南山诗》等都失之“征实”“直致”，不是理想的诗歌作品。他说：“言征实则寡余味也，情直致而难动物也，故示以意象，使人思而咀之，感而契之，邈哉深矣，此诗之大致也。”他认为，意象诗是富有诗味的作品，是足够灵动的。

为了写出意象精妙的诗歌，王廷相提出诗人应当做到“四务”（“运意、定格、结篇、炼句”）和“三会”（“博学以养才，广著以养气，经事以养道”）。前者是“艺匠之节度”，即高超的诗歌才能，后者是“弥纶四务之本”，即诗人卓越的主体精神条件。而具体则肯定从学习、模拟前人的优秀作品开始，“久焉纯熟”，“古师妙拟，悉归我闼”，“摆脱形模，凌虚构结，春育天成，不犯旧迹”。这从一个方面丰富了前七子的拟古诗学。

谈艺录（选录）

〔明〕徐祯卿

作者简介

徐祯卿（1479—1511），字昌谷，一字昌国，吴县（今江苏苏州）人。弘治十八年（1505年）进士，任大理寺左寺副，以失囚降国子监博士，年三十三病卒于京。徐祯卿幼精文理，富学识工诗，与同里祝允明、唐寅、文徵明并称“吴中四才子”。宦居京师，与李梦阳等合派同流，为“前七子”之一。然徐祯卿师古而仍存吴音，李梦阳评之为“守而未化，故蹊径存焉”（《徐迪功集序》）。晚年有弃诗学道之想，以病逝未果。徐祯卿以善于论诗著，持性情格调合一、“以情立格”之论，赏婉而有味、浑成无迹之章，王士祯称“更怜《谭艺》是吾师”（《戏效元遗山论诗绝句三十六首》），对清代神韵诗派产生影响。著有《迪功集》《谈艺录》。

情者，心之精也。情无定位，触感而兴，既动于中，必形于声。故喜则为笑哑[1]，忧则为吁歔，怒则为叱咤。然引而成音，气实为佐；引音成词，文实与功。盖因情以发气，因气以成声，因声而绘词，因词而定韵，此诗之源也。然情实眑渺，必因思以穷其奥；气有粗弱，必因力以夺其偏；词难妥帖，必因才以致其极；才易飘扬，必因质以御其侈。此诗之流也。由是而观，则知诗者乃精神之浮英，造化之秘思也。若夫妙骋心机，随方合节，或约旨以植义，或宏文以叙心，或缓发如朱弦，或急张如跃楛[2]，或始迅以中留，或既优而后促，或慷慨以任壮，或悲悽以引泣，或因拙以得工，或发奇而似易，此轮匠之超悟，不可得而详也。《易》曰："书不尽言，言不尽意。"[3]若因言求意，其亦庶乎有得欤。

诗家名号，区别种种，原其太义，固自同归。歌声杂而无方，行体疏而不滞。吟以呻其郁，曲以导其微，引以抽其亿[4]，诗以言其情，故名因昭象。合是而观，则情之体备矣。夫情既异其形，故辞当匠其势。譬如写物绘色，倩盼各因其状；随规就矩，圆方巧获其则。此乃因情立格，持守圜环之大略也[5]。若夫神工哲匠，颠倒经枢，思若连丝，应之杼轴，文如铸冶，逐手而迁，从衡参互[6]，恒度自若，此心之伏机，不可强能也。

朦胧萌拆，情之来也；汪洋漫衍，情之沛也；连翩络属，情之一也；驰轶步骤，气之达也；简练揣摩，思之约也；颉颃累贯[7]，韵之齐也；混纯贞粹，质之检也；明隽清圆，词之藻也。高才闲拟，濡笔求工，发旨立意，虽旁出多门，未有不由斯户者也。至于《垓下》之歌[8]，出自流离；"煮豆"之诗[9]，成于草卒。命辞慷慨，并自奇工。此则深情素气，激而成言，诗之权例也。传曰："疾行无善迹。"艺家之恒论也。

明万历二十五年(1597年)《夷门广牍》本《谈艺录》

注释

[1] 笑哑(è)：出声大笑。

[2] 跃楛(hù)：指飞速射出的箭。楛，木名，此指箭。

[3] "书不尽言"两句：《易·系辞上》引作孔子语。

[4] 亿：通"臆"。

[5] 持守圜环：意谓遵守一定的法度。圜，同"圆"。

[6] 从衡：即纵横。

[7] 颉颃累贯：此指诗歌押韵，前后协调而连贯。颉颃，不相上下，抗衡。累贯，贯穿，联通。

[8]《垓下》之歌：项羽被刘邦军围困在垓下(今安徽灵璧南沱河北岸)时所作。

[9] 煮豆之诗：指曹植《七步诗》。

说明

徐祯卿《谈艺录》篇制虽短，仅三千余字，却是明代诗话的一部精品。关于该著撰写的时间，今治文学批评史者多以书中推崇汉诗而与李梦阳古诗宗汉魏之说相契，断在徐祯卿中进士、结交李梦阳以后。此说误。钱谦益《列朝诗集小传》本传、尤侗《明史拟稿》卷四文苑《徐祯卿》，均视其为识李梦阳前所作。今人徐同林更引李梦阳《徐迪功别稿序》、徐缙《徐迪功集序》，以及徐祯卿本人作于进士前的《题谈艺录后三首》和《月下携儿子小闰教诵新句》自注"时余初成此书(按指《谈艺录》)"，断定其为"早年之作"，推翻了中进士后撰作说(见《徐祯卿〈谈艺录〉作年新探》,《苏州大学学报》1993年第4期)。

《谈艺录》所论，上起先秦歌谣，下及晋宋新声，尤著力辨析《诗经》以后，汉、魏、晋诗质文代变，升降盛衰的历史。视汉诗为堂奥，魏诗为门户，晋诗为衰；并且指出汉诗之巧在于"由质开文"，魏诗之失在于"文质杂兴，本末并用"，晋诗之衰在于"由文求质"，对陆机"绮靡"说致以不满，从而形成作者以质为主，自然润文的诗歌文质观，同时也形成了宗汉酌魏的诗歌取法观。这与徐祯卿所在地吴中地区的诗歌风尚有明显差殊，与李梦阳诗论反而多有相通之处。正是这种理论上的相通，使徐祯卿结识李梦阳后很快与他归为一派，接受了他大部分文学主张。此事所以发生，徐祯卿内因起了主要的作用。

从诗歌生成角度看，徐祯卿将诗歌定义为是人类"精神之浮英"。指出在构思和创作中，情、气、声、词、韵为"源"，思、力、才、质为"流"，源流相汇，诗人主体条件与人类语言经过一系列复杂而丰富的交感和运作，产生各类风格的诗歌作品。在"情"与"格"的关系中，"情"是主导的因素，"情既异其形，故辞当因其势"，这便是"因情立格"。同时，诗歌创作中诗人的精神，心灵活动又是异常活跃多变，完全无法用一定的格套加以拘束，将它纳入预设的路数；而且越是"神工哲匠"、杰出的诗人，越是不会接受束缚，所以他强调应予以充分尊重。徐祯卿重视情，又不偏废学。他强调多阅读前人的优秀之作，"广其资"，"参其变"，如果"不深探研之力，宏识诵之功"，将会妨碍创作的提高。他欣赏"暧暧"之美，不好"如锥出囊中"的"大索露"

作品；虽尚壮气，却反对“锐逸”，这与李梦阳亢放之风有异。

徐祯卿在前七子中自成一家，与李梦阳、何景明鼎足而三。王世贞指出：“今中原豪杰，师尊献古；后俊开敏，服膺何生；三吴轻隽，复为昌谷左袒。”（《艺苑卮言》卷六）可见三人对中晚明诗坛各有影响。在清代，徐祯卿受到王士祯、沈德潜、翁方纲好评，王士祯更是视《谈艺录》为神韵说的理论教材。明人诗论受到清人如此青睐，是一个显著的例外。

与李空同论诗书

〔明〕何景明

作者简介

何景明（1483—1521），字仲默，号白坡，又号大复山人，信阳（今属河南）人。弘治十五年（1502年）进士，授中书舍人。愤刘瑾擅权，辞官回乡，被免职。刘瑾败，复原官，升陕西提学副使。因病卒于家。何景明受李梦阳等人影响，亦力倡古学，基本主张与李梦阳相同，时人并称“李何”。何景明性格禀赋和文学风格所擅与李梦阳有别。何富才情，诗风俊逸；李健气骨，词尚豪雄。二人对学古的方法也有不同理解。由以上之异而引起了一场“李何之争”，结果，何景明在前七子中的次首席地位反而得以确立。著有《大复集》。

敬奉华牍，省诵连日，初怃然若遗，既涣涣然若有释也。发迷彻蔽，爰助激成，空同子功德我者厚矣。仆自念离析以来，单处寡类，格人逖德[1]，程缺元龟[2]，去道符爽[3]，是故述作靡式[4]，而进退失步也。空同子曰：子必有谔谔之评[5]。夫空同子何有于仆谔谔也，然仆所自志者，何可弗一质之。

追昔为诗，空同子刻意古范，铸形宿镆[6]，而独守尺寸。仆则欲富于材积，领会神情，临景构结，不仿形迹。《诗》曰：“惟其有之，是以似之。”[7]以有求似，仆之愚也。近诗以盛唐为尚，宋人似苍老而实疏卤，元人似秀峻而实浅俗。今仆诗不免元习，而空同近作间入于宋。仆固蹇拙薄劣，何敢自列于古人？空同方雄视数代，立振古之作，乃亦至此，何也？凡物有则弗及者，及而退者与过焉者，均谓之不至。譬之为诗，仆则可谓弗及者，若空同求之则过矣。

夫意象应曰合，意象乖曰离，是故乾坤之卦，体天地之撰[8]，意象尽矣。空同丙寅间诗为合[9]，江西以后诗为离[10]。譬之乐，众响赴会，条理乃贯；一音独奏，成章则难。故丝竹之音要眇，木革之音杀直。若独取杀直，而并弃要眇之声，何以穷极至妙，感情饰听也？试取丙寅间作，叩其音，尚中金石；而江西以后之作，辞艰者意反近，意苦者辞反常，色澹黯而中理披慢[11]，读之若摇鞞铎耳。空同贬清俊响亮，而明柔澹、沉著、含蓄、典厚之义，此诗家要旨大体也。然究之作者命意敷词，兼于诸义不设自具[12]。若闲缓寂寞以为柔澹，重浊剜切以为沉著，艰诘晦塞以为含蓄，野俚辏积以为典厚，岂惟缪于诸义，亦并其俊语亮节悉失之矣。

鸿荒邈矣，书契以来，人文渐朗，孔子斯为折中之圣[13]，自余诸子，悉成一家之言。体物杂撰，言辞各殊，君子不例而同之也，取其善焉已尔。故曹、刘、阮、陆，下及李、杜，异曲同工，各擅其时，并称能言。何也？辞有高下，皆能拟议以成其变化也[14]。若必例其同曲，夫然后取，则既主曹、刘、阮、陆矣，李、杜即不得更登诗坛，何以谓千载独步也？

仆尝谓诗文有不可易之法者，辞断而意属，联类而比物也。上考古圣立言，中征秦、汉绪论，下采魏、晋声诗，莫之有易也。夫文靡于隋，韩力振之，然古文之法亡于韩；诗弱于陶，谢力振之，然古诗之法亦亡于谢。比空同尝称陆、谢[15]，仆参详其作：陆诗语俳，体不俳也，谢则体语俱俳矣，未可以其语似，遂得并例也。故法同则语不必同矣。仆观尧、舜、周、孔、子思、孟氏之书，皆不相沿袭，而相发明，是故德日新而道广，此实圣圣传授之心也。后世俗儒，专守训诂，执其一说，终身弗解，相传之意背矣。今为诗不推类极变，开其未发，泯其拟议之迹，以成神圣之功，徒叙其已陈，修饰成文，稍离旧本，便自杌棿[16]，如小儿倚物能行，独趋颠仆。虽由此即曹、刘，即阮、陆，即李、杜，且何以益于道化也？佛有筏喻，言舍筏则达岸矣，达岸则舍筏矣。

今空同之才，足以命世，其志金石可断，又有超代轶俗之见。自仆游从，获睹作述，今且十余年来矣。其高者不能外前人也，下焉者已践近代矣。自创一堂室，开一户牖，成一家之言，以传不朽者，非空同撰焉，谁也？《易大传》曰："神而明之"，"存乎德行"，"成性存存，道义之门"[17]。是故可能通古今，可以摄众妙，可以出万有，是故殊途百虑，而一致同归[18]。夫声以窍生，色以质丽，虚其窍，不假声矣，实其质，不假色矣，苟实其窍，虚其质，而求之声色之末，则终于无有矣。

北风便，冀反复鄙说[19]，幸甚。

明嘉靖刻本《何大复先生集》卷三十二

注释

[1] 格人逖德：意谓无朋友共处，又远离有德之人。格，阻隔。逖，远。

[2] 程缺元龟：意谓缺少可以遵循的准则。程，法式。元龟，大龟，古代用于占卜。

[3] 去道符爽：意谓偏离了正道，难以相符。去，离开。爽，差失，过错。

[4] 靡式：无所取法。

[5] 谔谔：直言争辩貌。

[6] 宿镆：从前名剑。镆，镆铘，古代良剑。

[7] "《诗》曰"三句：见《左传·襄公三年》所引。

[8] 体天地之撰：语出《易·系辞下》。撰，自然现象运动变化的规律。

[9] 丙寅：明武宗正德元年(1506年)。

[10] 江西以后：李梦阳正德六年(1511年)四月升江西提学副使，同年六月到任。正德八年(1513年)冬，因得罪上司、同僚，被诬入狱，次年事释，离开江西。何景明所指当是李梦阳被诬入狱前创作的诗歌。

[11] 披慢：松散，不周密。

[12] 不设自具：难以具备。

[13] 孔子斯为折中之圣：《史记·孔子世家》："言六艺者折中于夫子。"此句谓孔子是圣人，他的思想是判断各种学说是非的标准。

[14] 拟议以成其变化：语出《易·系辞上》，原指说话或做事，应该先揣度卦象，论议爻辞，如此一言一动方能与《易》的变化相合相成。

[15] 比空同尝称陆谢：比，近来。正德六年(1511年)秋中，李梦阳巡都昌，观谢

灵运“谢氏精舍”遗址，称谢诗“六朝之冠”。随后选陆机、谢灵运诗刊行，撰《刻陆谢诗序》。

[16] 杌棿(wù niè)：不安貌。

[17] “神而明之”四句：引自《易·系辞上》。神而明之，意谓对阴阳运化能够明白掌握。存乎德行，意谓在于人的德行修养如何。成性存存，道义之门，意谓《易》之道能使万物之性形成，又能使存在的万物继续生存下去，所以《易》是道义的门户。

[18] 殊途百虑而一致同归：语出《易·系辞下》。

[19] 反复：意谓复信予以指教。

说明

李梦阳、何景明诚属同派，而同派不妨亦有异论。“李何之争”将同派成员异论之争公开化，这事既反映出二人的禀性，也表明他们寻求和坚持文学原理的执着不苟。

何景明写《与李空同论诗书》的时间大约在正德七年(1512年)春，直接缘起是对李梦阳批评的答复，而更深刻的原因，则是缘于他对诗歌、散文创作所持有的不同于李梦阳的认识。表明随着明代复古运动的深入，复古派内部对某些文学问题的认识产生了比较严重的分歧。

崇汉魏古诗、盛唐近体，排斥宋诗，何景明在这些基本问题上，与李梦阳的认识几近一致。他所提出异议者，要有下列数端：

首先，何景明明确表示，作者对自己向往的古人之作也不可取刻板摹拟的态度，而应该本于自己之“有”，灵活地学古。他将他与李梦阳诗论的分歧概括为：李梦阳强调“刻意古范，铸形宿镆，而独守尺寸”；他则主张“富于材积，领会神情，临景构结，不仿形迹”。这实际上道出了拟古与学古的区别，同时表明他在理论上主张学古，不主张拟古。所谓学古的态度，就是“以有求似”，本于自我，而又肖似古人，实现人我相合，今古相融。

其次，复古派很强调诗文古法的重要，对此他们有许多细致的研究和总结，构成其复古的具体规范而要求人们遵从。何景明也肯定古法的重要，但是他将“法”简化为“辞断而意属，联类而比物”构思、谋篇和修辞的艺术，既不繁琐，也并不固板，而是虚灵多变，生生不息的。本着这样的古法观，何景明主张学古“不假(借，下同)声”，“不假色”，不必与古人的语言求同求似。强调“不相沿袭，而相发明”。在他看来，“倚物能行”只是儿童学步，只有“独趋”不颠才走向了成熟。所以创作诗歌应该在学古的基础上，“推类极变，开其未发，泯其拟议之迹，以成神圣之功”；不应“徒叙其已陈，修饰成文”，稍微离开前人“旧本”，就惶惶不安。借用佛家的比喻，何景明认为这就是“舍筏达岸”。既然到达了彼岸，修成了正果，一切法与非法也就变成了多余。从这样的期待出发，他寄希望于李梦阳“自创一堂室，开一户牖，成一家之言，以传不朽”，实际上这也代表了何景明对复古运动的憧憬。

第三，在诗歌风格取向上，何景明比较爱好“要眇之音”，“清俊响亮”之作，以为这样的作品可以“穷极至妙，感情饰听”。他对李梦阳所向往的“柔澹、沉著、含蓄、典厚”诸义，也加以肯定，不过认为诗人在实际创作时，难以兼备。更重要的是，若走入“闲缓寂寞”“重浊剜切”“艰诘晦塞”“野俚辏积”一路，而美其名曰柔澹沉著含蓄典厚，这是为他所不取。他批评李梦阳到江西以后写的诗意象乖离，具体表现为辞艰意近，意苦辞常，语言色采暗澹而内在意理散漫，多杀直促小之音，“读之若摇鞞铎”。显然含有以“要眇之音”、清俊之辞砭补其失的意图。

何景明“以有求似”“舍筏达岸”之说，是对复古运动中拟议古人太甚所作出的一种调整，有其合理性，与后来反拟古的公安派理论似乎也有一息相通。李梦阳早已窥见这种说法对复古运动会产生瓦解作用，所谓“后进之士，悦其易从，惮其难趋，乃即附唱答响，风成俗变，莫可止遏，而古之学废矣”(《答周子书》)。他反复写信，逐条驳斥，根本目的也是为了阻止这种不利于复古运动的局面出现。在李梦阳看来，若按照何景明的说法去做，学古只能浅尝辄止，根本掌握不了古人创作的“规矩”，而“应诸心而本诸法”古我相融之境也不可能企及，因此是“操戈入室”(见《驳何氏论文书》)。其实，何景明从来是在复古的前提下谈论具体方法的灵活和变通，因此是属于修正的复古理论。后来的反复古派，虽然对他有所肯定，但又常常把他与李梦阳并提，一起予以批评，他们对何景明理论这一实质的认定丝毫也不含糊。

诗余图谱凡例按语

〔明〕张　綖

作者简介

张綖(1487—1543)，字世文，别号南湖，高邮(今属江苏)人。正德八年(1513

年)举人。八上春官,不第。选武昌府通判,迁知光州,被奏怠事游咏,罢归。善诗词,华艳缊藉。尤刻意于词学,撰《诗余图谱》三卷,创词体音调字句图谱之学,方便填词,影响广泛。他又提出宋词婉约、豪放之说,后世论宋词体、派之别,多为其所牢笼。另著有《南湖诗集》《南湖诗余》,编著有《杜工部诗通》《草堂诗余别录》等。

按词体大略有二:一体婉约,一体豪放。婉约者欲其辞情酝藉,豪放者欲其气象恢弘。盖亦存乎其人。如秦少游之作多是婉约,苏子瞻之作多是豪放。大抵词体以婉约为正。故东坡称少游为今之词手[1],后山评东坡词虽极天下之工,要非本色[2]。今所录为式者,必是婉约,庶得词体。又有惟取音节中调,不暇择其词之工者。览者详之。

明万历二十九年(1601年)新安游元泾刻本《增正诗余图谱》卷首

注释

[1]"东坡称少游"句:《苕溪渔隐丛话·前集》卷五十引《冷斋夜话》云:"少游到郴州,作长短句云……东坡绝爱其尾两句,自书于扇曰:'少游已矣,虽万人何赎!'"

[2]"后山评东坡"两句:陈师道号后山居士,所引评语出自《后山诗话》。

说明

明中叶后,词坛兴起词谱之学,产生较大影响的是张𫄧《诗余图谱》。该书"图列于前,词缀于后,韵脚句法,犂然井然。一披阅而词可守,韵可循,字推句敲,无事望洋",被誉为"修词家南车"(见王象晋《重刻诗余图谱序》)。在词学中衰时期,它对普及词学知识,推动词创作,起到了一定的积极作用,但是它也存在疏误。继该书之后,同类作品有程明善《啸余谱》、万惟檀《诗余图谱》等。明末词风渐呈兴盛,与词学方面上述探索、总结有一定关系。至清万树《词律》问世,张著及同类词学图谱之书才为其所包容和替代而逐渐淡出词坛。

关于宋词婉约、豪放风格的分野,宋人词论对此已有一定的自觉,如苏轼、李清照、俞文豹等都已表述过自己的有关看法。然而,明确将词分为婉约、豪放二

"体"且从理论上作出必要阐说的，则始于明人，集中地见于张绖这篇《诗余图谱凡例》所附按语中（按：本篇题目为编者所加）。作者概括婉约词的特点为"辞情酝藉"，豪放词的特点为"气象恢弘"，又分别以秦观和苏轼为两种风格的代表，认为词的风格取决于词人的个性；在两种词风中，应"以婉约为正"。虽然这些具体的观点都很难说新颖，选择婉约词风为正宗也只是历来正统词论的翻版，本身不免于偏颇，尽管如此，作者对两种词风作出如此鲜明、扼要的概括，从而成为明代词论最重要的收获之一。作者有关词分婉约、豪放二体的看法，在明清乃至近现代词学研究中，得到广泛认同，也引起不同意见的争论，影响十分深远。

李前渠诗引

〔明〕杨　慎

作者简介

杨慎（1488—1559），字用修，号升庵，四川新都人。正德六年（1511 年）试进士第一，授翰林修撰。嘉靖三年（1524 年）上议大礼疏，谪戍云南永昌卫（治所在今云南保山），卒于贬所。天启中追谥"文宪"。杨慎学问博洽，著述繁富，居一时之首。少时受李东阳赏识，呼以"小友"。与何景明友善，商以诗文。然不为七子格局所限，自出眼光，评衡文风，提出"人人有诗，代代有诗"。他在诗歌创作上取途广阔，上溯汉魏六朝，出入三唐，不废宋诗，博采众长基础上形成渊雅流丽的风格。他的著作被后人汇编成《总纂升庵合集》，论诗之著有《升庵诗话》。

诗之为教，逖矣玄哉。婴儿赤子，则怀嬉戏抃跃之心[1]；玄鹤苍鸾，亦合歌舞节奏之应。况乎毓精二五[2]，出类百千！六情静于中，万物荡于外，情缘物而动，物感情而迁，是发诸性情而协于律吕，非先协律吕而后发性情也。以兹知人人有诗，代代有诗。古之诗也，一出于性情；后之诗也，必润以问学。性情之感异衷，故诗有邪有正；问学之功殊等，故诗有拙有工，此皆存乎其人也。或政遇醇和，则膏泽畔乎肹蚃[3]；时值窳黩，则劳苦形于咏谣，皆复关乎其时也。若夫八伯之云纠[4]，膏泽之醉也；伍员之日暆[5]，劳苦之形也。二《雅》三《颂》[6]，正之检也[7]；桑中濮上[8]，邪之流也。岂分穷达，奚别古今。贵耳贱目者，乃云《颂》寝于周馀，诗亡于删后；反鉴索照者[9]，复云诗在灞桥风雪，不在东华软红[10]，咈哉[11]。

藩伯前渠李公[12]，星轺下于天邑[13]，云会披于江阳[14]，不鄙庸音，下叩穹谷，出其近作二百余篇，对阅移时，退绎旬日。公性能而好，既取材《文选》，而效法唐音，又景行崆峒[15]，而丽泽大复[16]。于堂萱陇条[17]，原翎云鸿[18]，温润见孝友之性矣；于协忠双庙[19]，阏伯高台[20]，感慨发思古之情矣。矧往体格诗，一一合作，绚彩风骨，彬彬不偏。鼎实片脔，侏儒一节，遇于独见而知，弗竢九变而贯矣。辄陈虚简，有靦实归，不揆授简之知，敢附题襟之后[21]。

明刻本《升庵全集》卷三

注释

［1］抃跃：手舞足蹈，表示欢欣鼓舞。

［2］毓精二五：指人。人为天地孕育之精华，故云。毓精，孕育精华。二五，二指阴阳，五指五行。

［3］醉(yì)，醇酒。此指醇香四溢。肸蚃(xī xiǎng)：气体弥漫；隐约。

［4］八伯之云纠：《尚书大传》载舜将禅禹，君臣相和唱《卿云歌》，首段云："卿云烂兮，纠缦缦兮。日月光华，旦复旦兮。"纠缦缦，纡缓缭绕。八伯，相传尧舜时畿外八州的最高长官，分别掌管四方诸侯。

［5］伍员之日暆：伍员，伍子胥，名员。《越绝书》载伍子胥逃奔吴国，至一江边，渔夫帮他渡江。渔夫歌曰："日昭昭，浸以施。"施，即暆(yí)，日西斜。

［6］二《雅》三《颂》：指《诗经》的《小雅》《大雅》和《周颂》《鲁颂》《商颂》。

［7］检：法度。

［8］桑中濮上：指桑间和濮水之滨，二处皆是古代卫地。春秋时那里以侈靡之乐闻名于世，男女亦多在此处幽会，后世用以代指侈靡、淫乱的音乐和风俗的流行地。

［9］反鉴索照：倒背镜子照影，形容不借鉴前人创作经验。

［10］"复云诗在灞桥风雪"两句：《升庵诗话》卷九批评晚唐"如许浑辈，皆空吟不

学，平生镂心呕血，不过五七言短律而已。……又云：‘诗在灞桥风雪中，驴子上。’不思周人《清庙》，汉代《柏梁》，何必尔耶？又曰：‘寻常言语口头话，便是诗家绝妙词。’又云：‘诗从乱道得。’又自云：‘我平生作诗，得猫儿狗子力。’噫，此等空空，知万卷为何物哉。”灞桥，本作霸桥，在长安东。汉人送客至此，折柳赠别。东华，明清时中枢官署设在宫城东华门内，因以借称中央官署，指台阁。软红，软红尘，指繁华热闹。

[11] 咈(fú)：表示否定之词。

[12] 藩伯：明清时指布政使。

[13] 星轺：使者所乘坐的车，亦借指使者。天邑：帝都。

[14] 云会：聚集，此指聚集的云。江阳：江的北边。

[15] 崆峒：李梦阳，号空同子。

[16] 大复：何景明，号大复山人。

[17] 堂萱：指母亲。陇条：墓地的树木。

[18] 原翎：同“原鸰”。《诗经・小雅・常棣》：“脊令在原，兄弟急难。”脊令，即鹡，一种水鸟。水鸟却在高原，喻处于急难之中。后用“原鸰”喻兄弟友爱，急难相助。云鸿：飞行于高空的大雁。此喻兄弟。

[19] 协忠双庙：唐张巡、许远守睢阳(今河南商丘)，抗安禄山叛军，城陷后被害。唐肃宗为表彰他们忠烈，立庙睢阳，岁时祭祀，称为“双庙”。

[20] 阏(yān)伯：古代人名，辛高氏大儿子，因与弟互相征讨，被辛高氏迁于商丘。

[21] 题襟：唱和抒怀。

说明

明代中期，当“前七子”风动天下之际，杨慎表现出相对独立的文学批评精神。

本文从缘物感情而产生诗歌的认识出发，肯定由特定的政治、时局合成的社会状况，决定人的特定的性情和思致，然后借助于“律吕”格式，形之于诗歌，所谓“是发诸性情而协于律吕，非先协律吕而后发性情”。这种认识在中国文学批评史上似乎是老生常谈，但在复古风盛的背景之下，它却具有纠偏补失的积极的现实意义。杨慎从上述前提顺理成章地推导出“人人有诗，代代有诗”的结论，就与复古派“诗必盛唐”的普遍认识明显相悖。尽管后者一般也强调情性之于诗歌创作的重要，但是，重律吕格调，追求“第一义”，使他们不能始终坚持“发诸性情”的命题，也不能坚持全面的文学发展史观。杨慎虽然也赞同“取材《文选》”，“效法唐音”，一般来说，对李梦阳、何景明的复古努力也有所支持，但是他对李、何割断诗歌发展的论说并不苟同。针对“宋无诗”之说，他在《升庵诗话》中多次说过“不可云宋无诗”，在《宛陵诗选序》中也提出对宋诗不能“以时代弃之”，不必求全责备，见解通达而契理。当然，他肯定宋诗尚未达到对宋诗自身异质的深入理解，往往欣赏宋诗合符唐诗风调的部分。他在普遍的反宋诗的风气中，能予宋诗较公允的评价，难能可贵。他的“人人有诗，代代有诗”口号，与公安派“代有升降，法不相沿”（袁宏道《叙小修诗》）已相当接近。

本文另一重要见解是，强调了学问之于诗歌创作突出的意义。杨慎认为，古人作诗“一出于性情”，后人作诗“必润以问学”。他十分讲究学力，曾用无云则无以为雨，无花则无以为实的自然现象作比喻，说明广泛读书的重要（《云局记》）。提倡多闻多见，“多闻则守之以约，多见则守之以卓，寡闻则无约也，寡见则无卓也”（《谭苑醍醐序》）。他认为“读书虽不为作诗设，然胸中有万卷书，则笔下自无一点尘矣”（《升庵诗话》卷十四）。杨慎学问博洽，对凿空议论的风气时有非议，这些使他的治学风格与清代学风多有相似之处；由重视学问推而广之重视诗歌中的学问因素，与清代学人诗的主张也近乎一致。正由于这些原因，使他受到了清人较多好评，而在明代，他则难免有几许孤掌难鸣之感。

四溟诗话（选录）

〔明〕谢　榛

作者简介

谢榛（1495?/1499? —1575），字茂秦，号四溟山人，又号脱屣山人，临清（今属山东）人。布衣终生。早年以侠气著，后折节读书。与李攀龙、王世贞等结为诗社，任社长。及李攀龙名盛，且二人意见相左，谢榛被摒于七子之外，然时人依然视他为后七子中人。在该派中，谢榛年最长，也较早提出诗歌主张。他强调宗取最上一路，然途径略宽；崇古之心虽切，却也不满泥古拘方。他对诗歌创作规律和艺术奥秘的揭抉颇下功夫，成就在后七子中较为突出。著有《四溟山人全集》，诗论专著有《四溟诗话》，一名《诗家直说》。

诗有可解、不可解、不必解，若水月镜花，勿泥其迹可也。

（卷一）

作诗本乎情景，孤不自成，两不相背。凡登高致思，则神交古人，穷乎遐迩，系乎忧乐，此相因偶然，著形于绝迹。振响于无声也。夫情景有异同，模写有难易，诗有二要，莫切于斯者。观则同于外，感则异于内，当自用其力，使内外如一，出入此心而无间也。景乃诗之媒，情乃诗之胚，合而为诗，以数言而统万形，元气浑成，其浩无涯矣。同而不流于俗，异而不失其正，岂徒丽藻炫人而已。然才亦有异同，同者得其貌，异者得其骨。人但能同其同，而莫能异其异。吾见异其同者，代不数人尔。

作诗譬如江南诸郡造酒，皆以曲米为料，酿成则醇味如一。善饮者历历尝之，曰："此南京酒也，此苏州酒也，此镇江酒也，此金华酒也。"其美虽同，尝之各有甄别，何哉？做手不同故尔。

凡作诗不宜逼真，如朝行远望，青山佳色，隐然可爱，其烟霞变幻，难于名状。及登临非复奇观，惟片石数树而已。远近所见不同，妙在含糊，方见作手。

作诗有专用学问而堆垛者，或不用学问而匀净者，二者悟不悟之间耳。惟神会以定取舍，自趋乎大道，不涉于歧路矣。譬如杨升庵状元谪戍滇南[1]，犹尚奢侈，其粳、糯、黍、稷、脯、鬻[2]、殽[3]、鲙种种罗于前，而箸不周品[4]，此乃用学问之癖也。又如客游五台山访禅侣[5]，厨下见一胡僧执爨，但以清泉注釜，不用粒米，沸则自成饘粥。此无中生有，暗合古人出处。此不专于学问，又非无学问者所能到也。予因六祖惠能不识一字[6]，参禅入道成佛，遂在难处用工，定想头，炼心机，乃得无米粥之法。诗中难者，莫过于情诗，然乐府尤盛于元，千万人口中咀嚼，外无遗景，内无遗情，虽有作者，罕得新意。姑借六祖之悟，以示后学，诚以六祖之心为心，而入悟也弗难矣。……

（卷三）

中华书局版丁福保辑《历代诗话续编》

注释

［1］杨升庵：杨慎，号升庵。参见《李前渠诗引》作者简介。
［2］臡（ní）：有骨的肉酱，亦泛指肉酱。
［3］殽（yáo）：通"肴"，带骨的熟肉。
［4］箸：筷子。
［5］五台山：佛教名山，在今山西省。
［6］惠能：生卒年为638—713年，唐高僧，佛教禅宗的南宗开创者，倡顿悟法门。传说原是不识字的樵夫，听人诵《金刚般若经》，才发心学佛。

说明

在古代长长的诗人和诗论家名单中，布衣身份侧身其中的并不多，能产生影响的就更少了。谢榛属于例外之一。但是，他还是受到了同派成员的排挤，以至徐渭为他呼愤不平（见徐渭《廿八日雪》）。《四溟诗话》定稿于晚年，卷四"迄今丙寅（嘉靖四十五年，1566年）"一语可证。书中记述了作者早先与李攀龙、王世贞等论诗，以及对该诗派产生影响的一些回忆，也可视为谢榛对自己在后七子一派中的个人地位和作用的维护。

《诗话》卷三载谢榛在京与李攀龙、王世贞等讨论于唐代诗人中应当"楷范"哪家，"或云沈宋，或云李杜，或云王孟"，谢榛皆不以为然。他认为，当取初、盛唐优秀诗人所作之"最佳者"，"熟读之以夺神气，歌咏之以求声调，玩味之以裒精华"，"不必塑谪仙而画少陵"。表明他在后七子宗唐一派中，取径稍为宽广，方法上与刻板摹拟也有明显区别。他主张学唐应该像蜜蜂"历采百花"，然后"自成一种佳味与芳馨"，说明"纵横于古人众迹之中"，最终则是追求自我"成家"（卷三）。他称这为"酿蜜法"，形象而又精辟地说明了博采众长与艺术创新之间的关系。可惜他的博采只局限于唐以前的范围，而创新的努力在实践中也未得到显著的体现。

他关于"家常话"和"官话"的辨别，以为"官话使力，家常话省力；官话勉然，家常话自然"，作诗应该"若秀才对朋友说家常话"，不应该"学说官话"，"作腔子"。这旨在提倡朴素、自然的语言风格。在当时拟古风气之下，"平仄妥帖，声调铿锵"而充满"官话腔子"的诗作往往被认为是美的，谢榛对此表示不满，这一点与“唐宋派”和“公安派”有某种相通。

他反对在诗中堆垛学问，强调“悟”“神会”，认为悟性较之学问在诗歌创作中具有更重要的意义。与杨慎提倡学问相反，他推崇僧家“无米粥之法”，以“入悟”为诗家法门。清代袁枚与翁方纲“性灵”“肌理”之分歧，在这里已经露出端倪。

谢榛是我国较早提出诗歌模糊美（“妙在含糊”）的诗论家。他认为诗歌写得太“逼真”，太清晰，反而不美，犹如赏景，近看不过“片石数树”，平凡无奇，远观则成“青山景色，隐然可爱”。对距离、模糊和美三者的关系，作出了令人信服的说明。他在《诗话》中另外还记载了一段说明美在模糊的话，“予初冬同李进士伯承游西山，夜投碧云寺，并憩石桥，注目延赏。时薄霭濛濛，然涧泉奔响，松月流辉，顿觉尘襟爽涤，而兴不可遏，漫成一律。及早起临眺，较之昨夕，仙凡不同，此亦逼真故尔”（卷三）。说明作诗并不在于逼真地写实，而在于创造美。

禹鼎志序

〔明〕吴承恩

作者简介

吴承恩（约1500—约1582），字汝忠，号射阳山人，祖籍涟水（今属江苏），后徙居山阳（今江苏淮安）。屡试不第。嘉靖中补岁贡生，任长兴县丞，不久辞归。晚年创作神话小说《西游记》（一说作者不是吴承恩）。也擅长诗、词、文。著有《射阳存稿》《续稿》，今人辑为《吴承恩诗文集》，小说有《禹鼎志》，已佚。编有词集《花草新编》。

余幼年即好奇闻。在童子社学时[1]，每偷市野言稗史，惧为父师诃夺，私求隐处读之。比长好益甚，闻益奇。迨于既壮，旁求曲致，几贮满胸中矣。

尝爱唐人如牛奇章、段柯古辈所著传记[2]，善模写物情，每欲作一书对之，懒未暇也。转懒转忘，胸中之贮者消尽。独此十数事，磊块尚存。日与懒战，幸而胜焉，于是吾书始成。因窃自笑，斯盖怪求余，非余求怪也。彼老洪竭泽而渔，积为工课[3]，亦奚取奇情哉？

虽然，吾书名为志怪，盖不专明鬼，时纪人间变异，亦微有鉴戒寓焉。昔禹受贡金，写形魑魅，欲使民违弗若[4]。读兹编者，傥愯然易虑[5]，庶几哉有夏氏之遗乎[6]？国史非余敢议，野史氏其何让焉。作《禹鼎志》。

古典文学出版社版刘修业辑校本《吴承恩诗文集》卷二

注释

[1] 社学：古代地方学校。

[2] 牛奇章：牛僧孺(780—848)，字思黯，郡望安定(今甘肃泾川北)，陇西狄道(今甘肃临洮)人。唐德宗贞元二十一年(805年)进士，为“牛李党争”的重要人物。敬宗时，封奇章郡公，谥文贞。著有传奇集《玄怪录》。段柯古：段成式(？—863)，字柯古，其先临淄邹平(今属山东)人，后家居荆州(今湖北江陵)。以父荫入仕，曾任秘书省校书郎、太常卿等职。著有《庐陵官下记》二卷、《酉阳杂俎》。

[3] “彼老洪竭泽而渔”两句：所指不详。或以为指《禹鼎志》中某故事。

[4] “昔禹受贡金”三句：禹用各地贡金铸鼎，鼎上铸鬼神图形让百姓认识，以便避开不遭其害。见《左传·宣公三年》。违，避开。弗若，即不若，犹言不祥的事物。

[5] 愯(sǒng)然：恐惧貌。

[6] 有夏氏：即夏后氏，部落名，相传禹为其领袖，禹子启建立夏朝。此指禹。

说明

《禹鼎志》是吴承恩创作的一部志怪小说集，此书早已亡佚。由作者的这篇自序，人们得以了解该小说集创作的缘起，书名的来源出处，以及他对创作志怪、神魔类小说的一些认识。

首先，吴承恩叙述了自己对怪异奇闻由审美爱好上升到构思创作的过程，说明兴趣、素材积累和勤奋是从事文学(包括志怪小说)创作的重要条件。其次，他说明小说取名《禹鼎志》，是受到了《左传》所载“禹受贡金”故事的启发。孔子不言“怪力乱神”，但是儒家经典所载又不乏鬼神怪异的内容。后世肯定或反对志怪神异类小说的文人往往从经典中各自引征对自己有利的证据。相对而言，否定派优势更明显。吴承恩认为写志怪小说合乎《左传》传统，与儒家圣人大禹的遗义庶乎相近。这在当时，是对志怪小说得体的辩护。

此序最重要的一点是，阐述了志怪明鬼与人生鉴戒的关系。吴承恩说，在他这部志怪小说中，“时纪人间变异”，“微有鉴戒寓焉”，目的是使人们读了作品以后，“愯然易虑”。怪异世界而杂有人间事象，并融入作者的教诲意图，从而给读者新颖而神奇的阅读体验，而在不知不觉中，又受到有益的感化。吴承恩抱着这种态度创作了《禹鼎志》，从他的《西游记》中，也能体会到与此相似的创作追求。这颇能代表我国古代志怪、神魔小说家基本的入世倾向。

市井艳词序

〔明〕李开先

作者简介

李开先(1502—1568)，字伯华，号中麓，别署中麓山人、中麓放客，章丘(今属山东)人。嘉靖八年(1529年)进士。历任户部主事、吏部考功司主事、稽勋司员外、文选司郎中，官至太常少卿提督四夷馆。嘉靖二十年(1541年)罢官归田。李开先尊重、喜爱为“士大夫所不道”的民歌时调等通俗文学，藏书丰富，尤多词曲，时有“词山曲海”之称。擅诗文，与王慎中、唐顺之等并称“嘉靖八才子”。呼应唐宋派，反对前七子，然又与康海、王九思赋诗度曲，互为声气。嗜散曲，其成就在诗歌之上。戏曲创作也为一时名家。李开先为明代中期具有显著通俗意识的文人，肯定创作中的民间风格，强调真情、本色、自然、清新。一生著作较多，以今人辑印《李开先集》较为完整。

忧而词哀，乐而词亵，此今古同情也。正德初尚《山坡羊》，嘉靖初尚《锁南枝》，一则商调，一则越调。商，伤也，越，悦也，时可考见矣[1]。二词哗于市井，虽儿女子初学言者，亦知歌之，但淫艳亵狎，不堪入耳，其声则然矣，语意则直出肺肝，不加雕刻，俱男女相与之情，虽君臣友朋，亦多有托此者，以其情尤足感人也。故风出谣口，真诗只在民间，三百篇太半采风者归奏，予谓今古同情者此也。尝有一狂客，浼予仿其体[2]，以极一时谑笑。随命笔并改窜传歌未当者，积成一百以三，不应弦，令小仆合唱，市井闻之响应，真一未断俗缘也。久而仆有去者，有忘者，予亦厌而忘之矣。客有老更狂者，坚请目其曲，聆其音。不得已，群仆人于一堂，各述所记忆者，才十之二三耳。晋川栗子又曾索去数十[3]，未知与此同否？复命笔补完前数。孔子尝欲放郑声，今之二词可放，奚但郑声而已。虽然，放郑声，非放郑诗也。是词可资一时谑笑，而京韵、东韵、西路等韵则放之不可不亟[4]，以雅易淫，是所望于今之典乐者[5]。

明刻本《李中麓闲居集》卷六

注释

[1]“正德初”九句：正德，明武宗年号，自1506年至1521年。嘉靖，明世宗年号，自1522年至1566年。正德初，刘瑾专权，故云流行忧愁哀伤的时调。嘉靖初，世宗曾采取措施整肃吏治，又汰除军校匠役十余万人，一度呈清明气象，故云流行喜悦艳丽的时调。

[2]浼(měi)：央求。

[3]晋川：疑即晋水，河名，源出山西晋阳西北龙山，东入汾河。栗子：不详。

[4]京韵：指以北宋京城汴梁(今河南开封)音为标准音的中原音韵，北曲所依用。东韵：指吴语区域的音韵，明代南曲所依用。西路等韵：指明代江西一带的弋阳腔等。

[5]典乐者：掌管音乐机关的官员。

说明

李开元《词谑》：“《市井艳词》百余，予所编集，中有改窜且多全作者。”说明《市井艳词》是李开先搜集、改编并结集的一部时调作品。它既有民间色彩，又有文人成分，总体上呈显出通俗的格调。李开先为此写了三篇序文加以鼓吹，可见他对这类作品的喜爱和重视。

先秦两汉重视民间的作品，并形成了采风的传统，这一传统到后来似乎慢慢被人淡忘了，文人唯关心书斋中的创作。其间少数诗人也曾留意过民间的歌谣，并汲其养分以滋润自己的创作，往往形成新的艺术风貌，但是文人对同时代的"鄙野之歌"普遍不屑。明代中期以后，情况发生变化。倡复古的李梦阳、何景明肯定民间有真诗，与李、何主张有异的李开先对民歌抱着极大的热忱，后来反复古的公安派同样激赏民歌天趣真情。明代文人的这种民歌情结反映当时市民意识高扬，也是凡庶审美趣味受到尊重的表现，从而与长期形成的文人偏见构成冲突。李开先为自己整理《市井艳词》使之传播作解释道："予之狂于词，其亦从众者欤？"（《市井艳词又序》）"狂"正是针对社会的偏见而言，"从众"则表明与俗文学自觉地接近。

李开先在这篇序文中，肯定民间歌谣小调与时代状况高度的一致，时忧则词哀，时和则词悦，这是因为樵夫农妇、市井民众完全是触事而发，缘感而歌，纯粹是一片天籁真声。所以通过这些歌谣，"时可考见"，并视此为古今民间作品共同的特点（"今古同情"）。他十分欣赏市井传唱的"艳词"真率地歌咏"男女相与之情"，对儒家"诗教"传统，"放郑声"的禁令，理解得颇为灵活，并不胶柱鼓瑟，人类的"欲"在文中显然得到了肯定，这与当时以理格欲的思想是相悖违的。

流传至今的古代民间"风"诗，其实多数包含了文人改编、整理的艺术劳动因素，它们并非完全是土壤文化。但是，"风"诗与文人艺术劳动"互串"的过程又极其复杂，难以理清头绪。李开先这篇序文介绍《市井艳词》中的作品形成过程，先由文人从民间采录传唱的歌词，"改窜传歌未当者"，仿而效之。然后，文人的仿制品又流入民间。最后又从民间口头传唱的作品中重新收集回来，加以整理，而这些重新采回来的作品，可能在民间传唱时也为无名氏歌者作了不同程度的改动。所以最后歌词的定型，其实是民间"风"人与文人"互相合作"的结果。这一叙述对人们理解历史上民间作品的形成，颇有启示。

董中峰侍郎文集序

〔明〕唐顺之

作者简介

唐顺之（1507—1560），字应德，一字义修，号荆川，武进（今江苏常州）人。嘉靖八年(1529年)会试第一,授翰林院庶吉士,调兵部主事,又任翰林院编修。三十二年以御倭起兵部职方郎中,督师浙江。擢右佥都御史并代凤阳巡抚。崇祯时追谥襄文。始受前七子影响,后尽变前习,与王慎中等并为唐宋派首领。文风简雅清深,谨严晓畅。也擅诗歌,后尤好"击壤体"。提倡"直据胸臆,信手写出","各自其本色而鸣之为言"(《答茅鹿门知县二》)。他以"神明变化"为古人之"法"的本质,故学唐宋而企秦汉,不陷入摹拟一路,部分作品润饰略少,后学鄙率之风与他不无关系。著有《荆川集》,辑有《文编》等。

喉中以转气,管中以转声;气有湮而复畅,声有歇而复宣;阖之以助开,尾之以引首。此皆发于天机之自然,而凡为乐者,莫不能然也。最善为乐者则不然。其妙常在于喉管之交,而其用常潜乎声气之表。气转于气之未湮,是以湮畅百变而常若一气;声转于声之未歇,是以歇宣万殊而常若一声。使喉管声气融而为一,而莫可以窥,盖其机微矣。然而其声与气之必有所转,而所谓开阖首尾之节,凡为乐者,莫不皆然者,则不容异也。使不转气与声,则何以为乐?使其转气与声而可以窥也,则乐何以为神?有贱工者,见夫善为乐者之若无所转,而以为果无所转也,于是直其气与声而出之,戛戛然一往而不复,是击腐木湿鼓之音也。言文者,何以异此?

汉以前之文,未尝无法,而未尝有法,法寓于无法之中,故其为法也,密而不可窥。唐与近代之文,不能无法,而能毫厘不失乎法,以有法为法,故其为法也严而不可犯。密则疑于无所谓法,严则疑于有法而可窥,然而文之必有法,出乎自然而不可易者,则不容异也。且夫不能有法,而何以议于无法?有人焉见夫汉以前之文,疑于无法,而以为果无法也,于是率然而出之,决裂以为体,饾饤以为词,尽去自古以来开阖首尾经纬错综之法,而别为一种臃肿佶涩浮荡之文[1]。其气离而不属,其声离而不节,其意卑,其语涩,以为秦与汉之文如是也,岂不犹腐木湿鼓之音,而且诧曰:吾之乐合乎神。呜呼!今之言秦与汉者纷纷是矣,知其果秦乎汉乎否也?

中峰先生之文[2],未尝言秦与汉,而能尽其才之所近。其守绳墨,谨而不肆,时出新意于绳墨之余,盖其所自得而未尝离乎法。其记与序，文章家所谓法之甚严者，先生尤长。先生在翰林三十余年，尝有闻于弘治以前诸先辈老儒[3]，而潜思以至之，故其所为若此。然今之为先生之文者盖少，其知先生之文而好之者又少矣。

先生之子近思，将刻集以传，而请序于余。近思岂亦以为世之言秦与汉者，未必能知先生之文，而余之愚陋，稍知之也？晋江王道思[4]、平凉赵景仁[5]，其文在一时文人中最有法，皆先生丙戌为考官时所取士[6]；近思试以先生之文与吾言质之，其必有合乎否也？

《四部丛刊》本《荆川先生文集》卷十

注释

[1] 佶涩：指文章拘窘晦涩。佶，同"窘"。

[2] 中峰先生：董玘(1483—1546)，字文玉，号中峰，会稽(今浙江绍兴)人。弘治十八年(1505年)进士，官至吏部左侍郎，兼翰林学士，以忧归。被劾，遂不复出。谥"文简"。有唐顺之编选《中峰文选》传世。

[3] 弘治以前诸先辈老儒：指前七子之前的著名文人如李东阳等。

[4] 王道思：王慎中(1509—1559)，字道思，号遵岩居士，改号南江，官终河南参政，以忤权贵落职，居家以终。唐宋派散文创作的代表，尤得力于曾巩。有《遵岩先生集》。

[5] 赵景仁：赵时春(1509—1567)，字景仁，号浚谷，平凉(今属甘肃)人。嘉靖五年(1526)会试第一，官至右佥都御史。文章豪肆。有《浚谷集》。

[6] 丙戌：即嘉靖五年(1526年)。这年王慎中、赵时春二人同时成进士。

说明

唐宋派和前七子的散文主张，看似取宗不同，皆成片面，前七子主张学秦汉，王慎中、唐顺之等主张学唐宋，但是王、唐并不因此偏废秦汉散文，而前七子则整体低调评价唐宋文章，尤其轻视宋文。这是二派散文史观的区别。

散文法度是两派都突出强调的问题。李梦阳、何景明讲法度而侧重于遣语组词或艺术构思和修辞，所谓前疏后密、辞断意联；同时李梦阳将"法"看作是天地之间不变的"规矩"，既然不变，取法乎源头上的秦汉之作也就是理所当然了。

唐顺之所讲的散文之法，比较侧重于通篇的结构方法，包括声气的通篇贯注串合，所谓“开阖首尾经纬错综之法”，“气转于气之未湮，是以湮畅百变而常若一气；声转于声之未歇，是以歇宣万殊而常若一声”。从通篇结构和声气融合的角度论法，唐顺之比较秦汉与唐宋古文之后认为，秦汉文章“法寓于无法之中”，其法“密不可窥”，“密”的意思是隐蔽；而唐宋以后的文章“以有法为法”，所以“其为法也严而不可犯”。因此他主张，人们学古文应当先学唐宋文章，掌握作文的方法，然后上窥秦汉古文，达到以无法为法的境界。王慎中曾说过：“学马迁莫如欧，学班固莫如曾。”(《寄道原弟书十六》)也是指示人们由唐宋而溯秦汉。唐顺之的说法与王氏相一致。这种看法，是王、唐所以提倡唐宋而与前七子“文必秦汉”相抗衡的最重要的理论根据。后来唐宋派产生广泛而深远的影响，固然因其主张之古文和时文联系密切，同时与唐宋古文的方法较易捉摸，因而使人感到他们的主张比较切实，容易领会有关。唐顺之上述论秦汉文法与唐宋文法的不同，被后人普遍认可。自唐宋派后，提倡唐宋古文的一些文论家都非常重视总结唐宋古文的作法和声气音调的规律，这成为他们共同的批评特征，如明末艾南英，清代桐城派，直至近现代的林纾。唐顺之的重法论对此传统的形成有相当重要的作用。

唐顺之论文章声气、法度，强调“天机之自然”。他以音乐作比喻，声气必有所转，而形成开阖首尾之节，这是演奏乐曲皆然的道理，但是音乐高手能使声气“若无所转”，使人对其何时何处转接声气无从窥破，而使演奏达到“神”境。他认为文章善于用法者，也应追求自然无痕。他批评摹秦汉古文者，“气离而不属”，“声离而不节”，即是以“天机之自然”为评衡的标准。唐顺之论文章法度，又往往突出“意”“神理”的决定作用，“所谓法者，神明之变化也”(《文编序》)，法度取决于文章的神理意趣，又随神理意趣的变化而变化。如此看待“法”，自然不会将它当作呆板凝固的东西而机械地搬用了。

答茅鹿门知县二(选录)

〔明〕唐顺之

熟观鹿门之文[1]，及鹿门与人论文之书[2]，门庭路径，与鄙意殊有契合；虽中间小小异同，异日当自融释，不待喋喋也。至如鹿门所疑于我本是欲工文字之人，而不语人以求工文字者，此则有说。

鹿门所见于吾者，殆故吾也，而未尝见夫槁形灰心之吾乎[3]？吾岂欺鹿门者哉？其不语人以求工文字者，非谓一切抹杀，以文字绝不足为也，盖谓学者先务，有源委本末之别耳。文莫犹人，躬行未得，此一段公案，姑不敢论，只就文章家论之。虽其绳墨布置，奇正转折，自有专门师法，至于中一段精神命脉骨髓，则非洗涤心源，独立物表，具今古只眼者，不足以与此。今有两人，其一人心地超然，所谓具千古只眼人也，即使未尝操纸笔呻吟，学为文章，但直据胸臆，信手写出，如写家书，虽或疏卤，然绝无烟火酸馅习气，便是宇宙间一样绝好文字。其一人犹然尘中人也，虽其专专学为文章[4]，其于所谓绳墨布置，则尽是矣，然番来覆去[5]，不过是这几句婆子舌头语，索其所谓真精神与千古不可磨灭之见，绝无有也，则文虽工而不免为下格。此文章本色也。即如以诗为谕，陶彭泽未尝较声律，雕句文，但信手写出，便是宇宙间第一等好诗。何则？其本色高也。自有诗以来，其较声律，雕句文，用心最苦而立说最严者，无如沈约，苦却一生精力，使人读其诗，只见其捆缚龌龊，满卷累牍，竟不曾道出一两句好话。何则？其本色卑也。本色卑，文不能工也，而况非其本色者哉？

且夫两汉而下，文之不如古者，岂其所谓绳墨转折之精之不尽如哉？秦、汉以前，儒家者有儒家本色，至如老庄家有老庄本色，纵横家有纵横本色，名家、墨家、阴阳家皆有本色，虽其为术也驳，而莫不皆有一段千古不可磨灭之见。是以老家必不肯剿儒家之说，纵横必不肯借墨家之谈，各自其本色而鸣之为言。其所言者，其本色也。是以精光注焉，而其言遂不泯于世。唐、宋而下，文人莫不语性命，谈治道，满纸炫然[6]，一切自托于儒家，然非其涵养畜聚之素，非真有一段千古不可磨灭之见，而影响剿说，盖头窃尾[7]，如贫人借富人之衣，庄农作大贾之饰，极力装做，丑态尽露。是以精光枵焉[8]，而其言遂不久湮废。然则秦、汉而上，虽其老、墨、名、法、杂家之说而犹传，今诸子之书是也。唐、宋而下，虽其一切语性命谈治道之说而亦不传，欧阳永叔所见唐四库书目百不存一焉者是也[9]。后之文人，欲以立言为不朽计者，可以知所用心矣。

然则吾之不语人以求工文字者，乃其语人以求工文字者也，鹿门其可以信我矣。虽然，吾稿形而灰心焉久矣[10]，而又敢与知文乎？今复纵言至此，吾过矣，吾过矣。此后鹿门更见我之文，其谓我之求工于文者耶？非求工于文者耶？鹿门当自知我矣。一笑。……

《四部丛刊》本《荆川先生文集》卷七

注释

[1] 鹿门：茅坤(1512—1601)，字顺甫，号鹿门，归安(今浙江吴兴)人。嘉靖十七年(1538年)进士，官至大名兵备副使。著有《白华楼藏稿》，编有《唐宋八大家文钞》。

[2] 鹿门与人论文之书：指茅坤《与蔡白石太守论文书》。

[3] "鹿门所见于吾者"三句：意谓自己已经由华归朴。《庄子·齐物论》：南郭子綦得道状，形如槁木，心如死灰。

[4] 专专：用心专一，专门。

[5] 番：同"翻"。

[6] 炫然：光彩耀眼貌。

[7] 盖头窃尾：犹言改头换面。

[8] 枵(xiāo)：大而中空，空虚。

[9] 欧阳永叔所见唐四库书目百不存一：此见于欧阳修《送徐无党南归序》所述。

[10] 稿：通"槁"。

说明

唐顺之与茅坤曾数次互通书信，讨论散文的评价问题，而讨论的结果，则是茅坤接受唐顺之的看法，两人达成基本一致的认识。茅坤先前有《复唐荆川司　谏书》，信中不同意唐顺之"唐之韩愈即汉之马迁，宋之欧、曾即唐之韩愈"之说，而将司马迁比作秦中，韩愈比作剑阁，欧、曾比作金陵、吴会，对汉、唐、宋人的评价有渐趋渐降的看法，不满意唐宋派"因欧、曾以为眼界"，"不复思履殽函以窥秦中"。唐顺之于是写了《答茅令鹿门书》，婉讽茅坤"尚以眉毛相山川，而未以精神相山川"，即以为他上述是皮相之见。三年后,茅坤作《与蔡白石太守论文书》,说涵咏古人之作后,“因悟曩之所谓司马子长者眉也发也”,承认了唐顺之的意见为确论。

正是在这样的前提之下,唐顺之写了这封《答茅鹿门知县二》,将讨论的问题进一步深入,由对汉、唐、宋文章作一般的特点比较,深入到对文章本质的概括、总结。此信又名《答茅鹿门主事书》,因在此之前,唐顺之已有《答茅令鹿门书》,所以称此为第二书。

此信集中论述了创作的“本色”问题,从而构成唐顺之也是唐宋派著名的“本色论”。“本色”之说在中国文学批评史上源远流长。孔子讲“绘事后素”(《论语·八佾》),“素”即是本色。以后如刘勰《文心雕龙》、陈师道《后山诗话》、严羽《沧浪诗话》、张炎《词源》等皆有运用“本色”一语论文评诗品词的例子。他们多指语言素朴或符合作品体裁的艺术要求。唐顺之主要从创作主体着眼,认为本色就是作者的“精神命脉骨髓”自然无饰地表现于作品之中。这样就大大丰富了“本色”的理论内蕴。他认为,作者将自己的“真精神”以及体验到的“千古不可磨灭之见”叙写出来,不假雕琢,不拘拘于文字是否工巧,法度是否与古人吻合,只有这种本色流露的文章,方是天下“绝好文字”。他在《又与洪方洲书》中说得更直截了当:“近来觉得诗文一事只是直写胸臆,如谚语所谓‘开口见喉咙’者。使后人读之,如真见其面目,瑜瑕俱不容掩,所谓本色,此为上乘文字。”作品的优劣,从根本上说,决定于作者精神“本色”的高卑。这样看待写作,不仅专专于秦汉文章的法度是多余的,专专于唐宋文章的法度也是多余的,重要的是以自然的语言、朴素的手法,写出作者本真之心,这是唐顺之对自己法度论的超越。当然,这在他看来又是更高意义上的法度论,所谓“吾之不语人以求工文字者,乃其语人以求工文字者也。”后来公安派提出“独抒性灵,不拘格套”,与唐顺之“直据胸臆,信手写出”的“本色论”有相通之处。但是,公安派欢歌情欲,唐顺之尚慕道学,二者又存在某种貌合神离。

送王元美序

〔明〕李攀龙

作者简介

李攀龙(1514—1570),字于鳞,号沧溟,山东历城(今济南)人。嘉靖二十三年(1544 年)进士。授刑部主事。出守顺德,以政绩升陕西提学副使。不堪上司颐指,托病归里。隆庆初,荐起浙江副使,改参政,擢河南按察使。奔母丧过哀,病亡。李攀龙为“后七子”主要的首领之一,对文坛影响甚大。其论诗肯定言志抒怨,重气格,尚修辞,不满以性理相胜。他推崇秦汉散文、汉魏古诗、盛唐近体,使前七子主张再度大为张扬并更趋极端。他虽提出创作应“拟议以成其变化”(《古乐府·序》),但实际是“拟议”有余,“变化”不足,为此而受到后人批评。他的诗歌调亮词壮,七言律绝高华矜贵,恢宏精整,长处亦颇显著。著有《沧溟集》,又编有《唐诗选》《古今诗删》。

以余观于文章,国朝作者无虑十数家,称于世即北地李献吉辈。其人也,视古修辞,宁失诸理。今之文章,如晋江、毗陵二三君子[1],岂不亦家传户诵,而持论太过,动伤气格,惮于修辞,理胜相掩,彼岂以左丘明所载为皆侏离之语[2],而司马迁叙事不近人情乎?故同一意一事而结撰迥殊者,才有所至不至也。后生学士,乃唯众耳是寄,至不能自发一识,浮沈艺苑,真为相含[3],遂令古之作者谓千载无知已。此何异涂之群瞽,取道一夫,则相与拍肩随之,累累载路,称培塿则皆跻足不下[4],称污邪则皆曳踵不进[5],而虽有步趋,终不自施者乎?语曰:“何知仁义?已向其利者为有德。”[6]世之儒者,苟治牍成一说,不惮侪俗,比之俚言而布在方策者耳[7]。复以易晓忘其鄙倍,取合流俗,相沿窃誉,不自知其非。及见能为左氏、司马文者,则又猥以不便于时制,徒敝精神,何乃有此不可读之语,且安所用之。又二三君子,家传户诵,则一人又何难焉。诚使元美与二三君子者比名量誉[8],诚不能以一人一旦遽夺其终身之见,而辄胜天下风靡之士。文章之道,童习白纷[9],乃欲一朝使舍所学而从我,日莫途远[10],且彼奚肯苦其心志于不可必致者乎?夜虫传火,不疑于日,非虚语也。

先是濮阳李先芳亟为元美道余[11],及元美见余时,则稠人广坐之中而已心知其为余。稍益近之,即曰:“文章经国大业,不朽盛事。今之作者论不与李献吉辈者,知其无能为已。”且余结发而属辞比事,今乃得一当生[12],仆愿居前先揭旗鼓,必得所欲与左氏、司马千载而比肩,生岂有意哉?盖五年于此。少年多时时言余,元美不问也,曰:“世贞奈何乃从诸贤大夫知李生乎?”自是之后,少年乃顾愈益知余。齐、鲁之间,其于文学虽天性,然秦、汉以来,素业散失,即关、洛诸世家,亦皆渐由培植涘诸王者,故五百年一名世出,犹为多也。吴、越鲜兵火,诗书藏于阛阓[13],即后生学士,无不操染,然竽滥不可区别,超乘而上,是为难尔。故能为献吉辈者,乃能不为献吉辈者乎?

清道光丁未景福堂刊本《沧溟先生集》卷十六

注释

[1] 晋江:指王慎中。毗陵,指唐顺之,武进人。武进古属毗陵治地。

[2] 侏离之语:指怪异而难理解的文字。侏离,我国古代西部少数民族乐舞的总称,此借指少数民族。

[3] 为:通“伪”。

[4] 培(pǒu)塿,小土丘。

[5] 污邪:地势低下,易于积水的劣田。

[6] “何知仁义”两句:引自《史记·游侠列传》。已,以。向,受。

[7] 方策:典籍。此指文章。

[8] 元美:王世贞,见《艺苑卮言》(选录)作者简介。

[9] 童习白纷:意谓自幼至老,摹习不休。

[10] 莫:同“暮”。

[11] 李先芳:生卒年为1511—1594年,字伯承,监利(今属湖北)人,寄籍濮州(今河南濮城)。嘉靖二十六年(1547年)进士,仕至尚宝司少卿。有《东岱山房稿》等。

[12] 当生:相匹配的书生。

[13] 阛阓(huán huì):城市。阛,市区的墙。阓,市区的门。

说明

前七子的文学主张,经过唐宋派批评,影响受到阻遏。嘉靖、隆庆年间,以李攀龙、王世贞为首的后七子又掀起了新一波“文必秦汉、诗必盛唐”的文学潮流,且声势更大。

李攀龙理论性的批评文章数量并不多，但是语气断然，分量颇重，如断言“秦汉以后无文”(《答冯通府》)，“唐无五言古诗”(《选唐诗序》)。当时文人似乎更习惯于接受这类判决式的语言，而不是具体的论证，他的影响因此得以放大。加之他的两种诗歌选本《古今诗删》和《唐诗选》在文人中广泛流传，李攀龙俨然成为一代宗师。

《送王元美序》作于他早期，当时后七子一派还确立不久。文章是对唐宋派展开的批评，既为前七子辩护，同时也为自己一派张目。他认为，由于对“理”与“修辞”关系认识的不同，构成了前七子与唐宋派散文观的对峙。他肯定李梦阳“视古修辞，宁失诸理”，即在写作中，借鉴古人修辞是第一义，理则居于其下；为了满足文章修辞方面的需要，对理有所乖违当被允许。而唐宋派则不然，“惮于修辞，理胜相掩”。在他所作的这种比较批评中，包含对宋明理学的某种不满，而对唐宋派的斥责，也颇中肯綮。李攀龙又指出，唐宋派喜欢用“易晓”的“俚言”写作，是对“流俗”的迎合；而秦汉语体遭到人们拒绝，因为其“不便于时制(主要指八股文)”，这恰好证明秦汉文章的价值。这无疑也是深有见地的。但是，这些均构不成否定唐宋散文和刻板摹习秦汉文章“修辞”经验的理由，李攀龙文论的弊端正由此而暴露。

古乐府·序

〔明〕李攀龙

胡宽营新丰[1]，士女老幼相携路首，各知其室，放犬羊鸡鹜于通途，亦竞识其家。此善用其拟者也。至伯乐论天下之马，则若灭若没，若亡若失，观天机也，得其精而忘其粗，在其内而忘其外，色物牝牡，一弗敢知，斯又当其无有拟之用矣。古之为乐府者，无虑数百家，各与之争片语之间，使虽复起，各厌其意，是故必有以当其无有拟之用。有以当其无有拟之用，则虽奇而有所不用也。《易》曰：“拟议以成其变化。”“日新之谓盛德。”[2]不可与言诗乎哉？

清道光丁未景福堂刊本《沧溟先生全集》卷一

注释

[1] 胡宽：汉高祖刘邦臣。新丰：县名，汉高祖七年置，治所在今陕西省西安市

临潼区西北，本秦骊邑。汉高祖定都关中，其父太上皇居长安宫中，思东归。高祖乃命胡宽依故乡丰邑城寺街里格局改筑骊邑，并迁来丰邑之民，改称新丰。据说新丰城貌极似丰邑，移民仿佛置身故地。

[2]“拟议以成其变化”两句：引自《周易·系辞上》。

说明

李攀龙引用《周易·系辞上》“拟议以成其变化”来表明自己的诗歌创作主张，这在当时颇为著名。此处“拟议”指摹拟古人，“成其变化”谓创作能有所新变。作为一种文学主张，就其一般意义言，对学古与求新关系的论述还是比较完整，并没有趋入极端的拟古主义。但是他的主张实际所产生的影响，“拟议”远大于“变化”。

这篇序冠于李攀龙自己创作的《乐府诗》之首，是对他创作乐府诗指导思想的说明，也是他对文学的根本认识之一。首先他举胡宽营建新丰的例子。新筑的城区与被仿制的城邑如出一辙，使人见此而忘彼，如同回到故地一般。此为善于拟议。比之于诗文创作，指格式法度一概依循前人之作，学古活像。其次他举伯乐相马的例子。“观天机”，求神似，不拘拘于外在的形迹，而专注于鉴识内在的神理。此为放弃拟议。比之于诗文创作，指脱略古人形迹，追求神理旨趣的契合。在列出以上两种情况后，李攀龙最后径直说明乐府创作中拟与变的关系，认为创作最终应该落实在“无有拟之用”“成其变化”“日新”上面。

肯定“善用其拟”，又肯定“天机”，神似，归结为追求新变。这说明李攀龙主张学古其理论的定位是在似与不似之间。他在《报朱用晦》信中称自己的乐府诗“落落似合似离”，也证明这点。但是，他的理论影响所及为什么主要在“拟”而不在“变”呢？这是因为从总体上说，他的诗文论讲“拟”具体而详备，而讲“变”却显得抽象、空洞。更重要的是，他所讲的“变”只是参照非常死板，机械地摹拟而言，这种“变”依其实质只是稍显灵活的摹拟而已，与文学批评史上讲创新、发展的“新变”论完全不可同日而语。李攀龙创作的古乐府诗，在他自己看来已经体现了“拟议以成其变化”，而在要求新变的批评家眼中，仍不过是古人的影子，摹拟的产物。所以他的追随者和反对者都看到了他“拟”的一面，而基本漠视他“变”的一面，是有其客观上原因的。

西 厢 序

〔明〕徐　渭

作者简介

徐渭(1521—1593),初字文清,改字文长,号天池山人、青藤道士,别署田水月,山阴(今浙江绍兴)人。嘉靖十九年(1540年)考中秀才,后屡试不第。应浙江总督胡宗宪召入幕,任书记。宗宪入狱,徐渭惧愤成狂,自戕未果。以杀继妻系狱七年,得友人张元忭奔走营救获免。自后行游南北,鬻书画为生,穷困以终。徐渭多才艺,自谓“书第一,诗二,文三,画四”,实以书画、戏曲成就最高。他知兵好奇计,曾于抗倭有功。所作诗歌鲜明地表现出狂放不羁的个性,边关海事也时见笔端,他主张文学创作以真诚的“本色”为贵,不满虚假涂抹的“相色”(《西厢序》);“出于己之所自得,而不窃于人之所尝言”(《叶子肃诗序》)。同拟古主义处于尖锐的对峙,而与后来公安派的观点多相吻合。著有戏曲《四声猿》《歌代啸》,曲论《南词叙录》(一说该书非徐渭著),诗文集《徐文长三集》等,今人合编为《徐渭集》。

世事莫不有本色,有相色。本色犹俗言正身也,相色,替身也。替身者,即书评中“婢作夫人,终觉羞涩”[1]之谓也。婢作夫人者,欲涂抹成主母而多插带,反掩其素之谓也。故余于此本中贱相色,贵本色,众人啧啧者我呴呴也[2]。岂惟剧者,凡作者莫不如此。嗟哉,吾谁与语?众人所忽余独详,众人所旨余独唾[3]。嗟哉,吾谁与语?

中华书局版《徐渭集·徐文长佚草》卷一

注释

[1] 婢作夫人,终觉羞涩:袁昂《评书》:羊欣书法“似婢作夫人,举止羞涩,终不似真”。

[2] 啧啧:赞叹声。呴呴(hǒu):怒叫。

［3］旨：觉得美味，作动词。

说明

徐渭曾评订《西厢记》，他在《选古今南北剧序》中说："渔猎之暇，曾评订崔、张传奇，予差快心，亦差挂好事者齿颊。"现存数种徐文长评本《西厢记》，其真伪虽然尚待进一步研究，而评《西厢记》构成了徐渭从事戏曲批评的重要一部分则毋庸置疑。

他在这篇《西厢序》中，就戏曲创作的"本色"和"相色"问题阐述意见，而且，他认为这也是文学所共同面临的问题。

"素"，就是事物和人们精神面貌之本然。"本色"，是指戏曲及其他文学样式对世间事物和人的内心世界按其本然作出的描绘和反映。"相色"则相反，虚假涂抹，掩饰本素。徐渭在文论中多次谈到"本色"，他一方面着眼于文学作品如何表现的问题，如他提出戏曲语言要达到"家常自然"(见《题昆仑奴杂剧后》)，称赞苏轼的作品能将人工天成合为一体，写得"极有布置而了无布置痕迹"(见《评朱子论东坡文》)。另一方面更重要的是，他要求作者在表现什么的问题上，写其"正身"，述其"素"之所有。所以，"贱相色，贵本色"的思想实质是，崇尚文学的真实，反对虚假，而其核心则是真情论，表现"真我"或"完淳"。所谓"摹情弥真则动人弥易，传世亦弥远"(《选古今南北剧序》)，正是真情文学的效果和价值显示。

在《书草玄堂稿后》一文中，徐渭以女子初嫁时"朱之粉之，倩之鞶之，步不敢越裾，语不敢见齿"的作态为"矫真饰伪"；而当她"长子孙而近妪姥"时，"黜朱粉，罢倩鞶"，开口无非"问耕织于奴婢"，"呼鸡豕于圈槽"，乃至"龋齿而笑，蓬首而搔"，呈现的完全是一派本色。他认为这正是文学创作不同的两般境地，前者即是"相色""替身"，后者方是"本色""正身"，从昔日的"矜"演变为后来的"颓且放"，是对人性之"素"的回归，也是文学向本然的回归。这是徐渭对包括戏曲在内的理想文学的热切期待。

南词叙录(选录)

〔明〕天池道人

或以则诚"也不寻宫数调"之句为不知律[1]，非也，此正见高公之识。夫南曲本市里之谈，即如今吴下《山歌》、北方《山坡羊》[2]，何处求取宫调？必欲宫调，则当取宋之《绝妙词选》[3]，逐一按出宫商，乃是高见。彼既不能，盍亦姑安于浅近，大家胡说可也，奚必南九宫为[4]？

以时文为南曲，元末、国初未有也，其弊起于《香囊记》[5]。《香囊》乃宜兴老生员邵文明作，习《诗经》，专学杜诗，遂以二书语句匀入曲中，宾白亦是文语，又好用故事作对子，最为害事。夫曲本取于感发人心，歌之使奴童妇女皆喻，乃为得体。经子之谈，以之为诗且不可，况此等耶？直以才情欠少，未免辏补成篇。吾意与其文而晦，曷若俗而鄙之易晓也。

或言："《琵琶记》高处在《庆寿》《成婚》《弹琴》《赏月》诸大套。"此犹有规模可寻。惟《食糠》《尝药》《筑坟》《写真》诸作，从人心流出，严沧浪言：水中之月，空中之影[6]，最不可到。如十八答[7]，句句是常言俗语，扭作曲子，点铁成金，信是妙手。

听北曲使人神气鹰扬，毛发洒淅，足以作人勇往之志，信胡人之善于鼓怒也，所谓"其声噍杀以立怨"是已[8]。南曲则纡徐绵眇，流丽婉转，使人飘飘然丧其所守而不自觉，信南方之柔媚也，所谓"亡国之音哀以思"是已[9]。夫二音鄙俚之极，尚足感人如此，不知正音之感何如也。

中国戏剧出版社版中国戏曲研究院编《中国古典戏曲论著集成》

注释

[1] 则诚：高明，字则诚。"也不寻宫数调"，《琵琶记》第一出唱词。

[2]《山歌》：南方民间歌谣名。单调七言四句，可添衬字，风格质朴自然。《山坡羊》，民间曲调名。据沈德符《顾曲杂言》云，它由辽东传来，明成化、弘治以后盛行于中原。

[3]《绝妙词选》：即《绝妙好词》，南宋周密编。是书专收南宋以来清丽婉约的词作，七卷。

[4] 南九宫：古代以十二律和七音相乘，凡十二律和宫音相乘叫做宫，与商、角等相乘叫做调，共得八十四宫调。在南曲中，常用者仅九个宫调，简称南

九宫。

［5］《香囊记》：全名《香囊五伦传》，邵璨作。讲述宋代张九成被秦桧迫害，与母、妻失散而最终归于团圆的故事，邵璨（生卒年不详），明英宗时人，字文明，又字宏治，号半江，宜兴（今属江苏）人。以秀才终。

［6］“水中之月”两句：严羽《沧浪诗话·诗辨》：“盛唐诗人惟在兴趣，羚羊挂角，无迹可求。故其妙处莹彻玲珑，不可凑泊，如空中之音，相中之色，水中之月，镜中之象，言有尽而意无穷。”

［7］十八答：指《琵琶记》第二十九出《牛小姐盘夫》中牛小姐与蔡伯喈互相问答之词。

［8］其声噍杀以立怨：《礼记·乐记》：“其哀心感者，其声噍以杀。”又曰：“乱世之音怨以怒，其政乖。”噍杀，声音急促。

［9］亡国之音哀以思：引自《礼记·乐记》。

说明

《南词叙录》卷首有天池道人所撰小序一篇，清姚燮《今乐考证》称该书为徐渭撰，后人刻印因署名徐渭著。骆玉明、董如龙两先生提出《南词叙录》非徐渭著说（见《复旦学报》1987年第6期），徐朔方先生则认为《南词叙录》应是徐渭的著作（《〈南词叙录〉的作者问题》，该文收入浙江古籍出版社1993年出版的《徐朔方集》第一卷）。《南词叙录》的作者问题迄无定论。

本书是一部专论南戏的著作。作者对南戏的源流演变、风格特征、曲词声律及作家作品，进行了范围广泛地论述，并记录历代不少南戏剧目，考释南戏部分曲词的方言俗语，是一部兼具理论性和资料性的南戏论著。

南戏自宋代以来，长期流行于我国南方的乡镇村坊，这种“里巷歌谣”、俗调土剧深受下层民众喜爱，却难登大雅之堂，始终受到雅趣之士贬责。《南词叙录》作者对此深感不平。他充分尊重民间戏曲艺术的创造精神，认为非圣人所作，来路不明而最终为文学史接受和承认的作品其实很多，既然如此，有何理由要给南戏扣上一顶“妄作”的帽子而加以拒绝呢？他针对人们长期以来形成的重北曲、鄙南戏的艺术偏见，指出“北曲使人神气鹰扬”，“善于鼓怒”，“南曲则纡徐绵眇，流丽婉转”，风格和效果虽然不同，各自的艺术价值却不可替代。他称“以伎女南歌为犯禁”是“愚子”之见，大声责问，既然北曲可唱，为何“中国村坊之音独不可唱”？（《南词叙录》）显然，以上看似声腔、剧种之争，其实反映了《南词叙录》作者的平民意识和艺术精神。正因为具有这种意识和精神,他有感于"南戏无人选集,亦无表其名目者",于是为人所不为,撰就《南词叙录》一书(见《南词叙录》卷首小序),其严肃的写作动机和追求目的就远非猎奇取异者可望项背了。

正统的艺术论者鄙视和否定南戏,固然是对南戏生命的扼杀,而某些文人过求宫调,滥施藻丽,对南戏作整容加工,也使它失却本来的特征而沦为做作。《南词叙录》作者在竭力论证南戏价值的同时,又反复肯定南戏的价值丝毫离不开它原创时代所形成的朴素、自然、本色的风貌。他说南戏原本"市里之谈",何求宫调? 所以创作不妨"安于浅近,大家胡说",不必拘拘于"寻宫数调"。这是对声律至上论的否定,维护南戏天然、自由的声腔。他又以邵璨《香囊记》为例,对藻饰、用典、"以时文为南曲"的案头化创作倾向提出批评,认为作者应该取"常言俗语"入戏,"使奴童妇女皆喻"。他提出一条戏曲创作中运用语言的原则是,"与其文而晦,曷若俗而鄙之易晓"。肯定声腔的天然、自由和语言的浅显易晓,这不仅是对南戏本色的维护,也是对戏曲创作未来发展的积极思考。就此而言,《南词叙录》的理论意义其实已经超出了南戏本身的范围。

水浒传序

〔明〕天都外臣

作者简介

汪道昆(1525—1593),字伯玉,一字玉卿,号南溟、太函,晚署涵翁,歙县(今属安徽)人。天都外臣为他托名,明沈德符《野获编》卷五:"今新安所刻《水浒传》善本,即其家所传,前有汪太函序,托名天都外臣。"嘉靖二十六年(1547 年)进士,任义乌令,擢按察司副使、副都御史,仕至兵部左侍郎。与王世贞并称"南北两司马"。善古文,简而有法,名列"后五子"。著有《太函集》,杂剧《远山戏》《高唐梦》《五湖游》《洛水悲》,合称《大雅堂乐府》。

小说之兴,始于宋仁宗[1]。于时天下小康,边衅未动。人主垂衣之暇,命教坊乐部[2],纂取野记,按以歌词,与秘戏优工[3],相杂而奏。是后盛行,遍于朝野。盖虽不经,亦太平乐事,含哺击壤之遗也[4]。其书无虑数百十家，而《水浒》称为行中第一。故老传闻：洪武初，越人罗氏，诙诡多智，为此书，共一百回，各以妖异之语引于其首，以为之艳。嘉靖时，郭武定重刻其书[5]，削去致语[6]，独存本传。余犹及见《灯花婆婆》数种[7]，极其蒜酪[8]，馀皆散佚，既已可恨。自此版者渐多，复为村学究所损益。盖损其科诨形容之妙，而益以淮西、河北二事[9]。赭豹之文[10]，而画蛇之足，岂非此书之再厄乎！

近有好事者，憾致语不能复收，乃求本传善本校之，一从其旧，而以付梓。则有正襟而语者曰："十三经二十一史，不以是图，奈何亟亟齐东氏之言而为木灾也？"[11]余谓诸君得无以为贼智而少之耶？经曰："窃钩者诛，窃国者侯。侯之门，仁义存。"[12]若辈俱以匹夫亡命，千里横行，焚杵叫嚣[13]，揭竿响应。此不过窃钩者耳。夷考当时，上有秕政[14]，下有菜色。而蔡京、童贯、高俅之徒，壅蔽主聪，操弄神器[15]，卒使宋室之元气索然，厌厌不振，以就夷虏之手。此诚窃国之大盗也。有王者作，何者当诛？彼不得沾一命为县官出死力，而此则析圭儋爵[16]，拖紫纡青。道君为国[17]，一至于此，北辕之辱[18]，固自贻哉。如传所称吴军师善运筹，公孙道人明占候，柴王孙广结纳，三妇能擐甲胄作娘子军，卢俊义以下，俱鸷发枭雄，跳梁跋扈。而江以一人主之，终始如一。夫以一人而能主众人，此一人者，必非庸众人也。使国家募之而起，令当七校之队[19]，受偏师之寄[20]，纵不敢望髯将军、韩忠武、梁夫人，刘、岳二武穆[21]，何渠不若李全、杨氏辈乎[22]？余原其初，不过以小罪犯有司，为庸吏所迫，无以自明。既蒿目君侧之奸[23]，拊膺以愤，而又审华夷之分，不肯右结辽而左结金[24]，如郦琼、王性之逆[25]。遂啸聚山林，凭陵郡邑，虽掠金帛，而不虏子女，唯翦婪墨[26]，而不戕善良。诵义负气，百人一心。有侠客之风，无暴客之恶。是亦有足嘉者。盖诚如侯蒙之言[27]，惜蒙未行而卒，终不得其用耳。后乃降张叔夜[28]。史与《宣和遗事》俱不载所终[29]。《夷坚志》乃有张叔夜杀降之说[30]。叔夜儒将，余不之信。史又言淮南，不言山东[31]，言三十六人，不言一百八人。此其虚实，不必深辨，要自可喜。载观此书[32]，其地则秦、晋、燕、赵、齐、楚、吴、越，名都荒落，绝塞遐方，无所不通；其人则王侯将相，官师士农，工贾方技，吏胥厮养，驵侩舆台，粉黛缁黄，赭衣左衽，无所不有；其事则天地时令，山川草木，鸟兽虫鱼，刑名法律，韬略甲兵，支干风角，图书珍玩，市语方言，无所不解；其情则上下同异，欣戚合离，捭阖纵横，揣摩挥霍，寒暄嚬笑，谑浪排调，行役献酬，歌舞谲怪，以至大乘之偈[33]，真诰之文[34]，少年之场，宵人之态，无所不该。纪载有章，烦简有则。发凡起例，不染易于。如良史善绘，浓淡远近，点染尽工；又如百尺之锦，玄黄经纬，一丝不纰。此可与雅士道，不可与俗士谈也。视之《三国演义》，雅俗相牵，有妨正史，固大不侔。而俗士偏赏之，坐暗无识耳。雅士之赏此书者，甚以为太史公演义[35]。夫《史记》上国武库，甲仗森然，安可枚举。而其所最称犀利者，则无如巨鹿破秦，鸿门张楚，高祖还沛，长卿如邛[36]，范、蔡之倾[37]，仪、秦之辩[38]，张、陈之隙[39]，田、窦之争[40]，卫、霍之勋[41]，朱、郭之侠[42]，与夫四豪之交[43]，三杰之算[44]，十吏之酷[45]，诸吕七国之乱亡，《货殖》《滑稽》之琐屑，真千秋绝调矣。传中警策，往往似之。艺苑以高则诚、蔡中郎传奇比杜文贞[46]，关汉卿崔张杂剧比李长庚[47]，甚者以施君美《幽闺记》比汉、魏诗[48]。盖非敢以婢作夫人，政许其中作大家婢耳。然则，即谓此书乃牛马走之下走，亦奚不可？

或曰：子叙此书，近于诲盗矣。余曰：息庵居士叙《艳异编》[49]，岂为诲淫乎？庄子《盗跖》，愤俗之情；仲尼删诗，偏存郑、卫。有世思者，固以正训，亦以权教。如国医然，但能起疾，即乌喙亦可[50]，无须参苓也。

罗氏又有《三遂平妖传》[51]，亦皆系风捕影之谈。盖荒野鬼才，惯作此伎俩也。三世子孙俱瘖，当亦是口业报耳。余又惜夫人有才，上之不能著作金马之庭[52]，润色鸿业，下之不能起名山之草，成一家言，乃折而作此，为迂儒骂端，若罗氏者，可鉴也。

钱塘郎仁宝载三十六人[53]，有李英，非李应；有孙立，非林冲。田叔禾《西湖游览志》又云出宋人笔[54]。二公罗氏同邑人，别有所据。今并及之，以俟再考。

万历己丑孟冬[55]，天都外臣撰。

南开大学出版社版朱一玄、刘毓忱编《水浒传资料汇编》

注释

［1］宋仁宗：赵祯(1010—1063)，北宋皇帝，1022—1063年在位。

［2］教坊乐部：泛指朝廷管理音乐的官署，乐部即乐府。

［3］秘戏：指宫廷中演出的戏剧。优工：俳优、乐工，指以乐舞、戏谑为业的艺人。

［4］含哺：口衔食物，语出《庄子·马蹄》，后以形容人民生活安乐。击壤：古代的一种投掷游戏，后用为称颂太平盛世之典。

［5］郭武定：即郭勋(？—1549)，濠州(今安徽凤阳)人。郭英六世孙，袭封武定侯。

［6］致语：古代宫廷艺人在演出开始时说唱的颂辞，后也指宋元话本小说每回前的引子。

［7］《灯花婆婆》：亦名《刘谏议传》，写唐刘积中受到灯花中白首妇女吵扰的故事。原书已佚，《平妖传》卷首还保存故事的大概。

［8］蒜酪：北方人嗜蒜与酪。此指少文、质朴。

［9］淮西河北二事：指《水浒》中平田虎、王庆二事。

［10］赭(zhě)豹之文：犹虎豹之文，指文采焕发。赭，赤红色。

［11］齐东氏之言：比喻道听途说、不足为凭之言，典出《孟子·万章上》。木灾：指雕版刊印无善有害的书。

［12］"经曰"五句：语见《庄子·胠箧》。《庄子》在唐天宝元年，诏号为《南华真经》。

［13］焚杵：疑即焚杅(wū)，焚揉牵制，犹控制。

［14］秕政：不良的政治措施。

［15］神器：指帝位，政权。

［16］析圭儋爵：授官封爵。析，中分。圭，玉器，儋，古"担"字，意谓承领。

［17］道君：指宋徽宗赵佶。好道教，自称教主道君皇帝。

［18］北辕之辱：指宋徽宗1127年被金兵俘获北去之事。

［19］七校：指汉代中垒、屯骑、步兵、越骑、长水、射声、虎贲七校尉。后泛称各军将领。

［20］偏师：指主力军以外的一部分军队。

［21］髯将军：指关羽，美须髯，故称髯将军。韩忠武：南宋名将韩世忠，谥忠武。梁夫人：南宋女将梁红玉，韩世忠妻，封安国夫人，改封扬国夫人。刘、岳二武穆：指南宋名将刘锜和岳飞，二人均谥武穆。

[22] 李全：金末山东、河北农民起义军红袄军领袖。宋嘉定十一年(1218 年)降宋，官至招信军节度使。宋宝庆三年(1227 年)降蒙古。绍定四年(1231 年)攻扬州，为宋兵击败而死。杨氏：即杨妙真，号四娘子，红袄军领袖，李全妻子。李全死后，她回山东，数年后亦死。

[23] 蒿(hāo)目：极目远望。此谓蒿目时艰，形容对时局忧虑不安。

[24] 絓(guà)：受阻，绊住。这里指屈辱、投降。

[25] 郦琼：字国宝，宋相州临漳(今属河北)人。初从宗泽，南渡后为刘光世部统制。绍兴七年(1137 年)光世被黜后叛降伪齐。伪齐废，为金将，仕至金紫光禄大夫。王性：待查。

[26] 婪墨：贪官污吏。

[27] 侯蒙：字元功，高密(今属山东)人。历任殿中侍御史、中书侍郎。谥文穆。《宋史》本传载他上书言："江以三十六人横行齐、魏，官军数万，无敢抗者，其才必过人。今清溪盗起，不若赦江，使讨方腊以自赎。"皇帝命他知东平府行招安事，未行而卒。

[28] 张叔夜：字稽仲，开封(今属河南)人。累官龙图阁学士，迁签书枢密院。谥忠文。《宋史》本传载，张叔夜再知海州时，曾计谋"擒其副贼，(宋)江乃降"。

[29] 史：指《宋史》。《宣和遗事》：又名《大宋宣和遗事》。作者为宋、元间人。分前后二集，或分为四集。内容叙述北宋衰亡和高宗南迁的经过，也有一些关于宋江等水浒人物情况的记载。

[30]《夷坚志》：南宋洪迈所撰笔记小说。《夷坚乙志》卷六曾提及"有梁山泺贼五百人受降，既而悉诛之"。但书中所载诛降事，系蔡居厚所为，非张叔夜所做。

[31] "史又言"两句：《宋史·徽宗本纪》称宋江等为"淮南盗"，《宋史·侯蒙列传》载："江以三十六人横行齐、魏。"二处所载宋江等活动区域本身不一致。此似指《徽宗本纪》所载。

[32] 载：发语词，无实义。

[33] 大乘：梵文 Mahayana(摩诃衍那)的意译。公元 1 世纪左右逐步形成的佛教派别。强调利他，普渡众生，比作发大心者所乘的大车，故名。偈："偈佗"的简称，梵文 Gatha 的译音，义译为"颂"，即佛经中的唱词。

[34] 真诰：梁陶弘景撰有道教著作《真诰》二十卷。此泛指道教的典籍。

[35] 太史公演义：指司马迁《史记》。

[36] 长卿如邛(qióng)：司马相如字长卿，至临邛(今四川省邛崃县)，与卓文君

相爱成婚。事见《史记·司马相如列传》。

[37] 范蔡之倾：范雎、蔡泽二人先后客秦，相互钦服，相继为卿相。事见《史记·范雎蔡泽列传》。

[38] 仪秦之辩：张仪、苏秦巧于辩说，为先秦纵横家代表。见《史记·张仪列传》《史记·苏秦列传》。

[39] 张陈之隙：张耳和陈馀始为知交，后成仇敌。见《史记·张耳陈馀列传》。

[40] 田窦之争：田蚡和窦婴相互争斗。见《史记·魏其武安侯列传》。

[41] 卫霍之勋：卫青、霍去病的丰功伟业。见《史记·卫将军骠骑列传》。

[42] 朱郭之侠：朱家、郭解行侠的故事。事见《史记·游侠列传》。

[43] 四豪之交：指孟尝君、平原君、信陵君、春申君四人广为交结、接纳宾客。见《史记》之《孟尝君列传》《平原君虞卿列传》《魏公子列传》《春申君列传》。

[44] 三杰之算：指张良、萧何、韩信三人善于运筹、谋算。见《史记》之《留侯世家》《萧相国世家》《淮阴侯列传》。

[45] 十吏之酷：指《史记·酷吏列传》所载郅都、宁成、周阳由、赵禹、张汤、义纵、王温舒、尹齐、杨仆、减宣、杜周，皆是汉代著名的酷吏。"十吏"举成数而言。

[46] 高则诚蔡中郎传奇：即高明所作《琵琶记》。杜文贞：即杜甫，元顺帝至正二年(1342年)曾追谥文贞。明何良俊《词曲》:"近代人杂剧以王实甫之《西厢记》，戏文以高则诚之《琵琶记》为绝唱，大不然。……今二家之辞，譬之李、杜、若谓李、杜之诗为不工，固不可；苟以为诗必以李、杜为极致，亦岂然哉!"此为艺苑以《琵琶记》比之杜甫诗的例子。

[47] 关汉卿崔张杂剧：指王实甫《西厢记》，崔莺莺、张珙为剧中主角。明人或认为《西厢记》是关汉卿作，或认为王作关续。李长庚：即李白。李阳冰《草堂集序》称，李母将生白，"长庚(金星)入梦，故生而名白，以太白字之"。比《西厢记》为李白诗。

[48] 施君美：施惠，字君美，杭州人。元代戏曲家。明何良俊《四友斋丛说》、王世贞《曲藻》、沈德符《顾曲杂言》、沈自晋《南词新谱》均认为系南戏《拜月亭幽闺记》(简称《拜月亭》或《幽闺记》)的作者。也有人以为《拜月亭》系吴门同姓名人所作。沈德符《顾曲杂言》:"《拜月亭》之外，余最爱《绣襦记》中《鹅毛雪》一折……可与古诗'孔雀东南飞''唧唧复唧唧'并驱。"另外，明徐复祚《曲论》也将《拜月亭》与曹操《薤歌》《蒿里》相比。这些都是将《幽闺记》比之汉魏诗的例子。

[49] 息庵居士：明张大复《梅花草堂笔谈》卷五《居息庵》："予所居息庵，不减项脊。"知息庵居士即张大复。张大复（？—1630），字元长，昆山（今属江苏）人。明万历初岁贡。中年失明。卒后门人私谥孝敏先生。著有《昆山人物传》等。《艳异编》：王世贞编，唐宋明传奇小说集，十二卷，前有息庵居士《小引》一篇。或以为息庵居士为王世贞。

[50] 乌喙：有毒植物。

[51]《三遂平妖传》：小说。主要描述北宋年间王则等以妖术变乱，后被诸葛遂智、马遂、李遂（简称三遂）等官军平定。

[52] 金马：汉代宫门名，也叫金马门。汉代征召来的人都待诏公车（官署名），才能优异者令待诏金马。

[53] 郎仁宝：郎瑛（1487—？），字仁宝，号藻泉，仁和（今浙江杭州）人。著有《七修类稿》，其书卷二十五载宋江等"当时之名三十六"。

[54]"田叔禾"两句：田叔禾，田汝成，字叔禾，钱塘（今浙江杭州）人。嘉靖五年（1526年）进士，官终福建提学副使。所著《西湖游览志余》多记西湖掌故轶闻。其书卷二十五云罗贯中为"南宋时人"。

[55] 万历己丑：即万历十七年（1589年）。万历，明神宗朱翊钧年号。

说明

作为《水浒》评论史上最早期的一篇序文，它向人们提供了关于《水浒》版本流传的一些情况，这使它具有难得的资料价值。同时，序文也反映出了当时人们关于《水浒》截然相反的评价意见。否定论者"正襟而语"，其理由堂皇而简单，其一以为儒家经史典籍已经足够丰富，小说只是"齐东野语"纯属多余；其二指责《水浒》只是写了一批强盗作乱的故事，作品本身以及对作品的鼓吹，都是"诲盗"。

针对这些指责，作者一一予以有力地驳斥，从而全面肯定了《水浒》的思想、艺术倾向，同时也维护了小说的作用和地位。

首先，作者指出宋江等人所以起义，是由于"上有秕政，下有菜色"，又遭"庸吏所迫"，根源在社会，在吏治，起义者本人其实并无人们所认为的必诛的罪过。再从他们的行为看，"唯翦婪墨，而不戕善良"，"有侠客之风，无暴客之恶"，即非但不当受诛，反而"有足嘉者"。从而肯定了小说的人物形象，也肯定了小说批判社会的倾向。

其次，作者认为《水浒》是一部有一定史实依据的小说，但是又与史书记载的内容发生了明显的变异，因此不必在历史真实的范围内来讨论小说是否可信，“此其虚实，不必深辨”，关键看它是否写得“可喜”动人。这实际上肯定了虚构，而且将小说的美感（“可喜”）放在了首要的位置。这在小说理论史上是饶有意义的。

最后，从序文中对《水浒》所以“可喜”的分析来看，包括内容丰富，画面宽阔，人物阶层性分布广，“市语方言”生动活泼，尤其是善于摹绘上上下下各色人物的习性、情态、好恶，而作为长篇小说的结构，“纪载有章，烦简有则”，“如良史善绘，浓淡远近，点染尽工”。这些集中反映了作者对小说美学的认识，初步具有了小说的人物论、结构论和语言论，说明作者实在是一个有艺术眼光的小说批评家。

艺苑卮言（选录）

〔明〕王世贞

作者简介

王世贞（1526—1590），字元美，号凤洲，又号弇州山人，太仓（今属江苏）人。嘉靖二十六年（1547年）进士，授刑部主事。忤严嵩，仕途受抑。以父难解官。隆庆初，被荐起大名兵备副使。万历二年（1574年）以右副都御史抚治郧阳，不附事张居正，被劾罢官。张居正死，复起用，仕至南京刑部尚书。王世贞为后七子核心人物之一，与李攀龙并称“王李”。李攀龙死后，独主坛坫二十年。王世贞才力富健，学识宏博，兼擅各体诗歌。在后七子中，他对文学理论多有创述。早年虽然也持“文必秦汉，诗必盛唐”之说，但又不满刻板摹拟，主张格调与才情并重。晚年更提出“代不能废人，人不能废篇，篇不能废句”（《宋诗选序》），对宋、元诗歌和苏轼、归有光散文有一定新的认识。著有诗文集《弇州山人四部稿》《续稿》，诗文批评《艺苑卮言》等。

才生思，思生调，调生格；思即才之用，调即思之境，格即调之界。

（卷一百四十四）

王武子读孙子荆诗而云：“未知文生于情，情生于文。”[1]此语极有致。文生于情，世所恒晓；情生于文，则未易论，盖有出之者偶然，而览之者实际也。吾平生时遇此境，亦见同调中有此。又庾子嵩作《意赋》成，为文康所难，而云：“正在有意无意之间。”[2]此是遁辞，料子嵩子文必不能佳，然有意无意之间，却是文章妙用。

（卷一百四十六）

诗格变自苏、黄，固也。黄意不满苏，直欲凌其上，然故不如苏也。何者？愈巧愈拙，愈新愈陈，愈近愈远。

（卷一百四十七）

吾于诗文不作专家，亦不杂调，夫意在笔先，笔随意到，法不累气，才不累法，有境必穷，有证必切，敢于数子云有微长[3]，庶几未之逮也，而窃有志耳。

（卷一百五十）

明万历五年（1577 年）王氏世经堂刊本《弇州山人四部稿》

注释

［1］“王武子读孙子荆诗”三句：王武子，王济，字武子，晋太原晋阳（今山西太原）人。历官侍中、太仆等，追赠骠骑将军。善清言，能修饰辞令。孙子荆，孙楚（218？—293），字子荆，晋太原中都（今山西平遥）人。惠帝初，为冯翊太守。引文出自《世说新语·文学》。

［2］“又庾子嵩作《意赋》成”三句：庾子嵩，庾敳（262—311），字子嵩，东晋颍川鄢陵（今河南鄢陵西北）人。任吏部郎、军谘祭酒。后以石勒之难被害。见王室多难，终知婴祸，著《意赋》以豁情。文康，庾亮（289—340），庾敳侄儿，字元规。历仕元帝、明帝、成帝三朝，仕至征西将军。引文出自《世说新语·文学》。

［3］敢：岂敢。数子：指后七子一派其他成员。

说明

《艺苑卮言》初稿成于王世贞三十三岁时，后又有所增益，至他四十岁时脱稿刊印，以后作者又对内容作了补充，是作者前期一部重要的文学批评论著。他在书中对先秦至明代的诗文创作进行了范围广泛的评说，尤详于汉魏六朝、唐代和明代文学，对宋代文人则多批评之词。这反映了他附同李梦阳、何景明、李攀龙等“文必秦汉，诗必盛唐”之说，轻视宋诗，鼓吹明代复古一派，自壮声势的文学批评态度。

但是，王世贞对明代文学复古阵营趋入摹拟之途的弊害也有认识，并作了颇为中肯的批评。《艺苑卮言》视剽窃模拟为诗歌创作的大病。他非常尊重李梦阳、李攀龙等人的文学贡献和作用，即便如此，对他们摹仿古人，牵合形迹，变不足而近于袭，缺乏自得之趣，进行了不留情面的批评。他认为，诗人的才思和诗体的格调二者关系，格调是由才思派生而出，因此，诗歌创作中突出才思之用是必然的要求，而肯定运巧，超越常规，也成了他对诗人的期待和鼓励。由于受扬唐抑宋诗歌观支配，王世贞当时贬宋倾向比较突出，特别是对黄庭坚一派的诗歌追求及形成的风格，评价尤低，目的还在于维护汉魏、盛唐诗歌的风范。

喜爱民歌，高度评价民歌真情、俚浅的特点，这是前后七子大致相同的认识，也是明代中叶后诗歌批评中出现的一种普遍情况。王世贞也持类似见解。他肯定“田畯红女作劳之歌”，认为这类由“俚字乡语”构成的“俗”谣，其实“得古风人遗意”，可与曹植、李白的某些作品相媲美。虽然他直接评述的是江南乡野谣曲，实质是赞美民间的文学创造精神。

五岳山房文稿序

〔明〕王世贞

王子曰：盖隆庆间[1]，有淮阳守陈君玉叔云[2]。余不识玉叔，识玉叔之父宪大夫公，博雅长者也。已玉叔与余仲懋游[3]，稍得其为人。已又从仲所得其诗。最后玉叔以其文来，余读之，盖三得而三为心折也。

明兴，世世右垂绅委蛇之业[4]，士大夫作为歌诗，以绍明正始之音，雍如矣[5]。至于文，而各持其门户以相轧，卒胜卒负，而莫有竟者。其故何也？尚法则为法用，裁而伤乎气；达意则为意用，纵而舍其津筏。畏于思之难，信心而成之，苟取其近者，嚣嚣然而自足；耻于名之易，钩棘以探之，务剽其异者，沾沾然以为非常，夫其各相轧而卒莫相竞也，彼各有以持其角之负，然而不善所以为胜者，故弗胜也。吾来自意而往之法，意至而法偕至，法就而意融乎其间矣。夫意无方而法有体也，意来甚难，而出之若易；法往甚易，而窥之若难，此所谓相为用也。左氏法先意者也，司马氏意先法者也，然而未有不相为用者也。夫不睹夫造物者之于兆类乎[6]？走飞夭乔各有则而不失真[7]，迨乎风容精彩流动而为生气者，不乏也。彼见夫剽拟而少获其似以为真，曰："吾司马、左氏矣。"所谓生气者安在哉？任于才之近，一发而自以为生色，曰："何所用司马、左氏为？"不知其于走飞夭乔之则何如也。

玉叔文亡论，所究极庶几司马、左氏哉。不屈阏其意以媚法[8]，不骫骳其法以殉意[9]，裁有扩而纵有操，则既亦彬彬君子矣。盖玉叔三十而其业成，然不以自安，走一介不佞曰："将就正也，非以游扬大人也。"呜呼，后玉叔而相继为是业者守此，明文可以竟矣。玉叔故蚤贵，居恒自称五岳山人，以见志焉，是故曰《五岳山房文稿》，凡十一卷。

明万历五年（1577年）王氏世经堂刊本《弇州山人四部稿》卷六十七

注释

[1] 隆庆：明穆宗年号（1567—1572）。

[2] 淮阳：古郡、国名，治地在今河南淮阳一带。明代已不设此行政区，此为借用古名。陈君玉叔：陈文烛，字玉叔，号五岳山人，沔阳（今属湖北）人。嘉靖四十四年（1565年）进士，官至大理寺卿。有《二酉园诗文集》。

[3] 懋：王世懋（1536—1588），字敬美，王世贞弟，官至南京太常寺少卿。有《王奉常集》《艺圃撷余》。

[4] 垂绅委蛇之业：指科举仕途。垂绅，大带下垂。原指臣下侍君必恭，后借指在朝为臣。委蛇，随顺貌。

[5] 雍：鸟和鸣声。

[6] 兆类：万物。

[7] 夭乔：指草木。

[8] 屈阏：压抑，遏制。

[9] 骫骳（wěi pèi）：屈意依从。

说明

王世贞将明代散文创作的弊病概括为二类：不取古法，"信心而成"；钩棘前作，“务剽其异”。前者主要指唐宋派逸脱秦汉古文法度的牢笼，后者主要指前后七子及其追随者学古而入刻板摹拟。他认为，片面强调“达意”或“尚法”，虽然对散文写作造成的影响不同，都会产生流弊，给古文创作带来危害。

在散文创作“意”与“法”的关系上，王世贞提出相与为用的看法。作者因为心中有意，欲予表达才构思谋篇，故称“吾来自意”，但是文意的表达毕竟需要通过文法的运用来实现，所以又称“（吾）往之法”。在写作实践中，意、法二者是无法割裂的，“意至而法偕至，法就而意融乎其间”，根本不可或缺。尽管具体写作过程中可能存在“法先意”和“意先法”的差别，但是意、法“未有不相为用者”，偏于意、法之一端，各执一词以衡文，则割断了二者的相关性。

王世贞进而指出，自然界万物如飞禽走兽、纤草乔木，都各有其类的属性，而又不失各自“风容精彩”，活力“生气”。比之于作文，遵“法”合“则”是强调文章须符一定的范式，写“意”生“色”则突出姿态万千，气貌生动。摹拟者失却了“生气”，信心者违反了法则，皆偏离了文章的自然之道。他总结《五岳山房文稿》的特点是“不屈闲其意以媚法，不骫骳其法以殉意”，意法合用，文质彬彬。他将明代散文的繁荣、健康寄托在这种“意法观”的流行和发扬上面。

不过从总体上看，王世贞对散文法式的理解，仍是以秦汉古文为基本，在这方面依然较缺通变意识，所以他对自己一派文学观的修正仍是有限度的。

童心说

〔明〕李　贽

作者简介

李贽（1527—1602），原名载贽，号卓吾、宏甫，别号温陵居士、龙湖叟，泉州晋江（今属福建）人。嘉靖三十一年（1552年）中举，万历五年（1577年）官云南姚安知府。五十四岁辞官，于湖北黄安、麻城等地讲学著书。被当道以“敢倡乱道，惑世诬民”之罪系狱，自刎身亡。李贽思想构成复杂，信儒，却又责孔贬经；崇佛，却落发留须，不禁吃荤，人目为“异端”“狂禅”。他提倡自主自立。空所依傍的“大人之学”（《与马历山》），肯定“好货好色”等世俗欲念（《答邓明府》），激烈抨击假道学。文学上他提出“童心说”，主张从“闻见道理”的浸熏中解脱出来，恢复人的天然本性，无饰地表现个人真情。他反对摹拟，坚持文学发展观。他高度重视戏曲、小说等通俗文学的地位。这些对公安派产生直接影响。有《焚书》《续焚书》《藏书》《续藏书》等。

龙洞山农叙《西厢》[1]，末语云："知者勿谓我尚有童心可也。"夫童心者，真心也。若以童心为不可，是以真心为不可也。夫童心者，绝假纯真，最初一念之本心也。若失却童心，便失却真心，失却真心，便失却真人，人而非真，全不复有初矣。

童子者，人之初也，童心者，心之初也。夫心之初曷可失也。然童心胡然而遽失也？盖方其始也，有闻见从耳目而入，而以为主于其内而童心失。其长也，有道理从闻见而入，而以为主于其内而童心失。其久也，道理闻见日以益多，则所知所觉日以益广，于是焉又知美名之可好也而务欲以扬之而童心失；知不美之名之可丑也而务欲以掩之而童心失。夫道理闻见皆自多读书识义理而来也。古之圣人曷尝不读书哉，然纵不读书，童心固自在也，纵多读书，亦以护此童心而使之勿失焉耳，非若学者反以多读书识义理而反障之也。夫学者既以多读书识义理障其童心矣，圣人又何用多著书立言以障学人为耶？童心既障，于是发而为言语，则言语不由衷，见而为政事，则政事无根柢，著而为文辞，则文辞不能达。非内含于章美也，非笃实生辉光也，欲求一句有德之言，卒不可得。所以者何？以童心既障，而以从外入者闻见道理为之心也。

夫既闻见道理为心矣，则所言者皆闻见道理之言，非童心自出之言也。言虽工，于我何与？岂非以假人言假言，而事假事文假文乎？盖其人既假，则无所不假矣。由是而以假言与假人言，则假人喜，以假事与假人道，则假人喜，以假文与假人谈，则假人喜。无所不假，则无所不喜。满场是假，矮场何辩也？然则虽有天下之至文，其湮灭于假人而不尽见于后世者，又岂少哉。何也？天下之至文，未有不出于童心焉者也。苟童心常存，则道理不行，闻见不立，无时不文，无人不文，无一样创制体格文字而非文者。诗何必古《选》，文何必先秦。降而为六朝，变而为近体，又变而为传奇[2]，变而为院本[3]，为杂剧，为《西厢曲》，为《水浒传》，为今之举子业[4]，大贤言圣人之道皆古今至文，不可得而时势先后论也。故吾因是而有感于童心者之自文也，更说甚么六经，更说甚么《语》《孟》乎？

夫六经、《语》《孟》，非其史官过为褒崇之词，则其臣子极为赞美之语。又不然，则其迂阔门徒，懵懂弟子，记忆师说，有头无尾，得后遗前，随其所见，笔之于书。后学不察，便为出自圣人之口也，决定目之为经矣，孰知其大半非圣人之言乎？纵出自圣人，要亦有为而发，不过因病发药，随时处方，以救此一等懵懂弟子、迂阔门徒云耳。药医假病，方难定执，是岂可遽以为万世之至论乎？然则六经、《语》《孟》，乃道学之口实，假人之渊薮也，断断乎其不可以语于童心之言明矣。呜呼，吾又安得真正大圣人童心未曾失者而与之一言文哉？

明刻本《焚书》卷三

注释

[1] 龙洞山农叙《西厢》：龙洞山农本《刻重校北西厢记》刊于万历十年（1582年），已佚。龙洞山农序文又载于万历二十六年继志斋刊本《重校北西厢》卷首，书藏日本内阁文库。龙洞山农，焦竑，见卜健《焦竑的隐居、交游与其别号"龙洞山农"》，《文学遗产》1986年第1期。焦竑（1541—1620），字弱侯，号澹园，江宁（今江苏南京）人。万历十七年（1589年）殿试第一，官翰林修撰。著有《澹园集》。

[2] 传奇：指唐人传奇小说。

[3] 院本：指金代"行院"演剧所用的脚本。

[4] 举子业：科举文字。举子，科举应试之士。

说明

晚明思想和文学的一个重要特点，是怀疑人伦秩序的现状，归心自然，向慕本真，表现出对人性回归本然的追求。李贽《童心说》是这一思潮的代表。

他将"童心"界说为是"真心"，"绝假纯真，最初一念之本心"，"心之初"。童心—真心—本心—初心，都是指人在自然状态下的本性、本能、精神和心理。李贽在别的文章中谈到与“童心”概念相近似的异名。一类与老庄思想相联系，如“本真”“真”“元”(《焚书·答周柳塘》)，“未彫未琢之天”(《续焚书·与潘雪松》)，“自然之性”(《续焚书·孔融有自然之性》)，“本色”(《续焚书·追述潘见泉先生往会因由付其儿参将》)；另一类又与佛家思想相沟通，如《金刚经说》所谓“诚意”“自在”“真心”，《为黄安二上人三首·失言》论“真佛”所谓“不必矫情，不必逆性，不必昧心，不必抑志，直心而动，是为真佛”。李贽将道家崇自然、佛家尊本心的思想，与自己对虚伪说教及其世风极端厌恶之感情铸成一体，从而构成“童心说”的主体，这决定了该理论将批判锋芒指向伪道学对思想、学术、文学的侵袭而腐蚀，而不仅是指向文学复古主义。

李贽认为，童心蔽障，世风趋伪，其主要原因是人们从小就受到“道理闻见”的浸熏，结果，以人之心为己心，以人之耳目为己耳目，对善恶美丑是非的判断，均无个人主见，人云亦云，真声消失殆尽。因此，若欲恢复童心，最根本的就是要从“道理闻见”、虚伪义理的束缚下解脱出来，回归到真我的自然状态中。

对于儒家经典的价值，他也提出了怀疑。以为六经、《论语》《孟子》大半非圣人之言，即使为圣人所道，也不过“因病发药，随时处方”，决非“万世之至论”。从而否定了儒家经典长期以来被深信不疑的永恒真理的性质。这在当时无疑具有冲决樊篱、解放思想的重大意义。

以此为思想前提的文学“童心说”，与前此种种文学真实论相比，更具备深邃丰富的哲理涵蕴。李贽论“真”，特别强调个人所独具的“童心”与普遍的社会意识形态之间的对立，深刻地指出伪道学吞噬、淹没个人独立思维的严重危害，因此，谈到文学的真实性首先必须重视作者从“道理闻见”往“童心”的返归。如果失去这一重要前提，所谓文学的真实性仍难免是空泛的。

李贽强调，唯有从“童心”而产生的文学，才是“天下之至文”。因此衡量作品优劣的标准，不是言词工否，也不是“时势先后”。从六朝以下的诗文、传奇、戏曲、小说乃至明代时文，只要能述人类真性本然，皆是佳作。“诗何必古《选》，文何必先秦”，这两语无疑是对前后七子“文必秦汉，诗必盛唐”说的诘难。在李贽看来，离“童心”而言格调、时势，便已落入第二义，文学的真义并不在此。

当然，李贽对社会意识的批判也有某种保留，认识上也存在一定局限。他激烈抨击假人、假事、假文，一般来说，主要针对言清行浊、文美情秽的伪君子，这无形中限制了自己思想广泛的意义。他对有些文学作品的主题和作者创作动机的说明，往往不脱君臣伦理，肯定“今”文而不适当地抬高八股文的地位，所论皆失妥善。但是重要的是，李贽对人性的思考在许多方面超越众贤，露出近代的曙光，从而奠定了他在我国古代思想史和文学批评史上突出的地位。

杂　说

〔明〕李　贽

《拜月》《西厢》，化工也，《琵琶》，画工也。夫所谓画工者，以其能夺天地之化工，而其孰知天地之无工乎？今夫天之所生，地之所长，百卉具在，人见而爱之矣，至觅其工，了不可得，岂其智固不能得之与？要知造化无工，虽有神圣，亦不能识知化工之所在，而其谁能得之？由此观之，画工虽巧，已落二义矣。文章之事，寸心千古，可悲也夫。

且吾闻之：追风逐电之足，决不在于牝牡骊黄之间，声应气求之夫，决不在于寻行数墨之士，风行水上之文，决不在于一字一句之奇。若夫结构之密，偶对之切，依于理道，合乎法度，首尾相应，虚实相生，种种禅病皆所以语文，而皆不可以语于天下之至文也。杂剧院本，游戏之上乘也，《西厢》《拜月》，何工之有？盖工莫工于《琵琶》矣。彼高生者，固已殚其力之所能工，而极吾才于既竭。惟作者穷巧极工，不遗余力，是故语尽而意亦尽，词竭而味索然亦随以竭。吾尝揽《琵琶》而弹之矣，一弹而叹，再弹而怨，三弹而向之怨叹无复存者。此其故何邪？岂其似真非真，所以入人之心者不深邪？盖虽工巧之极，其气力限量只可达于皮肤骨血之间，则其感人仅仅如是，何足怪哉？《西厢》《拜月》乃不如是。意者宇宙之内，本自有如此可喜之人，如化工之于物，其工巧自不可思议尔。

且夫世之真能文者，比其初皆非有意于为文也。其胸中有如许无状可怪之事，其喉间有如许欲吐而不敢吐之物，其口头又时时有许多欲语而莫可所以告语之处，蓄极积久，势不能遏。一旦见景生情，触目兴叹，夺他人之酒杯，浇自己之垒块，诉心中之不平，感数奇于千载。既已喷玉唾珠，昭回云汉，为章于天矣，遂亦自负，发狂大叫，流涕恸哭，不能自止。宁使见者闻者切齿咬牙，欲杀欲割，而终不忍藏于名山，投之水火。余览斯记，想见其为人，当其时必有大不得意于君臣朋友之间者，故借夫妇离合因缘以发其端。于是焉喜佳人之难得，羡张生之奇遇，比云雨之翻覆，叹今人之如土。其尤可笑者，小小风流一事耳，至比之张旭、张颠[1]、羲之、献之而又过之。尧夫云：“唐、虞揖让三杯酒，汤、武征诛一局棋。”[2]夫征诛揖让何等也，而以一杯一局觑之，至眇小矣。

呜呼，今古豪杰，大抵皆然。小中见大，大中见小，举一毛端建宝王刹[3]，坐微尘里转大法轮[4]。此自至理，非干戏论。倘尔不信，中庭月下，木落秋空，寂寞书斋，独自无赖，试取《琴心》一弹再鼓[5]，其无尽藏不可思议[6]，工巧固可思也。呜呼，若彼作者，吾安能见之与？

明刻本《焚书》卷三

注释

[1] 张颠：张旭，唐书法家。相传他往往在醉后呼喊狂走，然后落笔，故称张颠。然此句张旭、张颠为一人，于理不通。疑“张颠”为“米颠”之误。北宋书画家米芾，因举止颠狂，人称米颠。

[2] “唐虞揖让”两句：邵雍《首尾吟》之一一四（《击壤集》卷二十）中的诗句。原诗云：“尧夫非是爱吟诗，诗是尧夫可叹时。只被人间多用诈，遂令天下尽生疑。樽前（一作‘唐虞’）揖让三杯酒，坐上（一作‘汤武’）交争一居棋。大小不同而已矣，尧夫非是爱吟诗。”李贽所引，文字略异。

[3] 宝王刹：佛寺，佛塔。宝王，对佛陀的尊称。

[4] 大法轮：喻佛法。谓佛说法，圆通无碍，运转不息，能为世人指点迷津。

[5] 《琴心》：《西厢记》中一出，写张生向莺莺弹琴传情。

[6] 无尽藏（cáng）：佛教语，谓佛德广被万物，无穷无尽。后泛指事物之取用无穷者。

说明

明人关于《西厢记》《琵琶记》等戏曲成就孰高孰低之争，由来已久，莫衷一是。李贽认为《西厢记》《拜月亭》远胜于《琵琶记》。如果这只是一种简单的比较和判断，那它不过属于明人众多意见中的一种，很难说有什么特别之处。但是，李贽的结论来自他的自然高于人工的美学思想和文学主张，并就此展开颇为深刻的论述，从而使这篇《杂论》在明人类似的戏曲比较批评中熠熠生辉。

李贽认为，存在着二类戏曲艺术，一类谓"化工"，如《西厢记》《拜月亭》，另一类谓"画工"，如《琵琶记》。"化工"之妙，如天生地长百卉，姿容天然，人见人爱，无涉人为涂饰巧妆，所以"化工"也即"无工"之谓。而"画工"则是人为用力追求的工巧，"结构之密，偶对之切，依于道理，合乎法度，首尾相应，虚实相生"，凡此种种无不具备，以人们通常信奉的艺术法则去衡量，似乎完美无瑕，但是离"天下之至文"其实还遥远。当然，李贽在这里主要不是以自然和艺术作比较对象，而是就文学艺术范围内对自然和人巧两种创作倾向作出他自己的选择，肯定天然之美，肯定师法森罗万象。

通过对《西厢记》《拜月亭》与《琵琶记》具体比较，李贽还认为，"化工"之文与"画工"之文的艺术效果也大不相同，入人有深浅之别，意味有悠长竭尽之异，原因在于"化工"自然无假，"画工"似真非真。

李贽对"化工"之文缘起于作者强烈的感情作了十分生动的说明。指出作者胸中有许多"无状可怪之事"，想吐而不敢吐，想说而无处诉说，"蓄极积久，势不能遏"，终于一朝借他物尽情吐泄，畅所欲语，而并不顾虑他人是恼是恨。这种创作感情的驱动力其实质是对社会环境施之于个人的种种压迫的挣扎和反抗，而文学创作也便成了作者思考现实、寻求理想的一种心理寄托。这是"真能文者"与"有意于为文"者显著的区别，也就是"化工"之文与"画工"之文最根本的不同。李贽以为，《西厢记》是作者"借夫妇离合因缘"，抒"大不得意于君臣朋友之间"的不平心情。这是李贽以自己的眼光读《西厢记》得出的结论，能得到其他读者多少认同暂且不论，他强调"化工"之文应该寄托深意，这显然丰富了文学批评中的自然论和真实论。

忠义水浒传序

〔明〕李　贽

太史公曰："《说难》《孤愤》，贤圣发愤之所作也。"[1]由此观之，古之贤圣，不愤则不作矣。不愤而作，譬如不寒而颤，不病而呻吟也，虽作何观乎？《水浒传》者，发愤之所作也。盖自宋室不竞，冠履倒施，大贤处下，不肖处上，驯致夷狄处上[2]，中原处下，一时君相犹然处堂燕鹊，纳币称臣，甘心屈膝于犬羊已矣。施、罗二公身在元[3]，心在宋；虽生元日，实愤宋事。是故愤二帝之北狩，则称大破辽以泄其愤，愤南渡之苟安，则称灭方腊以泄其愤。敢问泄愤者谁乎？则前日啸聚水浒之强人也，欲不谓之忠义不可也。是故施、罗二公传《水浒》而复以忠义名其传焉。

夫忠义何以归于水浒也？其故可知也。夫水浒之众何以一一皆忠义也？所以致之者可知也。今夫小德役大德，小贤役大贤，理也。若以小贤役人，而以大贤役于人，其肯甘心服役而不耻乎？是犹以小力缚人，而使大力者缚于人，其肯束手就缚而不辞乎？其势必至驱天下大力大贤而尽纳之水浒矣。则谓水浒之众，皆大力大贤有忠有义之人可也，然未有忠义如宋公明者也。今观一百单八人者，同功同过，同死同生，其忠义之心，犹之乎宋公明也。独宋公明者身居水浒之中，心在朝廷之上，一意招安，专图报国，卒至于犯大难，成大功，服毒自缢，同死而不辞，则忠义之烈也，真足以服一百单八人者之心，故能结义梁山，为一百单八人之主。最后南征方腊，一百单八人者阵亡已过半矣，又智深坐化于六和[4]，燕青涕泣而辞主[5]，二童就计于混江[6]。宋公明非不知也，以为见几明哲，不过小丈夫自完之计，决非忠于君义于友者所忍屑矣。是之谓宋公明也，是以谓之忠义也。传其可无作欤？传其可不读欤？

故有国者不可以不读，一读此传，则忠义不在水浒而皆在于君侧矣。贤宰相不可以不读，一读此传，则忠义不在水浒而皆在于朝廷矣。兵部掌军国之枢，督府专阃外之寄[7]，是又不可以不读也，苟一日而读此传，则忠义不在水浒，而皆为干城心腹之选矣。否则不在朝廷，不在君侧，不在干城腹心，乌乎在？在水浒。此传之所为发愤矣。若夫好事者资其谈柄，用兵者藉其谋画，要以各见所长，乌睹所谓忠义者哉？

明刻本《焚书》卷三

注释

［1］“《说难》《孤愤》”两句：见司马迁《史记·太史公自序》。《说难》《孤愤》为《韩非子》中的两篇。

［2］驯致：逐渐而至。

［3］施罗二公：指施耐庵、罗贯中。关于《水浒传》的作者，明人一般有四种说法：施耐庵作，罗贯中作，施作罗编，施作罗续。李贽采取的是第三种说法。现存署李贽评点的《水浒传》主要有两种，容与堂刊本《忠义水浒传》不题撰人，袁无涯刊本《忠义水浒全书》题为“施耐庵集撰罗贯中纂修”。

［4］六和：指《水浒传》鲁智深去世的地方杭州六和寺。

［5］燕青涕泣而辞主：燕青随宋江征方腊后回京，途中苦劝主人卢俊义一起归隐，遭卢拒绝，燕青辞之而去。

［6］二童：即童威、童猛。混江，即混江龙李俊。李俊诈称中风疾，留二童照料自己，随后出海投化外国去了。注［4］［5］［6］所涉故事情节，均见百回本《水浒传》九十九回。

［7］阃(kǔn)外之寄：谓将帅统兵于外。阃，郭门的门槛。

说明

在《童心说》一文，李贽将《水浒传》列为“古今至文”的一种，赞美它是表现作者“童心”的杰构。在这篇《忠义水浒传序》里，李贽详尽阐述了《水浒》作者的创作动机、作品主题及其社会意义。

李贽肯定《水浒》是一部“发愤”小说，愤宋朝国力虚弱，“大贤”“不肖”地位颠倒，君臣苟且偷安，将江山拱手让于异族。作者有感于此，摹绘了一群“水浒之强人”，通过他们的征事战迹，以表达自己的政治理想，发泄对宋朝虚弱、腐败的愤慨。因此这样的“发愤”小说，实际上也是一部政治寄托小说。明人往往好借宋事以喻说他们自己的社会时势，犹如唐人常常以汉射唐。李贽用“愤宋事”来概括《水浒》作者的创作动机，其实正表明他对明代形势的高度关心和深深忧虑。

他用“忠义”两字说明《水浒》的主题，并认为宋江这一文学形象的本质意义就在于他是“忠义”主题最集中的代表。这种“忠义”说与上述“发愤”说互为表里，“发愤”侧重于鞭挞社会，“忠义”侧重于表达理想，而理想正来自对社会不良的憎恶。李贽指出，社会先有“小贤役人”，“大贤役于人”，“小人缚人”，“大力缚于人”不合理现实的存在，才会导致“驱天下大力大贤而尽纳之水浒”的结局，从而为宋江等人“啸聚水浒”，反抗官府的合理性作出说明。李贽肯定宋江“身居水浒之中，心在朝廷之上，一意招安，专图报国”，这实际上又是以朝廷和国家利益至上为“忠义”精神的高度体现。但是李贽同时强调，“忠义”所施予的对象——朝廷和国家应该清明、合理，这样才能吸引离异者回归。所以李贽在序文的最后，呼吁君主大臣读《水浒》，以便革弊兴利，增加社会向心力，减少离心力，而不是特别要求反叛者从这部小说中去接受“招安”的教育。

“发愤著书”，“不平则鸣”是古代文学批评史上优秀的理论传统之一，但是它一般只贯穿于传统文体批评之中。李贽将它运用于小说评论中，借以揭示小说家的创作动机，而且又用当时社会褒赞值很高的伦理性词语“忠义”肯定《水浒》的主题，这些无疑都大大提高了小说的地位。李贽肯定《水浒》是一部社会“泄愤”和政治寄托小说，又称赞它出色地表现了“童心”，说明他所提倡的“童心说”，包含作者对社会的关怀和对浊恶的批判，并非鼓励他们避开社会风雨，纯粹去寻求个人心灵世界的安逸和满足。他歌颂“忠义”，就其一般意义而言，是对当时社会基本价值观的认同，这从一个方面说明，李贽抨击伪道学，着重针对一个“伪”字，还不能简单将其视为与道学的决绝。

容与堂本李卓吾先生批评忠义水浒传回评（选录）

〔明〕李　贽

李载贽曰[1]：《水浒传》事节都是假的，说来却似逼真，所以为妙。常见近来文集，乃有真事说做假者，真钝汉也，何堪与施耐庵、罗贯中作奴。

（第一回）

李和尚曰：描画鲁智深，千古若活，真是传神写照妙手。且《水浒传》文字妙绝千古，全在同而不同处有辨[2]。如鲁智深、李逵、武松、阮小七、石秀、呼延灼、刘唐等众人都是急性的，渠形容刻画来各有派头[3]，各有光景，各有家数，各有身分，一毫不差，半些不混，读去自有分辨，不必见其姓名，一睹事实就知某人某人也。读者亦以为然乎？读者即不以为然，李卓老自以为然，不易也。

（第三回）

秃翁曰：《水浒传》文字原是假的，只为他描写得真情出，所以便可与天地相终始。即此回中李小二夫妻两人情事咄咄如画。若到后来混天阵处都假了，费尽苦心亦不好看。

（第十回）

卓吾曰：此回文字逼真，化工肖物。摩写宋江、阎婆惜并阎婆处，不惟能画眼前，且画心上，不惟能画心上，且并画意外，顾虎头、吴道子安得到此[4]。至其中转转关目[5]，恐施、罗二君亦不自料到此。余谓断有鬼神助之也。

（第二十一回）

李生曰：说淫妇便像个淫妇，说烈汉便像个烈汉，说呆子便像个呆子，说马泊六便像个马泊六[6]，说小猴子便像个小猴子，但觉读一过，分明淫妇、烈汉、呆子、马泊六、小猴子光景在眼，淫妇、烈汉、呆子、马泊六、小猴子声音在耳，不知有所谓语言文字也何物。文人有此肺肠，有此手眼。若令天地间无此等文字，天地亦寂寞了也。不知太史公堪作此衙官否[7]？

（第二十四回）

李和尚曰：有一村学究道："李逵太凶狠，不该杀罗真人，罗真人亦无道气，不该磨难李逵。"此言真如放屁。不知《水浒传》文字当以此回为第一。试看种种摩写处，那一事不趣？那一言不趣？天下文章当以趣为第一。既是趣了，何必实有是事并实有是人。若一一推究如何如何，岂不令人笑杀。

（第五十三回）

李和尚曰：《水浒传》文字，不好处只在说梦，说怪，说阵处，其妙处都在人情物理上。人亦知之否？

（第九十七回）

明容与堂刻本《李卓吾先生批评忠义水浒传》

注释

[1] 李载贽：即李贽。文中所称李和尚、李卓吾、秃翁、李生等，均同。按容与堂本《忠义水浒传》所谓“李卓吾先生批评”，学术界多认为系叶昼托名所为。叶昼，字文通，又自称锦翁、不夜、阳开、叶五叶、梁无知等，无锡（今属江苏）人。万历二十二年（1594年）曾就学于东林党领袖顾宪成。一生怀才不遇，售文糊口。他托名李贽评点的作品除《水浒传》外，还有《四书》第一评、第二评及《三国志》《西游记》《皇明英烈传》《琵琶记》《拜月亭》《红拂记》《明珠记》《玉合记》等。

[2] 辨：同“别”。

[3] 渠：他。

[4] 顾虎头：晋画家顾恺之，小名虎头。吴道子：唐画家吴道玄，字道子。

[5] 关目：情节。

[6] 马泊六：指撮合男女搞不正当关系的人。

[7] 衙官：刺史的属官。此比喻《史记》的描写成就在《水浒》之下，借以称美《水浒》。

说明

叶昼假借李贽之名，通过回末总评、眉批、夹批的形式评点了一部《水浒传》。其内容大致有两部分，一是对小说思想内容的理解，二是对作品艺术经验的总结。在《水浒》评论史上，这部容与堂本《忠义水浒传》起到了扩大评点范围、提高理论深度的作用，其中的小说艺术批评部分，价值尤高。

《水浒》与有七分史实依据的《三国演义》不同，它是一部基本虚构的英雄传奇小说。古人囿于信实的观念，对虚拟幻设的文学作品抱有较深的偏见。叶昼则站在文学的立场上，为虚构的作品高唱赞歌。他说：“《水浒传》事节都是假的，说来却似逼真。”这道出了小说的一个重要特点：假设的人物、故事和逼真的艺术描写。艺术上逼真，就是要使塑造的人物真实自然，可感可信，“说淫妇便像个淫妇，说烈汉便像个烈汉”；不仅要“画眼前”，而且能“画心上”，更能够“画意外”；要充分表现出世俗生活中的“人情物理”，并且使文字处处生“趣”。叶昼认为，《水浒传》具备这些优点，是天地间妙文，著名画家顾恺之、吴道子的画作无法与之相比，史籍经典《史记》也不足企及它的成就，那种从“实有是事并实有是人”的立论角度非议《水浒传》，实在很幼稚。显然，叶昼力图为虚构的小说确立特殊的批评标准。他肯定小说的文体优势是，具有弥补绘画之不足和某种超越纪实性史书的表现力，这已成为当今的文学常识。

叶昼的评语还大量涉及小说人物形象处理，情节关目安排，结构次第设计，叙述节奏调整等问题。他强调在形象群中，要突出人物鲜明的个别特征，做到这一点的奥秘，“全在同而不同处有辨(别)”。他肯定对比的艺术，“一怒一喜，倏忽转移”。他认为叙述应合化工造物之美，做到转换灵动，迭兴波澜，讲究伸缩变幻。对《水浒传》中几处缺乏变化，前后重复的败笔，他也提出了较为中肯地批评。

叶昼的评点对金圣叹产生了显著影响，后者与叶昼小说艺术理论之间显然存在借鉴和继承关系，叶昼对小说的认识是金圣叹小说理论的主要来源之一。

曲律(选录)

〔明〕王骥德

作者简介

王骥德(？—1623)，字伯良，一字伯骏，号方诸生，别署秦楼外史、玉阳仙使、鹿阳仙史，会稽(今浙江绍兴)人。祖父王炉峰嗜曲，藏元曲数百种，对王骥德影响甚大。他早年师事徐渭，后与沈璟、孙如法、吕天成等过往甚密。王骥德精于戏曲批评，主张文辞、格律两擅其美，对吴江派和临川派评价较为中肯。他的剧作事奇词美，音律合度，结构稍嫌松散。著有曲论《曲律》，戏曲传奇《题红记》、杂剧《男王后》等，散曲集《方诸馆乐府》。

论须读书第十三

词曲虽小道哉，然非多读书以博其见闻，发其旨趣，终非大雅。须自《国风》《离骚》、古乐府，及汉、魏、六朝、三唐诸诗，下迨《花间》《草堂》诸词，金、元杂剧诸曲，又至古今诸部类书，俱博搜精采，蓄之胸中，于抽毫时掇取其神情标韵，写之律吕，令声乐自肥肠满脑中流出，自然纵横该洽，与剿袭口耳者不同。胜国诸贤及实甫、则诚辈，皆读书人，其下笔有许多典故、许多好语衬副，所以其制作千古不磨。至卖弄学问，堆垛陈腐，以吓三家村人[1]，又是种种恶道。古云："作诗原是读书人，不用书中一个字。"吾于词曲亦云。

论家数第十四[2]

曲之始，止本色一家，观元剧及《琵琶》《拜月》二记可见。自《香囊记》以儒门手脚为之，遂滥觞而有文词家一体。近郑若庸《玉玦记》作[3]，而益工修词，质几尽掩。夫曲以模写物情，体贴人理，所取委曲宛转，以代说词，一涉藻缋，便蔽本来。然文人学士，积习未忘，不胜其靡，此体遂不能废，犹古文六朝之于秦汉也。大抵纯用本色，易觉寂寥，纯用文调，复伤琱镂。《拜月》质之尤者，《琵琶》兼而用之，如小曲语语本色，大曲引子如"翠减祥鸾罗幌""梦绕春闱"，过曲如"新篁池阁""长空万里"等调，未尝不绮绣满眼，故是正体。《玉玦》大曲，非无佳处，至小曲亦复填垛学问，则第令听者愦愦矣。故作曲者须先认其路头，然后可徐议工拙。至本色之弊，易流俚腐，文词之病，每苦太文。雅俗浅深之辨，介在微茫，又在善用才者酌之而已。

论声调第十五（与前腔调不同，前论唱，此专论曲。）

夫曲之不美听者，以不识声调故也。盖曲之调，犹诗之调。诗惟初盛之唐，其音响宏丽圆转，称大雅之声。中晚以后，降及宋、元，渐萎苶偏诐，以施于曲，便索然卑下不振。故凡曲调，欲其清不欲其浊，欲其圆不欲其滞，欲其响不欲其沈，欲其俊不欲其痴，欲其雅不欲其粗，欲其和不欲其杀；欲其流利轻滑而易歌，不欲其乖刺艰涩而难吐。其法须先熟读唐诗，讽其句字，绎其节拍，使长灌注融液于心胸口吻之间，机括既熟，音律自谐，出之词曲，必无沾唇拗嗓之病。昔人谓孟浩然诗，"讽咏之久，有金石宫商之声"[4]。秦少游诗，人谓其可入大石调[5]，惟声调之美故也。惟诗尚尔，而矧于曲？是故诗人之曲，与书生之曲、俗子之曲，可望而知其概也。

论章法第十六

作曲，犹造宫室者然。工师之作室也，必先定规式，自前门而厅、而堂、而楼，或三进，或五进，或七进，又自两厢而及轩寮[6]，以至廪庾[7]、庖湢[8]、藩垣、苑榭之类，前后左右，高低远近，尺寸无不了然胸中，而后可施斤斫。作曲者，亦必先分段数，以何意起，何意接，何意作中段敷衍，何意作后段收煞，整整在目，而后可施结撰。此法从古之为文、为辞赋、为歌诗者皆然。于曲，则在剧戏，其事头原有步骤。作套数曲，遂绝不闻有知此窍者，只漫然随调，逐句凑拍，掇拾为之，非不间得一二好语，颠倒零碎，终是不成格局。古曲如《题柳》“窥青眼”，久脍炙人口，然弇州亦訾为牵强而寡次序[9]，他可知矣。至闺怨、丽情等曲，益纷错乖迕，如理乱丝，不见头绪，无一可当合作者。是故修辞当自炼格始。

（卷二）

论宾白第三十四

宾白，亦曰“说白”。有定场白，初出场时，以四六饰句者是也。有对口白，各人散语是也。定场白稍露才华，然不可深晦。《紫箫》诸白[10]，皆绝好四六，惜人不能识。《琵琶》黄门白[11]，只是寻常话头，略加贯串，人人晓得，所以至今不废。对口白须明白简质，用不得太文字，凡用“之、乎、者、也”，俱非当家。《浣纱》纯是四六[12]，宁不厌人？又凡“者”字，惟北剧有之，今人用在南曲白中，大非体也。句字长短平仄，须调停得好，令情意宛转，音调铿锵，虽不是曲，却要美听。诸戏曲之工者，白未必佳，其难不下于曲。《玉玦》诸白，洁净文雅，又不深晦，与曲不同，只稍欠波澜。大要多则取厌，少则不达，苏长公有言：“行乎其所当行，止乎其所不得不止。”[13]则作白之法也。

（卷三）

中国戏剧出版社版中国戏曲研究院编《中国古典戏曲论著集成》

注释

[1] 三家村人：住在偏僻村落的人。

[2] 家数：文体传统和流派风格。此指戏曲的文体特征。

[3] 郑若庸：大约生于1490年，字仲伯，号虚舟，昆山（今属江苏）人，一说吴县（今江苏苏州）人。十六岁补县学生，屡试不第，受赵康王厚煜聘，编《类隽》，善诗文曲。所作《玉玦记》文词典丽，多用故实，是骈俪派代表作。

[4] “昔人谓”三句：见严羽《沧浪诗话·诗评》。

[5] “秦少游”句：宋黄彻《碧溪诗话》卷三：“钟嵘称张茂先，惜其儿女情多，风云气少。喻凫尝谒杜紫微，不遇，乃曰：‘我诗无绮罗铅粉，宜不售也。’淮海诗亦然，人戏谓可入小石调，然率多美句，但绮丽太胜尔。”“大石调”，疑“小石调”之误。小石调，七商之一，律应南吕，林钟宫的商调。大石调，七商之一，律应太簇，黄钟宫的商调。

[6] 轩寮（liáo）：门、窗。

[7] 廪庾：粮仓。

[8] 庖湢（bì）：厨房、浴室。

[9] “古曲如《题柳》”三句：王世贞《艺苑卮言》附录一：“南曲之美者，无过于《题柳》‘窥青眼’，而中亦有牵强寡次序处。”青眼，柳眼，指初生的柳树嫩叶。

[10]《紫箫》：汤显祖著。全称《李十郎霍小玉紫箫记》。取材唐人小说《霍小玉传》。它是汤显祖一部“未成”的戏曲作品，因当时讹言四起，作者只好将它刊行，以明真相。

[11] 黄门：指宦官。《琵琶》黄门白，指《琵琶记》第十五出《伯喈辞官辞婚不准》里小宦官的一段长篇道白。

[12]《浣纱》：明梁辰鱼著。又名《吴越春秋》。此剧是昆山腔的典范作品。

[13] “苏长公有言”三句：苏长公，苏轼。引文出自苏轼《文说》。

说明

随着明代戏曲创作的繁荣，戏曲批评也蓬勃兴起和展开，一系列重要的理论问题得以深入探讨。在众多戏曲论著中，王骥德《曲律》以理论色彩鲜明、阐述深刻、内容相对完备而著称。全书四卷四十节，对戏曲创作中的情意、伦理、结构、声律、文字，以及一些经典作品和重要派别，都进行了比较充分的论述。他比较注意考虑和汲取前人和同时代人的戏曲观点，而更重要的是，在对各家意见整合中，王骥德善于提出自己的见解，表现出理论创造精神，从而使《曲律》成为明代最重要的一部曲论著作。

王骥德提出，评价一部戏曲作品，不应寻章摘句式地以一二语句为判断依据，草率论定某优某劣，而应该"看其全体力量如何"（卷三《杂论第三十九上》），即从整体性上看待作品的价值。这样就为戏曲批评确立了整体观照的视点，将戏曲批评中盛行的注重于局部细处点评的做法作了重要的变换，开辟了戏曲批评广阔的天地。

他主张戏曲作者要多读书，作品应该"纵横该洽"，但又不可"卖弄学问，堆垛陈腐"，而是自然流出，生光溢彩。在本色与藻饰之争中，王骥德对两者并非简单地取此弃彼，而是在维护本色和反对藻缋的基础上，要求适当吸收文词派的长处，以使本色之作在语言艺术上得到更大优化。"纯用本色，易觉寂寥"，"本色之弊，易流俚腐"，因此他想通过对文词的适当吸收，达到"雅俗深浅"合适的程度。

王骥德以"造宫室"为喻，说明戏曲创作整体章法结构的重要性，强调"了然胸中""整整在目"，而后"可施结撰"，否则前后"纷错乖迕，如理乱丝，不见头绪"，结构的不完整造成作品的缺陷。虽然诗、词、文都存在结构问题，戏曲因为其规模较大，情节较为丰富，又要符合舞台演出的特殊要求，结构问题显得比较突出，王骥德对此予以关注，对戏曲创作有指导意义。他尤其重视套曲中各曲间的结构谐合关系，而这一问题常为人们所忽略，且不容易处理，由此正可见王骥德曲论的具体和切实。

宾白作为戏曲的重要组成部分，逐渐引起明代曲论家的重视。在追求骈俪倾向的影响下，宾白与口语相脱节的情形在一部分作品中严重存在。王骥德指出，凡"深晦""人不能识"、没有"波澜"，皆是戏曲宾白的败笔。出色的宾白其实只是"人人晓得"的"寻常话头"，它们的特点是"明白简质"，"洁净文雅"。

王骥德《曲论》在当时受到戏曲家重视，对后来的戏曲批评也产生了深远影响，如李渔曲论的许多内容与它有密切的联系，明清曲论的相续性在这二位戏曲批评家的著作中得到了充分体现。

文　论

〔明〕屠　隆

作者简介

屠隆(1542—1605),字长卿,一字纬真,号赤水,别号由拳山人、一衲道人、蓬莱仙客、娑婆主人、鸿苞居士,鄞县(今属浙江)人。万历五年(1577年)进士,任颍上知县。万历六年(1580年)调任青浦知县。升礼部主事、郎中。十二年受诬罢归。屠隆早年学诗于沈明臣,为"末五子"之一,受赏于王世贞。他推崇李梦阳,与汤显祖、袁宏道亦相交往。主张效习"古法"(《论诗文》)而不拘泥,后期更强调写诗应该"畅性发灵"(《诗选》),反映了"后七子"一派调和"性灵"与"格调"的倾向。屠隆文学兴趣广泛,热衷诗文,喜爱词曲小说时调,兼擅戏曲。有诗文集《栖真馆集》《由拳集》《白榆集》《鸿苞集》等;曲传奇《昙花记》《修文记》《彩毫记》,总名《风仪阁乐府》。另有《安罗馆清室》《考槃余事》等杂著。

世人谭六经者,率谓六经写圣人之心,圣人所称道术,醇粹洁白,晓告天下,万世灿然,如揭日月而行,是以天下万世贵之也。夫六经之所贵者道术,固也,吾知之,即其文字奚不盛哉。《易》之冲玄,《诗》之和婉,《书》之庄雅,《春秋》之简严,绝无后世文人学士纤秾佻巧之态,而风骨格力,高视千古。若《礼·檀弓》《周礼·考工记》等篇,则又峰峦峭拔,波涛层起,而姿态横出,信文章之大观也。

六经而下,《左》《国》之文,高峻严整,古雅藻丽,而浑朴未散,含光醖灵,如江海之波,汪洋浩淼,非有跳沫摇漾之势,而千灵万怪,渊乎深藏。明月照之,则天高气清;长风荡之,则排空动地。可喜可愕哉,左氏之为文矣。贾、马之文[1],疏朗豪宕,雄健隽古,其苍雅也如公孤大臣[2],庞眉华发,峨冠大带,鹄立殿庭之上,而非若山夫野老之翛然清枯也。其葩艳也如王公后妃,珠冠绣服,华轩翠羽,光采射人,而非若妖姬艳倡之翩翩轻妙也。其他若屈大夫之词赋,才情傅合,纵横璀灿,盖词赋之圣哉。庄、列之文，播弄恣肆，鼓舞六合，如列缺乘屛焉[3]，光怪变幻，能使人骨惊神悚，亦天下之奇作矣。譬之大造[4]，寥廓清旷，风日熙明，时固然也。而飘风震雷[5]，扬沙走石，以动威万物，亦岂可少哉。诸子之风骨格力，即言人人殊，其道术之醇粹洁白，皆不敢望六经，乃其为古文辞一也。

由建安下逮六朝，鲍、谢、颜、沈之流，盛粉泽而掩质素，绘面目而失神情，繁枝叶而离本根，周、汉之声，荡焉尽矣，然而秾华色泽，比物连汇[6]，亦种种动人。譬之南威、西子[7]，丽服靓妆，虽非姜、姒之雅[8]，端人庄士，或弃而不睨，其实天下之丽，洵美且都矣[9]。八珍醇醴，以视之古者太羹玄酒之风，则愧矣。

盖太上不贵而后世争驰，天下之甘旨也。郑、卫之声，拟之《咸池》《六英》[10]，奚翅霄壤[11]？不可奏诸宗庙朝廷，然而悦耳快心，则天下之繁音也。

诗自三百篇而下有汉魏古乐府，汉魏而下有六朝《选》诗，《选》诗而下有唐音。唐音去三百篇最远，然山林晏[12]游之篇，则寄兴清远，宫闱应制之什，则体存富丽，述边塞征戍之情，则凄惋悲壮，畅离别羁旅之怀，则沉痛感慨，即非古诗之流，其于诗人之兴趣则未失也。

文体靡于六朝，而唐昌黎氏反之，然而文至于昌黎氏大坏焉。诗教变于唐人，而宋诸公反之，然而诗至于宋诸公大坏焉。昌黎氏盖所谓文起八代之衰者[13]，今读其文，仅能摧骈俪为散文耳。妍华虽去，而淡乎无采也，醲腴虽除，而索乎无味也，繁音虽削，而瘖乎无声也。其气弱，其格卑，其情缓，其法疏，求之六经、诸子，是遵何以哉？世人厌六朝之骈俪，而乐昌黎之疏散，翕然相与宗师之，是以韩氏之文遂为后世之楷模，建标艺坛之上，而群趋旌干之下[14]，一夫奋臂，六合同声，斯不亦任耳而不任目之过乎？六经而下，古文词咸在，正变离合，总总夥矣[15]，然未有若昌黎氏者。昌黎氏之文果何法也？藉令昌黎氏之文出于周、汉，则不得传。何者？周、汉之文无此者，周、汉诚无用此文为也。昌黎氏之所以为当时宗师而名后世者，徒散文耳。今姑无论其他，即如西汉制诰，谁非散文？冲夷平淡，都无波峭之气[16]，而朴茂深严，远而望之，则穆然光沉，迫而视之，则神采隐隐，风骨格力，往往而在。昌黎氏之文若是邪？论者谓善绘者传其神，善书者模其意。昌黎氏之文盖传先哲之神，而脱其躯壳，模古人之意，而遗其彩画者也，奚必六经、必诸子哉？且风骨格力，韩子焉不有也？嗟乎，令韩子不屑屑于拟古而古意矫然具存，即奚必如六经如诸子，而自为韩子一家之言可也。今第观其文，卑者单弱而不振，高者诘屈而聱牙，多者装缀而繁芜，寡者率略而简易，虽有他美，吾不得而知之矣，尚焉取风骨格力于其间哉？

厥后欧、苏、曾、王之文，大都出于韩子，读之可一气尽也，而玩之则使人意消。余每读诸子之文，盖几不能终篇也。标而趋之者，非韩子与？

宋人之诗，尤愚之所未解。古诗多在兴趣，微辞隐义，有足感人。而宋人多好以诗议论，夫以诗议论，即奚不为文而为诗哉？《诗》三百篇，多出于忠臣孝子之什，及闾阎匹夫匹妇童子之歌谣，大意主吟咏，抒性情，以风也，固非博综诠次以为篇章者也，是诗之教也。唐人诗虽非三百篇之音，其为主吟咏，抒性情，则均焉而已。宋人又好用故实组织成诗，夫三百篇亦何故实之有？用故实组织成诗，即奚不为文而为诗哉？甚而叫啸怒张以为高厉，俚俗猥下以为自然。之数者，苏、王诸君子皆不免焉，而又往往自谓能入诗人之室，命令当世，则吾不知其何说也。

明兴，北地李献吉、信阳何仲默、姑苏徐昌谷，始力兴周、汉之文，诗自三百篇而下，则主初唐。厥后诸公继起，气昌而才雄，徒众而力倍，古道遂以大兴，可谓盛矣。然学士大夫之奋起其间者，或抱长才而乏远识，踔厉之气盛，而陶镕之力浅，学《左》《国》者得其高峻而遗其和平，学《史》《汉》者得其豪宕而遗其浑博，模辞拟法，拘而不化。独观其一，则古色苍然，总而读之，则千篇一律也。愚尝取以自诊[17]，盖亦时时有之。有之而思变之，犹未得其要领焉。嗟乎，文难言哉。愚意作者必取材于经史，而镕意于心神，借声于周、汉，而命辞于今日，不必字字而琢之，句句而拟之，而浩博雄浑，识者自知其为周、汉之文，不作昌黎以下语，斯其至乎。今文章家独有周、汉之句法耳，而其浑博之体未备也，变化之机未熟也，超妙之理未臻也。故吾愿与海内诸君子勉之矣。

夫文不程古，则不登于上品，见非超妙，则傍古人之藩篱而已。壮夫者禀灵异之气，挺秀拔之姿，竭生平才智以从事文章家，乃不能高足远览，洞幽极玄，以特立千百载之下，与古人并驱而前，分道而抗旌，而徒傍人藩篱，拾人咳唾，以为生活。彼古人且奴视之曰："是为我负担而割裂我者，传之后世，以为何如？"又非所以令韩、欧诸君子见也，令韩、欧见如是之文，彼且得而藉口曰："始二三君子姗笑我，将谓二三君子之文心标异而出之，立于太古之上也，奈何影响古人，以诧古为如是，不于我可少宽乎？吾文即非古，然何者非自得？而徒呫呫仿古自喜也。"若然，则二三君子苟非得之超妙，无轻议古，苟非深于古，无轻訾韩、欧也。夫挟天子以令诸侯，诸侯将奔走焉，麋而虎皮，人得而寝处之矣。深于古以訾韩、欧，是挟天子以令诸侯者也，影响古人而求胜之，则麋而虎皮矣。诸君子其无为韩、欧寝处哉。

明万历刻本《由拳集》卷二十三

注释

[1] 贾、马：贾谊、司马迁、司马相如。

[2] 公孤：公，三公，指司马、司徒、司空，一说指太师、太傅、太保。孤，指少师、少傅、少保。泛指重臣。

[3] 列缺乘屩(juē)：列缺，闪电。屩：鞋，此指一种特殊的助行器。《抱朴子·杂应》："乘屩可以周流天下。"

[4] 大造：指天。

[5] 飘风：飓风。

[6] 连汇：犹连类。

[7] 南威：春秋晋国的美女。

[8] 姜：太姜，周太王之妃，文王祖母。姒：太姒，周文王之妃，武王母亲。

[9] 洵美且都：《诗·郑风·有女同车》句。洵，确实。都，美盛。

[10]《咸池》《六英》：古乐名，《咸池》传说为黄帝所作，《六英》传说为帝喾之乐。

[11] 奚翅：何止。翅，通“啻”，仅，止。

[12] 晏：通“宴”。

[13] 文起八代之衰：苏轼《潮州韩文公庙碑》中称赞韩愈语。

[14] 旌干：指旗帜。旌，旗。干，旗杆。

[15] 总总：众多貌。

[16] 波峭：本指山势、房屋倾斜曲折貌，后借以形容人物俊俏有风致，文笔或书法曲折迭宕，多韵致。

[17] 谂(shěn)：审察，思考。

说明

王世贞在文坛建立广泛的文学派别体系，不断扩大前后七子影响。其文学派系膨胀的同时，也伴随着文学思想的演变和发展，唯其思想出现了新质，派系的扩大才有基础。这是为何后七子一派中后期阵营庞大而文学主张趋于复杂多样的原因。

屠隆名列属于后七子支流的“末五子”，他就是该派中带有较多文学思想新质的批评家。

诚然，他推崇秦汉文章，对唐宋散文和宋诗作了充满偏见的批评，而将李梦阳、何景明、徐祯卿视为振兴诗文之道的功臣。这些都是前后七子主干理论的附属之说，也决定了屠隆与前后七子同派的基本属性。可是，他赞美秦汉文章较多着眼于它们姿态各异、璀璨缤纷的风格。他扬抑古唐宋诗的理由是，古唐诗“多在兴趣”“主吟咏，抒性情”，宋人“多好以诗议论”，“又好用故实”。这些虽然说不上是新见，否定宋诗的理由也充满着理论破绽，但是不难体味出，屠隆确实试图不限于在法式、格调的理论框架内展开批评对话，这使他更多地去求助文学批评史上的先哲曩论，而丢弃了前后七子的一部分陈词滥调。

更重要的是，屠隆的批评其实是一面双刃剑，它在指向唐宋散文、宋诗及其习摹者之外，同时也指向了他自己所归属的七子派。他批评追摹七子，所谓“奋起其间”的“学士大夫”缺乏“远识”，“踔厉之气盛，而陶镕之力浅”。其实是讥刺他们缺乏化古为己，镕铸变化的识力和才能，结果“模辞拟法，拘而不化。独观其一，则古色苍然；总而读之，则千篇一律”。屠隆认为这样的仿古品，不仅为古人所不屑，也必然招徕唐宋古文家的耻笑。屠隆在总结了双方的经验教训后，提出了“程古”与“超妙”相结合的创作主张。“程古”是追求“上品”，示人以向上的路头；“超妙”则是要求作者形成自境，不落“古人之藩篱”。具体来说就是“作者必取材于经史，而镕意于心神，借声于周、汉，而命辞于今日，不必字字而琢之，句句而拟之”。于是，拟古重新变成了学古，而且并不脱离镕取作者个人的“心神”，以及对“今日”之“辞”的采撷运用。这些见解，虽然未能与公安派主张合而为一，对七子派来说，则无疑加速了其理论消解的进程。

答吕姜山

〔明〕汤显祖

作者简介

汤显祖(1550—1616)，初字义少，改字义仍，号海若，又号若士，别署清远道人，临川(今属江西)人。万历十一年(1583 年)进士。历任南京太常寺博士等职。十九年作《论辅臣科臣疏》批评朝政，谪广东徐闻典史，次年迁浙江遂昌知县。二十六年弃官归里。汤显祖思想受泰州学派和李贽影响，尊人欲，反对以理格情。论曲以“意趣神色”为主(《答吕姜山》)。所撰《临川四梦》名重于世，尤以《牡丹亭》享厚誉，代表晚明戏曲思想立意最高水平。剧作才情盈溢，文词典丽，也深受称赞。戏曲史上以他为首的“临川派”与沈璟为首的“吴江派”分庭抗礼。汤显祖一生好尚经历“三变”，“少熟《文选》，中攻声律，四十以后，诗变而之香山(白居易)、眉山(苏轼)；文变而之南丰(曾巩)、临川(王安石)”(钱谦益《列朝诗集小传・汤遂昌显祖》)。尽管写作风格屡迁屡变，前后又“自有不变者存”(王夫之《明诗评选》卷二)，即情长意切，风韵婉转，实践了他自己“世总为情，情生诗歌”(《耳伯麻姑游诗序》)的主张。有诗集《红泉逸草》，诗文集《问棘邮草》《玉茗堂集》，戏曲传奇《紫钗记》《还魂记》《南柯记》《邯郸记》。

寄吴中曲论良是，“唱曲当知，作曲不尽当知也”[1]，此语大可轩渠[2]。凡文以意、趣、神、色为主，四者到时，或有丽词俊音可用，尔时能一一顾九宫四声否?[3]如必按字摸声，即有窒滞迸拽之苦，恐不能成句矣。弟虽郡住，一岁不再谒有司。异地同心，惟与儿辈时作磻溪之想[4]。

明天启刻本《玉茗堂全集》卷四

注释

[1]“寄吴中曲论良是”三句：吴中，旧时苏州府的别称。此指吕姜山寄吴中人论曲的书信，所引为信中之语。吕姜山，名胤昌，字姜山，号玉绳，余姚（今属浙江）人。万历十一年（1583年）进士。《曲品》作者吕天成之父。

[2]轩渠：欢悦貌。此谓赞赏。

[3]九宫四声：九宫，南北曲常用曲牌所属的宫调，有仙吕宫、南吕宫、中吕宫、黄钟宫、正宫和大石调、双调、商调、越调等五宫四调，通称为“九宫”。四声，指字的平、上、去、入四声。

[4]磻溪之想：指归隐的念头。磻溪，河名，在今陕西宝鸡东南。相传是吕尚钓鱼的地方，后在此遇文王。

说明

汤显祖对自己创作的《牡丹亭》等剧作非常自负，不仅是对作品所达到的成就，也是对他自己所坚持的创作方向。他对沈璟等从严守音律的立场出发擅自修改《牡丹亭》，表示很大愤慨，曾激愤地说：自己注重的是“曲意”，至于音律声韵，有时并不严格，“正不妨拗折天下人嗓子”（《答孙俟居》）。戏曲作为综合性的文学艺术，对它提出音律要求是戏曲的本体批评应有之义。沈璟等“吴江派”研究、总结戏曲音律规律，要求音律严格化，以利于戏场演出，这些都应该肯定。但是曲意与曲律二者关系和谐完美是一种理想，局部的不一致在实际创作中则是更为经常的现象。对此，沈璟坚持用以意从律的原则解决矛盾，而汤显祖截然相反，主张以表达曲意为主，在无奈的情况下，只好采用放宽曲律，以保证曲意表达的最大满足。

在《答吕姜山》信里，汤显祖对自己的戏曲观作了进一步阐述。他对吕氏提出的戏曲作者和戏曲演员对曲的精通程度可以有所不同的看法，表示赞同。这实际上是说，“作曲”者主要是创造曲意，“唱曲”者才应该通晓音律，若用对“唱曲”者的音律要求去要求“作曲”者，则完全漠视了二者分工所形成的差别，结果难免会影响“作曲”者对曲意的开掘和表达，这犹如耘人之田而放弃自己的本分。

汤显祖站在这样的“作曲”者的立场，明确提出“凡文以意趣神色为主”。“意趣神色”是指戏曲作品的立意涵蕴、寄托追求，以及人物形象情深神足，楚楚动人，合而称之，就是“曲意”。在具备“意趣神色”善而且美的前提下，汤显祖又高度重视戏曲语言的优美俊亮（所谓“丽词俊音”）。汤显祖认为，意言并美是戏曲创作成功的标志，而“九宫四声”是否完全符合，与前者相比，其意义已落其次，作者根本不应该为了音律而牺牲意言（尤其是意）之美。所以他主张作者的创作必须立足于曲意来展开戏曲思维，而不应该从音律出发，“按字摸声”，拼句成篇。

中国古代文论，十分强调立意的重要，戏曲作为文学的一种体裁，自然也不会不受到这种传统的影响。汤显祖以“意趣神色”为主的戏曲观，在总体上反映了传统文论的这方面要求。但是，汤显祖本人的戏曲作品（尤其是《牡丹亭》）有明显的人性觉醒的内容和意识，这样就使他的“意趣神色”说带有新的社会理想成分，而区别于传统的立意说。同时，他对这种曲意境界的理解和向往，也是音律派成员所普遍不具备或未达到的。就此而言，汤显祖高出于传统的文论家和沈璟等人。在戏曲的意律关系上，汤显祖虽然不是轻视音律，但是他的一些过激之词确实有偏袒戏曲案头化之嫌，使他对音律派的批评给人以有失分寸之感。由于戏曲音律事关戏曲本体的存亡，一般的曲论家宁愿其严而不愿其宽，所以汤显祖过度批评戏曲音律之词，未产生广泛影响。另一方面，他的重意之说，则得到后人较多认同，吕天成即在兼摭汤、沈主张的基础上，提出了意音双擅之说。

孙鹏初遂初堂集序

〔明〕汤显祖

汉儒疏五事，以水为貌，而属火于言[1]。诚不能无概乎是[2]。今夫木之生，其所以长润森好、恢瑰曲折者，大氐水之为也。极焉而措之为薪火，以传火者，木之神明也。而言者，人之神明，言而有以传，传以久，则神明之所际也[3]。虽然，顾可以忽貌乎哉？人之貌也，明暗刚柔，成然而具。文亦宜然，位局有所，不可以反置，脉理有隧，不可以臆属。藉其神明，有至不至，其于貌也，无不可望而知焉。

国初大儒彝鼎之文，无所敢论。迨夫李献吉、何仲默二公，轩然世所谓传者也。大致李气刚而色不能无晦，何色明而气不能无柔，神明之际，未有能兼者。要其于文也，瑰如曲如，亦可谓有其貌矣，世宜有传者焉。间者文士好以神明自擅，忽其貌而不修，驰趣险仄，驱使稗杂，以是为可传。视其中，所谓反置而臆属者，尚多有之，乱而靡幅，尽而寡蕴，则之以李、何，其于所谓传者何如也？然而世有悦之者焉。华容孙公鹏初忧之[4]，叹曰："李、何于斯文，为有起衰振溺功。王元美七子，已开弱宋之路，日已流遁，长此安极？且吾先公四世文林，剂量二公为法已久[5]，不可以失。"而公又蚤负才志，入读秘籍，出视省奏，淹于今昔之故[6]。隐而益文，尝欲总史传，聚往略[7]，起唐、虞以来至胜国，效迁《史》体为纪传之书，而因以檃括十三经疏义，订核收采，号曰《儒藏》。嗟夫，公盖通博伟丽之儒矣。至其为文，封奏志序记牍歌咏[8]，引绳步尺，取衷厥体，勃溢者势，而延豫者情，叩切者声，而流莅者致。赅此五者，故幅裕而蕴深。

公之所以为文也，盖江、汉、洞庭，为水渊巨，足以滋演文貌，而鹑首祝融[9]，为火雄精，足以显发神明。然则公之文为必传，传而必久。李、何、七子之间，有以处公矣。

明天启刻本《玉茗堂全集》卷四

注释

［1］"汉儒疏五事"三句：《洪范》载五行水、火、木、金、土，五事貌、言、视、听、思。经学家将五行、五事互相对应，具体如何对应各有不同说法。

［2］概：同"慨"。

［3］际：边际，指所及范围。

［4］孙鹏初：孙羽侯，字鹏初，华容（今属湖北）人。万历十七年（1589年）进士，改庶吉士，授礼科给事中，改刑科。有《遂初堂集》。

［5］剂量：汲取、取资。二公，指李梦阳、何景明。

［6］淹：深通。

［7］往略：犹往事。

[8] 封：又称封事，文体名，奏疏的一种。因所奏事密，加封以防泄露，谓之封事。

[9] 鹑首：星次名。指朱鸟七宿中的井宿和鬼宿。七鸟是二十八宿南方七宿的总称。七宿相联呈鸟形；朱色象火，南方属火，故名。此代指火。祝融：帝喾时的火官，后尊为火神。

说明

在文学作品的神貌关系上，汤显祖强调以神为主，神貌兼胜。本文对此作了专门论述。作者借此分析了李、何七子一派文学上的偏颇，而重点则对于因反对七子而出现的一种轻视艺术性的倾向进行了鞭辟入里的批评。

汤显祖指出，世上的事物无不可以用神和貌来加以概括。比如一棵树，"长润森好、恢瑰曲折"这些外部特点是它的形貌，而薪木燃烧后能把火不断传下去则是它的神明。又比如人，内心世界是为神明，而反映在人外表上的"明暗刚柔"等特征则为貌。文学作品也是如此，遣词用句、声调音节、结构布局都属于貌，而神则主要指作品的情性理致、意义涵蕴。

汤显祖对文学作品神貌关系的基本看法是：一、神固然重要，貌同样也不可忽视。二、文学形式有它自己的规定性和规范性，作者在写作时，一定要遵从这些艺术要求，不可任一己之好恶，为所欲为。这即是"位局有所，不可以反置；脉理有隧，不可以臆属"。否则，必然会反过来影响"神明"的表现。三、强调神对貌的决定作用，"藉其神明，有至不至"。

汤显祖批评李梦阳、何景明"未有能兼""神明"，这与他一贯批评他们模拟而失真的实质相同。至于他又肯定了李、何的文章"瑰如曲如，亦可谓有其貌"，那一是因为李、何在学习古人作品的形貌方面确实有一定的收获，艺术上也有一些长处，不应一概否定；二也因为汤显祖为之作序的人是李、何的赞同者，因此序文难免有些迁就其所好，从"轩然世所谓传者也"句意来看，汤显祖本人对此还是有所保留的。

文章重点批评了与李、何求貌而失却神明相反的另一种创作倾向，这就是"间者(近来)文士"自擅神明，"忽其貌而不修"，不重视艺术学习，破坏形式的规范，险仄稗杂，粗制滥造。这主要是针对唐宋派，也针对后七子的流弊而言。唐宋派主张"直据胸臆，信手写出"(唐顺之《答茅鹿门知县第二书》)。这从肯定文学作品一定要有真情实感来说，是有相当价值的，但是作为一种文学主张，它却带有严重的局限，降低了文学的艺术标准，从而成为一部分不想在艺术上花苦功夫修炼的人替自己辩解的理论依据。这给诗文创作带来的消极影响同样不容低估。文章指出王世贞后七子"开弱宋之路",同样是批评他们的作品语言艺术性退步了。

在《合奇序》中,汤显祖欣赏"莫可名状"的奇文,反对七子"步趋形似";在这篇《孙鹏初遂初堂集序》中,他又对李、何文章"瑰如曲如"之"貌"有所肯定,斥责作文弃"貌"不讲,"乱而靡幅"。这并不是自相矛盾,自我否定,而适足以说明汤显祖对文学作品神貌关系的完整认识,来自任何一方的神与貌互相偏废的极端之见,都为他所拒绝。

元曲选序二

〔明〕臧懋循

作者简介

臧懋循(1550—1620),字晋叔,号顾渚,长兴(今属浙江)人。万历八年(1580年)进士。任荆州教授、南京国子监博士。被弹劾去官,回乡隐居顾渚山中,迁居南京,晚年又返乡定居。臧懋循风流任诞,不拘礼法。文名早著,与茅维、吴稼竳、吴梦旸合称"苕溪四子"。又与汤显祖、王世贞等相友善。深究戏曲,编《元曲选》,系从诸家所收藏杂剧中选出一百种,删改修订而成,对元杂剧的保存和流传,作用甚大。他论曲推崇元曲,重北轻南,主张"情词稳称""雅俗兼收",尤尚本色之美。著有诗文集《负苞堂集》,另还编有《唐诗所》《古诗所》《古词逸》《金陵社集》等。

今南曲盛行于世,无不人人自谓作者,而不知其去元人远也。元以曲取士,设十有二科[1],而关汉卿辈争挟长技自见,至躬践排场[2],面傅粉墨,以为我家生活,偶倡优而不辞者,或西晋竹林诸贤托杯酒自放之意[3],予不敢知。所论诗变而词,词变而曲,其源本出于一,而变益下,工益难,何也?词本诗而亦取材于诗,大都妙在夺胎而止矣。曲本词而不尽取材焉,如六经语,子史语,二藏语[4],稗官野乘语,无所不供其采掇,而要归断章取义,雅俗兼收,串合无痕,乃悦人耳。此则情词稳称之难。宇内贵贱妍媸幽明离合之故，奚啻千百其状，而填词者必须人习其方言，事肖其本色，境无旁溢，语无外假，此则关目紧凑之难。北曲有十七宫调[5]，而南止九宫，已少其半。至于一曲中有突增数十句者，一句中有衬贴数十字者，尤南所绝无，而北多以是见才。自非精审于字之阴阳，韵之平仄，鲜不劣调，而况以吴侬强效伧父喉吻，焉得不至河汉？此则音律谐叶之难。

总之，曲有名家，有行家。名家者，出入乐府，文彩烂然，在淹通闳博之士，皆优为之。行家者，随所妆演，无不摹拟曲尽，宛若身当其处，而几忘其事之乌有，能使人快者掀髯，愤者扼腕，悲者掩泣，羡者色飞，是惟优孟衣冠，然后可与于此。故称曲上乘首曰当行。不然，元何必以十二科限天下士，而天下士亦何必各占一科以应之，岂非兼才之难得而行家之不易工哉？

予尝见王元美《艺苑卮言》之论曲，有曰："北曲字多而声调缓，其筋在弦，南曲字少而声调繁，其力在板。"[6]夫北之被弦索，犹南之合箫管，摧藏掩抑，颇足动人，而音亦袅袅与之俱流，反使歌者不能自主，是曲之别调，非其正也。若板以节曲，则南北皆有力焉。如谓北筋在弦，亦谓南力在管可乎？惜哉元美之未知曲也。繇斯以评，新安汪伯玉《高唐》《洛川》四南曲[7]，非不藻丽矣，然纯作绮语，其失也靡。山阴徐文长《祢衡》《玉通》四北曲[8]，非不伉傸矣，然杂出乡语，其失也鄙。豫章汤义仍庶几近之[9]，而识乏通方之见，学罕协律之功，所下句字，往往乖谬，其失也疏。他虽穷极才情，而面目愈离，按拍者既无绕梁遏云之奇，顾曲者复无辍味忘倦之好，此乃元人所唾弃而戾家畜之者也[10]。予故选杂剧百种，以尽元曲之妙，且使今之为南者，知有所取则云尔。

万历丙辰春上巳日[11]，下若里人臧晋叔书。[12]

明万历刻本《元曲选》卷首

注释

［1］"元以曲取士"两句：元朝以曲取士之说，另还见载沈德符《万历野获编》、沈宠绥《度曲须知》等书，但是不见《元史·选举志》所载，故《四库全书总目》

称其为“委巷之鄙谈”。十二科，明人关于杂剧的题材分类。朱权《太和正音谱·杂剧十二科》：“一曰神仙道化，二曰隐居乐道，三曰披袍秉笏，四曰忠臣烈士，五曰孝义廉节，六曰叱奸骂谗，七曰逐臣孤子，八曰钹刀赶棒，九曰风花雪月，十曰悲欢离合，十一曰烟花粉黛，十二曰神头鬼面。”

[2] 排场：戏场。

[3] 西晋竹林诸贤：指“竹林七贤”山涛、阮籍、嵇康、向秀、刘伶、阮咸、王戎。

[4] 二藏：佛、道典籍。

[5] 北曲有十七宫调：《中原音韵》载元代北曲用六宫十一调。六宫为仙吕宫、南吕宫、中吕宫、黄钟宫、正宫、道宫。十一调为大石调、小石调、高平调、般涉调、歇指调、商角调、双调、商调、角调、宫调、越调、合称十七宫调。

[6]《艺苑卮言》论曲六句：见王世贞《艺苑卮言》附录一，词句略有不同。

[7] 新安汪伯玉《高唐》《洛川》四南曲：汪道昆的戏曲多写王侯文士风流韵事，文辞清丽典雅。有杂剧《高唐梦》《洛水悲》《五湖游》《远山戏》，合称《大雅堂乐府》。

[8] 徐文长：徐渭。

[9] 汤义仍：汤显祖。

[10] 戾家：此指技艺低劣的演员。

[11] 万历丙辰：万历四十四年(1616年)。上巳日，农历三月三日。

[12] 下若里：在浙江长兴县。

说明

明代南戏繁荣，作家众多，尊才情，重辞藻，倡音律，尚教化，各种主张和追求在曲坛皆有一席之地，互相褒贬扬抑。臧懋循更关心戏曲创作如何保持和发扬元曲的传统，因此他常常以元曲为艺术的参照，批评明代曲坛，揭发其种种不足。他编选《元曲选》，即是通过中国文学批评史上影响深远的选本批评形式，给曲作者提供创作的典范。事实上，该书确是元曲最重要的选本之一，对曲坛产生的影响相当广泛、悠久。

他提出戏曲创作三难之说：一是“情词稳称之难”，指选用适当的语词，恰如其分地表现情灵，做到情词稳妥，相谐相称。他这主要是从语言的角度立论，认为作曲掇取语言的范围较诗词广泛得多，经史子集，佛道典籍、稗官野语，种种书面语言皆可供曲家“采掇”，但是关键要做到“断章取义，雅俗兼收，串合无痕”，这样方能“悦人”。二是“关目紧凑之难”,指所演述的故事情节,摹写的“贵贱妍媸”各类人物,都应该逼肖其人,贴近其事,无令人产生“旁溢”“外假”之感,这实际上是要求戏曲达到高度的艺术真实性。为了做到这一点,臧懋循认为曲作者应该熟知世事,笔下方能“人习其方言,事肖其本色”,写出“宇内”物物事事“千百其状”之本然。三是“音律谐叶之难”,指作曲应当严格遵守音律规律,合律依腔,“精审于字之阴阳,韵之平仄”,视“劣调”为曲家大忌。在谐叶音律的前提下,创造性地运用增句衬字技巧,增加表现力。在臧懋循看来,以上三难,正显出元曲的长处和明代南曲的不足。

“名家”和“行家”之分,是臧懋循又一戏曲见解。“名家”指“淹通闳博之士”所创作的“出入乐府,文彩烂然”的戏曲作品,实指案头阅读欣赏之作。“行家”是指富有舞台艺术感觉的戏曲家所创作的具有上佳表演效果的作品,其特点是“随所妆演,无不摹拟曲尽,宛若身当其处,而几忘其事之乌有”。“行家”之作追求的是强烈的戏场感动共鸣,“能使人快者掀髯,愤者扼腕,悲者掩泣,羡者色飞”。在“名家”和“行家”二者中,臧懋循以“行家”为戏曲“当行”。对当时案头、场上之争的双方,他明确站在擅胜场上论者一边。不同的是,他从尊元薄明,重北轻南的认识出发,大致以为元杂剧代表着戏曲“当行”的方向,而明南戏和明杂剧是对这个方向的偏离。他对王世贞曲论,汪道昆、徐渭、汤显祖戏曲的批评,都是以此为立论依据的,而其认识的偏颇也由此而暴露。

诗薮(选录)

〔明〕胡应麟

作者简介

胡应麟(1551—1602),字元瑞,又字明瑞,号少室山人,更号石羊生,兰溪(今属浙江)人。万历四年(1576年)举人,屡试落第。胡应麟酷嗜书籍,尝筑室兰溪山中,购书四万余卷,题其书屋曰“二酉山房”。他学问淹博,著述之富,略近杨慎、王世贞。论诗极尊王世贞,王世贞亦盛推之,登其名于末五子之列。《诗薮》为他论诗专著,二十卷。内编分体总论,于诗歌各体之起源、变迁多有阐述;外编以时代为序,历论周汉至宋元诗人诗作;杂编谈遗佚篇章、载籍,以及三国、五代、南宋和金代诗;续编为明代洪武至嘉靖年间的诗论。胡应麟论诗主旨大体不出七子范围,唯更重性情和神韵,对格调说有所丰富和推进。他以诗自负,比较善于融学问于诗歌,所作兼重格律声色与意象精神。著作还有《少室山房笔丛》《少室山房类稿》等。

古诗之难莫难于五言古,近体之难莫难于七言律。五十六字之中,意若贯珠,言如合璧。其贯珠也,如夜光走盘[1],而不失回旋曲折之妙;其合璧也,如玉匣有盖,而绝无参差扭捏之痕。綦组锦绣,相鲜以为色;宫商角徵,互合以成声。思欲深厚有余,而不可失之晦;情欲缠绵不迫,而不可失之流。肉不可使胜骨,而骨又不可太露;词不可使胜气,而气又不可太扬。庄严则清庙明堂,沈著则万钧九鼎,高华则朗月繁星,雄大则泰山乔岳,圆畅则流水行云,变幻则凄风急雨。一篇之中,必数者兼备,乃称全美。故名流哲匠,自古难之。

汉、唐以后谈诗者,吾于宋严羽卿得一悟字,于明李献吉得一法字,皆千古词场大关键,第二者不可偏废[2]。法而不悟,如小僧缚律,悟不由法,外道野狐耳。

作诗大要不过二端,体格声调、兴象风神而已。体格声调有则可循,兴象风神无方可执。故作者但求体正格高,声雄调鬯,积习之久,矜持尽化,形迹俱融,兴象风神,自尔超迈。譬则镜花水月,体格声调,水与镜也,兴象风神,月与花也。必水澄镜朗,然后花月宛然,讵容昏鉴浊流,求睹二者?故法所当先,而悟弗容强也。

(内编卷五)

自信阳有筏喻[3],后生秀敏,喜慕名高,信心纵笔,动欲自开堂奥,自立门户。诘之,辄大言三百篇出自何典,此殊为风雅累。余请得备论之。夫燧人遐邈[4],声诗蔑闻,尼父删修,制作斯备。夷考《国风》《雅》《颂》[5],非圣臣名世之笔,则田畯红女之词。大以纪其功德,微以写厥性情,曷尝刻意章句,步趋绳墨,而质合神明,体符造化。犹夫上栋下宇,理出自然。此道既开,后之作者即离朱、墨翟[6],奚容措手。东、西二京,人文勃郁。韦孟诸篇[7],无非二《雅》,枚乘众作[8],亦本《国风》。迨夫建安、黄初,云蒸龙奋。陈思藻丽,绝世无双。揽其四言，实三百之遗，参其乐府，皆汉氏之韵。盛唐李、杜，气吞一代，目无千古。然太白《古风》，步骤建安，少陵《出塞》，规模魏晋，惟歌行律绝，前人未备，始自名家。是数子者，自开堂奥，自立门户，庸讵弗能？乃其流派根株，灼然具在。良以前规尽善，无事旁搜，不践兹途，便为外道。故四言未兴，则三百启其源，五言首创，则《十九》诣其极，歌行甫遒，则李、杜为之冠，近体大畅，则开、宝擅其宗[9]。使枚、李生于六代[10]，必不能舍两汉而别构五言，李、杜出于五季，必不能舍开元而别为近体。盛唐而后，乐《选》律绝[11]，种种具备，无复堂奥可开，门户可立。是以献吉崛起成、弘[12]，追师百代；仲默勃兴河、洛，合轨一时。古惟独造，我则兼工，集其大成，何忝名世。上下千余年间，岂乏索隐吊诡之徒，趋异厌常之辈，大要源流既乏，蹊径多纡，或南面而陟冥山，或搴裳而涉大海，徒能鼓声誉于时流，焉足为有亡于来世。其仅存者，若唐李长吉之歌行，樊绍述之序记[13]，堂奥门户竟何如哉？

（续编卷一）

上海古籍出版社版《诗薮》

注释

［1］夜光：宝珠名。

［2］第：只是。

［3］自信阳有筏喻：何景明借佛家舍筏达岸的比喻，说明学古善化，推类极变的重要。参见《与李空同论诗书》。

［4］燧人：即燧人氏，传说中人工取火的发明者。

［5］夷考：考察。夷，发语词。

［6］离朱：传说中的古人名，能在百步之外，见秋毫之末。墨翟，墨家学派创始人，亦善于制造器械。

［7］韦孟：西汉诗人。现存《讽谏诗》《在邹诗》两篇四言体。

［8］枚乘众作：《古诗十九首》中的八首，《玉台新咏》题为枚乘作。后人对此多持疑。

［9］开宝：唐玄宗开元(713—741)、天宝(742—756)，属盛唐诗歌时期。

[10] 枚李：枚乘、李陵。

[11] 乐《选》律绝：指乐府诗、《文选》体、律诗、绝句。

[12] 成、弘：明宪宗成化(1465—1487)、明孝宗弘治(1488—1505)。

[13] 樊绍述：樊宗师(766？—824)，字绍述。唐代散文家。为文务求艰涩，时号“涩体”。

说明

明代七子一派的“格调说”，至胡应麟已形成具体而呈精致、综合而呈新变的特征。《诗薮》首论各种诗体的特点、流变和盛衰，次述历朝诗歌的成就、不足、经验和教训，纵横交叉，经纬相杂，其实质是一部以“格调说”为基本理论观点的古代诗歌和诗歌批评史。这种著述体例虽然受到了王世贞《艺苑卮言》的启发和影响，但是其中由胡应麟自创的成分也颇不乏，最显著的是容量扩大，条理清晰，史的性质更加鲜明和突出。

胡应麟本着“格调说”的立场，通过对诗歌史的解释，想竭力证明他自已提出的“诗之体以代变”“诗之格以代降”(《诗薮》卷二)。对于体变格降的具体过程，他又有两点总的认识：(一)盛唐以前，诗体由无至有，渐臻完备，因此容有个人创造之可能；盛唐以后，各体具备，“无复堂奥可开，门户可立”，“前规尽善，无事旁搜”，所以后人只需循沿旧体，不必别寻异轨。(二)古体(尤其是五古)莫妙于汉，近体(尤其是七律)无出乎唐(实指盛唐)。这原是七子古诗宗汉魏，近体宗盛唐的旧调重弹，但是他讨论得具体、清晰、深入，诗学原则便转化成了可具体操作的诗歌主张。既然诗歌众体之美善已具备于前贤作品中，尤其是汉魏古诗和盛唐近体，既然后人作诗只需遵循“前规”，那么详尽总结和阐释前贤作品体格之规范自然成了胡应麟开展诗学批评的首要任务，而这也构成了《诗薮》鲜明的理论特色。

其实，“格调说”的不足在胡应麟时代已经暴露无遗，它受到的批评也越来越激烈，因此仅靠将它具体化和精致化，还是难以挽回颓势的。胡应麟也明白这一点。于是他又通过综合和某些变异，对“格调说”作了一定的修缮，这主要表现在强调“法”与“悟”、“体格声调”与“兴象风神”互相结合。他说“悟”与“法”是“千古词场大关键”，“二者不可偏废”。又说：“作诗大要不过二端，体格声调、兴象风神而已。”体格声调“有则可循”，只需多揣摹前贤范作便不难求得，这便是重“法”的问题。兴象风神“无方可执”，必须凭借个人天分和敏颖，这又是重“悟”的问题。以“格调”为先，辅以对“兴象风神”创造性的思悟，获得对诗歌体格规范更自由的运用能力，这既是对“格调说”的坚持，又是对它的超越。对于这种新的“格调论”，胡应麟怀着美好的艺术憧憬。他用“镜花水月”来比喻“体格声调”与“兴象风神”合一所臻之艺术境地：体格声调犹如“水与镜”，兴象风神好似“月与花”，两者融会则“水澄镜朗”，“花月苑然”。当然，胡应麟认为水镜朗净是映出花月苑然美貌的前提，因此“法所当先”是不容置疑的诗学原则，这再次表明格调派是他基本的立场，所以他尽管主张诗歌以“清空”为贵，以“风神”为主，肯定诗歌“虚”的艺术特征，与清代王士祯“神韵说”有相通之处，但是，这些都只是对“格调说”的修正和补充，而并非意味着一种新的诗歌学说的产生。

词隐先生论曲

〔明〕沈　璟

作者简介

沈璟(1553—1610)，字伯英，晚字聃和，号宁庵，别号词隐，吴江(今属江苏)人。万历二年(1574年)进士。历兵部职方司主事、考功员外郎、光禄寺丞。万历十七年辞官回乡。沈璟长期从事音律考订和词曲研究，强调作曲当用本色语言，严守音律，形成戏曲创作和批评中著名的“吴江派”，与汤显祖“临川派”显著不同。沈璟戏曲创作实现了自己主张，然曲意未见超拔。著有散曲集《情痴寱语》《词隐新词》《曲海青冰》，戏曲《属玉堂传奇》十七种，今存《红蕖记》《博笑记》《义侠记》等七种，还编有《南九宫十三调曲谱》等。

[二郎神]何元朗[1]，一言儿启词宗宝藏，道欲度新声休走样[2]。名为乐府，须教合律依腔，宁使时人不鉴赏，无使人挠喉捩嗓，说不得才长，越有才越当着意斟量。

[前腔]参详，含宫泛徵，延声促响，把仄韵平音分几项。倘平音窘处，须巧将入韵埋藏。这是词隐先生独秘方，与自古词人不爽。若遇

调飞扬，把去声儿填他几字相当。

[啭林莺]词中上声还细讲，比平声更觉微茫。去声正与分天壤，休混把仄声字填腔，析阴辨阳，却只有那平声分党[3]。细商量，阴与阳还须趁调低昂。

[前腔]用律诗句法须审详，不可厮混词场。[步步娇]首句堪为样[4]，又须将[懒画眉]推详[5]，休教卤莽，试一比类当知趋向。岂荒唐？请细阅《琵琶》，字字平章[6]。

[啄木鹂]《中州韵》[7]，分类详，《正韵》也因他为草创[8]，今不守《正韵》填词，又不遵中土宫商，制词不将《琵琶》仿，却驾言韵依东嘉样[9]。这病膏肓，东嘉已误，安可袭为常？

[前腔]北词谱，精且详，恨杀南词偏费讲。今始信旧谱多讹，是鲰生稍为更张[10]，改弦又非翻新样，按腔自然成绝唱。语非狂，从教顾曲，端不怕周郎[11]。

[金衣公子]奈独力怎堤防？讲得口唇干，空闹攘，当筵几度添惆怅。怎得词人当行，歌客守腔，大家细把音律讲。自心伤，萧萧白发，谁与共雌黄？

[前腔]曾记少陵狂，道细论诗晚节详[12]。论词亦岂容疏放？纵使词出绣肠，歌称绕梁，倘不谐律吕，也难褒奖。耳边厢，讹音俗调，羞问短和长。

[尾声]吾言料没知音赏，这流水高山逸响，直待后世钟期也不妨。

天启三年(1623年)《新刻博笑记》卷首

注释

[1] 何元朗：何良俊(1506—1573)，字元朗，号柘湖，松江华亭(今上海松江)人。明嘉靖中贡生，以荐授南京翰林孔目。论曲主张本色、协律、寓意。著有《柘湖集》《四友斋丛说》等。

[2] “一言儿启词宗宝藏”两句：见何良俊《词曲》。

[3] 分党：区别。

[4] [步步娇]：南曲、北曲曲牌。

[5][懒画眉]：南曲曲牌。

[6]平章：辨别，商酌。

[7]《中州韵》：指元周德清著《中原音韵》，该书又称《中州音韵》。

[8]《正韵》：指《洪武正韵》，有七十六韵本、八十韵本两种，后者传本极罕，共十六卷。明乐韶凤、宋濂、王僎、李叔允等十一人奉敕编撰，洪武八年（1375年）编成（八十韵本成书在其后）。此书虽称"壹以中原雅音为定"，然杂有不少南方音。它被视为曲韵南派的创始著作，有"北叶《中原》，南遵《洪武》"之说。

[9]驾言：声称。东嘉：指《琵琶记》作者高明，人称东嘉先生。

[10]鲰（zōu）生：犹小生，古人自称的谦词。

[11]周郎：指周瑜。他精音乐，善辨别演奏之误，一当察觉就回头去看，时人谣曰："曲有误，周郎顾。"

[12]"曾记少陵狂"两句：杜甫《遣闷戏呈路十九曹长》："晚节渐于诗律细。"

说明

沈璟从戏曲语言和戏曲声律的角度，提出尚本色和谐律吕两大主张，都是着眼于戏曲的本体建设和完善，以扭转戏曲创作中渐趋渐盛的案头化倾向。对于沈璟的本色论，后人认同较多，而他"合律依腔"之说，颇引起争议。但是又很显然，严守音律是沈璟最根本的戏曲主张。

他称首重音律之说是"词宗宝藏"，从事戏曲创作，"按腔自然成绝唱"，认为这是由戏曲属于音乐文学（所谓"乐府"）这样一种文体性质所决定的。在声律与文词关系上，他视声律为第一，"宁使时人不鉴赏，无使人挠喉捩嗓"；"纵使词出绣肠，歌称绕梁，倘不谐律吕，也难褒奖"。在表现才华和遵守音律的问题上，他也肯定遵守音律为创作戏曲的首务，"说不得才长，越有才越当着意斟量"。沈璟的批评不仅是针对曲坛违律戾腔的"讹音俗调"，更是针对曲家"不守《正韵》填词，又不遵中土宫商"而言，他认为这对戏曲本体的发展极有妨碍。他对"临川派"逞才弄藻不满，自然也包含在上述批评之中。

作为一个曲学家，沈璟花大力气研究南词格律，订正旧谱错讹的内容，提出入声巧代平声，严分上声去声，析阴辨阳，区别诗曲句法异同等具体主张。这些虽然不全是他的发明，但是确实由他而臻于严格。他对自己做的这些研究及个人擅场，颇为自负，“从（纵）教顾曲，端不怕周郎”。

应该说，戏曲是一种综合性的文学体裁，音律是它很重要的一个文体属性，就戏曲批评而言，重音律具有特殊重要的意义。沈璟及吴江派高度尊重戏曲的音律特征，这本身无疑是一种积极的态度。但是沈璟在戏曲音律的听觉之美和戏曲文学的视觉之美二者之间，或多或少表现出忽略后者的倾向。这是吴江派当时引起汤显祖反感，也是构成后人非议的主要原因。

金瓶梅词话序

〔明〕欣欣子

作者简介

欣欣子，不详。《金瓶梅词话序》称作者兰陵笑笑生为“吾友”，则他与笑笑生是同时代人，而且二人是朋友关系。欣欣子在这篇序中，肯定《金瓶梅》是作者“寄意于时俗”的一部“有所谓”之作，并对此作了比较详细的分析，有助于读者理解中国小说史上这部奇书。

窃谓兰陵笑笑生作《金瓶梅传》[1]，寄意于时俗，盖有谓也。

人有七情，忧郁为甚。上智之士，与化俱生，雾散而冰裂，是故不必言矣。次焉者，亦知以理自排，不使为累。惟下焉者，既不出了于心胸[2]，又无诗书道腴可以拨遣[3]，然则不致于坐病者几希。

吾友笑笑生为此，爰罄平日所蕴者著斯传，凡一百回。其中语句新奇，脍炙人口，无非明人伦，戒淫奔，分淑慝[4]，化善恶，知盛衰消长之机，取报应轮回之事如在目前，始终如脉络贯通，如万系迎风而不乱也，使观者庶几可以一哂而忘忧也。

其中未免语涉俚俗，气含脂粉。余则曰：不然。《关雎》之作，乐而不淫，哀而不伤[5]。富与贵，人之所慕也，鲜有不至于淫者。哀与怨，人之所恶也，鲜有不至于伤者。吾尝观前代骚人，如卢景晖之《剪灯新话》[6]、元微之之《莺莺传》[7]、赵君弼之《效颦集》[8]、罗贯中之《水浒传》、丘琼山之《钟情丽集》[9]、卢梅湖之《怀春雅集》[10]、周静轩之《秉烛清谈》[11]，其后《如意传》[12]《于湖记》[13]，其间语句文确[14]，读者往往不能畅怀，不至终篇而掩弃之矣。此一传者，虽市井之常谈，闺房之碎语，使三尺童子闻之，如饫天浆而拔鲸牙[15]，洞洞然易晓。虽不比古之集，理趣文墨绰有可观，其他关系世道风化，惩戒善恶[16]，涤虑洗心，无不小补。譬如房中之事，人皆好之，人皆恶之。人非尧舜圣贤，鲜不为所耽，富贵善良，是以摇动人心，荡其素志。观其高堂大厦，云窗雾阁[17]，何深沉也；金屏绣褥，何美丽也；鬓云斜亸[18]，春酥满胸，何婵娟也[19]；雄凤雌凰迭舞[20]，何殷勤也；锦衣玉食，何侈费也；佳人才子，嘲风咏月，何绸缪也；鸡舌含香，唾圆流玉[21]，何溢度也；一双玉腕绾复绾[22]，两只金莲颠倒颠，何猛浪也。既其乐矣，然乐极必悲生，如离别之机将兴，憔悴之容必见者，所不能免也。折梅逢驿使[23]，尺素寄鱼书[24]，所不能无也。患难迫切之中，颠沛流离之顷，所不能脱也。陷命于刀剑，所不能逃也。阳有王法，幽有鬼神，所不能逭也[25]。至于淫人妻子，妻子淫人，祸因恶积，福缘善庆，种种皆不出循环之机，故天有春夏秋冬，人有悲欢离合，莫怪其然也。合天时者，远则子孙悠久，近则安享终身；逆天时者，身名罹丧，祸不旋踵。人之处世，虽不出乎世运代谢，然不经凶祸，不蒙耻辱者，亦幸矣。故吾曰：笑笑生作此传者，盖有所谓也。

欣欣子书于明贤里之轩。

中华书局版黄霖编《金瓶梅资料汇编》

注释

［1］兰陵笑笑生：不详。兰陵，一为今山东峄县，一为今江苏武进。

［2］出了于心胸：从体内排解出去。

［3］道腴：某种学说、主张的精要。拨遣：打发，排遣。

［4］淑慝（tè）：善恶。

［5］“《关雎》之作”三句：引《论语·八佾》孔子评《诗经·周南·关雎》语。

［6］《剪灯新话》：见瞿佑《剪灯新话序》。此云该书为卢景晖所著，不知何据。

[7]《莺莺传》：又名《会真记》，唐元稹作，《西厢记》取材于此。

[8] 赵君弼之《效颦集》：赵弼，字辅之，号雪航，南平（今属福建）人。曾任汉阳儒学教谕。《效颦集》三卷，共二十五篇。赵弼《效颦集后序》自述效洪景卢、瞿佑而作。可知他为自己的小说集取名“效颦”，意出于此。赵弼尚著有史论《雪航肤见》。

[9] 丘琼山之《钟情丽集》：丘琼山，丘浚（1418—1495），字仲深，琼山（今属海南）人。景泰五年（1454年）进士，孝宗时累官文渊阁大学士，参予机务。谥“文庄”。著有《世史正纲》等。《钟情丽集》，四卷，题为“玉峰主人编辑”，演辜辂、瑜娘二人相爱故事。

[10] 卢梅湖之《怀春雅集》：高儒《百川书志》载：“《怀春雅集》二卷，国朝三山凤池卢民表著。又称秋月著。”内容述元人吴廷璋和王娇鸾的婚姻事。

[11] 周静轩之《秉烛清谈》：周静轩，周礼，字德恭，号静轩，杭州（今属浙江）人。著有《湖海奇闻》等，也修改过《三国演义》。《秉烛清谈》，五卷，二十七篇。

[12]《如意传》：即《如意君传》，署“吴门徐昌龄著”。叙述武则天淫秽事。

[13]《于湖记》：叙张于湖误宿女观的故事。

[14] 文确：有文采而且妥当。

[15] 饫天浆而拔鲸牙：形容文思奇美，令人陶醉。饫（yù），饱食。韩愈《调张籍》：“刺手拔鲸牙，举瓢酌天浆。”

[16] 惩戒善恶：此处“善恶”为偏义复词，指恶。

[17] 云窗雾阁：为云雾缭绕的窗户和居室。形容楼阁高耸。

[18] 亸（duǒ）：下垂。

[19] 婵娟：姣美貌。

[20] 雄凤雌凰迭舞：形容夫妇和睦。

[21] 圆：指宝珠。

[22] 绾（wǎn）：把长条形的东西盘绕后打成结。

[23] 折梅逢驿使：据《荆州记》载，“陆凯与范晔交善，自江南寄梅花一枝，诣长安与晔，兼赠诗”。其诗曰：“折梅（一作花）逢驿使，寄与陇头人。江南无所有，聊赠一枝春。”

[24] 尺素寄鱼书：古乐府《饮马长城窟行》：“呼儿烹鲤鱼，中有尺素书。”意谓在鱼形的信封中寄书信。以上两句都借喻亲友离散。

[25] 逭（huàn）：逃避。

说明

《金瓶梅》问世，给小说诠释者出了一道难题（这里所谓的“诠释者”不包括断然否定《金瓶梅》的人士）。如何主要从正面去探究作者的创作意图，发掘作品积极的社会意义，总结其艺术成就，以引导阅读，保护作品不遭禁绝，这成了诠释者相当一致的认识。

欣欣子肯定《金瓶梅》是一部“寄意于时俗”的“有所谓”之作。从他序文中对这一点的分析看，主要指小说通过叙述人物形象“乐极生悲”的命运，以“明人伦，戒淫奔，分淑慝，化善恶，知盛衰消长之机，取报应轮回之事如在目前”，从而肯定它是一部有补于“世道风化，惩戒善恶，涤虑洗心”的有益小说。同时，他也肯定《金瓶梅》给予普通读者带来的娱乐作用，“使观者庶几可以一哂而忘忧”。

对于《金瓶梅》的艺术长处，欣欣子很欣赏作者将世俗日常之言写得如此引人入胜的才华，“虽市井之常谈，闺房之碎语，使三尺童子闻之，如饫天浆而拔鲸牙，洞洞然易晓”。他对小说长篇制作严谨的结构，“始终如脉络贯通，如万系（丝）迎风而不乱”，表示由衷赞叹。欣欣子认为，这些特点决定了《金瓶梅》的成就在《剪灯新话》《水浒传》等小说之上。

作为《金瓶梅》评论史上最早的论文之一，欣欣子这篇序对它的分析（尤其是艺术分析）还比较粗略；对这样一部作品何以会产生补益世道人心的作用，由于缺乏对这一问题的复杂性作更深入分析，也显得说服力有所不足。但是，文章足以启发人们对《金瓶梅》作者创作动机和小说主旨、社会效果的进一步寻究和思考，艺术上也开启了将《金瓶梅》与明代其他小说作比较研究的先河。这些都值得引起注意。此外，序文随作品而刊行，其影响自然也要比文人通信时所交换的对《金瓶梅》的看法、意见大得多。

论 文 上

〔明〕袁宗道

作者简介

袁宗道（1560—1600），字伯修，号石浦，湖广公安（今属湖北）人。万历十四年(1586年)会试第一,授庶吉士,进编修,官至右庶子。泰昌元年(1620年),追赠礼部右侍郎。袁宗道受李贽影响,以禅诠儒。诗文方面,早时喜李攀龙、王世贞。在翰林院任职时,一反后七子之途,主张理充辞随(《论文》下),文章、口舌、心相代而不相隔;肯定"时有古今,语言亦有古今"。对于古人作品,主张"学其意,不必泥其字句",批评模拟复古者"以讹益讹,愈趋愈下"(《论文》上)。与专主盛唐相异,他慕白居易、苏轼,名书斋曰"白苏斋"以见志。与弟宏道、中道并称"公安三袁"。其诗平畅清秀,颇近白居易、苏轼诗风。有《白苏斋类集》。

口舌代心者也,文章又代口舌者也。展转隔碍,虽写得畅显,已恐不如口舌矣,况能如心之所存乎?故孔子论文曰:"辞达而已。"达不达,文不文之辨也。唐、虞、三代之文,无不达者。今人读古书,不即通晓,辄谓古文奇奥,今人下笔不宜平易。夫时有古今,语言亦有古今。今人所诧谓奇字奥句,安知非古之街谈巷语耶?《方言》谓楚人称知曰党[1],称慧曰谫,称跳曰蹠,称取曰挺,余生长楚国,未闻此言。今语异古,此亦一证。故《史记》《五帝》《三王》纪,改古语从今字者甚多:畴改为谁,俾为使,格奸为至奸,厥田、厥赋为其田、其赋,不可胜记。左氏去古不远,然传中字句,未尝肖《书》也。司马去《左》亦不远,然《史记》句字,亦未尝肖《左》也。至于今日,逆数前汉,不知几千年远矣,自司马不能同于左氏,而今日乃欲兼同左、马,不亦谬乎?中间历晋、唐,经宋、元,文士非乏,未有公然挦扯古文,奄为己有者。昌黎好奇,偶一为之,如《毛颖》等传,一时戏剧,他文不然也。

空同不知,篇篇模拟,亦谓反正[2]。后之文人,遂视为定例,尊若令甲[3],凡有一语不肖古者即大怒,骂为野路恶道。不知空同模拟,自一人创之,犹不甚可厌。迨其后,以一传百,以讹益讹,愈趋愈下,不足观矣。且空同诸文,尚多己意,纪事述情,往往逼真。其尤可取者,地名官衔,俱用时制。今却嫌时制不文,取秦、汉名衔以文之,观者若不检《一统志》[4],几不识为何乡贯矣。且文之佳恶,不在地名官衔也。司马迁之文,其佳处在叙事如画,议论超越。而近说乃云:"西京以还,封建、宫殿、官师、郡邑,其名不驯雅,虽子长复出,不能成史[5]。"则子长佳处,彼尚未梦见也,而况能肖子长也乎?或曰:"信如子言,古不必学耶?”余曰古文贵达,学达即所谓学古也。学其意,不必泥其字句也。今之圆领方袍,所以学古人之缀叶蔽皮也;今之五味煎熬,所以学古人之茹毛饮血也。何也?古人之意期于饱口腹,蔽形体,今人之意亦期于饱口腹,蔽形体,未尝异也。彼摘古字句入己著作者,是无异缀皮叶于衣袂之中,投毛血于殽核之内也。大抵古人之文,专期于达,而今人之文,专期于不达。以不达学达,是可谓学古者乎?

明刻本《白苏斋类集》卷二十

注释

[1]《方言》:全称《輶轩使者绝代语释别国方言》,今本十三卷,扬雄作。

[2]反正:返正。

[3]令甲:第一道诏令;法令的第一篇。

[4]《一统志》:明代修纂的地理书《大明一统志》,九十卷。

[5]“而近说乃云”六句:王世贞《艺苑卮言》卷三:“呜呼,子长不绝也,其书绝矣。千古而有子长也,亦不能成《史记》。何也?西京以还,封建、宫殿、官师、郡邑,其名不雅驯,不称书矣,一也。”

说明

袁宗道《论文上》阐述了文学语言发展观,主要针对王世贞的语言复古论。他主“辞达”说。对于孔子这一见解,王世贞和袁宗道皆赞同,但是二人对“辞达”的理解却并不一样。王世贞《艺苑卮言》卷一:“盖辞无所不修,而意则主于达。”他认为儒家原典如《易·系辞》《礼经》《春秋》等语言既工且达,而扬雄“故晦之”,司马迁“译而达之”,皆不合孔子之意。以原典的原生语言为“辞达”的典范,实际上为摹拟论提供了论据。袁宗道则认为,“唐、虞、三代之文,无不达者”,“今人所诧谓奇字奥句,安知非古之街谈巷语”,但是,古人之达辞未必为后人所通晓,因为“时有古今,语言亦有古今”。所以他对司马迁为了便于当时读者阅读,在《史记》五帝三王本纪中多“改古语从今字”,持完全理解和肯定的态度,与王世贞批评司马迁“译而达之”针锋相对。

摹拟论者以古语为典范,以为古人用古语与今人摹拟古语,所作文章皆可同归于“辞达”，对语言随时代而变化，因此拘泥于古即意味着在表达上存在障碍，认识不清。袁宗道从时变语言亦变的发展论出发，肯定“辞达”说的实现必须充分考虑语言的时代性，文学史上不存在永恒不变、古今皆通的所谓达辞，所以作者不应该弃置今言，上求古语，而应该尊重和运用今语进行写作，不必求肖古人辞语，更不应该“挦扯古文”，据为己有。

由此，袁宗道提出了自己对“学古”即“学达”的认识，“古文贵达，学达即所谓学古也。学其意，不必泥其字句也。”学古不是摹拟古语，而是学习古人运用他们的当代语言畅显地表情达意的经验，因此从逻辑上说，学古不是拒绝而是应该更加广泛地掇取今语。“学其意”包括学习古人的识见和写作艺术，如“司马迁之文，其佳处在叙事如画，议论超越”。学习《史记》之文，自当以这些为学习重点，泥其字句则不仅沦于末节，且走上了歧途。

诗源辩体（选录）

〔明〕许学夷

作者简介

许学夷（1563—1633），字伯清，江阴（今属江苏）人。一生未应科举考试，隐居家乡，著述以终。为人负气多傲，曾说：“宁为蹠，不挟贵而骄；宁为丐，不羞贱而谄。”（引自恽应翼《许伯清传》）历四十年，十二易稿，编成《诗源辩体》。原分为诗论和诗选两部分，后佚散诗选，仅存诗论。前集凡三十六卷，论先秦至晚唐诗歌，后集纂要二卷，论宋元明诗。对明代前后七子和公安派诗学，均有所参考，而所论仍以七子派为宗。辨析诗体流变，言称“中庸”，实以返“正”相号召。其中专论历代诗话、诗论及诗歌选本，表明作者具有较自觉的批评史意识。所著尚有《伯清诗稿》《许伯清遗诗辑补》等。

予之论灵运诗[1]，乃大公至正而无所偏，以汉、魏、晋人诗等第之，其高下自见。胡元瑞谓“五言盛于汉，畅于魏，衰于晋、宋，亡于齐、梁”，是也[2]。古体亡于宋，古声亡乎梁。国朝人笃好灵运，于其诗便为极至，凡稍有相诋，即为矛盾[3]。故予之论灵运诗为破第一关。学者过此无疑，其他则易从矣。论初唐七言古为破第二关，论盛唐律诗为破第三关。

（卷七）

诗，先体制而后工拙。王、卢、骆七言古，偶俪虽工，而调犹未纯，语犹未畅，实不得为正宗，此自然之理，不易之论。然不能释众人之惑者，盖徒取其工丽而不识正变之体故也。故予论初唐七言古为破第二关。学者过此无疑，其他不难辩矣。

（卷十二）

盛唐律诗，子美信大，而诸家入圣者，亦是诣极。严沧浪云："诗之大概有二，曰优游不迫，沉着痛快。"此正诸家与子美境界也。又云"盛唐诸人惟在兴趣，羚羊挂角，无迹可求"云云，则诸家境界，宁复有未至耶？元美必欲以子美为极至，诸家为不及[4]，其说本于元微之及宋朝诸公[5]，开元、大历不闻有是论也。故予论盛唐律诗为破第三关。学者过此无疑，斯顺流而下矣。……

（卷十七）

汉魏五言及乐府杂言，犹秦汉之文也。李、杜五言古及七言歌行，犹韩、柳、欧、苏之文也。秦汉、四子各极其至，汉魏、李杜亦各极其至焉。何则？时代不同也。论诗者以汉魏为至，而以李杜为未极，犹论文者以秦汉为至，而以四子为未极，皆慕好古之名而不识通变之道者也。夫秦汉、汉魏，犹可摹拟而得，四子、李杜，未可摹拟而得也。不能摹拟而讳言未极，此非欺人，适自欺耳。……

（卷十八）

予作《辩体》，自谓有功于诗道者六：论三百篇以至晚唐，而先述其源流，序其正变，一也。论《周南》《召南》以至邶、鄘诸国，而谓其皆出乎性情之正，二也。论汉魏五言，而先其体制，三也。论初、盛唐古诗，而辨其纯杂，四也。论汉魏五言，而无造诣深浅之阶[6]，五也。论初、盛唐律诗，而有正宗、入圣之分[7]，六也。知我者在此，而罪我者亦在此也。

（卷三十四）

明崇祯十五年（1642 年）陈所学刻本《诗源辩体》

注释

[1]予之论灵运诗：许学夷评谢灵运主要见于《诗源辩体》卷六、卷七，语中颇有不满，对明人盲目拟谢更致以鄙薄。

[2]“胡元瑞谓”四句：引语出自胡应麟《诗薮》内编卷二。

[3]矛盾：意谓反驳、相抗。

[4]“元美必欲以子美为极至”两句：王世贞《艺苑卮言》卷四谈到李杜比较，主张具体分析，如指出律诗以杜为胜。说：“五言律、七言歌行，子美神矣，七言律圣矣。”又流露杜诗总体胜李诗的看法，说：“十首以前，少陵较难入，百首以后，青莲较易厌。扬之则高华，抑之则沉实，有色有声，有气有骨，有味有态，浓淡深浅，奇正开阖，各极其则，吾不能不伏膺少陵。”

[5]其说本于元微之及宋朝诸公：元稹《唐故工部员外郎杜君墓系铭并序》初显扬杜抑李端倪，经宋人称引发挥，成为一种普遍的见解。

[6]论汉魏五言而无造诣深浅之阶：《诗源辩体》卷四：“或问：‘魏人五言，较汉人气格似胜，何也？’曰：汉人五言本乎天成，其气格自在，魏人渐见作用，语多构结，故气格似胜。”又说：“汉魏五言，由天成以变至作用，非造诣有深浅也。徐昌谷云：‘魏诗，门户也；汉诗，堂奥也。’斯言谬矣。然后之学者，时代既降，风气亦漓，苟非自魏而入汉，则恐失之卑弱耳。”

[7]论初盛唐律诗而有正宗入圣之分：《诗源辩体》卷十七：“唐人律诗，沈、宋为正宗，至盛唐诸公，则融化无迹而入于圣。沈、宋才力既大，造诣始纯，故体尽整栗，语多雄丽。盛唐诸公，造诣实深，而兴趣实远，故体多浑圆，语多活泼耳。后之论律诗者，皆宗盛唐，而元美之意主于沈、宋，则于古人所称‘弹丸脱手’者无当也，安可与入化境乎？”

说明

清源流、辨体制，这些都是格调派所注重的基础诗学理论。源流分明，以把握诗歌发展的总体走向；体制清晰，则有利掌握诗歌的正体规范。许学夷继承明代格调派的家学传统，花一生精力于清源辨体，将此项学术做得更为仔细、严谨。这在他自己看来有三方面的意义：其一，克服源流不清，取法不当，这主要针对明代学六朝、晚唐一派而言。其二，纠正前后七子对诗歌源流、体制的一些不确切的说法。其三，针砭公安、竟陵两派“背古师心”之弊。《诗源辩体自序》对此讲得很明白，他说：“仲尼曰：‘中庸其至矣乎，民鲜能久矣。’后进言诗，上述齐、梁，下称晚季，于道为不及，昌谷诸子，首推《郊祀》，次举《铙歌》，于道为过。近袁氏、钟氏出，欲背古师心，诡诞相尚，于道为离。予《辩体》之作也，实有所惩云。”不难看出，许学夷与前后七子的矛盾是同一派别某些具体观点失谐，而与袁、钟则属异派之争。尽管《诗源辩体》似乎纠正前后七子对诗歌源流体制的具体看法远比批评袁、钟观点来得多，但在这里，数量并不反映事物本质。

《诗源辩体》对《诗经》、汉魏古诗和盛唐近体的辨析最为详悉，作者认为这三个阶段的诗歌创作“各极其至”（卷十一）。《诗经》为各派认为是后世诗歌发展的总源头，又带有儒家经典的性质，它成为许学夷研究和推崇的重点对象，并不奇怪。他竭力阐扬汉魏古诗和盛唐近体，则显然是对七子古诗宗汉魏、近体宗盛唐主张作出的呼应，他从源流和体制方面细密论证这两个阶段古体和近体的规范化意义，是为了维护格调说的地位，并进一步扩大其影响。许学夷认为：“夫体制、声调，诗之矩也，曰词与意，贵作者自运焉。窃词与意，斯谓之袭；法其体制，仿其声调，未可谓之袭也。”（《诗源辩体自序》）他研究汉魏、盛唐诗歌的体制、声调，给诗人提供创作的规范化样本，正是以此作为认识依据的，这又成了后来的格调派比较一致的看法，而与早期的格调派句拟字模的倾向有所区别。

许学夷论诗有“破三关”之说。“第一关”指对谢灵运的过高评价。严羽《沧浪诗话》列谢灵运诗为“透彻之悟”，李梦阳选陆机、谢灵运诗，称谢诗源自曹植，为“六朝之冠”，并以为谢诗也可作为效法的对象（见《刻陆谢诗序》）。其影响所及，明中后期学谢之风颇盛。许学夷视谢灵运为汉魏至六朝诗风转变的关键人物，对他颇有非议。他所谓“破第一关”，实以谢灵运为靶的，严格汉魏与晋诗之别，从而进一步纯化古诗宗汉魏的内涵。“第二关”指初唐王、卢、骆七古工于“偶俪”而体制未正。明代取宗六朝、初唐者对诗坛也产生了不小影响，许学夷“破第二关”正是针对他们而言。“第三关”指学盛唐律诗者，唯宗杜甫，而对其他诸家相对比较疏远。“诸家”指其诗以兴趣风神为胜，风格“优游不迫”的盛唐诗人。明代宗盛唐一派的创作，其失往往流于粗豪疏阔，许学夷认为这与他们偏取一途有关，所以提倡学杜而又广掇诸家。这便是他“破第三关”的诗学批评含义。据许学夷说，胡应麟《诗薮》已经“突破三关”（见卷十七）。可见其说渊源所自。

此外，许学夷关于诗歌批评要从大处着眼，着重“论人”“论代”；要“直”言，“长短尽见”，敢于否定。这种批评方法和态度，也多可取。

叙小修诗

〔明〕袁宏道

作者简介

袁宏道(1568—1610),字中郎,又字无学,号石公,又号六休,湖广公安(今属湖北)人。万历二十年(1592年)进士。任吴县令,不久辞去。后授顺天教授,历国子助教、礼部主事。谢病归,复起官至稽勋郎中。袁宏道深受李贽思想影响,与兄宗道、弟中道并称"公安三袁",为该派受之无愧的领袖。袁宏道的文学主张是公安派文学理论的纲领,要点为"代有升降,法不相沿";"独抒性灵,不拘格套"(《叙小修诗》)。其实质是尚"变"求"真"。他还高度重视和肯定戏曲、小说、民歌等通俗文学。这使他与正统文学观和七子拟古主张形成严重分歧,对晚明文坛产生很大影响。他的诗歌,早期尚有摹拟痕迹,在吴、越任职和游赏期间,进入创作高潮,或信笔而为,语意浅近;或色彩斑斓,绮丽艳快。以后注重修饰锻炼,至晚年诗作,声律法度,趋于工严,活泼渐减。所作散文清隽流畅,朗丽俊脱。所著由今人整理为《袁宏道集笺校》。

弟小修诗[1],散逸者多矣,存者仅此耳。余惧其后逸也,故刻之。弟少也慧,十岁余即著《黄山》《雪》二赋,几五千余言,虽不大佳,然刻画饤饾,傅以相如、太冲之法,视今之文士矜重以垂不朽者,无以异也。然弟自厌薄之,弃去。顾独喜读老子、庄周、列御寇诸家言,皆自作注疏,多言外趣,旁及西方之书[2],教外之语,备极研究。既长,胆量愈廓,识见愈朗,的然以豪杰自命,而欲与一世之豪杰为友。其视妻子之相聚,如鹿豕之与群而不相属也,其视乡里小儿,如牛马之尾行而不可与一日居也。泛舟西陵[3],走马塞上,穷览燕、赵、齐、鲁、吴、越之地,足迹所至,几半天下,而诗文亦因之以日进。大都独抒性灵,不拘格套,非从自己胸臆流出,不肯下笔。有时情与境会,顷刻千言,如水东注,令人夺魄。其间有佳处,亦有疵处,佳处自不必言,即疵处亦多本色独造语。然予则极喜其疵处，而所谓佳者，尚不能不以粉饰蹈袭为恨，以为未能尽脱近代文人气习故也。

盖诗文至近代而卑极矣，文则必欲准于秦、汉，诗则必欲准于盛唐，剿袭模拟，影响步趋，见人有一语不相肖者，则共指以为野狐外道，曾不知文准秦、汉矣，秦、汉人曷尝字字学六经欤？诗准盛唐矣，盛唐人曷尝字字学汉、魏欤？秦、汉而学六经，岂复有秦、汉之文？盛唐而学汉、魏，岂复有盛唐之诗？唯夫代有升降，而法不相沿，各极其变，各穷其趣，所以可贵，原不可以优劣论也。且夫天下之物，孤行则必不可无，必不可无，虽欲废焉而不能，雷同则可以不有，可以不有，则虽欲存焉而不能。故吾谓今之诗文不传矣，其万一传者，或今闾阎妇人孺子所唱《擘破玉》《打草竿》之类[4]，犹是无闻无识真人所作，故多真声，不效颦于汉、魏，不学步于盛唐，任性而发，尚能通于人之喜怒哀乐嗜好情欲，是可喜也。

盖弟既不得志于时，多感慨，又性喜豪华，不安贫窘，爱念光景，不受寂寞。百金到手，顷刻都尽，故尝贫。而沈湎嬉戏，不知樽节[5]，故尝病。贫复不任贫，病复不任病，故多愁。愁极则吟，故尝以贫病无聊之苦发之于诗，每每若哭若骂，不胜其哀生失路之感。予读而悲之。大概情至之语，自能感人，是谓其诗可传也。而或者犹以太露病之。曾不知情随境变，字逐情生，但恐不达，何露之有？且《离骚》一经，忿怼之极，党人偷乐，众女谣诼，不揆中情，信谗赍怒，皆明示唾骂，安在所谓怨而不伤者乎？穷愁之时，痛哭流涕，颠倒反复，不暇择音，怨矣，宁有不伤者？且燥湿异地，刚柔异性，若夫劲质而多怼，峭急而多露，是之谓楚风，又何疑焉？

明崇祯二年(1629 年)武林佩兰居刻本《袁中郎全集》卷一

注释

［1］小修：袁中道(1570—1626)，字小修，湖广公安(今属湖北)人。万历四十四年(1616 年)进士，任南京礼部主事。著有《珂雪斋集》。

［2］西方之书：指佛教典籍。

［3］西陵：指长江西陵峡一带。
［4］《擘破玉》《打草竿》：明中期流行的民歌曲调，二者腔调大致相同。《打草竿》，一作《打枣竿》。
［5］樽节：约束。

说明

袁宏道于万历二十三年（1595年）起任吴县令，先后在江浙一带生活了三年。此时期的散文作品，确立了他在晚明小品文史上的突出地位。更重要的是，他在这一时期内，全面提出了文学变革的理论主张，对拟古主义展开了深刻而猛烈的批判。实际上，袁宏道作为公安派这一崭新的文学创作和文学批评流派的主要代表，他的鼎盛时期正是在江浙一带形成的。在此之前，是他的新思想逐步孕育、为批判贮蓄势能的阶段；在此之后，他的批判锋芒开始有所收敛，隐约显出向稳重方面的转变。

《叙小修诗》作于袁宏道任吴县令的第二年。吴中是当时全国文学纷争的漩涡。自从李梦阳、何景明倡言复古、北学逐渐南下，吴中的文学风气发生丕变。尤其是通过王世贞的影响，吴中文人爱好摹拟的习气更为炽盛。似乎可以这么说，明代中期以后的拟古之风起始于北方，而最终却盛行于吴中。袁宏道身置其中，对此产生切身感受，忧虑和愤慨激发了他扭转文学风气的强烈的责任感。本文就是一篇以"性灵说"与拟古主义相抗衡的文学宣言。

在这篇文章里，袁宏道主要提出了两大主张：（一）"独抒性灵，不拘格套，非从自己胸臆流出，不肯下笔"。这就是"性灵说"的最简括的表述。这样的性灵诗，是诗人个人的"本色独造语"，可能存在"疵处"，但是它们是真情实话，因此其"疵"也真诚可爱。（二）抨击"文必秦汉，诗必盛唐"的拟古论调，以为"代有升降，而法不相沿"，文学创作应当"各极其变，各穷其趣"。没有代变，就没有文学的发展。天下之物，"孤行则必不可无"，"雷同则可以不有"，因此文学的出路在于独创、求新，而不在于摹仿、趋同。正是在这个意义上，袁宏道欣赏"无闻无识真人所作"之民间"真声"，厌弃文人句拟字模、影响步随之"诗文"。这两大主张是公安派文学理论的精髓和核心，与李贽的"童心说"，徐渭、汤显祖的真情论一脉相承。它们的提出，标志着公安派的旗帜开始在文坛上高高地矗立起来。袁宏道在江浙期间，对以上观点反复作了阐绎和宣传，不断扩大它们的影响。在他的倡言下，明代的文学风尚又发生了一次大的变化。

袁宏道深知吴中文学传统中绮靡的成分过于稠密，希望加以改变。他在文中通过对袁中道诗歌特点的总结，向吴中文人提到了“楚风”的传统，那就是“劲质而多怼，峭急而多露”，强烈地表现诗人的真情，这正是以柔情丽语为主要特点的吴中文学所缺乏的。袁宏道在吴中有感于摹拟成习、靡弱伤质的文学风气和流弊，大力倡扬“楚风”精神，正是为了向吴文学输入异地的新质，促使它健康地发展起来。如果说徐祯卿、王世贞与李梦阳、李攀龙等人结盟，包含着使南、北文学合流的企望，那么袁宏道把“楚风”引入吴中，则标志着长江中、下游文学的一次交融。

雪涛阁集序

〔明〕袁宏道

文之不能不古而今也，时使之也。妍媸之质，不逐目而逐时，是故草木之无情也，而鞓红鹤翎不能不改观于左紫溪绯[1]，唯识时之士，为能堤其隤而通其所必变[2]。夫古有古之时，今有今之时，袭古人语言之迹而冒以为古，是处严冬而袭夏之葛者也。《骚》之不袭《雅》也，《雅》之体穷于怨，不《骚》不足以寄也。后之人有拟而为之者，终不肖也，何也？彼直求《骚》于《骚》之中也。至苏、李述别及《十九》等篇，《骚》之音节体致皆变矣，然不谓之真《骚》不可也。古之为诗者，有泛寄之情，无直书之事，而其为文也，有直书之事，无泛寄之情，故诗虚而文实。晋、唐以后，为诗者有赠别，有叙事，为文者有辨说，有论叙，架空而言，不必有其事与其人，是诗之体已不虚，而文之体已不能实矣。古人之法，顾安可概哉？

夫法因于敝而成于过者也。矫六朝骈丽饤饾之习者，以流丽胜，饤饾者固流丽之因也，然其过在轻纤，盛唐诸人以阔大矫之。已阔矣，又因阔而生莽，是故续盛唐者，以情实矫之。已实矣，又因实而生俚，是故续中唐者以奇僻矫之。然奇则其境必狭而僻，则务为不根以相胜，故诗之道，至晚唐而益小。有宋欧、苏辈出，大变晚习，于物无所不收，于法无所不有，于情无所不畅，于境无所不取，滔滔莽莽，有若江河。今之人徒见宋之不唐法，而不知宋因唐而有法者也，如淡非浓，而浓实因于淡，然其敝至以文为诗，流而为理学，流而为歌诀，流而为偈诵，诗之弊又有不可胜言者矣。近代文人始为复古之说以胜之，夫复古是已，然至以剿袭为复古，句比字拟，务为牵合，弃目前之景，摭腐滥之辞，有才者诎于法，因不敢自伸其才，无之者拾一二浮泛之语，帮凑成诗，智者牵于习，而愚者乐其易，一唱亿和，优人驺从[3]，共谈雅道。吁，诗至此抑可羞哉。夫即诗，而文之为弊盖可知矣。

余与进之游吴以来[4]，每会必以诗文相励，务矫今代蹈袭之风。进之才高识远，信腕信口，皆成律度，其言今人之所不能言与其所不敢言者。或曰："进之文超逸爽朗，言切而旨远，其为一代才人无疑。诗穷新极变，物无遁情，然中或有一二语近平近俚近俳，何也?"余曰此进之矫枉之作，以为不如是不足矫浮泛之弊，而阔时人之目也。然在古亦有之，有以平而传者，如"睫在眼前人不见"之类是也[5]，有以俚而传者，如"一百饶一下，打汝九十九"之类是也[6]，有以俳而传者，如"迫窘诘曲几穷哉"之类是也[7]。古今文人，为诗所困，故逸士辈出，为脱其粘而释其缚。不然，古之才人，何所不足，何至取一二浅易之语，不能自舍，以取世嗤哉？执是以观进之诗，其为大家无疑矣。诗凡若干卷，文凡若干卷。编成，进之自题曰《雪涛阁集》，而石公袁子为之叙。

明崇祯二年武林佩兰居刻本《袁中郎全集》卷一

注释

[1]"而鞓(tīng)红鹤翎"句：欧阳修《洛阳牡丹图》："比新较旧难优劣，争先擅价各一时。……传闻千叶昔未有，只从左紫名初驰。四十年间花百变，最后最好潜溪绯。……当初所见已云绝，岂有更好此可疑。古称天下无正色，似恐世好随时移。鞓红鹤翎岂不美，敛色如避新来姬。"鞓红、鹤翎红、左紫、潜溪绯，皆是牡丹花名，见欧阳修《洛阳牡丹记》。鹤翎、溪绯，分别是鹤翎红、潜溪绯之略。

[2]堤其隤：意谓防止其溃决横流。

［3］驺从：古代贵族骑马时的侍从。

［4］余与进之游吴以来：袁宏道于万历二十三年(1595年)任吴县令,同年江盈科任长洲县令,二人同时出京赴任。江盈科(1553—1605),字进之,号渌萝山人,桃源(今属湖南)人。万历二十年(1592年)进士。仕至按察司佥事,视蜀学政,卒于蜀。有《雪涛阁集》《雪涛小书》等。

［5］睫在眼前人不见：杜牧《登池州九峰楼寄张祜》:"睫在眼前长不见,道非身外更何求。"

［6］"一百饶一下"两句：卢仝《寄男抱孙》:"一百放一下,打汝九十九。"

［7］"迫窘诘曲几穷哉":《柏梁诗》东方朔句。

说明

钱伯城先生笺曰:"江盈科《雪涛阁集》自序,末题'万历庚子孟夏月',宏道此文当亦同时作。"则《雪涛阁集序》作于万历二十八年(1600年)。袁宏道已辞去吴县令,并结束了在江浙的游历、栖居生活,正在北京供职。

他在文中仍然大体保持自己主要在吴中时形成的文学观点,以发展论、变化说批评"袭古人语言之迹而冒以为古"的假古董式创作倾向。他认为,古人诗文之法,其实不可一概而论,不同时代的文学有不同的特点,也有不同的法,古今不变之法并不存在。对于文学之法的产生以及它们逐渐由积极因素转化为消极因素,袁宏道用"法因于敝而成于过"一语予以概括。意思是说,因为文学产生了弊端,于是就需要新的文学来加以补救,新的文学之法也就形成了;但是这种新的文学新的法渐渐也会产生新的流弊,又需要后人匡除变革。因此,文学之法总是处于不断变化和发展之中。

袁宏道对宋诗作了具体分析。针对宗唐派否定宋诗的论调,他称赞欧阳修、苏轼的诗歌,"于物无所不收,于法无所不有,于情无所不畅,于境无所不取,滔滔莽莽,有若江河"。以为这符合变而自成一法的文学发展规律。另一方面,他又批评宋诗"至以文为诗,流而为理学,流而为歌诀,流而为偈诵",这与历来以唐诗为典范绳宋诗者的批评几无区别。所以不能简单地以为袁宏道是宋诗的提倡者,更不能将前后七子与公安派在诗歌方面的不同概括为宗唐与宗宋的区别。

袁宏道离开江浙以后,他的文学思想的激进期也随之逐渐结束,心绪渐归平宁,不再像早先那样好过激之举。他于保持过去的基本文学观点的同时,对某些激烈的"矫枉过正"的作法,也作了一定程度的修正。这在《雪涛阁集序》中得到了某种反映。如文章指出“复古”也有可取之处,强调他反对的只是“以剿袭为复古”的拙劣一路,这与他在江浙时排击复古主义的雄风已经有所不同。又如有人批评江盈科的作品存在“近平近俚近俳”的弊病,袁宏道虽然为他作了辩解,不过还是认为这些是作者的“矫枉之作”,这实际上就是承认,它们不足为世人所取法。试比较《叙小修诗》中的下面一段话,“其间有佳处,亦有疵处,佳处自不必言,即疵处亦多本色独造语。然予则极喜其疵处”。袁宏道前后欣赏趣味和批评态度的变化甚清楚。这些都说明,虽然袁宏道文学思想的较大变化发生在他晚年,而变化的端倪在他离开江浙以后已经逐步显露出来,《雪涛阁集序》的上述有关内容正是这种转机形成的信息。

诗　　论

〔明〕钟　惺

作者简介

钟惺(1574—1625),字伯敬,号退谷,别号退庵,晚年取法名断残,竟陵(今湖北天门)人。万历三十八年(1610年)进士。授行人八年,改授工部主事,历任南京礼部仪制司主事、祠祭司郎中。天启元年(1621年)升福建按察使佥事提督学政,大计中人言。钟惺好学多才,性格严冷,不喜交结。早年分别接受前后七子和公安派的影响,而又以受后者的影响为著。后来逐渐摆脱对两派的追随,并且转而成为反对者,但是他始终肯定袁宏道为反拟古所作的努力。钟惺与同里谭元春论诗“务求古人精神所在”(钟惺《隐秀轩集自序》),于七子、公安派外另辟蹊径,别创竟陵派,提出信心信古、重情重理、求灵求厚的创作主张,以及“诗为活物”的释诗见解。钟惺本人的诗歌以“幽深孤峭”为特征,散文立意新奇,选词冷涩瘦硬。曾评点《诗经》《左传》等,与谭元春合评《诗归》,著有史评《史怀》,诗文集《隐秀轩集》《钟伯敬先生遗稿》。

《诗》,活物也。游、夏以后[1],自汉至宋,无不说《诗》者,不必皆有当于《诗》,而皆可以说《诗》。其皆可以说《诗》者,即在不必皆有当于《诗》之中。非说《诗》者之能如是,而《诗》之为物不能不如是也。何以明之？孔子亲删《诗》者也，而七十子之徒亲受《诗》于孔子而学之者也。以至春秋列国大夫，与孔子删《诗》之时不甚先后，而闻且见之者也。以至韩婴[2]，汉儒之能为《诗》者也。今读孔子及其弟子之所引《诗》，列国盟会聘享之所赋《诗》，与韩氏之所传《诗》者，其事、其文、其义不有与《诗》之本事、本文、本义绝不相蒙，而引之、赋之、传之者乎？既引之，既赋之，既传之，又觉与《诗》之事之文、之义未尝不合也。其故何也？夫《诗》，取断章者也。断之于彼而无损于此，此无所予而彼取之。说《诗》者盈天下，达于后世，屡迁数变，而《诗》不知，而《诗》固已明矣，而《诗》固已行矣，然而《诗》之为《诗》自如也。此《诗》之所以为经也。

今或是汉儒而非宋，是宋而非汉，非汉与宋而是己说，则是其意以为《诗》之指归，尽于汉与宋与己说也，岂不隘且固哉？汉儒说《诗》据《小序》，每一诗必欲指一人一事实之。考亭儒者[3]，虚而慎，宁无其人，无其事，而不敢传疑，故尽废《小序》不用。然考亭所间指为一人一事者，又未必信也。考亭注有近滞者[4]，近痴者，近疏者，近累者，近肤者，近迂者，考亭之意，非以为《诗》尽于吾之注，即考亭自为说《诗》，恐亦不尽于考亭之注也。凡以为最下者，先分其章句，明其训诂。若曰有进于是者，神而明之，引而伸之，而吾不敢以吾之注画天下之为《诗》者也。故古之制礼者从极不肖立想，而贤者听之，解经者从极愚立想，而明者听之。今以其立想之处，遂认为究极之地可乎？国家立《诗》于学官，以考亭注为主，其亦曰有进于是者，神而明之，引而伸之云尔。

予家世受《诗》。暇日，取三百篇正文流览之，意有所得，间拈数语，大抵依考亭所注，稍为之导其滞，醒其痴，补其疏，省其累，奥其肤，径其迂。业已刻之吴兴[5]。再取披一过，而趣以境生，情由日徙，已觉有异于前者。友人沈雨若[6]，今之敦《诗》者也，难予曰："过此以往，子能更取而新之乎？"予曰："能。"夫以予一人心目，而前后已不可强同矣，后之视今，犹今之视前，何不能新之有？盖《诗》之为物，能使人至此，而予亦不自知，乃欲使宋之不异于汉，汉之不异于游、夏，游、夏之说《诗》不异于作《诗》者，不几于刻舟而守株乎？故说《诗》者散为万，而《诗》之体自一，执其一，而《诗》之用且万。噫，此《诗》之所以为经也。

明天启二年(1622 年)沈春泽刻本《隐秀轩集》文列集

注释

[1] 游、夏：子游、子夏，孔子两位学生。

[2] 韩婴：西汉燕(郡治今北京市)人。“三家诗”韩诗学的创始者。著有《韩诗内传》《韩诗外传》。南宋后，仅存《外传》。

[3] 考亭：朱熹，寓建阳(今属福建)之考亭，故称。

[4] 考亭注：指朱熹《诗集传》。

[5] 业已刻之吴兴：钟惺《诗经四卷小序一卷》由凌濛初刻于吴兴。据其卷首所载《诗论》，末署写作时间为“明泰昌纪元岁庚申冬十一月”，即 1620 年。

[6] 沈雨若：沈春泽，字雨若，常熟(今属江苏)人。能诗，善草书画竹，为吴下名士。后移家居白门(今江苏南京)。死于疾病。曾为钟惺序刻《隐秀轩集》。

说明

钟惺在我国文学批评史上首次从《诗经》解释学的角度，提出了诗为“活物”的全新命题。

他认为，《诗》是一种流动的，非僵止的“活物”。从亲自删《诗》的孔子，到汉朝研究《诗》的专家韩婴，其间包括亲耳聆听孔子授《诗》的七十二位学生，以及同他们时代相差不远，把赋《诗》作为外交辞令的各国使臣，他们对《诗》都没有一个统一的理解，有的理解甚至可以说同《诗》的原义完全不相符合，何况时代更晚的读者，理解的差异自然就更加明显了。尽管如此，他们各自的理解又似乎皆可以成立，这又是为什么呢？钟惺解释道：“夫《诗》取断章者也，断之于彼而无损于此，此无所予而彼取之。”就是说，作品有自身整体的内涵，又向读者充分敞开意义世界，可以被随意地“断章”引用，不断容纳读者新的理解。这是诗歌具有“活物”性质的客观原因(作品本身所致)。另一方面，诗之为“活物”虽然是诗本身的一种属性，而“活”的实现，主要则离不开鉴赏者主观条件的变化。钟惺从自己前后读《诗》而体会不同的经历中认识了这一点。《诗论》说，他先前对《诗》是这样一种感受和理解，后来读《诗》又产生了“有异于前者”的新体会新认识，而且肯定将来还会有异于当前。钟惺将其原因归结为读者内在条件的变化,即所谓"趣以境生,情由日徙"之所致。钟惺由自己的阅读经历而想到,个人尚且如此,不同时代的读者、读者与作者本人对作品的理解发生分歧就更是在所难免了,而固执于读者的理解不能与作者的命意相异,或以为唯有自己所说为是,诗意已被自己穷尽的看法,都不过是"刻舟守株"之见。

诗歌作品所致,加之读者主观润浸于作品,二者合力的结果,遂使原作的含蕴越来越丰富,也越来越清晰。钟惺肯定《诗》所以被称为"经",就在于它具有这种"活"的特性,能够永远被作出新的解释。

钟惺充分肯定了诗歌"活"的特性,高度重视读者在鉴赏过程中的再创造作用,但是,他并没有因此而否定作品作为一种客体还有其自身一定的内在规定性。他指出,《诗》是有它"本事本文本义"的,因此后人虽然对作品可以有不同的理解,归根结蒂还要受到作品原质的一定制约,说明读者理解的自由并不是绝对的、无限的。显然,从作品方面着眼,承认诗是"活物",并不是完全排除作品的原义对读者的规定性,不过是把刻板的、单一的定向变成了灵活的、多维的启导。

钟惺诗为"活物"说,将我国文学批评史上"仁者见之谓之仁,知者见之谓之知"(《周易·系辞上》)、"《诗》无达诂"(自董仲舒《春秋繁露》卷三"精华第五")一脉的解释、鉴赏批评理论提高到新的历史高度,反映了晚明心学思潮的积极的思想成果。尤其是包含在这一命题中的重视读者主动性和再创造能力的认识,与现代文学理论重视读者的意见已经非常一致。这些都说明,钟惺《诗论》是我国文学批评史上一篇富有意义的论文。

诗 归 序

〔明〕钟 惺

选古人诗而命曰《诗归》[1],非谓古人之诗以吾所选为归,庶几见吾所选者以古人为归也。引古人之精神以接后人之心目,使其心目有所止焉,如是而已矣。昭明选古诗,人遂以其所选者为古诗,因而名古诗曰"选体",唐人之古诗曰"唐选"。呜呼,非惟古诗亡,几并古诗之名而亡之矣。何者?人归之也。选者之权力能使人归,又能使古诗之名与实俱徇之，吾其敢易言选哉？

尝试论之，诗文气运不能不代趋而下，而作诗者之意兴，虑无不代求其高，高者取异于途径耳。夫途径者，不能不异者也，然其变有穷也，精神者，不能不同者也，然其变无穷也。操其有穷者以求变，而欲以其异与气运争，吾以为能为异而终不能为高。其究途径穷而异者与之俱穷，不亦愈劳而愈远乎？此不求古人真诗之过也。

今非无学古者，大要取古人之极肤极狭极熟便于口手者，以为古人在是。使捷者矫之，必于古人外自为一人之诗以为异，要其异，又皆同乎古人之险且僻者，不则其俚者也，则何以服学古者之心？无以服其心，而又坚其说以告人曰："千变万化，不出古人。"问其所为古人，则又向之极肤极狭极熟者也。世真不知有古人矣。

惺与同邑谭子元春忧之[2]。内省诸心，不敢先有所谓学古不学古者，而第求古人真诗所在。真诗者，精神所为也。察其幽情单绪，孤行静寄于喧杂之中，而乃以其虚怀定力[3]，独往冥游于寥廓之外。如访者之几于一逢，求者之幸于一获，入者之欣于一至。不敢谓吾之说非即向者千变万化不出古人之说，而特不敢以肤者狭者熟者塞之也。

书成，自古逸至隋，凡十五卷，曰《古诗归》。初唐五卷，盛唐十九卷，中唐八卷，晚唐四卷，凡三十六卷，曰《唐诗归》。取而覆之，见古人诗久传者，反若今人新作诗，见己所评古人语，如看他人语。仓卒中，古今人我，心目为之一易，而茫无所止者，其故何也？正吾与古人之精神，远近前后于此中，而若使人不得不有所止者也。

明天启二年(1622 年)沈春泽刻本《隐秀轩集》文昃集

注释

[1]《诗归》：包括《古诗归》十五卷和《唐诗归》三十六卷，是以钟惺为主，钟惺与谭元春合作评选的一部诗歌选本。基本成书于万历甲寅、乙卯年(1614—1615)间，丙辰(1616 年)钟惺又补选中唐和晚唐诗，使成为足本。次年刊行，钟惺《诗归序》写于同年八月。

[2] 谭子元春：见谭元春《万茂先诗序》作者简介。

[3] 定力：佛教语。佛家称信力、精进力、念力、慧力和定力为“五力”。定力谓平息消除烦恼妄想的禅定之力。后亦借指处变和把握自己的意志力。

说明

竟陵派既反前后七子，又反公安派，在复杂的文学论争中使自己脱颖而出。开始钟惺对公安派的批评还比较温和，且不时流露出回护之意，但是随着公安末流的弊端越来越显然，以及钟惺自己的文学观念越来越明确，他对公安派也由不满转为抨击。在这篇《诗归序》，钟惺将七子之流弊概括为“肤”“狭”“熟”，而将公安派之弊归纳为“险”“僻”“俚”，互相形成对照，成为竟陵派集矢相攻的诗坛两面的靶，而都用三个字概括两派的弊端，也说明钟惺此时攻击两派用力均匀，不分轩轾。竟陵派兼反两派的文学思想因《诗归》的刊印而广为传播，其中《诗归序》所起的作用甚大。

钟惺以“求古人真诗”相号召，而“真诗”又指千古同然的人类基本“精神”。这对公安派而言，是匡正其“必于古人外自为一人之诗以为异”的不学古之过；对七子而言，则又是针砭其仅得皮相之似而遗失神髓的赝古之弊。他认为，古今作诗的“途径”“不能不异”，但是“其变有穷”，而古今表现于诗歌的人类基本的“精神”“不能不同”，却又生生日新，“其变无穷”。因此，只有追求与古人的“精神”相沟通，而又自具真性情，才是合乎学古的要义。

竟陵派特别重视古人“精神”中的“幽情单绪”(钟惺《诗归序》)，或者说“性灵之言”(谭元春《诗归序》)。钟惺描述这种意绪“孤行静寄于喧杂之中”，“独往冥游于寥廓之外”。它们是俗闹之外的宁静和自主，是沉默的力量。这一点在《诗归》所选的作品中也得到了体现。一般来说，该书选诗尚能顾及诗歌风格的多样性，淡朴和穆、雄奇刚劲、雅丽典奥、俚浅平实不同的作品均有所收取，但就《诗归》的主要倾向而言，表现幽事寂境、渊衷静旨的深厚幽秀之作，又最为选者所赏爱，入选数量也较多。

钟惺、谭元春在当时所以产生向往古人的“幽情单绪”的心境，一个原因是他们想在前、后七子的宏壮格调和公安派的轻灵俊脱外，别开异途，追求一种幽深孤峭的文学风格，因而很容易同古人的这种情思相合拍。另一方面又与晚明的社会状况和时势政局有关系。钟惺反对东林党人激烈抗争的做法，把周围看成是一片“骂詈”的世界(钟惺《邸报》)，而他俨然以浊世中的清者自居；谭元春在这个时候则把党争看作是一场鸡鹜相争的丑剧，摆出超然脱然的姿态。这使他们在感情上与古人的“幽情单绪”发生共鸣是很自然的事情。此外，钟、谭又是晚明整个吏治败坏和国势日下的目击者，对整体力量缺乏足够的信心，信奉洁身自好，以示抗俗，这也是促使他们崇尚古人“幽情单绪”的一个内在因素。因此“求古人真诗”是包含钟、谭对文学的向往和对社会现实真切感受的一个比较复杂的命题，它在当时产生较大的影响，就在于它代表了相当一部分文人的心理、精神，当然也包括他们对诗歌的审美趣味。

叙 山 歌

〔明〕冯梦龙

作者简介

冯梦龙(1574—1646)，字犹龙，又字子犹、耳犹，别署绿天馆主人、龙子犹、墨憨斋主人、顾曲散人、词奴等，长洲(今江苏苏州)人。崇祯三年(1630年)取得贡生资格，任丹徒县训导，七年升寿宁知县，十一年离任归隐。清兵下江南，曾参加抗清活动。冯梦龙酷爱通俗文学，尊重市民审美趣尚。他的小说有拟话本和长篇，题材较广，更擅戏曲，合律便演，也善散曲、诗歌。冯梦龙是一位重要的通俗文学批评家，对通俗文学的社会价值和审美价值，有独到认识。主要编印了短篇小说“三言”(《喻世明言》《警世通言》《醒世恒言》)，民歌集《挂枝儿》《山歌》。著有长篇小说《平妖传》《新列国志》，戏曲传奇《双雄记》《万事足》等。

书契以来，代有歌谣，太史所陈[1]，并称《风》《雅》，尚矣。自楚骚唐律，争妍竞畅，而民间性情之响，遂不得列于诗坛，于是别之曰山歌，言田夫野竖矢口寄兴之所为，荐绅学士家不道也。唯诗坛不列，荐绅学士不道，而歌之权愈轻[2]，歌者之心亦愈浅。今所盛行者，皆私情谱耳。虽然，桑间、濮上[3]，《国风》刺之，尼父录焉，以是为情真而不可废也。山歌虽俚甚矣，独非郑、卫之遗欤？且今虽季世[4]，而但有假诗文，无假山歌，则以山歌不与诗文争名，故不屑假。苟其不屑假，而吾藉以存真，不亦可乎？抑今人想见上古之陈于太史者如彼，而近代之留于民间者如此，倘亦论世之林云尔[5]。若夫借男女之真情，发名教之伪药，其功于《挂枝儿》等[6]，故录《挂枝词》而次及《山歌》[7]。

墨憨斋主人题。

明崇祯刻本《山歌》卷首

注释

[1] 太史所陈：《礼记·王制》载：古代"太师陈诗以观民风"。太史，西周、春秋时掌管起草文书、记载史事等事的朝廷大臣。太师，周朝称乐官为"太师"。

[2] 权：势力，地位。

[3] 桑间、濮上：古地名。相传其地有男女幽会之习，流行淫靡音乐，故成为淫风、亡国之音的代称。

[4] 季世：末世。

[5] 论世之林：意谓考察世事的丰富资料。

[6]《挂枝儿》：又名《童痴一弄》，十卷，冯梦龙辑集。"挂枝儿"原为明万历后逐渐流行的一种民间时调小曲，先流行于中原，再传播到南方。

[7]《山歌》：又名《童痴二弄》，十卷，冯梦龙辑集。所录多为吴中一带城乡谣曲，卷十为桐城时兴歌。

说明

"采风""陈诗"之说表明，《诗经》中的列国之诗来自民间，但是，当三百篇被奉为儒家经典以后，尊重民间真诗已经被异化为"宗经"之观念。在以后的文学发展史上，虽然每个阶段都会有诗人为各自时代清新、朴素、机智的民歌风格所吸引，部分地将其掇入自己的诗歌创作中，但是，文人文学作为一个整体，却视民间文学(包括谣曲)为异质而加以排斥，表现出贵族化意识。

明代中期以后，这种情况得到改变。前后七子、唐宋派、公安派、竟陵派以及不少不入派的文人，都对民歌流露出热情，不仅对历史上的民歌，而且对周围口耳传唱的谣曲，都给予积极评价。他们往往从反对文人诗歌之虚假，反对道学之虚伪两个方面，肯定民歌敞述心腑，真情无饰。在这种文学气氛下，明代的民歌创作、搜集、整理，皆取得突出成就，以至卓珂月自豪地称：民歌为"我明一绝"(自陈宏绪《寒夜录》)。

冯梦龙为鼓吹当代民歌作出了卓越贡献。由于他编集了《挂枝儿》《山歌》，从而使明代民歌(主要是江南民歌)得以比较有效地保存。他附于有些歌谣之后的注释、说明、评语，对于理解作品、了解民风世俗，是第一手资料。他为《山歌》撰写的序文虽然简短，却深刻阐述了对民歌的看法，代表了晚明具有比较显明的市民意识的文学观念。

首先，冯梦龙对“民间性情之响”长期以来受到文人文学的抑制，“不得列于诗坛”深表不满。他认为，“荐绅学士家”所不道的“田夫野竖矢口寄兴”之作，虽然“俚甚”却是《诗经》之遗，是卓越的文学作品。其次，他分析由于受到正宗文学传统的轻视，而使“歌之权愈轻，歌者之心亦愈浅”，结果，“山歌”的创作形成了两个特点：其一，题材相对狭窄，所谓“今所盛行者，皆私情谱耳”。士大夫往往以传唱男欢女爱为由置民歌于不屑，而冯梦龙则以为，这本身便是民间创作遭受“荐绅学士”压抑而产生的后果。其二，真情毕露。民歌作者因毋须接受文人的种种清规戒律，也不屑与文人争长竞短，可以敞开歌喉，随心所欲地吟唱自己的真情真爱，故所作一片真声，全无假意。“但有假诗文，无假山歌。”如果承认“真”是文学的属性，显然，冯梦龙认为“山歌”比文人的“诗文”更具备这一条件。再次，他指出自己搜集、整理《挂枝儿》《山歌》，目的固然在于“存真”，更重要的是，欲“借男女之真情，发名教之伪药”，从而将文学批评的矛头直接指向伪道学，指向戕害自然人性的“名教”，冯梦龙文学观念的进步性由此凸显。同时，他从反抗“名教”的角度揭示表现“男女真情”的民歌的社会价值，深化了对民歌创作意义的认识。

古今小说叙

〔明〕绿天馆主人

史统散而小说兴[1]。始乎周季，盛于唐，而浸淫于宋。韩非、列御寇诸人[2]，小说之祖也。《吴越春秋》等书虽出炎汉[3]，然秦火之后，著述犹希。迨开元以降，而文人之笔横矣。若通俗演义，不知何昉？按南宋供奉局[4]，有说话人，如今说书之流，其文必通俗，其作者莫可考。泥马倦勤[5]，以太上享天下之养，仁寿清暇，喜阅话本，命内珰日进一帙[6]，当意，则以金钱厚酬。于是内珰辈广求先代奇迹及闾里新闻，倩人敷演进御，以怡天颜。然一览辄置，卒多浮沉内庭，其传布民间者，什不一二耳。然如《玩江楼》《双鱼坠记》等类[7]，又皆鄙俚浅薄，齿牙弗馨焉。暨施、罗两公[8]，鼓吹胡元，而《三国志》《水浒》《平妖》诸传，遂成巨观。要以韫玉违时，销熔岁月[9]，非龙见之日所暇也[10]。

皇明文治既郁[11]，靡流不波[12]，即演义一斑，往往有远过宋人者。而或以为恨乏唐人风致，谬矣。食桃者不费杏[13]，绨縠毳锦[14]，惟时所适。以唐说律宋，将有以汉说律唐，以春秋、战国说律汉，不至于尽扫羲圣之一画不止[15]，可若何？大抵唐人选言[16]，入于文心，宋人通俗，谐于里耳。天下之文心少而里耳多，则小说之资于选言者少，而资于通俗者多。试令说话人当场描写，可喜可愕，可悲可涕，可歌可舞，再欲捉刀[17]，再欲下拜，再欲决脰[18]，再欲捐金，怯者勇，淫者贞，薄者敦，顽钝者汗下。虽小诵《孝经》《论语》，其感人未必如是之捷且深也。噫，不通俗而能之乎？茂苑野史氏[19]，家藏古今通俗小说甚富，因贾人之请，抽其可以嘉惠里耳者，凡四十种，畀为一刻[20]。余顾而乐之，因索笔而弁其首。

绿天馆主人题。

福建人民出版社版《全像古今小说》卷首

注释

[1] 史统：编述史书的传统。

[2] 列御寇：即列子，战国郑人。《汉书·艺文志》著录《列子》八篇，已散佚。今存《列子》可能系晋人所托。

[3]《吴越春秋》：东汉赵晔撰。原书十二卷，今存十卷。叙吴自太伯至夫差、越自无余至勾践的史事。其材料主要采自史书，又增入不少民间传说。炎汉：汉朝。

[4] 供奉局：供奉为官职名，唐初设，专备应制。宋时供奉分为武官阶官和宦官阶官两种。又唐以后，以某种技艺侍奉帝王的人也称供奉。

[5] 泥马：借指宋高宗赵构。辛弃疾《南渡录》载：靖康之变，康王（赵构）质于金，以善射，金人以为是宗室之长于武艺者冒名为之，留之无益，遣还。康王奔窜至崔府君庙中卧下，神人托梦："金人将追至，速逃！"康王惊醒，见一马在侧，争驰渡江。渡江后，马不复动，原来是泥马。这便是民间传说的泥马渡康王故事。倦勤：指宋高宗于绍兴三十二年（1162年）传位给赵昚（孝宗）。

[6] 内珰：宦官的代称。珰，汉代宦官中充任武职者的冠饰。

[7]《玩江楼》：即《柳耆卿玩江楼记》，述柳永的故事。见于《清平山堂话本》。《双鱼坠记》：又名《孔淑芳双鱼扇坠传》。叙弘治间一富家子为化为美女的鬼魅所迷的故事。

[8] 施、罗两公：施耐庵、罗贯中。

[9]"韫玉"两句：说明作者不得志，借撰写小说消磨日子。韫玉，藏着的美玉，喻作者。

[10] 龙见（xiàn）：《易·乾》："见龙在田，利见大人。"后因以"龙见"指王者有才能，治国有政绩。此指治绩。

[11] 郁：文采明盛貌。

[12] 靡流不波：指各方面都好，无所不胜。

[13] 费："废"的谐音，意谓排斥。

[14] 絺（chī）：细葛布。縠（hú）：绉纱一类的丝织品。毳（cuì）：毛织品。锦：精致鲜艳的丝织物。

[15] 尽扫羲圣之一画：意谓全部回复到远古仅用一画书写的极简单状态。羲圣，指伏羲氏，相传他始画八卦，造书契。

[16] 选言：择言，措辞。

[17] 捉刀：此谓读者、听众受到通俗小说感染，勇气倍增，而欲握刀杀敌。

[18] 决脰（dòu）：断颈。

[19] 茂苑野氏：即绿天馆主人，也即冯梦龙。

[20] 畀（bì）：付与。

说明

冯梦龙编纂"三言"，对保存和传播宋元至明代的白话短篇小说起到重要作用。在"三言"的卷首，各冠有一篇序言，分别托名"绿天馆主人""无碍居士""可一居士”。据小说史家考证，多认为皆是冯梦龙的化名。

在《醒世恒言序》里，作者对“三言”的取名作了释义：“明者，取其可以导愚也。通者，取其可以适俗也。恒则习之而不厌，传之而可久。三刻殊名，其义一耳。”说明“言”虽分“三”，义则归一，那就是通俗而传远。这反映了白话小说繁盛以后，冯梦龙对这类文学作品特点的认识以及赞美的态度，其实也是他对文学通俗化发展方向的提倡和鼓吹。

他在这篇《古今小说序》中，首先简要地叙述中国小说发展演变的轨迹，即“始乎周季，盛于唐，而浸淫于宋”，最后大盛于明。他的叙述说明，中国小说的发展历史，不仅显示为作品由“希（稀）”而富的过程，同时也是一个由高雅的文言向通俗语言转变的过程。从这种小说史观出发，冯梦龙将通俗小说看作是小说发展的必然结果，而且视通俗小说为更有成就的作品，从而极大地提高了通俗小说的历史地位。这种认识在小说批评史上是进步，也更能够本质地反映小说发展史的实际。至于冯梦龙将通俗小说产生时代推断为南宋初，且以为是宫廷娱乐的一种文学形式，则未必确切。因为唐代已有通俗说话（有些是敷演文学故事）的形式，宋代进一步得到发展，表演场地也不限于宫廷，而普及至市井瓦舍。

正如诗文批评中有每况愈下的退化观，明代小说批评也存在后不如前、今不胜昔的论调。冯梦龙坚持后来居上论，反对倒退说。他认为宋代通俗小说具有唐代“选言”（指高雅的文言）小说莫备的优点，这当然是一种进步，而明代的通俗作品又“往往有远过宋人者”。说明小说史实际上就是一部小说创作的进步史。当然，冯梦龙也并不因为后人的成就而盲目菲薄古人，而是能够尊重历史发展的实际，肯定不同时期的小说皆是适合其时代情况而产生的，所谓“绨縠毳锦，惟时所适”。所以“食桃者不费（废）杏”的比喻，其实兼指以上两方面倾向而言。由于退化论是当时小说批评中对通俗小说的发展更有害的一种理论，冯梦龙在本序中予以更多驳诘，这也是事实。

冯梦龙的小说理论表现出一种大众观念。他反对用唐人小说的“风致”之美贬抑宋明通俗小说。其理由是：唐人小说适合于供文人雅赏，而通俗小说则“谐于里耳”；天下有文学修养的文人毕竟是少数，多的是无缘识字辨文的普通百姓，着眼于多数人，小说创作自当以通俗为主。他编纂通俗小说集，目的正是为了“嘉惠里耳”。此外，他肯定通俗小说具有儒家经典所无法比拟的感天动地、可歌可舞的艺术效果，这从一个侧面说明，他的通俗小说论也是一种以艺术审美为核心的大众接受理论。

曲品(选录)

〔明〕吕天成

作者简介

吕天成(1580—1618),字勤之,号棘津,别署郁蓝生,余姚(今属浙江)人。万历间诸生。受外家影响,吕天成自小嗜声律、戏曲。曾师事沈璟,与王骥德为至交。擅长戏曲创作,其传奇“始工绮丽,才藻烨然;后最服膺词隐(沈璟),改辙从之,稍流质易,然宫调、字句、平仄,兢兢毖慎,不少假借”(王骥德《曲律》卷四《杂论》)。经十余年三易其稿,撰成《曲品》二卷。对元末、明代南戏与传奇作家作品作了载录、评述和品第,理论上则对沈、汤之争作了总结,提出“守词隐先生之矩矱,而运以清远道人(汤显祖)之才情”的“双美”观。著有《烟鬟阁传奇十种》等及杂剧多部,绝大多数已经失传。另著有小说数种。

自昔伶人传习,乐府递兴。爨段初翻[1],院本继出[2],金、元创名杂剧,国初演作传奇。杂剧北音,传奇南调。杂剧折惟四,唱止一人,传奇折数多,唱必匀派。杂剧但摭一事颠末,其境促.传奇备述一人始终,其味长。无杂剧则孰开传奇之门?非传奇则未畅杂剧之趣也。传奇既盛,杂剧浸衰,北里之管弦播而不远[3],南方之鼓吹簇而弥喧[4]。国初名流,曲识甚高,作手独异,造曲腔之名目,不下数百,定曲板之长短,不淆二三。乍见宁不骇疑,习久自当遵服。所谓规矩设矣,方员因之[5]。数其人,有大家、名家之别,按其帙,有极老、半旧之分。赏其绝技,则描画世情,或悲或笑,存其古风,则凑拍常语[6],易晓易闻。有意驾虚,不必与实事合,有意近俗,不必作绮丽观。不寻宫数调,而自解其弢[7],不就拍选声,而自鸣其籁。质朴而不以为俚,肤浅而不以为疏。商彝周鼎,古色照人,玄酒太羹,真味沁齿。先辈钜公,多能讽咏,吴下俳优,尤喜掇串[8]。予虽不遵古而卑今,然须溯源而得委,仿之《诗品》[9],略加诠次,作《旧传奇品》[10]。

博观传奇，近时为盛。大江左右，骚雅沸腾，吴、浙之间，风流掩映。第当行之手不多遇，本色之义未讲明。当行兼论作法，本色只指填词。当行不在组织饾饤学问，此中自有关节局概[11]，一毫增损不得，若组织正以蠹当行。本色不在摹勒家常语言，此中别有机神情趣，一毫妆点不来，若摹勒正以蚀本色。今人不能融会此旨，传奇之派，遂判而为二：一则工藻缋少拟当行，一则袭朴澹以充本色。甲鄙乙为寡文，此嗤彼为丧质。殊不知果属当行，则句调必多本色，果其本色，则境态必是当行。今人窃其似而相敌也，而吾则两收之。即不当行，其华可撷，即不本色，其朴可风。进而有宫调之学。类以相从，声中缓急之节，纷以错出[12]，词多礉戾之音[13]。难欺师旷之听，莫招公瑾之顾。按谱取给，故自无难；逐套注明[14]，方为有绪。又进而音韵平仄之学。句必一韵而始协，声必迭置而后谐。响落梁尘，歌翻扇底。昧者不少，解者渐多。又进而有八声阴阳之学[15]。吹以天籁，协乎元声。律吕所以相宣，神人用以允翕[16]。抑扬高下，发调俱圆，清浊宫商，辨音最妙。此韵学之巨典，曲部之秘传，柳城启其端[17]，方诸阐其教[18]。必究斯义，厥道乃精，考之今人，褎如充耳[19]。《广陵散》已落人间[20]，《霓裳曲》重翻天上[21]。后有作者，不易吾言矣。嗟乎，才豪如雨，持论不得太苛，曲广如林，抡收何忍过隘[22]？僭分九等，开列左方。入吾品者，可许流传，轶吾品者，自惭腐秽。作《新传奇品》[23]。

此二公者[24]，懒作一代之诗豪，竟成千秋之词匠，盖震泽所涵秀而彭蠡所毓精者也[25]。吾友方诸生曰："松陵具词法而让词致，临川妙词情而越词检。"[26]善夫，可谓定品矣。乃光禄尝曰："宁律协而词不工，读之不成句，而讴之始叶，是曲中之工巧。"[27]奉常闻之，曰："彼恶知曲意哉，予意所至，不妨拗折天下人嗓。"[28]此可以观两贤之志趣矣。予谓二公譬如狂狷，天壤间应有此两项人物。不有光禄，词硎不新，不有奉常，词髓孰抉？倘能守词隐先生之矩矱，而运以清远道人之才情，岂非合之双美者乎？而吾犹未见其人，东南风雅蔚然，予且旦暮遇之矣。予之首沈而次汤者，挽时之念方殷，悦耳之教宁缓也。略具后先，初无轩轾。允为上之上。

（卷上）

中国戏剧出版社版中国戏曲研究院编《中国古典戏曲论著集成》

注释

[1] 爨(cuàn)段：简短的演出戏本。爨，宋杂剧、金院本中某些简短表演的名称，亦谓演剧。

[2] 院本：金元时，行院（妓院）演唱用的戏曲脚本，体制与宋杂剧同，是北方的宋杂剧向元杂剧过渡的形式。共五人上演，又称“五花爨弄”。作品已失传。

[3] 北里之管弦：此借指北杂剧。北里，唐代长安平康里在城北，故称北里。歌妓多居于此。

[4] 南方之鼓吹：此借指南传奇。

[5] 员：同“圆”。

[6] 凑拍：汇集。

[7] 自解其弢(tāo)：谓不受宫调格律束缚。弢，弓袋，亦指束缚。

[8] 掇串：搬演。

[9]《诗品》：钟嵘撰。辨别诗家渊源关系为该著重要的特点之一。

[10]《旧传奇品》：《曲品》评明代嘉靖以前的作家、作品，分为神、妙、能、具四品，称为《旧传奇品》。

[11] 关节局概：指符合戏曲结构要求的布局。

[12] 纷以错出：杂乱无序。

[13] 礉(hé)戾：激厉、乖戾。礉，通“激”。

[14] 套：指套曲。

[15] 八声阴阳之学：指吐字发音分别阴阳。

[16] 允翕：和洽一致。

[17] 柳城：孙如法别墅名。此指孙如法(1559—1615)，字世行，号俟居，余姚（今属浙江）人。吕天成舅父。万历十一年(1583年)进士，官刑部主事，谪潮阳典史。精通声律。

[18] 方诸：王骥德。

[19] 褎(yòu)如充耳：语见《诗经·邶风·旄丘》，塞耳不闻。褎如，塞耳貌。

[20]《广陵散》：琴曲名。嵇康临刑前，弹至终曲，叹道："《广陵散》于今绝矣！"

[21]《霓裳曲》：即《霓裳羽衣曲》，传自西凉，经唐玄宗润色，更为今名。

[22] 抡收：选取。

[23]"僭分九等"七句：吕天成将隆庆、万历以来的作家、作品，分为上上、上中、上下、中上、中中、中下、下上、下中、下下九品，称为《新传奇品》。

[24] 二公：指沈璟、汤显祖。

[25] 震泽：即今江苏太湖。沈璟家乡近太湖，故云。彭蠡：即今江西鄱阳湖。汤显祖江西人，故云。

[26]"吾友方诸生曰"三句：王骥德《曲律》卷四："临川之于吴江，故自冰炭。吴江守法，斤斤三尺，不欲令一字乖律，而毫锋殊拙；临川尚趣，直是横行，组织之工，几与天孙争巧，而屈曲聱牙，多令歌者齰舌。"松陵，吴江县的别称。因五代吴越建县前，为吴县松陵镇地，故名。检，格式法度。

[27]"宁律协而词不工"四句：亦见王骥德《曲律》引录，末句作"是为中之之巧"。按沈璟此论，出于何良俊《四友斋丛说》卷三十七《词曲》，沈璟强调声律，更加变本加厉。

[28]"彼恶知曲之哉"三句：汤显祖《答孙俟居》："曲谱诸刻，其论良快，久玩之，要非大了者。庄子云：'彼乌知礼意。'此亦安知曲意哉。……弟在此自谓知曲意者，笔懒韵落，时时有之，正不妨拗折天下人嗓子。"

说明

列品第，溯源流，这种著作体例运用于诗歌批评有钟嵘《诗品》，运用了书法绘画批评有庾肩吾《书品》、谢赫《画品》。吕天成从中得到借鉴，以繁荣而又复杂的明剧坛为研究对象，对戏曲家和戏曲作品（主要是南传奇）进行分等和品评，也作一定的源流关系的说明，撰成《曲品》一书。这一批评体例就戏曲而言，带有一定的开创性，对稍后的祁彪佳《远山堂曲品》《远山堂剧品》有一定启发。

吕天成曲学的形成，既有受外家（外祖孙鑛、舅父孙如法）熏陶的因素，也有受师友（如沈璟、王骥德）启发的影响。他对戏曲创作某些基本问题的看法，则又与他总结和思考沈、汤之争（或称吴江派与临川派之争），汲其长而避其短，有十分密切的关系，与王骥德的曲论有相当的一致性，从而形成浙派戏曲批评一些共同特点。

他善于从对峙的主张中抉出双方合理因素而加以综合。沈璟是他尊敬的曲学老师，对沈璟重声律的主张，他衷心赞成，但是对沈璟"宁律协而词不工"，只要叶律，不妨“读之不成句”，如此极端之论，他显然愿意保持距离。汤显祖在与吴江派争辩时，对戏曲声律格式的严苛性表示强烈不满，迸出一句“不妨拗折天下人嗓”的激愤话，为吕天成所无法接受，但是他对汤显祖戏曲创作的实际成就评价很高，对他重“曲意”的主张深表赞同。吕天成认为，“天壤间”绝不可缺少像汤、沈这样两类“狂狷”型的戏曲家和戏曲批评家，他们各自作为个体已具有不朽的价值，皆足以推动戏曲积极发展。在作了这样的评价之后，他又提出了更高的、理想化的要求，“倘能守词隐先生之矩矱，而运以清远道人之才情，岂非合之双美者乎?”沈、汤对立，经过吕天成整合，变成了“矩矱”与“才情”“双美”齐擅的戏曲思想。在晚明后期的戏曲批评中，极端、偏激之见逐渐为折中、温和的取向所替代，采藻与质朴、曲律与曲意、场上与案头，两擅其美的呼吁日高而成为曲坛的主流，而这一切在很大程度上又是以调和沈、汤之争为前提。吕天成既是这种潮流的迎合者，又是它重要的促成者。

对于戏曲批评中盛行的“当行”“本色”之说，吕天成有自己的一些新的理解和要求。他以为“当行”“本色”虽然皆指戏曲创作整体特征而言，其实两者司职有所偏重，“当行兼论作法，本色只指填词”。本色是对唱词的要求，当行则兼指戏曲作品的整体艺术构思，尤其突出设置戏曲关目情节的重要性。他持“当行”之说，反对“组织饾饤学问”而提示对“关节局概”的注意，持“本色”之见，反对片面“摹勒家常语言”而强调“机神情趣”的重要。这些对“当行”“本色”论的含义有所丰富。由于人们对“当行”和“本色”有一种理解，就是以“藻缋”为当行，以“朴澹”为本色，因而“当行”与“本色”的不同又演化为尚“文”与重“质”之争，“甲鄙乙为寡文，此嗤彼为丧质”。对于这两派，吕天成依然站在综合的立场上，反对“相敌”，主张“两收”，“即不当行，其华可撷，即不本色，其朴可风”。这反映出吕天成一以贯之的取长补短、折中合一、不趋极端的批评态度。

答陈人中论文书

〔明〕艾南英

作者简介

艾南英(1583—1646)，字千子，号天佣子，东乡(今属江西)人。天启四年

(1624年)始中举,以对策有讥刺魏忠贤语,罚停三科。崇祯初诏许会试,卒不第。明亡,入闽,见唐王,陈《十可忧疏》,授兵部主事,改御史,不久卒于延平。艾南英疾场屋文腐烂,与同郡罗万藻、章世纯、陈际泰以兴起斯文为己任。他负气陵物,喜辩争。论文的主张与唐宋派近似,持由唐宋入秦汉之说,反对秦汉派,与陈子龙趣尚相左而引发了一场艾、陈之争。他又主张以古文为时文,作为针砭时文弊端的良方,这也是他开展古文批评的实用目的之一。艾南英惯以选文掎摭利病,影响风气。曾编《历代诗文》《皇明古文定》示人规范(见艾南英《再与周介生论文书》),又编《文剿》《文腐》以攻七子,《文戏》《文妖》以刺公安、竟陵,《文冤》以斥谀墓之作,犀利、激切而不无偏颇。著有《天佣子集》《艾千子全稿》。

人中足下[1],向在娄江舟中[2],彝仲示我足下时艺数首[3],不佞读之,颇觉落想异人,虽中间操纵未纯,然度为此不难。及在舟中,见足下谈古文,辄诋毁欧、曾诸大家,而独株株守一李于鳞、王元美之文,以为便足千古。其评品他文,皆未当。不佞心窃叹。足下少年,未尝细读古今人之书,而颠倒是非,需之十年后,足下学渐充,心渐细,渐见古人深处,必当翻然悔悟,目前不必与之诤也。及足下行后,则从友人得见足下所为《悄心赋》,乃始笑足下向往如是耶。此文乃昭明《选》体中之至卑至腐,欧、曾大家所视为臭恶而力排之者。不佞十五六岁时,颇读昭明《文选》,能效其句字。二十岁后,每读少作,便觉羞愧汗颜。而足下乃斤斤师法之,此犹蛆之含粪以为香美耳。故张口骂欧、曾,骂宋景濂,骂震川、荆川[4]。足下所宝持如是,不足怪也。及使者来,发足下书,本欲置之不辨,然不佞怜足下之才,而又哀足下之未学,悯足下之堕落,则不得不正告足下。足下书甚冗,然其大意,乃专指斥欧、曾诸公,以为宋文最近,不足法,当求之古。而其究竟,则归重李于鳞、王元美二人耳。何足下所志甚大,而所师甚卑也。

足下谓宋之大家,未能超津筏而上。又谓欧、曾、苏、王之上,有左氏、司马氏,不当舍本而求末。夫足下不为左氏、司马氏则已,若求真为左氏、司马氏,则舍欧、曾诸大家,何所由乎?夫秦、汉去今远矣,其名物、器数、职官、地里、方言、里俗,皆与今殊,存其文以见于吾文,独能存其神气耳。役秦、汉之神气而御之者,舍韩、欧奚由?譬之于山,秦、汉则蓬山绝岛也[5]，去今既远，犹之有大海隔之也，则必借舟楫焉，而后能至。夫韩、欧者，吾人之文所由以至于秦、汉之舟楫也。由韩、欧而能至于秦、汉者，无他，韩、欧得其神气而御之耳。若仅取其名物、器数、职官、地里、方言、里俗，而沾沾然遂以为秦、汉，则足下之所极赏于元美、于鳞者耳。不佞方由韩、欧以师秦、汉，足下乃谓不当舍秦、汉而求韩、欧，不佞方以得秦、汉之神气者尊韩、欧，而足下乃以窃秦、汉之句字者尊王、李，不亦左乎？

足下曰：舍舟不登，而取舟中之一舰一橹，濡裳而泳之，曰吾不藉津筏而舟渡也，不可也。以为藉韩、欧而至《史》《汉》，犹之乎一舰一橹也。是不然。我既得其神而御之矣，何津筏之有？昌黎摹史迁，尚有形迹，吾姑不论。足下试取欧阳公碑志之文及《五代史》论赞读之，其于太史公，盖得其风度于短长肥瘠之外矣，犹当谓之有迹乎？犹谓之不能径渡乎？若乃窃《史》《汉》之句字，自以为《史》《汉》在是矣，是今之王、李，乃足下所谓一舰一橹舟中之一物耳。

足下又曰：宋文好新而法亡，好易而失雅。夫文之法最严，孰过于欧、曾、苏、王者？荆川有言曰："汉以前之文，未尝无法，而未尝有法，法寓于无法之中，故其为法也，密而不可窥。唐与宋之文，不能无法，而能毫厘不失乎法，以有法为法，故其为法也严而不可犯。"[6]予尝三复，以为至言。然不佞极推宋大家之文，以其有法。而其稍病宋大家之文，亦因其过于尺寸铢两、毫厘不失乎法，视《史》《汉》风神如天衣无缝，为稍差者，以其法太严耳。宋之文由乎法，而不至于有迹而太严者，欧阳子也，故尝推为宋之第一人。不佞方以法太严稍病宋人，而足下谓其无法，足下读古人书潦草如此，不亦可笑乎？若乃王、李之文，徒见夫汉以前之文，似于无法也，窃而效之，决裂以为体，饾饤以为辞，尽去自宋以来开阖首尾、经纬错综之法，而别为一种臃肿窘涩浮荡之文，其气离而不属，其意卑，其语涩，乃真无法之至者。而足下以为有法，可乎？

足下以赋病宋人，诚是矣。然天下安有兼材，必欲论赋，则奚独宋人？自屈平而后，汉赋已不如矣，楚以下皆可病也。然则足下《悄心赋》，何不直登屈氏之堂，而乃甘退处于六朝，排对填事、柔靡粉泽如是，而讥宋赋，恐宋人不受也。宋之记诚有如赋如文者，然亦其一二耳。以此而病全宋，是犹见燕、赵之丑妇，而遂谓北方无美女，见吴之粗缯败絮，而遂谓江南无美锦等耳。如是而以变乱古法罪宋人，宋人不受也。足下又引李于鳞之言曰，宋人"惮于修辞，理胜相掩"[7]，以为宋文好易之证。然予则曰：孔子云"辞达而已矣"[8]，未闻辞之碍气也。辞之碍气，为东汉以后骈丽整齐之句言耳。彼以句字为辞，而不知古之所谓辞命辞章者，指其首尾结撰，而通谓之辞，非如足下之以矜句饰字为辞也。故曰："辞尚体要"[9]，则章旨之谓也。

足下必以好易病宋，而以文之最者必难，遂谓《易经》时代最上古，其文最难，《书》《诗》次之，《春秋》又次之，《礼经》出汉儒，故其文最条达，居六经末。以是为经之差等，以是为时代之升降，审如此，足下误矣。足下云：《易》修辞最难，时代最古，故文最高，《书经》次之。足下读书梦耶？醉耶？《易》虽自伏羲，然一画耳，未有文字，彖爻辞皆文王、周公，故谓《周易》。《尚书》自尧、舜始，次夏，次商，乃至周，去文、周彖爻辞，乃在千岁之前，足下谓《书》在《易》后，时代稍后，文遂稍不难，而次于《易经》，何谬至此也。且《易》之为经，原由象数，其体自与众作异。若果以难为胜，则周公之书如《洛诰》《召诰》《大诰》《多士》《多方》《立政》，及大小《雅》《颂》等书，当时何不并作爻辞体，尽取初九、初六、潜龙、牝马之说入之耶[10]？

足下又谓《礼经》出汉人，故文最条达，以为文之高者必难，卑者必易，时代远者必难，近者必易之证。如此，则何必汉儒《礼》传也，孔子、孟子，可谓条达矣。孟子想足下所不屑，至于孔子，足下宜稍恕之，得无以条达，遂为《论语》病耶？抑足下生平不悦宋儒，遂并孔子《论语》视同宋儒语录，不复论其文耶？抑可谓孔子生春秋时，故其文遂不及《易经》，不及《书》《诗》耶？且孔子、左丘明同为春秋人，而《论语》条达不同《左传》，何也？又不同后之《公羊》《谷梁》，何也？然且无论《论语》，即《易经》上下《系传》，皆出孔子，其语皆条达不似文、周彖爻，则足下亦将抹去孔子《系辞》不入《易经》，独存文、周彖爻辞耶？文各有所主，各有时代，唐、宋之不肯袭秦、汉句字，犹孔子之语必不为《易》《书》《诗》也。如此论文，足下必当以杨雄《太玄》、唐樊宗师、宋刘几之文为最矣[11]。无怪足下之贸贸然无所之也。然足下所尊奉空峒、凤洲[12]，乃正、嘉近时人，则似不必远语上古也。

足下又云：唐后于汉，故唐文不及汉；宋后于唐，故宋文不及唐。如此则我明便当不及宋，又何以有陈人中？又何以有人中嘐嘐然所尊奉之王、李耶[13]？宋之诗诚不如唐，若宋之文则唐人未及也。唐独一韩、柳，宋自欧、曾、苏、王外，如贡父、原父、师道、少游、补之、同甫、文潜、少蕴数君子[14]，皆卓卓名家。愿足下闭户十年，尽购宋人书读之，然后议宋人未晚也。

足下又云：江之行，滟滪最难[15]，势最奇，至于海则平易坦直，得金、焦障之[16]，以比功北地、济南[17]，为能与水争顺流反逆之势。呜呼，是何谬耶。夫今之论文者，譬之论水，不必论瞿塘[18]，不必论金、焦，当论其有源耳。江水惟有源故，至瞿塘而能险激，至金、焦而能洄洑，至海而能汪洋浩渺，鱼龙百怪。学之有源者，何不可之有？自北地、济南之文出，学者束书不观，止取《左》《国》《史》《汉》句字名物，编类分门，率尔成篇，套格套辞，浮华满纸，如今市肆卖寿轴、祭文文字者然[19]。足下以为北地、济南之文难耶？易耶？与水争势顺流耶？逆流耶？使其势难，其文奇，则不应无限代笔秀才供应衙门，皆能效之也。然则，吾将反足下之言而告足下曰：献吉、于鳞、元美，譬则儿童也，群从而嬉甚乐也，父师督责之以诗书，则蹙额相向，何则？束于法也。彼畏宋人首尾开阖、抑扬错综之严，而不能为也；畏宋人之古质朴淡，所谓如海外奇香，风水啮蠋[20]，木质将尽，独真液凝结，而不能为也。国无法则乱，家无法则哗，故即以此语劝人中，立身立文，于圣贤礼义之中而已。

足下又痛诋当代之推宋人者，如荆川、震川、遵岩三君子[21]。嗟乎，古文至嘉、隆之间，坏乱极矣。三君子当其时，天下之言不归王则归李，而三君子寂寞著书，傲然不屑，受其极口丑诋，不少易志，古文一线得留天壤，使后生尚知读书者，三君子之力也。足下何故而苛求之。其文纵不能如韩如欧，乃遂不如王、李受足下一盼耶？且足下于三君子中，稍恕遵岩，谓其少师秦、汉，此言亦谬矣。遵岩少时抄袭秦、汉句字，其后悔之，乃更作古文，其少作今无一字在集中矣，足下何从见之？遵岩以其少作为臭腐，而足下追叹之，然则足下乳臭时，更胜足下今日耶？至于宋景濂，佐太祖皇帝定制度，修前史，当时大文字皆出其手，我朝文章大家，自当首推其文。或以应制，故不甚畅其所言，或一二率尔应酬，出自门人编录者，则诚有之。要之师摹欧、曾，不可诬也。足下姑取其序、记、传之佳者读之，可及乎？不可及乎？景濂虽未足尽我明之长，然自今论之，未见有胜景濂者。而足下又痛诋之，何也？震川集愿足下迟迟其论，足下学至震川，文至震川时，驳之未晚，今恐尚悬绝。

足下之论止此，故答足下亦止此。计足下之病源，皆由古文二字，业于彝仲书中言古文之详，不再述也。足下骄稚豢养[22]，不能远从明师。足下之乡有娄子柔、陈仲醇两公[23]，虽未得韩、欧之深，然皆能言其本末。足下备贽往请为师，得其一言，昼夜思之，思无越畔，然后读书十年，徐徐与不佞论文，未为晚也。

清康熙刻本《天佣子集》卷一

注释

［1］人中：陈子龙。

［2］娄江：又名浏河，在江苏太仓境内。

［3］彝仲：夏允彝，字彝仲，松江华亭（今属上海市）人。崇祯十年（1637年），进士。与陈子龙等结几社。清兵下江南，起兵反抗，事败，赋《绝命辞》自投深渊以死。

［4］宋景濂：宋濂。震川：归有光。荆川：唐顺之。

［5］蓬山：即蓬莱山。相传为海中神山，仙人所居之处。

［6］“荆川有言曰”十二句：引文出自唐顺之《董中峰侍郎文集序》。

［7］“足下又引李于鳞之言曰”三句：李攀龙《送王元美序》：“今之文章，如晋江、昆陵二三君子，岂不亦家传户诵，而持论太过，动伤气格，惮于修辞，理胜相掩。”实评王慎中、唐顺之等唐宋派文章，此以为评宋文，有误。

[8] 辞达而已矣：语出《论语·卫灵公》。

[9] 辞尚体要：语出《尚书·毕命》。孔颖达疏："言辞尚其体实要约。"

[10] 初九初六：《周易》六十四卦三百八十四爻中，以数字"九"代表阳爻，故凡是阳爻居卦下第一位者，均称"初九"。以数字"六"代表阴爻，故凡是阴爻处卦下第一位者，均称"初六"。潜龙：《易·乾》："初九，潜龙勿用。"喻阳气潜藏。牝马：《易·坤》："利牝马之贞。"牝，雌性。牝马为驯顺之物，故取作喻象，意谓利于像雌马般柔顺地守持。

[11]《太玄》：扬雄仿《易经》作《太玄》，文辞艰涩。樊宗师：唐散文家，文风诙奇险奥，流于怪僻，刘几：字之道，改名辉，宋铅山（今属江西）人，为文好作怪险语。

[12] 空峒：即空同，李梦阳。凤洲：王世贞。

[13] 嘐嘐（xiāo）：形容志大而言夸。

[14] 贡父：刘攽（1023—1089），字贡父，临江新喻（今江西新余）人。庆历进士，官至中书舍人。助司马光修《资治通鉴》，专任汉代部分。又有《彭城集》《公非先生集》等。原父：刘敞（1019—1068），字原父，号公是，临江新喻（今江西新余）人。庆历进士，官翰林学士、集贤学士，判南京御史台。学问渊博，尤长于《春秋》之学。有《公是集》。师道：陈师道。少游：秦观。补之：晁补之（1053—1110），字无咎，巨野（今属山东）人。元丰进士。政论文切实而流畅。有《鸡肋集》《晁氏琴趣外篇》。同甫：陈亮。文潜：张耒。少蕴：叶梦得。

[15] 滟滪：即滟滪堆，长江瞿塘峡口的险滩，在今重庆市奉节东。1958 年整治航道时已炸平。

[16] 金、焦：金山、焦山，在今江苏镇江市东北长江中，互相对峙。

[17] 北地：指李梦阳。济南：指李攀龙。

[18] 瞿塘：即瞿塘峡，为长江三峡之首。两岸悬崖壁立，流急山险。参见注[15]。

[19] 寿轴：为祝寿用的装裱或卷轴的字画。

[20] 啮蠲：犹"啮蚀"，侵蚀。

[21] 遵岩：王慎中。

[22] 业：已经。于彝仲书：指艾南英《答夏彝仲论文书》《再答夏彝仲论文书》，收于《天佣子集》卷二。

[23] 娄子柔：娄坚，字子柔，嘉定（今属上海市）人。明隆庆、万历间贡士。工诗、画。与唐时升、程嘉燧、李流芳合称"嘉定四先生"。著有《学古绪言》《吴歈

小草》。陈仲醇：陈继儒(1558—1639)，字仲醇，号眉公，华亭(今上海市松江)人。隐居家乡。精书画，善鉴别，诗文为时所称。著有《陈眉公全集》。

说明

此文原题下注曰："戊辰冬寓嘉定作。"戊辰为崇祯元年(1628年)，嘉定今属上海。陈子龙自撰年谱崇祯元年谱载："秋，豫章孝廉艾千子有时名，甚矜诞，挟谖诈以恫喝时流，人多畏之。与予晤于娄江之弇园，妄为秦汉之不足学，而曹、刘、李、杜之诗，皆无可取。其詈北地诸公尤甚，众人皆唯唯。予年少在末坐，摄衣与争，颇折其角。彝仲辈稍稍助之，艾子诎矣。然犹作书往返，辩难不休。"这颇有助于对艾南英此信的解读。

散文宗秦汉与宗唐宋之争，至明末文坛已成为一个逐渐淡出的问题。这是因为先经由性灵小品转移文人的视线，后又由于日益艰危的时势迫使文人更多地去关心现实本身，散文宗取问题在文人心目中的重要性已经大不如从前。再则，既然争论双方皆不足以完全驳倒对手，而争论的结果适足证明秦汉、唐宋散文皆有不朽的价值，因此，调和之论渐渐流行，这也在悄悄改变散文宗取对峙的局面。

从这样的发展趋势来看待明崇祯初年发生于陈子龙、艾南英之间的一场散文宗取之争，其实只是明中期以来秦汉派与唐宋派争论的余波。由于各自都难有更多新的理论推进，因此必然使论争的意义受到许多限制；由于议题已经失去了众多文人参予的兴趣，其影响也难以与从前相比。

艾南英在这篇《答陈人中论文书》中列出双方的论点和驳论点。陈子龙认为，文宗唐宋是"舍本而求末"；"宋文好新而法亡，好易而失雅"；文章后不如前，宋不及唐。艾南英对此一一作了驳斥，着重肯定宋文的典范意义，"若求真为左氏、司马氏，则舍欧、曾诸大家，何所由乎？""夫韩、欧者，吾人之文所由以至于秦、汉之舟楫也。"他认为所谓学秦汉，并非字摹句拟，而是指"得其神气而御之"，写"吾"自己之文，指出唐宋散文成功的经验在此。他对宋文平易朴淡风格、"以有法为法"，均作出高度评价，肯定文学发展，否定退化说。

在与陈子龙论争中，艾南英还提出，"今之论文"，"当论其有源"。以长江为比喻。"江水惟有源故，至瞿塘而能险激，至金、焦而能洄洑，至海而能汪洋浩渺，鱼龙百怪"。认为"学之有源"，其文"何不可之有"。以重学、求源、多读书，作为针砭浮华、格套、率尔成篇之文弊的良方，这与明清之际及以后推崇学问的趋势是相吻合的。艾南英在文中也提出了将宋文之法与“《史》《汉》风神如天衣无缝”更加密切结合的要求，这反映他对唐宋派创作艺术上进一步完善的期待。这些方面，有一定新意；尤其是重“源”说，在明清文学思潮的转变中，具有一定的前瞻意义。

万茂先诗序

〔明〕谭元春

作者简介

谭元春(1586—1637)，字友夏，号鹄湾，别号蓑翁，竟陵(今湖北天门)人。天启元年(1621年)为贡生，七年(1627年)应乡试第一，崇祯十年(1637年)入京应试，殁于途中。曾与弟元声、元礼、元亮一起参加复社。二十多岁时与钟惺结交，善诗文，世并称“钟谭”。他早岁写诗摹拟“《选》体”，“回翔于古诗、近体之间”(谭元春《序操缦草》)，二十五岁以后才逐渐确立自己面目，抒写“孤意”“孤怀”，语言瘦硬危峭，意境新奇幽渺。他的创作主张与钟惺基本一致，然对钟惺作诗多用虚词曾提出批评。晚年，更对追随者过求“幽寒”进行针砭。谭元春与钟惺合评《诗归》，著有《岳归堂新诗》《鹄湾文草》《岳归堂已刻诗选》等，后人将其编为《谭友夏合集》。

闻茂先之名者十年矣[1]。人称其至性深淳，笃实而有光，深思好学，不知倦怠，古今高深之文，聚为一区，而性灵渊然以洁，浩然以赜，且为吾辈同调。及予过蠡浮贡[2]，舟未息櫂，遇一黄冠[3]，问此中人士，黄冠即应声曰：“万先生，万先生。”予心知其为茂先也，怪之，何其名至是？其后延接友朋，所称茂先者，亦谓其与吾辈调同。而人地之美，如予家居十年所闻者，但益以奖来学，抑薄俗，即缁素童孺之长一技有韵[4]，必令其闻于人人而后快，以是名益重如是，则尤文士所难也。予观茂先良然，而独所谓同调者，茂先不受，予亦不为茂先受之。盖吾辈论诗，止有同志，原无同调。

客因问曰："志与调若是殊乎?"予曰：非但殊而已也。调者，志之仇也。有志之士，原本初古，审己度物，清而壮，壮而密，常以内行醇备，中坚外秀，发为自不犹人之言，而其途无所不经。则试取古人之诗而尽读之，志无人不同，调无人同。陶淡谢丽，其佳处不同，元轻白俗，其累处亦不同。譬如人相知，贵知其所不足，因而济之，岂在衣履同、笑哭同哉？夫茂先之诗，如钟鼓声中报晴，如大江海中，扁舟泛泛，又如冠进贤不俗之人，又如数十百人持斧开山，声振州郡，而其实则幽人山行也，此岂吾辈声调所有哉？而至其原本古音，审度物我之志，茂先无纤毫不与予同，则何也？所谓志也。然则十年间称茂先不容口者，恐亦不能与黄冠之称争其深浅已。

明崇祯六年(1633 年)张泽刻本《新刻谭友夏合集》卷九

注释

[1] 茂先：万时华，字茂先，南昌(今属江西)人。复社成员。著有《溉园集》。

[2] 蠡：指太湖。相传春秋越范蠡晚年隐居于此，故名。贡：当为江西南昌附近一地名，具体不详。

[3] 黄冠：道士所戴束发之冠。因以为道士别称。

[4] 缁(zī)素：指僧俗。僧徒穿缁，俗人服素，故称。缁，黑色。

说明

谭元春论诗文创作，如同钟惺一样，提倡"信心"，反对"共趋"。"共趋"是明代文人的一种风气，一种主张产生了，大家竞相附从，不求创新，舍己随人。钟惺、谭元春称袁宏道是李攀龙的功臣，因为袁氏改变了人人皆步趋李攀龙的状况，他们自己又要做袁氏的功臣，以改变举世化为袁氏影子的情势。非唯如此，当钟、谭名盛，文坛又掀起学"幽深孤峭"之风时，他们又担忧这会酿成新的流弊，而尽力加以劝止。如钟惺听说有人张扬"竟陵一脉"，并"有拟钟伯敬体者"，深表忧虑(见钟惺《潘稚恭诗序》)。谭元春《万茂先诗序》则进而阐述文学创作和文学批评应有的态度，反对一切摹拟、归同的主张，包括反对摹拟竟陵体、归同于钟谭一路的派内人意见。

他明确提出:"吾辈论诗,止有同志,原无同调。""同志"就是要求对创作抱一种"审己度物""发为自不犹人之言,而其途无所不经"的态度;"同调"则满足于表面的"衣履同,笑哭同",视写作如鹦鹉学舌。谭元春据诗歌史而断言,凡有成就的诗人,"志无人不同,调无人同"。比如"陶淡谢丽,其佳处不同,元轻白俗,其累处亦不同"。联系竟陵派以"求古人真诗"为最根本的创作口号,谭元春的"有同志""无同调"论,其实是强调诗歌应当表现千古相承、独行而不侔俗的"孤诣""孤怀",而作品的声采格调,面貌风格,则应当林林总总,万样千般。他形容万茂先诗歌"如钟鼓声中报晴,如大江海中,扁舟泛泛,又如冠进贤不俗之人,又如数十百人持斧开山,声振州郡,而其实则幽人山行也"。这是以幽邃淡寂为"志",以宏大高响为"调"的个人诗风,与"钟谭体""志"同"调"异。谭元春以"志"论诗,将它视为与竟陵一体之作,这也说明,竟陵派就其诗论而言,对"调"的包容性其实还是比较宽的。

诗镜总论(选录)

〔明〕陆时雍

作者简介

陆时雍(生卒年不详),字仲昭,桐乡(今属浙江)人。崇祯六年(1633年)贡生。编选《古诗镜》三十六卷、《唐诗镜》五十四卷,二集前有总论一篇,述论诗大旨,单行称《诗镜总论》。陆时雍论诗重情灵、神韵、真素,反对刻意过求,琢削磨砻,失自然生趣。他的选诗和评诗,颇为清人所称道,《四库全书总目》论《古诗镜》《唐诗镜》"采摭精审,评释详核,凡运会升降,一一皆可考见其源流。在明末诸选之中,固不可不谓之善本矣。"

诗有灵襟,斯无俗趣矣,有慧口,斯无俗韵矣。乃知天下无俗事,无俗情,但有俗肠与俗口耳。古歌《子夜》等诗,俚情亵语,村童之所赧言,而诗人道之,极韵极趣。汉《铙歌》乐府,多窭人乞子儿女里巷之事,而其诗有都雅之风[1]。如"乱流趍正绝"[2],景极无色,而康乐言之乃佳。“带月荷锄归”[3]，事亦寻常，而渊明道之极美。以是知雅俗所由来矣。夫虚而无物者易俗也，芜而不理者易俗也，卑而不扬者易俗也，高而不实者易俗也，放而不制者易俗也，局而不舒者易俗也，奇而不法者易俗也，质而无色者易俗也，文而过饰者易俗也，刻而过情者易俗也，雄而尚气者易俗也，新而自师者易俗也，故而不变者易俗也，典而好用者易俗也，巧而过斫者易俗也，多而见长者易俗也，率而好尽者易俗也，修而畏人者易俗也，媚而逢世者易俗也。大抵率真以布之，称情以出之，审意以道之，和气以行之，合则以轨之，去迹以神之，则无数者之病矣。

诗不患无材，而患材之扬，诗不患无情，而患情之肆，诗不患无言，而患言之尽，诗不患无景，而患景之烦，知此始可与论雅。

少陵五古，材力作用，本之汉、魏居多。第出手稍钝，苦雕细琢，降为唐音。夫一往而至者，情也，苦摹而出者，意也，若有若无者，情也，必然必不然者，意也。意死而情活，意迹而情神，意近而情远，意伪而情真。情意之分，古今所由判矣。少陵精矣刻矣，高矣卓矣，然而未齐于古人者，以意胜也。假令以《古诗十九首》与少陵作，便是首首皆意。假令以《石壕》诸什与古人作，便是首首皆情。此皆有神往神来，不知而自至之妙。太白则几及之矣。十五《国风》皆设为其然而实不必然之词，皆情也。晦翁说《诗》[4]，皆以必然之意当之，失其旨矣。数千百年以来，愦愦于中而不觉者众也。

《三百篇》每章无多言。每有一章而三四叠用者，诗人之妙在一叹三咏。其意已传，不必言之繁而绪之纷也，故曰“《诗》可以兴”。诗之可以兴人者，以其情也，以其言之韵也。夫献笑而悦，献涕而悲者，情也；闻金鼓而壮，闻丝竹而幽者，声之韵也。是故情欲其真，而韵欲其长也，二言足以尽诗道矣。乃韵生于声，声出于格，故标格欲其高也；韵出为风，风感为事，故风味欲其美也；有韵必有色，故色欲其韶也[5]；韵动而气行，故气欲其清也。此四者，诗之至要也。夫优柔悱恻，诗教也，取其足以感人已矣。而后之言诗者，欲高欲大，欲奇欲异，于是远想以撰之，杂事以罗之，长韵以属之，俶诡以炫之，则骈指矣。此少陵误世，而昌黎复涌其波也。心托少陵之藩，而欲追《风》《雅》之奥，岂可得哉？

善言情者，吞吐深浅，欲露还藏，便觉此衷无限。善道景者，绝去形容，略加点缀，即真相显然，生韵亦流动矣。此事经不得着做，做则外相胜而天真隐矣，直是不落思议法门。

每事过求，则当前妙境，忽而不领。古人谓眼前景致，口头言语，便是诗家体料[6]。所贵于能诗者，只善言之耳。总一事也，而巧者绘情，拙者索相，总一言也，而能者动听，不能者忤闻，初非别求一道以当之也。

明刻本《诗镜》

注释

［1］都雅：美好闲雅。

［2］趍：同"趋"。正绝：横流直渡。案"正绝"一作"孤屿"。此诗句引自谢灵运《登江中孤屿诗》。

［3］"带月荷锄归"句：引自陶渊明《归园田居》。

［4］晦翁：朱熹。

［5］韶：美好。

［6］"古人谓眼前景致"三句：明邱濬《重编琼台集》卷四《戏答友人论诗》绝句："吐语操词不用奇，风行水上茧抽丝。眼前景致口头语，便是诗家绝妙词。"

说明

陆时雍强调诗歌应当追求风神标格，这与前后七子诗论相似；强调"灵襟""慧口"，反对"俗趣""俗韵"，这又与竟陵派相近。他将自己编选的古唐诗取名为《古诗镜》和《唐诗镜》，似乎对钟惺、谭元春《古诗归》和《唐诗归》的书名有所借鉴，这也从一个侧面说明他与竟陵派的诗学存在某种联系。尽管如此，陆时雍诗学的派别特征非常疏淡，既不属于前后七子，也不属于竟陵派，而是属于他个人的，某些观点与他们近似，只是表明双方对诗理的把握有几分契合。这种超然于诗派外的个人化批评，颇与杨慎相近。在"火气"挺盛的明文坛，他们代表了一部分冷静、独立的思考者。

陆时雍认为，诗歌的本质是以情韵感人，“情欲其真”“韵欲其长”，“诗道”无不包含在这两句话中。从这种认识出发，他对儒家“诗教”进行了新的诠释。汉儒以“温柔敦厚”为诗教，具有浓厚的儒家伦理色彩。陆时雍则以“优柔悱恻”为诗教，其实质是“取其足以感人”，伦理内容大为淡化，而将“诗教”看作是一个较为单纯的诗歌艺术命题。他不满宋儒扬杜抑李，批评朱熹以“意”而不是以“情”解《诗》，强调诗歌创作中重情和重意的区别，视“情”字为创作的中心，皆具体表现了他以“感人”为目的“诗教”观。

他指出，天下没有不可入诗的“俗事”“俗情”，俗诗产生于诗人的“俗肠与俗口”主要是没有寻找到恰当的诗歌表达方式。所以诗歌归雅，关键在于“善言之”。如何方算“善言”？陆时雍以为，就语言来说，要学习《诗经》用“其然而不必然之词”赋物陈情；就创造诗歌的风味而言，则要追求脱略形迹的“神韵”。他是明代“神韵”论的提倡者，说：“诗之佳，拂拂如风，洋洋如水，一往神韵，行乎其间。”(《诗镜总论》)所谓“患材之扬”“患情之肆”“患言之尽”“患景之烦”，也是从“神韵”论角度对诗歌弃俗入雅的途径的思考。这些见解，前与杨慎、胡应麟，后与王夫之、王士禛都有所沟通。

宋辕文诗稿序

〔明〕陈子龙

作者简介

陈子龙(1608—1647)，字人中、懋中，更字卧子，号铁符，晚号大樽，松江华亭(今上海松江)人。崇祯十年(1637年)进士。选绍兴推官，弘光朝任兵科给事中。陈子龙早年加入复社，又与夏允彝等结几社。清兵陷南京，在松江起兵，事败后遁为僧。寻以受鲁王部院职衔，结太湖义军举事，事泄被捕，投水死。乾隆间追谥忠裕。陈子龙在文学上较多接受前后七子影响，又在不少方面突破了七子复古的樊篱。他主张“情以独至为真，文以范古为合”(《佩月堂诗稿序》)，极重“忧时托志”(《六子诗叙》)和沉壮的格调。他兼擅诗、词、文，而以诗的成就为最高。其词主要表现男女悲欢离合的感情和家国破亡的哀痛，“以浓艳之笔，传凄惋之神”(陈廷焯《白雨斋词话》),对清初词坛影响较大。著有《诗问略》《陈忠裕公全集》《安雅堂稿》等。

宋子梓其诗成以授予曰[1]:某雅好之,而未知所尚也,子为我论之。予读之竟而叹曰:思深哉其有情也,烨乎其有文也。《记》有之,“情动于中,故形于声,声成文,谓之音。”[2]盖古者民间之诗,多出于纴织井臼之余,劳苦怨慕之语,动于情之不容已耳。至其文辞,何其婉丽而隽永也,得非经太史之采,欲以谱之管弦,登之燕享,而有所润饰其间欤?若夫后世之诗,大都出于学士家,宜其易于兼长,而不逮古者。何也?贵意者率直而抒写,则近于鄙朴,工词者黾勉而雕绘,则苦于繁褥。盖词非意则无所动荡而盼倩不生,意非词则无所附丽而姿制不立。此如形神既离,则一为游气,一为腐材,均不可用。夫三代以后之作者,情莫深于《十九首》,文莫盛于陈思王,今读其“青青河畔草”[3]“燕赵多佳人”[4],遂为靡艳之始。至《赠白马王彪》《弃妇》《情诗》诸作[5],凄恻之旨,溢于辞调矣。故二者不可偏至也。若今之言诗者,体象既变,源流复殊。故情以独至为真,文以范古为合。今子之诗,大而悼感世变,细而驰赏闺襟,莫不措思微茫,俯仰深至,其情真矣。上自汉魏,下讫三唐,斟酌摹拟,皆供麾染[6],其文合矣。卓然为盛明之一家,何疑焉。

宋子曰:虽然,子必有以进我。予曰:唯唯。我与若欲以驰艺林之声,雄晚近之内,则庶几乎。若以继风雅,应休明[7],则其道微矣。取材之雅也,辨体之严也,依声之谐也,连类之广也,托兴之永也,此皆我力之所能为者。若乃荡轶而不失其贞,颓怨而不失其厚,寓意远而比物近,发辞浅而蓄旨深,其在志气之间乎。今我与若偶流逸焉,谐慢轻俊则入于淫,淫则弱,偶振发焉,壮健刚激则入于武,武则厉。求其和平而合于《大雅》,盖其难哉。宋子曰:“如子言,则是有正而无变也。”予曰:不然。和平者,志也,其不能无正变者,时也。夫子野之乐[8],即古先王之乐也。奏之而雷霆骤作,风雨大至,岂非时为之乎?乐则犹是也。我岂曰有静而无慕也,有哀而无刺也[9]?非然,则左徒何为者而曰不淫不怒,乃兼之也[10]?

明刻本《安雅堂稿》卷二

注释

[1] 宋子：指宋征舆(1618—1667)，字直方，一字辕文，别号佩月主人、林屋人，华亭(今上海松江)人。与陈子龙、李雯等同组几社，并称"云间三子"。顺治四年(1647 年)进士，官至都察院左副都御史。著有《林屋诗文稿》等。

[2]"《记》有之"五句：引文出于《礼记·乐记》。

[3] 青青河畔草：《古诗十九首》第二首中的诗句。

[4] 燕赵多佳人：汉五言古诗之一首句。

[5]《赠白马王彪》《弃妇》《情诗》：曹植作。《弃妇》全称《弃妇诗》，一作《弃妇篇》。

[6] 麾(huī)染：调遣，浸染。

[7] 休明：美好清明。用以赞美明君和盛世。

[8] 子野：春秋时晋乐师旷，字子野。目盲，善弹琴，精晓音曲。

[9] 裒：同"褒"。

[10] 则左徒何为者而曰不淫不怨乃兼之也：左徒，指屈原，曾任楚国左徒职。汉刘安叙《离骚传》曰："《国风》好色而不淫，《小雅》怨悱而不乱，若《离骚》者，可谓兼之。"刘安原文已佚，以上引自班固《离骚序》。

说明

陈子龙向有明诗殿军之称。就他在明代文学批评史上的作用和地位而言，其一，因他与艾南英之间的一场争论，使七子派与唐宋派的辩争在明末激起了最后一层波澜。虽然双方的思辨缺乏新意，表述也不够周备，却以尖锐对峙的形式将两派的理论分歧摆出来，供人们思考和抉择。其二，陈子龙站在偏袒于前后七子的立场上，对诗歌"情、文"契合的艺术理想提出了一些积极的意见，而随着时代剧变的发生，他所关注的诗"情"也由诗人一己之感更多地转化为社稷之忧，重演了一曲中华历史上山河沉沦时期反复奏响过的激调悲唱。

这篇《宋辕文诗稿序》是陈子龙为"云间诗派"重要成员宋征舆诗集所撰写的序文。云间为松江府别称。陈子龙是该诗派的发起人和领袖。从某种意义上可以认为，这篇序是云间诗派的理论宣言。

陈子龙将诗歌的构成厘别为"情、文"两要素，强调"二者不可偏至"。他认为人们所见到的古代“民间之诗”所以情深而辞婉，首先因为它们是织妇农夫“劳苦怨慕之语”，是他们发自内心的实情真唱，这样就赋予了民歌情胜的特点。其次，原始的民歌又经过“太史”敷采合乐的一定“润饰”，作品变得“婉丽而隽永”，使民歌文胜的特点更加显著。这对造就民歌形态原因的解释不可谓没有道理，更重要的是，陈子龙借此说明，“情、文”同胜是《诗经》的基本特征（文中所谓“古者民间之诗”实指《国风》），自然也是诗歌创作的根本原理。陈子龙指出，后世“学士家”的诗歌往往“情、文”相离，“贵意者率直而抒写，则近于鄙朴；工词者黾勉而雕绘，则苦于繁褥”。他将这种现象比喻为形神分离，“一为游气，一为腐材”，其结果必然是诗的生命的丧失。

序文对何谓“情、文”同胜又作出了明确的概括：“情以独至为真，文以范古为合。”“大而悼感世变，细而驰赏闺襟”，凡摅发诗人衷心绪意，皆可谓“独至”之真情。“范古”指“斟酌摹拟”汉魏至三唐的优秀诗作，追求与古人风调相谐合。这既是对前后七子诗论本身存在的真情论和拟古论的综合，也是对明代拟古派与反拟古派之间崇古、尚真之争的进一步调和。“文以范古为合”一语，表明陈子龙与前后七子基本诗学立场的一致，而将摹拟的范围扩大至“上自汉魏，下讫三唐”，不再限于古诗宗汉魏，近体取盛唐，则又对前后七子的樊篱有所突破。

陈子龙以“真、合”互融为特点的“情、文”同胜理论，着重强调，诗歌应当“荡轶而不失其贞，颓怨而不失其厚，寓意远而比物近，发词浅而蓄旨深”；辞语“流逸”却不见其“弱”，气调“振发”而不入于“厉”。这是诗人“和平”之志的一种诗化表现。但是，陈子龙又指出，不能将对诗歌的这种要求理解为是“有正而无变”。他认为，诗歌创作必然会照应时势，诗之正变与时势顺逆相关。世况艰难，音乐方面可以产生“雷霆骤作，风雨大至”般的乐章与之相应，诗歌亦然。因此，诗中的“变”声绝不可无，“静”与“慕”，“哀（褒）”与“刺”，总是不可偏废的。陈子龙以志士和诗人的身份，已经预感到明末急风暴雨即将来临，正为促成诗风的转变做着理论上的准备。

王介人诗余序

〔明〕陈子龙

宋人不知诗而强作诗，其为诗也，言理而不言情，故终宋之世无诗焉。然宋人亦不免于有情也。故凡其欢愉愁怨之致动于中而不能抑者，类发于诗余，故其所造独工，非后世可及。盖以沉至之思而出之必浅近，使读之者骤遇如在耳目之表，久诵而得沉永之趣，则用意难也。以嬛利之词而制之实工练[1]，使篇无累句，句无累字，圆润明密，言如贯珠，则铸调难也。其为体也纤弱，所谓明珠翠羽，尚嫌其重，何况龙鸾，必有鲜妍之姿而不藉粉泽，则设色难也。其为境也婉媚，虽以警露取妍，实贵含蓄，有余不尽，时在低回唱叹之际，则命篇难也。惟宋人专力事之，篇什既多，触景皆会，天机所启，若出自然，虽高谈大雅，而亦觉其不可废。何则？物有独至，小道可观也。本朝以词名者，如刘伯温、杨用修、王元美[2]，各有短长，大都不能及宋人。

禾中王子介人[3]，示予所著词不下千余首，自前世李、晏、周、秦之徒，未有多于兹者也。其小令、长调，动皆擅长，莫不有俊逸之韵，深刻之思，流畅之调，秾丽之态，于前所称四难者，多有合焉。进而与昪元父子[4]、汴京诸公连镳竞逐[5]，即何得有下驷耶[6]？王子真词人也。已而王子示予以诗，则又澹宕庄雅，规摹古人，远非宋代可望，而后知王子深远矣。王子非词人也。

明刻本《安雅堂稿》卷三

注释

[1] 嬛(xuān)利：婉柔、和顺。

[2] 刘伯温：刘基(1311—1375)，字伯温，青田(今浙江文成)人。元至顺四年(1333年)进士。后仕朱元璋平定天下，官至弘文馆学士、资善大夫，封诚意伯。有《诚意伯文集》，词集《写情集》。杨用修：杨慎，著有词集《升庵长短句》。王元美：王世贞，现传词九十余首，其《弇州山人词》收于《惜阴堂汇刻明词》。

[3] 禾中王子介人：王翃(1602—1653)，字介人，号秋槐，秀水(今浙江嘉兴)人。家故业染，而勤学不辍，遂以布衣工诗词。有《秋槐堂集》《槐堂词存》。禾中，指嘉兴，简称禾。

[4] 昪元父子：昪元，南唐李昪年号(937—943)。李昪传位于李璟，璟传位于李

煜。此“昇元父子”指李璟、李煜。

［5］汴京诸公：指北宋词人。汴京，今河南开封市，北宋的都城。

［6］下驷：劣等马。

说明

词至明末呈逐步复兴气象。云间词派为当时一个重要的流派，它以“云间三子”为核心，即陈子龙、李雯、宋征舆，而陈子龙又为最重要的领袖。他们不满明代一些词人专尚《草堂诗余》，词风流为尖新儇巧的弊病，故转而标举南唐、北宋词旨，推崇李璟、李煜、周邦彦、李清照作品，追求抒情、婉丽、自然的风格。陈子龙称王翃（介人）词可与“昇元父子、汴京诸公连镳竞逐”，即反映了以南唐、北宋词为典范的词学理想。其后继者如蒋平阶、周积贤等又屏去宋调，直接追踪《花间集》，则是云间词派后期词人取境趋窄的表现。

陈子龙大力肯定词的言情性。他泥于七子“宋诗言理不言情”之说，对宋诗作了不适当的否定。但是他又认为，宋诗无情，宋人却仍有情，他们将自己“欢愉愁怨之致动于中而不能抑者”，通过词体泄露出来，“故其所造独工，非后世可及”，从而促成了词的发展和繁荣，造就文学史上一段新的辉煌。在诗、词二种文体中，宋人更习惯于将词作为表达感性情灵的主要渠道。陈子龙以上分析，在说明宋词何以发达的原委的同时，也肯定了情是诗、词创作最根本的要素。云间词派的作品，内容多咏唱花月，抒写私情，在徜徉田园、流连声酒的同时，也不时流露出郁积内心的哀怨愁思。陈子龙、夏完淳后期的词作有较大变化，往往在婉丽绵邈中寄寓亡国的哀痛，境界渐入高阔深沉，体格时呈翡苦苍凉。这是词人感应激变的时代、自身发生感情升华之后在词艺术中的体现，也是陈子龙词以道情思想的进一步深化。

文章提出作词“用意难”“铸调难”“设色难”“命篇难”之说。“四难”实即词入高境的四项条件：以“浅近”之手法抉露“沉至”之思绪，此为善于“用意”；音声婉曼而辞实“工练”，此为善于“铸调”；语言华美却不失于靡丽，犹如“鲜妍之姿而不藉粉泽”，此为善于“设色”；追求“婉媚”之境，即使以“警露”见长，也贵含蓄有余，此为善于“命篇”。这大致反映了明代以婉约为词家正宗的主流意见。

清代

虞山诗约序

〔清〕钱谦益

作者简介

钱谦益(1582—1664),字受之,号牧斋,又自称牧翁、尚湖、蒙叟、绛云老人、东涧遗老等,常熟(今属江苏)人。万历三十八年(1610年)进士,授编修,崇祯初官礼部侍郎,弘光时擢礼部尚书。降清,以礼部右侍郎兼管秘书院事,充纂修《明史》副总裁。旋以疾告归,居乡著述以终。钱谦益人品颇遭清流非议。论诗文长于攻驳,扫荡七子,贬斥竟陵,遴选茶陵派、唐宋派为明代诗文正宗,主张文学返经本祖。从诗文发生的角度看,钱谦益认为灵心、世运、学问是三大要素,其中作者的心灵情志尤为重要。著有《初学集》百十卷,收录写于明朝的诗文作品,《有学集》五十卷和《投笔集》二卷,作于易代以后。还编有明诗选集《列朝诗集》,附以诗人传略,后来其族孙钱陆灿将传略别辑为《列朝诗集小传》。此外,他还著有《钱注杜诗》《国初群雄事略》等。

陆子敕先撰里中同人之诗[1],都为一集,命之曰《虞山诗约》,过而请于余曰:"愿有言也。"余少而学诗,沈浮于俗学之中[2],懵无适从。已而扣击于当世之作者,而少有闻焉。于是尽发其向所诵读之书,溯洄《风》《骚》,下上唐、宋,回翔于金、元、本朝,然后喟然而叹,始知诗之不可以苟作,而作者之门仞奥窔,未可以肤心末学跂而及之也。自兹以往,濯肠刻肾,假年穷老而从事焉,庶可以窃附古人之后尘,而余则已老矣,今将何以长子哉?

余窃闻之,太史公曰:"《国风》好色而不淫,《小雅》怨诽而不乱,若《离骚》者,可谓兼之。"[3]故夫《离骚》者,《风》《雅》之流别,诗人之总萃也。《风》《雅》变而为《骚》,《骚》变而为赋,赋又变而为诗。昔人以谓譬江有沱,干肉为脯[4]。而晁补之之徒,徒取其音节之近楚者以为楚声,此岂知《骚》者哉[5]?古之为诗者,必有深情畜积于内,奇遇薄射于外，轮囷结�[6]，朦胧萌折，如所谓惊澜奔湍，郁闭而不得流，长鲸苍虬，偃蹇而不得伸，浑金璞玉，泥沙掩匿而不得用，明星皓月，云阴蔽蒙而不得出，于是乎不能不发之为诗，而其诗亦不得不工。其不然者，不乐而笑，不哀而哭，文饰雕缋，词虽工而行之不远，美先尽也。唐之诗，藻丽莫如王、杨，而子美以为近于《风》《骚》[7]，奇诡莫如长吉，而牧之以为《骚》之苗裔[8]。绎二杜之论，知其所以近与其所以为苗裔者。以是而语于古人之指要，其几矣乎？

诸子少年而强力，博学而矫志，其闻道也先于吾，不鄙而下问，其将以余为识涂之老马也？故敢以《风》《骚》之义告焉。得吾说而存之，深造自得，以求跂乎古人，追风以入丽，沿波而得奇，诗道之大兴也，吾有望矣。嗟夫，千古之远，四海之广，文人学士如此其多也。诸子挟其所得，希风而尚友，扬扢研摩，期以砭俗学而起大雅。余虽老矣，请从而后焉。若曰以吾邑之诗为职志[9]，刻石立墠[10]，胥天下而奉要约焉，则余愿为五千退席之弟子，卷舌而不谈可也。壬午涂月[11]，虞山老民钱谦益序。

《四部丛刊》本《牧斋初学集》卷三十二

注释

［1］陆子敕先：陆贻典，字敕先，号觌庵，常熟（今属江苏）人。编选《虞山诗约》，著有《觌庵诗钞》六卷。

［2］俗学：主要指明前后七子一派的诗文风习。

［3］“太史公曰”五句：引语自《史记·屈原贾生列传》。

［4］“昔人以谓譬江有沱”两句：《诗·召南·江有汜》：“江有沱。之子归，不我过。”高亨注：“小水入于大水叫做沱。”江水支流统称沱。干肉为脯，《汉书·东方朔传》：“生肉为脍，干肉为脯。”脯，干肉。

［5］“而晁补之之徒”三句：晁补之，“苏门四学士”之一。精《楚辞》，编集屈原、宋玉以后赋咏为《续楚辞》二十卷、《变离骚》二十卷等三书，均已佚。《续楚辞序》称《续楚辞》《变离骚》“以其辞之似而取之”。

［6］轮囷：盘曲貌。结轖（sè）：比喻心中郁结不畅。轖，古代车旁用皮革交错结成的障蔽物。

［7］“藻丽莫如”两句：杜甫《戏为六绝句》之二：“纵使卢、王操翰墨，劣于汉、魏

近风骚。”卢、王,此概指初唐四杰。

[8] “奇诡莫如”两句:杜牧《李贺集序》:“盖骚之苗裔,理虽不及,辞或过之。”

[9] 职志:掌旗帜的官。此指宗旨。志,旗帜。

[10] 墠(shàn):供祭祀用的经清扫的场地。

[11] 壬午:崇祯十五年(1642年)。涂月:农历十二月的别称。涂,通“除”。一岁将尽,故谓之除。

说明

钱谦益是明清之际产生很大影响的文学家和文学批评家。他对明代近三百年的文学发展(主要是诗歌发展)作了一次总结,于纷繁的文学现象和众多的文学流派中,确立诗以李东阳、文以唐宋派(尤其是归有光)为正途的断代文学史思想。将明代诗文正宗与《诗》《骚》、唐宋文学传统相续接,这构成他的文学源流论,以补救“学古而赝”和“师心而妄”之弊失。在这篇《虞山诗约序》里,他提出诗歌“不可以苟作”,应该“溯洄《风》《骚》,下上唐、宋,回翔于金、元、本朝(指明代)”,也是他追求博雅思想的一种表现。

他以楚辞为例,指出徒取音节之近楚者以为楚声,其实是不知《骚》之真髓。所以,文学的发展由源及流,“《风》《雅》变而为《骚》,《骚》变而为赋,赋又变而为诗”,体貌虽呈不同,创作的本质原是一以贯之、亘古相通的,论诗以貌而不以质,岂可谓知诗!钱谦益认为,诗人能否创作出好诗,取决于他“畜积于内”的“深情”和“薄射于外”的“奇遇”。遇奇情深,内心涌起不可抑扼的写作冲动,不流露不快,不发之于诗便会深受失语的扰惑和痛楚,这样形成的诗歌才“不得不工”。反之,“不乐而笑,不哀而哭,文饰雕缋”,这种诗歌“词虽工”却不“美”。说明诗歌的“美”从根本上说,是人类感情所赋予的,离开了真实的、强烈的感情活动,创造诗歌的美无从谈起。钱谦益将这一点视为“古人”创作的“指要”。

以“深情”为内蕴,是对诗歌创作的共同要求,至于诗歌作品的具体语言风貌,则姿态各异,不必强求一致。钱谦益在文中反复强调“《风》《骚》之义”,肯定情深而雅,同时又认为,“求跂乎古人”,就诗歌的言辞、手法而言,“丽”“奇”可以各擅其专,“追风以入丽,沿波而得奇”。以此推理,“丽”“奇”之外其他的风致当然也可以求得各自的发展。

《虞山诗约》选虞山(今江苏常熟)诗人的作品,带有扩大一方之诗派影响的用意,后来王应奎编纂《海虞诗苑》,即是对该派(文学史上称之为“虞山诗派”)的进一步总结。

读第五才子书法(选录)

〔清〕金圣叹

作者简介

金圣叹(1608—1661),名采,字若采,又名人瑞,号圣叹。室名沉吟楼,堂号唱经堂,称唱经先生。庠姓张。长洲(今属江苏苏州)人。顺治十八年(1661年),清世祖去世,金圣叹卷入"哭庙案",同年七月遭杀害。金圣叹早年为博士弟子员时,曾以岁试文怪诞被黜革。他原先也怀有致君泽民之志,最终却作为一位文学批评家受后人褒贬扬抑。他评点的《水浒传》《西厢记》是两部传世之作,不仅对我国评点批评体例的完善作出贡献,书中提出的一些重要的文学原理和作法理论,在我国文学批评史上也富有特色和价值,直接影响了清代小说、戏曲乃至整个评点学的发展。金圣叹其他的评点作品还有《天下才子必读书》《唐才子书》《杜诗解》等,另有《沉吟楼诗选》和其他杂著多种。

或问:施耐庵寻题目写出自家锦心绣口,题目尽有,何苦定要写此一事?答曰:只是贪他三十六个人便有三十六样出身,三十六样面孔,三十六样性格,中间便结撰得来。

或问:题目如《西游》《三国》如何?答曰:这个都不好。《三国》人物事体说话太多了,笔下拖不动,踅不转[1],分明如官府传话奴才,只是把小人声口替得这句出来[2],其实何曾自敢添减一字。《西游》又太无脚地了[3],只是逐段捏捏撮撮,譬如大年夜放烟火,一阵一阵过,中间全没贯串,便使人读之,处处可住。

某尝道《水浒》胜似《史记》,人都不肯信,殊不知某却不是乱说。其实《史记》是以文运事,《水浒》是因文生事。以文运事,是先有事生成如此如此,却要算计出一篇文字来,虽是史公高才,也毕竟是吃苦事。因文生事即不然,只是顺着笔性去,削高补低都由我。

《宣和遗事》具载三十六人姓名[4]，可见三十六人是实有。只是七十回中许多事迹，须知都是作书人凭空造谎出来。如今却因读此七十回，反把三十六个人物都认得了，任凭提起一个，都似旧时熟识，文字有气力如此。

《水浒传》只是写人粗卤处，便有许多写法。如鲁达粗卤是性急，史进粗卤是少年任气，李逵粗卤是蛮，武松粗卤是豪杰不受羁靮[5]，阮小七粗卤是悲愤无说处，焦挺粗卤是气质不好。

只如写李逵，岂不段段都是妙绝文字，却不知正为段段都在宋江事后，故便妙不可言。盖作者只是痛恨宋江奸诈，故处处紧接出一段李逵朴诚来，做个形击[6]。其意思自在显宋江之恶，却不料反成李逵之妙也。此譬如刺枪，本要杀人，反使出一身家数。

《水浒传》有许多文法，非他书所曾有，略点几则于后：

有草蛇灰线法[7]。如景阳冈勤叙许多"哨棒"字，紫石街连写若干"帘子"字等是也。骤看之，有如无物，及至细寻，其中便有一条线索，拽之通体俱动。

有正犯法[8]。如武松打虎后，又写李逵杀虎，又写二解争虎。潘金莲偷汉后，又写潘巧云偷汉。江州城劫法场后，又写大名府劫法场。何涛捕盗后，又写黄安捕盗。林冲起解后，又写卢俊义起解。朱仝、雷横放晁盖后，又写朱仝、雷横放宋江等。正是要故意把题目犯了，却有本事出落得无一点一画相借，以为快乐是也。真是浑身都是方法。

有横云断山法。如两打祝家庄后，忽插出解珍、解宝争虎越狱事。又正打大名城时，忽插出截江鬼、油里鳅谋财倾命事等是也。只为文字太长了，便恐累坠，故从半腰间暂时闪出，以间隔之。

旧时《水浒传》子弟读了，便晓得许多闲事。此本虽是点阅得粗略，子弟读了便晓得许多文法。不惟晓得《水浒传》中有许多文法，他便将《国策》《史记》等书中间但有若干文法，也都看得出来。旧时子弟读《国策》《史记》等书，都只看了闲事，煞是好笑。

江苏古籍出版社版曹方人、周锡山标点《金圣叹全集·水浒传》卷首

注释

[1] 踅(xué)：转折。

[2] 替：代替。此句意谓，用奴才的腔调将官爷的话重述一遍。

[3] 无脚地：不着边际，没有着落。脚地，方言，屋里或屋外空余的地方。

[4]《宣和遗事》：又名《大宋宣和遗事》，书产生于宋、元之间，撰者待查。分前后二集，或作四集，述北宋衰亡和高宗南迁临安之史事。其中出现了宋江等人名及一部分与水浒传故事有关的事件。

[5] 羁靮(dí)：马络头和缰绳。喻束缚。

[6] 形击：反衬；借甲映显和讥刺乙的写作手法。

[7] 草蛇灰线：草蛇游进的线路上，其痕迹点点滴滴，隐而不显。比喻文章某些词语描写，看似无涉题旨，其实与主题贯通一体。

[8] 犯：触犯，冒犯。此指类似的内容重复写及，这一般看来是犯忌而须避免的。

说明

金圣叹批本《水浒传》又称"贯华堂第五才子书"，它的出现，标志着《水浒》评论史乃至小说批评史上一个重要阶段的到来。首先，金圣叹通过删、改，使原本《水浒》得到很大改观，通过大量批评，揭抉出作品许多新的意蕴和艺术特点。它深受读者喜爱，结果使许多人知金本《水浒》而不知原本《水浒》。其次，进一步完善了传统的评点小说的形式。金圣叹开创的将序、读法和总批、夹批、眉批等方式综合运用的批评新格式，为小说批评提供了更加宽展的天地，清人多予摹效、因循，影响深远。再次，他或直接阐述了小说创作的重要观点，或通过对作品优劣得失的分析，间接表述了应该怎样写的艺术主张，形成了一套比较全面、深刻的小说写作理论，丰富了我国古代小说理论库藏。这些奠定了金圣叹在小说批评史上的重要地位。

这篇《读第五才子书法》虽说是谈论如何阅读《水浒》的问题，其实是一篇对《水浒》创作经验的总结，属于创作论。金圣叹《读第六才子书西厢记法》以及清人摹仿其例而冠于各自评点作品之首的种种"读法论"，其性质全都相同。由是，"读法"在中国文学批评史上也就成了一种专门的批评文体。

金圣叹对《水浒》的艺术分析，主要围绕人物形象和作品结构，这抓住了长篇叙述体小说的两个主要问题。此外，他对《水浒》的具体作法也作了较为详尽的总结，于阅读、创作都有切实的助益。

他特别强调人物性格的鲜明性、差别性和特殊性，从他对宋江形象所固持的一家之说中，还可以看出他非常重视复杂的人物性格的审美意义。金圣叹的人物性格论对前人相关的小说理论有所借鉴，尤其与《容与堂本李卓吾先生批评忠义水浒传》存在明显的继承关系。尽管如此，金圣叹个人的理论创造性又非常突出，他从审美意义上对具有复杂性格的宋江形象的分析、总结和赞赏，即最能反映他的这种理论创造力。

他对《水浒》的结构艺术推崇备至，指出《水浒》结构精严，首先是由于作者在“胸中已算过百十来遍”(《读第五才子书法》)，是先“有全书在胸而始下笔著书”(第十三回总评)；其次是作者驾轻就熟、灵活善变地运用多种方法，使人物、故事互相交织照应，缝合密切。他总结的许多《水浒》“文法”，实际上都是着眼于建设长篇小说完善的结构。如“大段落墨法”，是指作者用浓墨重笔写出小说中重要的场面和情节。但是为了避免大段文字出现过于突兀，金圣叹说《水浒》作者往往在布局上采用前有“弄引”铺垫，后作“余波演漾”。他称前者为“弄引法”，后者为“獭尾法”。这样，故事的叙述在结构上就显得自然、安妥，更有整体感。“横云断山法”，指通过对情节断续缀连的切割，以求适当的叙事节奏。

金圣叹用“凭空造谎”一语概括《水浒》的虚构特点并加以大力肯定。他比较《水浒》与《史记》两部书异同，《水浒》是“因文生事”，《史记》是“以文运事”。这准确地道出了虚构性创作和纪实性创作的重要区别。金圣叹以文学的虚构性为依据抬高《水浒》的身价和地位，这比李贽从“忠义”的高度盛赞《水浒》，借以唤起社会对小说的重视，显然是一种更内在的，从文学本身特性出发所作出的说明。

西厢记·惊艳总批(选录)

〔清〕金圣叹

今夫提笔所写者古人，而提笔写古人之人为谁乎？有应之者曰：我也。圣叹曰：然，我也。则吾欲问此提笔所写之古人，其人乃在十百千年之前，而今提笔写之之我，为信能知十百千年之前真曾有其事乎？

不乎？乃至真曾有其人乎？不乎？曰不能知。不知，而今方且提笔曲曲写之，彼古人于冥冥之中为将受之乎？不乎？曰古人实未曾有其事也，乃至古亦实未曾有其人也。即使古或曾有其人，古人或曾有其事，而彼古人既未尝知十百千年之后，乃当有我将与写之而因以告我，我又无从排神御气，上追至于十百千年之前，问诸古人，然则今日提笔而曲曲所写，盖皆我自欲写，而于古人无与。与古人无与，则古人又安所复论受之与不受哉。曰古人不受，然则谁受之？曰我写之，则我受之矣。夫我写之，即我受之，而于提笔将写未写之顷，命意吐词，其又胡可漫然也耶?《论语》：传曰："一言智，一言不智。言不可以不慎。"[1]盖言我必爱我，则我必宜自爱其言，我而不自爱其言者，是直不爱我也。我见近今填词之家，其于生旦出场第一折中，类皆肆然早作狂荡无礼之言，生必为狂且[2]，旦必为倡女，夫然后愉快于心，以为情之所钟在于我辈也如此。夫天下后世之读我书者，彼岂不悟此一书中所撰为古人名色，如君瑞、莺莺、红娘、白马，皆是我一人心头口头吞之不能，吐之不可，搔爬无极，醉梦恐漏，而至是终竟不得已，而忽然巧借古之人之事以自传道其胸中若干日月以来七曲八曲之委折乎？其中如径斯曲，如夜斯墨，如绪斯多，如檗斯苦[3]，如痛斯忍，如病斯讳。设使古人昔者真有其事，是我今日之所决不与知，则今日我有其事，亦是昔者古人之所决不与知者也。夫天下后世之读我书者，然则深悟君瑞非他君瑞，殆即著书之人焉是也，莺莺非他莺莺，殆即著书之人之心头之人焉是也，红娘、白马悉复非他，殆即为著书之人力作周旋之人焉是也。如是而提笔之时不能自爱，而竟肆然自作狂荡无礼之言，以是愉快其心，是则岂非身自愿为狂且，而以其心头之人为倡女乎？读《西厢》第一折，观其写君瑞也如彼，夫亦可以大悟古人寄托笔墨之法也矣。

江苏古籍出版社版曹方人、周锡山标点《金圣叹全集·西厢记》

注释

［1］"《论语》"五句：引文见《论语·子张》，文字略有不同。

[2] 狂且(jū)：行为轻狂的人，轻薄者。且，语末助词。
[3] 檗(bò)：亦称黄柏、黄檗。落叶乔木，树皮中医入药，味苦，有清热、解毒等作用。

说明

金圣叹在五十岁左右开始着手评点，不久以后即告完成的金批本《西厢记》，是他晚年也是一生中最重要的评点作品之一，它和金批本《水浒》一样著称于当时及后世。金圣叹评《西厢记》的方法大略与评《水浒》相似，不同者，他评《水浒》大胆腰斩了梁山泊英雄聚义后的内容，而评《西厢记》虽断言剧本应止于"草堂惊梦"，第五本是他人狗尾续貂之作，但仍然保留了这一部分内容，表现出晚年较为谨慎的态度。

在《惊艳》总批中，金圣叹提出了一个重要的文学观点：作者巧借古人古事以"自传道"胸中"委折"。首先，金圣叹认为作者所写古人古事，其实与古人古事"无与"，说明文学作品的人物形象是作者的虚构，是他想象力的结晶。这与金圣叹评《水浒》时对文学虚构性特点的阐说完全一致。

其次，他进而论述了文学的虚构性与作者自我的关系，认为其人其事既是虚构的，又是作者自我想象的表达。他说的"自传道"不同于作者的自我传记，而是借作品中的人物形象以表达作者"胸中若干日月以来七曲八曲之委折"，是一种"寄托"，在他们身上聚合着作者的思虑、渴念和追求。因此，这样的文学创作不可能是替古人立照，而是作者心念呈显。金圣叹评《水浒》谈到作者在创作时应"澄怀格物"(《水浒传序三》)，并说笔下的人物形象与作者"无与"(第五十五回总评)。很显然，金圣叹对文学创作与作者自我的关系的认识前后是有变化、发展的，这除了他认识上的原因之外，或许还与《水浒》侧重于叙述，《西厢记》以叙述结合抒情的不同有关。

另外，在"自传道"说基础上，金圣叹又提出了作者"自爱"说，这一点甚至是他此文最关键的观点。他问作者：你表达自己时，难道竟会"不能自爱"到将自己写成"狂且"(轻薄君子)，将"心头之人"写成"倡女"吗？金圣叹这里讲的不可"漫然"创作，主要指不能"作狂荡无礼之言"，他删改《西厢记》中认为是越礼的言辞举止，也是出于这种考虑，说明他的"自爱"说兼有写作的严肃性和礼教色彩。类似的删改与他上述对"礼"的看法有一定相似之处。

缩斋文集序

〔清〕黄宗羲

作者简介

黄宗羲(1610—1695),字太冲,号南雷,学者称梨洲先生,余姚(今属浙江)人。以砥砺名节相标榜,早年便隐然有东林子弟领袖之名。清兵南下,曾募义兵抵抗,事败后,居乡著书讲学,拒绝清朝征召。黄宗羲学识广博,尤长于经史,合学术事功为一,治史留意当代文献,开清代浙东学派之风气。他注意对文学创作进行综合的文化考察,破除"家数",探求"原本"。通过辨析轩轾一人一时之性情与人类万古之性情,驱策文学追求理性,激扬风雷鼓荡的正气之文,催唤文人强烈的现实意识。他不满片面宗唐,主张兼学宋诗。著有《明夷待访录》《明儒学案》《南雷文案》《南雷文定》《南雷诗历》等,编有《明文海》。

《缩斋集》者,余弟泽望所著之诗文也[1]。自泽望亡后,余教授于外。今岁甲寅,四方兵起[2],偃息衡门,始发大牛箧,出其所著撰数十束。虽体例各异,而散之日记中,不相条贯。余乃离而件系之,以为各录,取其诗文,选定为兹集。序曰:

泽望之为诗文,高厉遐清,其在于山,则铁壁鬼谷也,其在于水,则瀑布乱礁也,其在于声,则猿吟而鹳鹤欬且笑也,其在平原旷野,则蓬断草枯之战场,狐鸣鸱啸之芜城荒殿也,其在于乐,则变徵而绝弦也。盖其为人,劲直而不能屈己,清刚而不能善世,介特寡徒,古之所谓隘人也。隘则胸不容物,并不能自容。其以孤愤绝人,徬徨痛哭于山颠水澨之际,此耿耿者终不能下,至于鼓胀而卒,宜矣。独怪古之为文章者,及其身而显于世者无论矣,即或憔悴终生,其篇章未有不流传身后,亦是荣辱屈伸之相折。泽望死十二年矣,所有篇章,亦与其骨俱委于草莽,无敢有明其书者。盖惊世骇俗之言,非今之地上所宜有也。苏子瞻所谓"能折困其身而不能屈其言"者[3],至泽望而又为文人之一变焉。虽然，泽望之文，可以弃之使其不显于天下，终不可灭之使其不留于天地。其文盖天地之阳气也。阳气在下，重阴锢之，则击而为雷，阴气在下，重阳包之，则抟而为风。商之亡也，《采薇》之歌非阳气乎[4]？然武王之世，阳明之世也，以阳遇阳，则不能为雷。宋之亡也，谢皋羽、方韶卿、龚圣予之文[5]，阳气也，其时遁于黄钟之管[6]，微不能吹纩转鸡羽[7]，未百年而发为迅雷。元之亡也，有席帽、九灵之文[8]，阴气也，包以开国之重阳，蓬蓬然起于大隧[9]，风落山为蛊[10]，未几而散矣。今泽望之文，亦阳气也，无视葭灰[11]，不啻千钧之压也。锢而不出，岂若刘蜕之文冢[12]，腐为墟壤，蒸为芝菌，文人之文而已乎？

清康熙二十七年(1688年)靳治荆刻本《南雷文定》前集卷一

注释

[1] 泽望：黄宗会(1618—1663)，初名宗燧，字泽望，别署云北畸人、石田耕叟、藤龛，余姚(今属浙江)人。明拔贡生，入清不仕。从兄黄宗羲学。有《缩斋文集》。

[2] "今岁甲寅"两句：甲寅，康熙十三年(1674年)。十二年，吴三桂起兵于云南，十三年，耿精忠、郑经起兵作响应。

[3] 能折困其身而不能屈其言：苏轼《六一居士集叙》："自欧阳子之存，世之不说者哗而攻之，能折困其身而不能屈其言。"

[4] 《采薇》之歌：《史记·伯夷列传》：武王平殷，伯夷、叔齐义不食周粟，隐于首阳山，采薇而食，作歌曰："登彼西山兮，采其薇矣。以暴易暴兮，不知其非矣。神农、虞、夏，忽焉没兮，我安适归矣？于嗟徂兮，命之衰矣。"薇，菜名。亦称野豌豆。

[5] 谢皋羽：谢翱(1249—1295)，字皋羽，福州长溪(今福建霞浦)人。随文天祥抗元，宋亡不仕，有哭祭文天祥的名文《登西台恸哭记》。著有《晞发集》等。方韶卿：方凤(1241—1322)，字韶卿，一字景山，人称岩南先生，浦江(今属浙江)人。以特恩授容州文学。宋亡，归隐仙华山，主月泉吟社，此为宋遗民唱和之所。著有《存雅堂遗稿》。龚圣予：龚开(1222—1304?)，字圣予，号翠岩，淮阴(今属江苏)人。景定年间，曾在两淮制置司李庭芝幕府任职，宋亡，守志而终。著有《龟城叟集》。

[6] 其时逼于黄钟之管：指冬至时节。古时将葭灰(芦苇茎中的薄膜制成的灰)放在十二乐律的玉管内,每月当节气,则中律的乐管内的灰即飞出,以此法验节气变化。冬至之律为黄钟。

[7] 纩：棉絮。

[8] 席帽：王逢(1319—1388),字原吉,号席帽山人,江阴(今属江苏)人。元末政乱,隐居不仕。著有《梧溪集》。九灵：戴良(1317—1383),字叔能,号九灵山人,浦江(今属浙江)人。元顺帝时,官淮南江北行省儒学提举,后入张士诚幕。元亡隐居四明山。明洪武十五年(1382年),征入京,欲授官,以老病固辞。著有《九灵山房集》。

[9] 大隧：大道。

[10] 风落山为蛊：《易·蛊》："《象》曰：山下有风,蛊。"

[11] 葭灰：参见注[6]。

[12] 刘蜕之文冢：刘蜕,生卒年不详,字复愚,长沙(今属湖南)人。唐宣宗大中四年(850年)登进士第,官至商州刺史。文风奇崛,曾造文冢埋自己文稿。

说明

亲历明清易代剧变的黄宗羲对文学与社会现实的关系形成自己的看法,对文学史上的辉煌期也有他的判定标准。他指出,当社会发生剧烈动荡,尤其是遇到"厄运危时"、国破家亡的非常时期,人们的感情汹涌鼓荡,波澜千叠,从而推动文学积极发展,形成高潮。《谢皋羽年谱游录注序》说："夫文章,天地之元气也。元气在平时,昆仑旁薄,和声顺气,发自廊庙,而鬯浃于幽遐,无所见奇。逮夫厄运危时,天地闭塞,元气鼓荡而出,拥勇郁遏,坌愤激讦,而后至文生焉。"从这样的"至文"发生观出发,黄宗羲认为汉之后,魏晋、唐天宝后及宋末是文学的三个高潮时期,其成就非其他阶段可比(见《陈苇庵年伯诗序》)。文章"莫盛于亡宋之日"(《谢皋羽年谱游录注序》),作为对文学史的一种考察,这一结论不无偏颇,但是作为处于特殊时代情境下的读者感受来说,这又不难理解。黄宗羲重宋诗的原因之一,是出于对宋遗民诗人作品的敬爱,这也从一个侧面反映了他的文学史思想。

黄宗羲充分肯定"变风变雅"对于振兴诗道的积极作用和感天动地的情感力量。他在这篇《缩斋文集序》中表彰"阳气"之文,与肯定"变风变雅"二者的思想完全一致。所谓"阳气"之文,是衰世、亡国之际,代表坚贞清刚,不屈不挠的人间正气，向往正义、坚持理想、反抗高压统治的民族精神所孕生的优秀的文学作品，是与笼罩现实的浓重“阴气”相搏击而迸发出的“风”“雷”之鸣。黄宗羲指出，这样的作品“可以弃之使其不显于天下，终不可灭之使其不留于天地”，它们在刚开始出现的时候，可能很微弱、渺小，但是总有一天会“发为迅雷”，震撼宇宙。“一阴一阳之谓道”，从阴与阳相互关系来论述文学的发生、发展及分析其特征，这在文学批评史上屡见不鲜。黄宗羲赋予“阴阳观”以正义反抗邪恶，耿介战胜屈从，光明取代黑暗的含义，作为他的民族主义和爱国主义思想的一部分，这反映了明清之际特定的时代状况对文学批评强有力的影响。黄宗羲“阳气”之说，并非是孤唱单鸣，而是时代大合唱中的一个组成部分，而具体的论述则又更多地受其老师钱谦益的启发。

马雪航诗序

〔清〕黄宗羲

诗以道性情，夫人而能言之，然自古以来，诗之美者多矣，而知性者何其少也。盖有一时之性情，有万古之性情。夫吴歈越唱，怨女逐臣，触景感物，言乎其所不得不言，此一时之性情也。孔子删之，以合乎“兴观群怨”“思无邪”之旨，此万古之性情也。吾人诵法孔子，苟其言诗，亦必当以孔子之性情为性情，如徒逐逐于怨女逐臣，逮其天机之自露，则一偏一曲，其为性情亦末矣。故言诗者不可以不知性。

夫性岂易知也？先儒之言性者，大略以镜为喻[1]，百色妖露，镜体澄然，其澄然不动者为性。此以空寂言性，而吾人应物处事，如此则安，不如此则不安，若是乎有物于中，此安不安之处，乃是性也，镜是无情之物，不可为喻。又以人物同出一原，天之生物有参差，则恶亦不可不谓之性。遂以疑物者疑及于人，夫人与万物并立于天地，亦与万物各受一性，如姜桂之性辛，稼穑之性甘，鸟之性飞，兽之性走，或寒或热，或有毒无毒，古今之言性者，未有及于《本草》者也[2]。故万物有万性，类同则性同。人之性则为不忍，亦犹万物所赋之专一也。物尚不与物同，而况同人于物乎？程子言性即理也[3]，差为近之。然当其澄然在中，满腔子皆恻隐之心，无有条理可见，感之而为四端，方可言理，理即“率性之为道”也[4]，宁可竟指道为性乎？晦翁以为天以阴阳五行化生万物[5]，而理亦赋焉，亦是兼人物而言。夫使物而率其性，则为触为啮[6]，为蠢为婪[7]，万有不齐，亦可谓之道乎？故自性说不明，后之为诗者，不过一人偶露之性情。彼知性者，则吴、楚之色泽，中原之风骨，燕、赵之悲歌慷慨，盈天地间，皆恻隐之流动也，而况于所自作之诗乎？

秣陵马雪航介余族象一请序其诗[8]。余读之，清裁骏发，牍映篇流，不为雅而为风。余从象一得其为人，以心之安不安者定其出处，其得于性情者深矣。如是则宋景濂之五美[9]，又何必拘拘而拟之也。

清康熙二十七年（1688 年）靳治荆刻本《南雷文定》四集卷一

注释

[1] 先儒之言性者大略以镜为喻：程颐《河南程氏遗书》卷十八：“圣人之心，如镜，如止水。”又曰：“心即性也。”

[2]《本草》：《神农本草经》的简称，古代著名药书。

[3] 程子言性即理：《河南程氏遗书》卷十八程颐语：“性即是理，理则自尧、舜至于涂人，一也。”

[4] 率性之为道：语见《礼记·中庸》。

[5] 晦翁：朱熹。

[6] 为触为啮：意谓抵触、啃啮，动物互相争斗。

[7] 为蠢为婪：意谓或表现为愚蠢，或表现为贪婪。

[8] 秣陵马雪航：马兆羲，字圣则，号雪航，江宁（今江苏南京）人。秣陵，古县名，今江苏南京市。

[9] 宋景濂之五美：宋濂《刘兵部诗集序》：“诗缘情而托物者也，其亦易易乎？然非易也。非天赋超逸之才，不能有以称其器；才称矣，非加稽古之功，审诸家之音节、体制，不能有以究其施；功加矣，非良师友示之以轨度，约之以范围，不能有以择其精；师友良矣，非雕肝琢膂，宵咏朝吟，不能有以验其所至之浅深；吟咏侈矣，非得夫江山之助，则尘土之思，胶扰蔽固，不能有以发挥其性灵。五美云备，然后可以言诗矣。”

说明

黄宗羲的诗论与他的文论相比，表面上更带有一种唯情论倾向。与他把散文的"原本"直接归之于经术有所不同，他认为诗歌"原本"是诗人的心灵。因此他坚持维护"诗道性情"的命题。但是，他的诗论在当时的作用主要不在于重倡性情，而在于筛选、规范性情。

他首先把性情区分为"情至之情"与"不及情之情"两类(见《黄孚先诗序》)。前者具有正的价值，后者只具有负的价值。"不及情之情"不仅是指一些不够高尚的俗情，如陷于"纷华汙惑"(《景州诗集序》)和追求"富贵福泽"(《钱退山诗文序》)的世情俗态，更是指置国破家亡于脑后，丐贷权势、投机取利的卑污心迹。黄宗羲主张剔除负价值的"性情"，捍卫诗歌纯洁。

对于具有正价值的"情至之情"，他也并不一概而论。他认为"情至之情"之价值有大小之分，依其价值，他把这种情区别为"一时之性情"与"万古之性情"。他肯定从这两种不同价值的"性情"流出的诗歌都会有好作品，但是，只有把"一时之性情"升华为"万古之性情"，才可能成为最佳诗人。

黄宗羲关于诗下过一个重要的定义："诗也者，联属天地万物，而畅吾之精神意志者也。"(《陆钐俟诗序》)"吾之精神意志""天地万物"和二者互相"联属"是构成他理想的诗歌三个必需条件。幽人离妇、羁臣孤客的个人咏叹往往出于他们一人一时、一偏一曲之情，虽然这种情也是深挚真诚的，但是尚未能与"众情"融为一体，所谓"深一情以拒众情"(《朱人远墓志铭》)，因此并不符合黄宗羲对诗歌的最高寄望。而"以孔子之性情为性情"的"学道君子"(《朱人远墓志铭》)已经从个人私情得到升华，他们蕴结的感情往往超出于"穷饿愁思一身之外"，悲天悯人，鸣天下之不平，这种把个人之情与天下之情合而为一的"万古之性情"，具有普遍和恒久的意义，怀着这般性情的诗人创作的诗歌也就有了更高的价值。

黄宗羲上述主张是明末清初不断高扬的理性精神在诗歌理论中的反映。他催唤诗人强烈的社会责任心和使命感，这在当时剧烈的社会动乱之际富有积极的意义，即便时过境迁，它对诗人仍然可以起到策励的作用。在诗歌个性化问题上，黄宗羲虽然肯定诗人应当"畅吾之精神意志""孤行一己之情"(《吕胜千诗集题辞》)，但他更强调个性的共性化，使"一己之情"消融在普遍的"万古之性情"中，这样，诗歌表现的个性成分实已大为削弱，更多的是一种类的属性的抽象。"万物有万性，类同则性同。人之性则为不忍，亦犹万物所赋之专一也。"他称赞

"知性者"之诗"皆恻隐之流动也"。都是指类的共性,而非真正的个性。这与晚明崇尚性灵的诗论相比,明显地表现出对诗歌个性要求的降低和对共性要求的提高。更要指出的一点是,黄宗羲最推崇的是"学道君子""知性者"这样"以孔子之性情为性情"的诗人,这表明他揭櫫"万古之性情",从根本上来说是要求诗人实现儒家伦理道德的自我完善,向儒家的理想人格和精神境界寻找归宿。

闲情偶寄(选录)

〔清〕李 渔

作者简介

李渔(1611—1680),字笠鸿,一字谪凡,号湖上笠翁,兰溪(今属浙江)人。明崇祯八年(1635年)应童子试,十年,考入府庠。后两应乡试,均不第。入清后绝意仕途,专事文学活动,领家庭戏班,巡演各地。李渔擅长小说、戏曲创作,重视文学批评,对戏曲理论贡献尤大。《闲情偶寄》中的曲论,兼论编剧、导演和教习,是我国古代比较完整意义上的一部戏剧学著作,具有较强的理论性和系统性,尤其是对戏曲创作理论的总结,在整体水平上超越前人。李渔首重"结构",强调宾白、科诨的重要性,带有曲论革新的意义。著有《笠翁十种曲》、小说《十二楼》、诗文杂著《笠翁一家言全集》,其中《闲情偶寄》的《词曲部》和《演习部》为论戏曲之专著,后人将其汇为《李笠翁曲话》单独刊行。

结构第一

……

填词首重音律,而予独先结构者,以音律有书可考,其理彰明较著。自《中原音韵》一出[1],则阴阳平仄,画有塍区,如舟行水中,车推岸上,稍知率由者[2],虽欲故犯而不能矣。《啸余》《九宫》二谱一出[3],则葫芦有样,粉本昭然[4]。前人呼制曲为填词。填者,布也,犹棋枰之中,画有定格,见一格,布一子,止有黑白之分,从无出入之弊。彼用韵而我叶之,彼不用韵而我纵横流荡之。至于引商刻羽,戛玉敲金,虽曰神而明之，匪可言喻，亦由勉强而臻自然，盖遵守成法之化境也。至于结构二字，则在引商刻羽之先，拈韵抽毫之始。如造物之赋形，当其精血初凝，胞胎未就，先为制定全形，使点血而具五官百骸之势。倘先无成局，而由顶及踵，逐段滋生，则人之一身，当有无数断续之痕，而血气为之中阻矣。工师建宅亦然，基址初平，间架未立，先筹何处建厅，何方开户，栋需何木，梁用何材，必俟成局了然，始可挥斤运斧。倘造成一架，而后再筹一架，则便于前者不便于后，势必改而就之，未成先毁，犹之筑舍道旁，兼数宅之匠资，不足供一厅一堂之用矣。故作传奇者，不宜卒急拈毫，袖手于前，始能疾书于后。有奇事，方有奇文，未有命题不佳，而能出其锦心，扬为绣口者也。尝读时髦所撰，惜其惨淡经营，用心良苦，而不得被管弦、副优孟者，非审音协律之难，而结构全部规模之未善也。

词采似属可缓，而亦置音律之前者，以有才、技之分也。文词稍胜者即号才人，音律极精者终为艺士。师旷止能审乐，不能作乐，龟年但能度词，不能制词，使与作乐制词者同堂，吾知必居末席矣。事有极细而亦不可不严者，此类是也。

立 主 脑

古人作文，一篇定有一篇之主脑。主脑非他，即作者立言之本意也。传奇亦然。一本戏中有无数人名，究竟俱属陪宾，原其初心，止为一人而设。即此一人之身，自始至终，离合悲欢，中具无限情由，无穷关目，究竟俱属衍文，原其初心，又止为一事而设。此一人一事，即作传奇之主脑也。然必此一人一事果然奇特，实在可传而后传之，则不愧传奇之目，而其人其事与作者姓名皆千古矣。如一部《琵琶》止为蔡伯喈一人，而蔡伯喈一人，又止为"重婚牛府"一事，其余枝节皆从此一事而生，二亲之遭凶，五娘之尽孝，拐儿之骗财匿书，张太公之疏财仗义，皆由于此，是"重婚牛府"四字，即作《琵琶记》之主脑也。一部《西厢》止为张君瑞一人，而张君瑞一人，又止为"白马解围"一事，其余枝节皆从此一事而生，夫人之许婚，张生之望配，红娘之勇于作合，莺莺之敢于失身，与郑恒之力争原配而不得，皆由于此，是“白马解围”四字，即作《西厢记》之主脑也。馀剧皆然，不能悉指。后人作传奇，但知为一人而作，不知为一事而作，尽此一人所行之事，逐节铺陈，有如散金碎玉，以作零出则可，谓之全本，则为断线之珠，无梁之屋，作者茫然无绪，观者寂然无声，无怪乎有识梨园望之而却走也。此语未经提破，故犯者孔多，而今而后，吾知鲜矣。

脱窠臼

“人惟求旧，物惟求新。”新也者，天下事物之美称也。而文章一道，较之他物，尤加倍焉。戛戛乎陈言务去，求新之谓也。至于填词一道，较之诗赋古文又加倍焉。非特前人所作于今为旧，即出我一人之手，今之视昨亦有间焉。昨已见而今未见也，知未见之为新，即知已见之为旧矣。古人呼剧本为传奇者，因其事甚奇特，未经人见而传之，是以得名，可见非奇不传。新即奇之别名也。若此等情节业已见之戏场，则千人共见，万人共见，绝无奇矣，焉用传之？是以填词之家，务解传奇二字，欲为此剧，先问古今院本中曾有此等情节与否，如其未有，则急急传之，否则枉费辛勤，徒作效颦之妇。东施之貌未必丑于西施，止为效颦于人，遂蒙千古之诮，使当日逆料至此，即劝之捧心，知不屑矣。吾谓填词之难，莫难于洗涤窠臼，而填词之陋，亦莫陋于盗袭窠臼。吾观近日之新剧，非新剧也，皆老僧碎补之衲衣，医士合成之汤药。取众剧之所有，彼割一段，此割一段，合而成之，即是一种传奇，但有耳所未闻之姓名，从无目不经见之事实。语云：“千金之裘，非一狐之腋。”以此赞时人新剧，可谓定评。但不知前人所作，又从何处集来？岂《西厢》以前，别有跳墙之张珙？《琵琶》以上，另有剪发之赵五娘乎？若是则何以原本不传，而传其抄本也？窠臼不脱，难语填词，凡我同心，急宜参酌。

审虚实

传奇所用之事，或古或今，有虚有实，随人拈取。古者，书籍所载，古人现成之事也，今者，耳目传闻，当时仅见之事也。实者，就事敷陈，不假造作，有根有据之谓也，虚者，空中楼阁，随意构成，无影无形之谓也。人谓古事多实，近事多虚。予曰不然。传奇无实，大半皆寓言耳。欲劝人为孝，则举一孝子出名，但有一行可纪，则不必尽有其事，凡属孝亲所应有者，悉取而加之。亦犹纣之不善不如是之甚也，一居下流，天下之恶皆归焉[5]。其余表忠表节，与种种劝人为善之剧，率同于此。若谓古事皆实，则《西厢》《琵琶》推为曲中之祖，莺莺果嫁君瑞乎？蔡邕之饿莩其亲，五娘之干蛊其夫[6]，见于何书？果有实据乎？孟子云："尽信书，不如无书。"盖指《武成》而言也[7]。经史且然，矧杂剧乎？凡阅传奇而必考其事从何来、人居何地者，皆说梦之痴人，可以不答者也。然作者秉笔，又不宜尽作是观。若纪目前之事，无所考究，则非特事迹可以幻生，并其人之姓名亦可以凭空捏造，是谓虚则虚到底也。若用往事为题，以一古人出名，则满场脚色皆用古人，捏一姓名不得。其人所行之事，又必本于载籍，班班可考，创一事实不得。非用古人姓字为难，使与满场脚色同时共事之为难也，非查古人事实为难，使与本等情由贯串合一之为难也。予既谓传奇无实，大半寓言，何以又云姓名事实必须有本？要知古人填古事易，今人填古事难。古人填古事，犹之今人填今事，非其不虑人，考无可考也，传至于今，则其人其事观者烂熟于胸中，欺之不得，罔之不能，所以必求可据，是谓实则实到底也。若用一二古人作主，因无陪客，幻设姓名以代之，则虚不似虚，实不成实，词家之丑态也，切忌犯之。

词 采 第 二

曲与诗余，同是一种文字。古今刻本中，诗余能佳而曲不能尽佳者，诗余可选而曲不可选也。诗余最短，每篇不过数十字，作者虽多，入选者不多，弃短取长，是以但见其美。曲文最长，每折必须数曲，每部必须数十折，非八斗长才，不能始终如一，微疵偶见者有之，瑕瑜并陈者有之，尚有踊跃于前，懈弛于后，不得已而为狗尾貂续者亦有之。演者观者既存此曲，只得取其所长，恕其所短，首尾并录，无一部而删去数折，止存数折，一出而抹去数曲，止存数曲之理。此戏曲不能尽佳，有为数折可取而挈带全篇，一曲可取而挈带全折，使瓦缶与金石齐鸣者，职是故也。予谓既工此道，当如画士之传真，闺女之刺绣，一笔稍差，便虑神情不似，一针偶缺，即防花鸟变形。使全部传奇之曲，得似诗余选本如《花间》《草堂》诸集[8]，首首有可珍之句，句句有可宝之字，则不愧填词之名，无论必传，即传之千万年，亦非徼幸而得者矣。吾于古曲之中取其全本不懈、多瑜鲜瑕者，惟《西厢》能之。《琵琶》则如汉高用兵，胜败不一，其得一胜而王者，命也，非战之力也。《荆》《刘》《拜》《杀》之传，则全赖音律，文章一道，置之不论可矣。

戒浮泛

词贵显浅之说，前已道之详矣。然一味显浅而不知分别，则将日流粗俗，求为文人之笔而不可得矣。元曲多犯此病，乃矫艰深隐晦之弊而过焉者也。极粗极俗之语，未尝不入填词，但宜从脚色起见。如在花面口中[9]，则惟恐不粗不俗，一涉生旦之曲，便宜斟酌其词，无论生为衣冠仕宦，旦为小姐夫人，出言吐词当有隽雅舂容之度，即使生为仆从，旦作梅香[10]，亦须择言而发，不与净丑同声。以生旦有生旦之体，净丑有净丑之腔故也。元人不察，多混用之。观《幽闺记》之陀满兴福[11]，乃小生脚色，初屈后伸之人也，其《避兵》曲云："遥观巡捕卒，都是棒和枪。"此花面口吻，非小生曲也。均是常谈俗语，有当用于此者，有当用于彼者。又有极粗极俗之语，止更一二字，或增减一二字，便成绝新绝雅之文者。神而明之，只在一熟。当存其说，以俟其人。

填词义理无穷，说何人肖何人，议某事切某事。文章头绪之最繁者，莫填词若矣，予谓总其大纲，则不出情景二字。景书所睹，情发欲言，情自中生，景由外得，二者难易之分，判如霄壤。以情乃一人之情，说张三要象张三，难通融于李四，景乃众人之景，写春夏尽是春夏，止分别于秋冬。善填词者，当为所难，勿趋其易。批点传奇者，每遇游山玩水、赏月观花等曲，见其止书所见不及中情者，有十分佳处，只好算得五分，以风云月露之词工者尽多，不从此剧始也。善咏物者，妙在即景生情。如前所云《琵琶·赏月》四曲[12]，同一月也，牛氏有牛氏之月，伯喈有伯喈之月。所言者月，所寓者心。牛氏所说之月，可移一句于伯喈？伯喈所说之月，可挪一字于牛氏乎？夫妻二人之语犹不可挪移混用，况他人乎？人谓此等妙曲，工者有几，强人以所不能，是塞填词之路也。予曰不然。作文之事贵于专一，专则生巧，散乃入愚，专则易于奏工，散者难于责效。百工居肆，欲其专也，众楚群咻，喻其散也。舍情言景，不过图其省力，殊不知眼前景物繁多，当从何处说起？咏花既愁遗鸟，赋月又想兼风。若使逐件铺张，则虑事多曲少，欲以数言包括，又防事短情长。展转推敲，已费心思几许，何如只就本人生发，自有欲为之事，自有待说之情，念不旁分，妙理自出。如发科发甲之人[13]，窗下作文每日止能一篇二篇，场中遂至七篇[14]。窗下之一篇二篇未必尽好，而场中之七篇，反能尽发所长而夺千人之帜者，以其念不旁分，舍本题之外并无别题可做，只得走此一条路也。吾欲填词家舍景言情，非责人以难，正欲其舍难就易耳。

（卷一）

宾白第四

自来作传奇者，止重填词，视宾白为末着，常有白雪阳春其调，而巴人下里其言者，予窃怪之。原其所以轻此之故，殆有说焉。元以填词擅长，名人所作，北曲多而南曲少。北曲之介白者[15]，每折不过数言，即抹去宾白而止阅填词，亦皆一气呵成，无有断续，似并此数言亦可略而不备者。由是观之，则初时止有填词，其介白之文，未必不系后来添设。在元人，则以当时所重不在于此，是以轻之。后来之人，又谓元人尚在不重，我辈工此何为？遂不觉日轻一日，而竟置此道于不讲也。予则不然。尝谓曲之有白，就文字论之，则犹经文之于传注，就物理论之，则如栋梁之于榱桷，就人身论之，则如肢体之于血脉。非但不可相无，且觉稍有不称，即因此贱彼，竟作无用观者，故知宾白一道，当与曲文等视，有最得意之曲文，即当有最得意之宾白，但使笔酣墨饱，其势自能相生。常有因得一句好白而引起无限曲情，又有因填一首好词而生出无穷话柄者。是文与文自相触发，我止乐观厥成，无所容其思议。此系作文恒情,不得幽渺其说而作化境观也。

(卷三)

清康熙刻本《闲情偶寄》词曲部

注释

[1]《中原音韵》:元周德清著。二卷,前卷为韵书,后卷为附论。根据元代北曲用韵,分十九部。首倡"平分阴阳,入派三声"之说。

[2] 率由:遵循,沿用。

[3]《啸余》:即《啸余谱》,音律丛书,收录著作十二种,与曲学有关者四种,采自前人,标出"句""韵""叶"。明程明善编。程明善,号玉川,新安人。《九宫》:即《南九宫谱》,南曲谱,明沈璟编。

[4] 粉本:画稿。

[5]"亦犹纣之不善不如是之甚也"三句:《论语·子张》:"纣之不善不如是之甚也,是以君子恶居下流,天下之恶皆归焉。"

[6] 干蛊:《易·蛊》:"干父之蛊,有子,考无咎。"王弼注:"以柔巽之质,干父之事,能承先轨,堪其任者也。"故谓儿子能继承父志,完成父亲未竟之业为"干父之蛊",简称"干蛊"。此用以谓妻子做该由丈夫做的事。

[7]"孟子云"四句:引语见《孟子·尽心下》。《武成》,《尚书》篇名,在东汉光武帝建武年间已亡失。今所传《尚书》的《武成》篇是伪古文。

[8]《花间》:《花间集》,后蜀赵崇祚编。《草堂》:《草堂诗余》,南宋何士信编。此书有前后集各二卷,共四卷。选辑五代宋词,按内容分为四季、节序、天文、地理、人物、器皿等十一类。

[9] 花面:戏曲脚色行当"净"的俗称。因面部用色彩图案勾勒脸谱,故称。演粗犷莽撞或性格豪迈的人物。

[10] 梅香:侍女。

[11]《幽闺记》:元传奇《王瑞兰闺怨拜月亭》别一流传系统的戏曲本子,有明虎林容与堂刻本《李卓吾先生批评幽闺记》、明毛氏汲古阁刻本《幽闺记定本》。

[12]《琵琶·赏月》四曲:指《琵琶记》第二十七出《伯喈牛小姐赏月》中《念奴娇序》四曲,贴(牛氏)和生(伯喈)相间而唱,各唱二支。

[13] 发科发甲之人:科举考试应试得中者。汉、唐取士都有甲乙等科,后世因称

科举为科甲，称考中为发科发甲。

［14］场中：科举考试场内。

［15］介白：介，指示角色演出动作的用语。白，道白。

说明

李渔曲论的重要贡献，在于将前人零星散布的见解和他自己的心得组成有机的理论结构，构成较有系统的理论形态。

《词曲部》由以下六个部分组成：《结构第一》《词采第二》《音律第三》《宾白第四》《科诨第五》《格局第六》。每个部分下再分具体细目，共计三十七款，加最后一篇《填词馀论》。它们包括整个戏曲创作的艺术构思、角色塑造、结构编排、曲白音律、科诨设计、场次调度诸重要方面的理论问题，其内容之丰富、门类之详备、纲目之完整、论析之严密有序，均为从前曲论所不见。

其中关于结构、词采、音律三者先后关系的阐述和对宾白、科诨在戏曲创作中重要性的强调，带有曲论革新的意义。明至清初，剧坛有吴江派与临川派重音律及重辞采之争，重音律一派似稍占上风。李渔不受两派羁縻，高屋建瓴地提出"独先结构"主张，这成为李渔曲论个人特点的重要标记之一。他说的"结构"指戏曲创作构思和剧本内部具体的脉络联系。他认为，这是剧作家编剧时较之审音协律更难做好，而又是更本质地反映"填词"之道的重要步骤或环节。因此他主张"独先结构"，不同意"首重音律"或"专重辞采"。

在音律与词采关系上，李渔以为词采应"置音律之前"，认为制词与审乐有"才技之分"，"文词稍胜者即号才人，音律极精者终为艺士"。对才情论者李渔来说，置戏曲创作中的词采于音律之前，是很自然的。然而这并不表示李渔在音律、辞采之争中站到了临川派一边，事实上，李渔重词采，强调的是"显浅""机趣"，不满《牡丹亭》过于绮丽曲折隐晦，这更接近吴江派的"本色"论。

在李渔以前，人们对宾白、科诨在戏曲中的重要性已经有所认识。如王骥德《曲律》卷三有"论宾白""论科诨"两款。然而，真正对宾白、科诨极度重视且作专门研究的当推李渔。他一反写戏"止重填词，视宾白为末着"的偏见，提出"宾白一道，当与曲文等视"的见解。又反对以"小道"视插科打诨，认为科诨对调剂剧情，增益演出效果有神奇的作用，将它形象地比喻为"看戏之人参汤"（《科诨第五》）。李渔主要从增强戏曲的通俗性和娱乐性来认识宾白、科诨在戏曲创作中的地位及意义。他创作的显著特点之一，是宾白比重大量增加，科诨设计也更加巧妙，实践了他自己的主张。李渔还认为，增加和改进宾白、科诨，为戏曲改旧编新提供了宽裕的余地和较大的自由。这也是它们应受高度重视的原因。

围炉诗话（选录）

〔清〕吴　乔

作者简介

吴乔(1611—1695)，一名殳，字修龄，太仓(今属江苏)人，入赘昆山。作诗学李商隐，好为艳体。善论诗，服膺冯班、贺裳，对两家诗论多加引录，称他自己《围炉诗话》和冯班《钝吟杂录》、贺裳《载酒园诗话》为"谈诗三绝"(见阎若璩《潜邱札记》)。主张"诗中须有人"，强调"比兴寄托"，为赵执信所推尊。著有《围炉诗话》《西昆发微》等。

问曰："诗文之界如何？"答曰：意岂有二？意同而所以用之者不同，是以诗文体制有异耳。文之词达，诗之词婉。《书》以道政事，故宜词达，《诗》以道性情，故宜词婉。意喻之米，饭与酒所同出。文喻之炊而为饭，诗喻之酿而为酒。文之措词必副乎意，犹饭之不变米形，啖之则饱也。诗之措词不必副乎意，犹酒之变尽米形，饮之则醉也。文为人事之实用，诏敕、书疏、案牍、记载、辨解[1]，皆实用也。实则安可措词不达，如饭之实用以养生尽年，不可矫揉而为糟也。诗为人事之虚用，永言、播乐，皆虚用也。赋而为《清庙》《执竞》[2]，称先王之功德，奏之于庙则为《颂》，赋而为《文王》《大明》[3]，称先王之功德，奏之于朝则为《雅》。二者必有光美之词，与文之摭拾者不同也。赋而为《桑柔》《瞻卬》[4]，刺时王之秕政，亦必有哀恻隐讳之词，与文之直陈者不同也。以其为歌为奏，自不当与文同故也。赋为直陈，犹不与文同，况比兴乎？诗若直陈，《凯风》《小弁》大诟父母矣[5]。

问曰："先生每言诗中须有人，乃得成诗。此说前贤未有，何自而来?”答曰：禅者问答之语，其中必有人，不知禅者不觉耳。余以此知诗中亦有人也。人之境遇有穷通，而心之哀乐生焉。夫子言诗，亦不出于哀乐之情也。诗而有境有情，则自有人在其中。……故读渊明、康乐、太白、子美集，皆可想见其心术行己[6]，境遇学问。刘伯温、杨孟载之集亦然[7]。惟弘、嘉诗派浓红重绿[8]，陈言剿句，万篇一篇，万人一人，了不知作者为何等人，谓之诗家异物，非过也。……

清借月山房汇抄本《围炉诗话》卷一

注释

[1] 记载：即记，记事之文体。辨解：辨和解二种文体。

[2]《清庙》《执竞》：《诗经·周颂》篇名。

[3]《文王》《大明》：《诗经·大雅》篇名。

[4]《桑柔》《瞻印》：《诗经·大雅》篇名。《序》：“《桑柔》，芮伯刺厉王也。”“《瞻印》，凡伯刺幽王大坏也。”

[5]《凯风》《小弁》大诟父母：《凯风》，《诗经·邶风》篇名。《序》：“卫之淫风流行，虽有七子之母，犹不能安其室。”《小弁》，《诗经·小雅》篇名。《毛诗正义》：“幽王信褒姒之谗，放逐宜咎（太子）。其傅亲训太子，知其无罪，闵其见逐，故作此诗以刺王。……太子不可作诗以刺父，自傅意述而刺之，故变文以云义也。”

[6] 行己：谓立身行事。

[7] 刘伯温：刘基。杨孟载：杨基。

[8] 弘、嘉诗派：指明代前后七子。

说明

吴乔以主张“诗中须有人”而受到赵执信推尊。其说包括诗人真实地抒情言志，描写自己的生活境遇和内心感受，表达对外在世界的个人看法，使诗歌具有个性等。前人对此早已有所述说，吴乔的主要贡献在于将上述内容作了简要的概括。他提出这一主张，旨在改变前后七子拟古风气造成的“万篇一篇，万人一人”的诗弊。强调“诗中须有人”，实际上也是要求诗人创作必须重意，应当有为而作，“诗须有为而作，非自托则寄慨、寄规”（卷六）。这对克服清初诗坛依然存在的某种拟古倾向有其意义。他从“诗中须有人”的认识出发，还要求诗人培养美好、高尚、宽博的襟抱志趣，以提高诗歌抒情述志的质量和境界。他特别推崇杜甫及其诗歌，“诗出于人。有子美之人，而后有子美之诗”。因此，“诗中须有人”的前提是，其人应当品德高尚，堪为师范。

吴乔形象地用饭和酒来比喻文和诗，饭酒皆由米做成，犹如文和诗都离不开立意。但是“文为人事之实用”，词必符意，好比饭不变米形而使人饱，“诗为人事之虚用”，词不必符意，好比酒变尽米形而使人醉。这与西方将散文喻为散步，诗歌喻为跳舞，有异曲同工之妙。

日知录（选录）

〔清〕顾炎武

作者简介

顾炎武（1613—1682），初名继绅，更名绛，字忠清，入清后又更名炎武，字宁人，曾自署蒋山傭，昆山亭林镇（今属江苏）人，学者称亭林先生。早年参加复社，清兵南下，图谋恢复。后长期游学北方，交友观势，从事著述，拒清廷征召，客死山西曲沃。他崇尚实学，博通古今，世有“通儒”之目。提倡实事求是的治学方法，开清代朴学风气。诗学杜甫、唐音，有渊深朴茂、沉郁苍劲之风。顾炎武的文学思想贯穿着有益世用的基本精神，以此褒贬作家作品，评估文学价值和意义。他还提出重“厚”尚“实”、“弗畔于道”等要求。他反对规摹古人，也反对刻意求异，主张遵循文学的基本规范，在继承基础上创新，“未尝不似而未尝似”，自然熟妙。此外，作为卓有成就的音韵学家，他对古诗严格的音律束缚表示异议，并对宽懈韵律、以利于自由快畅地表达诗意提出了一些建设性意见。著有《天下郡国利病书》《肇域志》《音学五书》《日知录》《顾亭林诗文集》等。

文须有益于天下

文之不可绝于天地间者，曰明道也，纪政事也，察民隐也，乐道人之善也。若此者有益于天下，有益于将来，多一篇多一篇之益矣。若夫怪力乱神之事[1]，无稽之言，剿袭之说，谀佞之文，若此者，有损于己，无益于人，多一篇多一篇之损矣。

文人摹仿之病

近代文章之病，全在摹仿，即使逼肖古人，已非极诣，况遗其神理而得其皮毛者乎？且古人作文，时有利钝，梁简文《与湘东王书》云："今人有效谢康乐、裴鸿胪文者，学谢则不届其精华，但得其冗长，师裴则蔑弃其所长，惟得其所短。"[2]宋苏子瞻云："今人学杜甫诗，得其粗俗而已。"[3]金元裕之诗云："少陵自有连城璧，争奈微之识碔砆。"[4]夫文章一道，犹儒者之末事，乃欲如陆士衡所谓"谢朝华于已披，启夕秀于未振"者[5]，今且未见其人，进此而窥著述之林，益难之矣。

效《楚辞》者必不如《楚辞》，效《七发》者必不如《七发》，盖其意中先有一人在前，既恐失之，而其笔力复不能自遂，此寿陵余子学步邯郸之说也。

假设之辞

古人为赋，多假设之辞，序述往事，以为点缀，不必一一符同也。子虚、亡是公、乌有先生之文已肇始于相如矣[6]，后之作者实祖此意。谢庄《月赋》："陈王初丧应、刘，端忧多暇。"[7]又曰："抽毫进牍，以命仲宣。"按王粲以建安二十一年从征吴[8]，二十二年春道病卒，徐、陈、应、刘一时俱逝[9]，亦是岁也，至明帝太和六年植封陈王[10]，岂可掎摭史传以议此赋之不合哉？庾信《枯树赋》既言殷仲文出为东阳太守，乃复有桓大司马，亦同此例[11]。而《长门赋》所云"陈皇后复得幸"者，亦本无其事[12]。俳谐之文，不当与之庄论矣。

（卷十九）

诗体代降

三百篇之不能不降而《楚辞》，《楚辞》之不能不降而汉魏，汉魏之不能不降而六朝，六朝之不能不降而唐也，势也。用一代之体，则必似一代之文，而后为合格。

诗文之所以代变，有不得不变者。一代之文，沿袭已久，不容人人皆道此语。今且千数百年矣，而犹取古人之陈言一一而摹仿之，以是为诗可乎？故不似则失其所以为诗，似则失其所以为我。李、杜之诗所以独高于唐人者，以其未尝不似而未尝似也。知此者，可与言诗也已矣。

（卷二十一）

清道光十四年（1834 年）黄氏西溪草庐重刊定本《日知录集释》

注释

[1] 怪力乱神：《论语·述而》："子不语怪力乱神。"《正义》："怪，怪异也。力，谓若奡荡舟、乌获举千钧之属也。乱，谓臣弑君、子弑父也。神，谓鬼神之事。"

[2] "梁简文《与湘东王书》云"六句：简文，萧纲，梁简文帝。湘东王，萧绎，初封湘东王。引文对原文有所略缩。裴鸿胪，裴子野，梁文人，官至鸿胪卿，文风质朴。

[3] "宋苏子瞻云"三句：苏轼《书诸葛散卓笔》："散卓笔，惟诸葛能之，他人学者皆得其形似而无其法，反不如常笔，如人学杜甫诗，得其粗俗而已。"散卓笔，毛笔的一种。其笔毫约露于管外寸半，藏一寸于管中，一笔可抵他笔数支，为世所重。宋代宣州诸葛高以善制散卓笔名世。

[4] "金元裕之诗云"三句：引诗自元好问《论诗三十首》之十。

[5] "谢朝华"两句：引自陆机《文赋》。

[6] 子虚、亡是公、乌有先生：司马相如在《子虚赋》中虚拟的三个人物。

[7] "谢庄《月赋》"三句：谢庄（421—466），南朝宋文学家。字希逸，陈郡阳夏（今河南太康）人。曾任吏部尚书，明帝时官金紫光禄大夫。善诗赋。后人辑有《谢光禄集》。陈王，曹植。应、刘，应玚、刘桢，二人均列名"建安七子"，都死于 217 年。

[8] 建安二十一年：216 年。

[9] 徐、陈：徐幹、陈琳。按陈琳死于 217 年，徐幹死于 218 年。

[10] 明帝：曹叡，继曹丕即魏帝位。太和六年：232 年。

[11]“庾信《枯树赋》”三句：《枯树赋》：“殷仲文风流儒雅，海内知名。世异时移，出为东阳太守。常忽忽不乐，顾庭槐而叹曰。”又云：“桓大司马闻而叹曰：‘昔年种柳，依依汉南；今看摇落，凄怆江潭；树犹如此，人何以堪！’”殷仲文（？—407），东晋文学家。陈郡（郡治今河南淮阳）人。曾官尚书，迁东阳郡太守。后以谋反的罪名，被刘裕杀害。东阳，在今浙江东阳一带。桓大司马，指东晋桓温（312—373）。桓玄之父。当桓玄事败，殷仲文顾槐而叹时，桓温早已去世。

[12]“而《长门赋》所云”两句：《长门赋》，司马相如作，引文见《长门赋·序》。陈皇后，汉武帝姑母之女阿娇。因妒忌武帝别宠新欢卫子夫，被废居冷宫。长门宫，在长安城东南。此序文称武帝用其谥号，事晚于司马相如死后几十年，序末云陈后因赋复宠，于史无证。故自南朝陆厥以后，历代学者多疑其伪托。

说明

顾炎武积三十余年读书心得，编次而成《日知录》一书。这是他一生思想和学术的结晶。开展文学批评是该书的有机组成，其中卷十九、卷二十一更是主要讨论文学创作和批评的问题。

他提出“文须有益于天下”的口号，并以此作为对一切成文的文学作品和非文学的作品根本的要求。他以“明道”“纪政事”“察民隐”“乐道人之善”为“有益”的具体内涵，着重强调的是著作的用世功能和作者拯世救民的责任。在顾炎武看来，述经、用世、撰文三者应该是完全统一的，归结到一点，就是要落实到“明道救人”上面。虽然他这里说的“文”泛指一切种类的著作，而其有用、有益的原则同样也适合于文学。

顾炎武强调文的撰作必须有益于世用，这在社会剧烈动荡及和平安定时期，都有十分积极的意义。他又因而要求作者怀有宏大的人生理想，积极投身现实，鄙视那种“月下倚高松，听长笛，欣然忘天下之际”的文士儒生（见《日知录》卷十三“范文正公”条）。这些都值得称道。然而，文学的功能并不是单一的，即使同是发挥世用的功能，它与其他学术著作相比也有自己的特点和方式，因此也不可一概而论，否则将会抹煞文学的特性。顾炎武的文学功利观在这方面显然存在不足，他有时对文学表示失望，就是源于对文学直接的世用性的一种超常期望。

在对文学特性的认识上，顾炎武有时表现出明显的矛盾。当他从文学本身的特点出发开展批评时，他能够理解文学的假设特性，指出拘执具体事实苛责文学是弄错了对象。“假设之辞”条列举一些文学性较强的赋作，指出这些作品涉及史事，仅在“点缀”，应当允许其与史实不合，不必“掎摭史传”，强求“符同”。在这里，顾炎武表现出的是一种文学批评家的艺术眼光。可是，当他以学者的眼光查验文学时，上述对文学特性的理解和认识又消泯了，经得起史实的检验，材料的可信，成为他真正感兴趣的问题。如《日知录》卷二十并列着这样几条内容：“诗人改古事”“庾子山赋误”“于仲文诗误”“李太白诗误”“郭璞赋误”“陆机文误”，就大多属于这类情况。

对诗歌形式的基本历史规范与诗人独创性的关系，顾炎武持二者相统一之主张，以“未尝不似而未尝似”为诗歌理想的范式。中国古代诗歌（不包括词、曲）的各类体裁随着时代的发展而不断变化、丰富，至唐朝它们已经大致趋于成熟。各类诗体与语言（如格律、声调、文质、辞句等要素）之间存在共生和制约的关系，于是形成一定的格式，这就是顾炎武说的“用一代之体，则必似一代之文，而后为合格”。然而诗歌的语言表达是一个不断“代变”创新的过程，摹仿古人陈言不足成其为诗。这样，诗人写诗一方面要运用前人创造的诗体，从而必须考虑“合格”，另一方面又要努力追求表达的新颖，所以又要力图摆脱前人的羁縻。于是他们在客观上面临着“似”与“不似”的矛盾。明代有些文人用简单的办法来解决这一问题，偏执一端，结果造成各自的流弊。顾炎武看到二者的偏失，“不似则失其所以为诗，似则失其所以为我”，这实际上就是肯定诗歌既须符合形式的基本历史规范，又要充分体现诗人“我”的独创，在二者中，又以追求符合规范前提下的“未尝似”为其重点。

姜斋诗话（选录）

〔清〕王夫之

作者简介

王夫之（1619—1692），字而农，号姜斋，别名有卖姜翁、夕堂老汉等，衡阳（今属湖南）人。后人因他晚年隐居衡阳石船山而称他船山先生。明崇祯时举于乡，永历时被授予行人司行人之职。抗清失败，变易姓名隐居于湘西、广东等地，著书授徒以终。王夫之是明清之际杰出的思想家，著作文、史、哲包罗广泛，还涉及一些自然科学。他对文学的评论一般带有较强的理论色彩，并能够遵从诗歌自身规律来把握其艺术特征，往往提出一些令人深思的问题，结论也常常令人耳目一新。他强调“兴观群怨”而突出读者自由解读作品之作用，肯定创作“以意为主”，提倡情景相生，“互藏其宅”(《诗绎》)，对诗歌艺术方法进行了广泛而深刻地探讨，颇能揭示诗歌本质，而高出于一般的作法论。王夫之著述达一百余种，后人辑《船山遗书》，虽几经增补，仅得近七十种，散佚尚多。他的文学批评论著主要有《姜斋诗话》《古近体诗评选》，《诗广传》《楚辞通释》中也有这类内容。

“诗可以兴，可以观，可以群，可以怨”[1]，尽矣。辨汉、魏、唐、宋之雅俗得失以此，读三百篇者必此也。“可以”云者，随所以而皆可也。于所兴而可观，其兴也深，于所观而可兴，其观也审。以其群者而怨，怨愈不忘，以其怨者而群，群乃益挚。出于四情之外，以生起四情，游于四情之中，情无所窒。作者用一致之思，读者各以其情而自得。故《关雎》，兴也，康王晏朝，而即为冰鉴[2]。“讦谟定命，远猷辰告”，观也，谢安欣赏，而增其遐心[3]。人情之游也无涯，而各以其情遇，斯所贵于有诗。是故延年不如康乐[4]，而宋、唐之所繇升降也。谢叠山、虞道园之说诗[5]，井画而根掘之，恶足知此？

唐人《少年行》云[6]：“白马金鞍从武皇，旌旗十万猎长杨。楼头少妇鸣筝坐，遥见飞尘入建章。”想知少妇遥望之情，以自矜得意，此善于取影者也。“春日迟迟，卉木萋萋。仓庚喈喈，采蘩祁祁。执讯获丑，薄言还归。赫赫南仲，玁狁于夷。”[7]其妙正在此。训诂家不能领悟，谓妇方采蘩而见归师，旨趣索然矣。建旌旗，举矛戟，车马喧阗，凯乐竞奏之下，仓庚何能不惊飞，而尚闻其喈喈？六师在道[8]，虽曰勿扰，采蘩之妇亦何事暴面于三军之侧邪[9]？征人归矣，度其妇方采蘩，而闻归师之凯旋。故迟迟之日，萋萋之草，鸟鸣之和，皆为助喜。而南仲之功，震于闺阁，室家之欣幸，遥想其然，而征人之意得可知矣。乃以此而称南仲，又影中取影，曲尽人情之极至者也。

（卷一《诗绎》）

无论诗歌与长行文字，俱以意为主。意犹帅也，无帅之兵，谓之乌合[10]。李、杜所以称大家者，无意之诗十不得一二也。烟云泉石，花鸟苔林，金铺锦帐，寓意则灵。若齐、梁绮语，宋人抟合成句之出处宋人论诗，字字求出处。役心向彼掇索，而不恤己情之所自发，此之谓小家数，总在圈缋中求活计也[11]。

身之所历，目之所见，是铁门限[12]。即极写大景，如“阴晴众壑殊”[13]“乾坤日夜浮”[14]，亦必不逾此限。非按舆地图便可云“平野入青徐”也[15]，抑登楼所得见者耳。隔垣听演杂剧，可闻其歌，不见其舞，更远则但闻鼓声，而可云所演何出乎？前有齐、梁，后有晚唐及宋人，皆欺心以炫巧。

情景名为二，而实不可离。神于诗者，妙合无垠。巧者则有情中景，景中情。景中情者，如“长安一片月”[16]，自然是孤栖忆远之情；“影静千官里”[17]，自然是喜达行在之情[18]。情中景尤难曲写，如“诗成珠玉在挥毫”写出才人翰墨淋漓、自心欣赏之景[19]。凡此类，知者遇之，非然，亦鹘突看过[20]，作等闲语耳。

论画者曰：“咫尺有万里之势。”[21]一“势”字宜着眼。若不论势，则缩万里于咫尺，直是《广舆记》前一天下图耳[22]。五言绝句，以此为落想时第一义。唯盛唐人能得其妙，如“君家住何处？妾住在横塘。停船暂借问，或恐是同乡”[23]。墨气所射，四表无穷，无字处皆其意也。李献吉诗：“浩浩长江水，黄州若个边？岸回山一转，船到堞楼前。”[24]固自不失此风味。

（卷二《夕堂永日绪论·内编》）
《四部丛刊》本《姜斋先生诗文集》

注释

［1］“诗可以兴”四句：自《论语·阳货》。
［2］“故《关雎》兴也”四句：毛传释“关关雎鸠，在河之洲”两句：“兴也。”康王，西周国王，成王之子，姬姓，名钊。《鲁诗》认为《关雎》是刺康王之作。王先谦《诗三家义集疏》：“鲁说曰：周衰而诗作，盖康王时也。康王德缺于房，大臣

刺晏，故诗作。”冰鉴，镜子。

[3]“讦谟定命”五句：讦谟，宏大的谋划。定命，制定的号令。远猷，长久的规划。辰告，按时公告。诗句出自《诗·大雅·抑》。谢安，东晋人，孝武帝时位至宰相。《世说新语·文学》：“谢公（安）因子弟集聚，问：‘《毛诗》何句最佳？’遏（谢玄）称曰：‘“昔我往矣，杨柳依依；今我来思，雨雪霏霏。”’公曰：‘“讦谟定命，远猷辰告。”’谓此句偏有雅人深致。”

[4]延年：颜延之。康乐：谢灵运。

[5]谢叠山：谢枋得，南宋末诗人。有《诗传注疏》《注解章泉涧泉二先生选唐诗》等。虞道国：虞集，元学者。有《道园学古录》。《杜律注》旧题虞集撰，实为后人托名之作。王夫之所谓“说诗”，疑误指此书。

[6]《少年行》：王昌龄作。一名《青楼曲》。

[7]“春日迟迟”八句：引自《诗·小雅·出车》。仓庚，黄莺的别名。祁祁，盛貌。讯，敌人的首领。丑，指众敌。南仲，周朝的大将。猃狁（xiǎn yǔn），我国古代北方少数民族。

[8]六师：周天子所统六军之师，一万二千五百人为军。

[9]三军：军队的统称。

[10]“无论诗歌与长行文字”五句：杜牧《答庄充书》：“凡为文以意为主，以气为辅，以辞彩章句为之兵卫。”

[11]圈缋中求活计：意思是局限在很小的范围内动脑筋。圈缋，圈套。

[12]铁门限：唐李绰《尚书故实》：“（智永禅师）积年学书，秃笔头十瓮。每瓮皆数石。人来觅书，并请题头者如市，所居户限为之穿穴，乃用铁叶裹之，人谓之铁门限。”限，门槛。此比喻生活经历之于诗人创作的重大影响。

[13]阴晴众壑殊：王维《终南山》句。

[14]乾坤日夜浮：杜甫《登岳阳楼》句。

[15]舆地图：古代地图。平野入青徐：杜甫《登兖州城楼》句。青徐，青州、徐州。

[16]长安一片月：出自李白《子夜吴歌·秋》。

[17]影静千官里：出自杜甫《喜达行在所》之三。

[18]行在：皇帝离京外巡，其居处称行在所。

[19]诗成珠玉在挥毫：杜甫《奉和贾至舍人早朝大明宫》句。

[20]鹘突：糊涂。

[21]咫尺有万里之势：《南史·萧贲传》：“（贲）能书善画，于扇上图山水，咫尺之

内，便觉万里为遥。”

[22]《广舆记》：明陆应旸辑，古代地理书，二十四卷。卷首有天下总图，题语云：“广舆图式以尺幅尽万里之势。”

[23]“君家住何处”四句：崔颢《长干行》之一。

[24]“浩浩长江水”四句：李梦阳《黄州》。王夫之《明诗评选》卷七评道：“心目用事，自该群动，惟开、天诸公能之，此犹踞供奉炉上著火。”

说明

《姜斋诗话》是王夫之文学批评（主要是诗歌批评）方面的一部代表作。它包括卷一《诗绎》，以《诗经》为讨论对象，卷二《夕堂永日绪论》，内编论历代诗歌，着重论明诗，外编论制义，也涉诗文，卷三《南窗漫记》，记忆师长士友的诗语逸事。作者的诗歌理论集中反映在《诗绎》和《夕堂永日绪论》内编。

《姜斋诗话》涉及的诗歌理论问题很多。如肯定“意”在创作中对整篇作品的统帅作用，“势”在完成写意过程中重要的艺术辅助作用（对于短篇绝句体而言，更属构思“第一义”），强调诗人阅历、身历目见的重要，重视诗的想象力，并提出新颖的“取影”说。

相比较而言，王夫之对情景关系的论述更显广泛和深刻。

诗歌创作中的情景关系是指：（一）从创作的性质和动因说，谓诗人内在情绪与外在世界自然景貌、人寰世俗互相感发、启触，激起诗人表达叙述的冲动，并最终以诗篇的形式使这种创作冲动得以凝结。（二）就具体表达而言，它又指如何处理和协调将被纳入诗篇的情感思绪与自然景致、生活图景两者关系的方法和技巧。这同时牵涉到诗歌创作的缘起和如何表现的问题。王夫之关于情景的论述兼涵这两方面的内容。他在借鉴、批判前人的情景理论基础上，提出了自己的认识。

王夫之认为情景交感是诗歌创作的重要触机。他批评贾岛主要针对他作诗的态度和方式，并无意去评裁“推”“敲”二字哪个妥当。“若即景会心，则或推或敲，必居其一，因景因情，自然灵妙”，否则，离开具体情境，只在驴背上揣度推门敲门之状，任其选用哪个词入诗，都未尝“毫发关心”，因而皆不足称道。

从作法的角度说，王夫之反对一篇诗中几句状景、几句抒情这种死板的教条和格套，提倡情景相生，“互藏其宅”，这是他对谐合诗歌情景关系的根本见解。在他看来，“在心”之情和“在物”之景一旦在诗人艺术构思和具体诗篇里相融会，其原先存在的区别和界限实际上已归于消泯，不再具有意义，“情皆可景”，“景总含情”(《唐诗评选》卷四岑参《首春渭西郊行呈蓝田张二主簿》评语)，二者“相为珀芥”，“实不可离”。至此，情景已是作为水乳交融的新的整体向人们呈显自己的蕴意。这就彻底摒弃了诗歌创作和诗歌批评中割裂情景，强立疆畛的倾向。

探讨作品本文含义与读者释读理解之间的关系是王夫之诗歌批评的又一重要内容。他肯定读者对理解作品拥有个人的自由。“兴观群怨”说自孔子提出后影响深远。王夫之对四者各自内涵并没有比前人提供更多新见，他的阐说的突出之处，是将《论语》这句话的重点从“兴观群怨”转移到“可以”上来，揭示了四者的联系和转化，并进而对读者自由地去解读诗歌作品进行了肯定(参见[美]黄秀洁撰、陈荃礼摘译：《王夫之诗论中的情与景》，钱仲联主编：《明清诗文研究丛刊》第二辑〈试刊〉，第244—245页，1982年。按：承友人张伯伟教授相告，黄秀洁乃黄兆杰译名之误)。

“随所以而皆可”是兼指作品和读者而言。从作品方面说，它们应该蕴涵丰富，足以启诱读者无穷的感兴，所谓“诗无达志”(《唐诗评选》卷四杨巨源《长安春游》评语)、“无托者，正可令人有托也”(《明诗评选》卷八袁宏道《柳枝》评语)，皆以能够启导“读者各以其情而自得”作为评定一首优秀诗作的重要条件。从读者方面说，他们可以凭藉自己的情致感绪去自由地触摸诗歌的内蕴，对作品本文作出各自不同的解说，允许阅读和解说烙下读者个人的印记。“出于四情之外，以生起四情；游于四情之中，情无所窒”，正说明阅读是读者心绪与作品义旨之间的互相启引、渗透、融和，决非像镜子映物那样简单、机械。王夫之这些见解，是汉人“诗无达诂”、竟陵派诗为“活物”说的进一步发展，对诗歌解释理论的丰富作出了贡献。

读三国志法(选录)

〔清〕毛纶、毛宗岗

作者简介

毛纶(生卒年不详)，字德音，改号声山，以号行，长洲(今江苏苏州)人。褚人获《坚瓠集》称他“学富家贫，中年瞽废”。浮云客子康熙五年(1666年)撰《第七才子书序》称他“锦心绣口，久为文坛推重”。毛宗岗(1632—?)，毛纶子。字序始,号孑庵,七十八岁犹在世。毛纶在他评批《琵琶记》的《总论》里,明确说他自己是《三国演义》的评者,毛宗岗"亦得参附末论",协助他"共赞其成"。证以毛本《三国演义》第二十三回评语与毛纶评《琵琶记》的《总论》一段文字相同,以及醉畊堂刊《古本三国志》李渔序称《三国演义》是"声山所评书"知毛纶所述可信。毛宗岗协助父亲评书,付出了许多心力,且亦提出不少见解。毛纶另有评本《七才子琵琶记》,毛宗岗著有《孑庵杂录》。

《三国》一书,乃文章之最妙者,叙三国不自三国始也。三国必有所自始,则始之以汉帝。叙三国不自三国终也,三国必有所自终,则终之以晋国。而不但此也。刘备以帝胄而缵统,则有宗室如刘表、刘璋、刘繇、刘辟等以陪之。曹操以强臣而专制,则有废立如董卓,乱国如李傕、郭汜以陪之。孙权以方侯而分鼎,则有僭号如袁术,称雄如袁绍,割剧如吕布、公孙瓒、张扬、张邈、张鲁、张绣等以陪之。刘备、曹操于第一回出名,而孙权则于第七回方出名,曹氏之定许都在第十一回,孙氏之定江东在第十二回,而刘氏之取西川则在第六十回后。假令今人作稗官,欲平空拟一三国之事,势必劈头便叙三人,三人各据一国,有能如是之绕乎其前,出乎其后,多方以盘旋乎其左右者哉?古事所传,天然有此等波澜,天然有此等层折,以成绝世妙文,然则读《三国》一书,诚胜读稗官万万耳。

《三国》叙事之佳,直与《史记》仿佛,而其叙事之难,则有倍难于《史记》者。《史记》各国分书,各人分载,于是有本纪、世家、列传之别,今《三国》则不然,殆合本纪、世家、列传而总成一篇。分则文短而易工,合则文长而难好也。

读《三国》胜读《列国志》[1]。夫《左传》《国语》,诚文章之最佳者,然左氏经而立传,经既逐段各自成文,传亦逐段各自成文,不相联属也。《国语》则离经而自为一书,可以联属矣,究竟《周语》《鲁语》《晋语》《郑语》《齐语》《楚语》《吴语》《越语》,八国分作八篇,亦不相连属也。后人合《左传》《国语》而为《列国志》,因国多事烦,其段落处,到底不能贯串。今《三国演义》自首至尾,读之无一处可断。其书又在《列国志》之上。

读《三国》胜读《水浒传》。《水浒》文字之真,虽较胜《西游》之幻,然无中生有，任意起灭，其匠心不难，终不若《三国》叙一定之事，无容改易而卒能匠心之为难也。且三国人才之盛，写来各各出色，又有高出于吴用、公孙胜等万万者，吾谓才子书之目，宜以《三国演义》为第一。

清康熙十八年(1679年)刻本《四大奇书第一种·三国志》卷首

注释

［1］《列国志》：余邵鱼以《七国春秋平话》《秦并六国平话》等讲史话本为基础，取《左传》《国语》等内容加以充实、改编，成《列国志传》。冯梦龙又改编该演义小说为《新列国志》。

说明

在各种《三国演义》评本中，毛评本虽较为晚出，却以定本姿态为读者广泛接受。评者假托“古本”，对小说的思想和艺术作再加工，在思想上更突出“尊刘抑曹”倾向，艺术上则进一步朝精纯方向提高，提出较丰富的小说(尤其是历史小说)创作主张。毛评本直接受到金批《水浒传》深刻影响而又有显著特色，这使它成为继金批《水浒传》后又一部重要的小说批评作品。

毛评的主要贡献是丰富了古代的历史小说理论。《读三国志法》一方面将《三国演义》与历史名著《史记》作比较，指出“《史记》各国分书，各人分载”，“分则文短而易工”;《三国演义》“殆合本纪、世家、列传而总成一篇”，“合则文长而难好”，它的成功在于能从“难”中见“好”。另一方面，毛氏又将《三国演义》与小说《西游记》《水浒传》作比较，“《西游》捏造妖魔之事，诞而不经，不若《三国》实叙帝王之事，真而可考也”。《水浒》“无中生有，任意起灭，其匠心不难。终不若《三国》叙一定之事，无容改易而卒能匠心之为难也”。以上比较的实质是，肯定优秀长篇历史小说《三国演义》兼有史书和小说之长，从其小说一面而言，它较史书更具有长篇整合的艺术特点，其接近史书一面而言，又较其他长篇小说更有史的可信性。“吾谓才子书之目，宜以《三国演义》为第一”，这反映了评者对历史小说的高度重视。毛评所总结的主要也是历史小说的创作经验。这在小说理论发展史上是有意义的。但是，《西游记》《水浒传》《三国演义》虽然题材不同，却各有特点和成就，很难作简单的扬抑轩轾。然而在非得推出何者为第一和扬此抑彼的评点风气之下，毛氏父子亦如其他评点家一样对这些作品强为优劣，这并不足取。

毛纶、毛宗岗认为，历史小说的创作应该充分体现扶持正统的观念；小说的动人之处来源于动人的历史故事和历史人物本身，所以强调选取丰富奇幻的历史题材对于写好历史小说的重要意义。此外，他们要求历史小说要体现出历史感，写出历史发展的流程。他们称此为“追本穷源之妙”。

历史小说创作如何处理虚与实的关系？明人庸愚子、修髯子等人主要强调“庶几乎史”“羽翼信史”实的一面（见《三国志通俗演义序》《三国志通俗演义引》），而熊大木、酉阳野史则更主张“史书、小说有不同”，“宜作小说而览，毋执正史而观”虚的一面（见《新刊大宋演义中兴英烈传序》《新刻续编三国志引》）。作为折衷而又偏重于实的意见则有可观道人，他说：“虽敷演不无增添，形容不无润色，而大要不敢尽违其实。”（《新列国志叙》）毛氏父子对虚实关系的看法，首先，从重视历史小说轻视虚构小说来看，他们明显地表现出尚史重实的倾向，表明对小说创作整体的艺术虚构特性缺乏理解。其次，就具体的历史小说创作来说，他们虽然强调史实的充分可信，又绝不排斥辅之以适当虚构的笔墨，对历史小说中能够增强艺术感染力的虚构描写持肯定态度。所以在他们的历史小说创作理论中，实与虚虽有主次之别，二者相辅相成的关系是被确认下来的。

毛氏父子既肯定人物的类型美，也欣赏个性美。《读三国志法》高度评价孔明、关羽、曹操三个艺术形象，分别冠以古今贤相、名将、奸雄中“第一奇人”，这主要是着眼于人物类型美的一种评价。第三十五回回评通过对张飞、赵云的性格比较，指出：“一人有一人性格，各各不同，写来真是好看。”则是对人物个性美的肯定。《读三国志法》曰：“《三国》一书，有同树异枝、同枝异叶、同叶异花、同花异果之妙。……五色纷披，各成异采。”赞赏人物形象和故事情节同中存异的差别性，实际上也包含对个性美的肯定。

宗子发文集序

〔清〕魏　禧

作者简介

魏禧（1624—1681），字叔子，一字冰叔，号裕斋，又号勺庭，学者称勺庭先生，宁都（今属江西）人。与兄祥、弟礼并称“宁都三魏”。明末诸生，明亡后隐居翠微峰上，躬耕自食，聚徒讲《易》读史，与邱维屏、彭士望等有“易堂九子”之称。年四十前后，出游四方。康熙十七年（1678 年），诏举博学鸿词，以疾辞。魏禧雅好《左传》、苏洵之文，为文凌厉雄杰，长于议论，时人以侯方域之叙传与魏禧之议论为文坛双妙。他论文主张“明理”“适用”，所谓“适用”，也就是“经世”（《答曾君有书》）。对于作者的要求，则重在“积理而练识”（《答施愚山侍读书》）。他也重视文章“法度”，不好拘守“家法”而乐求变化，即所谓“变者，法之至者”（《陆悬圃文序》）。著有《魏叔子集》《日录》《左传经世》等。

今天下治古文众矣。好古者株守古人之法，而中一无所有，其弊为优孟之衣冠。天资卓荦者师心自用，其弊为野战无纪之师，动而取败。蹈是二者，而主以自满假之心[1]，辅以流俗谀言，天资学力所至，适足助其背驰，乃欲卓然并立于古人，呜呼难哉。虽然，师心自用，其失易明，好古而中无所有，其故非一二言尽也。

吾则以为养气之功，在于集义[2]，文章之能事，在于积理。今夫文章，六经、四书而下，周秦诸子，两汉百家之书，于体无所不备。后之作者，不之此则之彼。而唐宋大家，则又取其书之精者，参和杂糅，镕铸古人以自成，其势必不可以更加。故自诸大家后，数百年间，未有一人独创格调，出古人之外者。然文章格调有尽，天下事理日出而不穷。识不高于庸众，事理不足关系天下国家之故，则虽有奇文与《左》《史》、韩、欧阳并立无二，亦可无作。古人具在，而吾徒似之，不过古人之再见，顾必多其篇牍，以劳苦后世耳目，何为也？且夫理固非取办临文之顷，穷思力索，以求其必得。钟太傅学书法曰：“每见万汇，皆画象之。”[3]韩退之称张旭书：“变动犹鬼神，不可端倪。”“天地事物之变，可喜可愕，一寓于书。”[4]人生平耳目所见闻，身所经历，莫不有其所以然之理，虽市侩、优倡、大猾、逆贼之情状，灶婢、丐夫米盐凌杂鄙亵之故[5]，必皆深思而谨识之，酝酿蓄积，沈浸而不轻发。及其有故临文，则大小浅深，各以类触，沛乎若决陂池之不可御。辟之富人积财，金玉布帛竹头木屑粪土之属，无不豫贮[6]，初不必有所用之，而当其必需，则粪土之用有时与金玉同功。

吾盖尝见及于是，恨力薄不能造其籓篱，自易堂诸子外[7]，不敢轻语人。而长安王筑夫[8]、宝应朱秋厓[9]、兴化宗子发尝相与反覆[10]。一日，子发持其文属予叙，论旨原本六经，高者规矩两汉，与欧阳、苏、曾相出入。子发持高节，独行古道，而虚怀善下人，他日所极，吾乌能测其涯涘。故为述平日所与论议者，以弁其端。呜呼，天下之可语于此者，盖多乎哉？

易堂刻本《魏叔子文集》卷八

注释

［1］自满假：伪古文《尚书·大禹谟》："不自满假。"伪孔安国《传》："满，谓盈实；假，大也。"

［2］养气之功，在于集义：用《孟子·公孙丑上》语。

［3］"钟太傅学书法曰"三句：钟太傅，钟繇（151—230），字元常，颍川长社（今河南长葛东）人。东汉末为黄门侍郎。曹丕代汉后，任为廷尉。明帝即位，迁太傅。工书法，尤精隶、楷。韦续《墨薮·用笔法并口诀第八》："魏钟繇……临死乃于囊中出以授其子会，谓曰：吾精思学书三十年……每见万类，皆画象之。"

［4］"韩退之称张旭书"六语：语出韩愈《送高闲上人序》，字句略有不同。端倪，窥测。

［5］米盐凌杂：《史记·天官书》："其占验凌杂米盐。"张守节正义："凌杂，交错也；米盐，细碎也。"此谓日常琐碎家务。

［6］豫：预先。

［7］易堂诸子：魏禧隐居翠微峰时，筑室名易堂，与魏祥（又名际瑞）、魏礼、彭士望、林时益、李腾蛟、邱维屏、彭任、曾灿读书其中，时称易堂九子。

［8］王筑夫：王岩，字平格，一字筑夫，长安（今属陕西）人，一说江南宝应（今属江苏）人。明廪生。有《异香集》《白田布衣集》。

［9］朱秋厓：朱克生，字国桢，一字念义，号秋厓，江南宝应（今属江苏）人。诸生。有《朱秋厓诗集》。

［10］宗子发：宗元豫（1624—1696），字子发，上元（今江苏南京）人，一说兴化（今属江苏）人。明诸生，入清不复应举。隐居昭阳土室中，穷订经史，著史论数十篇，又著《识小录》。

说明

魏禧在《答毛驰黄》信中，曾用“本领”“家数”来概括文章写作中的意、法问题，说：“有本领无家数，理识虽自卓绝，不合古人法度，不能曲折变化以自尽其意。”“有家数无本领”，“则有古人而无我，如俳优登场，啼笑之妙可以感动家人，而与其身悲喜了不相涉。”他在肯定两者不可偏废的同时，强调“以本领为最贵”，突出作者“理识”对写作文章的决定作用。

《宗子发文集序》所讥株守古注、优孟衣冠一路，即属“有家数无本领”，而所讥师心自用，野战无纪之师者，既无“家数”可言，其“天资卓荦”这样的优点也并非魏禧“本领”一词的主要含义。魏禧所谓的“本领”，指气、理、识融而为一，是关系创作成败的主要因素。有鉴于此，他向作者强调养气、积理、练识的极端重要。

“养气”之说源自孟子，成为古代文学批评悠久的理论传统之一。魏禧说，地悬于天中而终古不坠，是倚靠“气”相举；文载天文、地理、人道而相传不泯，也凭藉“气”充实流通(《论世堂文集叙》)。他高赞文中浩瀚蓬勃的“真气”，欣赏气势之文，但是又指出，气盛之文，也可能“本领薄弱”，奔逸而不知返(见《任王谷文集序》)。所以在属于上述“本领”的养气、积理、练识三项条件中，养气的重要性又在积理、练识之下。魏禧自评：“吾好穷古今治乱得失，长议论，吾文集颇工论策。”(《与诸子世杰论文书》)他的策论文以识见超常、剖析深刻见长。他对侯方域散文才气雄放，然经不起“细求”有所不满(见《任王谷文集序》)。这也反映出他对气、理、识孰轻孰重的看法。

关于积理。魏禧《恽逊庵先生文集序》说文章是被用来“明理、适事”的，“无当于理与事，则无所用文”。又说汉人文章以“言事”胜，宋人文章以“言理”胜。这两类文章，“核事者每谬于理，宗理者迂阔不切事。其实相乖离，其文亦终无有能合者。”由此可见，他讲的“理”，是合性道之理和物事之理为一的，也就是《宗子发文集序》所说的“日出而不穷”的“事理”，这种“事理”又以“关系天下国家之故”为核心。魏禧要求文人修求、积聚的正是这样的理。读书是求理的一条途径，魏禧更指出“事理”无处不在，“人生平耳目所见闻，身所经历，莫不有其所以然之理”。所以他要求文人善于潜察细味自然和社会众象，哪怕是社会底层的琐事、卑鄙龌龊的情状，也“皆深思而谨识之”，“酝酿蓄积”于胸中，“豫贮”以备为文之用。

“练识”之说，主要见于魏禧《答施愚山侍读书》。识与理密切相关，“所谓练识者,博学于文,而知理之要;练于物务,识时之所宜”。天下事理甚众,文章题目层出不穷,但是并非皆有叙写之必要,或者皆备同等之价值。“练识”就是提高作者写什么,不写什么的识别和决断能力。正是在这个意义上,魏禧说:“练识如炼金,金百炼则杂气尽而精光发。”作文而知取舍,“譬犹治水者沮洳去则波流大,爇火者秽杂除而光明盛”。魏禧期待作者练就高识,归结到一点,就是要求他们面对日出不穷的天下事理,择取其中“关系天下国家之故”写入文章(见《宗子发文集序》),从而对社会产生积极的影响。因此,积理与练识的关系,前者是基础,后者是提高;前者是博,后者是约。“练识”对“积理”而言是一个由博返约、进入至醇至清之境的过程。

词 选 序

〔清〕陈维崧

作者简介

陈维崧(1625—1682),字其年,号迦陵,宜兴(今属江苏)人。父贞慧,明末以气节著称。维崧早岁能文,补诸生。康熙十八年(1679年)试博学宏词科,授翰林院检讨。擅长诗文,尤以骈文和词享盛誉,与吴绮、章藻功合称“清初骈体三大家”,词与朱彝尊齐名,曾合刻《朱陈村词》,为阳羡词派之首。陈维崧早期词作“多为旖旎语”(宗石《迦陵词全集跋》),后在家愁国恨、个人潦倒因踬诸因素作用下,转向“深湛之思”(陈维崧《任植斋词序》)。陈维崧极力推尊词体,以与经史并列,突出强调抒情写恨,而往往萦旋怀望故国的哀唱,肯定多种艺术风格,对苏、辛豪壮一脉尤为神往。著有《陈迦陵文集》《湖海楼诗集》《迦陵词》等。

客或见今才士所作文间类徐、庾俪体,辄曰:“此齐、梁小儿语耳。”掷不视。是说也,予大怪之。又见世之作诗者辄薄词不为,曰:“为辄致损诗格。”或强之,头目尽赤。是说也,则又大怪。夫客又何知,客亦未知开府《哀江南》一赋[1],仆射在河北诸书[2],奴仆《庄》《骚》,出入

《左》《国》，即前此史迁、班椽诸史书[3]，未见礼先一饭，而东坡、稼轩诸长调，又骎骎乎如杜甫之歌行与西京之乐府也。盖天之生才不尽，文章之体格亦不尽。上下古今，如刘勰、阮孝绪以暨马贵与、郑夹漈诸家所胪载文体[4]，廑部族其大略耳，至所以为文，不在此间。鸿文巨轴，固与造化相关，下而谰语卮言，亦以精深自命[5]。要之，穴幽出险，以厉其思，海涵地负，以博其气，穷神知化，以观其变，竭才渺虑，以会其通。为经为史，曰诗曰词，闭门造车，谅无异辙也。今之不屑为词者，固亡论。其学为词者，又复极意《花间》[6]，学步《兰畹》[7]，矜香弱为当家，以清真为本色。神瞽审声[8]，斥为郑、卫。甚或爨弄俚词[9]，闺襜冶习，音如湿鼓，色若死灰。此则嘲诙隐庾[10]，恐为词曲之滥荡，所虑杜夔、左䩄[11]，将为师涓所不道[12]。辗转流失，长此安穷。胜国词流，即伯温、用修、元美、徵仲诸家[13]，未离斯弊，馀可识矣。余与里中两吴子、潘子戚焉[14]，用为是选。

嗟乎，鸿都价贱[15]，甲帐书亡[16]，空读西晋之阳秋[17]，莫问萧梁之文武[18]。文章流极，巧历难推[19]，即如词之一道，而余分闰位[20]，所在成编，义例凡将，阙如不作，仅效漆园马非马之谈[21]，遑恤宣尼觚不觚之叹[22]，非徒文事，患在人心，然则余与两吴子、潘子仅仅选词云尔乎？选词所以存词，其即所以存经、存史也夫。

清康熙二十八年(1689 年)陈宗石患立堂刻《陈迦陵文集》卷二

注释

[1] 开府：指庾信。

[2] 仆射：指徐陵。在河北诸书，指徐陵《在北齐与杨仆射书》《与宗室书》《与梁太尉王僧辩》等。

[3] 班椽：即班固。椽(chuán)，放在檩上架屋面板和瓦的木条。后人用“椽笔”形容大手笔。

[4] 刘勰：《文心雕龙》作者。阮孝绪(479—536)：字士宗，南朝梁陈留尉氏(今属河南)人。隐居不仕。普通(520—527)中，博采宋齐以来公私图书记录，分为经典、记传、子兵、文集、术伎、佛法、仙道七录，共五十五部，名曰《七

录》。此书在一定程度上总结了前代目录学的成就。马贵与：马端临（约1254—1323），字贵与，乐平（今属江西）人。宋元之际史学家，历二十余年著成《文献通考》。郑夹漈：郑樵（1103—1162），字渔仲，居夹漈山下，故称“郑夹漈”，兴化军莆田（今属福建）人。南宋史学家。晚年编撰《通志》二百卷，其中的二十略，颇具创见。

[5] 谰（lán）语：无关紧要的旧闻逸事。卮言，《庄子·寓言》：“卮言日出，和以天倪。”谓随和人意，无主见之言。

[6]《花间》：《花间集》。

[7]《兰畹》：又名《兰畹曲令》《兰畹曲会》，北宋元祐间孔方平编集。收唐末宋初杜牧、韦庄、牛希济、李珣、寇准、晏殊、欧阳修、张先、晏几道诸家词，宋、元之际已佚。

[8] 神瞽：上古乐官。

[9] 爨（cuàn）弄：金元时院本的别称。

[10] 隐廋（sōu）：隐语，字谜。

[11] 杜夔：三国魏乐官，善雅乐。左騕：三国魏乐工。《三国志·魏·方技传》：“文帝（曹丕）又尝令夔与左騕等于宾客之中吹笙鼓琴，夔有难色，由是帝意不悦。后因他事系夔，使騕等就学，夔自谓所习者雅，仕宦有本，意犹不满，遂黜免以卒。”

[12] 师涓：春秋时卫国乐官名师涓。卫灵公往晋，宿濮水上，夜半闻鼓琴声，状似鬼神。召师涓听而记之。至晋国，师涓演奏所记之乐，曲未终，师旷止之曰：“此亡国之声也，不可听。”

[13] 伯温：刘基。用修：杨慎。元美：王世贞。徵仲：文徵明。

[14] 吴子、潘子：待查。

[15] 鸿都：汉代藏书之所。此指图书、典籍。

[16] 甲帐：汉武帝所造的帐幕。《北堂书钞》卷一三二引《汉武帝故事》：“上以琉璃珠玉、明月夜光杂错天下珍宝为甲帐，次为乙帐。甲以居神，乙以自居。”

[17] 西晋之阳秋：晋孙盛著有《晋阳秋》。后又有人著《续晋阳秋》，见《世说新语》注引。阳秋，即春秋，史书的通称。晋时因避晋简文帝郑后阿春讳，改春为阳。

[18] 萧梁之文武：指南朝梁武帝萧衍，简文帝萧纲。

[19] 巧历：精于历算的人。

[20] 余分闰位：谓非正统。

[21] 漆园马非马之谈：漆园，指庄子，他曾做过蒙地方的漆园吏。马非马，即“白马非马”，战国时公孙龙学派的名辩命题。他们认为“白”是命“色”，“马”是命“形”，形色互不相干，“白马”就是“白马”，不能说“白马是马”，只能说“白马非马”。这曾被古人认为是诡辩。按：陈维崧此处将“白马非马”说成是庄子的观点。误。

[22] 宣尼觚不觚之叹：宣尼，孔子，字仲尼，唐开元二十七年(739 年)，追谥文宣王，后人合之称“宣尼”。《论语·雍也》：“子曰：‘觚不觚，觚哉！觚哉！’”觚，古代饮酒器。朱熹集注：“觚，棱也；或曰酒器，或曰木简，皆器之有棱者也。不觚者，盖当时失其制而不为棱也。”孔子借以慨叹世事名实不符。

说明

陈维崧像清初词家一样，一反俗见，推尊词体。他在《词选序》全面抨击“词为小道”，极力抬高词体地位，主要阐述了两个问题：

第一，各种文学体裁并无高低贵贱、正宗与非正宗的区别，因此，贬抑乃至排斥词体是谬论。词之遭受轻视与古文大畅以后骈文为人所冷落的情况略约相似，陈维崧却于这两种文体皆有复兴宏扬之功。他指出，骈文如庾信《哀江南赋》、徐陵在北方写的书信，与《庄子》《离骚》《左传》《国语》《史记》《汉书》等文相比，毫不逊色，而苏轼、辛弃疾词篇的成就和价值也可与汉乐府和杜诗互相媲美。这说明重古文轻骈俪、扬诗抑词的观点经不起文学史实的检验，不足凭信。陈维崧认为，人的才能和擅长并不相同，文章体式也非常丰富，不可以一体一格限之。因此，无论是鸿文巨篇，还是卮言逸语，不管是古文诗章，抑或骈俪词曲，皆可因人才性而随其选择，这样方能人尽其才，体尽其用。他还认为，作者运用各种文体进行构思、写作，“为经为史，曰诗曰词”，名虽不同，而作者的许多思维特点及创作要求并无“异辙”。通过这些论述，有力地打破了鄙视词体的传统偏见，意欲为词争得与经、史、诗同等的地位，这是词学观念的一次扩大。他比起某些词论家偏重从句式追溯词起源的悠远历史，或一味比附《诗经》、乐府来抬高词的门第身价，都更为合理和客观，因而更具有说服力。

第二，词地位的真正提高，还有待词本身质量的改善，就是要根本扭转词为

"艳"科"媚"物的习见,开拓词的新疆域。陈维崧无疑是主张词的风格应当多样化,因此他也相当欣赏婉约词风,但是他反对写词专尚婉约.将词与婉约画上等号。《词选序》批评词人"极意《花间》,学步《兰畹》,矜香弱为当家,以清真为本色"。他看到了正宗词学观的严重偏颇,提出转拨词风的必要性。他推尊词体,同时又认为单纯香媚、婉约或以这些特点为主的词风不利于词体地位真正提高,而作词溺于"俚词""冶习""音如湿鼓,色若死灰",那就更是等而下之了。他向往"骎骎乎如杜甫之歌行与西京之乐府"的"东坡、稼轩诸长调"。这实际认为,词体的崇高地位主要凭藉对这一脉词风的发扬光大才能够确立,如果词依然限于正统词论规范之内,不摆脱"诗庄词媚"的幽灵,它就永远不会具有与诗一样的地位,也就根本谈不上通过选词存词以达到"存经存史"的目的。陈维崧推崇词体,又将词地位的提高建筑在优化其自身内质的坚实基础上,从而为清词发展开辟了一条新的途径。

原诗(选录)

〔清〕叶　燮

作者简介

叶燮(1627—1703),字星期,号已畦,晚年寓居吴县横山,人称横山先生,吴江(今属江苏)人。康熙九年(1670 年)进士,官宝应知县,以忤长官被参落职。他所著《原诗》是一部有较完整体系的诗论著作。该著分为内外篇,"内篇,标宗旨也,外篇,肆博辨也"(沈珩《原诗叙》)。叶燮详辨诗歌源流、本末、正变、盛衰,从史的角度阐明"递变迁以相禅"的发展规律。他将诗歌创作的条件概括为"在物者"理、事、情,"在我者"才、胆、识、力,诗歌产生于这些主、客观要素相浃相融,尤其强调贵"识"。《原诗》关于诗歌本原,风格和批评原则也有较好意见。叶燮诗论对沈德潜、薛雪影响较大。著有《已畦集》。

诗始于三百篇,而规模体具于汉。自是而魏,而六朝、三唐,历宋、元、明,以至昭代,上下三千余年间,诗之质文、体裁、格律、声调、辞句递升降不同。而要之,诗有源必有流,有本必达末,又有因流而溯源,循末以返本。其学无穷，其理日出。乃知诗之为道，未有一日不相续相禅而或息者也[1]。但就一时而论，有盛必有衰，综千古而论，则盛而必至于衰，又必自衰而复盛。非在前者之必居于盛，后者之必居于衰也。乃近代论诗者则曰：三百篇尚矣，五言必建安、黄初，其余诸体，必唐之初、盛而后可，非是者必斥焉。如明李梦阳不读唐以后书，李攀龙谓“唐无古诗”，又谓“陈子昂以其古诗为古诗，弗取也”[2]。自若辈之论出，天下从而和之，推为诗家正宗，家弦而户习。习之既久，乃有起而掊之，矫而反之者，诚是也，然又往往溺于偏畸之私说，其说胜，则出乎陈腐而入乎颇僻，不胜则两敝，而诗道遂沦而不可救。由称诗之人，才短力弱，识又矇焉而不知所衷。既不能知诗之源流、本末、正变、盛衰互为循环，并不能辨古今作者之心思才力深浅高下长短，孰为沿为革，孰为创为因，孰为流弊而衰，孰为救衰而盛，一一剖析而缕分之，兼综而条贯之，徒自诩矜张，为郛廓隔膜之谈，以欺人而自欺也。于是百喙争鸣，互自标榜，胶固一偏，剿猎成说。后生小子，耳食者多，是非淆而性情汩。不能不三叹于风雅之日衰也。……且夫《风》《雅》之有正有变，其正变系乎时，谓政治、风俗之由得而失，由隆而污。此以时言诗，时有变而诗因之，时变而失正，诗变而仍不失其正，故有盛无衰，诗之源也。吾言后代之诗，有正有变，其正变系乎诗，谓体格、声调、命意、措辞、新故升降之不同。此以诗言时，诗递变而时随之。故有汉、魏、六朝、唐、宋、元、明之互为盛衰，惟变以救正之衰，故递衰递盛，诗之流也。从其源而论，如百川之发源，各异其所从出，虽万派而皆朝宗于海，无弗同也。从其流而论，如河流之经行天下，而忽播为九河，河分九而俱宗于海，则亦无弗同也。

自开辟以来，天地之大，古今之变，万汇之赜[3]，日星河岳，赋物象形，兵刑礼乐，饮食男女，于以发为文章，形为诗赋，其道万千。余得以三语蔽之：曰理、曰事、曰情，不出乎此而已。然则诗文一道，岂有定法哉。先揆乎其理，揆之于理而不谬，则理得。次征诸事，征之于事而不悖，则事得。终絜诸情，絜之于情而可通，则情得。三者得而不可易，则自然之法立。故法者，当乎理，确乎事，酌乎情，为三者之平准，而无所自为法也。……

曰理、曰事、曰情三语，大而乾坤以之定位，日月以之运行，以至一草一木一飞一走，三者缺一则不成物。文章者，所以表天地万物之情状也。然具是三者，又有总而持之，条而贯之者，曰气。事、理、情之所为用，气为之用也。譬之一木一草，其能发生者，理也。其既发生，则事也。既发生之后，夭矫滋植，情状万千，咸有自得之趣，则情也。苟无气以行之，能若是乎？又如合抱之木，百尺干霄，纤叶微柯以万计，同时而发，无有丝毫异同，是气之为也。苟断其根，则气尽而立萎。此时理、事、情俱无从施矣。吾故曰三者藉气而行者也。得是三者，而气鼓行于其间，絪缊磅礴，随其自然，所至即为法，此天地万象之至文也，岂先有法以驭是气者哉？不然，天地之生万物，舍其自然流行之气，一切以法绳之，夭矫飞走，纷纷于形体之万殊，不敢过于法，不敢不及于法，将不胜其劳，乾坤亦几乎息矣。

（内篇上）

曰理、曰事、曰情，此三言者足以穷尽万有之变态。凡形形色色，音声状貌，举不能越乎此。此举在物者而为言，而无一物之或能去此者也。曰才、曰胆、曰识、曰力，此四言者所以穷尽此心之神明。凡形形色色，音声状貌，无不待于此而为之发宣昭著。此举在我者而为言，而无一不如此心以出之者也。以在我之四，衡在物之三，合而为作者之文章。大之经纬天地，细而一动一植，咏叹讴吟，俱不能离是而为言者矣。

（内篇下）

清康熙叶氏二弃草堂刻本《原诗》

注释

［1］禅：指禅化，变迁转化。

［2］"李攀龙谓"二句：引文出自其《选唐诗序》。

［3］赜（zé）：纷繁，复杂。

说明

叶燮以“原诗”作为自己所著诗话的书名，稍后的纳兰性德同样以“原诗”作为自己一篇诗歌论文的篇名。他们都不满当时简单地优劣唐宋、是此非彼的诗坛风气，企图从本质上探寻诗歌的原理，以补救时弊，而叶燮的论著在理论的深刻性和系统性方面，又远在纳兰性德同名论文之上。

首先，叶燮从辨别诗歌发展的源流、本末、正变、升降、盛衰入手，突出强调“诗之为道，未有一日不相续相禅而或息”的变化演进观。他肯定“诗有源必有流，有本必达末”，也肯定“因流而溯源，循末而达本”，前者主要为诗歌发展顺时序演进，后者主要为逆时序调整。在叶燮看来，一部诗歌史正是在这种顺逆的动态关系中多种因素相互作用的结果，亦即沿革、因创的统一；从这种动态关系中来看杰出诗人的历史作用，其主要表现为“随风会”与“转风会”的统一。本着这样的看法，他兼反“执其源而遗其流”或“得其流而弃其源”，并弃以唐诎宋或以宋诎唐，在理论上就显得周到完全，在批评实践中又得心应手。

叶燮将从《诗经》到宋诗的历史发展比喻为是一棵树苗生根、萌芽、长大、枝叶茂盛、结蕊开花，又将宋朝结束以后的诗歌比喻为花开花谢，周而复始。很清楚，他认为宋以前是诗歌不断演进的阶段，宋以后则诗歌之树的生长期已告结束，局部的循环代替了整体的发展。叶燮对诗歌史所作出的描述，比明代以来复古论者的诗歌史观有很大进步，但是他的部分循环论含有某种轻今倾向，与公安派“代有升降，法不相沿”(袁宏道《叙小修诗》)重今观念相比，反而倒退了。说明叶燮的“相续相禅”说并不彻底，他对清诗发展的方向未能提出多少积极的意见，与此不无关系。

另外，叶燮提出决定诗歌创作的“在物”和“在我”即主客观条件：理、事、情和才、胆、识、力。他说：“文章者，所以表天地万物之情状也。”理、事、情即“天地万物之情状”的具体内容，它们是“文章”(包括诗歌)所表现的客观对象。创作中客观的理、事、情又必须通过创作主体“心之神明”而“发宣昭著”，因此创作必然表现为对作者才、胆、识、力的依赖，“以在我之四，衡在物之三，合而为作者之文章”。对于主体诸项条件，叶燮特别强调“识”的重要。只有见识卓越，才能够发现理、事、情，将它们纳入创作中。识高才能正确辨别诗歌源流正变，知所取法，向往高境。此外，“识”主要依靠后天人力扩充，与“才”主要得自天分不同，因此叶燮贵“识”也包含重后天努力的思想。相比诗歌创作中的“物我交融”说，叶燮对创作主客观条件的阐述更具有理论思辨色彩，标志着该理论进一步趋向成熟。

陈纬云红盐词序

〔清〕朱彝尊

作者简介

朱彝尊(1629—1709)，字锡鬯，号竹垞，又号小长芦钓师、金风亭长，秀水(今浙江嘉兴)人。康熙十八年(1679年)以布衣荐举博学宏词，授翰林院检讨，三十一年罢归，著述终老。朱彝尊博通经史，兼擅诗词散文，与王士禛并称“南朱北王”，与陈维崧并称“朱陈”。他论诗文强调学问，尤重治经，以为“文章不离乎经术”(《与李武曾论文书》)。对严羽“诗有别材”之说十分不满，而矫之以书卷学养。朱彝尊对清词坛作用尤巨，创浙西词派，宗尚姜夔、张炎，标举雅词，极大地转移了清初词坛风气，影响绵延不绝。著述丰富，有《经义考》《日下旧闻》，诗文集《曝书亭集》，编有《词综》《明诗综》，其中诗人小传被后人辑出，编为《静志居诗话》。

宜兴陈其年[1]，诗余妙绝天下，今之作者虽多，莫有过焉者也。其弟纬云继之[2]，撰《红盐词》三卷，含宫咀商，骎骎乎小弦大弦迭奏而不失其伦。噫，盛矣。其年与予别二十年，往来梁、宋间[3]，尝再至京师，一过长水[4]，谓当相见矣，竟不值。而纬云留滞京师久，予至，辄相见，极谭燕赠酬之乐，因得询其年近时情状，三人者坎坷略相似也。方予与其年定交日[5]，予未解作词，其年亦未以词鸣，不数年而《乌丝词》出[6]，迟之又久，予所作亦渐多，然世无好之者，独其年兄弟称善。人情爱其所近，大抵然矣。

词虽小技，昔之通儒巨公往往为之。盖有诗所难言者，委曲倚之于声，其辞愈微，而其旨益远。善言词者，假闺房儿女子之言，通之于《离骚》、变雅之义，此尤不得志于时者所宜寄情焉耳。纬云之词，原本《花间》，一洗《草堂》之习，其于京师风土人物之胜，咸载集中。而予糊口四方，多与筝人酒徒相狎，情见乎词，后之览者，且以为快意之作，而孰知短衣尘垢，栖栖北风雨雪之间，其羁愁潦倒，未有甚于今日者邪。

《四部丛刊》本《曝书亭集》卷四十

注释

[1] 陈其年：陈维崧。

[2] 纬云：陈维岳(1635—1712)，字纬云，晚号苦庵，宜兴(今属江苏)人。陈维崧三弟。以太学生考选州判，未赴，终老于家。著有词集《红盐词》三卷，原集未及刊，今仅见于各选本留存四十余首。

[3] 梁、宋间：指今河南开封、商丘一带。梁，大梁，古城名，在今河南开封市西北。宋，古国名。

[4] 长水：长水塘，河名，在浙江嘉兴。此指朱彝尊家乡。

[5] 方予与其年定交日：朱彝尊与陈维崧“定交”在顺治十年(1653年)。

[6]《乌丝词》：陈维崧早年的词集名。

说明

朱彝尊在这篇《陈纬云红盐词序》里突出强调以词“寄情”。他又在《解珮令·自题词集》中自述：“老去填词，一半是空中传恨。”他说的恨意衷情，既包括故国沧桑之感，也含有个人仕途颠困和私生活难以称心遂意所引起的悲怆哀怨，他认为这种郁结幽怀都可以藉词泄露舒吐。

尤其要指出，朱彝尊提出“假闺房儿女子之言，通之于《离骚》、变雅之义”，要求词人将经国济世意识、政治寓托和功名抱负通过儿女感情的描写隐约婉曲表达出来。这是清初词论中的比兴寄托说。同时的陈维崧、史惟圆、曹禾、邹祇谟等也持类似看法，说明它是一种比较普遍的认识。大概这是经历明清易代之后，许多知识分子在感情和理智两方面尚处于适应与不适应之间的一种表现；而外界的文网又是如此可畏，直陈心事令人恐悚，于是《国风》《离雅》美人香草的传统成为当时词人最感合适的表达方式。此亦不是词论的孤立现象，诗、戏曲、小说论中都有“寄托”说出现，反映了当时文人某种相似的心态。

朱彝尊等人的词中“寄托”说，对推动清词创作的涵蕴朝宽阔和深闳的方向发展起到了积极作用，对后来厉鹗和常州派词论也产生了积极影响。

带经堂诗话(选录)

〔清〕王士禛

作者简介

王士禛(1634—1711),字子真、贻上,号阮亭,晚号渔洋山人,死后因避雍正帝胤禛讳,改名士正,乾隆时诏改为士祯,新城(今山东桓台)人。顺治十五年(1658年)进士,累官刑部尚书。康熙四十三年(1704年)致仕。卒后门人私谥"文介",乾隆元年(1736年)朝廷追谥"文简"。王士禛富才情,广交游,于康熙朝主盟诗坛数十年。他一生论诗经历三次变化:初宗唐音,继崇宋诗,最后又重举"唐贤三昧"之帜。每个阶段诗歌主张的提出,皆是他个人诗学理想与补救诗坛偏弊的动机两相契合。尤以标举"神韵"而影响一代风气。著述丰富,有《带经堂集》,曾自选诗集《渔洋山人精华录》,还著有《池北偶谈》《古夫于亭杂录》《香祖笔记》《渔洋诗话》《居易录》等。选有《古诗选》《唐贤三昧集》《唐人万首绝句选》等。在他身后,门人张宗柟综采各书论诗之语,编为《带经堂诗话》。

司空表圣作《诗品》,凡二十四,有谓"冲澹"者曰:"遇之匪深,即之愈稀。"有谓"自然"者曰:"俯拾即是,不取诸邻。"有谓"清奇"者曰:"神出古异,澹不可收。"是品之最上者。

(《蚕尾文》)

表圣论诗,有二十四品,予最喜"不著一字,尽得风流"八字[1]。又云:"采采流水,蓬蓬远春[2]。"二语形容诗境亦绝妙,正与戴容州"蓝田日暖,良玉生烟"八字同旨[3]。

(《香祖笔记》)

夫诗之道,有根柢焉,有兴会焉,二者率不可得兼。镜中之象,水中之月,相中之色,羚羊挂角,无迹可求[4],此兴会也。本之《风》《雅》以导其源,泝之楚《骚》、汉魏乐府诗以达其流,博之九经、三史、诸子以穷其变,此根柢也。根柢原于学问,兴会发于性情。于斯二者兼之，又斡以风骨，润以丹青，谐以金石，故能衔华佩实，大放厥词，自名一家。

（《渔洋文》）

洪昇昉思问诗法于施愚山[5]，先述余夙昔言诗大指。愚山曰："子师言诗，如华严楼阁，弹指即现，又如仙人五城十二楼[6]，缥缈俱在天际。余即不然，譬作室者，瓴甓木石，一一须就平地筑起。"洪曰："此禅宗顿、渐二义也。"[7]

（《渔洋诗话》）

芝麋先生刻其诗成[8]，自江南寓书，命给事君属予为序[9]。给事自携所作杂画八帧过余，因极论画理。以为画家自董、巨以来[10]，谓之南宗，亦如禅教之有南宗云[11]。得其传者，元人四家[12]，而倪、黄为之冠。明二百七十年，擅名者唐、沈诸人称具体[13]，而董尚书为之冠[14]，非是则旁门魔外而已。又曰："凡为画者，始贵能入，继贵能出，要以沈著痛快为极致。"予难之曰："吾子于元推云林[15]，于明推文敏[16]，彼二家者，画家所谓逸品也，所云沈著痛快者安在？"给事笑曰："否，否。见以为古澹闲远，而中实沈著痛快，此非流俗所能知也。"予曰："子之论画至矣。虽然，非独画也，古今《风》《骚》流别之道，固不越此。唐、宋以还，自右丞以逮华原、营邱、洪谷、河阳之流[17]，其诗之陶、谢、沈、宋、射洪、李、杜乎[18]？董、巨，其开元之王、孟、高、岑乎？降而倪、黄四家，以逮近世董尚书，其大历、元和乎？非是则旁出，其诗家之有嫡子正宗乎？入之出之，其诗家之舍筏登岸乎？沈著痛快，非唯李、杜、昌黎有之，乃陶、谢、王、孟而下莫不有之。子之论，论画也，而通于诗矣。"

（《蚕尾文》）（卷三）

近人言诗，好立门户，某者为唐，某者为宋，李杜、苏黄强分畛域，如蛮触氏之斗于蜗角[19]，而不自知其陋也。唐诗三百年，一盛于开元，再盛于元和。退之《琴操》上追三代。李观之言曰："孟郊五言，其有高处，在古无上，其平处下顾二谢[20]。"李翱亦云："苏属国、李都尉、建安诸子、南朝二谢，郊皆能兼其体而有之[21]。"今人号为学唐诗者，语以退之《琴操》、东野五言，能举其目者盖寡矣。欧，梅、苏、黄诸家，其才力学识皆足凌跨百代，使俛首而为扯拾吞剥、秃屑俗下之调，彼遽不能耶？其亦有所不为耶？

（《渔洋文》）（卷二十七）

清乾隆二十七年（1762 年）刻本《带经堂诗话》

注释

［1］“不著一字”两句：引自《诗品·含蓄》。

［2］“采采流水”两句：引自《诗品·纤秾》。

［3］戴容州：唐代诗人戴叔伦，曾任容州刺史。引语见司空图《与极浦书》。

［4］“镜中之象”五句：用严羽《沧浪诗话·诗辨》语。按此条节录自作者《突星阁诗集序》。

［5］洪昇：见《长生殿例言》作者简介。曾先后问诗法于王士禛、施闰章。施愚山：施闰章（1618—1683），字尚白，号愚山，宣城（今属安徽）人。官至翰林院侍读。有《学馀堂文集》。

［6］五城十二楼：古代传说中神仙的居所，比喻仙境。

［7］禅宗顿渐二义：指顿悟和渐悟。

［8］芝廛先生：王揆，字端士，一字芝廛，太仓（今属江苏）人。顺治进士，工诗，与黄与坚、王善抃等合称“娄东十子”。著有《芝廛集》。按：这段内容节录自作者《芝廛集序》。

［9］给事君：指王原祁，王揆子。字茂京，号麓台。康熙进士，由知县擢给事中，改翰林春坊，供奉内廷，充书画谱馆总裁，晋户部侍郎。工画山水，风格高旷。与其祖王时敏及王鉴、王翚并称“四王”。亦善诗文。卒年七十四岁。

［10］董：董源（？—约 962），五代南唐画家。巨：巨然，五代、宋初画家。董巨并称，为五代、北宋间南方山水画的主要流派。

［11］南宗：我国佛教禅宗的派别，与北宗相对。南宗为六祖慧能所创，主张“顿悟说”，行于南方；北宗为神秀所创，主张“渐悟说”，行于北方。

［12］元人四家：指倪瓒、黄公望、吴镇、王蒙，合称“元四家”。

［13］唐沈：唐寅、沈周。与文徵明、仇英合称“明四家”。

［14］董尚书：指董其昌，曾官南京礼部尚书。

[15] 云林：倪瓒号云林子。

[16] 文敏：董其昌谥“文敏”。

[17] 右丞：指王维。董其昌推他为山水画“南宗”之祖。华原：指范中立，北宋画家，字仲立。因性情宽和，人呼范宽。华原(今陕西耀县)人。作画初学李成，后自成一家。营邱：指李成(919—967)，五代、宋初画家。字咸熙，人称李营丘(一作邱)。初师荆浩、关仝。所作画有“惜墨如金”之称。洪谷：指荆浩，五代、后梁画家。隐居太行山洪谷，号洪谷子。荆浩、李成、范中立形成五代、北宋间北方山水画的三个主要流派。河阳：指李唐，南宋画家。字晞古，河阳三城(今河南孟州)人。变荆浩、范中立之法，笔墨峭劲，在南宋一代传派甚广。

[18] 射洪：陈子昂，射洪人。

[19] 蛮触氏之斗于蜗角：喻为小事而争斗，见《庄子·则阳》。

[20] “李观之言曰”五句：李观(766—794)，字元宾，吴(今江苏苏州)人。韩愈同榜进士。有《李元宾文编》。评孟郊语，原见李观给梁肃补阙的一封信中，李翱《荐所知于徐州张仆射书》引录。《韵语阳秋》卷一引作李翱语，误。二谢：谢灵运、谢朓。

[21] “李翱亦云”三句：引语出自《荐所知于徐州张仆射书》。苏属国，苏武。李都尉，李陵。

说明

康熙诗坛，恬淡清响逐渐替代了明清之间的啸呼激唱，代表当时这种诗学主流的是王士禛的“神韵说”。

“神韵”有广狭二义。其狭义集画论中的超形传神主张，和诗论中钟嵘、严羽、徐祯卿及《二十四诗品》重韵味兴趣才情之说，强调写诗兴会神到而反对刻舟缘木，要求创造出清远冲澹、含蓄蕴藉、自然天真的审美意境。本着这样的诗歌创作论，王士禛特别重视总结和继承盛唐诗歌尤其是王、孟一派的艺术经验。以上狭义的“神韵”论也是该诗歌学说最主要和最根本的内容。

广义的“神韵”论包含了王士禛其他一些更为丰富的诗歌主张。如他不仅向往“发于性情”的“兴会”，也肯定“原于学问”的“根柢”，要求“二者兼之”；不仅肯定“古澹闲远”，也肯定“沈著痛快”，以为二者是“诗家”的“嫡子正宗”，对“尚雄浑则鲜风调，擅神韵则乏豪健”表示不满(《带经堂诗话》卷六)。在宗取前人文学遗产问题上，他讽刺是非唐宋，以及“李杜、苏黄强分畛域”的门户之争是蜗角之斗，是诗坛的陋习。

广义“神韵”论的上述内容不是与狭义“神韵”论相对立的主张，而是对狭义“神韵”论的充实和丰富。它旨在避免诗歌创作单纯受狭义“神韵”论引导而趋入过于静寂缥缈，虚幻离实的偏颇。作为王士禛完整的“神韵说”，其狭义内涵是该说要点所在，而其广义内涵则构成了该说理论蕴义的多样性和丰富性；前者主要是对历史上“神韵”论的继承，后者突出表现为王士禛个人对“神韵”诗论的建设性发展。

后人对王士禛“神韵”说的理解各有不同，根本原因在于该说本身存在如上所述广、狭二义的区别。杨绳武《王公神道碑铭》云：“盖自来论诗者或尚风格，或矜才调，或崇法律，而公则独标神韵。”此指狭义的“神韵”论。翁方纲《神韵论上》云：“神韵者，彻上彻下，无所不该。”这是指包含狭义在内的广义“神韵”论而言，且对其含义又作了进一步推衍而更加宽泛。若论“神韵”说而仅执其狭义，或虽兼及其广义而漠视其以狭义为重点的特征，皆不免与王士禛提倡此说的本意有隔。

聊斋自志

〔清〕蒲松龄

作者简介

蒲松龄(1640—1715)，字留仙，一字剑臣，号柳泉居士，世称聊斋先生，山东淄川(今淄博)人。少有文名，屡试不第，七十一岁始成贡生。以教塾为生。工诗文，善作俚曲。《聊斋志异》是他花二十余年时间，呕心沥血撰成的一部小说，通过奇幻迷离的鬼狐世界折射出人世间的善恶美丑，是我国文言小说发展史上的一座巨峰。他在《聊斋自志》中提出“寄托”“孤愤”之说，是这部小说所以取得卓异不凡成就的一个重要原因。还著有《蒲松龄集》。

披萝带荔，三闾氏感而为《骚》[1]，牛鬼蛇神，长爪郎吟而成癖[2]。自鸣天籁，不择好音，有由然矣。松落落秋萤之火[3]，魑魅争光[4]；逐逐野马之尘[5]，魍魉见笑。才非干宝[6]，雅爱搜神；情类黄州，喜人谈鬼[7]。闻则命笔，遂以成篇。久之，四方同人，又以邮筒相寄，因而物以好聚，所积益夥。甚者，人非化外[8]，事或奇于断发之乡[9]；睫在目前，怪有过于飞头之国[10]。遄飞逸兴，狂固难辞；永托旷怀，痴且不讳。展如之人[11]，得勿向我胡卢耶[12]？然五父衢头[13]，或涉滥听；而三生石上，颇悟前因[14]。放纵之言，有未可概以人废者。松悬弧时[15]，先大人梦一病瘠瞿昙[16]，偏袒入室[17]，药膏如钱，圆粘乳际，寤而松生，果符墨志。且也，少羸多病，长命不犹[18]。门庭之栖寂，则冷淡如僧；笔墨之耕耘，则萧条似钵。每搔头自念，勿亦面壁人果是吾前生耶[19]？盖有漏根因，未结人天之果[20]；而随风荡堕，竟成藩溷之花[21]，茫茫六道[22]，何可谓其无理哉。独是子夜荧荧，灯昏欲蕊；萧斋瑟瑟[23]，案冷疑冰。集腋为裘，妄续幽冥之录[24]；浮白载笔[25]，仅成孤愤之书[26]：寄托如此，亦足悲矣。嗟呼，惊霜寒雀，抱树无温；吊月秋虫，偎阑自热。知我者，其在青林黑塞间乎[27]？柳泉自题。

清乾隆铸雪斋抄本《聊斋志异》卷首

注释

[1]“披萝带荔”两句：三闾氏，指屈原。屈原《九歌・山鬼》：“若有人兮山之阿，被薜荔兮带女萝。”被，同“披”。薜荔，香草名。女萝，一名松萝，攀蔓悬垂的丝状植物。指女鬼以薜荔为衣，以女萝为带。

[2]“牛鬼蛇神”两句：长爪郎，指李贺。杜牧《李长吉歌诗叙》形容李贺诗，“鲸呿鳌掷，牛鬼蛇神不足为其虚荒诞幻也”。

[3]落落秋萤之火：作者形容自己孤寂的处境。

[4]魑魅争光：魑魅，相传山泽间鬼怪。《灵鬼记》：“嵇康灯下弹琴，忽有一人长丈余，著黑单衣，革带。康熟视之，乃吹火灭之，曰：‘耻与魑魅争光。’”

[5]逐逐：急速追逐的样子。野马之尘：指田野上空飞扬的游尘。

[6]干宝：《搜神记》作者。

[7]“情类黄州”两句：苏轼被贬黄州（今湖北黄冈），常与人作诙谐之谈，“有不能谈者，则强之使说鬼。或辞无有，则曰：‘姑妄言之。’”

[8]化外：谓儒家教化所不及的地方。

[9] 断发：指古代荆蛮(今湖南、湖北及江南的一些地方)纹身断发的习俗。当时北方、中原人的眼中，这是非常奇异的事情。

[10] 飞头之国：《酉阳杂俎》《拾遗记》《博物志》《搜神记》等书，均载岭南、吴地、阇婆国等人头生翼，夜半飞去，天明又飞回，长在身上的神话故事。

[11] 展如：诚真貌。

[12] 胡卢：取笑。

[13] 五父衢：古衢名。衢，四达之道路。

[14] "而三生石上"两句：传说唐李源与僧圆观友善，圆观临终前与李源相约，十二年后中秋月夜，相会于杭州天竺寺外。及期，李源赴约，闻牧童歌《竹枝词》："三生石上旧精魂，赏月吟风不要论。惭愧情人远相访，此身虽异性长存。"李源因是知牧童即圆观之后身。见唐袁郊《甘泽谣·圆观》。后以"三生石"为前因宿缘的典实。

[15] 悬弧：古礼，生下男孩，在家门左悬挂一张木弓(弧)，表示将来习武，志在四方。悬弧时，表示男子出身的时候。

[16] 瞿昙：本是佛祖的姓，后来作为佛的通称，此指和尚。

[17] 偏袒：僧人穿袈裟，袒露右肩，以示恭敬，且便于执持法器，称为"偏袒"。

[18] 长命不犹：谓自己长大后，命运不如别人。

[19] 面壁人：《传灯录》载，禅宗东土始祖菩提达摩"寓止于嵩山少林寺，面壁而坐，终日默然"。这里用作和尚的代称。

[20] "盖有漏根因"两句：佛教称烦恼为"漏"。根，指人的根性。佛家认为，果决定于因。

[21] "而随风荡堕"两句：《南史·范缜传》："竟陵王子良精信佛教，而缜盛称无佛。子良问曰：'君不信因果，何得富贵贫贱？'缜答曰：'人生如树花同发，随风而坠，自有拂帘幌坠于茵席之上，自有开藩篱落于粪溷之中。'"藩，篱笆。溷(hùn)，粪坑。蒲松龄借以说明自己坎坷的命运。

[22] 六道：佛教语，指天道、人道、阿修罗道(以上为善道)；地狱道、饿鬼道、畜生道(以上为恶道)。

[23] 萧斋：书斋。

[24] 幽冥之录：宋刘义庆著《幽冥录》，是一部志怪小说。

[25] 浮白载笔：边饮酒，边写作。浮白，用大杯罚酒。

[26] 孤愤之书：战国韩非著有《孤愤》。司马迁《报任安书》："韩非囚秦，《说难》《孤愤》。"把韩非著《孤愤》看作是"发愤著书"的一个例子。

[27] 青林黑塞：杜甫《梦李白》："魂来枫林青，魂返关塞黑。"这里用青林黑塞比喻鬼魂世界。

说明

从魏晋至明代，逐渐形成了用志怪小说劝善、传情、寄兴、反映人间变异等见解。蒲松龄在此基础上，对志怪小说的功能作了进一步论述。他自述创作《聊斋志异》是"寄托"心迹，因此这部小说是表达"孤愤之书"。他在这篇《聊斋自志》中或用直笔叙述，或借典故表达，将他自己不幸、坎坷的生平经历与创作小说的过程和小说的特点紧紧联系在一起，说明这部小说是他借狐鬼以泄愤宣恨之书，是他愤世嫉俗心情的流露。从创作传统上说，则是对"发愤著书""不平则鸣"诸说的响应和体现。这无疑对提高小说思想含蕴起着关键的作用。

蒲松龄还说："袖里乾坤，古人之寓言耳，岂真有之耶？抑何其奇也。中有天地，有日月，可以娶妻生子，而又无催科之苦，人事之烦。则袖中虮虱，何殊桃源鸡犬哉？设容人常住，老于是乡可耳。"（《巩仙》"异史氏曰"）则又说明小说中的一些"乾坤"，往往是与现实困苦相对照的作者心目中的"桃源"世界。所以，《聊斋志异》不仅"寄托""孤愤"，也是表现理想的小说，书中许多美丽善良的女性形象，以及对一些安然恬静的生存环境的描绘，均是作者理想的表达。"寄托""孤愤"和追求理想的实质完全一致，故在《聊斋志异》中能够合而为一。阅读这部小说，痛愤之余，不失憧憬，原因在此。

答谢小谢书

〔清〕廖　燕

作者简介

廖燕（1644—1705），初名燕生，字梦醒，一字人也，号柴舟，曲江（今广东韶关）人。早弃制举业，以布衣终。善诗文，又能戏曲，尤以古文简短透快，精瘦险仄，最具有特点。他非议程、朱说教，批判科举八股，崇尚事功实学，属当时见解鲜明、锋芒毕露的文人。论文主张抒写性灵，泄露愤郁，要求作者认真研读“天地万物”这一部“无字书”（见《答谢小谢书》），以深刻、真实地描摹世情物态。他对宋明以来的评点之学也作了高度评价。著有《二十七松堂集》，杂剧《醉画图》《诉琵琶》等。

小谢足下[1]：远辱赐书，称誉过当，谓燕著作有过古人，不敢当，不敢当。至欲师燕为文，求一言以为法，读之不禁惭汗浃背也。燕性不偶俗，于文尤甚，虽尝好为古文词，然皆不为俗喜。世皆争攻制义，取荣显以相夸耀，其不为喜也固宜。而足下独誉之，且欲以为师，非谀则噱，顾书辞何肫挚恳恻之若此耶？则疑非谀则噱者非也。舍世俗之所为，而复有志于古，非识量有大过人者，亦安能至是？此燕之所汲汲而故为疑之者，亦饰辞耳。然则欲有辞而告足下者，固不待言之毕也。

虽然，燕昔者亦尝有学矣，于古人书无所不读，然皆古人之糟粕，无所从入，退而返之于心而有疑焉，意者其别有学乎？然后取无字书而读之。无字书者，天地万物是也。古人尝取之不尽而尚留于天地间，日在目前而人不知读，燕独知之，读之终身不厌。其后穷困益甚，涉世愈深，所读愈多，虽仇家怨友皆为吾师而靡不取益焉，然后知学之在是也。此岂学文而然欤？抑学道也。庖丁解牛曰：“臣之所好者道也，进乎技矣。”[2]解牛何与于道，而乃云然，而况文乎？文有实义，而道无定体，有物有道，无物亦有道。孔子以仁为道，故《论语》一书问仁与论仁已居其半。继此曾子以明德为道，子思以中庸为道。竭一生之学力而不能尽道之毫末，岂暇为文哉？然三子之书，穷天亘地，垂之千百年而不易者，道至而文自至也。世亦有道未至而文至者，如孟轲、荀卿、杨雄、韩愈之徒是也。数子其始未尝不学道，而未尽然者，则识之过也。性岂有善恶可言？而数子独谆谆不置者，其于道盖可知矣[3]。然以燕为知道则不可，亦学焉而已矣。学道深者其文深，学道浅者其文浅。以燕之顽钝椎鲁，亦何与于道？然幸而贫且贱焉，贫则多忧，贱则多辱，忧辱甚而动忍备，其于道不知近乎？远乎？然退而返之于心，而不复有疑焉。如来书所云“了于心而不能举之于笔”者，则无是也。此岂其验欤？故以文为学，则文虽至班、马，犹不免拾人之唾余也，以道为学，则文虽未至班、马，亦不失为性情之真也。性情真而文自至，又何多求乎哉？足下欲得一言，燕亦只以一言报足下曰：道余无言焉。亦岂千百言所能及也耶？语云：“苟非其人，道不虚行[4]。”因足下有志于此，故敢不揣固陋，粗陈所以，惟赐裁择，幸甚。

日本文久年间东京柏悦堂刻本《二十七松堂文集》卷九

注释

[1] 小谢：不详。
[2] “庖丁解牛曰”三句：引自《庄子・养生主》。
[3] “性岂有善恶可言”三句：孟子主“性善说”，荀子主“性恶说”，二者为先秦时代关于人性理论的著名观点。扬雄主人性善恶相混说，《法言・修身》：“人之性也善恶混，修其善则为善人，修其恶则为恶人。”因此他主张通过后天学习来发展人的善性。韩愈则在《原性》中提出性三品说，即把“与生俱生”的人性分成上、中、下三等。
[4] “苟非其人”两句：引自《易・系辞下》。

说明

廖燕个人生活充满痛苦，不平之感溢满胸臆，认识到自己生存的世界其实存在许多“缺陷”（《衲堂铭》），而古人对世界的描绘和阐述许多并不足信，只是他们留下的一堆“糟粕”。创作应该为世界写真，但是作者不当以古人书中讲述的世界为真实而天真地接受。他鼓励学文者“取无字书而读之”，“无字书者，天地万物是也”。这是廖燕重要的创作经验，对正在形成的以书斋生活为满足的清代文人群，无疑是及时而清醒的棒喝。

以“无字书”为师，与晚明文人“师森罗万象”的思维取向具有相同的实质，区别在于，廖燕更强调对世界痛苦的一面的感受。他讲自己“穷困益甚，涉世愈深”，所读“无字书”也“愈多”，“虽仇家怨友皆为吾师而靡不取益焉”；认为“贫则多忧，贱则多辱，忧辱甚而动忍备”，这样的结果，使他更加接近“道”，也即更加接近真。由于强调对世界痛苦、不幸的感受，廖燕的作品总体上说，讥刺、批判的倾向也就显得比较突出，反抗的色彩相对较为浓烈。

长生殿例言

〔清〕洪　昇

作者简介

洪昇(1645—1704)，字昉思，号稗畦，又署稗村、南屏樵者，钱塘(今浙江杭州)人。康熙七年(1668年)为国子监生，二十八年值佟皇后丧葬期间，因搬演《长生殿》，被劾，斥去国子监籍。以酒后坠水亡。洪昇早年从学于陆繁弨、毛先舒，后又从学于王士禛。工诗，尤精戏曲。曾作《沉香亭》传奇，改写为《舞霓裳》，最后改定为《长生殿》。与孔尚任齐名，有"南洪北孔"之称。洪昇提出，戏曲家"非言情之文，不能擅长"，然反对乖违"典则"(《长生殿自序》)。这也就是《长生殿例言》所总结的"义取崇雅，情在写真"。洪昇也重视以戏曲批评政事、人生，以"垂戒来世"(《长生殿自序》)。对风俗剧他也饶有兴趣。著有《啸月楼集》《稗畦集》《续集》《诗骚韵注》等，戏曲《长生殿》外，尚有《四婵娟》等。

忆与严十定隅坐皋园[1]，谈及开元、天宝间事，偶感李白之遇，作《沉香亭》传奇。寻客燕台[2]，亡友毛玉斯谓排场近熟[3]，因去李白，入李泌辅肃宗中兴[4]，更名《舞霓裳》，优伶皆久习之。后又念情之所钟，在帝王家罕有，马嵬之变，已违夙誓，而唐人有玉妃归蓬莱仙院、明皇游月宫之说[5]，因合用之，专写钗合情缘[6]，以《长生殿》题名，诸同人颇赏之。乐人请是本演习，遂传于时。盖经十余年，三易稿而始成，予可谓乐此不疲矣。

史载杨妃多污乱事。予撰此剧，止按白居易《长恨歌》、陈鸿《长恨歌传》为之[7]。而中间点染处，多采《天宝遗事》《杨妃全传》[8]，若一涉秽迹，恐妨风教，绝不阑入，览者有以知予之志也。今载《长恨歌》《传》，以表所由，其杨妃本传、外传及《天宝遗事》诸书，既不便删削，故概置不录焉。

棠村相国尝称予是剧乃一部闹热《牡丹亭》[9]，世以为知言。予自惟文采不逮临川[10]，而恪守韵调，罔敢稍有逾越。盖姑苏徐灵昭氏为今之周郎[11]，尝论撰《九宫新谱》，予与之审音协律，无一字不慎也。

曩作《闹高唐》《孝节坊》诸剧[12]，皆友人吴子舒凫为予评点[13]。今《长生殿》行世，伶人苦于繁长难演，竟为伧辈妄加节改，关目都废。吴子愤之，效《墨憨十四种》[14]，更定二十八折，而以虢国、梅妃别为饶戏两剧[15]，确当不易。且全本得其论文，发予意所涵蕴者实多。分两日唱演殊快。取简便，当觅吴本教习，勿为伧误可耳。

是书义取崇雅，情在写真。近唱演家改换有必不可从者，如增虢国承宠、杨妃忿争一段，作三家村妇丑态，既失蕴藉，尤不耐观。其《哭像》折，以哭题名，如礼之凶奠，非吉祭也。今满场皆用红衣，则情事乖违，不但明皇钟情不能写出，而阿监宫娥泣涕皆不称矣[16]。至于《舞盘》及末折演舞，原名《霓裳羽衣》[17]，只须白袄红裙，便自当行本色。细绎曲中舞节，当一二自具。今有贵妃舞盘学《浣纱舞》，而末折仙女或舞灯、舞汗巾者，俱属荒唐，全无是处。

洪昇昉思父识。

清康熙稗畦草堂刻本《长生殿传奇》卷首

注释

[1] 严十定隅：严曾榘(niè)，字定隅，余杭(今属浙江)人。监生。有《雨堂诗》。皋园：在武林(今杭州)城东，原为明金学曾别业的一部分，严曾榘父严沆购筑之，名曰皋园。

[2] 燕台：即黄金台，故址在今河北易县东南北易水南。相传战国燕昭王筑，置千金于台上，延请天下士，故名。此指北京。

[3] 毛玉斯：浙江钱塘(今杭州)人。毛先舒子。排场：戏曲术语。指剧情安排，结构布局。

[4] 李泌(722—789)：唐大臣。玄宗时为皇太子供奉官，历仕肃宗、代宗、德宗三朝，位至宰相，封邺侯。

[5] “唐人有玉妃归蓬莱仙院”两句：述及这类传说的作品有白居易《长恨歌》，

唐人笔记《明皇杂录》《开元天宝遗事》等。

[6] 钗合情缘：唐陈鸿《长恨歌传》：唐明皇与杨贵妃“定情之夕，授金钗钿合以固之”。合，同“盒”。

[7] 陈鸿：字大亮，白居易之友。贞元间登太常第，大和三年(829年)为尚书主客郎中。他所作传奇小说《长恨歌传》与白居易《长恨歌》写述同一题材，后来刊出时，传冠于歌之前。

[8]《天宝遗事》：即《开元天宝遗事》，四卷，五代王仁裕撰。洪迈《容斋随笔》以为是托名之作。《杨妃全传》，不详。

[9] 棠村：梁清标，字玉立，号棠村、蕉林、苍岩，直隶真定(今河北正定)人。明崇祯十六年(1643年)进士。入清历仕户部尚书、保和殿大学士。著有《蕉林诗文集》《棠村词》《棠村随笔》。

[10] 临川：汤显祖。

[11] 徐灵昭：徐麟，长洲(今江苏苏州)人。身世待考。周郎：周瑜，善辨音律。

[12]《闹高唐》：取材于《水浒》故事。《孝节坊》：本事无考。以上二杂剧均不传。

[13] 吴子舒凫：吴人(1647—?)，又名仪一，字瑹符，又字舒凫，号吴山，钱塘(今浙江杭州)人。监生。著有《吴山草堂词》，另有《还魂记或问》十七条，载“吴吴山三妇合评”《牡丹亭》卷首。

[14]《墨憨十四种》：冯梦龙自编和改编传奇作品集。墨憨，冯梦龙书斋名。

[15] 虢(guó)国：虢国夫人。杨贵妃姊，行三。天宝七载(748年)封虢国夫人。十五载随唐玄宗逃奔西蜀，途中为陈仓令薛景仙所杀。梅妃：江采蘋，唐玄宗妃。性爱梅，居所均植梅花，因名“梅妃”。死于“安史之乱”。饶戏：戏曲术语。指在戏曲演出中，正戏外添演的节目。亦称“饶头戏”。饶，犹益、添。

[16] 阿监：太监。宫娥：宫女。

[17]《霓裳羽衣》：此指霓裳羽衣舞。因其舞曲为《霓裳羽衣曲》，故名。

说明

洪昇的戏曲观，主要表现为写情与崇雅的结合，提出“义取崇雅，情在写真”。他肯定情事描写在戏曲题材中带有广泛、普遍和突出的意义。据《长生殿例言》自述此剧“经十余年三易稿”的创作经过，可以看出，这实际上是将李、杨故事与其他内容共存一剧改编为“专写”李、杨“钗合情缘”的过程，也即是逐渐集中和凸显李、杨情缘主题的过程，这正是他“言情”主张的体现。洪昇又认为，描写情事应当真挚、强烈、动人。据洪昇女儿洪之则回忆，他父亲非常赞赏《牡丹亭》通过杜丽娘“生而之死，死而之生”的神奇经历对爱情所作的热情讴歌（见《三妇评牡丹杂记》跋）。洪昇创作《长生殿》主要表现了男女真挚慕恋的爱情理想，这种理想虽因作品以特定历史时期的帝妃之爱为描写对象而呈现复杂化，作者对其爱情带给国事民生某些消极影响作了一些必要的侧面批评，然而统观全剧，同情是主要的。正因为作者站在同情的立场上，作品才写得哀婉动人。他从写情当须真挚动人的要求出发，批评某些改编者对《长生殿》妄加篡改，乃至使作品从剧情到表演都有损于表现主人公“生死深情”，这引起洪昇愤怒。

另一方面，洪昇强调戏曲合“雅”的重要性。“义取崇雅”之“雅”，其义一谓善，二谓注重风教。他不满“乖典则”的剧场“情词”（《自序》）。洪昇撰写《长生殿》，“中间点染处，多采《天宝遗事》《杨妃全传》”，然而对原书中涉及“秽迹”之处，则加以删除，“绝不阑入”，“恐妨风教”。他创作《织锦记》也以符合“诗人温厚之旨”，有补“闻教”为追求的目标（见《织锦记自序》）。洪昇这种尚雅的戏曲观，有其一定可取之处，比如要求描写情事不掺入有损主人公形象的秽嫚笔墨。可是他强调裨益风化不可避免地会束缚主题，也必然影响戏曲表现真情的完全实现，《长生殿》和《牡丹亭》虽然同写“生死深情”，前者却缺乏后者追求某种人性觉醒的思想光彩，这与洪昇受其维护风教的创作目的限制有关。

在音律与辞采关系上，洪昇以《长生殿》文采不逮《牡丹亭》为憾，又以能恪守韵调，“审音协律，无一字不慎”而自豪，表明他在临川派、吴江派以来发生的辞采、音律之争中，不偏袒任何一方，而采取并酌双方之长的态度。

桃花扇凡例

〔清〕孔尚任

作者简介

孔尚任（1648—1718），字聘之，一字季重，号东塘，又号岸堂，自称云亭山人，兖州曲阜（今属山东）人。孔子六十四代孙。初读书于石门山中，康熙二十三年

(1684年)被破格授国子监博士,迁户部主事、员外郎等职。善诗文,尤以戏曲擅名,经十余年三易其稿,于康熙三十八年完成《桃花扇》,与《长生殿》并为清代戏曲双璧,作者亦与洪昇并称“南洪北孔”。孔尚任通过《桃花扇》所附《小引》《小识》《本末》《凡例》《纲领》《考据》诸文说明创作该剧材料来源、撰写意图,同时也提出了戏曲主张。他主张历史剧的写作应以据实征信为主,寄托“惩创人心”(《小引》)的寓意,同时又谨慎地兼施虚构“点染”(《凡例》);既给人们情感满足,又能提供历史喻示。所著戏曲尚有《小忽雷》(与顾彩合著),诗文集《湖海集》《岸堂集》等。

一、剧名《桃花扇》,则桃花扇譬则珠也,作《桃花扇》之笔譬则龙也。穿云入雾,或正或侧,而龙睛龙爪,总不离乎珠,观者当用巨眼。

一、朝政得失,文人聚散,皆确考时地,全无假借。至于儿女钟情,宾客解嘲,虽稍有点染,亦非乌有子虚之比。

一、排场有起伏转折,俱独辟境界,突如而来,倏然而去,令观者不能预拟其局面。凡局面可拟者,即厌套也。

一、每出脉络联贯,不可更移,不可减少。非如旧剧,东拽西牵,便凑一出。

一、各本填词,每一长折,例用十曲,短折例用八曲。优人删繁就减,只歌五六曲,往往去留弗当,辜作者之苦心。今于长折,止填八曲,短折或六或四,不令再删故也。

一、曲名不取新奇,其套数皆时流谙习者,无烦探讨,入口成歌。而词必新警,不袭人牙后一字。

一、词曲皆非浪填,凡胸中情不可说、眼前景不能见者,则借词曲以咏之。又一事再述,前已有说白者,此则以词曲代之。若应作说白者,但入词曲,听者不解,而前后间断矣。其已有说白者,又奚必重入词曲哉?

一、制曲必有旨趣,一首成一首之文章,一句成一句之文章。列之案头,歌之场上,可感可兴,令人击节叹赏,所谓歌而善也。若勉强敷衍,全无意味,则唱者、听者皆苦事矣。

一、词曲入宫调,叶平仄,全以词意明亮为主。每见南曲艰涩扭挪[1]，令人不解，虽强合丝竹，止可作工尺字谱[2]，何以谓之填词耶？

一、词中所用典故，信手拈来，不露饾饤堆砌之痕，化腐为新，易板为活，点鬼垛尸，必不取也。

一、说白则抑扬铿锵，语句整练，设科打诨，俱有别趣。宁不通俗，不肯伤雅，颇得风人之旨。

一、旧本说白，止作三分，优人登场，自增七分，俗态恶谑，往往点金成铁，为文笔之累。今说白详备，不容再添一字。篇幅稍长者，职是故耳。

一、设科之嬉笑怒骂，如白描人物，须眉毕现，引人入胜者，全借乎此。今俱细为界出，其面目精神，跳跃纸上，勃勃欲生，况加以优孟摹拟乎。

一、脚色所以分别君子、小人，亦有时正色不足，借用丑、净者。洁面、花面[3]，若人之妍媸然，当赏识于牝牡骊黄之外耳。凡正色借用丑、净者，如柳、苏、丁、蔡出场时，暂洗去粉墨。

一、上下场诗，乃一出之始终条理，倘用旧句、俗句，草草塞责，全出削色矣。时本多尚集唐[4]，亦属滥套。今俱创为新诗，起则有端，收则有绪，著往饰归之义[5]，仿佛可追也。

一、全本四十出，其上本首试一出，末闰一出，下本首加一出，末续一出，又全本四十出之始终条理也。有始有卒，气足神完，且脱去离合悲欢之熟径，谓之戏文，不亦可乎。

云亭山人偶拈。

清康熙刻本《桃花扇传奇》卷首

注释

[1] 扭挪：犹扭捏。生硬编造。

[2] 工尺字调：指用工尺所记的曲谱。工尺，古代音乐的音阶符号。由产生于隋唐的“燕乐半字谱”，经宋代的“俗字谱”逐渐演变而成。它以“上、尺、工”等字作为音阶符号，习惯上统称“工尺”，用工尺所记的曲谱，叫“工尺谱”。

[3] 洁面、花面：戏曲角色。洁面，指生角。花面，又称“花脸”，指净角。

[4] 集唐：从唐人不同的诗篇中采集诗句，编成一首新的诗。
[5] 著往饰归之义：指舞乐的起与结。著，明。

说明

明末清初，学者普遍重视明代史事，蔚为风气。他们一是搜集、甄别资料，以备修史之用；二是探寻、总结明朝灭亡的教训，或以寄故国之思，或以资治国殷鉴。此际戏曲作家一方面继承明代《浣纱记》《鸣凤记》等历史剧和时事剧传统，一方面与上述注意研求明史的风气相联系，往往创作以明代史事为题材或寓托怀明主题的历史时事剧。年代稍后的孔尚任创作以南明史事为内容的《桃花扇》，是对这种戏曲传统的继承。《小引》说他希望人们通过观看《桃花扇》，“知三百年之基业，隳于何人，败于何事，消于何年，歇于何地，不独令观者感慨涕零，亦可惩创人心，为末世之一救矣”。这与许多史家注重整理明史的动机亦相接近。

孔尚任反复强调自己创作《桃花扇》恪守征信原则，做到剧中写到的重大事端皆“确考”不爽，最大限度地与“信史”保持一致(见《凡例》《本末》)。他将鄙事、细事、轻事、不足道之事与斗“权奸”，究“帝基”毁亡之由等传统文人眼里的正经大事互相系结，使爱情描写的传奇性与反映朝政得失政治性熔为一炉，而在两者中政治性显然又是剧本的主导方面。《桃花扇》这种构思特点充分体现了作者借传奇以传布“一阴一阳”之“道”(《纲领》)，“惩创人心，为末世之一救”的历史剧主张。

重视历史剧内容信实可靠，有益补救世道人心，同时孔尚任也肯定历史剧作者在一定程度上对艺术想象力、虚构作用的凭借和依靠。他谈到剧中诸如“儿女钟情，宾客解嘲”的内容，是“稍有点染”即经过作者一定的艺术想象加工的。当然，他对历史剧的这类“点染”又是掌握得很谨慎和有分寸，虽不求确实有据，也并非全然出于“乌有子虚”。

以据实征信为主，给人提供有益的历史喻示，艺术上谨慎地兼施虚构“点染”。孔尚任这种观点在古代历史剧创作理论中是很有代表性的，尤其是他特别强调剧中史事确实可信，代表了历史剧创作中的一种倾向。

孔尚任在《凡例》里还对戏曲创新、曲意与音律的关系和要求、曲白二者配合诸问题作了阐述。他强调“词必新警，不袭人牙后一字”。要求词意清晰，反对艰涩，勉强合律。认为曲与说白表述的内容应该各有侧重，且要讲求谐配互补。这些意见不仅对创作历史剧有指导意义，对整个戏曲创作也有普遍的启发。

词综序

〔清〕汪　森

作者简介

汪森(1653—1726),字晋贤,号碧巢,祖籍安徽休宁,居浙江桐乡。康熙十一年(1672年)入贡,官广西桂林通判,迁太平,擢知郑州,又官户部江西司郎中。家筑裘杼楼,富藏书。善词,宗张炎,所作精雅柔婉。朱彝尊编《词综》二十六卷,汪森继之,从宋元一百七十家词集,并传记、小说、地志等增补四卷,刻本行世。后又与柯崇朴等辑补词六卷,总成为三十六卷本。他概括姜夔词的特点为"句琢字炼,归于醇雅",此亦成为浙西派著名词学口号。著有《小方壶文钞》《小方壶存稿》,另还与沈蓝郇合编《明词选》。

自有诗,而长短句即寓焉。《南风》之操、《五子之歌》是已[1]。周之颂三十一篇[2],长短句居十八,汉《郊祀歌》十九篇[3],长短句居其五,至《短箫铙歌》十八篇[4],篇皆长短句,谓非词之源乎?

迄于六代,《江南》《采莲》诸曲[5],去倚声不远。其不即变为词者,四声犹未谐畅也。自古诗变为近体,而五七言绝句传于伶官乐部,长短句无所依,则不得不更为词。当开元盛日,王之涣、高适、王昌龄诗句流播旗亭[6],而李白《菩萨蛮》等词亦被之歌曲。古诗之于乐府,近体之于词,分镳并骋,非有先后。谓诗降为词,以词为诗之余,殆非通论矣。

西蜀、南唐而后,作者日盛。宣和君臣[7],转相矜尚。曲调愈多,流派因之亦别,短长互见,言情者或失之俚,使事者或失之伉。鄱阳姜夔出,句琢字炼,归于醇雅。于是史达祖、高观国羽翼之,张辑、吴文英师之于前[8],赵以夫、蒋捷、周密、陈允衡、王沂孙、张炎、张翥效之于后[9]。譬之于乐,舞《箾》至于九变[10],而词之能事毕矣。

世之论词者,惟《草堂》是规,白石、梅溪诸家[11],或未窥其集,辄高自矜诩。予尝病焉,顾未有以夺之也。友人朱子锡鬯,辑有唐以来迄于元人所为词,凡一十八卷,目曰《词综》。访予梧桐乡[12]。予览而有契于心,请雕刻以行。朱子曰:“未也。宋、元词集传于今者,计不下二百家。吾之所见,仅及其半而已。子其博搜,以辅吾不足,然后可。”予曰:“唯唯。”锡鬯仍北游京师,南至于白下[13]。逾三年归,广为二十六卷。予亦往来苕、霅间[14],从故藏书家抄白诸集[15],相对参论,复益以四卷,凡三十卷。计览观宋、元词集一百七十家,传记、小说、地志共三百余家,历岁八稔,然后成书。庶几可一洗《草堂》之陋,而倚声者知所宗矣。若其论世而叙次词人爵里,勘雠同异而辨其讹,则柯子寓匏、周子青士力也[16]。

时康熙戊午嘉平之朔[17],休阳汪森书于裘杼楼[18]。

清康熙十七年(1678年)汪氏裘杼楼刊本《词综》卷首

注释

[1]《南风》之操:即《南风歌》。操,琴曲。《五子之歌》:传说夏朝太康失位,逸乐无度。他的五个弟弟唱了五首歌,怨而戒之。

[2]周之颂三十一篇:指《诗经·颂》中的周颂。

[3]《郊祀歌》:乐府歌曲名。汉武帝时作,李延年为之配乐。古代称帝王祭天地为郊祀,《郊祀歌》是专用于郊祀仪式中的歌曲。

[4]《短箫铙歌》:乐府《鼓吹曲》的一部,军乐,用于激励士气及宴享功臣。

[5]《江南》《采莲》诸曲:《乐府诗集》卷五十引《古今乐录》:“梁天监十一年(512年)冬,梁武帝改西曲,制《江南弄》七曲,一曰《江南弄》,二曰《龙笛曲》,三曰《采莲曲》……”后来颇有仿者。杨慎《词品》卷一论梁武帝《江南弄》曰:“此辞绝妙,填词起于唐人,而六朝已滥觞矣。”

[6]“当开元盛日”两句:《集异记》载:诗人王之涣、高适、王昌龄同往酒楼饮酒,席上恰巧听到四名歌妓在唱王之涣“黄河远上白云间”、高适“开箧泪沾臆”、王昌龄“寒雨连江夜入吴”“奉帚平明金殿开”诸诗。

[7]宣和君臣:指宋徽宗赵佶与大晟府周邦彦、万俟咏诸词人。宣和,宋徽宗年号(1119—1125)。

[8]张辑:字宗瑞,号庐山道人、东泽、东仙,鄱阳(今属江西)人。曾从姜夔学

诗。著有《东泽绮语》。

[9] 赵以夫(1189—1256):字用父,号虚斋,自称芝山老人,郓(今属山东)人,居长乐(今属福建)。嘉定十年(1217年)进士,累官礼部尚书,进资政殿学士。有《虚斋乐府》。蒋捷:字胜欲,号竹山,阳羡(今江苏宜兴)人。咸淳十年(1274年)进士,宋亡不仕。有《竹山词》。周密(1232—1298):字公谨,号草窗、蘋州,又号四水潜夫、弁阳老人等。其先济南人,寓居吴兴(今浙江湖州)。曾任义乌令,入元不仕。有《草窗词》等,曾选南宋词为《绝妙好词》。陈允衡:即陈允平(1205?—1280),字君衡,一字衡仲,号西麓,四明(今浙江宁波)人。曾官余姚令、沿海制置司参议官。有《西麓继周集》《日湖渔唱》。王沂孙:字圣与、咏道,号碧山、中仙、玉笥山人,会稽(今浙江绍兴)人。交周密、张炎等。有《花外集》,又名《玉笥山人词集》《碧山乐府》。张翥(1287—1268):字仲举,号蜕庵,晋宁(今山西临汾)人。元累官翰林侍读,兼国子祭酒,以翰林承旨致仕。有《蜕庵集》《蜕岩词》。

[10]《箾》:即《箾韶》,舜乐名。箾,同"箫"。

[11] 白石:姜夔。梅溪:史达祖。

[12] 梧桐乡:即汪森老家浙江桐乡。

[13] 白下:今南京。

[14] 苕、霅(zhá):两条溪名。苕溪发源于天目山,经临安、余杭、杭州、德清,至吴兴为霅溪,流入太湖。

[15] 抄白:抄录。

[16] 柯子寓匏:柯崇朴,字寓匏,嘉善(今属浙江)人。曹尔堪女婿。贡生,官内阁中书。康熙十八年(1679年)举博学宏词,因丁忧未试。著有《振雅堂集》。周子青士:周篔(1623—1687),初名筠,字公贞,改字青士,又作清士,别字筜谷。浙江嘉兴人。明诸生,入清弃举子业。有《采山堂诗》《词纬》《今词综》。

[17] 康熙戊午:1678年。嘉平之朔,即农历十二月初一。

[18] 休阳:今安徽休宁县,此为汪森原籍。裘杼楼:汪森藏书楼名。

说明

《词综》是朱彝尊为首的浙西派的一部重要词学选本,汪森为《词综》写的这篇序是该派的一篇重要词学论文。

他首先抬高词的文学地位，反对“词为诗余”等小视词体之偏见。尽管前人对这种偏见也有批评，尤其是在词学复兴的明末清初，尊词意识进一步增强，如陈维崧《词选序》将词与经、史、诗并提，但是，就文人普遍的认识而言，词依然是受轻视的。汪森以相当集中的笔墨否定“以词为诗余”的习见，在词论史上是非常突出的。他的意见藉《词综》一书而流传，其影响也在陈维崧《词选序》之上。

其次，他简述五代后词的发展流变，突出姜夔在词史上的重大作用，视南宋姜夔一脉词风为极境，并概括姜夔词的特点是“句琢字炼，归于醇雅”，从而更加突出了词创作中咀宫含商，醇正精美的要求。这八个字也就成了浙西派词论要义的最简明表述。序主要批评北宋词“言情者或失之俚，使事者或失之伉”，前者指柳永一派，后者指苏轼一派。汪森否定柳、苏一派词，标举“醇雅”论的片面、狭隘也由此可见一斑。

汪森最后对《词综》编选情况作了说明，其中谈到编选此书的意图是要清除《草堂诗余》的影响，为词人标示宗尚，实即要求以姜夔、史达祖诸家为作词规范而予效仿。

汪森《词综序》的基本观点与朱彝尊完全一致。需要指出的是，朱彝尊对词的地位这一问题少所论述，《陈纬云红盐词序》仅以为词能补诗之不足，因此虽为“小技”，弥足重视。汪森在这方面丰富了浙西派词学的内容。当然，他主要从长短句形式的起源来论证诗与词“非有先后”，因而“诗余”说不能成立，但是这样来说明词体的发生不免牵强。词的产生与隋唐燕乐的兴盛有更直接的关系，诗的长短句型与作为长短句体制的词体并非一回事。尽管如此，汪森推崇词体，为词的发展制造舆论，其意义是积极的。

谈龙录(选录)

〔清〕赵执信

作者简介

赵执信(1662—1744)，字伸符，号秋谷，又号饴山老人，益都(今属山东)人。康熙十八年(1679年)进士，授翰林院编修，官至右赞善，充明史馆纂修官。康熙二十八年因佟皇后丧服其间观《长生殿》，被革职。所作诗歌社会内容充实，语言峭拔。论诗推尊冯班、吴乔，肯定诗中应当有人、有事、有情。他是王士禛甥婿，然论诗相左，对“神韵说”颇多纠驳。有《饴山堂集》，诗学著作有《谈龙录》《声调谱》。

钱塘洪昉思昇，久于新城之门矣[1]，与余友。一日，并在司寇宅论诗[2]。昉思嫉时俗之无章也，曰：“诗如龙然，首尾爪角鳞鬣一不具，非龙也。”司寇哂之曰：“诗如神龙，见其首不见其尾，或云中露一爪一鳞而已，安得全体？是雕塑绘画者耳。”余曰：“神龙者，屈伸变化，固无定体，恍惚望见者，第指其一鳞一爪，而龙之首尾完好，故宛然在也。若拘于所见，以为龙具在是，雕绘者反有辞矣。”昉思乃服。……

昆山吴修龄乔论诗甚精。所著《围炉诗话》，余三客吴门[3]，遍求之不可得。独见其与友人书一篇，中有云：“诗之中须有人在。”余服膺以为名言。夫必使后世因其诗以知其人，而兼可以论其世，是又与于礼义之大者也。若言与心违，而又与其时与地不相蒙也，将安所得知之而论之？

司空表圣云：“味在酸咸之外[4]。”盖概而论之，岂有无味之诗乎哉？观其所第二十四品[5]，设格甚宽。后人得以各从其所近，非第以“不著一字，尽得风流”为极则也。严氏之言，宁堪并举[6]？冯先生纠之尽矣[7]。

千顷之陂，不可清浊。天姿国色，粗服乱头亦好。皆非有意为之也。储水者期于江湖，而必使之潆洄澄澈，是终为溪沼耳。自矜容色，而故毁其衣妆，有厌弃之者矣。免于此二者，其惟吴天章乎[8]？

清乾隆十八年(1753年)王峻批抄本《谈龙录》

注释

[1]“钱塘洪昉思昇”两句：洪昇曾向王士禛学诗法。新城，指王士禛。王氏为新城(今山东桓台)人。

[2]司寇：指王士禛。司寇之官，置于西周，掌管刑狱、纠察等事。后世以大司寇为刑部尚书的别称，又简称司寇。

[3] 吴门：苏州的别称。

[4] 味在酸咸之外：司空图《与李生论诗书》中的观点。

[5] 第：品第。二十四品：指《二十四诗品》，又称《诗品》。

[6] "非第以不著一字"三句：王士禛《香祖笔记》云：在《二十四诗品》中，"予最喜'不著一字，尽得风流'八字"。《唐贤三昧集序》又云，他对严羽"羚羊挂角，无迹可求，透彻玲珑，不可凑泊"的"兴趣"说和司空图"味在酸咸之外"主张，"别有会心"。赵执信此处皆针对王士禛而言。

[7] 冯先生纠之尽矣：冯班《严氏纠谬》："沧浪论诗，止是浮光掠影，如有所见，其实脚跟未曾点地，故云盛唐之诗，'如空中之色，水中之月，镜中之象'，种种比喻。……沧浪只是'兴趣'言诗，便知此公未得向上关捩子。"

[8] 吴天章：吴雯(1644—1704)，字天章，原籍奉天辽阳(今属辽宁)，后迁居蒲州(今山西永济)。康熙十八年(1679 年)举博学宏词科，不遇。著有《莲洋诗钞》。

说明

《谈龙录》撰成于康熙四十八年(1709 年)。是书篇幅虽短，对王士禛诗论的批评却相当集中。当时，王士禛在诗坛影响犹存，"神韵说"依然为许多诗人遵信不疑，赵执信将自己经过深思熟虑的不同意见公之于世，希望对转移诗风的产生影响。

洪昇、王士禛、赵执信皆用龙比喻诗，洪昇以巨细无遗为诗的整体性特点，王士禛认为诗之神妙在见首不见尾，偶露一爪一鳞之中，无所谓呈现诗的"全体"；赵执信肯定"屈伸变化，固无定体"，但是强调所描绘的一爪一鳞，应该足以显示全部，即局部的表现要有代表整体的艺术能力。赵执信诗论与王士禛"神韵说"的分歧在此得到了清楚的区别：他比王士禛更加关心诗歌宽广的艺术对象整体本身。

所谓诗歌整体的艺术对象本身，从概念上说依然是一些传统的诗歌理论命题，如"温柔敦厚""发乎情，止乎礼义"，长歌永言等。通过赵执信对"礼义之说"的解释，所谓"喜者不可为泣涕，悲者不可为欢笑"，"富贵者不可话寒陋，贫贱者不可语侈大"，所谓"文字必相从顺，意兴必相附属"，可以看出，他无非是强调诗歌要表现真性情，艺术上要朴素质实，并不是一种简单的伦理回归。

从这样的要求出发，赵执信从前人的诗论中特别揭出二语，"诗中须有人在"

(吴乔)、“诗外尚有事在”(苏轼),以为这是“礼义之大者”,也是诗人进行诗歌创作最当遵从的原则。如此而写诗,才能从诗中见人、见地、见世。

王士禛最欣赏《二十四诗品》“不著一字,尽得风流”之说,赵执信针锋相对地说,诗歌“非徒以风流相尚”。这不仅是诗格宽窄之争,从赵执信上述对诗歌创作必须“有人”“有事”的要求来看,这更是反映了二人不同的诗歌理念。虽然“神韵说”不因赵执信攻驳而失去自身的美学价值,但是其不足确实由此得到了暴露,从而为后人更加实事求是地评价“神韵说”提供了一定的参考意见。

古文约选序例(选录)

〔清〕方　苞

作者简介

方苞(1668—1749),字凤九,号灵皋,晚号望溪,安徽桐城人。康熙四十五年(1706 年)会试中式,因母病未预殿试。五年后,受戴名世《南山集》案牵连,下狱论死,得李光地力救,被宽宥。以白衣入值南书房,乾隆间官至礼部侍郎,七十五岁致仕。方苞“学行继程、朱之后,文章介韩、欧之间”(王兆符《望溪文集序》),在当时以治经和文章名重一时,治经尤长三《礼》与《春秋》,文风静重简雅,对后人影响尤在文章,为桐城派“三祖”之一。他的古文理论核心是“义法”说。义即“言有物”,法即“言有序”(《又书货殖传后》),义经法纬,相辅相成,以使文章合符义理,蕴含丰富,而又具备清晰而严谨的条理结构。他又提出“雅洁”说,排斥俗语、小说语、隽语等入古文,是从“义法”论出发对古文写作的一种具体文风要求,做到剪裁得宜,精简扼要,语言洗练朴素,自然蕴辉。著有《望溪文集》。

《太史公自序》:“年十岁,诵古文。”周以前书皆是也。自魏、晋以后,藻绘之文兴。至唐韩氏起八代之衰[1],然后学者以先秦、盛汉辨理论事,质而不芜者为古文。盖六经及孔子、孟子之书之支流余肄也。……盖古文所从来远矣,六经、《语》《孟》,其根源也。得其枝流而义法最精者,莫如《左传》《史记》,然各自成书,具有首尾,不可以分剟[2]。其次《公羊》《谷梁传》《国语》《国策》，虽有篇法可求，而皆通纪数百年之言与事，学者必览其全，而后可取精焉。惟两汉书、疏及唐宋八家之文，篇各一事，可择其尤，而所取必至约，然后义法之精可见。故于韩取者十二，于欧十一，余六家，或二十三十而取一焉。两汉书、疏，则百之二三耳。学者能切究于此，而以求《左》《史》《公》《谷》《语》《策》之义法，则触类而通，用为制举之文，敷陈论策，绰有余裕矣。虽然，此其末也，先儒谓韩子因文以见道[3]，而其自称则曰："学古道，故欲兼通其辞。"[4]群士果能因是以求六经、《语》《孟》之旨，而得其所归，躬蹈仁义，自勉于忠孝，则立德立功，以仰答我皇上爱育人材之至意者，皆始基于此。是则余为是编以助流政教之本志也夫。雍正十一年春三月[5]，和硕果亲王序[6]。

一、三《传》、《国语》《国策》《史记》为古文正宗，然皆自成一体，学者必熟复全书，而后能辨其门径，入其窔突[7]。故是编所录，惟汉人散文，及唐宋八家专集。俾承学治古文者，先得其津梁，然后可溯流穷源，尽诸家之精蕴耳。

一、周末诸子精深闳博，汉、唐、宋文家皆取精焉。但其著书，主于指事类情，汪洋自恣，不可绳以篇法。其篇法完具者，间亦有之，而体制亦别，故概弗采录，览者当自得之。

一、在昔议论者，皆谓古文之衰自东汉始，非也。西汉惟武帝以前之文生气奋动，倜傥排宕，不可方物，而法度自具。昭、宣以后[8]，则渐觉繁重滞涩，惟刘子政杰出不群[9]，然亦绳趋尺步，盛汉之风邈无存矣。是编自武帝以后至蜀汉，所录仅三之一，然尚有以事宜讲问，过而存之者。

一、韩退之云："汉朝人无不能为文。"[10]今观其书、疏、吏牍，类皆雅饬可诵。兹所录仅五十余篇，盖以辨古文气体，必至严乃不杂也。既得门径，必从横百家，而后能成一家之言，退之自言"贪多务得，细大不捐"是也[11]。

一、古文气体，所贵清澄无滓。澄清之极，自然而发其光精，则《左传》《史记》之瑰丽浓郁是也。始学而求古求典，必流为明七子之伪体。

故于《客难》《解嘲》《答宾戏》《曲引》之类皆不录[12]，虽相如《封禅书》亦姑置焉[13]。盖相如天骨超俊，不从人间来。恐学者无从窥寻，而妄摹其字句，则徒敝精神于蹇浅耳。

一、子长世表、年表、月表序[14]，义法精深变化，退之、子厚读经、子[15]，永叔史志论[16]，其源并出于此。孟坚《艺文志》七略序[17]，淳实渊懿，子固序群书目录[18]，介甫序《诗》《书》《周礼义》[19]，其源并出于此。概弗编辑，以《史记》《汉书》，治古文者必观其全也。独录《史记自序》，以其文虽载家传后，而别为一篇，非《史记》本文耳。

一、退之、永叔、介甫俱以志铭擅长。但序事之文，义法备于《左》《史》，退之变《左》《史》之格调，而阴用其义法，永叔摹《史记》之格调，而曲得其风神，介甫变退之之壁垒，而阴用其步伐。学者果能探《左》《史》之精蕴，则于三家志铭，无事规抚，而自与之并矣。故于退之诸志，奇崛高古清深者皆不录。录马少监、柳柳州二志[20]，皆变调，颇肤近。盖志铭宜实征事迹，或事迹无可征，乃叙述久故交亲，而出之以感慨，马志是也。或别生议论，可兴可观，柳志是也。于永叔独录其叙述亲故者，于介甫独录其别生议论者，各三数篇。其体制皆师退之，俾学者知所从入也。

一、退之自言："所学在辨古书之真伪与虽正而不至焉者。"[21]盖黑之不分，则所见为白者，非真白也。子厚文笔古隽，而义法多疵。欧、苏、曾、王亦间有不合。故略指其瑕，俾瑜者不为掩耳。

一、《易》《诗》《书》《春秋》及四书，一字不可增减，文之极则也。降而《左传》《史记》韩文，虽长篇，句字可薙芟者甚少。其余诸家，虽举世传诵之文，义枝辞冗者，或不免矣，未便削去，姑钩划于旁，俾观者别择焉。

《续四部丛刊》本《望溪先生全集》卷四

注释

[1] 韩氏起八代之衰：苏轼《潮州韩文公庙碑》称韩愈语。八代，指东汉、魏、晋、宋、齐、梁、陈、隋。

[2] 分剟(duō)：割开。

[3] 先儒谓韩子因文以见道：《近思录》："明道(程颢)曰：学本是修德，有德然后有言，退之却倒学了，因学文日求所未至，遂有所得。"张伯行集解："退之学文而后见道，是由末以及本，却倒学了。"

[4] 学古道故欲兼通其辞：语出自韩愈《题欧阳生哀辞后》。"故"，原作"则"。

[5] 雍正十一年：1733年。

[6] 和硕果亲王：爱新觉罗允礼，康熙皇帝第十七子，雍正元年(1723年)封果郡王，六年进亲王。和硕，满洲语，部落的意思，用作美称。按《古文约选》一书署清果亲王允礼选，实出自方苞之手，此篇序也是方苞所作。按以上是序，以下各条为例言。

[7] 窔突：深奥。"窔"，同"突"(yào)。

[8] 昭宣：汉昭帝(前86—前74年在位)，汉宣帝(前73—前49年在位)。

[9] 刘子政：刘向。

[10] 汉朝人无不能为文：韩愈《答刘正夫书》："汉朝人莫不能为文，独司马相如、太史公、刘向、扬雄为之最。"

[11] "贪多务得"两句：引自韩愈《进学解》。

[12]《客难》：即《答客难》，东方朔作。《解嘲》：扬雄作。《答宾戏》《典引》：班固作。

[13]《封禅书》：当为司马相如所作《封禅文》之误。

[14] 子长世表、年表、月表序：司马迁《史记》有《三代世表》《十二诸侯年表》《秦楚之际月表》等十表，表各有序。

[15] 退之、子厚读经、子：韩愈有《读荀子》《读墨子》等，柳宗元有《论语辩》《辩晏子春秋》《辩列子》等。

[16] 永叔史志论：欧阳修有《新唐书・艺文志》《五代史・职方考》的序论等。

[17] 孟坚《艺文志》七略序：此指《汉书・艺文志》序和所列各类书后之序。七略，刘歆继承其父刘向遗业，分类编录宫廷藏书，成辑略、六艺略、诸子略、诗赋略、兵书略、术数略、方技略，为《七略》一书。班固撰《汉书・艺文志》即据《七略》为蓝本。

[18] 子固序群书目录：曾巩有《战国策目录序》《新序目录序》《列女传目录序》《徐幹中论目录序》等。

[19] 介甫序《诗》《书》《周礼义》：王安石有《周礼义序》《书义序》《诗义序》等。

[20] 马少监、柳柳州二志：指韩愈《殿中少监马君墓志》《柳子厚墓志铭》。

[21]“所学在辨古书之真伪”两句：韩愈《答李翊书》：“然后识古书之正伪与虽正而不至焉者，昭昭然白黑分矣。”

说明

清王朝在基本稳定政局后，开始在文学上大力着手归雅的建设。《古文约选》是康熙钦定《渊鉴古文》的简选本，旨在供学生群士摹习，取为楷模，实际上它以课本的形式体现了清朝推广雅风的意图。由方苞代笔的这篇序及义例，具体反映了他的“义法”“雅洁”的古文观，同时也表明，这种古文观与当时执政者的意图相当吻合。

方苞将浩瀚的古文分为源和流两部分，其源为六经、《论语》《孟子》，其流之精彩者，为《左传》《史记》，其次为《公羊传》《谷梁传》《国语》《战国策》和“两汉书、疏及唐宋八家之文”。作为对学习古文的指导，方苞除了一般地肯定“溯流穷源”外，特别强调首先从揣摩“两汉书、疏及唐宋八家之文”入手，然后上求《左传》《史记》等，即先单篇，后全书，通过“切究”古文篇法、体制触类旁通，以达到对诸家精蕴的掌握。

“义法”是方苞论文选篇的重要标准，如论《左传》《史记》“义法最精”，又如说他严选“两汉书、疏及唐宋八家之文”，是为了方便人们领会“义法之精”。他评“《易》《诗》《书》《春秋》及四书，一字不可增减”，是赞美这些儒家经典深于“义法”；对入选《古文约选》中的某些文章，指出其“义枝辞冗者或不免”，并在文章旁边用记号标出，则是不满它们有“义法”不纯之失。值得注意的是，方苞认为与“道”或儒家经典义旨的重要性相比，“义法”还只是文中之“末”。这说明“义法论”主要是一种阐述文章内容与作法关系的艺术论，桐城派属古文派而不是道学派或经学派，与这一点大有关系。

方苞指出：“古文气体，所贵清澄无滓。”且以《左传》《史记》之“瑰丽浓郁”为古文“澄清之极，自然而发其光精”的艺术典范。他肯定西汉许多书、疏、吏牍“雅饬可诵”。这些都体现了他尚“雅洁”的艺术趣味。相反，他对西汉昭、宣以后文章渐渐趋入“繁重滞涩”表示不满，显然这样的文章偏离了“雅洁”的方向。方苞认为，明代七子一味“求古求典”，必然流为“伪体”，这样的学古态度和方法为他所不取。他从气体清澄、文风雅洁的方面取法前人，这样就未必唯古是尚，取法的结果也不应在自己的文章中徒存一片斑斓古色。桐城派与前后七子在学古方面的差别由此可见。

方苞对古文体制，既肯定正体，也顾及变调。他认为从墓志铭的常格来看，韩愈《殿中少监马君墓志》《柳子厚墓志铭》显然属于变调一类。他将这类变调之文选入《古文约选》，有利于人们正确处理古文写作中的正变关系。

批评第一奇书金瓶梅读法(选录)

〔清〕张道深

作者简介

张道深(1670—1698)，字自得，号竹坡，以号行，彭城(今江苏徐州)人。五试落选。自小爱说部，曾评点过《东游记》《幽梦影》等，最重要则是评《金瓶梅》。张竹坡评《金瓶梅》受到金圣叹评《水浒》《西厢记》、毛氏评《三国演义》的影响。现存张评本《金瓶梅》有两种系统。一种无回评，卷首有《凡例》《竹坡闲话》《金瓶梅寓意说》《苦孝说》《第一奇书非淫书论》《冷热金针》《批评第一奇书金瓶梅读法》《杂录小引》等文章和其他一些统计资料。另一种有回评，卷首无《凡例》《第一奇书非淫书论》《冷热金针》三文。有人认为无回评本中的这三篇文章可能为后人所增。张竹坡另有诗集《十一草》。

《金瓶》内正经写六个妇人，而其实止写得四个：月娘、玉楼、金莲、瓶儿是也。然月娘则以大纲，故写之。玉楼虽写，则全以高才被屈，满肚牢骚，故又另出一机轴写之，然则以不得不写写月娘，以不肯一样写写玉楼，是全非正写也。其正写者，惟瓶儿、金莲。然而写瓶儿，又每以不言写之。夫以不言写之，是以不写处写之。以不写处写之，是其写处单在金莲也。单写金莲，宜乎金莲之恶冠于众人也。吁，文人之笔，可惧哉。

《金瓶梅》是一部《史记》。然而《史记》有独传，有合传，却是分开做的。《金瓶梅》却是一百回共成一传，而千百人总合一传，内却又断断续续，各人自有一传。固知作《金瓶梅》者，必能作《史记》也。何则？既已为其难，又何难为其易？

作小说者，概不留名，以其各有寓意，或暗指某人而作。夫作者既用隐恶扬善之笔，不存其人之姓名，并不露自己之姓名，乃后人必欲为之寻端竟委，说出名姓，何哉？何其刻薄为怀也。且传闻之说，大都穿凿，不可深信。总之，作者无感慨，亦必不著书，一言尽之矣。其所欲说之人，即现在其书内。彼有感慨者，反不忍明言，我没感慨者，反必欲指出，真没搭撒[1]，没要紧也。故别号东楼，小名庆儿之说[2]，概置不问。即作书之人，亦止以作者称之，彼既不著名于书，予何多赘哉。近见《七才子书》[3]，满纸王四[4]，虽批者各自有意，而予则谓何不留此闲工，多曲折于其文之起尽也哉？偶记于此，以白当世。

做文章不过是情理二字。今做此一篇百回长文，亦只是情理二字。于一个人心中，讨出一个人的情理，则一个人的传得矣。虽前后夹杂众人的话，而此一人开口，是此一人的情理。非其开口便得情理，由于讨出这一人的情理方开口耳。是故写十百千人，皆如写一人，而遂洋洋乎有此一百回大书也。

凡人谓《金瓶梅》是淫书者，想必伊止知看其淫处也。若我看此书，纯是一部史公文字。

作《金瓶梅》者，必曾于患难穷愁，人情世故，一一经历过，入世最深，方能为众脚色摹神也。

作《金瓶梅》者，若果必待色色历遍才有此书，则《金瓶梅》又必做不成也。何则？即如诸淫妇偷汉，种种不同，若必待身亲历而后知之，将何以经历哉？故知才子无所不通，专在一心也。

其各尽人情，莫不各得天道。即千古算来，天之祸淫福善、颠倒权奸处，确乎如此。读之，似有一人亲曾执笔在清河县前西门家里，大大小小，前前后后，碟儿碗儿，一一记之，似真有其事，不敢谓为操笔伸纸做出来的，吾故曰：得天道也。

康熙刻本《皋鹤堂批评第一奇书金瓶梅》卷首

注释

[1] 没搭撒：同“没掂三”，没轻重、没意思。

[2] 别号东楼，小名庆儿之说：严嵩儿严世蕃，别号东楼，乳名庆。顾公燮《消夏

闲记》等载，人们传说王世贞为父复仇而作《金瓶梅》，以针对严世蕃。

[3]《七才子书》：毛纶评点《琵琶记》，名其书曰《七才子琵琶记》。

[4]满纸王四：毛纶评《琵琶记》以为，戏曲所写蔡邕，并非真写历史人物蔡邕，而是借以讽刺作者同时代人王四，“琵琶”即寓“王四”人名。

说明

张竹坡评《金瓶梅》，在有关对这部小说的价值认识方面，较多受到前人肯定一派和折中一派的影响；在评点方式以及具体的艺术见解方面，则主要受到金圣叹的启迪。金圣叹《西厢记》非“淫书”说，似乎也给予张竹坡为《金瓶梅》作辩护某种思想理论方面的借鉴。

张竹坡评批《金瓶梅》不仅是出于喜爱它的艺术，还在于与作者对“炎凉”世态所持看法相契共鸣，他将批书看作是“自做”一部小说，而总结其艺术经验的出发点则是着眼于启迪创作。了解了张竹坡“我自做我之《金瓶梅》，我何暇与人批《金瓶梅》”(《竹坡闲话》)的态度，就能够理解他评语虽然难免有牵强附会之处，而就其阐述的创作道理来说，又可自成一家之言。

他肯定《金瓶梅》是一部有一定现实依据和一定现实针对性，但是总体上又属于“假捏一人，幻造一事”的“寓言”小说(《金瓶梅寓意说》)。因此，他对前人以《金瓶梅》影射严嵩父子的说法表示怀疑，而对将小说中的人物与现实中的人物明确对号入座的做法予以断然否定。基于对小说特性的认识，张竹坡力持《金瓶梅》是一部秽言其表，宣愤其内，感慨世情炎凉，劝人改过自新的小说，而作者则是一位怀抱不平而又有修养的“仁人志士，孝子悌弟”。为此他提出了“泄愤说”和“苦孝说”(见《竹坡闲话》、第七回回评、《苦孝说》等)，它们分别是对小说批判性和规劝性的概括和总结。对于《金瓶梅》中淫秽的描写，张竹坡分析说，越是丑恶的人物“说淫话”越多，说明作者意在暴露鞭挞其人物，而不是“写其淫荡之本意”(《读法》五十一)；另一方面，他反复强调《金瓶梅》是整体，“上半截热，下半截冷”(《读法》八十二)的结构处理，正是告示读者纵欲有害，因此小说的旨意是讽而不是劝，所以他否定《金瓶梅》“淫书”说。他认为，对《金瓶梅》性质的认识依赖于读者的眼光。

《金瓶梅》是一部世情小说，既无神魔故事那种非人间所有的幻化境界，亦无英雄传奇惊险曲折的动人情节，它的长处是惟妙惟肖地摹绘各种普通人的情态，表现世俗风情。张竹坡对此有深刻的认识，他从《金瓶梅》一书概括出以状“情理”为主的小说创作观点，不仅道出了这类小说的主要特征，也有利于提高作者对表现世情的重要性的认识，有利于小说观念的进化。

说诗晬语(选录)

〔清〕沈德潜

作者简介

沈德潜(1673—1769)，字确士，号归愚，谥“文悫”，江南长洲(今江苏苏州)人。乾隆四年(1739年)进士，曾任内阁学士兼礼部侍郎。沈德潜继王士禛后领袖诗坛，以“格调说”相号召完成诗风转变。他的诗学师承叶燮，重视辨析诗歌源流正变，主张“仰溯《风》《雅》”，楷式盛唐。《古诗源》侧重探源，《唐诗别裁集》侧重辨流，这两种影响广泛的诗歌选本分别代表他实践上述诗歌思想具体的努力。沈德潜又肯定探源而不袭貌，宗唐而“不必以唐人律之”；倡“忠厚悱恻”婉讽之音，也不排斥恶恶归善直言之词。他以诗人“第一等襟抱”“第一等学识”为创作“第一等真诗”之根基，尤有卓见(以上引语见《说诗晬语》)。著有《归愚全集》，诗论《说诗晬语》，编选《唐诗别裁集》《古诗源》，又与人合选《明诗别裁集》、《国朝诗别裁集》(一名《清诗别裁集》)。

诗之为道，可以理性情，善伦物，感鬼神，设教邦国，应对诸侯，用如此其重也。秦、汉以来，乐府代兴，六代继之，流衍靡曼。至有唐而声律日工，托兴渐失，徒视为嘲风雪，弄花草，游历燕衎之具[1]，而“诗教”远矣。学者但知尊唐而不上穷其源，犹望海者指鱼背为海岸，而不自悟其见之小也。今虽不能竟越三唐之格，然必优柔渐渍，仰溯《风》《雅》，诗道始尊。

事难显陈，理难言罄，每托物连类以形之。郁情欲舒，天机随融，每借物引怀以抒之。比兴互陈，反覆唱叹，而中藏之欢愉惨戚，隐跃欲传，其言浅，其情深也。倘质直敷陈，绝无蕴蓄，以无情之语而欲动人之情，难矣。

有第一等襟抱，第一等学识，斯有第一等真诗。如太空之中，不著一点，如星宿之海，万源涌出，如土膏既厚，春雷一动，万物发生。古来可语此者，屈大夫以下[2]，数人而已。

诗不学古，谓之野体。然泥古而不能通变，犹学书者但讲临摹，分寸不失，而己之神理不存也。作者积久用力，不求助长，充养既久，变化自生，可以换却凡骨矣。

（卷上）

人谓诗主性情，不主议论，似也，而亦不尽然。试思二《雅》中，何处无议论？杜老古诗中，《奉先咏怀》《北征》《八哀》诸作，近体中《蜀相》《咏怀》《诸葛》诸作[3]，纯乎议论。但议论须带情韵以行，勿近伧父面目耳。戎昱《和蕃》云[4]："社稷依明主，安危托妇人。"亦议论之佳者。

司空表圣云："不著一字，尽得风流。""采采流水，蓬蓬远春。"严沧浪云："羚羊挂角，无迹可求。"苏东坡云："空山无人，水流花开。"王阮亭本此数语，定《唐贤三昧集》[5]。木玄虚云"浮天无岸"[6]，杜少陵云"鲸鱼碧海"[7]，韩昌黎云"巨刃摩天"[8]，惜无人本此定诗。

（卷下）

清乾隆刻《沈归愚诗文全集》本《说诗晬语》

注释

[1] 燕衎：宴饮行乐。燕，通"宴"。衎(kàn)，作乐。

[2] 屈大夫：屈原。

[3]《奉先咏怀》：即《自京赴奉先咏怀五百字》。《咏怀》：指《咏怀古迹五首》。《诸葛》：指五言排律《诸葛庙》。《咏怀》《诸葛》，或指《咏怀古迹五首》之五（"诸葛大名垂宇宙"）。

[4] 戎昱：唐代诗人。荆南（今湖北江陵）人。少举进士不第，德宗时仕至虔州刺史。《全唐诗》存诗一卷。

[5]"司空表圣云"十三句：见王士禛《唐贤三昧集序》。《唐贤三昧集》，代表"神韵说"的一部唐诗选本。"空山无人"两句，引自苏轼《十八大阿波罗颂·第九尊者》。

[6] 木玄虚：木华，西晋文学家。字玄虚，广川（今河北枣强东）人。引语见其

《海赋》。

[7] 鲸鱼碧海：杜甫《戏为六绝句》之四："才力应难夸数公，凡今谁是出群雄？或看翡翠兰苕上，未掣鲸鱼碧海中。"

[8] 巨刃摩天：韩愈《调张籍》："李杜文章在，光焰万丈长。……想当施手时，巨刃摩天扬。垠崖划崩豁，乾坤摆雷硠。"

说明

据沈德潜自撰《年谱》记载，《说诗晬语》成于他五十九岁时。《说诗晬语》小序称以"晬语"为书名之意，"拟之试儿晬盘，遇物杂陈，略无诠次"。表明其书随感即录，不求完整的散述性质。在撰《说诗晬语》之前，沈德潜已编成《唐诗别裁集》和《古诗源》，《明诗别裁集》也将告竣，故多有取三书之评语或融其意入诗话者。卷上"屈原、微、箕皆同姓之臣"条作者附注："有《诗说》《离骚说》另出，此录其大旨二十七则。"按沈德潜《诗说》《离骚说》今未见，然说明本书评说《诗经》《楚辞》之语也有凭依。可见《说诗晬语》实为作者长期苦心寻究诗歌源流，辨别创作得失之结晶。

沈德潜宗唐诗，倡格调，因此对明代前后七子有较多好评。但是他并不赞同摹拟论，对拘泥定法持反对态度。他虽然对宋诗作了多方面批评，却并不否定宋诗，提出有条件的尊宋，即具有"宋人学问"，"扩清俗谛，以求大方，斯真宋诗出矣"(《说诗晬语》卷下)，实际上表达了融宋于唐的诗学构想。这显然也与前后七子有显著的区别。

与王士禛相比，二人就学唐的主要倾向而言相互接近，但是，沈德潜从格调立论，向往"鲸鱼碧海""巨刃摩天"雄壮宏大一路诗歌，与"神韵说""不著一字""无迹可求"的祈尚表现出明显的审美异趣。在诗歌能否允许议论的问题上，沈德潜肯定议论，同时要求"议论须带情韵以行"，也是通达而契合诗理的观点。

清代的文化学术氛围，容易造就大批学者化诗人，这从清中期以后尤见明显，在诗歌创作中炫耀诗人学问底蕴渐成风气。沈德潜认为废学与专尚学问皆失诗歌创作的真谛，指出"当今谈艺家"，"专主渔猎"，以抄撮类书为通往诗人的捷径，是一种有害的倾向(见《说诗晬语》卷下)，他用"有羌无故实而自高，胪陈卷轴而转卑"的创作事实来引导诗人归朴守本。虽然当时诗歌学问化倾向尚在初始阶段，而事实上他也并没有能够阻止学问诗的进一步发展，但是他对这种诗弊的担忧是有充分理由的，预见性的批评本身也足以表现一位批评家的眼力。在这个方面沈德潜与袁枚的认识有相通之处。

古诗源序

〔清〕沈德潜

诗至有唐为极盛,然诗之盛,非诗之源也。今夫观水者,至观海止矣,然由海而溯之,近于海为九河,其上为洚水,为盟津,又其上由积石以至昆仑之源[1]。《记》曰:“祭川者,先河后海[2]。”重其源也。唐以前之诗,昆仑以降之水也。汉京魏氏,去风雅未远,无异辞矣。即齐、梁之绮缛,陈、隋之轻艳,风标品格,未必不逊于唐,然缘此遂谓非唐诗所由出,将四海之水,非盟津以下所由注,有是理哉?有明之初,承宋、元遗习,自李献吉以唐诗振天下,靡然从风,前后七子互相羽翼,彬彬称盛。然其敝也,株守太过,冠裳土偶,学者咎之。由守乎唐而不能上穷其源,故分门立户者,得从而为之辞。则唐诗者,宋、元之上流,而古诗又唐人之发源也。

予前与树滋陈子辑唐诗成帙[3],窥其盛矣。兹复溯隋、陈而上,极乎黄轩,凡《三百篇》楚《骚》而外,自郊庙乐章,讫童谣里谚,无不备采,书成,得一十四卷,不敢谓已尽古诗,而古诗之雅者,略尽于此,凡为学诗者导之源也。昔河汾王氏删汉、魏以下诗,继孔子三百篇后,谓之续经[4],天下后世群起攻之曰“僭”。夫王氏之僭,以其拟圣人之经,非谓其录删后诗也。使误用其说,谓汉、魏以下,学者不当蒐辑,是惩热羹而吹齑[5],见人噎而废食,其亦蓊蓊拘拘之见尔矣。

予之成是编也,于古逸存其概,于汉京得其详,于魏、晋猎其华,而亦不废夫宋、齐后之作者。既以编诗,亦以论世,使览者穷本知变,以渐窥风雅之遗意,犹观海者由逆河上之,以溯昆仑之源,于诗教未必无少助也夫。

康熙己亥夏五[6],长洲沈德潜书于南徐之见山档[7]。

《续四部丛刊》本《古诗源》卷首

注释

[1]“近于海为九河”四句：指黄河水由下游而溯至源头所经过的几处地方。九河，《尚书·禹贡》载当时黄河流至华北平原中部后“播为九河”，其地在古兖州界。洚水，应作降水，在古信都界。盟津，一本作“孟津”，津渡名，在古河阳县。积石，指小积石山，在甘肃境内。昆仑，昆仑山，在新疆、西藏之间。《尔雅·释水》：“河出昆仑虚。”虚，同“墟”，山的基部。

[2]先河后海：《礼记·学记》：“三王之祭川也，皆先河而后海。或源也，或委也，此之谓务本。”

[3]予前与树滋陈子辑唐诗成帙：据沈德潜自撰《年谱》记载，他在四十三岁开始选批《唐诗别裁集》，四十五岁刻成。陈树滋，不详。

[4]“昔河汾王氏删汉、魏以下诗”三句，王氏，王通，门人私谥“文中子”。隋末讲学河（黄河）、汾（汾水）之间。杨炯《王勃集序》：“文中子之居龙门也……甄正乐府，取其雅奥，为三百篇，以续《诗》。”

[5]惩热羹而吹齑：怕被沸热的菜羹烫伤，看见凉菜也本能地加以吹拂。齑（jī），用酱醋拌和切成细末的腌菜，或指捣碎的姜蒜。

[6]康熙己亥：康熙五十八年，1719年。

[7]南徐：古代州名，即今江苏镇江。

说明

据沈德潜自撰《年谱》，《古诗源》开始编选于康熙五十六年（1717年）十月，五十八年（1719年）二月选毕，雍正三年（1725年）刻成。本篇序撰于康熙五十八年，是他编选完成后阐述自己欲借此体现的诗学思想。

在此之前，他已选有《唐诗别裁集》，该书反映了唐诗的巨大成就，并肯定了宗唐的方向。但是，“诗之盛，非诗之源”。如果不从诗歌发展流向中寻出唐诗的来源，那么对唐诗的认识就不能算是完整的，且也容易导致学唐的流弊。沈德潜认为前后七子宗唐却不免遭受“株守太过，冠裳土偶”之讥，原因在于他们“守乎唐而不能上穷其源”。编选《古诗源》目的，正是为寻究唐诗之源，从而辩证地看待唐诗与古诗的关系，更加合适地从事宗唐活动。

对于古诗，沈德潜撷取的范围比较广，识力也是高的。“古逸”之作比较简朴，采入书中，聊备一体。汉诗收入较多，以示对这一阶段的诗歌创作特别青睐。“魏、晋猎其华”，这部分诗选在书中也比较突出。其他的“齐、梁之绮缛，陈、隋之轻艳”等，其“风标品格”均得到一定的体现。沈德潜欲通过这一选本“使览者穷本知变，以渐窥风雅之遗意”。沈德潜重视对诗歌溯源辨流，这直接受到他老师叶燮《原诗》源流正变说的启发，同时也是对古代诗歌批评中注重源流批评传统的继承。与叶燮相比，沈德潜诗学中“复”的倾向有所突出，“变”的要求有所调整，《说诗晬语》对前后七子的评价明显高于《原诗》，可以说明问题。此外，沈德潜将汉魏古诗看作唐诗之源的一部分，这与前后七子古诗宗汉魏、近体宗盛唐的平行观点也是不同的，它反映了沈德潜以唐诗为中心的诗歌史观。

论词绝句十二首（选录）

〔清〕厉　鹗

作者简介

厉鹗（1692—1752），字太鸿，一字雄飞，号樊榭，又号南湖花隐，别号西溪渔者，钱塘（今浙江杭州）人。康熙五十九年（1720 年）举人，乾隆元年（1736 年）举博学鸿词，报罢。善诗词，多描写山水景物，风格清秀幽隽，艺术工巧精美，在宋诗派和浙西词派中，皆是重要的作家。厉鹗论诗重学问，以为“有读书而不能诗，未有能诗而不读书”，故以书为“诗材”（《绿杉野屋集序》）。其诗喜用奇僻典故，时逗尖新，与此有关。但是他更关心以学问陶冶情操的作用，作诗仍主要注目于自然。厉鹗论词延续朱彝尊浙西派的观点，推尊周邦彦、姜夔、张炎，追求醇雅，向往“清”“寒”之境，聊以寄托高洁心怀。有《樊榭山房集》《宋诗纪事》《绝妙好词笺》等。

美人香草本《离骚》，俎豆青莲尚未遥[1]。颇爱《花间》肠断句，夜船吹笛雨潇潇。

张子野柳耆卿词名枉并驱[2]，格高韵胜属西吴[3]。可人风絮堕无影[4]，低唱浅斟能道无[5]？

贺梅子昔吴中住，一曲横塘自往还[6]，难会寂音尊者意，也将绮障学东山。洪觉范有和贺方回《青玉案》词[7]，极浅陋。

旧时月色最清妍[8]，香影都从授简传[9]。赠与小红应不惜，赏音只有石湖仙[10]。

头白遗民涕不禁，补题风物在山阴。残蝉身世香蓴兴，一片冬青冢畔心。《乐府补题》一卷[11]，唐义士玉潜与焉[12]。

玉田秀笔溯清空[13]，净洗花香意匠中。羡杀时人唤春水[14]，源流故自寄闲翁[15]。邓牧心云[16]：张叔夏词本其父寄闲翁。翁名枢，字斗南，有作在周草窗《绝妙好词》中。

《中州乐府》鉴裁别[17]，略仿苏、黄硬语为[18]。若向词家论风雅，锦袍翻是让吴儿。

寂寞湖山尔许时，近来传唱六家词[19]。偶然"燕语人无语"[20]，心折小长芦钓师[21]。朱竹垞检讨《静志居琴趣》中语[22]。

《四部丛刊》本《樊榭山房集》卷七

注释

[1] 俎豆：俎和豆是古代祭祀、宴飨时盛食物用的两种礼器，也谓祭祀，引申指崇奉。青莲：李白自号青莲居士。

[2] 张：张先(990—1078)，字子野，乌程(今浙江湖州)人。天圣进士，历官都官郎中。有《张子野词》。柳：柳永。

[3] 西吴：指张先。

[4] 可人：意谓令人满意。风絮堕无影：指张先词句"柔柳摇摇，坠轻絮无影"。

[5] 低唱浅斟：柳永《鹤冲天》："忍把浮名，换了浅斟低唱。"

[6] "贺梅子昔吴中住"两句：贺铸，北宋词人。著有《东山词》。一曲横塘，指《青玉案》词，首句"凌波不过横塘路"。《中吴纪闻》卷三："贺铸字方回，本山阴人，徙姑苏之醋坊桥。……有小筑在盘门之南十余里，地名横塘，方回往来其间。尝作《青玉案》词云。"

[7] 洪觉范：惠洪(1071—1128)，一名德洪，字觉范，自号寂音尊者，筠州新昌(今江西宜丰)人。俗姓喻，一说姓彭。工诗画。著有《石门文字禅》。

[8] 旧时月色：姜夔《暗香》："旧时月色，算几番照我，梅边吹笛。"

[9] 香影都从授简传：香影，指姜夔词《暗香》和《疏影》。姜夔《暗香》小序："辛亥之冬，予载雪诣石湖（范成大），止既月，授简索句，且征新声，作此两曲。石湖把玩不已，使工妓隶习之，音节谐婉。乃命之曰《暗香》《疏影》。"

[10] "赠与小红应不惜"两句：据《砚北杂志》载：范成大请老返乡，姜夔访之，作《暗香》《疏影》词。范成大让二妓歌习之，音节清婉。姜夔归吴兴，范成大以二妓之一名小红者赠之。石湖仙，指范成大，晚居故乡吴县（今属江苏）石湖，自号石湖居士。

[11]《乐府补题》：不著编辑者姓名，或题仇远所辑。录南宋末王沂孙、周密、王易简、冯应瑞、唐艺孙、吕同老、李彭老、李居仁、陈恕可、唐珏、赵汝钠、张炎、王英孙、仇远十四人词，以《天香》《水龙吟》《摸鱼儿》《齐天乐》《桂枝香》五调，分咏龙涎香、白莲、莼、蝉、蟹，共三十七首。实为祥兴元年（元至元十五年，1278年），元僧杨琏真伽发掘会稽高宗等帝后陵而作，借咏物以寄故国之思。

[12] 唐义士玉潜：唐珏（1247—?），字玉潜，号菊山，会稽（今浙江绍兴）人。宋亡，杨琏真伽发掘宋帝陵寝。唐珏出家资，招里中少年潜收遗骸，葬兰亭山，移宋故宫冬青树植其上。谢翱为作《冬青树引》颂其事。

[13] 玉田：张炎。

[14] 羡杀时人唤春水：张炎以《南浦·春水》一词得名。张宗橚《词林纪事》卷十六："邓牧心云：玉田《春水》一词，绝唱今古，人以'张春水'目之。"

[15] 寄闲翁：张枢，字斗南，一字云窗，号寄闲，张炎之父。有《依声集》《寄闲集》，久佚。

[16] 邓牧心：邓牧，字牧心，号三教外人、九锁山人，世称文行先生，钱塘（今浙江杭州）人。宋亡不仕，与谢翱、周密等友善。元大德中逝。有《洞霄图志》，诗文集《伯牙琴》。

[17]《中州乐府》：金代词选集，一卷。元好问编。收三十六词人凡一百二十四首词。

[18] 苏、黄：苏轼，黄庭坚。

[19] 六家词：龚翔麟辑朱彝尊、李良年、沈皞日、李符、沈岸登以及他自己的词为《浙西六家词》，十一卷。清代浙西词派由此传扬开来。

[20] 燕语人无语：朱彝尊《静志居琴趣·卜算子》句。

[21] 小长芦钓师：朱彝尊。

[22]《静志居琴趣》：朱彝尊词集名。

说明

厉鹗为清浙西词派中期的代表，吴锡麒《詹石琴词序》："吾杭言词者，莫不以樊榭为大宗……秀水以来，厥风斯畅。"正是对他在浙西派发展中作用的评定。他借用禅学、画论中南宗、北宗之说，也将词派分成这样二支，以辛弃疾、刘克庄为"北宗"代表，周邦彦、姜夔为"南宗"代表，以为南宗成就在北宗之上(见《张今涪红螺词序》)。与此相联系，他继承朱彝尊重律尚雅的思想，并且进一步发展了求"清"的审美观。

在这组《论词绝句十二首》中，他通过品论历代词人优劣得失，具体表达了对词的认识。

他认为作词应当继承《离骚》和李白词托兴寄意的传统，抒写词人心中的隐衷感怀。他非常欣赏宋人《乐府补题》所流露的深痛的遗民意绪，也属于这类情感范畴。当然，他的"寓托说"所指，主要是表达沦落无聊，清介拔俗的傲岸心志，政治色彩相对较为浅淡，这是他与朱彝尊等在这个问题上有所不同的地方。

他欣赏张先"格高韵胜"，贺铸的"寂音"、姜夔的"清妍"、张炎的"净洗花香""秀笔""清空"，也都为他由衷爱好，反映了他以清雅论词的批评标准。他肯定严守格律的创作传统，称赞万树《词律》规范填词声律之道的积极意义。这顺应了清词创作进一步朝格律化方向发展的趋势，也从一个方面反映了他求雅的词学观念。

对于柳永俗的词风，惠洪"浅陋"的语意，尤其是对于"略仿苏、黄硬语"的词坛"江西派"，厉鹗表现出不满乃至鄙夷，认为这些都有违"词家风雅"。这适从相反的方向表明了他清雅观的特点。

论文偶记(选录)

〔清〕刘大櫆

作者简介

刘大櫆(1698—1779)，字才甫，一字耕南，号海峰，桐城(今属安徽)人。副贡生，乾隆时举荐博学鸿词、经学，不遇。曾入江苏、湖北、山西学幕，晚为黟县教谕。刘大櫆初至京师，即以古文受知于方苞，后姚鼐出其门下，在桐城派中是承上启下的重要人物。他在方苞“义法论”基础上，更加强了对“法”的探讨总结。提出“神气”为“文之精者”，“音节”“字句”为“文之粗者”之说；要求以字句、音节求神气，由粗入精。他还肯定古文奇、高、大、远、简、疏、变、瘦、华、参差。刘大櫆也是一位有成就的诗人，他的古文理论颇得益于对诗歌艺术的借鉴。有《海峰先生集》，论文专著《论文偶记》。

行文之道，神为主，气辅之。曹子桓、苏子由论文，以气为主[1]，是矣。然气随神转，神浑则气灏，神远则气逸，神伟则气高，神变则气奇，神深则气静，故神为气之主。至专以理为主者，则犹未尽其妙也。盖人不穷理读书，则出词鄙倍空疏。人无经济，则言虽累牍，不适于用。故义理、书卷、经济者，行文之实，若行文自另是一事。譬如大匠操斤，无土木材料，纵有成风尽垩手段[2]，何处设施？然即土木材料，而不善设施者甚多，终不可为大匠。故文人者，大匠也；义理、书卷、经济者，匠人之材料也。

神者，文家之宝。文章最要气盛，然无神以主之，则气无所附，荡乎不知其所归也。神者气之主，气者神之用。神只是气之精处。古人文章可告人者惟法耳，然不得其神而徒守其法，则死法而已，要在自家于读时微会之。李翰云：“文章如千军万马，风恬雨霁，寂无人声。”[3]此语最形容得气好。论气不论势，文法总不备。

神气者，文之最精处也，音节者，文之稍粗处也，字句者，文之最粗处也，然论文而至于字句，则文之能事尽矣。盖音节者，神气之迹也，字句者，音节之矩也。神气不可见，于音节见之，音节无可准，以字句准之。

音节高则神气必高，音节下则神气必下，故音节为神气之迹。一句之中，或多一字，或少一字，一字之中，或用平声，或用仄声，同一平字仄字，或用阴平、阳平、上声、去声、入声，则音节迥异，故字句为音节之矩。积字成句，积句成章，积章成篇，合而读之，音节见矣，歌而咏之，神气出矣。

近人论文，不知有所谓音节者，至语以字句，则必笑以为末事。此论似高实谬。作文若字句安顿不妙，岂复有文字乎？但所谓字句、音节，须从古人文字中实实讲贯过始得，非如世俗所云也。

文贵奇，所谓“珍爱者必非常物”[4]。然有奇在字句者，有奇在意思者，有奇在笔者，有奇在邱壑者，有奇在气者，有奇在神者。字句之奇，不足为奇，气奇则真奇矣，神奇则古来亦不多见。

人民文学出版社版舒芜校点《论文偶记》

注释

[1]“曹子桓、苏子由论文”两句：曹丕《典论·论文》：“文以气为主，气之清浊有体，不可力强而致。”苏辙《上枢密韩太尉书》：“以为文者，气之所形。然文不可以学而能，气可以养而致。”

[2]成风尽垩：《庄子·徐无鬼》：“郢人垩慢其鼻端，若蝇翼，使匠石斫之。匠石运斤成风，听而斫之，尽垩而鼻不伤。”垩(è)，白色泥土。

[3]“李翰云”四句：李翰，字子羽，唐赞皇(今属河北)人。擢进士第，累迁左补阙翰林学士，大历中卒。曾撰《张巡姚訚传》《进张中丞传表》，使张巡大节大白于天下。《全唐文》录李翰文两卷。引文录自李德裕《文章论》。

[4]珍爱者必非常物：语出韩愈《答刘正夫书》。

说明

与方苞相比，刘大櫆身上的理学色彩和政治色彩淡化了，多了几分诗人气质。与此相联系，他的古文理论也更加偏重于对文章艺术的阐发和总结。他以“义理、书卷、经济”为“行文之实”，同时又指出“行文自另是一事”，从而突出了艺术规律在古文写作中的特殊地位和作用。这与理学家、经学家和政治家的文论皆有显著不同，显示刘大櫆鲜明的古文家立场和态度。同样显然的是，刘大櫆“行文”之说较方苞“义法论”对古文形式技巧意义的评估也有了进一步提高。

刘大櫆古文艺术论的精粹是“神气”“音节”“字句”之说。他在前人以“气”论文的基础上，更提出“神”为“气”之主，“神”是“气”之精处的看法。“神”指作者寄之于文章中的精神、风神，“气”主要指文章的行文气势。一篇优秀的散文必须神气相依，神旺气盛。然神气至幻至虚，必须通过具体的音节变化、句子长短布置才能切实把握和表达。从刘大櫆对"神气""音节""字句"三者关系的论述中，可以看到他对介乎于"文之最精处"和"文之最粗处"，即"神气"与"字句"之间的"音节"这一环节格外留意。通过"音节"这一连接虚实、精粗的桥梁，借助音调节奏的变化，以传递（从创作方面说）或领会（从阅读方面说）作家作品的精神气貌。他这种由字句、音节求神气（简称由声求气）的方法，后来成为桐城派的重要衣钵。

刘大櫆受前人"文气说"影响，表现出某种尚雄求奇的审美趣味。他赏爱《庄子》，将它与《史记》并列为古文的典范，他自己的文章具有雄肆的特点，这些都是他这种审美观的反映。这在以雅正简洁文风著称的桐城派中，颇有其特别之处。近代桐城派中兴者曾国藩及其弟子大都追求奇崛恣肆、浩瀚雄健的文风，从中可以看到刘大櫆的影响。

红楼梦评语

〔清〕脂砚斋

作者简介

脂评本《红楼梦》的评语并非出于一人之手。"脂砚"本是明万历时名妓薛素素调和胭脂的一块砚石，"脂砚斋"很可能是这块"脂砚"的慕名者或收藏者所命名的书斋，并作为他自己的代称。评语对《红楼梦》"本旨""总纲"作了说明，又对作品叙实、自传与整体的艺术虚构之间的关系进行了分析，同时对小说"写形追像"的创作经验也作了较为切实的总结。此外，有些评语为研究曹雪芹及其家世生平、探寻小说后半部内容的衍演发展提供了线索。脂本评语汇校本有俞平伯《脂砚斋红楼梦辑评》，陈庆浩《新编石头记脂砚斋评语辑校》，朱一玄《红楼梦脂评校录》。

此处则一色旧的，可知前正室中亦非家常之用度也。可笑近之小说中，不论何处，则曰商彝周鼎、绣帏珠帘、孔雀屏、芙蓉褥等样字眼。……试思俗稗官用富贵字眼者，悉皆庄农之一流也。盖彼实未身经目睹，所言皆在情理之外焉。（第三回“因见挨坑一溜三张椅子上，也搭着半旧弹墨椅袱”等句旁批。脂戚本。）

请看作者写势利之情，亦必因激动，写儿女之情，偏生含蓄不吐，可谓细针密缝。其述说一段，言语形迹无不逼真。圣手神文，敢不薰沐拜读。（第十五回总批。脂戚本。）

《石头记》一部中皆是近情近理必有之事[1]，必有之言。又如此等荒唐不经之谈，间亦有之，是作者故意游戏之笔，聊以破色取笑，非如别书认真说鬼话也。（第十六回“正见许多鬼判持牌提索来捉他”等句眉批。脂京本。）

按此书中写一宝玉，其宝玉之为人，是我辈于书中见而知有此人，实未目曾亲睹者。又写宝玉之发言，每每令人不解，宝玉之生性，件件令人可笑。不独于世上亲见这样的人不曾，即阅今古所有之小说传奇中，亦未见这样的文字，于颦儿处为更甚。其囫囵不解之中实可解[2]，可解之中又说不出理路。合目思之，却如真见一宝玉，真闻此言者，移之第二人万不可，亦不成文字矣。余阅《石头记》中至奇至妙之文，全在宝玉、颦儿至痴至呆囫囵不解之语中。其诗词、雅谜、酒令、奇衣、奇食、奇玩等类，固他书中未能，然在此书中评之，犹为二著[3]。（第十九回“可怜，可怜”句下夹批。脂京本。）

可笑近之野史中，满纸羞花闭月、莺啼燕语，除（殊）不知真正美人方有一陋处，如太真之肥[4]，飞燕之瘦[5]，西子之病[6]，若施于别个不美矣。今见咬舌二字加以湘云，是何大法手眼，敢用此二字哉。不独见陋，且更觉轻俏娇媚，俨然一娇憨湘云立于纸上，掩卷合目思之，其爱厄娇音如入耳内[7]。然后将满纸莺啼燕语之字样，填粪窖可也。（第二十回“明儿连你还咬起来呢”句下夹批。脂京本。）

中华书局版俞平伯《脂砚斋红楼梦辑评》

注释

[1]《石头记》：即《红楼梦》。

[2] 囫囵(hú lún)：整个，含糊。

[3] 二著：次等。
[4] 太真：杨玉环，体态丰腴。
[5] 飞燕：赵飞燕。汉成帝皇后，善歌舞。以体轻，故称“飞燕”。
[6] 西子：西施。她患心病而皱眉，貌更美。
[7] 爱厄娇音：史湘云患口吃，“爱厄”是摹仿她讲话的声音。

说明

脂砚斋以其对《红楼梦》作者的了解和对小说艺术的理解，在《红楼梦》评语中主要谈了以下一些看法。

一、评者认为《红楼梦》内容虽然广泛，比较重要的则是这样两点：其一是写到仕途、朝廷的一些黑暗腐败，但又不是一部谤政之书。其二小说“本意”是写“闺友闺情”（见甲戌本《凡例》），这也是作品的“本旨”（甲戌本第一回侧批）。评者又将“空”“梦”观看作是《红楼梦》的根本旨趣、“一部之总纲”（同上）。

二、评者指出《红楼梦》的某些情节、内容含有叙实、自传的成分，但同时又用大量的评语来肯定整部小说主要的虚构性特征，和书中重要人物贾宝玉是一个艺术形象，并非生活中实有之人，从而与家谱、自传种种看法显出区别。

三、高度赞赏《红楼梦》作者“肖物手段”，即“写形追像”的艺术本领（见戚序本第五十二回回评、甲戌本第三回眉批）。脂评通过《红楼梦》与“近之小说”（主要指当时依然流行的才子佳人小说）高低优劣的比较，肯定小说创作应该在艺术范围内建立起真实感，提高其可信程度，反对简单化、公式化、过于夸饰而不合情理的创作倾向。第一回描写甄家丫鬟“生得仪容不俗，眉目清明”。甲戌本眉批：“此便是真正情理之文。可笑近之小说中满纸羞花闭月等字。”第三回形容迎春、探春、惜春三人容貌体态姣好，各具特点，文字并未夸饰失度，甲戌本眉批借此段描写批评说：“可笑近之小说中有一百个女子，皆是如花似玉一副脸面。”该回介绍袭人“亦有些痴处”，甲戌本侧批：“只如此写又好极。最厌近之小说中，满纸千伶百俐，这妮子亦通文墨等语。”第二回写林黛玉父母见女儿“生得聪明俊秀，也欲使他识几个字，不过假充养子，聊解膝下荒凉之叹。”这样摹画人物心理显得朴实真切。甲戌本眉批：“如此叙法，方是至情至理之妙文。最可笑者，近之小说中，满纸班昭、蔡琰、文君、道韫。”这些评语通过《红楼梦》与才子佳人小说的比较，说明塑造人物形象应当合情合理，恰如其分，真实可信，不能千篇一律，任意美化拔高，令人疑窦丛生。为了使人物形象具有高度的艺术真实性，脂评主张要写出人物性格的多重性、复杂性、丰富性，避免“恶则无往不恶，美则无一不美”之类“不近情理”的构思习惯和描述手段(见脂京本第四十三回夹批)。评者还主张因“陋”见美，认为适当叙写人物的缺陋不仅是为了增强作品的真实感，同时也是提高人物审美性的艺术手段。

随园诗话(选录)

〔清〕袁　枚

作者简介

袁枚(1716—1798)，字子才，号简斋，又号随园老人，钱塘(今浙江杭州)人。他十二岁中秀才，乾隆四年(1739年)中进士，选翰林院庶吉士，散官先后任溧水、江浦、沐阳、江宁知县。辞官后，卜筑江宁(今南京)小仓山之随园，广交名流，著述以终。与赵翼，蒋士铨并称乾隆间三大诗人。他以“性灵说”相倡，强调抒写真情，追求灵机生趣，要求自然流畅。取法方面不拘门户，对以往各朝诗歌皆有所学，皆不摹仿，贵求新意。袁枚不满沈德潜片面强调“温柔敦厚”，对他排斥情诗艳体尤为反感。又批评王士禛“才力薄”，“于性情、气魄，俱有所短”(《随园诗话》卷二、卷四)，不满该派诗歌好作似了不了之语。批评宋诗派好逞弄典故，诗风艰涩不畅，“肌理说”以考据为诗，诗味匮乏。他对诸家诗论(尤其是“神韵说”)某些合理成分也有所汲取，论述还是相当圆满。有《小仓山房集》《子不语》，论诗专著《随园诗话》《续诗品》等。

杨诚斋曰：“从来天分低拙之人，好谈格调，而不解风趣。何也？格调是空架子，有腔口易描；风趣专写性灵，非天才不办。”[1]余深爱其言。须知有性情，便有格律，格律不在性情外。三百篇半是劳人思妇率意言情之事，谁为之格？谁为之律？而今之谈格调者，能出其范围否？况皋禹之歌[2]，不同乎三百篇，《国风》之格，不同乎《雅》《颂》，格岂有一定哉？许浑曰：“吟诗好似成仙骨，骨里无诗莫浪吟。”[3]诗在骨不在格也。

(卷一)

后之人未有不学古人而能为诗者也，然而善学者，得鱼忘筌，不善学者，刻舟求剑。

（卷二）

诗境最宽，有学士大夫读破万卷，穷老尽气，而不能得其阃奥者。有妇人女子、村氓浅学，偶有一二句，虽李、杜复生，必为低首者。此诗之所以为大也。作诗者必知此二义，而后能求诗于书中，得诗于书外。

（卷三）

今人论诗，动言贵厚而贱薄，此亦耳食之言。不知宜厚宜薄，惟以妙为主。以两物论，狐貉贵厚，鲛绡贵薄[4]。以一物论，刀背贵厚，刀锋贵薄。安见厚者定贵，薄者定贱耶？古人之诗，少陵似厚，太白似薄，义山似厚，飞卿似薄，俱为名家。犹之论交，谓深人难交[5]，不知浅人亦正难交。

（卷四）

人有满腔书卷，无处张皇，当为考据之学，自成一家。其次，则骈体文尽可铺排，何必借诗为卖弄？自三百篇至今日，凡诗之传者，都是性灵，不关堆垛。惟李义山诗稍多典故，然皆用才情驱使，不专砌填也。余续司空表圣《诗品》，第三首便曰《博习》，言诗之必根于学，所谓“不从糟粕，安得精英”是也[6]。近见作诗者，全仗糟粕，琐碎零星，如剃僧发，如拆袜线，句句加注，是将诗当考据作矣。虑吾说之害之也，故续元遗山《论诗》，末一首云：“天涯有客号詅痴，误把抄书当作诗。抄到钟嵘《诗品》日，该他知道性灵时。”[7]

（卷五）

人闲居时，不可一刻无古人，落笔时，不可一刻有古人。平居有古人，而学力方深，落笔无古人，而精神始出。

（卷十）

清乾隆十四年（1749 年）刻本《随园诗话》

注释

［1］“杨诚斋曰”九句：所引不见于杨万里《诚斋集》，不知所出，可能是袁枚自己

的编撰。

[2] 皋禹之歌：指《尚书·皋陶谟》载舜、禹、皋陶的君臣对歌（后世称《赓歌》）。皋陶（yáo），相传曾任舜掌管刑法的官。

[3] “许浑曰”三句：所引诗句不见于许浑《丁卯集》。

[4] 鲛绡：传说中的人鱼（鲛人）所织的绡。借指薄绢、轻纱。

[5] 难交：谓很难结识。

[6] “余续司空表圣《诗品》”四句：袁枚作《续诗品》三十二首。魄，通“粕”。

[7] “天涯有客”四句：詅（líng）痴，称文拙而好刻书者，亦称“詅痴符”。袁枚借钟嵘“直寻”说，针砭清中期学问化诗风，针对翁方纲及厉鹗等宋诗派诗人。

说明

袁枚诗论的核心是“性灵说”，而“性灵说”的基本要素一是“真”，二是“巧”，所谓“千古文章传真不传伪”，“传巧不传拙”（见《钱玙沙先生诗序》）。“真”与“巧”相结合，便是袁枚所推崇的“妙”的诗境。

站在“性灵说”的立场上，袁枚对清代其他几派诗歌主张都作了批评。

袁枚说“神韵”为诗中的一种风格境界，认为王士禛将“神韵”“奉为至论”并在创作中将它普遍化，乃是一种偏失（《随园诗话》卷八）。他肯定王士禛的诗歌成就，但是又认为王氏“才力薄”，“气魄、性情俱有所短”。“气魄”之短指王士禛“为王、孟、韦、柳则有余，为李、杜、韩、苏则不足”；“性情”之短指他的诗中杂有不真之情，所谓“阮亭主修饰不主性情，观其到一处必有诗，诗中必用典，可以想见其喜怒哀乐之不真矣”（《随园诗话》卷三）。不过，“神韵”诗派巧妙造境的艺术与“性灵说”追求灵巧妙趣，反对木涩僵直有共同之处，加之王士禛毕竟是袁枚上一辈的人，“神韵说”的影响已弱化，距离在无形中制造了某种亲和的气氛，所以袁枚对王士禛的批评总的来说是温和的。

袁枚对沈德潜“格调说”的抨击主要表现为对制约性情的思想意识的挑战。“性灵说”讲“真”，其实“格调说”也讲“真”，但是“格调说”在所讲的“真”之上，还有一个“品格”标准，不合其“品格”的“真”是受到贬斥的。“性灵说”则强调自然之性，赤子之心，并以此为核心构成自己的“性情论”“本色论”。相对而言，它受到社会习俗的约束要小一些，对所谓的“品格”也往往流露出不以为然的态度。这决定了“性灵说”与“格调说”的冲突难以调和。此外，“格调说”追求高朗、深厚的诗风，“性灵说”则向往随意、适趣，不拘泥一种格局。袁枚以为“深”固然可贵，

"浅"也未尝不美,关键还是在于各适其宜,各求其妙。"性灵说"以其诗歌路数之"宽"与"格调说"之"严"相争,在一定时期内得到了文人的广泛响应,使它在诗坛一度占于上风。

随着汉学地位的上升,清中期业已存在的诗歌学问化倾向进一步朝着诗歌考据化方向演变,翁方纲"肌理说"是这种诗风的代表。袁枚不得不重述前人诗歌与学问关系的基本理论,来纠正风气。诗歌"都是性灵,不关堆垛",是他最著名的一句口号,而"误把抄书当作诗"又是他对考据诗最切中要害的揭露。很难说"性灵说"当日在与"肌理说"互诘中占有多少优势,可能它还是处在下风的位置,但是时过境迁,风会移转,作为更契近诗理的一种主张,"性灵说"逐渐得到后人更多的认同,这多少证明了双方理论的高低。

答沈大宗伯论诗书

〔清〕袁　枚

先生诮浙诗,谓沿宋习败唐风者,自樊榭为厉阶[1]。枚浙人也,亦雅憎浙诗。樊榭短于七古,凡集中此体,数典而已,索索然寡真气,先生非之甚当。然其近体清妙,于近今少偶。先生诗论粹然,尚复何说。然鄙意有未尽同者,敢质之左右。

尝谓诗有工拙而无今古。自葛天氏之歌至今日[2],皆有工有拙,未必古人皆工,今人皆拙。即三百篇中颇有未工不必学者,不徒汉、晋、唐、宋也,今人诗有极工极宜学者,亦不徒汉、晋、唐、宋也。然格律莫备于古,学者宗师,自有渊源。至于性情遭际,人人有我在焉,不可貌古人而袭之,畏古人而拘之也。今之莺花,岂古之莺花乎?然而不得谓今无莺花也。今之丝竹,岂古之丝竹乎?然而不得谓今无丝竹也。天籁一日不断,则人籁一日不绝。孟子曰:"今之乐犹古之乐。"[3]乐即诗也。唐人学汉、魏变汉、魏,宋学唐变唐,其变也,非有心于变也,乃不得不变也。使不变,则不足以为唐,不足以为宋也。子孙之貌,莫不本于祖父,然变而美者有之,变而丑者有之,若必禁其不变,则虽造物有所不能。先生许唐人之变汉、魏，而独不许宋人之变唐，惑也。且先生亦知唐人之自变其诗，与宋人无与乎？初、盛一变，中、晚再变，至皮、陆二家已浸淫乎宋氏矣[4]。风会所趋，聪明所极，有不期其然而然者。故枚尝谓，变尧、舜者，汤、武也，然学尧、舜者，莫善于汤、武，莫不善于燕哙[5]。变唐诗者，宋、元也，然学唐诗者，莫善于宋、元，莫不善于明七子。何也？当变而变，其相传者心也，当变而不变，其拘守者迹也。鹦鹉能言而不能得其所以言，夫非以迹乎哉？

大抵古之人先读书而后作诗，后之人先立门户而后作诗。唐、宋分界之说，宋、元无有，明初亦无有，成、弘后始有之[6]。其时议礼讲学皆立门户，以为名高。七子狃于此习，遂皮傅盛唐，搤掔自矜[7]，殊为寡识。然而牧斋之排之[8]，则又已甚。何也？七子未尝无佳诗，即公安、竟陵亦然[9]。使掩姓氏，偶举其词，未必牧斋不嘉与。又或使七子湮沉无名，则牧斋必搜访而存之无疑也。惟其有意于摩垒夺帜，乃不暇平心公论，此亦门户之见。先生不喜樊榭诗，而选则存之，所见过牧斋远矣。

至所云诗贵温柔，不可说尽，又必关系人伦日用。此数语有褒衣大袑气象[10]，仆口不敢非先生，而心不敢是先生。何也？孔子之言，戴经不足据也[11]，惟《论语》为足据。子曰“可以兴，可以群”[12]，此指含蓄者言之，如《柏舟》《中谷》是也[13]。曰“可以观，可以怨”，此指说尽者言之，如“艳妻煽方处”，“投畀豺虎”之类是也[14]。曰“迩之事父，远之事君”，此诗之有关系者也。曰“多识于鸟兽草木之名”，此诗之无关系者也。仆读诗，常折衷于孔子，故持论不得不小异于先生，计必不以为僭。

《四部备要》本《小仓山房文集》卷十七

注释

[1]“先生诮浙诗”三句：先生，指沈德潜，晚年官至内阁学士兼礼部侍郎，故袁枚的答信题目以“大宗伯”相称。樊榭，厉鹗。厉阶，祸端。

[2]葛天氏之歌：《吕氏春秋·古乐》：“昔葛天氏之乐，三人操牛尾投足以歌八

阙：一曰《载民》，二曰《玄鸟》，三曰《遂草木》，四曰《奋五谷》，五曰《敬天常》，六曰《建帝功》，七曰《依地德》，八曰《总禽兽之极》。”葛天氏，相传远古时代的帝名。

［3］今之乐犹古之乐：引自《孟子·梁惠王下》。

［4］皮、陆：皮日休、陆龟蒙。

［5］燕哙：燕王哙（？—前314），公元前320年至前318年在位。学尧让许由，属国于燕相子之，三年，国大乱。

［6］成弘：成化，明宪宗年号（1465—1487）。弘治：明孝宗年号（1488—1505）。

［7］搤掔：同“扼腕”。

［8］牧斋：钱谦益。

［9］公安：袁宏道与兄宗道、弟中道，湖广公安（今属湖北）人。竟陵：钟惺、谭元春，湖广竟陵（今湖北天门）人。

［10］褒（bāo）衣大袑（shào）：褒衣，宽大之衣。大袑，大裤裆。袑，裤子的上半部，俗称裤裆。褒衣大袑气象，此形容议论疏阔，大而无当。

［11］戴经：此指《小戴记》即今本《礼记》，西汉戴圣删戴德《大戴记》而成。书中多有汉人发挥的内容，其所载孔子言论的情况亦复如此。“温柔敦厚，诗教也”之说出自《经解》篇。

［12］“可以兴”两句：引自《论语·阳货》。以下引孔子语，出处同。

［13］《柏舟》：《诗经·邶风》中的一篇。《中谷》：即《中谷有蓷》，《诗经·王风》中的一篇。

［14］艳妻煽方处：《诗经·小雅·十月之交》中的句子。艳妻指幽王后褒姒。煽，炽盛。此句意谓，嬖妾得宠势盛，居于要位。投畀豺虎：《诗经·小雅·巷伯》中的句子。

说明

在遭袁枚驳诘的清代各诗歌创作和批评流派中，沈德潜“格调说”显然被袁枚视为与自己主张最直接对立的一派。他斥责“格调说”最多最厉，其缘由盖出于此。

袁枚主要从三个方面对沈德潜诗论展开批评：

一、反对片面尊唐。沈德潜以格调论诗，向往唐音，虽能溯源，但是对宋以后的诗歌流变较为轻视，因此他的宗唐观带有明显的复古色彩。袁枚则认为，

"诗有工拙而无古今","未必古人皆工,今人皆拙"。他并不否定"宗师"古人"格调"的必要,但是认为对诗歌创作有决定意义的是诗人的性情,而"性情遭际,人人有我在焉,不可貌古人而袭之,畏古人而拘之"。这就从根本上决定了一部诗歌史不断变化演进的性质,也即所谓"天籁一日不断,则人籁一日不绝"。善"学"者也就是善"变"者。任何人想"禁其不变",都是办不到的,所以一切"禁变"的理论,都是谬说,应遭否定。

二、反对呆板地服从传统诗教。沈德潜在给袁枚的论诗信中,重复了他一贯强调的观点,即"诗贵温柔,不可说尽,又必关系人伦日用"。袁枚对此表示异议。"贵温柔,不可说尽",是指儒家诗教,袁枚此处将它理解为是诗人的表达态度、方式和诗歌的风貌呈现。他认为创作诗歌,"含蓄""说尽"皆当允许,唯温柔含蓄是求,只是一偏之见。"必关系人伦日用",是着眼于维护社会的人伦关系对诗歌功能提出的一种要求。袁枚认为,诗歌可以"有关系",也可以"无关系",不应该强求一律。仔细体会袁枚、沈德潜的分歧,并不是肯定"诗教"与否定"诗教",坚持"关系"与反对"关系"的对立,而是单一与多样的区别,即袁枚主要反对沈德潜在上述诗论中所使用的"不可""必"这样的排他性词语以及它们所代表的诗歌观念。袁枚《再答李少鹤》曰:"即如温柔敦厚四字,亦不过诗教之一端,不必篇篇如是。"正可佐证。由于"诗教"在当时具有极高的权威性,袁枚仅以论诗之"一端"视之,这本身便带有某种逆叛色彩。

三、反对排斥艳体情诗。沈德潜选《国朝诗别裁》黜落香艳体,目的在于维护教化理论。袁枚"性灵说"尤重表达男女真情,所以最不能容忍沈德潜的这种态度。他在《再与沈大宗伯书》中驳斥沈氏"艳体不足垂教"说,肯定"艳诗宫体,自是诗家一格",以为"孔子不删郑、卫之诗",而沈德潜删之,是滥用批评权利。在对待男女情诗的问题上,袁枚某种个性解放精神与沈德潜的态度形成了鲜明对照。

儒林外史序

〔清〕闲斋老人

作者简介

闲斋老人,有的研究者认为就是《儒林外史》作者吴敬梓,有的以为是和邦额，也有人提出他和写《儒林外史》回评的无名氏可能是情况尚难考定的同一个人。《儒林外史》是古代一部杰出的现实主义小说，讽刺和批判是小说的主要特点，尤其是它的讽刺艺术在古代小说中别具一格，成就卓著。闲斋老人序和无名氏回评是《儒林外史》诞生后最早和最重要的评论资料。从序和回评的内容看，前者写得比较概括，后者分析得比较详细具体，它们的观点是相一致的，其主要贡献是在分析小说讽刺主题和讽刺艺术的基础上总结了一些有特色的讽刺小说创作理论。其观点影响着后人对这部小说的认识。

古今稗官野史，不下数百千种，而《三国志》《西游记》《水浒传》及《金瓶梅》演义，世称四大奇书[1]，人人乐得而观之，余窃有疑焉。

稗官为史之支流，善读稗官者可进于史，故其为书亦必善善恶恶，俾读者有所观感戒惧，而风俗人心庶以维持不坏也。《西游》玄虚荒渺，论者谓为谈道之书，所云"意马心猿"[2]，"金公木母"[3]，大抵"心即是佛"之旨[4]，予弗敢知。《三国》不尽合正史，而就中魏、晋代禅，依样葫芦，天道循环，可为篡弑者鉴，其他蜀与吴所以废兴存亡之故，亦具可发人深省，予何敢厚非？至《水浒》《金瓶梅》诲盗诲淫，久干例禁，乃言者津津夸其章法之奇，用笔之妙，且谓其摹写人物事故，即家常日用、米盐琐屑，皆各穷神尽相，画工化工，合为一手，从来稗官无有出其右者。呜呼，其未见《儒林外史》一书乎[5]？

夫曰"外史"，原不自居正史之列也，曰"儒林"，迥异玄虚荒渺之谈也。其书以功名富贵为一篇之骨，有心艳功名富贵而媚人下人者，有倚仗功名富贵而骄人傲人者，有假托无意功名富贵自以为高，被人看破耻笑者，终乃以辞却功名富贵，品地最上一层为中流砥柱。篇中所载之人，不可枚举，而其人之性情心术，一一活现纸上，读之者无论是何人品，无不可取以自镜。传云："善者感发人之善心，恶者惩创人之逸志。"是书有焉。甚矣，有《水浒》《金瓶梅》之笔之才，而非若《水浒》《金瓶梅》之致为风俗人心之害也，则与其读《水浒》《金瓶梅》，无宁读《儒林外史》。世有善读稗官者，当不河汉予言也夫。

乾隆元年春二月[6]，闲斋老人序。

清嘉庆八年(1803 年)卧闲草堂刻本《儒林外史》卷首

注释

[1] 四大奇书：清两衡堂刊本《三国志第一才子书》李渔序首先提出这一说法。在这之前，西湖钓叟《续金瓶梅序》及《续金瓶梅凡例》曾将《水浒》《西游记》《金瓶梅》并称为“三大奇书”。

[2] 意马心猿：喻人的心思散乱不定，如猿马之难以控制。这里指《西游记》中的唐僧坐骑小白马、孙悟空。例如《西游记》第十五回“鹰愁涧意马收缰”，第七回“五行山下定心猿”。

[3] 金公木母：木母，道教称汞为木母，并以为“真汞生亥”，亥属猪。故这里指猪八戒。金公，道教称铅为金公，并以为“真铅生庚”，庚辛为金，地支申酉亦为金，申属猴。故这里指孙悟空。例如《西游记》第八十六回“木母助威征怪物，金公施法灭妖邪”，均写孙悟空、猪八戒一起灭妖征怪的故事。

[4] 心即是佛：《观无量寿经》：“是心作佛，是心是佛。”《西游记》多有谈论心与佛的内容，如第十四回诗曰：“佛即心兮心即佛。”

[5]《儒林外史》：吴敬梓作。吴敬梓(1701—1754)，字敏轩，一字文木，全椒(今属安徽)人，移居江宁。诸生，荐博学鸿词试，以病不赴。另著有《文木山房集》。

[6] 乾隆元年：1736 年。

说明

《儒林外史》是一部以文士的丑陋精神、心理和行为作为主要讽刺对象，并广泛批判社会弊端和落后意识的写实小说，其独特的叙写风格在古代小说史上具有突出的地位。

闲斋老人序指出，稗官小说的作用是“善善恶恶，俾读者有所观感戒惧，而风俗人心庶以维持不坏也”。他肯定《儒林外史》是一部严肃的“迥异玄虚荒渺之谈”的益书，书的主旨是围绕人们对“功名富贵”的不同态度进行讽刺或歌颂，而讽刺是主要的方面。这样的分析较合原作的意图和实际。他说人们通过读这部小说，能够“取以自镜”，对小说运用讽刺手法所产生的积极的社会效果作出了真实的评价。

他不仅全面肯定《儒林外史》的讽刺主题，对这部小说的讽刺艺术也十分推崇。他认为其讽刺成就突出地表现在人物塑造上。“篇中所载之人，不可枚举，而其人之性情心术，一一活现纸上。”说明讽刺小说只有触及其人物的灵魂而又写得形象鲜明，才会具有无穷的讽刺力量。

序为了突出《儒林外史》讽刺与写实的意义，对“四大奇书”作了不适当的贬低，这反映出序作者对小说认识的片面性，序中有关这部分意见，多不足取。当然，这也可能是一种商业广告的手法，未必完全是严肃的文学批评，在金圣叹、毛氏父子、张道深的评点中也存在着类似的情况。

与方希原书

〔清〕戴　震

作者简介

戴震（1724—1777），字东原，一字慎修，安徽休宁人。三十三岁入京师，假馆于纪昀家，交王鸣盛、钱大昕、王昶、朱筠等，声重学坛。乾隆二十七年（1762年）中举，以后六次会试不第。三十八年应召任《四库全书》纂修官，四十年赐同进士出身，授翰林院庶吉士。戴震学问博洽，考述精深，为清代汉学皖派之开山，对程、朱理学多有辩驳。他的文论主张反映了经学家的一些基本观点。分学问为理义、制数、文章三等，以理义为源，而理义须由考核而得，从而建立了一套以考据为基础的文道观。一生著述甚多，有《孟子字义疏证》《声韵考》，后人汇编成《戴氏遗书》。

得郑君手札[1]，言足下大肆力古文之学。仆尝以为此事在今日绝少能者，且其途易歧，一入歧途，渐去古人远矣。

古今学问之途，其大致有三，或事于理义，或事于制数[2]，或事于文章。事于文章者，等而末者也。然自子长、孟坚、退之、子厚诸君子之为之，曰是道也，非艺也。以云道，道固有存焉者矣。如诸君子之文，亦恶睹其非艺欤？夫以艺为末，以道为本，诸君子不愿据其末，毕力以求据其本。本既得矣，然后曰是道也，非艺也。循本末之说，有一末必有一本，譬诸草木，彼其所见之本与其末同一株，而根枝殊尔，根固者枝茂。世人事其枝，得朝露而荣，失朝露而瘁，其为荣不久。诸君子事其根，朝露不足以荣瘁之，彼又有所得而荣、所失而瘁者矣，且不废浸灌之资，雨露之润。此固学问功深，而不已于其道也，而卒不能有荣无瘁。故文章有至有未至，至者，得于圣人之道则荣，未至者，不得于圣人之道则瘁，以圣人之道被乎文，犹造化之终始万物也。非曲尽物情，游心物之先，不易解此。然则如诸君子之文，恶睹其非艺欤？诸君子之为道也，譬犹仰观泰山，知群山之卑，临视北海，知众流之小。今有履泰山之巅，跨北海之涯，所见不又县殊乎哉。

足下好道而肆力古文，必将求其本，求其本，更有所谓大本。大本既得矣，然后曰是道也，非艺也。则彼诸君子之为道，固待斯道而荣瘁也者。圣人之道在六经，汉儒得其制数，失其义理，宋儒得其义理，失其制数。譬有人焉，履泰山之巅可以言山，有人焉，跨北海之涯可以言水。二人者不相谋，天地间之巨观，目不全收，其可哉？抑言山也，言水也，时或不尽山之奥、水之奇。奥奇，山水所有也，不尽之，阙物情也。

今足下同郑君、汪君相与聚处[3]，勉而薄乎巅涯，究乎奥奇不难。仆奔走避难，向之所欣，久弃不治。数千里外闻足下为之，意志动荡，不禁有言。足下试察其言，漫散不可收拾。其近况可弗赘陈矣。置身无所如仆者，起古人于今日，必哀而怜之。凡事履而后知，历而后难。曾不如古人，而思得古人怜我，若强其乞怜于异乎古人者，则亦不为也。

清乾隆五十七年(1792 年)段玉裁刻本《戴东原集》卷九

注释

[1] 郑君：不详。

[2] 制数：即考覈，考据。

[3] 汪君：疑汪梧凤，字在湘，号松溪，歙县(今属安徽)人。乾隆中诸生。从江永治经学，从刘大櫆学古文。著有《松溪文集》等。

说明

清代汉学家在义理、考据、词章三者中，以考据为基础来确立它们的关系，从而显示出他们自成一派的理论特点。戴震对这个问题的论述颇有代表性。

《与方希原书》作于戴震三十二岁时。方矩，字希原，一作晞原，别称以斋、道古斋，歙县（今属安徽）人。段玉裁编《戴东原先生年谱》谓方矩为戴震“同乡同志者”。在信里，戴震从正本清源入手，阐述义理、制数（即考据）、文章三者关系，明确“古文之学”的根本大旨。

戴震认为，义理是“考核、文章二者之源”（见段玉裁《戴东原先生年谱》），求义理也就是求大道，考核、文章都要服从于“闻道”的目的。他对偏离这个目的，而仅仅“能文章、善考核”的文人多有非议（见《答郑丈用牧书》）。这是他对义理、考据、文章三者关系的首要看法。

其次，戴震比较汉学和宋学治经的不同特点。指出“汉儒得其制数，失其义理，宋儒得其义理，失其制数”，都失之片面而不能“全收”“巨观”。他以义理为众学问之源，但是探求义理的方法则须实证。他认为宋儒凿空议论，凭虚立说，“是犹渡江而弃舟楫，欲登高而无阶梯”（引自《戴东原先生年谱》），其所获义理带有许多臆测成分，值得怀疑，只有基于考据实证之上的义理阐述才真妥可信，因此考据是探求义理的基础和保证。

第三，戴震强调，与义理、考据相比，从事古文之学是“等而末者”，因为它既不像义理之学直接阐说儒家大道，又不像考据之学足以求证义理，所以最不重要。古文家的正宗习惯于从文与道的密切关系来抬高古文的地位，在这方面尤其对韩愈等人的成就津津乐道。但是在戴震看来，司马迁、班固、韩愈、柳宗元等人创作古文虽然“事其根”、就于道，非“世人”之文可比，但是他们对儒家大道犹如“仰观泰山”“临视北海”，所见终存隔膜，缺乏具体，有失真切，与“履泰山之巅，跨北海之涯”亲临其境的人相比，所见“县（悬）殊”。这实际上是站在考据家的立场上，对古文家所道之道的真理性一种低调的评价。他要求古文作者努力追求文章的“大本”。求“大本”是相对于司马迁、班固、韩愈、柳宗元“事其根”而言，要求对儒家大道通过考辨求得真知，犹如“履泰山之巅可以言山”，“跨北海之涯可以言水”，而不是仅仅停留在远观悬测、一知半解的阶段。这样就将古文家的文以明道说具体化为建立在考据基础之上的文道观，极大地突出了考据之于古文写作的意义。戴震这种以考据、学问为文章核心要素的意见是经学家的普遍看法，也是该派文论的一个基本理论特征。

述庵文钞序

〔清〕姚　鼐

作者简介

姚鼐(1732—1815),字姬传,一字梦谷,世称惜抱先生,安徽桐城人。乾隆二十八年(1763年)进士,官刑部郎中,记名御史,充《四库全书》纂修官,不足两年,辞官归里。先后在江宁、扬州、徽州、安庆主持钟山、梅花、紫阳、敬敷等书院。姚鼐早年从伯父姚范学经史和古文,又随刘大櫆学古文作法,并由刘大櫆上窥桐城之学,承其衣钵,发扬光大,晚年以授徒为业,弟子遍及大江南北,对于振起桐城古文作用极大,与方苞、刘大櫆并称"桐城三祖"。姚鼐在维护桐城家法的同时,又善于从前人的文论和同时代的学术风气中摄取元素养分,使桐城家法更趋充实和完备。他提出义理、考据、文章合一的散文理论,又以"神、理、气、味、格、律、声、色"八字概括散文艺术要素,在风格学方面,划分"阳刚、阴柔"两大美学类别。著有《惜抱轩全集》《惜抱轩先生尺牍》,编选有《古文辞类纂》《五七言今体诗钞》等。

余尝论学问之事有三端焉,曰义理也,考证也,文章也。是三者苟善用之,则皆足以相济,苟不善用之,则或至于相害。今夫博学强识而善言德行者,固文之贵也,寡闻而浅识者,固文之陋也。然而世有言义理之过者,其辞芜杂俚近,如语录而不文,为考证之过者,至繁碎缴绕[1],而语不可了。当以为文之至美而反以为病者,何哉?其故由于自喜之太过,而智昧于所当择也。夫天之生才,虽美不能无偏,故以能兼长者为贵。而兼之中又有害焉,岂非能尽其天之所与之量,而不以才自蔽者之难得与?

青浦王兰泉先生[2],其才天与之,三者皆具之才也。先生为文,有唐宋大家之高韵逸气,而议论考覈,甚辨而不烦,极博而不芜,精到而意不至于竭尽,此善用其天与,以能兼之才,而不以自喜之过而害其美者矣。先生历官多从戎旅[3],驰驱梁、益[4],周览万里,助成国家定绝域之奇功[5]。因取异见骇闻之事与境,以发其瑰伟之辞为古文,人所未有。世以此谓天之助成先生之文章者，若独异于人，吾谓此不足为先生异，而先生能自尽其才，以善承天与者之为异也。

鼐少于京师识先生，时先生亦年才三十，而鼐心独贵其才。及先生仕至正卿[6]，老归海上[7]，自定其文曰《述庵文钞》四十卷，见寄于金陵，发而读之，自谓粗能知先生用意之深。恐天下学者读先生集，第叹服其美，而或不明其所以美，是不可自隐其愚陋之识而不为天下明告之也。若夫先生之诗集及他著述，其体虽不必尽同于古文，而一以余此言求之，亦皆可得其美之大者云。

《四部丛刊》本《惜抱轩诗文集》文卷四

注释

[1] 缴绕：纠缠纷乱。

[2] 王兰泉：王昶(1725—1806)，字德甫，号述庵，又号兰泉。其先世居浙江兰溪，后迁居江苏青浦(今属上海)。乾隆十九年(1754年)进士，官至刑部右侍郎。《述庵文钞》是他文集的一种。著有《春融堂集》，编有《国朝词综》《湖海诗传》等，辑有《金石萃编》等。

[3] 先生历官多从戎旅：乾隆中叶，王昶坐言语不密罢职，自请随云贵总督阿桂率师攻缅甸，理藩院尚书温福代替阿桂后，又以他为幕僚。后又分别随温福、阿桂两次征讨大、小金川。

[4] 梁益：梁州和益州，在今四川境内。

[5] 定绝域之奇功，指平定大、小金川。

[6] 正卿，原指上卿，春秋时诸侯国的最高执政大臣，权力仅次于国君。清代往往以三品至五品卿作为官僚的虚衔。此"正卿"泛指爵位高的官员。

[7] 海上：青浦靠近东海，故云。

说明

乾隆时期，汉学在清初得到恢复的基础上趋向极盛，这对思想、学术、文学产生广泛影响，汉学与宋学的关系，诗文创作与研究学问的关系，都突出地摆在批评家眼前，需要解答。此时，在诗歌理论方面出现了翁方纲融学问与诗歌为一炉的“肌理说”，古文理论方面则出现了姚鼐义理、考证、文章三者结合，不偏一端的主张，反映了诗文批评家企图适应新的学术风气，借鉴其成果，以求诗歌和散文自身生存和发展的积极动机。

他所说义理、考证、文章兼收为善，一是指三者作为构成“学问”的一部分，都有各自存在的需要和价值，不可偏废，二是指三者应该互相吸收补充，以使各自更加丰富和完善。

义理属于儒家伦理、道德、性气、政治范畴的内容，姚鼐主要用以指程朱理学，与方苞“义法”论对“义”的内涵的认识基本一致。姚鼐承认“程、朱言或有失”，肯定在这些方面可以对其“正”之（见《复简斋书》），与一味盲从程、朱学说者又略有不同。他要求兼擅义理、考证、文章，但显然又以义理为主轴，假如偏离“心性之学”，即使“文如昌黎，学如郑康成”，也不足为贵（见《与鲁山木》）。在义理与文章关系中，他强调“执圣以绳”（《祭刘海峰先生文》），“义卓而词美”（《答鲁宾之》）。

对于以训诂考证为其鲜明特征的汉学，姚鼐在强调宋学的主导作用前提下，予以较多肯定。他重视清代朴学成果，肯定考证以确凿的证据说话，具有很强的说服力，同时也指出，考证之文在生动感人等方面相比义理之文和艺术散文是欠缺的。所以作为完善的古文写作理论，姚鼐主张取考证之长，避其所短，使文章既有充实可信的内容，又有较高的审美性，所谓“以考证累其文则是弊耳，以考证助文之境，正有佳处”（《与陈硕士》）。

姚鼐谈义理以端正立言之旨，谈考证以充实作文内容，都是站在古文家的立场上，从如何写好文章的角度来阐明义理、考证、文章三者关系的，文章始终是他关注的中心，写作艺术理论是他全部文论的核心，这是他与理学家、学问家的显著区别。他这种以文章为基点的义理、考证、文章合一不偏论，对理学家和考据家来说，既吸取了他们一些认识，又维护了文章本身重要的地位；对于桐城古文家来说，则在融考证于文和增加文章的艺术性两方面补充和发展了“义法”论，代表了桐城派古文理论一个新的阶段。

复鲁絜非书

〔清〕姚　鼐

桐城姚鼐顿首絜非先生足下[1]。相知恨少，晚遇先生。接其人知为君子矣，读其文非君子不能也。往与程鱼门、周书昌尝论古今才士[2]，惟为古文者最少，苟为之，必杰士也，况为之专且善如先生乎？辱书引义谦而见推过当，非所敢任。鼐自幼迄衰，获侍贤人长者为师友，剽取见闻，加臆度为说，非真知文能为文也，奚辱命之哉？盖虚怀乐取者，君子之心，而诵所得以正于君子，亦鄙陋之志也。

鼐闻天地之道，阴阳刚柔而已。文者，天地之精英，而阴阳刚柔之发也。惟圣人之言，统二气之会而弗偏，然而《易》《诗》《书》《论语》所载，亦间有可以刚柔分矣，值其时其人告语之体各有宜也[3]。自诸子而降，其为文无弗有偏者。其得于阳与刚之美者，则其文如霆，如电，如长风之出谷，如崇山峻崖，如决大川，如奔骐骥。其光也，如杲日[4]，如火，如金镠铁[5]，其于人也，如冯高视远[6]，如君而朝万众，如鼓万勇士而战之。其得于阴与柔之美者，则其文如升初日，如清风，如云，如霞，如烟，如幽林曲涧，如沦，如漾，如珠玉之辉，如鸿鹄之鸣而入廖郭。其于人也，漻乎其如叹，邈乎其如有思，暖乎其如喜，愀乎其如悲。观其文，讽其音，则为文者之性情形状举以殊焉。且夫阴阳刚柔，其本二端，造物者糅而气有多寡进绌[7]，则品次亿万，以至于不可穷，万物生焉，故曰一阴一阳之为道。夫文之多变，亦若是已。糅而偏胜可也，偏胜之极，一有一绝无，与夫刚不足为刚，柔不足为柔者，皆不可以言文。今夫野人孺子闻乐，以为声歌弦管之会尔，苟善乐者闻之，则五音十二律必有一当接于耳而分矣[8]。夫论文者，岂异于是乎？宋朝欧阳、曾公之文[9]，其才皆偏于柔之美者也。欧公能取异己者之长而时济之，曾公能避所短而不犯。观先生之文，殆近于二公焉。抑人之学文，其功力所能至者，陈理义必明当，布置取舍繁简廉肉不失法[10]，吐辞雅驯，不芜而已。古今至此者，盖不数数得，然尚非文之至。文之至者，通乎神明，人力不及施也。先生以为然乎？

惠寄之文，刻本固当见与[11]，抄本谨封还，然抄本不能胜刻者。诸体中书、疏、赠序为上，记事之文次之，论辨又次之。鼐亦窃识数语于其间，未必当也。《梅崖集》果有逾人处[12]，恨不识其人。郎君令甥[13]，皆美才未易量，听所好恣为之，勿拘其途可也。于所寄文，辄妄评说，勿罪勿罪。秋暑惟体中安否？千万自爱。七月朔日[14]。

《四部丛刊》本《惜抱轩诗文集》文卷六

注释

［1］絜非：鲁九皋（1732—1794），原名仕骥，字絜非，号山木，新城（今江西黎川）人。乾隆三十六年（1771年）进士，官山西夏县知县。始学于朱仕琇，后又从姚鼐学古文。有《山木集》。

［2］程鱼门：程晋芳，字鱼门，号蕺园，歙县（今属安徽）人，徙江都（今江苏扬州）。乾隆十七年（1572年）进士，任翰林编修。周书昌：周永年（1730—1791），字书昌，历城（今属山东济南）人。乾隆三十六年（1771年）进士，官编修。家富藏书，为学淹博。

［3］告语之体：说话、表达的文体和方式。

［4］杲（gǎo）日：明亮的太阳。

［5］镠（liú）铁：质地精纯的铁。

［6］冯：同“凭”。

［7］糅：混合相杂。

［8］五音：指宫、商、角、徵、羽五个音阶。十二律：指黄钟、大吕、太簇、夹钟、姑洗、仲吕、蕤宾、林钟、夷则、南吕、无射、应钟十二调。

［9］欧阳：欧阳修。曾公：曾巩。

［10］廉肉：指乐声的高亢激越与婉转圆润。此指文章瘦劲和丰腴。

［11］见与：同“见惠”，感谢别人赠送的谦词。

［12］《梅崖集》：朱仕琇撰。朱仕琇（1715—1780），字斐瞻，号梅厓，一作梅崖，建宁（今属福建）人。乾隆十三年（1748年）进士，选庶吉士，出知夏津县，改福宁府教授，归主鳌峰书院。

［13］郎君：对别人儿子的尊称。令甥：指鲁絜非之甥陈用光（1768—1835），字硕士，新城（今属江西）人。嘉庆六年（1801年）进士，官至礼部侍郎。为姚鼐门生。著有《太乙舟文集》。

［14］朔日：阴历初一。

说明

姚鼐以宏观的眼光，将诗文风格高度概括为阳刚之美和阴柔之美两大类，对古代文学风格学作出了重要贡献。

阴阳刚柔，原是古人对自然界两类相反相成的事物和现象作出的一种抽象概括。《易·说卦传》："分阴分阳，迭用柔刚，故《易》六位而成章。"这被视为中国文学批评史上用阴阳刚柔概说文学风格的滥觞。刘勰《文心雕龙》的《体性》《镕裁》《定势》等篇已较多运用刚柔来判分文章不同的风格特点，皎然《诗式》等对诗歌风格作了比较细微的辨析，严羽《沧浪诗话》又以为诗大概可以分为"优游不迫"和"沈着痛快"两类，张綖《诗余图谱凡例按语》将词分成"婉约""豪放"两体。散文方面，茅坤将司马迁、韩愈文章喻为雄峻壮伟的秦中剑阁，欧阳修、曾巩文章喻为"逶迤之丽"的江南山水（见《复唐荆川司谏书》），也包含区判两类风格的意思。

姚鼐以阳刚、阴柔区分诗文风格，既是借用了古代的哲学范畴，也是对前人风格学观点和理论成就的继承、发展。他用一系列生动的形象化语言，淋漓尽致地描绘出两类文学风格的鲜明特征。凡是雄浑、劲健、豪放、壮伟等风格都可纳入阳刚一类，而修洁、淡雅、高远、婉丽等风格都可纳入阴柔一类，这大致接近美学上所谓的壮美和柔美之分。比诸前人各家所述，姚鼐对文学风格的概括包涵性、准确性、鲜明性方面，都有很大提高。他对文学风格之美源于天地自然"阴阳刚柔之精"（《海愚诗钞序》）并体现作者"性情形状"的认识，也有较多的合理成分。

姚鼐除了对文学风格作分类和阐述风格成因之外，还说明两类风格中存在相辅相成，彼此和济的关系。他认为，天地间万般事象皆是由阴阳刚柔和济生成，不存在纯粹阳刚或纯粹阴柔的事物，文学也是如此。他以"统二气之会而弗偏"的"圣人之言"为文学风格最完美的典范，体现出中和的美学思想。其实这种完美的风格典范只具有理论意义而不具有实践意义，因为儒家经典《易》《诗》《论语》"亦间有可以刚柔分"，而且显然姚鼐认为"圣人之言"的成就（包括风格）是他人不可企及的。于是"协合以为体"的实际意义，就是追求以一种因素为主，兼容另一种因素的"偏优"的风格，避免陷入"一有一绝无"极端的"偏废"之境，"偏废"无所谓相济相生。姚鼐指出，由阳刚、阴柔"二端"相济而生的文学风格，虽在总体上可有偏于阳刚或阴柔的区别，在具体的展现中则是"品次亿万"，变化无穷，说明文学具体的风格必然是多种多样，姿态各异，而所谓阳刚之美或阴柔之美，是对众多具体风格基本属性高度的抽象概括。所以，姚鼐宏观的风格论与其他批评家品析具体风格的微观风格论是相互协调，相互补充的。

阳刚中有阴柔，阴柔中有阳刚，这样才分别构成风格的阳刚美和阴柔美。在两者之间，作为个人的偏爱，姚鼐更向往阳刚之美，所谓“文之雄伟而劲直者，必贵于温深而徐婉。温深徐婉之才不易得也，然其尤难得者，必在乎天下之雄才也”(《海愚诗钞序》)。这与他自己的文章实际偏于阴柔美一类，有所不同。

姚鼐的文学风格论对后来桐城派的理论主张和创作实践产生很大影响。曾国藩“古文四象”“八字之赞”，张裕钊分别用“神、气、势、骨、机、理、意、识、脉、声”和“味、韵、格、志、情、法、词、度、界、色”二十字调配阴阳，管同指出：“与其偏于阴也，则无宁偏于阳。”“甚矣，阳之足贵也。”(《与友人论文书》)都是对姚鼐主张的继承和发挥。在创作上，姚门弟子管同、梅曾亮、刘开、姚莹及后来的曾国藩、张裕钊、吴汝纶等，都向往阳刚之美，突出发展了雄健奇肆的文风，与桐城派初期作家徐纡简淡风格有比较明显差异，由此也可见姚鼐在桐城派发展、演化过程中所起的重要作用。

志言集序

〔清〕翁方纲

作者简介

翁方纲(1733—1818)，字正三，号覃溪，晚号苏斋，直隶大兴(今属北京)人。乾隆十七年(1752年)进士，改庶吉士，授编修，历充考官、督学政，官至内阁学士。精研经术，尤长于金石考据之学，同时强调以义理为本，折中于宋学和汉学之间。翁方纲鉴于“神韵”之虚空和“格调”之肤廓，论诗力主“肌理”说，提出“为学必以考证为准，为诗必以肌理为准”(《志言集序》)。其“肌理”的核心是“实”，即要求诗人写诗充之以学问，实之以义理，同时也要求诗歌脉理结构细密切合。他向往唐诗兴象超妙，也崇尚宋诗切实富密，对后者尤力加求究，这也反映出他以“肌理”论诗的宗旨。翁方纲作诗喜杂考据，多题咏金石字画之作。他对乾嘉考据入诗风气的形成产生很大影响，受到袁枚诋諆。著有《复初斋集》《小石帆亭著录》《石洲诗话》《经义考补正》《两汉金石记》等。

昔虞廷之谟曰：“诗言志，歌永言。”[1]孔庭之训曰：“不学诗，无以言。”[2]言者，心之声也。文辞之于言，又其精者。诗之于文辞，又其谐之声律者。然则“在心为志，发言为诗”[3]，一衷诸理而已。理者，民之秉也，物之则也，事境之归也，声音律度之矩也。是故渊泉时出，察诸文理焉，金玉声振，集诸条理焉，畅于四支，发于事业，美诸通理焉[4]。义理之理，即文理之理，即肌理之理也[5]。韩子曰：“周诗三百篇，雅丽理训诰。”[6]杜云：“熟精《文选》理。”[7]曩人有以杜诗此句质之渔洋先生，渔洋谓理字不必深求其义[8]，先生殆失言哉。杜牧之序李长吉诗亦曰：“使加之以理，奴仆命《骚》可也。”[9]今之骋才藻，貌为长吉者知此乎？不惟长吉也，太白超绝千古，固不以此论之，然后人不善学者，辄徒以驰纵才力为能事，故虽以杨廉夫之雄姿，而不免“诗妖”之目[10]。即以李空同、何大复之流[11]，未尝不具才力，而卒以剿袭格调自欺以欺人，此事岂可强为，岂可假为哉？

士生今日，经籍之光盈溢于世宙，为学必以考证为准，为诗必以肌理为准。《记》曰[12]：“声相应，故生变，变成方[13]，谓之音。”又曰：“声成文，谓之音。”“声音之道，与政通矣。”此数言者，千万世之诗视此矣。学古有获者，日览千百家之诗可也。惟是检之于密理，约之于肌理，则窃欲隅举焉[14]。于唐得六家，于宋、金、元得五家，钞为一编，题曰《志言》。时以自勉，亦时以勉各同志，庶几有专师而无泛骛也欤。

清李彦章校本《复初斋文集》卷四

注释

[1]“昔虞廷之谟曰”三句：虞，传说中远古部落名，其领袖为舜。谟（mó），谋虑。引文出自《尚书·尧典》，是舜对夔讲的话。

[2]“孔庭之训曰”三句：《论语·季氏》：“鲤趋而过庭。曰：学诗乎？对曰：未也。曰：不学诗，无以言。鲤退而学诗。”鲤，孔子的儿子，字伯鱼。

[3]“在心为志”两句：引自《诗大序》。

[4]通理：犹统理，共通、连通的道理。

[5]肌理：皮肤的纹理。杜甫《丽人行》：“态浓意远淑且真，肌理细腻骨肉匀。”翁方纲有时用“肌理”指诗歌声音节奏、字句结构的谐和密匀特点，属诗法的一类。他在《诗法论》中说：“法之立也……有立乎其节目，立乎其肌理界

缝者，此法之穷形尽变也。”

[6]“周诗三百篇”两句：引自韩愈《荐士》。意谓《诗经》中的作品，是运用雅丽的语言表达训诰的内容。训诰，记述君臣谋议国事的两种文体。

[7]熟精《文选》理：引自《宗武生日》。

[8]“曩人有以杜诗此句质之渔洋先生”两句：王士禛等《师友诗传录》：“问：萧《选》一书，唐人奉为鸿宝。杜诗云：‘熟精《文选》理。’请问其理安在？阮亭答：唐人尚《文选》学，李善注《文选》最善，其学本于曹宪，此其昉也。杜诗云云亦是尔时风气。至韩退之出，则风气大变矣。苏子瞻极斥昭明，至以为小儿强作解事，亦风气递嬗使然耳。然《文选》学终不可废，而五言诗尤为正始，犹方圆之规矩也，‘理’字似不必深求其解。”

[9]“杜牧之序李长吉诗亦曰”三句：杜牧《李贺集序》：李贺诗“盖《骚》之苗裔，理虽不及，辞或过之。……世皆曰：‘使贺且未死，少加以理，奴仆命《骚》可也。’”

[10]以杨廉夫之雄姿而不免诗妖之目：杨廉夫，杨维桢。明王彝《文妖》：“会稽杨维桢之文，狐也，文妖也。”

[11]李空同：李梦阳。何大复：何景明。

[12]《记》：指《乐记》。

[13]方：指节奏。

[14]隅举：指举一端而知其余。

说明

在中国古代文学批评史上，具体的文学理论主张与学术风气的关系有的比较疏远，有的比较密切，前者如“神韵说”，后者如“肌理说”，无法一概而论。

翁方纲鉴于王士禛“神韵说”失于虚空，明代前后七子以来的“格调说”失于肤廓，提出“肌理说”予以补救。“诗必研诸肌理，而文必求其实际，夫非仅为空谈格韵者言也。”（《延晖阁集序》）把他于“格（调）、（神）韵”诸说之外另标“肌理”一帜的思考讲得很明白。

乾嘉时期，学术上有考证之学与义理之学之争，其波及文章批评则有对义理、考据、文章三者关系之不同表述。翁方纲“肌理说”则是从诗歌创作和批评的角度，来处理与义理、考证（或谓学问）关系而提出的一种主张，是乾嘉学术大背景的反映，这一点与姚鼐的古文理论的产生有相仿佛的地方。翁方纲义理、考据之学皆重，于调停汉学、宋学关系中，对宋儒之学尤多加护守。他的"肌理说"强调诗歌对理、学的吸收，强调建设密重的诗歌结构，从而赋予诗歌新的面貌，这与姚鼐谈义理以端正立言之旨，谈考证以充实作文内容，目的仍在于加强文章的本位建设，也有其相似之处。

"肌理"一说，重点在于"理"字。翁方纲说，"理"是"民之秉""物之则""事境之归""声音律度之矩"，因而具有"文理""条理""通理"的含义。又说："义理之理，即文理之理，即肌理之理也。"可见"理"在他心目中是一个含义丰富而本质一致的概念。就其文学批评的意义来说，"理"其实是指诗歌充实的含义和这种含义的诗化表现艺术。

首先，翁方纲非常强调诗歌创作应该接受义理的指导，而义理则"根极于六经"(《杜诗精熟文选理理字说》)。他反对严羽诗歌不涉理路之说，对王士禛"理字不必深求其义"的说法深表不满，认为涉理路即为诗病是一种偏见。他肯定诗中要有义理，不仅着眼于善，也是着眼于诗歌含蕴的充实，以弥补专尚兴象超诣所带来的空寂虚玄。尽管如此，他并不支持邵雍、庄杲一派"直以理路为诗"(引文同上)的理学诗、性气诗，恰似姚鼐重义理而贬斥"其辞芜杂俚近，如语录而不文"(《复曹云路》)。

其次，翁方纲"肌理说"很强调诗歌作品中的学问含量，这也是他以"理"论诗的重要所指。"士生今日，经籍之光盈溢于世宙，为学必以考证为准，为诗必以肌理为准。"《石洲诗话》卷四称宋戴复古"胸中无千百卷书，如商贾乏赀本，不能致奇货"，为论诗"务本之言"。都说明他特别重视用学问充实诗歌内容，援考据手段组织诗歌结构。这在诗论方面虽有渊源可寻，更主要还是产生于翁方纲对自己时代学术风气积极的迎合，反映了二者之间十分密切的关系。与清代其他几种主要的诗论如"神韵说""格调说""性灵说"相比，从一定的意义上可以这样断言，翁方纲"肌理说"是最具有清时代特征的诗论，它对学人诗派的形成，显然有深刻的影响，而学问比重的增加对诗歌韵律流动的负面作用又使它成为人们非议的原因。

第三，义理、学问入诗，必然会提出如何使之诗化的要求，这属于诗法的范畴，"肌理说"正是以重视诗法为自己的一个理论特征。翁方纲《杜诗熟精文选理理字说》认为，"理"包括"言有物"和"言有序"，这显然受到方苞诠释"义法"的影响。"有序"地赋予诗歌作品以"肌理"，主要凭借由"实"而达"化"的手法，其中"实"是根基。《神韵论中》："诗必能切已切时切事，一一具有实地，而后渐能几于化也。未有不有诸已，不充实诸已，而遽议神化者也。是故善教者必以规矩焉，必以彀率焉。”翁方纲讲的作诗“规矩”“彀率”，很强调具体、切实、细密的叙写，对字句和首尾章节之间过渡、衔接的紧密和严谨有相当高的要求，诗歌意绪跳跃空间往往受到“实地”的牵引而相对减小。“肌理”诗派的诗歌往往具有质实的特点，与这种诗法观有关。

石洲诗话（选录）

〔清〕翁方纲

宋人精诣，全在刻抉入里，而皆从各自读书学古中来，所以不蹈袭唐人也。然此外亦更无留与后人再刻抉者。以故元人只剩得一段丰致而已。明人则直从格调为之。然而元人之丰致，非复唐人之丰致也，明人之格调，依然唐人之格调也。孰是孰非，自有能辨之者，又不消痛贬何、李始见真际矣。[1]

唐诗妙境在虚处，宋诗妙境在实处。初唐之高者，如陈射洪、张曲江，皆开启盛唐者也。中、晚之高者，如韦苏州、柳柳州、韩文公、白香山、杜樊川，皆接武盛唐、变化盛唐者也。是有唐之作者，总归盛唐。而盛唐诸公，全在境象超诣。所以司空表圣二十四品，及严仪卿以禅喻诗之说，诚为后人读唐诗之准的。若夫宋诗，则迟更二三百年，天地之精英，风月之态度，山川之气象，物类之神致，俱已为唐贤占尽。即有能者，不过次第翻新，无中生有。而其精诣，则固别有在者。宋人之学，全在研理日精，观书日富，因而论事日密。如熙宁、元祐一切用人行政[2]，往往有史传所不及载，而于诸公赠答议论之章略见其概。至如茶马[3]、盐法、河渠、市货，一一皆可推析。南渡而后，如武林之遗事[4]，汴土之旧闻[5]，故老名臣之言行、学术，师承之绪论、渊源，莫不借诗以资考据。而其言之是非得失，与其声之贞淫正变，亦从可互按焉。今论者不察，而或以铺写实境者为唐诗，吟咏性灵、掉弄虚机者为宋诗。所以吴孟举之《宋诗钞》舍其知人论世[6]、阐幽表微之处，略不加省，而惟是早起晚坐、风花雪月、怀人对景之作，陈陈相因。如是以为读宋贤之诗，宋贤之精神其有存焉者乎？

清《粤雅堂丛书》本《石洲诗话》卷四

注释

［1］何李：何景明、李梦阳，明前七子首领。真际：佛教语，指成佛的境界。亦谓真谛。

［2］熙宁：宋神宗年号（1068—1077）。元祐：宋哲宗年号（1086—1094）。

［3］茶马：指茶叶、马匹买卖交易。宋代于成都、秦州（治今甘肃天水）各置榷茶、买马司，管理川茶与少数民族贸易马匹事宜。

［4］武林：杭州的别称。南宋定都于此。

［5］汴土：指汴京，今河南开封市，北宋首都。

［6］吴孟举：吴之振（1640—1717），字孟举，号橙斋，别号黄叶村农、竹洲居士、补衲庵主，石门（今属浙江）人。早年曾从黄宗羲问学，以贡生授内阁中书衔，旋归乡。有《黄叶村庄诗集》。《宋诗钞》：目录列一百零六卷，实九十四卷，吕留良、吴之振、吴自牧编选。该书对康熙以后宗宋诗风的形成产生影响。

说明

据翁方纲《石洲诗话》卷首《自叙》，这部诗话是“乙酉春迨戊子夏”，即乾隆三十年（1765年）至三十三年（1768年）四年中，作者在“巡试诸郡”和向粤诸生讲学时陆续写成的，目的在于研探、交流和讲授诗理，是作者早期的一部诗论著作。

翁方纲认识到，用一种诗歌理论去抽象某一时期诗人创作的共性，难免会掩蔽丰富的艺术个性。如指出王士禛以“神韵”的眼光去选盛唐诗歌，“全入一片空澄澹泞中”，结果各家自己的“本色”“各指其所之之处”，反而“不暇深究”。又比如他不满吕留良、吴之振、吴自牧编《宋诗钞》，“似专求于硬直一路，而不知宋人之精腴，固亦不可执一而论也”（卷三）。他以为“一时自有一时神理，一家自有一家精液”（卷三），因此选诗、论诗应该充分尊重每个诗人的“本相”，“不必尽以一概论”。

他的“唐诗妙境在虚处，宋诗妙境在实处”是著名的说法。他将“宋贤精神”概括为“研理日精，观书日富”，“论事日密”，这也是对宋诗“实”之“妙境”的描述。

翁方纲提倡“肌理说”，唐诗宋诗兼重，尤其心仪宋诗“实”境之美，因为宋诗之“实”更符合“肌理”的要求。他说王士禛“超明人而入唐”，朱彝尊“由元人而入宋而入唐”，是两条不同的宗唐路线。他认为朱彝尊的路线较为“稳实”，更有示范意义，这实际上是强调学习宋诗的重要性，反映了“肌理说”对唐宋诗有所偏重的选择。

文　德

〔清〕章学诚

作者简介

章学诚（1738—1801），字实斋，号少岩，会稽（今浙江绍兴）人。乾隆四十三年（1778年）进士，官国子监典籍，主讲定州定武、保定莲池、归德文正等书院，晚入湖广总督毕沅幕府，襄助编纂《续资治通鉴》《湖北通志》等。章学诚是乾嘉时期一位重要的史学家，擅长史学批评、方志学、校雠学。他也是一位重要的文学批评家，是当时史学家文论的代表。他的《文史通义》与刘知幾的《史通》被并誉为我国史学双璧。他对文学的看法也主要见于《文史通义》。章学诚重视贯通之学，因而主张义理、博学、文章相统一，反对徇于一偏，而在统一中又坚持以史为宗。他提出“文德”说，要求作者著书做到公、敬、恕。又提出“文理”论，深入地探讨和总结了文章的艺术规律。所著还有《校雠通义》及文集若干卷，吴兴刘承幹将其所著合刊为《章氏遗书》，又有《章氏遗书外编》。

凡言义理，有前人疏而后人加密者，不可不致其思也。古人论文，惟论文辞而已矣[1]。刘勰氏出，本陆机氏说而昌论文心[2]，苏辙氏出，本韩愈氏说而昌论文气[3]，可谓愈推而愈精矣。未见有论文德者，学者所宜深省也。

夫子尝言“有德必有言”[4]，又言“修辞立其诚”[5]，孟子尝论知言养气本乎集义[6]，韩子亦言“仁义之途”，“《诗》《书》之源”[7]，皆言德也。今云未见论文德者，以古人所言，皆兼本末，包内外，犹合道德文章而一之，未尝就文辞之中，言其有才有学有识，又有文之德也。凡为古文辞者，必敬以恕。临文必敬，非修德之谓也。论古必恕，非宽容之谓也。敬非修德之谓者，气摄而不纵，纵必不能中节也。恕非宽容之谓者，能为古人设身而处地也。嗟乎，知德者鲜，知临文之不可无敬恕，则知文德矣。

昔者陈寿《三国志》纪魏而传吴、蜀，习凿齿为《汉晋春秋》正其统矣[8]，司马《通鉴》仍陈氏之说[9]，朱子《纲目》又起而王之[10]。是非之心，人皆有之，不应陈氏误于先，而司马再误于其后，而习氏与朱子之识力偏居于优也。而古今之讥《国志》与《通鉴》者[11]，殆于肆口而骂詈，则不知起古人于九原[12]，肯吾心服否邪？陈氏生于西晋，司马生于北宋，苟黜曹魏之禅让，将置君父于何地，而习与朱子则固江东、南渡之人也，惟恐中原之争天统也此说前人已言。诸贤易地则皆然，未必识逊今之学究也。是则不知古人之世，不可妄论古人文辞也。知其世矣，不知古人之身处，亦不可以遽论其文也。身之所处，固有荣辱、隐显、屈伸、忧乐之不齐，而言之有所为而言者，虽有子不知夫子之所谓[13]，况生千古以后乎？圣门之论恕也，“己所不欲，勿使于人”[14]，其道大矣。今则第为文人论古，必先设身，以是为文德之恕而已尔。

韩氏论文，迎而拒之，平心察之，喻气于水，言为浮物[15]。柳氏之论文也，不敢轻心掉之，怠心易之，矜气作之，昏气出之[16]。夫诸贤论心论气，未即孔、孟之旨，及乎天人性命之微也。然文繁而不可杀[17]，语变而各有当。要其大旨，则临文生敬一言以蔽之矣。主敬则心平而气有所摄，自能变化从容以合度也。夫史有三长，才、学、识也。古文辞而不由史出，是饮食不本于稼穑也。夫识生于心也，才出于气也。学也者，凝心以养气，炼识而成其才者也。心虚难恃，气浮易弛，主敬者，随时检摄于心气之间，而谨防其一往不收之流弊也。夫缉熙敬止[18]，圣人所以成始而成终也，其为义也广矣，今为临文检其心气，以是为文德之敬而已尔。

吴兴刘氏嘉业堂本《章氏遗书》内篇卷二

注释

［1］“古人论文”两句：《左传·襄公二十五年》引孔子语“非文辞不为功”，又二十七年引孔子语“以为多文辞”，《史记·孔子世家》称《春秋》“约其文辞而指博”，皆是其例。

［2］“刘勰氏出”两句：陆机《文赋·序》：“余每观才士之所作，窃有以得其用心。”《文心雕龙·序志》：“夫文心者，言为文之用心也。……心哉美矣，故用之焉。”刘勰以“文心”作为书名，也表明以探索“为文之用心”为自己的理论追求。

［3］“苏辙氏出”两句：韩愈《答李翊书》：“气盛则言之短长与声之高下者皆宜。”苏辙《上枢密韩太尉书》：“以为文者，气之所形。然文不可以学而能，气可以养而致。”

［4］有德必有言：语出《论语·宪问》。

［5］修辞立其诚：见《易·乾·文言》。

［6］孟子尝论知言养气本乎集义：见《孟子·公孙丑上》。

［7］韩子亦言仁义之途《诗》《书》之源：韩愈《答李翊书》：“行之乎仁义之途，游之乎《诗》《书》之源，无迷其途，无绝其源，终吾身而已矣。”

［8］习凿齿：晋史学家。字彦威，襄阳（治今湖北襄樊）人。博学洽闻。桓温辟为从事，累迁别驾，出为荥阳太守。时桓温意欲篡晋，习凿齿著《汉晋春秋》四十七卷，以蜀为正统，以裁正之。

［9］司马《通鉴》仍陈氏：司马光撰《资治通鉴》，于三国史事，仍本陈寿《三国志》，以魏为正统。

［10］朱子《纲目》又起而正之：朱熹《通鉴纲目》五十九卷，序例一卷。据《资治通鉴》等书的内容进行简化，纲为提要，模仿《春秋》，目以叙事，模仿《左传》。对三国史事，变《资治通鉴》据魏国纪年为据蜀汉纪年，重新恢复蜀正统史观。

［11］《国志》：即《三国志》。

［12］九原：春秋时晋国卿大夫的墓地，后泛指坟墓。

［13］虽有子不知夫子之所谓：有子，孔子弟子有若，字子有。孔子死后，弟子曾一度立他为师。《礼记·檀弓》载：有子听曾子说，孔子对“丧”的看法是“丧欲速贫，死欲速朽”。有子对此表示怀疑。曾子说，自己是与子游一起

听孔子这样说的。有子又说，那么孔子说这话一定有具体的针对性。后来证明果然如此。

[14] “己所不欲”两句：引自《论语·颜渊》。

[15] “韩氏论文”五句：所述为韩愈《答李诩书》中见解。

[16] “柳氏之论文”五句：柳宗元《答韦中立论师道书》：“故吾每为文章，未尝敢以轻心掉之，惧其剽而不留也；未尝敢以怠心易之，惧其弛而不严也；未尝敢以昏气出之，惧其昧没而杂也；未尝敢以矜气作之，惧其偃蹇而骄也。”

[17] 杀(shài)：减省。

[18] 缉熙敬止：《诗·大雅·文王》句。毛传：“缉熙，光明也。”

说明

章学诚从广义的作者包括史学家、文学家和其他以立言为业的人所应具有的道德修养、心志情操、行文态度诸方面阐述了文德问题。他虽然自诩“就文辞之中”言“文之德”是他的一种创见，不过总的来说，他所述大多仍是对古代有关文人的品德理论的发挥乃至翻版。

他指出道德学问是一个人立身立言的根本大基。他对刘知幾以才、学、识论史家的主体条件表示赞同，同时又对“德”的重要性作了非常突出的强调，说：“能具史识者，必知史德。”(见《史德》)“德”主要指儒家的仁义道德，人伦准则，而传统的儒家认为这些都是出于人类善的天性。章学诚也持这种看法，所以他讲“文德”实是要求文人向人类先天的善性回归，并用它们来支配自己的创作和批评。

他要求作者在著书撰文时做到公、敬、恕。公，首先是指写作要出于公心，无论记叙事情，状摹人物，发议论，下断语，都要客观公允，中正平实，不作“矫诬”之笔，不逞个人私见，以合天下“大道之公”(见《史德》)。其次又是指作者须树立为天下立言的思想境界。本着立言为公的精神，章学诚对“不平则鸣”说的内涵作了一些具体界定。他要求作者鸣天下之大不平，而不应拘拘于一己之荣辱得失，更不应该为了个人卑污的欲念得不到满足而怨天尤人，喋喋不休(见《质性》)。因此，作者是否具有文德实际上是决定他们的作品境界高低的主要因素。

敬，是指作者以严肃认真、心平气和、公允冷静的态度从事写作，绝不草率马虎，乖张偏颇，意气用事。“敬”是一种写作态度，本身并不是目的，目的是要使文章“中节”，做到“变化从容以合度”。这一方面是要求作品应当合符文章义例，与体式相称，另一方面又是要求文章的思想内容纯正，感情适当，无出格踰矩的异端倾向,后者尤其重要。由此可见章学诚主张"临文必敬"的用意所在。

恕,是指批评者的态度而言,它要解决一个开展批评时如何知言的问题。具体来说,批评者之于自己的批评对象既要"知其世",又要知其"身处",后者比如作者"荣辱、隐显、屈伸、忧乐之不齐",以及"言之有所为而言者"(谓创作动机或针对性),都要有清楚的认识和充分的理解,这样才能对作品作出合适的解释,得出实事求是的结论,否则"不可以遽论其文"。章学诚这种观点源自孟子"知人论世"之说,并使孟子的主张得以进一步具体化。

章学诚所说"文德",其"德"的正统道德色彩较浓,因此他对袁枚某种不合"名教"的言谈行为作了猛烈抨击,又对寓于"发愤著书"说中的批判精神提出非议。这些又都说明了"文德说"的局限。

大云山房文稿二集自序

〔清〕恽　敬

作者简介

恽敬(1757—1817),字子居,号简堂,阳湖(今江苏常州)人。乾隆四十八年(1783年)举人。以教习官京师,历知富阳、江山二县,擢南昌府同知,改署吴城同知。以事去官。恽敬负气矜名节,以"事事为第一流"(见张惠言《送恽子居序》)自期。自述由学诗文而"治小学,治经史百家"(见《大云山房文稿初集自序》)。陆继辂评他"泛滥百家之言,其学由博而返约"(《七家文钞序》)。创阳湖派。该派既受到桐城派深刻的影响,又对桐城派有所批评。在探索古文创作发展方面,恽敬提出"文集之衰,当起之以百家"(《大云山房文稿二集自序》),突出了先秦"百家"之文对创作的指导意义,以改变桐城派由唐宋古文入手的文统观,拓宽了古文源头。他还呼唤大手笔,期望"厚、坚、大"的作品。有《大云山房文稿》。

右《大云山房文稿二集》四卷目录[1],凡杂文九十六篇,嘉庆二十年八月[2],长洲宋扬光吉甫刻于广州西湖街,为日若干而竣。二十一年自赣往歙[3],武进董士锡晋卿复为排次[4],增定十篇。叙录曰:

昔者班孟坚因刘子政父子《七略》为《艺文志》，序六艺为九种[5]，圣人之经，永世尊尚焉。其诸子则别为十家，论可观者九家[6]，以为虽有蔽短，合其要归，亦六经之支与流裔[7]。至哉此言，论古之圭臬也。

敬尝通会其说，儒家体备于《礼》及《论语》《孝经》，墨家变而离其宗，道家、阴阳家支骈于《易》[8]，法家、名家疏源于《春秋》，从横家[9]、杂家、小说家适用于《诗》《书》，孟坚所谓"《诗》以正言"[10]，"《书》以广听也"[11]，惟《诗》之流复别为诗赋家，而乐寓焉。农家、兵家、术数家、方技家，圣人未尝专语之，然其体亦六艺之所孕也。是故六艺要其中，百家明其际会，六艺举其大，百家尽其条流。其失者，孟坚已次第言之[12]，而其得者，穷高极深，析事剖理，各有所属。故曰修六艺之文，观九家之言，可以通万方之略。后世百家微而文集行，文集敝而经义起，经义散而文集益漓。学者少壮至老，贫贱至贵，渐渍于圣贤之精微[13]，阐明于儒先之疏证，而文集反日替者，何哉？盖附会六艺，屏绝百家，耳目之用不发，事物之赜不统，故性情之德不能用也。

敬观之前世，贾生自名家、从横家入，故其言浩汗而断制。晁错自法家、兵家入，故其言峭实。董仲舒、刘子政自儒家、道家、阴阳家入，故其言和而多端。韩退之自儒家、法家、名家入，故其言峻而能达。曾子固、苏子由自儒家、杂家入，故其言温而定。柳子厚、欧阳永叔自儒家、杂家、词赋家入，故其言详雅有度。杜牧之、苏明允自兵家、从横家入，故其言纵厉。苏子瞻自从横家、道家、小说家入，故其言逍遥而震动。至若黄初、甘露之间[14]，子桓、子建，气体高朗，叔夜、嗣宗，情识精微，始以轻隽为适意，时俗为自然，风格相仍，渐成轨范，于是文集与百家判为二途。熙宁、宝庆之会[15]，时师破坏经说，其失也凿，陋儒襞积经文[16]，其失也肤，后进之士，窃圣人遗说，规而画之，睇而斫之，于是经义与文集并为一物。太白、乐天、梦得诸人[17]，自曹魏发情，静修、幼清、正学诸人[18]，自赵宋得理。递趋递下，卑冗日积。是故百家之敝，当折之以六艺，文集之衰，当起之以百家。其高下远近华质，是又在乎人之所性焉，不可强也已。敬一人之见，恐违大雅，惟天下好学深思之君子教正之。

《四部丛刊》本《大云山房文稿·二集·目录》

注释

[1]《大云山房文稿二集》：恽敬所撰文集。

[2]嘉庆二十年：1815年。

[3]赣：赣州，治所在赣县（今江西赣州市）。亦是江西省的简称。歙：县名，在今安徽省。

[4]董士锡：字晋卿，一字损甫，江苏武进（今常州）人。嘉庆副榜贡生，候选直隶州州判。少承其舅张惠言之教，擅长诗词古文。有《齐物论斋文集》。

[5]序六艺为九种：六艺，指《乐》《诗》《礼》《书》《春秋》《易》。《汉书·艺文志》将它们分为九种：《易》、《书》、《诗》、《礼》、《乐》、《春秋》、《论语》、《孝经》、小学。序，按次序确定。

[6]"其诸子则别为十家"两句：十家，指儒家、道家、阴阳家、法家、名家、墨家、纵横家、杂家、农家、小说家。可观者九家，指上述除小说家之外的其他九家。

[7]"以为虽有蔽短"三句：《汉书·艺文志》："今异家者各推所长，穷知究虑，以明其指，虽有蔽短，合其要归，亦六经之支与流裔。"支与流裔，颜师古："水之下流，衣之末裔。"裔，衣末端。

[8]支骈：派生。

[9]从：同"纵"。

[10]《诗》以正言：《汉书·艺文志》："《诗》以正言，义之用也。"

[11]《书》以广听：《汉书·艺文志》："《书》以广听，知之术也。"

[12]其失者孟坚已次第言之：班固《汉书·艺文志》指出诸家各自存在的不足。如儒家，"然惑者既失精微，而辟者又随时抑扬，违离道本，苟以哗众取宠，后进循之，是以五经乖析，儒家寖衰，此辟儒之患"。道家，"及放者为之，则欲绝去礼学，兼弃仁义，曰独任清虚可以为治"。阴阳家，"及拘者为之，则牵于禁忌，泥于小数，舍人事而任鬼神"。法家，"及刻者为之，则无教化，去仁爱，专任刑法而欲以致治，至于残害至亲，伤恩薄厚"。名家，"及警者为之，则苟钩[鈲]析乱而已"。墨家，"及蔽者为之，见俭之利，因以非礼，推兼爱之意，而不知别亲疏"。纵横家，"及邪人为之，则上诈谖而弃其信"。杂家，"及荡者为之，则漫羡而无所归心"。农家，"及鄙者为之，以为无所事圣王，欲使君臣并耕，悖上下之序"。

[13]渐渍：浸润，引申为感化。

[14]黄初：魏文帝年号（220—226）。甘露：魏曹髦年号（256—260）。

[15] 熙宁宝庆之会：熙宁，宋神宗年号（1068—1077）。王安石在这期间变革科举考试制度，“变声律为议论，变墨义为大义”（马端临《文献通考》卷三十一《选举四》），并于熙宁八年（1075 年）颁布《三经新义》，作为经义考试的统一标准。宝庆，宋理宗年号（1225—1227）。宝庆三年，理宗下诏：“朕观朱熹集注《大学》《论语》《孟子》《中庸》，发挥圣贤蕴奥，有补治道。朕励志讲学，缅怀典刑，可特赠熹太师，追封信国公。”（《宋史·理宗本纪》）理学遭禁锢的历史宣告结束。从此，理学影响科举文风及日常写作愈益显著。

[16] 襞（bì）积：衣裙服的褶子，堆砌。

[17] 梦得：刘禹锡。

[18] 静修：刘因（1249—1293），字梦吉，号静修，雄州容城（今河北徐水）人。元世祖诏征为承德郎、右赞善大夫，未几即辞归。以讲学闻。有《静修集》。幼清：吴澄（1249—1333），字幼清，抚州崇仁（今属江西）人。入元曾仕翰林学士。有《吴文正集》。正学：方孝孺。

说明

清乾隆末和嘉庆时期，文坛又出现了一个新流派——阳湖派。它一方面与桐城派有千丝万缕的联系，另一方面又对桐城派“义法”说及创作上的弱点展开批评，表现出新的写作追求。恽敬这篇自序对该派古文写作的追求方向作了比较明确的说明。

第一，恽敬认为学习诸子百家是救文集弊端之方，而百家又是六经之“条流”，其弊“当折之以六艺”。这在总体上所体现出来的依然是文学批评史上源远流长的宗经思想，但是由于恽敬非常重视诸子百家的中介作用，突出诸子百家“剖事析理”得当的一面，肯定其有助于“通万方之略”，说明他所掌握的思想尺度相对还比较宽，并非完全、严格地唯儒家是崇。他对程、朱理学有所非议（见《姚江学案书后二》《与汤编修书》），此文批评宋、元间和明初的理学家刘因、吴澄、方孝孺恪守宋代理学，其影响所及，使后来古文趋于衰落。这冲破了桐城派的道统观，无疑具有突破思想禁锢的积极意义，有利于古文创作中思想含蕴的丰富和扩大。

第二，强调古今创作要切合世用。恽敬指出，经义与文集合而“文集益滥”，原因在于学者“附会六艺，屏绝百家，耳目之用不发，事物之赜不统”，致使创作更呈浇薄。他提倡学习诸子百家，显然寓有注重世用之意。这也是阳湖派基本的文学思想。乾隆治学虽有汉学宋学之争论（主汉学者占据支配地位），其对义理、考据、文辞三者的看法也有偏重考据或义理之区别，但是对现实时事的忌讳心理双方都是存在的，古文家也不例外，于是造成古文创作中现实感相对缺乏。恽敬主张学习诸子百家，以唤起文人的现实意识，丰富作品的世事内容，发挥古文的社会作用，这在当时显然有其进步性，同时也反映出清代文风出现新的变化。

第三，恽敬认为汉、唐、宋一些古文大家和著名学者从诸子百家入手，汲取其思想和艺术精华，形成了他们自己立言行文独特而健康的风格，取得了杰出成就，这为后人古文创作开辟了道路，具有示范性。他这样表明自己的态度是有的放矢，主要是针对桐城派由唐宋古文入手的文统观。他在《答伊扬州书二》中指出与桐城派趣味一致的朱仕琇古文远不及韩愈，除了个人才学相去甚远的外，与两人为文由“诸经诸子入”和由唐文入的不同也有极大关系。这些实际上是对桐城派文统观一次有意识的突破和跨越，拓宽了古文源头，扩大了学习对象，有利于丰富多样的古文格调相互竞长，改变风尚相近的桐城文章风靡文坛的状况。

清初傅山开启了研究子书的风气，乾嘉时考据之风极盛，出于繁征博引的需要，先秦诸子备受关注，但是这些均与文学批评没有多少关系。章学诚非常重视“战国之文”，初步形成了以春秋战国百家之文救后世“文集”“辞章”之弊的思想(见《文史通义》的《诗教上》和《文集》)。不过，他在阐述以上观点时，更关心的是学术风气的问题。恽敬针对文学创作中的弊端，提出“文集之衰，当起之以百家”的口号，则是站在古文家而不是学者的立场上阐述看法，所关心的首先是古文创作本身而并非是学术的问题，因此与章学诚相比，他的这一观点具有更直接的文学批评意义。

当然，“文集与百家判为二途”是文学创作进入自觉时代以后一种必然的趋势，恽敬对此似认识不足。他对曹丕、曹植、嵇康、阮籍在这一过程中所起的作用有所不满，更将“自曹魏发情”的李白、白居易、刘禹锡的创作与理学家的性理之言并视为“文集之衰”的代表，正反映了这种认识偏误。

词选序

〔清〕张惠言

作者简介

张惠言(1761—1802)，字皋文，武进(今江苏常州)人。嘉庆四年(1799 年)

进士，为庶吉士。散馆后，以部属用，改授编修。他精研经学，专治《易》《礼》，《易》主虞翻，《礼》主郑玄。擅赋、古文，与恽敬同为阳湖派首领。词称名家，创常州词派。他的词学观点主要见于由他主持，与弟张琦合编的《词选》一书，他写的《词选序》是该派词学纲领，书中评语则反映他论词的具体旨趣和批评方法。他标举风骚比兴、词有寄托之说，特重词意，借以矫救时弊。他对古人词作推阐幽隐，又不免深文周纳。《词选》行世后，“多有病其太严者”（张琦《续词选序》）。张惠言外孙董毅又编《续词选》三卷，然董选补张炎词二十三首（《词选》仅选张炎一首），部分地反映了浙派趣尚，与张惠言原意有一定出入。著有《茗柯文编》《茗柯词》等。

词者，盖出于唐之诗人，采乐府之音，以制新律，因系其词，故曰词。《传》曰：“意内而言外者谓之词。”[1]其缘情造耑[2]，兴于微言，以相感动，极命风谣，里巷男女哀乐，以道贤人君子幽约怨诽不能自言之情，低徊要眇，以喻其致，盖《诗》之比兴、变风之义，骚人之歌，则近之矣。然以其文小，其声哀，放者为之，或淫荡靡曼，杂以猖狂俳优，然要其至者，罔不恻隐盱愉[3]，感物而发，触类条鬯[4]，各有所归，不徒雕琢曼饰而已。

自唐之词人，李白为首，其后韦应物、王建、白居易、刘禹锡之徒，各有述造，而温庭筠最高[5]，其言深丽闳美。五代之际，孟氏、李氏[6]，君臣为谑，竞变新调，词之杂流，由是作矣。至其工者，往往绝伦，亦如齐、梁五言，依托魏、晋，近古然也。宋之词家，号为极盛，然张先、苏轼、秦观、周邦彦、辛弃疾、姜夔、王沂孙、张炎，渊渊乎文有其质焉。其荡而不反，傲而不理，枝而不物[7]，柳永、黄庭坚、刘过、吴文英之伦，亦各引一端，以取重于当世。而前数子者，又不免有一时通脱放浪之言出于其间[8]。后进弥以驰逐，不务原其指意，破碎奔析[9]，坏乱而不可纪。故自宋之亡而正声绝，元之末而规矩隳。五百年来，作者十数，谅其所是，互有繁变，皆可谓安蔽乖方，迷不知门户者也。

今第录此篇，都为二卷，义有幽隐，并为指发。庶几塞其下流，导其渊源，无使风雅之士惩乎鄙俗之音，不敢与诗赋之流同类而讽诵之也。

《四部丛刊》本《茗柯文编》二编卷上

注释

[1]《传》曰意内而言外者谓之词：此言出《周易孟氏章句》《系词上传》，见马国翰《玉函山房辑佚书·经编·易类》。《说文解字》卷九引之曰："词，意内而言外也，从司从言。"段玉裁注曰："有是意于内，因有是言于外，谓之词。意即意内，词即言外，言意而词见，言词而意见。意者，文字之义也；言者，文字之声也；词者，文字形声之合也。"张惠言用前人对"词语"之词的解释来为"词体"之词下定义，宜理解为这是作者借用古说，而并非是所谓混淆对象。

[2] 造耑：犹造端，发端，开始。

[3] 盱愉：欢悦。

[4] 条鬯：明白畅达。鬯，同"畅"。

[5] 温庭筠：本名岐，后名庭筠，字飞卿，太原祁（今山西祁县）人。唐大中初试进士不第，官随县尉，国子助教。诗名与李商隐齐，时号"温李"。精通音律，词风秾丽。有《金荃词》。

[6] 孟氏：五代后蜀君主孟知祥、孟昶。李氏：五代南唐中主李璟、后主李煜。

[7] 枝而不物：枝，冗散，多余。不物，指空洞。

[8] 通脱：放达不拘小节。放浪：放纵不受拘束。

[9] 奔析：分崩离析。奔，崩落。

说明

这篇《词选序》，载于《词选》卷首与收录于《茗柯文编》者，文字颇有不同，文集所录，当经过作者修改。本书从文集所录。

以张惠言为首的常州派兴起于嘉庆，大畅于道光，最终替代浙派而成为词坛主流。张惠言编《词选》直接的目的是对弟子讲授词学，后来该书被常州派词人奉为词学圭臬，这篇序文更是成了他们的词学纲领。

张惠言在序中表述了两个重要的观点：尊词意和崇比兴。先看第一点。他将前人用以界说词语之词的"意内言外"一语移用来作为词体之词的定义，十分明确地将追求词的内在意蕴放在创作的首位，突出了词的表意性。他于研读前人词篇，也强调索求词意的重要（见陆继辂《冶秋馆词序》所引）。他反对从气格、声调，或者如人们常说的风格流派方面去框套前人的创作，在具体批评实践中，他一般不特别关心词篇的格律、声韵、技巧等具体艺术特点，而是始终贯穿“务求其意”（见陆继辂《冶秋馆词序》所引）的批评原则，将释义作为评赏作品的要务，从而在词的创作论和批评论两方面共同体现出重意的倾向。这对克服和纠正词创作中轻视思想内蕴和批评方面流于琐碎微末的流弊具有积极意义。张惠言是一个经世意识和政治意识都比较强烈的学者和作者，他生活在国势退落，衰象日显的年代，期望克除社会积弊以更好地维护清王朝统治。论词重意正反映了他的这种意识。

崇比兴与尊词意密切相关。尊词意谓在创作中增强而不是削弱词的思想内蕴，崇比兴则指通过以此喻彼、托物起兴的艺术手法表达作品的意蕴内涵。张惠言认为词的特征接近“《诗》之比兴、变风之义，骚人之歌”，这既是指词具有《诗》《骚》那样比况感兴、美人香草的艺术风貌，还指词应该包含《诗》《骚》那样忠爱美刺的政治、伦理性内容，或者诉述与此有联系的个人政治命运升黜进退的遭际。因此，他提倡词有比兴，是兼谓词的写作手法和特定的思想内容而言。张惠言与常州派其他词论家推崇词体，主要基于对词这两方面特质的认识。

张惠言对词的释义实践带有很强的主观性，其极端的表现则不时陷入穿凿附会之中，而比兴说则成为他进行随意性释义的理论依据。他对《词选》作品的解释大致可以分为三类情况：一类是大致符合题意，然而解说过于具体落实，反而显得拘泥牵强，启人疑窦。第二种情况是作品有多种解释，或者存在作多种解释的可能性，张惠言仅仅确认其忠爱美刺之意。第三种情况是作品原无什么寄托，却深文周纳，强为指发。从积极方面说，他的诠释使某些作品的含蕴获得了一次更新和丰富，可以引起别人更多的思考。从消极方面说，他的不少评释混淆了作品的原旨和衍义，本然和或然，且常常表现出泛政治化倾向，这又引起了一些人对他的批评的抵触。

花部农谭序

〔清〕焦　循

作者简介

焦循（1763—1820），字理堂，一字里堂，号雕菰楼主人，甘泉（今江苏扬州）

人。嘉庆六年(1801年)中举人,无意继续应试,老于布衣。学博而精,有“通儒”之目。其《易》学尤推精诣。也善论文,对不同文体提出不同的要求。作为经学家,他盛推阐说经义、学问充实之文。诗歌方面,以“情余于意,意余于言”(《与欧阳制美论诗书》)为创作之根本,诗可以说理、用典、写景乃至考古,然以乱本为忌。关于词,他提出词有益诗、古文和经学的看法。焦循不仅爱好戏曲,而且一反人们偏爱南、北曲,蔑视地方戏的俗见,“独好”花部乱弹,并从题材、语言、音调等方面加以充分肯定。著有《雕菰楼易学三书》《孟子正义》《易余龠录》《雕菰楼集》,曲论《剧说》《花部农谭》,近人又从《易余龠录》中摘录曲话内容,编为《易余曲录》。

梨园共尚吴音[1]。花部者,其曲文俚质,共称为乱弹者也[2],乃余独好之。盖吴音繁缛,其曲虽极谐于律,而听者使未睹本文,无不茫然不知所谓。其《琵琶》《杀狗》《邯郸梦》《一捧雪》十数本外[3],多男女猥亵,如《西楼》《红梨》之类[4],殊无足观。花部原本于元剧,其事多忠孝节义,足以动人,其词直质,虽妇孺亦能解,其音慷慨,血气为之动荡。郭外各村,于二、八月间,递相演唱,农叟渔父,聚以为欢,由来久矣。自西蜀魏三儿倡为淫哇鄙谑之词[5],市井中如樊八、郝天秀之辈[6],转相效法,染及乡隅。近年渐反于旧。余特喜之,每携老妇幼孙,乘驾小舟,沿湖观阅。天既炎署,田事余闲,群坐柳阴豆棚之下,侈谭故事,多不出花部所演,余因略为解说,莫不鼓掌解颐。有村夫子者笔之于册,用以示余。余曰:“此农谭耳,不足以辱大雅之目。”为芟之,存数则云尔。

嘉庆己卯六月十八日立秋[7],雕菰楼主人记。

稿本《花部农谭》卷首

注释

[1] 梨园:指戏院。吴音:即昆腔。

[2] “花部者”三句:清李斗《扬州画舫录》卷五:“两淮盐务,例蓄花、雅两部,以备大戏。雅部即昆山腔;花部为京腔、秦腔、弋阳腔、梆子腔、罗罗腔、二簧调,统谓之乱弹。”

[3]《琵琶》:高则诚《琵琶记》。《杀狗》:南戏剧本《杨德贤妇杀狗劝夫》,后来流传的《杀狗记》为明人改编本。《邯郸梦》:汤显祖作。《一捧雪》:明末李玉作,剧本揭露严嵩子严世蕃的罪恶和明代政治的黑暗。

[4]《西楼》:即《西楼记》,袁于令作。亦名《西楼梦》,又名《楚江情》。写姑苏才子于叔夜与名妓穆素徽的爱情故事。《红梨》:即《红梨记》,徐复祚作。写北宋末年赵汝州与谢素秋的爱情经历。

[5]魏三儿:魏长生(1744—1802),字婉卿,行三,人称魏三、魏三儿,四川金堂人。他是乾隆间秦腔演员,入京演戏,名动京师。

[6]樊八:疑樊大之误。李斗《扬州画舫录》卷五:"樊大睅其目,而善飞眼。演《思凡》一剧,始则昆腔,继则梆子、罗罗、弋阳、二簧,无腔不备,议者谓之戏妖。"郝天秀:字晓岚。与樊大同为乾隆间演旦角的演员。《扬州画舫录》,卷五记载他"柔媚动人,得魏三儿之神,人以'坑死人'呼之。"

[7]嘉庆己卯:嘉庆二十四年(1819年)。

说明

花部也称"乱弹",是人们对各类地方戏剧概括性称谓,与雅部(昆腔)相对。这些名词本身就寓有褒贬之意。"花部"谓其腔调驳杂不纯,"乱弹"谓其乐理混乱无章,二者之名都指其不谐雅音。在严格雅俗之别、奉行崇雅抑俗的清代,花部或乱弹遭到统治者鄙视乃至禁止并不足奇。

焦循所以值得在清代戏曲批评史上书写一笔,因为他是为花部"乱弹"全面唱赞歌的戏曲评家。他提出文学发展"一代有一代之所胜"(《易余龠录》)。这种发展观使他对日益繁荣的地方戏曲产生浓厚的兴趣,并加以研究,《花部农谭》就是他研究心得的结晶,在戏曲批评史上有着特殊的地位。

在"花雅"之争中,焦循明确表示自己"独好"花部。他批评昆曲过于"繁缛",音律虽谐,曲意难晓。与昆曲相比,他认为花部在语言、音律两方面都表现出明显优点,其词"直质"通俗而非华靡难解,其音"慷慨"激越而非轻蔓细柔。他指出,正是因为花部具有这些特点,才深受渔农妇孺喜爱。在《花部农谭》焦循对一些花部作品的思想、艺术性作了细致分析和热情赞美。他称赞《铁邱坟》"妙味无穷",《龙凤阁》"慷恨悲歌",《两狼山》堪"与史笔相表里",《清风亭》将剧中受谴的角色"改自缢为雷殛,以悚惧观,真巨手也"。他尤其欣赏《赛琵琶》对陈世美断情绝义而又包含"近悔""自恨"之意的复杂的心理描写艺术。焦循尊重下层民众的戏曲审美趣味,高度肯定花部艺术成就，积极促使民间戏曲进一步发展，这符合戏曲流进大势。

然而他以“多男女猥亵”诟昆曲，“多忠孝节义”奖花部，说明他戏曲批评的思想标准仍有局限。他对民间艺人魏长生（魏三儿）等极致不满，诬魏氏以“淫哇鄙谑之词”煽坏剧风，联系“花部原本于元剧”之说，可知他肯定花部之俗其实是有限度的，那就是以元剧为基本范式，假如过于俚俗而沦为魏长生一路，就应予纠正，这也给花部发展通俗的风格特性设置了障碍。

文 言 说

〔清〕阮 元

作者简介

阮元（1764—1849），字伯元，号芸台，仪征（今属江苏）人。乾隆五十四年（1789年）进士，选庶吉士，授编修，历任湖广、两广、云贵总督，体仁阁大学士，加太傅，谥“文达”。阮元博学淹通，专长治经考据。所至以提倡学术自任，在粤设学海堂，在浙设诂经精舍，影响甚大。平生精研《文选》之学，严格文与言、语的区别，重申萧统“事出于沈思，义归乎翰藻”（《文选序》）之说，以“用韵比偶，错综其言”（《文言说》）为文的标志，极力突出文章声韵、辞藻、偶句之美，向桐城派散文正宗论发起挑战。他是清代骈文派理论的集大成者，又将他们的主张进一步推向极端，影响到近代骈散之争。曾主编《经籍纂诂》，校刻《十三经注疏》，汇刻《皇清经解》等。著有《揅经室集》《畴人传》等。

古人无笔砚纸墨之便，往往铸金刻石，始传久远。其著之简策者，亦有漆书刀削之劳，非如今人下笔千言，言事甚易也。许氏《说文》：“直言曰言，论难曰语。”《左传》曰：“言之无文，行之不远。”[1]此何也？古人以简策传事者少，以口舌传事者多；以目治事者少，以口耳治事者多。故同为一言，转相告语，必有愆误。《说文》：“言，从口从辛。辛，愆也。”是必寡其词，协其音，以文其言，使人易于记诵，无能增改，且无方言俗语杂于其间，始能达意，始能行远。此孔子于《易》所以著《文言》之篇也[2]。古人歌、诗、箴、铭、谚语，凡有韵之文，皆此道也。《尔雅·释训》，主于训蒙，“子子孙孙”以下，用韵者三十二条，亦此道也。

孔子于《乾》《坤》之言，自名曰“文”，此千古文章之祖也。为文章者，不务协音以成韵，修词以达远，使人易诵易记，而惟以单行之语，纵横恣肆，动辄千言万字，不知此乃古人所谓直言之言，论难之语，非言之有文者也，非孔子之所谓文也。《文言》数百字，几于句句用韵。孔子于此发明乾坤之蕴，铨释四德之名[3]，几费修词之意[4]，冀达意外之言。《说文》曰：“词，意内言外也。”盖词亦言也，非文也。《文言》曰：“修辞立其诚。”《说文》曰：“修，饰也。”词之饰者，乃得为文，不得以词即文也。要使远近易诵，古今易传，公卿学士皆能记诵，以通天地万物，以警国家身心。

不但多用韵，抑且多用偶。即如“乐行忧违”[5]，偶也，“长人合礼”[6]，偶也，“和义干事”[7]，偶也，“庸言庸行”[8]，偶也，“闲邪善世”[9]，偶也，“进德修业”[10]，偶也，“知至知终”[11]，偶也，“上位下位”[12]，偶也，“同声同气”[13]，偶也，“水湿火燥”[14]，偶也，“云龙风虎”[15]，偶也，“本天本地”[16]，偶也，“无位无民”[17]，偶也，“勿用在田”[18]，偶也，“潜藏文明”[19]，偶也，“道革位德”[20]，偶也，“偕极天则”[21]，偶也，“隐见行成”[22]，偶也，“学聚问辩”[23]，偶也，“宽居仁行”[24]，偶也，“合德合明，合序合吉凶”[25]，偶也，“先天后天”[26]，偶也，“存亡得丧”[27]，偶也，“馀庆馀殃”[28]，偶也，“直内方外”[29]，偶也，“通理居体”[30]，偶也。凡偶，皆文也。于物两色相偶而交错之，乃得名曰文，文即象其形也。《考工记》曰[31]：“青与白谓之文，赤与黄谓之章。”《说文》曰：“文，造画也[32]，象交文。”

然则千古之文，莫大于孔子之言《易》。孔子以用韵比偶之法错综其言，而自名曰“文”。何后人之必欲反孔子之道，而自命曰“文”，且尊之曰古也？

清道光文选楼本《揅经室三集》卷二

注释

[1]“言之无文”四句：引自《左传·襄公二十五年》。

[2]《文言》：旧称孔子所作，《易传》中的一种，即《十翼》中的第七翼。其主旨为

阐说《乾》《坤》两卦的义蕴。李鼎祚《周易集解》引刘瓛曰:“依文而言其理,故曰《文言》。”孔颖达《周易正义》引庄氏曰:“文,谓文饰。以《乾》《坤》德大,故特文饰以为《文言》。”阮元对“文言”的释义,采文饰华彩之说。

[3] 四德:《乾》卦卦辞有“元、亨、利、贞”之语,谓之四德。《乾·文言》:“元者,善之长也;亨者,嘉之会也;利者,义之和也;贞者,事之干也。……君子行此四德者,故曰元亨利贞。”

[4] 几费:意思是几经思量,反复斟酌。

[5] 乐行忧违:《乾·文言》:“乐则行之,忧则违之”。

[6] 长人合礼:《乾·文言》:“君子体仁足以长人,嘉会足以合礼。”

[7] 和义干事:《乾·文言》:“利物足以和义,贞固足以干事。”干事,办成事。干,主持,主办。

[8] 庸言庸行:《乾·文言》:“庸言之信,庸行之谨。”庸,平常、普通。李鼎祚《周易集解》引《九家易》:“谓言常以信,行常以谨矣。”

[9] 闲邪善世:《乾·文言》:“闲邪存其诚,善世而不伐。”闲,防止。伐,自我夸耀。

[10] 进德修业:《乾·文言》:“君子进德修业。”

[11] 知至知终:《乾·文言》:“知至至之,可与几也;知终终之,可与存义也。”

[12] 上位下位:《乾·文言》:“是故居上位而不骄,在下位而不忧。”

[13] 同声同气:《乾·文言》:“同声相应,同气相求。”

[14] 水湿火燥:《乾·文言》:“水流湿,火就燥。”

[15] 云龙风虎:《乾·文言》:“云从龙,风从虎。”孔颖达《周易正义》:“龙是水畜,云是水气,故龙吟则景云出,是云从龙也。虎是威猛之兽,风是震动之气,此亦是同类相感,故虎啸则谷风生,是风从虎也。”

[16] 本天本地:《乾·文言》:“本乎天者亲上,本乎地者亲下。”

[17] 无位无民:《乾·文言》:“贵而无位,高而无民。”

[18] 勿用在田:《乾·文言》:“潜龙勿用,下也;见龙在田,时舍也。”见,同“现”。

[19] 潜藏文明:《乾·文言》:“潜龙勿用,阳气潜藏;见龙在田,天下文明。”

[20] 道革位德:《乾·文言》:“或跃在渊,乾道乃革;飞龙在天,乃位乎天德。”

[21] 偕极天则:《乾·文言》:“亢龙有悔,与时偕极;乾元用九,乃见天则。”

[22] 隐见行成:《乾·文言》:“隐而未见,行而未成。”

[23] 学聚问辩:《乾·文言》:“君子学以聚之,问以辩之。”

[24] 宽居仁行:《乾·文言》:“宽以居之,仁以行之。”

[25] “合德合明”两句：《乾·文言》：“夫大人者，与天地合其德，与日月合其明，与四时合其序，与鬼神合其吉凶。”

[26] 先天后天：《乾·文言》：“先天而天弗违，后天而奉天时。”

[27] 存亡得丧：《乾·文言》：“知存而不知亡，知得而不知丧。”

[28] 馀庆馀殃：《坤·文言》：“积善之家，必有馀庆；积不善之家，必有馀殃。”

[29] 直内方外：《坤·文言》：“君子敬以直内，义以方外。”

[30] 通理居体：《坤·文言》：“君子黄中通理，正位居体。”黄中通理，谓君子美质犹如黄色中和，通达文理。黄，中之色，故称“黄中”。正位居体，犹言体居正位。

[31]《考工记》：先秦重要的科技著作。据近人考证，它是春秋末齐国人记录手工业技术的官书。西汉河间献王刘德因《周礼》缺《冬官》篇，以此书补入，故亦称《冬官考工记》。

[32] 逪(cuò)：交错。

说明

阮元继承并发展了南朝人的“文笔说”，严别文与非文的畀限，认为只有以文为本的作品才可称之为文章，否则只能算是笔、言、语。

在他看来，文与非文的区别不在于作品的内蕴、作用、意义，而在于语言构成的形式。他以孔子《文言》为“千古文章之祖”，同时又肯定孔子在这篇“用韵比偶，错综其言”的文章中，“发明乾坤之蕴，铨释四德之名”，“冀达意外之言”，“以通天地万物，以警国家身心”；还称传为子夏所作《诗大序》“情文声言”一节为“千古声韵、性情、排偶之祖”(《文韵说》)，说明他从语言形式的角度区别文与非文，同样重视文章的意、情、社会功用。但是，阮元同样清楚地表明，意、情和社会功用不是文所独有的因素，它们也可以存在于非文的作品中，在这些方面，文与经、史、子没有多少区别，所以决定文与非文的因素不是作品的思想内容而是语言形式。

说到语言形式，阮元具体是指文章声韵、辞藻和偶句之类，即其语言必须是经过艺术修饰的，“以用韵比偶之法错综其言”，使文章奇偶相生，排比有序，声韵流变，辞采鲜美。他并不认为文章获得这些美质仅仅是出于自然，而是很强调人工的修琢。他非常欣赏萧统以“沈思翰藻”为“文”的说法(见《书梁昭明太子文选序后》)，他对“沈思”一词的理解，大概主要就是指作者有意识地、刻苦地思索和寻求美的语言结构形式，从而更加突出语言艺术的创造之于作者撰文的极端重要性。

阮元为之竭力维护的主要还不是骈体本身，而是具有比偶声色特点的美文。他认为这种美文的典范是《文言》《系辞》《诗大序》，而作为一朝一代的文章，他认为汉、魏（尤其是两汉）之文成就最高。他对齐梁骈俪、唐代四六卑弱之失有所批评。但是他又指出，骈体讲究声韵、比偶、藻饰，这与《文言》《诗大序》等秦汉尚美之文是相一致的。因此，齐梁之文，唐代四六“文体不可谓之不卑，而文统不得谓之不正”（《书梁昭明太子文选序后》）。以上表明，阮元最向往的是汉魏以前形式还相对比较自由的声采比偶之文即所谓“文言”，而不是齐、梁以后行文格式变为凝滞严格、呈现出卑弱之貌的骈俪四六，尽管二者同属于“正”的“文统”。这是他与清代许多骈文家或提倡骈文的人不尽相合的地方。

阮元既对“文”之含义、文章本质持以上认识，自然会得出散体之作只是“直言之言，论难之论，非言之文”的结论。古文家所津津乐道的文统，及他们心目中的写作偶像，都遭到他无情破坏。联系到清代的文坛，不仅考据家、理学家、史学家的撰作不能算“文”，即使在“义理、考据、文章”之争中持“文章”为本的桐城派其作品也算不上是“文”，结论只能是文坛正宗非骈文家莫属。这是对声势犹盛的桐城派一次严重的冲击。

宋四家词选目录序论（选录）

〔清〕周　济

作者简介

周济（1781—1839），字保绪，一字介存，号未斋，晚号止庵，自署春水翁，荆溪（今江苏宜兴）人。嘉庆十年（1805 年）进士，官淮安府教授，后引疾归，居南京著述以终。周济早年怀经世之志，后专意治词。他在《词辨序》中称董士锡师其舅张惠言、张琦，自己又“受法”于董士锡。潘曾玮《周氏词辨序》说他“辨说多主张氏之言”。说明周、张词学一脉相承。另一方面周济虽然“意仍张氏”，又“言不苟同”（潘祖荫《周济四家词选序》），形成了他自己的词论特色。他在尊词体、重寄托、建词统诸方面，充实、完善、修正和发展了张惠言理论，进一步增强了常州派词学的理论色彩。尤其是他的“非寄托不入，专寄托不出”之说，对近代词学批评产生甚大影响。著有《晋略》《介存斋文稿》《介存斋诗》《味隽斋词》《存审轩词》《介存斋论词杂著》等，编选《词辨》(存二卷)，评选《宋四家词选》。

序曰：清真集大成者也[1]。稼轩敛雄心[2]，抗高调，变温婉，成悲凉。碧山餍心切理[3]，言近指远，声容调度，一一可循。梦窗奇思壮采[4]，腾天潜渊，返南宋之清泚[5]，为北宋之秾挚。是为四家，领袖一代，余子荦荦，以方附庸。夫词，非寄托不入，专寄托不出。一物一事，引而伸之，触类多通。驱心若游丝之罥飞英[6]，含毫如郢斤之斫蝇翼，以无厚入有间[7]。既习已，意感偶生，假类毕达，阅载千百[8]，謦欬弗违[9]，斯入矣。赋情独深，逐境必寤，酝酿日久，冥发妄中。虽铺叙平淡，摹缋浅近，而万感横集，五中无主。读其篇者，临渊窥鱼，意为鲂鲤，中宵惊电，罔识东西，赤子随母笑啼，乡人缘剧喜怒，抑可谓能出矣。问涂碧山，历梦窗、稼轩，以还清真之浑化。余所望于世之为词人者，盖如此。

清同治十二年(1873年)潘祖荫刻《滂喜斋丛书》《宋四家词选》卷首

注释

[1] 清真：周邦彦。

[2] 稼轩：辛弃疾。

[3] 碧山：王沂孙。餍(yàn)：满足。

[4] 梦窗：吴文英。

[5] 清泚：清澈。泚(cǐ)，清澄。

[6] 罥(juàn)：缠绕。飞英：飘落的花。

[7] 以无厚入有间：《庄子·养生主》庖丁介绍他自己分解牛的经验，“彼节者有间，而刀刃者无厚，以无厚入有间，恢恢乎其于游刃必有余地矣”。节，牛的骨节。间，隙缝。无厚，没有厚度，指刀刃很薄。

[8] 阅载千百：即“阅千百载”，意思是思骋古今。

[9] 謦欬(qǐng kài)：咳嗽，亦借指谈吐。

说明

周济《宋四家词选》编成于道光十二年(1832年),卷首这篇目录序论中"序"的部分是对编选宗旨的说明,"论"的部分则是对入选词人创作特点的评论、总结。这里选录其中的"序"。

文章主要谈了两个问题:

一、"非寄托不入,专寄托不出。"这是周济词论中最富有理论色彩的一个命题,是对张惠言词比兴说的丰富和发展,涉及词的创作和解读两个方面。从创作方面说,"有寄托"指词人将自己内心特定的想法通过对"一物一事"的摹绘,具体而微地表现出来,使意物表里相称相宣。"无寄托"之词并不是降低词的内涵标准,而是要求将寄托之意由特定、具体、明确的内容,艺术化地处理成为具有广泛涵盖性和包容性,因而变得更加丰厚、饱满,经得起多种角度观赏和挖掘的意境和形象。从"有寄托"到"无寄托"实是词的创作艺术的一次升华和飞跃。从解读方面说,"有寄托"和"无寄托"之词的区别在于,后者更便于读者自由展开联想,让各人从作品中体味出不同的含义,对词的真谛得出不完全一致的认识。"无寄托则指事类情,仁者见仁,知者见知。"(《介存斋论词杂著》)"读其篇者,临渊窥鱼,意为鲂鲤,中宵惊电,罔识东西。"说明"无寄托"之词拥有较强的意义再生性特征,给读者重新发现和能动构建词义提供较宽绰的天地。更因为如此,周济自己更加赞赏"无寄托"的词作。

二、建立词统。周济早先编选《词辨》,重在辨别词的正变关系,他晚年编选《宋四家词选》,主要目的在于建立词统。两者既有区别,也相联系,而且都与纠正浙派流弊和拓扩张惠言词学途径有关。在《宋四家词选》中,辛弃疾被选为宋四大词家之一,与周邦彦、王沂孙、吴文英并列,这同《词辨》将周、王、吴等列为"正",辛弃疾列为"变",有了很大区别,表明他后期的词学观念进一步摆脱了传统的"正变"说影响。他明确提出"问涂碧山(王沂孙),历梦窗(吴文英)、稼轩(辛弃疾),以返清真(周邦彦)之浑化",建立这一词统以供学词者因序渐进,以达高境。他评王沂孙"言近指远",有"黍离麦秀之感";吴文英富有想象,"立意高,取径远"(均见《宋四家词选目录序论》);辛弃疾"悲凉""高调""郁勃""情深"(《介存斋论词杂著》);周邦彦"集大成",犹如诗中杜甫(见《词辨序》)。周济以这四家为宋词领袖,示人典范,充分反映了他对词旨的重视。在艺术风格方面,周济树立的词统说明,既不偏主婉约,也不纵任豪放,而是要求柔厚相济,婉健协洽,以浑化、老辣之境为词的艺术理想。在学词的具体步骤上，王沂孙“声容调度，一一可循”，“词以思笔为入门阶陛。碧山思笔，可谓双绝”（《宋四家词选目录序论》），故周济将王沂孙当作学词入门之师。“稼轩由北开南，梦窗由南追北，是词家转境。”（《宋四家词选目录序论》）他要求学习吴、辛，寓有取南、北宋词长处之意。最后方进入周邦彦自然浑厚的境界。《介存斋论词杂著》云：“初学词求有寄托……既成格调，求无寄托。……北宋词，下者在南宋下，以其不能空，且不知寄托也；高者在南宋上，以其能实，且能无寄托也。南宋则下不犯北宋拙率之病，高不到北宋浑涵之诣。”他树立的词统在某种意义上说，也是向词人指出的一条从“求有寄托”提高到“求无寄托”的学词途径。

近代

长短言自序

〔清〕龚自珍

作者简介

龚自珍(1792—1841),字尔玉,又字璱人,号定盦,一名易简,字伯定,更名巩祚,晚年自号羽琌山民。浙江仁和(今杭州)人。早岁从外祖父段玉裁学《说文》。嘉庆二十三年(1818年)中举,留京师从刘逢禄学习《春秋公羊》,后官内阁中书。在京师与陈沆、徐宝善、汤鹏、魏源等往来唱酬,和魏源齐名,世称“龚魏”。道光九年(1829年)成进士,仍归礼部主客司主事、宗人府主事。十九年辞官南归,次年春,就丹阳云阳书院讲席,未几暴卒。龚自珍是中国近代杰出的思想家和文学家。处在黑暗腐朽的清王朝晚期,他提出了改革内政、坚决抵抗外国侵略等政治主张。其文以朝章国故、世情民隐为质干,揭露现实,批判社会,呼唤个性解放,恣肆跌宕,独造深竣;其诗多表现对黑暗现实的不满,追求理想,呼唤风雷,意境奇肆,辞采富赡,开拓了诗歌新宇;其词合豪放、婉约为一,绵丽飞扬,别开生面。龚自珍的文学思想具有鲜明的时代特征和个性色彩。首先,提倡经世致用的文学观,要求文学创作通乎当世之务,以有用为主;其次,以“尊情说”为核心,要求在“尊心”基础上写真情,特别强调泄衰世哀怨拗怒之情;再次,在当时虚伪文风盛行的情况下,提出了“完”这一人与诗和谐统一的美学原则;最后,推崇《庄》《骚》所表现出的浪漫主义艺术风格,同时反对万喙相因的摹仿,主张创新。诚如龚自珍自己所说,“但开风气不为师”,他的思想、创作及文学主张,对中国近代社会都具有启蒙意义。其著作今人辑为《龚自珍全集》。

情之为物也,亦尝有意乎锄之矣;锄之不能,而反宥之[1];宥之不已,而反尊之。龚子之为《长短言》何为者耶[2]?其殆尊情者耶?情孰为尊?无住为尊[3],无寄为尊,无境而有境为尊,无指而有指为尊,无哀乐而有哀乐为尊。情孰为畅?畅于声音。声音如何?消瞀以终之[4]。如之何其消瞀以终之?曰:先小咽之,乃小飞之,又大挫之,乃大飞之,始孤盘之[5]，闷闷以柔之，空阔以纵游之，而极于哀，哀而极于瞀，则散矣毕矣。人之闲居也，泊然以和，顽然以无恩仇；闻是声也，忽然而起，非乐非怨[6]，上九天，下九渊，将使巫求之，而卒不自喻其所以然。畴昔之年，凡予求为声音之妙盖如是。是非欲尊情者耶？且惟其尊之，是以为《宥情》之书一通；且惟其宥之，是以十五年锄之而卒不克。请问之，是声音之所引如何？则曰：悲哉！予岂不自知？凡声音之性，引而上者为道，引而下者为非道；引而之于旦阳者为道，引而之于暮夜者为非道；道则有出离之乐，非道则有沉沦陷溺之患。虽曰无住，予之住也大矣；虽曰无寄，予之寄也将不出矣。然则昔之年，为此长短言也何为？今之年，序之又何为？曰：爰书而已矣[7]。

中华书局版《龚自珍全集》第三辑

注释

[1] 宥：原谅，宽恕。
[2] 龚子：龚自珍自谓。
[3] 无住：指无所执著。
[4] 消瞀(mào)：消散而不清。
[5] 孤盘：高空盘旋。
[6] 怨：一本作“悲”。
[7] 爰书：古时记录囚犯供词的文书。

说明

18世纪末19世纪初，清王朝已走过了它的所谓“盛世”、进入“日之将夕”的“衰世”。此时清王朝政治腐败，官场黑暗，社会财富极度不均，大规模农民起义像奔突的地火即将喷出地面；同时西方资本主义列强亦已将炮口对准中国，鸦片的输入已使白银大量外流，造成财政上无法弥补的亏空，并且使许多官员和一部分士兵丧失了战斗力。内忧外患，交相煎迫，中国封建社会正处在向半封建半殖民地社会转化的历史关头。面对如此严酷的社会现实，思想敏锐的龚自珍不再循旧，他放弃了外祖父段玉裁的治学道路，致力于经世致用之学；他指斥虚伪空洞的文风，发愤著书，揭露社会黑暗，剖析社会病根，呼吁社会变革，探求救世良方，成为我国近代思想解放、社会革命、文学变革的启蒙者。与其政治观点和哲学思想密切相关，龚自珍的文学主张亦有其独特之处和时代气息，而其核心，则是"尊情说"。

此篇《长短言自序》是道光三年(1823 年)龚自珍为刊定其早期词作所写的序言，文中对其"尊情说"作了明确而完整的阐述。所谓"尊情"，就是作者创作之情无住而住大，无寄而有寄，无境而有境，无指而有指，无哀乐而有哀乐，也就是心无成念，胸无框框，情之所至，自由驰骋。所谓"畅"，就是"畅于声音"，表现为抑扬顿挫，悲歌慷慨，哀怨愤怒，一寄于声。这里有三点需要特别注意，一是龚自珍要求创作时作者必须尊重自己的真情。所谓"真"，也就是作家在生活中有所感，有所积，于不得已时发而为文章，自然而然，真情流露，这样才能无住而住也大，无寄而寄也将不出。二是龚自珍抓住了词体之特征。词作为一种合乐而歌的诗体，对音律的要求特别严格，其特征是要眇而宜修，也即抑扬顿挫，唇吻遒会。"先小咽之，乃小飞之，又大挫之，乃大飞之，始孤盘之，闷闷以柔之，空阔以纵游之，而极于哀，哀而极于瞀，则散矣毕矣。"正是龚自珍对其填词经验的描绘，足见他对词体特征有准确把握。三是龚自珍强调泄衰世哀怨拗怒之情。处在那样的社会环境中，龚自珍所特别尊重之情，就是那种对于现实社会的不满、忧虑、愤怒和反抗之情。这种感情一旦"畅于声音"，就表现得沉郁顿挫、激楚苍凉。故文中明确表示，他创作的词不能"引而上"，"引而之于旦阳"；只能"引而下"，"引而之于暮夜"，也就是说，其词只能引阴气而畅悲情，这是其"尊情说"中所隐含着的忧患意识。

"尊情说"几乎贯穿了龚自珍的一生，并在其各体文学创作中都得到表现。十五年前，他就写有《宥情》一文，反对否定感情和对情感的压抑，赞美发自"朗朗乎无滓"之童心的情感。之后，他在许多诗文中坚持这一思想，直到晚年创作《己亥杂诗》时还不胜感慨地吟道："少年哀乐过于人，歌泣无端字字真；既壮周旋杂痴黠，童心来复梦中身。"在对"童心"的深情呼唤声中，顽强地表露出了尊重感情，歌泣真情是诗人所追求的理想境界。正因为如此尊情，也就难怪被时人公认为"天下善言情者"(龚自珍《钱吏部遗集序》)了。

以情论文，自古有之。特别是李贽、袁宏道之后，中经黄宗羲、王夫之，直到袁枚等，都在新形势下不断高唱文学的情感论，这样或那样地带着反对封建教条和思想僵化的色彩。龚自珍的"尊情说"无疑继承了这一传统；又深刻地打着近代社会开始转折的时代烙印，呈现出"衰世"悲怆的精神特征，更具个性解放的色彩，反映了当时进步之士解放思想、探求真理的理论勇气，在当时和相当长的一段时间内起着促进文学变革和推动社会进步的积极作用。

书汤海秋诗集后

〔清〕龚自珍

人以诗名，诗尤以人名。唐大家若李、杜、韩及昌谷、玉溪[1]，及宋、元眉山、涪陵、遗山[2]，当代吴娄东[3]，皆诗与人为一，人外无诗，诗外无人，其面目也完。益阳汤鹏[4]，海秋其字，有诗三千余篇，芟而存之二千余篇，评者无虑数十家，最后属龚巩祚一言。巩祚亦一言而已，曰：完。何以谓之完也？海秋心迹尽在是，所欲言者在是，所不欲言而卒不能不言在是，所不欲言而竟不言，于所不言求其所言亦在是。要不肯挦扯他人之言以为己言[5]，任举一篇，无论识与不识，曰：此汤益阳之诗。

中华书局《龚自珍全集》第三辑

注释

[1] 李：李白。杜：杜甫。韩：韩愈。昌谷：指李贺。玉溪：指李商隐。

[2] 眉山：指苏轼。涪陵：指黄庭坚。遗山：指元好问。

[3] 吴娄东：指吴伟业(1609—1672)，字骏公，号梅村，太仓娄东(今属江苏)人。最擅长歌行，七言尤高，世称“梅村体”。

[4] 汤鹏：生卒年为1801—1844年，字海秋，自号浮邱子，湖南益阳人。道光三年(1823年)进士，授户部员外郎，晋御史，以勇于言事，罢回户部，寻迁郎中。著有《海秋诗集》《浮邱子》等。

[5] 要：总之。挦(xián)扯：摭拾，摘取，剥取。

说明

《庄子·天地》中有言曰：“不以物挫志之谓完。”龚自珍将“完”作为论诗衡文的一项重要美学原则。所谓“完”，即是“诗与人为一，人外无诗，诗外无人”，是作品的风貌与作家的个性达到完整而美好的统一。诗言志，诗歌应该是诗人内心世界中各种真实的知觉意识、情感意念的艺术升华和结晶。诗人作诗，必须是“心迹尽在是，所欲言者在是，所不欲言者而卒不能不言者在是，所不欲言而竟不言，于所不言求其言亦在是”，才能达到“完”的境界。龚自珍在《己亥杂诗》中评论汤鹏诗曰：“勇于自信故英绝，胜彼优孟俯仰为。”他要求诗人在自尊其心的基础上抒写真情，以诗人心灵之真诚为根本内质进行创作。“自信”才能使人信。信者，诚也，真也。只有真实自然地表达自己心灵中的真实情感，才能创造出“完”美的作品，才能感人。具有“完”美特征的诗作，与“挦扯他人之言以为己言”，摹拟仿古，泯没个性，丧失本真，虚情矫饰的假诗伪作毫无共同之处，因为“完”美的作品是以“真”为基础的。

倡“真”是我国古代文论的重要传统，龚自珍肯定“完”的诗歌，是对这一传统的继承。然而，龚自珍提倡的“完”，具有自己新的特征。首先，“完”这一美学原则是其要求个性解放的思想在文学理论方面的体现，带有近代民主主义色彩。在等级森严、讲究附从关系的封建时代，人得不到应有的尊重，个性遭到压抑。龚自珍痛斥社会禁锢，要求尊重人的个性，让人自然地发展。在《病梅馆记》中，他借物托讽，呼唤个性的解放。他所要求的诗的“完”，也正是要求摆脱束缚，充分表现诗人的个性。受到压抑而扭曲的心灵根本不能产生“完”的诗歌，只有文明健全、有完整个性的诗人，才能创造出达到“完”的境界的诗歌。这是对人性的呼唤，是对表现人性的文学的追求。

其次，龚自珍提倡的“完”具有鲜明的近代特征。在人性受到摧残压抑的社会，人类心灵严重扭曲，失去了是非感，没有了创造力，文坛上也充斥着虚伪之风；而龚自珍则要求作家写出心中“所欲言”，泄“衰世”之拗怒之情，即抒写对时代和社会的“感慨”：“天叫伪体领风化，一代人材有岁差；我论文章恕中晚，略工感慨是名家。”（《歌宴有乞书扇者》）在《上大学士书》中，龚自珍对“感慨”作了具体解释：“夫有人必有胸肝；有胸肝，则必有耳目；有耳目，则必有上下百年之见闻；有见闻，则必有考订同异之事；有考订同异之事，则或胸以为是，胸以为非；有是非，则必有感慨激奋……感慨激奋而居下位，无其力，则探吾之是非而昌昌大言之。”这种“感慨激奋”乃是有良知的知识分子面对黑暗社会现实所产生的愤懑、呼喊和反抗，所产生的“所欲言”，“卒不能不言”的心灵之声。有良知的作家义无反顾地把这种“感慨”形诸文字，创作出“诗与人合一”的“完”的诗作，理应倾注着诗人对社会富强、民主、进步、文明的高度热忱和责任感。汤鹏是一位经世意识强烈、富有爱国精神的诗人，其诗“觥觥”“风骨奇”（《己亥杂诗》），正是“感慨激奋”的艺术表现，真正达到了“完”这一美学境界。由此可见，龚自珍所提倡的“完”是对“衰世”作家文学创作的一种美学要求，带有明显的时代烙印。

使黔草自序

〔清〕何绍基

作者简介

何绍基(1799—1873)，字子贞，号东洲，晚号蝯叟，道州(今湖南道县)人。道光十六年(1836年)进士，选庶吉士，授编修，历任文渊阁校理，国史馆提调等职。咸丰二年(1852年)迁四川学政。五年，因条陈时务被斥降调，遂绝意仕进，遍游名山大川。尝主济南泺源书院、长沙城南书院十余年。晚游吴越，主持苏州书局，扬州书局，校刻《十三经注疏》，并主讲浙江孝廉堂。卒于苏州。通经史，精小学，尤以书法闻名于世。何绍基是近代宋诗运动的倡导者，创作出入苏(轼)、黄(庭坚)，得力于苏轼尤多，其诗平淡中含奇气，真率本色，山水诗尤佳。何绍基论诗的精义在于标举“不俗”这一概念。他的“不俗”主要指作家要有完美而鲜明的个性，诗文要“要起就起，要住就住，不依傍前人，不将就俗目”(《与汪菊士论诗》)，表现个性。为此，他主张“先学为人”，读书悟道，明理养性，然后移其真性情于文字，使文与人统一，以求个性真实而完美；使性灵与书理统一，以求个性生动而雅正；也使学古与变脱统一，以求个性独创而新异。这反映了近代追求个性解放的精神。著有《说文段注驳正》《东洲草堂诗钞·文钞》。

同人见余《使黔诗草》[1]，皆欣然为之叙，各道所欲道，文词畅美。阅者读诸君之叙，即吾诗可不必观，亦不足观矣。顾余平生诗文，随手散漫，不自收拾，虽自觉精力可惜，亦无如何。今既刻此三卷，示门人子侄，平日用心之故，尚有不能不为若辈告者[2]，复自为之叙曰：

诗文不成家，不如其已也[3]，然家之所以成，非可于诗文求之也，先学为人而已矣。规行矩步,儒言儒服,人其成乎?曰:非也。孝弟谨信[4],出入有节,不悫于中[5],亦酬应而已矣。立诚不欺,虽世故周旋,何非笃行。至于刚柔阴阳,禀赋各殊,或狂或狷[6],就吾性情,充以古籍,阅历事物,真我自立,绝去摹拟,大小偏正,不枉厥材[7],人可成矣。于是移其所以为人者发见于语言文字,不能移之,斯至也,日去其与人共者,渐扩其己所独得者,又刊其词义之美而与吾之为人不相肖者[8],始则少移焉,继则半至焉,终则全赴焉,是则人与文一。人与文一,是为人成,是为诗文之家成。伊古以来[9],忠臣孝子,高人侠客,雅儒魁士,其人所诣,其文如见。人之无成,浮务文藻,镂脂剪楮[10],何益之有!

顾其用力之要何在乎?曰:不俗二字尽之矣。所谓俗者,非必庸恶陋劣之甚也。同流合污,胸无是非,或逐时好,或傍古人,是之谓俗。直起直落,独来独往,有感则通,见义则赴,是谓不俗。高松小草,并生一山,各与造物之气通。松不顾草,草不附松,自为生气,不相假借。泥涂草莽,纠纷拖沓,惚懥不别[11],腐期斯至。前哲戒俗之言多矣,莫善于涪翁之言曰:"临大节而不可夺,谓之不俗。"[12]欲学为人,学为诗文,举不外斯旨[13]。吾与小子可不勉哉!可不勉哉!

上海古籍出版社版《续修四库全书》影印

光绪年间刻本《东洲草堂文钞》卷三

注释

[1]《使黔诗草》:何绍基于道光二十四年(1844年)五月充贵州乡试副考官,将他此年出使贵州所写诗集编为《使黔草》三卷,内容多为游览山水之作,是他诗歌的代表。

[2]若:你,你们。

[3]已:意谓搁笔不写。

[4]弟:通"悌",敬爱兄长。

[5]悫(què):诚笃,忠厚。

[6]或狂或狷:《论语·子路》:"狂者进取,狷者有所不为也。"朱熹《集注》:"狂

者，志极高而行不掩。狷者，不屑不洁之士。”

[7] 厥：其。

[8] 刊：刊落，削除。

[9] 伊：作助语用，同“维”。

[10] 镂脂：桓宽《盐铁论》：“内无其质而外学其文，若画脂镂冰，费日损功。”剪楮：同刻楮，《韩非子·喻老》说，宋国有人用玉雕刻楮叶，三年而成，可以乱真。后人用为虚假之喻。楮，即构树，也叫谷树，叶似桑，皮可制纸。

[11] 沾懘(zhān chì)：声音不和。《史记·乐书》：“(宫、商、角、徵、羽)五者不乱，则无沾懘之音矣。”这里指声音混淆。

[12] 涪翁：黄庭坚。他在《书嵇叔夜诗》里说：“或问不俗之状。余曰：难言也。视其平居无以异于俗人，临大节而不可夺，此不俗人也。”

[13] 举：全。

说明

何绍基论诗的精义与核心是标举“不俗”这一概念。他所谓的“俗”，并非“庸恶陋劣之甚”，凡是“同流合污，胸无是非，或逐时好，或傍古人”，都可谓“俗”。他以为黄庭坚的见解“临大节而不可夺，谓之不俗”最为透彻完美。可见，他的“不俗”是指作家胸树大志，骨气贞正，具有完美的道德；识见高超，特立独行，具有鲜明的个性。与此对应，“不俗”之诗文，不但要道德高美，毫不沾懘，更要“自为生气，不相假借”，即表现个性，追求独创。

诗文要达到“不俗”的境界，关键在于先做人，“人与文一”。中国的文论一直强调诗品出于人品，论文必先论人，作家的人格、情操、德行、品性对于文学创作具有决定性作用，认为优秀的作品必然出于道德高尚的作家，而品行鄙污的人，其作品也不会有什么价值。《论语·宪问》：“有德者必有言。”《礼记·乐记》：“和顺积中，而英华发外。”扬雄《法言·君子》：“弸中彪外。”王充《论衡·超奇》：“实诚在胸臆，文墨著竹帛，外内表里，自相副称。”韩愈《答李翊书》：“仁义之人，其言蔼如。”纪昀《诗教堂诗集序》：“人品高则诗格高，心术正则诗体正。”类似的论述屡见不鲜，对具体的文学批评产生了巨大影响。何绍基继承古代文论注重道德批评的传统，在本文中集中地论述了人品是诗品的基础，强调铸塑人格之于创作的重要意义。“诗文不成家，不如其已也，然家之所以成，非可于诗文求之也，先学为人而已矣。”文学创作自成一家，是每一个作家的理想和追求，但是要达到这一点，不能仅仅“于诗文求之”，作家应该在作文之前先求其为人。怎样才算成“人”呢？表面的“规行矩步，儒言儒服”，或“孝弟谨信，出入有节”，而“不悫于中”，并不表明其人已“成”，关键是要“立诚不欺”，也就是说，作家首先必须真诚以为本。何绍基还特别强调和尊重作家的个性，作家不管其为人之阴阳刚柔，“或狂或狷”，只要能“就吾性情”“真我自立”，具有真实独立的个性，即可称其成人。人成之后，作家才可“移其所以为人者发见于语言文字”。这时，作家所要努力的只是“去其与人共者，渐扩其己所独得者”，并删去虽“美”而与其个性不合的“词义”，最后达到文肖其人，“人与文一”的境界，即诗文也具有了个性，“是为诗文之家成”。总之，在何氏的诗论中，儒家道德、作家个性和文品是有机统一的。特别是对作家个性的强调，使诗文的艺术个性建立在坚实的基础上，这较之历史上不少批评家往往用儒家道德规范来压抑作家个性，有显著不同，而与历史上公安派、袁枚“性灵说”强调创作个性的观点较为契合。

何绍基的“不俗说”主要来源于苏轼、黄庭坚，但在新的时代中被赋予了新的特质，隐隐约约地反映了近代追求个性解放的精神。作为近代宋诗派的早期代表，他的“不俗”理论对后来的宋诗运动影响甚大，沈曾植、陈三立、陈衍、郑孝胥等一批“同光体”诗人和诗论家，都以在理论上反对“浅俗”为其共同特征。

欧阳生文集序

〔清〕曾国藩

作者简介

曾国藩(1811—1872)，字伯涵，号涤生，湖南湘乡人。道光十八年(1838年)进士，后入礼部、兵部任侍郎。咸丰初，奉命在湘乡办团练，后扩编为湘军，在鄂、赣、皖镇压太平军。十年，擢两江总督，节制浙、苏、皖、赣四省军务。同治三年(1864年)攻破天京，赏加太子太保，封一等侯爵。四年，督办冀、鲁、豫军务，镇压捻军，并与李鸿章在上海创江南制造总局，兴办军事工业。十年，调直隶总督。卒谥“文正”。工诗古文。其诗宗苏轼、黄庭坚，雄峻排奡；其文宗法桐城而能扩大，变雅洁为雄肆。曾国藩论文，鼓吹桐城声气，但不为所囿，有新的拓展。针对桐城派空疏之弊，曾氏于义理、考据、辞章之外，更倡“经济”，要求作家“胸襟”廓大，“器识”恢宏，面对社会现实，关心国计民生，而不去空谈义理，闭门考证。这固然是为了有效地为封建政权服务，但与当时新政自强的潮流相呼应，有利于文学反映现实，促进改革。曾氏反对“崇道贬文”之说，大胆提出“道与文相离为二”，并指出文应有“怡悦”人心的特性和功用，认为文章要以气为主，以音节、文字为能事，要求作家自然地将“理”“事”“情”与“文”统一于“真”，而一以“雄直之气”运之，以求文章气势飞腾，音节和谐，辞藻瑰玮。著有《曾文正公全集》，编有《经史百家杂钞》等。

乾隆之末，桐城姚姬传先生鼐善为古文辞[1]，慕效其乡先辈方望溪侍郎之所为[2]，而受法于刘君大櫆[3]，及其世父编修君范[4]。三子既通儒硕望[5]，姚先生治其术益精。历城周永年书昌为之语曰：“天下之文章，其在桐城乎！”[6]由是学者多归向桐城，号桐城派，犹前世所称江西诗派者也[7]。

姚先生晚而主钟山书院讲席，门下著籍者，上元有管同异之、梅曾亮伯言[8]，桐城有方东树植之、姚莹石甫，四人者称为高第弟子，各以所得，传授徒友，往往不绝。在桐城者，有戴钧衡存庄[9]，事植之久，尤精力过绝人，自以为守其邑先正之法，禅之后进，义无所让也。其不列弟子籍，同时服膺[10]，有新城鲁仕骥絜非[11]、宜兴吴德旋仲伦[12]。絜非之甥为陈用光硕士[13]，硕士既师其舅，又亲受业姚先生之门，乡人化之，多好文章。硕士之群从[14]，有陈学受艺叔、陈溥广敷[15]，而南丰又有吴嘉宾子序[16]，皆承絜非之风，私淑于姚先生[17]，由是江西建昌有桐城之学。仲伦与永福吕璜月沧交友[18]，月沧之乡人，有临桂朱琦伯韩[19]、龙启瑞翰臣[20]、马平王锡振定甫[21]，皆步趋吴氏、吕氏而益求广其术于梅伯言，由是桐城宗派，流衍于广西矣。

昔者，国藩尝怪姚先生典试湖南，而吾乡出其门者，未闻相从以学文为事。既而得巴陵吴敏树南屏[22]，称述其术，笃好而不厌。而武陵杨彝珍性农[23]、善化孙鼎臣芝房[24]、湘阴郭嵩焘伯琛、溆浦舒焘伯鲁[25]，亦以姚氏文家正轨，违此则又何求。最后得湘潭欧阳生[26]。生，吾友欧阳兆熊小岑之子[27]，而受法于巴陵吴君、湘阴郭君，亦师事新城二陈[28]，其渐染者多，其志趋嗜好，举天下之美，无以易乎桐城姚氏者也。

当乾隆中叶，海内魁儒畸士[29]，崇尚鸿博[30]，繁称旁证[31]，考核一字，累数千言不能休，别立帜志[32]，名曰汉学[33]，深摈有宋诸子义理之说，以为不足复存，其为文尤芜杂寡要。姚先生独排众议，以为义理、考据、词章，三者不可偏废[34]。必义理为质，而后文有所附，考据有所归。一编之内，惟此尤兢兢。当时孤立无助，传之五六十年，近世学子，稍稍诵其文，承用其说。道之废兴，亦各有时，其命也欤哉！

自洪、杨倡乱[35]，东南荼毒[36]，钟山、石城昔时姚先生撰杖都讲之所[37]，今为犬羊窟宅，深固而不可拔。桐城沦为异域，既克而复失，戴钧衡全家殉难，身亦欧血死矣。余来建昌，问新城、南丰，兵燹之余[38]，百物荡尽，田荒不治，蓬蒿没人，一二文士，转徙无所。而广西用兵九载，群盗犹汹汹，骤不可爬梳[39]，龙君翰臣又物故。独吾乡少安，二三君子，尚得优游文学，曲折以求合桐城之辙。而舒焘前卒，欧阳生亦以瘵死[40]。老者牵于人事，或遭乱不得竟其学；少者或中道夭殂。四方多故，求如姚先生之聪明早达，太平寿考，从容以跻于古之作者，卒不可得。然则业之成否，又得谓之非命也耶！

欧阳生名勋，字子和，没于咸丰五年三月，年二十有几。其文若诗清缜喜往复[41]，亦时有乱离之概。庄周云："逃空虚者，闻人足音，跫然而喜，而况昆弟亲戚之謦欬其侧者乎。"[42]余之不闻桐城诸老之謦欬也久矣，观生之为，则岂直足音而已？故为之序，以塞小岑之悲，亦以见文章与世变相因，俾后之人得以考览焉。

上海古籍出版社《续修四库全书》影印
光绪丙子(1876年)刻本《曾文正公文集》卷三

注释

［1］姚姬传：姚鼐(1732—1815)，字姬传，一字梦谷，世称惜抱先生，安徽桐城人。主张义理、考证、辞章合一之说，是桐城三祖之一。

［2］方望溪：方苞(1668—1749)，字凤九，号灵皋，又号望溪，安徽桐城人。他是桐城三祖之首。

［3］刘君大櫆：刘大櫆(1698—1779)，字才甫，一字耕南，号海峰，安徽桐城人。

是桐城三祖之一。

[4] 世父编修君范：指姚鼐伯父姚范，字南菁，学者称姜坞先生。世父，伯父。

[5] 通儒：博通古今，不拘一隅的儒士。硕望：名望很高。硕，大。

[6] "历城"三句，周永年，字书昌，结茅林汲泉侧，因称林汲山人，历城（今山东济南）人。天下之文章，其在桐城，较早见于姚鼐《刘海峰先生八十寿序》所引述，云："曩者，鼐在京师，歙程吏部（晋芳）、历城周编修语曰：'为文章者，有所法而后能，有所变而后大。维盛清治迈逾前古千百，独士能为古文者未广，昔有方侍郎，今有刘先生，天下文章，其出于桐城乎！'"

[7] 江西诗派：宋代著名的诗歌流派，以吕本中撰《江西诗社宗派图》而得名并广为流传。

[8] 管同：字异之，江苏上元（今南京）人。姚门四杰之一。

[9] 戴钧衡：生卒年为1814—1855年，字存庄，号蓉洲，安徽桐城人。从方东树游，工古文。

[10] 服膺：衷心信服。

[11] 鲁仕骥：生卒年为1732—1794年，改名九皋，字絜非，号山木，江西新城人。师事朱仕琇，复从姚鼐问古文义法。于古人中最推重欧阳修、曾巩，为文淳古淡泊。

[12] 吴德旋：生卒年为1767—1840年，字仲伦，江苏宜兴人。善古文，与恽敬、张惠言、吕璜以文相砺镞。年四十入姚鼐门下。亦工诗。他的《初月楼古文绪论》（由吕璜记述）是姚鼐后桐城派中较有影响的文论著作。

[13] 陈用光：生卒年为1767—1835年，字硕士（一作石士），一字实思，江西新城（今黎川）人。师事姚鼐，恪守姚氏义理、考据、辞章不可偏废之说。文风宽博朴雅，静虚澹淡。

[14] 群从：追随的徒友们。

[15] 陈学受：字永之，号懿叔，江西新城（今黎川）人。陈溥：字稻孙，号广敷，一号俊侯，陈学受从弟。两人是陈用光从孙，皆学古文于梅曾亮。

[16] 吴嘉宾：生卒年为1803—1854年，字子序，江西南丰人。与曾国藩友善。古文宗姚鼐、朱仕琇。

[17] 私淑：未得身受其教而宗仰其人。

[18] 吕璜：生卒年为1778—1838年，字礼北，号月沧，广西永福人。著有《月沧文集》。

[19] 朱琦：生卒年为1803—1861年，字濂甫，号伯韩，广西临桂（今桂林）人。诗

古文以梅曾亮为师友，所作文简净醇厚。

[20] 龙启瑞：生卒年为1814—1858年，字辑五，号翰臣，广西临桂（今桂林）人。从吕璜、梅曾亮学古文法，其文明快畅达。

[21] 王锡振：生卒年为1815—1876年，名拯，字定甫，号少鹤，又号龙壁山人，广西马平人。在京时与梅曾亮、朱琦、龙启瑞等切磨古文，因受到梅曾亮推重而声名大著。其文朴茂沉挚。

[22] 吴敏树：生卒年为1805—1873年，字本深，号南屏，又号乐生翁，湖南巴陵（今岳阳）人。曾与梅曾亮、朱琦等论古文法，后又与曾国藩交笃。论文欲以归有光而上溯唐宋，追迹司马迁，不取宗派之说。其《与筱岑论文派书》明言自己不愿受桐城派拘囿，对曾国藩将他列入桐城派名单颇有不满。

[23] 杨彝珍：生卒年为1806—1898年，字湘涵，号性农，湖南武陵人。曾师事梅曾亮，为文质直雅洁。

[24] 孙鼎臣：生卒年为1817—1859年，字子馀，号芝房，湖南善化（今长沙）人。与曾国藩交密，学古文法于梅曾亮，遂专意古文。

[25] 舒焘：字伯鲁，湖南溆浦人。

[26] 欧阳生：即欧阳勋（1827—1855），字子和，号功甫，湖南湘潭人。

[27] 欧阳兆熊：字晓岑，一作小岑，湖南湘潭人。诗文皆法唐人，工词曲联句之属。亦擅书法，笔力险劲。

[28] 新城二陈：指江西新城（今黎川）人陈学受、陈溥。

[29] 魁儒：大儒，文豪。畸士：奇异之士。

[30] 鸿博：谓学识渊博。

[31] 繁称旁证：犹谓旁征博引。

[32] 帜志：旗帜，标志。

[33] 汉学：汉代儒生治经，多注重训诂文字，考订名物制度。清代乾嘉学士称这种治经方法为汉学，又称朴学，与宋明理学相对。

[34] 义理、考据、词章，三者不可偏废：姚鼐《述庵文钞序》："余尝论学问之事，有三端焉，曰：义理也，考证也，文章也。是三者，苟善用之，则皆足以相济；苟不善用之，则或至于相害。今夫博学强识而善言德行者，固文之贵也，寡闻而浅识者，固文之陋也。然而世有言义理之过者，其辞芜杂俚近，如语录而不文；为考证之过者，至繁碎缴绕，而语不可了。当以为文之至美，而反以为病者，何哉？其故由于自喜之太过，而智昧于所当择也。夫天之生才，虽美不能无偏，故以能兼长者为贵。"义理指立言之旨，属于儒家伦理、道德、

政治范畴的内容，姚鼐主要用以指程朱理学。考证是要求材料确凿，实事求是，用以充实文章的内容。所谓文章，指讲究行文的字句章法，力求将文章写得典雅明畅，富于神理气味、格律声色之美。

[35] 洪、杨倡乱：指洪秀全、杨秀清领导的太平天国起义。

[36] 荼毒：残害。荼，苦叶，引申为苦、痛。

[37] 钟山：即紫金山，今江苏南京市东。石城：石头城的简称，故址在今南京市西石头山后。撰：持。都讲：学舍主讲者。姚鼐曾任南京钟山书院主讲。

[38] 兵燹（xiǎn）：兵火，指战争造成的焚烧破坏。燹，火，多指兵乱中纵火焚烧。

[39] 爬梳：抓搔梳理，喻整顿治理。

[40] 瘵（zhài）：病。

[41] 若：和。清缜喜往复，形容诗文清淡细密，有徐纡回环之妙。

[42] "庄周云"数句：见《庄子·徐无鬼》。跫然，脚步声。謦欬（qǐng kài），咳嗽声，借指谈笑。

说明

桐城派作为一个散文流派而被人们广泛认识和接受，除了因为它形成了自己的文学——主要是散文——创作和理论的鲜明特色且产生甚大影响之外，还与有心人对流派作自觉的梳理、研究、阐发有关系。后人言及桐城派时，经常提到两篇文章：一篇是姚鼐的《刘海峰先生八十寿序》，文章借他人之口说："昔有方侍郎（苞），今有刘先生（大櫆），天下文章，其出于桐城乎！"从而使桐城派的文统和地位基本得到确立。第二篇文章就是曾国藩这篇《欧阳生文集序》。文章一方面简明扼要地勾勒出了桐城三祖的传承关系，尤其是突出了姚鼐在该派发展过程中所起的集大成和拓大门派的作用；另一方面又花较多笔墨，介绍了姚鼐之后桐城派在各地的衍演发展、流传分布和主要成员的构成。后人在研究桐城派源流演变时，大致都以曾国藩这篇文章为纲领，由此也可以看出本文的重要性。

曾国藩素有"中兴桐城"之誉。他于道光十八年（1838 年）中进士，自此至咸丰二年（1853 年）的十余年都在京师供职。在此期间，他开始深入研究桐城派首领的作品和理论，并接受其影响，尤其对姚鼐更是崇敬。后来在《圣哲画像记》中，他以姚鼐与周公、孔子等并列为"圣哲"，且说："国藩之粗解文章，由姚先生启之。"在本文中，称姚鼐在桐城三祖中"治其术益精"。这些均说明他与姚鼐有着特别密切的思想、学术和文学的传承关系。曾国藩对姚鼐在清中期汉学盛行、文人独好繁博的考证之文的风气之下，“独排众议”，提出以“义理”为主，“义理、考据、辞章”三者合一的主张以纠正文风，特别作出评赞，认为这是当时振兴文章之道的一种应遵循的意见，而这也在很大程度上代表着曾国藩本人的文章观。

“道之兴废，亦各有时”，面对新的情势，曾国藩给“义理”融入了新的内容。他对自己老师唐鉴的“经济之学即在义理内”这句话很欣赏（见《曾国藩日记》“辛丑七月”），故以“德行而兼政事”来解释“义理”（《圣哲画像记》），从而使“义理”之说避免空疏，增添了经世致用的内涵。这与近代桐城派的理论在修正、充实中求发展的大势相吻合，也确实给近代桐城派散文创作带来了新的生机，促进了桐城派散文创作的发展。

艺概（选录）

〔清〕刘熙载

作者简介

刘熙载（1813—1881），字伯简、熙哉，号融斋，晚号寤崖子，江苏兴化人。道光二十四年（1844 年）进士，授翰林院编修，官至左春坊左中允、广东学政。晚年任上海龙门书院主讲，潜心学术研究。治经无汉宋门户之见，兼通声韵、天文、历算。能诗文，尤长于品文谈艺。其文傲奇诙谐，曲折矫健；其诗多寓理于景，但颇具情致理趣。其文学思想有以下几个特点：一、具有史学家的气度和眼光。他论每种文体，都是先点明其来源，揭示要义，以笼罩全局；再将文学史上的代表作家和代表作品，以时为序，逐一论列，以揭示其基本风貌和相互关系；最后概论各文体的创作特点和写作技巧，以作为尾声。二、批评态度平允公正。在批评中，对作家作品和各种文艺理论，他都不一味照搬现成看法，也绝不偏执一端，而是尊重文学史的客观事实，多角度地全面看问题。三、在引述和综论前人文学观点的基础上，刘熙载能提出自己的独特见解。他强调作家的思想品德对创作的重要性，要求进行创新，做到“真”“正”，有“我”存在，保持艺术个性。特别是他提出“物一无文”与“物无一则无文”一对范畴，辩证地揭示了艺术美的主宰与被主宰、统贯与被统贯的关系，确是真知灼见。著有《艺概》《昨非集》等，编为《古桐书屋六种》和《古桐书屋续刻三种》。

古人意在笔先，故得举止闲暇。后人意在笔后，故至手脚忙乱。杜元凯称《左氏》“其文缓”[1]，曹子桓称屈原优游缓节[2]。“缓”岂易及者乎？

《庄子》文看似胡说乱说，骨里却尽有分数。彼固自谓“猖狂妄行，而蹈乎大方”也[3]。学者何不从“蹈大方”处求之？

《庄子》寓真于诞，寓实于玄，于此见寓言之妙。

周、秦间诸子之文，虽纯驳不同，皆有个自家在内。后世为文者，于彼于此，左顾右盼，以求当众人之意，宜亦诸子所深耻与！

太史公文[4]，如张长史于歌舞、战斗[5]，悉取其意与法以为草书。其秘要则在于无我，而以万物为我也。

韩文起八代之衰[6]，实集八代之成。盖惟善用古者能变古，以无所不包，故能无所不扫也。

昌黎论文，曰“惟其是尔”[7]。余谓“是”字注脚有二：曰正，曰真。

昌黎以“是”“异”二字论文[8]。然二者仍须合一。若不异之是，则庸而已；不是之异，则妄而已。

昌黎尚“陈言务去”。所谓“陈言”者，非必抄袭古人之说以为己有也。只识见议论落于凡近，未能高出一头，深入一境，自结撰至思者观之[9]，皆陈言也。

言辞者必兼及音节，音节不外谐与拗。浅者但知谐之是取，不知当拗而拗，拗亦谐也；不当谐而谐，谐亦拗也。

文贵法古，然患先有一古字横在胸中，盖文惟其是，惟其真。舍是与真，而于形模求古，所贵于古者果如是乎？

（以上《文概》）

《诗纬·含神雾》曰[10]：“诗者，天地之心。”文中子曰：“诗者，民之性情也。”[11]此可见诗为天人之合。

诗可数年不作，不可一作不真。陶渊明自庚子距丙辰，十七年间，作诗九首，其诗之真，更须问耶？彼无岁无诗，乃至无日无诗者，意欲何明？

杜诗高、大、深，俱不可及。吐弃到人所不能吐弃为高，涵茹到人所不能涵茹为大，曲折到人所不能曲折为深。

代匹夫匹妇语最难。盖饥寒劳困之苦，虽告人，人且不知，知之必物我无间者也。杜少陵、元次山、白香山[12]，不但如身入闾阎，目击其事，直与疾病之在身者无异。颂其诗，顾可不知其人乎？

无一意一事不可入诗者，唐则子美，宋则苏、黄。要其胸中具有炉锤，不是金银铜铁强令混合也。

文所不能言之意，诗或能言之。大抵文善醒，诗善醉，醉中语亦有醒时道不到者。盖其天机之发，不可思议也。故余论文旨曰："惟此圣人，瞻言百里。"[13]论诗旨曰："百尔所思，不如我所之。"[14]

山之精神写不出，以烟霞写之。春之精神写不出，以草树写之。故诗无气象，则精神亦无所寓矣。

诗品出于人品。人品悃款朴忠者最上；超然高举，诛茅力耕者次之；送往劳来，从俗富贵者无讥焉。

（以上《诗概》）

实事求是，因寄所托，一切文字，不外此两种。在赋则尤缺一不可。若美言不信[15]，玩物丧志[16]，其赋亦不可已乎？

《风》诗中赋事，往往兼寓比兴之意。钟嵘《诗品》所由竟以"寓言写物"为赋也[17]。赋兼比兴，则以言内之实事，写言外之重旨。故古之君子，上下交际，不必有言也，以赋相示而已。不然，赋物必此物[18]，其为用也几何？

春有草树，山有烟霞，皆是造化自然，非设色之可拟。故赋之为道，重象，尤宜重兴。兴不称象，虽纷披繁密，而生意索然，能无为识者厌乎？

在外者物色，在我者生意，二者相摩相荡，而赋出焉。若与自家生意无相入处，则物色只成闲事，志士遑问及乎？

（以上《赋概》）

《说文》解"词"字曰："意内而言外也。"[19]徐锴《通论》曰："音内而言外，在音之内，在言之外也。”[20]故知词也者，言有尽而音意无穷也。

词深于兴，则觉事异而情同，事浅而情深。故没要紧语，正是极要紧语，乱道语正是极不乱道语。固知“‘吹皱一池春水’，干卿甚事”[21]，原是戏言。

词之妙，莫妙于以不言言之。非不言也，寄言也。如寄深于浅，寄厚于轻，寄劲于婉，寄直于曲，寄实于虚，寄正于余，皆是。

词莫要于有关系。张元干仲宗因胡邦衡谪新州，作《贺新郎》送之，坐是除名[22]。然身虽黜而义不可没也。张孝祥安国于建康留守席上赋《六州歌头》，致感重臣罢席[23]。然则词之兴、观、群、怨，岂下于诗哉！

（以上《词曲概》）

同治十三年(1874年)刻本《艺概》

注释

［1］杜元凯：杜预(222—284)，字元凯，京兆杜陵(今陕西西安东南)人。西晋大臣。著有《春秋左氏经传集解》等。其文缓，见杜预《春秋序》。

［2］曹子桓：曹丕。《典论》逸文云：“优游案衍，屈原之尚也。”

［3］“猖狂妄行”两句：引自《庄子·山木篇》。

［4］太史公文：指司马迁《史记》。

［5］张长史：张旭，字伯高。唐代著名书法家，尤精草书。《新唐书·文艺传》：“旭自言：始见公主担夫争道，又闻鼓吹，而得笔法意；观倡公孙舞《剑器》，得其神。”

［6］韩：韩愈。苏轼《潮州韩文公庙碑》称赞韩愈“文起八代之衰，而道济天下之溺”。

［7］惟其是尔：韩愈《答刘正夫书》：“文宜易宜难？必谨对曰：无难易，惟其是尔。”

［8］以“是”“异”二字论文：主“是”之说，见韩愈《答刘正夫书》。主“异”之说，如韩愈《答李翊书》云：“惟陈言之务去。”“志乎古，必遗乎今。”

［9］结撰至思者：专心致志的人。宋玉《招魂》：“结撰至思，兰芳假些。”

［10］《诗纬》：汉代纬书的一种，相对《诗经》而言，以阴阳律历附会说诗。原书已佚，后人辑有《含神雾》《汜历枢》《推度灾》三篇。

[11] 文中子：王通(584—617)，字仲淹，绛州龙门(今山西河津)人。以授徒著述为业，门人私谥“文中子”。著有《中说》。引语见《中说·关朗篇》，性情，原作情性。

[12] 杜少陵：杜甫。元次山：元结。诗多抒写胸次、针砭现实之作，风格简古淳淡。白香山：白居易。

[13] “惟此圣人”两句：引自《诗经·大雅·桑柔》。朱熹《诗集传》：“圣人炳于几先，所视而言者，无远而不察。”

[14] “百尔所思”两句：引自《诗经·鄘风·载驰》。朱熹《诗集传》：“虽尔所以处此百方，然不如使我得自尽其心之为愈也。”

[15] 美言不信：借用《老子》八十一章语。

[16] 玩物丧志：借用《尚书·旅獒》语。

[17] 寓言写物：钟嵘《诗品序》有言曰：“直书其事，寓言写物，赋也。”

[18] 赋物必此物：苏轼《书鄢陵王主簿所画折枝》：“论画以形似，见与儿童邻；赋诗必此诗，定非知诗人。”

[19] “《说文》解‘词’字曰”两句：见《说文解字》卷九。段玉裁注曰：“有是意于内，因有是言于外，谓之词。意即意内，词即言外，言意而词见，言词而意见。意者，文字之义也；言者，文字之声也；词者，文字形声之合也。”按《说文解字》解释的“词”，犹语词之词，常州词派借用其说以作为词体的定义(见张惠言《词选序》)，刘熙载是对常州词派观点的沿袭。

[20] 徐锴：生卒年为920—974年，字楚金，广陵(今江苏扬州)人。著有《说文解字系传》。引语见该书卷三十五《说文解字通论》。按徐锴所解之“词”犹今之助词、虚词，与词体无涉，刘熙载此处也是借用其说。

[21] “吹皱一池春水”两句：宋马令《南唐书》卷二十一：“元宗(李璟)乐府辞云：‘小楼吹彻玉笙寒’，(冯)延巳有‘风乍起，吹皱一池春水’之句，皆为警册。元宗尝戏延巳曰：‘吹皱一池春水，干卿何事？’延巳曰：‘未如陛下小楼吹彻玉笙寒。’元宗悦。”吹皱一池春水，冯延巳《谒金门》词中名句。卿，你。

[22] “张元干仲宗因胡邦衡谪新州”三句：张元干(1091—1160年后)，字仲宗，号芦川居士，长乐(今属福建)人。主张抗击金兵，官至将作监丞。胡邦衡，胡铨(1102—1180)，字邦衡，号澹庵，庐陵(今江西吉安)人。建炎二年(1128年)进士，任枢密院编修官，因力斥和议，上疏请杀秦桧，谪居新州。张元干作《贺新郎》词相送，抒发愤慨之情，被削官除籍。

[23] “张孝祥安国于建康留守席上赋《六州歌头》”两句：张孝祥(1132—1170)，

字安国，号于湖居士，乌江（今安徽和县乌江镇）人。词风雄迈，饱含爱国激情。重臣，指张浚。《朝野遗记》："一日，（张孝祥）在建康留守席上作《六州歌头》，张魏公（浚）时都督江淮兵马，读之，罢席而入。"

说明

《艺概》一书，为刘熙载晚年在上海龙门书院授课而作。全书分《文概》《诗概》《赋概》《词曲概》《书概》《经义概》六卷。除《书概》谈书法，《经义概》谈治经之文和应制文外，其他四卷都是分体的文论。其《自叙》谈及此书是："举此以概乎彼，举少以概乎多"，所以以"概"为书名。这说明作者不求面面俱到，而是通过剖析重点，指出要领，让读者自己去"触类引申"。通观全书，刘熙载的这一意图得到了很好的贯穿。首先，在评论范围方面，他主要选择某种文体最发达时期的作品来作论述，如《文概》论历代散文只到唐、宋，《诗概》不及明代以后诗歌，《词曲概》论词以两宋为主，兼及金、元，论曲以元曲为主，不及明代，《赋概》着重屈原和汉赋。这固然不够全面，也暴露出作者识见的一些偏颇（如《赋概》很少提到六朝辞赋家，是因为他排斥骈俪文体），但总体说来，这样的论述范围中心明确，能够反映古代诸体文学发展的实际状况。其次，在论述具体对象时，主要讨论名家的创作经验，重点突出。再次，各部分一般均是先概述文学史上的创作状况，后着重探讨文学理论，由具体到抽象，史论结合，要言不烦。这些显示了作者的文学史意识和识见。

刘熙载对作家创作特点和作品风格特征的揭示颇有精见。如他认为《庄子》"寓真于诞，寓实于玄"，表面上似是"胡说乱说"，实际上却"瑶乎大方"，"骨里却尽有分数"，这正是《庄子》汪洋恣肆文风与其追求"真""实"自然精神的高度统一的"寓言之妙"。又如他指出贾谊、司马迁、《淮南子》作者的文风"皆有先秦遗意"，董仲舒、刘向之文"乃汉文本色"（《文概》），这对理解秦汉文风的不同甚有帮助。他不但指出韩愈散文创作"起八代之衰，实集八代之成"，揭示出韩愈对八代文的学习继承的一面；而且还说韩愈诗歌"往往以丑为美"（《诗概》），揭示出其诗歌创作中的"异"质。在《词概》中，他论温庭筠之词，认为"类不出于绮怨"，不像常州词派那样夸大温词的政治寄托深义，都有一定的创见，较有说服力。

书中的文学观点大都是对前人主张的概括和引述，但也有刘熙载自己的研究心得，不乏卓见。在《文概》中，他强调写文章要"正"、要"真"，要有"自家"面目，不能"形模求古"，也不能为了"求当众人之意"而丧失作者本色；要求作者广泛学习，"以万物为我"，做到善于学古，善于变古，合"是"与"异"为一。《诗概》提出:“诗为天人之合”,“诗品出于人品”,在进行创作时,既要有物之“气象”,又要有作者的“精神”,两者交互为用,以成诗之真,“诗可以数年不作,不可一作不真”。在《赋概》中,刘熙载指出:“在外者物色,在我者生意,二者相摩相荡,而赋出焉。”“赋”乃主体“生意”与客体“物色”两者“相摩相荡”而产生的;所谓“相摩相荡”,实际即是主客体互相激发,互相渗透,互相融合。所以,赋体创作应该心物相称,兴象相称,“赋兼比兴,则以言内之事实,写言外之重旨”,这样才能达到“实事求是,因寄所托”的境地。当然,“赋之为道,重象,尤宜重兴”,因为赋之创作,主要是为了抒写“性灵”,寄托主体性情,也正是主体精神之投注发挥,使赋作生气灌注,具有“生意”。这种理论也是适合其他文体创作的。《词曲概》以意兴深邃窅渺为词的高境,提倡创作要有“关系”,着眼国家朝政大事,艺术上主张含蓄蕴藉,“以不言言之,非不言也,寄言也”。

《艺概》具有很浓的儒家正统色彩,对儒家经典过于推崇,强调“诗教”,维护文学创作中的传统伦理道德规范,思想上对创作束缚较大,与近代求变求新的社会思潮有相当的距离,这些是它主要的不足。

人境庐诗草自序

〔清〕黄遵宪

作者简介

黄遵宪(1848—1905),字公度,号人境庐主人。别署东海公、法时尚任斋主人,水苍雁红馆主人,布袋和尚、观目道人等。广东嘉应州(今梅州)人。光绪二年(1876年)中举,次年出使日本任参赞,后又任驻新加坡总事领事等职达十余年,为维护国家主权、民族利益、促进中外文化交流发挥重要作用。光绪二十年奉调回国,主持江宁洋务局,参加强学会。1896年与汪康年在上海创办《时务报》,梁启超任主笔,风动一时。光绪二十四年任出使日本大臣,未行。戊戌变法失败,维新党人惨遭捕杀。黄遵宪虽幸免于难,也罢职放归,老死乡里。著有《日本国志》《人境庐诗草》《日本杂事诗》等。

余年十五六,即学为诗。后以奔走四方,东西南北,驰驱少暇,几几束之高阁。然以笃好深嗜之故，亦每以余事及之，虽一行作吏，未遽废也。士生古人之后，古人之诗号专门名家者，无虑百数十家，欲弃去古人之糟粕，而不为古人所束缚，诚戛戛乎其难[1]。虽然，仆尝以为诗之外有事，诗之中有人；今之世异于古，今之人亦何必与古人同。尝于胸中设一诗境：一曰复古人比兴之体；一曰以单行之神，运排偶之体；一曰取《离骚》、乐府之神理而不袭其貌；一曰用古文家伸缩离合之法以入诗。其取材也，自群经三史[2]，逮于周、秦诸子之书，许、郑诸家之注[3]，凡事名物名切于今者，皆采取而假借之。其述事也，举今日之官书会典[4]，方言俗谚，以及古人未有之物，未辟之境，耳目所历，皆笔而书之。其炼格也，自曹、鲍、陶、谢、李、杜、韩、苏讫于晚近小家，不名一格，不专一体，要不失乎为我之诗。诚如是，未必遽跻古人，其亦足以自立矣。然余固有志焉而未能逮也。《诗》有之曰："虽不能至，心向往之。"[5]聊书于此，以俟他日。

光绪十七年六月在伦敦使署[6]，公度自序。

上海古籍出版社《人境庐诗草笺注》卷首

注释

[1] 戛戛(jiá)：困难的样子。

[2] 三史：指《史记》《汉书》《后汉书》。

[3] 许、郑诸家之注：指汉代许慎、郑玄等人的注。许慎《淮南子解诂》已佚，现存《说文解字》。郑玄遍注群经，现存的有《诗笺》《周礼注》《仪礼注》《礼记注》《孝经注》等。

[4] 会典：记载一代典章制度的书。

[5] "《诗》有之曰"三句：《史记·孔子世家》："太史公曰：《诗》有之：'高山仰止。景行行止。'虽不能至，然心向往之。"按"高山"二句，出自《诗·小雅·车舝》。"虽不能至"二句是司马迁语，黄遵宪误为《诗经》。

[6] 光绪十七年：1891年，黄遵宪44岁，为驻英使馆参赞。

说明

这是黄遵宪于1891年为其诗集《人境庐诗草》自作的"序"。在这篇序中，他阐述了对诗歌的基本看法。

他将对诗歌创作的基本要求概括为“诗之外有事，诗之中有人”，即诗歌应该真实生动地反映当前的社会现实时事情状，应该表现诗人诚挚的思想感情，真切的心灵个性。黄遵宪说：“今之世异于古，今之人亦何必与古人同。”注意到今天的时代与古人相异，今天作者的经历和思想自然与古人不同。强调一个“今”字，就是突出诗歌创作的当代性，和当时各家诗派跳不出古人樊篱的现象划清界限，也指明了近代诗歌的正确发展方向。

然而，黄遵宪强调文学的创造性精神并未割断和传统的联系。他主张诗歌创作要多方面汲取古代诗歌的精神滋养，对前人的优秀成果和经验要兼收并蓄。第一，“复古人比兴之体”，就是要继承和发扬《诗经》以来的风雅比兴传统。第二，要吸取古代散文中自由变化的写作手法，融入诗歌，坚持诗歌散文化方向，突破传统诗歌形式的束缚，发挥诗歌陈述时事表达理想的功能。第三，向《离骚》、《乐府》、曹植、鲍照、陶渊明、谢灵运、李白、杜甫、韩愈、苏轼等古代优秀诗人诗作学习借鉴。镕铸其精神，而不模仿其形式。第四，须要从古代儒家经典，《史记》《汉书》等历史著作，先秦诸子百家、许慎郑玄等经注中广泛吸取材料。向前人借鉴，旨归则是在继承中创造和生新，创造出“不名一格，不专一体”，不失为我、切合于今的诗歌。凡是当时的政治文献、典章制度，方言俗语及在古人诗中从未出现过的新事物新意境，作者所耳闻目睹的，尽管摄入笔底。

在这篇《自序》中，黄遵宪对“别创新界”的创作经验进行了总结，对继承和创造、内容和形式等问题作了明确深入的探讨，对于近代新诗创作具有重要的指导意义，是近代一篇重要的诗论。

《孝女耐儿传》序

〔清〕林　纾

作者简介

林纾(1852—1924)，字琴南，号畏庐，别署冷红生、践卓翁、蠡叟等。福建闽县(今闽侯)人。三十一岁中举，后屡试不中，又目睹仁和知县督责吸吮僚属，于是宦情扫地，不图仕进，以教书、作文、翻译、卖画终其一生。在清末民初的文坛上，他以翻译小说和古文名世。他极力维护桐城古文的正宗地位，反对章炳麟提倡魏晋之文，谩骂新兴的白话文，曾作《桐城派古文说》，鼓吹义法、神韵、意味等桐城派的主张，为文之正轨。林纾论古文，基本上遵循"义法"之说，在思想内容上不提"经济"，不重"考据"，只是强调"发明义理"，具有倒溯吴闿运、曾国藩、姚鼐、刘大櫆，复归到方苞的倾向。对古文艺术特点和写作技法，他的《春觉斋论文》和《文微》两书，曾作系统全面的论述。

林纾翻译的作品，据不完全统计，共有184部，他翻译外国小说，目的是"振动爱国之志气"(《爱国二童子传达旨》)，为现实的政治维新服务，在当时引起巨大的社会反响。他用中国传统的文论观点来评价西方小说，也有一些独特的见解。通过对"西人文章妙处"的评析，丰富了传统的文学表现方法和技巧。

予不审西文，其勉强厕身于译界者，恃二三君子为余口述其词，余耳受而手追之，声已笔止，日区四小时，得文字六千言。其间疵谬百出，乃蒙海内名公，不鄙秽其径率而收之，此予之大幸也。

予尝静处一室，可经月，户外家人足音，颇能辨之了了，而余目固未之接也。今我同志数君子，偶举西士之文字示余，余虽不审西文，然日闻其口译，亦能区别其文章之流派，如辨家人之足音。其间有高厉者，清虚者，绵婉者，雄伟者，悲梗者，淫冶者，要皆归本于性情之正，彰瘅之严[1]。此万世之公理，中外不能僭越。而独未若却而司·迭更司文字之奇特[2]。

天下文章，莫易于叙悲，其次则叙战。又次则宣述男女之情。等而上之，若忠臣、孝子、义夫、节妇，决脰溅血[3]，生气凛然，苟以雄深雅健之笔施之，亦尚有其人。从未有刻划市井卑污龌龊之事，至于二三十万言之多，不重复，不支厉，如张明镜于空际，收纳五虫万怪，物物皆涵涤清光而出，见者如凭阑之观鱼鳖虾蟹焉；则迭更司者盖以至清之灵府[4]，叙至浊之社会，令我增无数阅历，生无穷感喟矣。

中国说部，登峰造极者无若《石头记》。叙人间富贵，感人情盛衰，用笔缜密，著色繁丽，制局精严，观止矣。其间点染以清客，间杂以村妪，牵缀以小人，收束以败子，亦可谓善于体物；终竟雅多俗寡，人意不专属于是。若迭更司者，则扫荡名士美人之局，专为下等社会写照：奸狯驵酷，至于人意未所尝置想之局，幻为空中楼阁，使观者或笑或怒，一时颠倒，至于不能自已，则文心之邃曲宁可及耶？

余尝谓古文中序事，惟序家常平淡之事为最难著笔。《史记·外戚传》述窦长君之自陈[5]，谓姊与我别逆旅中，丐沐沐我，饭我乃去。其足生人惋怆者，亦只此数语。若《北史》所谓隋之苦桃姑者[6]亦正仿此；乃百摹不能遽至，正坐无史公笔才，遂不能曲绘家常之恒状。究竟史公于此等笔墨亦不多见，以史公之书，亦不专为家常之事发也。今迭更司则专意为家常之言，而又专写下等社会家常之事，用意著笔为尤难。

吾友魏春叔购得《迭更司全集》[7]，闻其中事实，强半类此。而此书特全集中之一种，精神专注在耐儿之死。读者迹前此耐儿之奇孝，谓死时必有一番死诀悲怆之言，如余所译《茶花女之日记》[8]，乃迭更司则不写耐儿，专写耐儿之大父凄恋耐儿之状[9]，疑睡疑死，由昏愦中露出至情，则又《茶花女日记》外别成一种写法。盖写耐儿，则嫌其近于高雅；惟写其大父一穷促无聊之愚叟，始不背其专意下等社会之宗旨：此足见迭更司之用心矣。

迭更司书多，不胜译。海内诸公请少俟之，余将继续以伧荒之人，译伧荒之事[10]，为诸公解酲醒睡可也[11]。书竟，不禁一笑。

光绪三十三年八月十日，闽县林纾畏庐父叙于京师望瀛楼。

1907 年商务印书馆版《孝女耐儿传》

注释

［1］彰瘅：即“彰善瘅恶”，表扬善的，憎恨恶的。瘅(dàn)，憎恨。

［2］却而司·迭更司：现通译查理斯·狄更斯(1812—1870)，英国作家，代表作有《匹克威克外传》《大卫·科波菲尔》《双城记》等。

［3］决脰(dòu)：断首，割头。

［4］灵府：指心。《庄子·德充符》：“不可入于灵府。”成玄英疏：“灵府者，精神之宅也，所谓心也。”

［5］《史记·外戚传》述窦长君之自陈：《史记·外戚世家》：“窦皇后兄窦长君，

弟曰窦广国，字少君。少君年四五岁时，家贫，为人所略卖，其家不知其处。……闻窦皇后新立，家在观津，姓窦氏。广国少时虽小，识其县名及姓，又常与其姊采桑而堕，用为符信，上书自陈。窦皇后言之于文帝，召见，问之，具言其故，果是。又复问他何以为验。对曰：'姊去我西时，与我决于传舍中，丐沐沐我，请食饭我，乃去。'于是窦后持之而泣，泣涕交横下。侍御左右皆伏地泣，助皇后悲哀。"

[6]《北史》所谓隋之苦桃姑者：《隋书・外戚传》："高祖外家吕氏，其族盖微，平齐之后，求访不知所在。至开皇初，济南郡上言，有男子吕永吉，自称有姑字苦桃，为杨忠妻。勘验知是舅子。……永吉从父道贵，性尤顽骏，言词鄙陋。初自乡里征入长安，上见之悲泣。道贵略无戚容，但连呼高祖名，云：'种未定不可偷，大似苦桃姊。'"

[7]魏春叔：即魏易，字春叔，也作充叔、冲叔，浙江杭州人。精通西文，和林纾友善。两人合作翻译，魏君口述，林纾再叙致为文章。

[8]余所译《茶花女之日记》：即林纾所译法国小仲马著《茶花女遗事》（今译名《茶花女》）。

[9]大父：即祖父。

[10]伧荒：微贱僻陋。伧荒之人：林纾谦称。

[11]酲：酒醒后所感觉的困惫如病状态。

说明

林纾的小说创作成就不高，他在近代文学史上的主要贡献，是与王寿昌、魏易等合作翻译了大量的外国小说。在这些译作的序跋上，他阐明关于翻译小说的主要理论。

林纾早期倾向新政，关心国事，因而他译介外国小说也志在维新，一再主张翻译作品要"有益于今日之社会"（《鬼山狼侠传叙》），"以振动爱国之志气"（《爱国二童子传达旨》）。他强调介绍那些反对封建礼教，鼓吹反帝爱国、宣扬科学和民主，抨击社会黑暗的作品，为现实的政治维新服务。

林纾特别推崇狄更斯的小说，主要原因是这位作家"叙至浊之社会，令我增无数阅历，生无穷感喟矣"。林纾认为狄更斯小说"刻划市井卑污龌龊之事"，写下等社会的丑恶现象，可以引起我们的借鉴，促使政府和民众改良社会积弊。

林纾的翻译小说，也为中国作家打开眼界。通过中西文学的比较，为本土的艺术创造提供借鉴，促进创作的发展。《孝女耐儿传序》中，林纾特别指出，狄更斯叙家常平淡事令人叹惋悲怆，写下等社会如数家珍的艺术特色。这些“西人文章妙处”，“可侪吾国之史迁”，甚至在某些方面超过了司马迁，值得古文家借鉴。中国古代的小说，更偏重于描写英雄人物、历史变革、神奇故事。对日常生活的细致描写，在《金瓶梅》《红楼梦》等少数著名小说中才日益精致。林纾格外重视狄更斯小说的这一特点，正是出于对于中国小说自身传统和未来发展的考虑。注重描写下等社会日常生活琐事，不仅是艺术技法的问题，也体现出作者关注社会的视角的变化。从这个意义上来说，林纾的这些认识，更具理论革新意义。

何心与诗叙

〔清〕陈　衍

作者简介

陈衍(1856—1937)，字叔伊，号石遗，福建侯官(今福州)人。光绪八年(1882年)举人，曾入张之洞幕，任报局总编纂，学部主事等职。参加维新变法运动，著《戊戌变法榷议》十条。民国成立后，任京师大学，厦门大学文科教授。晚年与章太炎、金天翮办国学会，任无锡国学专修学校教授，著作有《石遗室文集》《石遗室诗集》《石遗室诗话》等。陈衍是“同光体”重要诗人和理论家。他拓宽了道、咸间宋诗派的学诗门径，提出“三元说”，将唐之开元、元和，和宋之元祐一并作为取学的对象，显得胸襟阔大，更有实践意义。陈衍本重经史学问，又在清代重学问考据风气的影响下，于是关于诗歌的内质，提出“学人之言与诗人之言合”的命题，重学问根柢。陈衍还提出“诗最患浅俗”的观点，强调艺术要有独创性，表现鲜明的个性。总之，陈衍学博而功深，胸宽而志专，大处能通融唐宋，兼顾才学，小处能剖析精细，谈言微中，把宋诗派的理论有力地推进了一步，同时在实际上也成为中国古典诗学的最后一个真正的理论家。

寂者之事，一人而可为，为之而可常，喧者反是。故吾尝谓：诗者，荒寒之路，无当乎利禄，肯与周旋，必其人之贤者也。既而知其不尽然。犹是诗也，一人而不为，虽为而不常，其为之也惟恐不悦于人，其悦之也惟恐不竞于人，其需人也众矣[1]。内摇心气，外集诟病[2]，此何为者！一景一情也，人不及觉者，己独觉之；人如是观，彼不如是观也；人犹是言，彼不犹是言也，则喧寂之故也。清而有味，寒而有神，瘦而有筋力，己所自得，求助于人者得之乎？

余奔走四方，三十余年，日与人接，而不能与己离。不能与己离，虽接于人，犹未接也，焉往而不困？若是者，无所遁于其诗也[3]。持此以相当世之诗[4]，若是者，百不一二；其一二者，固无往而不困也。

吾从林生狷生闻心与之诗[5]，识其人。读其诗，与之言。吾所觉者，心与觉之；吾如是观，心与不如是观者，或寡也。则其与诗人如是言，心与亦如是言者，殆寡矣。柳州、东野、长江、武功、宛陵、后山以至于四灵[6]，其诗世所谓寂，其境世所谓困也。然吾以为，有诗焉，固已不寂；有为诗之我焉，固已不困。愿与心与勿寂与困之畏也！

上海古籍出版社版《续修四库全书》影印
清刻本《石遗室文集》卷九

注释

[1] 其需人也众矣：意指没有独立不倚的心志，没有卓异特立的品格，而依赖于他人的好恶。

[2] 外集诟病：招致批评。

[3] 无所遁于其诗也：指诗与人为一，个人的穷苦坎坷都通过诗歌表现出来。

[4] 相：此处指评鉴，品察。

[5] 林狷生：林大任，字狷生，林则徐后人。心与：何振岱，字梅生，一字心与，福建闽县（今福州）人。光绪二十三年（1897年）举人。著有《姑留稿》。

[6] 柳州：柳宗元。东野：孟郊。长江：贾岛。武功：姚合。宛陵：梅尧臣。后山：陈师道。四灵：即永嘉四灵，指宋末四位诗人徐照、徐玑、翁卷、赵师秀。

说明

陈衍在这篇叙中从三个紧密联系的侧面阐述了“不俗”的诗歌理论主张。

首先，诗人要不受“利禄”的干扰，甘走“荒寒之路”，甘处“困”“寂”之境，不随波逐流，不攀缘投机，不汩没于世俗，以保持独立的个性和不受世风污染的真性情。他说：“诗者，荒寒之路，无当乎利禄，肯与周旋，必其人之贤者也。”《赠仁先》曰：“羌无利禄荒寒路，肯与周旋定是贤。”要求诗人远离利禄的诱惑，在荒寒困顿中保持高洁情操和独立精神。这对当时充斥于社会的一大批打着“维新”“革命”旗号的利禄之徒，极有针砭意义。值得注意的是，陈衍并非主张诗人远离现实、脱离社会，而是提倡诗人用独立的理智和感情去认识生活，反映现实。当然，另一方面，我们也应该看到，他标举的“寂”“荒寒之路”，确实带着封建士大夫的没落情绪，在近代的社会变革中，这“寂”，这“荒寒之路”，带有远离社会运动中心的边缘色彩，标示着另一种非主流的人生态度。

其次，陈衍强调创作主体的独立意识，把诗歌创作看作诗人个体的艺术创造，要求诗歌具有独特的个性、卓异的风貌，他说：“一景一情也，人不及觉者，已独觉之；人如是观，彼不如是观也；人犹是言，彼不犹是言也。”强调诗人要有独特的审美感受力、独立的认知识见和充分个性化的语言表达技巧，创作出诗与人高度统一的作品，把自己的经历遭际、思想感情无所隐遁地融化于诗歌中。这样的诗人感自己之感、言自己所言，不期取悦于人，不迎合他人；这样的诗作忠实于自己，“不屑众人”，便是“不俗”。反之，若诗人内心缺乏坚定的主意，“内摇心气”，屈服于时习流风，不能抵御来自外部的“诟病”，就难以取得创作上的成就。陈衍的这一理论，对保证文学艺术的独创性、独立性有重要意义。自明清以来，反对依傍，标举文艺的独立性，成为一种明确的理论倾向。但是陈衍的创作独立论，更多还是属于传统文士的艺术旨趣，与近代的审美独立论还有一定的差别。

第三，他特别激赏“清而有味，寒而有神，瘦而有筋力”的艺术趣味和美学境界，认为诗歌具有清寂寒瘦的艺术风格，才达到“不俗”的境地。从理论上标明了摹学苏黄的宋诗派的审美倾向和审美理想，这对于何绍基的“不俗说”也是一种补充和发展。

时新小说出案（节选）

〔清〕傅兰雅

作者简介

傅兰雅（John Fryer，1839—1928），英国传教士、学者。出生于英格兰海德镇。咸丰十一年(1861 年)至香港担任圣保罗书院校长。两年后被清政府聘为京师同文馆英文教习。同治四年(1865 年),南下上海任英华学堂校长。七年(1868 年)转至江南制造局翻译馆任编译,并主持馆务,达 28 年。光绪二年(1876 年)后,创办上海格致书院,自费创刊第一份科学期刊《格致汇编》。十一年创办格致书室,出版、销售书籍。傅兰雅在华翻译、出版过逾百种著作,产生了巨大影响。清廷曾授予三品官衔和勋章。光绪二十二年去美国任加利福尼亚大学东方文学语言教授。

1895 年 6 月,他曾举办一次"时新小说"的征文竞赛,分七等奖项,尽管收到 162 篇书稿后来未能出版,但他所发的征文广告《求著时新小说启》及 1896 年 3 月在《万国公报》第八十六册上所发的最终广告《时新小说出案》等有关文字,在中国近代小说批评史上关系重大。这些文字首先提出了"时新小说"的概念,号召小说对革除积弊、富强中国发生作用,并对小说的艺术表现也有一系列具体的见解,这对以后梁启超提出"小说界革命"产生了直接的影响。

本馆前出告白[1],求著时新小说,以鸦片、时文、缠足三弊为主,立案演说,穿插成编,仿诸章回小说,前后贯连。意在刊行问世,劝化人心,知所改革,虽妇人孺子,亦可观感而化。故用意务求趣雅,出语亦期显明,述事须近情理,描摹要臻恳至。

当蒙远近诸君揣摹成稿者,凡一百六十二卷。本馆穷百日之力,逐卷批阅,皆有命意。然或立意偏畸,述烟弊太重,说文弊过轻;或演案希奇,事多不近情理;或述事虚幻,情景每取梦寐;或出语浅俗,语多土白,甚至词尚淫污,事涉狎秽,动曰妓寮,动曰婢妾,仍不失淫词小说之故套,殊违劝人为善之体例,何可以经妇孺之耳目哉?更有歌词满篇、俚句道情者,虽足感人,然非小说体格,故以违式论;又有通篇长论、调谱文艺者,文字固佳,惟非本馆所求,仍以违式论。

然既蒙诸君俯允所请,惠我嘉章,足见盛情,有辅劝善之至意。若过吹求,殊拂雅教。今特遴选体格颇精雅者七卷,仍照前议,酬以润资。馀卷可取者尚多,若尽弃置,有辜诸君心血,余心亦觉难安。故于定格之外,复添取十有三名,共加赠洋五十元,庶作者有以谅我焉。

姓氏润资列后…………

光绪二十二年(1896年)二月《万国公报》第八十六册

注释

[1] 前出告白：傅兰雅在《申报》1895年5月25日、28日、30日，6月4日、8日连续五次登载广告《求著时新小说启》，同时也刊在1895年6月《万国公报》第77期上。广告全文如下："窃以感动人心，变易风俗，莫如小说。推行广速，传之不久，辄能家喻户晓，气息不难为之一变。今中华积弊最重大者，计有三端：一鸦片，一时文，一缠足。若不设法更改，终非富强之兆。兹欲请中华人士愿本国兴盛者，撰著新趣小说，合显此三事之大害，并祛各弊之妙法，立案演说，结构成编，贯穿为部，使人阅之，心为感动，力为革除。辞句以浅明为要，语意以趣雅为宗，虽妇人幼子，皆能得而明之。述时事务取近今易有，切莫抄袭旧套。立意毋尚希奇古怪，免使骇目惊心。限七月底满期收齐，细心评取。首名酬洋五十元，次名三十元，三名二十元，四名十六元，五名十四元，六名十二元，七名八元。果有佳作足劝人心，亦当印行问世，并拟请其常撰同类之书，以为恒业。凡撰成者，包好弥封，外填名姓，送至上海三马路格致书室。收入发给收条，出案发洋亦在斯处。英国儒士傅兰雅谨启。"同年，《中国纪事》6月号也刊载这则广告，并附有一则英文启事《有奖中国小说》，主要内容与上文广告有异同："总金额150元，分为七等奖，由鄙人提供给创作了最好的道德小说的中国人，小说必须对鸦片、时文、缠足的弊端有生动描绘，并提出革除这些弊病的切实可行的办法。希望学生、教师和与各种在华传教士机构有关的牧师都能看到附带的广告，并受到鼓励来参加这次竞赛；由此，一些真正有趣和有价值的、文理通顺易懂的、用基督语气而不是单单用伦理语气写作的小说将会产生，它们将会满足长期的需求，成为风行帝国受欢迎的读物。"(译文见韩南著，徐侠译：《中国近代小说的兴起》，上海教育出版社2004年版，第168页)

说明

在近代中西文学思想的交流过程中，多数是国人对于西方文论的吸取或引进，很少有西人对中国文论变革的直接推动。傅兰雅作为一个外国人，长期在华工作，他在大量翻译科技著作的同时，也关注人文社会科学的译介。他翻译的《佐治刍言》与《治心免病法》等，就曾对康有为著述《大同书》与谭嗣同“仁学”观的形成，都产生过重大影响。而他1895年所主持的“时新小说”有奖竞赛，虽然在创作上并未得到如期的收获，但其《求著时新小说启》《时新小说出案》等广告文字，在理论上提出了一系列的新观点。而这些新观点对梁启超及“小说界革命”产生了直接的影响。如在两年之后，梁启超在《变法通议·论幼学》中论及“说部”的改革时，就说：“今宜专用俚语，广著群书：上之可以借阐圣教，下之可以杂述史事，近之可以激发国耻，远之可以旁及彝情，乃至宦途丑态，试场恶趣，鸦片顽癖，缠足虐刑，皆可穷极异形，振厉末俗，其为补益岂有量耶！”这明显地可以看到两者之间的联系。后来，梁启超在《论小说与群治之关系》等文章中所论的一些主要观点和基本论调，也与傅兰雅所说的十分一致，故可以说，傅兰雅的这些主张不但直接引发和推动了晚清“小说界革命”，而且确立了晚清“小说界革命”的基本内容和主要方向。

傅兰雅影响晚清“小说界革命”的核心内容，是迫切希望小说成为社会改革的有力武器。当时，甲午战争失败，群情激昂，康有为发起了“公车上书”，这使傅兰雅很受鼓舞，相信盼望已久的改革时代即将到来。他想通过这次小说竞赛，使小说家明确创作小说就是为了革除社会积弊，所谓“劝化人心，知所改革”。他在当时一系列的文章与讲话中，强调当时中国社会最严重的积弊有三端：鸦片、时文、缠足。“若不设法更改，终非富强之兆。”因此，他“欲请中华人士愿本国兴盛者，撰著新趣小说，合显此三事之大害，并袪各弊之妙法，立案演说，结构成编，贯穿为部，使人阅之，心为感动，力为革除”。这与梁启超说“欲新一国之民，不可不先新一国之小说”，强调小说为改良政治服务是一脉相通的。

傅兰雅强调小说为改良现实社会服务，是建筑在小说能产生巨大的社会作用这一认识基础上的。他说的“窃以感动人心，变易风俗，莫如小说。推行广速，传之不久，辄能家喻户晓，气息不难为之一变”云云，就成为后来“小说界革命”论者的口头禅。

为了使小说能产生巨大的社会作用，傅兰雅强调小说在艺术表现上也要有所革新，“辞句以浅明为要，语意以趣雅为宗，虽妇人幼子，皆能得而明之。述时事务取近今易有，切莫抄袭旧套。立意毋尚希奇古怪，免使骇目惊心”。这里，首要的是语言通俗易懂，这也是晚清“小说界革命”所强调的一点。

正是在这样的基础上，他呼唤着一种“时新小说”或“新趣小说”的出现。不久的将来，晚清的小说界伴随着理论上倡导“革命”，“新小说”的创作也就铺天盖地而来。

因此，傅兰雅尽管不是晚清“小说界革命”的直接吹鼓手，但他的确是晚清“小说界革命”的先知先觉者。

论白话为维新之本

裘廷梁

作者简介

裘廷梁(1857—1943)，字葆良，江苏无锡人。早年能作古文，被称为“梁溪七子”之一，后留心西学，积极投入维新运动，提倡白话文，组织过“白话学会”，编印过《白话丛书》，主办过《无锡白话报》。辛亥革命后废原名字不用，更名可桴，以示不复参与时事。著有《可桴文存》。

今天下之人莫不曰：“国将亡矣，可奈何！”问其将亡之说，曰：“国无人焉耳。”之人也，非真知亡者也。古有亡天下之君，亡天下之相，亡天下之官吏：今数者皆无之，而有亡天下之民。是故古之善觇国者觇其君，今之善觇国者觇其民。入其国而智民多者，靡学不新，靡业不奋，靡利不兴，君之于民，如脑筋于耳目手足，此动彼应，顷刻而成。入其国而智民少者，靡学不腐，靡业不颓，靡利不湮，士无大志，商乏远图，农工狃旧习，盲新法；尽天下之民，去光就暗，蠢蠢如鹿豕，虽明诏频下，鼓舞而作新之，如击软棉，阒其无声，如震群聋，充耳不闻。

有文字为智国，无文字为愚国；识字为智民，不认字为愚民；地球万国之所同也。独吾中国有文字而不得为智国，民识字而不得为智民，何哉？裘廷梁曰：此文言之为害矣。人类初生，匪直无文字，亦且无话，咿咿哑哑，啁啁啾啾，与鸟兽等，而其音较鸟兽为繁。于是因音生话，因话生文字。文字者，天下人公用之留声器也。文字之始，白话而已矣。于何证之？一证之五帝时[1]，有作衣服，有作宫室，有作舟车，有作耒耜，有作弓矢，有教民医药，有教民稼穑，有教民人伦之道，悟一新理，创一新法，制一新器，一手一足，一口一舌，必不能胥天下之民而尽教之。故凡精通制造之圣人必著书，著书必白话。呜呼！使皆如今之文言，虽有良法，奚能遍传于天下矣？再证之三王时[2]，誓师有辞[3]，迁都有诰[4]，朝廷一二非常举动，不惮反复演说，大声疾呼，彼其意惟恐不大白于天下，故文告皆白话。而后人以为佶屈难解者，年代绵邈，文字不变而语变也。三证之春秋时，《三坟》《五典》《八索》《九邱》，在尔时为文言矣，不闻人人诵习。《诗》《春秋》《论语》《孝经》皆杂用方言，汉时山东诸大师去古来远[5]，犹各以方音读之，转相授受。老聃楚人也，孔子用楚语，翻十二经以示聃[6]，土话译书，始于是矣。故曰“辞达而已矣”。后人不明斯义，必取古人言语与今人不相肖者而摹仿之，于是文与言判然为二，一人之身，而手口异国，实为二千年来文字一大厄。

朝廷不以实学取士，父师不以实学教子弟，普天下无实学，吾无怪焉矣。乃至日操笔言文，而示以文义之稍古者，辄惊愕或笑置之，托他辞自解，终不一寓目。呜呼！文言之害，靡独商受之，农受之，工受之，童子受之，今之服方领习矩步者皆受之矣[7]；不宁惟是，愈工于文言者，其受困愈甚。二千年来，海内重望，耗精敝神，穷岁月为之不知止，自今视之，廑廑足自娱[8]，益天下盖寡。呜呼！使古之君天下者，崇白话而废文言，则吾黄人聪明才力无他途以夺之，必且务为有用之学，何至暗没如斯矣？吾一不知夫古人之创造文字，将以便天下之人乎？抑以困天下之人乎？人之求通文字，将驱遣之为我用乎？抑将穷老尽气，受役于文字，以人为文字之奴隶乎？且夫文字，至无奇也。苍颉、沮诵[9]，造字之人也，其功与造话同。而后人独视文字为至珍贵之物，从而崇尚之者，是未知创造文字之旨也，今夫“一大”之为“天”也，“山水土”之为“地”也[10]，亦后之人踵事增华，从而粉饰之耳。彼其造字之始，本无精义，不过有事可指则指之，有形可象则象之，象形指事之俱穷，则亦任意涂抹，强名之曰某字某字，以代结绳之用而已。今好古者不闻其尊绳也，而独尊文字，吾乌知其果何说也？或曰：会意谐声，非文字精义耶？曰：会意谐声，便记认而已，何精义之有？中文也，西文也，横直不同，而为用同。文言也，白话也，繁简不同，而为用同。只有迟速，更无精粗，必欲重此而轻彼，吾又乌知其何说也？且夫文言之美，非真美也。汉以前书曰群经，曰诸子，曰传记，其为言也，必先有所以为言者存。今虽以白话代之，质干具存，不损其美。汉后说理记事之书，去其肤浅，删其繁复，可存者百不一二。此外汗牛充栋，效颦以为工，学步以为巧，调朱傅粉以为妍，使以白话译之，外美既去，陋质悉呈，好古之士，将骇而走耳。

请言白话之益。一曰省日力：读文言日尽一卷者，白话可十之，少亦五之三之，博极群书，夫人而能。二曰除骄气：文人陋习，尊己轻人，流毒天下。夺其所恃，人人气沮，必将进求实学。三曰免枉读：善读书者，略糟粕而取菁英；不善读书者，昧菁英而矜糟粕。买椟还珠，虽多奚益？改用白话，决无此病。四曰保圣教：《学》《庸》《论》《孟》，皆二千年前古书，语简理丰，非卓识高才，未易领悟。译以白话，间附今义，发明精奥，庶人人知圣教之大略。五曰便幼学：一切学堂功课书，皆用白话编辑，逐日讲解，积三四年之力，必能通知中外古今及环球各种学问之崖略，视今日魁儒耆宿，殆将过之。六曰炼心力：华人读书，偏重记性。今用白话，不恃熟读，而恃精思，脑力愈浚愈灵[11]，奇异之才，将必迭出，为天下用。七曰少弃才：圆颅方趾，才性不齐，优于艺者或短于文，违性施教，决无成就。今改用白话，庶几各精一艺，游惰可免。八曰便贫民：农书商书工艺书，用白话辑译，乡僻童子，各就其业，受读一二年，终身受用不尽。然此八益，第虚言其理，人或未信也。

请言其效。成周之时[12]，文字与语言合，聆之于耳，按之于书，殆无以异。故童子始入小学，即以离经断句，为第一年之课程，读书之效如是其速也。其时学校之制，二十五家为一巷，巷为之门，门侧立小学堂。小学堂之制，每岁农事毕，同巷子弟，相从读书，距冬至四十五日，复出学就农业。计一年在学，不满九十日；在小学七年而出，亦仅与今人二年相抵耳。然其间秀异之才，一升而入五百家公立之学堂，再升而入万二千五百家公立之学堂，以次达于朝廷，而为官者，所在恒有。其不能升者，退就他业，罔不通晓物理，周知时事。降及春秋，植杖之叟[13]，耦耕之夫[14]，贩牛之商[15]，斫轮之工[16]，散见于传记诸书，犹往往不绝。西人公理家之言曰：凡人才智，愈后愈胜，古人必不如今人也。乃以其言观吾今日之中国，举天下如坐眢井[17]，以视古人智愚悬绝，乃至不可以道里计。岂今人果不古若哉？抑亦读书之难易为之矣。读书难故成就者寡，今日是也；读书易故成就者多，成周是也。此中国古时用白话之效。

耶氏之传教也[18]，不用希语[19]，而用阿拉密克之盖立里土白[20]。以希语古雅，非文学士不晓也。后世传耶教者，皆深明此意，所至辄以其地俗语，译《旧约》《新约》。吴拉非氏之至戈陀大族也[21]，美陀的无士、施里无士之至司拉弗也[22]，摹法、司喀、赉特三人之至非洲也[23]，皆先学其土语，然后为之造字著书以教之。千余年来，彼教浸昌浸炽，而吾中国政治艺术，靡一事不恧于西人[24]，仅仅以孔教自雄，犹且一夺于老，再夺于佛，三夺于回回[25]，四夺于白莲、天理诸邪教[26]，五夺于耶氏之徒。彼耶教之广也，于全地球占十之八。儒教于全地球仅十之一，而犹有他教杂其中。然则文言之光力，不如白话之普照也，昭昭然矣。泰西人士，既悟斯义，始用埃及象形字[27]，一变为罗马新字[28]，再变为各国方言，尽译希腊、罗马之古籍，立于学官，列于科目。而新书新报之日出不穷者，无愚智皆读之。是以人才之盛，横绝地球：则泰西用白话之效。

日本文辞深浅高下之率，以和、汉字多少为差[29]。深于文者，和字少汉字多；其尤深者，纯汉字而无和矣。浅于文者，和字多汉字少；其尤浅者，纯和字而无汉矣。其始，学士大夫鄙和文俚俗，物茂卿辈至欲尽废之为快[30]，而市井通用，颇以为便。数岁小儿学语之后，能通和训，即能看小说，作家书，比之汉文，难易殊绝。维新以后[31]，译书充牣，新报坌涌，一用和文。故其国工业商务兵制，愈研愈精，泰西诸国，犹睊睊畏之[32]，以区区数小岛之民，皆有雄视全球之志：则日本用白话之效。

由其言之，愚天下之具，莫文言若；智天下之具，莫白话若。吾中国而不欲智天下斯已矣，苟欲智之；而犹以文言树天下之的，则吾前所云八益者，以反比例求之，其败坏天下才智之民亦已甚矣。吾今为一言以蔽之曰：文言兴而后实学废，白话行而后实学兴；实学不兴，是谓无民。

1898 年《中国官音白话报》第十九、二十期

注释

[1] 五帝：传说中上古时代的五个帝王。《史记》以黄帝、颛顼、帝喾、唐尧、虞舜为五帝。

[2] 三王：指夏禹、商汤、周文王。

[3] 誓师有辞：《尚书》中有战争誓辞《甘誓》《汤誓》。

[4] 迁都有诰：《尚书·盘庚》是盘庚迁殷时对臣民发布的诰命。

[5] 汉时山东诸大师：指汉初传授《尚书》的伏胜、传授《诗经》的申公、辕固，以及汉武帝时经学大师孔安国，都是山东人。

[6] “老聃楚人也”三句：老聃，即老子，楚国苦县（今河南鹿邑东）人。《庄子·天道》：“孔子西藏书于周室……往见老聃，而老聃不许，于是翻十二经以说。”《庄子》中关于孔子言行的记载，均不足为信。十二经，说法不一，一说《诗》《书》《礼》《乐》《易》《春秋》六经，又加六纬，合为十二经。一说《易》上下经并十翼而为十二。又一说《春秋》十二公经。见陆德明《经典释文》卷二十七。

[7] 服方领习矩步者：指儒生学者，语见《后汉书·儒林传上》。方领，直的衣领。矩步，行步合乎规矩。

[8] 廑：通“仅”。

[9] 苍颉：也作仓颉，相传他是黄帝的右史臣，汉字的创造者。沮诵：相传他是黄帝的左史臣，与仓颉一起创造了汉字。

[10] “山水土”之为“地”也：“地”字的古体为“埊”。

[11] 愈浚愈灵：越深思越灵通。浚，挖深，引申为深思。

[12] 成周：即西周的东都洛邑，后为东周的首都，故古代常称东周为“成周”。此处泛指周代。

[13] 植杖之叟：《论语·微子》：“子路从而后，遇丈人，以杖荷蓧。子路问曰：‘子见夫子乎？’丈人曰：‘四体不勤，五谷不分，孰为夫子？’植其杖而芸。”

[14] 耦耕之夫：《论语·微子》：“长沮、桀溺耦而耕。孔子过之，使子路问津焉。

长沮曰：‘夫执舆者为谁？’子路曰：‘为孔丘。’曰：‘是鲁孔丘与？’曰：‘是也。’曰：‘是知津矣。’”长沮、桀溺，古之隐者。

[15] 贩牛之商：《左传·僖公三十三年》载，秦国军队偷袭郑国，“郑商人弦高将市于周，遇之，以乘韦先，牛十二犒师”，暗中则派人将军情火速报告郑国。

[16] 斫轮之工：见《庄子·天道》载轮扁斫轮故事。

[17] 眢(yuān)井：枯井。

[18] 耶氏：即耶稣，基督教信奉为“上帝之子”，创立基督教。

[19] 希语：指希伯来语，古犹太人用这种语言记述《旧约圣经》。

[20] 阿拉密克：闪族语的一种，古犹太人晚期用语，记述《旧约圣经》的一种文字。

[21] 吴拉非：活动于公元340年至348年。罗马主教(后来称教皇)曾派他到哥特人(罗马帝国时蛮族日耳曼人的一支)中去传教。他使哥特人改宗基督教的一派阿里阿教。戈陀大族：即哥特人。

[22] 美陀的无士：希腊东正教在帖撒罗尼迦的传教士，863年至885年，他和另一传教士西里尔前往摩拉维亚和波希米亚向西斯拉夫人传教，使西斯拉夫人改宗基督教。他们创立了斯拉夫文字母，并在教会事务中运用斯拉夫文，使斯拉夫基督教和君士坦丁堡教会开始联结。

[23] 摹法：生卒年为1795—1883年，苏格兰传教士，曾至非洲等地传教，将《圣经》翻译为塞库语。司喀、赍特：不详。

[24] 恧：惭愧。

[25] 回回：即伊斯兰教，是公元7世纪初阿拉伯半岛麦加人穆罕默德创立的一神教，与佛教、基督教并称世界三大宗教。7世纪中叶传入中国。

[26] 白莲：即白莲教，混合有佛教、明教、弥勒教等成分的秘密宗教组织，起源于宋代，到元代逐渐流行，虽曾被禁止，但参加者反越来越多。元明清三代常被农民利用为组织斗争的工具。天理：白莲教支派八卦教的别名。清嘉庆年间林清、李文成曾用来组织河北、山东、河南的农民起义。

[27] 埃及象形字：今称“埃及圣书字”。古代埃及的文字，人类最古的文字之一。

[28] 罗马新字：即“拉丁字母”。形体简单清楚，便于认读书写，流传很广，是世界上最通行的字母。

[29] 和：即“和文”，也就是日文。汉：指日文中借用的汉字。只借汉字的形和义，不借汉字的音，叫“训读”；用汉字原来的音来读汉字，叫“音读”。

[30] 物茂卿：生卒年为1660—1728年，名双松，号徂徕，茂卿为其字。日本著名

的儒学家，尊孔复古，专心古文辞，属“护国学派”。

[31] 维新：指日本于1868年以推翻德川幕府为主要标志的明治维新运动。通过这次运动，日本废除了封建幕藩体制，摆脱了殖民危机，建立了近代的民族国家，走上资本主义道路。

[32] 睊睊：侧目相视。

说明

本文是一篇系统宣传白话文的代表作。近代以来黄遵宪、梁启超、谭嗣同等人都主张文言合一，提倡白话文，反对文言文，在此基础上，裘廷梁更为自觉地积极担负起鼓吹白话文的时代使命。在这篇文章中，他从三个方面系统明确地论述了提倡白话文的基本主张。

一、坚决而彻底地否定文言文。裘廷梁认为“中国有文字而不得为智国，民识字而不得为智民”，从而濒临将亡的境地，这都是文言愚民祸国的罪过。因此只有将整个文言文立即废止，“崇白话而废文言”，才能普及教育，使国人具备聪明才智，国家才能得以振兴。这其实是一种过激的观点，把民智不开的罪责通通归咎于文言，显然有失偏颇，但是注意开通民智、普及文化的用意是积极的。

二、具体而全面地赞美白话文。白话优于文言，同时代人多能笼统言之。裘廷梁则条分缕析地列述了白话文的八点优越性：省日力、除骄气、免枉读、保圣教、便幼学、炼心力、少弃才、便贫民。所论各点大都符合实际，反映作者希望用白话文来推动社会进步的思想。其中“保圣教”一端虽反映了维新派尊孔保教，与封建主义保持着千丝万缕的联系，但也包含着要继承民族优秀传统，托古改制，借孔学以推行变法的意图。

三、强调白话为维新之本。梁启超等人对于白话文宣传教育、启迪民智的作用，多有论述，但将文体变革同维新变法之间关系明确而直接地提出来，则首推裘廷梁，他甚至将白话文的社会功用夸大到“维新之本”的高度，将白话文与国家兴亡直接联系起来，分别以“中国古时用白话之效”“泰西用白话之效”“日本用白话之效”，反复论证白话乃是智民强国的根本，过分夸大了白话的社会效果，颠倒了经济、政治与文化的关系。不过就总体而论，这篇旗帜鲜明、论证全面的文章不失为中国近代白话文运动史上的一篇名作。它吹响了彻底废止文言文的号角，预示着近代文体改革将进入一个新的阶段。

中国之演剧界

蒋观云

作者简介

蒋观云(1866—1929),名智由,字心斋,别号观云、愿云、因明子等。浙江诸暨人。中日甲午战争后,力言变法。1902年冬游学日本。曾参与《新民丛报》的编辑工作,思想比较激进,参加过中国教育会、光复会等。1907年参与发起政闻社,担任《政论》主编。晚年寓居上海,孤寂以终。蒋观云是新诗派重要诗人。他在诗歌中运用新名词表现新思想,被梁启超称誉为"近世诗界三杰"之一。他努力介绍西方新学,注意吸取新的文艺思想,撰写了《中国之演剧界》《冷的文章热的文章》等论文,翻译《维朗氏诗学论》并作按语,阐发了一些新颖独特的文学见解。最后倒向君主立宪,致使他的理论缺乏革命的朝气。有诗集《居东集》《蒋智由诗钞》《蒋观云先生遗诗》和杂文集《海上观云集初编》传世。

拿破仑好观剧,每于政治余暇,身临剧场,而其最所喜观者为悲剧。拿破仑之言曰:"悲剧者,能鼓励人之精神,高尚人之性质,而能使人学为伟大之人物者也,故为君主者不可不奖励悲剧而扩张之。夫能成法兰西赫赫之事功者,则坤讷由(Corneille)所作之悲剧感化之力为多[1]。使坤氏而今尚在,予将荣授之以公爵。"拿破仑之言如是。吾不知拿破仑一生,际法国之变乱,挺身而救时艰,其志事之奇伟,功名之赫濯,资感发于演剧者若何?第观其所言,则所以陶成盖世之英雄者,无论多少,于演剧场必可分其功之一也。剧场亦荣矣哉!虽然,使剧界而果有陶成英雄之力,则必在悲剧。

吾见日本报中屡诋诮中国之演剧界,以为极幼稚蠢俗,不足齿于大雅之数。其所论多系剧界专门之语,余愧非卢骚,不能解《度咴德兰犹》也。(卢骚精音律,著一书名曰《度咴德兰犹》,痛论法国音乐之弊,大为伶人间所不容[2]。)然亦有道及普通之理,为余所能知者。如云:

"中国剧界演战争也,尚用旧日古法,以一人与一人,刀枪对战,其战争犹若儿戏,不能养成人民近世战争之观念。"(按:义和团之起,不知兵法,纯学戏场之格式,致酿庚子伏尸百万,一败涂地之祸。演战争之不变新法,其贻祸之昭昭已若此)又曰:"中国之演剧也,有喜剧,无悲剧。每有男女相慕悦一出,其博人之喝采多在此,是尤可谓卑陋恶俗者也。"凡所骂甚多,兹但举其二种言之,然固深中我国剧界之弊者也。夫今之戏剧,于古亦当属于乐之中。虽古之乐以沦亡既久,无可考证,经数千年变更以来,决不得以今之戏剧,谓正与古书之所谓乐相当。然今之演剧,要由古之所谓乐之一系统而出;则虽谓今无乐,演剧即可谓为一种社会之乐,亦不得议其言为过当。夫乐,古人盖甚重之。孔子之门,乐与礼并称,而告为邦,则曰:"乐则《韶》《舞》[3]。"在齐闻《韶》,三月忘味[4]。其余论乐之言尤多。盖孔子与墨子异,墨子持非乐主义,而孔子持礼乐全能主义,故推尊乐若是其至也。而古之乐官,若太师挚、师旷等[5],亦皆属当世人材之选,昭昭然著声望于一时,而其人咸有关系于国家兴亡之故。夫果以今之演剧当古时乐之一种,则古之乐官,以今语言之,即戏子也。呜呼!我中国万事皆今不如古,古之乐变而为今之戏,古之乐官变而为今之戏子,其间数千年间,升降消长,退化之感,曷禁其枨触于怀抱也!抑我古乐之盛,事属既往,姑不必言。方今各国之剧界,皆日益进步,务造其极而尽其神。而我国之剧,乃独后人而为他国之所笑,事稍小,亦可耻也。且夫我国之剧界中,其最大之缺憾,诚如訾者所谓无悲剧。曾见有一剧焉,能委曲百折,慷慨悱恻,写贞臣教子仁人志士困顿流离,泣风雨动鬼神之精诚者乎?无有也。而惟是桑间濮上之剧为一时王,是所以不能启发人广远之理想,奥深之性灵,而反以舞洋洋,笙锵锵,荡人魂魄而助其淫思也。其功过之影响于社会间者,岂其微哉!昔在佛教,马鸣大士,行华氏国,作赖吒和罗之乐,使闻者皆生厌世之想,城中五百王子,同时出家[6]。是虽欲人悟观空无我之理,为弘通佛教之方便法,然其乐固当属悲剧之列也。今欧洲各国,最重沙翁之曲[7],至称之为惟神能造人心,惟沙翁能道人心。而沙翁著名之曲,皆悲剧也。

要之，剧界佳作，皆为悲剧，无喜剧者。夫剧界多悲剧，故能为社会造福，社会所以有庆剧也；剧界多喜剧，故能为社会种孽，社会所以有惨剧也。其效之差殊如是矣。嗟呼！使演剧而果无益于人心，则某窃欲从墨子非乐之议。不然，而欲保存剧界，必以有益人心为主，而欲有益人心，必以有悲剧为主。国剧刷新，非今日剧界所当从事哉！（曩时识汪笑侬于上海，其所编《党人碑》固切合时势一悲剧也。余曾撰联语以赠之。顾其所编情节，多可议者。望其能知此而改良耳）

1905 年 3 月 20 日《新民丛报》第 65 号

注释

［1］坤讷由：今通译高乃依（1606—1684），法国剧作家，古典主义戏剧的创始人，有剧本《熙德》等三十余部，戏剧论文有《论悲剧》《论三一律》等。

［2］"余愧非卢骚"等句：卢骚，即卢梭（1712—1778），法国启蒙思想家，他曾撰写《论法国音乐的一封信》，批评法国音乐家，没有才气，没有创新，引起法国歌剧院伶人的愤怒。

［3］乐则《韶》《舞》：语见《论语·卫灵公》。《韶》，虞舜乐曲名。《舞》，即《武》《大武》，武王乐曲名。

［4］"在齐闻《韶》"两句：《论语·卫灵公》："子在齐闻《韶》，三月不知肉味，曰：'不图为乐之至于斯也。'"

［5］太师挚：商代乐官。师旷：春秋后期晋国乐官。

［6］"马鸣大士"六句：马鸣，梵名阿湿缚瞿沙，古印度人，约公元 1 至 2 世纪人，大乘佛教的理论家和诗人。《对法藏传》五："有一大士，名马鸣。……彼于华氏城（在中天竺摩竭国）游行教化，大建法幢，摧灭邪见，作妙伎乐，名赖吒和罗，其音清雅哀婉，宣说苦空无我，时城中五百王子开悟出家。"

［7］沙翁：即英国伟大的戏剧家、诗人莎士比亚。

说明

蒋智由的这篇文章追溯了我国重视"乐"的优良传统，同时参照外国重视戏剧的情形，批评当时鄙薄演剧的不良现象，也分析了"我国之剧"的弊端，指出改良戏剧的道路，期望戏剧能恢复过去“有关系于国家兴亡之故”的社会价值。

他从“有益人心”的立场出发，大力推崇悲剧，认为“欲保存剧界，必以有益人心为主，而欲有益人心，必以有悲剧为主”，“使剧界而果有陶成英雄之力，则必在悲剧”，认识到悲剧震撼人心、净化灵魂的艺术力量和社会效果，期望出现“委曲百折，慷慨悱恻，写贞臣孝子仁人志士困顿流离，泣风雨动鬼神之精诚”的悲剧。蒋智由指出，我国剧界最大的缺憾是“无悲剧”。他认为我国的戏剧多演桑间濮上之类爱情故事，“舞洋洋，笙锵锵，荡人魂魄，而助其淫思”。因此，国剧改良应该从创作悲剧入手。蒋智由和王国维几乎是同时从不同的角度阐述悲、喜剧问题。但是，蒋智由推重悲剧是从积极入世的精神重视其社会作用，而不是从消极出世的角度强调其审美效果。

在蒋智由所处的那个悲剧性时代，需要悲剧性精神来唤醒民众、鼓舞士气，因此，他特别强调悲剧，是有着积极的现实意义的。但是，他说：“剧界佳作，皆为悲剧，无喜剧者。夫剧界多悲剧，故能为社会造福，社会所以有庆剧也；剧界多喜剧，故能为社会种孽，社会所以有惨剧也。”为了推崇悲剧，而将喜剧的讽刺批判意义和幽默滑稽效果一笔抹杀，显然是偏激之论。另外，他断言我国无悲剧，也是不符合史实的。中国人的社会观念、社会心理有自己的特点，中国戏剧表现人生也有自己的特点，不必一定得按照西方的悲、喜剧观念来界定和评论中国戏剧。

译印政治小说序

任　公

作者简介

梁启超(1873—1929)，字卓如，号任公，别署饮冰室主人。广东新会人。光绪举人。早年师从康有为学“陆王心学，而并及史学、西学梗概”(《三十自述》)。1895 年 4 月随康有为发动“公车上书”。同年 8 月，主持最早宣传维新变法的刊物《中外纪闻》笔政。强学会成立，任书记员。次年在上海任《时务报》总撰述。甲午以后，组织承办大学堂、译书局，参与新政，活跃非凡。百日维新失败后，亡命日本。1898 年 12 月在横滨创办《清议报》，1902 年先后主办《新民丛报》与《新小说杂志》，介绍西方文化，抨击中国旧学，鼓吹“新民之道”，左右舆论。在文学领域，他发起、领导了“诗界革命”“文界革命”“小说界革命”和戏剧改良运动，主张输入西方的新思想新事物，来促进当时文学的革新，服务于中国的政治社会变革，客观上推动了文学的近代化进程。梁启超还亲自积极地进行创作实践，创作小说，撰作“新民体”文章，当时文风为之一动。梁启超在文学理论和实践上的丰厚实绩，奠定了他在中国近代文学革新运动中的崇高地位。

政治小说之体，自泰西人始也。凡人之事，莫不惮庄严而喜谐谑，故听古乐，则惟恐卧，听郑、卫之音，则靡靡而忘倦焉[1]。此实有生之大例，虽圣人无可如何者也。善为教者，则因人之情而利导之，故或出之以滑稽，或托之于寓言。孟子有好货好色之喻[2]，屈平有美人芳草之辞[3]，寓谲谏于诙谐，发忠爱于馨艳，其移人之深，视庄言危论，往往有过，殊未可以劝百讽一而轻薄之也。中土小说，虽列之于九流[4]，然自《虞初》以来[5]，佳制盖鲜，述英雄则规画《水浒》，道男女则步武《红楼》，综其大较，不出诲盗诲淫两端。陈陈相因，涂涂递附，故大方之家，每不屑道焉。虽然，人情厌庄喜谐之大例，既已如彼矣。彼夫缀学之子，黉塾之暇[6]，其手《红楼》而口《水浒》，终不可禁；且从而禁之，孰若从而导之？善夫南海先生之言也[7]，曰：“仅识字之人，有不读经，无有不读小说者。故六经不能教，当以小说教之；正史不能入，当以小说入之；语录不能谕，当以小说谕之；律例不能治，当以小说治之。天下通人少而愚人多，深于文学之人少，而粗识‘之’‘无’之人多。六经虽美，不通其义，不识其字，则如明珠夜投，按剑而怒矣。孔子失马，子贡求之不得，圉人求之而得[8]。岂子贡之智，不若圉人哉？物各有群，人各有等，以龙伯大人与僬侥语[9]，则不闻也。今中国识字人寡，深通文学之人尤寡。”然则小说学之在中国，殆“可增七略而为八[10]，蔚四部而为五”者矣[11]。在昔欧洲各变革之始，其魁儒硕学，仁人志士，往往以其身之所经历，及胸中所怀，政治之议论，一寄之于小说。于是彼中缀学之子，黉塾之暇，手之口之，下而兵丁、而市侩、而农氓、而工匠、而车夫马卒、而妇女、而童孺，靡不手之口之。往往每一书出，而全国之议论为之一变。彼美、英、德、法、奥、意、日本各国政界之日进，则政治小说，为功最高焉。英名士某君曰:“小说为国民之魂。”岂不然哉！岂不然哉！今特采外国名儒所撰述,而有关切于今日中国时局者,次第译之,附于报末[12],爱国之士,或庶览焉。

1898年12月《清议报》第一册

注释

[1]“故听古乐”四句:《史记·乐书》:“魏文侯问于子夏曰:‘吾端冕而听古乐,则唯恐卧;听郑、卫之音,则不知倦。敢问古乐之如彼,何也?新乐之如此,何也?’”

[2]孟子有好货好色之喻:见《孟子·梁惠王下》。孟子以“公刘好货”“太王好色”的事例来劝说齐宣王若能“与百姓同之”,就可以施行王道。

[3]屈平有美人芳草之辞:《离骚》王逸序云:“《离骚》之文,依诗取兴,引类譬喻。故善鸟香草,以配忠贞……灵修美人,以媲于君。”

[4]“中土小说”两句:《汉书·艺文志·诸子略》著录了儒家、道家、阴阳家、法家、名家、墨家、纵横家、杂家、农家以及小说家十家,后又评论说:“诸子十家,其可观者九家而已。”

[5]《虞初》:汉武帝时方士虞初著《虞初周说》九百四十三篇,后世以之为小说之祖。

[6]黉塾:学校。

[7]南海先生:即康有为。

[8]“孔子失马”三句:《淮南子·说林》:“孔子行游,马失,食农夫之稼,野人怒,取马而系之。子贡往说之,卑辞而不能释也。……乃使马圉说之,至见野人,曰:‘子耕于东海,至于西海,吾马之失,安得不食子之苗?’野人大喜,解马而与之。”

[9]龙伯大人:传说中的巨人。《列子·汤问》:“龙伯之国有大人,举足不盈数步而暨五山之所。……至伏羲神农时,其国人犹数十丈。”僬侥:传说中的矮人。《列子·汤问》:“从中州以东四十万里得僬侥国,人长一尺五寸。”

[10]增七略而为八:意即小说学与七略相并称。《汉书·艺文志》:“(刘歆)总群书而奏其七略,故有《辑略》,有《六艺略》,有《诸子略》,有《诗赋略》,有《兵书略》,有《术数略》,有《方技略》。”

[11]蔚四部而为五:意即小说学与四部相并列。旧时的目录分类,将书分为经、史、子、集四部。

[12]“今特采外国名儒所撰述”四句：后来本文改作为《佳人奇遇》叙言时，此四句改作“今特采日本政治小说《佳人奇遇》译之”。

说明

梁启超早期的小说理论，是他维新变法的政治思想的重要组成部分。他的小说理论，是紧密地为维新变法政治服务的。从这种政治要求出发，他对中国传统小说一概骂倒，片面地认为中国古代小说少有佳作，大都不出诲盗诲淫两端，而主张直接翻译欧洲和日本的政治小说来教育和启迪民众，为维新变法运动作舆论宣传和思想准备。

在这篇文章中，梁启超借鉴欧洲各国和日本“政界之日进，则政治小说，为功最高焉”的经验，强调在当时政治运动风起云涌的时代需要大量翻译政治小说。他从读者接受的角度，分析“人情厌庄喜谐之大例”，即普通百姓更喜爱生动明白、滑稽寓言的通俗小说，因此在民众教育和思想启蒙方面，通俗政治小说大有作为。正是基于这一认识，他鼓吹小说的地位，可与“七略”“四部”相并称。梁启超在这里直接提倡政治小说，号召小说紧密地为政治服务，这对当时人们重视小说的思想内容，提高小说的社会地位，无疑产生了积极的影响，然而从此立场苛刻责难古代小说，又是偏激片面的。

论小说与群治之关系

梁启超

欲新一国之民，不可不先新一国之小说。故欲新道德，必新小说；欲新宗教，必新小说；欲新政治，必新小说；欲新风俗，必新小说；欲新学艺，必新小说；乃至欲新人心、欲新人格，必新小说。何以故？小说有不可思议之力支配人道故。

吾今且发一问：人类之普通性，何以嗜他书不如其嗜小说？答者必曰：以其浅而易解故，以其乐而多趣故。是固然；虽然，未足以尽其情也。文之浅而易解者，不必小说；寻常妇孺之函札，官样之文牍，亦非有艰深难读者存也，顾谁则嗜之？不宁唯是，彼高才赡学之士，能读《坟》《典》《邱》，能注虫鱼草木[1]，彼其视渊古之文，与平易之文，应无所择，而何以独嗜小说？是第一说有所未尽也。小说之以赏心乐事为目的者固多，然此等顾不甚为世所重；其最受欢迎者，则必其可惊可愕可悲可感，读之而生出无量噩梦、抹出无量眼泪者也。夫使以欲乐故而嗜此也，而何为偏取此反比例之物而自苦也？是第二说有所未尽也。吾冥思之，穷鞫之[2]，殆有两因：凡人之性，常非能以现境界而自满足者也。此蠢蠢躯壳，其所能触能受之境界[3]又顽狭短局而至有限也。故常欲于其直接以触以受之外，而间接有所触有所受，所谓身外之身，世界外之世界也。此等识想，不独利根众生有之[4]，即钝根众生亦有焉[5]。而导其根器使日趋于钝[6]，日趋于利者，其力量无大于小说。小说者，常导人游于他境界，而变换其常触常受之空气者也。此其一。人之恒情，于其所怀抱之想象，所经阅之境界，往往有行之不知、习矣不察者；无论为哀为乐，为怨为怒、为恋为骇、为忧为惭，常若知其然而不知其所以然。欲摹写其情状，而心不能自喻，口不能自宣，笔不能自传。有人焉和盘托出，彻底而发露之，则拍案叫绝曰："善哉善哉，如是如是。"所谓"夫子言之，于我心有戚戚焉"，感人之深，莫此为甚。此其二。此二者实文章之真谛[7]，笔舌之能事。苟能批此窾，导此窍[8]，则无论为何等之文，皆足以移人；而诸文之中能极其妙而神其技者，莫小说若。故曰小说为文学之最上乘也。由前之说，则理想派小说尚焉；由后之说，则写实派小说种目虽多，未有能出此两派范围外者也。

抑小说之支配人道也，复有四种力：一曰熏[9]。熏也者，如入云烟中而为其所烘，如近墨朱处而为其所染。《楞伽经》所谓"迷智为识，转识成智"者[10]，皆恃此力。人之读一小说也，不知不觉之间，而眼识为之迷漾[11]，而脑筋为之摇飏，而神经为之营注；今日变一二焉，明日变一二焉；刹那刹那[12]，相断相续；久之而此小说之境界，遂入其灵台而据之[13]，成为一特别之原质之种子[14]。有此种子故，他日又更有所触所受者，旦旦而熏之，种子愈盛，而又以之熏他人，故此种子遂可以遍世界。一切器世间有情世间之所以成所以住[15]，皆此为因缘也。而小说则巍巍焉具此威德以操纵众生者也。二曰浸。熏以空间言，故其力之大小，存其界之广狭；浸以时间言，故其力之大小，存其界之长短。浸也者，入而与之俱化者也。人之读一小说也，往往既终卷后数日或数旬而终不能释然。读《红楼》竟者必有余恋有余悲，读《水浒》竟者必有余快有余怒。何也？浸之力使然也。等是佳作也，而其卷帙愈繁、事实愈多者，则其浸人也亦愈甚；如酒焉，作十日饮，则作百日醉。我佛从菩提树下起[16]，便说偌大一部《华严》[17]，正以此也。三曰刺。刺也者，刺激之义也。熏浸之力利用渐[18]，刺之力利用顿[19]；熏浸之力在使感受者不觉，刺之力在使感受者骤觉。刺也者，能使人于一刹那顷，忽起异感而不能自制者也。我本蔼然和也，乃读林冲雪天三限，武松飞云浦一厄，何以忽然发指？我本愉然乐也，乃读晴雯出大观园，黛玉死潇湘馆，何以忽然泪流？我本肃然庄也，乃读实甫之《琴心》《酬简》[20]，东塘之《眠香》《访翠》[21]，何以忽然情动？若是者，皆所谓刺激也。大抵脑筋愈敏之人，则其受刺激力也愈速且剧。而要之必以其书所含刺激力之大小为比例。禅宗之一棒一喝[22]，皆利用此刺激力以度人者也。此力之为用也，文字不如语言。然语言力所被不能广不能久也，于是不得不乞灵于文字。在文字中，则文言不如其俗语，庄论不如其寓言。故具此力最大者，非小说末由。四曰提。前三者之力，自外而灌之使入；提之力，自内而脱之使出，实佛法之最上乘也。凡读小说者，必常若自化其身焉，入于书中，而为其书之主人翁。读《野叟曝言》者必自拟文素臣[23]读《石头记》者必自拟贾宝玉，读《花月痕》者必自拟韩荷生若韦痴珠[24]，读《梁山泊》者[25]必自拟黑旋风若花和尚，虽读者自辩其无是心焉，吾不信也，夫既化其身以入书中矣，则当其读此书时，此身已非我有，截然去此界以入于彼界，所谓华严楼阁[26]，帝网重重[27]，一毛孔中[28]，万亿莲花[29]，一弹指顷，百千浩劫[30]，文字移人，至此而极。然则吾书中主人翁而华盛顿，则读者将化身为华盛顿；主人翁而拿破仑，则读者将化身为拿破仑；主人翁而释迦、孔子，则读者将化身为释迦、孔子，有断然也。度世之不二法门[31]，岂有过此？此四力者，可以卢牟一世[32]，亭毒群伦[33]，教主之所以能立教门，政治家所以能组织政党，莫不赖是。文家能得其一，则为文豪；能兼其四，则为文圣。有此四力而用之于善，则可以福亿兆人；有此四力而用之于恶，则可以毒万千载。而此力所最易寄者惟小说。可爱哉小说！可畏哉小说！

小说之为体，其易入人也既如彼，其为用之易感人也又如此，故人类之普通性，嗜他文终不如其嗜小说，此殆心理学自然之作用，非人力之所得而易也。此天下万国凡有血气者莫不皆然，非直吾赤县神州之民也。夫既已嗜之矣，且遍嗜之矣，则小说之在一群也，既如空气如菽粟，欲避不得避，欲屏不得屏，而日日相与呼吸之餐嚼之矣。于此其空气而苟含有秽质也，其菽粟而苟含有毒性也，则其人之食息于此间者，必憔悴，必萎病，必惨死，必堕落，此不待蓍龟而决也。于此而不洁净其空气，不别择其菽粟，则虽日饵以参苓，日施以刀圭，而此群中人之老病死苦，终不可得救。知此义，则吾中国群治腐败之总根原，可以识矣。吾中国人状元宰相之思想何自来乎？小说也。吾中国人佳人才子之思想何自来乎？小说也。吾中国人江湖盗贼之思想何自来乎？小说也。吾中国人妖巫狐鬼之思想何自来乎？小说也。若是者，岂尝有人焉提其耳而诲之，传诸钵而授之也[34]？而下自屠爨贩卒、妪娃童稚，上至大人先生、高才硕学，凡此诸思想必居一于是，莫或使之。若或使之，盖百数十种小说之力，直接间接以毒人，如此其甚也（即有不好读小说者，而此等小说，既已渐渍社会，成为风气。其未出胎也，固已承此遗传焉；其既入世也，又复受此感染焉。虽有贤智，亦不能自拔。故谓之间接）。今我国民惑堪舆[35]，惑相命，惑卜筮，惑祈禳，因风水而阻止铁路、阻止开矿，争坟墓而阖族械斗杀人如草，因迎神赛会而岁耗百万金钱、废时生事、消耗国力者，曰惟小说之故。今我国民慕科第若膻，趋爵禄若鹜，奴颜婢膝，寡廉鲜耻，惟思以十年萤雪[36]、暮夜苞苴[37]，易其归骄妻妾、武断乡曲一日之快，遂至名节大防，扫地以尽者，曰惟小说之故。今我国民轻弃信义，权谋诡诈，云翻雨覆，苛刻凉薄，驯至遂人皆机心，举国皆荆棘者，曰惟小说之故。今我国民轻薄无行，沉溺声色，绻恋床笫，缠绵歌泣于春花秋月，销磨其少壮活泼之气，青年子弟，自十五岁至三十岁，惟以多情多感多愁多病为一大事业，儿女情多，风云气少，甚者为伤风败俗之行，毒遍社会，曰惟小说之故。今我国民绿林豪杰，遍地皆是，日日有桃园之拜，处处为梁山之盟，所谓“大碗酒，大块肉，分秤称金银，论套穿衣服”等思想[38]，充塞于下等社会之脑中，遂成为哥老、大刀等会[39]，卒至有如义和拳者起[40]，沦陷京国，启召外戎，曰惟小说之故。呜呼！小说之陷溺人群，乃至如是，乃至如是！大圣鸿哲数万言谆诲之而不足者，华士坊贾一二书败坏之而有余。斯事既愈为大雅君子所不屑道，则愈不得不专归于华士坊贾之手[41]。而其性质其位置，又如空气然，如菽粟然，为一社会中不可得避不可得屏之物，于是华士坊贾，遂至握一国之主权而操纵之矣。呜呼！使长此而终古也，则吾国前途，尚可问耶，尚可问耶！故今日欲改良群治，必自小说界革命始；欲新民，必自新小说始。

1902 年《新小说》第一号

注释

[1] 注虫鱼草木：这里泛指训诂之学。我国古代训诂书《尔雅》第十三篇至第十六篇分别是《释草》《释木》《释虫》《释鱼》。

[2] 鞫(jū)：审问，追究。

[3] 触：《入阿毗达磨论》卷上：“触，谓根、境、识和合生，令生触境，以能养活心所为相。”受：《品类足论》：“受云何？谓领纳性。此有三种，谓乐受、苦受、不苦不乐受。”境界：佛教名词，指六识所辨别的各自对象。这里指直接感觉到的现象。

[4] 利根：佛家语，谓根性明利。

[5] 钝根：佛家语，谓根机愚钝。

[6] 根器：佛家语，指修道者的能力。《大日经》疏：“略说法有四种，谓三乘及秘密乘，虽不应吝惜，然应观众生量其根器，而后与之。”

[7] 真谛：佛家语，又名胜义谛、第一义谛，与“俗谛”相对，指佛家认为的最真实的道理。

[8] 批此窾，导此窍：即谓道中要害，批评中的。语本《庄子·养生主》：“批大郤(隙)，道大窾。”

[9] 熏：即“熏习”，佛家语。如衣服本无香，以香常熏之，则有香气，故曰熏习，以譬人受善感染则为善，受恶感染则为恶。

[10]《楞伽经》：佛经名。梁启超《论佛教与群治之关系》说：“凡夫以无明熏真知，故迷智为识；学道者复以真如熏无明，故转识成智。”

[11] 眼识：《品类足论》：“眼识云何？谓依眼根各了别色。”系佛家语，心法之一。眼根对色尘时所产生之识，此识专以了别色界为其作用。

[12] 刹那刹那：佛教名词。形容时间极短。

[13] 灵台：这里指心。《庄子·庚桑楚》：“不可内于灵台。”

[14] 原质：犹今言无素。种子：佛家语。佛家谓眼识、耳识、鼻识、舌识、身识、意识、末那识、阿赖那识为八识。阿赖那识有生一切染净诸法之功能，与草木之种子相似，故即谓此种功能为种子。《成唯识论》：“此第八识，或名种子识。能任持世出世间诸种子故。”

[15] 器世间：佛家语，亦云器世界，谓一切众生居住之国土世界。有情世间：佛家语，亦云众生世间，指一切有生者而言。因一切有生者，皆坠于世中，故称有情世间。成、住，佛家语，四劫之二。四劫谓成、住、坏、空四劫。

[16] 菩提树：乔木名，梵语为毕钵罗，系东印度原产。传说佛坐此树下，证菩提果，故亦名菩提树。菩提：指觉悟境界。

[17]《华严》：佛经名，全称《大方广佛华严经》，又称《杂华经》。据说，当年大食国的阿三王子为《华严经》所启悟，在菩提树下静坐，证悟佛法，建立了大食佛教。

[18] 渐：原为佛家语。《摩诃止观》：“渐名次第，借浅由深。”佛教有顿悟、渐悟之别。前者指快速直入究极的觉悟，后者指循序渐进的觉悟。

[19] 顿：原为佛家语。《大乘义章》：“自有众生借浅阶远，佛为渐说；或有众生一越解大，佛为顿说。”

[20]《琴心》《酬简》：分别见王实甫《西厢记》之第二本第四折和第三本第四折。

[21]《眠香》《访翠》：分别见孔尚任《桃花扇》之第六出、第五出。东塘：孔尚任的号。

[22] 禅宗：佛教宗派名，又名佛心宗或心宗，以专修禅定(思维修、静虑等)为主，以南朝宋末达摩为初祖，至神秀、慧能二大师，禅分南北。一棒一喝：禅宗师家接待初学的人，不用语言答复，或用棒打，或以口喝，借此以促人觉悟。

[23]《野叟曝言》：清夏敬渠所作长篇小说，共一百五十四回。书中主人公文素臣被写成文武全才，稍经患难后，得以宠遇。

[24]《花月痕》：晚清魏子安所作长篇小说。书中描写韦痴珠与刘秋痕、韩荷生与杜采秋两对才子妓女相恋、穷通的故事。

[25]《梁山泊》：这里指《水浒传》。

[26] 华严楼阁：《大方广佛华严经》："尔时善财童子恭敬右绕菩萨摩诃萨已，而白之言：'唯愿大圣，开楼阁门，令我得入。'时弥勒菩萨前诣楼阁，弹指出声，其门即开，令善财入。善财心喜，入已还闭。见其楼阁，广博无量，同于虚空。"

[27] 帝网重重：《大方广佛华严经》："普现如来所有境界、如天帝网，于中布列。"

[28] 一毛孔中：《维摩诘所说经》："以四大海水入一毛孔。"

[29] 万亿莲花：《梵网经卢舍那佛说菩萨心地戒品第十》："是时释迦即擎接此世界大众，至莲花台藏世界百万亿紫金刚光明宫中，见卢舍那佛，坐百万莲华赫赫光明座上。……尔时卢舍那佛，即大欢喜，现虚空光体性，本原成佛，常住法自三昧，示诸大众……我已百阿僧祇劫修行心地……住莲花台藏世界海。其台周遍有千叶，一叶一世界，为千世界。我化为千释迦，据千世界。复就一叶世界，复有百亿须弥山，百亿日月，百亿四天下，百亿南阎浮提，百亿菩萨释迦坐百亿菩提树下，各说汝所问菩提萨埵心地。其余九百九十九释迦，各各现千百亿释迦，亦复如是。千花上佛，是吾化身；千百亿释迦，是千释迦化身。"

[30] 百千浩劫：佛教以天地一成一毁为一劫，经八十中劫为一大劫。

[31] 度世：出世，脱离现世。不二法门：佛家语，意谓直接入道，不可言传的法门。

[32] 卢牟：意犹规模。《淮南子・要略》："卢牟六合，混沌万物。"

[33] 亭毒：化育，养育。《老子》五十一章："亭之毒之。"陆希声曰："权其成谓之亭，量其用谓之毒。"

[34] 传诸钵而授之：中国禅宗师徒间道法的授受，常以传衣钵为言，称为衣钵相传。

[35] 堪舆：旧时迷信术数之一，俗称看风水，即根据宅基或坟地的形势来推断祸福。

[36] 萤雪：《晋书・车胤传》："胤博学多通，家贫不常得油，夏月则练囊盛数十萤火以照书。"又，《尚友录》："孙康，晋京兆人，性敏好学，家贫无油，于冬月尝映雪读书。"这里指家贫苦读。

[37] 苞苴：蒲包，这里指贿赂。

[38] “大碗酒”四句：贯华堂本《水浒传》第十四回：“论秤分金银，异样穿细锦，成瓮吃酒，大块吃肉，如何不快活。”

[39] 哥老：会党名。起于太平天国以前，初以“反清复明”为宗旨。太平天国失败后，其势始盛。辛亥革命时期，有些会员接受革命党人领导，多次参加武装起义。大刀：会党名，为白莲教支派，多次组织反教御侮的对外斗争。

[40] “卒至有如义和拳者起”四句：罗惇曧《拳变余闻》：“义和拳称神拳，以降神召众。……其神则唐僧、悟空、八戒、沙僧、黄飞虎、黄三太。”可见其受《西游记》《封神演义》等小说的影响。

[41] 华士：徒尚藻饰之士。《论衡·非韩》：“夫狂谲华士，段干木之类也，太公诛之。”

说明

《论小说与群治之关系》是梁启超倡导“小说界革命”的纲领性文章。他从为政治改良维新制造舆论、动员民众的目的出发，全面地论述了小说的社会作用、艺术特点和文学地位，鲜明地提出革新小说以符合政治变革的主张，在整个文坛产生了巨大的影响。

梁启超首先较为深入地探讨了小说巨大的艺术感染力之所在。他强调，大众之所以嗜好小说，并非因为小说文字浅显、内容有趣，而是因为(一)“小说者，常导人游于他境界，而变换其常触常受之空气者也”，小说能够引导读者从“顽狭短局而至有限”的实际生活境界中超脱出来而进入“身外之身，世界外之世界”的艺术的理想的境界；(二)小说能将大众心之所想、身之所历，“和盘托出，彻底而发露之”，使人们对“行之不知，习矣不察”的思想行为，不仅知其然，而且能知其所以然。这两点正符合人类希望广阔地了解世界和深切地认识自己的本性恒情。因此，“小说为文学之最上乘也”。梁启超指出前者是“理想派小说”，后者是“写实派小说”，这是受西方小说理论的启迪，第一次在我国将小说分成理想派和写实派两种。

梁启超总结小说“支配人道”的四种艺术感染力：熏、浸、刺、提。大体而言，熏，即指小说具有陶冶情操的作用，使读者在“不知不觉之间”受到感染，久而久之改变了性情。浸，指小说使读者身入其境，其思想感情受到渗透而不断地变化。浸和熏都是指一种潜移默化的力量。刺，是小说通过触目惊心的艺术形象强烈地震撼读者的心灵，使读者情不自禁地受到感动，接受教育。提，则是指小说中艺术形象切合读者的心理，产生一种“移人”的力量，使读者感情完全融入小说之中，与主人翕合而为一。小说具有这“四力”，就可以规模一世，化育万众。这是第一次较为系统地阐述小说的艺术感染力，但他在这里过高地估计了小说的社会作用和影响力，并没有找到小说准确的社会定位。

梁启超颠倒了文学和现实的关系，将“吾中国群治腐败总根源”归咎于小说，认为是旧小说导致国民愚盲迷信、蝇营狗苟、权谋诡诈、轻薄无行，甚至于社会暴乱、农民起义也是小说的影响所致。鉴于此，他进一步提出“今日欲改良群治，必自小说界革命始；欲新民，必自新小说始”，通过革新小说来革新道德、宗教、政治、风俗、学艺，乃至人心人格，最终达到革新“一国之民”的目的。

总之，梁启超是从服务于政治维新运动的立场来倡导其“小说界革命”的。他强调小说的社会作用，把小说提到前所未有的高度，号召小说通过自身的革新而改良国民、制造舆论，为当前的政治服务；并对小说的艺术特征有了一定的认识。这些观点，为维新派的小说理论定下了基调，在整个文坛上产生了巨大的影响。但是，他颠倒文学和现实的关系，过高地估计小说的价值和地位，对传统小说一概否定，显然也是十分错误的，给晚清的小说理论和创作带来了不良的影响。

《小说林》缘起

〔清〕觉　我

作者简介

觉我，即徐念慈(1875—1908)，字彦士，别号觉我，亦署东海觉我。江苏昭文县(今常熟)人。曾为爱国学社常熟支部负责人。1905年任曾朴创办的小说林书社编辑部主任，后又主编《小说林》月刊。译著有《新舞台》《黑行星》《美人妆》《海外天》《新法螺先生谭》等多种，另有理论文章小说《小说林缘起》《余之小说观》《觉我赘语》及《小说管窥录》等。徐念慈是晚清引人注目的小说理论家，他自觉地借鉴西方黑格尔、康德等人的美学观点，揭示小说的艺术特征之所在，并较为正确地认识小说与社会的关系，其小说观念在当时新鲜而卓异。

小说林之成立，既二年有五月，同志议于春正发刊《小说林月刊社报》。编辑排比既竟，并嘱以言弁其首。觉我曰，伟哉！近年译籍东流，学术西化，其最歆动吾新旧社会，而无有文野智愚，咸欢迎之者，非近年所行之新小说哉？夫我国之于小说，向所视为鸩毒，悬为厉禁，不许青年子弟稍一涉猎者也，乃一反其积习，而至于是。果有沟而通之，以圆其说者耶？抑小说之道，今昔不同，前之果足以害人，后之实无愧益世耶？岂人心之嗜好，因时因地而迁耶？抑于吾人之理性（Venunft），果有鼓舞与感觉之价值者耶？是今日小说界所宜研究之一问题也。

余不敏，尝以臆见认断之：则所为小说者，殆合理想美学、感情美学，而居其最上乘者乎？试以美学最发达之德意志征之，黑搿尔氏（Hegel，1770—1831）于美学[1]，持绝对观念论者也。其言曰："艺术之圆满者，其第一义，为醇化于自然。"简言之，即满足吾人之美的欲望，而使无遗憾也。曲本中之团圆（《白兔记》《荆钗记》）、封诰（《杀狗记》）、荣归（《千金记》）、巧合（《紫箫记》）等目[2]触处皆是。若演义中之《野叟曝言》[3]，其卷末之踌躇满志者，且不下数万言。要之不外使圆满而合于理性之自然也。其征一。又曰："事物现个性者，愈愈丰富，理想之发现，亦愈愈圆满，故美之究竟，在具象理想，不在于抽象理想。"西国小说，多述一人一事；中国小说，多述数人数事；论者谓为文野之别，余独谓不然。事迹繁，格局变，人物则忠奸贤愚并列，事迹则巧绌奇正杂陈，其首尾联络，映带起伏，非有大手笔、大结构，雄于文者，不能为此，盖深明乎具象理想之道，能使人一读再读即十读百读亦不厌也，而西籍中富此兴味者实鲜。孰优孰绌，不言可解。然所谓美之究竟，与小说固适合也。其征二。邱希孟氏（Krichmann，1802—1884）[4]，感情美学之代表者也。其言美的快感，谓对于实体之形象而起。试睹吴用之智（《水浒》）、铁丐之真（《野叟曝言》），数奇若韦痴珠（《花月痕》）、弄权若曹阿瞒（《三国志》）、冤狱若风波亭（《岳传》）、神通游戏若孙行者（《西游记》）、济颠僧（《济公传》），阐事烛理若福尔摩斯、马丁休脱（《西侦探案》），足令人快乐，令人轻蔑，令人苦痛尊敬，种种感情，莫不对于小说而得之。其征三。又曰："美的概念之要素，其三为形象性。"形象者，实体之模仿也。当未开化之社会，一切神仙佛鬼怪恶魔，莫不为社会所欢迎，而受其迷惑。阿剌伯之《夜谈》[5]，希腊之神话，《西游》《封神》之荒诞，《聊斋》《谐铎》之鬼狐[6]，世乐道之，酒后茶余，闻者色变。及文化日进，而观《长生术》《海屋筹》之兴味[7]，不若《茶花女》《迦因小传》之秾郁而亲切矣[8]。一非具形象性，一具形象性，而感情因以不同也。其证四。又曰："美之第四特性，为理想化。"理想化者，由感兴的实体，于艺术上除去无用分子，发挥其本性之谓也。小说之于日用琐事，亘数年者，未曾按日而书之，即所谓无用之分子则去之。而月球之环游[9]，世界之末日[10]，地心海底之旅行[11]，日新不已，皆本科学之理想，超越自然而促其进化者也。其证五。凡此种种，为新旧社会所公认，而匪余一己之私言，则其能鼓舞吾人之理性，感觉吾人之理性，夫复何疑！

"小说林"之于新小说，即已译著并刊，二十余月，成书者四五十册，购者纷至，重印至四五版，而又必择尤甄录，定期刊行此月报者，殆欲神其熏、浸、刺、提[12]（说详《新小说》一号）之用，而毋徒费时间，使嗜小说癖者之终不满意云尔。

丁未元宵后三日，东海觉我识。

《小说林》1907 年第 1 期

注释

［1］黑搿尔：现通译黑格尔。本文引述其观点参见黑氏《美学》一书。

［2］《白兔记》：南戏剧本，据传元人作，姓名不详，取材于民间传说。写刘知远家贫，外出投军，妻李三娘在娘家受尽折磨，生下儿子托人送交刘知远处抚养，十余年后，其子射猎，追踪白兔而得见母，于是一家团圆。《荆钗记》：南戏剧本，元代柯丹丘作。写王十朋中状元后，拒绝丞相逼婚，被贬潮州，妻钱玉莲也拒绝富豪孙汝权的逼迫，投江自杀，为人救起，最后夫妻团聚。《杀狗记》：南戏剧本，明初徐畛作。写孙华滥交朋友，同兄弟孙荣不和，孙华妻杨氏用杀狗之计，使孙华、孙荣兄弟和好，而杨氏得以"旌表门闾"的故事。《千金记》：传奇剧本，明代沈采作。以韩信和他的妻子为主要线索，写楚汉相争故事。《紫箫记》：传奇剧本，明代汤显祖作。取材唐代蒋防小

说《霍小玉传》,写诗人李益与霍小玉结合后,随军出征吐蕃,霍小玉无限怀念,李益于七夕回京,两人团聚。

[3]《野叟曝言》:一百五十四回,清代夏敬渠所作之长篇小说。书中主人公文素臣文武全才,稍经患难后,得以宠遇。

[4] 邱希孟:又译为基尔希曼,普鲁士哲学家、美学家、社会学家。

[5]《夜谈》:即《天方夜谭》,现通译《一千零一夜》。阿拉伯著名民间故事集,内容包括寓言、童话、恋爱故事、冒险故事、名人轶事等,想象丰富,文笔生动。

[6]《谐铎》:清代戏曲家沈起凤所作笔记小说集,十二卷。

[7]《长生术》:英人解佳著,曾广铨译,叙述中亚非利加洲荒古蛮野的生活,托言亲身游历其境,文情离奇怪诞。《海屋筹》:英哈葛德原著,逍遥生译。所叙事与《长生术》相仿佛。

[8]《茶花女》:指林纾译的《茶花女遗事》。《迦因小传》:即《迦因喜司托来》,叙述迦因和亨利的爱情故事。

[9] 月球之环游:当时有《环游月球》等翻译小说,讲述漫游月球、探索月球秘密的故事。

[10] 世界之末日:当时有《地球末日记》等翻译小说,讲述几百万年后地球被冰雪所覆,人类灭亡的幻想故事。

[11] 地心海底之旅行:当时有《地底旅行》《海底旅行》等翻译小说,讲述探测地底,漫游海底的故事。

[12] 熏、浸、刺、提:见梁启超《论小说与群治之关系》一文。

说明

近代以来,随着西方学术文化的引进和外国翻译小说的大量出现,国内"新小说"也大为兴盛起来,得到不论文野智愚的人们普遍欢迎,产生启迪民智、改良社会的有益果效。"新小说"为什么能如此盛行,大受青睐?徐念慈指出原因在于:小说有"鼓舞与感觉""吾人之理性"的审美价值。在这篇文章中,徐念慈着重依据黑格尔等人的美学理论,分析了小说艺术的审美特征,指出小说审美价值之所在。第一,小说的美在于它逼真地反映生活发展的内在规律,使人在理性上感到圆满自然,没有遗憾。第二,小说描写丰富具体的人物个性和曲折奇变的故事情节,表现具象理想,而非抽象理想,富有兴味。第三,小说塑造的人物形象,

“令人快乐，令人轻蔑，令人苦痛尊敬”，在感情上能引起“美的快感”。第四，小说描摹和反映具体生活现象，富有形象性，亲切感人。第五，为理想化。理想化一方面是指去粗存精、去伪存真、去芜存菁的典型化，即“除去无用分子，发挥其本性”；另一方面是指在现实基础上的科学的想象，从而“超越自然，促其进化”。总之，小说是“合理想美学、感情美学，而居其最上乘者”。

徐念慈积极接受和运用西方近代的美学思想来分析文学和小说。尽管对某些概念和观点的理解尚较模糊，运用也不够自如，但提出了诸多新鲜的有意义的观念和见解，产生广泛的影响，促进了中国近代小说理论的进一步深入，为小说理论的近代化作出重要贡献。

中国文学史·总论（节选）

〔清〕黄　人

作者简介

黄人（1866—1913），原名振元，中年改名人，字慕庵，号摩西，别署梦暗、慕云等。江苏常熟人。南社成员。1901 年任东吴大学堂教授，直至终身。又与曾朴、徐念慈等创办小说林社。辛亥革命后，以愤懑国事，发狂疾而卒。黄人爱好古代小说，不仅从真实性、政治性角度评价古代小说，而且重视从“美的方面”来加以衡量，主张文学“真、善、美”相统一，在晚清文学理论批评中闪现出耀眼的光彩。黄人还是著名的文学史家。他完成于 1909 年的《中国文学史》，具有鲜明的特点和强烈的时代气息，标志着我国近、现代新型文学史著作的逐步兴起，是中国文学史学史上的一部里程碑式的作品。今人辑有《黄人集》。

文学之目的

人生有三大目的：曰真，曰善，曰美。而所以达此目的者，学是也。真也者，求宇宙最大之公理，如科学、哲学等。善也者，谋人生最高之幸福，如教育学、政法学、伦理学、宗教学等。而文学则属于美之一部分。然三者皆互有关系。故求真之学，有叙述的，即有模范的，有实质的，亦有形式的。而慈善家、伦理家、政治家之手段方针，亦莫不推暨自然，由现象而知原则，力求进步，薄补苴而重完全[1]。至于文学，何独不然？语云："文质相宣。"又云："修辞立其诚。"则知远乎真者，其文学必颇。又云："文以载道。""立言必有关于风教。"则知反乎善者，其文学亦褒。且文学之范围力量尤较大于他学，他学不能代表文学，而文学则可以代表一切学，纵尽时间，横尽空间，其借以传万物之形象，作万事之记号，结万理之契约者文学也。人类之所以超于一切下等动物者，言语为一大别，文明人之所以胜于野蛮半化者，文学为一大别。故从文学之狭义观之，不过与图画、雕刻、音乐等，自广义观之，则实为代表文明之要具，达审美之目的，而并以达求诚明善之目的者也。吾非谓重视文学即可置一切学于不问也，文学之责任愈重，则所以达此文学之目的者愈见其难，无三才万象为之资料[2]，则虽穷高骛远，而无异贫儿之说金，无德慧术智为之结构，则虽盈篇累牍，而仍同鹦鹉之学语。是则不能求诚明善，而但以文学为文学者，亦终不能达其最大之目的也。

历史文学与文学史

以体制论，历史无文学，亦不能组织，然历史所注重者，在事实，不在词藻，界要自分明。惟史之成分实多含文学性质，即如《六经》皆史也，而《书》为政府之文学，《诗》为社会之文学，《易》为宗教之文学，《礼》与《春秋》似乎纯为史裁，而附属之传记，仍表以文学。班、马以下，类别渐繁，登录文学亦綦详。盖一代政治之盛衰，人事之得失，有文学以为之证佐，则情实愈显，故曰文胜则史[3]。虽然，有具体必有抽象，有通力必有专行。文学之演进诚散见于历史中，而历史只能吸收之而不能包括之，且就一方面观，历史又仅为文学之一部分。故史之分类，有自然的，有精神的，前者为种族、地理、物产等；政治、宗教、经济、教育诸史，则属于后者，文学史亦其一也。文学之分类，有模范的，有叙述的，前者为文谱、文论等，而文学史则属于叙述。盖非是将终身由之而不知其道，更不免数典忘祖之诮矣。

我国旧家，唐、宋以下，大率分为性理、考据、词章三派，而最录简册者，又分为经、史、子、集四部，独以词章与集部属诸文学，其余则闭门自贵，不屑就文学之范围，独班氏之书，则百家著述概志以艺文，其见解固高于后世之入主出奴者。盖我国之学多理论而少实验，故有所撰著，辄倾向于文学而不自知，文之优者，虽排斥其学，而心殊笃好；文之劣者，虽推崇其学，而隐生厌苦。即如庄、列、申、韩及西竺诸书[4]，儒者久视为鸩毒，试取其书与霁雾之语录[5]，饾饤之经解并陈之，而反叩其本心之憎爱，非逐臭之夫，食蓼之虫[6]，断无不能辨别其妍媸者，否则非违心以欺人，即毫无知识者耳。即如二十四氏之史文，首推盲腐，而一则讥其谬于是非，一则疑为泄其冤愤[7]，所以见重于世者，特文学之空前绝后耳。《春秋》非圣人之书哉，何以有断烂朝报之诮也[8]？然文学虽如是其重，而独无文学史。所以考文学之源流、种类、正变、沿革者，惟有文学家列传（如文苑传，而稍讲考据、性理者尚入传），及目录（如艺文志类）、选本、（如以时、地、流派选合者）、批评（如《文心雕龙》《诗品》《诗话》之类）而已。而所持者又甚狭，既失先河后海之旨，更多朝三暮四之弊，故虽终身隶属于文学界者，亦各守畛域而不能交通。屈、宋之徒[9]，罔识高、赤[10]；韩、柳之裔，摈斥曹、刘，此尚因造诣之各异也，甚而一门之中亦分水火，宗两汉则祧六朝，崇三唐则薄两宋，信古者则嗤近习为俳优，趋时者则讥陈编为刍狗，而不知奇偶华质因于自然，本原未尝或异，甲乙丙丁不过符号，界线终未分明，而乃画地为牢，操戈入室，执近果而昧远因，拘一隅而失全局，皆因乎无正当之文学史以破其锢见也。盖我国国史守四千年闭关锁港之见，每有己而无人，承廿四朝朝秦暮楚之风，多美此而剧彼，初无世界之观念，大同之思想。历史如是，而文学之性质亦禀之，无足怪也。

文学史之效用

文学史者，不仅为文学家之参考而已也，凡欲谋世界文明之进步者，不数既往，不能知将来，不求远因，不能明近果，历史之应用，其目的不外乎此。故他国之文学史亦不过就既往之因，求其分合沿革之果，俾国民有所称述，学者有所遵守。而我国文学史之效力尚不止此，大要有数端如下：

（一）三皇之书，为文学权舆，时全世界方居草昧，同时文明程度可与抗颜行者，独有巴比伦与埃及耳，若印度、犹太，则子姓矣，希腊、罗马直以云仍视之耳[11]。而此诸国当时之文学，虽极发达，要其继续不过百年，果蠃螟蛉，他人入室，前仆后起，迭为兴替，其新者不过暴富之贫儿，其旧者已成化石之蜕骨。今之英、法、德、美虽以文物睥睨全球，而在千百年前方为森林中攫噬之图腾[12]，乌有所谓文学者。故以文学之谱牒言，独我国可谓万世一系，瓜瓞相承，初未尝稍杂以非种，即间或求野求夷，吸取新质，要为文学生活上营养之资，而不能乱文学生殖上遗传之性，今虽过华屋而叹凌夷，窥明镜而羞老大，然一息犹存，当有待盖棺而论定。百足相辅，安见不一旅之中兴，正未容崛起之白板[13]，顾影之乌衣[14]，遽加轻蔑也。则有文学史，而厌家鸡爱野鹜之风，或少息乎？

（二）或谓进化之公理不行于支那，故世界各国皆后来居上，独我国则有今不如古之叹。似也，而实不然。夫苟在天演界中，安有能生存而不能进化者？换言之，则不进化又安能生存者？即有之，亦不过取幸于一时，而断难持续。故就我国现象之一二部观，非特不进化，且有退化者，统全局论之，则进化之机固未尝少息也（详见《分论》中）。然进化之道，虽曰优胜劣败，适者生存，而优劣之程度无算，竞争之方法亦无算，其机甚微，虽明智不能尽析，而惟以其适存为验，此固无待烦言也。而所不可不知者，较然之优劣，其竞争浅，而同在优级，必以竞争而后定其高下者，其竞争之机乃益剧烈。派的利亚之与人类[15]，其优劣相去何止千万，然人类初不注意，至近日知其为害之烈，始从事竞争。若人猿一族，非与人类血系最近而优于一切动物者乎？何世界上寥寥不数见也。红黑二种，更优于人猿矣，何亦如秋后之叶，日见其少也。非人类灭之而谁灭之耶？盖优劣之程度相去不远，则所以供给其生存者亦相等，此盈则彼绌，乙丰则甲啬，势不能两立，则其竞争亦不得不烈。植二木于方寸之地，则必一枯一荣，而交加之藤，翳生之苔，则无恙焉，前者丰若，而后者则因其过劣而竞争反不剧也。今黄祸黄祸之说溢于白民之口耳，何不曰赤祸黑祸也？则其所谓祸者，为其劣而祸欤？抑为其优而祸欤？固无待解决矣。夷人之国、灭人之种者，必先夷灭其言语文字。夫国而有语言文字，此其国必不劣，而国亦有待之而立者，故夷灭之恐不及也，若尤是侏离格磔之俗[16]，结绳投砾之治，亦无容多此一举矣。我国民之优点，其足以招入宫之嫉而必不能免当门之锄者，尚不止文学，而文学则势处于至危者也。所幸吾国之文学精微浩瀚，外人骤难窥其底蕴，故不至如矿产路权遽加剥夺。然乳臭之学子甫能受课，见蟹形之文[17]，则欢迎恐后，一授以祖国之字，辄攒肩掉首，如不欲闻。而号为老师宿儒者，犹复匿其珍错，执土饭尘羹，强使入咽。以此现象观之，则不待人之灭我而我行将自灭矣。示之以文学史，俾后生小子知吾家故物不止青毡[18]，庶不至有田舍翁之诮[19]，而奋起其继述之志，且知其虽优而不可深恃。今日之鼎铛玉石，几世几年经营收藏，而迤逦弃掷，视之不甚爱惜者，一旦他人入室，付诸焚溺，欲觅一丝寸砾而不可复得，则守护不可不力。故保存文学实无异保存一切国粹，而文学史之能动人爱国保种之感情，亦无异于国史焉。

（三）我国有最奇之两大现象，则外形常为统一，而内容则支离破碎也。如政体虽数千年来常统于一君主一法律之下，其实百里之内，即自为风气，尔疆彼界，阂于胡越，即一户一族一团体，而亦互分党派。伦理道德亦常统于一先生之说，所谓天经地义无敢或逾者，而以实际言之，则巫蛊之毒，夷虏之陋，常盘踞其中，且各有所师尚。（其普通者如选日占验之类，特别者如礼斗禳星之类，至伦理上沉锢之点，若强兄弟同餐及妇女守节之类。）至于一切职业，莫不皆然，而文学为尤甚。盖统之者本无实力，受统者又非出于真意，不过悬一尊号，苟且相安，而其中不规则之动机，无时或息，遂有种种之结果，种种之方面，犹强投无数之液质于容积不大之一器中，听其各自结晶，则其外虽若一体，而其内质之混杂，几有不胜分析者。言文学者无不推原于大道，根柢于《六经》。其实道非一端，杨、墨之是[20]，有时贤于孔、孟之非，樵牧之俚，有时过于《图》《书》之秘。《六经》虽云载道之书，而考其实质，惟《诗》《书》为正则之文学，且《国风》《雅》《颂》，旨趣各殊，典谟训诰，体裁迥异，苟细为分析，皆可自成一家，别为初祖。若五德之代兴[21]，忠质一视所尚，若九土之分域，埴坟咸有所宜。而演进益深，则繁赜纷纭，已尽革其故，而别生新种。论报本追远之厚意，不妨谓同出于一原，识乘除消息之化机，则断难强驱于同轨。且奉一神者宗教之主体，而旧宗新派已分裂于坛宇之间，明一尊者君主之大权，而九夷八蛮尚羁縻于职方之外[22]。文学为言语思想自由之代表，而刻木为主而听命之，画地为牢而谨守之，不亦傎乎[23]！至若诗歌、小说，实文学之本色。故三代典籍，每多有韵之文，而《虞初》《齐谐》[24]，亦为最古之史乘。前者所以生音乐之精神，后者所以穷社会之状态，体制虽有变更，而目的未尝或异。余若客嘲宾戏[25]，呈诡辩之才；石鼎锦图[26]，极文心之巧；典午清谈[27]，为两宋南宗北宗之滥觞[28]；舒王经义，树有明甲科乙科之正鹄。此皆文学之不循故辙而独辟一区者，虽无当于大道，要不失审美之旨，而述文学系统者，往往摈不与列。由前而言则失之太广，由后而言则又失之太狭。广则不能通者而强求其通，狭则本可通者而屏不使通，而其极均至于不通。虽曰政治习俗实使之然，此言语思想之自由，政治习俗固未尝明为制限，而亦不能为之制限也，示以文学史，庶知返乎。

（四）我国社会之弊，莫大于不诚，一切事物，往往表里绝殊，名实相反，而文学其尤甚者焉。夫文之为义，虽若与质对待，然固相辅而非相反者，乃至其流极，而所谓文者，几若诈伪曲饰之代名。推其原因，盖有二焉：一由于佞。下之事上，贱之事贵，以反逆为大恶，以媚兹为义务，歌功颂德，既便于口吻，掩过饰非，遂流于记载。壁麟二经[29]，为史家之职志，亦为文学之朝宗，而孔氏著尊亲之讳，孟氏有书不尽信之疑。于是后世之纪事纪言者，益袭为揄扬，罔顾事实，虽直笔间存，而南史、董狐固难胜于众咻[30]；谥法具在[31]，而文武圣神岂尽出于公道？其始则对于君亲，或者出于劫制，其继则施诸侪辈，已若习为自然；其始但以奉人，犹不免阳谀而阴毁，其继则以之私己，并至久假而忘归。

册府裔皇[32]，满纸惟陈令德；简笺往复，临颖辄颂清芬[33]。至于祝嘏谀墓[34]，最泛滥而无纪。昔人所谓华封之祝[35]，箕畴之福[36]，尽人皆有。及人虽极恶，必有一篇极好文字送归泉下者，非刻论也。甚至篡杀大恶，而必饰以美词；兵刑凶事，而常文以吉语。愈郑重则愈失真，愈冠冕则愈无当，官样文章真如葫芦依样焉。夫俳优之谐悦主家，止求饮食醉饱；尸祝之供媚神鬼[37]，尚为邀福禳灾。文学为名山不朽之业，而顾与之若佩剑之左右乎？长此不变，则人事可以执符而验，但易其岁月，而文学亦可刊板而成，仅填以姓氏足矣。此不诚之自上而下者焉，一由于诞。铺张扬厉，神奇变化，固为文学家之能事.然必肆而能敛，奇不诡正，斯有所征信而垂后。我国民好大迷信之习相沿不改，而其中于文学者尤深，文字则有雨粟鬼哭之祥[38]，图书则矜河马洛龟之秘[39]，初民智识未开，傅会诚无足怪。宣尼为群言之宗[40]，立辞必衷真理，言不雅驯，不登记录，然微言传述，已病浮夸，教外别传，尚流谶纬。周秦诸子，人抱哲理，文学亦际其最盛，然师法必托诸皇古之神明，援引必参以域外之灵怪。两京困雅[41]，选义陈词者奉为圭臬，而以五行禨祥为大道，以符命封禅为高文，至若鲁壁丝竹，汲冢光芒[42]，凌虚传河上之书，持禁出枕中之记。舍苍生而问鬼神，伤哉王佐[43]；托奇事而行讽谏，谲矣岁星。仲舒大儒，而侈陈五龙之术[44]，中垒硕学，而深信《万毕》之方[45]。故秦坑之儒，即是方士；汉学之授不出家人。延及标季[46]，益多夸饰。兜率遮须[47]，才子之死必生天；长庚奎宿[48]，文人之生皆应运。甚至工部诗编，入夜发星月之光；庐陵阡表[49]，落水有蛟龙之护。大抵谓古籍流传，必与清虚合德；而名流撰述，常有神物相随。若六丁下寻[50]，九厄成例，则文学又几成为释提桓因之阿修罗[51]，耶禾华之撒但矣[52]。此则不诚之自下而上者也。盖佞者旵屈于威力，而阿谀以取容，其心实有所不甘，遂别出一术，以隐为抵抗。或挟最高之天权，或挟最尊之师权，或挟最信仰之鬼神权，上与君主分席。其始或出于不得已，虽明知其诡谲，而姑用以自振，日久成习，则渐多无病之呻吟，且以不经为矩矱[53]，而君主之黠者，反利用之以为粉饰太平之具，以塞觊觎非分之萌。既佞既诞，愈诞愈佞，指鹿之术日起于下[54]，而养狙之方益工于上[55]，上与下互售其欺，而遂成为文学第二种性质。尚词藻者，固当矜雕镂而务神奇，而寻常清言，皆杂以迂怪；居殿阁者，诚当徇忌讳而申颂祷，而一切人事，亦出以丐词。夫文学既为载道垂训之具，而先导举国以不诚，安望国民之有进步乎！史者，人事之鉴也，美恶妍媸，直陈于前，无所遁形，而使人知所抉择。观于世界文学史，则文学之不诚亦初级进化中不可逃之公理，创世之记[56]，默示之录[57]，《天方夜谭》[58]，希腊神话，未尝非一丘之貉，不当独为我国诟病。惟彼之贤乎我者，华与实不相掩，真与赝不相杂，而除一上帝外，无赞美之文，除几种诗歌、小说外，无神怪之说，即间有之，而语有分寸，尚殊奴隶之卑污，事有依据，不等野蛮之迷信。故其国民皆以诚为至善，以诳为极恶，外交内政，昭如划一，以固其国础，文学未始无功焉。而文学之能去不诚而立其诚者，则有所取鉴而能抉择也。天下事惟能知然后能行，有知而不行者矣，未有能不知而行者也。不知而行，谓之盲行，彼以欺售欺者，实以盲引盲耳。人情非好为佞也诞也，奴隶野蛮固稍有识者所不乐居也，而卒不免于佞诞者，正苦其不自知也。惟其不自知，故以婞婀澳涊为义所当然也[59]，以穿凿附会为理所必有也，甚且以不佞行其佞，学胡语而骂人，以不诞行其诞，向痴人而说梦。苟鉴乎陈迹，知岛夷索虏之丑词[60]，仅等市伧之相诟；吞卵履武之故事[61]，实有中冓之难言[62]，则反而自省，必有愀然不安而生其羞恶者。虽矫枉治标，或恐有损文学典重雄奇之本质。究之志趣高，则立言愈形遒上，理解富，则下笔益见权奇。今古中外，苟以文学名家者，未有不具不羁之气概，爱智之精神者。障翳抉则光明生，糟粕漉则精华出，夫何有因噎废食之疑乎？

结　　论

然则不统现象而研究，则实际不明；不就对象以权衡，则主观不立。采十五国之风，而后有兴、观、群、怨之资；修二百四十年之史，而后有进退黜陟之枋[63]，搜集百二十国之宝书，而后六艺大明，百家退治，诚敻乎莫尚矣。若夫彦和雕龙，子玄抽象[64]，皆足衍向、歆之家学[65]，为游、夏之功臣[66]。变迁至今，可无后盾？则文学史者，又不仅为华士然犀之照[67]，且可为朴学当璧之征矣[68]。故文学史之一多离合状态，与各科学略同；文学史之兴衰治乱因缘，亦与各种历史略同，其特别之效用则如右。

国学扶轮社铅印本《中国文学史》

注释

[1] 补苴：弥缝缺漏。

[2] 三才：指天、地、人。《易·说卦》："是以立天之道曰阴与阳，立地之道曰柔与刚，立人之道曰仁与义，兼三才而两之，故易六画而成卦。"

[3] 文胜则史：《论语·雍也》："子曰：质胜文则野，文胜质则史。文质彬彬，然后君子。"史，浮夸。

[4] 庄、列、申、韩：指《庄子》《列子》《申子》《韩非子》。西竺诸书：指佛教典籍。

[5] 雺雺：指蒙昧不清。

[6] 食蓼之虫：寄生于蓼草中的昆虫。比喻安于常习，不知辛苦。

[7] "即如二十四氏之史文"四句：二十四氏之史文，自《史记》至《明史》二十四部正史，合称二十四史，此泛指史书。盲腐，分别指左丘明、司马迁。据司马迁《太史公自序》："左丘失明，厥有国语。"左丘明著《左传》。司马迁曾遭受宫刑（也称腐刑），著《史记》。讥其谬于是非，班固《汉书·司马迁传》："又其是非颇谬于圣人，论天道则先黄、老而后《六经》，序游侠则退处士而进奸雄，述货殖则崇势利而羞贱贫，此其所蔽也。"

[8] 断烂朝报：《宋史·王安石传》载：王安石以《春秋》残缺不全，而解经者每遇疑难之处，即指为阙文，因称《春秋》为断烂朝报。朝报，官储的公告。

[9] 屈、宋之徒：指追慕屈原、宋玉的文人。

[10] 高、赤：指公羊高和谷梁赤，相传两人均从孔子弟子子夏学《春秋》，分别撰著《春秋公羊传》和《春秋谷梁传》。

[11] 云仍：世代很远的子孙。

[12] 图腾：英语 totem 的译音。原始社会的氏族部落以某种动物或植物当作祖先来崇拜，视之为部落的标志。

[13] 白板：自汉以后官皆有印，授官的板书，而无印章，称为白板。板，亦作版。

[14] 顾影之乌衣：指顾影自怜的名门后裔。乌衣，乌衣巷，在今南京市东南，东晋时王、谢诸望族居此。

[15] 派的利亚：英语 parasite 的译音，意谓寄生虫、寄生菌。

[16] 侏离：我国古代西部少数民族的音乐。格磔：鸟鸣声。

[17] 蟹形文字：指横写的西方文字。

[18] 青毡：《晋书·王献之传》："夜卧斋中，而有偷人入其室，盗物都尽，献之徐曰：'偷儿，青毡我家旧物，可特置之。'群偷惊走。"

[19] 田舍翁之诮：《宋书·武帝纪》："孝武大明中，坏上所居阴室，于其处起玉烛殿，与群臣观之，床头有土鄣，壁上葛灯笼、麻绳拂；侍中袁颢盛称上俭素之德，孝武不答，独曰：'田舍公得此，以为过矣。'"

[20] 杨、墨：指杨朱和墨翟，是战国时很流行的学派，二家都反对儒家学说。

[21] 五德：秦汉方士以金、木、水、火、土五行相生相克的道理来附会王朝的命运，称为五德。

[22] 职方：官名，掌天下地图，主四方职贡。

[23] 傎：同"颠"，颠倒。

[24] 虞初：西汉河南洛阳人，曾根据《周书》改写成《周说》九百四十三篇，已佚。齐谐，《庄子·逍遥游》："齐谐者，志怪者也。"

[25] 客嘲宾戏：指东方朔《答客难》、扬雄《解嘲》、班固《答宾戏》。

[26] 石鼎：指韩愈《石鼎联句》诗。锦图：前秦秦州刺史窦滔被徙流沙，其妻苏氏思之，织锦为回文旋图诗以寄，可宛转循环读之。

[27] 典午："司马"的隐语。典，掌管，与"司"同义；午，在十二属相中是马。典午在此代称晋朝。因晋朝由司马氏掌国。

[28] 南宗北宗：唐宋时期，禅宗分为南宗、北宗，南宗讲顿悟，北宗重渐悟。

[29] 壁麟二经：指《尚书》和《春秋》。汉武帝时，鲁恭王拆毁孔子旧宅，在夹墙中得古文《尚书》及《礼记》《春秋》《论语》《孝经》，凡数十篇，人称壁中书，或称壁经。又传说孔子作《春秋》，绝笔于获麟，后因称《春秋》为《麟经》《麟史》。

[30] 南史：春秋时齐国史官。董狐：春秋晋国史官。两人皆是直书不讳的良史。

[31] 谥法：古时贵族死后依照其生前事迹，评定一个称号，叫谥法。

[32] 册府：藏书的地方。矞皇："矞矞皇皇"的省略，盛美貌。

[33] 临颖：临文。颖，指毛笔。

[34] 祝嘏(gǔ)：告神祈福之辞。古代祭祀，执事人为受祭者向主人祝福为

祝嘏。

[35] 华封之祝：华封人祝帝尧长寿、富有、多男，后人称为华封三祝。

[36] 箕畴：即《洪范九畴》，《尚书》篇名，相传为箕子所述，故曰箕畴。汉儒盛行的"天人感应"说，常以此为立论根据。

[37] 尸祝：立尸而祝祷之。尸，神像。

[38] 雨粟鬼哭：《淮南子·本经》："昔者，苍颉作书，而天雨粟，鬼夜哭。"雨粟，谓天降粟。

[39] 河马洛龟：《易·系辞上》："河出图，洛出书，圣人则之。"

[40] 宣尼：孔子，汉元始元年（1年）追谥孔子为"褒成宣尼公"。

[41] 两京：西汉、东汉。囦雅：即渊雅，囦，古渊字。

[42] 汲冢：晋太康二年，汲郡人不准盗发魏襄王墓（或言安釐王冢），得竹书数十车，也称汲冢书。

[43] "舍苍生而问鬼神"两句：《史记·屈原贾生列传》："后岁余，贾生征见。孝文帝方受釐，坐宣室。上因感鬼神事，而问鬼神之本。贾生因具道所以然之状。至夜半，文帝前席。"王佐，辅佐帝王的人，此指贾谊。

[44] "仲舒大儒"两句：仲舒，董仲舒。五龙之术，方士的仙术。五龙，古代方士传说木、火、金、水、土五仙之名。

[45] "中垒硕学"二句：中垒，刘向，曾任中垒校尉。《万毕》，古代占卜书。

[46] 标季：末季，后代。

[47] 兜率：梵语，指佛教所说欲界六天之第四天，义译为知足、喜足、妙足、上足等，泛指人死后所登的"天界"。

[48] 长庚：即金星，也称启明。奎宿：星宿名，亦称天豕、封豕，二十八星宿之一，白虎七宿的第一宿。

[49] 庐陵阡表：指欧阳修《泷冈阡表》，为他父母葬永丰而作。

[50] 六丁：道教中的火神。

[51] 提桓因：指忉利天之帝释。忉利天，为佛教的三十三天，欲界六天中之第二，在须弥山之顶，四方各有八天城，当中有一天城，帝释所居处。阿修罗，梵语音译，意译为非天，古印度神话中恶神名，曾与帝释争权，佛书中列为天龙八部之五。

[52] 耶禾华：通译耶和华，犹太教中最高的神，基督教沿用称上帝的名。撒但：通译撒旦，意为"仇敌"或"抵挡"，《圣经》中指背叛上帝扰乱地界的魔鬼。

[53] 矩矱：指法度。

[54] 指鹿：即《史记·秦始皇本纪》所载“指鹿为马”事。

[55] 养狙之方：《庄子·齐物论》：“狙公赋茅(分发橡子)，曰：‘朝三暮四。’众狙皆怒。曰：‘然则朝四而暮三。’众狙皆悦。”狙，猕猴。

[56] 创世之记：指犹太教、基督教《圣经》第一卷《创世记》，记述上帝创造世界和人类始祖，以及犹太人远祖的传说故事。

[57] 默示之录：指《新约全书》最后之《启示录》，记述耶稣的门徒约翰关于耶稣第二次降临审判人类的预言。

[58]《天方夜谭》：又名《一千零一夜》，阿拉伯著名民间故事集。

[59] 婞婀：依违随人，没有主见。澳涊：污浊。

[60] 岛夷索虏：南北朝分治，皆以正统自居，北朝称南为岛夷，南朝称北为索虏，皆含蔑视意。

[61] 吞卵履武之故事：传说商族的祖先契乃简狄吞玄鸟卵所生，周族的始祖后稷乃有邰氏之女姜嫄踏巨人脚迹怀孕而生。武，脚印。

[62] 中冓：内室。《诗·鄘风·墙有茨》：“中冓之言，不可道也。”后人讥帷薄不修者为中冓之羞。

[63] 枋：权柄，通“柄”。

[64] 子玄：郭象(？—312)，字子玄，河南洛阳人。好老、庄之学，有《庄子注》。抽象，指推阐象义。

[65] 衍：推衍，发展。向、歆：刘向和刘歆。

[66] 游、夏：指子游和子夏，皆为孔门弟子，擅长文学。

[67] 华士：爱好词藻修饰的文人。然犀：传说晋温峤至牛渚矶，水底有音乐声，峤燃犀角而照，见水族出没，奇形异状。后谓人明烛事物者曰燃犀。然，同“燃”。

[68] 当璧：楚共王无嫡子，有宠子五人，告祷于神，以璧遍视星辰山川，曰：“当璧而拜者，神所立也。”于是埋璧于宗庙之庭，使五人顺长幼次序入拜。平王幼小，抱而入，适在璧上拜，得以立。见《左传·昭公十三年》。后以当璧喻当国君之兆。此指振兴。

说明

1901 年黄人与章太炎同时被聘为刚创办的东吴大学教授。《中国文学史》是黄人于 1904 年前后为讲授这门课而陆续撰写的讲义。《总论》为全书第一篇，阐述了作者基本的文学观和文学史观。

黄人接受西方近代美学思想，提出以“美”为核心，“真、善、美”相统一的文学观。他说：“人生有三大目的：曰真、曰善、曰美。”科学哲学在于求真，教育学、伦理学、宗教学等在于求善，而文学则属于美的一部分。这是在西方美学的烛照下对文学的重新定位，和过去将文学纳于政治伦理之下的儒家文学观是迥然不同的。黄人紧接着明确指出在文学中真、善、美相统一的关系：“远乎真者，其文学必颇”，“反乎善者，其文学亦亵。”文学求美，但不能违背了真和善。和当时一些唯美主义者不同，黄人批评“为文学而文学”，主张将“审美的目的”和“求诚明善”相协调统一。这种进步的文学观，为他的《中国文学史》立下了较高的理论基点。

黄人具有明确的文学史意识。他认为文学史是历史和文学的交叉。历史有自然的、精神的，文学史属于后者；文学有模范的、有叙述的，文学史属于叙述。文学史“所以考文学之源流、种类、正变、沿革者”，而我国过去的文学家列传、目录、选本、批评等，持论褊狭失衡，“拘一隅而失全局”，不是“正当之文学史”。因此黄人提出，文学史家要具有“世界之观念，大同之思想”，这样才能叙述民族文学的源流正变，叙述民族文化精神的历史。

“文学史的效用”一节深刻地表现了黄人强烈的反帝反封建和振兴中华的决心。黄人指出，编写我国的文学史，不仅具有一般文学史“供文学家参考”“求远因”“明近果”等作用，针对中国当前的思想文化状况，更有四点独特的社会功效。

第一，追溯中华民族文学的悠久历史和深广渊源，纠正盲目崇洋媚外、数典忘祖的民族虚无主义不良风气。

第二，激发爱国热情。黄人说：“保存文学，实无异保存一切国粹，而文学史之能动人爱国保种之感情，亦无异于国史焉。”文学，蕴藏着中华民族的优良传统，“国而有语言文字，此其国必不劣，而国亦有待之而立者”。然而，现在国人一味崇拜外国文化、摒弃优秀传统文学和文化，黄人不禁慨叹：“文学则势处于至危者也。”要扭转这种局面，发扬优良传统，激发爱国热情，则需要编写《中国文学史》。

第三，通过文学史的编写来批判封建专制思想统治，宣传资产阶级自由民主思想。黄人说，我国数千年来的政体，“常统于一君主一法律之下”，“言文学者无不推原于大道，根柢于六经”，这不过是一种表面现象，实际上在这貌似一统不变的外形下，充满着矛盾、斗争和发展，而过去“述文学系统者”对这些“不循故辙而独辟一区，虽无当于大道，要不失审美之旨”的文学，一概摈斥。黄人认为文学是“言语思想自由之代表”，文学史应该充分展示历史上的这种“自由”，真实反映文学发展历史的本来面貌，不为政治习俗所限。其实，政治习俗也不能完全限制文学的自由精神。

第四，受封建制度、封建思想的束缚，我国古代文学存在“诈伪曲饰”，“既佞既诞，愈诞愈佞”，这和真善美相统一的要求是完全违背的。黄人要求文学史作者把这种弊病淋漓痛快地揭示出来。“史者，人事之鉴也。美恶妍媸，直陈于前，无所遁形，而使人知所抉择。”只有这样，才能使人们抉其障翳去其糟粕，使文学能继承优秀传统，使国民也有望进步。

黄人是站在资产阶级革命者的立场上，针对当时的社会现实，顺应社会进步和文学发展的要求，来确立编写《中国文学史》的基本原则的。

国故论衡·文学总略

章炳麟

作者简介

章炳麟(1869—1936)，字枚叔，一名绛，号太炎，浙江余杭(今杭州市余杭区)人。早年在外祖父朱有虔、父亲章濬的教育熏陶下，打下了乾嘉朴学的根基，埋下了“种族革命”的种子。1890年起受学于俞樾、黄以周、孙诒让、宋衡等朴学、佛学大师，学业大进。1897年到上海编辑《时务报》等刊物，鼓吹维新变法。戊戌后，同康、梁断然决裂，迅速走上反清革命的道路。1903年在上海《苏报》上刊布著名的《驳康有为论革命书》和《序革命军》，鼓吹武装革命，推翻清朝政府，引起了震惊全国的《苏报》案，因之被捕入狱。后出狱赴日本，任同盟会机关刊物《民报》主编，并主持会社，发表文章，歌颂革命，批判保皇，“所向披靡，令人神往”(鲁迅《关于太炎先生二三事》)。辛亥革命后，他逐渐落伍。除了《序革命军》等少数具有鲜明革命色彩的文章之外，章炳麟《文学说例》《文学总略》等论著多是立基于传统的古文经学之上，信而好古，崇尚典雅，反对语言白话化，拒绝吸取西方的文学观念，表现出和时代大潮、历史趋势格格不入的保守色彩。

文学者，以有文字箸于竹帛，故谓之文；论其法式，谓之文学。凡文理、文学、文辞，皆称文。言其采色发扬，谓之彣[1]，以作乐有阕，施之笔札，谓之章。《说文》云："文，错画也，象交文。""章，乐竟为一章。""彣，魱也。""彰，文彰也。"或谓文章当作彣彰，则异议自此起。《传》曰："博学于文。"[2]不可作彣。《雅》曰："出言有章。"[3]不可作彰。古之言文章者，不专在竹帛讽诵之间。孔子称尧、舜"焕乎其有文章"[4]。盖君臣、朝廷、尊卑、贵贱之序，车舆、衣服、宫室、饮食、嫁娶、丧祭之分，谓之文。八风从律，百度得数，谓之章。文章者，礼乐之殊称矣。其后转移，施于篇什。太史公记博士平等议曰："谨案：诏书律令下者，文章尔雅，训辞深厚。"[5]（《儒林列传》）此宁可书作彣彰邪？独以五采彰施五色，有言黻、言黼、言文、言章者[6]，宜作彣彰。然古者或无其字，本以文章引伸。今欲改文章为彣彰者，恶夫冲淡之辞[7]，而好华叶之语[8]，违书契记事之本矣[9]。孔子曰："言之无文，行而不远。"[10]盖谓不能举典礼[11]，非苟欲润色也。《易》所以有《文言》者，梁武帝以为文王作《易》，孔子遵而修之，故曰《文言》，非矜其采饰也。夫命其形质曰文，状其华美曰彣，指其起止曰章，道其素绚曰彰，凡彣者必皆成文，凡成文者不皆彣，是故榷论文学，以文字为准，不以彣彰为准。今举诸家之法，商订如左方。

《论衡·超奇》云："能说一经者为儒生，博览古今者为通人，采掇传书以上书奏记者为文人[12]，能精思著文连结篇章者为鸿儒。"又曰："州郡有忧，有如唐子高、谷子云之吏[13]，出身尽思[14]，竭笔牍之力，烦忧适有不解者哉？"[15]又曰："长生死后[16]，州郡遭忧，无举奏之吏；以故事结不解，征诣相属[17]。文轨不尊[18]，笔疏不续也。岂无忧上之吏哉？乃其中文笔不足类也。"[19]又曰："若司马子长、镏子政之徒，累积篇第，文以万数，其过子云、子高远矣，然而因成前纪，无匈中之造[20]。若夫陆贾、董仲舒，论说世事，由意而出，不假取于外，然而浅露易见，观读之者犹曰传记[21]。阳成子长作《乐经》，扬子云作《太玄经》，造于助思[22]，极窅冥之深，非庶几之才[23]，不能成也。……桓君山作《新论》，论世间事，辩照然否。虚妄之言，伪饰之辞，莫不证定。彼子长、子云论说之徒，君山为甲。自君山以来，皆为鸿眇之才，故有嘉令之文。"[24]准此，文与笔非异涂。所谓文者，皆以善作奏记为主。自是以上，乃有鸿儒。鸿儒之文，有经、传、解故、诸子[25]。彼方目以上第[26]，非若后人摈此于文学外，沾沾焉惟华辞之守，或以论说、记序、碑志、传状为文也[27]。独能说一经者，不在此列。谅由学官弟子[28]，曹偶讲习[29]，须以发策决科[30]，其所撰箸，犹今经义而已，是故遮列使不得与也[31]。

自晋以降，初有文笔之分。范晔自述其《后汉书》曰："文患其事尽于形，情急于藻，义牵其旨，韵移其意，政可类工巧图缋，竟无得也。手笔差易，文不拘韵故也。"[32]《文心雕龙》云："今之常言，有文有笔。有韵者文也，无韵者笔也。"[33]然《雕龙》所论列者，艺文之部，一切并包[34]。是则科分文笔，以存时论，故非以此为经界也。昭明太子序《文选》也，其于史籍，则云不同篇翰[35]；其于诸子，则云不以能文为贵[36]。此为裒次总集，自成一家，体例适然，非不易之定论也。《抱朴子·百家篇》曰："狭见之徒，区区执一，惑诗赋琐碎之文，而忽子论深美之言。真伪颠倒，玉石混殽，同广乐于桑间，均龙章于素质。"[37]斯可以箴矣。(《世说·文学篇》注引《惠帝起居注》曰："裴頠著二论以规虚诞之弊[38]，文辞精富。"此即《崇有》二论也。《世说》又言："王长史宿构精理，并撰其才藻，往与支道林语，叙致作数百语，自谓是名理奇藻。"[39]又云："支道林通《庄子·渔父篇》，作七百许语，叙致精丽，才藻奇拔。"是皆名理之言，诸子之歌吹也。而以精富才藻为目，足知晋时所谓翰藻者，正在此类。)且沉思孰若庄周、荀卿，翰藻孰若吕氏、淮南[40]？总集不摭九流之篇[41]，格于科律[42]，固不应为之辞[43]。诚以文笔区分，《文选》所集，无韵者猥众，宁独诸子？若云文贵其彣邪，未知贾生《过秦》，魏文《典论》，同在诸子，何以独堪入录？有韵文中，既录汉祖《大风》之曲，即《古诗十九首》，亦皆入选，而汉、晋乐府，反有慭遗[44]。是其于韵文也，亦不以节奏低卬为主[45]，独取文采斐然，足耀观览，又失韵文之本矣。是故昭明之说，本无以自立者也。(案《晋书·乐广传》："请潘岳为表，便成名笔。"《成公绥传》："所著诗赋杂笔十余卷。"《张翰传》："文笔数十篇行于世。"《曹毗传》："所著文笔十五卷。"《王珣传》："珣梦人以大笔如椽与之，既觉，语人曰：'此当有大手笔事。'俄而帝崩，哀册谥议[46]，皆珣所草。"《南史·任昉传》："既以文才见知，时人云任笔沈诗。"[47]《徐陵传》："国家有大手笔，必命陵草之。"详此诸证，则文即诗赋，笔即公文，乃当时恒语。阮元之徒[48]，猥谓俪语为文，单语为笔，任昉、徐陵所作，可云非俪语邪？）

近世阮元，以为孔子赞《易》，始著《文言》，故文以耦俪为主：又牵引文笔之说以成之。夫有韵为文，无韵为笔，是则骈散诸体，一切是笔非文。藉此证成，适足自陷。既以《文言》为文，《序卦》《说卦》又何说焉[49]？且文辞之用，各有体要。《彖》《象》为占繇，占繇故为韵语[50]；《文言》《系辞》为述赞，述赞故为俪辞[51]；《序卦》《说卦》为目录笺疏，目录笺疏故为散录。必以俪辞为文，何缘《十翼》不能一致？岂波澜既尽，有所谢短乎[52]？盖人有陪贰[53]，物有匹耦。爱恶相攻，刚柔相易，人情不能无然，故辞语应以为俪。诸事有综会，待条牒然后明者[54]，《周官》所称，其数一二三四是也[55]。反是或引端竟末[56]，若《礼经》《春秋经》《九章算术》者，虽欲为俪无由。犹耳目不可只，而胸腹不可双，各任其事。舍是二者，单复固恣意矣。未有一用单者，亦未有一用复者。（案宋代以来，言文章者皆谓俪语为俳，阮氏之论亦发愤而作也。不悟宋人俪语，亦自不少。苏轼《上皇帝书》，其著者也。曾巩《战国策序》《移沧州疏》，其间俪语与齐梁人不殊，下者直如当时四六矣，其他类此者众。盖非简策之书而纯为单语者，世所鲜有。）顾张弛有殊耳。文之名实未在是也，所以为古今者，亦未在是也。或举《论语》言辞达者，以为文之与辞，较然异职[57]。然则《文言》称文，《系辞》称辞，体格未殊，而题号有异，此又何也？董仲舒云："《春秋》文成数万。"兼彼经传，总称为文，犹曰今文家曲说云尔[58]。太史公《自序》亦云："论次其文。"此固以史为文矣。又曰："汉兴，萧何次律令，韩信申军法，张苍为章程，叔孙通定礼仪，则文学彬彬稍进。"《艺文志》言："秦燔灭文章，以愚黔首。"文章者，谓经、传、诸子。迁、固所称，半非耦俪之文也。屈、宋、唐、景所作，既是韵文，亦多俪语。而《汉书·王褒传》已有《楚辞》之目，王逸仍其旧题，不曰楚文。斯则韵语耦语，亦既谓之辞矣。《汉书·贾谊传》云："以属文称于郡中。"其文云何？以为赋邪？《惜誓》载于《楚辞》，文辞不别，以为奏记条议[59]，适彼之所谓辞也。《司马相如传》云："景帝不好辞赋。"《法言·吾子》云："诗人之赋丽以则，辞人之赋丽以淫。"或问："君子尚辞乎？曰：君子事之为尚。事胜辞则伉[60]，辞胜事则赋，事辞称则经。"

以是见韵文耦语，并得称辞，无文辞之别也。且文辞之称，或从其本以为部署[61]，则辞为口说，文为文字。古者简帛重烦，多取记臆。故或用韵文，或用耦语。为其音节谐适，易于口记，不烦纪载也。战国从横之士，抵掌摇唇，亦多积句，是则耦丽之体，适可称职。乃如史官方策，有《春秋》《史记》《汉书》之属，适当称为文耳。由是言之，文辞之分，反覆自陷[62]，可谓大惑不解者矣。

或言学说、文辞所由异者，学说以启人思，文辞以增人感[63]。此亦一往之见也。何以定之？凡云文者，包络一切箸于竹帛者而为言，故有成句读文，有不成句读文[64]。兼此二事，通谓之文。局就有句读者，谓之文辞。诸不成句读者，表谱之体，旁行邪上，条件相分[65]。会计则有簿录，算术则有演草，地图则有名字。不足以启人思，亦又无以增感。此不得言文辞，非不得言文也。诸成句读者，有韵无韵则分。诸在无韵，史志之伦，记大傀异事则有感[66]，记经常典宪则无感[67]，既不可齐一矣。持论本乎名家，辨章然否，言称其志，未足以动人。《过秦》之伦，辞有枝叶，其感人顾深挚，则本诸从横家。然其为论一也。不得以感人者为文辞，不感者为学说。且文曲变化[68]，其度无穷。陆云论文，“先辞后情，尚絜而不取悦泽”[69]（《与兄平原书》。）。此宁可以一概齐哉？就言有韵，其不感人者亦多矣。风、雅、颂者，盖未有离于性情；独赋有异。夫宛转偯隐[70]，赋之职也。儒家之赋，意存谏诫。若荀卿《成相》一篇，其足以感人安在？乃若原本山川，极命草木[71]，或写都会、城郭、游射、郊祀之状，若相如有《子虚》，扬雄有《甘泉》《羽猎》《长杨》《河东》，左思有《三都》，郭璞、木华有《江》《海》[72]，奥博翔实，极赋家之能事矣，其亦动人哀乐未也？其专赋一物者，若孙卿有《蚕赋》《箴赋》，王延寿有《王孙赋》，祢衡有《鹦鹉赋》，侔色揣称[73]，曲成形相[74]，嫠妇孽子读之不为泣，介胄戎士咏之不为奋。当其始造，非自感则无以为也，比文成而感亦替。斯不可以一端论。又学说者，非一往不可感人。凡感于文言者，在其得我心。是故饮食移味，居处缊愉者[75]，闻劳人之歌，心犹泊然。大愚不灵[76]，无所愤悱者[77]，睹眇论则以为恒言也[78]。身有疾痛，闻幼眇之音[79]，则感慨随之矣。心有疑滞，睹辨析之论，则悦怿随之矣。故曰:“发愤忘食,乐以忘忧。”[80]凡好学者皆然,非独仲尼也。以文辞、学说为分者,得其大齐[81],审察之则不当。

如上诸说,前之昭明,后之阮氏,持论偏颇,诚不足辩。最后一说,以学说、文辞对立,其规摹虽少广,然其失也,只以彣彰为文,遂忘文字。故学说不彣者,乃悍然摈诸文辞之外。惟《论衡》所说,略成条贯。《文心雕龙》张之,其容至博,顾犹不知无句读文。此亦未明文学之本柢也。余以书籍得名,实冯傅竹木而起[82]。以此见言语文字,功能不齐。世人以经为常,以传为转,以论为伦,此皆后儒训说,非必睹其本真。案经者,编丝缀属之称[83],异于百名以下用版者[84],亦犹浮屠书称修多罗[85]。修多罗者,直译为线,译义为经。盖彼以贝叶成书[86],故用线联贯也;此以竹简成书,亦编丝缀属也。传者,专之假借。《论语》“传不习乎”,《鲁》作“专不习乎”[87]。《说文》训专为“六寸簿”,簿即手版,古谓之“忽”(今作笏)。“书思对命”[88],以备忽忘,故引伸为书籍记事之称。书籍名簿,亦名为专。专之得名,以其体短,有异于经。郑康成《论语序》云:“《春秋》二尺四寸,《孝经》一尺二寸,《论语》八寸。”此则专之简策,当复短于《论语》,所谓六寸者也。(汉《艺文志》言:“镏向校中古文《尚书》,有一简二十五字者。”而服虔注《左氏传》则云[89]:“古文篆书一简八字。”盖二十五字者,二尺四寸之经也,八字者,六寸之传也。古官书皆长二尺四寸,故云二尺四寸之律。举成数言,则曰三尺法。经亦官书,故长如之。其非经律,则称短书。皆见《论衡》。)论者,古但作“仑”。比竹成册,名就次第,是之谓仑。箫亦比竹为之,故龠字从仑。引伸则乐音有秩亦曰仑,“于论钟鼓”是也[90]。言说有序亦曰仑,“坐而论道”是也。《论语》为师弟问答,乃亦略记旧闻,散为各条,编次成帙,斯曰仑语。是故绳线联贯谓之经,簿书记事谓之专,比竹成册谓之仑,各从其质以为之名,亦犹古言方策,汉言尺牍,今言札记矣。诸书不见题署者,亦往往从质名。太公之书而称《六弢》[91],黄帝之书而称《九卷》[92]。(原注:今《灵枢经》,晋时称《针经》,汉末《伤寒论序》直称《九卷》。)直谓书囊有六,抟帛有九也[93]。虽古之言肄业者,《左氏传》:“臣以为肄业及之也。”亦谓肄版而已。《释器》云:“大版谓之业。”书有篇第,而习者移书其文于版,(学童习字用觚，觚亦版。）故云肄业。《管子·宙合》云："退身不舍端，修业不息版。"[94]以是征之，则肄业为肄版明矣。凡此皆从其质为名，所以别文字于语言也。其必为之别，何也？文字初兴，本以代声气，乃其功用有胜于言者。言语仅成线耳[95]，喻若空中鸟迹，甫见而形已逝[96]。故一事一义得相联贯者，言语司之。及夫万类坌集，棼不可理，言语之用，有所不周，于是委之文字，文字之用，足以成面，故表谱图画之术兴焉。凡排比铺张，不可口说者，文字司之。及夫立体建形，向背同见，文字之用，又有不周，于是委之仪象[97]。仪象之用，足以成体，故铸铜雕木之术兴焉。凡望高测深，不可图表者，仪象司之。然则文字本以代言，其用则有独至，凡无句读文，皆文字所专属者也，以是为主。故论文学者，不得以兴会神旨为上。昔者，文气之论，发诸魏文帝《典论》，而韩愈、苏辙窃焉[98]。文德之论，发诸王充《论衡》，（《论衡·佚文篇》："文德之操为文"，又云："上书陈便宜，奏记荐吏士，一则为身，二则为人。繁文丽辞，无文德之操，治身完行，徇利为私，无为主者。"）杨遵彦依用之[99]，（《魏书·文苑传》："杨遵彦作《文德论》，以为古今辞人，皆负才遗行，浇薄险忌，唯邢子才、王元景、温子升彬彬有德素。"）而章学诚窃焉[100]。气非窜突如鹿豕[101]，德非委蛇如羔羊[102]，知文辞始于表谱、簿录，则修辞立诚其首也。气乎，德乎，亦末务而已矣。（案《文选序》云："谋夫之话，辩士之端虽传之简牍，而事异篇章。"此即语言文字之分也。然选例亦未一致，依史所载，荆卿《易水》，汉祖《大风》，皆临时触兴而作，岂尝先属草稿，亦与出话何异，而《文选》固录之矣。至于辞命，则有草创润色之功[103]；苏、张陈说，度亦先有篇章[104]。《文选》录《易水》《大风》二歌，而独汰去辩说，亦自相钽吾矣[105]。士衡《文赋》云："说炜烨而谲诳"，是亦列为文之一种，要于修辞立诚，有不至尔。）

《文选》之兴，盖依乎挚虞《文章流别》，谓之总集。《隋书·经籍志》曰："总集者，以建安之后，辞赋转繁，众家之籍，日以孳广，晋代挚虞，苦览者之劳倦，于是芟翦繁芜，自诗赋下，各为条贯，合而编之，谓之《流别》。"然则李充之《翰林论》，镏义庆之《集林》[106]，沈约、丘迟之《集钞》[107]，放于此乎？《七略》惟有诗赋[108]，及东汉，铭、诔、论、辩始繁。荀勖以四部变古，李充、谢灵运继之[109]，则集部自此箸。总集者，本括囊别集为书，故不取六艺、史传、诸子，非曰别集为文，其他非文也。《文选》上承其流，而稍入《诗序》、史赞、《新书》、《典论》诸篇[110]，故名不曰《集林》《集钞》，然已痟矣[111]。其序简别三部[112]，盖总集之成法，顾已迷误其本，以文辞之封域相格，虑非挚虞、李充意也[113]。《经籍志》别有《文章英华》三十卷、《古今诗苑英华》十九卷，皆昭明太子撰，又以诗与杂文为异。即明昭明义例不纯，《文选序》率尔之言，不为恒则。且总别集与他书经略不定[114]，更相阑入者有之矣。今以《隋志》所录总集相稽，自《魏朝杂诏》而下，讫《皇朝陈事诏》，凡十八家，百四十六卷。自《上法书表》而下，讫《后周与齐军国书》，凡七家，四十一卷。而《汉高祖手诏》，匡衡、王凤、镏隗、孔群诸家奏事，书既亡佚，复传其录。然《七略》高祖、孝文诏策，悉在诸子儒家，《奏事》二十卷隶《春秋》。此则总集有六艺、诸子之流矣。陈寿定诸葛亮故事，命曰《诸葛氏集》，然其目录有《权制》《计算》《训厉》《综核》《杂言》《贵和》《兵要》《传运》《法检》《科令》《军命》诸篇。《魏氏春秋》言："亮作《八务》《七戒》《六恐》《五惧》，皆有条章，以训厉臣子。"若在往古，则《商君书》之流，而《隋志》亦在别集。故知集品不纯，选者亦无以自理。阮元之伦，不悟《文选》所序，随情涉笔，视为经常，而例复前后错迕。曾国藩又杂钞经史百家[115]。经典成文，布在方策，不虞溃散，钞将何为[116]？若知文辞之体，钞选之业，广狭异涂，庶几张之弛之，并明而不相害[117]，凡无句读文，既各以专门为业，今不亟论。有句读者，略道其原流利病，分为五篇[118]。非曰能尽，盖以备常文之品而已。其赠序、寿颂诸品[119]，既不应法，故弃捐弗道尔。

浙江图书馆刊本《章氏遗书·国故论衡》中

注释

[1] 彣：错综驳杂的花纹或色彩。《说文》："彣，馘也。"段玉裁注："有彣彰谓之彣。"

[2]《传》：指《论语》。古代师儒相传，以传述为义的书曰传。引文见《论语·雍也》。

[3]《雅》：指《诗·小雅》。引文见《小雅·都人士》。章：礼乐法度。

[4] 焕乎其有文章：见《论语·泰伯》。焕，光明貌。

[5] "谨案"三句：见于《史记·儒林列传》。诏书，皇帝的命令文告。律令，法令。尔雅，近乎雅正。

[6] 有言黻、言黼、言文、言章者：《考工记》："青与赤谓之文，赤与白谓之章，白与黑谓之黼，黑与青谓之黻。"

[7] 恶：厌恶。冲淡之辞：平淡无文采的言辞。

[8] 华叶之语：如花似叶富于文采的言辞。

[9] 违书契记事之本：章氏认为文字创造出来是用来记事的，后人改文章为彣彰，忌质朴，务华丽，有违文章之本义。

[10] "言之无文"两句：见《左传·襄公二十五年》。

[11] 盖谓不能举典礼：意指孔子所谓"言之无文"，是说言词不能征举故实旧典。《左传·襄公二十五年》载"郑子产献捷于晋，戎服将事。晋人问陈之罪"，子产述举从前的政事故实，娓娓道来。孔子"言之无文"二句，就是对子产熟悉、称引故实的赞美。

[12] 采掇传书：采集前人书中的内容。上书奏记：撰写呈给上司审阅的公文。

[13] 唐子高：唐林。谷子云：谷永。二人擅长笔札、奏记，屡上疏谏，言政得失。

[14] 出身：做官。

[15] 适：岂。

[16] 长生：周树，字长生。会稽人。善书奏。

[17] 征诣相属：指汉朝廷连续不断地征召州郡首长往京师接受询问。

[18] 文轨不尊：犹言不遵从文学产生之初的法则。

[19] 不足类：谓不足与周长生相比。

[20] 匈：胸。

[21] 传记：此犹言短书。古制书体卑则策短。

[22] 助：眇之形误。眇，通"妙"。

[23] 庶几之才：指饱学儒家经典的学者。《易·系辞下》："颜氏之子，其殆庶几乎。"意谓圣人能知几，颜回是亚圣，近于知几。几，微。

[24] 嘉令：美善。按：以上引文见《论衡·超奇》。有删略。

[25] 解故：犹解诂，解释经典文义。

[26] 目以上第：以优等、高才看待。

[27] 惟华辞之守：指自萧统至阮元一派，专尚华丽藻翰。以论说记序碑志传状为文，指古文家一派的文学观念。

[28] 谅：诚，实在。学官：犹言学校。

[29] 曹偶：犹众人。曹，众多。

[30] 发策决科：命题考试。

[31] 遮列：列队遮拦。此指阻止。列，同“迾”，清道禁止行人。不得与：指经义说经不被上述两派列为文学。

[32] “《后汉书》曰”数句：事尽于形，描写事物，止于其形，不得其神。情急于藻，过于追求辞藻，掩遮性情。义牵其旨，用事不当，使题旨晦而不明。韵移其义：为了就韵，而改动文意。政可类，正好比。图缋，绘图。“手笔差异，文不拘韵故也”，黄侃认为应作“手笔差异于文，不拘韵故也”。引文见范晔《狱中与诸甥侄书》。

[33] “今之常言”四句：见《文心雕龙·总术》。

[34] “《雕龙》所论列者”三句：《文心雕龙》所论述的对象和文体包括经、纬、诸子、诗赋、史传及其他各类文章，凡史书《艺文志》所载，无所不包。

[35] “其于史籍”两句：《文选序》原文为：“至于记事之史，系年之书，所以褒贬是非，纪别异同，方之篇翰，亦已不同。”篇翰，指诗文。

[36] “其于诸子”两句：《文选序》原文为：“老、庄之作，管、孟之流，盖以立意为宗，不以能文为本。”

[37] “同广乐于桑间”二句：谓将美好的音乐和亡国之音等同起来，把美丽的文采和质朴粗俗等同起来。广乐，指天上广大美好的音乐。《史记·赵世家》：“与百神游于钧天，广乐九奏万舞。”桑间，《礼记·乐记》：“桑间、濮上之音，亡国之音也。”龙章，龙形花纹，喻文采炳焕。素质，朴素的质地。

[38] 裴頠：晋哲学家，著《崇有》《贵无》(后者已佚)二论驳诘何晏、王弼等“贵无”的玄学论。规：纠正。

[39] “王长史”五句：引自《世说新语·文学》。王长史，王濛，字仲祖，晋阳(今山西太原)人。初辟司徒掾，官至左长史。以清约见称，善文，工书画。宿构，预先构思。叙致，即讲叙。

[40] 吕氏：指《吕氏春秋》。淮南：指《淮南子》。

[41] 摭：收录。九流：泛指诸子各家。

[42] 各：限制。科律：戒条，律例。总集根据别集以成，经、子、史不在别集中，故不加采录有其体例方面的原因。

[43] 不应为之辞：意指《文选》不录诸子文章，是由于总集体例的限制，萧统不应以沉思翰藻为理由，强为之辩解。辞，辩解。

[44] “而汉晋乐府”两句：《文选》录古乐府三首，文人乐府三十七首，与郭茂倩《乐府诗集》所保存的材料相比较，数量甚少。慭(yìn)遗，谓遗漏。

[45] 卬：昂。

[46] 哀册：也作哀策，此指对皇帝去世所发布的策书。谥议：帝王、大臣等死后，依其生前事迹给予的称号，称“谥”。谥议即是议论应给予何种谥号意见之文。

[47] 任：任昉，擅长表、奏、书、启诸体。沈：沈约，以诗著称。故并称“任笔沈诗”。

[48] 阮元：生卒年为1764—1849年，字伯元，号芸台，江苏仪征人。提倡朴学，论文重文笔之辨，以用韵对偶者为文，无韵散行者为笔。是清代骈文派的主要代表。著有《揅经室集》。

[49] “即以《文言》为文”两句：意谓孔子赞《易》而成《十翼》，《文言》《序卦》《说卦》同列其中，为何独《文言》称文，后二者算不得是文，体例如此不一致?

[50] “《彖》《象》为占繇”两句：《彖》《象》，指《十翼》中的《上彖》《下彖》《上象》《下象》。繇，卦兆的占辞。《彖》《象》之辞，便于记诵，故多韵语。

[51] “《文言》《系辞》为述赞”两句：《系辞》上下篇，也在《十翼》之中。述赞，述其德业以形容之，重比喻而多俪辞。

[52] “必以俪辞为文”两句：阮元《文言说》：“然则千古之文，莫大于孔子之言《易》。孔子以用韵比偶之法，错综其言，而自名曰文。”章炳麟对此加以批驳，认为十翼同出于孔子之手，有韵无韵，骈偶散行，并不一致，难道这是作者缺乏才力所造成的吗？波澜，以水喻才力。谢，也就是“短”。

[53] 陪贰：犹副贰，此指辅佐。

[54] 综会：综合。条牒：分条列举。

[55] “《周官》所陈”两句：《周官》即《周礼》，儒家经典之一。该书陈述内容，多以名数排比，如《天官》：“太宰之职，掌建邦之六典：一曰治典，二曰教典，三曰礼典，四曰政典，五曰刑典，六曰事典。”

[56] 引端竟末：说明事物的始终。

[57] “或举《论语》言辞达者”三句：指刘师培《文章原始》之论。《文章原始》曰：“春秋之时，言词恶质，一语一词，必加修饰。《左传》曰：‘言之无文，行之不远。’又曰：‘非文辞不为功。’文辞犹言文言也。”自注云：“《说文》曰：‘词，意内言外也。’是词与言同，文言即文饰之词也。孔子言词达而已，即不文饰之词也。言词达而已，不言文达而已，足证词与文不同，词非文也。”

[58] “犹曰”句：汉代治经学，有今古文之别。董仲舒是今文学家，章炳麟秉承乾嘉朴学，治古文，故贬董仲舒之论为“曲说”。曲说，片面的说法。

[59] 奏记条议：指贾谊《陈政事疏》一类文章。

[60] 伉：伉直，此指率直。

[61] 部署：布置，此为构造。

[62] 反覆自陷：自相矛盾，不能前后一致。

[63] “或言学说、文辞”三句：是针对当时受西方文论影响而流行的一种观点。西方学者戴昆西曰：“文学之别有二：一属于知，一属于情。属于知者，其职在教；属于情者，其职在感。”（谢无量：《中国大文学史》引）近人论文，多有接受这种观点者。

[64] “有成句读文”两句：著于竹帛上的文字，有句法联系而成文的，为成句读文，只具单词只义的，为不成句读文。

[65] “表谱之体”三句：谓年表、谱牒一类文体，用表格形式排列，其各条各项的内容是相互分开的。条件，逐条逐件。

[66] 大傀异事：奇异之事。傀，怪。

[67] 经常：平常无奇。典宪：制度法令。

[68] 文曲：章炳麟《文始》：“文曲即文句。”

[69] 絜：同“洁”，指文字简洁清省。悦泽：光润悦目，此指文采动人。

[70] 倲(yǐ)：曲折委婉。

[71] “原本山川”两句：语出枚乘《七发》，意谓推原山水的由来，赋予草木以名称。极，尽。命，命名。

[72] 郭璞：生卒年为276—324年，字景纯，河东闻喜（今属山西）人。有《江赋》，述写川渎之美。木华：字玄虚，广川（今河北枣强东）人。《海赋》是他仅存之作，文甚隽丽，有名于当时。

[73] 侔色揣称：谓摹绘物色，用语恰当。侔，相等。揣，思量。称，相称，恰当。

[74] 曲成形相：犹言“穷形尽相”。

[75] 饮食移味，居处缊愉：语见《大戴礼记・曾子立孝》。饮食移味，谓饮食随其所欲。缊愉，舒适愉快。缊，原作“温”。

[76] 大愚不灵：《庄子・天地》：“大愚者，终身不灵。”此指无思无虑，不以世事为怀的人。

[77] 愤悱：形容苦思冥想而言语难以表达。《论语・述而》：“不愤不启，不悱不发。”

[78] 眇：同“妙”。恒言：平常之谈。

[79] 幼(yào)眇：精微曲折。

[80] “发愤忘食”两句：见《论语·述而》。

[81] 大齐：大概。

[82] 冯：凭。傅：通附，附着。此句意为文字著于竹简本版，故有书籍之名。

[83] 经：《说文》：“经：织也，从系。”

[84] 百名以下用版：《仪礼·聘礼》：“百名以上书于策，不及百名书于方。”郑玄注：“方，板也。”方板小，可书百名以内，多则非一板之可尽，需书于简策。

[85] 浮屠书：即佛典。修多罗：意谓经。

[86] 以贝叶成书：古代印度佛教徒用贝多树叶子书写佛经。

[87]《鲁》：指《鲁论语》。《论语》有《齐论语》《鲁论语》《古论语》三家。

[88] 书思对命：《礼记·玉藻》：“史进象笏，书思对命。”郑玄注：“思，所念思将以告君命者也。对，所以对君者也。命，所受君命者也。书之于笏，为失忘也。”

[89] 服虔：初名重，又名祇，字子慎，河南荥阳人。东汉古文经学家，撰有《春秋左氏传解谊》。

[90] 于论钟鼓：语见《诗·大雅·灵台》，谓钟鼓和谐。论，秩序。

[91] 太公：姜太公吕望，辅佐文王、武王灭商，封于齐。《六弢》：即《六韬》，传为姜太公所作兵书。弢，同“韬”。

[92]《九卷》：指黄帝《内经十八卷》中的《针经》九卷。

[93] 书囊有六：章氏以为《六弢》书名源自此书装于六个书套。抟帛有九：意指《针经》共有九个卷轴，故名。

[94] “退身不舍端”两句：《管子》房玄龄注：“版，牍也。贤者虽复退身，终不舍其端操，不息修业，亦不息其版籍。”

[95] 言语仅成线耳：意指言语的表达是单向的线形发展的过程。

[96] “喻若空中鸟迹”两句：意谓话音转瞬即逝，与空中鸟迹同。甫，刚，才。

[97] 仪象：这里指各种造物艺术。

[98] “昔者，文气之论”四句：曹丕《典论·论文》提出“文气说”。此后韩愈《答李翊书》、苏辙《上枢密韩太尉书》都以气论文。故说“韩愈、苏辙窃焉”。

[99] 杨遵彦：北齐人。依用：沿用。

[100] 章学诚：生卒年为1738—1801年，字实斋，会稽(今浙江绍兴)人。著有《文史通义》《校雠通义》等。《文史通义》内编二有《文德》篇，阐述作文的

态度。

[101] 气非窜突如鹿豕：意谓文气并非指气势奔放窜突。

[102] 德非委蛇如羔羊：意谓文德并非指文章做得庄重、从容、和顺。委蛇，庄重而又从容自得的样子。

[103] "至于辞命"两句：《论语·宪问》："为命，裨谌草创之，世叔讨论之，行人子羽修饰之，东里子产润色之。"辞命，指外交辞令。草创，起草。润色，加以文采。

[104] "苏、张陈说"两句：苏、张，指苏秦和张仪，战国时著名的纵横家。陈说，指二人的游说之词，文字都较长。度，猜想，揣度。

[105] 钼吾：同"龃龉"，不一致。

[106] 镏义庆：即刘义庆(403—444)，彭城(今江苏徐州)人。南朝宋宗室，袭封临川王。撰有《世说新语》《集林》等。

[107] 丘迟：生卒年为464—508年，字希范，吴兴乌程(今浙江吴兴)人。《隋书·经籍志》："梁有《集钞》四十卷，丘迟撰。亡。"

[108]《七略》：汉代刘歆撰。分为《辑略》《六艺略》《诸子略》《诗赋略》《六书略》《术数略》《方技略》，称《七略》，是我国最早的图书目录分类著作。

[109] "荀勖以四部变古"两句：荀勖(？—289)，字公曾，颍阴(今河南许昌)人。据《隋书·经籍志》载，荀勖曾著《新簿》，分为四部，总括群书。

[110]《诗序》：即《毛诗序》，是说经之文。史赞：《文选》有史论、史述赞二类，收班固、干宝、范晔、沈约诸家之文，是史的论赞。《新书》：指贾谊《新书》的《过秦论》。《典论》：指《典论·论文》。后二者均属子书。

[111] 痟(xiāo)：衰微。此句意谓《文选》所收，于集部以外，阑入经、史、子，虽不以《集林》《集钞》命名，然体例已不纯。

[112] 序：指《文选序》。简别三部：简略分经、子、史。

[113] "顾已迷误其本"三句：顾，不过。封域，区别，界限。格，衡量。虑，大抵。总集是汇结别集的部分作品而成，不应有经、子、史之作。萧统《文选序》以文辞的界限为言，故章氏认为"已迷误其本"。

[114] 经略：法则，界域。经，治理。略，界。

[115] 杂钞经史百家：指曾国藩《经史百家杂钞》。

[116] "经典成文"四句：意谓经典著作，早已刊布流传，不必担心会流失溃散，没有必要重新选抄。而为了防止别集散佚，则有必要编选总集以存之。

[117] 并明而不相害：意为互相共存，不相妨碍。

[118] 五篇：指章氏《国故论衡》中的《原经》《明解故》《论式》《辨诗》《正赍送》。

[119] 赠序：古代饯别赠诗，有为之作序，称为赠序。后来往往无诗而仅有序，也称赠序。寿颂：即寿序，祝寿之诗，以序说明写作之由，也有无诗之寿序者。

说明

1906 年章炳麟在东京国学讲习会上发表讲演，讲演稿《论文学》增删成《文学论略》发表于《国粹学报》，后又斟酌损益，易名为《文学总略》，收入《国故论衡》。

中国古代文学批评中大文学观念占据主导地位，文学一般指整个学术文化，包括经、子、史、集，比现代意义上的文学范围广得多。近代受西方文学观念的影响，文学的审美特征、独特品性得到突出，纯文学观念开始取代大文学观。文学从整个学术体系中分化独立出来是近代文学观念发展的基本趋势。章炳麟信而好古，通过坚实的朴学考据，固守传统的大文学观。他首先为文学"正名"："文学者，以有文字著于竹帛，故谓之文；论其法式，谓之文学。"他批评自萧统一直到近代阮元、刘师培一派"改文章为彣彰者，恶夫冲淡之辞，而好花叶之语"，从此，文学便误为歧途，离本背实了。他说："榷论文学，以文字为准，不以彣彰为准。"一切文字记录都是文学，他把文学分为"有句读之文"和"无句读之文"，将表谱、簿录、算术之"演草"、地图之"名字"，一概纳入文学的范围。文学，就像先秦诸子所理解的那样，无所不包了。章炳麟的本意似在强调文学的实用功能和社会作用，结果却抹杀了文学的审美特性和独立品格。

依据这种大文学观念，他批驳了当时较有影响的两种理解文学特性的意见。阮元的"骈文说"继承和发展晋代的文笔论和萧统的"沉思""翰藻"说，独尊骈偶、声韵、藻采，在清代中后期直至近代文坛上影响很大，得到同乡刘师培的呼应。章炳麟铺排详细的材料驳难了这种意见，指出，孔子作《文言》并非如阮元等所说那样是"矜其采饰"，萧统《文选》不收史籍诸子，是体例的限制，不应以沉思翰藻为理由强为辩解，且其选篇和《序》言前后矛盾，"无以自立"；骈偶和散行，"各任其事"，就像世界上的事物一样，"未有一用单者，亦未有一用复者"，阮元标举文笔论，重骈斥散，也"适足自陷"；刘师培认为孔子区分文辞，也是"反覆自陷""大惑不解"之谈。章炳麟据实批驳，多能切中肯綮。骈偶声韵藻采固然不是构成文学的必要条件，特别是到了阮、刘的时代还片面加以强调，确实不足为法；而萧统重视文学作品的语言形式美，正反映了文学意识的进步，完全抹杀其积极意义，显然是不合理的。

近代受西方文学术观念的影响，流行着一种说法："学说以启人思，文辞以增人感。"章炳麟对此表示异议，认为这是"一往之见"。他认为"不成句读"之文，"不足以启人思，亦又无以增感"；"有句读"之文，也不可一概而论，"不得以感人者为文辞，不感者为学说"，而学说也"非一往不可感人"。因此，"以学说、文辞对立，其规摹虽少广，然其失也，只以彣彰为文，遂忘文字"。章炳麟还对传统文论的"兴会神旨"论、文气说、文德论加以指责，认为"修辞立其诚"是论文之首。

章炳麟所批驳的两种意见，一重文学的形式美，一重文学的情感特征。尽管作为定义具有片面性，还不够完美，但都注意到文学的审美持性，至少在主观上努力将文学从学术文献中分离出来（当然，阮、刘与萧统等还是有所不同的），放在近代文学批评史上，文学观念趋于自觉，对文学审美特性的认识正在提高的背景下看，是有其一定的合理性的。但是章炳麟的立场恰恰相反，固守着先秦时代诸子对文学的混沌理解来批评二千年后的文学观念，取消文学的特性，实是认识上的倒退，当然也得不到时人的认同。

但是，章炳麟论文学，重视实际功用和社会意义，发展了传说的经世文论思想，对于纠正审美文学观的片面性，又是不无借鉴意义的。文学应是真、善、美的统一，是合目的超功利的统一。过于强调审美超功利，不免落入新的泥淖中。因此章炳麟的文学思想，即使今天来看，也不无警示意义。

说戏（节选）

齐如山

作者简介

齐如山（1875—1962），河北高阳人。十七岁进同文馆，学习德文和法文。1900年后，几度游历欧洲，注意了解西方的戏剧演出。辛亥革命后回国，积极介绍西方戏剧情况，认真研究传统戏曲理论。就其辛亥革命后十年间的戏剧理论而言，他注意将西方话剧与中国戏曲相结合，在认识到中西戏剧各有特点并且具有共同规律的基础上，以西洋话剧之长，攻中国戏曲之短，认为西方话剧重"真"，符合生活情理，而国剧多有失"真"，不符合生活情理之处。在竭力主张取“西”之长以补“中”之短的同时，齐如山还认真研究国剧艺术，总结出国剧“无声不歌，无动不舞”，即“凡有一点声音，就得有歌唱的韵味，凡有一点动作，就得有舞蹈的意义”，并认为中国戏剧具有“美术性”，即虚拟性和写意性特点。齐如山还积极参与戏曲实践活动，将戏曲理论与实践相结合，直接通过编导而扶植了梅兰芳等一批著名演员，实现了他的改良戏剧的愿望。其戏剧专著有《说戏》《观剧建言》《中国剧之研究》《国剧概论》等多种，后结集为《齐如山全集》。

戏曲改良，固自有关风化；戏园组织，亦须足壮观瞻。故文明国之剧园，国家最为注意：或出常资补助私家建筑，或筹巨款直归政府经营，藉震国风而维雅化，洵善政也。独至吾国，戏园建筑则简陋不堪，布置亦苟且了事。传至梆子、二簧，其词曲音乐去古尤远，真韩子所谓“其声清以浮，其节数以急，其辞淫以哀，其志弛以肆，其为言也乱杂而无章者”[1]。文明古国唱歌音乐固如是耶？言念及此，能不慨然！十余年来，先觉之士，有倡改良词曲者，有竟另演新剧者，圣手婆心，良深钦佩。惟只改词曲，则剧园简陋不能传其情；骤演新剧，则社会锢蔽未易会其旨。不若将剧界统筹全局，逐渐改良，收功较易，爰著白话《说戏》一篇，略言欧美情形，兼道吾华旧弊。愚人一得，敢献刍荛，本界诸君子，或不以人废其言耶！分论如下：

一、词曲

唱戏所以能够改良风俗者，词曲最关紧要，故西洋均甚注意，中国古时候，也最讲究。自前清二三百年以来，大家都觉着不要紧。目下一班留心风俗的人，又都想着插手改良。中国自明朝以前，文人作的，就是戏界唱的，比方古诗上“日出而作，日入而息”[2]，《诗经》上的国风，大半是农人自编的唱歌。唐朝妓女，唱的就是唐诗，如旗亭饮酒一段故事[3]，双鬟张口，便是“黄河远上白云间”。到了元明，昆弋腔的曲文[4]，也都是文人之作。西洋的戏曲，也是如此。戏园唱的，跟文人编的，本是一事。自前清以来，文人作的古近体诗、词曲，专尚古雅，不管平常人懂不懂。戏园子里的戏词，是专讲大家爱听，不管雅不雅。于是乎文人的词曲，同戏园的词曲，便判然两事了。我们现在若改良戏曲，应当怎么个改法？你说往古雅里改，戏园大半为营业性质，若改的大家都不懂的喽，谁还去听？不但戏园只好关门，若大家不懂，又怎们能感化人呢！所以专讲古雅，也不合式。若专往大家爱听里改，现时人心浮荡，非改成《十杯酒》《五更天》之类，他不爱听。这种曲子，不但雅人听着难受，且戏园本有改良风俗之责，若光管爱听，还改他作什么？再说戏曲为一国观听所系，若堂堂中华大国的词曲，就是那们个样儿，岂不被人耻笑！如此说来，光管爱听，更不合式。有此两节，所以鄙人以为改良戏曲甚难。这个须等着大文学家，研究有夙，再同戏界诸君，公同会议办理。然改的恰到好处喽，自是很难；漫漫的一步一步的进，也不甚难；若稍微将现时戏文的大毛病改改，尤其容易。如今将鄙人所听过码曲的大毛病，议论一两处。比方时调小曲，窑调、码头调[5]，大概有多一半都是淫词，该禁止的很多，自不必提。如哈哈腔、河南梆子、嘣嘣腔、滦州影等戏[6]，没有讲儿的也是颇多。常听见一出名《杨二舍化缘》，里头有“我问你吃的饱不饱？小肚子吃了个滚瓜圆。我问你在那儿拉的屎？道北呢台上拉了一滩。我问你用甚么擦的定？旁过有个半头砖”。这种戏文，不但令听者作呕，且是一点道理也没有，就以问人说，问人吃饱了没有，还像一句话。若问人在那出的恭，便算多此一举。巡警都没这们一问。到了问人用甚么擦屁户，这更不成事体了。他若出喽恭不擦屁户，那不是冤人么，所以更没有问的道理。又听见河南梆子上《陈州放粮》[7]，皇上对包公唱“这是正宫娘娘烙的饼，寡人我亲手与你卷大葱”。娘娘亲手烙饼，他本在宫里头，我们也没看见，不必议论。若君臣在金銮殿上，放着政事不办，吃起烙饼卷大葱来，大家想想，有这个道理么？又听见一出上，唱“有喽一日得了天合下，我坐朝来你坐廷”。天合下两次得来，朝合廷分着坐去，尤其没讲儿。这类的臭戏文，真不知有多少，一时也论不清。可见二簧梆子上，还没有，然也有不妥当的地方，可略说一二。如梆子班《捡柴》中[8]，有“西风起，雁南飞，杨柳如花”这句话，一点讲儿也没有(原为西风紧，雁南飞，园林如画)。《二进宫》中[9]，胡子生所说“天增一岁，地增一岁，文武百官，共增一岁”几句，尤其没道理。《辕门斩子》中[10]，“不是八姐，就是九妹”两句，岂有他姐妹跪在眼前，还不认识的道理？《忠孝牌》中[11]，“莫不是我夫妻梦中相望”，三娘非妻非妾，不过一个丫头，那能的自己便称夫妻？《双官诰》中，“你看我身穿甚来头戴甚？绫罗缎匹裹着我的身”。你看这套贫。又说：“薛保打茶我不用，但为的要笑二贱人”，你听这种口气，相守节的贞妇应说出来的吗！所以鄙人常说，二簧教子之三娘，跟梆子《双官诰》之三娘，判若两人：一个温柔大雅的可敬，一个小人乍富的讨厌。在二簧班，此等处又少一点。然《打龙袍》[12]，往往唱成“包文正打龙袍臣打君”。包拯本谥孝肃，就是文正，也是死后才得的，那能自己活着，自称文正的呢？又见别的戏，皇上出来道白“朕大宋仁宗皇帝在位”云云。《探窑》中[13]，老旦叫他姑娘王保川，加一个王字，未免多余。这些个小毛病，在梆子、二簧中，一时也说不尽，是在脚色随时留心改之，再漫漫的讲求全出的曲文，自然可以改到雅致，大家又能懂的地方。鄙人所以主张先改良旧戏者，因为现时文界戏界，还不能坐到一处，公同斟酌改编改组。中国文人自作聪明的很多，听见说应当改良戏曲，他便拔出笔来，掀开墨盒，就改良，甚么板眼，甚么调门，怎么个过场，台上怎么个铺排，他全不管。所以现时文界戏界，仍多格格不入。因为这个原故，许多人爱听旧戏，不爱听新戏，所以先由旧戏改良，收功较易。

鄙人这一套话，仿佛尽抬举外国，毁谤中国的意思。其实不然，外国有外国的好处，中国有中国的好处。人自己，总应该常想自己的短处，想出来好改。如此则此一套话，说的对的地方，本行诸君照着改一改；说的不对的地方，就算说错了，也不要紧。可是人不可以讳过，也别说是有错儿我也不改。须知道，若都不改，还可以混，若有改的，那不改的，可就许吃不上喽！可是有一人能改的，有非大家凑的一块儿不能改的。再说，演戏有改良社会的责任，所以戏界诸君，总算立于最高的地位，若永远糊里糊涂的不改，把社会挂搭坏了，那可就大不对了。况且，警厅现时于戏园也很留神，不断的催着改良，看起来，不改也不成。我自己改，多体面，为甚么老等人催着改呢？

京师京华印书局版《说戏》

注释

[1]“韩子所谓”数句：见韩愈《送孟东野序》。

[2]“日出而作”两句：见王充《论衡·感虚篇》。

[3]旗亭饮酒一段故事：据《集异记》载，唐开元诗人王昌龄、高适、王之涣在旗亭赌唱，有歌妓唱王之涣的“黄河远上白云间”。旗亭，即市楼。

[4]昆弋腔：指昆山腔和弋阳腔。

[5]窑调：旧时在妓院中流行的小调。码头调：也作马头调，以三弦为主，琵琶佐之，一般六十三字，可加衬字，句式与《寄生草》略同。

[6]哈哈腔：也叫“喝喝腔”“合儿腔”，流行于河北、山东一带，多演生活小戏，主要以四弦、胡琴伴奏。河南梆子：流行于河南一带的梆子戏。嘣嘣腔：即东北二人转俗称。“对口莲花落”吸收了“嘣嘣”的音乐，剧目逐渐形成了评剧，所以评剧亦称“嘣嘣”或“嘣嘣戏”。这里似指后者。滦州影，也叫“乐亭影”“唐山皮影”“驴皮影”等，流行于河北东部及东北三省的一种皮影戏，因起源于河北乐亭（旧属滦州），故名“滦州影”。

[7]《陈州放粮》：演包拯陈州放粮，在天齐庙遇盲丐妇告状，历数当年宫闱秘事，包拯始知此妇即真宗之妃李宸妃，答允回朝辩冤。

[8]《捡柴》：《春秋配》中的一折。演少女姜秋莲，因受继母虐待，与乳娘到郊外捡柴。书生李春发经过，见秋莲悲泣，问明情由，赠银给秋莲买柴回家。秋莲归告继母。母诬女不贞，欲鸣官，乳娘伴秋莲连夜逃出。

[9]《二进宫》：演明穆宗崩，太子年幼，李艳妃垂帘听政。李父李良企图篡位。定国公徐延照、兵部侍郎杨波进宫，李妃以国事相托，杨波率兵诛斩李良。

[10]《辕门斩子》：演宋代杨延昭在穆柯寨败阵回营，责其子宗保临阵结亲，令绑出辕门斩首。佘太君、八贤王等先后赶来说情，均未允。穆桂英来献粮草、兵马、降龙木等，并以武力要挟，延昭乃赦免宗保。

[11]《忠孝牌》：演薛广一家节义事。薛广弃商从仕，升至兵部，后请假回家。三娘、薛保以为见鬼，惊恐万分。后知实情，悲喜交集。薛广知张、刘二氏均下堂改嫁，不胜愤恨。此时儿子薛倚哥及第，衣锦还乡，初不认父，经三娘等说明后，才父子相见。朝廷知此事后，敕赐“忠孝节义”牌匾，以旌表薛家门风。

[12]《打龙袍》：演包拯识出李后回京，借元宵节灯戏，使仁宗悟，斩郭槐，并亲迎李后还朝，请罪。李后命包拯行罚，包乃脱仁宗龙袍，打袍以代。

[13]《探窑》：也叫《探寒窑》《母女会》，演王宝钏与其父三击掌之后，愤然离家，苦守寒窑。王母携带银米至寒窑探女，苦劝其回府。宝钏不受银米，用计诓出窑后，将门紧闭，于窑内跪送其母，表明誓不回府之意。

说明

《说戏》是齐如山的第一本戏曲专著。它是根据1912年戏界“正乐育化会”周年演讲会上的讲演稿整理而成的。这次讲演，“略言欧美情形，兼道吾华旧弊”；介绍西洋戏剧的服装、布景、灯光、化妆术等，批评中国旧剧常常被一些“习气”破坏得不合情理。他的讲演为戏曲演员们闻所未闻，得到演艺界的高度赞扬。这里选录的是其中论词曲的部分。

齐如山指出，明朝以前，“文人作的，就是戏界唱的”，所以能雅俗共赏。西洋戏曲也是如此。可是自前清以来，文人的词曲和戏园的词曲，判然两事。文人作的，过于追求古雅，不能引起寻常百姓的兴味，大家不爱听；戏园里的戏词，一味追随大众的趣味，显得庸俗。这两种极端的倾向，是国剧的严重弊端。他列举国剧词曲不合情理、怪异啰唆，甚至自相矛盾的种种毛病，希望演员去随时留心改正，“改到雅致，大家又能懂的地方”，做到合情合理，雅俗共赏。齐如山对旧剧的批评，旨在借鉴西方戏剧的精华以改良国剧，并非对旧剧的全盘否定。这正如他说的“外国有外国的好处，中国有中国的好处。人自己，总应该常想自己的短处，想出来好改”。

齐如山的戏剧理论在当时产生了广泛的影响，说明了当时西方戏剧文化对于中国传统戏剧界具有巨大的吸引力，也说明了他借鉴西方戏剧来改良中国旧剧的理论思路是符合中国戏剧进步的历史潮流的。

白雨斋词话自叙

〔清〕陈廷焯

作者简介

陈廷焯(1853—1892)，原名世焜，一字亦峰，江苏丹徒人。光绪十四年(1888年)举人。其词学初从浙派，后奉常州派为宗，选编《词则》，并著有《白雨斋词话》

十卷，为中国词论史上篇幅最大的一部著作。陈廷焯论词标举“沉郁”说，将自张惠言以来常州词派所倡导的一些主要思想熔铸于一炉，进行理论概括。根据自己的“沉郁说”，同时吸取浙派的某些主张，陈廷焯广泛地评论了历代词家，为“沉郁说”在基本理论和批评实践方面都打下坚实的基础。

倚声之学，千有余年，作者代出，顾能上溯风骚，与为表里，自唐迄今，合者无几。窃以声音之道，关乎性情，通乎造化，小其文者不能达其义，竟其委者未获溯其源。揆厥所由，其失有六：飘风骤雨，不可终朝，促管繁弦，绝无余蕴，失之一也[1]。美人香草，貌托灵修，蝶雨梨云，指陈琐屑，失之二也[2]。雕锼物类，探讨虫鱼，穿凿愈工，风雅愈远，失之三也[3]。惨戚惨凄，寂寥萧索，感寓不当，虑叹徒劳，失之四也[4]。交际未深，谬称契合，颂扬失实，遑恤讥评，失之五也[5]。情非苏窦，亦感回文，慧拾孟韩，转相斗韵，失之六也[6]。作者愈漓，议者益左。竹垞《词综》[7]，可备览观，未尝为探本之论；红友《词律》[8]，仅求谐适，不足语正始之原。下此则务取秾丽，矜言该博。大雅日非，繁声竞作，性情散失，莫可究极。夫人心不能无所感，有感不能无所寄。寄托不厚，感人不深。厚而不郁，感其所感，不能感其所不感[9]。伊古词章，不外比兴，《谷风》阴雨，犹自期以同心[10]，攘垢忍尤，卒不改乎此度，为一室之悲歌，下千年之血泪，所感者深且远也。后人之感，感于文不若感于诗，感于诗不若感于词。诗有韵，文无韵，词可按节寻声，诗不能尽被弦管。飞卿、端己，首发其端；周、秦、姜、史、张、王[11]，曲竟其绪。而要皆发源于风雅，推本于《骚》《辩》，故其情长，其味永，其为言也哀以思，其感人也深以婉。嗣是六百余年，沿其波流，丧厥宗旨。张氏《词选》，不得已为矫枉过正之举，规模虽隘，门墙自高[12]，循是以寻，坠绪未远。而当世知之者鲜，好之者尤鲜矣。萧斋岑寂[13]，撰《词话》十卷，本诸风骚，正其情性，温厚以为体，沉郁以为用，引以千端，衷诸一是。非好与古人为难，独成一家言，亦有所大不得已于中，为斯诣绵延一线。暇日寄意之作，附录一二，非敢抗美昔贤，存以自镜而已。

光绪十七年除夕，丹徒陈廷焯。

上海古籍出版社《续修四库全书》影印
光绪二十二年(1896 年)刻本《白雨斋词话》卷首

注释

[1]“飘风骤雨”五句：指追随苏轼、辛弃疾的一派词人叫嚣粗豪，激厉抒张，而无蕴藉、无余味的词作。

[2]“美人香草”五句：指沿着《花间集》的道路，写男女艳情、格调鄙陋的词作。

[3]“雕锼物类”五句：指铺叙物象，富丽精工，为咏物而咏物的词风，主要针对浙西派而言。

[4]“惨戚惨凄”五句：指叹老嗟卑、情绪颓废、格调不高的词作。

[5]“交际未深”五句：指应酬谀颂的庸俗作品。

[6]“情非苏窦”五句：指没有深情，而专求形式精巧，卖弄才学，而情意苍白的作品。苏，苏蕙，前秦女诗人，字若兰。窦，窦滔，苏蕙的丈夫，苻坚时为秦州刺史，后以罪徙流沙。苏蕙思念其夫，寄以《璇玑图》回文诗，顺读与倒读，皆成诗句。孟，孟郊。韩，韩愈。韩愈集中有二人作联句诗，以险韵争胜。

[7]竹垞：朱彝尊。

[8]红友：万树，字红友，号山翁，宜兴（今属江苏）人。清代词学家，有《词律》二十卷，考订词的音韵、句法。

[9]“厚而不郁”三句：指作品的感情浓厚，但是表现得不沉郁，不深婉含蓄，读者只能感受到作品言词意义，而未能领悟更为深微的意蕴，没有余味曲包的言外意味。

[10]“《谷风》阴雨”两句：《诗经·邶风·谷风》：“习习谷风，以阴以雨。黾勉同心，不宜有怒。”

[11]周、秦、姜、史、张、王：指周邦彦、秦观、姜夔、史达祖、张炎、王沂孙。

[12]“张氏《词选》”四句：指张惠言的《词选》。陈廷焯肯定此选“识见之超”，同时也批评它“规模隘”，选择太严。

[13]萧斋：指书斋。

说明

陈廷焯论词，高自期许。他批评朱彝尊《词综》、万树《词律》等都存在缺点，而自己的《白雨斋词话》则是要"尽扫陈言,独标真谛"。在这篇《自叙》中,陈廷焯十分凝练地概括出其词学理论的基本内容。

他首先以与"风骚"互为表里、"关乎性情,通乎造化"的最高要求为标准,指出历代词作的六个弊病:激烈直露而无余蕴,浓艳琐屑而无深意,精雕细琢刻意求奇,凭空发感寓情不当,应酬谀颂褒贬失实,情感空虚徒逞才学。作者偏离正道,而论家亦未识宏旨。而他的词论,就是旨在矫正词体创作的这些弊端。

陈廷焯所标举的词学"真谛"就是"本诸风骚,正其情性,温厚以为体,沉郁以为用",提倡建立在温厚情性基础上的沉郁风格。他秉承儒家的文艺精神,强调忠厚情性为作词的根基,而忠厚的词心,又以"哀怨"为情感基调,"怨之深,亦厚之至",所以他尤其重视哀怨之情,"写怨夫思妇之怀,寓孽子孤臣之感",意在笔先,表现至深至厚的真切情怀,而情感的发抒要"神余言外",若隐若现,欲露不露,反复缠绵,而终不许道破。陈廷焯以"沉郁"二字概括他的词学主旨:"作词之法,首贵沉郁,沉则不浮,郁则不薄。""沉郁"本为一诗学范畴,指以杜诗为典范,意理博大、情感诚挚、内蕴深厚的艺术境界。陈廷焯词论中,"沉郁"是指词作根柢于《风》《骚》,得其沉郁顿挫、忠爱缠绵的"本原",内在精神哀怨而忠厚,外部风貌深厚而蕴藉,性情深厚,旨义遥深。他认为这是词的唯一最高境界。"沉郁"的境界,既标识词作"体格之高",又显现词人"性情之厚"。与"沉郁"相对的是浮薄,是浅露,是刻意争奇,也就是上面的六种弊端。

陈廷焯的词学观念,存在着由浙派向常州词派转变的历程。他的"沉郁说",就吸收了常州词派历来所宣扬"低回要眇""本于比兴""意内言外""旨隐辞微"的基本精神,而加以概括、发展。如常州词派强调比兴寄托,陈廷焯也重视比兴,但是他反对词太浅露,有所实指的"比",而认为"低回深婉,托讽于有意无意之间,可谓精于比义"。至于陈廷焯释"兴",则与"沉郁"相通。他以"意在笔先,神余言外"解释"兴"和"沉郁"。他说:"托喻不深,树义不厚,不足以言兴。"兴之所托,不可专指,不可坐实,居心忠厚,托体高浑。这样才能感人至深,读者才能感作者所不感,领悟深沉丰厚的言外意味。

自宋季以降,词体和词学基本上是沿着"别是一家"的道路发展下来的,强调词体轻艳清空的审美风格。而陈廷焯的"沉郁"说,以变《风》和《楚辞》的"哀怨"精神为内质,有意识地将中国古代诗歌典范的精神风貌注入词体,一定程度上打破诗词审美风格上的疆界,扩大词体的审美境界,提升词体的精神品格,也展现出常州词派在近代思想背景中的渐变。

《红楼梦》评论

王国维

作者简介

王国维(1877—1927),初名德祯,后改为国维,字静安,亦字伯隅,初号礼堂,后更为观堂,又号永观,浙江海宁人。王国维早年禀承家学,从父亲接受传统教育,打下深厚扎实的旧学功底。戊戌变法后,王国维在上海先后任《时务报》文书校对、东文学社庶务、《教育世界》主编。1900年秋留学日本,将近一年后回国,任教南洋公学、江苏师范学校等。1906年后,任学部图书馆编译、名词馆协修等职,直到辛亥革命爆发为止。在这一阶段,王国维接受西方康德、叔本华、尼采、洛克、休谟等人的哲学、心理学、美学思想,将之引入国内,并和自己的文学研究结合起来,发表了《论叔本华之哲学及其教育学说》《红楼梦评论》《叔本华与尼采》《论哲学与美术家之天职》《屈子文学之精神》《文学小言十七则》《古雅之在美学上之位置》等,词学研究的主要成果有《唐五代二十一家词》《清真先生遗事》和著名的《人间词话》,贯通"外来之观念"与传统的思想,探求中国古代文学的民族特征,发展规律和创作经验,达到了很高的造诣。在文学研究观念和方法上都透出新的时代特征。辛亥革命后,他完成了《宋元戏曲史》。之后,埋头于古文字、古器物、古史地的研究,在考古学、舆地学、历史学方面取得丰厚成果。

第一章　人生及美术之概观

老子曰[1]:"人之大患,在我有身。"庄子曰[2]:"大块载我以形,劳我以生。"忧患与劳苦之与生相对待也久矣。夫生者,人人之所欲;忧患与劳苦者,人人之所恶也。然而,讵不人人欲其所恶而恶其所欲欤?将其所恶者固不能不欲,而其所欲者终非可欲之物欤?人有生矣,则思所以奉其生。饥而欲食,渴而欲饮,寒而欲衣,露处而欲宫室,此皆所以维持一人之生活者也。然一人之生,少则数十年,多则百年而止耳。而吾人欲生之心,必以是为不足。于是于数十年百年之生活外,更进而图永远之生活时，则有牝牡之欲[3]，家室之累；进而育子女矣，则有保抱扶持饮食教诲之责，婚嫁之务。百年之间，早作而夕息，穷老而不知所终，问有出于此保存自己及种姓之生活之外者乎？无有也。百年之后，观吾人之成绩，其有逾于此保存自己及种姓之生活之外者乎？无有也。又人人知侵害自己及种姓之生活者之非一端也，于是相集而成一群，相约束而立一国，择其贤且智者以为之君，为之立法律以治之，建学校以教之，为之警察以防内奸，为之陆海军以御外患，人人各遂其生活之欲而不相侵害：凡此皆欲生之心之所为也。夫人之于生活也，欲之如此其切也，用力如此其勤也，设计如此其周且至也，固亦有其真可欲者存欤？吾人之忧患劳苦，固亦有所以偿之者欤？则吾人不得不就生活之本质，熟思而审考之也。

生活之本质何？"欲"而已矣。欲之为性无厌，而其原生于不足。不足之状态，"苦痛"是也。既偿一欲，则此欲以终。然欲之被偿者一，而不偿者什佰；一欲既终，他欲随之。故究竟之慰藉，终不可得也。即使吾人之欲悉偿，而更无所欲之对象，倦厌之情，即起而乘之。于是吾人自己之生活，若负之而不胜其重。故人生者如钟表之摆，实往复于苦痛与倦厌之间者也。夫倦厌固可视为苦痛之一种。有能除去此二者，吾人谓之曰"快乐"。然当其求快乐也，吾人于固有之苦痛外，又不得不加以努力，而努力亦苦痛之一也。且快乐之后，其感苦痛也弥深。故苦痛而无回复之快乐者有之矣，未有快乐而不先之或继之以苦痛者也。又此苦痛与世界之文化俱增，而不由之而减。何则？文化愈进，其知识弥广，其所欲弥多，又其感苦痛亦弥甚故也。然则人生之所欲，既无以逾于生活，而生活之性质，又不外乎苦痛，故"欲"与"生活"与"苦痛"，三者一而已矣。

吾人生活之性质，既如斯矣，故吾人之知识，遂无往而不与生活之欲相关系，即与吾人之利害相关系。就其实而言之，则知识者，固生于此欲，而示此欲以我与外界之关系，使之趋利而避害者也。常人之知识，止知我与物之关系，易言以明之，止知物之与我相关系者；而于此物中，又不过知其与我相关系之部分而已。及人知渐进，于是始知欲知此物与我之关系，不可不研究此物与彼物之关系。知愈大者，其研究愈远焉。自是而生各种之科学，如欲知空间之一部之与我相关系者，不可不知空间全体之关系，于是几何学兴焉（按：西洋几何学Geometry之本义，系量地之意，可知古代视为应用之科学，而不视为纯粹之科学也）。欲知力之一部之与我相关系者，不可不知力之全体关系，于是力学兴焉。吾人既知一物之全体之关系，又知此物与彼物之全体之关系。而立一法则焉以应用之，于是物之现于吾前者，其与我之关系，及其与他物之关系，粲然陈于目前而无所遁。夫然后吾人得以利用此物，有其利而无其害，以使吾人生活之欲，增进于无穷。此科学之功效也。故科学上之成功，虽若层楼杰观，高严巨丽，然其基址，则筑乎生活之欲之上，与政治上之系统立于生活之欲之上无以异。然则吾人理论与实际之二方面，皆此生活之欲之结果也。

由是观之，吾人之知识与实践之二方面，无往而不与生活之欲相关系，即与苦痛相关系。有兹一物焉，使吾人超然于利害之外，而忘物与我之关系。此时也，吾人之心无希望，无恐怖，非复“欲”之我，而但“知”之我也。此犹积阴弥月，而旭日杲杲也；犹覆舟大海之中，浮沉上下，而飘著于故乡之海岸也；犹阵云惨淡，而插翅之天使，赍平和之福音而来者也；犹鱼之脱于罾网，鸟之自樊笼出，而游于山林江海也。然物之能使吾人超然于利害之外者，必其物之于吾人无利害之关系而后可；易言以明之，必其物非实物而后可。然则，非美术何足以当之乎？夫自然界之物，无不与吾人有利害之关系；纵非直接，亦必间接相关系者也。苟吾人而能忘物与我之关系而观物，则无自然界之山明水媚，鸟飞花落，固无往而非华胥之国[4]，极乐之土也。岂独自然既与吾人有利害之关系，而吾人欲强离其关系而观之，自非天才，岂易及此？于是天才者出，以其所观于自然人生中者复现之于美术中，而使中智以下之人，亦因其物之与己无关系，而超然于利害之外。是故观物无方，因人而变：濠上之鱼，庄、惠之所乐也[5]，而渔父袭之以网罟；舞雩之木，孔、曾之所憩也[6]，而樵者继之以斤斧。若物非有形，心无所住，则虽殉财之夫，贵私之子，宁有对曹霸、韩幹之马[7]，而计驰骋之乐；见毕宏、韦偃之松[8]，而思栋梁之用，求好逑于雅典之偶[9]，思税驾于金字之塔者哉[10]？故美术之为物，欲者不观，观者不欲；而艺术之美所以优于自然之美者，全存于使人易忘物我之关系也。

而美之为物有二种：一曰优美，一曰壮美。苟一物焉，与吾人无利害之关系。而吾人之观之也，不观其关系，而但观其物；或吾人之心中，无丝毫生活之欲存，而其观物也，不视为与我有关系之物，而但视为外物，则今之所观者，非昔之所观者也。此时吾心宁静之状态，名之曰"优美之情"，而谓此物曰"优美"。若此物大不利于吾人，而吾人生活之意志为之破裂，因之意志遁去，而知力得为独立之作用，以深观其物，吾人谓此物曰"壮美"，而谓其感情曰"壮美之情"。普通之美，皆属前种。至于地狱变相之图[11]，决斗垂死之象[12]，庐江小吏之诗[13]，雁门尚书之曲[14]，其人固氓庶之所共怜，其遇虽戾夫为之流涕，讵有子颓乐祸之心[15]，宁无尼父反袂之戚[16]？而吾人观之不厌千复。格代之诗曰[17]：

What in life doth only grieve us,

That in art we gladly see.

凡人生中足以使人悲者，于美术中则吾人乐而观之。（译文）

此之谓也。此即所谓壮美之情。而其快乐存于使人忘物我之关系，则固与优美无以异也。

至美术中之与二者相反者，名之曰"眩惑"。夫优美与壮美，皆使吾人离生活之欲，而入纯粹之知识者。若美术中而有眩惑之原质乎，则又使吾人自纯粹之知识出，而复归于生活之欲。如粔籹蜜饵，《招魂》《七发》之所陈[18]；玉体横陈，周昉、仇英之所绘[19]；《西厢记》之《酬柬》，《牡丹亭》之《惊梦》，伶元之传飞燕[20]，杨慎之赝《秘辛》[21]；徒讽一而劝百，欲止沸而益薪。所以子云有"靡靡"之诮[22]，法秀有"绮语"之诃[23]。虽则梦幻泡影，可作如是观，而拔舌地狱[24]，专为斯人设者矣。故眩惑之于美，如甘之于辛，火之于水，不相并立者也。吾人欲以眩惑之快乐，医人世之苦痛，是尤欲航断港而至海，入幽谷而求明，岂徒无益，而又增之。则岂不以其不能使人忘生活之欲，及此欲与物之关系，而反鼓舞之也哉！眩惑之与优美及壮美相反对，其故实存于此。

今既述人生与美术之概略如左。吾人且持此标准，以观我国之美术。而美术中以诗歌、戏曲、小说为其顶点，以其目的在描写人生故。吾人于是得一绝大著作曰《红楼梦》。

第二章 《红楼梦》之精神

哀伽尔之诗曰[25]：

> Ye wise men, highly, deeply learned,
> Who think it out and know,
> How, when and where do all things pair?
> Why do they kiss and love?
> Ye men of lofty wisdom, say
> What happened to me then,
> Search out and tell me where, how, when,
> And why it happened thus.
>
> 嗟汝哲人，靡所不知，靡所不学，既深且跻。粲粲生物，罔不匹俦，各啮厥唇，而相厥攸[26]。匪汝哲人，孰知其故？自何时始，来自何处？嗟汝哲人，渊渊其知。相彼百昌[27]，奚而熙熙？愿言哲人，诏予其故。自何时始，来自何处？（译文）

哀伽尔之问题，人人所有之问题，而人人未解决之大问题也。人有恒言曰："饮食男女，人之大欲存焉。"[28]然人七日不食则死，一日不再食则饥。若男女之欲，则于一人之生活上，宁有害无利者也，而吾人之欲也如此，何哉？吾人自少壮以后，其过半之光阴，过半之事业，所计画所勤勤者为何事？汉之成、哀[29]，曷为而丧其生？殷辛、周幽[30]，曷为而亡其国？励精如唐玄宗[31]，英武如后唐庄宗[32]，曷为而不善其终？且人生苟为数十年之生活计，则其维持此生活，亦易易耳，曷为而其忧劳之度，倍蓰而未有已？记曰："人不婚宦，情欲失半。"[33]人苟能解此问题，则于人生之知识，思过半矣。而蚩蚩者乃日用而不知，岂不可哀也欤！其自哲学上解此问题者，则二千年间，仅有叔本华之男女之爱之形而上学耳[34]。诗歌小说之描写此事者，通古今东西，殆不能悉数，然能解决之者鲜矣。《红楼梦》一书，非徒提出此问题，又解决之者也。彼于开卷即下男女之爱之神话的解释。其叙此书之主人公贾宝玉之来历曰：

> 却说女娲氏炼石补天之时，于大荒山无稽崖，炼成高十二丈、见方二十四丈大的顽石三万六千五百零一块。那娲皇只用了三万六千五百块，单单剩下一块未用，弃在青埂峰下。谁知此石自经锻炼之后，灵性已通，自去自来，可大可小。因见众石俱得补天，独自己无才，不得入选，遂自怨自艾，日夜悲哀。（第一回）

此可知生活之欲之先人生而存在，而人生不过此欲之发现也。此可知吾人之堕落，由吾人之所欲，而意志自由之罪恶也。夫顽钝者既不幸而为此石矣，又幸而不见用，则何不游于广漠之野，无何有之乡，以自适其适，而必欲入此忧患劳苦之世界？不可谓非此石之大误也。由此一念之误，而遂造出十九年之历史，与百二十回之事实，与茫茫大士、渺渺真人何与？又于第百十七回中，述宝玉与和尚之谈论曰：

> “弟子请问师父，可是从太虚幻境而来？”那和尚道：“什么幻境！不过是来处来，去处去罢了。我是送还你的玉来的。我且问你，那玉是从那里来的？”宝玉一时对答不来。那和尚笑道：“你的来路还不知，便来问我！”宝玉本来颖悟，又经点化，早把红尘看破，只是自己的底里未知；一闻那僧问起玉来，好像当头一棒，便说：“你也不用银子了，我把那玉还你罢。”那僧笑道：“早该还我了！”

所谓“自己的底里未知”者，未知其生活乃自己之一念之误，而此念之所自造也。及一闻和尚之言，始知此不幸之生活，由自己之所欲；而其拒绝之也，亦不得由自己，是以有还玉之言。所谓玉者，不过生活之欲之代表而已矣。故携入红尘者，非彼二人之所为，顽石自己而已；引登彼岸者[35]，亦非二人之力，顽石自己而已。此岂独宝玉一人然哉？人类之堕落与解脱，亦视其意志而已。而此生活之意志，其于永远之生活，比个人之生活为尤切；易言以明之，则男女之欲，尤强于饮食之欲。何则？前者无尽的，后者有限的也；前者形而上的，后者形而下的也。又如上章所说生活之于苦痛，二者一而非二，而苦痛之度，与主张生活之欲之度为比例。是故前者之苦痛，尤倍蓰于后者之苦痛。而《红楼梦》一书，实示此生活此苦痛之由于自造，又示其解脱之道不可不由自己求之者也。

而解脱之道，存于出世，而不存于自杀。出世者，拒绝一切生活之欲者也。彼知生活之无所逃于苦痛，而求入于无生之域。当其终也，恒干虽存，固已形如槁木[36]，而心如死灰矣。若生活之欲如故，但不满于现在之生活，而求主张之于异日，则死于此者，固不得不复生于彼，而苦海之流，又将与生活之欲而无穷。故金钏之堕井也[37]，司棋之触墙也[38]，尤三姐、潘又安之自刎也[39]，非解脱也，求偿其欲而不得者也。彼等之所不欲者，其特别之生活，而对生活之为物，则固欲之而不疑也。故此书中真正之解脱，仅贾宝玉、惜春、紫鹃三人耳。而柳湘莲之入道[40]，有似潘又安；芳官之出家[41]，略同于金钏。故苟有生活之欲存乎，则虽出世而无与于解脱；苟无此欲，则自杀亦未始非解脱之一者也。如鸳鸯之死[42]，彼固有不得已之境遇在；不然，则惜春、紫鹃之事，固亦其所优为者也。

而解脱之中，又自有二种之别：一存于观他人之苦痛，一存于觉自己之苦痛。然前者之解脱，唯非常之人为能，其高百倍于后者，而其难亦百倍。但由其成功观之，则二者一也。通常之人，其解脱由于苦痛之阅历，而不由于苦痛之知识。唯非常之人，由非常之知力，而洞观宇宙人生之本质，始知生活与苦痛之不能相离，由是求绝其生活之欲，而得解脱之道。然于解脱之中，彼之生活之欲，犹时时起而与之相抗，而生种种之幻影。所谓恶魔者，不过此等幻影之人物化而已矣。故通常之解脱，存于自己之苦痛，彼之生活之欲，因不得其满足而愈烈，又因愈烈而愈不得其满足，如此循环，而陷于失望之境遇，遂悟宇宙人生之真相，遽而求其息肩之所[43]。彼全变其气质，而超出乎苦乐之外，举昔之所执著者，一旦而舍之。彼以生活为炉，苦痛为炭，而铸其解脱之鼎[44]。彼以疲于生活之欲故，故其生活之欲不能复起而为之幻影。此通常之人解脱之状态也。前者之解脱如惜春、紫鹃，后者之解脱如宝玉。前者之解脱，超自然的也，神明的也；后者之解脱，自然的也，人类的也。前者之解脱，宗教的也；后者美术的也。前者平和的也；后者悲感的也，壮美的也，故文学的也，诗歌的也，小说的也。此《红楼梦》之主人公所以非惜春、紫鹃，而为贾宝玉者也。

呜呼！宇宙一生活之欲而已。而此生活之欲之罪过，即以生活之苦痛罚之：此即宇宙之永远的正义也。自犯罪，自加罚，自忏悔，自解脱。美术之务，在描写人生之苦痛与其解脱之道，而使吾侪冯生之徒[45]，于此桎梏之世界中，离此生活之欲之争斗，而得其暂时之平和，此一切美术之目的也。夫欧洲近世之文学中，所以推格代之《法斯德》为第一者，以其描写博士法斯德之苦痛，及其解脱之途径，最为精切故也。若《红楼梦》之写宝玉，又岂有以异于彼乎？彼于缠陷最深之中，而已伏解脱之种子：故听《寄生草》之曲[46]，而悟立足之境[47]；读《胠箧》之篇[48]，而作焚花散麝之想[49]。所以未能者，则以黛玉尚在耳。至黛玉死而其志渐决，然尚屡失于宝钗，几败于五儿，屡蹶屡振，而终获最后之胜利。读者观自九十八回以至百二十回之事实，其解脱之行程，精进之历史，明了真切何如哉！且法斯德之苦痛，天才之苦痛；宝玉之苦痛，人人所有之苦痛也。其存于人之根柢者为独深，而其希救济也为尤切。作者一一掇拾而发挥之，我辈之读此书才干者，宜如何表满足感谢之意哉！而吾人于作者之姓名，尚有未确实之知识，岂徒吾侪寡学之羞，亦足以见二百余年来吾人之祖先，对此宇宙之大著述，如何冷淡遇之也。谁使此大著述之作者，不敢署其名？此可知此书之精神，大背于吾国人之性质，及吾人之沉溺于生活之欲，而乏美术之知识，有如此也。然则予之为此论，亦自知有罪也夫！

第三章　《红楼梦》之美学上之价值

如上章之说，吾国人之精神，世间的也，乐天的也，故代表其精神之戏曲小说，无往而不著此乐天之色彩：始于悲者终于欢，始于离者终于合，始于困者终于亨；非是而欲餍阅者之心，难矣。若《牡丹亭》之返魂,《长生殿》之重圆,其最著之一例也。《西厢记》之以惊梦终也[50],未成之作也,此书若成,吾乌知其不为《续西厢》之浅陋也[51]? 有《水浒传》矣,曷为而又有《荡寇志》? 有《桃花扇》矣,曷为而又有《南桃花扇》[52]? 有《红楼梦》矣,彼《红楼复梦》《补红楼梦》《续红楼梦》者,曷为而作也? 又曷为而有反对《红楼梦》之《儿女英雄传》[53]? 故吾国之文学中,其具厌世解脱之精神者,仅有《桃花扇》与《红楼梦》耳。而《桃花扇》之解脱,非真解脱也:沧桑之变,目击之而身历之,不能自悟于张道士之一言;且以历数千里,冒不测之险,投缧绁之中,所索之女子,才得一面,而以道士之言,一朝而舍之,自非三尺童子,其谁信之哉? 故《桃花扇》之解脱,他律的也;而《红楼梦》之解脱,自律的也。且《桃花扇》之作者,但借侯、李之事,以写故国之戚,而非以描写人生为事。故《桃花扇》,政治的也,国民的也,历史的也;《红楼梦》,哲学的也,宇宙的也,文学的也。此《红楼梦》之所以大背于吾国人之精神,而其价值亦即存乎此。彼《南桃花扇》《红楼复梦》等,正代表吾国人乐天之精神者也。

《红楼梦》一书,与一切喜剧相反,彻头彻尾之悲剧也。其大宗旨如上章之所述,读者既知之矣。除主人公不计外,凡此书中之人有与生活之欲相关系者,无不与苦痛相终始:以视宝琴、岫烟、李纹、李绮等,若藐姑射神人,敻乎不可及矣。夫此数人者,曷尝无生活之欲,曷尝无苦痛? 而书中既不及写其生活之欲,则其苦痛自不得而写之;足以见二者如骖之靳[54],而永远的正义,无往不逞其权力也。又吾国之文学,以挟乐天的精神故,故往往说诗歌的正义,善人必令其终,而恶人必离其罚;此亦吾国戏曲小说之特质也。《红楼梦》则不然:赵姨、凤姐之死,非鬼神之罚,彼良心自己之苦痛也。若李纨之受封,彼于《红楼梦》十四曲中,固已明说之曰:

[晚韶华]镜里恩情,更那堪梦里功名! 那美韶华去之何迅。再休题绣帐鸳衾;只这戴珠冠,披凤袄,也抵不了无常性命。虽说是人生莫受老来贫,也须要阴骘积儿孙。气昂昂头戴簪缨,光灿灿胸悬金印,威赫赫爵禄高登,昏惨惨黄泉路近。问古来将相可

还存？也只是虚名儿与后人钦敬。（第五回）

此足以知其非诗歌的正义，而既有世界人生以上，无非永远的正义之所统辖也。故曰《红楼梦》一书，彻头彻尾的悲剧也。

由叔本华之说，悲剧之中，又有三种之别：第一种之悲剧，由极恶之人，极其所有之能力，以交构之者。第二种，由于盲目的运命者。第三种之悲剧，由于剧中之人物之位置及关系而不得不然者；非必有蛇蝎之性质，与意外之变故也，但由普通之人物，普通之境遇，逼之不得不如是；彼等明知其害，交施之而交受之，各加以力而各不任其咎，此种悲剧，其感人贤于前二者远甚。何则？彼示人生最大之不幸，非例外之事，而人生之所固有故也。若前二种之悲剧，吾人对蛇蝎之人物，与盲目之命运，未尝不悚然战栗；然以其罕见之故，犹幸吾生之可以免，而不必求息肩之地也。但在第三种，则见此非常之势力，足以破坏人生之福祉者，无时而不可坠于吾前；且此等惨酷之行，不但时时可受诸己，而或可以加诸人；躬丁其酷，而无不平之可鸣；此可谓天下之至惨也。若《红楼梦》，则正第三种之悲剧也。兹就宝玉、黛玉之事言之：贾母爱宝钗之婉嫕[55]，而惩黛玉之孤僻，又信金玉之邪说，而思压宝玉之病；王夫人固亲于薛氏；凤姐以持家之故，忌黛玉之才而虞其不便于己也；袭人惩尤二姐、香菱之事，闻黛玉"不是东风压西风，就是西风压东风"（第八十一回）之语，惧祸之及；而自同于凤姐，亦自然之势也。宝玉之于黛玉，信誓旦旦，而不能言之于最爱之之祖母，则普通之道德使然；况黛玉一女子哉！由此种种原因，而金玉以之合，木石以之离[56]，又岂有蛇蝎之人物，非常之变故，行于其间哉？不过通常之道德，通常之人情，通常之境遇为之而已。由此观之，《红楼梦》者，可谓悲剧中之悲剧也。

由此之故，此书中壮美之部分较多于优美之部分，而眩惑之原质殆绝焉。作者于开卷即申明之曰：

更有一种风月笔墨，其淫秽污臭，最易坏人子弟。至于才子佳人等书，则又开口文君，满篇子建，千部一腔，千人一面，且终不能不涉淫滥。在作者不过欲写出自己两首情诗艳赋来，故假捏出

男女二人名姓，又必旁添一小人拨乱其间，如戏中小丑一般。（此又上节所言之一证）

兹举其最壮美者之一例，即宝玉与黛玉最后之相见一节曰：

那黛玉听着傻大姐说宝玉娶宝钗的话，此时心里竟是油儿酱儿糖儿醋儿倒在一处的一般，甜苦酸咸，竟说不上什么味儿来了。……自己转身，要回潇湘馆去，那身子竟有千百斤重的，两只脚却像踏着棉花一般，早已软了。只得一步一步慢慢的走将下来。走了半天，还没到沁芳桥畔，脚下愈加软了，走的慢，且又迷迷痴痴，信着脚从那边绕过来，更添了两箭地路。这时刚到沁芳桥畔，却又不知不觉的顺着堤往回里走起来。紫鹃取了绢子来，却不见黛玉。正在那里看时，只见黛玉颜色雪白，身子恍恍荡荡的，眼睛也直直的，在那里东转西转……只得赶来轻轻的问道："姑娘怎么又回去？是要往那里去？"黛玉也只模糊听见，随口答道："我问问宝玉去。"……紫鹃只得搀他进去。那黛玉却又奇怪了，这时不似先前那样软了，也不用紫鹃打帘子，自己掀起帘子进来。……见宝玉在那里坐着，也不起来让坐，只瞧着嘻嘻的呆笑。黛玉自己坐下，却也瞧着宝玉笑。两个也不问好，也不说话，也无推让，只管对着脸呆笑起来。忽然听着黛玉说道："宝玉，你为什么病了？"宝玉笑道："我为林姑娘病了。"袭人、紫鹃两个，吓得面目改色，连忙用言语来岔。两个却又不答言，仍旧呆笑起来。……紫鹃搀起黛玉，那黛玉也就站起来，瞧着宝玉，只管笑，只管点头儿。紫鹃又催道："姑娘回家去歇歇罢！"黛玉道："可不是，我这就是回去的时候儿了！"说着，便回身笑着出来了，仍旧不用丫头们搀扶，自己却走得比往常飞快。（第九十六回）

如此之文，此书中随处有之，其动吾人之感情何如！凡稍有审美的嗜好者，无人不经验之也。

《红楼梦》之为悲剧也如此。昔雅里大德勒于《诗论》中[57]，谓悲剧者，所以感发人之情绪而高上之，殊如恐惧与悲悯之二者，为悲剧中固有之物，由此感发，而人之精神于焉洗涤。故其目的，伦理学上之目的也。叔本华置诗歌于美术之顶点，又置悲剧于诗歌之顶点；而于悲剧之中，又特重第三种，以其示人生之真相，又示解脱之不可已故。故美学上最终之目的，与伦理学上最终之目的合。由是，《红楼梦》之美学上之价值，亦与伦理学上之价值相联络也。

第四章　《红楼梦》之伦理学上之价值

自上章观之，《红楼梦》者，悲剧中之悲剧也。其美学上之价值，即存乎此。然使无伦理学上之价值以继之，则其于美术上之价值，尚未可知也。今使为宝玉者，于黛玉既死之后，或感愤而自杀，或放废以终其身，则虽谓此书一无价值可也。何则？欲达解脱之域者，固不可不尝人世之忧患；然所贵乎忧患者，以其为解脱之手段故，非重忧患自身之价值也。今使人日日居忧患、言忧患，而无希求解脱之勇气，则天国与地狱，彼两失之；其所领之境界，除阴云蔽天，沮洳弥望外[58]，固无所获焉。黄仲则《绮怀》诗曰[59]：

如此星辰非昨夜，为谁风露立中宵？

又其卒章曰：

结束铅华归少作，屏除丝竹入中年；茫茫来日愁如海，寄语羲和快著鞭。

其一例也。《红楼梦》则不然，其精神之存于解脱，如前二章所说，兹固不俟喋喋也。

然则解脱者，果足为伦理学上最高之理想否乎？自通常之道德观之，夫人知其不可也。夫宝玉者，固世俗所谓绝父子、弃人伦、不忠不孝之罪人也。然自太虚中有今日之世界，自世界中有今日之人类，乃不得不有普通之道德以为人类之法则。顺之者安，逆之者危；顺之者存，逆之者亡。于今日之人类中，吾固不能不认普通之道德之价值也。然所以有世界人生者，果有合理的根据欤？抑出于盲目的动作，而别无意义存乎其间欤？使世界人生之存在，而有合理的根据，则人生中所有普通之道德，谓之绝对的道德可也。然吾人从各方面观之，则世界人生之所以存在，实由吾人类之祖先一时之误谬。诗人之所悲歌，哲学者之所瞑想，与夫古代诸国民之传说，若出一揆。若第二章所引《红楼梦》第一回之神话的解释，亦于无意识中暗示此理，较之《创世记》所述人类犯罪之历史[60]，尤为有味者也。夫人之有生，即为鼻祖之误谬矣，则夫吾人之同胞，凡为此鼻祖之子孙者，苟有一人焉，未入解脱之域，则鼻祖之罪，终无时而赎，而一时之误谬，反覆至数千万年而未有已也。则夫绝弃人伦如宝玉其人者，自普通之道德言之，固无所辞其不忠不孝之罪；若开天眼而观之，则彼固可谓干父之蛊者也[61]。知祖父之误谬，而不忍反覆之以重其罪，顾得谓之不孝哉？然则宝玉"一子出家，七祖升天"之说[62]，诚有见乎所谓孝者在此不在彼，非徒自辩护而已。

然则，举世界之人类，而尽入于解脱之域，则所谓宇宙者，不诚无物也欤？然有无之说，盖难言之矣。夫以人生之无常，而知识之不可恃，安知吾人之所谓有非所谓真有者乎？则自其反面言之，又安知吾人之所谓无非所谓真无者乎？即真无矣，而使吾人自空乏与满足、希望与恐怖之中出，而获永远息肩之所，不犹愈于世之所谓有者乎！然则吾人之畏无也，与小儿之畏暗黑何以异？自已解脱者观之，安知解脱之后，山川之美，日月之华，不有过于今日之世界者乎？读《飞鸟各投林》之曲[63]，所谓"一片白茫茫大地真干净"者，有欤？无欤？吾人且勿问，但立乎今日之人生而观之，彼诚有味乎其言之也。

难者又曰：人苟无生，则宇宙间最可宝贵之美术，不亦废欤？曰：美术之价值，对现在之世界人生而起者，非有绝对的价值也，其材料取诸人生，其理想亦视人生之缺陷逼仄，而趋于其反对之方面。如此之美术，唯于如此之世界、如此之人生中，始有价值耳。今设有人焉，自无始以来，无生死，无苦乐，无人世之挂碍，而唯有永远之知识，则吾人所宝为无上之美术，自彼视之，不过蛩鸣蝉噪而已。何则？美术上之理想，固彼之所自有，而其材料，又彼之所未尝经验故也。又设有人焉，备尝人世之苦痛，而已入于解脱之域，则美术之于彼也，亦无价值。何则？美术之价值，存于使人离生活之欲，而入于纯粹之知识。彼既无生活之欲矣，而复进之以美术，是犹馈壮夫以药石，多见其不知量而已矣。然则超今日之世界人生以外者，于美术之存亡，固自可不必问也。

夫然，故世界之大宗教，如印度之婆罗门教及佛教，希伯来之基督教，皆以解脱为唯一之宗旨。哲学家，如古代希腊之柏拉图，近世德意志之叔本华，其最高之理想，亦存于解脱。殊如叔本华之说，由其深邃之知识论、伟大之形而上学出，一扫宗教之神话的面具，而易以名学之论法，其真挚之感情，与巧妙之文字，又足以济之，故其说精密确实，非如古代之宗教及哲学说，徒属想象而已。然事不厌其求详，姑以生平可疑者商榷焉。夫由叔氏之哲学说，则一切人类及万物之根本一也，故充叔氏拒绝意志之说，非一切人类及万物各拒绝其生活之意志，则一人之意志亦不可得而拒绝。何则？生活之意志之存于我者，不过其一最小部分，而其大部分之存于一切人类及万物者，皆与我之意志同。而此物我之差别，仅由于吾人知力之形式，故离此知力之形式，而反其根本而观之，则一切人类及万物之意志，皆我之意志也。然则拒绝吾一人之意志，而姝姝自悦曰“解脱”[64]，是何异决蹄涔之水，而注之沟壑，而曰天下皆得平土而居之者哉！佛之言曰：“若不尽度众生，誓不成佛。”其言犹若有能之而不欲之意。然自吾人观之，此岂徒能之而不欲哉，将毋欲之而不能也！故如叔本华之言一人之解脱，而未言世界之解脱，实与其意志同一之说，不能两立者也。叔氏于无意识中亦触此疑问，故于其《意志及观念之世界》之第四编之末[65]，力护其说曰：

人之意志，于男女之欲，其发现也为最著。故完全之贞操乃拒绝意志，即解脱之第一步也。夫自然中之法则，固自最确实者。使人人而行此格言，则人类之灭绝，自可立而待。至人类以降之动物，其解脱与堕落，亦当视人类以为准。吠陀之经典曰：“一切众生之待圣人，如饥儿之待慈父母也。”基督教中亦有此思想。珊列休斯于其《人持一切物归于上帝》之小诗中曰：“嗟汝万物灵，有生皆爱汝。总总环汝旁，如儿索母乳。携之适天国，惟汝力是怙！”德意志之神秘学者马斯太哀克赫德亦云：《约翰福音》云：“余之离世界也，将引万物而与我俱。基督岂欺我哉！夫善人，固将持万物而归之于上帝，即其所从出之本者也。今夫一切生物，皆为人而造，又各自相为用；牛羊之于水草，鱼之于水，鸟之于空气，野兽之于林莽皆是也。一切生物皆上帝所造，以供善人之用，而善人携之以归上帝。”彼意盖谓人之所以有用动物之权利者，实以能救济之故也。

于佛教之经典中亦说明此真理，方佛之尚为菩提萨埵也，自王宫逸出而入深林时，彼策其马而歌曰：“汝久疲于生死兮，今将息此任载。负余躬以遐举兮，继今日而无再。苟彼岸其余达矣，余将徘徊以汝待。”（《佛国记》）此之谓也。（英译《意志及观念之世界》第一册第四百九十二页）

然叔氏之说，徒引据经典，非有理论的根据也。试问释迦示寂以后[66]，基督尸十字架以来[67]，人类及万物之欲生奚若？其痛苦又奚若？吾知其不异于昔也。然则所谓持万物而归之上帝者，其尚有所待欤？抑徒沾沾自喜之说，而不能见诸实事者欤？果如后说，则释迦、基督自身之解脱与否，亦尚在不可知之数也。往者作一律曰：

生平颇忆挈卢敖，东过蓬莱浴海涛。何处云中闻犬吠，至今湖畔尚乌号。人间地狱真无间，死后泥洹枉自豪。终古众生无度日，世尊只合老尘嚣。

何则？小宇宙之解脱，视大宇宙之解脱以为准故也。赫尔德曼人类涅槃之说[68]，所以起而补叔氏之缺点者以此。要之，解脱之足以为伦理学上最高之理想与否，实存于解脱之可能与否。若夫普通之论难，则固如楚楚蜉蝣[69]，不足以撼十围之大树也。

今使解脱之事，终不可能，然一切伦理学上之理想，果皆可能也欤？今夫与此无生主义相反者，生生主义也。夫世界有限，而生人无穷，以无穷之人，生有限之世界，必有不得遂其生者矣。世界之内，有一人不得遂其生者，固生生主义之理想之所不许也。故由生生主义之理想，则欲使世界生活之量，达于极大限，则人人生活之度，不得不达于极小限。盖度与量二者，实为一精密之反比例，所谓最大多数之最大福祉者，亦仅归于伦理学者之梦想而已。夫以极大之生活量，而居于极小之生活度，则生活之意志之拒绝也奚若？此生生主义与无生主义相同之点也。苟无此理想，则世界之内，弱之肉，强之食，一任诸天然之法则耳，奚以伦理为哉？然世人日言生生主义，而此理想之达于何时，则尚在不可知之数。要之理想者，可近而不可即，亦终古不过一理想而已矣。人知无生主义之理想之不可能，而自忘其主义之理想之何若，此则大不可解脱者也。

夫如是，则《红楼梦》之以解脱为理想者，果可菲薄也欤？夫以人生忧患之如彼，而劳苦之如此，苟有血气者，未有不渴慕救济者也；不求之于实行，犹将求之于美术。独《红楼梦》者，同时与吾人以二者之救济。人而自绝于救济则已耳；不然，则对此宇宙之大著述，宜如何企踵而欢迎之也！

第五章　余　　论

自我朝考证之学盛行，而读小说者，亦以考证之眼读之。于是评《红楼梦》者，纷然索此书中之主人公之为谁[70]，此又甚不可解者也。夫美术之所写者，非个人之性质，而人类全体之性质也。惟美术之特质，贵具体而不贵抽象。于是举人类全体之性质，置诸个人之名字之下，譬诸“副墨之子”“洛诵之孙”[71]，亦随吾人之所好名之而已。善于观物者，能就个人之事实，而发见人类全体之性质；今对人类之全体，而必规规焉求个人以实之，人之知力相越，岂不远哉！故《红楼梦》之主人公，谓之贾宝玉可，谓之“子虚”“乌有先生”可，即谓之纳兰容若可，谓之曹雪芹，亦无不可也。

综观评此书者之说，约有二种：一谓述他人之事，一谓作者自写其生平也。第一说中，大抵以贾宝玉为即纳兰性德。其说要非无所本。案性德《饮水诗集》《别意》六首之三曰：“独拥余香冷不胜，残更数尽思腾腾。今宵便有随风梦，知在红楼第几层？”又《饮水词》中《于中好》一阕云：“别绪如丝睡不成，那堪孤枕梦边城。因听紫塞三更雨，却忆红楼半夜灯。”又《减字木兰花》一阕咏新月云：“莫教星替，守取团圆终必遂。此夜红楼，天上人间一样愁。”“红楼”之字凡三见，而云“梦红楼”

者一。又其亡妇忌日作《金缕曲》一阕，其首三句云：“此恨何时已，滴空阶寒更雨歇，葬花天气。”“葬花”二字，始出于此。然则《饮水集》与《红楼梦》之间，稍有文字之关系，世人以宝玉为即纳兰侍卫者，殆由于此。然诗人与小说家之用语，其偶合者固不少。苟执此例以求《红楼梦》之主人公，吾恐其可以傅合者，断不止容若一人而已。若夫作者之姓名（遍考各书，未见曹雪芹何名），与作书之时日，其为读此书者所当知，似更比主人公之姓名为尤要。顾无一人为之考证者，此则大不可解者也。

至谓《红楼梦》一书，为作者自道其生平者，其说本于此书第一回“竟不如我亲见亲闻的几个女子”一语。信此说，则唐旦之《天国喜剧》[72]，可谓无独有偶者矣。然所谓亲见亲闻者，亦可自旁观者之口言之，未必躬为剧中之人物。如谓书中种种境界，种种人物，非局中人不能道，则是《水浒传》之作者，必为大盗，《三国演义》之作者，必为兵家，此又大不然之说也。且此问题，实与美术之渊源之问题相关系。如谓美术上之事，非局中人不能道，则其渊源必全存于经验而后可。夫美术之源，出于先天，抑由于经验，此西洋美学上至大之问题也。叔本华之论此问题也，最为透辟。兹援其说，以结此论。其言（此论本为绘画及雕刻发，然可通之于诗歌小说）曰：

> 人类之美之产于自然中者，必由下文解释之：即意志于其客观化之最高级（人类）中，由自己之力与种种之情况，而打胜下级（自然力）之抵抗，以占领其物质。且意志之发现于高等之阶级也，其形式必复杂：即以一树言之，乃无数之细胞，合而成一系统者也。其阶级愈高，其结合愈复。人类之身体，乃最复杂之系统也，各部分各有一特别之生活：其对全体也，则为隶属；其互相对也，则为同僚，互相调合，以为其全体之说明；不能增也，不能减也。能如此者，则谓之美，此自然中不得多见者也。顾美之于自然中如此，于美术中则何如？或有以美术家为模仿自然者，然彼苟无美之预想存于经验之前，则安从取自然中完全相区别哉？且自然亦安得时时生一人焉，于其各部分皆完全无缺哉？或又谓美

术家必先于人之肢体中，观美丽之各部分，而由之以构成美丽之全体。此又大愚不灵之说也。即令如此，彼又何自知美丽之在此部分而非彼部分哉？故美之知识，断非自经验的得之，即非后天的，而常为先天的；即不然，亦必其一部分常为先天的也。吾人于观人类之美后，始认其美；但在真正之美术家，其认识之也，极其明速之度，而其表出之也，胜乎自在之为。此由吾人之自身即意志，而于此所判断及发见者，乃意志于最高级之完全之客观化也。唯如是，吾人斯得有美之预想。而在真正之天才，于美之预想外，更伴以非常之巧力。彼于特别之物中，认全体之理想，遂解自然之嗫嚅之言语而代言之；即以自然所百计而不能产出之美，现之于绘画及雕刻中，而若语自然曰："此即汝之所欲言而不得者也。"苟有判断之能力者，必将应之曰"是"。唯如是，故希腊之天才，能发见人类之美之形式，而永为万世雕刻家之模范。唯如是，故吾人对自然于特别之境遇中所偶然成功者，而得认其美。此美之预想，乃自先天中所知者，即理想的也，比其现于美术也，则为实际的。何则？此与后天中所与之自然物相合故也。如此，美术家先天中有美之预想，而批评家于后天中认识之，由此美术家及批评家乃自然之自身之一部，而意志于此客观化者也。哀姆攀独克尔曰："同者唯同者知之。"故唯自然能知自然，唯自然能言自然，则美术家有自然之美之预想，固自不足怪也。

芝诺芬述苏格拉底之言曰："希腊人之发见人类之美之理想也，由于经验。即集合种种美丽之部分，而于此发见一膝，于彼发见一臂。"此大谬之说也。不幸而此说又蔓延于诗歌中。即以狭斯丕尔言之，谓其戏曲中所描写之种种人物，乃其一生之经验中所观察者，而极其全力以模写之者也。然诗人由人性之预想而作戏曲小说，与美术家之由美之预想而作绘画及雕刻无以异。唯两者于其创造之途中，必须有经验以为之补助。夫然，故其先天中所已知者，得唤起而入于明晰之意识，而后表出之事，乃可得而能也。（叔氏《意志及观念之世界》第一册第二百八十五至八十九页）

由此观之，则谓《红楼梦》中所有种种之人物，种种之境遇，必本于作者之经验，则雕刻与绘画家之写人之美也，必此取一膝，彼取一臂而后可。其是与非，不待知者而决矣。读者苟玩前数章之说，而知《红楼梦》之精神，与其美学、伦理学上之价值，则此种议论，自可不生。苟知美术之大有造于人生，而《红楼梦》自足为我国美术上之唯一大著述，则其作者之姓名，与其著书之年月，固当为唯一考证之题目。而我国人之所聚讼者，乃不在此而在彼；此足以见吾国人之对此书之兴味之所在，自在彼而不在此也。故为破其惑如此。

《教育世界》1904年第76号至78号、第80号至81号

注释

[1]“老子曰”句：《老子》第十三章：“吾所以有大患者为吾有身。及吾无身，吾有可患！”

[2]“庄子曰”句：见《庄子·大宗师》。

[3]牝牡之欲：这里指男女情欲。

[4]华胥之国：传说中的国家名称，这里指美好的国土。《列子·黄帝》：“(黄帝)昼寝，而梦游于华胥氏之国。华胥氏之国，在弇州之西，台州之北，不知斯齐国几千万里。盖非舟车足力所及，神游而已。”

[5]“濠上之鱼”两句：《庄子·秋水》：“庄子与惠子游于濠梁之上。庄子曰：‘鯈鱼出游从容，是鱼之乐也。’惠子曰：‘子非鱼，安知鱼之乐？’庄子曰：‘子非我，安知我不知鱼之乐？’”

[6]“舞雩之木”两句：《论语·先进》载孔子弟子各言其志。其中曾皙曰：“莫(暮)春者，春服既成，冠者五六人，童子六七人，浴乎沂，风乎舞雩。”这里指举行祈雨祭之处。

[7]曹霸、韩幹：唐代画家，皆擅长画马。

[8]毕宏、韦偃：唐代画家，皆善画山水。

[9]好逑：好的配偶。雅典之偶：指希腊神话中的雅典女神。

[10]税驾：休止，停宿，这里指长眠、安葬。金字之塔：指古代埃及法老的陵墓金字塔。

[11]地狱变相之图：唐张彦远《历代名画记》卷九《张孝师》：“张孝师尤善画地

狱，气候幽默。……吴道玄见其画，因号为地狱变相，都人咸观，惧罪修善。”

[12] 决斗垂死之象：北宋末画家萧照，曾画有长卷《中兴瑞应图》，中有磁州郡民击杀赵构副使王云之象。

[13] 庐江小吏之诗：指《古诗为焦仲卿妻作》，又名《孔雀东南飞》，汉乐府名篇。

[14] 雁门尚书之曲：清人吴伟业有古风《雁门尚书行》。

[15] 子颓乐祸之心：《左传·庄公二十年》：“哀乐失时，殃咎必至，今王子颓歌舞不倦，乐祸也。”乐祸，以祸患为可乐。

[16] 尼父反袂之戚：尼父，孔子的尊称，袂，衣袖；反袂，指以袖掩面，形容哭泣。《公羊传·哀公十四年》：“（当人们告诉孔子关于获麟的消息时）孔子曰：‘孰为来哉，孰为来哉！’反袂拭面，涕沾袍。”

[17] 格代：通译歌德，德国著名诗人、思想家。

[18] “粔籹蜜饵”两句：粔籹（jù nǚ），古代一种甜食。《楚辞·招魂》：“粔籹蜜饵。”王逸注：“言以密和米面，熬煎作粔籹。”

[19] “玉体横陈”两句：玉体横陈，语出司马相如《美人赋》，形容美人肌肤莹泽。周昉，唐代杰出画家，工画人物写真，所绘妇女体态丰腴，风姿秾丽。仇英，明代杰出画家，画人物、山水、花鸟等，无所不工，青绿重色，尤为擅长。所绘妇女形象艳逸秀润。

[20] 伶元：即伶玄，西汉人。据说作有《飞燕外传》。

[21] 杨慎之赝《秘辛》：《杂事秘辛》，题汉人作，记汉桓帝选后事。传为明杨慎伪撰。

[22] 子云有“靡靡”之诮：子云，即西汉哲学家、文学家扬雄。《汉书·扬雄传》：“雄以为赋者将以风也，必推类而言，极丽靡之辞，闳移钜衍，竞于使人不能加也。”

[23] 法秀有“绮语”之诃：法秀，宋僧人。据《扪虱新话》载：“黄鲁直初好作艳歌小词，道人法秀，谓以笔墨诲淫，于我法当堕泥犁之狱，鲁直自是不作。”

[24] 拔舌地狱：佛教谓人生前好毁谤恶言，死后将进入受拔舌刑罚的地狱。《法苑珠林》：“言无慈爱，谗谤毁辱，恶口离乱，死即当堕拔舌、烊铜、犁耕地狱。”

[25] 哀伽尔：今通译毕尔格，德国诗人，狂飙运动的重要代表。

[26] 攸：处所。相厥攸：考察其住所。

[27] 百昌：指世上万物。

[28] “饮食男女”两句：见《礼记·礼运》。

[29] 汉之成、哀：即汉成帝、汉哀帝。汉成帝刘骜，曾以阳阿公子家歌者赵飞燕及妹为婕妤，贵倾后宫，后废许后而立飞燕为皇后。汉哀帝刘欣，宠董贤。董妹为昭仪，居舍号曰椒风，备受宠爱。

[30] 殷辛：即商代最后一个君主纣，宠爱妲己，后为周武王所败，自焚死。周幽：即西周的周幽王，迷恋褒姒，后在申侯与犬戎的联合进攻中被杀。

[31] 唐玄宗：即唐代皇帝李隆基。前期励精图治，封建经济获得发展；天宝年间，宠贵妃杨玉环，用李林甫、杨国忠等，奢侈荒淫，终于爆发了安史之乱，被迫逃往四川，回长安后，郁闷而死。

[32] 后唐庄宗：即后唐第一代皇帝李存勖，灭后梁称帝，建都洛阳，威震四邻。后志满意骄，沉迷音乐，重用宦官伶人郭从谦等，自己有时也与伶人共戏于庭；采劫美女，重敛民间，以致功臣军士怨恨思乱，兵变迭起。伶人随郭从谦叛变，进攻宫城，李存勖中流矢死。

[33] “人不婚宦”两句：《列子·杨朱》：“故语有之曰：人不婚宦，情欲失半；人不衣食，君臣道息。”婚宦，结婚和作官。

[34] 叔本华：生卒年为1788—1860年，德国哲学家、美学家。他强调所有的人都是利己主义者，但人们利己的“生活意志”在现实世界中是无法满足的，故人生充满着痛苦。形而上学：《易·系辞上》：“形而上者谓之道，形而下者谓之器。”形而上，表示宇宙的精神本质；形而下，表示由“形而上”派生出来的物质。这里的形而上学指哲学。

[35] 彼岸：佛教语。梵语“波罗”的意译。佛教以有生有死的境界，譬曰此岸；烦恼苦难，譬曰中流；超脱生死，即涅槃的境界，譬曰彼岸。

[36] “固已形如槁木”句：《庄子·齐物论》：“形固可使如槁木，而心固可使如死灰乎？”郭象注：“死灰槁木，取其寂寞无情耳。”

[37] 金钏之堕井：见《红楼梦》第三十二回。

[38] 司棋之触墙：见《红楼梦》第九十二回。

[39] 尤三姐、潘又安之自刎：分别见《红楼梦》第六十六回、九十二回。

[40] 柳湘莲之入道：见《红楼梦》第六十六回。

[41] 芳官之出家：见《红楼梦》第十六、十七回。

[42] 鸳鸯之死：见《红楼梦》第一百十一回。

[43] 息肩之所：栖身立足之地。

[44] “彼以生活为炉”三句：贾谊《鹏鸟赋》：“且夫天地为炉兮，造化为工；阴阳为

炭兮，万物为铜。”

[45] 冯：通“凭”，凭借，依靠。

[46]《寄生草》之曲：见《红楼梦》第二十二回贾宝玉听“漫揾英雄泪”一曲。

[47] 立足之境：见《红楼梦》第二十二回中贾宝玉所占一偈。

[48]《胠箧》：《庄子》篇名，这里即指《红楼梦》第二十二回所述之《南华经》。

[49] 焚花散麝：这里指抛弃美人，出家求解脱。

[50]《西厢记》之以惊梦终也：《西厢记》“惊梦”以后，一些人断为关汉卿所续。

[51]《续西厢》：清查继佐作。剧中对莺莺的文才，张生的专情，红娘的重信义、“多伟略”，颇多赞扬，对老夫人颇为批评，但美化了皇帝，宣扬了一夫多妻制。又有明黄粹吾的《续西厢升仙记》，丑化了莺莺、红娘、张生等人物，描写和渲染了色情等庸俗趣味。

[52]《南桃花扇》：孔尚任《桃花扇》出，颇为轰动。然其友顾彩不满此剧，改结局之侯方域与李香君入道事为两人相挈归故乡，永偕伉俪。孔氏对改作甚为不满，言其“未免形予伧父”（《桃花扇本末》）。《南桃花扇》已佚。

[53]《儿女英雄传》：长篇小说，清文康作。演侠女何玉凤偕民女张金凤同嫁安骥事。

[54] 骖之靳：比喻先后相属随。《左传・定公九年》：“吾从子，如骖之靳。”靳：车中之马。骖，驾车两旁的马匹。

[55] 婉嫕(yì)：淑善柔顺。

[56]“金玉以之合”两句：金，指薛宝钗的金锁；玉，指贾宝玉的“通灵玉”，亦以金玉借指宝钗、宝玉二人。木，指林黛玉，《红楼梦》第一回说她是河畔的绛珠仙草；石，指贾宝玉，《红楼梦》第一回说他是青埂峰顽石转世。木石，指林黛玉、贾宝玉二人。

[57] 雅里大德勒：现通译亚里士多德，古希腊著名哲学家、文艺理论家。《诗论》：通译《诗学》。

[58] 沮洳弥望：沮洳，低湿之地，亦用为低湿意。弥望，在这里是“满眼”意。

[59] 黄仲则：清代诗人黄景仁，字仲则，江苏武进人，有《两当轩诗文集》。

[60]《创世记》：《圣经》的第一卷，内容是流传于古犹太民族间关于上帝创造世界和人类的故事。据载，上帝用泥土造人，取名亚当，并以亚当肋骨造其妻夏娃，同置于伊甸园中；后因两人吃禁果犯罪，被逐出园。犹太教、基督教相信亚当的罪传于子孙，称为原罪。

[61] 干父之蛊：语见《易・蛊》。这里指能掩盖父亲的过恶。

[62] 宝玉“一子出嫁，七祖升天”之说：见《红楼梦》第一百十七回。
[63]《飞鸟各投林》：见《红楼梦》第五回。其最后一句是：“好似食尽鸟投林，落了片白茫茫大地真干净。”
[64] 姝姝：即暖暖，自满貌。
[65]《意志及观念之世界》：通译为《作为意志和表象的世界》。
[66] 释迦示寂：释迦，即佛教创始人释迦牟尼。寂，即圆寂，佛教用语，指逝世。
[67] 基督尸十字架：基督，指基督教的创始人耶稣，曾被钉死在十字架上。尸，居。
[68] 赫尔德曼：通译哈特曼，德国哲学家，著作有《道德意识论》《美的哲学》《无意识的哲学》等三十种。他认为通过自我否定可以从不幸的生存条件下得到最后的解脱。涅槃：佛教名词，意译“灭度”，佛教所宣扬的最高境界。佛教认为，信仰佛教的人，经过长期修道，即能“寂（熄）灭”一切烦恼和“圆满”（具备）一切“清净功德”，这种境界，即名为“涅槃”。后来也称佛或僧人的死为“涅槃”“入灭”。
[69] 楚楚蜉蝣：《诗经·曹风·蜉蝣》：“蜉蝣之羽，衣冠楚楚。”蜉蝣，一种昆虫，寿命很短，只有数小时至一星期左右。
[70]“评《红楼梦》者”两句：清代张祥河《关陇舆中偶忆编》、梁恭辰《北东园笔录》四编、陈康祺《郎潜纪闻》二笔、张维屏《国朝诗人征略》二编等均记有认为《石头记》隐明珠家事等说法。王国维《〈红楼梦〉评论》发表后，又有王梦阮、沈瓶庵《红楼梦索隐》、蔡元培的《石头记索隐》、邓狂言《红楼梦释真》等索隐派著作，论证《红楼梦》是写某家某事，主人公为谁等。
[71]“副墨之子”：《庄子·大宗师》：“子恶独乎闻之？曰：闻诸副墨之子。”副，辅助；墨，翰墨。副墨，即文字。“子”，指“孳生”，指后来的文字都是从前面的文字孳生而成，故谓副墨之子。“洛诵之孙”，《庄子·大宗师》：“副墨之子，闻诸洛诵之孙。”成玄英疏：“背文谓之洛诵，初既依文生解，所以执持披读，次则渐悟其理，是故罗洛诵之。”
[72] 唐旦：现通译为但丁。《天国喜剧》：通译为《神曲》。

说明

王国维的这篇评论，是红学史上第一篇比较系统的专著。“自我朝考证之学盛行，而读小说者，亦以考证之眼读之。”早期“红学”的最大缺点是纷纷考索书中主人是谁，本事如何。王国维从“美术之所写者，非个人之性质，而人类全体之性质也”这一基本艺术规律出发，中肯地批驳“影射”说、“自传”说的荒谬不实。他指出文艺作品贵具体而不贵抽象，文艺作品的人物形象是“就个人之事实而发见人类全体之性质”，是在“个相”中表现“共相”，而不可泥实以求。考证应该着力于作者之姓名与著书之年月，而不在于凭空索隐。王国维“全在叔氏之立脚地”，站在叔本华唯意志论哲学美学观上，对《红楼梦》进行全新的理论分析。由于其理论基础是唯心厌世哲学，这篇评论实际是歪曲了“红楼梦的精神”，可谓之创造性的“误读”。

《〈红楼梦〉评论》是小说批评史上一篇富有理论色彩的名作。它第一次认真地根据西方哲学、美学理论来细致地批评中国文学作品，其观点、方法乃至表述形式都是全新的，从而使它成为一篇真正具有现代意义的文学论文。

王国维站在叔本华厌世哲学立场上，认为生活的本质就是欲望，欲望是永远无法真正满足的，因此人生充满着痛苦。怎样才能摆脱痛苦呢？王国维从康德、叔本华的美学思想中找到答案，即认为只有并非实物的“美术”(相当于今天所说的艺术)才能使人超然于利害之外，“观者不欲，欲者不观”，使人“易忘物我之关系”，减轻痛苦，暂时得到美的享受。但是有些艺术作品不是示人以解脱之道，反而激荡鼓舞人的生活之欲，“欲止沸而益薪”，王国维称之为“眩惑”，如《西厢记》中的《酬柬》、《牡丹亭》中的《惊梦》等。明白了人生和艺术的关系后，王国维执此标准称道《红楼梦》是“绝大著作”，其根本精神是“以生活为炉，苦痛为炭，而铸其解脱之鼎”，实现了王国维所谓的“美术之务”，即“描写人生之苦痛与其解脱之道，而使吾侪冯生之徒，于此桎梏之世界中，离此生活之欲之争斗，而得其暂时之平和”。

王国维指出，古代的小说戏曲“无往而不著此乐天之色彩：始于悲者终于欢，始于离者终于合，始于困者终于亨”，没有完全摆脱生活之欲的束缚；而《红楼梦》示人彻底最终的解脱，才是真正的悲剧。叔本华把悲剧分为三种：第一种，“由极恶之人，极其所有之能力，以交构之者”；第二种，“由于盲目的命运者”；第三种，“由于剧中之人物之位置及关系而不得不然者，非必有蛇蝎之性质，与意外之变故也”。《红楼梦》正是第三种悲剧，“不过通常之道德，通常之人情，通常之境遇为之而已”。在王国维看来，《红楼梦》这部悲剧的美学价值，并不在于深刻地揭示封建社会的某些本质方面，而是反映了人生固有的痛苦及其真正的解脱之道，证明了人生的真相乃是一场悲剧。只有拒绝生活之欲，走出世之路，才能求得真正的解脱。因此，《红楼梦》是“悲剧中之悲剧”。王国维一再推崇《红楼梦》具有很高的美学价值与伦理学价值，但实际上却是创造性的误读，是在新思想的烛照下对《红楼梦》的新释。

人间词话（选录）

王国维

一

词以境界为最上[1]。有境界则自成高格，自有名句。五代、北宋之词所以独绝者在此。

二

有造境，有写境，此理想与写实二派之所由分。然二者颇难分别，因大诗人所造之境，必合乎自然，所写之境，亦必邻于理想故也。

三

有有我之境，有无我之境。“泪眼问花花不语，乱红飞过秋千去。”[2]“可堪孤馆闭春寒，杜鹃声里斜阳暮。”[3]有我之境也。“采菊东篱下，悠然见南山。”[4]“寒波澹澹起，白鸟悠悠下。”[5]无我之境也。有我之境，以我观物，故物皆著我之色彩。无我之境，以物观物，故不知何者为我，何者为物。古人为词，写有我之境者为多，然未始不能写无我之境，此在豪杰之士能自树立耳。

四

无我之境，人惟于静中得之。有我之境，于由动之静时得之。故一优美，一宏壮也。

五

自然中之物，互相关系，互相限制。然其写之于文学及美术中也，必遗其关系、限制之处。故虽写实家，亦理想家也。又虽如何虚构之境，其材料必求之于自然，而其构造，亦必从自然之法则。故虽理想家，亦写实家也。

六

境非独谓景物也。喜怒哀乐，亦人心中之一境界。故能写真景物、真感情者，谓之有境界，否则谓之无境界。

七

“红杏枝头春意闹”[6]，著一“闹”字，而境界全出。“云破月来花弄影”[7]，著一“弄”字，而境界全出矣。

八

境界有大小，不以是而分优劣。“细雨鱼儿出，微风燕子斜”[8]，何遽不若“落日照大旗，马鸣风萧萧”[9]。“宝帘闲挂小银钩”[10]，何遽不若“雾失楼台，月迷津渡”也[11]。

九

《严沧浪诗话》谓[12]：“盛唐诸公，唯在兴趣。羚羊挂角，无迹可求。故其妙处，透澈玲珑，不可凑拍。如空中之音，相中之色，水中之影，镜中之象，言有尽而意无穷。”余谓；北宋以前之词，亦复如是。然沧浪所谓兴趣，阮亭所谓神韵[13]，犹不过道其面目，不若鄙人拈出“境界”二字，为探其本也。

十

温飞卿之词[14]，句秀也。韦端己之词[15]，骨秀也。李重光之词[16]，神秀也。

一一

词至李后主而眼界始大，感慨遂深，遂变伶工之词而为士大夫之词。周介存置诸温、韦之下，可谓颠倒黑白矣。“自是人生长恨水长东”[17]，“流水落花春去也，天上人间”[18]，《金荃》《浣花》，能有此气象耶[19]？

一二

词人者，不失其赤子之心者也。故生于深宫之中，长于妇人之手，是后主为人君所短处，亦即为词人所长处。

一三

客观之诗人[20]，不可不多阅世，阅世愈深，则材料愈丰富，愈变化，《水浒传》《红楼梦》之作者是也。主观之诗人[21]，不必多阅世，阅世愈浅，则性情愈真，李后主是也。

一四

尼采谓[22]，“一切文学，余爱以血书者”。后主之词，真所谓以血书者也。宋道君皇帝《燕山亭》词亦略似之[23]。然道君不过自道身世之戚，后主则俨有释迦、基督担荷人类罪恶之意[24]，其大小固不同矣。

一五

古今之成大事业、大学问者，必经过三种之境界：“昨夜西风凋碧树。独上高楼，望尽天涯路”[25]，此第一境也。“衣带渐宽终不悔，为伊消得人憔悴”[26]，此第二境也。“众里寻他千百度，回头蓦见，那人正在，灯火阑珊处”[27]，此第三境也。此等语皆非大词人不能道，然遽以此意解释诸词，恐为晏、欧诸公所不许也。

一六

词之雅郑，在神不在貌。永叔、少游虽作艳语，终有品格。方之美成，便有淑女与倡伎之别。

一七

美成深远之致不及欧、秦，唯言情体物，穷极工巧，故不失为每一流之作者。但恨创调之才多，创意之才少耳。

一八

词忌用替代字。美成《解语花》之“桂华流瓦”，境界极妙，惜以“桂华”二字代“月”耳。梦窗以下，则用代字更多。其所以然者，非意不足，则语不妙也。盖意足则不暇代，语妙则不必代。此少游之“小楼连苑”“绣毂雕鞍”，所以为东坡所讥也。

一九

白石写景之作，如“二十四桥仍在，波心荡、冷月无声”[28]“数峰清苦，商略黄昏雨”[29]“高树晚蝉，说西风消息”[30]，虽格韵高绝，然如雾里看花，终隔一层。梅溪、梦窗诸家写景之病，皆在一“隔”字。北宋风流，渡江遂绝[31]，抑真有运会存乎其间耶？

二〇

问隔与不隔之别。曰：陶、谢之诗不隔，延年则稍隔矣。东坡之诗不隔，山谷则稍隔矣。“池塘生春草”[32]“空梁落燕泥”等二句[33]，妙处唯在不隔。词亦如是。即以一人一词论，如欧阳公《少年游·咏春草》上半阕云：“阑干十二独凭春，晴碧远连云。千里万里，二月三月，行色苦愁人。”语语都在目前，便是不隔，至云：“谢家池上，江淹浦畔。”则隔矣。白石《翠楼吟》：“此地，宜有词仙，拥素云黄鹤，与君游戏。玉梯凝望久，叹芳草、萋萋千里。”便是不隔；到“酒祓清愁[34]，花消英气”，则隔矣。然南宋词虽不隔处，比之前人，自有浅深厚薄之别。

二一

“生年不满百，常怀千岁忧。昼短苦夜长，何不秉烛游？”[35]“服食求神仙，多为药所误。不如饮美酒，被服纨与素。”[36]写情如此，方为不隔。“采菊东篱下，悠然见南山。山气日夕佳，飞鸟相与还。”“天似穹庐，笼盖四野。天苍苍，野茫茫，风吹草低见牛羊。”[37]写景如此，方为不隔。

二二

古今词人格调之高，无如白石。惜不于意境上用力，故觉无言外之味，弦外之响，终不能与于第一流之作者也。

二三

南宋词人，白石有格而无情，剑南有气而乏韵[38]。其堪与北宋人颉颃者，唯一幼安耳。近人祖南宋而祧北宋，以南宋之词可学，北宋不可学也。学南宋者，不祖白石，则祖梦窗，以白石、梦窗可学，幼安不可学也。学幼安者率祖其粗犷、滑稽，以其粗犷、滑稽处可学，佳处不可学也。幼安之佳处，在有性情，有境界。即以气象论，亦有“横素波，干青云”之概[39]，宁后世龌龊人生所可拟耶？

二四

东坡之词旷，稼轩之词豪。无二人之胸襟而学其词，犹东施之效捧心也[40]。

二五

纳兰容若以自然之眼观物[41]，以自然之舌言情。此由初入中原，未染汉人风气，故能真切如此。北宋以来，一人而已。

二六

四言敝而有《楚辞》，《楚辞》敝而有五言，五言敝而有七言，古诗敝而有律绝，律绝敝而有词。盖文体通行既久，染指遂多，自成习套。豪杰之士，亦难于其中自出新意，故遁而作他体，以自解脱。一切文体所以始盛终衰者，皆由于此。故谓文学后不如前，余未敢信。但就一体论，则此说固无以易也。

二七

大家之作，其言情也必沁人心脾，其写景也必豁人耳目。其辞脱口而出，无矫揉妆束之态。以其所见者真，所知者深也。诗词皆然。持此以衡古今之作者，可无大误矣。

二八

诗人对宇宙人生，须入乎其内，又须出乎其外。入乎其内，故能写之；出乎其外，故能观之。入乎其内，故有生气；出乎其外，故有高致。美成能入而不出，白石以降，于此二事皆未梦见。

二九

诗人必有轻视外物之意，故能以奴仆命风月。[42]又必有重视外物之意，故能与花鸟共忧乐。

三〇

"昔为倡家女，今为荡子妇。荡子行不归，空床难独守。"[43]"何不策高足，先据要路津？无为久贫贱，轗轲长苦辛。"[44]可谓淫鄙之尤。然无视为淫词、鄙词者，以其真也。五代、北宋之大词人亦然。非无淫词，读之者但觉其亲切动人；非无鄙词，但觉其精力弥满。可知淫词与鄙词之病，非淫与鄙之病，而游词之病也。"岂不尔思，室是远而。"而子曰："未之思也，夫何远之有？"[45]恶其游也。

上海古籍出版社《续修四库全书》影印 1927 年《海宁王忠悫公遗书》

注释

[1] 境界：本指地理区域的范围，界限，后佛经翻译，借指教义的造诣境地。明清两代，"境界""意境"已成为文学艺术界普遍使用的术语，王国维同时代的陈廷焯、况周颐也以"境界"论词，然各人所言之"境界"含义不尽相同。

[2] "泪眼问花花不语"两句：引自冯延巳《鹊踏枝》。

[3] "可堪孤馆闭春寒"两句：引自秦观《踏莎行》。

[4] "采菊东篱下"两句：引自陶渊明《饮酒》之五。

[5] "寒波澹澹起"两句：引自元好问《颍亭留别》。

[6] 红杏枝头春意闹：引自宋祁《玉楼春》。

［7］云破月来花弄影：引自张先《天仙子》。
［8］“细雨鱼儿出”两句：引自杜甫《水槛遣心二首》之一。
［9］“落日照大旗”两句：引自杜甫《后出塞五首》之二。
［10］宝帘闲挂小银钩：引自秦观《浣溪沙》。
［11］“雾失楼台”两句：引自秦观《踏莎行》。
［12］《严沧浪诗话》：严羽著《沧浪诗话》。
［13］阮亭：王士禛，“神韵说”的提倡者。
［14］温飞卿：温庭筠。
［15］韦端己：韦庄。
［16］李重光：李煜。
［17］自是人生长恨水长东：引自李煜《乌夜啼》。
［18］“流水落花”两句：引自李煜《浪淘沙令》。
［19］《金荃》：即温庭筠《金荃集》。《浣花》：即韦庄《浣花集》。
［20］客观之诗人：偏重于写实的作者。诗人，此处为广义的概念，包括小说家和戏曲家等。
［21］主观之诗人：主要指抒情文学的作者。
［22］尼采：德国哲学家，唯意志论者，著有《悲剧的诞生》《善恶的彼岸》等。
［23］宋道君皇帝《燕山亭》词：宋徽宗赵佶自称教主道君皇帝，靖康二年（1127年），被金兵俘虏。后作《燕山亭·杏花》词。词云：“裁剪冰绡，轻叠数重，淡著燕脂匀注。新样靓妆，艳溢香融，羞杀蕊珠宫女。易得凋零，更多少无情风雨。愁苦。闲院落凄凉，几番春暮。　凭寄离恨重重，这双燕何曾，会人言语。天遥地远，万水千山，知他故宫何处？怎不思量？除梦里有时曾去。无据。和梦也，新来不做。”徐釚《词苑丛谈》卷六：“徽宗北辕后，赋《燕山亭·杏花》一阕，哀情哽咽，仿佛南唐李主，令人不忍多听。”
［24］释迦：释迦牟尼（约前565—前486），佛教创始人。他曾是古印度迦毗罗卫国王子，因痛感人世烦恼及婆罗门的神权统治，离家出走，苦行六年后悟道成佛。基督：即耶稣，基督教主，被视为上帝之子，人类救世主，曾被钉死在十字架上，承担人类的罪恶。
［25］“昨夜西风凋碧树”三句：引自晏殊《蝶恋花》。
［26］“衣带渐宽终不悔”两句：引自柳永《凤栖梧》。
［27］“众里寻他千百度”四句：引自辛弃疾《青玉案·元夕》，略有异文。
［28］“二十四桥仍在”三句：引自姜夔《扬州慢》。

[29]“数峰清苦”两句：引自姜夔《点绛唇》。
[30]“高树晚蝉”两句：引自姜夔《惜红衣》。
[31]渡江：此指南宋。
[32]池塘生春草：引自谢灵运《登池上楼》。
[33]空梁落燕泥：引自薛道衡《昔昔盐》。
[34]祓：古代为除灾去邪而举行的一种仪式，此谓清除。
[35]“生年不满百”四句：引自《古诗十九首》之十五。
[36]“服食求神仙”四句：引自《古诗十九首》之十三。
[37]“天似穹庐”五句：引自北朝民歌《敕勒歌》。
[38]剑南：指陆游。
[39]“横素波，干青云”之概：语出萧统《陶渊明集序》之“横素波而傍流，干青云而直上”，此处指卓立拔俗、高洁清淡的品格。
[40]东施之效捧心：意即东施效颦，典出于《庄子·天运》。
[41]纳兰容若：即纳兰性德，清代词人，满洲正黄旗人。
[42]以奴仆命风月：有任意驾驭、表现外物的意思。杜牧《李贺集序》：“使贺且未死，少加以理，奴仆命骚可也。”
[43]“昔为倡家女”四句：引自《古诗十九首》之二。
[44]“何不策高足”四句：引自《古诗十九首》之四。
[45]“岂不尔思”五句：《论语·子罕》：“‘唐棣之华，偏其反而。岂不尔思，室是远而。’子曰：‘未之思也，夫何远之有？’”

说明

王国维的《人间词话》是以传统词话体形式，在西方哲学美学观诱发下，对传统文学（主要是词，兼及诗与小说戏曲）进行深刻的理论阐发和总结的文学批评著作。“境界说”是《人间词话》的理论核心。过去的诗歌理论中，“境界”指的是诗歌情景交融、情思和物境浑化为一的审美特征。但王国维的“境界说”在此基础上渗入了新的理论内涵。王国维论《境界》的着眼点在“诗人”，也即主体。他既承续了传统文学思想中主体论的演化，又受到康德、叔本华哲学美学思想的“纯粹主体论”的影响。诗人暂时摆脱欲望的挟制，上升为纯粹的无欲望的审美主体，以审美之眼观物，便能直观人生和宇宙的本相，将之呈现出来，便是境界。

第一，从主客二元论出发，王国维将创作分为“理想”和“写实”两派。理想派偏重于从主观理想、想象出发去虚构创造意境，这就是“造境”；写实派按照客观现实的自然面目进行描绘摹写，这便是“写境”。造境和写境虽有偏胜，却不可偏废。虚构想象之境尚需求材料于自然，合乎自然情理；描绘客观现实也需糅合作家的情感与想象，超越现实关系的限制。二者虽有偏虚偏实之别，仍需兼容相和。

第二，作品中呈现出的境界根据物我关系，可分为“有我之境”和“无我之境”。有我之境，不是特指感情强烈个性鲜明之境，而是指“我”之意志尚存，且与某种外物有着对立关系，当“外物大不利于吾人”而威胁着意志时观物而得的一种境界。在这种境界中，“我”的意志与外物相对立，在强大可怕的对象威胁下，审美主体挣脱了自己的意志，而仅仅委心于认识，超脱了自己的欲求，深入地观赏对象。此时意志遁去，欲求消失，深观其物的美感是一种“壮美之情”，此时的心态，是从意志的强大到破裂到消失，即“由动之静”。无我之境，并不是一般意义上的“无我”，作品不带作者的任何感情和个性特征，是不可能的；而是指审美主体“我”“无丝毫生活之欲”，与外物没有利害冲突关系，审美时吾心宁静地全部沉浸于外物之中，达到了与物俱化的境界。审美主体自失于对象之中，物我莫辨。此时的美感是一种“优美之情”，主体的心态完全处于宁静素淡之中，“于静中得之”。

第三，王国维指出，境界最主要特征是“真”。“能写真景物、真感情者，谓之有境界，否则谓之无境界。”“真”是不受功利的干扰、不受利禄的诱惑，彻底通脱地表现生命的真性真情，描写世界的本然，揭示人生的真谛。李后主“生于深宫之中，长于妇人之手”，没有受到世俗的熏染，故其文学能真，表现真情真景。纳兰性德在受汉文化影响之前，“以自然之眼观物，以自然之舌言情”，为词也是一片纯真境界。王国维认为，只有“真文学”于人生才有释迦、基督那样的伟大意义。

第四，王国维既重视诗人作家性情的本然纯真，也重视后天修养。他指出古今之成大事业、大学问者的三种境界，正是一种由学而工、由工而悟、通过艰苦锻炼而大运化自如的历程。王国维还主张，诗人对于宇宙人生，既要“能入”，又要“能出”，既深入其中，细致体察把玩，又要超脱出来，静观默审。

第五，从艺术表达方面立论，王国维提出“隔”和“不隔”。所谓“不隔”就是作者用真切生动的语言把作品的境界表现得形象鲜明逼真感人，使读者产生真切丰富的审美感的艺术效果；反之，若故意用一些“代语”典故，遮障了作品的形象，使作品意境朦胧不清，读者察之如隔雾看花，不甚了了，便是隔。

王国维从创作、作品、鉴赏等不同角度阐述了他的“境界说”理论，奉之为论词的最高审美标准。的确，如其所说，“境界说”为中国古代词学理论的探本之论。

《二十世纪大舞台》发刊辞

柳亚子

作者简介

柳亚子(1887—1958)，初名慰高，号安如，更名人权，号亚庐，再更名弃疾，号亚子，笔名青儿，江苏吴江人。1903年入上海爱国学社，受教于章太炎、蔡元培等，确立革命思想。1906年参加同盟会和光复会。他是南社创始人之一，后曾主任，始终是南社最积极、最活跃的分子。被人视为“南社灵魂”。南社时期，柳亚子诗论的核心是强调诗歌为当前的种族革命服务。他以文学批评进行政治宣传，以高昂的热情歌颂宋明两代忠臣节士和近代先驱的爱国之心和战斗精神，鼓动创作反清革命的诗歌。著有《磨剑室诗词集》《磨剑室文集》等。

风尘澒洞[1]，天地邱墟，莽莽神州，虏骑如织。男儿不能提三尺剑，报九世仇，建义旗以号召宇内，长驱北伐，直捣黄龙[2]，诛虏酋以报民族。复不能投身游侠之林，抗志虚无之党[3]，炸丸匕首，购我自由，左手把民贼之袂，右手揕其胸，伏尸数十，流血五步，国魂为之昭苏，同胞享其幸福。而徒唏嘘感泣，赤手空拳，抱攘夷恢复之雄心，朝视天，暮画地，未由一逞；寤而梦之，寐而言之，执途人而聒之，大声疾呼而震之，缠绵忠爱以感之；然而，明珠投暗，遭按剑之叱[4]，陈钟鼓于鲁庭，爰居弗享也[5]。泪枯三字[6]，才尽万言，日暮途穷，人间何世，盖仰天长恸而不能已。

“朝从屠沽游，夕拉驺卒饮；此意不可道，有若茹大鲠。”[7]踢天踏地，郁郁无聊，已耳已耳，吾其披发入山，不复问人间事乎？然而情有难堪矣。张目四顾，山河如死：匪种之盘距如故，国民之堕落如故；公德不修，团体无望：实力未充，空言何补；偌大中原，无好消息；牢落文人，中年万恨。而南都乐部[8]，独于黑暗世界，灼然放一线之光明：翠羽明珰[9]，唤醒钧天之梦[10]，清歌妙舞，招还祖国之魂；美洲三色之旗，其飘飘出现于梨园革命军乎[11]！基础既立，机关斯备，组织杂志，以谋普及之方，则前途一线之希望，或者在此矣。一缕情丝，春蚕未死；十年磨剑，髀肉复生。吾乃挥秃笔，贡卮言，以供此《二十世纪大舞台》开幕之祝典。

研究群理，昌言民族，仰屋梁而著书，鲰生狗曲[12]，见而唾之；以示屠夫牧子，则以为岣嵝之神碑也[13]。登大演说台，陈平生之志愿，舌敝唇焦，听者充耳[14]。此仁人志士所由伤心饮恨者矣。顾我国民非无优美之思想与刺激之神经也。万族疮痍，国亡胡虏，而六朝金粉[15]，春满江山；覆巢倾卵之中，笺传《燕子》；焚屋沉舟之际，唱出《春灯》[16]。世固有一事不问，一书不读，而鞭丝帽影，日夕驰逐于歌衫舞袖之场，以为祖国之俱乐部者。事虽民族之污点乎，而利用之机，抑未始不在此。又见夫豆棚柘社间矣，春秋报赛[17]，演剧媚神，此本不可为善良之风俗；然而父老杂坐，乡里剧谈，某也贤，某也不肖，一一如数家珍：秋风五丈，悲蜀相之陨星[18]；十二金牌，痛岳王之流血[19]。其感化何一不受之优伶社会哉？世有持运动社会，鼓吹风潮之大方针者乎，盍一留意于是！

蟪蛄不知春秋，朝菌不知晦朔[20]，其生命短而思虑浅也。《麟经》三世：有所见世，有所闻世，有所传闻世[21]。大抵钝根众生[22]，往往泥于现在，不知有未来，抑并不知有过去；此二百六十一年之事[23]，国民脑镜所由不存其旧影欤！忘上国之衣冠[24]，而奉豚尾为国粹[25]；建州遗孽[26]，本炎黄世胄之公仇，反嵩高以为共主[27]：以如此之智识，而强聒不舍以“驱除”“光复”之名词[28]，宜其河汉也[29]。今以《霓裳羽衣》之曲，演玉树铜驼之史[30]，凡扬州十日之屠[31]，嘉定万家之惨[32]，以及虏酋丑类之慆淫[33]，烈士遗民之忠荩，皆绘声写影，倾筐倒箧而出之；华夷之辨既明，报复之谋斯起，其影响捷矣。欧、亚交通，几五十年，而国人犹茫昧于外情。吾侪崇拜共和，欢迎改革，往往倾心于卢梭、孟德斯鸠、华盛顿、玛志尼之徒，欲使我同胞效之；而彼方以吾为邹衍谈天[34]、张骞凿空，又安能有济？今当捉碧眼紫髯儿[35]，被以优孟衣冠，而谱其历史，则法兰西之革命，美利坚之独立，意大利、希腊恢复之光荣，印度、波兰灭亡之惨酷，尽印于国民之脑膜，必有欢然兴者。此皆戏剧改良所有事，而为此《二十世纪大舞台》发起之精神。

波尔克谓报馆为第四种族[36]。拿破仑曰："有一反对之报章，胜于十万毛瑟枪。"此皆言论家所援以自豪之语也。虽然，热心之士，无所凭藉，而徒以高文典册，讽诏世俗，则权不我操；而《阳春白雪》，曲高和寡，崇论闳议，终淹殁而未行者，有之矣。今兹《二十世纪大舞台》，乃为优伶社会之机关，而实行改良之政策；非徒以空言自见，此则报界之特色，而足以优胜者欤！嗟嗟！西风残照，汉家之陵阙已非[37]；东海扬尘[38]，唐代之冠裳莫问。黄帝子孙受建虏之荼毒久矣。中原士庶愤愤于腥膻异种者，何地蔑有？徒以民族大义，不能普及；亡国之仇，迁延未复。今所组织，实于全国社会思想之根据地崛起异军，拔赵帜而树汉帜[39]。他日民智大开，河山还我，建独立之阁，撞自由之钟，以演光复旧物、推倒虏朝之壮剧快剧，则中国万岁！《二十世纪大舞台》万岁！

1904 年《二十世纪大舞台》第 1 期

注释

[1] 风尘澒洞：喻外敌入侵后国内战事频繁，形势危急。澒（hòng）洞，弥漫无际。

[2] 黄龙：五胡十六国时北燕的都城。这里泛指敌寇的首府。

[3] 抗志：坚持高尚的气节。虚无之党：19 世纪中叶以后出现于俄国的资产阶级民主革命党，它主张改革社会制度，倡导平等和自由，以从事破坏政府组织和暗杀政府要员等恐怖活动著称。这里泛指主张资产阶级民主革命的党派组织。

[4] "明珠暗投"两句：喻志士男儿之所为不能激起民众响应，未能得到社会的理解。典出于《史记·鲁仲连邹阳列传》，曰："臣闻明月之珠，夜光之璧，以暗投人于道路，人无不按剑相眄者，何则？无因而至前也。"

[5]“陈钟鼓于鲁庭”两句：《国语·鲁语》：“海鸟曰‘爰居’，止于鲁东门外三日，臧文仲使国人祭之。弗享，不受。”

[6]三字：指秦桧陷害岳飞的罪名“莫须有”三字。

[7]“朝从屠沽游”四句：系龚自珍《自春徂秋，偶有所触，拉杂书之，漫不诠次，得十五首》之第五首诗句。借以暗示革命之道难以明言，希望在下层群从众找到知音。

[8]乐部：古代掌管音乐的官署，这里泛指演剧的团体或部门。

[9]翠羽：翠鸟尾上的长羽。明珰：用明月珠做成的耳饰，这里指演员的服饰。

[10]钧天：古代神话中天的中央。钧天之梦：这里指迷恋清王朝的虚妄美梦。

[11]“美洲三色之旗”两句：意谓舞台戏剧宣扬资产阶级民主、平等、自由的革命思想。

[12]鲰生狗曲：此处指轻视戏剧的腐儒。

[13]岣嵝之神碑：岣嵝，衡山的主峰，上有一碑，字形怪异，后人附会为夏禹治水时书刻，故亦称禹碑。此处喻指屠夫牧子对戏剧感到惊诧奇怪。

[14]充耳：塞住耳朵。

[15]六朝金粉：六朝，指吴、东晋、宋、齐、梁、陈。金粉：铅粉，旧时妇女的化妆品。六朝金粉，泛指繁华绮丽的生活。

[16]“覆巢倾卵之中”四句：本谓南明王朝行将覆灭之际，却在盛唱阮大铖《燕子笺》和《春灯谜》。此处喻指当时国家沦亡之际，国人却歌舞升平，沉迷于才子佳人的爱情戏剧之中。

[17]春秋报赛：春秋两季进行的酬神活动，称赛神，也称赛会。

[18]“秋风五丈”两句：指蜀丞相诸葛亮于五丈原病死军中。

[19]“十二金牌”两句：指南宋岳飞被秦桧矫诏用十二道金牌从前线召回而杀害。

[20]“蟪蛄不知春秋”两句：语见《庄子·逍遥游》。蟪蛄，一种体较小的蝉，夏生秋死，故言不知春秋；朝菌，生于朝而死于暮，故言不知晦朔。

[21]“《麟经》三世”四句：《春秋公羊传》将历史演变概括为所见世、所闻世、所传闻世，分别是太平世、升平世、据乱世，三者循环往复。《春秋》又称《麟经》。

[22]钝根：佛家语，意谓根机愚钝，悟性不高。

[23]二百六十一年：清建国于公元1644年，至本文写作的1904年，历时二百六十一年。

[24]上国：故称中原诸侯国为上国，后亦以指中国。这里指与清朝异族当政相

对的汉姓朝代。

[25] 豚尾：猪尾，这里喻指清朝规定所留的发辫。

[26] 建州遗孽：明代在东北地区女真族聚居地区设立军事行政机构，称“建州三卫”。其首领受明朝廷册委，后女真首领努尔哈赤起兵反明，建立后金。因此一些反清人士常称清政府为“建州遗孽”。

[27] 嵩高：高貌，这里是尊崇的意思。

[28] “驱除”“光复”：指“驱除鞑虏”“光复中华”等资产阶级革命派宣传的纲领。

[29] 河汉：比喻言论夸张，不着边际。

[30] 玉树铜驼之史：指政治兴亡国家易主的史事。玉树，陈后主亡国时依然作《玉树后庭花》，当时人把它看作亡国之兆。铜驼，也是天下大乱的预兆。《晋书·索靖传》：“靖有先识远量，知天下将乱，指洛阳宫门铜驼叹曰：‘会见汝在荆棘中耳。’”

[31] 扬州十日之屠：顺治二年（1645 年）四月清兵攻陷扬州后，曾大肆屠戮十日。

[32] 嘉定万家之惨：顺治二年（1645 年）七月清兵攻陷嘉定后曾纵兵屠掠。

[33] 慆淫：怠慢纵乐。

[34] 邹衍谈天：和下文“张骞凿空”，喻信口开河，凭空立说，无济于事。

[35] 碧眼紫髯儿：指西方人。

[36] 波尔克：生卒年为 1729—1797 年，通译为贝克，曾提出议会上除了僧侣、贵族、资产阶级以外，记者占着更为重要的第四等级，从此“第四等级”即为报纸和记者的通称。

[37] 西风残照二句：李白《忆秦娥》云：“西风残照，汉家陵阙。”

[38] 东海扬尘：喻世事纷繁骤变。

[39] 拔赵帜而树汉帜：《史记·淮阴侯列传》：“选轻骑二千人，人持一赤帜，从间道萆山而望赵军，诫曰：‘赵见我走，必空壁逐我。若疾入赵壁，拔赵帜立汉帜。’”这里指战胜异种的清朝，取而代之。

说明

《二十世纪大舞台》1904 年 10 月在上海创刊，是中国第一个戏剧刊物，以“改革恶俗，开通民智，提倡民族主义，唤起国家思想”为宗旨。柳亚子为该刊作了这篇言辞激烈、观点鲜明、锋芒毕露的发刊辞。作者站在资产阶级民族主义的立场号召民众起来反对清朝统治，建立自由民主的汉族政治。作者倡导戏曲改良，主张戏曲为反清革命服务，集中反映了当时资产阶级革命派的戏剧主张。

作者以沉痛的笔触，充满忧患地描绘当时中国的局面，匪种侵凌，国民堕落，公德不修，团体无望，国家人民饱经忧患，时世沉沦黑暗令有志男儿扼腕痛心。就在万马齐喑的黑暗世界中，“南都乐部，灼然放一线光明”。戏剧刊物的出现，闪现出宣传新思想改造旧社会的光芒。虽然历代文人儒士看不起戏剧，下层观众对作者演者的志愿充耳不闻，但国民尚存优美的思想、敏感的神经，只要将戏剧从统治阶级和上层文人的荒淫逸乐中解放出来，深入到普通民众中，于翠羽明珰、清歌妙舞中，痛诉亡国之恨，表现新时代的民主、平等和自由，来唤醒国人，号召民众，戏剧便有望成为“梨园革命军”。清虏统治二百多年，国人已忘记自己的过去，淡忘了汉族的文化传统和民族精神，甚至将清之象征的辫子奉为国粹。柳亚子提倡戏剧弘扬汉人的文化，表现汉人的悲壮历史，歌颂先烈的革命精神，显明“华夷之辨”，兴起反清革命。另外，戏剧，可以介绍西方资产阶级的革命经验，宣传西方的自由平等民主思想，以期在国内掀起崇拜共和、欢迎改革的舆论呼声。这种为政治革命思想解放服务，正是戏剧改良的目标，也是《二十世纪大舞台》发起的基本精神。当然，作者过分夸大了戏剧的社会作用，对戏剧的艺术特点也未作应有的重视。这是不足之处。对其中的狭隘的民族主义情绪，今天也应有清醒的认识。

南 社 启

高 旭

作者简介

高旭(1877—1925)，字天梅，号剑公，别署钝剑、慧云、汉剑等。江苏金山县(今上海市金山区)人。1903年创办《觉民》月刊。1904年于日本结识孙中山，发刊《醒狮》杂志。1905年回国任同盟会江苏分会会长。后积极发起成立南社，被认为是南社的首席发起人。高旭接受西方资产阶级自由、平等、博爱学说，十分强调“觉民”，号召南社文学要鼓吹人权，排斥专制，唤起人民独立思想，增进人民种族观念；把文学作为鼓吹革命、改天换地的武器。高旭还热情地倡导诗歌革新，高度评价黄遵宪等人“诗界革命”的成就；并且积极实践，发表过大量“新诗”和通俗配乐的歌谣。可惜，由于受到狭隘民族主义的影响，高旭有时片面地强调“国粹”，鄙薄“欧风”，显得保守，这也限制他思想和理论的进一步发展，最终成为时代的落伍者。著有《天梅遗集》《愿无尽庐诗话》。今人辑为《高旭集》。

国魂乎，盍归来乎？抑竟与唐、虞、姬、姒之板图以长逝[1]，听其一往不返乎？恶，是何言！是何言！国有魂则国存，国无魂则国将从此亡矣。夫人莫哀于亡国，若一任国魂之飘荡失所，奚其可哉！

然则国魂果何所寄？曰寄于国学。欲存国魂，必自存国学始，而中国国学中之尤可贵者断推文学。盖中国文学为世界各国冠，泰西远不逮也。而今之醉心欧风者，乃奴此而主彼，何哉！余观古之灭人国者，未有不先灭其言语文字者也。嗟乎痛哉！伊吕倭音迷漫大陆，蟹行文字横扫神州[2]，此果黄民之福乎[3]，人心世道之忧，正不知伊于胡底矣[4]！

或谓国学固不宜缓，又奚必社为？曰：一国之事，非一二人所能为，赖多士以赞襄之。华盛顿之倡新国也，非一华盛顿之力，乃众华盛顿之力也。社又乌可已哉！然则，社以南名何也？乐操南音，不忘其旧[5]，其然岂其然乎？南之云者，以此社提倡于东南之谓。“率土之滨，莫非王臣。”[6]原无分于南北，特以志其始也云耳。鄙窃尝考诸明季复社[7]，颇极一时之盛。其后国社以屋矣[8]，而东南之义旗大举，事虽不成，未始非提倡复社诸公之功也。因此知保国之念郁结于中，人心所同，然岂非无所激而然哉。当是时，主盟者为张天如[9]。余观天如文学亦未有大过人者，所以能倾倒余子者，徒以其名位而已。一时风气所趋，吴门、金陵两次大集[10]，莅会者不下数千百辈，亦可谓壮举。特余所深鄙者，科举痼疾更甚曩时，门户标榜，在所不免，要其流弊，历史遗羞。艾千子文学未必过人[11]，而论文之见实远出张、陈诸子上[12]，千秋论定，当以鄙言为不谬。文章公物，无庸杂私意于其间，阿其所好，君子所大戒。欲知来，先知往，当世得失之林，安能不三致意耶？善哉吕氏晚村之言乎[13]：“今日之文字，坏不在文字，其坏在人心风俗。父以是传，师以是授，子复为父，弟复为师，以传授子弟者，无不以躁进猎取为事。”吕氏此言，诚感慨弥穷矣。

今者不揣鄙陋，与陈子巢南、柳子亚庐有南社之结[14]，欲一洗前代结社之积弊，以作海内文学之导师。余惟文学之将丧是忧，几几乎忘其不自量矣。试问今之所谓文学者何如乎？呜乎！今世之学为文章，为诗词者，举丧其国魂者也。荒芜榛莽，万方一辙，其将长此终古耶？其即吕氏所谓“其坏在人心风俗”者耶？倘无人以支拄之，则乾坤或几乎息矣，此乃不特文学衰亡之患，且将为国家沉沦之忧矣。二三子有同情者乎，深望同声相应，同气相求，与之同步康庄，以挽既倒之狂澜，起坠绪于灰烬，若是者岂非我辈儒生所当有之事乎！《诗》有之曰：“伐木丁丁，鸟鸣嘤嘤。”“嘤其鸣矣，求其友声。相彼鸟矣，犹求友声，矧伊人矣，不求友生？”[15]鸟声耶，友声耶，世岂有不喜闻鸟鸣之嘤嘤耶？溯洄伊人，宛在水中央[16]，毋金玉尔音，令余踯躅而徬徨也。云间高钝剑。

1909年10月17日上海《民吁日报》

注释

[1] 唐：陶唐氏，史称唐尧，亦简称尧。虞：有虞氏史称虞舜，亦简称舜。姬：周人之祖后稷为姬姓，故此指周朝。姒：夏人之祖禹姒姓，故此指夏朝。唐虞姬姒：代指中华民族。板图：同“版图”，指地域，疆域。

[2] “伊吕倭音迷漫大陆”两句：伊吕倭音，指日本语文。蟹行文字，指欧美国家的拉丁文字，因其横写，故称。

[3] 黄民：黄帝的后代，即中国人。

[4] 伊：同“依”。伊于胡底：即哪儿有穷尽。

[5] “乐操南音”两句：《左传·成公九年》：楚人钟仪被囚，晋侯令他弹琴，他弹了一首楚国乐曲，以示怀念故乡。此处“操南音”，暗含“反对北庭”意。

[6] “率土之滨”两句：语见《诗经·小雅·北山》，本来意谓：“同居王土，同属王臣。”此处引申指本不应强分南北。

[7] 复社：明末文社。成员常议论朝政，讥评人物，左右舆论，明末士气为之一振。

[8] 国社：指明朝政权。屋，以屋覆盖，引申为终止。

[9] 张天如：张溥（1602—1641），字天如，号西铭，太仓（今属江苏）人。复社创始人。

[10] 吴门、金陵两次大集：指复社 1633 年的苏州虎丘大会和 1630 年的南京金陵大集会。吴门：苏州。

[11] 艾千子：艾南英（1583—1646），字千子，号天佣子，东乡（今属江西）人。著有《天佣子集》。

[12] 张、陈：指张溥和陈子龙。

[13] 吕氏晚村：吕留良（1629—1683），字庄生，又名光轮，字用晦，号晚村，浙江崇德（今浙江桐乡）人。有《四书讲义》四十三卷。

[14] 陈子巢南：陈去病。柳子亚庐：柳亚子。

[15] “伐木丁丁”八句：语出《诗经·小雅·伐木》。

[16] “溯洄伊人”两句：见《诗经·秦风·蒹葭》。此处借指诚恳寻求志同道合者。

说明

《南社启》发表于 1909 年 10 月 17 日《民吁日报》，被视为南社的成立宣言。南社是近代文学史上一些从事反清革命文化活动的知识分子，以反清革命旗帜相号召集合而成的文学团体。高旭此文说，“乐操南音，不忘其旧”，故名南社。迫于政治形势，讲得比较隐晦。后来，陈去病《南社长沙雅集记事》说：“南者，对北而言，寓不向满清之意。”柳亚子《新南社布告》说：“它底名字叫南社，就是反对北庭的标识。”更鲜明透彻地揭明南社反抗清朝的宗旨。

高旭这篇文章旗帜鲜明、态度坚决地呼唤国魂，激励文坛，要以文学来挽救国家之沉沦，作为抗清救国的武器。高旭沉痛地慨叹“国魂乎，盍归来乎?”有国魂则国存，国魂去则国亡。所谓“国魂”，是民族精神和民族文化的精核。国魂的维系依靠国学，尤其是文学。然而当时外国文化横扫华夏，文人所作的文章诗词，“举丧其国魂”。面对衰颓沉沦的国势，高旭、陈去病、柳亚子等反清志士奔走呼告，设社会友，要作海内文学的导师，“挽既倒之狂澜，起坠绪于灰烬”，表现出热烈高涨的革命精神。这种革命精神是明末复社等文人集团斗争勇气的继承和发挥。高旭强调要扬弃明末文社醉心科举、标榜门户的流弊，发扬他们的斗争精神。他指出，明末清初东南地区义旗高举，和复社诸公不无关系。其中深意，不言而喻。

高旭早年接受过西方资产阶级民主主义文化的影响，激烈抨击孔儒学说和封建文化。但是，狭隘民族主义心态，使得他不能公正客观地面对西方文化的输入。在《南社启》中他称赞中国文学为“世界各国冠，泰西远不逮也”，抨击“醉心欧风者，乃奴此而主彼”，显得保守褊狭。这也是当时南社成员乃至相当一批资产阶级革命派面对欧风东渐而普遍产生的妄自尊大心态，限制了他们在文学思想和创作上可能达到的高度，甚至造成了某些理论上的矛盾、混乱和倒退。

摩罗诗力说（选录）

令　飞

作者简介

令飞，周树人的笔名。周树人（1881—1936），原名樟寿，字豫山，后改字豫才。1898年起名树人，至1918年发表《狂人日记》时始以“鲁迅”为笔名。浙江绍兴人。南京水师学堂肄业后转入矿务铁路学堂。毕业后于1902年留学日本。原学医，后弃医从文，以改造国民精神为己任。周树人提出“别求新声于异邦”的口号，大量翻译和介绍外国文艺论著和小说，汲取外国资产阶级民主自由思想，特别是浪漫主义精神，与封建文学作彻底决裂，“开始一种文学运动”。他早年哲学观上带有主观唯心主义色彩，颂扬摩罗诗力，高举浪漫主义精神旗帜，“立意在反抗，指归在动作”，最终着眼点在于改造民族文化，振奋国民精神，挽救民族危机，促使整个民族的新生。周树人努力运用西方的美学观念和文学思想，从纯文学的角度出发，对“文学”这一概念作出全新的系统的解释，为促进中国文学理论的近现代转型作出重要贡献。

> 求古源尽者将求方来之泉，将求新源。嗟我昆弟，新生之作，新泉之涌于渊深，其非远矣。
>
> ——尼佉[1]

一

人有读古国文化史者，循代而下，至于卷末，必凄以有所觉：如脱春温而入于秋肃，勾萌绝朕[2]，枯槁在前，吾无以名，姑谓之萧条而止。盖人文之留遗后世者，最有力莫如心声[3]。古民神思，接天然之閟宫[4]，冥契万有，与之灵会，道其能道，爰为诗歌。其声度时劫而入人心[5]，不与缄口同绝；且益曼衍[6]，视其种人。递文事式微，则种人之运命亦尽，群生辍响，荣华收光；读史者萧条之感，即以怒起，而此文明史记，亦渐临末页矣。凡负令誉于史初，开文化之曙色，而今日转为影国者[7]，无不如斯。使举国人所习闻，最适莫如天竺。天竺古有《韦陀》四种[8]，瑰丽幽夐，称世界大文；其《摩诃波罗多》暨《罗摩衍那》二赋[9]，亦至美妙。厥后有诗人加黎陀萨（Kalidasa）者出[10]，以传奇鸣世，间染抒情之篇；日耳曼诗宗瞿提（W. von Goethe）[11]，至崇为两间之绝唱。降及种人失力，而文事亦共零夷，至大之声，渐不生于彼国民之灵府，流转异域，如亡人也。次为希伯来，虽多涉信仰教诫，而文章以幽邃庄严胜，教宗文术，此其源泉，灌溉人心，迄今兹未艾。特在以色列族，则止耶利米（Jeremiah）之声[12]；列王荒矣，帝怒以赫[13]，耶路撒冷遂隳[14]，而种人之舌亦默。当彼流离异地，虽不遽忘其宗邦，方言正信[15]，拳拳未释，然《哀歌》而下，无赓响矣。复次为伊兰埃及[16]，皆中道废弛，有如断绠，灿烂于古，萧瑟于今。若震旦而逸斯列[17]，则人生大戬[18]，无逾于此。何以故？英人加勒尔（Th. Carlyle）曰[19]："得昭明之声，洋洋乎歌心意而生者，为国民之首义。意大利分崩矣，然实一统也，彼生但丁（Dante Alighieri）[20]，彼有意语。大俄罗斯之札尔[21]，有兵刃炮火，政治之上，能辖大区，行大业。然奈何无声？中或有大物，而其为大也喑。（中略）迨兵刃炮火，无不腐蚀，而但丁之声依然。有但丁者统一，而无声兆之俄人，终支离而已。"

尼佉（Fr. Nietzsche）不恶野人，谓中有新力，言亦确凿不可移。盖文明之朕，固孕于蛮荒，野人狉獉其形[22]，而隐曜即伏于内。文明如华，蛮野如蕾，文明如实，蛮野如华，上征在是，希望亦在是。惟文化已止之古民不然：发展既央，隳败随起，况久席古宗祖之光荣[23]，尝首出周围之下国，暮气之作，每不自知，自用而愚，污如死海。其煌煌居历史之首，而终匿形于卷末者，殆以此欤？俄之无声，激响在焉。俄如孺子，而非喑人；俄如伏流，而非古井。十九世纪前叶，果有鄂戈理(N. Gogol)者起[24]，以不可见之泪痕悲色，振其邦人，或以拟英之狭斯丕尔(W. Shakespeare)[25]，即加勒尔所赞扬崇拜者也。顾瞻人间，新声争起，无不以殊特雄丽之言，自振其精神而绍介其伟美于世界；若渊默而无动者，独前举天竺以下数古国而已。嗟夫，古民之心声手泽[26]，非不庄严，非不崇大，然呼吸不通于今，则取以供览古之人，使摩挲咏叹而外，更何物及其子孙？否亦仅自语其前此光荣，即以形迩来之寂寞，反不如新起之邦，纵文化未昌，而大有望于方来之足致敬也。故所谓古文明国者，悲凉之语耳，嘲讽之辞耳！中落之胄，故家荒矣，则喋喋语人，谓厥祖在时，其为智慧武怒者何似，尝有闳宇崇楼，珠玉犬马，尊显胜于凡人。有闻其言，孰不腾笑？夫国民发展，功虽有在于怀古，然其怀也，思理朗然，如鉴明镜，时时上征，时时反顾，时时进光明之长途，时时念辉煌之旧有，故其新者日新，而其古亦不死。若不知所以然，漫夸耀以自悦，则长夜之始，即在斯时。今试履中国之大衢，当有见军人蹀躞而过市者，张口作军歌，痛斥印度波兰之奴性[27]；有漫为国歌者亦然。盖中国今日，亦颇思历举前有之耿光，特未能言，则姑曰左邻已奴，右邻且死，择亡国而较量之，冀自显其佳胜。夫二国与震旦究孰劣，今姑弗言；若云颂美之什，国民之声，则天下之咏者虽多，固未见有此作法矣。诗人绝迹，事若甚微，而萧条之感，辄以来袭。意者欲扬宗邦之真大，首在审己，亦必知人，比较既周，爰生自觉。自觉之声发，每响必中于人心，清晰昭明，不同凡响。非然者，口舌一结，众语俱沦，沉默之来，倍于前此。盖魂意方梦，何能有言？即震于外缘，强自扬厉，不惟不大，徒增欷耳，故曰国民精神之发扬，与世界识见之广博有所属。

今且置古事不道，别求新声于异邦，而其因即动于怀古。新声之别，不可究详；至力足以振人，且语之较有深趣者，实莫如摩罗诗派。摩罗之言，假自天竺，此云天魔，欧人谓之撒但[28]，人本以目裴伦(G. Byron)[29]。今则举一切诗人中，凡立意在反抗，指归在动作，而为世所不甚愉悦者悉入之，为传其言行思惟，流别影响，始宗主裴伦，终以摩迦（匈加利）文士[30]。凡是群人，外状至异，各禀自国之特色，发为光华；而要其大归，则趣于一：大都不为顺世和乐之音，动吭一呼，闻者兴起，争天拒俗，而精神复深感后世人心，绵延至于无已。虽未生以前，解脱而后，或以其声为不足听；若其生活两间，居天然之掌握，辗转而未得脱者，则使之闻之，固声之最雄桀伟美者矣。然以语平和之民，则言者滋惧。

二

平和为物，不见于人间。其强谓之平和者，不过战事方已或未始之时，外状若宁，暗流仍伏，时劫一会，动作始矣。故观之天然，则和风拂林，甘雨润物，似无不以降福祉于人世，然烈火在下，出为地囱，一旦偾兴，万有同坏。其风雨时作，特暂伏之见象，非能永劫安易，如亚当之故家也[31]。人事亦然，衣食家室邦国之争，形现既昭，已不可以讳掩；而二士室处，亦有吸呼，于是生颢气之争，强肺者致胜。故杀机之昉，与有生偕；平和之名，等于无有。特生民之始，既以武健勇烈。抗拒战斗，渐时于文明矣，化定俗移，转为新懦，知前征之至险，则爽然思归其雌[32]，而战场在前，复自知不可避，于是运其神思，创为理想之邦，或托之人所莫至之区，或迟之不可计年以后，自柏拉图（Plato）《邦国论》始[33]，西方哲士，作此念者不知几何人。虽自古迄今，绝无此平和之朕，而延颈方来，神驰所慕之仪的，日逐而不舍，要亦人间进化之一因子欤？吾中国爱智之士，独不与西方同，心神所注，辽远在于唐虞，或径入古初，游于人兽杂居之世；谓其时万祸不作，人安其天，不如斯世之恶浊阽危[34]，无以生活。其说照之人类进化史实，事正背驰。盖古民曼衍播迁，其为争抗劬劳，纵不厉于今，而视今必无所减；特历时既永，史乘无存，汗迹血腥，泯灭都尽，则追而思之，似其时为至足乐耳。傥使置身当时，与古民同其忧患，则颓唐侘傺，复远念盘古未生，斧凿未经之世，又事之所必有者已。故作此念者，为无希望，为无上征，为无努力，较以西方思理，犹水火然；非自杀以从古人，将终其身更无可希冀经营，致人我于所仪之主的，束手浩叹，神质同隳焉而已。且更为忖度其言，又将见古之思士，决不以华土为可乐，如今人所张皇；惟自知良懦无可为，乃独图脱屣尘埃，惝恍古国，任人群堕于虫兽，而己身以隐逸终。思士如是，社会善之，咸谓之高蹈之人，而自云我虫兽我虫兽也。其不然者，乃立言辞，欲致人同归于朴古，老子之辈，盖其枭雄。老子书五千语，要在不撄人心[35]；以不撄人心故，则必先自致槁木之心，立无为之治；以无为之为化社会，而世即于太平。其术善也。然奈何星气既凝[36]，人类既出而后，无时无物，不禀杀机，进化或可停，而生物不能返本。使拂逆其前征，势即入于苓落。世界之内，实例至多，一览古国，悉其信证。若诚能渐致人间，使归于禽虫卉木原生物，复由渐即于无情，则宇宙自大，有情已去，一切虚无，宁非至净。而不幸进化如飞矢，非堕落不止，非著物不止，祈逆飞而归弦，为理势所无有。此人世所以可悲，而摩罗宗之为至伟也。人得是力，乃以发生，乃以曼衍，乃以上征，乃至于人所能至之极点。

中国之治，理想在不撄，而意异于前说。有人撄人，或有人得撄者，为帝大禁，其意在保位，使子孙王千万世，无有底止，故性解（Genius）之出[37]，必竭全力死之；有人撄我，或有能撄人者，为民大禁，其意在安生，宁蜷伏堕落而恶进取，故性解之出，亦必竭全力死之。柏拉图建神思之邦[38]，谓诗人乱治，当放域外；虽国之美污，意之高下有不同，而术实出于一。盖诗人者，撄人心者也。凡人之心，无不有诗，如诗人作诗，诗不为诗人独有，凡一读其诗，心即会解者，即无不自有诗人之诗。无之何以能解？惟有而未能言，诗人为之语，则握拨一弹，心弦立应，其声澈于灵府，令有情皆举其首，如睹晓日，益为之美伟强力高尚发扬，而污浊之平和，以之将破。平和之破，人道蒸也[39]。虽然，上极天帝，下至舆台，则不能不因此变其前时之生活；协力而夭阏之[40]，思永保其故态，殆亦人情已。故态永存，是曰古国。惟诗究不可灭尽，则又设范以囚之。如中国之诗，舜云言志；而后贤立说，乃云持人性情[41]，三百之旨，无邪所蔽。夫既言志矣，何持之云？强以无邪，即非人志。许自繇于鞭策羁縻之下，殆此事乎？然厥后文章，乃果辗转不逾此界。其颂祝主人，悦媚豪右之作，可无俟言。即或心应虫鸟，情感林泉，发为韵语，亦多拘于无形之囹圄，不能舒两间之真美；否则悲慨世事，感怀前贤，可有可无之作，聊行于世。倘其嗫嚅之中，偶涉眷爱，而儒服之士，即交口非之。况言之至反常俗者乎？惟灵均将逝[42]，脑海波起，通于汨罗，返顾高丘，哀其无女[43]，则抽写哀怨，郁为奇文。茫洋在前，顾忌皆去，怼世俗之浑浊，颂己身之修能，怀疑自遂古之初，直至百物之琐末，放言无惮，为前人所不敢言。然中亦多芳菲凄恻之音，而反抗挑战，则终其篇未能见，感动后世，为力非强。刘彦和所谓"才高者菀其鸿裁，中巧者猎其艳辞，吟讽者衔其山川，童蒙者拾其香草"[44]皆著意外形，不涉内质，孤伟自死，社会依然，四语之中，函深哀焉。故伟美之声，不震吾人之耳鼓者，亦不始于今日。大都诗人自倡，生民不耽[45]。试稽自有文字以至今日，凡诗宗词客，能宣彼妙音，传其灵觉，以美善吾人之性情，崇大吾人之思理者，果几何人？上下求索，几无有矣。第此亦不能为彼徒罪也，人人之心，无不泐二大字曰实利[46]，不获则劳，既获便睡。纵有激响，何能撄之？夫心不受撄，非槁死则缩朒耳[47]，而况实利之念，复黏黏热于中[48]，且其为利，又至陋劣不足道，则驯至卑懦俭啬，退让畏葸，无古民之朴野，有末世之浇漓，又必然之势矣，此亦古哲人所不及料也。夫云将以诗移人生性情，使即于诚善美伟强力敢为之域，闻者或哂其迂远乎；而事复无形，效不显于顷刻。使举一密栗之反证[49]，殆莫如古国之见灭于外仇矣。凡如是者，盖不止笞击縻系，易于毛角而已[50]，且无有为沉痛著大之声，撄其后人，使之兴起；即间有之，受者亦不为之动，创痛少去，即复营营于治生，活身是图，不恤污下，外仇又至，摧败继之。故不争之民，其遭遇战事，常较好争之民多，而畏死之民，其苓落殇亡，亦视强项敢死之民众。

千八百有六年八月，拿坡仑大挫普鲁士军，翌年七月，普鲁士乞和，为从属之国。然其时德之民族，虽遭败亡窘辱，而古之精神光耀，固尚保有而未隳。于是有爱伦德(E. M. Arndt)者出[51]，著《时代精神篇》(Geist der Zeit)，以伟大壮丽之笔，宣独立自繇之音，国人得之，敌忾之心大炽；已而为敌觉察，探索极严，乃走瑞士。递千八百十二年，拿坡仑挫于墨斯科之酷寒大火，逃归巴黎，欧土遂为云扰，竞举其反抗之兵。翌年，普鲁士帝威廉三世乃下令召国民成军，宣言为三事战，曰自由、正义、祖国；英年之学生诗人美术家争赴之。爱伦德亦归，著《国民军者何》暨《莱因为德国大川特非其界》二篇，以鼓青年之意气。而义勇军中，时亦有人曰台陀开纳（Theodor Korner）[52]慨然投笔，辞维也纳国立剧场诗人之职，别其父母爱者，遂执兵行；作书贻父母曰："普鲁士之鹫[53]，已以鸷击诚心，觉德意志民族之大望矣。吾之吟咏，无不为宗邦神往。吾将舍所有福祉欢欣，为宗国战死。嗟夫，吾以明神之力，已得大悟。为邦人之自由与人道之善故，牺牲孰大于是？热力无量，涌吾灵台，吾起矣！"后此之《竖琴长剑》（Leier und Schwert）一集[54]，亦无不以是精神，凝为高响，展卷方诵，血脉已张。然时之怀热诚灵悟如斯状者，盖非止开纳一人也，举德国青人无不如是。开纳之声，即全德人之声，开纳之血，亦即全德人之血耳。故推而论之，败拿坡仑者，不为国家，不为皇帝，不为兵刃，国民而已。国民皆诗，亦皆诗人之具，而德卒以不亡。此岂笃守功利，摈斥诗歌，或抱异域之朽兵败甲，冀自卫其衣食室家者，意料之所能至哉？然此亦仅譬诗力于米盐，聊以震崇实之士，使知黄金黑铁，断不足以兴国家，德法二国之外形，亦非吾邦所可活剥；示其内质，冀略有所悟解而已。此篇本意，固不在是也。

三

由纯文学上言之，则以一切美术之本质，皆在使观听之人，为之兴感怡悦。文章为美术之一，质当亦然，与个人暨邦国之存，无所系属，实利离尽，究理弗存。故其为效，益智不如史乘，诫人不如格言，致富不如工商，弋功名不如卒业之券[55]。特世有文章，而人乃以几于具足。英人道覃（E. Dowden）有言曰[56]："美术文章之出于世者，观诵而后，似无裨于人间者，往往有之。然吾人乐于观诵，如游巨浸[57]，前临渺茫，浮游波际，游泳既已，神质悉移。而彼之大海，实仅波起涛飞，绝无情愫，未始以一教训一格言相授。顾游者之元气体力，则为之陡增也。故文章之于人生，其为用决不次于衣食、宫室、宗教、道德。盖缘人在两间，必有时自觉以勤劬，有时丧我而惝恍，时必致力于善生，时必并忘其善生之事而入于醇乐，时或活动于现实之区，时或神驰于理想之域；苟致力于其偏，是谓之不具足。”严冬永留，春气不至，生其躯壳，死其精魂，其人虽生，而人生之道失。文章不用之用，其在斯乎？约翰穆黎曰[58]：“近世文明，无不以科学为术，合理为神，功利为鹄。”大势如是，而文章之用益神。所以者何？以能涵养吾人之神思耳。涵养人之神思，即文章之职与用也。

此他丽于文章能事者[59]，犹有特殊之用一。盖世界大文，无不能启人生之閟机[60]，而直语其事实法则，为科学所不能言者。所谓机，即人生之诚理是已。此为诚理，微妙幽玄，不能假口于学子。如热带人未见冰前，为之语冰，虽喻以物理生理二学，而不知水之能凝，冰之为冷如故；惟直示以冰，使之触之，则虽不言质力二性，而冰之为物，昭然在前，将直解无所疑沮。惟文章亦然，虽缕判条分，理密不如学术，而人生诚理，直笼其辞句中，使闻其声者，灵府朗然，与人生即会。如热带人既见冰后，曩之竭研究思索而弗能喻者，今宛在矣。昔爱诺尔特（M. Arnold）氏以诗为人生评骘[61]，亦正此意。故人若读鄂谟（Homeros）以降大文[62]，则不徒近诗，且自与人生会，历历见其优胜缺陷之所存，更力自就于圆满。此其效力，有教示意；既为教示，其益人生；而其教复非常教，自觉勇猛发扬精进，彼实示之。凡苓落颓唐之邦，无不以不耳此教示始[63]。

顾有据群学见地以观诗者[64]，其为说复异：要在文章与道德之相关。谓诗有主分[65]，曰观念之诚。其诚奈何？则曰为诗人之思想感情，与人类普遍观念之一致。得诚奈何？则曰在据极溥博之经验。故所据之人群经验愈溥博，则诗之溥博视之。所谓道德，不外人类普遍观念所形成。故诗与道德之相关，缘盖出于造化。诗与道德合，即为观念之诚，生命在是，不朽在是。非如是者，必与群法僢驰[66]。以背群法故，必反人类之普遍观念；以反普遍观念故，必不得观念之诚。观念之诚失，其诗宜亡。故诗之亡也，恒以反道德故。然诗有反道德而竟存者奈何？则曰，暂耳。无邪之说，实与此契。苟中国文事复兴之有日，虑操此说以力削其萌蘖者，当有徒也。而欧洲平骘之士，亦多抱是说以律文章。十九世纪初，世界动于法国革命之风潮，德意志、西班牙、意大利、希腊皆兴起，往之梦意，一晓而苏；惟英国较无动。顾上下相迕，时有不平，而诗人裴伦，实生此际。其前有司各特（W. Scott）辈[67]，为文率平妥翔实，与旧之宗教道德极相容。迨有裴伦，乃超脱古范，直抒所信，其文章无不函刚健抗拒破坏挑战之声。平和之人，能无惧乎？于是谓之撒但。此言始于苏惹（R. Southey）[68]，而众和之；后或扩以称修黎（P. B. Shelley）以下数人[69]，至今不废。苏惹亦诗人，以其言能得当时人群普遍之诚故，获月桂冠[70]，攻裴伦甚力。裴伦亦以恶声报之，谓之诗商。所著有《纳尔逊传》（The Life of Lord Nelson）今最行于世[71]。

《旧约》记神既以七日造天地，终乃抟埴为男子[72]，名曰亚当，已而病其寂也，复抽其肋为女子，是名夏娃，皆居伊甸。更益以鸟兽卉木；四水出焉。伊甸有树，一曰生命，一曰知识。神禁人勿食其实；魔乃托蛇以诱夏娃，使食之，爰得生命。神怒，立逐人而诅蛇，蛇腹行而土食；人则既劳其生，又得其死，且及于子孙，无不如是。英诗人弥耳敦（J. Milton）[73]，尝取其事作《失乐园》（*The Paradise Lost*），有天神与撒但战事，以喻光明与黑暗之争。撒但为状，复至狞厉。是诗而后，人之恶撒但遂益深。然使震旦人士异其信仰者观之，则亚当之居伊甸，盖不殊于笼禽，不识不知，惟帝是悦，使无天魔之诱，人类将无由生。故世间人，当蔑弗秉有魔血，惠之及人世者，撒但其首矣。然为基督宗徒，则身被此名，正如中国所谓叛道，人群共弃，艰于置身，非强怒善战豁达能思之士，不任受也。亚当夏娃既去乐园，乃举二子，长曰亚伯，次曰凯因[74]。亚伯牧羊，凯因耕植是事，尝出所有以献神。神喜脂膏而恶果实，斥凯因献不视；以是，凯因渐与亚伯争，终杀之。神则诅凯因，使不获地力，流于殊方。裴伦取其事作传奇，于神多所诘难[75]。教徒皆怒，谓为渎圣害俗、张皇灵魂有尽之诗[76]，攻之至力。迄今日评骘之士，亦尚有以是难裴伦者。尔时独穆亚（Th. Moore）及修黎二人[77]，深称其诗人雄美伟大。德诗宗瞿提，亦谓为绝世之文，在英国文章中，此为至上之作;后之劝遏克曼(J. P. Eckermann)治英国语言[78],盖即冀其直读斯篇云。《约》又记凯因既流,亚当更得一子,历岁永永,人类益繁,于是心所思惟,多涉恶事。主神乃悔,将殄之。有挪亚独善事神,神令致亚斐木为方舟[79],将眷属动植,各从其类居之。遂作大雨四十昼夜,洪水泛滥,生物灭尽,而挪亚之族独完,水退居地,复生子孙,至今日不绝。吾人记事涉此,当觉神之能悔,为事至奇;而人之恶撒但,其理乃无足诧。盖既为挪亚子孙,自必力斥抗者,敬事主神,战战兢兢,绳其祖武[80],冀洪水再作之日,更得密诏而自保于方舟耳。抑吾闻生学家言[81],有云反种一事[82],为生物中每现异品,肖其远先,如人所牧马,往往出野物,类之不拉(Zebra)[83],盖未驯以前状,复现于今日者。撒但诗人之出,殆亦如是,非异事也。独众马怒其不伏箱[84],群起而交踢之,斯足悯叹焉耳。

(编者按:以下第四、五、六、七、八节省略)

九

若匈加利当沉默蜷伏之顷,则兴者有裴彖飞(A. Petofi)[85],沽肉者子也,以千八百二十三年生于吉思珂罗(Kiskoros)。其区为匈之低地,有广漠之普斯多(Puszta,此翻平原),道周之小旅以及村舍,种种物色,感之至深。盖普斯多之在匈,犹俄之有斯第孛(Steppe,此亦翻平原),善能起诗人焉。父虽贾人,而殊有学,能解腊丁文[86]。裴彖飞十岁出学于科勒多,既而至阿琐特,治文法三年。然生有殊禀,挚爱自繇,原为俳优;天性又长于吟咏。比至舍勒美支[87],入高等学校三月,其父闻裴彖飞与优人伍,令止读,遂徒步至菩特沛思德[88],入国民剧场为杂役。后为亲故所得,留养之,乃始为诗咏邻女,时方十六龄。顾亲属谓其无成,仅能为剧,遂任之去。裴彖飞忽投军为兵,虽性恶压制而爱自由,顾亦居军中者十八月,以病疟罢。又入巴波大学[89],时亦为优,生计极艰,译英法小说自度。千八百四十四年访伟罗思摩谛(M. Vorosmarty)[90],伟为梓其诗[91],自是遂专力于文,不复为优。此其半生之转点,名亦陡起,众目为匈加利之大诗人矣。次年春,其所爱之女死，因旅行北方自遣，及秋始归。洎四十七年，乃访诗人阿阑尼(J. Arany)于萨伦多[92]，而阿阑尼杰作《约尔提》(*Joldi*)适竣[93]，读之叹赏，订交焉。四十八年以始，裴象飞诗渐倾于政事，盖知革命将兴，不期而感，犹野禽之识地震也。是年三月，奥大利人革命报至沛思德，裴象飞感之，作《兴矣摩迦人》(*Tolpra Magyar*)一诗[94]，次日诵以徇众，至解末叠句云："誓将不复为奴！"则众皆和，持至检文之局，逐其吏而自印之，立俟其毕，各持之行。文之脱检，实自此始。裴象飞亦尝自言曰："吾琴一音，吾笔一下，不为利役也。居吾心者，爰有天神，使吾歌且吟。天神非他，即自由耳。"[95]顾所为文章，时多过情，或与众忤；尝作《致诸帝》一诗[96]，人多责之。裴象飞自记曰："去三月十五数日而后，吾忽为众恶之人矣，褫夺花冠，独研深谷之中，顾吾终幸不屈也。"[97]比国事渐急，诗人知战争死亡且近，极思赴之。自曰："天不生我于孤寂，将召赴战场矣。吾今得闻角声召战，吾魂几欲骤前，不及待令矣。"[98]遂投国民军(Honvéd)中，四十九年转隶贝谟将军麾下[99]。贝谟者，波阑武人，千八百三十年之役，力战俄人者也。时轲苏士招之来[100]，使当脱阑希勒伐尼亚一面[101]，甚爱裴象飞，如家人父子然。裴象飞三去其地，而不久即返，似或引之。是年七月三十一日舍俱思跋之战[102]，遂殁于军。平日所谓为爱而歌，为国而死者，盖至今日而践矣。裴象飞幼时，尝治裴伦暨修黎之诗，所作率纵言自由，诞放激烈，性情亦仿佛如二人。曾自言曰："吾心如反响之森林，受一呼声，应以百响者也。"[103]又善体物色，著之诗歌，妙绝人世，自称为无边自然之野花。所著长诗，有《英雄约诺斯》(*János Vitéz*)一篇[104]，取材于古传，述其人悲欢畸迹。又小说一卷曰《缢吏之缳》(*A Hóhér Kötele*)[105]，记以眷爱起争，肇生孽障，提尔尼阿遂终陷安陀罗奇之子于法。安陀罗奇失爱绝欢，庐其子垅上，一日得提尔尼阿，将杀之。而从者止之曰："敢问死与生之忧患孰大?"曰："生哉!"乃纵之使去；终诱其孙令自经，而其为绳，即昔日缳安陀罗奇子之颈者也。观其首引耶和华言[106]，意盖云厥祖罪愆，亦可报诸其苗裔，受施必复，且不嫌加甚焉。至于诗人一生，亦至殊异，浪游变易，殆无宁时。虽少逸豫者一时，而其静亦非真静，殆犹大海漩洑中心之静点而已。设有孤舟，卷于旋风，当有一瞬间忽尔都寂，如风云已息，水波不兴，水色青如微笑，顾漩洑偏急，舟复入卷，乃至破没矣。彼诗人之暂静，盖亦犹是焉耳。

上述诸人，其为品性言行思惟，虽以种族有殊，外缘多别，因现种种状，而实统于一宗：无不刚健不挠，抱诚守真；不取媚于群，以随顺旧俗；发为雄声，以起其国人之新生，而大其国于天下。求之华土，孰比之哉？夫中国立于亚洲也，文明先进，四邻莫之与伦，蹇视高步，因益为特别之发达；及今日虽雕苓，而犹与西欧对立，此其幸也。顾使往昔以来，不事闭关，能与世界大势相接，思想为作，日趣于新，则今日方卓立宇内，无所愧逊于他邦，荣光俨然，可无苍黄变革之事，又从可知尔。故一为相度其位置，稽考其邂逅，则震旦为国，得失滋不云微。得者以文化不受影响于异邦，自具特异之光采，近虽中衰，亦世希有。失者则以孤立自是，不遇校雠，终至堕落而之实利；为时既久，精神沦亡，逮蒙新力一击，则砉然冰泮[107]，莫有起而与之抗。加以旧染既深，辄以习惯之目光，观察一切，凡所然否，谬解为多，此所为呼维新既二十年，而新声迄不起于中国也。夫如是，则精神界之战士贵矣。英当十八世纪时，社会习于伪，宗教宗于陋，其为文章，亦摹故旧而事涂饰，不能闻真之心声。于是哲人洛克首出[108]，力排政治宗教之积弊，唱思想言议之自由，转轮之兴，此其播种。而在文界，则有农人朋思生苏格阑[109]，举全力以抗社会，宣众生平等之音，不惧权威，不跽金帛[110]，洒其热血，注诸韵言；然精神界之伟人，非遂即人群之骄子，轗轲流落，终以夭亡。而裴伦、修黎继起，转战反抗，具如前陈。其力如巨涛，直薄旧社会之柱石。余波流衍，入俄则起国民诗人普式庚[111]，至波阑则作报复诗人密克威支[112]，入匈加利则觉爱国诗人裴象飞；其他宗徒，不胜具道。顾裴伦、修黎，虽蒙摩罗之谥，亦第人焉而已。凡其同人，实亦不必曰摩罗宗，苟在人间，必有如是。此盖聆热诚之声而顿觉者也，此盖同怀热诚而互契者也。故其平生，亦甚神肖，大都执兵流血，如角剑之士，转辗于众之目前，使抱战栗与愉快而观其鏖扑。故无流血于众之目前者，其群祸矣；虽有而众不之视，或且进而杀之，斯其为群，乃愈益祸而不可救也!

今索诸中国,为精神之战士者安在?有作至诚之声,致吾人于善美刚健者乎?有作温煦之声,援吾人出于荒寒者乎?家国荒矣,而赋最末哀歌以诉天下贻后人之耶利米,且未之有也。非彼不生,即生而贼于众,居其一或兼其二,则中国遂以萧条。劳劳独躯壳之事是图,而精神日就于荒落;新潮来袭,遂以不支。众皆曰维新,此即自白其历来罪恶之声也,犹云改悔焉尔。顾既维新矣,而希望亦与偕始,吾人所待,则有介绍新文化之士人。特十余年来,介绍无已,而究其所携将以来归者,乃又舍治饼饵守囹圄之术而外[113],无他有也。则中国尔后,且永续其萧条,而第二维新之声,亦将再举,盖可准前事而无疑者矣。俄文人凯罗连珂(V. Korolenko)作《末光》一书[114],有记老人教童子读书于鲜卑者[115],曰:"书中述樱花黄鸟,而鲜卑沍寒,不有此也。"翁则解之曰:"此鸟即止于樱木,引吭为好音者耳。"少年乃沉思。然夫少年处萧条之中,即不诚闻其好音,亦当得先觉之诠解;而先觉之声,乃又不来破中国之萧条也。然则吾人,其亦沉思而已夫,其亦惟沉思而已夫[116]!

一九〇七年作

人民文学出版社 2005 年版《鲁迅全集》第一卷

注释

[1] 尼佉:现通译尼采(1844—1900),德国哲学家。主张权力意志为人间至高原理,一切价值之源,存于自我;人生的目的就是努力与世界斗争以满足本能,还创立超人说。此处引文出自尼采《查拉图斯特拉如是说》第三卷第十二部分。

[2] 勾萌绝朕:意谓衰竭无生气。勾,勾除。萌,草木的萌芽。朕,先兆。

[3] 心声:扬雄《法言·问神》:"言,心声也;书,心画也。"此处指表达心声的文学作品。

[4] 閟宫:《诗经·鲁颂·閟宫》:"閟宫有侐。"原指深闭、清静的庙宇。此指遥邈邃远的境界。

[5] 度时劫：犹言超越时势变易。
[6] 曼衍：变化流传。
[7] 影国：充满阴影的国家，指衰落或消亡的文明古国。
[8]《韦陀》：现通译《吠陀》，是印度最古老的文化经典，共有四种，即《梨俱吠陀》《娑摩吠陀》《夜柔吠陀》《阿达婆吠陀》。内容包括颂诗、咒文、祈祷文、祭祀仪式的记载和神话传说等。约为公元前 2500 年至前 500 年间的作品。
[9]《摩诃波罗多》暨《罗摩衍那》：印度古代两大史诗。《摩诃波罗多》约为公元前 7 世纪至前 4 世纪的作品，叙述诸神和英雄的故事。《罗摩衍那》，书名意为"罗摩的漫游"。约为公元 5 世纪的作品，叙述王子罗摩的家庭生活及其远征锡兰的故事。
[10] 加黎陀萨：通译迦黎陀娑，印度古代著名的诗人和戏剧家，代表作是戏剧《沙恭达罗》，长诗《云使》。
[11] 日耳曼：德国人祖先为日耳曼人，故后人常称德国人为日耳曼人。瞿提：现通译歌德，德国思想家，诗人。他十分推崇迦黎陀娑的诗剧《沙恭达罗》，曾写诗赞美道："春华瑰丽，亦扬其芬。秋实盈衍，亦蕴其珍。悠悠天偶，恢恢地轮。彼美一人，沙恭达纶。"（据苏曼殊译文）
[12] 耶利米之声：指《旧约・耶利米哀歌》，系耶利米为犹太故都耶路撒冷被巴比伦攻陷后所作的哀悼之歌。
[13] "列王荒矣"两句：《旧约・列王记》记载，由于犹太诸王不敬重上帝，故遭惩罚，国家灭亡。荒，荒淫。帝，上帝，以色列的神。赫，勃然震怒貌。
[14] 耶路撒冷遂隳：公元前 586 年，新巴比伦王挥师攻陷耶路撒冷，犹太国灭亡。居民多被掠夺至巴比伦，沦为奴隶。隳，毁坏，摧毁。
[15] 方言正信：指希伯来民族语言及其宗教信仰。
[16] 伊兰：现通译伊朗，古称波斯帝国，公元前 6 世纪前后较为强盛。
[17] 震旦：中国。逸：超出，逃逸。
[18] 戬：幸福。
[19] 加勒尔：现通译卡莱尔（1795—1881），英国文学家、历史学家，著有《裁缝哲学》《过去与现在》《法国革命史》《英雄与英雄崇拜》等。后引文见《论英雄与英雄崇拜》第四讲《作为诗人的英雄：但丁、莎士比亚》。
[20] 但丁：生卒年为 1265—1321 年，意大利伟大诗人，最早应用意大利语言进行创作并且取得了极高的成就，对意大利语文的发展作出了重要贡献。代表作有《神曲》《新生》。

[21] 札尔：现通译沙皇。

[22] 狉：群兽奔走之状。獉：同“榛”，落叶灌木，此泛指丛生的荆棘。狉獉：此形容远古时代的原始人未开化的情状。

[23] 席：凭借，倚仗。

[24] 鄂戈理：现通译果戈理(1809—1852)，俄国著名作家，代表作有《死魂灵》《钦差大臣》等。

[25] 狭斯丕尔：现通译莎士比亚(1564—1616)，英国诗人和伟大的戏剧家。代表作《哈姆雷特》等。

[26] 手泽：文字遗物，此指先民留下的文学遗产。

[27] 痛斥印度波兰之奴性：印度在19世纪中期沦为英国殖民地。波兰从1772年至1807年曾四次被沙俄和欧洲列强瓜分国土。鲁迅在此批判清末妄自尊大、不自我反思国家忧患的人们。

[28] 撒但：即撒旦，希伯来语音译，即《圣经》中魔鬼，叛乱的天使。

[29] 裴伦：现通译拜伦。英国诗人骚塞1821年春发表长诗《审判的动景》，在序言中称拜伦为“诗歌中的恶魔派”，指责拜伦败坏了国家的政治、道德基础。

[30] 摩迦：匈牙利的主要民族。摩迦文士：指裴多菲。

[31] 亚当之故家：指《旧约·创世记》中所描述的伊甸乐园。

[32] 雌：柔弱，谦退。《老子》：“知其雄，守其雌。”

[33] 柏拉图：生卒年为公元前427—前347年，古希腊哲学家。《邦国论》：现通译《理想国》。

[34] 阽：近边缘将坠意，也即危险。

[35] 撄：触犯。

[36] 星气既凝：康德在《自然通史与天体论》一书中提出，太阳系起源于星云逐渐凝聚。此学说被简称为“星云说”。

[37] 性解：音译词，意为天才。

[38] 神思之邦：即柏拉图构想的“理想国”。柏拉图认为文艺是不真实的，会产生伤风败俗的消极后果，故将诗人逐出“理想国”。

[39] 蒸：发扬。

[40] 夭阏：扼杀，摧残。

[41] 持人性情：汉代纬书《诗纬·含神雾》：“诗者，持也。持其性情，使不暴去也。”持，扶，引申为培养教育，鲁迅此处理解为约束、控制。

[42] 灵均：屈原。

[43]“返顾高丘”两句：《离骚》：“忽反顾以流涕兮，哀高丘之无女。”高丘，泛指楚国的山，此代指楚国。女，《离骚》中用美女比喻志行高洁之人。

[44]“刘彦和所谓”四句：引文出自《文心雕龙·辨骚》。菀，通“捥”，摘取。

[45]耽：喜爱。

[46]泐：通“勒”，铭刻。

[47]缩朒：萎缩。朒，不足。

[48]䀹䀹(shǎn)：闪烁。

[49]密栗：确凿。

[50]易于毛角：比禽兽还容易支配。毛角，指禽兽。

[51]爱伦德：现通译阿恩特(1769—1860)，德国诗人。著有《时代的精神》，宣传德国统一，反对拿破仑战争。又有诗集《给德国人的歌》，抒发强烈的爱国激情。

[52]台陀开纳：通译柯尔纳(1791—1813)，德国诗人和戏剧家，1813年参加普法战争，阵亡。

[53]普鲁士之鹫：此为柯尔纳自喻。鹫，猛禽。

[54]《竖琴长剑》：系柯尔纳牺牲后第二年，其父编辑出版他的诗歌遗稿诗集。

[55]弋：求取。卒业之券：毕业文凭。

[56]道覃：通译道登(1843—1913)，英国诗人和批评家，莎士比亚研究专家。著有《文学研究》《莎士比亚初步》《雪莱传》等。下引文见他《抄本与研究》一书。

[57]巨浸：指大海。

[58]约翰穆黎：现通译约翰·弥勒(1806—1873)，英国哲学家、经济学家。著有《逻辑系统》《政治经济学原理》《功利主义》等。

[59]丽：附着。

[60]閟机：秘密，奥妙。閟，通“秘”。

[61]爱诺尔特：现通译安诺德(1822—1888)，英国诗人、文学批评家。著有《文学批评论集》《凯尔特文学研究》等。“诗为人生评骘”，是他的名句，见安诺德《文学批评论集二》中《论华兹华斯》一文。

[62]鄂谟：现通译荷马。相传是希腊两大史诗《伊利亚特》和《奥德赛》的作者。

[63]耳：听取。

[64]群学：现通译社会学。

[65]主分：主要的特征。

[66] 僢驰：背道而驰。僢(chuǎn)，违背，同“舛”。
[67] 司各特：生卒年为1771—1832年，英国作家，著有《撒克逊劫后英雄传》《十字军英雄记》等。
[68] 苏惹：现通译骚塞，英国消极浪漫主义诗人。
[69] 修黎：现通译雪莱，英国诗人。
[70] 月桂冠：月桂，常绿灌木。欧洲有将月桂编帜成的冠戴在胜利者头上以示敬重的习俗。骚塞1813年曾被封为桂冠诗人。
[71]《纳尔逊传》：系骚塞1813年为纳尔逊写的传记。纳尔逊，英国著名的海军上将，1805年10月21日与拿破仑舰队决战，大破法军，他自己也捐躯赴难。
[72] 抟埴：用手捏土，《旧约》第一篇《创世记》描述了上帝造人的故事。
[73] 弥耳敦：现通译弥尔顿。
[74]“长曰亚伯”两句：据《旧约·创世记》载，亚伯是弟，该隐是兄。此有误。凯因，现通译该隐。
[75]“裴伦取其事作传奇”两句：指拜伦长篇叙事诗《该隐》，副标题是“一个神秘剧”。诗中塑造该隐这一叛逆者形象，表现诗人向神权和封建黑暗势力大胆挑战的勇气和精神。
[76] 灵魂有尽：谓灵魂会随着肉身的消亡而消失，和教徒相信的灵魂不死相对立。
[77] 穆亚：今译摩尔(1779—1852)，英国诗人，著有《爱尔兰歌曲集》《安琪儿的爱情》等。他是拜伦的好友，曾作《拜伦爵士的书简与札记》，记载拜伦一生的经历。
[78] 遏克曼：今译艾克曼(1792—1854)，德国作家，歌德私人秘书，著有《歌德谈话录》。下引歌德语，即见此书1823年10月21日谈话记录。
[79] 亚斐木：通译歌斐木。《旧约·创世记》说挪亚用歌斐木造方舟，以避洪水。
[80] 绳其祖武：语见《诗经·大雅·下武》，意谓追随祖先的业绩。绳，继续。武，脚印，足迹。
[81] 生学家：生物学家。
[82] 反种：指返祖现象。
[83] 之不拉：非洲斑马的音译。
[84] 不伏箱：不伏驾驭。箱，车箱。
[85] 裴象飞：现通译裴多菲(1823—1849)，匈牙利诗人、革命家，著有《裴多菲

全集》。

[86] 腊丁文：通译拉丁文。

[87] 舍勒美支：匈牙利城市。

[88] 菩特沛思德：通译布达佩斯，匈牙利首都。

[89] 巴波大学：应为巴波中学。裴多菲 1841 年在这所中学念书。巴波，匈牙利南部维斯普莱姆州一个城市。

[90] 伟罗思摩谛：现通译伏罗斯马尔蒂，匈牙利诗人，著有《查兰的出走》《号召》等。

[91] 梓：印刷、出版。

[92] 阿阑尼：通译阿兰尼(1817—1882)，匈牙利诗人，著有《多尔蒂》《多尔蒂的爱情》《多尔蒂的晚年》三部曲。萨伦多：匈牙利东部小镇，阿兰尼诞生地。

[93]《约尔提》：通译《多尔蒂》，阿兰尼代表作。原文 Joldi 应改为 Toldi。

[94]《兴矣摩迦人》：即《民族之歌》，是裴多菲著名的政治抒情诗。

[95]“吾琴一音”八句：见裴多菲 1848 年 4 月 19 日日记。

[96]《致诸帝》：现通译《给国王们》。

[97]“去三月十五数日而后”五句：出自裴多菲 1848 年 5 月 27 日写于布达佩斯的一篇政论，原文发表于同年 6 月 11 日出版的《生活景象》杂志。研，细磨。

[98]“天不生我于孤寂”五句：前两句引自《在阿兰尼·雅诺什的家里》一诗，后三句引自《我梦见流血的日子》一诗。

[99] 贝谟：通译贝姆(1794—1850)，波兰将军，曾领导波兰十一月起义。

[100] 轲苏士：通译科苏特(1802—1894)，匈牙利政治家，曾领导反抗奥国的革命，失败后逃亡土耳其，死于意大利。

[101] 脱阑希勒伐尼亚：通译特兰斯瓦尼亚，当时为匈牙利东南部的一个地区，后归罗马尼亚。

[102] 舍俱思跋：通译塞格斯伐尔，匈牙利西本堡州小城。1849 年夏沙皇尼古拉一世派兵援助奥地利，打败贝姆。裴多菲参加此次战争，并牺牲。

[103]“吾心如反响之森林”三句：出自裴多菲政论文《一八四九年九月十七日，佩斯》。

[104]《英雄约诺斯》：通译《勇敢的约翰》，裴多菲代表作之一。

[105]《缢吏之缳》：通译《绞吏之绳》。

[106] 耶和华：《圣经》中对上帝的称呼。

[107] 砉(xū)然：迅疾。泮：融解。

[108] 洛克：生卒年为1632—1704年，英国哲学家，著有《人类理解力论》《人类理智论》《政府论》。

[109] 朋思：今译彭斯(1759—1796)，苏格兰伟大诗人。作品有《自由树》《我的心啊在高原》《快活的乞丐》等，反映劳动人民的悲苦生活，歌唱自由、平等，反对封建专制和民族压迫。

[110] 不跽金帛：指彭斯不崇拜金钱，不屈服于财力。跽，双膝着地，上身挺起。

[111] 普式庚：通译普希金(1799—1837)，俄国著名诗人，著有《欧根·奥涅金》《上尉的女儿》《高加索的俘虏》等。

[112] 密克威支：通译密茨凯维支(1798—1855)，波兰诗人。著有《歌谣和传奇》《先人祭》《塔杜施先生》。

[113] 治饼饵守囹圄之术：指当时一些留日学生翻译和介绍有关烹饪、监狱的书籍。

[114] 凯罗连珂：通译柯罗连科(1853—1921)，俄国小说家和文学批评家。著有《盲音乐家》《西伯利亚的故事》《我的同时代人的故事》等。《末光》：今通译《最后的光》，《西伯利亚的故事》中著名的一篇，叙述被流放到西伯利亚的十二月党人的生活。

[115] 鲜卑：指西伯利亚。

[116] "然则吾人"三句：意为："既然如此，我们也就沉思罢了，也只有沉思罢了！"

说明

《摩罗诗力说》作于1907年，次年发表于《河南》杂志第二、三期上。据日本北冈正子《摩罗诗力说材源考》，周树人这篇文章撰译参半，其中第四节至第九节前面部分，大多是有文可查的翻译，前三节和第九节后面部分是他自己撰写的论述文字。限于篇幅，这里删去第四至第八节译介拜伦、雪莱、普希金、莱蒙托夫、密茨凯维支等人的创作和思想精神的文字。

20世纪初，曾一度活跃于政界的维新派从政治舞台上退却至文学领地，左右舆论，鼓吹改良。然而，正如周树人所言，他们"旧染既深"，没有跳脱传统封建文化思想的框套，打破精神上的枷锁，结果，"呼维新既二十年，而新声迄不起于中国”,国家“续其萧条”。时代的大纛已传至资产阶级革命派手里了。在这篇长文中,激进的资产阶级民主革命者周树人以世界文学为背景,敏锐地剖析时代的症结和民族文化的锢弊,大声激呼“精神界的战士”的出现,创造“雄美伟大”的艺术,唤醒国人的自觉,挽救民族的危机,实现国家的“新生”。

周树人一直在艰苦地探索“国民性”问题。他认为,一个民族的核心,就是该民族文化传统中的“心声”。心声存,则国虽亡犹可恢复;心声灭,则国存犹亡。因此,重“心声”,解决一个民族在精神上文化上的危机,对于挽救民族危机,尤其迫切。世界上的古文明国,都“中道废弛,有如断绠,灿烂于古,萧瑟于今”,中国也同样步入萧条。“古民之心声手泽”,“不通于今”,且养成了国人夜郎自大、自欺欺人的恶劣品性,反不如新起之邦,大有望于方来。

因此,周树人提出“别求新声于异邦”的号召,呼唤异邦伟美雄杰之声来掀开国人的锢疾,发扬国民的精神,促进国民性的自觉。当然周树人并没有得出全面否定传统的结论,他说:“夫国民发展,功虽有在于怀古,然其怀也,思理朗然,如鉴明镜,时时上征,时时反顾,时时进光明之长途,时时念辉煌之旧有”,从而达到“新者日新,古亦不死”,引进异邦新文化和改造民族旧文化相融合。

周树人认为改革文学的手段,是“别求新声于异邦”。根据当时国内的时势要求,他大力揭举“力足以振人,语较有深趣”的摩罗诗派,提倡“立意在反抗,指归在动作”的摩罗精神,冲破“顺世和乐之音”,使“闻者兴起,争天抗俗”。周树人热情地推崇拜伦等人“雄美伟大”“毁世界”“争自由”的反抗精神,特别钟爱他们“无不函刚健抗拒破坏挑战之声”的诗歌,期望摩罗精神在中国培养精神界的战士,冲决封建专制的罗网,激起国人的新生,民族的新生。

以西方近代文化为参照系,周树人深刻地剖析传统文化的劣根性,他指出,西方哲士多持理想主义,延颈方来,而中国智士,复古保守,“无希望,无上征,无努力”,违背了人类进化的原理。周树人彻底批判封建思想压制人性、禁锢自由的罪恶,主张与封建文学彻底决裂。“中国之治,理想在不撄。”封建帝王为巩固自身的统治地位,严禁“撄人”“得撄”;封建众压下的民众,“宁蜷伏堕落而恶进取”,也严禁“撄我”“撄人”。结果几千年来的文学,都是“污浊之平和”,“伟美之声,不震吾人之耳鼓者,亦不始于今日”。人心所欲言而不能言,不敢言,又不得不言者,诗人言之。诗人“美伟强力”之言,足以冲破平和,促进人道。但是,封建统治阶级,对于不可灭尽的诗歌,“设范以囚之”,加以种种教条戒律,排斥异端。周树人批判儒家文学观道:“夫既言志矣,何持之云?强以无邪，即非人志。许自由于鞭策羁縻之下，殆此事乎?”在儒家诗教的束缚下，伟美之声，不震耳鼓；几千年文学史中，“以美善吾人之性情，崇大吾人之思理者，几无有者”。国人一方面受儒家诗教的压制，另一方面又受实利的诱惑，“实利塞心，心不受撄”。人人热衷于功名利禄，卑污不堪。结果，“无有为沉痛著大之声”，撄其后人，使人兴起；间或有之，受者亦不为之动，苟安于功利之中。因此，年轻的周树人大声激呼“别求新声于异邦”，张扬摩罗精神，呼唤精神界战士来破除封建正统文学观念，解除封建伦理道德对文学的羁绊，改革中国文学，振兴民族精神。

周树人在这篇文章中，运用西方的美学观点和文学思想，从纯文学的角度出发，对“文学”这一概念作出全新的系统的解释。他以“不用之用”四字来辩证地概括文学的社会功能和作用。文学，“益智不如史乘，诫人不如格言，致富不如工商，弋功名不如卒业之券”，“实利既尽究理弗存”，因此对于国家和个人没有暂时的实际的功用。但是，“由纯文学上言之，则以一切美术之本质，皆在使观听之人，为之兴感怡悦。文章为美术之一，质当亦然”。“涵养人之神思，即文章之职与用也。”他还借用生动的比喻来说明文学发挥其作用的特殊性。他认为文学启示人生的秘机，和科学学术的思索研究，是不同的。文学笼人生诚理于其辞句中，“使闻其声者，灵府朗然，与人生即会”，也就是说文学通过艺术情境的感动濡染，来给人有益的“教示”。周树人的纯美文艺观主要是接受将康德美学咀嚼消化后的日本理论界的影响。之所以会接受这一理论的影响，是由于对中国封建社会中传统的“文以载道”观的厌恶和对于梁启超等人“昧于文章之意”“惑于裨益社会”的不满。

图书在版编目(CIP)数据

中国古代文论选编:上下卷/黄霖,蒋凡主编;杨明等编著.—上海:复旦大学出版社,2022.9
ISBN 978-7-309-16008-6

Ⅰ.①中… Ⅱ.①黄…②蒋…③杨… Ⅲ.①中国文学-古代文论-文集 Ⅳ.①I206.2-53

中国版本图书馆 CIP 数据核字(2021)第 229289 号

中国古代文论选编:上下卷
黄 霖 蒋 凡 主编
杨 明 等 编著
责任编辑/关春巧

复旦大学出版社有限公司出版发行
上海市国权路 579 号 邮编:200433
网址:fupnet@fudanpress.com http://www.fudanpress.com
门市零售:86-21-65102580 团体订购:86-21-65104505
出版部电话:86-21-65642845
上海盛通时代印刷有限公司

开本 787×960 1/16 印张 76.75 字数 1336 千
2022 年 9 月第 1 版
2022 年 9 月第 1 版第 1 次印刷

ISBN 978-7-309-16008-6/I·1300
定价:258.00 元